二〇一六年度湖北省学术著作出版专项资金资助项目

中国古典诗词校注评丛书

韩偓诗全集

【汇校汇注汇评】

陈才智　编著

长江出版传媒｜崇文书局

中国古典诗词校注评丛书
编撰委员会

总　目

前　言

　　韩偓(842－923)，字致尧[1]，小字冬郎，号玉樵山人。京兆万年(今陕西西安)人。十岁时就能在筵会中即席赋诗，语惊四座，博得姨父李商隐的赞叹，并酬诗两首，其中一首云："十岁裁诗走马成，冷灰残烛动离情。桐花万里丹山路，雏凤清于老凤声。"[2]走马裁诗，不但有才，而且敏捷。"雏凤声清"的典故，即源于此。

　　唐昭宗龙纪元年(889)，韩偓中进士。此后，历任左谏议大夫、翰林学士承旨、中书舍人、兵部侍郎等职，极为唐昭宗所信任。历经乾宁、光化间宦官专权和藩镇之乱，对转变早年诗风关系甚大。天复元年，因构罪朱全忠贬濮州司马，再贬荣懿尉，徙邓州司马。闻朱全忠杀崔胤、劫昭宗迁都，遂弃官南下，经湖北、湖南、江西，间关万里，携妻带子，入闽避难。后侨居泉州南安县(今属福建)，卒于南安龙兴寺，葬于葵山之麓。

　　身处晚唐五代之乱季，韩偓正色立朝，手捋虎须，志存王室，迨遭贬谪，事无可为，则超然远引，以唐室遗臣终老。唐亡后，其诗只记干支，不记年号，以示不臣，可谓高风亮节之唐末忠臣。其孤忠苦节，足

---

　　① 一作致光，又作致元，皆因形近而讹。《四库提要》谓"刘向《列仙传》称偓佺尧时仙人，尧从而问道。则偓字致尧，于义为合"。此外，或有取于杜甫"致君尧舜上，再使风俗淳"的诗句。参见陈冠明《韩偓字甄辨》，《安徽师范大学学报》1982年第3期。

　　② 李商隐《韩冬郎即席为诗相送，一座尽惊。他日余方追吟"连宵侍坐徘徊久"之句，有老成之风，因成二绝寄酬，兼呈畏之员外》。

以兴顽立懦,诚如《四库提要》所称"实为唐末完人",且"性情既挚,风骨自遒,慷慨激昂,迥异当时靡靡之响。其在晚唐,亦可谓文笔之鸣凤矣。"①在晚唐诗坛上,韩偓确是颇有建树与影响的著名诗人。其诗绵丽深秀,足以接踵李义山,抗手温飞卿,与司空图并为唐诗殿军。其存诗约330篇,以《翰林集》和《香奁集》名传后世。

韩偓的早年诗作多写男女恋情,对花间词有一定影响,严羽《沧浪诗话·诗体》称为"香奁体"。《香奁集》中的七律流露出取法李商隐的迹象,只是由于精神志趣的贫乏,描写不无庸俗肤浅,流于追欢一刻的艳情经历和风月场中的色相描写。尽管如此,在传情的细腻幽微方面还是做了不少探索,如《深院》之"深院下帘人昼寝,红蔷薇对碧芭蕉",《已凉》之"八尺龙须方锦褥,已凉天气未寒时"等,善于借助环境,提炼有意味的画面,以含蓄之笔传达闺阁情绪、气氛和感受。而"绕廊倚柱堪惆怅,细雨轻寒花落时"(《绕廊》),"若是有情争不哭,夜来风雨葬西施"(《哭花》),则丽不伤雅,情浓意挚,虽写男女之情,但却颇有品位。不少诗作留意从女子口吻落笔,其中有矢口而出的盟誓,如《别绪》"此生终独宿,到死誓相寻";有情不自禁的委身,如《意绪》"娇饶意绪不胜悲,愿依郎肩永相著";有执着的选择,如《不见》"此身愿作君家燕,秋社归时也不归";有毫无扭捏之态的追求,如《偶见》"小叠红笺书恨字,与奴方便寄卿卿"。与男性的表现形成对比,正如《人间词话》所云:"非无淫词,读之者但觉其亲切动人,非无鄙词,但觉其精力弥满。"韩偓晚年在抄录这些《香奁集》之诗时,颇为动情而凄然泪下,赋《思录旧诗于卷上凄然有感因成一章》诗云:"缉缀小诗钞卷里,寻思闲事到心头。自吟自泣无人会,肠断蓬山第一流。"香奁诗对后世颇有影响,宋人陈允平、叶茵、释绍嵩、何应龙、谢无竞等均有"香奁体",晚明王彦私《疑雨集》,清人袁树《红豆村人诗稿》等,亦刻意模仿《香奁集》。

---

① 《四库全书总目》卷一百五十一《韩内翰别集·提要》。

韩偓后期作品，摆脱香艳色彩，多有忧国伤时、国亡追忆之作，表现了对人生命运、家国前途的反思，如《故都》《感事三十四韵》等诗，写朱温强迫昭宗迁都洛阳和废哀帝自立等一系列重大历史事件，堪称反映一代兴亡的诗史。"天涯烈士空垂涕，地下强魂必噬脐"（《故都》），"郁郁空狂叫，微微几病癫"（《感事三十四韵》），哀感沉痛，在当时诗人中是很突出的。闻昭宗被害，韩偓以歌诗哭唐亡。其《惜花》诗云："皱白离情高处切，腻红愁态静中深。眼随片片沿流去，恨满枝枝被雨淋。总得苔遮犹慰意，若教泥污更伤心。临轩一盏悲春酒，明日池塘是绿阴。"句句惜花，亦句句自惜，结尾讲繁花落尽，只馀绿叶存焉，故言"明日池塘是绿阴"。这种合身境、意境、物境为一的笔法，令人倍感沉痛。还有一些七律在反思中渗透丰富沉郁的情感，通过跌宕的句式表达内心的波澜，如《半醉》（"水向东流竟不回"）《寄隐者》（"烟郭云屝路不遥"），从风格到表现手法，可以看到来自李商隐七律的影响。再如《有瞩》：

晚凉闲步向江亭，默默看书旋旋行。风转滞帆狂得势，潮来渚水寂无声。谁将覆辙询长策，愿把焚丝属老成。安石本怀经济意，何妨一起为苍生。

江边闲步看书，忽见潮起风劲，猛然转动停滞于江中帆船，由此自然之变动景象而忽有所体悟：只要潮来风起，滞帆可猛然转动；欲改变乱亡沉沦之国势，亦犹如此，所缺者，风起潮来耳。由此振起后四句，一抒愿如谢安石为苍生而起之念头。

诗至晚唐，往往以近体见长而少古体。韩偓亦长于近体，尤其以七律诗数量最多，成就也最显著。管世铭《读雪山房唐诗抄》曾云"唐末七言律，韩致尧为第一"，王安石《唐百家诗选》多选之。但韩偓绝句，也有佳篇，五绝《花时与钱尊师同醉》《与僧》《野钓》等，可圈可点，七绝如《自沙县抵尤溪县值泉州军过后村落皆空因有一绝》："水自潺湲日自斜,尽无鸡犬有鸣鸦。千村万落如寒食,不见人烟空见花。"将时代的动乱、处境的危难、情绪的凄苦融入写景状物中,不露圭角,只用数虚字略一挑拨,而景状宛然,顿觉沉郁凄怆。

总之,韩诗自有风骨,蕴抱亦深,非仅以香艳见长。许顗《彦周诗话》说韩诗"丽而无骨",张戒《岁寒堂诗话》以为"俳优之词",严羽《沧浪诗话》说偓诗"皆裙裾脂粉之语",李东阳《麓堂诗话》诋为"极其鄙亵",贺裳《载酒园诗话》比之"桑间濮上",王渔洋《带经堂诗话》称为"儿女语",余成教《石园诗话》说是"词旨靡丽",王寿昌《小清华园诗谈》又说是"流荡忘返",沈德潜《说诗晬语》则以"亵嫚"目之,鲁九皋《诗学源流考》认为唐之诗"降而韩偓之《香奁》,风益下矣",均不免有失偏颇。韩偓诗咏史怀古之作,追踪李义山、刘梦得,沉雄跌宕,且自有见地。感时之篇,乃唐末动乱时代写真,感慨苍凉的意境寓于清丽芊绵的词章,悲而能婉,柔中带刚,尤其是迁谪以后的作品,纵横开阖,清壮浏亮,无愧唐代七律殿军。写景之诗,亦惟妙惟肖,形神兼具,尤其能够从景物的画面中融入自己的身世之感,即景即情,浑然无迹。邵祖平《韩偓诗旨表微》更分论其游览诗具身境意境,不仅写景之深妙而已,迁谪诗饶有心性,丧乱诗读之无不惊耸悲萧。① 可谓先得我心。

韩偓生前曾亲自编定诗集,《香奁集》为入闽后编辑,收录僖宗广明元年(880)以前所作,《翰林集》祖本也是出于韩偓手抄本,但诸书目著录卷数、篇目并不相同。《新唐书·艺文志》载《韩偓诗》一卷,《香奁集》一卷。至南宋,晁公武《郡斋读书志》则录作《韩偓诗》二卷,《香奁集》一卷;陈振孙《直斋书录解题》更正为《香奁集》二卷,入内廷后诗集一卷,别集三卷。各家著录不同,或与流传之本编排互异有关。沈括《梦溪笔谈》记载,他在宋仁宗庆历年间路过南安县时,在韩偓四世孙韩奕处,曾见到他家保存的韩偓手写诗

---

① 邵祖平《韩偓诗旨表微》,《东方杂志》1945 年第 4 期。

稿百馀篇,皆外间所不传,后韩奕将这些诗篇献到京城,因而受赏得官。晁、陈所载韩偓诗集卷数增多,应是收录了韩奕补献的百馀篇。这百馀篇当为韩偓贬官以后至寓闽期间的诗作,由于诗人当时离开了中原,长期未得流传。而习惯上把韩偓看作"香奁诗"的作者,很少注意他那些感时伤乱的篇章,亦与此有关。

阎简弼《香奁集跟韩偓》考察《香奁集》六种本子收诗情况,认为其中三本与另外三本有不同来源,《玉山樵人集》所附本最好,《五唐人诗集》本、《唐诗百名家全集》本、吴氏评注《韩翰林集》本均乱而重复。此后,万曼《唐集叙录·韩翰林集(附香奁集)》、邓小军《韩偓集版本》、周祖撰《韩偓诗的编辑流传与版本》对韩偓集各版本进行系统考察和梳理,均有发明。吴汝纶评注本《韩翰林集》是韩偓第一个全集校本,但对《香奁集》却未加评注。1911年,震钧《香奁集发微》则专门针对《香奁集》加以笺注阐释。齐涛《韩偓诗集笺注》(山东教育出版社2000年版)是新时期韩偓诗的第一部注本。2001年,陈继龙《韩偓诗注》也由学林出版社出版。吴在庆《韩偓若干诗歌解读系年辨释》、白爱平《〈韩偓诗集笺注〉校注疏误举例》等对两个注本有所辨误。在此基础上,有《韩偓集系年校注》(中华书局2015年版),后出转精,成为目前韩偓诗文最完整、校勘注释最全面、资料最详赡的整理本。故本书于其借鉴取资最多,然其瑜中偶有微瑕。详见笔者《〈韩偓集系年校注〉勘补》一文。

承诸贤之后,本书希望能够在兼取众长基础上,略申一己之见,以求呈现韩偓诗词创作之原态与全貌。限于学力和时间,容有不足及未妥,敬请读者不吝赐教。

陈才智

乙未九月十八日

于酿雪斋

凡　例

一、底本。今存韩偓诗词,以《全唐诗》所收最为完备,本书校勘即以康熙扬州诗局刻本《全唐诗·韩偓集》为底本。参考《全唐诗稿本·韩偓集》,王全(王仲闻、傅璇琮)校点本《全唐诗》,陈尚君等辑校《全唐诗补编》,程光金、彭崇伟注释《增订注释全唐诗·韩偓集》。

二、参校:

1.《韩偓诗》四卷,《香奁集》二卷,明胡震亨(1569－1645)编《唐音统签》,清康熙二十三年(1684)刻本,上海古籍出版社2003年据以影印,简称"统签本"。

2.《韩内翰别集》一卷,《补遗》一卷,明毛晋(1599－1659)辑,崇祯中海虞毛氏汲古阁刊本《唐六名家集》,上海商务印书馆涵芬楼1926年据汲古阁宋本影印,中国社会科学院文学研究所图书馆藏;《香奁集》一卷,崇祯中海虞毛氏汲古阁刊本《五唐人集》,中国社会科学院文学研究所图书馆善本室藏,简称"汲古阁本"。

3.《韩内翰别集》一卷,附《新唐书本传》一卷,《文渊阁四库全书》集部第1083册,简称"四库本"。

4.《翰林集》四卷,附录一卷,清王遐春(1760－1829)辑,嘉庆十五年(1810)福鼎王氏麟后山房《王氏汇刻唐人集》刻本,中国科学院图书馆藏,《续修四库全书》第1313册据以影印,简称"麟后山房刻本"。

5.《玉山樵人集》一卷,附《玉山樵人香奁集》一卷,1930年上海涵芬楼据旧抄本影印,《四部丛刊》据上海涵芬楼藏旧钞本影印,简称"玉山樵人本"。

6.《韩翰林诗》不分卷,附《香奁集》旧钞本,台湾"中央图书馆"藏,简称"韩集旧钞本"。

7.《香奁集》不分卷,清屈大均(1630－1696)手抄本,北京大学图书馆藏,简称"屈抄本"。

8.《韩翰林集》三卷,《补遗》一卷,《香奁集》三卷,清吴汝纶(1840－1903)评注,1922年跋刊本,中国社会科学院文学研究所图书馆藏;民国宋联奎(1870－1951)辑《关中丛书》第五集,民国二十五年(1936)陕西通志馆排印本,上海书店《丛书集成续编》第100册。据以影印,简称"吴校本"。

同时参考《唐翰林学士中书舍人韩致光香奁集》一卷,明云阳姜道生刊本《唐三家集》;《晚唐韩偓诗》一卷,《香奁集》一卷,清刘云份辑《中晚唐二十一家诗》,清康熙四十二年(1703)金阊宝翰楼刊本,中国社会科学院文学研究所图书馆善本室藏;《韩翰林诗集》一卷,《韩内翰香奁集》三卷,清席启寓(1650－1702)辑《唐诗百名家全集》第四函,康熙四十一年(1702)洞庭席氏琴川书屋刊本,中国社会科学院文学研究所图书馆藏;震钧《香奁集发微》一卷,清宣统三年(1911)刻巾箱本(附年谱一卷),扫叶山房民国三年(1914)石印本,底本为汲古阁本《香奁集》,简称"石印本";民国胡朴安、胡怀琛辑《文艺小丛书》第一辑《香奁集》,民国二十二年(1933)上海广益书局排印本,底本为《四部丛刊》本。总集类,参校唐韦毂《才调集》、宋王安石《唐百家诗选》、洪迈《万首唐人绝句》、郭茂倩《乐府诗集》、计有功《唐诗纪事》、金元好问《唐诗鼓吹》、元杨维桢《复古诗集》、方回《瀛奎律髓》、明宋绪《元诗体要》、曹学佺《石仓历代诗选》、清李调元《全五代诗》、汪灏《佩文斋广群芳谱》等。

三、辑佚。搜辑存于他人作品之中的残篇散句,附列于后。

四、辨伪。韩偓作品舛入他人集子者，或他人作品舛入韩集者，加以辨析。

五、提要。可确定或推定写作年代和时间者，在提要加以说明，并简述根据。提要同时介绍作品创作背景、主旨、收录流传情况等。力求言之有据，务避无根之谈。

六、注释。事义并释，文字从简，只注难理解的语言文字、制度史实与典故名物等，力求准确规范，以能使读者理解原文文意为原则，吸纳和反映最新学术研究成果，但不追求语辞之源。留意唐前用例，以见借鉴；亦不废唐后用例，以见因袭。

七、汇评。汇集清以前有代表性、权威性评论解读文字，点出作者匠心所在，列于注释之后。

八、附录。包括：（一）生平传记，（二）历代著录，（三）序跋提要，（四）赠酬题咏，（五）历代评述。相同或相似之文献资料，一般收录较早或较为完善者。后出之资料，视具体情况，分别处理。根据相关度，容有适当删节；节取处，以删节号表明。遇有讹脱衍倒，鲁鱼亥豕，如"冷""泠"、"太""大"、"己""已""巳"等古人混用字、手民误字，根据上下文，若凿然讹谬，则抹改校正；遇诸书有异体字、俗写字等不统一者，如"略""畧"、"胸""胷"之类，则径行统一为通行体；其或意义可通，原属疑似，则注一作某字于其下，以存其旧；古今字如"埜""野""雲""於""後"等，以及人名、地名、专用名中出现的古今字、异体字等或不宜作简体者，则依照原文写法保留；各类讳字，尽可能恢复本字。

目　录

韩偓诗全集　卷一

韩偓诗全集　卷二

韩偓诗全集　卷三

韩偓诗全集　卷四

附编一

附编二

附　录

卷一

雨后月中玉堂闲坐①

　　银台直北金銮外②，暑雨初晴皓月中③。唯对松篁听刻漏④，更无尘土翳虚空⑤。绿香熨齿冰盘果⑥，清冷侵肌水殿风⑦。夜久忽闻铃索动⑧，玉堂西畔响丁东⑨。禁署严密⑩，非本院人⑪，虽有公事，不敢遽入。至于内夫人宣事，亦先引铃。每有文书，即内臣立于门外⑫，铃声动，本院小判官出受⑬。受讫，授院使，院使授学士⑭。

【题解】

作于天复元年(901)夏。统签本《六月十七日召对自辰及申方归本院》诗题下小注云："以下天复元年入翰林后作。"按：所谓"以下"指《中秋禁直》、《雨后月中玉堂闲坐》、《苑中》、《与吴子华侍郎同年玉堂同直怀恩叙恳因成长句四韵兼呈诸同年》、《宫柳》、《冬十一月驾幸岐下作》等六首诗。汲古阁本于"入内庭后诗"(天复元年辛酉五月后)后亦列以上诗作。吴汝纶《吴评韩翰林集》云："韩公为翰林学士在昭宗天复元年，先是昭宗为中尉刘季述所幽，及反正，韩公与谋，故擢学士。"

诗咏翰林院值夜闲坐情景。首句言值夜翰林院之地点，在银台之北，金銮殿外。次句谓其时暑雨方晴，明月当空，可谓良辰美景。三句言更无闲事。四句言更无馀暑。五句言冰盘贵器，而果熨臣齿。六句言水殿何处，而风侵臣衣。翰林学士处境之优渥可见。"夜久"二句，写值夜中闻铃而承接宫中事务，以此始悟微臣仅只以三寸柔翰，辱此九重厚恩。寻味所咏，诗人身处翰林院之恬静舒畅洋溢笔端。

【校注】

①玉堂：官署名。汉侍中有玉堂署，后翰林院亦称玉堂。韩偓时任翰林学士，故其所在翰林院亦称玉堂。

②"银台"句：银台，指银台门，唐长安宫门名，省称银台。唐时翰林院、学士院都在银台门附近，后因以银台门指代翰林院。直北，正北面。金銮，

指金銮殿,文人学士待诏之所。《两京记》:"大明宫紫宸殿北曰蓬莱殿。西龙首山支陇起平地,上有殿名金銮殿,殿旁坡名金銮坡,与翰林院相对。"

③暑雨:《尚书·君牙》:"夏暑雨。"杜甫《遣闷》:"暑雨留蒸湿,江风借夕凉。"

④"刻漏",《全唐诗》、吴校本:"一作漏刻"。"松篁"句:松篁,松与竹。刻漏,古计时器。以铜为壶,底穿孔,壶中立一有刻度之箭形浮标,壶中水滴漏渐少,箭上度数即渐次显露,视之可知时刻。

⑤"更无"句:尘土,细小的灰土。翳,遮蔽;隐藏;隐没。虚空,即天空。

⑥"绿香"句:绿香,此谓水果又绿又香。熨齿,使牙齿感到凉爽或寒冷。冰盘,盘内放置碎冰,上面摆列藕菱瓜果等食品,叫作冰盘。夏季用以解渴消暑。

⑦水殿:临水的殿堂。宫中有水殿,天子纳凉之处也。

⑧夜久:即夜永、夜深。

⑨丁东:亦作"丁冬",象声词。此指铃声。

⑩禁署:宫中近侍官署。

⑪本院:此指翰林学士院。

⑫内臣:此指翰林院内之小宦官。

⑬本院小判官:此为翰林学士院内属官,掌判翰林院内事。

⑭"院使授学士"句:院使,唐翰林院使。学士,即翰林学士。唐置,专掌内命,亦草诏敕等事。孙逢吉《职官分纪》卷十五云:"学士之职,本以文学言语被顾问,出入侍从,因得参谋议纳谏诤,其礼尤宠。"又云:"有唐学士院深严,非本院人不可遽入,虽中使宣事,及有文书,必先动铃索立于门外。俟本院小判官出授,授讫,授院使,院使授学士。"

【汇评】

"太子纳凉":唐宫中有水殿,太子纳凉处也。韩偓禁中诗:"清冷浸肌水殿风"即此。(彭大翼《山堂肆考》卷一百七十宫室)

李德裕云:"翰林院有悬铃,以备警急。……以代传呼也!"唐制,禁署严密,非本院人虽有公事,不敢遽入。于内夫人宣事,亦先引铃。每有文书,即内臣立于门外。铃声达本院,小判官出受讫,授院使,院使授学士。

郑綮诗"缲铃无响阒珠宫"，韩偓诗："坐久忽闻铃索动,玉堂西畔响丁东。"（杨慎《升庵集》卷五十铃索）

此诗乃致尧正为学士时所作。一言银台门北,金銮殿外,此是学士上直之处也。二言时雨洗暑,凉月在空,此是学士下直之时也。三言更无闲事,承一也。四言更无馀暑,承二也。五言金盘何器,而果熨臣齿。六言水殿何处,而风侵臣衣。一时反复寻求,久之不能自得。而忽闻悬铃声动,始悟微臣仅仅只以三寸柔翰,辱此九重厚恩也。（金圣叹《贯华堂选批唐才子诗》）

韩公为翰林学士在昭宗天复元年,先是昭宗为中尉刘季述所幽,及反正,韩公与谋,故擢学士。（吴汝纶《吴评韩翰林集》）

六月十七日召对自辰及申方归本院①

清暑帘开散异香②,恩深咫尺对龙章③。花应洞里寻常发④,日向壶中特地长⑤。坐久忽疑槎犯斗⑥,归来兼恐海生桑⑦。如今冷笑东方朔,唯用诙谐侍汉皇⑧。

【题解】

作于天复元年（901）六月丁卯（十七日）前后。《资治通鉴》卷二六二昭宗天复元年六月癸亥载："上之返正也,中书舍人令狐涣、给事中韩偓皆预其谋,故擢为翰林学士,数召对,访以机密。涣,绚之子也。时上悉以军国事委崔胤,每奏事,上与之从容,或至然烛。宦官畏之侧目,事无大小,皆咨胤而后行。胤志欲尽除之,韩偓屡谏曰：'事禁太甚。此辈亦不可全无,恐其党迫切,更生他变。'胤不从。丁卯,上独召偓,问曰：'敕使中为恶者如林,何以处之?'对曰：'东内之变,敕使谁非同恶！处之当在正旦,今已失其时矣。'上曰：'当是时,卿何不为崔胤言之?'对曰：'臣见陛下诏书云"自刘季述等四家之外,其馀一无所问。"夫人主所重,莫大于信,既下此诏,则守之宜坚；若复戮一人,则人人惧死矣。然后来所去者已为不少,此其所以恼恼不安也。陛下不若择其尤无良者数人，明示其罪，置之于法，然后抚谕其馀曰："吾恐尔曹谓吾心有所贮，自今可无疑矣。"乃择其忠厚者使为之长。其徒有善则奖之，有罪则惩之，咸自安矣。今此曹在公私者以万数，岂可尽诛邪！夫帝王之道，当以重厚镇之，公正御之，至于琐细机巧，此机生则彼机应矣，终不能成大功，所谓理丝而棼之者也。况今朝廷之权，散在四方；苟能先收此权，则事无不可为者矣。'上深以为然，曰：'此事终以属卿。'"韩偓此诗所咏即在此次被召见密议之后。陈寅恪《读书札记二集·韩翰林集之部》谓："天复元年六月辛亥朔，是月十七日为丁卯。《通鉴》天复元年六月丁卯，'上独问偓'云云，即是其事也。"

诗写昭宗召对情景，与受宠若惊感受。首二句言在翰林院异香芬馥之处所，诗人独能获咫尺面对昭宗之恩宠。三四写召对处所有如洞中仙境，且召对时间之长，即诗题所说之"自辰及申"，以见恩宠之优渥也。吴汝纶谓："五句自喻亲幸"，"六句忧乱之惜"，此句以"海生桑"喻召对时间之久，以衬蒙恩之深厚。故方回谓"五六用事变陈为新"。尾联则以冷笑东方朔之诙谐侍汉皇，以"明己之密筹大计"，以此为昭宗所倚重也。

【校注】

①作于天复元年(901)。统签本诗题下小注云："以下天复元年入翰林后作"。六月十七日：据《资治通鉴》，指天复元年六月十七日。本年六月丁卯韩偓为唐昭宗所单独召见。辰、申，皆十二时辰之一。辰乃地支的第五位，指午前七时至九时。申为一日中的十五时至十七时。

②"署"，《唐百家诗选》本作"暑"。玉山樵人本、统签本均作"水"。按：作"水"误。清署：清要之官署。此指韩偓所在之翰林学士院。翰林学士乃清要之职，故以清署称翰林学士院。

③"恩深"句：恩深，此指韩偓所蒙受唐昭宗之深恩。咫尺，形容距离近。龙章，画或绣龙之服，乃天子之所服。此借指唐昭宗。

④"寻常"，《唐百家诗选》本、韩集旧钞本、玉山樵人本、统签本、汲古阁本、麟后山房刻本、吴校本均作"常时"；《全唐诗》校："一作常时"，吴校本校："一作寻常"。"花应"句：谓诗人为昭宗所召见，其召见处所之胜景，自感乃如仙境一般。洞里，此处洞犹谓洞天，指道家所居之仙境。道家以为

世间有三十六洞天,乃神仙所居。此处用以指唐昭宗召见诗人之所。

⑤"日向"句:写昭宗召见韩偓商议国事时间之长。壶中,比喻仙境。特地,亦作"特底",特别,格外。

⑥"疑",韩集旧钞本、统签本、汲古阁本、《全唐诗》、麟后山房刻本、吴校本均校:"一作惊"。"槎",韩集旧钞本、汲古阁本、麟后山房刻本均作"查"。"查"同"槎"。槎,木筏。

⑦海生桑:沧海变为桑田,比喻世事变迁之大。葛洪《神仙传》:"麻姑自说'接待以来,已见东海三为桑田。向到蓬莱,水又浅于往昔,会时略半也,岂将复还为陵陆乎。'方平笑曰:'圣人皆言,海中行复扬尘也。'"

⑧"如今"二句:冷笑,含有讽刺、轻蔑、不满、无可奈何等心情的笑。此处为轻蔑之笑。东方朔,平原厌次(今山东德州陵城区)人,字曼倩,汉武帝文学侍从,常以诙谐滑稽之语讽谏武帝,官至太中大夫。诙谐,谈吐幽默风趣。《汉书·东方朔传》:"其言专商鞅、韩非之语也,指意放荡,颇复诙谐。"

【汇评】

李商隐《贾谊》诗云:"可怜夜半虚前席,不问苍生问鬼神。"韩偓云:"如今冷笑东方朔,唯用诙谐侍汉皇。"又"长卿只为长门赋,未识君臣际会难",皆反其事而言之。是时韩在翰林,故出此语,视李为切。(范晞文《对床夜语》卷四)

三四真有仙家之意,五六用事变陈为新,末句诋东方朔尤有味。(方回《瀛奎律髓》卷二朝省类)

韩偓《落花》诗曰:……此伤朱温将篡唐而作。次联言君民之东迁,诸王之见害也。三联望李克用之勤王,痛韩建之逆主也。结末沉痛,意更显然。偓集又有《官柳》诗云……此诗以官柳自比,而忧全忠之见妒,末则言草野尚有贤者,恨不能荐之于朝,以为己助也。其他如《重游曲江》之"避客野鸥如有感,损花微雪似无情";《夏日召对》云:"坐久忽疑槎犯斗,归来兼恐海生桑";《中秋禁直》云:"长卿只为长门赋,未识君臣际会难",皆与《落花》《官柳》诗同旨。晚唐诗惟偓足以嗣响义山。(陈沆《诗比兴笺》卷四)

是时崔胤为相,欲尽诛宦官。昭宗独召韩公问计,公请择数人置之于法,抚谕其馀,使咸自安。此时召对是其事也。(吴汝纶《吴评韩翰林集》)

吴汝纶曰："三四记宫禁之景,明外人所不得见。五句自喻亲幸,六句忧乱之恉,收借东方生以明己之密筹大计也。"（高步瀛《唐宋诗举要》本诗下注评引）

与吴子华侍郎同年玉堂同直怀恩叙恳
因成长句四韵兼呈诸同年①

往年莺谷接清尘②,今日鳌山作侍臣③。二纪计偕劳笔研,余与子华,俱久困名场④。一朝宣入掌丝纶⑤。声名烜赫文章士⑥,金紫雍容富贵身⑦。绛帐恩深无路报⑧,语馀相顾却酸辛。

【题解】

天复元年(901)入翰林后作。题称吴融为侍郎,据《新唐书·吴融传》:"昭宗反正,御南阙,群臣称贺,融最先至。于时左右欢骇,帝有指授,迭十许稿,融跪作诏,少选成,语当意详,帝咨赏良厚。进户部侍郎"。则吴融为户部侍郎在昭宗反正后,即天复元年。

韩偓与同年吴融同值,感念座主赵崇拔擢自己进士及第,方才有如今之声名煊赫与雍容富贵,自感难于回报恩人,故赋诗抒怀。首联回顾昔年与吴融同时及第,有如莺出幽谷,故今日得以在翰林院任显职。颔联回首当年读书觅第,久困举场之艰难辛苦,而所幸终于及第入仕,得以入翰林院为皇上撰写诏书。颈联言自己与吴融今日已是声名赫赫之文士,雍容华贵之朝臣,可谓春风得意。齐涛《韩偓诗集笺注》释"绛帐"句谓"韩偓作此诗时,昭宗刚刚反正,即又被朱全忠操纵,形同傀儡。故有是言。"其说不确。"绛帐"句乃就恩师而言,所欲报答者乃其座师赵崇,非昭宗也。尾联意谓反念今日之荣宠,来源于座主赵崇恩师之提携,以回扣诗题之"怀恩"。而又深愧难于回报师恩,故与同年吴融相顾而辛酸,怅恨不已。

【校注】

①"同直"，《唐诗纪事》卷六十五作"伴直"。"恩"，《全唐诗》、吴校本均校："一作昔"。《唐诗纪事》卷六十五作"昔"。吴子华侍郎：即吴融，字子华，越州山阴(今浙江绍兴)人。唐昭宗龙纪元年，与韩偓等同登进士第。韦昭度讨蜀，任掌书记。后坐累去官，流浪荆南。召为左补阙，以礼部郎中为翰林学士，拜中书舍人。天复元年，昭宗反正后，其所撰诏书为昭宗所赏，擢为户部侍郎。凤翔劫迁，融不克从，去客阌乡。天复三年，复入为翰林学士，迁翰林学士承旨。卒于官。详见《新唐书》卷二〇三本传。同年，科举考试同科中式者之互称。唐代同榜进士称"同年"。诸同年，据孟二冬《登科记考补正》，龙纪元年与韩偓同登进士科者有李翰、温宪、唐备、崔远、李冉、程忠等人。是年知贡举为礼部侍郎赵崇。

②莺谷：即莺处幽谷，比喻人未显达时的处境。此处为出莺谷之意，即谓登进士科第。清尘：车后扬起的尘埃。亦用作对尊贵者的敬称。清，敬词。《汉书·司马相如传》："犯属车之清尘。"颜师古注："言清者，尊贵之意也。"此处清尘代指吴融。

③鳌山：亦作"鼇山"，意指鳌头上之蓬莱、瀛洲等仙山。诗中鳌山代指宫廷中之翰林院。唐宋时翰林学士、承旨等官朝见皇帝时立于镂有巨鳌的殿陛石正中，因称入翰林院为上鳌头。侍臣：侍奉帝王的廷臣。

④"偕"，汲古阁本校："一作谐。"按：《唐诗纪事》卷六十五作"谐"。"研"，韩集旧钞本、玉山樵人本、统签本均作"砚"。按：此处"研"通"砚"，下文遇"研"作"砚"不再出校。"困"，统签本作"同"。"二纪计偕"句：意谓诗人经历二纪之科举考试后方登科，即其自注所谓"余与子华俱久困名场"。二纪，二十四年。一纪为十二年。计偕，指举人赴京会试。

⑤掌丝纶：意谓在朝中为皇帝代草诏书。《礼记·缁衣》："王言如丝，其出如纶。"孔颖达疏："王言初出，微细如丝，及其出行于外，言更渐大，如似纶也。"后因称帝王诏书为"丝纶"。

⑥烜赫：此谓声名盛大。

⑦"金紫雍容"句：金紫，金鱼袋和紫衣，唐时乃一定品级的官员所穿戴。《新唐书·车服志》："自是百官赏绯、紫，必兼鱼袋，谓之章服。当时服

朱紫，佩鱼者众矣。"雍容，形容仪态温文大方，从容不迫。

⑧"路报"，韩集旧钞本、玉山樵人本、统签本、麟后山房刻本、吴校本均作"报路"，《全唐诗》校"一作报路"，吴校本校"一作路报"。"绛帐"句：绛帐，师门、讲席之敬称。"绛帐恩深无路报"，指诗人难于报答座主赵崇之深恩。

和吴子华侍郎令狐昭化舍人
叹白菊衰谢之绝次用本韵①

正怜香雪披千片②，忽讶残霞覆一丛③。此花将谢，却有红色。还似妖姬长年后④，酒酣双脸却微红。

【题解】

诗称吴子华为侍郎，子华任户部侍郎乃在天复元年（901）昭宗反正后，故此诗作于天复元年。诗咏白菊衰谢，则当作于天复元年秋末。此为酬和吴融、令狐涣叹白菊衰谢绝句之次韵诗。吴融、令狐涣原作今佚。首句咏昔日白菊怒放时如白雪纷披，雪白芳郁，令人怜爱。次句惊讶白菊忽然已将凋残，然犹有晚霞般之绯红，如徐娘半老，犹存姿色。后两句以年长妖姬酒后双颊之晕红，比况将谢之白菊。此诗之独特处，在以女色比喻白菊，更具风情韵致，令人垂怜。

【校注】

①吴子华侍郎：户部侍郎吴融。令狐昭化舍人，即中书舍人令狐涣，字昭化。据《旧唐书》卷一七二《令狐楚传》，楚子令狐绹，绹"子滈、涣、沨"，"涣、沨俱登进士第。涣位至中书舍人。"《新唐书·韩偓传》："中书舍人令狐涣任机巧，帝尝欲以当国，俄又悔曰：'涣作宰相或误国，朕当先用卿。'辞曰：'涣再世宰相，练故事，陛下业已许之。若许涣可改，许臣独不可移乎？'"此诗题下吴汝纶评注谓"昭化令狐涣也"。次韵，依次用所和诗中的

10

韵作诗。也称步韵。

②"披",统签本、《全唐诗》、吴校本均校："一作飞。"按：应作披,盖此句乃咏白菊尚未凋谢之状态,而非飞落之情景。怜:喜爱、疼爱。香雪:此指白菊花瓣。披:纷披,覆盖。

③残霞:形容将凋谢时呈现红色如残霞般的白菊花。

④妖姬:美女。多指妖艳的侍女、婢妾。长年:指老年人。

【汇评】

愚斋云:唐宋诗人咏菊,罕有以女色为比,其理当然。或有以为比者,惟韩偓叹白菊云："正怜香雪披千片,忽讶残霞覆一丛。还似妖姬长年后,酒酣双脸却微红。"此唐人诗也。(史铸《百菊集谱》卷三)

(愚斋)又云:唐宋诗人咏菊,罕有以女色为比者,惟唐韩偓叹白菊云："正怜香雪披千片,忽讶残霞覆一丛。还似妖姬年长后,酒酣双脸却微红。"又宋魏野有菊一绝云："正当摇落独芳妍,向晓吟看露泫然。还似六宫人竞怨,几多珠泪湿金钿。"(陆廷灿《艺菊志·诗话》)

中秋禁直①

星斗疏明禁漏残②,紫泥封后独凭阑③。露和玉屑金盘冷④,月射珠光贝阙寒⑤。天衬楼台笼苑外⑥,风吹歌管下云端⑦。长卿只为长门赋⑧,未识君臣际会难⑨。

【题解】

作于天复元年(901)中秋。吴汝纶评注谓"旧说此为朱全忠之毁,非也。昭宗待韩公始终不衰,并不以全忠之毁而异。此诗当是未播迁时入直禁中之作。"所云甚是。吴汝纶又评"此奏封事后作,前六句皆自幸遭际,故末句云云,言为《长门赋》者,徒知沦落可怜,未知遭际后之弥不易也。盖公与昭宗有鱼水之契,而事势至亟,故叹其不易,此其忠悃勃郁处,词意至为深沉。"其说可参。然诗末"长卿"二句,似谓司马相如只是以《长门赋》之文

11

才为汉皇所赏而已,而做梦也未能体会到如我般的君臣在国家大事上的际会遇合之难。至于薛雪《一瓢诗话》所云:"韩致尧《中秋禁直》,望宫阙于九霄,听弦歌于五夜,欲使主上亲贤远佞而不可得,展转不寐,隐约可念。"则所说不确,盖此处全无"欲使主上亲贤远佞而不可得"之意。

【校注】

①禁直:在宫廷官署中值班。禁,帝王宫殿。

②"星斗"句:星斗,此处泛指天上的星星。疏明,指疏淡的光辉。禁漏,宫中计时漏刻。禁漏残,谓夜深将尽时。

③"后",麟后山房刻本作"内"。按:作"内"误。紫泥,古人以泥封书信,泥上盖印。皇帝诏书则用紫泥。后即以指诏书。

④"露和玉屑"句:玉屑,玉的碎末。《史记·孝武本纪》:"又作柏梁、铜柱、承露仙人掌之属矣。"司马贞《索隐》引《三辅故事》云:"建章宫承露盘高二十丈,大七围,以铜为之。上有仙人掌承露,和玉屑饮之。"

⑤"月射珠光"句:珠光,珍珠的光华。此处指明洁耀眼的光芒。贝阙,以紫贝为饰的宫阙。本指河伯所居的龙宫水府,后用以形容壮丽的宫室。

⑥天衬楼台:谓天空衬托着高崇的楼台。

⑦歌管:谓唱歌奏乐。

⑧"长卿"句:长卿,即司马相如。传见《史记》卷一一七、《汉书》卷五十七。《文选》司马长卿《长门赋序》曰:"孝武皇帝陈皇后时得幸,颇妒,别在长门宫,愁闷悲思,闻蜀郡成都司马相如天下工为文,奉黄金百斤为相如、文君取酒,因于解悲愁之辞。而相如为文以悟主上,陈皇后复得亲幸。"

⑨际会:机遇;时机;遇合。

【汇评】

李商隐《贾谊》诗云:"可怜夜半虚前席,不问苍生问鬼神。"韩偓云:"如今冷笑东方朔,唯用诙谐侍汉皇。"又云:"长卿只为《长门赋》,未识君臣际会难。"皆反其事而言之。是时韩在翰林,故出此语,视李为切。(范晞文《对床夜语》卷四)

韩偓,字致尧,别集一卷,实本集也。以其有《香奁集》,故反名别集。然其语多浅俗,入录者甚少。七言律如"无奈离肠"、"长日居闲"、"惜春连日"三篇,气韵亦胜。"星斗疏明"一篇,声亦宣朗。他如"瓶添涧水盛将月,衲挂松枝惹得云""树头蜂抱花须落,池面鱼吹柳絮行。禅伏诗魔归静域,酒冲愁阵出奇兵"等句,乃晚唐巧句也。至若"炉为窗明僧偶坐""雨连莺晓落残梅",则奇僻不可为法矣。(许学夷《诗源辩体》卷三十二)

谢玄晖诗:"风动万年枝,日华承露掌。"刘孝绰诗:"仙掌方承露,灵乌又转风。"王褒诗:"御沟槐影出,仙掌露光晞。"岑文本诗:"佳气浮仙掌,薰风入帝梧。"韩偓诗:"露和玉屑金盘冷,月射珠宫贝阙寒……"(高似孙《纬略》卷十《承露盘铭》)

《唐诗鼓吹》云:韩偓《中秋禁直》诗结联云:"长卿只为长门赋,未识君臣际会难。"只"君臣际会难"五字,是通篇主意。起云"星斗疏明禁漏残,紫泥封后独凭阑",言当禁漏初残,星斗疏明之际,何地何时仅以三寸柔翰,出入殿庭,凭栏独望,此何等际会也!三、四"露和玉屑金盘冷,月射珠光贝阙寒"二句,写禁中秋景也。五、六"天衬楼台归苑外,风吹歌管下云端"二句,写禁中入直之所见所闻也。当此君臣际会,自有一段忠君爱国念头,一番忠君爱国事业。托长卿正以自勉耳!读是诗,可悟立意之式。(蔡钧《诗法指南》卷四)

方回:以上二诗(按:指《雨后月中玉堂闲坐》与本诗),俱端重有体。

无名氏(乙):前诗不仅如所评。

陆贻典:中四句是中秋禁中,挪移不得。

何义门:陈后废,以相如一赋复得召幸。昭宗幽于东内,身为内相,不能建复辟之绩,岂不负此际会乎?当于言外求之。

纪昀:致尧诗或纤或俚,此独深稳。第五句"衬"字炼得稳,以新巧论之,则胜下句,而下句却以天然胜。胜前篇处,在结句深挚。

无名氏(乙):最浑成。(以上《瀛奎律髓汇评》卷二朝省类)

工丽。(《网师园唐诗笺》评"露和玉屑"一联)

韩致尧《中秋禁直》,望官阙于九霄,听弦歌于五夜,欲使主上亲贤远佞而不可得,展转不寐,隐约可念。(薛雪《一瓢诗话》)

韩偓《落花》诗曰……此伤朱温将篡唐而作。次联言君民之东迁,诸王之见害也。三联望李克用之勤王,痛韩建之逆主也。结末沉痛,意更显然。

偓集又有《宫柳》诗云：……此诗以宫柳自比，而忧全忠之见妒，末则言草野尚有贤者，恨不能荐之于朝，以为己助也。其他如《重游曲江》之"避客野鸥如有感，损花微雪似无情"；《夏日召对》云："坐久忽疑槎犯斗，归来兼恐海生桑"；《中秋禁直》云："长卿只为长门赋，未识君臣际会难"，皆与《落花》《宫柳》诗同旨。晚唐诗惟偓足以嗣响义山。（陈沆《诗比兴笺》卷四）

记幼时先祖铁庵公每于花间小酌，辄呼寿昌至前，口授唐诗数首。一日，诵"星斗疏明禁漏残，紫泥封后独凭阑……"诵至前六句，忽觉无限晶光异彩，陆离于眉睫之间，一片金石清音，琳琅于檐隙之际。此盖有自然之神韵，溢乎楮墨之外，初非人力所能与也。（王寿昌《小清华园诗谈》）

秋谷曰："衬"字新稳。（复旦大学图书馆藏《唐音统签》本眉批）

吴汝纶曰："此奏封事后作，前六句皆自幸遭际，故末句云云。言为《长门赋》者，徒知沦落可怜，未知遭际后之弥不易也。盖公与昭宗有鱼水之契，而事势至亟，故叹其不易，此其忠悃勃郁处，词意至为深沉。"（高步瀛《唐宋诗举要》本诗下注评引）

侍　宴

蜂黄蝶粉两依依①，狎宴临春日正迟②。密旨不教江令醉③，丽华微笑认皇慈④。

【题解】

统签本题下小注云："天复元年翰苑作，时用宫嫔传命，故云。"则诗作于天复元年（901）昭宗反正后之春日。此诗写侍宴情景。首二句描述宴会时春日和暖，阳光明媚，又有盛装之婀娜风流之宫嫔陪侍，可见宴会时亲昵融洽之态。《韩偓诗注》注"日正迟"之迟，引"春日迟迟"句例，解为"徐行貌"，未的。后二句以"不教江令醉"、"丽华微笑认皇慈"状昭宗之仁爱慈惠。然此未免清杜诏以"丽华狎宴临春，直比昭宗于后主，不可解也"之惑。细绎其旨，乃以江总与陈后主之亲密关系，比况自己侍宴之情状，非以昭宗比况沉酣荒淫中之后主。

锡宴日作 是岁大稔①,内出金币赐百官充观稼宴②,学士院别赐越绫百匹③,委京兆府句当④。后,宰相一日宴于兴化亭。

玉衔花马蹋香街⑤,诏遣追欢绮席开⑥。中使押从天上去，是日，在外四学士排门齐入，同进状辞赴宴所，奉宣差学士院使二人押去⑦。外人知自日边来⑧。臣心净比潋滟水⑨，圣泽深于潋滟杯⑩。才有异恩颁稷契⑪，已将优礼及邹枚⑫。清商适向梨园降⑬，妙妓新行峡雨回⑭。不敢通宵离禁直⑮，晚乘残醉入银台⑯。当直学士二人，至晚，学士院使二人却押入直，余四人在外，可以卜夜。内臣去外，知熟间丞郎给舍多来突宴。余是日当直，故有是句⑰。

【题解】

统签本小注以为作年为"天复元年辛酉也"。此诗原有小注谓"是岁大稔"，则诗乃约天复元年（901）秋冬间之作。

此诗《全唐诗》本小注有"委京局句当"，《韩偓诗集笺注》注京局云："即盐铁转运使官衙，其官衙例称使局，常设于盐铁使属下的上都院，故又称京局。"《韩偓诗注》注云："在京各机构的泛称。赵升《朝野类要·任职》：'上自三省，下及仓场库务，皆为百司，或谓之有司，又谓之京局。'这里指京中具体办事机构。"按：此处"京局"，《唐百家诗选》本作"京尹"，韩集旧钞本、统签本均作"京兆府"。《汉语大词典》注"京局"即引上引《朝野类要·任职》云："宋时指中央机构各部门，又称百司。"又云"指清代铸钱机构宝泉局及宝源局"。则"京局"似乃宋后出现之机构名，唐时恐无此称。故此处"京局"当作"京兆府"为宜。"清商适向梨园降，妙妓新行峡雨回"二句，乃谓梨园歌妓停止演奏，妙妓们亦演罢回归。此时已夜晚，故何焯于"妙妓"句下批注云："暗度'晚'字。"亦即暗度至"晚乘残醉入银台"。何焯于全诗末句批注云："结与'在外四学士'注又有照应。"指与原注"余是日当直，故有是句"互相照应。可见韩偓是日虽当直，然亦离开翰林院出席宴会，至晚方"不敢通宵离禁直，晚乘残醉入银台"。而其回入禁直，亦又由"学士院使二人却押入直"，可见其时院使监管翰林学士之紧严。

【校注】

①汲古阁本在诗题下小注云："一本在《中秋禁直》后。"按：此诗韩集旧钞本即在《中秋禁直》诗后。"日"，黄永年、陈枫校点《王荆公唐百家诗选》

16

校云:"'日',分类本无。"(按:"分类本"指《王荆公唐百家诗选》之宋刻分类残本,下同,不具注。)"金币",唐百家诗选本作"金帛"。"越",黄永年、陈枫校点《王荆公唐百家诗选》校云:"'越',分类本'大'。""京兆府",原作"京局",《唐百家诗选》本作"京尹",韩集旧钞本作"京兆府"。又统签本题下小注有所不同,为"'是岁大稔,内出金币赐百官充观稼宴,学士院别赐越绫百匹,委京府公(按:"公"当为"句"之误)当。后一日宴宰相于兴化亭。'天复元年辛酉也。"今即据韩集旧钞本等改。大稔:稔,庄稼成熟。

②内:指朝廷之内库,即皇宫之府库。观稼宴:此处指皇帝组织百官观稼时所举行的宴会。观稼,观看庄稼。

③学士院:即指韩偓当时所在之翰林院。越绫:越地出产的丝织品。绫,一种薄而细,纹如冰凌,光如镜面的丝织品。白居易《卖炭翁》:"半匹红绡一丈绫,系向牛头充炭直。"

④京兆:汉代京畿的行政区域,为三辅之一。在今陕西西安以东至华县之间,下辖十二县。后因以称京都。唐时京兆府所辖亦即京城长安及京畿地区。句当:办理;掌管。

⑤"香",玉山樵人本作"金",《全唐诗》、吴校本均校:"一作天"。"玉衔"句:玉衔,玉饰的马嚼子。香街,指繁华的街道。此处同天街,指京城长安街道。

⑥追欢:亦作"追驩"。犹寻欢。

⑦"宣",黄永年、陈枫校点《王荆公唐百家诗选》校云:"'宣',本无,据分类本补。""中使"句:中使,宫中派出的使者。多指宦官。此处中使指当时宦官韩全诲置于翰林院之院使。押,押送。天上,与下文"日边"意同,均指皇帝所在之宫廷。

⑧日边:原指太阳的旁边。犹言天边,指极远的地方。此处比喻宫廷或帝王左右。

⑨漪涟:微波。《诗·魏风·伐檀》:"河水清且涟漪。"

⑩"圣泽"句:圣泽,帝王的恩泽。潋滟,水波荡漾貌。又,水满貌,泛指盈溢。此处两者均可通。

⑪"异恩"句:异恩,特殊之恩遇。此指其自注所谓"内出金币赐百官充

观稼宴"。稷契,稷和契之并称,两人是唐虞时代贤臣,此处以稷契喻当时之宰相。

⑫"优礼"句:优礼,优待礼遇。邹枚,汉代邹阳、枚乘的并称。两人均为汉梁孝王所宠幸,皆以才辩著名当时。后因以"邹枚"借指富于才辩之士。此处用以喻包括自己在内的翰林学士。所谓"优礼及邹枚",指其自注所谓"学士院别赐越绫百匹"并赐宴事。

⑬"适",统签本、《全唐诗》、吴校本均校:"一作回。"按:《唐诗纪事》卷六十五作"回"。"清商"句:清商,商声,五音之一。古谓其调凄清悲凉,故称。梨园,唐玄宗时教练宫廷歌舞艺人的地方。降,停止;罢退。此句谓清商之曲刚在梨园结束。

⑭"妙妓"句:意谓此妙妓如行巫山云雨之美妙多情的神女。妙妓,容颜美丽、技艺精妙的歌妓。峡雨,暗用巫山云雨之典。

⑮禁直:在宫禁中值班。此指值班之所,即翰林院。

⑯"残醉"句:残醉,酒后残存的醉意。银台,指翰林院。

⑰《唐百家诗选》本无此段小注。卜夜:即卜昼卜夜之意。春秋时齐陈敬仲为工正,请桓公饮酒,桓公高兴,命举火继饮,敬仲辞谢说:"臣卜其昼,未卜其夜,不敢。"见《左传·庄公二十二年》。《晏子春秋·杂上》、汉刘向《说苑·反质》以为此为齐景公与晏子事。后称尽情欢乐,昼夜不止为"卜昼卜夜"。知熟,即互相熟知者。丞郎,唐尚书省的左右丞和六部侍郎的总称。尚书在左右丞之上,也称丞郎。给舍,给事中及中书舍人的并称。突宴,闯宴。此处意谓本不请丞郎给舍与宴,因是熟识,故来参与宴会。

【汇评】

"妙妓新行峡雨回",何焯批注云:"暗度'晚'字。"何焯于全诗末句批注云:"结与'在外四学士'注又有照应。"(见《王荆公唐百家诗选》此诗小注)

宫　柳①

莫道秋来芳意违②,宫娃犹似妒蛾眉③。幸当玉辇经过

18

处④,不怕金风浩荡时⑤。草色长承垂地叶⑥,日华先动映楼枝⑦。涧松亦有凌云分⑧,争似移根太液池⑨。

【题解】

据《唐百家诗选》小注"此后二首在内庭作",知天复元年入翰林后作。又诗有"莫道秋来芳意违"句,知作于天复元年(901)秋。清陈沆以为此诗"以宫柳自比,而忧全忠之见妒",已揭橥诗人寓托之用心。然以"宫娃"为朱全忠则未确。盖此诗作于天复元年秋,时朱全忠未在宫内,且其嫉恨韩偓乃在此后。王达津《〈宫柳〉诗和韩偓的生卒年》云:"表面上咏宫苑柳树,实际是用柳树比喻朝中坚持对抗宦官军阀的人。诗第一联比喻他们在政治上受人嫉妒排挤。第二联写有昭宗的支持,不怕金风浩荡。第三联写下有同情柳的芳草,上有日光照耀它的劲枝。第四联则希望涧松那样的在野人物,移根宫苑共救危亡。"据《资治通鉴》卷二六二天复元年闰六月载:"崔胤请上尽诛宦官,但以宫人掌内诸事;宦官属耳,颇闻之,韩全诲等涕泣求哀于上,上乃令胤,'有事封疏以闻,勿口奏。'宦官求美女知书者数人,内之宫中,阴令伺察其事,尽得胤密谋,上不之觉也。"《资治通鉴》记此事于天复元年八九月,与此诗作于秋时符合。又《新唐书·韩偓传》载:"李彦弼见帝倨甚,帝不平,偓请逐之,赦其党许自新……彦弼潜偓及(令狐)涣漏禁省语,不可与图政,帝怒曰:'卿有官属,日夕议事,奈何不欲我见学士邪?'"则诗中"妒蛾眉"之"宫娃",或即指李彦弼辈以及"美女知书者"之指使者,如宦官韩全诲之流。

【校注】

①《唐百家诗选》本诗题后有小注云:"此后二首在内庭作。"按:此处所谓后二首即指《宫柳》《苑中》二诗。

②"违",黄永年、陈枫校点《王荆公唐百家诗选》校云:"'违',分类本'迟'。"芳意:指春意。此处所谓"芳意违",意谓柳因秋来而浓浓春意已衰飒。此诗句亦有寓托。

③"宫娃"句:宫娃,宫女。蛾眉,蚕蛾触须细长而弯曲,因以比喻女子美丽的眉毛。

④玉辇：天子所乘之车，以玉为饰。

⑤金风：秋风。

⑥“草色”句：承，承接。垂地叶，指下垂之柳叶。

⑦“动”，《唐百家诗选》本作“照”。日华：太阳的光华，日光。

⑧涧松：涧谷底部的松树。多喻德才高而官位卑的人。晋左思《咏史》诗之二：“郁郁涧底松，离离山上苗。以彼径寸茎，荫此百尺条。世胄蹑高位，英俊沉下僚。地势使之然，由来非一朝。”凌云：直上云霄。

⑨“移根”，《唐百家诗选》本作“盘根”。争似：怎似，哪能比得上。太液池：古池名。唐太液池，在大明宫中含凉殿后，中有太液亭。

【汇评】

此诗以宫柳自比，而忧全忠之见妒，末则言草野尚有贤者，恨不能荐之于朝，以为己助也。（陈沆《诗比兴笺》卷四）

苑　中

上苑离宫处处迷①，相风高与露盘齐②。金阶铸出狻猊立③，玉柱雕成狒狖啼④。外使调鹰初得按⑤，五坊外按使⑥，以鹰隼初调习，始能擒获，谓之“得按”。中官过马不教嘶⑦。上每乘马，必阉官驭以进，谓之“过马”。既乘之，而后蹀躞嘶鸣⑧。笙歌锦绣云霄里⑨，独许词臣醉似泥⑩。

【题解】

汲古阁本题下小注云：“一本在《宫柳》后。”按：《唐百家诗选》本此诗即紧接在《宫柳》诗后，并于《宫柳》诗下小注云“此后二首在内廷作”，知此诗为天复元年（901）入翰林后作。诗极写宫苑金碧辉煌，盛丽宏大，文士歌舞沉醉之优容气象，可见诗人为翰林学士为昭宗器重礼待，甚感荣宠。末句“笙歌锦绣云霄里，独许词臣醉似泥”，其蒙恩优容自得之快慰自矜，洋溢其中。当然，正如吴汝纶所评，歌咏中亦可见韩偓忠悃勃郁之感恩情态。

【校注】

①"上苑"句：上苑，皇家的园林。原为汉武帝所建。离宫，皇帝于正式宫殿之外别筑宫室，以便随时游处，谓之离宫，言与正式宫殿分离。

②"相风"句：相风，即相乌，观测风向的仪器。露盘，即承露盘。《史记·孝武本纪》："又作柏梁、铜柱、承露仙人掌之属矣。"

③"金阶"句：金阶，指帝王宫殿的台阶。狻猊，兽名。狮子。

④"玉柱"，原作"玉树"，《唐百家诗选》、韩集旧钞本、玉山樵人本、《唐诗纪事》卷六十五、统签本、汲古阁本、麟后山房刻本、吴校本均作"玉柱"。按："玉柱"为是。"玉柱"与上"金阶"对，均是宫殿建筑，今据改。"狒狓"，《唐百家诗选》本、韩集旧钞本、汲古阁本、麟后山房刻本均作"狒秭"，玉山樵人本、统签本均作"拂秭"，吴校本作"佛秭"，统签本、《全唐诗》、吴校本均校："一作秭狒。又作翡翠。"按：《唐诗纪事》卷六十五作"翡翠"，然应以狒狓为是。狒狓：均为兽名。狒即狒狒，哺乳动物。身体像猴，头部像狗，毛色灰褐，四肢粗，尾细长。群居，杂食。多产在非洲。传说中亦有类似之兽。

⑤"外使"句：外使，即外按使。外按，冬日以鹰犬出近畿演习狩猎。外按使，盖即负责此项外按事之使者。

⑥"坊"，原作"方"，《唐百家诗选》本作"坊"，今据改。五坊：唐代为皇帝饲养猎鹰猎犬的官署。至宋初始废。

⑦中官：此处为宦官，即下文所谓的阉官。

⑧《唐百家诗选》本于"嘶鸣"后有"也"字。蹙躞：小步行走貌。

⑨"锦绣"，《唐百家诗选》本作"绣锦"。锦绣：比喻美丽或美好的事物。此处形容"笙歌"美妙动听。

⑩词臣：指文学侍从之臣，如翰林之类。

【汇评】

北都使宅，旧有过马厅。按韩偓诗云："外使调鹰初得按，中官过马不教嘶。"注云："乘马必中官驭以进，谓之过马。既乘之，然后蹙躞嘶鸣也。"盖唐时方镇亦效之，因而名厅事也。（司马光《温公诗话》）

《东皋杂录》云:"北门旧有过马厅,韩魏公为留守,更新之,榜日雅集,赋诗云:'过马传闻事莫详,我严宾席在更张。不资金石升堂乐,务接芝兰入室香。农获大田歌滞穗,讼消群柱闿甘棠。时闻雅集延诸彦,病守心间兴亦长。'"(胡仔《苕溪渔隐丛话后集》卷十五)

吴汝纶曰:"句句矜练,不作一寻常语。"(高步瀛《唐宋诗举要》本诗前四句下注评引)

吴汝纶曰:"极道宫苑之盛,以自庆幸。文人无论所处崇庳,例多怨望,公仕危朝,而其词雍容和乐如此,弥见忠悃勃郁也。"(高步瀛《唐宋诗举要》本诗后四句下注评引)

阎生案:此在乱之中而陈述恩幸,故其词沉郁,特有深旨。以上诸诗皆有此意。(吴汝纶《吴评韩翰林集》本诗下吴阎生评注)

从猎三首①

一

猎犬谙斜路,宫嫔识认旗②。马前双兔走③,宣尔羽林儿④。

【题解】

据统签本题下小注"天复元年翰苑作",知作于天复元年(901)。诗写随从宫中狩猎场景,将狩猎场面写得轻松欢悦,全无肃杀血腥气氛,仿佛是一场欢乐的郊野游览活动。特别是第二首展现随猎宫妓"鞍轻细腰"之轻盈窈窕,"齐走马"而"唱交交"之健美与欢愉活跃,益加展现场面之轻松欢畅。第三首末句之"忽闻仙乐动,赐酒玉偏提",蒙恩之荣宠感受洋溢其中。

【校注】

①统签本题下小注云:"天复元年翰苑作。"

②"认",《全唐诗》、吴校本均校:"一作画。"按:《万首唐人绝句》卷十九作"画"。宫嫔:帝王的侍妾。

22

③"走",原作"起",汲古阁本作"走",并校"一作起",《全唐诗》、吴校本均校"一作走",今据改。

④"尔",玉山樵人本、韩集旧钞本、统签本、汲古阁本、麟后山房刻本、吴校本均作"示",《全唐诗》校"一作示",吴校本校"一作尔"。"宣尔"句:尔,代词。你们;你。羽林儿,禁卫军健儿。汉武帝时选陇西、天水、安定、北地、上郡、西河等六郡良家子宿卫建章宫,称建章营骑。后改名羽林骑,取为国羽翼,如林之盛之意;隋以左右屯卫所领兵为羽林。唐置左右羽林军。唐王建《羽林行》:"出来依旧属羽林,立在殿前射飞禽。"唐张籍《少年行》:"少年从猎出长杨,禁中新拜羽林郎。"

二

小镫狭秋鞘①,鞍轻妓细腰。有时齐走马②,也学唱交交③。

【校注】

①"秋",玉山樵人本、统签本均作"鞭",《全唐诗》校:"一作鞭。""小镫"句:镫,挂在鞍子两旁的脚踏。多用铁制成。秋鞘,拴在马股后的细皮条。秋,指络在牲口股后尾间的绊带。

②走马:骑马疾走;驰逐。

③交交:即咬咬。鸟鸣声。

三

蹀躞巴陵骏①,毰毸碧野鸡②。忽闻仙乐动,赐酒玉偏提③。

【校注】

①"陵",韩集旧钞本、麟后山房刻本、吴校本均作"驲",《全唐诗》校:"一作驲",吴校本校:"一作陵。"巴陵骏:巴陵所产骏马。巴陵,郡名。南朝

宋元嘉十六年(439)置。治所在巴陵(今湖南岳阳)。隋开皇九年(589)废。唐天宝元年(742)复置。乾元元年(758)改称岳州。

②毪毵:羽毛张开貌。碧野鸡:翠绿色羽毛的野鸡。

③玉偏提:玉质的酒壶。偏提,酒壶。

辛酉岁冬十一月随驾幸岐下作①

曳裾谈笑殿西头②,忽听征铙从冕旒③。凤盖行时移紫气④,鸾旗驻处认皇州⑤。晓题御服颁群吏⑥,夜发宫嫔诏列侯⑦。雨露涵濡三百载⑧,不知谁拟杀身酬⑨。

【题解】

天复元年(901)入翰林后作。汲古阁本诗题下小注云:"是年为昭宗天复元年,韩全诲劫帝幸凤翔。"诗题谓"辛酉岁",则诗乃天复元年(901)十一月作。此诗涉及"随驾幸岐下"事,史籍可参。《新唐书·韩偓传》云:"及(崔)胤召朱全忠讨全诲,汴兵将至,偓劝胤督茂贞还卫卒。又劝表暴内臣罪,因诛(韩)全诲等;若(李)茂贞不如诏,即许(朱)全忠入朝。未及用,而全诲等已劫帝西幸。偓夜追及鄠,见帝恸哭。至凤翔,迁兵部侍郎,进承旨。"诗中"晓题御服颁群吏,夜发宫嫔诏列侯"句,吴汝纶谓"当时事起仓卒,故有'晓题'、'夜发'一联。是日开延英议政,全诲已密遣人送诸宫人先之凤翔矣。"《韩偓诗注》谓后句即指《资治通鉴》卷二六二所载"韩全诲遣人密送诸王、宫人先之凤翔"事。按:以"全诲已密遣人送诸宫人先之凤翔矣"事释"夜发宫嫔"句恐有未安。所谓"诏",当指昭宗而言,则此事当是昭宗所为之事,而非韩全诲遣人密送者。且韩全诲事据《资治通鉴》所记乃在天复元年十月丁未。非是年十一月出幸前后事。《资治通鉴》天复元年十一月载:"韩全诲等以李继昭不与之同,遏绝不令见上。时崔胤居第在开化坊,继昭帅所部六十馀人及关东诸道兵在京师者共守卫之;百官及士民避乱者,皆往依之。庚戌,上遣供奉官张绍孙召百官,崔胤等皆表辞不至。壬子，韩全诲等陈兵殿前，言于上曰：'全忠以大兵逼京师，欲劫天子幸洛阳，求传禅；臣等请奉陛下幸凤翔，收兵拒之。'上不许，杖剑登乞巧楼。全诲等逼上下楼，上行才及寿春殿，李彦弼已于御院纵火。是日冬至，上独坐思政殿，翘一足，一足蹋阑干，庭无群臣，旁无侍者。顷之，不得已，与皇后、妃嫔、诸王百馀人皆上马，恸哭声不绝，出门，回顾禁中，火已赫然。是夕，宿鄠县。"据此，则"夜发宫嫔"句当即谓此。故末联遂有"雨露"、"不知"之慨叹，乃慨叹"崔胤等皆表辞不至"，百官不知杀身酬报皇恩也。

【校注】

①诗题《唐百家诗选》本作"辛酉冬随驾日作今方追忆全篇因附于此"。何焯校云："天复元年。"玉山樵人本、统签本均作"冬十一月驾幸岐下作"。辛酉岁：昭宗天复元年(901)。随驾，跟随帝王左右。幸，封建时代称帝王亲临。岐下，岐山下，此指凤翔，岐山在唐凤翔府辖境。岐山上古称"岐"。

②曳裾：拖着长襟。此谓作为皇帝侍从之臣。李白《行路难》之二："弹剑作歌奏苦声，曳裾王门不称情。"

③征铙：出行所敲打之铙。铙，军中用以止鼓退军的乐器。青铜制，体短而阔，有中空的短柄，插入木柄后可执。原无舌，以槌击之而鸣。三个或五个一组，大小相次，盛行于商代。此处所谓"征铙"，实际上指唐昭宗为宦官韩全诲劫幸凤翔事。冕旒：大夫以上的礼冠。顶有綖，前有旒，故曰"冕旒"。天子之冕十二旒，诸侯九，上大夫七，下大夫五。见《周礼·夏官·弁师》。此处指皇冠，借指唐昭宗。此句实谓唐昭宗忽为韩全诲劫持，故随昭宗出幸凤翔。

④凤盖：皇帝仪仗的一种。饰有凤凰图案的伞盖。紫气：紫色云气，祥瑞之气。帝王、圣贤等出现的预兆。

⑤鸾旗：天子仪仗中的旗子。上绣鸾鸟，故称。皇州：帝都；京城。

⑥御服：帝王所用的衣服。

⑦宫嫔：帝王的侍妾。列侯：此处指朝中各重臣。

⑧雨露：比喻恩泽。涵濡：滋润；沉浸。

⑨拟：打算；准备。杀身：舍身，丧生。

辛酉，即天复元年。十一月，韩全诲劫昭宗幸凤翔依李茂贞。《无题·诗序》所云"十一月末，余在内直，一旦兵起，随驾西狩"是其事也。当时事起仓卒，故有"晓题"、"夜发"一联。是日开延英议政，全诲已密遣人送诸宫人先之凤翔矣。（吴汝纶《吴评韩翰林集》）

冬至夜作天复二年壬戌随驾在凤翔府①

中宵忽见动葭灰②，料得南枝有早梅③。四野便应枯草绿④，九重先觉冻云开⑤。阴冰莫向河源塞⑥，阳气今从地底回⑦。不道惨舒无定分⑧，却忧蚊响又成雷⑨。

【题解】

诗题下小注谓"天复二年壬戌，随驾在凤翔府"，汲古阁本诗后注云："是年为翰林学士承旨，汴军围凤翔。"则此诗作于天复二年（902）十一月冬至韩偓为翰林学士承旨时。陈伯海《韩偓生平及其诗作简论》云："诗用比兴体，借冬至日气候的变化，写时局的转变。前四句即景，从'动葭灰'、'有早梅'，进一步悬想'枯草绿'、'冻云开'，虚实结合，情味倍增。颈联点明冬至过后阴阳二气的消长更迭，象征着眼前军事形势向有利于朱温勤王军的方向发展，以昭宗为首的唐朝廷挣脱李茂贞、韩全诲的挟持在望。可是，清醒的政治头脑不容许诗人盲目乐观，他已经在转机中预见到孕育着新的危险。且不说战争的胜负尚未定局，即便朱温获得胜利，新的权势者不又要构成新的祸患吗？这就是诗篇结语提出的发人深省的警告，后来的事变完全证实了诗人的远见卓识。全诗寓意深长，喜悦与忧虑、希望与怀疑各种情绪交织一起，充分反映了动乱中人们的复杂心理感受。"所说甚是。细读此诗，可知前四句咏冬至节候，后四句则借咏冬至节候有所寓托发挥。诚如诗题后吴汝纶评注所云："是时昭宗幸凤翔，朱全忠自河中率兵围凤翔，奉表迎驾，所谓'阴冰莫向河源塞'也。'阳气今从地底回'者，谓李茂勋救凤翔，王师范讨朱全忠，诈为贡献，包束兵仗入汴西，至陕华也。末句恐勤王之师又将尾大不掉尔。"然所说末句之意尚有可说者。盖此句"又成雷"之"又"，乃分明暗示前此已有"成雷"之事矣。据《资治通鉴》与两《唐书》所载，天复元年冬至三年初间，唐昭宗为李茂贞、韩全海所劫出幸凤翔，而强藩朱全忠亦欲挟持昭宗往洛阳，以此李、朱等军为争夺昭宗而混战。天复元年十一月，"朱全忠引四镇兵七万趣同州"，乃欲入京城从韩全海等人手中夺得昭宗。故"壬子，韩全海等陈兵殿前，言于上曰：'全忠以大兵逼京师，欲劫天子幸洛阳，求传禅；臣等请奉陛下幸凤翔，收兵拒之。'上不许，杖剑登乞巧楼。全海等逼上下楼，上行才及寿春殿，李彦弼已于御院纵火。是日冬至……上独坐思政殿……庭无群臣，旁无侍者。顷之，不得已，与皇后、妃嫔、诸王百馀人皆上马，恸哭声不绝，出门，回顾禁中，火已赫然。"据此知天复元年冬至，唐昭宗为韩全海等人所劫幸凤翔，至天复二年冬至已周年，故诗人抚今思昔，借冬至为题，深慨而成咏。故此诗末两句乃鉴往忧今。"惨舒无定分"，其意即指时局变化莫测，结局难以预料。故以"却忧蚊响又成雷"深寓忧患之思。又检《通鉴》、两《唐书》所载，天复二年冬，诸强藩为争夺控制昭宗之权，互相恶斗。后局势恶化，昭宗只能默许并劝诸藩议和，朱全忠亦"遣幕僚司马邺奉表入城；甲申，又遣使献熊白；自是献食物、缯帛相继。上皆先以示李茂贞，使启视之，茂贞亦不敢启。丙戌，复遣使请与茂贞议连和……丁亥，全忠表请修宫阙及迎车驾。"昭宗此时有意借助朱全忠，而韩偓亦知此内情，"再拜哭曰：'崔胤甚健，全忠军必济。'帝喜"。此事《通鉴》记在天复二年十一月甲辰（初二），即在是年冬至韩偓赋诗稍前。故"却忧蚊响又成雷"句之意，乃在于担心借助朱全忠等强藩后，虽然可以解一时之围，但朱全忠更为强项难制，昭宗将会更深地陷进其挟制之中而难于自拔，此犹如文王之拘羑里，蚊响成雷，"增积之生害"。诗人审时度势，虑患于未来，借典实以寓意抒忧也。

【校注】

①"壬戌"，《唐百家诗选本》无此二字。统签本题下小注为"天复二年驾在岐下"。冬至：二十四节气之一。此日太阳经过冬至点，北半球白天最短，夜间最长。凤翔府，《旧唐书》卷三十八："隋扶风郡，武德元年改为岐

州,领雍、陈仓、郿、虢、岐山、凤泉等六县。……至德二年……十月克复两京,十二月置凤翔府,号为西京。与成都、京兆、河南、太原为五京。"

②中宵:中夜,半夜。葭灰:葭莩之灰。古人烧苇膜成灰,置于律管中,放密室内,以占气候。某一节候到,某律管中葭灰即飞出,示该节候已到。动葭灰,即谓节气正在改变。

③南枝:朝南的树枝。

④四野:四方的原野。亦泛指四方,四处。

⑤九重:即九重天。指天门;天。冻云:严冬的阴云。

⑥阴冰:阴冷之冰。河源:河流源头。此特指黄河源头。

⑦阳气:暖气,生长之气。

⑧不道:犹不料。惨舒,谓阴阳,此处意指局势。定分:宿命论谓人事均由命运前定,人力难以改变,称为"定分"。

⑨蚊响又成雷:即聚蚊成雷。因用以喻众口诋毁,积小可以成大。

【汇评】

隋萧悫诗:"天宫初动磬,缇室已飞灰。"韩偓诗:"中宵忽见动葭灰,料得南枝已有梅。"皆佳句也。夏英公诗:"玉管飞灰新气应,璇霄合璧瑞华凝。"此又用李贺"天宫玉管灰剩飞"也。(高似孙《纬略》卷九)

方回:是时朱全忠围岐甚急,李茂贞有连和之意,偓之孤忠处此,殆知其必一反一覆,终无定在欤?此关时事,不但咏至节也。

纪昀:此评是。

纪昀:极有寓意,只措语浅耳。此则风气为之,作者不能自主。(以上《瀛奎律髓汇评》卷十六节序类)

檐溜垂垂玉箸匀,冻云开处月光新。宫中刺绣初添线,共荐辛盘借早春。(《开天遗事》:冬至大雪,至午雪霁,檐溜皆为冰条。妃子使侍儿敲下二条看玩,帝问何物?妃子笑曰:"妾所玩者玉箸也。"唐韩偓《冬至夜》诗:九重先觉冻云开。……)(史梦兰《全史宫词》卷十三)

秋霖夜忆家 随驾在凤翔府①

　　垂老何时见弟兄②？背灯愁泣到天明③。不知短发能多少？④一滴秋霖白一茎。

【题解】

　　韩偓随驾在凤翔府之时间自天复元年十一月至三年二月被贬濮州司马时。其在凤翔"秋霖夜忆家"，只能在天复二年（902）秋。此时昭宗为韩全海劫持至凤翔已多时，韩偓离家随昭宗出幸，亦弟兄久睽，时逢秋霖滴沥，更添离家念亲之愁思。况战乱未已，年已耳顺，回京与弟相聚又不知何日，正是国难家愁交加，故背灯愁泣，以至天明。"一滴秋霖白一茎"，其兄弟情深从可知矣。末二句亦以夸张之句，极言其忧愁之深重，诚如范晞文所评"凄楚可悲，亦善于词者"。除了乡思与咏老两个主题的融合之外，在艺术方面，全诗两联均从问答着笔，也颇有特色。

【校注】

　　①统签本诗题下小注作"天复二年，随驾凤翔"。秋霖：秋日的淫雨。

　　②垂老：将近老年。弟兄：指韩偓兄韩仪。仪字羽光，时任翰林学士、御史中丞。天祐元年（904）七月，被朱全忠贬为棣州司马。

　　③"愁"，《唐百家诗选》本作"悲"，《全唐诗》、吴校本均校："一作悲。"

　　④短发：杜甫《九日蓝田崔氏庄》："羞将短发还吹帽，笑倩旁人为正冠。"

【汇评】

　　韩偓在唐末粗有可取者，……其《秋夜忆家》绝句云："垂老何时见弟兄？背灯悲泣到天明。不知短发能多少？一滴秋霖白一茎。"凄楚可悲，亦善于词者。（范晞文《对床夜语》卷四）

恩赐樱桃分寄朝士 _{在岐下}①

未许莺偷出汉宫②，上林初进半金笼③。蔗浆自透银杯冷④，朱实相辉玉碗红⑤。俱有乱离终日恨⑥，贵将滋味片时同。霜威食檗应难近⑦，宜在纱窗绣户中。

【题解】

诗题下小注谓"在岐下"，亦即在凤翔行在。韩偓随昭宗出幸凤翔在天复元年十一月至三年二月被贬濮州司马时。樱桃夏季熟，则昭宗分赐樱桃给朝士，韩偓感而咏此诗，当在天复二年(902)夏。此诗因昭宗分赐樱桃寄予朝士，诗人遂感恩成咏。上半首着重咏樱桃之珍贵甜美，以见皇恩之深。后半首则寄寓感恩报国之情。五句乃谓其时昭宗被劫至岐下，诸朝士亦均处于乱离中，终日共怀家国乱离之恨。六句借诸臣一时食樱桃而所感相同滋味，藉以谓共感如樱桃般甜美之皇恩。此联谓有此深厚之皇恩，则尽管处于危难艰苦之中，而臣子们却置之度外，不觉危难之迫近；此时反而如处于纱窗绣户之幽雅温馨之境界中矣。

【校注】

①统签本题下无小注。樱桃：果实名。核果多为红色，味甜或带酸。核可入药。故又称含桃、莺桃。朝士：朝廷之士。泛称中央官员。

②汉宫：汉代宫殿。此处借指唐宫殿。

③上林：即上林苑，原为汉代宫殿。此处借指唐代宫苑。

④蔗浆：甘蔗汁。此以蔗浆比喻樱桃之甜美。

⑤朱实：指樱桃。樱桃为红色，故称。玉碗：亦作"玉盌"。玉制的食具，亦泛指精美的碗。

⑥将：共；与。

⑦"檗"，韩集旧钞本、汲古阁本、麟后山房刻本、吴校本均作"蘗"。按："檗"同"蘗"。霜威食檗：霜威，严霜之威寒。檗，同"蘗"，木名，即黄檗，也

称黄柏,味苦,可入药。此处霜威食檗喻指危难艰苦。

【汇评】

韩愈《和张水部勅赐樱桃诗》(宣政殿赐百官):"汉家旧种明光殿,炎帝还书本草经。岂似满朝承雨露,共看传赐出青冥。香随翠笼擎初重,色映银盘写未停。食罢自知无所报,空然惭汗仰皇扃。"

诗话常评此诗,谓虽工,不及老杜气魄,然"色映银盘"之句亦佳。陈后山《答魏衍送朱樱》有云:"倾篮的皪沾朝露,出袖荧煌得宝珠。会荐瑛盘惊一座,苋肠藜口未良图。"末句赤瑛盘事,乃魏明帝以此盘赐群臣樱桃,群臣月下视之,疑为空盘也。以此事味昌黎"色映银盘"语,岂不益奇?王维集中有《勅赐百官樱桃》诗,亦以"青丝笼"对"赤玉盘",甚妙。尾句云:"饱食不须愁内热,大官还有蔗浆寒。"崔兴宗和尾句云:"闻道今人好颜色,神农本草自应知。"盖难题也。张籍、韩偓、白乐天集皆有赐樱桃诗,皆不及此。(方回《瀛奎律髓》卷二十七著题类)

出官经硖石县 天复三年二月二十二日①

谪宦过东畿②,所抵州名濮③。是月十一日贬濮州司马④。故里欲清明⑤,临风堪恸哭⑥。溪长柳似帷⑦,山暖花如醭⑧。逆旅讶簪裾⑨,南路以久无儒服经过,皆相聚悲喜⑩。野老悲陵谷⑪。暝鸟影连翩⑫,惊狐尾纛遫⑬。尚得佐方州⑭,信是皇恩沐⑮。

【题解】

诗题下自注:"天复三年二月二十二日",知作于天复三年(903)。诗人咏此诗乃在于其"出官"、"谪宦"时。其被贬之事《新唐书·韩偓传》记:"初,偓侍宴,与京兆郑元规、威远使陈班并席,辞曰:'学士不与外班接。'主席者固请,乃坐。既元规、班至,终绝席。全忠、胤临陛宣事,坐者皆去席,偓不动,曰:'侍宴无辄立,二公将以我为知礼。'全忠怒偓薄己,悻然出。有

31

谮偓喜侵侮有位，胤亦与偓贰。会逐王溥、陆扆，帝以王赞、赵崇为相，胤执赞、崇非宰相器，帝不得已而罢。赞、崇皆偓所荐为宰相者。全忠见帝，斥偓罪，帝数顾胤，胤不为解。全忠至中书，欲召偓杀之。郑元规曰：'偓位侍郎、学士承旨，公无遽。'全忠乃止，贬濮州司马。帝执其手流涕曰：'我左右无人矣。'"《资治通鉴》卷二六四天复三年二月亦记云："初，翰林学士承旨韩偓之登进士第也，御史大夫赵崇知贡举。上返自凤翔，欲用偓为相，偓荐崇及兵部侍郎王赞自代；上欲从之，崔胤恶其分己权，使朱全忠入争之。全忠见上曰：'赵崇轻薄之魁，王赞无才用，韩偓何得妄荐为相！'上见全忠怒甚，不得已，癸未，贬偓濮州司马。上密与偓泣别，偓曰：'是人非复前来之比，臣得远贬及死乃幸耳，不忍见篡弑之辱！'"此诗描述其初贬濮州司马，途经硖石县之情景及悲怆心境。首句述其所贬之地与途经东畿。三四谓时已近清明节，念及身在贬中，未能在故里祭扫先人坟墓，故临风悲痛，直欲恸哭一场。(《韩偓诗注》释此二句谓"诗人去濮州，路过家乡。清明，天气清澈明朗。时值旧历二月下旬，地气渐暖，天朗气清。"所说未谛。)五六句描写途中山水花柳春景，意欲显示在此春光明媚之春日，本应在故里京城与亲友或踏青赏春，或拜祭先人坟墓，而今却贬官孤身在外，令人难免悲哀。此乃以乐景写其悲哀，其哀之深从可知矣！"逆旅"、"野老"二句，一写当地人见到朝廷来的诗人而惊讶，一叹山川世事之变迁，自己被贬之遭际。"暝鸟"、"惊狐"两句，乃于暮色中见鸟群惊狐，则起"鸟飞返故乡兮，狐死必首丘"之思，以扣三四"故里"、"临风"二句。末则一表感念皇恩之意，并与首二句相呼应。诗人谓"皇恩沐"，乃如其所说"信是"。盖其时"全忠至中书，欲召偓杀之"，"上见全忠怒甚，不得已，癸未，贬偓濮州司马。上密与偓泣别，偓曰：'是人非复前来之比，臣得远贬及死乃幸耳，不忍见篡弑之辱！'"可见昭宗庇护韩偓之用心。

【校注】

①"二月"，《唐百家诗选》本作"三月"。按：《资治通鉴》卷二六四记韩偓之贬濮州司马在天复三年二月，又据本诗"所抵州名濮"句下自注："是月十一日贬濮州司马"，则"是月"即指出官与"经硖石县"之月，亦即同在天复三年二月。作"三月"，误。"二十二日"，汲古阁本作"二十一日"。出官：即

贬官。硖石县：县名。汉为陕县地，属弘农郡。唐贞观十四年(640)移崤县于此，属陕州。以地有硖石坞，因名硖石县。治所在今河南陕县东南五十二里硖石乡。

②谪宦：贬官。东畿：指东都洛阳。唐代以洛阳为东都，以其在西京长安之东，故称。畿，京畿，此指洛阳及其附近地区。

③濮：即濮州。隋开皇十六年(596)改濮阳郡置，治所在鄄城县。大业初废。唐武德四年(621)复置。辖境相当于今山东鄄城及河南濮阳地区。天宝初改为濮阳郡，乾元初复为濮州。

④《唐百家诗选》本、韩集旧钞本无此小注。司马：州佐官名。唐制，节度使属僚有行军司马。又于每州置司马，常安排贬谪或闲散之人为之。如柳宗元被贬为永州司马，刘禹锡贬为朗州司马。此处为州司马。据《旧唐书·职官志三》，上州置司马一人，从五品下。濮州为上州。白居易《琵琶行》："座中泣下谁最多，江州司马青衫湿。"

⑤故里：故乡。此指诗人家乡京兆万年县，即今陕西西安。清明：节气名，即清明节，时间一般在夏历三月初。清明节有踏青、扫墓习俗。

⑥临风：迎风；当风。恸哭：痛哭。

⑦柳似帷：柳树连绵像帷帐。帷，帷帐。

⑧醭：酒、酱、醋等因败坏而生的白霉。亦泛指一切东西受潮而表面出现霉斑。

⑨逆旅：客舍；旅馆。簪裾：显贵之服饰。此处借指朝中显贵。簪，古人用来绾定发髻或冠的长针。裾，衣服前后襟。也指衣服宽大。

⑩"悲喜"，《唐百家诗选》本作"观"。南路：硖石县在唐河南道，故称。儒服：儒者的服饰。此借指士人。

⑪野老：村野老人。陵谷：比喻自然界或世事巨变。

⑫"连翩"，《唐百家诗选》本作"联翩"。暝鸟：暮色中之鸟。连翩：连续飞翔貌。

⑬"遬"，原作"欶"，《唐百家诗选》本、玉山樵人本、统签本均作"遬"，《全唐诗》、吴校本均校："一作遬。"今据改。鬖遬：毛密而蓬松貌。

⑭佐方州：指任濮州司马。佐，辅佐。方州，指州郡长官。

⑮信:实在是。皇恩沐:即沐皇恩,蒙受皇恩。

【汇评】

崔胤与朱全忠皆恶韩,贬为濮州司马。昭宗执手流涕曰:我左右无人矣。(吴汝纶《吴评韩翰林集》)

访同年虞部李郎中 天复四年二月在湖南①

策蹇相寻犯雪泥②,厨烟未动日平西③。门庭野水襟褵鹭④,邻里短墙咿喔鸡⑤。未入庆霄君择肉⑥,畏逢华毂我吹齑⑦。地炉赏酒成狂醉⑧,更觉襟怀得丧齐⑨。

【题解】

诗题下小注谓:"天复四年二月在湖南。"则诗即作于天复四年(904)二月。据韩偓《出官经硖石县》诗自注,韩偓于天复三年二月"十一日贬濮州司马",而一年后,即在湖南作此诗。诗作描述其访同年虞部李郎中之情景,以及遭迫害贬官后不将得丧萦系于怀之态度。首二句写于炊烟未起之黄昏时,策蹇冒雪造访李郎中。三四句状李郎中所住门庭及周遭之景象。其门庭之"野水",邻里之"短墙咿喔鸡",正是乡居光景。再观诗人另有《同年前虞部李郎中自长沙赴行在余以紫石砚赠之赋诗代书》诗,则此李郎中盖亦因朝廷动乱而至湖南者。"未入庆霄"句谓李郎中其时虽未显贵,然而将有华贵之仕途。"畏逢华毂"句,言我因已遭受朱全忠之流迫害,如今已尝过苦头,再也不愿回朝廷与显贵相处。这犹如一朝遭热汤所烫,现在因怕被烫,连冷食也要吹它几口了。末尾二句则写与李郎中煮酒共饮,以致酩酊大醉,然而此时更觉豁达开怀,等同得失,直置人生得失于度外矣。

【校注】

①诗题"访同年虞部李郎中",《唐百家诗选》本作"访同年虞部二十五郎中"。小注"天复四年二月",《唐百家诗选》本作"四年二月"。统签本题

34

下小注则作"甲子湖南作"。虞部李郎中,据徐松《登科记考》卷二十四所考,疑为与韩偓同于龙纪元年(889)登进士第之李冉。虞部郎中,唐工部属官。据《旧唐书·职官二》,虞部郎中一员,从五品上。"郎中、员外郎之职,掌京城街巷种植,山泽苑囿,草木薪炭,供顿田猎之事。"天复四年,即唐昭宗天祐元年(904)。是年四月,改天复为天祐。据诗下小注,诗作于此年二月,尚未改元。

②策蹇:乘着驽马。策,用鞭棒驱赶骡马役畜等。蹇,劣马或跛驴。犯,冒着、不顾(危险、恶劣环境等)。雪泥:雪后泥路。

③厨烟:炊烟。日平西:指黄昏太阳将落山时。

④褵褷:羽毛濡湿黏合貌。褵,通"离"。温庭筠《溪上行诗》:"雪初褵褷立倒影,金鳞拨剌跳晴空。"

⑤短墙:矮墙。白居易《井底引银瓶》:"妾弄青梅凭短墙,君骑白马傍垂杨。"《瀛奎律髓》作"頹墙"。咿喔:象声词。禽鸟声。唐储光羲《射雉词》:"遥闻咿喔声,时见双飞起。"

⑥"霄",玉山樵人本、统签本均作"宵"。按:"霄"通"宵",但此处"庆霄"应以"霄"为是。庆霄:即庆云。《文选·谢瞻〈张子房诗〉》:"明两烛河阴,庆霄薄汾阳。"李善注:"庆霄,即庆云也。"庆云,此处喻尊显之位。《楚辞·王褒〈九怀·思忠〉》:"贞枝抑兮枯槁,枉车登兮庆云。"王逸注:"庆云,喻尊显也。"择肉:本谓选取吞噬物件。此处"君择肉",意为李郎中选择食肉之途,即入朝做官。

⑦华毂:饰有文采的车毂。用以指华美的车。此处代指显贵者。吹齑,齑,原指用酱腌渍的细切的韭菜。屈原《九章·惜诵》:"惩于羹者而吹齑兮,何不变此志也。"王逸注:"言人有歠而中热……见齑则恐而吹之。言易改移也。"《新唐书·傅奕传》:傅奕上言云:"惩沸羹者吹冷齑,伤弓指鸟惊曲木。"此句意谓昔日在朝中已遭朱全忠等显贵的迫害,如今如惊弓之鸟,畏见显贵者。意即不愿再入朝了。

⑧地炉:就地砌就的火炉。貰酒:赊酒。

⑨襟怀:胸襟、胸怀。得丧齐:意谓将得与失等量齐观,置之度外。得丧,犹得失。指名利的得到与失去。齐,相同。

丙戌之冬，余初病起，深居简出，终日曝背晴檐，万事不到，自以荆公所选《唐百家诗》反复熟味之，见其格力辞句，例皆相似，虽无豪放之气，而有修整之功，高为不及，卑复有馀，适中而已。荆公谓："欲观唐人诗，观此足矣。"讵不然乎！集中佳句，世所称道者不复录出；唯余别所喜者，命儿辈笔之以备遗忘。……七言六联：韩偓《残春》云："树头蜂抱花须落，池面鱼吹柳絮行。"又云："细水浮花归别洞，断云含雨入孤村。"又《访王同年村居》云："门庭野水襪雓鹭，邻里断墙哑喔鸡。"（胡仔《苕溪渔隐丛话后集》卷十六）

纪昀：二首不宜入"旅况"。平妥而卑靡。

无名氏（甲）：未登卿相，尚要择肉而食；怕见贵人，犹惩羹而吹齑。语出《楚辞》。（以上《瀛奎律髓汇评》卷二十九旅况类）

天复四年即天祐元年。蜀王建以天祐为朱全忠所改，故只称天复年号。韩公殁与建同悟。（吴汝纶《吴评韩翰林集》）

寅恪案：天复四年闰四月乙巳，改元天祐。韩公此诗既作于天复四年二月在湖南时，故无论如何不得署天祐年号也，挚甫先生说未谛。（陈寅恪《读书札记二集·韩翰林集之部》）

赠渔者 在湖南

个侬居处近诛茅①，枳棘篱兼用荻梢②。尽日风扉从自掩③，无人筒钓是谁抛④。城方四面墙阴直⑤，江阔中心水脉坳⑥。我亦好闲求老伴，莫嫌迁客且论交⑦。

【题解】

此诗题下小注"在湖南"。列于上首《访同年虞部李郎中天复四年二月在湖南》之下，而韩偓是年五月有《甲子岁夏五月自长沙抵醴陵》诗，知是年五月已由长沙抵醴陵。故此诗即天祐元年（904，天复四年闰四月改元天祐)春夏间在湖南所作。前六句写渔者之居所与鱼钓生活,谓渔者居在离茅草开辟不远处的城外,篱笆乃用枳棘和荻草编造而成。屋扉任凭江风吹动,终日掩闭不开,筒钓也抛在水中,无人看管。近旁有挡着阳光的城墙的阴影,而江面开阔,江心江水奔涌起伏,漩涡处处。这真是一幅荒野中闲散自适的渔人生活景象。后二句为此诗结穴处,表明诗人如今已爱好闲放的生活,祈求渔者莫要嫌弃我这个遭人排挤的贬谪者,自己非常愿意与渔人结友为伴,过着悠闲的隐居生活。据此诗及稍前《雪中过重湖信笔偶题》诗之"道方时险拟如何,谪去甘心隐薜萝",此后之《病中初闻复官二首》之"宦途巇崄终难测,稳泊渔舟隐姓名"诗,则韩公贬谪经年后,已下定决心,去官隐逸。

【校注】

①统签本诗题下无"在湖南"小注。个侬:犹渠侬。那个人或这个人。白居易《自咏》:"咄哉个丈夫,心性任堕顽?"诛茅,芟除茅草。

②枳棘:枳木与棘木,有刺。荻梢:荻草之末梢。荻,多年生草本植物,与芦同类。生长在水边。根茎都有节似竹,叶抱茎生,秋天生紫或白色、草黄色花穗,茎可以编席箔。梢,树木或其他植物的末端。

③尽日:犹终日,整天。风扉:风吹动的门扇。杜甫《雨》:"风扉掩不定,水鸟过仍回。"扉,门扇。从自掩:任凭门扇自掩闭。从,任凭;听凭。

④筒钓:一种捕鱼的用具。唐殷文圭《江南秋日》:"青笠渔儿筒钓没,蒨衣菱女画桡轻。"

⑤墙阴:墙的阴影处;墙的阴暗处。隋卢思道《孤鸿赋》序:"铩翮墙阴,偶影独立。"

⑥水脉:犹水痕。坳:原指地面洼下处。此处指水波凹下,即水激而成漩涡。

⑦迁客:指遭贬斥放逐之人。论交:结交;交朋友。杜甫《徒步归行》:"人生交契无老少,论交何必先同调。"

【汇评】

五六所谓六字常语,一字难者也。(吴汝纶《吴评韩翰林集》)

春阴独酌寄同年虞部李郎中_{在湖南①}

春阴漠漠土脉润②，春寒微微风意和③。闲嗤入甲奔竞态④，醉唱落调渔樵歌⑤。诗道揣量疑可进⑥，宦情刌缺转无多⑦。酒酣狂兴依然在⑧，其奈千茎鬓雪何⑨。

【题解】

据诗题下"在湖南"小注，知作于天复四年（即天祐元年）初春到湖南后，至是年五月移居醴陵间。再据诗题及诗中"春阴"和"春寒微微"句，知作于天复四年（904）春。

春寒独饮，酒酣之际，诗人感怀身世落拓，赋诗寄予同年，发抒感慨。首二句描述春阴冥冥漠漠，大地土膏已见春润，春风虽已透出一丝暖意，然而仍然是春寒细细。如此着笔铺垫，故引出下文独饮遣怀之举。颔联回想当年为科举功名登第入仕，而一味奔竞于名利之途的热切情态，于今想来，不禁暗地里自我嘲笑这又为甚！如今遭遇贬谪，流落江湖，只能醉唱落拓低沉的渔樵之歌。上句回首当年之入世豪气，下句追昔而抚今，两相对照，更显今日落魄之凄哀。颈联痛定思痛，不禁思量今后之生计，揣摩往后如何度日。既然宦途险恶，屡遭残害，宦情消损，已无多意于此，那么该如何呢？此时想来，自感诗艺似有可进步之田地，仍然可为落拓之诗人以度馀生矣。尾联于酒酣耳热之际，自感年轻时之狂兴犹存，然而可叹者乃鬓发苍苍，直令人无可奈何，真可为此长叹也！

【校注】

①《唐百家诗选》本题无"虞部"二字。《唐百家诗选》本、统签本题下均无小注。同年虞部李郎中：疑为李冉。详见前《访同年虞部李郎中》。

②春阴：春季天阴时空中的阴气。杜甫《归雁二首》之二："塞北春阴暮，江南日色曛。"漠漠：迷蒙貌。杜甫《茅屋为秋风所破歌》："俄顷风定云墨色，秋天漠漠向昏黑。"土脉：语出《国语·周语上》："农祥晨正，日月底于

天庙,土乃脉发。"韦昭注:"脉,理也。"此谓土壤开冻松化,生气勃发,如人身脉动。后以"土脉"泛指土壤。韩愈《苦寒》:"雪霜顿销释,土脉膏且粘。"润,润泽。

③"春寒",《唐百家诗选》本作"寒气"。"意",《全唐诗》、吴校本均校:"一作气"。风意和:风意,风气。风意和,风气暖和。刘禹锡《秋中暑退赠乐天》:"暑服宜秋著,清琴入夜弹。人情皆向菊,风意欲摧兰。"

④闲嗤:暗地里嘲笑。闲,私下、暗地里。嗤:讥笑;嘲笑。白居易《秦中吟·立碑》:"但欲愚者悦,不思贤者嗤。"入甲:谓科举考试进入甲第。奔竞:奔走竞争。多指对名利的追求。

⑤落调:流落失意之调。落,流落;沦落。渔樵歌:渔夫樵人所唱之歌。

⑥诗道:谓作诗之事。此处谓诗艺。揣量:估量;估计。可进:可以长进。

⑦宦情:做官的志趣、意愿。刓缺:犹败坏、减损。转:转变;改变。

⑧酒酣:谓酒喝得尽兴、畅快。狂兴:犹豪兴。

⑨"其奈",《唐百家诗选》本作"无奈"。鬓雪:形容鬓发斑白如雪。白居易《别行简》:"漠漠病眼花,星星愁鬓雪。"

【汇评】

方回:升平之旅,犹或以穷而悲,乱离之旅,穷且特甚,乌得不深悲乎?致尧此二诗,尚能自择。

纪昀:亦浅率。(以上《瀛奎律髓汇评》卷二十九旅况类)

奉和峡州孙舍人肇荆南重围中寄诸朝士二篇时李常侍洵严谏议龟李起居殷衡李郎中冉皆有继和余久有是债今至湖南方暇牵课①

一

敏手何妨误汰金,敢怀私忿敦羊斟②。直应宣室还三接,未必丰城便陆沈③。炽炭一炉真玉性,浓霜千涧老松心④。私恩尚有捐躯誓，况是君恩万倍深⑤。

【题解】

诗题末云"今至湖南方暇牵课"。韩公入湖南约在天复四年初春，同年天祐元年五月则移往湖南醴陵，时有《甲子岁夏五月自长沙抵醴陵贵就深僻以便疏慵……》诗。又此诗第二首有"黄篾舫中梅雨里"句。梅雨约在初夏时，则此二首诗作于天复四年（904，天复四年闰四月改元天祐）初夏。

此诗全从自己写起，叙被贬之遭际，相信仍有召回机会；表明自己依然铭记昭宗宠信之深恩，誓为报答君恩而捐躯。首二句谓自己被贬非昭宗之过，乃因朱全忠之专权迫害而不得不如此，所以不会如羊斟一样因私怨而贻误救国大事。颈联谓相信仍有机会被皇上礼遇接回，不会像丰城的宝剑长久埋没于地底。颈联以被炽热炭火锤炼过的真玉，和久经严霜的松柏，喻己虽遭迫害磨难，而愈坚刚不屈。尾联表明孙舍人为报答私恩尚肯捐躯以报，更何况自己蒙受皇上的宠爱深恩，为此捐躯不在话下。可见遭贬一年后，诗人仍然不忘报国效忠昭宗之心，尚未完全泯灭回朝报国之念。

【校注】
①奉和：谓做诗词与别人相唱和。峡州孙舍人肇，即中书舍人孙肇。峡州，即硖州。北周改拓州置，治所在夷陵县（今湖北宜昌西北）。隋大业初改为夷陵郡。唐初复为峡州。贞观九年（635）移治步阐垒（今湖北宜昌）。天宝元年（742）改为夷陵郡。乾元元年（758）复为硖州。辖境相当今湖北宜昌、枝城、长阳、远安等市县地。荆南重围中，《资治通鉴》卷二六四天复三年五月载："成汭行未至鄂州，马殷遣大将许德勋将舟师万馀人，雷彦威遣其将欧阳思将舟师三千馀人会于荆江口，乘虚袭江陵，庚戌，陷之，尽掠其人及货财而去。将士亡其家，皆无斗志。"此诗题下吴汝纶评注云："是时淮南将李神福击鄂州节度使杜洪，朱全忠令荆南节度使成汭及湖南马殷救鄂。汭兵东下，殷乘虚袭陷江陵，大掠而去。汭将士以家亡无斗志，为神福所败，雷彦威遂袭据荆南。赵匡凝又令其弟匡明击走彦威，取荆南地。"李常侍洵：即李洵，时任常侍。黄滔有《祭右省李常侍（洵）文》，则李洵官至右散骑常侍。《新唐书·顾彦晖传》："（乾宁）四年，（王建将）华洪率众

五万攻彦晖……帝仍遣左谏议大夫李洵谕止。"《旧唐书·李蔚传》："子洵至福建观察使。"据此，李洵曾为左谏议大夫、福建观察使、右散骑常侍。严谏议龟：即谏议大夫严龟。《新唐书·艺文志三》："严龟《食法》十卷，震之后，镇西军节度使严撰子也。昭宗时宣慰汴寨。"《新唐书·昭宗纪》："（天复二年正月）丙子，给事中严龟为汴、岐和协使。"则严龟又曾任上述职务。李起居殷衡：即起居郎李殷衡。《新唐书·宰相世系二上》赵郡李氏西祖房："殷衡，右补阙。"乃李德裕孙，李烨子。李郎中冉，据《新唐书·宰相世系二上》李氏姑臧大房："冉，右司郎中。"牵课：犹勉强；强作。

②"敏手"二句：婉言遭贬斥是由于朱全忠擅权斥贤，故对昭宗无怨。敏手，快手，犹能手。指能干的人。此处指昭宗。误汰金，谓失误而未选取金子。汰，选取，挑拣。敩羊斟，效法羊斟。敩，效法；模仿。羊斟，春秋时宋国御夫。

③"直应"二句：尚期己再起用，唐室不亡，盖当时昭宗尚未被弑也。直应，应该，该当。白居易《罗子》："直应头似雪，始得见成人。"宣室，汉代未央宫中之宣室殿，此指贾谊为孝文帝征见于宣室事。三接，《周易》："晋康侯用锡马蕃庶，昼日三接。"孔颖达疏："昼日三接者，言非惟蒙赐蕃多，又被亲宠频数，一昼之间三度接见也。"丰城，即丰城县。西晋太康元年（280）以富城县改名，属豫章郡。治所在今江西丰城南四十一里丰水荣塘。此处用晋雷焕发见丰城宝剑故事。陆沈，比喻埋没，不为人知。

④"炽炭"二句：自述历尽患难，坚贞不屈。炽炭，炽热之炭。

⑤"私恩"二句：即使为报孙于荆南帅之私恩，也要不顾牺牲，何况比之更深万倍的昭宗知遇之君恩。捐躯誓，为正义而死之誓言。

【汇评】

山林日月老潜夫，骨入穷泉未拟枯。幽涧有冰含太古，无人和玉试洪炉。（小注："玉炉"，韩偓《和孙舍人诗》："炽炭一炉真玉性，浓霜千涧老松心。"又《此翁》："金劲任从千口铄，玉寒曾试几炉烘。"又《闻复官诗》："烧玉漫劳曾历试，铄金定为欠周防。"）（施国祁《元遗山诗集笺注》卷十一《自题写真二首》之一）

私恩谓孙于荆南帅也，君恩谓己于昭宗。（吴汝纶《吴评韩翰林集》）

二

征途安敢更迁延^①，冒入重围势使然^②。众果却应存苦李^③，五瓶惟恐竭甘泉^④。多端莫撼三珠树^⑤，密策寻遗七宝鞭^⑥。黄篾舫中梅雨里^⑦，野人无事日高眠^⑧。

【题解】

第二首上半首先写孙舍人之勇武突入围城，以及自己担心围城中缺粮断水之困境。谓"征途安敢"、"冒入重围"，正写出重兵压城，形势紧急，而救援者义无退缩，冒死突入重围之忠勇忘身也。三四两句借用典故，描述围城中之艰困境况。"却应"、"惟恐"，亦微妙地流露对围城中友人与兵众之忡忡忧心。五六句又坚信敌方纵然多方围攻，终难撼损围城中孙舍人等一班才智之士，相信他们会有周密良策摆脱围杀，脱身而出，赢得胜利。"三珠树"、"七宝鞭"两故实之应用，恰切得当，可谓善于用典。末两句回视己身，感叹自己如今只是被流贬在外的野人，只能在梅雨纷纷的篷船里终日无事高卧，未能一展报国之志，慨叹之深沉，溢于言表。"梅雨里"三字妙甚，一指季节，一谓愁绪如纷纷不断之梅雨也。既是写景，亦是以景抒情，诗家之高妙如此。

【校注】

①迁延：拖延。多指时间上的耽误。诗言当时情势紧急，不容更拖延"冒入重围"之时间。

②重围：指当时"荆南重围"。势使然：谓当时荆南重围的紧急情势使得不得不如此。

③"应"，麟后山房刻本作"因"。苦李：《晋书·王戎传》："王戎字浚冲，琅邪临沂人也。……戎幼而颖悟，神彩秀彻，视日不眩。……尝与群儿戏于道侧，见李树多实，等辈竞趣之，戎独不往。或问其故，戎曰：'树在道边而多子，必苦李也。'取之信然。"此句意谓围城中粮食当已尽而仰靠野果，而恐怕连苦涩的李子也不多了。

④五瓶：《太平御览》卷一八六："《鲁连子》曰：'一井五瓶，泄可立待。一灶五突，烹饪十倍，分烟者众。'"甘泉：甜美的泉水。此指一般的饮用水。此句意谓围城中人多井少，担心久围而城中饮水用尽。

⑤多端：多头绪，多方面。此处意指敌方的多种攻城办法。三珠树：《山海经·海外南经》："三株树在厌火北，生赤水上，其为树如柏，叶皆为珠。"此处三珠树用以称许孙肇。

⑥密策：指孙肇将会想出突破围城脱身的周密办法。七宝鞭：《晋书·明帝纪》："六月，（王）敦将举兵内向，帝密知之，乃乘巴滇骏马微行，至于湖，阴察敦营垒而出。有军士疑帝非常人。又敦正昼寝，梦日环其城，惊起曰：'此必黄须鲜卑奴来也！'帝母荀氏燕代人，帝状类外氏须黄，敦故谓帝云。于是使五骑物色追帝，帝亦驰去。马有遗粪，辄以水灌之。见逆旅卖食妪，以七宝鞭与之曰：'后有骑来，可以此示也！'俄而追者至，问妪，妪曰：'去已远矣！'因以鞭示之。五骑传玩，稽留遂久。又见马粪冷，以为信远而止不追。帝仅而获免。"

⑦黄篾舫：用黄色薄竹片编成船篷的船。此指诗人现今所乘之篷船。梅雨，指初夏产生在江淮流域持续较长的阴雨天气。因时值梅子黄熟，故亦称黄梅天。此季节空气长期潮湿，器物易霉，故又称霉雨。

⑧野人：泛指村野之人；农夫。此处乃诗人自谓。时韩偓因贬官流落于湖南，故称。

【汇评】

后一首己与孙合写，承前首，收二句。两首相联为章法。（吴汝纶《吴评韩翰林集》）

雪中过重湖信笔偶题①

道方时险拟如何②，谪去甘心隐薜萝③。青草湖将天暗合④，白头浪与雪相和。旗亭腊酎逾年熟⑤，水国春帆向晚多⑥。处困不忙仍不怨⑦，醉来唯是欲佊佊⑧。

【题解】

韩偓于天复三年(903)二月外贬,其《出官经硖石县》诗题下自注:"天复三年二月二十二日。"此后往赴濮州贬所,复贬荣懿,再徙邓州。虽其未必通往上述诸地,但其由汉水入长江,泛洞庭湖当已早过天复三年春时。又据其《访同年虞部李郎中》诗题下自注:"天复四年二月,在湖南。"据本诗"雪中过重湖"、"青草湖"、"白头浪与雪相合"以及"水国春帆"等语,知诗乃天复四年(904)初春所作。

天复三年二月,韩偓因力争国是,敢于"报国危曾捋虎须",而为朱全忠所忌恨,贬濮州司马。赋此诗时,诗人则已流落湖南。稍前之天复三年中,藩镇间多争权混战,而朱全忠实际上已控制朝廷,挟天子以令诸侯,官吏生杀予夺之权乃听命于朱全忠。《旧唐书·昭宗纪》天复三年十一月,"王师范以青州降杨师厚,全忠复令师范知青州事。邠州、凤翔兵士逼京畿。汴军屯河中。青州牙将刘郡以兖州降葛从周,禀师范命也。全忠嘉之,署为元帅府都押衙,权知郓州留后事。十二月丁卯朔。辛巳,制以礼部尚书独孤损为兵部侍郎、同平章事。丙申,制守司徒、侍中、太清宫使、弘文馆大学士、延资库使、判六军十二卫事、诸道盐铁转运使、判度支、上柱国、魏国公、食邑四千五百户崔胤责授太子宾客,守刑部尚书、兼京兆尹、六军诸卫副使郑元规责授循州司户。是日,汴州扈驾指挥使朱友谅杀胤及元规、皇城使王建勋、飞龙使陈班、合门使王建袭、客省使王建义、前左仆射上柱国河间郡公张浚。全忠将逼车驾幸洛阳,惧胤、浚立异也。"此即首句所谓"道方时险"。故首二句乃全诗之主脑,表明于"道方时险"处境下,诗人唯有"甘心隐薜萝"一途。"青草"、"白头"一联,以实景扣诗题"雪中过重湖",同时也暗寓时局之危乱险恶。五六两句点明诗人所处时地,并以"旗亭腊酎"为末句之"醉来"云云伏笔。末两句则是诗人于此"时险"处境中之生活方式与态度,亦是"甘心隐薜萝"之具体形象写照。

【校注】

①"题",《唐百家诗选》本作"成",《全唐诗》、吴校本均校:"一作成"。重湖:即洞庭湖的别称。湖南洞庭湖南与青草湖相通,故称。据诗中"青草

湖"句,此处重湖谓青草湖。青草湖,乃古五湖之一。亦名巴丘湖,在今湖南岳阳西南,和洞庭湖相连。因青草山而得名。一说湖中多青草,冬春水涸,青草弥望,故名。湖周二百六十五里,北有沙洲与洞庭湖相隔,水涨时则与洞庭相连,诗文中多与洞庭并称。信笔,谓不甚经意而随手书写。

②道方时险:道,指政治主张、思想或为人之道。方,方正、正派。时险,其时方镇谋叛,昭宗为朱全忠之流所裹挟,朝政日非,诸大臣时遭残杀贬谪,故诗人有"时险"之感。

③隐薜萝:意为隐居山野。薜萝,指薜荔和女萝。二者皆野生植物,常攀缘于山野林木或屋壁之上。《楚辞·九歌·山鬼》:"若有人兮山之阿,被薜荔兮带女萝。"后借指隐者或高士之衣服。此处借指隐者或高士之住所。

④"青草湖"句:谓青草湖湖水广阔迷茫,远与天接,水天一色。将,与、和。白居易《和裴侍中尚园静兴见示》:"静将鹤为伴,闲与云相似。"

⑤旗亭:酒楼。悬旗为酒招,故称。腊酎:腊月所酿之醇酒。腊,腊月,农历十二月称腊月。酎(zhòu),反复多次酿成的醇酒。

⑥"帆",原作"寒",《唐百家诗选》本亦作"寒",然玉山樵人本、统签本均作"帆",《全唐诗》、吴校本均校:"一作帆"。按:"腊酎"与"春帆"较"春寒"为的对,且"春帆"句意较顺畅,今即据玉山樵人本、统签本等改。水国:水乡。向晚:傍晚。李颀《送魏万之京》:"关城曙色催寒近,御苑砧声向晚多。"

⑦处困:生活在困境或困苦之中。其时韩偓正遭朱全忠忌恨,贬谪流落湖南,故谓处困。

⑧傞傞(suō):不止或醉舞失态貌。《诗·小雅·宾之初筵》:"侧弁之俄,屡舞傞傞。"

【汇评】

冯班:致尧诗句,胸中流出,不是寻思捏就。

纪昀:六句佳,结不成语。(以上《瀛奎律髓汇评》卷三十四川泉类)

寄湖南从事①

索寞襟怀酒半醒②，无人一为解馀酲③。岸头柳色春将尽，船背雨声天欲明④。去国正悲同旅雁⑤，隔江何忍更啼莺⑥。莲花幕下风流客⑦，试与温存谴逐情⑧。

【题解】

《评注唐诗鼓吹》云："此因朱全忠之陷出贬濮州司马而作也。"（齐涛《韩偓诗集笺注》亦谓"韩偓此诗当作于赴荣懿贬途中"。）然吴汝纶评注称："旧说出贬濮州作，非是。集云时在湖南。"按：吴汝纶之驳是。盖此诗有"岸头柳色春将尽，船背雨声天欲明"句，则作于春末船上。又《全唐诗·韩偓集》编此诗于至湖南所作诗中，诗题又谓"寄湖南从事"，且诗有"去国正悲同旅雁，隔江何忍更啼莺"句，则显然在湖南江上。诗人天复四年（904）初已在湖南，则此诗作于天复四年春末。

诗人被谴逐而索寞之际，寄湖南幕中友人，以发抒萧索襟怀，以冀温存慰藉。首联言饮酒以遣愁怀，然半夜醒来，馀酲犹存，惜无人为解索寞愁绪。"无人解馀酲"，正为末句祈盼友人"试与温存"作伏笔，即首尾相呼应也。"岸头"、"船背"两句，写诗人于夜中船上所见，春末岸边柳丝浓郁苍苍，由此而起纷纷愁绪，故未能眠而愁听雨打船篷之声，直至天光将亮。故前人谓"柳色"句"此时此景难为情"，确能体味此中三昧。前人解"去国"、"隔江"二句云："斯时也，雁向南而背北，有同去国之悲；莺唤友以啼春，益动怀人之情，此吾之所以愁思不绝也。"此解未必是。时节乃春末，雁乃北归，而非"雁向南而背北"。"啼莺"，联系下句之"风流客"，盖喻指莲花幕下歌妓之歌乐，以唤起下句之"风流客"。故此句乃谓于我正怀去国悲情之际，何忍更听隔江歌妓之歌吹？而非"嘤其鸣矣，求其友声"之"莺唤友"之意。末句"莲花幕下风流客"，《韩偓诗注》云："韩偓时在幕府任职，故谓。风流客，诗人自谓。"按：此说未谛。"风流客"乃指"湖南从事"而非韩偓，韩偓其时正因贬谪而流落湖南,未在湖南幕府任职。故尾联意谓希冀湖南从事(即风流客)能与诗人"温存",以慰藉襟怀难于排遣之"谴逐情"。

【校注】

①湖南:指湖南节度使幕府。其驻地在湖南长沙。据吴廷燮《唐方镇年表》卷六,天复四年前后之节度使为马殷,即诗题后吴汝纶评注所云"湖南帅马殷"也。从事,官名。汉以后三公及州郡长官皆自辟僚属,多以从事为称。唐代州郡属官亦有各种名目之从事以佐州事务。

②索寞:寂寞无聊;失意消沉。襟怀:胸怀。

③馀醒:犹宿醉,馀醉。醒,病酒。酒醉后神志不清。《诗·小雅·节南山》:"忧心如醒,谁秉国成。"

④船背雨声:指雨滴打在船篷上的声音。船背,指船上用竹、苇等物编成的船篷。白居易《舟中夜雨》:"夜雨滴船背,风浪打船头。"

⑤去国:指离开首都长安。国,国都。旅雁:指南飞或北归的雁群。此处以旅雁比拟自己受朱全忠排挤,被贬离开长安而流落江湖间。

⑥"何",玉山樵人本、统签本均作"可"。隔江:隔着江面。实际指江流的对岸。杜牧《泊秦淮》:"商女不知亡国恨,隔江犹唱后庭花。"啼莺:此处表面谓莺啼,然实际上恐指歌妓之乐声。

⑦莲花幕:即莲幕,古时用以称幕府。《南史·庾杲之传》:"庾杲之,字景行……杲之为卫将军(王俭)长史。安陆侯萧缅与俭书曰:'盛府元僚,实难其选,庾景行泛渌水,依芙蓉,何其丽也。'时人以入俭府为莲花池,故缅书美之。"风流客:指诗题之"湖南从事",盖韩偓友人。风流,洒脱放逸;风雅潇洒。

⑧温存:抚慰,体贴。谴逐:贬谪放逐。

【汇评】

廖文炳解:此因朱全忠之陷出贬濮州而寄此诗也。

朱三锡评:无端谴逐,襟怀萧索,庶几得有知己款慰,可以稍解闷怀。无奈故人远别,旅况无聊,不得已而借酒排遣,此先生有"连日醉昏昏,空成半醉来"之句也。然而半醒之后,莺啼唤友,睹景伤情,益动怀人之感,故曰"解馀醒"也。岸头柳色,记其时也。船背雨声,记其景也。二句皆索寞神理也。五是自伤。六是思友。"温存谴逐情",正属此耳。或问:"船背雨声天欲明",如何是写索寞神理?大凡酒落快畅,一卧直到天明,今有日高丈五而睡兴正浓者。偏是失意之人,未到半夜,酒醒梦回,左思右想……耳听鸡声,眼望天晓,因而想及"岸头柳色",因而想及"三春已尽",及至欲明未明之际,雨声忽至,栖迟水次,闷卧一船,何等情事,何等景况,正所谓"酒无通夜力,事满五更心",令我凄然泪下矣。(金元好问编,元郝天挺注,明廖文炳解,清钱朝鼒、王俊臣校注《唐诗鼓吹笺注》卷二)

此因朱全忠之陷出贬濮州司马而作也。首言襟怀萧索而当半醒,无复有知己者解我之馀醒也。解醒乃解愁,此借喻之词;且岸头柳色,正春将尽之时;船背雨声,又天欲晓之际。斯时也,雁向南而背北,有同去国之悲;莺唤友以啼春,益动怀人之情,此吾之所以愁思不绝也。(钱牧斋、何义门《评注唐诗鼓吹》)

此时此景难为情("岸头柳色"句下)。(周咏棠辑《唐贤小三昧集》)

韩致尧《中秋禁直》,望宫阙于九霄,听弦歌于五夜,欲使主上亲贤远佞而不可得,展转不寐,隐约可念。《寄湖南从事》诗中情境,竟可与屈大夫把臂。(薛雪《一瓢诗话》)

韩偓《暴雨》"雷尾烧黑云,雨脚飞银线",奇句也。余所最爱者"四时最好是三月,一去不回惟少年",寻常意人却未道。至"岸头柳色春尽","船背雨声天欲明"、"窗里日光飞野马,案头筠管长蒲芦",皆有寄托,不得以常语目之。(彭端淑《雪夜诗谈》卷中)

秋谷曰:致尧诗清婉有意致,故擅胜场。(复旦大学图书馆藏《唐音统签》本眉批)

诗题后吴汝纶评注云:"湖南帅马殷也。"诗后吴汝纶评注云:"旧说出贬濮州作,非是。集云时在湖南。"(吴汝纶《吴评韩翰林集》)

玩水禽 在湖南醴陵县作[①]

两两珍禽渺渺溪[②],翠衿红掌净无泥[③]。向阳眠处莎成毯④,蹋水飞时浪作梯⑤。依倚雕梁轻社燕⑥,抑扬金距笑晨鸡⑦。劝君细认渔翁意,莫遣缧罗误稳栖⑧。

【题解】

据韩偓《甲子岁夏五月,自长沙抵醴陵,贵就深僻,以便疏慵。由道林之南,步步胜绝……》诗,知天祐元年(即甲子岁)五月诗人已由长沙抵醴陵,本诗小注谓"在湖南醴陵县作",则作于天祐元年(904)五月后。时韩偓贬官一年多后,正流寓湖南醴陵。因身遭朱全忠之流迫害流贬,诗人时有戒惕之心。故此诗咏水禽游戏于溪流上,不忘连及讥讽社燕、晨鸡,并藉水禽以自警警人,提醒应时时提防设置罗网之陷害者。诗前半首咏水禽,写双双成对之珍禽安栖于溪水边、自在地飞翔于水上。谓其"翠衿红掌净无泥",正显示其为清丽纯洁之"珍禽"也。"向阳眠处"、"踏水飞时"两句,写其自在祥和与矫健自得。水禽确是"高尚清幽之士",亦有自比之意。五、六句则稍转笔借水禽而抒发寓托之情感。轻蔑倚雕梁之社燕,乃借此讥讽依傍朱全忠势力之官员;又借耻笑抑扬金距之晨鸡,以斥责为虎作伥、趾高气扬地残害本是同侪士人的帮凶。末两句之"劝君",既是劝水禽,亦是自劝自警。"渔翁"比喻不怀好意,企图捕杀陷害忠良之居心险恶者。"莫遣"句则提醒应时时怀戒惕之心,莫将险恶者所设置之"缧罗",误认作可安栖之地,以免遭受陷害。诗人此时洞察险恶时局,具有高度戒惕之心。

【校注】

①"在湖南醴陵县作",此小注原作"在古南醴陵县作"。《唐百家诗选》本、统签本诗题后均无此小注。《唐百家诗选》本诗题后有"此后七首醴陵县作"。七首指《玩水禽》、《早玩雪梅有怀亲友》、《小隐》、《曛黑》、《醉著》、《早起三韵》、《即目》。汲古阁本、吴校本诗题后小注为"在湖南醴陵县作",韩集旧钞本、麟后山房刻本则为"在湖南醴陵"。清王太岳《四库全书考证》卷九十八校云:"韩偓《玩水禽》注:'在湖南醴陵县作',刊本'湖'讹'古',据《翰林集》改。"今即据改。醴陵:今属湖南。汉临湘县地东汉置醴陵县,属长沙郡。隋省入长沙。唐武德四年(621)复置。《太平寰宇记·醴陵县》:"县北有陵,陵上有井,涌泉如醴,因以名县。"

②两两:成双成对。珍禽:珍奇的鸟类。渺渺:幽远貌;悠远貌。

③"衿",玉山樵人本、统签本、汲古阁本均作"襟"。按:"衿"通"襟"。翠衿:翠绿色的头颈。衿,衣服的交领或前幅。此处用以比喻禽鸟的颔下部分。《诗·郑风·子衿》:"青青子衿,悠悠我心。"襟,指衣的交领。红掌:《本草集解》引陆玑《诗疏》:凫"状如鸭而小,短喙长尾,卑脚红掌。"骆宾王《咏鹅》:"白毛浮绿水,红掌拨清波。"

④莎:草名。即莎草。多年生草本植物。多生于潮湿地区或河边沙地。茎直立,三棱形。叶细长,深绿色,质硬有光泽。夏季开穗状小花,赤褐色。地下有细长的匍匐茎,并有褐色膨大块茎。块茎称"香附子",可供药用。

⑤"蹋水"句:指水禽掠着浪峰飞翔,好似将波浪作为登高的梯子。蹋水,即踏水。

⑥雕梁:饰有浮雕、彩绘的梁;装饰华美的梁。轻:轻视,瞧不起。社燕:即燕子。燕子春社时来,秋社时去,故有"社燕"之称。春社,古时于春耕前(周用甲日,后多于立春后第五个戊日)祭祀土神,以祈丰收,谓之春社。秋社,秋季祭祀土神的日子。宋陈元靓《岁时广记·二社日》:"《统天万年历》曰:立春后五戊为春社,立秋后五戊为秋社。"

⑦抑扬:按下与上举。汉贾谊《新书·容经》:"手有抑扬,各尊其纪。"蔡邕《琴赋》:"左手抑扬,右手徘徊。"金距:装在斗鸡距上的金属假距。李白《答王十二寒夜独酌有怀》:"君不能狸膏金距学斗鸡。"

⑧莫遣:莫使,莫让。缇罗,谓罗网。缇为粗绳索,罗为网罗。稳栖:安稳地栖息。此处意为稳妥的栖息处。

【汇评】

《晚归》:岸迥重重柳,川低渺渺河。不愁南浦暗,归伴有嫦娥。(注:韩偓诗:"两两珍禽渺渺溪"。)(李壁注《王荆公诗注》卷四十)

此以水禽比高尚清幽之士,末则致其谆嘱之词。(钱牧斋、何义门《评注唐诗鼓吹》)

"抑扬金距笑晨鸡"诗下庭珠按,"《左传》:季郈之鸡斗郈氏,为之金距。"(杜诏《唐诗叩弹集》卷十二)

秋谷曰:虑患深矣。(复旦大学图书馆藏《唐音统签》本眉批)

早玩雪梅有怀亲属①

北陆候才变②,南枝花已开③。无人同怅望④,把酒独裴回⑤。冻白雪为伴⑥,寒香风是媒⑦。何因逢越使⑧,肠断谪仙才⑨。

【题解】

《唐百家诗选》本《玩水禽》诗题后有"此后七首醴陵县作"小注,此后七首包括《早玩雪梅有怀亲属》诗。统签本此诗题下小注亦云:"甲子醴陵作"。甲子即天复四年(闰四月改元天祐)。诗云"北陆候才变",又题有"早玩雪梅",则当作于天祐元年(904)冬十二月,时在湖南醴陵。

此诗因赏玩雪梅,不禁以梅自喻。颇感孤身贬谪而无人共同观赏,故独自怅望,把酒徘徊。无奈之下,更起怀亲之想。首二句以节候方变而南枝梅花已开,写一"早"字。三、四句以饮酒而独徘徊怅望于梅花旁,写其"玩"赏雪梅之神态。谓"无人同"而"独",不仅写其孤独无偶,亦暗起"有怀亲属"之思,故有末联"何因"、"肠断"之吟。"冻白雪为伴",既是写梅花以雪为伴,亦是以梅自喻;既是写梅花之高洁,亦是表明无人为伴,而以冰雪为伴。"寒香"既是梅花之清芳,亦寓意诗人之品格秉性,花与人兼而有之,融为一体。

【校注】

①统签本题下小注云:"甲子醴陵作。"雪梅:梅花色白,故称。

②北陆:即虚宿。位在北方,为二十八宿之一。候才变:时令才改变。

③南枝:朝南的树枝。

④怅望:惆怅地看望或想望。

⑤把酒:手执酒杯。谓饮酒。孟浩然《过故人庄》:"开轩面场圃,把酒话桑麻。"裴回:亦作"裵回"、"徘徊"。

⑥冻白:指严寒中呈雪白色的梅花。雪为伴:谓梅花迎雪开放。

51

⑦寒香:清洌的香气。形容梅花的香气。风是媒:此处意为风乃传送梅花幽香之媒介。

⑧何因:怎么能够。越使:盛弘之《荆州记》:"陆凯与范晔相善,自江南寄梅一枝,诣长安与晔,并赠花诗曰:'折花逢驿使,寄与陇头人。江南无所有,聊赠一枝春。'"又刘向《说苑·奉使》:"越使诸发执一枝梅遗梁王,梁王之臣曰韩子,顾谓左右曰:'恶有以一枝梅乃遗列国之君者乎?请为二三子惭之。'出谓诸发曰:'大王有命:客冠,则以礼见;不冠,则否。'诸发曰:'彼越亦天子之封也。不得冀、兖之州,乃处海垂之际,屏外蕃以为居,而蛟龙又与我争焉,是以剪发文身,烂然成章,以像龙子者,将避水神也。今大国其命,冠则见以礼,不冠则否。假令大国之使,时过敝邑,敝邑之君,亦有命矣,曰:"客必剪发文身,然后见之。"于大国何如? 意而安之,愿假冠以见;意如不安,愿无变国俗。'梁王闻之,披衣出以见诸发,令逐韩子。"按:此诗"越使"句盖绾合以上二典实,主要取赠梅予人事,而复用《说苑》"越使"之字面。

⑨"才",《唐百家诗选》本作"材"。黄永年、陈枫校点《王荆公唐百家诗选》校云:"'材',分类本同,何校'才'。"按:"才"通"材"。肠断:形容极度悲痛。白居易《长恨歌》:"行宫见月伤心色,夜雨闻铃肠断声。"谪仙人:此处诗人因亦在贬中,故用谪仙人李白自比。

【汇评】

方回:全篇有味,五、六洒落。

纪昀:不失格韵。(《瀛奎律髓汇评》卷二十梅花类)

欲　明①

欲明篱被风吹倒,过午门因客到开。忍苦可能遭鬼笑②,息机应免致鸥猜③。岳僧互乞新诗去④,酒保频征旧债来⑤。唯有狂吟与沈饮⑥,时时犹自触灵台⑦。

【题解】

韩集旧钞本、汲古阁本、麟后山房刻本、吴校本诗题下小注云："在醴陵。"统签本诗题下小注云："以下在醴陵作。"则此诗在醴陵所作。据韩偓《甲子岁夏五月,自长沙抵醴陵,贵就深僻,以便疏慵……》诗,知其天祐元年(904)五月后方至醴陵。故此诗乃天祐元年五月后作。《韩偓诗注》以为作于天祐元年春,时诗人在洞庭湖;《韩偓年谱》以为诗有"岳僧"句,故为"五月之前,偓居长沙"时作,今并不取。盖诗作于天祐元年五月后,时在醴陵,非在长沙。"岳僧"亦非指长沙岳麓山之僧,乃谓山僧也。

诗题《欲明》,乃取首句"欲明篱被风吹倒"首二字而成,亦如李商隐之《无题》。诗之主旨难于诗题显明,故取首句二字为题。然诗题"欲明"二字,亦非与诗之主旨无关,实乃借此以显示潜藏于诗人深心中之真正意蕴,作者虽想明示而难于明白表出,故只能朦胧隐晦,出之以欲明而未明之"欲明"二字。以此反味诗题"欲明"之意,或意味着欲明而未能明之心曲,正如拂晓时天欲明而未明之朦胧。此诗多前后关联绾合之句,针脚细密,相互勾连。诗先写天将拂晓而篱笆为风吹倒,以见屋居之简陋,又为以下"忍苦"句、酒保"征旧债"先点一笔,前后呼应。第二句谓午后门方为来客开,可见闲来无事而疏慵。而门开,亦起岳僧乞诗、酒保征债之事。而酒保征债,既与遭鬼笑之忍受贫苦前后绾合,又联下句之"沈饮",说明所以欠债之由。"息机"一句逗露处境心事,可见其时处境局势之险恶,尽管已闲居疏散,然犹须韬光养晦,以避猜疑迫害,此亦其"忍苦"之一斑。末两句狂吟沈饮,虽亦是韬光养晦,息机之举,然其心中苦楚也是欲罢而不能,常借此狂吟痛饮以发泄耳。谓"狂吟",又反转与岳僧之"乞新诗"相呼应;谓"沈饮",亦与酒保征债"前后互绾。

【校注】

①欲明:即拂晓天欲亮时。

②忍苦:忍受贫苦。遭鬼笑:《南史·刘粹传》:"有刘伯龙者,少而贫薄。及长,历位尚书左丞、少府、武陵太守,贫窭尤甚。常在家慨然,召左右将营什一之方,忽见一鬼在傍抚掌大笑。伯龙叹曰:'贫穷固有命,乃复为鬼所笑也。'遂止。"

③息机：息灭机心。杜甫《将赴成都草堂途中有作先寄严郑公》："侧身天地更怀古，回首风尘甘息机。"鸥猜：《列子·黄帝》："海上之人有好沤(按：沤即鸥。)鸟者，每旦之海上从沤鸟游，沤鸟之至者百住而不止。其父曰：'吾闻沤鸟皆从汝游，汝取来，吾玩之！'明日之海上，沤鸟舞而不下也。"

④岳僧：即山僧，居住山间之僧人。唐李咸用《友生携修睦上人诗见访》："雪中敲竹户，袖出岳僧诗。"

⑤酒保：货酒者；酒店的伙计。旧债：谓赊欠许久之酒债。

⑥狂吟：纵情吟咏。白居易《洪州逢熊孺登》："靖安院里辛夷下，醉笑狂吟气最粗。"沈饮：亦作"沉饮"，谓大量喝酒。

⑦灵台：指心。《庄子·庚桑楚》："不可内于灵台。"郭象注："灵台者，心也。"

梅　花

梅花不肯傍春光①，自向深冬著艳阳②。龙笛远吹胡地月③，燕钗初试汉宫妆④。风虽强暴翻添思⑤，雪欲侵凌更助香⑥。应笑暂时桃李树⑦，盗天和气作年芳⑧。

【题解】

《全唐诗》列于湖南醴陵作《玩水禽》之后，亦即在天祐元年五月之后。诗有"自向深冬"、"雪欲侵凌"语，而明年春夏间韩偓已入江西，则诗作于天祐元年(904)深冬。

此诗既是咏梅，更是借咏梅而托喻讥刺。故前人谓"全自喻也"；"善评梅心事者，并起句岂自喻耶"；"有讽刺"；"此托喻，非咏梅也"。从咏梅言，此诗前六句均是咏梅之句，而尤以"龙笛"、"燕钗"二句更多采用咏梅常用事典。此二句绾合多种事典，将梅花比喻为风韵独具、风姿绰约之美女。"龙笛远吹胡地月"，以悠扬飘逸之梅花三弄笛声，写梅花之清迥风韵，冷艳风姿。"燕钗初试汉宫妆"，盖将梅花喻赵飞燕，矜持美艳飘逸，刚以汉皇所赐之燕钗妆扮。此诗咏梅善于刻画梅花所处之严寒时令，梅花之神态风韵，以及凌寒御暴，斗雪愈芳之品格。从寓意言，首句谓自身不肯依傍朱全忠之流之强权势力也。二句表明于严冬般残酷之局势下，仍心向唐室，忠于唐皇。五、六二句虽为人批评为"粗野特甚"，然乃借"风虽强暴"、"雪欲侵凌"显梅花之不畏强暴，凌寒而愈香，以寓托不屈服于朱全忠之流残暴邪恶势力的政治品格。末二句则如查慎行所说"有讽刺"。"暂时桃李树"，讥刺"盗天和气"，投靠依附朱全忠之流，竭力残害忠臣士人，一时暴贵为宰相之奸臣柳璨之徒。所谓"暂时"，乃极轻蔑之言，言粗鄙凶残之柳璨，其夤缘得势，所盗取之宰相之职，势必不久耳！诗人所言果真应验，《资治通鉴》天祐二年十二月记："初，璨陷害朝士过多，全忠亦恶之。璨与蒋玄晖、张廷范朝夕宴聚，深相结，为全忠谋禅代事。"后终于还是为朱全忠所厌恶，并诛杀之。

【校注】

①傍春光：依傍春光。傍，依傍、依附、依托。此处春光为比喻之言，指当时控制朝廷大权，煊赫一时的朱全忠之流。

②"著"，玉山樵人本、韩集旧钞本、统签本、汲古阁本、麟后山房刻本均作"有"，《全唐诗》、吴校本均校："一作有"。按：作"著"是。向：介词。表示动作的地点。犹在。深冬：即严冬。此处亦有比喻当时严酷时局之意。著艳阳：朝向闪耀的太阳。著，向，朝。表示动作行为的方向。此处亦有比喻之意，意谓诗人如梅花朝向闪亮的太阳一样，心向唐昭宗。

③龙笛：指笛。据说其声似水中龙鸣，故称。语本汉马融《长笛赋》："龙鸣水中不见已，截竹吹之声相似。"后则多指管首为龙形的笛。《律吕正义后编》卷六十四："龙笛制如笛，七孔横吹之管。首制龙头，衔同心结带。""龙笛远吹胡地月"，亦用笛曲"梅花三弄"、"落梅花"以咏梅之典故。《梅花三弄》乃古曲名，系由晋桓伊所作笛曲改编而成，内容写傲霜斗雪的梅花，全曲主调出现三次，故称。胡地：泛称北方和西方各族居住的地方。

④燕钗：旧时妇女别在发髻上的一种燕子形的钗。汉宫妆：原为汉代宫女额上涂黄粉，因称汉宫妆。《佩文斋广群芳谱》卷二十二引《金陵志》："宋武帝女寿阳公主，人日卧于含章殿檐下，梅花落于额上，成五出花，拂之

不去,号梅花妆。宫人皆效之。"后常用汉宫妆和寿阳公主梅花妆之典故以咏梅。

⑤翻:即反,副词,反而。思:心绪,情思。

⑥侵凌:亦作"侵陵",侵犯欺凌。

⑦暂时桃李树:指桃李树芬芳之时间极为短暂。暂时,一时,短时间。此处之"暂时桃李树",指唐末投靠依附朱全忠势力的奸臣柳璨之流。

⑧盗天:窃取自然生长之物。《列子·天瑞》:"夫禾稼、土木、禽兽、鱼鳖,皆天之所生,岂吾之所有? 然吾盗天而亡殃。"和气:古人认为天地间阴气与阳气交合而成之气。万物由此"和气"而生。《老子》:"万物负阴而抱阳,冲气以为和。"年芳:指美好的春色。白居易《石榴树》:"见说上林无此树,只教桃柳占年芳。"此处以"年芳"比喻柳璨之流得势而煊赫一时。

【汇评】

方回:五、六善评梅心事者,并起句岂自喻耶!

冯班:全自喻也。

纪昀:五、六粗野特甚。

冯舒:此托喻,非咏梅也。

冯班:有讽刺。

查慎行:末句有讽刺。

纪昀:极有意而著语未佳。三、四俗格,结亦套。"盗天"本《庄子》,然不雅。(以上《瀛奎律髓汇评》卷二十梅花类)

小　隐①

借得茅斋岳麓西②,拟将身世老锄犁③。清晨向市烟含郭④,寒夜归村月照溪。炉为窗明僧偶坐,松因雪折鸟惊啼。灵椿朝菌由来事⑤,却笑庄生始欲齐⑥。

【题解】

统签本《欲明》诗题下小注云："以下在醴陵作。"《唐百家诗选》本《玩水禽》诗题后有"此后七首醴陵县作"。其此后七首即指《玩水禽》、《早玩雪梅有怀亲友》、《小隐》、《曛黑》、《醉著》、《早起三韵》、《即目》。二书均以为此诗作于醴陵。按：此说有误。韩偓天祐元年五月由长沙移居醴陵，而此诗有"借得茅斋岳麓西"句，知尚居岳麓山西。岳麓山在长沙，则此时尚未移居醴陵，诗非醴陵时作，统签本等小注有误。此诗有"寒夜归村"、"松因雪折"语，则天复四年（904）春寒时所作。

由诗题《小隐》以及首二句所言，韩偓此时已有隐居不回朝之念。故中间四句即写其村居环境与生活，颇见闲散悠然。而山僧来坐，亦表明诗人与僧人有所交往，此不特隐逸生活之写照，其思想亦或受僧人之濡染矣。末二句则表明诗人不以庄生之齐等万物为然，认为"灵椿"、"朝菌"本即不同，正不必等同之。可见诗人尽管遭贬谪打击而萌生隐逸之念，但未泯灭是非之不同。

【校注】

①小隐：隐居于山林。晋王康琚《反招隐诗》："小隐隐林薮，大隐隐朝市。"

②岳麓：即岳麓山，又名麓山。在今湖南长沙西。《元和郡县图志》卷二十九《江南道五·潭州·长沙》："岳麓山，在县西南，隔湘水六里，盖衡山之足也，故以麓为名。"

③身世：一生；终身。老锄犁：谓终老于农家生活，亦即终老于隐居不仕。

④"含"，《唐百家诗选》本作"涵"。向市：前往市廛。郭：外城，在城的周边加筑的一道城墙。

⑤灵椿朝菌：灵椿，传说中的长寿之树。比喻长寿者。朝菌：某些朝生暮死的菌类植物。借喻极短的生命。典出《庄子·逍遥游》："小知不及大知，小年不及大年。奚以知其然也？朝菌不知晦朔，蟪蛄不知春秋，此小年也。楚之南有冥灵者，以五百岁为春，五百岁为秋。上古有大椿者，以八千岁为春，八千岁为秋。而彭祖乃今以久特闻，众人匹之，不亦悲乎？"由来：

自始以来；历来。

⑥却笑：还笑。却，还。李商隐《夜雨寄北》："何当共剪西窗烛，却话巴山夜雨时。"庄生：庄子。始欲齐：庄子著有《齐物论》，鼓吹齐是非、齐彼此、齐物我、齐夭寿等。如谓"物无非彼，物无非是。自彼则不见，自知则知之。故曰：彼出于是，是亦因彼。……虽然，方生方死，方死方生。方可方不可，方不可方可。因是因非，因非因是。……是亦彼也，彼亦是也。彼亦一是非，此亦一是非。果且有彼是乎哉？果且无彼是乎哉？"

【汇评】

韩偓，字致尧，别集一卷，实本集也。以其有《香奁集》，故反名别集。然其语多浅俗，入录者甚少。七言律如"无奈离肠"、"长日居闲"、"惜春连日"三篇，气韵亦胜。"星斗疏明"一篇，声亦宣朗。他如"瓶添涧水盛将月，衲挂松枝惹得云"，"树头蜂抱花须落，池面鱼吹柳絮行。禅伏诗魔归静域，酒冲愁阵出奇兵"等句，乃晚唐巧句也。至若"炉为窗明僧偶坐"、"雨连莺晓落残梅"，则奇僻不可为法矣。（许学夷《诗源辩体》卷三十二）

曛　黑①

古木侵天日已沈②，露华凉冷润衣襟③。江城曛黑人行绝④，唯有啼乌伴夜砧⑤。

【题解】

统签本题下小注云："甲子醴陵作。"甲子即天祐元年（904）。又《唐百家诗选》本《玩水禽》诗题后有"此后七首醴陵县作"。此后七首指《玩水禽》、《早玩雪梅有怀亲友》、《小隐》、《曛黑》、《醉著》、《早起三韵》、《即目》。又此诗有"露华凉冷"、"啼乌伴夜砧"语，则天祐元年秋作于醴陵。诗写初入夜时所见所闻与感受，抒发客寓者思乡念亲之情。时古木参天，日已西沉。江城夜幕笼罩，行人断绝。此乃点染题面"曛黑"二字。露水润衣襟而身凉，周遭沉沉寂寂，更令人起异乡孤旅之情。此际啼乌伴随着阵阵捣衣声传来,叩击着客寓他乡之流贬者思乡念亲的寂寞之心,此情此景正何以堪!

【校注】

①曛黑:日暮天黑。杜甫《彭衙行》:"延客已曛黑,张灯启重门。"

②"天",何焯校:"黑"。"沈",何焯校:"曛"。按:何焯校指何焯批注《王荆公唐百家诗选》。下同。侵天:逼近云天。极言其高。韩愈《风折花枝》:"浮艳侵天难就看,清香扑地只遥闻。"

③露华:露水。李白《清平调词》之一:"云想衣裳花想容,春风拂槛露华浓。"

④"人行",《全唐诗》、吴校本均校:"一作行人"。

⑤夜砧:夜间捣衣声。

晓　日

天际霞光入水中,水中天际一时红。直须日观三更后①,日观峰半夜见日②。首送金乌上碧空③。

【题解】

缪荃孙《韩翰林诗谱略》编于天祐元年,《全唐诗·韩偓集》亦编于天祐元年(904)所作诗中。《韩偓诗注》因诗中"日观峰半夜见日"小注,谓"作于唐昭宗天复三年(903),诗人在濮州司马任上似乎向东到过泰山"。所说无确凿依据,今不取。盖小注所言并非表明实际到过日观峰,实乃遥想之言,诗谓"直须",正表明其时不在日观峰。

首二句描写天初晓之际,霞光映入水中,水中天边瞬间一派红色霞光上下辉映的绮丽景象。此乃诗人亲身目睹,将拂晓时刹那间之美景展现殆尽。"一时红"三字,景色之奇,乃诗人特地拈出。后二句乃观看晓日后之揣想,并非诗人此时即在日观峰观日,故表之以"直须"。意谓想要更早看到晓日景象,应该于半夜后,在泰山顶日观峰上观赏,那时你就是首位将晓日送上青天之人了。

【校注】

①"须"，玉山樵人本、韩集旧钞本、统签本、麟后山房刻本均作"从"，吴校本校："一作从"。直须：应当；应。唐杜秋娘《金缕衣》："花开堪折直须折，莫待无花空折枝。"

②统签本在"日观峰"三字前有"自注"二字。日观，即日观峰。《水经注》卷二十四《汶水》："应劭《汉官仪》云：泰山东南山顶名曰日观。日观者，鸡一鸣时，见日始欲出，长三丈许，故以名焉。"三更，古人将一夜分为五更，一更两个时辰。三更指半夜十一时至翌晨一时。《乐府诗集·清商曲辞二·子夜变歌一》："三更开门去，始知子夜变。"

③金乌：神话传说太阳中有三足乌，因用为太阳的代称。

醉　著

万里清江万里天①，一村桑柘一村烟②。渔翁醉著无人唤，过午醒来雪满船。

【题解】

《全唐诗·韩偓集》编于《家书后批二十八字》诗后，《翠碧鸟》之前。前诗下小注云："在醴陵。时闻家在登州。"后诗下小注云："以上并在醴陵作。"又《唐百家诗选》本在《玩水禽》诗题后有"此后七首醴陵县作"。其此后七首即指《玩水禽》、《早玩雪梅有怀亲友》、《小隐》、《曛黑》、《醉著》、《早起三韵》、《即目》。则此诗盖作于醴陵时。韩偓自天祐元年五月移居醴陵，至天祐二年春夏间离开醴陵至袁州。本诗下一首《柳》有"春来依旧袅长条"句，而此诗有"过午醒来雪满船"句，则时为天祐元年（904）隆冬。缪荃孙《韩翰林诗谱略》、《唐韩学士偓年谱》亦系于天祐元年。《韩偓诗注》谓此诗"作于唐昭宗天祐元年（904）冬，诗人时在长沙"。按：此时韩偓不在长沙，乃在醴陵。

诚如《鹤林玉露》所言，此诗摹写"农圃家风，渔樵乐事"极为精妙。全诗四句摹写乡村江上景致，而"一村桑柘一村烟"，尤将广阔之农圃风光展示眼前，诚入画之诗。正如陈伯海《韩偓生平及其诗作简论》所云："四句诗组成画面，有远景、中景、近景的配合，构图明晰，设色疏淡，宛如一幅水墨瀚染的山水图卷。""渔翁"、"过午"两句既是渔舟雪景，亦将渔翁之陶然醉态与了无牵挂之悠然水上生涯一并摹写而出。诗人遭遇贬谪，此时唐昭宗已被弑，朱全忠把持朝政，韩偓已断回朝之想，而坚隐逸之念，故写农家渔樵悠然生活情景，亦以此寄其情致。

【校注】

①清江：此江当指渌江。按：《韩偓诗注》谓"这里指湘江"。此说误。其误之由乃以为此诗作于长沙，实则诗人早已离开长沙，移居醴陵久之。陈寅恪《读书札记二集·韩翰林集卷三》释韩偓《甲子岁夏五月，自长沙抵醴陵，……去渌口，分东入南小江，山水益秀。……遂赋诗四韵，聊寄知心》诗谓："《(嘉庆)清一统志》三五四湖南省长沙府山川门渌江条引《醴陵县旧志》：渌江发源有二：一借萍乡县麻山水，西北至醴陵县东五十里，名萍水。一出浏阳县界白沙溪，西南至双江口，会流经醴陵县南前渌水池，名渌口，又西流，合姜岭水，由渌江入湘。"并按："然则此诗为韩由长沙岳麓山至醴陵渌口途中作也。"

②"桑柘"，统签本、《全唐诗》、吴校本均校："一作花柳"。按：《全闽诗话》卷一、《五代诗话》卷六均作"花柳"。桑柘：桑木与柘木。柘，木名。桑科。落叶灌木或小乔木，叶子卵形或椭圆形，头状花序，果实球形。叶可喂蚕，木质密致坚韧，是贵重的木料，木汁能染赤黄色。

【汇评】

农圃家风，渔樵乐事，唐人绝句模写精矣。余摘十首题壁间，每菜羹豆饭后，啜苦茗一杯，偃卧松窗竹榻间，令儿童吟诵数过，自谓胜如吹竹弹丝，今记于此。韩偓云："闻说经旬不启关，药窗谁伴醉开颜。夜来雪压前村竹，剩看溪南几尺山。"又云："万里清江万里天，一村桑柘一村烟。渔翁醉著无人唤，过午醒来雪满船。"(罗大经《鹤林玉露》卷五《农圃渔樵》)

苕溪渔隐曰："致尧《醉著》绝句云：'万里清江万里天，一村桑柘一村烟。渔翁醉著无人唤，过午醒来雪满船。'葛亚卿集句云：'万里清江万里天，一村桑柘一村烟。渔翁醉睡醒又睡，高唱夕阳孤岛边。'前辈集句诗，每一句取一家诗，今亚卿全用致尧前两句，极为无工。又后两句不是好诗，不称前两句，岂若致尧之浑成也？杜荀鹤亦有《溪兴》绝句云：'山雨溪风卷钓丝，瓦瓯篷底独斟时。醉来睡著无人唤，流下前溪也不知。'语句俱弱，亦不若致尧之雅健也。"（胡仔《苕溪渔隐丛话后集》卷十五。何汶《竹庄诗话》卷十三《醉著绝句》略同）

山谷《清江引》云："全家醉著篷底眠，家在寒沙夜潮落。""醉著"二字出韩偓诗："渔翁醉著无人唤，过午醒来雪满船。"（曾季狸《艇斋诗话》）

一日，因论诗，珪粹中曰鲁直《清江引》："浑家醉著篷底眠，舟在寒沙夜潮落。"说尽渔父快活。公曰："醉著"二字，是用韩偓"渔翁醉著无人唤"。（魏庆之《诗人玉屑》卷八《相袭》引《室中语》）

致尧《醉著》绝句云："万里清江万里天……"杜荀鹤亦有《溪兴》绝句云："山雨溪风卷钓丝，瓦瓯篷底独斟时。醉来睡著无人唤，流下前溪也不知。"语句俱弱，不若致尧之雅健也。（魏庆之《诗人玉屑》卷十六《绝句》引《渔隐》）

韩偓"万里晴江万里天，一村桑柘一村烟。渔翁醉著无人唤，过午醒来雪满船。"杜荀鹤"山雨溪风卷钓丝，瓦瓯篷底独斟时。醉来睡著无人唤，流下前溪也不知。"司空曙"钓罢归来不系船，江村月落正堪眠。纵然一夜风吹去，只在芦花浅水边。"陆龟蒙"雨后沙虚古岸崩，鱼梁携入乱云层。归时月坠汀洲暗，认得妻儿结网灯。"四作写江湖渔隐，境界如画，自是一家语也。（徐𤊹《笔精》卷四《诗谈·江湖渔隐》）

柳①

一笼金线拂弯桥②，几被儿童损细腰③。无奈灵和标格在④，春来依旧袅长条⑤。

【题解】

石印本、吴校本均收在《香奁集》中，然《全唐诗》则未收入《香奁集》，且编于题下有"以上并在醴陵作"之《翠碧鸟》诗前。则此诗盖作于醴陵。按：《唐韩学士偓年谱》《韩翰林诗谱略》均系于天祐元年，《韩偓诗注》谓"作于唐昭宗天祐元年(904)春，诗人时在长沙。"今均不取。韩偓在醴陵时间为天祐元年五月至天祐二年春夏间，此诗有"春来依旧袅长条"句，则天祐二年(905)春之作。

此诗咏柳，更以柳自寓寄意。"几被儿童"句，震钧以为"几遭白马驿之祸也"，所说过于坐实。据《资治通鉴》卷六二五载："六月，戊子朔，敕裴枢、独孤损、崔远、陆扆、王溥、赵崇、王赞等并所在赐自尽。时全忠聚枢等及朝士贬官者三十馀人于白马驿，一夕尽杀之，投尸于河。初李振屡举进士，竟不中第。故深疾搢绅之士，言于全忠曰：'此辈常自谓清流，宜投之黄河，使为浊流！'全忠笑而从之。"则白马驿之祸在天祐二年六月，韩偓赋《柳》时尚未发生。故"几被儿童损细腰"非谓白马驿之祸，乃指韩偓在朝时屡遭朱全忠、柳璨、李彦弼、马从皓之流所迫害事。后二句亦以灵和殿柳自喻。"灵和标格"，盖谓诗人之如张绪般"清简寡欲"，柔和恬淡之品格。震钧分析"依旧袅长条"一句，谓"倔强犹昔也。"所说可参。

【校注】

①此首与《咏柳》"袅雨拖风"一首石印本《香奁集》均收，题为《咏柳》，吴校本《香奁集》亦收，题为《咏柳二首》，此首均为第二首。统签本在诗题下注："元在《香奁集·咏柳》第二首"。按：统签本《香奁集》未收此首，而收《咏柳》"袅雨拖风不自持"一首入《香奁集》。

②金线：指柳条。春来柳条嫩绿微黄，故以金线比喻之。唐施肩吾《新柳》："万条金线带春烟，深染青丝不值钱。"

③儿童：原谓小儿。此处儿童指喻残害诗人以及朝中士人的朱全忠、柳璨、李振之流。细腰：纤细的腰身，原用以代指窈窕美人。此处因春柳细柔婀娜，故以细腰比喻之。

④灵和标格：灵和，指灵和殿。南朝齐武帝时所建殿名。灵和又有柔和恬淡，清心寡欲之修养义。标格，风范，风度。此处灵和标格既用以咏

柳，亦诗人用以自谓。

⑤袅长条：柔弱摇曳貌。长条，此指柳丝。

【汇评】

"几被儿童损细腰"，几遭白马驿之祸也。"依旧袅长条"，倔强犹昔也。
（震钧《香奁集发微》）

病中初闻复官二首①

一

抽毫连夜侍明光②，执靮三年从省方③。烧玉谩劳曾历试④，铄金宁为欠周防⑤。也知恩泽招谗口⑥，还痛神祇误直肠⑦。闻道复官翻涕泗⑧，属车何在水茫茫⑨。

【题解】

统签本诗题下小注云："此诗编入甲子岁，为天祐之元年。详诗意尚是昭宗迁洛未弑时语。"而吴汝纶评注云："天祐元年八月朱全忠弑昭帝，此昭帝被弑后作。"陈寅恪《读书札记二集·韩翰林集之部》则谓"缪谱谓详诗意为昭宗未弑前作，然'属车何在'句亦可依吴解。"按：此诗如吴汝纶所说，作于昭帝被弑后。据《新唐书·韩偓传》"天祐二年，复召为学士，还故官。偓不敢入朝，挈其族南依王审知而卒。"又，韩偓有《乙丑岁九月在萧滩镇驻泊两月忽得商马杨迢员外书贺余复除戎曹依旧承旨还缄后因书四十字》诗。据此诗，韩偓"初闻复官"盖在乙丑岁九月，亦即天祐二年（905）九月。此诗即作于此时，时在江西萧滩镇驻泊。

此诗写于初闻复官消息时，不禁回忆当年在朝中的种种经历，抒发感慨悲痛之情。首联回忆任中书舍人、翰林学士等职三年中勤勉忠恳于职务，及随从昭宗避难出幸凤翔等地，侍奉皇上之情景。"烧玉"句谓在朝中多次经历错综复杂之激烈斗争与政治倾轧，而非如《韩偓诗注》所释："曾历试,曾经多次参加进士考试。韩偓自谓:'予与子华,俱久困名场。'"盖此诗所叙乃在朝为官事,而无需提及早年屡次落第之困厄遭遇。第四句谓遭受谗毁贬谪,并非自己不检点而疏于周防,而是因不阿附朱全忠之流而遭受打击排挤。第五句点出之所以为宵小权奸所排挤谗毁,原因在于尽忠于皇上,蒙受昭宗之格外器重。第六句则于回忆朝中种种经历后,感叹天地不公,反误如我忠心耿直之士。末两句言如今听到招我回朝复官的消息,一时间百感交集,泪流满面,此时对着眼前茫茫的川流,不禁想到恩重如山的唐昭宗。感慨苍凉,悲伤扼腕,情态宛然可见。

【校注】

①诗题玉山樵人本、统签本均作"病中闻复官二首"。统签本诗题下小注云:"此诗编入甲子岁,为天祐之元年。详诗意尚是昭宗迁洛未弑时语。云甲子非谬也,乃史称召命在天祐二年乙丑。岂复官先在甲子,而征命则在乙丑岁欤?"

②抽毫:抽笔出套。亦借指写作。明光:即明光宫,汉宫名。后亦用以代指宫殿。"抽毫连夜侍明光"谓诗人曾在朝中为翰林学士、中书舍人,为昭宗起草诏敕。《新唐书·韩偓传》:"王溥荐为翰林学士,迁中书舍人。偓尝与胤定策诛刘季述,昭宗反正,为功臣。"

③"执靮三年"句:靮,马缰绳。执靮,握马缰。借指骑马。三年,谓诗人"尝与(崔)胤定策诛刘季述,昭宗反正,为功臣"而入侍唐昭宗之天复元年,至天复三年被贬濮州司马,凡三年。省方,巡视四方。从省方,谓随从唐昭宗巡视各地,实际上指随昭宗出幸避难。据《旧唐书·昭宗纪》,天复元年十月朱"全忠引四镇之师七万赴河中,京师闻之大恐,豪民皆亡窜山谷"。十一月,昭宗即出幸凤翔,时韩偓随驾。至天复三年正月,韩偓方随昭宗回京。

④烧玉:《淮南子·俶真训》:"譬若钟山之玉,炊以炉炭,三日三夜而色泽不变。则至德天地之精也。"白居易《放言》之三:"试玉要烧三日满,辨材须待七年期。"谩劳:徒劳。谩,通"漫"。历试:多次炼试。

⑤铄金:即众口铄金,谓伤人之谗言。宁为:哪为,岂为。周防:谨密防患。杜甫《遣闷奉呈严公二十韵》:"周防期稍稍,太简遂匆匆。"

⑥"也知恩泽"句：自谓因蒙受昭宗的器重信任而招致幸臣谗毁。《新唐书·韩偓传》："帝反正，励精政事，偓处可机密，率与帝意合，欲相者三四，让不敢当。……全忠怒偓薄己，悻然出。有潜偓喜侵侮有位，胤亦与偓贰。会逐王溥、陆扆，帝以王赞、赵崇为相，胤执赞，崇非宰相器，帝不得已而罢。赞、崇皆偓所荐为宰相者。全忠见帝，斥偓罪，帝数顾胤，胤不为解。全忠至中书，欲召偓杀之。郑元规曰：'偓位侍郎、学士承旨，公无遽。'全忠乃止，贬濮州司马。帝执其手流涕曰：'我左右无人矣。'"

⑦神祇：天地之神。直肠：比喻直性，直心眼。亦指心地直爽的人。误直肠，谓贻误刚正不阿、公忠为国之心。据《新唐书·韩偓传》，偓在朝中"处可机密，率与帝意合，欲相者三四"。然因不阿附朱全忠、崔胤、韦贻范、李彦弼等人而遭迫害贬谪。

⑧复官：指天祐二年受诏回朝复任兵部侍郎、翰林学士承旨。翻：反而。涕泗：眼泪和鼻涕。

⑨属车：帝王出行时的侍从车。秦汉以来，皇帝大驾属车八十一乘，法驾属车三十六乘，分左中右三列行进。属车亦借指帝王。此处乃代指唐昭宗。

【汇评】

山林日月老潜夫，骨入穷泉未拟枯。幽涧有冰含太古，无人和玉试洪炉。（小注："玉炉"，韩偓《和孙舍人诗》："炽炭一炉真玉性，浓霜千涧老松心。"又《此翁》："金劲任从千口铄，玉寒曾试几炉烘。"又《闻复官》："烧玉漫劳曾历试，铄金定为欠周防。"）（施国祁《元遗山诗集笺注》卷十一《自题写真二首》之一）

天祐元年八月朱全忠弑昭帝，此昭帝被弑后作。（吴汝纶《吴评韩翰林集》）

缪谱谓详诗意为昭宗未弑前作，然"属车何在"句亦可依吴解。（陈寅恪《读书札记二集·韩翰林集之部》）

偓由醴陵至袁州，以兵部侍郎、翰林院承旨召，不赴。故《病中初闻复官》诗有"宦途蹭蹬终难测"句，盖指白马驿事也。诗又云"属车何在水茫茫"，指昭宗被弑也。（震钧《韩承旨年谱》）

二

又挂朝衣一自惊^①，始知天意重推诚^②。青云有路通还去^③，白发无私健亦生。曾避暖池将浴凤^④，却同寒谷乍迁莺^⑤。宦途巇崄终难测^⑥，稳泊渔舟隐姓名^⑦。

【题解】

此篇谓今日闻复官消息，始知上苍再次推诚相待，心中不免感慨自惊。如今入朝复官之路已经通畅，自可回朝任官。然年已老大，无情白发又已苗生。回想昔日曾辞避皇上欲任为宰相之经历，而今日得到复官之命，则有如莺自寒谷忽然高迁一般，自然令人喜悦。然转念沉思，宦途毕竟艰难险恶，前景难于预测。还不如隐姓埋名，隐居江湖，了此一生罢了。全篇百感交集，情思变幻，自是性情中人之语。然而，亦不乏冷眼观世，沉稳持重，自是百经历练之人矣！"白发无私健亦生"，与杜牧"公道世间惟白发，贵人头上不曾饶"同一意趣。

【校注】

①又挂朝衣：又披挂朝衣。即谓前已去官，今又复官。

②天意：上天之意。此指唐哀帝李柷。

③青云：此处喻高官显爵。《史记·范雎蔡泽列传》："须贾顿首言死罪，曰：'贾不意君能自致于青云之上。'"

④统签本此句下小注云："偓尝辞入相也"。"曾避暖池"句：暖池，指凤凰池，禁苑中池沼。魏晋南北朝时设中书省于禁苑，掌管机要，接近皇帝，故称中书省为"凤凰池"。唐代宰相称同中书门下平章事，故多以"凤凰池"指宰相职位。韩偓曾为中书舍人，又曾获昭宗器重，"偓处可机密，率与帝意合，欲相者三四，让不敢当"（《新唐书·韩偓传》），故有此句。

⑤"却同"句：意谓被贬后忽闻复官，时有如同"寒谷乍迁莺"之感。《诗·小雅·伐木》："伐木丁丁，鸟鸣嘤嘤。出自幽谷，迁于乔木。"

⑥巇崄：艰险；险恶。唐陆龟蒙《彼农》："世路巇崄，淳风荡除。"

⑦"稳泊渔舟"句：意谓将埋没姓名，隐居于江湖间。《史记·货殖列传》："范蠡既雪会稽之耻……乃乘扁舟浮于江湖，变名易姓，适齐为鸱夷子皮。"

早起五言三韵①

万树绿杨垂，千般黄鸟语②。庭花风雨馀③，岑寂如村坞④。依依官渡头⑤，晴阳照行旅⑥。

【题解】

统签本题下小注云："自注：甲子醴陵作"。《韩翰林诗谱略》《唐翰林学士年谱》均系于天祐元年。按：韩偓天祐元年五月自湖南移居醴陵。又据此诗"万树绿杨垂"，"庭花风雨馀"、"晴阳照行旅"句，则作于天祐元年（904）夏五月间。

此首五言三韵，写早起所见景色。时正夏日，一眼望去，无数翠绿色的杨柳笼罩低垂，耳边黄鸟婉转千般，悦耳动听。风雨过后，庭院中的花朵更显娇艳欲滴，妩媚可人。此时院落寂寂，有如寂静的山村。远望依稀的官渡口，夏日晴阳初照。隐约间，几许影影绰绰的行人，正在渡口等待渡船。此诗以寂静幽美显其特色，除第二句外，均是岑寂之景。而"千般黄鸟语"，虽是鸟语婉转，然更可显出周遭岑寂，正有"鸟鸣山更幽"之致。

【校注】

①《唐百家诗选》本题作"早起三韵"。统签本题下小注云："自注：甲子醴陵作。"

②黄鸟：鸟名。有两说。《尔雅·释鸟》："皇，黄鸟。"郭璞注："俗呼黄离留，亦名搏黍。"黄离留，即黄莺。郝懿行义疏："按此即今之黄雀，其形如雀而黄，故名黄鸟，又名搏黍，非黄离留也。"《诗·周南·葛覃》："黄鸟于飞，集于灌木，其鸣喈喈。"

③风雨馀：风雨之后。馀，之后；以后。

④岑寂:寂静。村坞:村庄。多指山村。

⑤依依:依稀貌;隐约貌。陶潜《归园田居》诗之一:"暖暖远人村,依依墟里烟。"官渡:官设的渡口。韩愈《木芙蓉》:"采江官渡晚,搴木古祠空。"

⑥行旅:旅客。孟浩然《夜渡湘水》:"行旅时相问,浔阳何处边?"

家书后批二十八字<small>在醴陵,时闻家在登州①</small>

四序风光总是愁②,鬓毛衰飒涕横流③。此书未到心先到,想在孤城海岸头④。

【题解】

诗题下有"在醴陵,时闻家在登州"小注,韩偓天祐元年五月即自长沙至醴陵。又此诗《全唐诗》排于《早起五言三韵》与《湖南梅花一冬再发偶题于花援》诗中间。前一诗据上考乃作于天祐元年五月,而后一诗则天祐元年寒冬赋,则此诗作于天祐元年(904)五月后至寒冬在醴陵时。

韩偓贬谪流离中接家书,感而书此诗于家书之后。时诗人遭贬已一年半左右,历经四季风光矣。首二句谓一年四季总是愁,实即谓贬中岁月日日皆在愁中。况年已老大,鬓毛衰颓,更易思家恋亲,而愁肠百结,涕泗横流。"此书未到心先到"句,则恨书信之迟缓,而心神早已飞驰至海边孤城之亲人身边。此诗小注谓"时闻家在登州"。其家究竟如何至登州,此"家"指韩偓家小,或包括其兄韩仪一家在内?后人有不同理解。岑仲勉《韩偓南依记》云:"按偓自濮州再贬荣懿,荣懿属江南道溱州,又徙山南道邓州,是否通履三任,无可确考。偓在湖南赋《早玩雪梅有怀亲属》诗,又《家书后批二十八字》诗注,'在醴陵,时闻家在登州',偓原籍京兆万年,则似家属随至濮州,故得东徙海岸。唐末朝命不行,且偓之贬,出于权奸排挤,为保身计,意偓以溯江之便,遂转入湖南,未尝至荣懿也。"缪荃孙《韩翰林诗谱略》则谓"偓兄仪先贬棣州司马,偓家因随之至海上也。"陈敦贞《唐韩学士偓年谱》亦云:"韩公京兆万年人,闻家在登州,必因其兄仪今年七月以不礼朱全忠,被贬为棣州(今惠民县)司马,举家偕行。又因棣州北临河北,时为燕汴争战要地,无法到达,或于道上闻昭宗被弑,乃与同时被贬为登州司户之侍御史归蔼流亡到登州。"《韩偓诗注》所说同。究竟其家属如何到登州有上述二说之不同,何者为是,疑不能明。然此诗题谓"家书后批",一"批"字,则明谓家书非其兄韩仪之所寄,乃其家小之书也。

【校注】

①统签本题下小注作"时闻长在登州"。批:即批反,批示答复。宋沈括《梦溪补笔谈·杂志》:"前世风俗:卑者致书于所尊,尊者但批纸尾答之,曰'反',故人谓之'批反'。如官司批状、诏书批答之类。故纸尾多作'敬空'字,自谓不敢抗敌,但空纸尾以待批反耳。"登州,唐州名。唐武则天如意元年(692)置,属河南道。治所在牟平县(今山东烟台东南宁海镇)。神龙三年(707)移治蓬莱县(今山东蓬莱)。天宝元年(742)改东牟郡,乾元元年(758)复曰登州。其时辖境相当于今山东龙口、栖霞、乳山以东地。

②四序:指春、夏、秋、冬四季。

③"横",汲古阁本作"还",下校:"一作横",《全唐诗》校:"一作还"。衰飒:犹衰老。

④"在",玉山樵人本、统签本、汲古阁本均作"见",《全唐诗》、吴校本均校:"一作见"。孤城海岸头:孤城,指登州。据《元和郡县图志》卷十一《河南道七》登州:"北至海三里,西至海四里,……正北微东至大海北岸都里镇五百二十里。东至文登县大海四百九十里。东南至大海四百六十里。南至莱州昌阳县二百里。南至大海六十里。"则登州地理方位确在"孤城海岸头"。其时韩偓家属在登州,故有"孤城海岸头"之句。

湖南梅花一冬再发偶题于花援①

湘浦梅花两度开②,直应天意别栽培③。玉为通体依稀见④,香号返魂容易回⑤。寒气与君霜里退⑥,阳和为尔腊前来⑦。夭桃莫倚东风势⑧,调鼎何曾用不材⑨。

【题解】

缪荃孙《韩翰林诗谱略》、孙克宽《韩偓简谱》编于天祐二年,此系年有误。考此诗《全唐诗·韩偓集》排于《家书后批二十八字》后,《即目二首》之前。前一首作于醴陵,时在天祐元年五月后。后一首有"废城沃土肥春草,野渡空船荡夕阳"句,作于天祐二年春。故本诗作于前后两诗之间。诗有"寒气与君霜里退,阳和为尔腊前来",又诗题谓"梅花一冬再发",则最迟作于天祐元年(904)腊月。《韩偓诗注》亦系于天祐元年冬,然谓"诗人时在长沙"。按:韩偓天祐元年冬不在长沙,此年五月已离开长沙往醴陵,至天祐二年春夏间又至江西袁州。则此时诗人乃在醴陵赋此诗。

此诗赞咏梅花之冰清玉洁,凌寒绽放,以幽香迎来春温,且借咏梅花以斥责夭桃。此梅花亦有自勉自寓之意。诗中讽刺斥责"夭桃"之意,乃此诗最紧要关键者。故"夭桃莫倚东风势,调鼎何曾用不材"二句何所指喻,乃本诗不可不明白者。"东风势"乃"夭桃"之所依仗者,究之当时朝中情势,此"东风"乃比喻掌控朝中政权之朱全忠势力。"夭桃"即是"不材",指投靠依仗朱全忠之权贵者。此即吴汝纶谓"结句似指崔远、柳璨辈",《韩偓诗注》亦采用此说。然考之当时情势与崔远、柳璨之行迹,其中柳璨确是"夭桃"、"不材"之流,而崔远则非韩偓所欲指斥者。据诗中所言,其所欲指斥者乃"调鼎"者,亦即当时为宰相者。据《新唐书·宰相表》,天祐元年十二月前后,柳璨、崔远均为宰相。然《旧唐书·崔远传》谓"天祐初,从昭宗东迁洛阳。罢相,守右仆射。二年,为柳璨希朱全忠旨,累贬白州长史。行至滑州,被害于白马驿。远文才清丽,风神峻整,人皆慕其为人,当时目为'钉座梨',言席上之珍也。"《新唐书》本传亦称其"有文而风致整峻,世慕其为,目曰'钉座梨',言座所珍也。"则崔远如此之人品声望,当非诗人所斥之"倚东风势"者。惟柳璨则由拾遗而骤任宰相,且《新唐书·柳璨传》记其"同列裴枢、独孤损、崔远皆宿素名德,遽与璨同列,意微轻之,璨深蓄怨。昭宗迁洛,诸司内使、宿卫将佐,皆朱全忠腹心也,璨皆将迎,接之以恩,厚相交结,故当时权任皆归之。"据此可见,柳璨确乃诗中所欲指斥之依仗东风势之夭桃、不材者。

①"援",玉山樵人本、统签本、汲古阁本均作"楥"。按:"花援"又作"花楥"。再发:指梅花两度开放。花援:即花楥,护花的篱笆。楥:篱笆。一说为篱笆的支柱。

②湘浦:湘江水边。浦,水边,河岸。两度开:谓梅花一年中两次开放。

③此句玉山樵人本作"别应天意作栽培"。直应:应该,该当。白居易《罗子》:"直应头似雪,始得见成人。"

④玉为通体:此谓梅花全身如玉之洁白。梅花色白,故有此喻。通体,全身;浑身。李商隐《柳》:"倾国宜通体,谁来独赏眉。"韩偓《寒食日沙县雨中看蔷薇》:"通体全无力,酡颜不自持。"

⑤"香号返魂"句:《海内十洲记》:"聚窟洲在西海中申未之地,地方三千里。……洲上有大山,……山多大树,与枫木相类,而花叶香闻数百里,名为反魂树。……伐其木根心,于玉釜中煮取汁,更微火煎,如黑饧状,令可丸之,名曰惊精香。或名之为震灵丸,或名之为反生香,或名之为震檀香,或名之为人鸟精,或名之为却死香,一种六名。斯灵物也,香气闻数百里,死者在地,闻香气乃却活,不复亡也。以香熏死人,更加神验。"此诗即以返魂香以谓梅花一年再发,犹如梅花之魂重新回返,再度绽开。容易回,即易于返魂之谓。

⑥寒气:《礼记·月令》:"季冬之月,以送寒气。"与:为,替。君:此指梅花。

⑦阳和:春天的暖气。尔:你,此处指梅花。腊:腊月,岁末。因腊祭而得名,通指农历十二月或泛指冬月,常与"伏"相对。杜甫《江梅》:"梅蕊腊前破,梅花年后多。"

⑧夭桃:《诗·周南·桃夭》:"桃之夭夭,灼灼其华。"后以"夭桃"称艳丽的桃花。东风:原指春风。此处借以喻指朝中权贵朱全忠之流。

⑨"曾",玉山樵人本作"须"。调鼎:原指烹调食物。此喻任宰相治理国家。不材:无用之材。此处喻指柳璨之流。

【汇评】

一僧问王茂公云:"凡花皆经岁复开,东坡何为独于梅花言返魂香?"茂公云："以梅花清绝能醒人，非馀花可比故耳。"遂引苏德哥及聚窟洲返魂香事为证。僧来从余借二书验之，皆与梅花了不相关，遂憾茂公之欺。余为言其事见韩偓《金銮密记》，《出内廷诗》有："玉为通体寻常见，香号返魂容易回"之语。其题云："岭南梅花一岁再发，故作此诗题于花下。"东坡云："返魂香入岭头梅"，僧遂释然。（吴聿《观林诗话》）

结句似指崔远、柳璨辈。是时崔胤已死矣。（吴汝纶《吴评韩翰林集》）

即目二首

一

万古离怀憎物色^①，几生愁绪溺风光^②。废城沃土肥春草^③，野渡空船荡夕阳^④。倚道向人多脉脉^⑤，为情因酒易帐帐^⑥。宦途弃掷须甘分^⑦，回避红尘是所长^⑧。

【题解】

统签本《欲明》诗题下小注云："以下在醴陵作"。所谓"以下"诗为：《小隐》、《即日》（又题《即目》）、《避地》、《息兵》、《有感》等五首。且《全唐诗·韩偓集》此诗后第五首《翠碧鸟》下小注谓"以上并在醴陵作"，则此诗乃作于醴陵时。其作年《唐韩学士偓年谱》、《增订注释全唐诗·韩偓集》系于天祐元年，未谛。考此诗《全唐诗·韩偓集》列在作于天祐元年冬之《湖南梅花一冬再发偶题于花援》诗后第一首，后第二首为《净兴寺杜鹃一枝繁艳无比》诗。后第一首有"废城沃土肥春草，野渡空船荡夕阳"句，下一首有"一园红艳醉坡陀，自地连梢簇蒨罗"句，均是写春日景象。韩偓天祐元年五月自长沙移居醴陵，至次年春夏间方离开醴陵至江西袁州。故其春日作于醴陵之诗，只能作于天祐二年（905）春时。

诗题之"目"，玉山樵人本、统签本均作"日"，《全唐诗》、吴校本均校："一作日"。又玉山樵人本、韩集旧钞本、统签本、汲古阁本、麟后山房刻本、吴校本诗题均无"二首"二字,且此处均为"万古离怀憎物色"一首,无此下"动非求进静非禅"首。"动非求进静非禅"首,玉山樵人本、韩集旧钞本、统签本卷七百十一、汲古阁本、麟后山房刻本、吴校本均作为另一首,题为《即目》。据上述版本情况,以及此同题二首诗作年不同,颇疑此诗第二首原另为一首,题为《即目》,第一首原题目或为《即日》。盖韩偓天复三年二月十一日自朝中贬濮州司马,而此诗作于天祐二年春(或恰为二月十一日),距初贬已两年整。故诗人于此日特为感慨,即以《即日》为题成咏。如此说不误,则或后人编韩偓集时灭裂,误将二首合为一题,而以《即日二首》为题。

此诗写流寓醴陵时,面对斜阳下之废城春草,野渡空船,不禁对景伤情,感怀身世,一抒哀唐亦自哀之牢愁。邓小军《韩偓年谱》解云:"'万古离怀','几生愁绪',言亡国之恨、故君之思近乎永恒,意此等愁恨牢不可破也。'憎物色','溺春光',言怕见春光,又沉溺春光。怕见春光,恐触动离怀也;沉溺春光,或可暂忘此等愁恨也。想望故都废城,是思故国故君也。'倚道向人多脉脉'之句,悲天悯人,仁人之心,深造自得,从未经人道过。'为情因酒易怅怅',言借酒浇愁愁更愁,只为此一腔爱人爱国之情。结言甘心归隐,做唐之遗民。或将'倚道'误解为'傍道',是未知诗意,亦不知'倚道'二字与下句同位字'为情'二字为对偶。与'情'对偶之'道',只能是道理之道,而不是道路之道。'道'指天道人性人道之道。偓闽中诗《息虑》'道向危时见,官应乱世休'及《天鉴》'神依正道终潜卫,天鉴衷肠竟不违'之'道',意同。"所说甚是。

【校注】

①万古:极言时间之漫长悠远。犹万代,万世。杜甫《戏为六绝句》之二:"尔曹身与名俱灭,不废江河万古流。"离怀:离别之情怀。此处并非仅指一般离怀别绪,更指被贬后离开国都与家园亲友之离愁别恨。物色:景色;景象。

②"生",《唐百家诗选》本作"年"。几生:犹几辈子。此处乃极言时间之长久。溺风光:沉湎于风光景物中。

③废城:荒废之城。按:此处废城似有兼指长安故都之意。天祐元年四月,朱全忠即逼迫昭宗迁都至洛阳,同年八月昭宗被弑。且此年正月,长

安即因朱全忠之逼迫迁都、毁都城,长安已丘墟矣。《资治通鉴》天祐元年正月即记"己酉,全忠引兵屯河中。……请上迁都洛阳,……戊午,驱徙士民,号哭满路,骂曰:'贼臣崔胤召朱温来倾覆社稷,使我曹流离至此!'……壬戌,车驾发长安,全忠以其将张廷范为御营使,毁长安宫室百司及民间庐舍,取其材,浮渭沿河而下,长安自此遂丘墟矣。"故赋此诗时,长安已成废都。此情形犹如晋宋时鲍照所咏之《芜城赋》之广陵芜城。西汉时吴王刘濞建都于广陵城。南朝宋竟陵王刘诞据广陵反,兵败死焉,城遂荒芜。鲍照作《芜城赋》以讽之。后之文士多有咏及芜城者。韩偓或即就眼前所见之废城,联想及芜城、长安故都。肥春草:意谓使春草长得茂盛。此处实有荒草茂盛之意,与杜甫《春望》诗之"国破山河在,城春草木深"同旨。

④"野渡空船"句:谓野渡之空船在夕阳中随波漂荡。

⑤倚道:效法凭借为人之仁性人道。倚,取法,效法。王维《送梓州李使君》:"文翁翻教授,不敢倚先贤。"向人:对人。向,面对;朝着。脉脉:含情貌。杜牧《题桃花夫人庙》:"细腰宫里露桃新,脉脉无言几度春。"

⑥伥伥:无所适从貌。《荀子·修身》:"人无法则伥伥然。"杨倞注:"伥伥,无所适貌,言不知所措履。"

⑦宦途弃掷:指去官。韩偓因遭朱全忠等权势迫害而贬谪,已自感无力挽救李唐政权,且不愿与朝中权势同流合污,故去官而隐逸江湖。甘分:甘愿。

⑧回避红尘:回避世俗世界。佛教、道教等称人世为"红尘"。此处意谓避开仕宦生涯。是所长:意谓最好的选择。

二

动非求进静非禅①,咋舌吞声过十年②。溪涨浪花如积石,雨晴云叶似连钱③。干戈岁久谙戎事④,枕簟秋凉减夜眠⑤。攻苦惯来无不可⑤,寸心如水但澄鲜⑦。

【题解】

此诗吴校本题为《即目》。《增订注释全唐诗》系于天祐元年。《韩翰林诗谱略》则系于后梁乾化三年。然吴汝纶评注云:"此为梁乾化二年壬申作。自贬濮州至此凡十年也。"《韩偓年谱》谓"吴汝纶评注本将此首与其一拆开,谓'此为梁乾化二年壬申作,自贬濮州至此凡十年也。'其说可从。"《唐韩学士偓年谱》、《韩偓简谱》、《韩偓诗注》等亦均系于后梁乾化二年(912)。按:系于天祐元年者以为"咋舌吞声过十年"句中之"十年",乃"偓自乾宁初(894)召拜左拾遗,至天复三年(903)弃官南下,恰为十年。"此说未谛。盖偓之任左拾遗并非始于乾宁初,与十年不合。且其初仕至被贬,任职于朝中时,也非均是"咋舌吞声过十年"之际遇,亦有为昭宗宠信顾问之得意时光。故此说不可从。其"咋舌吞声过十年",当自被贬之天复三年算起,历十年,即后梁乾化二年。故今从吴汝纶之说,时韩偓隐居于福建南安。诗有"枕簟秋凉减夜眠"句,则诗乃是年秋所作。

诗乃晚年隐居福建南安时即景抒情之作。首二句回顾贬后十年来既无进取之意,也无禅释求静之意,只是默默隐居生活。三、四句为即目所见之景,乃乡村雨后平淡景色。"干戈岁久"二句,乃系心经久不息之战乱,以致秋凉之夜亦未能安眠,其一片忧愁国事民生之心从中可见。末二句与首二句呼应,谓如今已过惯艰苦平淡生活,心静如水,淡泊自守,无所不能承受。

【校注】

①"动非求进"句:意谓如今有所举动,并非为干求进取;而静下来隐居,也并非追求禅定生活。

②咋舌:咬住舌头。谓因害怕而不敢说话。吞声:不出声;不说话。

③云叶:犹云片,云朵。连钱:花纹、形状似相连的铜钱。

④干戈岁久:此处干戈代指战争。此句指唐末以来之军阀战乱。谙戎事:谙,熟悉;知道。戎事,即战事。

⑤"凉",汲古阁本、麟后山房刻本、吴校本均作"深"。枕簟:枕席。亦泛指卧具。

⑥攻苦:犹刻苦,谓过艰苦的生活。此处亦即"攻苦食淡"(亦作"攻苦食啖")之缩语。

⑦"寸心如水"句:意谓此心已淡泊如水,澄净明澈,无所欲求。寸心,

指心。旧时认为心的大小在方寸之间，故名。杜甫《偶题》："文章千古事，得失寸心知。"澄鲜：澄净明澈。谢灵运《登江中孤屿》："云日相辉映，空水共澄鲜。"白居易《池上月境》："晴空新月落池塘，澄鲜净绿表里光。"

【汇评】

纪昀：此等皆凄苦之音，不得入之"消遣类"。五、六自好，馀无可采。（《瀛奎律髓汇评》卷三十九消遣类）

净兴寺杜鹃一枝繁艳无比①

一园红艳醉坡陀②，自蒂连梢簇蒨罗③。蜀魄未归长滴血④，只应偏滴此丛多⑤。

【题解】

《全唐诗·韩偓集》排在《翠碧鸟》之前第四首，此诗前一首即《即目二首》。《翠碧鸟》诗题下小注谓"以上并在醴陵作"。则此诗作于醴陵。考此诗《全唐诗·韩偓集》排在作于天祐二年春之《即目二首》第一首后一首，诗又有"一园红艳醉坡陀，自蒂连梢簇蒨罗"句，均是写春日景象。且韩偓天祐元年五月自长沙移居醴陵，至次年春夏间又离开醴陵至江西袁州。故其春日作于醴陵之此诗，只能作于天祐二年(905)春时。

诗人避地醴陵净兴寺，见杜鹃花有感而咏。非仅咏杜鹃花，乃借以联想杜鹃鸟、望帝杜宇之传说，进而念及为朱全忠弑杀之唐昭宗，借杜鹃花抒发哀悼昭宗之悲情。此哀悼之情尤于"蜀魄未归长滴血，只应偏滴此丛多"二句见之。故陈敦贞《唐韩学士偓年谱》谓"韩公咏之，泪血随之"。《韩偓年谱》亦云"由杜鹃花而杜鹃鸟即子规鸟之联想，借写眼前之杜鹃花，寄哀昭宗之被弑于洛阳。君臣生死之悲，打成一片"。所释诚然。据此可见韩公于昭宗之被弑，深为哀惋悲恸，久蓄心头而难以释怀。

【校注】

①"一枝"，韩集旧钞本作"一株"。净兴寺：寺庙名。按：陈寅恪《读书

札记二集·韩翰林集之部》引嘉庆《清一统志》卷三五六湖南省长沙府寺观门云："靖兴寺（原注：在醴陵县西，唐建）。靖兴寺或即净兴寺。"

②一园红艳：此处意即满园殷红艳丽的杜鹃花。醉坡陀：醉，因杜鹃花红艳，故用以形容杜鹃花犹如醉酒般。坡陀，亦作"坡陁"，原为山势起伏貌。杜甫《北征》："坡陀望鄜畤，岩谷互出没。"此处醉坡陀意谓杜鹃花犹如醉了酒一般，红艳艳地开遍起伏的园地。

③"蒂"，原作"地"，统签本、《全唐诗》、吴校本均校："一作蒂"。按：此处作"蒂"为是，今据统签本等所校改。蒨，汲古阁本作"旧"，下校："一作蒨"。按：作"蒨"是。汲古阁本作"旧"，恐因"蒨"而形误，不可取。簇：丛集，聚集。蒨罗：红色的罗裙。蒨，指绛色。杜牧《村行》："襄唱牧牛儿，篱窥蒨裙女。"此处以蒨罗比喻红艳艳之杜鹃花。

④"蜀魄未归"句：蜀魄即谓杜宇、子规鸟。子规又称杜鹃鸟，故李白《宣城见杜鹃花》云："蜀国曾闻子规鸟，宣城还见杜鹃花。"据说杜鹃鸟啼叫而滴血，白居易《琵琶行》即云"杜鹃啼血猿哀鸣"。此处即以杜鹃啼血，以喻杜鹃花之红艳。

⑤"应"，玉山樵人本作"因"。

花时与钱尊师同醉因成二十字①

桥下浅深水，竹间红白花②。酒仙同避世③，何用厌长沙④。

【题解】

统签本题下小注云："甲子醴陵作"，《韩翰林诗谱略》据此系为"甲子醴陵作"诗。甲子为天祐元年（904）。《唐韩学士偓年谱》《增订注释全唐诗》则认为作于天祐二年（905）流寓醴陵时。按：韩偓天祐元年五月前在湖南长沙，五月后移居醴陵。此诗题谓"花时"，当指春日。如此倘是天祐元年春日作，则是时乃在长沙，非醴陵。如作于醴陵春时，则在天祐二年。考此诗《全唐诗·韩偓集》编于《净兴寺杜鹃一枝繁艳无比》诗后一首,题下有"以上并在醴陵作"小注之《翠碧鸟》诗前三首。据前考,《净兴寺杜鹃一枝繁艳无比》作于天祐二年春,则此诗当同作于天祐二年春,时诗人尚在醴陵(是年春夏间,韩偓又移居江西袁州)。《韩偓诗集笺注》因为诗中有"长沙"句,误以为"时偓避地于此",即长沙,实误。

诗人于流贬之地醴陵,当翠绿修竹,红白花烂漫而开之春日,与钱尊师畅饮而醺醉,遂感而赋诗抒怀。"酒仙"二句,乃其所感怀者,亦是此诗最紧要之句。对此二句中"厌"、"长沙"二字辞之解读,乃理解诗意之关键。《韩偓诗注》释云:"厌,原义满足,这里引申为服膺、效法。长沙,指汉代贾谊。因他曾被贬为长沙王太傅,故简称'长沙'。"今按,此处"厌"字非服膺、效法义,应释为嫌弃、憎恶、厌烦。"厌长沙",固应用贾谊贬长沙王太傅典故,但此处"长沙"即指湖南长沙,而非代指贾谊。故"厌长沙"并非服膺、效法贾谊之意。"酒仙"二句表示,只要成为沉溺于酒的酒仙,虽身处贬谪荒寒卑湿之地,也会有如同有意避世一般的感觉,不会因被贬谪而厌恨。如此,又何用像贾谊似的厌烦被贬长沙呢?然此话乃自我解嘲自我宽慰之辞,内中实含感慨为权奸所迫害遭贬之不平深意。

【校注】

①统签本题下小注云:"甲子醴陵作"。尊师:对道士的敬称。

②红白花:韩愈《寒食出游》:"迩来又见桃与李,交开红白如争竞。"杜牧《念昔游》:"半醒半醉游三日,红白花开山雨中。"

③酒仙:多用于对酷爱饮酒者的美称。杜甫《饮中八仙歌》:"天子呼来不上船,自称臣是酒中仙。"避世:逃避尘世;逃避乱世。

④厌长沙:此用汉代贾谊贬长沙,久而厌之故事。厌,嫌弃;憎恶;厌烦。

避　地①

西山爽气生襟袖②,南浦离愁入梦魂③。人泊孤舟青草岸④，鸟鸣高树夕阳村。偷生亦似符天意⑤，未死深疑负国恩⑥。白面儿郎犹巧宦⑦，不知谁与正乾坤⑧。

【题解】

统签本《欲明》诗题下小注云："以下在醴陵作。"所谓"以下"诗为：《小隐》、《即日》（又题《即目》）、《避地》、《息兵》、《有感》等五首。故此诗统签本以为作于醴陵时。又此诗《全唐诗·韩偓集》排于有"以上并在醴陵作"小注之《翠碧鸟》诗前第二首，作于天祐二年春之《花时与钱尊师同醉因成二十字》诗之后一首。则此诗当作于天祐二年(905)春夏间于醴陵时。

湖南醴陵避地咏景抒怀之作。首二句言虽有爽气吹拂襟袖，风景清佳，然而人在避地，则未免浓郁之南浦离愁进入梦境耳。三、四二句则简要刻画所处避地村野清幽山水风光，确是"致尧集中佳句"。"人泊孤舟"，"鸟鸣高树"，点染与亲友离别，孤身于避地，似有"嘤其鸣矣，求其友声"之意，以此回应"南浦离愁"句。下半首则感慨抒怀，乃见诗人系心国事，忠心于唐昭宗之耿耿情怀。其时昭宗已被弑，诗人未能以死报答昭宗宠重之恩，故深疑有负君恩耳。然而转念而思，今之未死，亦似符合在天君王之意。盖此时白面儿郎柳璨等奸巧钻营谄媚之徒，尚在朝中为非作歹，我等忠耿老臣当负除奸匡国之责，故不必匆遽一死了之。所叹者乃不知与何人共当此任，以整顿朝纲山河耳！此诗表达昭宗被弑，自己未得杀身报国之痛苦心情。自屈原以后，罕有此等诗句。近人陈曾寿《苍虬阁诗》卷三《秋夜对瓶荷一枝雨声淙淙偶题冬郎小像二首》，其一起云："为爱冬郎绝妙词，平生不薄晚唐诗"，其二结云："憔悴如斯终不死，书生留命亦符天"。陈寅恪《王观堂先生挽词》云："曾访梅真拜地仙，更期韩偓符天意。"又《立秋前数日有阵雨炎暑稍解喜赋一诗》："韩偓偷生天莫问，范文祈死愿偏违。"皆由此诗而来。

【校注】

①避地：谓迁地以避灾祸。

②西山爽气：意谓明朗开豁的清爽之气。《世说新语·简傲》："王子猷作桓车骑参军，桓谓王曰：'卿在府久，比当相料理。'初不答，直高视，以手版拄颊云：'西山朝来，致有爽气。'"

③南浦：原指南面的水边。后常用称送别之地。《楚辞·九歌·河伯》："子交手兮东行，送美人兮南浦。"梦魂：此处谓因伤别以致入梦境。

④青草岸：长着青草的河岸边。此指醴陵之青草岸。

⑤"偷生"句：意谓自己身在避地，未能除奸报国，似为偷生苟活，但似乎也符合上苍之意。偷生，苟且求活。符天意，符合上天的意旨。

⑥"深"，玉山樵人本作"身"。按：作"身"字恐为"深"之音误。负国恩：此指辜负唐昭宗对诗人宠遇之恩。

⑦白面儿郎：即白面郎。原指粗疏无才，狂傲横行之纨绔子弟。杜甫《少年行》："马上谁家白面郎，临阶下马坐人床，不通姓字粗豪甚，指点银瓶索酒尝。"此处白面儿郎当指柳璨之流。《资治通鉴》卷二六五天祐二年三月于"以门下侍郎、同平章事裴枢为左仆射，崔远为右仆射，并罢政事"下又载："初，柳璨及第，不四年为宰相，性倾巧轻佻。时天子左右皆朱全忠腹心，璨曲意事之。同列裴枢、崔远、独孤损皆朝廷宿望，意轻之，璨以为憾。和王傅张廷范，本优人，有宠于全忠，奏以为太常卿。枢曰：'廷范勋臣，幸有方镇，何藉乐卿！恐非元帅之旨。'持之不下。全忠闻之，谓宾佐曰：'吾常以裴十四器识真纯，不入浮薄之党；观此议论，本态露矣。'璨因此并远、损谮于全忠，故三人皆罢。"柳璨所为多类此，故诗人鄙之以白面儿郎。巧宦：此处意谓善于钻营谄媚。

⑧正乾坤：整顿被颠覆篡夺的唐王朝。乾坤即天地，此处亦指江山、国家，即唐王朝。

【汇评】

"四时最好是三月，一去不回唯少年"、"一夜雨声三月尽，万般人事五更头"、"故人每忆心先见，新酒偷尝手自开"、"人泊孤舟青草岸，鸟鸣高树夕阳村"，为致尧集中佳句。（余成教《石园诗话》）

息　兵①

渐觉人心望息兵，老儒希觊见澄清②。正当困辱殊轻死③,已过艰危却恋生。多难始应彰劲节④,至公安肯为虚名⑤。暂时胯下何须耻⑥,自有苍苍鉴赤诚⑦。

【题解】

统签本《欲明》诗题下小注云:"以下在醴陵作。"所谓"以下"诗为《小隐》、《即日》(又题《即目》)、《避地》、《息兵》、《有感》等五首。故此诗统签本以为作于醴陵时。又此诗《全唐诗·韩偓集》排于有"以上并在醴陵作"小注之《翠碧鸟》诗前第一首,作于天祐二年春之《避地》诗之后一首。则此诗当作于天祐二年(905)春夏间,时在醴陵。

起言希觊息兵澄清,诚为此时代之心声。三句言当年与李茂贞、朱全忠抗争,生死置之度外。四句言痛定思痛之感。五、六句言士人气节,无异为唐末士风浇薄痛下针砭,与宋儒立论相同。七、八言流寓不忘唐室。前半首希望南方诸镇保境休息,后半首以己在朝中多难处境下临危不惧,处辱忍辱,威武不屈,不求虚名之举,张扬应为至公而彰显坚贞之节操,与诗人所赋《安贫》诗"谋身拙为安蛇足,报国危曾捋虎须"同一意趣,诚如《四库提要》所称"偓为学士时,内预秘谋,外争国是,屡触逆臣之锋,死生患难,百折不渝,晚节亦管宁之流亚,实为唐末完人"。此等诗句,可谓"忠愤之气,时时溢于语外,性情既挚,风骨自遒,慷慨激昂,迥异当时靡靡之响"。

【校注】

①息兵:停止用兵。

②老儒:诗人自谓。时韩偓年六十四,故自称如此。希觊:原意为妄想,此处释为希望;企图。澄清:谓肃清混乱局面。

③正当困辱:困辱,困窘和侮辱。此指韩偓在朝中受朱全忠、李茂贞等权奸逼迫打击之艰难处境。如《新唐书·韩偓传》载:"宰相韦贻范母丧,诏还位,偓当草制,上言:'贻范处丧未数月,遽使视事,伤孝子心。……此非人情可处也。'学士使马从皓逼偓求草,偓曰:'腕可断,麻不可草!'从皓曰:'君求死邪?'偓曰:'吾职内署,可默默乎?'明日,百官至,而麻不出,宦侍合噪。茂贞入见帝曰:'命宰相而学士不草麻,非反邪?'鞅然出。……自是宦党怒偓甚。从皓让偓曰:'南司轻北司甚,君乃崔胤、王溥所荐,今日北司虽

杀之可也。两军枢密,以君周岁无奉入,吾等议救接,君知之乎?'偓不敢对。"又载:"全忠、胤临陛宣事,坐者皆去席,偓不动,曰:'侍宴无辄立,二公将以我为知礼。'全忠怒偓薄己,悻然出。有潜偓喜侵侮有位,胤亦与偓贰。会逐王溥、陆扆,帝以王赞、赵崇为相,胤执赞、崇非宰相器,帝不得已而罢。赞、崇皆偓所荐为宰相者。全忠见帝,斥偓罪,帝数顾胤,胤不为解。全忠至中书,欲召偓杀之。郑元规曰:'偓位侍郎、学士承旨,公无遽。'全忠乃止,贬濮州司马。"

④彰劲节:彰,显扬;彰显。劲节,谓坚贞的节操。

⑤"至公"句:至公,最公正;毫无偏私之意。虚名,空名。此句或指诗人辞让为相而推荐赵崇事。《新唐书·韩偓传》:"中书舍人令狐涣任机巧,帝尝欲以当国,俄又悔曰:'涣作宰相或误国,朕当先用卿。'辞曰:'涣再世宰相,练故事,陛下业已许之。若许涣可改,许臣独不可移乎?'帝曰:'我未尝面命,亦何惮?'偓因荐御史大夫赵崇劲正雅重,可以准绳中外。帝知偓,崇门生也,叹其能让。"又载:"帝反正,励精政事,偓处可机密,率与帝意合,欲相者三四,让不敢当。苏检复引同辅政,遂固辞。"

⑥"暂时胯下"句:指汉韩信受辱胯下之事。

⑦苍苍:指天。鉴:照察,审辨。赤诚:忠诚,极其真诚的心意。

翠碧鸟^{以上并在醴陵作①}

天长水远网罗稀②,保得重重翠碧衣③。挟弹小儿多害物④,劝君莫近市朝飞⑤。

【题解】

作于天祐二年(905)夏季。诗题下有"以上并在醴陵作"小注。此诗前一首《息兵》诗,据前考乃天祐二年春夏间作于醴陵。又此诗后一首《赠孙仁本尊师》,下有"在袁州"小注,袁州地在江西。又此诗下第二首为《乙丑岁九月在萧滩镇驻泊两月忽得商马杨迢员外书贺余复除戎曹依旧承旨还缄后因书四十字》诗。据此诗题可知韩偓天祐二年(即乙丑岁)九月已在江西萧滩镇驻泊两月,则其初自醴陵移至萧滩镇,约在天祐二年七月左右。

诗虽咏翠碧鸟,实有寓托,诚如《韩偓简谱》所云:"亦言志远害也。"首二句言翠碧鸟之所以能保有层层翠绿色羽毛,盖在处于天高水远,网罗较稀少之山野间。此虽为咏翠碧鸟之句,然实寄寓切身之感。诗人时在避地醴陵,此亦天长水远,"挟弹小儿"所布"网罗"较希少之处,故得以躲避迫害自保也。后二句即顺前意而下,既自警戒亦劝告他人。"挟弹小儿",实指投靠朱全忠等权贵,仗势迫害士人的爪牙之流。"莫近市朝"句,乃劝诫莫回朝廷以免迫害。盖朝廷中不仅难免朱全忠等人之迫害,且"挟弹小儿"更多。可见诗人受迫害之深,对朱全忠政权体认之精深,诗人远避祸害而隐居之意决矣。

【校注】

①《唐百家诗选》本、统签本诗题下无"以上并在醴陵作"小注,韩集旧钞本则有此小注。翠碧鸟:生活于江湖水边,毛羽翠色之鸟。一说乃百舌鸟之别称。宋宋祁《益部方物略记·百舌鸟》:"百舌鸟出中蜀山谷间,毛采翠碧。蜀人多畜之。一云翠碧鸟,善效他禽语,凡数十种。"

②"水远",统签本校:"一作地久"。"远",《全唐诗》、吴校本均校:"一作阔"。清高士奇《高士奇集·归田集》卷二作"阔"。

③"碧",统签本、《全唐诗》、吴校本均校:"一作羽"。

④"小儿",《唐百家诗选》本作"少年"。挟弹小儿:指朱全忠手下之帮凶、爪牙。挟弹,挟着弹弓。小儿,原指为皇家或军队服役的人。害物:残害生物。

⑤"市朝",《唐百家诗选》本作"五陵",统签本、汲古阁本、《全唐诗》、吴校本均校:"一作五陵"。君:指翠碧鸟。此处当借翠碧鸟指代可能遭朱全忠之流所迫害的人。市朝:市集和朝廷。此处偏指"朝",谓朝廷,官府。

【汇评】

韩偓在唐末粗有可取者,……若"挟弹少年多害物,劝君莫近五陵飞"。又"萧艾转肥兰蕙瘦,可能天亦炉馨香",是直讪耳,诗人比兴扫地矣。(范晞文《对床夜语》卷四)

赠孙仁本尊师_{在袁州}①

齿如冰雪发如黳②,几百年来醉似泥。不共世人争得失③,卧床前有上天梯④。

【题解】

此诗前一首《翠碧鸟》诗,据前考作于天祐二年夏间在醴陵时。此诗后一首为《乙丑岁九月在萧滩镇驻泊两月忽得商马杨迢员外书贺余复除戎曹依旧承旨还缄后因书四十字》。据此诗题知韩偓天祐二年(即乙丑岁)九月已在江西萧滩镇驻泊两月,则其初至萧滩镇,在天祐二年七月左右。据本诗小注知时在江西袁州。萧滩镇则在自袁州东往江西抚州路上。则本诗乃作于驻泊萧滩镇之前,约在天祐二年(905)夏秋间。

此篇咏道士而赞其不争得失,超脱世俗。首二句谓其百年来沉醉如泥,不与世事,故能齿白发黑,犹如美少年。后二句更谓其所以能如此醉似泥,在于无争竞得失之世俗心,故虽醉卧于床,然自有得道成仙之天梯。诗人此时已决绝于入仕伪朝之路,决意避世隐居,称许孙尊师如此,亦有微意。

【校注】

①尊师:对道士的敬称。袁州:隋开皇十一年(591)置,治所即今江西宜春。《元和郡县图志》卷二十八谓"因袁山为名"。辖境相当于今江西萍乡和新余以西的袁水流域。

②齿如冰雪:谓齿如冰雪洁白。发如黳,黳为黑色玉石。此谓头发如黑色玉石之乌黑。

③不共:不与。共,与,和。唐王勃《滕王阁序》:"落霞与孤鹜齐飞,秋水共长天一色。"

④上天梯:登天的梯子。比喻达到某种目的的途径或方法。此处借指成仙之途径。

乙丑岁九月在萧滩镇驻泊两月忽得商马杨诏员外书贺余复除戎曹依旧承旨还缄后因书四十字①

旅寓在江郊②，秋风正寂寥③。紫泥虚宠奖④，白发已渔樵。事往凄凉在，时危志气销。若为将朽质⑤，犹拟杖于朝⑥。

【题解】

据诗题"乙丑岁九月在萧滩镇驻泊两月"云云，知作于天祐二年（905）乙丑九月，时在江西萧滩镇。

此诗乃被贬两年半后，得人贺其复官书信，有感抒怀之作。《韩偓简谱》谓此诗"终隐之志决矣"，诚是。首联谓自己正在避地江郊，时秋风萧瑟冷落。此联既是写景，亦是写己之凄寂冷落之处境。紫泥句，《韩偓诗注》以为"诗人曾任翰林学士，代皇帝起草诏书。宠奖，恩宠褒奖。过去曾受昭宗的宠奖，现在都已不复存在，故说是'虚'。"然此句似应理解为就现状而抒发感慨之言。意谓如今诏书以复官宠奖我，然而对我而言乃是虚有而已。盖如下句所言，我如今已经年老，早已决意隐居渔樵，其辞不复官之意已然可见。"事往"二句，抚今思昔。所谓"事往"，指诗人前此在朝中任兵部侍郎、翰林学士承旨时曾经历过之诸多往事，如今事往而惟留凄凉痛楚而已，故缀以"凄凉在"三字。"时危"句，云今日时局之险恶，与己之无能为力，再抒发无力济世匡国之无奈感慨。"时危"，谓朱全忠把持下之险恶政局国事。末句则一表决然不复官，不与权要同流合污之态度。盖此时如吴汝纶所说"韩公不称年号，但纪甲子，此陶公旧例"，诗人对新朝惟有怨愤，已不屑杖于宵小专横之新朝。其辞气凛然于此可见。

【校注】

①《唐百家诗选》本题作"乙丑岁九月萧滩镇忽得杨诏员外书贺余除戎

曹仍旧承旨还缄后因书四十字"。《全唐诗》、吴校本均于"商马"后校："一本无此二字"。按："商马"两字疑有误或衍文，今仍旧，俟考。玉山樵人本、统签本题首均无"乙丑"二字，且题中"因书"皆作"因批"（韩集旧钞本、汲古阁本、麟后山房刻本、吴校本亦均作"因批"），然统签本在题后有"乙丑"小注，汲古阁本于诗末注："是年为昭宣帝天祐二年，初复承旨。"萧滩镇：在江西清江西萧水边。《方舆纪要》卷八十七临江府清江县记：萧水，"在府（治今临江镇）四五十里。源出栖梧山及府西之乌塘，合流而为萧水，绕城西北复东北流，经清江镇而入大江。中有萧滩，亦曰萧洲。今城西四里有萧洲桥城，东有萧滩驿，皆以此水名也。"宋祝穆《方舆胜览》卷二十一："萧洲，旧志名萧滩镇。韩文云自袁州还京，孟简乘舸邀我于萧洲。"驻泊：停留；居留。杨迢员外：《新唐书·宰相世系表一下》杨氏越公房有杨迢，仅谓"迢字文通"。乃同州刺史杨敬之孙，江西观察使杨戴之子。又《十国春秋》卷九本传记"杨迢，唐敬之孙也，仕烈祖高祖，至驾部员外郎。武义元年，迁给事中，终于其职。"复除戎曹依旧承旨：戎曹，指兵部。承旨，指翰林学士承旨。此句谓依旧任命为兵部侍郎、翰林学士承旨。还缄：即回信。缄，书函。白居易《初与元九别后忽梦见之》："开缄见手札一纸十三行。"

②江郊：临江的郊野。杜甫《茅屋为秋风所破歌》："茅飞渡江洒江郊，高者挂罥长林梢。"

③寂寥：冷落萧条。

④紫泥：古人以泥封书信，泥上盖印。皇帝诏书则用紫泥。此处紫泥指诏书。李商隐《鸾凤》："王子调清管，天人降紫泥。"宠奖：恩宠褒奖。

⑤朽质：衰朽拙劣的资质。此为诗人自谦之辞。

⑥犹拟：还打算。杖于朝：扶杖于朝廷。意谓年衰而犹官于朝廷。

【汇评】

诗题后评注："乙丑，天祐二年，昭宣帝立已逾年，年号不改。韩公不称年号，但纪甲子，此陶公旧例。"（吴汝纶《吴评韩翰林集》）

丙寅二月二十二日抚州如归馆
雨中有怀诸朝客①

凄凄恻恻又微噸，欲话羁愁忆故人②。薄酒旋醒寒彻夜③，好花虚谢雨藏春④。萍蓬已恨为遄客⑤，江岭那知见侍臣⑥。未必交情系贫富⑦，柴门自古少车尘⑧。

【题解】

据诗题知作于丙寅，即天祐三年(906)二月二十二日，时诗人已自袁州移寓江西抚州。诗写于客舍雨中，怀念昔日朝中故旧。首二句言客中羁愁凄凄恻恻，故起忆念故人之思。"薄酒"二句，补写忆念故人之缘由情景，盖酒醒夜寒，淫雨花谢，更起思旧怀人之情。亦具写诗题"雨中有怀"。五、六二句，感叹自己已如飘蓬浮萍似之隐士，身处江岭之间，更哪知何处觅见诸朝客！末两句自叹尽管交情未必决定于贫富，然而自古以来，贫贱之家即少有来访之客。虽是自我宽慰排遣之言，然其盼望故人来见，"柴门今始为君开"之情可从中领会。

【校注】

①"怀"，《全唐诗》、吴校本均校："一作简"。按：本诗又见于宋眉山蒲积中编《岁时杂咏》卷四十三，全诗如下：《二月二十二日抚州如归馆雨中有怀简诸朝客》："凄凄恻恻又微噸，欲话羁游忆故人。薄酒旋醒寒彻夜，好花虚谢雨藏春。自怜海上为遄客，犹喜天涯寄侍臣。未必交情系贫富，蓬门自古少车尘。"本诗《全唐诗》、吴校本均校"一作"某字，均见于《岁时杂咏》所录此诗。抚州：唐州名，治所在临川县，即今江西临川西。唐武德七年(624)后，辖境相当今江西临川以南抚河流域，五代后又有缩减。如归馆：唐时江西抚州一驿馆名。《淳熙三山志》卷五《城中》有"如归馆"，小注云："威武军门外西。治平图修造务，自迎仙馆废，始为如归馆。后尝为醋库令司户厅。"《云麓漫钞》卷八载："三十里至义和馆，五十里至如归馆。"《景定

严州续志》卷一《馆驿》载:"前志有新定驿,有公馆如归馆。"宋李弥逊《筠溪集》卷十八《游梅坡席上杂酬·六》:"得路山方尽,如归馆暂投。"朝客:指朝中官员。

②"愁",《全唐诗》、吴校本均校:"一作游"。按:《岁时杂咏》卷四十三亦引作"游"。嚬,同"颦"。皱眉。

③旋醒:不久即酒醒。旋,不久;立刻。

④虚谢:徒然凋谢。虚,副词,徒然,不起作用。雨藏春:意谓春色为风雨所掩。唐方干《湖上言事寄长城俞明府》:"满湖风撼月,半日雨藏春。"

⑤"萍蓬已恨",《全唐诗》、吴校本均校:"一作自怜海上"。按:《岁时杂咏》卷四十三作"自怜海上"。萍蓬:即浮萍、飞蓬。萍浮而蓬飘,此处用以比喻行踪转徙无定。逋客:避世之人;隐士。

⑥"江岭那知见",《全唐诗》、吴校本均校:"一作犹喜天涯寄"。按:《岁时杂咏》卷四十三作"犹喜天涯寄"。江岭:此指南方偏僻之处。南方多山脉江流,故称。侍臣:侍奉帝王的廷臣。

⑦系贫富:涉及关系到贫富。系,涉及;关系。

⑧"柴",《全唐诗》、吴校本均校:"一作蓬"。按:《岁时杂咏》卷四十三作"蓬"。柴门:原指用柴木做的门。言其简陋。此处代指贫寒之家,陋室。少车尘:谓少有人来往。即白居易《琵琶行》所谓"门前冷落车马稀"。

【汇评】

(舞蝶殷勤妆落蕊,佳人惆怅卧遥帷)五六"舞蝶殷勤"、"佳人惆怅",是写牡丹为雨所败,花时风雨作祟。雨过花事已阑,正韩偓所谓"好花虚谢雨藏春"也。(唐李商隐撰、清陆昆曾解《李义山诗解·回中牡丹为雨所败二首》其一)

三月二十七日自抚州往南城县
舟行见拂水蔷薇因有是作①

江中春雨波浪肥②,石上野花枝叶瘦。枝低波高如有情,浪去枝留如力斗③。绿刺红房战袅时④，吴娃越艳醮酣后⑤。
且将浊酒伴清吟⑥，酒逸吟狂轻宇宙⑦。

【题解】

诗题谓"三月二十七日自抚州往南城县舟行"，此"三月二十七日"当在
丙寅年。盖据前《丙寅二月二十二日抚州如归馆雨中有怀诸朝客》诗知，丙
寅年二月二十二日在抚州。又本诗下一首《荔枝三首》题下有"丙寅年秋到
福州。自此后并福州作"小注。江西南城乃自抚州至福建福州所经之县
城，故韩偓在南城当在丙寅年。以此统签本题后有小注云："丙寅三月二
十七日"，亦系此诗于天祐三年丙寅(906)三月二十七日。

此诗乃舟行途中咏岸边蔷薇之作。首句述江行春雨中波浪汹涌之景
色，此后五句均咏蔷薇。"吴娃越艳醮酣后"一句，以醮酣后之吴娃越艳比
喻在水波中战袅之蔷薇，吴娃、越艳皆谓美女，本诗以喻蔷薇之美艳。末二
句则抒发诗人此时清逸狂放之感受。

【校注】

①统签本题无"三月二十七日"，然题后有小注："丙寅三月二十七日"。
南城县：西汉高帝六年(前201)置，属豫章郡。治所在石下(今江西南城县
东南洪门水库内)。至唐时属抚州，乾符时移治今南城县治。五代时南唐
于此置建武军。蔷薇：植物名。落叶灌木，茎细长，蔓生，枝上密生小刺，羽
状复叶，小叶倒卵形或长圆形，花白色或淡红色，有芳香。花可供观赏，果
实可以入药。亦指这种植物的花。

②江中：此江指盱水，或作旴水，亦称盱江。即今江西临川抚河及南城
县南之盱水。《汉书·地理志》豫章郡南城县记载："盱水西北至南昌入湖
汉。"《水经·赣水注》："盱水出南城县，西北流径南昌县南，西注赣水。"波
浪肥：谓波浪大。盖因春雨多而江水涌涨，波浪汹涌而显得壮大。肥，盛
也，苗壮，粗大。

③如力斗：谓低垂的蔷薇花枝为激浪所冲击，犹如经过苦斗。

④绿刺：指蔷薇花枝上的刺。红房：指蔷薇红色花房。花房即花冠，花
瓣的总称。白居易《画木莲花图寄元郎中》："花房腻似红莲朵，艳色鲜如紫

牡丹。"战袅:摇曳;颤动。

⑤吴娃越艳:吴、越国美女。娃,美女。越艳,美女西施出自越国,故以"越艳"泛指越地美貌女子。醺酣:酣醉貌。

⑥浊酒:用糯米、黄米等所酿的酒,较混浊。清吟:清美的吟哦;清雅的吟诵。白居易《与梦得沽酒且约后期》:"闲征雅令穷经史,醉听清吟胜管弦。"

⑦酒逸:指饮酒时安闲自在的情态。吟狂:即狂吟,指纵情吟咏。宇宙:天地。《淮南子·原道训》:"纮宇宙而章三光。"高诱注:"四方上下曰宇,古往今来曰宙,以喻天地。"

【汇评】

此仄韵律诗。(吴汝纶《吴评韩翰林集》)

荔枝三首丙寅年秋到福州,自此后并福州作①

一

遐方不许贡珍奇②,密诏唯教进荔枝③。汉武碧桃争比得④,枉令方朔号偷儿。

【题解】

吴校本题下吴汝纶注云:"到福州依王审知也"。据此,知天祐三年(906)秋至福州后作。此诗乃咏荔枝之作,称赞荔枝乃极珍贵之佳果。首二句以密诏准许远方惟贡荔枝,而突出荔枝实乃皇宫所好之珍品。后二句以东方朔不惜蒙"偷儿"之名,而所偷来的西王母碧桃,难于与荔枝相比,更赞美荔枝乃远胜天上仙果之佳品。

【校注】

①此三首又见于韩集旧钞本、吴校本、石印本《香奁集》中,吴校本《香奁集》系重收,故其于第三首诗后注"重见"。韩集旧钞本、吴校本《香奁集》

题下均注:"福州作"。统签本此诗题下小注则作"丙寅年福州",然其与玉山樵人本、屈抄本之《香奁集》均未收此诗。又汲古阁本、麟后山房刻本、吴校本等本题下小注均谓"丙寅年秋到福州,自此后并福州作",而至《感事三十四韵》诗,下注:"丁卯已后"。据其说,则此诗及其后之《寄上兄长》《宝剑》《登南神光寺塔院》《两贤》《再思》《有瞩》《秋深闲思》《故都》《梦仙》《赠吴颠尊师》《送人弃官入道》等十二首诗均丙寅年秋到福州后作。

②遐方:犹远方。此处指福州。白居易《题郡中荔枝诗》:"已教生暑月,又使阻遐方。"贡:进贡。进献方物于帝王。杜甫《自京赴奉先县咏怀五百字》:"彤庭所分帛,本自寒女出。鞭挞其夫家,聚敛贡城阙。"

③"密诏"句:进贡荔枝事汉代起即有,此句咏唐玄宗时事。杜牧《过华清宫绝句三首》之一:"一骑红尘妃子笑,无人知是荔枝来。"

④"汉武碧桃"二句:碧桃,桃实的一种。古诗文中多特指传说中西王母给汉武帝的仙桃。此二句用汉武帝见西王母,帝食西王母所种桃,以及东方朔盗桃故事。东方朔,字曼倩,平原厌次人。汉武帝之文学侍从,常以诙谐滑稽之语讽谏武帝,官至太中大夫。传见《汉书》卷六十五本传。

【汇评】

此是正集诗误入,然亦可见此集之作于到福州以后,而非早年也。(震钧《香奁集发微》)

二

封开玉笼鸡冠涩①,叶衬金盘鹤顶鲜②。想得佳人微启齿③,翠钗先取一双悬④。

【题解】

此首状写荔枝之鲜美,想象必获佳人之喜爱也。首二句乃具状荔枝之鲜美。鸡冠,形容荔枝之鲜红。涩,乃谓荔枝表皮之粗涩。此非仅言其表皮之原态,且皮粗涩,乃谓初摘荔枝之新鲜。鹤顶鲜与鸡冠,均状荔枝之鲜红色。荔枝鲜红,故鲜美。若摘久而色变,则不鲜而味败矣。诚如白居易《木莲荔枝图》所云:荔枝"若离本枝一日而色变,二日而香变,三日而味变,

四、五日外色香味尽去矣"。后两句以设想美人见到荔枝而微笑,先悬赏以双翠钗,赞美荔枝之鲜美喜人。悬赏双翠钗而修饰以"先取",可想见更有重赏在后,荔枝之令人喜爱于此更可见。

【校注】

①"涩",原作"湿",玉山樵人本、韩集旧钞本、统签本、汲古阁本、麟后山房刻本、吴校本均作"涩",《全唐诗》校:"一作涩",吴校本校:"一作湿",今据玉山樵人本、韩集旧钞等诸本改。盖此乃以"涩"状荔枝皮之粗涩。"湿"乃因"涩"而形误。封开玉笼:将盛荔枝之笼子启封打开。玉笼,盛装荔枝之笼子。玉,乃谓笼之精美,非真玉。鸡冠涩:形容荔枝之表皮如鸡冠之色红而粗涩。涩,粗涩,不光滑,不滑润。

②叶:指荔枝叶。摘荔枝时,连枝叶一起摘下,更能保持荔枝之新鲜。金盘:指盛荔枝之盘子。金,乃修饰盘子之精美。鹤顶鲜:鹤顶色红,此处用鹤顶鲜形容荔枝之鲜红。

③"启",《全唐诗》、吴校本均校:"一作露"。吴校本《香奁集》作"露",下校:"一作启"。微启齿:即微笑。启齿,发笑。因笑必露齿,故云。

④"双",玉山樵人本、统签本、汲古阁本均作"枝",《全唐诗》、吴校本均校:"一作枝"。翠钗:翡翠钗。悬:出具赏格,即悬赏。

三

巧裁霞片裹神浆①,崖蜜天然有异香②。应是仙人金掌露③,结成冰入蒨罗囊④。

【题解】

宋蔡襄赞美荔枝谓"香气清远,色泽鲜紫,壳薄而平,瓤厚而莹,膜如桃花红,核如丁香母。剥之凝如水精,食之消如绛雪。其味之至,不可得而状也。"此第三首即咏赞荔枝乃瓤厚而莹,凝如水精,食之消如绛雪之佳品。首句谓荔枝如霞片包裹神浆,既状其形亦赞其神品。第二句以崖蜜喻其瓤肉之甜蜜与香味。末二句则称赞荔枝应是仙人掌中露水凝成冰后,再装入红丝囊之神品。其赞美荔枝色香味之佳美,可谓极致无比矣。

【校注】

①"霞",韩集旧钞本作"绛",《全唐诗》、吴校本均校:"一作绛"。霞片:荔枝壳殷红,故此处以霞片喻之。神浆:荔枝肉凝白,故以神浆比喻之。神浆即谓甘露。

②崖蜜:山崖间野蜂所酿之蜜。又称石蜜、岩蜜。色青,味微酸。此处用崖蜜比喻荔枝之味道。异香:奇异的香味。

③仙人金掌露:金铜仙人掌上所承接的露水。

④"蒨",玉山樵人本、韩集旧钞本、统签本均作"茜",汲古阁本作"旧",下校:"一作蒨"。按:"茜"通"蒨";作"旧"非是。"囊",汲古阁本作"裳",下校:"一作囊"。按:作"囊"是。结成冰:荔枝瓤厚而莹,凝如水精,故此处谓其如仙人掌上露水所凝结成之冰。蒨罗囊:绛红色的丝囊袋。荔枝壳如红绡,故此处用蒨罗囊以比喻之。蒨,指绛色。

【汇评】

泉郡荔枝虽郁为林麓,然不若福、兴两郡之盛,绛囊翠叶,明秀可爱。蔡端明所谓壳薄而平,瓤厚而莹。膜如桃花红,核如丁香母。剥之凝如水精,食之消如绛雪,诚哉!《荔谱》(四十二种)垂五百馀年,品目虽存,漫不可据。今惟五月熟者曰火山,肉薄味酸。六月熟者曰早红,曰桂林,曰白蜜,曰状元红,曰金钟,俱称佳品。七月熟者味甘酸,曰山荔枝,蠲渴补髓,多啖无伤。韩偓《荔枝》诗云:"封开玉笼鸡冠湿,叶衬金盘鹤顶鲜。想得佳人微启齿,翠钗先取一双悬。"又"巧裁霞片裹神浆,崖蜜天然有异香。应是仙人金掌露,结成冰液蒨罗囊。"可谓形容之妙矣……(陈懋仁《泉南杂志》卷上)

鹤顶鲜,韩偓诗:"叶衬金盘鹤顶鲜"。按:鹤顶鲜,谓荔枝也。(厉荃《事物异名录》卷三十四果蓏部)

此是正集诗误入,然亦可见此集之作于到福州以后,而非早年也。(震钧《香奁集发微》)

寄上兄长^①

两地支离路八千^②，襟怀凄怆鬓苍然^③。乱来未必长团会^④，其奈而今更长年^⑤。

【题解】

此诗前一首《荔枝三首》下小注谓"丙寅年秋到福州，自此后并福州作"。汲古阁本、麟后山房刻本、吴校本等《荔枝三首》题下小注亦均谓"丙寅年秋到福州，自此后并福州作"，而至《感事三十四韵》诗，下注："丁卯已后"。据上所说则此诗及其后之《宝剑》、《登南神光寺塔院》、《两贤》、《再思》、《有瞩》、《秋深闲思》、《故都》、《梦仙》、《赠吴颠尊师》、《送人弃官入道》等诗均丙寅年秋到福州后作。故此诗作于丙寅即天祐三年（906）秋后，时在福州。

诗写贬后流离中伤兄弟暌离难团聚。首二句言兄弟分隔，路途辽远，老来更感凄怆。后二句伤一自乱后即难得长相聚，更何况而今更隔千山万水。且年已老大，相见更不知在何时。此层递状伤痛之情。"鬓苍然"，起"更长年"，前后呼应，伤痛之情更增一倍。"路八千"，极言相隔之辽远，此可伤痛者一也；"鬓苍然"，可伤痛者二也；"乱来未必长团会"，可伤痛者三也；"更长年"，更可伤痛者四也。总之，四句句句写伤痛之情，层层添加，以致催出"其奈"之情，其伤痛无奈之情从中可见。

【校注】

①兄长：指韩偓之兄韩仪。统签本此诗题下小注云："《唐书》，偓兄仪官御史中丞，偓贬之明年亦贬棣州。"《新唐书·韩偓传》："兄仪，字羽光，亦以翰林学士为御史中丞。偓贬之明年，帝宴文思球场，全忠入，百官坐庑下，全忠怒，贬仪棣州司马，侍御史归蔼登州司户参军。"

②"两地支离"句：岑仲勉《唐集质疑·韩偓南依记》："《寰宇记》一百：福州至长安七千二百九十五里。路八千岂指其原居京兆欤？"《韩偓年谱》

95

案云："偓兄仪已于前年以忤朱全忠贬棣州司马，两地非指福州、长安，故岑说未必符合诗意。今据《元和郡县图志》卷二十九：'福州，西北至上都五千二百九十里。'（《通典》卷一百八十二州郡二长乐郡：'福州去西京五千七百三十里。'略同。）《元和郡县图志》卷十七河北道：'棣州，西南至上都二千二百九十里。'然则棣州、福州去长安相加约八千里，'两地支离路八千'，殆指棣州、福州两地支离于长安故居共八千里欤？"按：两地指诗人与其兄分别所在地福州、棣州。八千里，或概言福州至棣州之距离。支离，分散。

③襟怀：胸怀；怀抱。鬓苍然：谓双鬓灰白。苍，灰白色。

④"会"，《全唐诗》、吴校本均校："一作聚"。团会：即团聚。

⑤其奈：亦作"其那"。怎奈；无奈。长年：年长，年龄较大。

宝　剑

　　困极还应有甚通①，难将粪壤掩神踪②。斗间紫气分明后③，擘地成川看化龙④。

【题解】

天祐三年（906）秋到福州后作。诗咏张华、雷焕所发见之干将、龙泉宝剑。然亦可领会借咏宝剑而寄意之用心。诗人为朱全忠所贬，流寓辗转入福建偏僻之隅，此时可谓"困极"。"粪壤"，喻朱全忠之流而鄙视之。此解如可通，则可见一者诗人愤恨朱全忠之流，至今大恨未销；二者可知诗人之不屈于迫害压制，犹寄希望于将来。

【校注】

①"甚"，嘉靖洪迈本作"日"，《全唐诗》、吴校本均校："一作日"。困：阻碍。甚通：非常通达。通，畅达；顺畅。

②"壤"，嘉靖洪迈本作"土"，汲古阁本校："一作土"。"粪壤"，《全唐诗》、吴校本均校："一作尘土"。粪壤：秽土，粪土。神踪：神奇灵异之物之踪迹。此指宝剑。《晋书·张华传》记雷焕称宝剑为"灵异之物"，张华亦称

宝剑为"天生神物",诗人故有此称。

③"斗间紫气"二句：此处用晋雷焕发现丰城宝剑故事。参见《晋书·张华传》。擘地，分开；剖开。

④此诗后两句嘉靖洪迈本作"但教出得丰城后，不是延津亦化龙"，《全唐诗》校："一作但教出得丰城后，不是延津亦化龙。"末句韩集旧钞本、麟后山房刻本、吴校本均作"不是延津亦化龙"，前二者并下校："一作擘地成川看化龙"，汲古阁本校："一作不是延津亦化龙"，吴校本校："一作擘地成川看化龙，又作但教出得丰城后，不是延津亦化龙"。

登南神光寺塔院①

无奈离肠日九回②，强摅怀抱立高台③。中华地向城边尽④，外国云从岛上来⑤。四序有花长见雨⑥，一冬无雪却闻雷。日宫紫气生冠冕⑦，试望扶桑病眼开⑧。

【题解】

诗有"一冬无雪却闻雷"句，可知作于天祐三年（906）冬末。诗写登南台所见福州全城之景色。《韩偓年谱》谓"极写福州地望气候之殊异，皆中原未有之新境界。偓'平生溺奇境'（诗题语），宜心态诗境今得开拓如此。"末句"试望扶桑病眼开"之"扶桑"，《韩偓诗集笺注》谓"指古代日本"，并引《梁书·诸夷扶桑国传》"扶桑在大汉国东二万馀里，地在中国之东，其土多扶桑木，故以为名"为证。《韩偓诗注》则以为"日出之处"，且谓"此处则似有更进一步的意思，即以扶桑喻指朝廷。诗人虽已身处闽地，但心系朝廷，故以'病眼'试望扶桑（朝廷）。"《增订注释全唐诗·韩偓集》亦以为"神话中木名，为日出之处。"上述之说当以后两说为是，然是否"以扶桑喻指朝廷"，则聊备一说可矣。

【校注】

①《唐百家诗选》本诗题作"登南台僧寺"。《全唐诗》校："一本题作登

南台僧寺"。统签本题下小注云："丙寅福州"。南神光寺:唐时寺在离福州城南九里南台山。宋梁克家《(淳熙)三山志》卷三十三《寺观类》一云："钓龙台山,南州九里临江,旧记昔越王余善于此钓得白龙,以为瑞,遂于所坐之处筑为坛台。"

②"日",玉山樵人本、统签本均作"易",《全唐诗》、吴校本均校："一作易"。离肠:充满离愁的心肠。日九回:谓每日愁思萦回。司马迁《报任安书》:"肠一日而九回。"

③"怀抱",原作"离抱",《唐百家诗选》本、玉山樵人本均作"怀抱"。且此诗前有"无奈离肠"句,此"离抱"之"离"犯重,故今据《唐百家诗选》等本改。高台:即指南神光寺塔院之南台。

④"中华地向"句:福州乃唐时中华东边的边隅城市,故有此之谓。

⑤"外国云从"句:福州面临东海,海上多有岛屿。此处外国指唐时海外的琉球岛。

⑥"序",玉山樵人本作"叙"。按:"序"通"叙"。四序:指春、夏、秋、冬四季。

⑦"日",《全唐诗》、吴校本均校："一作南"。"冕",《全唐诗》、吴校本均校："一作盖"。日宫:指太阳。紫气,紫色云气,祥瑞之气。冠冕,帝王、官员所戴的帽子。

⑧扶桑:本指神话中树名。传说日出于扶桑之下,拂其树杪而升,因谓为日出处。亦代指太阳。此处指日出之处。

【汇评】

钓龙台山,南州九里临江,旧记昔越王余善于此钓得白龙,以为瑞,遂于所坐之处筑为坛台。黄蘗诗有"钓沈新月落,龙起暮江寒"之句。其序云:"台高四丈,周回三十六步。唐翰林承旨韩偓诗:'无奈离肠易九回,强摅怀抱立高台。中华地向城边尽,外国云从岛上来。四序有花长见雨,一冬无雪却闻雷。日宫紫气生冠冕,试望扶桑病眼开。'"(梁克家《(淳熙)三山志》卷三十三《寺观类》一)

《续注》曰:涂山寺在皇甫村神禾原之东南,……又在其西自董村西行几十里,曰丰德寺,丰德长老所居,今其寺犹有僧焉。南五台者,曰观音,曰灵应,曰文殊,曰普贤,曰现身,皆山峰卓立,故名五台。圆光寺,《王建集》为灵应台寺,陆长源《辨疑志》为慧光寺,《韩偓集》为神光寺,今谓之圆光寺。(张礼《游城南记》)

钓台山在府城南九里临江,昔越王余善,于此钓得白龙,因名。唐韩偓诗:"无奈离肠易九回,强舒怀抱立高台。中华地向城边尽,外国云从岛上来。四序有花长见雨,一冬无雪却闻雷。日宫紫气生冠冕,试望扶桑病眼开。"(李贤《明一统志》卷七十四)

韩偓,字致尧,别集一卷,实本集也。以其有《香奁集》,故反名别集。然其语多浅俗,入录者甚少。七言律如"无奈离肠"、"长日居闲"、"惜春连日"三篇,气韵亦胜。"星斗疏明"一篇,声亦宣朗。他如"瓶添涧水盛将月,衲挂松枝惹得云"、"树头蜂抱花须落,池面鱼吹柳絮行。禅伏诗魔归静域,酒冲愁阵出奇兵"等句,乃晚唐巧句也。至若"炉为窗明僧偶坐"、"雨连莺晓落残梅",则奇僻不可为法矣。(许学夷《诗源辩体》卷三十二)

韩偓流寓闽中,所作诗仅传《南台怀古》一首,云:"无那离肠日九回,强舒怀抱立高台。中华地向天边尽,南国云从岛上来。四序百花长见雨,一冬无雪却闻雷。离宫紫气生冠冕,却望扶桑病眼开。"偓卒于闽。其子寅亮与郑文宝言:"偓捐馆日,温陵帅闻其家藏箱筐颇多,而缄鐍甚固。发观,得烧残龙凤烛、金缕红巾百馀条,蜡泪尚新,巾香犹郁。乃偓为学士日,视草金銮,夜还翰苑。当时皆宫人秉烛以送,悉藏之。"又,文宝少时,于延平见一老尼,亦说斯事。尼乃偓之妾耳,第未考偓葬于何所也。(徐㶿《笔精》卷五《诗谈·韩致尧卒于闽中》)

钓龙台上有盘石,越王余善钓白龙处也,又名越王台。韩偓流寓闽中,题诗云:"无那离肠日九回,强舒怀抱立高台。中华地向城边尽,外国云从岛上来。四序有花长见雨,一冬无雪却闻雷。日宫紫气生冠冕,试望扶桑病眼开。"(徐㶿《竹窗杂录》)

方回:此乃闽中依王审知时诗,谓近海迫南风土如此。

冯班:不言风土。

冯舒:平平八句,意态无尽,盖此中有作诗人性情在,非仅述风土也。

冯班:颔联妙,哀而不伤。

纪昀:格弱是晚唐通病,此尚有健气。(以上《瀛奎律髓汇评》卷四十七释梵类)

诗题下注:丙寅,福州。日冠如半晕,在上有两珥,尤吉。(杜诏、杜庭珠辑《中晚唐诗叩弹集》此诗末两句下注)

唐韩偓诗:"无奈离肠易九回,强揽怀抱立高台。中华地向城边尽,外国云从岛上来。四序有花长见雨,一冬无雪却闻雷。日宫紫气生冠冕,试望扶桑病眼开。"(乾隆《泉州府志》卷六《山川》清源山南台条)

石下有台,以其在二洞之南,故名南台。台之两旁楼阁,自山下视之,如在空中;登其上,则山川相映,景状万千。……唐韩偓有诗。(乾隆《晋江县志》卷一《舆地·山川》南台岩条)

两　贤

卖卜严将卖饼孙①,两贤高趣恐难伦②。而今若有逃名者③,应被品流呼差人④。

【题解】

作于丙寅即天祐三年(906)秋后。此诗有感而作。前二句谓严遵、赵岐之逃名隐逸,如今恐难于伦比。言下之意感叹如今之世已少有如此"自匿姓名"者。后二句亦叹今世之难有"逃名者"。前二句侧重昔时,后二句侧重今日。相形之下,今不如昔之意显然。盖世道人心丕变,此诗人之所以慨叹也。而诗人因何具体事而有如此之作?今难究明。然考《十国春秋·韩偓传》记"天祐三年,复有前命,偓又辞,为诗曰:'岂独鸱夷解归去,五湖渔艇且餔糟。'"疑或亦因之而有感焉。又,其时朝廷召韩偓等人复官,或即有应召复官入朝以仕朱全忠把持之朝者,此亦韩偓诗所感而作。

【校注】

①"卖卜"句:即诗题所谓的"两贤"。指汉代隐士严遵和赵岐。将,与。

②难伦:难于比类。伦,辈;类。

③逃名:逃避声名而不居。

④"差",韩集旧钞本、明赵宦光、黄习远《万首唐人绝句》本、麟后山房刻本、吴校本均作"俗",吴校本下校:"又作差",《全唐诗》校:"一作俗"。按:统签本注:"差,千个切,与蹉同,足跌也,又过也。言其人之可怪也。近本《万首绝句》改为'俗'字,误。"品流:品类;流别。差人:奇异的人。《梁书·刘显传》:"约(沈约)为丹阳尹,命驾造焉。于坐策显经史十事,显对其九……显问其五,约对其二。陆倕闻之,叹曰:'刘郎可谓差人,虽吾家平原诣张壮武,王粲谒伯喈,必无此对。'其为名流推赏如此。"

再　思

暴殄犹来是片时①,无人向此略迟疑。流金铄石玉长润②,败柳凋花松不知。但保行藏天是证③,莫矜纤巧鬼难欺④。近来更得穷经力⑤,好事临行亦再思。

【题解】

作于天祐三年(906)秋后。此诗与前一首《两贤》乃有所感而咏,然其所感者何,《韩偓年谱》举"卖卜严将卖饼孙,两贤高趣恐难伦。而今若有逃名者,应被品流呼俗人"以及《再思》后半首"但保行藏天是证,莫矜纤巧鬼难欺。近来更得穷经力,好事临行亦再思"句,谓"此二诗显系有为而作。前首之'逃名',后首之'但保行藏',及'好事临行亦再思',殆即指复召仍不赴。不然,即指王审知欲用偓为官。朝命既一再不赴,审知倘有意用之,又安能从命耶?"聊备一说,可以参考。

【校注】

①暴殄:任意浪费、糟蹋。犹来:即由来、从来。犹,通"由"。李白《怨情》:"新人如花虽可宠,故人似玉犹来重。"

②流金铄石:谓高温熔化金石。形容天气酷热。《楚辞·招魂》:"十日代出,流金铄石些。"润:指玉润泽。《礼记·聘义》:"君子比德于玉焉,温润

101

而泽,仁也。"后因以"玉润"比喻美德。

③行藏:指出处或行止。语本《论语·述而》:"用之则行,舍之则藏。"证:验证;证实。

④矜:自夸;自恃。纤巧:形容工于心计。《旧五代史·晋书·孟承诲传》:"及少帝嗣位,以植性纤巧,善于希旨,复与权臣宦官密相表里,凡朝廷恩泽美使,必承诲为之。"

⑤穷经:谓极力钻研经籍。

有　瞩①

晚凉闲步向江亭,默默看书旋旋行②。风转滞帆狂得势,潮来渚水寂无声③。谁将覆辙询长策④,愿把棼丝属老成⑤。安石本怀经济意⑥,何妨一起为苍生⑦。

【题解】

作于天祐三年(906)秋后。诗乃睹景生情之作。诗人于江边闲步看书,忽见潮起风劲,猛然转动停滞于江中帆船之景象,忽起忧时念乱,愿为苍生一起振救国难民艰之心。"风转滞帆"二句,写所见眼前江中潮来风起,帆船狂得势而转之景象。此属自然界之景象,然诗人由此自然之变动景象而有所体悟。其所体悟者或为:只要潮来风起,滞帆即可猛然转动。则欲改变乱亡沉沦之国势,亦犹如眼前所见一般,所缺者乃须风起潮来耳。如此则振起后四句,一抒愿如谢安石为苍生而起之念头。前两句似在责怪王审知,为何不将以前失败的教训向他咨询,为何不将当前棘手的国事托付于他,而后两句则谓自己像东晋的谢安一样,本来就有经世济时的怀抱,这次为了苍生黎民,不妨再出一次山。

【校注】

①"瞩",黄永年、陈枫校点《王荆公唐百家诗选》校云:"'瞩',分类本'属'。"有瞩:有所瞩目。瞩,注视。

102

②旋旋:缓缓。

③"渚",原作"诸",据玉山樵人本、统签本改。滞帆:此处指静止不动的帆船。滞,静止;停止。

④覆辙:翻车的轨迹。比喻招致失败的教训。语出《后汉书·范升传》:"今动与时戾,事与道反,驰骛覆车之辙,探汤败事之后,后出益可怪,晚发愈可惧耳。"长策:犹良计。这里指有高明策略的人,包括诗人在内。

⑤棼丝:乱丝。语本《左传·隐公四年》:"臣闻以德和民,不闻以乱。以乱,犹治丝而棼之也。"白居易《读史》之二:"祸患如棼丝,其来无端绪。"此处喻指纷乱之国事。属老成:属,委托;嘱咐。老成,指精明练达;精明强干之人。李商隐《有感》:"古有清君侧,今非乏老成。"

⑥"安石本怀"句:安石,东晋名将谢安的字。这里是诗人自许。经济,经世济民。

⑦"何妨一起"句:《晋书·谢安传》:初,隐居东山,累召不起,后"安始有仕进志,时年已四十馀矣。征西大将军桓温请为司马,将发新亭,朝士咸送。中丞高崧戏之曰:'卿累违朝旨,高卧东山,诸人每相与言:安石不肯出,将如苍生何! 苍生今亦将如卿何! 安甚有愧色。"苍生,指老百姓。李商隐《贾生》:"可怜夜半虚前席,不问苍生问鬼神。"

秋深闲兴

此心兼笑野云忙①,甘得贫闲味甚长②。病起乍尝新橘柚,秋深初换熟衣裳③。晴来喜鹊无穷语,雨后寒花特地香。把钓覆棋兼举白④,不离名教可颠狂⑤。

【题解】

作于天祐三年(906)秋深时。诗写深秋时节病后之闲散生活与体会。首句笑野云之匆忙,次句即释所以笑野云忙之缘故,乃在于因贫而闲,方能体会其中情味之深长也。中四句具写秋来闲散有味之生活。"尝新橘柚"、

"换熟衣裳",虽是平常生活琐事,然于"病起乍尝","秋深初换",则颇有一番欣喜味长之感受。此既体现"味甚长"之句,同时扣紧诗题之"秋深"二字。"晴来"、"雨后"二句,写所见所闻之自然景象。鹊鸣之"无穷语"、寒花之"特地香",亦是体现"味甚长"之句。"把钓"句,即是"不离名教可颠狂"之所指,亦即扣诗题之"闲兴"。八句紧扣诗题,将"秋深闲兴"四字做足。

【校注】

①野云忙:此指野云飘动快。韦庄《山墅闲题》:"静极却嫌流水闹,闲多翻笑野云忙。"

②贫闲:清贫而多空闲。白居易《昭国闲居》:"贫闲日高起,门巷昼寂寂。"味甚长:指因贫闲而得到的情趣更深长。白居易《池上逐凉》:"簪缨怪我情何薄,泉石谙君味甚长。"

③"熟衣裳",原作"旧衣裳",韩集旧钞本、麟后山房刻本、唐诗扣弹集本均作"熟衣裳",今据改。又清冯班认为"'旧衣'当作'熟衣',夏时所着谓之生衣,故秋来换者曰'熟',方君不知,而改作'旧',误矣。"(《瀛奎律髓汇评》卷二十三闲适类)熟衣:煮炼过的丝织品制成的衣服。白居易《西风》:"西风来几日,一叶已先飞。新霁乘轻屐,初凉换熟衣。"按:此处熟衣为秋衣,夏衣则谓生衣。唐王建《秋日后》:"立秋日后无多热,渐觉生衣不着身。"

④把钓:谓钓鱼、垂钓。覆棋:又作"覆局"。指棋局乱后,重行布棋如旧。此处指下棋。举白:原指罚酒。白,大白,用以罚酒的杯子。此处泛指饮酒。

⑤名教:指以正名定分为主的封建礼教。颠狂:形容放浪不受约束。元稹《厅前柏》:"我本颠狂耽酒人,何事与君为对敌。"

【汇评】

冯班:四句"旧衣"当作"熟衣",夏时所着谓之生衣,故秋来换者曰"熟",方君不知,而改作"旧",误矣。

纪昀:语亦浅薄,尚未似秦、伍二诗之琐纤。次句浅率。(以上《瀛奎律髓汇评》卷二十三闲适类)

故　都①

　　故都遥想草萋萋②,上帝深疑亦自迷③。塞雁已侵池御宿④,宫鸦犹恋女墙啼⑤。天涯烈士空垂涕⑥,地下强魂必噬脐⑦。掩鼻计成终不觉⑧,冯驩无路斆鸣鸡⑨。

【题解】

　　作于天祐三年(906)秋深时。时在迁都之后,通过遥想故都的衰败,寄寓家国将亡的哀痛。吴汝纶云:"此国亡后作,忼慨欲报之意,情见乎词,至意旨之悲哀抑郁,与《离骚》、《招魂》异曲同工矣。"天祐元年朱全忠劫昭宗迁都洛阳,毁长安宫室百司民舍为丘墟,并弑昭宗于洛阳,诗题《故都》,实哀唐之亡。前半想象长安毁弃之荒凉,极天荒地老之悲。"塞雁已侵池籞宿,宫鸦犹恋女墙啼"一联,既为景物实写,又寓比兴深意,妥帖神妙。"天涯烈士"自谓,"地下强魂"指崔胤,胤召全忠勤王凤翔,致引狼入室,速唐之亡,且胤亦身死其手,故地下魂魄必悔恨莫及。结联借用郑袖设计专宠的故事,揭露朱温以阴谋夺取天下;又反用孟尝君靠门客学鸡鸣逃出函谷关的典故,悲慨自己如冯驩受孟尝君知遇之恩,但无法救昭宗出朱全忠之虎口,如冯驩使孟尝君逃脱暴秦之虎口,故悲徊无已。诗的前半写景,后半抒情,前半悲凉,后半激愤,哀感沉绵之中自有一股慷慨抑塞之气,跌宕起伏,动人心魄。

【校注】

　　①"故都",《唐百家诗选》本题作"忆故都"。

　　②"都",黄永年、陈枫校点《王荆公唐百家诗选》校云:"'都',分类本'乡'。"按:当作"都"为是。盖诗题已明题"故都",全诗乃咏故都事,与"故乡"无涉。故都:此谓长安。天祐元年朱全忠逼唐昭宗迁都洛阳,并于同年八月弑昭宗,另立新帝。本诗天祐三年作,时诗人避难于福州,故称长安为故都。草萋萋:指荒草茂盛貌。

③"上帝"句：谓迁都洛阳后，故都长安已荒废太甚，连本熟谙长安风貌之昭宗，亦疑而迷惑，几乎未能认出长安。上帝，君主，帝王。此谓唐昭宗。

④塞雁：即塞鸿，塞外的鸿雁。塞鸿秋季南来，春季北去。杜甫《登舟将适汉阳》："塞雁与时集，樯乌终岁飞。"池御：指帝王的园林。

⑤宫鸦：宫殿中乌鸦。此处用以自喻。女墙：城墙上呈凹凸形的小墙。《释名·释宫室》："城上垣，曰睥睨……亦曰女墙，言其卑小，比之于城。"

⑥天涯烈士：此诗人自谓。天涯，犹天边。指极远的地方。语出《古诗十九首·行行重行行》："相去万馀里，各在天一涯"。烈士，有节气有壮志的人。曹操《步出夏门行》："烈士暮年，壮心不已。"诗人乃忠于李唐之志士，此时远离长安，避难福州，故自谓如此。高步瀛《唐宋诗举要》引《新五代史·唐六臣传》曰："左仆射裴枢、独孤损，右仆射崔远，守太保致仕赵崇，兵部侍郎王赞，工部尚书王溥，吏部尚书陆扆皆以无罪贬，同日赐死于白马驿。凡搢绅之士与唐而不与梁者，皆诬以朋党，坐贬死者数百人，而朝廷为之一空。"亦为一说。然诸人皆已在天祐二年六月赐死，则"空垂泪"者只能是诗人自己。

⑦"地下强魂"句：地下强魂指崔胤。吴汝纶谓"地下强魂，盖指当时贬死诸人"，恐未谛。噬脐，自啮腹脐。喻后悔不及。《左传·庄公六年》："亡邓国者，必此人也。若不早图，后君噬齐。"杜预注："若啮腹齐，喻不可及也。"齐，通脐。崔胤时为宰相，为铲除宫中宦官，引强藩朱全忠入朝，后又被朱全忠所杀。《新唐书·崔胤传》：胤"自凤翔还，揣全忠将篡夺，顾已宰相，恐一日及祸，欲握兵自固，谬谓全忠曰：'京师迫茂贞，不可无备，须募军以守。今左右龙武、羽林、神策，播幸之馀，无见兵。请军置四步将，将二百五十；一骑将，将百人。使番休递侍。'以京兆尹郑元规为六军诸卫副使，陈班为威远军使，募卒于市。全忠知其意，阳相然许。胤乃毁浮图，取铜铁为兵仗。全忠阴令汴人数百应募，以其子友伦入宿卫。会为球戏，坠马死，全忠疑胤阴计，大怒。时传胤将挟帝幸荆、襄，而全忠方谋胁乘舆都洛，惧其异议，密表胤专权乱国，请诛之。即罢为太子少傅。全忠令其子友谅以兵围开化坊第，杀胤，汴士皆突出，市人争投瓦砾击其尸，年五十一。元规、陈班等皆死，实天复四年正月。胤罢凡三日死。死十日，全忠胁帝迁洛。"

⑧掩鼻计成:掩鼻,捂住鼻子。表示对肮脏、发臭之物的厌恶。掩鼻计成用《韩非子·内储说下》典:"魏王遗荆王美人,荆王甚悦之。夫人郑袖知王悦爱之也……因为(谓)新人曰:'王甚悦爱子,然恶子之鼻。子见王,常掩鼻,则王长幸子矣。'于是新人从之。每见王,常掩鼻。王谓夫人曰:'新人见寡人常掩鼻,何也?'对曰:'不知也。'王强问之,对曰:'顷尝言恶闻王臭。'王怒曰:'劓之。'"

⑨"冯骓无路"句:以冯骓自况,慨叹未能如孟尝君之门客效鸡鸣而救君王。参见《战国策·齐策四》、《史记·孟尝君列传》。

【汇评】

方回:此为昭宗作,第六句佳。

冯班:三、四有比兴。

何义门:次联妙极。第四自比,第六指崔昌遐。

纪昀:此真所谓鬼诗,刘后村《老吏》诗从此生出而又加甚焉。

无名氏(甲):故都,指西安。昭宗本都长安,被朱温劫迁,而长安遂墟,乃称"故都"云。(以上《瀛奎律髓汇评》卷三怀古类)

天涯烈士,公自谓;地下强魂,盖指当时贬死诸人。(吴汝纶《吴评韩翰林集》)

"上帝"二句,即庾子山《哀江南赋》"剪鹑首而赐秦,天胡为而此醉"之意。(高步瀛《唐宋诗举要》本诗下注评)

吴汝纶曰:"一句开。"(高步瀛《唐宋诗举要》本诗"上帝"句下注评引)

吴汝纶曰:"再接。"(高步瀛《唐宋诗举要》本诗"塞雁"句下注评引)

吴汝纶曰:"提笔挺起作大顿挫,凡小家作感愤诗,后半每不能撑起,大家气魄所争在此。"(高步瀛《唐宋诗举要》本诗"地下强魂"句下注评引)

吴汝纶曰:"此国亡后作,忧慨欲报之意,情见乎词,至意旨之悲哀抑郁,与《离骚》、《招魂》异曲同工矣。"(高步瀛《唐宋诗举要》本诗诗末注评引)

掩鼻句,盖讥朱梁以狐媚取天下也。(高步瀛《唐宋诗举要》本诗注评)

详见《旧唐书》一百七十七《崔慎由》附胤传,及《新唐书·奸臣列传》第一百四十八下《崔胤传》。胤本与朱全忠表里相结,卒倾唐室,而胤亦为全

107

忠所杀,韩公曾为胤宾僚,故以冯骦自况。新传云:时传胤将挟帝幸荆襄,而全忠方谋胁乘舆都洛,惧其异议,密表胤专权乱国,请诛之。全忠令其子友谅以兵围开化坊第,杀胤。寅恪案:"掩鼻计"者,即郑元规之谋及传胤欲挟帝幸荆襄之说于全忠之类是也。旧传云:初,全忠虽窃有河南方镇,惮河朔、河东,未萌问鼎之志。及得胤为向导,乃电击潼关,始谋移国。自古与盗合从,覆亡宗社,无如胤之甚也。又云:其年(天复三年)十月,全忠子友伦宿卫京师,因击鞠坠马而卒。全忠爱之,杀会鞠者十馀人,而疑胤阴谋,由是怒胤。初,天子还宫,全忠东归,胤以事权在己,虑全忠急于篡代,乃与郑元规谋招致兵甲,以捍茂贞为辞。全忠知其意,从之。胤毁城外木浮图,取铜铁为兵仗。全忠令汴州军人入关应募者数百人。及友伦死,全忠怒,遣其子宿卫军使友谅诛胤,而应募者突然而出。四年正月初,贬太子宾客,寻为汴军所杀。(陈寅恪《读书札记二集·韩翰林集之部》)

梦　仙

紫霄宫阙五云芝[1],九级坛前再拜时[2]。鹤舞鹿眠春草远,山高水阔夕阳迟[3]。每嗟阮肇归何速[4],深羡张骞去不疑[5]。澡练纯阳功力在[6],此心唯有玉皇知[7]。

【题解】

天祐三年(906)秋到福州后作。诗题作《梦仙》,乃诗人心境祈向之反映,亦是遭贬隐居时精神变化之流露。前半首写梦中身处天宫仙境情景。首二句谓梦中至仙芝朵朵之道家紫霄仙宫,在九级坛前虔诚拜见玉皇大帝。三四句状仙境气象,只见仙鹤翩翩起舞,仙鹿眠卧于辽阔的芊绵绿草中;仙境群山高峻而湖水广阔,夕阳灿灿迟迟而未落,好一派仙乡祥瑞高远景象。后半首为梦后抒发对道家仙界之向往。"每嗟"、"深羡"二句,一反一正,均用古人遇仙之事一表艳羡向往之情。末两句则直接向玉皇大帝表达欲澡练精神,培蓄纯阳之气,皈依道家仙境之心。

【校注】

①紫霄宫阙：即天上仙宫。紫霄，高空。五云芝：五云，五色瑞云。多作吉祥的征兆。芝，灵芝。道教有"五芝"之说，即"五芝者，有石芝，有木芝，有草芝，有肉芝，有菌芝，各有百许种也"。（葛洪《抱朴子·仙药》）此处五云芝指仙宫中之仙药。

②九级坛：即九层坛、九重坛。此指仙宫中高台。

③"阆"，玉山樵人本、统签本均作"润"。按：当以"阆"为是。

④"阮肇"句：汉明帝永平五年(63)，会稽郡剡县刘晨、阮肇共入天台山采药，遇两丽质仙女，被邀至家中，并招为婿。事见《太平御览》卷四一引南朝宋刘义庆《幽明录》。

⑤"张骞"句：张骞为西汉武帝时人，曾出使西域。从骠骑将军卫青有功，封为博望侯。传见《史记·卫将军骠骑列传》附《张骞传》、《汉书·张骞传》。张骞乘槎穷河源，至天上得牛女支机石以还。太史占天，以其夜有客星犯牛女之事。见《博物志》、《癸辛杂识·前集·乘槎》等。

⑥澡练：犹修炼。纯阳，纯一的阳气。阴阳二气合成宇宙万物。火为纯阳，水为纯阴。

⑦玉皇：亦即玉帝。道教称天帝曰玉皇大帝，简称玉帝、玉皇。

赠吴颠尊师 丙寅年作①

饮酒经何代，休粮度此生②。迹应常自浣③，颠亦强为名④。道若千钧重⑤，身如一羽轻。毫厘分象纬⑥，祖跣揖公卿⑦。狗窦号光逸⑧，渔阳裸祢衡⑨。笑雷冬蛰震⑩，岩电夜珠明⑪。月魄侵簪冷⑫，江光逼屐清⑬。半酣思救世，一手拟扶倾⑭。击地嗟衰俗⑮，看天贮不平。自缘怀气义，可是计烹亨⑯。议论通三教⑰，年颜称五更⑱。老狂人不厌⑲，密行鬼应惊⑳。未识心相许㉑，开襟语便诚㉒。伊余常仗义㉓，愿拜十

109

年兄㉔。

【题解】

据此诗"丙寅年作",统签本"丙寅年福州作"小注,知诗作于丙寅年即天祐三年(906)秋诗人到福州后。诗写吴颠道士狂放倨傲而又"道若千钧重"之高尚人品,诗人称许为"议论通三教,年颜称五更",希望拜其为兄。尤可注意者:吴颠虽为道士,但却是一位"半酣思救世,一手拟扶倾。击地嗟衰俗,看天贮不平"的胸怀匡世救俗大志者。此种人物其实并非一心向道者,而是没落乱世,无力匡世正俗,愤而出世者。故全祖望认为此人"非唐之贞士弃官隐于黄冠者乎?虽其名不可考,然当附之司空诸公之后",并以为"致光又有《送人弃官入道》诗云:'社稷俄如缀,……回首笑吾徒。'是亦一吴颠也。然则其时之埋形晦迹,竟与草木同腐者,岂仅此哉?!岂仅此哉?!"其实,诗末云"伊余常仗义,愿拜十年兄",亦以吴颠为同辈流,其写吴颠,亦以吴颠自许自状也。故《韩偓简谱》称此诗以及之前诸诗谓"以上诸诗托事摅怀,感念故君与宗国,是初入闽已闻朱梁篡局已定,故所感如此",所说诚是。

【校注】

①"丙寅年作",统签本作"丙寅年福州作"。尊师:对道士的敬称。

②休粮:即辟谷。谓不食五谷。道教的一种修炼术。辟谷时,仍食药物,并须兼做导引等功夫。

③自浣:谓不拘形迹。浣,沾污;玷污。

④强为名:勉强叫个名。老子《道德经》:"吾不知其名,字之曰道,强为之名曰大。"

⑤道:指道家之道,仙术,方术。千钧:形容极重。钧,三十斤为一钧。

⑥"毫厘"句:谓吴颠尊师精究天文,能精细分辨星象经纬。象纬,象数谶纬。亦指星象经纬,谓日月五星。

⑦"揖",《全唐诗》校:"一作谒"。"袒跣"句:谓吴颠尊师对公卿大臣颇为倨傲,毫无谄媚巴结之意。袒跣,袒胸赤足。白居易《不出门》:"披衣腰不带,散发头不巾。袒跣北窗下,葛天之遗民。"揖,拱手行礼。

⑧"狗窦"句:狗窦,狗洞。《晋书·光逸传》:"光逸字孟祖,乐安人也。初为博昌小吏,……寻以世难,避乱渡江,复依辅之。初至,属辅之与谢鲲、阮放、毕卓、羊曼、桓彝、阮孚散发裸裎,闭室酣饮已累日。逸将排户入,守者不听。逸便于户外脱衣,露头于狗窦中窥之而大叫。辅之惊曰:'他人决不能尔,必我孟祖也。'遽呼入,遂与饮,不舍昼夜。"

⑨"渔阳"句:渔阳,指渔阳掺挝。鼓曲名。《世说新语·言语》:"祢衡被魏武谪为鼓吏,正月半试鼓,衡扬枹为《渔阳掺挝》,渊渊有金石声,四座为之改容。"

⑩笑雷:《易·震》:"震来虩虩,笑言哑哑。"孔颖达疏:"虩虩,恐惧之貌也;哑哑,笑语之声也。震之为用,天之威怒,所以肃整怠慢,故迅雷风烈,君子为之变容。施之于人事,则是威严之教行于天下也。"又《说卦》:"震为雷。"后因以谓笑语而施威严之教,如震雷之肃整怠慢。冬蛰:冬天蛰伏的动物。蛰,动物冬眠,潜伏起来不食不动。震:震动。

⑪岩电:即岩下电,比喻目光炯炯有神。此句谓吴颠目光炯炯有神,有若夜明珠般明亮。

⑫"魄",玉山樵人本、韩集旧钞本、统签本均作"滑"(按:"月滑"疑为"月华"之讹),《全唐诗》校:"一作滑。""簪",《全唐诗》校:"一作檐"。按:"侵簪"对"逼屐",作"簪"是。月魄:泛指月亮,月光。簪:古人用来绾定发髻或冠的长针。后来专指妇女绾髻的首饰。杜甫《春望》:"白头搔更短,浑欲不胜簪。"

⑬"逼",《全唐诗》校:"一作映"。屐:木制的鞋,底大多有二齿,以行泥地。也指一般的鞋子。

⑭扶倾:本指扶持倾危的建筑物。此处喻挽救堕落的世风。

⑮衰俗:衰败的世俗。杜甫《望岳》:"牲璧忍衰俗,神其思降祥。"

⑯"是",玉山樵人本作"自"。按:作"自"非是。"可是"句:意谓岂是去考虑彼此之区分呢? 可是,岂是。计烹亨,计,计虑;考虑。亨,乃烹的古字。即烹饪。

⑰三教:佛教传入中国后,与儒、道并称"三教"。

⑱"年颜"句:年颜,年纪容貌。五更,乡官名。用以安置年老致仕的官

111

员。《礼记·乐记》："食三老五更于大学。"郑玄注："三老五更，互言之耳，皆老人更知三德五事者也。"孔颖达疏："三德谓正直、刚、柔。五事谓貌、言、视、听、思也。"此句谓吴颠之年岁容貌可称得上具有三德五事品行，受人尊敬的年长者。

⑲老狂：又老又癫狂。

⑳密行：佛教语。小乘指持戒严密的修行，大乘指蕴善于内而不外著的修行。释迦牟尼弟子罗睺罗以"密行第一"著称。

㉑相许：赞许。

㉒开襟：敞开胸怀。唐李咸用《寄所知》："从道趣时身计拙，如非所好肯开襟。"

㉓伊余：即自指，我。曹植《责躬诗》："伊余小子，恃宠骄盈。"

㉔"愿拜"句：意谓愿与比自己年长十岁的吴颠结拜为兄弟。

【汇评】

韩偓《赠吴颠尊师》曰："饮酒经何代，休粮度此生。迹应常自浣，颠亦强为名。……伊余常服义，愿拜十年兄。"《送人弃官入道》曰："仙李浓阴润，皇枝密叶敷。俊才轻折桂，捷径取纤朱。……酒律应难忘，诗魔未肯徂。他年如拔宅，为我指清都。"《赠隐逸》曰："静景须教静者寻，清狂何必在山阴。……筑金总得非名士，况是无人解筑金。"仙李"一首，盖赠唐之宗室。三人名氏虽不可尽得，其愤时而去，非才不能用世，与甘心枯槁之流固又有加矣。（吴光耀《五代史记纂误续补》卷三）

予尝以欧阳公《唐书》叹天复天祐后无节义之臣，推原于白马清流之祸，士气丧尽有以致之。然恐当时尚有其人，特遭五闰丧乱失之耳！因追为搜辑，补作《唐遗臣》一卷。其已见于史者曰司空侍郎图、韩侍郎偓、罗隐、梁震辈。此外尚有，如孙郃、陈向之徒尚得十馀人。亦稍慰欧公之憾，然莫能尽也。韩侍郎丙寅在福州有《赠吴颠尊师》诗曰："饮酒经何代？……愿拜十年兄。"斯人非唐之贞士弃官隐于黄冠者乎？虽其名不可考，然当附之司空诸公之后。致光又有《送人弃官入道》诗云："社稷俄如缀，……回首笑吾徒。"是亦一吴颠也。然则其时之埋形晦迹，竟与草木同腐者，岂仅此哉！岂仅此哉！（全祖望《鲒埼亭集外编》卷三十三《题跋·跋韩侍郎

送人弃官入道①

仙李浓阴润②，皇枝密叶敷③。俊才轻折桂④，捷径取纡朱⑤。断绁三清路⑥，扬鞭五达衢⑦。侧身期破的⑧，缩手待呼卢⑨。社稷俄如缀⑩，雄豪讵守株⑪。忸怩非壮志⑫，摆脱是良图⑬。尘土留难住⑭，缨緌弃若无⑮。冥心归大道⑯，回首笑吾徒。酒律应难忘⑰，诗魔未肯徂⑱。他年如拔宅⑲，为我指清都⑳。

【题解】

天祐三年（906）秋到福州后作，乃送宗室子弟弃官入道诗。前四句谓此人出自李唐皇家，富有俊才而以捷径入仕。"断绁三清路"以下四句，言其初仕颇为如意，扬鞭奋发，视获取功名如探囊取物之容易，故志在必得而豪雄自如。"社稷"以下四句转折，谓国运危浅，乱象四起，豪雄在此之际，应当摆脱官位之羁绊，弃官而去，寻求自新之路。"尘土"以下四句，赞颂此人看破红尘，敝屣官职，冥心归道，而回笑我辈尚未摆脱尘心俗念。后四句谓尚未忘怀饮酒行令，诗兴亦未能消减，只能希望他年你若得道成仙，再为我指点前往清都之路。此诗颇可注意者，乃入道之人原是李唐皇族之后，且在仕途，而如今此种官员亦弃官入道，可见其时世运之危，国家将亡之乱象，已经使人灰心丧气。故救国无力，只能遁入道门，如司空图之以隐居表达愤世绝望之心。

【校注】

①弃官入道：指看破红尘，自弃官职，入道观为道士。

②仙李：用指此人即为李姓后嗣。葛洪《神仙传》卷一《老子》："老子者，名重耳，字伯阳。……或云老子之母，适至李树下而生。老子生而能

113

言,指李树曰:'以此为我姓。'"故称李树为仙树。浓阴润:本谓李树枝繁叶茂,树荫浓密润泽。此处用以比喻李姓子孙昌盛繁荣。杜甫《冬日洛城北谒玄元皇帝庙》:"仙李盘根大,猗兰奕叶光。"

③皇枝:此指皇帝的庶子或宗族。密叶敷:意谓李姓(唐朝皇姓)子孙如密叶繁布。敷,传布;散布。

④俊才:才智卓越的人。轻折桂:此处指轻视走科举成名之路。轻,轻视。折桂,谓科举及第。

⑤"捷径"句:捷径,喻速成的方法或手段。按:唐代除通过科举入仕外,尚有官荫制度,此处所送入道者系李唐皇家子孙,则所谓捷径,指通过官荫入仕。取纡朱,纡朱,即纡朱拖紫之意,指取得达官显职之意。唐制,五品以上服朱,三品以上服紫。纡,系结;垂挂。朱,红色之物。指红色印绶。

⑥绁:绳索。三清:道教指玉清、上清、太清为三清境。

⑦五达衢:即五衢,通达五方的大路。

⑧侧身:向侧面转身体。汉张衡《四愁诗》:"侧身东望涕沾翰。"期破的:期盼射中箭靶。此处亦有期盼达到目的之意。的,箭靶子。

⑨缩手:袖手;停手。呼卢:亦谓呼卢喝雉。谓赌博。古时博戏,用木制骰子五枚,每枚两面,一面涂黑,画牛犊;一面涂白,画雉,一掷五子皆黑者为卢,为最胜采;五子四黑一白者为雉,是次胜采。赌博时为求胜采,往往且掷且喝,故称赌博为"呼卢喝雉"。白居易《酬微之夸镜湖》:"酒卷省陪波卷白,骰盆思共彩呼卢。"

⑩社稷:原为帝王、诸侯所祭的土神和谷神。社,土神;稷,谷神。后亦用为国家的代称。如缀:即如缀旒。缀旒,比喻国势垂危。《文选·潘勖〈册魏公九锡文〉》:"当此之时,若缀旒然。"张铣注:"旒,冠上垂珠,而缀于冠者,言帝室之危如旒之悬。然,辞也。"

⑪"雄豪"句:意谓在国家危急之秋,英雄豪杰岂能死守旧规,无所新作为呢?雄豪,英雄豪杰。讵,副词。表示反诘。相当于"岂"、"难道"。守株,意即守株待兔。

⑫忸怩:犹踌躇,犹豫。

⑬摆脱:此处指摆脱官场的拘绊,意即弃官而去。

⑭尘土:指尘世;俗世。

⑮缨缕:亦作"缨绥"。冠带与冠饰。此处借指官位。

⑯冥心:泯灭俗念,使心境宁静。大道:谓成仙之道。

⑰酒律:行酒令的规章。

⑱"诗魔"句:意谓强烈的诗兴不肯消逝。诗魔,入魔般强烈的诗兴。白居易《醉吟》之二:"酒狂又引诗魔发,日午悲吟到日西。"徂,徂,消逝。

⑲拔宅:即拔宅上升,指全家成仙。

⑳清都:神话传说中天帝居住的宫阙。

【汇评】

韩偓《赠吴颠尊师》曰:"饮酒经何代,休粮度此生。迹应常自浣,颠亦强为名。……伊余常服义,愿拜十年兄。"《送人弃官入道》曰:"仙李浓阴润,皇枝密叶敷。俊才轻折桂,捷径取纤朱。……酒律应难忘,诗魔未肯徂。他年如拔宅,为我指清都。"《赠隐逸》曰:"静景须教静者寻,清狂何必在山阴。……筑金总得非名士,况是无人解筑金。""仙李"一首,盖赠唐之宗室。三人名氏虽不可尽得,其愤时而去,非才不能用世,与甘心枯槁之流固又有加矣。(吴光耀《五代史记纂误续补》卷三)

予尝以欧阳公《唐书》叹天复天祐后无节义之臣,推原于白马清流之祸,士气丧尽有以致之。然恐当时尚有其人,特遭五闰丧乱失之耳!因追为搜辑,补作《唐遗臣》一卷,其已见于史者曰司空侍郎图、韩侍郎偓、罗隐、梁震辈。此外尚有,如孙郃、陈向之徒尚得十馀人。亦稍慰欧公之憾,然莫能尽也。韩侍郎丙寅在福州有《赠吴颠尊师》诗曰:"饮酒经何代?……愿拜十年兄。"斯人非唐之贞士弃官隐于黄冠者乎?虽其名不可考,然当附之司空诸公之后。致光又有《送人弃官入道》诗云:"社稷俄如缀,……回首笑吾徒。"是亦一吴颠也。然则其时之埋形晦迹,竟与草木同腐者,岂仅此哉?!岂仅此哉?!(全祖望《鲒埼亭集外编》卷三十三《跋韩侍郎致光赠吴颠尊师诗》)

此必唐宗室,故发端云然。(吴汝纶《吴评韩翰林集》)

感事三十四韵 丁卯已后[1]

紫殿承恩岁[2]，金銮入直年[3]。人归三岛路[4]，日过八花砖[5]。鸳鹭皆回席[6]，皋夔亦慕膻[7]。庆霄舒羽翼[8]，尘世有神仙[9]。虽遇河清圣[10]，惭非岳降贤[11]。皇慈容散拙[12]，公议逼陶甄[13]。江总参文会[14]，陈暄侍狎筵[15]。腐儒亲帝座[16]，太史认星躔[17]。侧弁聆神算[18]，濡毫俟密宣[19]。宫司持玉研[20]，书省擘香笺[21]。宫司、书省，皆宫人职名。唯理心无党[22]，怜才膝屡前[23]。焦劳皆实录[24]，宵旰岂虚传[25]。始议新尧历[26]，将期整舜弦[27]。上自出东内幽辱[28]，励心庶政，延接丞相之暇[29]，日与直学士询以理道[30]，将致升平。去梯言必尽[31]，仄席意弥坚[32]。上相思惩恶[33]，中人诇省愆[34]。鹿穷唯抵触[35]，兔急且獑猭[36]。本是谋赊死[37]，因之致劫迁[38]。氛霾言下合[39]，日月暗中悬[40]。恭显诚甘罪[41]，韦平亦恃权[42]。畏闻巢幕险[43]，宁寤积薪然[44]。谅直寻钳口[45]，奸纤益比肩[46]。晋谗终不解[47]，鲁瘠竟难痊[48]。祇拟诛黄皓[49]，何曾识霸先。嗉鷃翻丑正[50]，养虎欲求全[51]。万乘烟尘里[52]，千官剑戟边[53]。斗魁当北圻[54]，地轴向西偏。袁董非徒尔[55]，师昭岂偶然[57]。中原成劫火[58]，东海遂桑田[59]。溅血惭稽绍[60]，迟行笑褚渊[61]。四夷同效顺[62]，一命敢虚捐[63]。山岳还青耸，穹苍旧碧鲜[64]。独夫长啜泣[65]，多士已忘筌[66]。郁郁空狂叫[67]，微微几病癫[68]。丹梯倚寥廓[69]，终去问青天。

【题解】

《韩偓年谱》开平元年（907）："此诗编于本年之首，但不必为本年最早之作，当作于三月朱全忠篡唐之后。至编于本年之首，盖以题旨重大也。

今仍从其意,系诸本年诗作之首。"按:诗题小注云:"丁卯已后"。统签本题下小注亦云:"丁卯作。是年唐亡,所云'东海遂桑田'也。"丁卯即唐哀帝天祐四年(907)。是年,唐哀帝禅让帝位于朱温。四月,朱温即皇帝位,改元开平,唐亡。此诗当作于是年唐亡后,即开平元年(907)四月后。

此为韩偓篇幅最长之诗,唐末诗坛所少见。《韩偓年谱》谓"诗起自初入翰林,历叙昭宗反正,励心庶政,凤翔劫迁,朱温篡唐,结于亡国之痛,生不如死。淋漓顿挫,字字血泪,洵唐季之实录,唐诗之殿军。"全诗历叙诗人唐末昭宗一朝入翰林受宠、器重,昭宗励精图治之盛况,此后朝政由盛转衰,政局险恶,宦官藩镇相互勾结,宰相崔胤引入朱全忠,借以诛杀宦官,从而导致昭宗播迁,战乱交织,百官惨遭贬杀,以致昭宗被弑,朱温篡权,李唐覆没等等重要史实,洵乃一篇唐季兴衰史之纪实诗,颇富史料价值。诵读此诗,颇如纪昀所称"忠义之气,发乎情而见乎词,遂能风骨内生,声光外溢"(《纪文达公遗集》卷十一《书韩致尧翰林集后二则》),亦可见"偓为学士时,内预秘谋,外争国是,屡触逆臣之锋,死生患难,百折不渝,晚节亦管宁之流亚,实为唐末完人。其诗虽局于风气,浑厚不及前人,而忠愤之气,时时溢于语外。性情既挚,风骨自遒,慷慨激昂,迥异当时靡靡之响。其在晚唐,亦可谓文笔之鸣凤矣!"(《四库提要》)

【校注】

①统签本题下小注为:"丁卯作。是年唐亡,所云'东海遂桑田'也。'山岳还青耸',似姑为闽言之。"

②紫殿:帝王宫殿。承恩岁:此指诗人任职朝中,受昭宗宠遇器重之时。承恩,蒙受恩泽。

③"金銮"句:谓为翰林学士入直金銮殿。金銮,即金銮殿。唐朝宫殿名,文人学士待诏之所。入直,亦作"入值"。谓官员入宫值班供职。入直年,指韩偓入翰林院任职之年。《新唐书·韩偓传》载偓"擢进士第,佐河中幕府。召拜左拾遗,以疾解。后迁累左谏议大夫。宰相崔胤判度支,表以自副。王溥荐为翰林学士,迁中书舍人。"

④三岛:指传说中的蓬莱、方丈、瀛洲三座海上仙山,亦泛指仙境。此处将皇宫喻为仙岛仙境。

120

⑤花砖:表面有花纹的砖。唐时内阁北厅前阶有花砖道,白居易《待漏入阁书事奉赠元九学士阁老》:"彩笔停书命,花砖趁立班。"冬季日至五砖,为学士入值之候。唐李肇《翰林志》:"北厅前阶花砖道,冬中日及五砖为入直之候。李程性懒,好晚人,恒过八砖乃至,众呼为'八砖学士'。"此句意谓诗人入直于翰林学士院。

⑥鸳鹭:鸳、鹭皆水鸟,止有班,立有序,因以喻朝官班列。此处比喻朝臣。回席:即避席之意。古人席地而坐,离席起立,以示敬意。此句意谓朝臣们对自己极表敬意。

⑦皋夔:皋陶和夔。皋陶,亦作"皋繇",传说虞舜时的司法官。夔,相传舜时乐官。此处皋夔代指朝中贤臣。膻,指羊的气味。"慕膻"喻因爱嗜而争相附集。此句意谓朝臣们羡慕自己。

⑧"庆霄"句:意谓自己得展凌云之志,有如鸿鹄在吉祥的云空中展翼飞翔。庆霄,即庆云,五色云。古人以为喜庆、吉祥之气。

⑨"尘世"句:意谓自己在尘世中有如神仙,过着快活自在的生活。

⑩河清圣:太平盛世的圣君。此处指唐昭宗。河清,黄河水浊,少有清时,古人以"河清"为升平祥瑞的象征。

⑪"惭非"句:意谓惭愧自己并非甫侯、申伯那样的贤臣。

⑫皇慈:此指唐昭宗。散拙:谓禀性散漫粗疏。白居易《过李生》:"我为郡司马,散拙无所营。"

⑬逼陶甄:比喻陶冶、教化。此处指权位或掌握权位的人。此句意谓自己为公议推举为权臣。《新唐书·韩偓传》记偓"后迁累左谏议大夫。宰相崔胤判度支,表以自副。王溥荐为翰林学士,迁中书舍人。偓尝与胤定策诛刘季述,昭宗反正,为功臣。"又记"中书舍人令狐涣任机巧,帝尝欲以当国,俄又悔曰:'涣作宰相或误国,朕当先用卿。'辞曰:'涣再世宰相,练故事,陛下业已许之。若许涣可改,许臣独不可移乎?'帝曰:'我未尝面命,亦何惮?'偓因荐御史大夫赵崇劲正雅重,可以准绳中外。"又"帝反正,励精政事,偓处可机密,率与帝意合,欲相者三四,让不敢当。苏检复引同辅政,遂固辞。"

⑭江总:南朝陈后主文学宠臣。传见《陈书》卷二十七、《南史》卷三十

121

六。文会:文士饮酒赋诗或切磋学问的聚会。

⑮陈暄:南朝陈后主文学宠臣。"学不师授,文才俊逸。尤嗜酒,无节操,遍历王公门,沉湎喧谇,过差非度。……后主之在东宫,引为学士。及即位,迁通直散骑常侍,与义阳王叔达……等恒入禁中陪侍游宴,谓为狎客。"(《南史》卷六十一)狎筵,谓不拘礼法的宴饮。

⑯腐儒:迂腐之儒者。此处诗人自谦为腐儒。亲帝座:此指诗人亲近唐昭宗。

⑰太史:官名。西周、春秋时太史掌记载史事、编写史书、起草文书,兼管国家典籍和天文历法等。秦汉曰太史令,汉属太常,掌天时星历。魏晋以后,修史之职归著作郎,太史专掌历法。隋改称太史监,唐改为太史局,亦称司天台。星躔:日月星辰运行的度次。

⑱侧弁:弁,贵族的一种帽子,通常穿礼服时用之(吉礼之服用冕)。赤黑色的布做的叫爵弁,是文冠;白鹿皮做的叫皮弁,是武冠。侧弁,歪戴着帽子。聆:聆听。神算:亦作"神筹"。神妙的计谋。

⑲濡毫:濡笔。此谓蘸笔书写。其时韩偓任翰林学士,故有为昭宗草诏之事。密宣:指皇帝的秘密诏令。

⑳宫司:自注云:"宫司,书省,皆宫人职名。"即掌后宫中事宜的人。玉研:即玉砚。玉石制的砚台。此句意谓诗人草诏时,宫司为其持砚研磨。

㉑擘香笺:擘,分开;剖裂。白居易《轻肥》:"果擘洞庭橘,脍切天池鳞。"香笺,有香味的精美小幅纸张。笺,精美的小幅纸张,供题诗、写信等用。此句意谓诗人草诏时,书省为其分开香笺,以便书写。

㉒理:道理;事理。无党:不结党,不徇私。《尚书·洪范》:"无偏无党,王道荡荡;无党无偏,王道平平。"

㉓怜才:爱惜人才。杜甫《不见》:"世人皆欲杀,吾意独怜才。"滕屦前:《史记·商君列传》:"卫鞅复见孝公,公与语,不自知膝之前于席也。语数日不厌。"以上二句意谓诗人公忠为国,毫无私心偏党,以此唐昭宗对诗人信任宠爱,言听计从。《新唐书·韩偓传》:"偓尝与胤定策诛刘季述,昭宗反正,为功臣。帝疾宦人骄横,欲尽去之。偓曰:'陛下诛季述时,馀皆赦不问,今又诛之,谁不惧死?含垢隐忍,须后可也。天子威柄,今散在方面,若

上下同心，摄领权纲，犹冀天下可治。宦人忠厚可任者，假以恩幸，使自剪其党，蔑有不济。今食度支者乃八千人，公私牵属不减二万，虽诛六七巨魁，未见有益，适固其逆心耳。'帝前膝曰：'此一事终始属卿。'"

㉔焦劳：焦虑烦劳。实录：据实记录。《汉书·司马迁传赞》："其文直，其事核，不虚美，不隐恶，故谓之实录。"

㉕宵旰：即宵衣旰食。意谓天不亮就穿衣起身，天黑了才吃饭。形容非常勤劳，多用以称颂帝王勤于政事。以上二句赞唐昭宗日夜操劳国事。《新唐书·韩偓传》谓"帝反正，励精政事，偓处可机密，率与帝意合"。《旧唐书·昭宗纪》载"帝攻书好文，尤重儒术，神气雄俊，有会昌之遗风。以先朝威武不振，国命寖微，而尊礼大臣，详延道术，意在恢张旧业，号令天下。即位之始，中外称之。"

㉖"始议"句：尧历，尧执政时期所成的历法。尧为上古时期圣君。此句指诛杀刘季述，唐昭宗于反正后改元天复事。《旧唐书·昭宗纪》："天复元年春正月甲申朔，昭宗反正，登长乐门楼，受朝贺。班未退，孙德昭执刘季述至楼前，上方诘责，已为乱棒击死，乃尸之于市。……四月……甲戌，天子有事于宗庙。是日，御长乐门，大赦天下，改元天复。"

㉗舜弦：《礼记·乐记》："昔者舜作五弦之琴以歌南风，夔始制乐以赏诸侯。"此句指唐昭宗反正后整顿朝政，致力于国泰民安，以期育养万物百姓。可参此句小注所云。

㉘"东内幽辱"句：《旧唐书·昭宗纪》记唐昭宗东内幽辱，以及反正之事始末云：光化三年"十一月乙酉朔。庚寅，左右军中尉刘季述、王仲先废昭宗，幽于东内问安宫，请皇太子裕监国。时昭宗委崔胤以执政，胤恃全忠之助，稍抑宦官。而帝自华还宫后，颇以禽酒肆志，喜怒不常，自宋道弼等得罪，黄门尤惧。至是，上猎苑中，醉甚，是夜，手杀黄门、侍女数人。庚寅，日及辰巳，内门不开。刘季述诣中书谓宰相崔胤曰：'宫中必有不测之事，人臣安得坐观？我等内臣也，可以便宜从事。'即以禁兵千人破关而入问讯中人，具知其故。即出与宰臣谋曰：'主上所为如此，非社稷之主也。废昏立明，具有故事。国家大计，非逆乱也。'即召百官署状，崔胤等不获已署之。季述、仲先与汴州进奏官程岩等十三人请对，对讫，季述上殿待罪次。

左右军将士齐唱万岁声,遂突入宣化门,行至思政殿,便行杀戮,径至乞巧楼下。帝遽见兵士,惊堕床下,起而将去,季述、仲先掖而令坐。何皇后遽出拜曰:'军容长官护官家,勿至惊恐,有事取容商量。'季述即出百官合同状,曰:'陛下倦临宝位,中外群情,愿太子监国,请陛下颐养于东宫。'帝曰:'吾昨与卿等欢饮,不觉太过,何至此耶!'皇后曰:'圣人依他军容语。'即于御前取国宝付季述,即时帝与皇后共一辇,并常所侍从十馀内人赴东宫。入后,季述手自扃锁院门,日于窗中通食器。是日,迎皇太子监国,矫宣昭宗命称上皇。甲午,宣上皇制,太子登皇帝位,……十二月乙卯朔。癸未夜,护驾盐州都将孙德昭、周承海、董彦弼以兵攻刘季述、王仲先,杀仲先,携其首诣东宫门,呼曰:'逆贼王仲先已斩首讫,请陛下出宫慰谕兵士。'宫人破钥,帝与皇后方得出。"又记"天复元年春正月甲申朔,昭宗反正,登长乐门楼,受朝贺。班未退,孙德昭执刘季述至楼前,上方诘责,已为乱棒击死,乃尸之于市。……庚寅……勅曰:'朕临御已来,十有四载,常慕好生之德,固无乐杀之心。昨季述等幽辱朕躬,迫胁太子。李师虔是逆贼亲厚,选来东内主持,动息之间,俾其侦伺。每有须索,皆不供承。要纸笔则恐作诏书,索锥刀则虑为利器,凌辱万状,出入搜罗。朕所御之衣,昼服夜濯,凝冽之际,寒苦难胜。嫔嫱公主,衾褥皆阙。缗钱则贯百不入,绢帛则尺寸难求。六辈同其主张,五人权其威势。若言状罪,翰墨难穷,若许生全,是为贷法,宜并处斩。'"

㉙励心:振奋心志。励,振奋。庶政:各种政务。

㉚"与直学士",原作"在直学士",据统签本改。直学士:官名。唐门下省弘文馆、中书省集贤殿书院皆置学士,掌校理图籍,六品以下称直学士。以上小注所言,《新唐书·韩偓传》载:"帝反正,励精政事,偓处可机密,率与帝意合";《资治通鉴》卷二六二天复元年六月:"上之返正也,中书舍人令狐涣、给事中韩偓皆预其谋,故擢为翰林学士,数召对,访以机密。……时上悉以军国事委崔胤,每奏事,上与之从容,或至然烛。宦官畏之侧目,皆咨胤而后行。"

㉛"去梯"句:《后汉书·刘表传》载,东汉荆州牧刘表有"二子琦、琮。表初以琦貌类于己,甚爱之。后为琮娶其后妻蔡氏之侄,蔡氏遂爱琮而恶

琦,毁誉之言日闻于表。表宠耽后妻,每信受焉。……琦不自宁。尝与琅邪人诸葛亮谋自安之术,亮初不对。后乃共升高楼,因令去梯,谓亮曰:'今日上不至天,下不至地,言出子口,而入吾耳,可以言未?'亮曰:'君不见申生,在内而危,重耳居外而安乎?'琦意感悟,阴规出计。会表将江夏太守黄祖为孙权所杀,琦遂求代其任。"此句谓昭宗诚心征求韩偓等大臣的治国理政谋略,而诗人亦曾在秘密处境中向昭宗尽述己见。《资治通鉴》卷二六二天复元年六月即有类似记载:宰相崔胤欲尽除宦官,"韩偓屡谏曰:'事禁太甚。此辈亦不可全无,恐其党迫切,更生它变。'胤不从。丁卯,上独召偓,问曰:'敕使中为恶者如林,何以处之?'对曰:'东内之变,敕使谁非同恶!处之当在正旦,今已失其时矣。'上曰:'当是时,卿何不为崔胤言之?'对曰:'臣见陛下诏书云,"自刘季述等四家之外,其馀一无所问。"夫人主所重,莫大于信,既下此诏,则守之宜坚;若复戮一人,则人人惧死矣。然后来所去者已为不少,此其所以恼恼不安也。陛下不若择其尤无良者数人,明示其罪,置之于法,然后抚谕其馀曰:"吾恐尔曹谓吾心有所贮,自今可无疑矣。"乃择其忠厚者使为之长,其徒有善则奖之,有罪则惩之,咸自安矣。今此曹在公私者以万数。岂可尽诛邪!夫帝王之道,当以重厚镇之,公正御之,至于琐细机巧,此机生则彼机应矣,终不能成大功,所谓理丝而棼之者也。况今朝廷之权,散在四方,苟能先收此权,则事无不可为者矣。'上深以为然,曰:'此事终以属卿。'"

㉜仄席:不正坐。谓侧坐以待贤良。古时形容帝王礼贤下士。

㉝"上相"句:指宰相崔胤欲尽除宦官事。《资治通鉴》卷二六二天复元年载:"刘季述、王仲先既死,崔胤、陆扆上言:'祸乱之兴,皆由中官典兵。乞令胤主左军,扆主右军,则诸侯不敢侵陵,王室尊矣。'"又"胤志欲尽除之(指宦官)。"上相,对宰相的尊称。此指宰相崔胤。

㉞中人:宦官。此处主要指以神策军中尉韩全海为首之宦官。讵:岂。省愆:亦作"省譽"。反省过失。

㉟"鹿穷"句:抵触,触碰;用角顶撞。此句之鹿用以比喻宦官韩全海等人。上句与此句意谓宦官们岂能反省改过,他们处于困境,只能像困鹿一样拼命抵触反抗。

125

㊱獗猲：兽疾走貌。

㊲"本是"句：意谓在唐昭宗反正后，对于如何处置宦官，崔胤主张尽除之。而韩偓认为宦官亦不可全无，只要处理首恶者，其他人则免于追究。赊死，缓死。此处谓宽容免于一死。

㊳"因之"句：昭宗反正后，因没有尽除宦官，而宦官韩全海等人知道宰相崔胤存心欲尽除掉他们，故导致宦官密结强藩李茂贞劫持昭宗以自保。《旧唐书·崔胤传》载："明年夏，朱全忠攻陷河中晋、绛，进兵至同华。中尉韩全海以胤交结全忠，虑汴军逼京师，请罢知政事，落使务。其年冬，全海挟帝幸凤翔。……初，天复反正之后，宦官尤畏胤，事无大小，咸禀之。每内殿奏对，夜则继之以烛。常说昭宗请尽诛内官，但以宫人掌内司事。中尉韩全海、张弘彦、袁易简等伺知之，于帝前求哀请命。乃诏胤密事进囊封，勿更口奏。宦官无由知其谋，乃求知书美妇人进内以侦阴事，由是胤谋颇泄。宦官每相聚流涕，愈不自安。故全海等为劫幸之谋，由胤忌嫉之太过也。"《资治通鉴》卷二六二天复元年十月亦载："韩全海闻朱全忠将至，丁酉，令李继筠、李彦弼等勒兵劫上，请幸凤翔，宫禁诸门皆增兵防守，人及文书出入搜阅甚严。上遣人密赐崔胤御札，言皆凄怆，末云：'我为宗社大计，势须西行，卿等但东行也。惆怅，惆怅！……（十一月）壬子，韩全海等陈兵殿前，言于上曰：'全忠以大兵逼京师，欲劫天子幸洛阳，求传禅；臣等请奉陛下幸凤翔，收兵拒之。'上不许，杖剑登乞巧楼。全海等逼上下楼，上行才及寿春殿，李彦弼已于御院纵火。是日冬至，上独坐思政殿，翘一足，一足蹋阑干，庭无群臣，旁无侍者。顷之，不得已，与皇后、妃嫔、诸王百馀人皆上马，恸哭声不绝，出门，回顾禁中，火已赫然。是夕，宿鄠县。"

㊴氛霾：云烟；阴霾。此处比喻当时劫持唐昭宗的宦官和李茂贞、朱全忠等强藩势力。

㊵"日月"句：比喻被劫持的唐昭宗君臣处在险恶环境中。

㊶恭显：即汉元帝所宠幸的宦官弘恭、石显。此处用以指韩全海等宦官。甘罪：犹服罪。

㊷韦平：即汉代的韦氏与平氏。韦氏有韦贤、韦玄成，父子均为宰相。传见《史记》卷九十六、《汉书》卷七十三。平氏为平当、平晏，父子亦皆为宰

126

相。传见《汉书》卷七十一。恃权：依仗权势。按：此句以韦平喻指崔胤。崔胤父崔慎由亦曾任宰相。上一句谓韩全诲等宦官劫持唐昭宗，固是其罪恶；而此句谓宦官之所以如此，亦因宰相崔胤恃权，志欲尽除宦官，勾结朱全忠入京，逼之过甚，故宦官狗急跳墙，铤而走险，以致劫持昭宗以自保。

⑬ "畏闻"句：巢幕，筑巢于帷幕之上。喻处境危险。语本《左传·襄公二十九年》：季札"自卫如晋，将宿于戚，闻钟声焉，曰：'异哉！……夫子（孙文子）之在此也，犹燕之巢于幕上，君又在殡，而可以乐乎？'"杨伯峻注："幕即帐幕，随时可撤。燕巢于其上，至为危险。"

⑭ "宁寤"句：宁寤，哪里醒悟。寤，醒悟；觉醒。积薪，喻隐伏危机。然，即燃，燃烧。以上两句比喻当时政局险恶，危机四伏，时时有爆发的危险，然而有的人却未能体察醒悟。

⑮ 谅直：诚实正直。谅，诚信；诚实。直，公正；正直。白居易《祭李司徒文》："忠贞谅直，天下所仰。"钳口：闭口。

⑯ 奸纤：奸佞邪恶的小人。比肩：一个连接一个。形容众多。此处奸纤指朝中宦官，如韩全诲等人。

⑰ 晋谗：春秋时，晋献公为骊姬所惑，为立其子奚齐，骊姬谗害太子申生，诬申生欲毒死献公。献公怒，申生惧怕出逃，被迫自缢。事见《左传·襄公二十九年》。此句指韩偓受到权臣宵小之诽谤排挤。《新唐书·韩偓传》记："（李）彦弼谮偓及浣漏禁省语，不可与图政，帝怒曰：'卿有官属，日夕议事，奈何不欲我见学士邪？'"又"宰相韦贻范母丧，诏还位，偓当草制，上言：'贻范处丧未数月，遽使视事，伤孝子心。今中书事，一相可办。陛下诚惜贻范才，俟变缞而召可也。何必使出峨冠庙堂，入泣血枢侧，毁瘠则废务，勤恪则忘哀，此非人情可处也。'学士使马从皓逼偓求草，偓曰：'腕可断，麻不可草！'从皓曰：'君求死邪？'偓曰：'吾职内署，可默默乎？'明日，百官至，而麻不出，宦侍合噪。茂贞入见帝曰：'命宰相而学士不草麻，非反邪？'艴然出。姚洎闻曰：'使我当直，亦继以死。'既而帝畏茂贞，卒诏贻范还相，洎代草麻。自是宦党怒偓甚。从皓让偓曰：'南司轻北司甚，君乃崔胤、王溥所荐，今日北司虽杀之可也。两军枢密，以君周岁无奉入，吾等议救接，君知之乎？'偓不敢对。"又"有谮偓喜侵侮有位，胤亦与偓贰。会逐王

127

溥、陆扆,帝以王赞、赵崇为相,胤执赞、崇非宰相器,帝不得已而罢。赞、崇皆偓所荐为宰相者。全忠见帝,斥偓罪,帝数顾胤,胤不为解。全忠至中书,欲召偓杀之。郑元规曰:'偓位侍郎、学士承旨,公无遽。'全忠乃止,贬濮州司马。"

㊽"鲁瘠"句:典出《左传·襄公二十九年》,晋迫使鲁国归还所侵占的杞国之田,晋叔侯曰:"公告叔侯。叔侯曰:虞、虢、焦、滑、霍、扬、韩、魏皆姬姓也,晋是以大。若非侵小,将何所取?……鲁之于晋也,职贡不乏,玩好时至。公卿大夫,相继于朝,史不绝书,府无虚月,如是可矣。何必瘠鲁以肥杞?"此处上下句多言朝中险恶以及诗人遭谗状况,此句指宦官危害侵逼之祸终难除去。故下有"祗拟诛黄皓,何曾识霸先"之句。

㊾"祗拟"二句:黄皓,三国蜀后主刘禅时宦官,善于逢迎,为后主所宠信,擅权乱政。此句之黄皓喻指宦官韩全海等人。韩全海曾劫持唐昭宗至凤翔,后被诛杀。霸先,即陈霸先,南朝陈开国君王。初仕梁为始兴太守,后起兵与王僧辩讨平侯景之乱,以功累迁为相国,封陈王。后灭梁,称帝,国号陈。此处陈霸先用以喻朱全忠。以上二句意谓崔胤只是为了诛杀韩全海等宦官,故借助朱全忠势力以对付韩全海以及韩全海所勾结的强藩李茂贞,引其入京,但未能识辨朱全忠拥兵自重,陷害忠良,篡权灭国的野心。《资治通鉴》卷二六二天复元年闰六月载:"崔胤请上尽诛宦官,但以宫人掌内诸司事;宦官属耳,颇闻之,韩全海等涕泣求哀于上,上乃令胤,'有事封疏以闻,勿口奏。'宦官求美女知书者数人,内之宫中,阴令伺察其事,尽得胤密谋,上不之觉也。全海等大惧,每宴聚,流涕相诀别,日夜谋所以去胤之术。胤时领三司使,全海等教禁军对上喧噪,诉胤减损冬衣;上不得已,解胤盐铁使。时朱全忠、李茂贞各有挟天子令诸侯之意,全忠欲上幸东都,茂贞欲上幸凤翔。胤知谋泄,事急,遗朱全忠书,称被密诏,令全忠以兵迎车驾,且言:'昨者返正,皆令公良图,而凤翔先入朝抄取其功。今不速来,必成罪人,岂惟功为他人所有,且见征讨矣!'全忠得书,秋,七月,甲寅,遽归大梁发兵。……冬,十月,戊戌,朱全忠大举兵发大梁。"

㊿"嗾獒"句:嗾獒,典出《左传·宣公二年》:"晋侯饮赵盾酒,伏甲将攻之。其右提弥明知之,趋登曰:'侍君宴,过三爵,非礼也。'遂扶(赵盾)以

128

下。公嗾夫獒焉，明搏而杀之。盾曰：'弃人用犬，虽猛何为？'斗且出。"杜预注："獒，猛犬也。"嗾，指使狗时口中所发的声音；口中发出声音来指使狗。翻，反而。丑正，谓嫉害正直的人。典出《左传·昭公二十八年》："叔敖曰：《郑书》有之：'恶直丑正，实蕃有徒。'"杨伯峻注："恶、丑同义，直、正同义，恶直即丑正，同义复语。言嫉害正直者。"此句指宰相崔胤本想借助强藩朱全忠以铲除宦官，没料到朱全忠反而谄害仇杀朝中忠良，谋夺国家政权。

(51)"养虎"句：养虎，即养虎自遗患。比喻纵容敌人，自留后患。《史记·项羽本纪》："项王已约，乃引兵解而东归。汉欲西归，张良、陈平说曰：'汉有天下太半，而诸侯皆附之。楚兵罢食尽，此天亡楚之时也，不如因其机而遂取之。今释弗击，此所谓"养虎自遗患"也。'汉王听之。"此句亦批评崔胤引入朱全忠以自保，但有如姑息养奸，引狼入室，养虎反自害。

(52)"万乘"句：万乘，周制，天子地方千里，能出兵车万乘，因以"万乘"指天子。烟尘，烽烟和战场上扬起的尘土。指战乱。此句指唐昭宗因宦官和强藩的劫持与争夺，蒙尘离京出幸事。《旧唐书·昭宗纪》天复元年载："十月己卯朔。戊戌，全忠引四镇之师七万赴河中，京师闻之大恐，豪民皆亡窜山谷。十一月己酉朔。壬子，中尉韩全诲与凤翔护驾都将李继诲奉车驾出幸凤翔。是日汴军陷同州，执州将司马邺，华州节度使韩建遣判官李巨川送款。甲寅，汴军驻灵口。乙卯，全忠知帝出幸，乃回兵攻华州。大军驻赤水，全忠以亲兵驻西溪。"

(53)"千官"句：千官，众多的官员，百官。剑戟边，此处指处在被杀戮的境地里，或竟被杀害。《资治通鉴》卷二六三天复三年记："时凤翔所诛宦官已七十二人，朱全忠又密令京兆搜捕致仕不从行者，诛九十人。"又"朱全忠以兵驱宦官第五可范等数百人于内侍省，尽杀之，冤号之声，彻于内外。"又同上书卷二六四天祐元年闰四月记"上之在陕也，司天监奏：'星气有变，期在今秋，不利东行。'故上欲以十月幸洛。至是，全忠令医官许昭远告医官使阎佑之、司天监王墀、内都知韦周、晋国夫人可证等谋害元帅，悉收杀之。"又同上书卷二六五天祐二年六月载"戊子朔，敕裴枢、独孤损、崔远、陆扆、王溥、赵崇、王赞等并所在赐自尽。时全忠聚枢等及朝士贬官者三十馀人于白马驿，一夕尽杀之，投尸于河。初，李振屡举进士，竟不中第，故深疾搢绅之士，言于全忠曰：'此辈常自谓清流，宜投之黄河，使为浊流！'全忠笑而从之。振每自汴至洛，朝廷必有黜逐者，时人谓之鸱枭。见朝士皆颐指气使，旁若无人。"

　　⑤"圻"，玉山樵人本、统签本均作"拆"。按："圻"通"拆"。斗魁：《史记·天官书》："魁枕参首。"张守节《正义》："魁斗，第一星也，言北方斗，斗衡直当北之魁，枕于参星之首。"此处指北斗。圻：裂开；分裂。

　　⑤"地轴"句：地轴，传说中大地的轴。以上两句以天地翻覆，比喻李唐王朝因宦官与藩镇勾结作乱，以及朱全忠谋夺政权而天翻地覆，摇摇欲坠。

　　⑤袁董：指东汉末年的袁绍和董卓，两人均为诛杀宦官、挟天子以令诸侯的大军阀。此处以两人指军阀李茂贞、王建等人。

　　⑤师昭：指司马师和司马昭，两人为魏末司马懿之子，均是谋篡帝位之权臣，后曹魏政权为司马氏所夺。此处师昭用以喻指篡夺李唐政权之朱全忠之流。

　　⑤劫火：亦作"劫火"，"刦火"。佛教语。谓坏劫之末所起的大火。劫，梵文 kalpa 的音译，"劫波"（或"劫簸"）的略称。意为极久远的时节。古印度传说世界经历若干万年毁灭一次，重新再开始，这样一个周期叫作一"劫"。"劫"的时间长短，佛经有各种不同的说法。一"劫"包括"成"、"住"、"坏"、"空"四个时期，叫作"四劫"。到"坏劫"时，有水、火、风三灾出现，世界归于毁灭。后人借指天灾人祸。白居易《送刘道士》："苦海不能漂，劫火不能焚。"

　　⑤"东海"句：即沧海桑田。大海变成农田，农田变成大海。语本晋葛洪《神仙传·王远》："麻姑自说云：'接待以来，已见东海三为桑田。'"后以"沧海桑田"比喻世事变化巨大。此句意指由于军阀战乱，举目沧桑，山河巨变，世事动荡变幻。

　　⑥"溅血"句：嵇绍，字延祖，晋人，仕至侍中。传见《晋书》卷八十九。《晋书·嵇绍传》："嵇绍字延祖，魏中散大夫康之子也。……寻征为御史中丞，未拜，复为侍中。……遂拜绍使持节、平西将军。……复为侍中。公主以下皆诣邺谢罪于颖，绍等咸见废黜，免为庶人。寻而朝廷复有北征之役，

征绍，复其爵位。绍以天子蒙尘，承诏驰诣行在所。值王师败绩于荡阴，百官及侍卫莫不散溃，唯绍俨然端冕，以身捍卫。兵交御辇，飞箭雨集，绍遂被害于帝侧，血溅御服，天子深哀叹之。及事定，左右欲浣衣，帝曰：'此嵇侍中血，勿去。'”《资治通鉴》卷二六五天祐元年记昭宗被杀情景云：“八月，壬寅，帝在椒殿，玄晖选龙武牙官史太等百人夜叩宫门，言军前有急奏，欲面见帝。夫人裴贞一开门见兵，曰：'急奏何以兵为？'史太杀之。玄晖问：'至尊安在？'昭仪李渐荣临轩呼曰：'宁杀我曹，勿伤大家！'帝方醉，遽起，单衣绕柱走，史太追而弑之。渐荣以身蔽帝，太亦杀之。又欲杀何后，后求哀于玄晖，乃释之。”此句意谓唐昭宗天祐元年八月被朱全忠杀害于洛阳时，其时诗人正流寓于湖南，未能像晋朝的嵇绍、本朝的昭仪李渐荣以身捍卫皇帝而死，深感惭愧。

㉛“迟行”句：诗人耻笑那些本为昭宗器重的朝臣，如今反而为朱全忠效劳。褚渊，南朝宋齐间大臣。字彦回，河南阳翟人。宋文帝婿。文帝时任著作佐郎、秘书、尚书吏部郎等职。明帝即位，擢升吏部尚书、尚书右仆射，并受遗诏为中书令、护军将军，与袁粲共辅苍梧王（后废帝）。后又助萧道成代宋建齐。南齐建立后，封南康郡公，任尚书令。因其助萧道成代宋，故时人讥其无节操。传见《南齐书》卷二十三、《南史》卷二十八。

㉜“四夷”句：四夷，华夏族对四方少数民族的统称。效顺，表示忠顺；投诚。此句谓当时还有少数民族军队如李克用效顺李唐王朝，反抗朱全忠。《旧五代史》卷二十六《武皇纪》下载沙陀将领李克用（即后唐追尊太祖武皇帝）“天祐元年闰四月，汴帅迫天子迁都于洛阳。五月乙丑，天子制授武皇协盟同力功臣，加食邑三千户，实封三百户。八月，汴帅遣朱友恭弑昭宗于洛阳宫，辉王即位。告哀使至晋阳，武皇南向恸哭，三军缟素。”《新唐书》卷二一八《沙陀》载：“帝东迁，诏至太原，克用泣谓其下曰：'乘舆不复西矣。'遣使者奔问行在，俄加号'协盟同力功臣'。李茂贞、王建与邠州杨崇本遣使者来约义举，克用顾藩镇皆附汴，不可与共功，惟契丹阿保机尚可用，乃卑辞召之。保机身到云中，与克用会，约为兄弟，留十日去，遗马千匹、牛羊万计，期冬大举度河，会昭宗弑而止。四年，王建、李茂贞约克用大举。……唐亡，建与淮南杨渥请克用自王一方，须贼平访唐宗室立之。建

请悉蜀工制乘舆御物。克用答曰:‘自王,非吾志也。’建又劝茂贞王岐,茂贞孱褊,亦不敢当,但侈府第,僭宫禁而已。建、渥乃自王。”

(63)“一命”句:意谓诗人尚存有报国之心,岂敢虚捐自己生命。一命,一人的生命。此指诗人自身生命。敢虚捐,岂敢虚掷。

(64)穹苍:亦作“穹仓”。苍天。

(65)独夫:原指年老无妻者,此为诗人自称。

(66)“多士”句:意谓朝廷的百官们多有忘掉唐昭宗的恩惠而不图报国者。多士,古指众多的贤士,此指百官。忘筌,比喻目的达到就忘记原来依靠的事物。语出《庄子·外物》:“荃者所以在鱼,得鱼而忘荃;蹄者所以在兔,得兔而忘蹄。”荃,通“筌”。

(67)郁郁:忧伤、沉闷貌。

(68)病癫:精神错乱。

(69)丹梯:高入云霄的山峰。此喻上天之梯。寥廓:辽阔的天空。

【汇评】

诗题后吴汝纶评注云:“丁卯四月唐亡。”

“恭显诚甘罪,韦平亦恃权”句后评注:“上相、韦平,皆谓崔胤等中人。恭显谓韩全诲等。”“祇拟诛黄皓,何曾识霸先”句后评注:“黄皓谓宦官,霸先谓朱全忠。崔胤召朱全忠以诛宦官,此四句咏其事。”(吴汝纶《吴评韩翰林集》)

《韩偓集二首》:“烧残宫烛泪条条,死恋君恩恨未消。《感事》一篇风义在,史家合恕玉山樵。”“堪笑高人王右丞,名污犹腼窃声称。诗家若不论心迹,臣贼翩翩果擅能。”(吴铭道《古雪山民诗后》卷三)

向　隅①

守道得途迟②,中兼遇乱离③。刚肠成绕指④,玄发转垂丝⑤。客路少安处⑥,病床无稳时⑦。弟兄消息绝⑧,独敛向隅眉。

【题解】

《韩翰林诗谱略》据统签本题下小注"丙寅秋至福州作"系于天祐三年（丙寅），而《韩偓简谱》、《唐韩学士偓年谱》均系于天祐四年，亦即开平元年。按：《全唐诗》排在作于"丁卯已后"之《感事三十四韵》诗后，据此，此诗似作于丁卯年，即后梁开平元年，时在福州。《韩偓年谱》亦云："偓作《向隅》诗，结云：'弟兄消息绝，独敛向隅眉。'此诗在本集中编次于《感事三十四韵》（题下自注："丁卯已后"）之后，《社后》之前。按：天祐元年兄仪自洛阳贬棣州司马，丙寅天祐三年偓作《寄上兄长》，盖寄棣州，今年丁卯《向隅》诗云'弟兄消息绝'，己巳年《手简十一帖》第二帖则语及'孤侄'，则偓确知韩仪去世消息，是在丁卯（907）之后、己巳（909）之前。"亦系于开平元年（907）。《韩偓诗注》系年同。

此独处一隅，老病念亲，悲一生坎坷遭遇之诗，故以"向隅"为题。首二句反顾登科及第之坎坷艰难，经历长年守道苦读，觅举奔波，方迟迟及第入仕。且此前此后又不幸经历战乱流离，时局动荡不安之艰难岁月。三、四两句则谓经此人生磨难遭际，原来刚直敢言、不曲意迎逢之性情如今也变得柔和了；可怜那黑黝黝的头发也成了飘垂的白发，可谓垂垂老矣。五、六两句回顾贬官后转徙老病，漂泊难安之处境，自有无限之辛酸痛楚。末两句更念及如今兄弟暌隔，音信全无，死生难知，不禁独自黯然神伤，向隅愁苦矣。此诗虽用语朴质，然纪昀批评"措语甚拙"，似亦过苛。此类诗以真境至情为上，用语求工而不必求巧，如饰以巧语丽词，反成累赘。致尧此诗以真境至情感人，诚如何义门所谓"致尧像赞"，正不必饰以巧语以为累也。

【校注】

①统签本题下小注云："丙寅秋至福州作。"向隅：面对屋子的一个角落。汉刘向《说苑·贵德》："今有满堂饮酒者，有一人独索然向隅而泣，则一堂之人皆不乐矣。"后遂以比喻孤独失意或不得机遇而失望。

②守道：坚守某种道德规范。此指守儒家之道。得途迟：指诗人较迟登科入仕。据徐松《登科记考》，韩偓乃龙纪元年（889）登科，且其《与吴子

华侍郎同年玉堂同直怀恩叙恳因成长句四韵兼呈诸同年》诗自谓"二纪计偕劳笔研"，句下小注云："余与子华俱久困名场"。则韩偓经二纪方登科，确实"得途迟"矣。

③"兼"，玉山樵人本作"间"。乱离：指诗人登科入仕前所遭遇之广明之乱以及入仕后因宦官、藩镇之乱而随昭宗播迁离京别亲之遭遇。

④"刚肠"句：刚肠，指刚直的气质。白居易《哭孔戡》："平生刚肠内，直气归其间。"绕指，即绕指柔。比喻坚强者经过挫折而变得随和软弱。

⑤"转"，《唐百家诗选》本作"变"。玄发：黑发。意指年轻。玄，黑。垂丝，白发下垂。白居易《白鹭》："人生四十未全衰，我为愁多白发垂。何故水边双白鹭，无愁头上亦垂丝？"

⑥"客路"句：客路，此处指贬中流寓之路。诗人自贬为濮州司马后，尚经由河南、湖北、湖南、江西入福建，可谓漂泊转徙，难于安居。

⑦"病床"句：诗人此时已年老多病，又因多年漂泊转徙，难于安居，真可谓"病床无稳时"。

⑧"弟兄"句：弟兄指韩偓之兄韩仪。《新唐书·韩偓传》记其兄云："兄仪，字羽光，亦以翰林学士为御史中丞。偓贬之明年，帝宴文思球场，全忠入，百官坐庑下，全忠怒，贬仪棣州司马，侍御史归蔼登州司户参军。"又《旧唐书·昭宗纪》天祐元年载："七月癸亥朔，全忠率师讨邠、凤。甲子，自汴至洛阳，宴于文思球场。全忠入，百官或坐于廊下，全忠怒，笞通引官何凝。丙寅，制金紫光禄大夫、行御史中丞、上柱国韩仪责授棣州司马，侍御史归蔼责授登州司户，坐百官傲全忠也。"韩偓《寄上兄长》诗谓"两地支离路八千，襟怀凄怆鬓苍然"，其时乃去年天祐三年秋，似尚有音信。然至此时，则无消息，故有"消息绝"之句。

【汇评】

方回：致尧遇朱全忠之乱，始谪濮州，寻客湖南，又入闽，依王审知而卒。其情怀可怜也。

冯班：真境至情，不在言语之工拙也。

纪昀：措语甚拙。冯以为真境至情，不论语之工拙。然则宋人之诗，何以又论工拙乎？此种偏论，最足疑误后人。

何义门:致尧像赞。落句直用刘绘诗。

无名氏(甲):致尧惓怀宗国,指斥贼温,其诗绝有佳者,惜此集无能表彰之耳。(以上《瀛奎律髓汇评》卷二十九旅况类)

社　后①

社后重阳近,云天澹薄间②。目随棋客静③,心共睡僧闲。归鸟城衔日,残虹雨在山。寂寥思晤语④,何夕款柴关⑤。

【题解】

《韩偓简谱》系于开平二年(908),而《韩翰林诗谱略》则编于开平元年。《韩偓年谱》于开平元年谱谓"二月,作《社后》诗"。按:诗当如《韩偓诗注》所云"作于后梁太祖开平元年(907)秋"。本诗有"社后重阳近"句,故知此社指秋社,非春社。

诗写秋社后诗人之寂寥落寞,思有友人共话以解清闲寂寞。故诗中多有渲染此心境情地之句。云天之淡薄,以天色写心境。三、四句目静、心闲,眼目心境均闲静也。五、六句以自然景色烘托摹写寂寥。曰"归鸟"、曰"城衔日",乃暮色苍茫,寂寂向晚,天地即将沉寂也;雨后山头虽有虹彩,然乃"残虹",亦即将随落日而消退。当此暮色沉沉之时,更起思家念亲之情。然诗人此时避地客寓东南边鄙,归返故土不得,向隅独处,故逼出诗末"寂寥"、"何夕"两句,以祈盼"款柴关"、"思晤语",状其难耐之寂寥。

【校注】

①社后:一年中有春社、秋社。此社后指秋社后。秋社,秋季祭祀土神的日子。

②"澹",玉山樵人本、韩集旧钞本、统签本、汲古阁本、麟后山房刻本均作"淡"。按:此处"澹"同"淡"。

③"静",吴校本作"靖"。按:"靖"通"静",安静。《左传·昭公二十五年》:"靖以待命犹可,动必忧。"杨伯峻注:"靖,安也,静也。"

④寂寥:寂静无声;沉寂。晤语:见面交谈。《诗·陈风·东门之池》:"彼美淑姬,可与晤语。"

⑤款柴关:敲柴门。款,叩;敲击。柴关,柴门。

息　虑①

息虑狎群鸥②,行藏合自由③。春寒宜酒病④,夜雨入乡愁。道向危时见⑤,官因乱世休⑥。外人相待浅⑦,独说济川舟⑧。

【题解】

《韩翰林诗谱略》、《唐韩学士偓年谱》、《韩偓年谱》系于后梁开平元年(907),今从之。《韩偓简谱》系于开平二年(908),未确,今不取。诗有"春寒宜酒病"句,则是年初春作。

《韩偓年谱》谓此诗"说尽入翰贬出、弃官以来事"。所说诚然。然此诗之要旨乃"息虑",即如今已止息入世求功名之杂虑,以获得出处行止之自由。故首两句即紧扣诗题,表明主旨。中四句以最简略之情事"说尽入翰贬出、弃官以来事"。末二句谓如今尚有人以辅佐国事相称许,然而乃是不深知之者之意,他哪知我而今已是"息虑狎群鸥,行藏合自由"之人!既道目前之事,亦反叩息虑主题。可谓以"息虑"一以贯之。诗人胸怀壮志,具匡国济时之才,历经昭宗朝激烈复杂之朝政斗争。如今壮志消沉,息虑隐居,以亲群鸥,求自由为企盼,其间思想巨变之缘由,可从"道向危时见,官因乱世休"二句中体悟。

【校注】

①息虑:消除担忧杂念。

②狎群鸥:《列子·黄帝》:"海上之人有好沤鸟者,每旦之海上从沤鸟游,沤鸟之至者百住而不止。其父曰:'吾闻沤鸟皆从汝游,汝取来,吾玩之。'明日之海上,沤鸟舞而不下也。"

③行藏：指出处或行止。语本《论语·述而》："用之则行，舍之则藏。"

④酒病：即病酒。饮酒沉醉。

⑤"道向"句：意谓一个人的道义气节可在危难时显现出来。道，此处指为人之道，如道义、气节、操守等。此句实乃诗人自评。《新唐书·韩偓传》即记其此类事："宰相韦贻范母丧，诏还位，偓当草制，上言：'贻范处丧未数月，遽使视事，伤孝子心。今中书事，一相可办。陛下诚惜贻范才，俟变缞而召可也。何必使出峨冠庙堂，入泣血枢侧，毁瘠则废务，勤恪则忘哀，此非人情可处也。'学士使马从皓逼偓求草，偓曰：'腕可断，麻不可草！'从皓曰：'君求死邪？'偓曰：'吾职内署，可默默乎？'明日，百官至，而麻不出，宦侍合噪。茂贞入见帝曰：'命宰相而学士不草麻，非反邪？'靘然出。姚洎闻曰：'使我当直，亦继以死。'既而帝畏茂贞，卒诏贻范还相，洎代草麻。自是宦党怒偓甚。"

⑥"乱世"，玉山樵人本作"世乱"。"官因"句：亦诗人自谓。韩偓之贬官以及弃官不仕均是时危世乱，受朱全忠之流迫害所造成。《新唐书·韩偓传》即记此事云："全忠、胤临陛宣事，坐者皆去席，偓不动，曰：'侍宴无辄立，二公将以我为知礼。'全忠怒偓薄己，悻然出。有潜偓喜侵侮有位，胤亦与偓贰。会逐王溥、陆扆，帝以王赞、赵崇为相，胤执赞、崇非宰相器，帝不得已而罢。赞、崇皆偓所荐为宰相者。全忠见帝，斥偓罪，帝数顾胤，胤不为解。全忠至中书，欲召偓杀之。郑元规曰：'偓位侍郎、学士承旨，公无遽。'全忠乃止，贬濮州司马。帝执其手流涕曰：'我左右无人矣。'再贬荣懿尉，徙邓州司马。天祐二年，复召为学士，还故官。偓不敢入朝，挈其族南依王审知而卒。"

⑦"外人"句：意谓别人对自己了解不深。外人，他人；别人；没有亲友关系的人。此指对自己了解不深之人。相待，对待。

⑧"独说"句：意谓如今还把我看作是心存辅佐帝王之人。济川，语出《尚书·说命上》："爰立作相，王置诸其左右。命之曰：'朝夕纳诲，以辅台德。若金，用汝作砺；若济巨川，用汝作舟楫；若岁大旱，用汝作霖雨。'"后多以"济川"比喻辅佐帝王。济川舟意为辅佐帝王之人。

早起探春①

句芒一夜长精神②,腊后风头已见春③。烟柳半眠藏利脸,④雪梅含笑绽香唇。渐因闲暇思量酒,必怨颠狂泥摸人⑤。若个高情能似我⑥,且应攲枕睡清晨。

【题解】

统签本题下有"丁卯福州"小注,从《全唐诗·韩偓集》排序看,此诗在作于开平元年的《息虑》诗后一首,诗盖作于丁卯,即开平元年。诗题为《早起探春》,诗中有"句芒一夜长精神,腊后风头已见春"句。可见此时在腊后刚入春时。然此年入春乃在十二月腊后未新年时,应仍是后梁开平元年(907)腊后之作,时诗人在福州。

徐复观《韩偓诗与香奁集论考》以为此非韩偓诗:"《早起探春》及《闺怨》,杂在韩偓的居闽各诗中,与偓心境不合,故《闺怨》诗虽好,亦有问题。大抵将偓诗分为三卷,其第三卷中除极少数外,我认为多属可疑。"徐氏所说的韩偓在闽心境,如他此文中另处所说"从他暮年在闽所作的《安贫》、《味道》、《此翁》、《息虑》、《失鹤》、《卜隐》、《闲居》等诗看,他到闽以后的生活是非常寂寞,而且不断受到猜嫌,所以他才入山惟恐不深的。"按:此说不可信。盖人在某个时期之心情,虽总体上相同,但并非一致不变,无所不同。故难于以心情心境辨别诗之真伪。由此诗看,其中所表现韩偓之心境,亦与徐氏所云韩偓在闽心情无大异,并非绝无此种心境。特别是在早春,初睹万物复苏之自然清丽景色,诗人受到感召而心情较为轻松放旷,亦非不可想象之事。

【校注】

①统签本题下小注云:"丁卯福州。"

②句芒:传说中的主木之官。又为木神名。

③腊:祭名。祭百神为"蜡",祭祖先为"腊";秦汉以后统称"腊"。风

头,风的势头。亦泛指风。

④烟柳:烟雾笼罩的柳树。亦泛指柳林、柳树。半眠:比喻柳树在初春时尚未从冬眠中完全苏醒过来的样子。利脸:意为美丽的脸庞。

⑤颠狂:举止狂乱貌。杜甫《江畔独步寻花七绝句》之一:"江上被花恼不彻,无处告诉只颠狂。"泥摸人:缠磨人。泥,软求,软缠。元稹《遣悲怀》诗之一:"顾我无衣搜荩箧,泥他沽酒拔金钗。"

⑥若个:哪个。可指人,亦可指物。此处指人。

味　道①

如含瓦砾竟何功②,痴黠相兼似得中③。心系是非徒怅望④,事须光景旋虚空⑤。升沈不定都如梦,毁誉无恒却要聋⑥。弋者甚多应扼腕,任他闲处指冥鸿⑦。

【题解】

后梁开平元年(907)作。此乃历经人生患难,流寓入闽后回顾人生,体味为人处世之道之作。首句谓人生如不悴不荣,无馨无臭,如含瓦砾般又有何意思呢!《韩偓诗注》释此句作"这里诗人以含瓦砾作比,说明自己愿无馨无臭",所说恐未确。第二句乃诗人所体味,亦即为人痴黠相兼最为相宜。第三句以为人若心系是非太甚,则徒然招致怅望而已。第四句乃"我生待明日,万事成蹉跎"之意。第五句谓世事无常,皆如梦般变幻不定,有如《庄子·德充符》所谓"死生存亡、穷达贫富、贤与不肖、毁誉、饥渴、寒暑,是事之变,命之行也"。第六句谓乃葛洪《抱朴子·自叙》所谓"毁誉皆置于不闻"也。末两句应看作诗人所面对之险恶处境与态度,意谓可悲叹者乃心存谋害捕杀的人实在太多了,然而只要如冥鸿般隐逸高飞,他又能奈我何呢!《韩偓简谱》谓《味道》诗有'弋者甚多应扼腕'句,朱梁颇求唐室名士于四方,致尧殂亦有此惧耶。"所说诚是。

【校注】

①味道:此为体味为人处世之道之意。

②如含瓦砾:《南史·何尚之传》附《何胤传》:"初,胤侈于味,食必方丈,后稍欲去其甚者,犹食白鱼、鳢脯、糖蟹,以为非见生物。疑食蚶蛎,使门人议之。学生钟岏曰:'鳢之就脯,骤于屈申,蟹之将糖,躁扰弥甚。仁人用意,深怀如怛。至于车螯蚶蛎,眉目内阙,惭浑沌之奇,犷壳外缄,非金人之慎。不悴不荣,曾草木之不若,无馨无臭,与瓦砾其何算。故宜长充庖厨,永为口实。'竟陵王子良见岏议大怒。"

③痴黠相兼:《晋书·顾恺之传》:"初,恺之在桓温府,常云:'恺之体中,痴黠各半。合而论之,正得平耳。'故俗传恺之有三绝:才绝,画绝,痴绝。"痴,不聪慧,愚笨。黠,聪慧;机敏。

④怅望:惆怅地想望。杜甫《咏怀古迹》之二:"怅望千秋一洒泪,萧条异代不同时。"

⑤事须光景:意谓凡事如等待以后的时光。须,等待。《诗·邶风·匏有苦叶》:"人涉卬否,卬须我友。"毛传:"人皆涉,我反未至,我独待之而不涉。"光景:光阴;时光。虚空:即虚。虚,空无所有。与"实"相对。

⑥弋者:射鸟者。扼腕,亦作"扼捥"。用一只手握住另一只手腕,表示振奋、惋惜、愤慨等情绪。此处意为愤慨。

⑦他:指弋者。闲处,僻静的处所。这里意为暗中之处。指冥鸿,意谓觊觎冥冥中的飞鸿。

秋郊闲望有感

枫叶微红近有霜,碧云秋色满吴乡①。鱼冲骇浪雪鳞健②,鸦闪夕阳金背光③。心为感恩长惨戚④,鬓缘经乱早苍浪⑤。可怜广武山前语⑥,楚汉虚教作战场⑦。

【题解】

《韩偓简谱》系于后梁开平二年,而《韩偓年谱》、《韩偓诗注》系于开平元年。按:此诗据《全唐诗》所编,知作于福州,而作年难于确定,今姑依《韩偓年谱》系于后梁开平元年(907)秋。徐复观《韩偓诗与香奁集论考》以为此非韩偓诗,云:"《秋江闲望》诗有'碧云秋色满吴乡'之句,闽不可以称'吴乡'。又有'可怜广武山前语,楚汉虚教作战场',这是当时江浙一带群雄斗争的形势,所以此诗也不是韩偓的。"按:吴乡,三国时福建地属吴国,故福建福州可称为吴乡,不必皆指"江浙一带"。又"可怜广武山前语,楚汉虚教作战场",乃用典寓意,不可作实指楚、汉之地看。故徐氏之言缺乏确凿证据,不可据信。

前半首写秋郊景色,后半则诗题所谓"有感"也。其后半首乃此诗之侧重处。五、六两句《韩偓年谱》谓"亡国之痛,故君之思,无日不在心中。"此言诚是。此两句言因感唐昭宗之恩惠而至今仍惨戚不已,而经历一场场宫廷内乱与藩镇间为篡夺政权之激烈复杂之战乱,自己也因百受磨难迫害而早就鬓发苍苍,垂垂老矣。末二句则借阮籍登广武山感叹楚汉相争之语,长叹如今亦是时无英雄,遂使战乱不休,世道陵替,竖子成名也!

【校注】

①碧云:青云。吴乡:此指福建福州一带。三国时吴之领地占有长江中下游,南至福建、两广以及越南北部和中部。

②雪鳞:原为白色鱼鳞。此处借指鱼。

③"夕",《全唐诗》、吴校本均校:"一作残"。按:《唐诗鼓吹》卷二、《全唐诗录》卷九十三等作"残"。

④"恩",玉山樵人本、韩集旧钞本、统签本、汲古阁本、麟后山房刻本、吴校本均作"知",吴校本校:"一作恩"。感恩:此指诗人因曾获得唐昭宗之宠爱器重,故对昭宗心怀感恩之情。

⑤苍浪:花白。白居易《冬至夜》:"老去襟怀常濩落,病来须鬓转苍浪。"

⑥"语",《唐百家诗选》本作"事"。"可怜广武山前语"二句:广武山,又名三皇山,地在今河南郑州西北。《元和郡县图志》卷八《河南道四·荥泽

县》："广武山，在县西二十里，一名三皇山。"同上书卷五《河南道一·河阴县》："三皇山……上有三城，即刘、项相持处。"秦末，楚汉两军曾隔鸿沟对峙，项羽据东广武称楚王城，刘邦据西广武称为汉王城。《三国志·魏书·王粲传》附《阮籍传》裴松之注引《魏氏春秋》："遂纵酒昏酣，遗落世事。尝登广武，观楚、汉战处，乃叹曰：'时无英才，使竖子成名乎！'时率意独驾，不由径路，车迹所穷，辄恸哭而反。"

⑦"虚"，原作"宁"，《唐百家诗选》本亦作"宁"，而玉山樵人本、韩集旧钞本、统签本、汲古阁本、麟后山房刻本、吴校本均作"虚"，《全唐诗》校："一作虚"，吴校本校："一作宁"。今据玉山樵人本、韩集旧钞本等改。

【汇评】

据阮籍广武山前之语，楚、汉两无英雄，虚教争战，偃盖薄视当日英雄也。（钱牧斋、何义门《评注唐诗鼓吹》卷二）

冲字，闪字，健字，光字，皆有气力，有精神，奕奕生动。（陆次云辑《五朝诗善鸣集》)

李太舍池上玩红薇醉题①

花低池小水泙泙②，花落池心片片轻。酩酊不能羞白鬓，颠狂犹自眷红英③。乍为旅客颜常厚④，每见同人眼暂明⑤。京洛园林归未得⑥，天涯相顾一含情⑦。

【题解】

《韩偓简谱》系于后梁开平二年（908）；而《韩偓诗注》系于天祐三年（906），谓"作于同一年的还有《故都》。"然未言作年根据。《韩翰林诗谱略》、《韩偓年谱》则编于开平元年，亦未言根据。按：据此诗《全唐诗》所编位置，以及诗中"乍为旅客颜常厚，每见同人眼暂明。京洛园林归未得，天涯相顾一含情"句，知在福建所作，然确年则不详。今姑依《韩翰林诗谱略》、《韩偓年谱》所系，权系于后梁开平元年（907）。

诗乃于友人李太舍池上共赏红薇抒情之什。首二句写池上红薇。"片片轻",状红薇飘落池心之态。三、四"酩酊"、"颠狂"皆醉态,扣诗题之"醉"。"不能羞白发",反衬酒酣;"颠狂"而"犹自眷红英",可见顾念红薇之深切,乃写诗题之"玩"赏。五、六两句,实状见到李太舍之欣悦,故有"眼暂明"之兴奋,且一表打扰主人之意,故有"颜常厚"之说。"京洛园林",谓在长安和洛阳两人之园林。"归未得",指两人而言,故有下句"天涯相顾"之句,乃惺惺惜惺惺也。

【校注】

①李太舍:李太舍,其名未详。太舍,太子舍人。官名。汉有此官,秩二百石,选良家子孙任职,轮番宿卫,似郎中。至炀帝改其名为管记舍人,再减为四人。掌文记,如管记之名。唐复其称,属右春坊(典书坊改名),秩正六品,仍掌行令书令旨及表启之事。《旧唐书·职官志三》:"太子右春坊……舍人四人,正六品上。……舍人掌行令书令旨及表启之事。"红薇:指红色蔷薇。蔷薇,植物名。落叶灌木,茎细长,蔓生,枝上密生小刺,羽状复叶,小叶倒卵形或长圆形,花白色或淡红色,有芳香。花可供观赏,果实可以入药。亦指这种植物的花。白居易《南亭对酒送春》:"含桃实已落,红薇花尚熏。"

②泙泙:水声。泙,水声。

③颠狂:举止狂乱貌。杜甫《江畔独步寻花七绝句》之一:"江上被花恼不彻,无处告诉只颠狂。"眷:原作"睠",同"眷",垂爱,依恋。

④乍:初;刚刚。颜厚,脸皮厚。谓不知羞耻。颜常厚,意谓因在外乡为客人,多有须求人帮忙之处,故只得厚着脸皮。

⑤"每见"句:意谓在外乡,每见到志同道合者,不觉顿时兴奋起来。同人,志同道合的朋友。此指李太舍。李太舍盖亦从洛阳寓居于闽者。眼暂明,眼睛暂时一亮。

⑥京洛园林:此处指诗人与李太舍分别在长安和洛阳的园林。归未得:指诗人和李太舍均归不了自己的园林。

⑦"天涯相顾"句:天涯,此指福州。因福州地在中华边鄙,故称。相顾,相视;互看。此指诗人与李太舍相顾。

余寓汀州沙县病中闻前郑左丞璘随外镇举荐赴洛兼云继有急征旋见脂辖因作七言四韵戏以赠之或冀其感悟也己巳年①

莫恨当年入用迟②,通材何处不逢知③。桑田变后新舟楫④,华表归来旧路岐⑤。公幹寂寥甘坐废⑥,子牟欢抃促行期⑦。移都已改侯王第⑧,惆怅沙堤别筑基⑨。

【题解】

据诗题下"己巳年"小注,知作于后梁开平三年(909)。据诗题,知其时在闽汀州沙县。

《韩偓简谱》谓"此诗责郑即以明志",诚然。《韩偓年谱》释此诗云:"诗题云'璘随外镇举荐赴洛',即为王审知举荐赴梁朝官。从说为唐名臣,璘则屈节辱身,故偓赠之诗,犹'冀其感悟也'。诗前四句,痛嘲其竟为贰臣,五六句以己之'甘坐废'对照其'促行期',实晓以大义。结联更陈以利害,意梁必败亡也。循循善诱,用心良苦。而偓之大节,凛然可感矣。前题所谓'脂辖',后题所'请为申达'者,皆指梁朝使臣。诗实婉言拒召。"按:所说大致可从,然亦有可辨析者。题中之"脂辖",与后题所"请为申达"者,恐皆非指梁朝使臣,据诗意当指"或冀其感悟"之"其",即郑璘。且结联亦恐非"意梁必败亡也",乃谓如今已改朝换代,非复李唐王朝。亦即吴汝纶所谓"是时唐亡已三年矣,故诗欲感悟之。是年梁迁都洛"之具体情势。

【校注】

①汀州:唐开元二十四年(736)分福州、抚州置。治所在长汀县(今属福建)。因长汀溪以为名。辖境相当于今福建武夷山脉以东,三明、永安、漳平、龙岩、永定等市县以西地区。沙县:隋开皇初改沙村县置,属建州。治所即今福建沙县东古县。唐大历十二年(777)改属汀州。中和四年(884)迁凤林冈,即今治。《新唐书·地理志五》:"汀州临汀郡,下。开元二十四年开福、抚二州山洞治,治新罗……皆长汀县地。……县三。长汀,宁

化,沙。"郑左丞璘:字华圣,郑州荥阳人。郑从谠子。昭宗大顺中,以考功员外郎充史馆修撰。乾宁中任翰林学士。累官尚书左丞。唐末乱,南入闽依泉州刺史王审邽。著有《视草亭记》,已佚。左丞,尚书左丞。唐属尚书省,正四品上。《旧唐书·职官志二》:"左丞掌管辖诸司,纠正省内,勾吏部、户部、礼部十二司,通判都省事。若右丞阙,则并行之。……御史有纠劾不当,兼得弹之。"外镇:京城外设长官督守的要镇。亦指镇抚地方的官员。此指藩镇。举荐赴洛:指因外镇举荐赴洛阳任官。此时乃朱全忠之后梁,洛阳为后梁西都,大梁为东都。急征:紧急之征召。脂辖:脂车。多谓准备驾车远行。《左传·哀公三年》:"校人乘马,巾车脂辖。"白居易《偶题十五韵聊戏二君》:"脂辖复裹粮,心力颇劳止。"

②当年:指李唐唐昭宗时。入用:指被李唐所录用,即入仕。

③通材:即通才,学识广博兼备多种才能的人。

④"桑田"句:桑田,即沧海桑田。即大海变成农田,农田变成大海。语本晋葛洪《神仙传·王远》,后以"沧海桑田"比喻世事变化巨大。此处指朱全忠篡夺李唐政权,新建后梁之政局。新舟楫,此喻被后梁新政权所任用的治理政务的官员。

⑤"华表归来"句:用丁令威之典,比喻现在已世道沧桑,已经不是李唐天下。《搜神后记》卷一:"丁令威,本辽东人,学道于灵虚山。后化鹤归辽,集城门华表柱。时有少年,举弓欲射之。鹤乃飞,徘徊空中而言曰:'有鸟有鸟丁令威,去家千年今始归。城郭如故人民非,何不学仙冢累累。'遂高上冲天。今辽东诸丁云其先世有升仙者,但不知名字耳。"

⑥"公幹"句:以刘桢甘心坐废寂寥,讽劝郑璘要轻官忽禄,不眈世荣,不为朱全忠效劳。公幹,建安七子之一刘桢之字。寂寥,寂寞,冷落。坐废,因某事被认为有罪而被废去不用。

⑦"抃",韩集旧钞本作"忭"。"子牟欢抃"句:以子牟身在江海之上,心居乎魏阙之下,比喻郑璘欢欣于为外镇举荐,急急忙忙将赶赴洛阳,为朱全忠效劳。欢抃,抃,鼓掌:拍手表示欢欣。促,推动,催促。

⑧"移都"句:谓现在都城已被朱全忠由长安东移,李唐皇朝已经变为后梁政权,侯王宅第也变换了主人。

⑨沙堤:唐代专为宰相通行车马所铺筑的沙面大路。唐李肇《国史补》卷下:"凡拜相,礼绝班行,府县载沙填路。自私第至于子城东街,名曰沙堤。"白居易《官牛》:"一石沙,几斤重?朝载暮载将何用?载向五门官道西,绿槐阴下铺沙堤。昨日新拜右丞相,恐怕泥涂污马蹄。"后用为典实。指枢臣所行之路。别筑基:此处意谓为新宰相别筑新沙堤。亦即谓现在李唐已沦替,新宰相已是后梁之人。

【汇评】

吴汝纶于诗题后评注云:"是时唐亡已三年矣,故诗欲感悟之。是年梁迁都洛。"(吴汝纶《吴评韩翰林集》)

又一绝请为申达京洛亲交知余病废①

鬓惹新霜耳旧聋②,眼昏腰曲四肢风③。交亲若要知形候④,岚嶂烟中折臂翁⑤。

【题解】

此诗乃继前一首之作,故诗题中谓"又一绝"。据统签本诗题后有"己巳"小注,知与前一首同作于己巳年,即后梁开平三年(909)。

全诗除第三句外,均描绘题中之"病废"情状。韩偓诉其"病废"、"折臂翁",除让交亲知晓自己病情外,恐亦有以此为借口,拒绝梁朝之征召意,此正如《韩偓年谱》所评"此二诗标题纪事至关重大(按:包括上一首),为记第三度征召不赴召之作。朱全忠此度'急征',或当迁都洛阳之际,欲邀胜国忠臣之美名以自肥,或仍包藏杀机,姑置不论,要在偓之不赴召,意志决不动摇。夫以七旬之老翁,病残之身,举家流寓闽峤,而能左右抗节坚卓如此(去福州寓沙县僧寺及此次去闽之行,是抗节于王审知),岂易事哉,岂易事哉!"

【校注】

①玉山樵人本、统签本诗题均作"郑左丞入洛一绝请为申达京洛亲交

知余病废",统签本诗题后有小注:"己巳"。京洛:此指洛阳。因东周、东汉建都洛阳,故称。

②惹:沾染;染上。新霜:指新长出来的白发。霜色白,常借喻须发之白。

③四肢风:手脚风痹。

④形候:形势;情况。

⑤岚嶂:雾气缭绕的山峰。烟:此指山中的烟气。折臂翁:诗人自谓。可理解为因"眼昏腰曲四肢风",故自称"折臂翁",未必真折臂也。

梦 中 作

　　紫宸初启列鸳鸾①,直向龙墀对揖班②。九曜再新环北极③,万方依旧祝南山④。礼容肃睦缨緌外⑤,和气熏蒸剑履间⑥。扇合却循黄道退⑦,庙堂谈笑百司闲⑧。

【题解】

作于开平三年(909)。此记梦中早朝肃穆祥和景象,乃诗人于唐亡之后企盼唐室再兴愿望之梦幻也。故陈寅恪谓"'再新''依旧'一联希望唐室复兴之意极显,宜其以'梦中作'为题也"。《韩偓年谱》亦谓"此诗写唐廷早朝,境界庄严华美,实往事与梦想之合璧,与杜甫《秋兴八首》之五'云移雉尾开宫扇,日绕龙鳞识圣颜。一卧沧江惊岁晚,几回青琐点朝班'同一机杼。故国沦亡,新朝征召之际,乃有此等诗篇。"所说颇得其实。以此可见诗人追怀故国之思,企盼复兴大唐之情,何其深切。

【校注】

①"启",汲古阁本作"起"。按:"起"犹"启"。紫宸:宫殿名,天子所居。唐宋时为接见群臣及外国使者朝见庆贺的内朝正殿,在大明宫内。列鸳鸾:指百官排列于朝廷上。鸳鸾,此喻上朝之百官。

②龙墀:犹丹墀。也代指皇帝。对揖班:指百官在朝堂上分班排列,拱

手相对而立。

③九曜:指北斗七星及辅佐二星。北极:即北极星。北斗七星环绕北极星旋转,故用以喻帝王。

④万方:万邦;各方诸侯。亦引申指天下各地;全国各地。杜甫《登楼》:"花近高楼伤客心,万方多难此登临。"祝南山:即祝寿。南山,原一指终南山,属秦岭山脉,在今陕西西安南。《诗·小雅·节南山》:"节彼南山,维石岩岩。"后有"寿比南山"语,用以祝寿。

⑤礼容:礼制仪容。缨绥:亦作"缨緌"。谓冠带与冠饰。亦借指官位或有声望的士大夫。

⑥和气:祥和祥瑞之气。剑履:即剑履上殿之缩语。经帝王特许,重臣上朝时可不解剑,不脱履,以示殊荣。

⑦扇合:此指皇帝退朝。扇,宫扇,皇帝的仪仗。合,此指宫扇合闭。黄道:帝王出游时所走的道路。

⑧庙堂:朝廷。指人君接受朝见、议论政事的殿堂。百司:即百官。

【汇评】

"再新""依旧"一联希望唐室复兴之意极显,宜其以"梦中作"为题也。
(陈寅恪《读书札记二集·韩翰林集之部》)

己巳年正月十二日自沙县抵邵武军将谋抚信之行到才一夕为闽相急脚相召却请赴沙县郊外泊船偶成一篇①

访戴船回郊外泊②,故乡何处望天涯。半明半暗山村日,自落自开江庙花。数盏绿醅桑落酒③,一瓯香沫火前茶④。

【题解】

诗题有"己巳年正月十二日"等语,知作于后梁开平三年(909)正月。此诗背景具见诗题,诗句意涵亦可由诗题加以品味。《韩偓简谱》云:"玩此诗致尧颇有离闽之意。"起句言本来将往抚、信,如今折回沙县泊船。次句言天涯栖身不稳,故乡瞻望难及。三、四句借眼前景,道心上事,义兼比、兴。"半明半暗山村日",隐喻闽峤藩镇王审知其人"半明半暗"。"半暗",指审知安排梁使至沙县相召,不知士人之节义。"半明",指审知复遣急脚追至邵武挽留,并保证尊重其唐朝遗民身份,能过而改。褒与贬,兼而有之。"自落自开江庙花",自喻独立自由人格,生死不渝。此诗语似闲婉,而题文纪事则至关重大。韩偓不赴梁召、去闽之行、却福州之请及仍留寓闽中,实为本年大事,亦为其晚年最重要大事。晚年坚贞不屈之大节,寓闽复杂艰难之情势,具见其中。

【校注】

①沙县:隋开皇初改沙村县置,属建州。治所即今福建沙县东古县。唐大历十二年(777)改属汀州。中和四年(884)迁凤林冈,即今治。邵武军:邵武唐属建州,为县,治所即今福建邵武。邵武军乃北宋太平兴国五年(980)以建州邵武县升为邵武军,治所在邵武(今属福建),辖境相当今福建邵武、光泽、泰宁、建宁等市县地。按:岑仲勉《唐人行第录·读全唐诗札记》谓"按旧新地志,邵武属建州,均无军称,《寰宇记》一〇一邵武军云,'皇朝太平兴国五年,以户口繁会,路当要冲,于县置邵武军,从转运司之奏请也',岂宋人错改邵武县为邵武军欤,抑审知有此临时设置欤?"谋抚信之行:指谋划将从邵武到江西的抚州、信州。抚州,隋开皇九年(589)以临川郡改置,治所在临川县(今江西临川西)。唐宝应元年(762)与县同移治今抚州市临川区。唐武德七年(624)以后其辖境相当于今江西临川以南抚河流域。信州,唐乾元元年(758)析饶、衢、建、抚四州之地置,治所在上饶县(今江西上饶西北玉津桥)。辖境相当今江西贵溪以东,怀玉山以南地区。闽相:指王审知。唐时,以他官加同中书门下平章事即为宰相。其时王审知为威武军节度、福建观察使、同中书门下平章事,故称。王审知,传见《旧五代史》卷一三四、《新五代史》卷六十八。急脚:唐时急速传递书信信息者。

②访戴:《世说新语·任诞》:"王子猷居山阴,夜大雪,眠觉,开室,命酌酒。四望皎然,因起彷徨,咏左思《招隐》诗。忽忆戴安道,时戴在剡,即便

夜乘小船就之。经宿方至，造门不前而返。人问其故，王曰：'吾本乘兴而行，兴尽而返，何必见戴！'"此句用此典谓自沙县往邵武，却即返回。

③绿醅：即酒面上浮有绿色泡沫的酒。醅，未滤去糟的酒。亦泛指酒。白居易《落花》："劝人尝绿醅，教人拾红萼。"桑落酒：美酒名。《水经注·河水四》："（河东郡）民有姓刘名堕者，宿擅工酿，采挹河流，酿成芳酎，悬食同枯枝之年，排于桑落之辰，故酒得其名矣。"

④统签本此诗至此，下小注云："阙"，汲古阁本注："失二句"，《全唐诗》、吴校本均校："缺二句"。一瓯香沫：一瓯，一杯。香沫，指清香的茶水。因茶水清香，面上微泛泡沫，故称。火前茶：指寒食前所焙制之茶。王观国《学林·茶诗》："茶之佳品，摘造在社前，其次则火前，谓寒食前也。"白居易《谢李六郎中寄新蜀茶》："故情周匝向交亲，新茗分张及病身。红纸一封书后信，绿芽十片火前春。"

【汇评】

偓抵邵武，闽相急脚相召，盖即依审知时也。诗云："访戴船回郊外泊，故乡何处望天涯。半明半暗山村日，自落自开江庙花。数盏绿醅桑落酒，一瓯香沫火前茶。"（周昂《十国春秋拾遗·闽》，见吴任臣《十国春秋》卷一一五《拾遗·闽》）

诗题后评注："是时抚州刺史为危全讽，信州为危仔倡。是年淮南取抚、信地。闽相即王审知。"（吴汝纶《吴评韩翰林集》）

建溪滩波心目惊眩余平生溺奇境
今则畏怯不暇因书二十八字①

长贪山水羡渔樵，自笑扬鞭趁早朝。今日建溪惊恐后，李将军画也须烧②。

【题解】

《韩翰林诗谱略》、《唐韩学士年谱》、《韩偓简谱》、《韩偓年谱》、《韩偓诗注》等均系于后梁开平三年(909)。《韩偓年谱》开平三年谓"年底,偓取水道自水溪(今沙溪,顺东北流向)入建阳溪(即建溪,今闽江,顺东南流向),经黯淡滩诸险,在今尤溪口向西转入尤溪水,溯尤溪水至尤溪(今福建尤溪)。有《建溪滩波心目惊眩余平生溺奇境今则畏怯不暇因书二十八字》诗纪行。"又谓"此诗编次,集中在《己巳年正月十二日自沙县抵邵武军将谋抚信之行到才一夕为闽相急脚相召却请赴沙县郊外泊船偶成一篇》之后,《自沙县抵尤溪县值泉州军过后村落皆空因有一绝》(题下自注:"此后庚午年")之前。故定此行在本年底,并系此诗于此。"则此诗乃开平三年底之作。

诗咏建溪滩之湍急惊险,令人眩骇。其"今日建溪惊恐后,李将军画也须烧",着力凸显建溪滩水惊险。李思训所画山水乃神品,极为逼真,有若实境,被唐玄宗誉为"卿所画掩障,夜闻水声"。然诗人谓今若与建溪滩相较,则相形见绌,直应烧去。于此可见,建溪滩之惊险骇目也若此之甚。

【校注】

①嘉靖洪迈本题作"过建溪"。统签本诗题下有"是年至邵武"小注。建溪滩:建溪中诸滩之一,可能指黯淡滩。建溪,水名,为闽江北源,在今福建建阳、南平一带。

②李将军画:唐代著名画家李思训的山水画。

【汇评】

《九言题章容谷建溪舟行画扇用舟字》:山行五日别却江郎石,满身尘土待濯临清流。方今河清晏书天吴伏,朦胧万斛时处成飞浮。此溪特渔梁之一大壑,讵有大壑可以容拿舟。吾闻浦城界连芊源驿,陆程九宿直瞰榕城楼,祇因车徒缪辖较劳费,委舟于壑夜半从人偷。嗟乎,锱铢能使冒不测,矧其大者肯惮风波不。或注而下一往箭脱筈,或引而上绝顶鹰盘秋。或以败絮枯茅塞罅漏,或作手摇目慑惩喧啾。平生性不低眉忆乡井,未免跂跂脉脉怀牢愁。揭来已公屋底召魂魄,经行千里无一堪回头。怪底与君同时出此险,转如得趣纨扇图前游。吾闻韩偓当兹欲烧画,向来贪爱一笔都从勾。(偓诗云:"常贪山水羡渔樵,自笑扬鞭走早朝。今日建溪惊恐后,李将军画也应烧。")何为前贤所毁今更造?度量相越殊费吾推求。大抵遭时治

151

乱非一辙,襟情舒戚直视为因由。人心之险何止若川谷,幸生平世进退无瑕尤。区区行路艰难所时有,岂若孤臣去国涕不收。君其是哉贼子则已浅,下床位我侧听风飚飚。(陈兆仑《紫竹山房诗文集》诗集卷一)

自沙县抵尤溪县值泉州军过后
村落皆空因有一绝此后庚午年①

　　水自潺湲日自斜②,尽无鸡犬有鸣鸦。千村万落如寒食③,不见人烟空见花④。

【题解】

　　据题下小注"此后庚午年",知后梁开平四年庚午(910)所作,时韩偓自沙县往南安之桃林场途经尤溪。《韩偓年谱》以为此行"中间经过尤溪,乃取道建阳溪、尤溪水程曲折而至,非直南陆行而下,……此后,自尤溪至桃林场(今福建永春),则取陆路南下"。

　　诗题所谓"泉州军"究为何种军队?《韩偓简谱》云:"《通鉴》及《旧五代史》、《新五代史》皆未纪此时闽境内有兵事,此或为土寇窃发耳。"所说非论定之辞,聊备一说。诗写大军过后村落之萧条荒寂也。首句谓流水、日光各自潺湲、自斜,"自"字妙,将村落之荒寂无人烟神妙衬出,与杜甫《遣怀》诗之"愁眼看霜露,寒城菊自花",《忆弟》诗之"故园花自发,春日鸟还飞",《日暮》诗之"风月自清夜,江山非故园"同一机杼。第二句一"尽无",一"有"字,写足"千村万落如寒食"之"村落皆空"景象,亦与末句之"不见人烟"相呼应。其妙处真如黄生所言"述残破之景,不露圭角,止用数虚字略一挑拨,而景状宛然。笔下真如镜花水月,后人岂易及此。"

【校注】

　　①诗题《唐百家诗选》本作"襄汉旅道值邻境军新过村落皆空因有此感",而嘉靖洪迈本简化为"尤溪道中",历代韩集乃至载录此诗之典籍,如

宋代谢维新《事类备要》续集卷四十五、祝穆《事文类聚》别集卷二十五、周弼《三体唐诗》卷一、《渊鉴类函》卷三〇六等，所录此诗诗题均作《尤溪道中》，而未见《唐百家诗选》之诗题者。故《唐百家诗选》之诗题恐误。此诗诗题"尤"，原作"龙"，玉山樵人本、韩集旧钞本、统签本、麟后山房刻本、吴校本均作"尤"，汲古阁本、《全唐诗》校："一作尤"，吴校本校："一作龙"。诗题下小注统签本作"庚午"，又校诗题云："《唐音》作《襄阳旅道军后有感》，误。"又，岑仲勉《读全唐诗札记》云："按唐尤溪属福州，龙溪属漳州，龙字草写略类尤，故两本不同，但考当日偓自邵武还沙县，其后又留居南安之桃林场，则自沙县南下，必经尤溪，作龙者误，偓断非西南行至龙溪也。"今据韩集旧钞本等版本以及岑仲勉之说改。尤溪县：唐开元二十九年(741)开山洞置，属福州。州治即今福建尤溪县。《太平寰宇记》卷一百载尤溪"其地与漳州龙岩县、汀州沙县及福州侯官县三处交界，山洞幽深，溪滩崄峻，向有千里。其诸境逃人，多投此洞。开元二十八年经略使唐修忠使以书招谕，其人高伏等一千馀户请书版籍，因为县，人皆胥悦。此源先号尤溪，因为县名，属福州。"泉州，唐久视元年(700)分泉州置武荣州，景云二年(711)改名泉州。治所即今福建泉州。开元八年(720)置晋江县为州治。辖境相当今福建晋江和木兰溪两流域、澎湖地区及厦门、同安、金门等市县地。《太平寰宇记》卷一〇二《泉州》：泉山"在州北五里，泉州因此为名"。泉州军：指当时泉州刺史王延彬所统领之军队。

②潺湲：水流貌。《楚辞·九歌·湘夫人》："荒忽兮远望，观流水兮潺湲。"

③"如"，《唐百家诗选》本作"似"。

④人烟：住户的炊烟，亦泛指人家。

【汇评】

韩偓《尤溪道中》："水自潺湲日自斜，尽无鸡犬有鸣鸦。千村万落如寒食，不见人烟空见花。"时泉州军过后，人家尽空。致尧晚依王氏，见兵后之景如此。(周弼《三体唐诗》卷一)

闽中壤狭田少，山麓皆治为陇亩，昔人所谓磳田也。丧乱以来，逃亡略尽，磳田芜秽尽矣。予《寒食登邵武诗话楼》诗有"遗令不须仍禁火，四郊茅舍久无烟"之句。及观唐韩偓过闽中有"千村冷落如寒食，不见人烟只见花"之句。明张式之抚闽，亦有"除夜不须烧爆竹，四山烽火照人红"之句，千古有同悲也。式之名楷，慈溪人，永乐甲辰进士。以赋此诗，为言者所劾而罢。（周亮工《闽小纪》卷一《磻田》）

《漳州杂诗十二首》之十二：残冬休厌客程赊，一袭吴绵耐岁华。真个千村似寒食，家家开徧碧桃花。（"千村万落如寒食，不见人烟只有花"，韩偓《龙溪道中》诗也。……）（沈学渊《桂留山房诗集》卷十）

此述残破之景，不露圭角，止用数虚字略一挑拨，而景状宛然。笔下真如镜花水月，后人岂易及此。王元美谓"池塘生春草"是佳句，非佳境；予谓此诗非佳境，是佳句。参破此机，下笔自妙。（黄生等《唐诗评》卷四）

此翁此后在桃林场①

高阁群公莫忌侬②，侬心不在宦名中③。严光一唾垂绶紫④，何胤三遗大带红⑤。金劲任从千口铄⑥，玉寒曾试几炉烘⑦。唯应鬼眼兼天眼⑧，窥见行藏信此翁⑨。

【题解】

《全唐诗》此诗前一首诗题下小注云："此后庚午年"；统签本此诗题下小注谓"庚午桃林场作"，则此诗乃庚午年，即后梁开平四年（910）作于桃林场。

诗人受闽王审知幕府官吏猜忌毁伤，为表明心迹而作此诗。《韩偓简谱》谓"此翁七律诗有'高阁群公莫忌侬'句，殆王审知参佐有忌之者"。《韩偓年谱》亦云："福州群公猜忌偓将仕闽，偓作《此翁》诗以表明不仕之志。……王审知尝有意官偓，此其证也。不然，审知左右之群公，何必嫉偓入宦，以致千口铄金耶？而偓虽寓闽，仍为逸民，此诗亦其证也。去年王审知遣急脚相召，偓却其请不赴福州，可与此诗参证。"故首联即表明无意仕宦，请群公莫相猜忌。颔联以严光、何胤之遗弃官爵，乐意隐居以自喻。颈联有如诗人《病中初闻复官二首》"烧玉谩劳曾历试,铄金宁为欠周防"之意,更以众口铄金、玉曾历次烧炼,表明自己已经百遭历炼磨难,今任随众人之猜忌诋毁,于我已无妨害。

【校注】

①统签本题下小注为:"庚午桃林场作"。桃林场:唐长庆二年(822)置,即今福建永春县。岑仲勉《唐集质疑·韩偓南依记》:"《寰宇记》一零二……两记桃林场之置年虽不同,但均是南安西界。今永春南之晋江上源,犹称桃林溪,偓当日所居即其地。"《闽书》卷十二《方域志》永春县:"东抵南安,西抵龙岩,南抵南安,北抵德化。本隋南安县之桃林场。五代唐长兴三年,王延钧升为县;晋天福三年,王昶改县曰永春。"

②高阁群公:此指闽王审知幕府中官吏。依:我。

③"依心"句:谓我的心思完全不放在为官做宦上。

④"严光"句:严光,字子陵,一名遵,会稽余姚人。事见《后汉书·严光传》。垂绶紫,谓为朝中贵官。绶,帽带的下垂部分。紫,指紫服,贵官朝服。

⑤"何胤"句:南朝齐何胤任中书令,常怀止足,曾辞官归隐,后又两次拒绝征召,隐居而终。大带红,指古时高官所用红色绶带。

⑥"金劲"句:金劲,此处以金子之坚固坚硬喻人。劲,坚固,坚硬。千口铄,谓伤人的谗言。即众口铄金之意。比喻众口同声可混淆视听。《国语·周语下》:"众口铄金。"韦昭注:"铄,消也,众口所毁,虽金石犹可消也。"

⑦"玉寒"句:玉寒,玉之冰寒,此处用以比喻节操之清白坚贞。曾试几炉烘,谓良玉曾历经烧炼,用以比喻自己过去在朝中已历经多次磨难锤炼。

⑧鬼眼:能窥见隐秘的鬼神之眼,常用以称相士之眼。天眼:佛教所说五眼之一。又称天趣眼,能透视六道、远近、上下、前后、内外及未来等。

⑨行藏:指出处或行止。语本《论语·述而》:"用之则行,舍之则藏。"此翁:诗人自谓。

【汇评】

山林日月老潜夫,骨入穷泉未拟枯。幽涧有冰含太古,无人和玉试洪炉。(小注:"玉炉",韩偓《和孙舍人诗》:"炽炭一炉真玉性,浓霜千涧老松心。"又《此翁》:"金劲任从千口铄,玉寒曾试几炉烘。"又《闻复官》:"烧玉漫劳曾历试,铄金定为欠周防。")(施国祁《元遗山诗集笺注》卷十一《自题写真二首》之一)

失 鹤

正怜标格出华亭①,况是昂藏入相经②。碧落顺风初得志③,故巢因雨却闻腥④。几时翔集来华表⑤,每日沉吟看画屏⑥。为报鸡群虚嫉妒⑦,红尘向上有青冥⑧。

【题解】

《全唐诗》排在诗题下有"此后在桃林场"小注的《此翁》后一首,而韩偓至桃林场在开平四年,故此诗与《此翁》诗均为开平四年(910)所作。时在桃林场。

此乃诗人受闽王审知幕僚猜忌有感而作。用寓托之法,失鹤即自喻自谓,以离开故巢之华亭鹤,抒发自己被迫离开朝廷后之处境与心志。首二句以华亭鹤表明自己原本出身不凡,气宇轩昂,不同于一般群类。颔联回首身世经历,谓唐昭宗朝亦曾仕途通达得志,不料因朱全忠窃取朝政,屠戮排挤朝臣,以致不得不离开故都。颈联抒写对昭宗朝之向往与怀念。"几时",表热切之盼望;"每日",明无时不"看画屏",无时不为思念往昔而"沉吟"。尾联归结原意,不无讽意地告诉猜忌者:我本有超脱红尘之高远志向,汝等不必嫉妒。

【校注】

①标格:风范,风度。华亭:此处指华亭鹤。《世说新语·尤悔》:"陆平原河桥败,为卢志所谗,被诛。临刑叹曰:'欲闻华亭鹤唳,可复得乎!'"

②昂藏:气概轩昂貌。白居易《病中对病鹤》:"但作悲吟和嘹唳,难将俗貌对昂藏。"相经:指《相鹤经》。《旧唐书·经籍志下》有"《相鹤经》一卷,浮丘公撰"。

③碧落：道教语。天空；青天。

④"故巢"句：意谓唐王朝为朱全忠之流所篡夺，因而处于腥风血雨之中。故巢，表面指华亭鹤之旧巢，实用以喻指唐朝廷。

⑤"几时"句：以华亭鹤比喻自己，意谓自己何时才能回到故都。华表，设在桥梁、宫殿、城垣或陵墓等前兼作装饰用的巨大柱子。来华表，用丁令威典故。《搜神后记》卷一："丁令威，本辽东人，学道于灵虚山。后化鹤归辽，集城门华表柱。"

⑥画屏：指画有华亭鹤之屏风。

⑦鸡群：此处喻指嫉妒诗人者。取"鹤立鸡群"之语。

⑧红尘：谓俗世。青冥：形容青苍幽远。指青天。

【汇评】

正怜标格出华亭。庭珠按，句用陆机华亭鹤唳语。况是昂藏入相经。庭珠按，淮南八公有《相鹤经》。碧落顺风初得志，故巢因雨却闻腥。几时翔集来华表，庭珠按，鹤归华表，见《搜神记》。每日沈吟看画屏。为报鸡群虚嫉妒，红尘向上有青冥。庭珠按，竹林七贤论嵇绍昂昂然野鹤之在鸡群。（杜诏《唐诗叩弹集》卷十二）

《鹤铭》，壬辰岁得之华亭。……宋江淹诗："华亭失侣鹤"。唐韩偓诗："正怜标格出华亭"。皮日休亦云："以钱半千，得华亭只鹤。"按：鹤窠即今下沙也。（穆彰阿《（嘉庆）大清一统志》卷八十七《鹤》）

卜　隐①

屏迹还应减是非②，却忧蓝玉又光辉③。桑梢出舍蚕初老，柳絮盖溪鱼正肥④。世乱岂容长惬意，景清还觉易忘机⑤。世间华美无心问，藜藿充肠苎作衣⑥。

【题解】

此诗《全唐诗》排在作于庚午年的《此翁》诗后二首，《晨兴》诗之前一首,《晨兴》诗亦庚午年作于桃林场。故此诗当作于庚午年,即开平四年诗人在桃林场时。《韩偓年谱》亦系于是年,并谓"《卜隐》云:'桑梢出舍蚕初老,柳絮盖溪鱼正肥。'玩诗意,时当春末,故上文定偓春至桃林场也。下题《晨兴》,亦当作于此时。"则此诗乃开平四年(910)春末作。

"桑梢"、"柳絮"两句,描绘隐居之处景物环境宜人,然全诗主旨却是提醒戒心,表明甘于隐逸,愿过粗衣粝食生活之志。"世乱"、"景清"两句,点明诗人此时心态。意谓处于乱世之中,尽管僻居如此景物清明优美之地,然危机险恶仍然潜伏,不容一任逍遥惬意。提醒自己处此"桑梢出舍蚕初老,柳絮盖溪鱼正肥"之宜人景色,最易忘却机心,须时时警戒防范。以此可察见诗人即使僻居闽南乡村,尚不能从政治迫害的噩梦中解脱,还犹如惊弓之鸟,难忘所经历的迫害。

【校注】

①卜隐:选择隐居之地。卜,选择。

②"减",《全唐诗》校:"一作识"。屏迹:避匿;敛迹。

③"却忧"句:蓝玉,蓝田玉。蓝田,山名,在今陕西蓝田东南,以出产蓝田玉著名。此句连同上句谓自己敛迹避匿,不惹是非,但是担忧像蓝田玉一样,难以自掩光芒。

④鱼正肥:统签本注"鱼食杨花而肥"。

⑤忘机:消除机巧之心。常用以指甘于淡泊,与世无争。

⑥藜藿:藜和藿。亦泛指粗劣的饭菜。

【汇评】

梅圣俞《河豚》诗云:"春岸飞杨花。"永叔谓:河豚食杨花则肥。韩偓诗:"柳絮覆溪鱼正肥。"大抵鱼食杨花则肥,不必河豚也。(阮阅《增修诗话总龟》卷二)

《诗史》云:欧阳永叔谓河豚食杨花则肥。韩偓诗云:"柳絮覆溪鱼正肥"。大抵鱼食杨花则肥,不必河豚。冶又以为不然,鱼未必食杨花而肥。盖此时鱼之所食之物皆丰美,故鱼自肥也。今验鱼广之处,当其盛时,莫不肥好,岂必其地悉有杨花耶?(李冶《敬斋古今黈》卷八)

晨　兴①

晓景山河爽,闲居巷陌清②。已能消滞念③,兼得散馀醒④。汲水人初起⑤,回灯燕暂惊⑥。放怀殊未足⑦,圆隙已尘生⑧。

【题解】

统签本题下小注云:"庚午桃林场"。《韩翰林诗谱略》、《唐韩学士偓年谱》、《韩偓年谱》、《韩偓诗注》等亦均系于后梁开平四年(910),时在桃林场。

诗写因觉晓景之清爽而感发之兴致。首二句即写晓景之清之爽。清爽既是山河景色、巷陌屋街之具象,亦是诗人之兴致感受。三、四两句,乃顺首二句而说,实际亦写晨景使人清爽。"消滞念"、"散馀醒",故令人清爽。"已能"、"兼得"下得妙,乃自然地表明连贯上下两联之意。五、六两句,既是晓景,亦是写"巷陌清"。"回灯"而"燕暂惊",乃写巷陌之清静也。纪昀谓"结有寓意"。此寓意谓何?"圆隙已尘生",乃表明"放怀"时间之长久,然而诗人犹感未足尽兴。故"放怀"二句,乃寓寄诗人处此晓景中,晨兴之浓厚深长,表明其沉醉于清爽晓景之悠长兴味。

【校注】

①"兴",《全唐诗》校:"一作起"。统签本题下小注云:"庚午桃林场"。

②巷陌清:谓街巷清静。巷陌,街巷的通称。

③滞念:凝结在心中的思念。亦泛指牵挂。

④散馀醒:谓昨夜醉酒,今朝已消退。馀醒,犹宿醉,馀醉。

⑤汲水:从井里取水。亦泛指打水。

⑥回灯:重新掌灯。白居易《琵琶行》:"移船相近邀相见,添酒回灯重开宴。"暂惊:突然被惊吓。暂,突然。

⑦"未",《全唐诗》校:"一作不"。按:《瀛奎律髓》卷十四作"不"。放怀:开怀,放宽心怀。殊未足:犹未足够。殊,犹,尚。

⑧圆隙:圆隙,门上小圆孔,用以从门内往外窥视。已尘生:已经落上了灰尘。意谓时间已经过了很久。

【汇评】

方回:"清"、"爽"一联好,亦多能述晨兴之味。

纪昀:六句不甚了了。结有寓意。(《瀛奎律髓汇评》卷十四晨朝类)

暴 雨①

电尾烧黑云②,雨脚飞银线③。急点溅池心,微烟昏水面。气凉氛祲消④,暑退松篁健。丛蓼亚赪茸⑤,擎荷翻绿扇⑥。风期谁与同⑦,逸趣余探遍⑧。欲去更迟留⑨,胸中久交战⑩。

【题解】

统签本题下小注云:"庚午桃林场作"。《韩翰林诗谱略》《唐韩学士偓年谱》《韩偓简谱》《韩偓年谱》《韩偓诗注》等亦均系于后梁开平四年(910),时诗人在桃林场。今从之。又据"气凉氛祲消,暑退松篁健"句,此诗盖作于是年夏。

此诗摹写夏日暴雨景象,笔致奇妙而细腻生动,将暴雨场面活灵活现描绘而出。其中"雷尾烧黑云,雨脚飞银线",前人惊叹为"奇句"。首联与"急点"、"微烟"两句,颇描摹出暴雨时天地间电闪雷鸣、大雨倾盆而下之飞动苍茫气势与景象。"丛蓼亚赪茸,擎荷翻绿扇"两句,描写风雨中丛蓼擎荷,颇具细腻生动气韵,亦乃诗中写物佳句。末二句乃见诗人对此景象欲去不得、留连不舍之情致,与其前二句相呼应。然此末二句是否如《韩偓年谱》所云"'欲去更迟留,胸中久交战。'是仍思去闽。遁世之难,诚有未可想见者也",未能确定,聊备一说可矣。

【校注】

①统签本题下小注云:"庚午桃林场作"。

160

②电尾:闪电的光。其形如尾,故称。

③雨脚:密集落地的雨点。杜甫《茅屋为秋风所破歌》:"床头屋漏无干处,雨脚如麻未断绝。"

④氛祲:雾气。杜甫《诸将》诗之四:"回首扶桑铜柱标,冥冥氛祲未全销。"

⑤丛蓼:丛生的蓼草。蓼,植物名。为一年生或多年生草本。有水蓼、红蓼、刺蓼等。味辛,又名辛菜,可作调味用。亚:垂;低垂。韦庄《对雪献薛常侍》:"松装粉穗临窗亚,水结冰锥簇溜悬。"赪茸:指红色的细嫩蓼草。茸,草类初生细软貌。谢灵运《于南山往北山经湖中瞻眺诗》:"初篁苞绿箨,新蒲含紫茸。"

⑥"擎荷"句:意谓由于密集的雨点打在荷叶上,使得擎举的荷叶翻动,好像一把翻动的绿扇。

⑦风期:风光。李白《游敬亭寄崔侍御》:"相去数百年,风期宛如昨。"

⑧逸趣:超逸不俗的情趣。

⑨迟留:停留;逗留。

⑩交战:此处指两种不同的想法互相斗争。

【汇评】

韩偓《暴雨》:"雷尾烧黑云,雨脚飞银线",奇句也。余所最爱者"四时最好是三月,一去不回惟少年",寻常意人却不道。至"岸头柳色春将尽,船背雨声天欲明"、"窗里日光飞野马,案头筠管长蒲芦",皆有寄托,不得以常语目之。(彭端淑《雪夜诗谈》卷中)

山院避暑①

行乐江郊外,追凉山寺中。静阴生晚绿,寂虑延清风②。运塞地维窄③,气苏天宇空④。何人识幽抱⑤,目送冥冥鸿⑥。

　　梁开平四年(910)夏所作,时在桃林场。借写山院避暑感受,抒发避世隐逸情怀。首二句扣"山院避暑"诗题,"追凉"点"避暑";"山寺"谓"山院"。三、四句写山院之"静阴"与人之"寂虑"而获清静无虑,引来"晚绿"满眼、清风习习之静谧凉爽之感。"运塞"、"气苏"二句诗意一转,写在山院避暑而得之人生感悟,而此感悟乃因上半首所记叙之经历所致,为诗中最含哲理之句。末二句则沿前意而来,抒发避世隐逸之幽怀。

【校注】

①山院:山间庭院。王勃《仲春郊外》诗:"初晴山院里,何处染嚣尘。"

②寂虑:静止不思虑。寂,安定不动;静止。延清风:引来清风。延,引导;引入;迎接。

③运塞:运气不通。地维:大地之四角,此谓大地。地维,本指维系大地的绳子。古人以为天圆地方,天有九柱支持,地有四维系缀。故亦指地的四角。

④气苏:空气疏散流动。苏,通"疏"。散开;松开。天宇:天空。

⑤幽抱:幽独的情怀。

⑥"目",玉山樵人本作"日"。按:作"目"是。冥鸿:高飞的鸿雁。喻避世隐居之士。此处乃诗人自谓。

闲　兴①

　　景寂有玄味②,韵高无俗情③。他山冰雪解,此水波澜生。影重验花密④,滴稀知酒清⑤。忙人常扰扰⑥,安得心和平。

【题解】

　　《全唐诗》编于《自沙县抵尤溪县值泉州军过后村落皆空因有一绝》以及《此翁》诗后,前一诗诗题下注"此后庚午年",后一诗题下注"此后在桃林场"。据《韩偓年谱》所考,韩偓乾化元年(911)已离开桃林场移居南安。据此,此诗乃作于庚午年,即后梁开平四年(910),时仍在桃林场。《韩偓简谱》编于乾化元年,误。

此乃隐逸避世,体味清闲之作。前六句以具体例子阐明人间万事万物因果相关,如"景寂有玄味,韵高无俗情",即说明景色幽寂,则令人能体味到玄远之旨趣;风韵高迈,则使人脱离俗情。"他山冰雪解,此水波澜生",说明此处江水波澜兴起,乃他处山上冰雪融化之结果。以此得出诗旨:"忙人常扰扰,安得心和平",也即诗题《闲兴》之所感悟者。

【校注】

①闲兴:闲暇之兴致。

②景寂:景色幽静空寂。玄味,深奥的旨趣,常指老庄之道。

③韵高:风韵高迈。

④影重:此指花影重叠。验:验证;证实。

⑤滴稀:指酒味不浓。滴,酒滴。稀,薄,不浓。酒清:即清酒,清醇的酒。

⑥扰扰:纷乱貌;烦乱貌。

【汇评】

刘后村曰:"'唐史谓致光挈族入闽依王氏。'按:王氏据福唐,致光乃居南安,曷尝遂依之乎?"后村之言是也,而尚未尽。致光以丙寅至福唐主黄滔家,丁卯唐亡。戊辰尚寓福唐,己巳寓汀州之沙县,庚午寓尤溪之桃林,辛未而后始至南安。则其在福唐亦三年,又二年而居南安耳。然致光之居南安,固不依王氏。即居福唐,亦非依王氏。何以知之?王氏固附梁者也,致光避梁而出,岂肯依附梁之人。故其叹郎官之使闽者曰:"不羞莽卓黄金印,却笑羲皇白接蘺。"《鹊》诗曰:"莫怪天涯栖不稳,托身须是万年枝。"《驿步》诗曰:"物近刘舆招垢腻,风经庾亮污尘埃。"《喜凉》诗曰:"东南亦是中华分,蒸郁相凌太不平。"《凄凄》诗曰:"嗜咸凌鲁济,恶洁助泾泥。"《闲兴》诗云:"他山冰雪解,此水波澜生。"岂但于王氏无一毫之益,且危疑百端矣。读诗论世,可以得其情状也。(全祖望《鲒埼亭集外编》卷三十三《题跋·跋韩致光闽中诗》)

漫作二首^①

一

暑雨洒和气^②，香风吹日华^③。瞬龙惊汗漫^④，蠢凤绰云霞^⑤。悬圃珠为树^⑥，天池玉作砂^⑦。丹霄能几级^⑧，何必待乘槎^⑨。

【题解】

《全唐诗》编于《自沙县抵尤溪县值泉州军过后村落皆空因有一绝》以及《此翁》诗后，前一诗诗题下注"此后庚午年"，后一诗题下注"此后在桃林场"。据《韩偓年谱》所考，韩偓乾化元年(911)已离开桃林场移居南安。据此，此诗乃作于庚午年，即后梁开平四年(910)夏(诗有"暑雨洒和气"句，故知夏日作)，时仍在桃林场。《韩翰林诗谱略》《唐韩学士偓年谱》《韩偓诗注》等所系同。《韩偓简谱》编于乾化元年，误。

题为《漫作》，虽似随意，并无主旨深意，然此类诗作大抵出于有所感触而发，唯作者多隐约其词，迷离其事，不愿显言之耳。此二诗借天界仙境景物以为辞，而寓托其所感怀者。至其感怀者为何，殊难确言之。然第一首之"丹霄能几级，何必待乘槎"；第二首之"污俗迎风变，虚怀遇物倾。千钧将一羽，轻重在平衡"诸句，乃解读其真意之线索，值得深察玩味，似有向慕企盼仙界之意。

【校注】

①漫作：随意散漫而不经意之作。

②和气：古人认为天地间阴气与阳气交合而成之气。万物由此"和气"而生。《道德经》："万物负阴而抱阳，冲气以为和。"

③日华：日光，太阳的光华。

④瞬龙：瞬间出现的飞龙。汗漫：广大，漫无边际。

⑤翥凤：盘旋飞举的凤凰。翥，飞举。綷：五彩杂合。

⑥"悬圃"，玉山樵人本、韩集旧钞本、统签本均作"玄圃"。按："悬圃"通"玄圃"、"县圃"。悬圃：即"玄圃"，山名，相传为昆仑山顶。上有金台五所，玉楼十二，为神仙所居。珠为树：意谓悬圃上尽是珍珠，可以连缀成树。

⑦天池：天上仙界之池。元稹《青云驿》："天池光潋潋，瑶草绿萋萋。"玉作砂，谓天池上玉如砂之众多。

⑧丹霄：天空。李白《门有车马客行》："谓从丹霄落，乃是故乡亲。"

⑨乘槎：张华《博物志》卷十《杂说》下："旧说云天河与海通。近世有人居海渚者，年年八月有浮槎，去来不失期。人有奇志，立飞阁于槎上，多赍粮，乘槎而去。"

二

黍谷纯阳入①，鸾霄瑞彩生②。岳灵分正气③，仙卫借神兵④。污俗迎风变，虚怀遇物倾⑤。千钧将一羽，轻重在平衡⑥。

【校注】

①黍谷：山谷名。在北京密云西南。又称寒谷、燕谷山。《太平御览》卷八四二引汉刘向《别录》："邹衍在燕，有谷地美而寒，不生五谷。邹子居之，吹律而温至生黍，到今名黍谷焉。"纯阳：纯一的阳气。阴阳二气合成宇宙万物。火为纯阳，水为纯阴。阴阳家以农历四月己巳日为纯阳。

②鸾霄：指天空。瑞彩：吉祥的霞光异彩。

③岳灵：山岳的灵气、精气。

④仙卫：指护送皇帝或其灵车的仪卫。

⑤"虚怀"句：意谓遭遇万物万事，虚怀则能倾慕而容纳之。虚怀，谦虚之怀。倾，倾慕，钦佩。

⑥"千钧"二句：三十斤为一钧，千钧即三万斤。常用来形容器物之重或力量之大。将，与、和。一羽，一根羽毛。多用以喻轻或少。此两句意谓千钧和一羽孰重孰轻，关键在于善于平衡。

腾　腾①

八年流落醉腾腾,点检行藏喜不胜②。乌帽素餐兼施
药③,前生多恐是医僧④。

【题解】

《韩偓简谱》系于梁乾化元年(911),谓"诗有'八年流落'之语,自天复
三年(903)贬官南寓至此实八年也。"《韩偓诗注》所系同前,谓"韩偓天复三
年被贬出京师,天祐二年,复召为学士,还故官,偓不敢入朝,南依王审知。
诗言八年流落,当作于后梁乾化元年。"然统签本此诗题下小注云:"庚午桃
林场作"。又此诗吴汝纶评注云:"韩公以天复三年贬濮州司马,至梁开平
四年(910)庚午凡八年。"《唐韩学士偓年谱》亦云:"韩公以天复三年触怒朱
全忠,贬濮州司马至后梁开平四年庚午,凡八年。"《增订注释全唐诗·韩偓
集》以为"从天复三年韩偓被贬算起,历八年当为后梁开平四年"作。《韩偓
年谱》等亦系于开平四年。按:据古人一般算法,自天复三年至开平四年为
八年,至乾化元年则为九年。另外,将所谓偓"天祐二年,复召为学士,还故
官,南依王审知"不计在八年内亦未谛。故此诗非作于乾化元年,乃后梁开
平四年(910)作。

此诗检点贬官后八年中之出处行止,应联系前此之朝中重臣之经历,
方能总体索解诗意。首句谓"流落"而"醉腾腾",乃总括八年经历之语,实
含不足之意。第二句一转,自谓"喜不胜",乃自为解嘲宽慰之辞,亦有不足
中犹堪自慰之意。而其差堪人意者,乃过着隐居素食施药之生活,故疑前
生乃医僧,乃能适应此种生活而喜不自胜。

【校注】

①统签本诗题下小注云:"庚午桃林场作"。腾腾:蒙眬、迷糊貌。

②点检:反省;检点。行藏:指出处或行止。

③乌帽:黑帽。贵者常服。隋唐后多为庶民、隐者之帽。此处指隐者

之帽。素餐:蔬食。

④"生",玉山樵人本、统签本均作"身",《全唐诗》校:"一作身"。医僧:
行医之僧人。

【汇评】

鬓毛衰飒病凌兢,暂入红尘倦不胜。学似玉山樵客了,八年流落醉腾
腾。(予痛饮至是八年,故用韩致尧此句。"八年",韩偓"腾腾"诗句。)(施
国祁《元遗山诗集笺注》卷十三《晓起》)

寄 隐 者

烟郭云扃路不遥①,怀贤犹恨太迢迢。长松夜落钗千
股②,小港春添水半腰。已约病身抛印绶③,不嫌门巷似渔
樵④。渭滨晦迹南阳卧⑤,若比吾徒更寂寥⑥。

【题解】

据《韩翰林诗谱略》、《韩偓年谱》、《韩偓诗注》,此诗乃开平四年(910)
春(诗有"小港春添水半腰")之作,时在尤溪桃林场。《韩偓简谱》系于后梁
乾化元年,盖因其将本是开平四年作之《腾腾》诗误系于往后一年之乾化元
年,故将包括此诗在内的《腾腾》诗后诸诗亦误系于乾化元年。

此诗为寄赠隐逸者之作,抒发隐逸避世之志,并表明愿与隐者比邻。
首二句写怀念隐者,虽每愿相见,隐者亦居于不远之烟郭云扃中,然于抱病
之我而言,仍是遥远而难及。此两句释此诗"寄"之缘由。三、四句描状隐
居处山水之清幽宜人景色,一表倾慕向往之情。五、六句诚如《韩偓年谱》
所云"此句夫子自道,不仅为所寄之隐者道也。不仕之志,多次见诸诗篇,
足见当时不仕于闽,处境之艰难不易"。末两句以姜太公、诸葛亮之隐居更
为寂寥为比,进一步申明自己弃官隐居之志向。

【校注】

①烟郭:郭,外城,在城的周边加筑的一道城墙。云扃:扃,门户。

②"长松"句：意谓月光照在松树上，松叶的影子投映在地上，犹如千万股头钗掉在地上似的。

③已约：已经相约。抛印绶：谓自弃官职。印绶，印信和系印信之丝带。古人印信上系有丝带，佩带在身。此处乃借指官爵。

④"似"，玉山樵人本、统签本均作"是"，《全唐诗》校："一作是"。

⑤渭滨晦迹：周朝吕尚曾隐于渭水之滨垂钓，后为周文王所用。南阳卧，诸葛亮家在南阳，在襄阳城西二十里，号隆中。其《出师表》云："臣本布衣，躬耕于南阳。"

⑥"若比"句：如果比起我辈来，他们更为寂寞沉寂。吾徒，犹我辈。寂寥，冷落；沉寂。

【汇评】

《松江诗话》曰："有松棚诗一联曰：'采来犹带烟霞气，月明满地金钗细。'以为佳句，恨不见全篇。仆谓：月照松影，但见参差黑影耳，安知其为金钗？松叶比之金钗者，谓架上月照映则可，不可谓地上之影也。不如曰：'月明满架金钗细'此语为得。前辈谓韩退之联句中'竹影金锁碎'之语，所谓金锁碎者，非直谓竹影也，谓竹间之日影耳。以此验之，益信仆之说为然。韩偓诗曰：'长松夜落钗千股'，此语无病。李涉诗曰：'疏林透明月，散乱金光滴。'此正退之'竹影金锁碎'"。（王楙《野客丛书》卷二十三《松江诗话》）

韩致光诗："长松夜落钗千股，小港春添水半腰。"自是晚唐手笔……（吴景旭《历代诗话》卷四十九《松竹影》）

闲　居

厌闻趋竞喜闲居①，自种芜菁亦自锄②。麋鹿跳梁忧触拨③，鹰鹯搏击恐粗疏④。拙谋却为多循理⑤，所短深惭尽信书⑥。刀尺不亏绳墨在⑦，莫疑张翰恋鲈鱼⑧。

据《韩翰林诗谱略》、《韩偓年谱》、《韩偓诗注》,此诗乃开平四年(910)之作,时在尤溪桃林场。《韩偓简谱》系于后梁乾化元年,盖因其将本是开平四年作之《腾腾》诗误系于往后一年之乾化元年,故将包括此诗在内的《腾腾》诗后诸诗亦误系于乾化元年。

诗人隐居桃林场,记叙隐逸生活,回首所历往事,抒发隐逸之志。首二句谓厌倦争名夺利之官场生涯,而喜于闲居隐逸,故今乃种菜躬耕。故《韩偓年谱》谓"'自种芜菁亦自锄'之句表明,偓在桃林场,开始躬耕自养。"三、四句写隐居山村所见所虑。此两句是否有寓托,未能确认。吴汝纶谓"鹰鹯搏击,疑指晋王李存勖。不然,则唐未亡时作。"按诗作于唐亡后之开平四年,非"唐未亡时",则吴汝纶乃"疑指晋王李存勖"。据《旧五代史·庄宗纪》,作此诗时,唐庄宗李存勖正领军击朱全忠军。韩偓此句是否指喻此事,不能确定。"拙谋"、"所短"二句,谓自己以往拙于谋略,太相信书本所言,故遭遇坎坷。"刀尺"句则谓尽管如此,然而处置品量人材之"刀尺"与法度依然存在,相信人们对自己所为,当有公正合理之评价。末句表明自己隐居之坚定心愿,愿他人不必再怀疑。《韩偓诗注》谓"'刀尺'与'绳墨'当指朱全忠手中执掌的权柄",所说未谛。《韩偓简谱》谓"此诗殆伤唐末士贪权势,终遭白马之厄也"。亦恐未必。盖白马之厄并非士人贪权势所致,乃朱全忠、李振之流忌恨清流,残杀朝中大臣,谋夺李唐政权之举。韩偓当不至于讽议遭白马之厄之士人。

①趋竞:奔走钻营;争名夺利。

②芜菁:植物名。又名蔓菁。块根肉质,花黄色。块根可做蔬菜。俗称大头菜。韩愈《感春》诗之二:"黄黄芜菁花,桃李事已退。"

③跳梁:亦作"跳踉"。犹跳跃。《庄子·逍遥游》:"子独不见狸狌乎?卑身而伏,以候敖者;东西跳梁,不辟高下。"成玄英疏:"跳梁,犹走掷也。"杜甫《七歌》:"黄蒿古城云不开,白狐跳梁黄狐立。"触拨:顶触,碰撞。

④鹰鹯:鹰与鹯。比喻忠勇之人。语出《左传·文公十八年》:"见无礼于其君者,诛之,如鹰鹯之逐鸟雀也。"搏击:鸟兽对他物的捕捉和击打。

169

《晋书·孙盛传》："退无鹰鹯搏击之用。"粗疏，原作"麤疏"，亦作"麤疎"、"麄疏"、"麄疎"。意为粗忽疏慢。

⑤拙谋：笨拙的计谋。《尚书·盘庚上》："予亦拙谋作乃逸。"循理：依照道理或遵循规律。《荀子·议兵》："义者循理，循理故恶人之乱之也。"

⑥尽信书：《孟子·尽心下》："尽信书，则不如无书。"

⑦刀尺，本为裁剪衣物的剪刀和尺子，喻指品评进退人才的权力。白居易《为人上宰相书》："古之善为宰相者……盖在于秉钧轴之枢，握刀尺之要。"绳墨：本为木工画直线用的工具，喻指法度、法律。

⑧张翰恋鲈鱼：《晋书·张翰传》："张翰，字季鹰，吴郡吴人也。……翰有清才，善属文，而纵任不拘，时人号为'江东步兵'。……齐王冏辟为大司马东曹掾。冏时执权，翰谓同郡顾荣曰：'天下纷纷，祸难未已。夫有四海之名者，求退良难。吾本山林间人，无望于时。子善以明防前，以智虑后。'荣执其手，怆然曰：'吾亦与子采南山蕨，饮三江水耳。'翰因见秋风起，乃思吴中菰菜、莼羹、鲈鱼脍，曰：'人生贵得适志，何能羁宦数千里以要名爵乎？'遂命驾而归。"

【汇评】

鹰鹯搏击，疑指晋王李存勖。不然，则唐未亡时作。（吴汝纶《吴评韩翰林集》）

僧　影①

　　山色依然僧已亡，竹间疏磬隔残阳②。智灯已灭馀空烬③，犹自光明照十方④。

【题解】

据《韩翰林诗谱略》、《韩偓年谱》、《韩偓诗注》，此诗乃开平四年（910）之作，时在尤溪桃林场。《韩偓简谱》系于后梁乾化元年，盖因其将本是开平四年作之《腾腾》诗误系于往后一年之乾化元年，故将包括此诗在内的

170

《腾腾》诗后诸诗亦误系于乾化元年。

此咏亡僧遗像诗,字里行间流露对亡僧之吊念与赞颂之情。谓"山色依然",乃借景抒发悼僧之情。"疏磬"而"残阳",以景物之萧疏落寞,映衬诗人悲悼之情怀。末二句则赞颂亡僧之灵智永留人间,光照十方而不息。

【校注】

①僧影:此指亡僧的画像。

②疏磬:稀疏的磬声。磬,寺院中召集众僧用的云板形鸣器或诵经用的钵形打击乐器。

③"馀空",玉山樵人本、韩集旧钞本、统签本与《全唐诗》均作"馀空",而嘉靖洪迈本作"馀香"。智灯已灭:智灯,佛教语。谓照破迷暗的智慧之光。智灯已灭,喻此僧人已亡。烬:此指灯烛燃烧后剩下的灰烬。

④十方:佛教称东南西北和东南、西南、东北、西北以及上下为十方。

洞庭玩月①

洞庭湖上清秋月,月皎湖宽万顷霜②。玉碗深沈潭底白③,金杯细碎浪头光④。寒惊乌鹊离巢噪⑤,冷射蛟螭换窟藏⑥。更忆瑶台逢此夜⑦,水晶宫殿挹琼浆⑧。

【题解】

作年诸家所说不一。吴汝纶于诗题后评注谓"此在湖南时作,唐末亡也",然未系具体年月。《唐韩学士偓年谱》则先后系《出官经硖石县》、《江行》、《汉江行次》、《过汉口》、《洞庭玩月》、《赠隐逸》、《雪中过重湖》等诗于天复三年。《韩偓诗注》所系同,以为此诗"作于唐昭宗天复三年初秋,是年诗人在湖南洞庭湖边。"而《韩翰林诗谱略》于天祐元年谓"偓在湖南长沙,五月复至醴陵县",此下即系该年诗,先后为《过汉口》、《汉江行次》、《洞庭玩月》等诗作。《增订注释全唐诗·韩偓集》亦谓"此诗当作于天祐元年秋流寓湖南时"。按:作于天复三年和天祐元年两说均值得怀疑。据此诗"洞庭湖上清秋月"句，知为秋季。今考韩偓天复三年二月贬官濮州后至天祐元年入湖南后经历，未见其秋日在洞庭湖之行迹。据《韩偓年谱》所考，韩偓天复三年未入湖南。天祐元年先后作《江行》、《过汉口》、《汉江行次》、《雪中过重湖信笔偶题》诸诗。后一诗诗题有"雪中"，诗中有"水国春寒向晚多"句，据此知韩偓天祐元年初春已在湖南洞庭湖。又据韩偓《甲子岁夏五月自长沙抵醴陵贵就深僻以便疏慵》诗，知天祐元年五月（即甲子岁夏五月）已由长沙至醴陵。此后韩偓寓居醴陵久之，至天祐二年春夏间方至江西袁州。故自天复三年至天祐二年韩偓并无秋日在洞庭湖之经历。且诗题谓"洞庭玩月"，其于初贬官不久，如果真经洞庭湖，亦恐无"玩月"之心情。可见此《洞庭玩月》诗恐非韩偓在天复三年或天祐元年所作。今考诗题之"洞庭"，或诗中之"洞庭湖"亦非必指湖南境内之洞庭湖，亦有指在江苏者。陆龟蒙、皮日休在苏州均有咏及此洞庭、洞庭湖之作。而韩偓咸通十三年(872)曾游江南，有《夏课成感怀》诗，中有"五湖烟波归梦劳。凄凉身世夏课毕，濩落生涯秋风高"句；又有《游江南水陆院》诗，中有"关河见月空垂泪，风雨看花欲白头"句；又有《江南送别》诗，中有"江南行止忽相逢，江馆棠梨叶正红"句；又有《吴郡怀古》诗等。据此，韩偓此诗之"洞庭"、"洞庭湖"疑即其游江南，秋游洞庭之作，亦作于咸通十三年秋。其时诗人正壮年，尚在觅仕，游江南苏州，见此湖光水色美景，故有"洞庭玩月"之作。

诗为洞庭湖上赏月之作。首二句描述秋夜月光下，辽阔的洞庭湖一派洁白景象，为总体概写，此下三、四两句即细写。第三句写明月如沉浸湖中潭底，乃写月之倒影，第四句刻画湖波银光闪烁之月景，乃写月光照射湖面之光耀景象。五、六两句以"乌鹊离巢噪"，"蛟龙换窟藏"以夸饰明月之皎洁冰清，乃侧写烘托。末二句则为联想之辞，以琼楼玉宇抱酒浆之仙宫情景，以写皎皎明月之美好。

【校注】

①玩月：赏月。韦应物《月下会徐十一草堂》诗："暂辍观书夜，还题玩月诗。"

②万顷霜：谓在月光下，辽阔的洞庭湖水面一派光洁，犹如凝上一层霜。

172

③"玉碗"句：意谓皎洁的月亮有如深浸湖里，使得潭底一片洁白。碗，原作椀，"椀"为"碗"的古字。玉椀，亦作"玉盌"。玉制的食具，亦泛指精美的碗。此处用以喻圆月。

④金杯细碎：喻浪头上闪烁的点点月光，有如金杯的碎片似的。

⑤乌鹊：指喜鹊。古以鹊噪而行人至，因常以乌鹊预示远人将归。曹操《短歌行》："月明星稀，乌鹊南飞。绕树三匝，何枝可依？"

⑥蛟螭：犹蛟龙。

⑦瑶台：指传说中的神仙居处。李商隐《无题》："如何雪月交光夜，更在瑶台十二层。"

⑧挹琼浆：以瓢酌酒。挹，酌，以瓢舀取。琼浆，仙人的饮料。喻美酒。

赠　隐　逸

　　静景须教静者寻①，清狂何必在山阴②。蜂穿窗纸尘侵砚③，鸟斗庭花露滴琴④。莫笑乱离方解印⑤，犹胜颠蹶未抽簪⑥。筑金所得非名士⑦，况是无人解筑金。

【题解】

　　《韩偓简谱》系于后梁乾化元年，《唐韩学士偓年谱》列于天复三年。《韩翰林诗谱略》、《韩偓年谱》、《韩偓诗注》则均系于后梁开平四年。按：今据《全唐诗》所排位置，其前后诗多作于桃林场（如此诗后第二首即《桃林场客舍之前有池半亩木槿栉比阒水遮山……》诗），故开平四年（910）在桃林场所作为是。

　　此诗借赠隐者而抒发感慨。首二句谓清静之处境还须静虑者所寻得，放逸不羁又何必在山阴呢？"蜂穿窗纸"，"鸟斗庭花"两句乃具体细致描述隐逸者所居之闲适幽静生活，此亦可谓另一种"清狂"也。此二句方回称"工"，亦即前人所谓"蜂一层，窗一层，纸一层，尘一层，砚一层，蜂弹窗纸一层，蜂弹窗纸尘侵砚一层。七层出于七字，新之至，细之至，天然之至"。所描述隐逸者生活环境与心境,有若姚合笔下之荒僻山邑、山村野处之况味,故纪昀评为"体近武功,故为虚谷所取,实非高格"。下半首确是"笔仗沉着",诗人之感慨议论具在其中。"莫笑"、"犹胜"两句,谓自己之弃官虽在离乱之后,但还是胜过那些在国家已亡还眷念官职不肯弃官者。言下,其鄙夷指斥那些为朱全忠效力的李唐旧臣之意显然可见! 末两句真如方回所说"尾句一缴,为燕昭王金台所致,便非名士,况又无燕昭王之为人者乎! 其说尤高矣"。

【校注】

①"景",玉山樵人本、统签本均作"隐"。"静",玉山樵人本、统签本均作"隐",《全唐诗》校:"一作隐"。静者:谓能清心静虑者。此处指佛道隐逸者。静,精神贯注专一。道家修养之术。《云笈七签》卷九十九:"修炼之士当须入静……大静三百日,中静二百日,小静一百日。"

②"清狂"句:清狂,放逸不羁貌。杜甫《壮游》:"放荡齐赵间,裘马颇清狂。"山阴,即今浙江绍兴。春秋越王勾践之都。秦置县,以邑在山之阴而名。隋废,并入会稽县,唐复置。此句用晋人王子猷事典。《世说新语·任诞》:"王子猷居山阴,夜大雪,眠觉,开室命酌酒,四望皎然,因起彷徨,咏左思《招隐》诗。忽忆戴安道,时戴在剡,即便夜乘小船就之。经宿方至,造门不前而返。人问其故,王曰:'吾本乘兴而行,兴尽而返,何必见戴?'"

③"穿",玉山樵人本、统签本均作"弹"。

④"庭花",玉山樵人本、统签本均作"花庭"。

⑤"莫",《全唐诗》校:"一作方"。"方",韩集旧钞本作"才",《全唐诗》校:"一作才"。解印:即解印绶,谓辞免官职。

⑥颠蹶:此处意为覆亡;毁灭;失败。此处指唐王朝为朱全忠所篡权而覆亡。未抽簪:谓弃官引退。古时做官的人须束发整冠,用簪连冠于发,故称引退为"抽簪"。

⑦"所",原作"总",然韩集旧钞本作"所",玉山樵人本、统签本则均作"诱",《全唐诗》校:"一作所,一作诱"。今据韩集旧钞本改为"所"。筑金:即筑造黄金台以礼聘贤士。名士:指名望高而不仕的人。

方回：三、四工。五、六有议论。尾句一缴，为燕昭王金台所致，便非名士，况又无燕昭王之为人者乎！其说尤高矣。

冯班：全不知致尧意。

纪昀：体近武功，故为虚谷所取，实非高格。

纪昀：后四句笔仗沉著，晚唐所少。

许印芳："解"字复。（以上《瀛奎律髓汇评》卷四十八仙逸类）

蜂一层，窗一层，纸一层，尘一层，砚一层，蜂弹窗纸一层，蜂弹窗纸尘侵砚一层。七层出于七字，新之至，细之至，天然之至。学中、晚人构得如此心思，方能使优孟盛唐者不敢轻视。（陆次云辑《五朝诗善鸣集》）

韩偓《赠吴颠尊师》曰："饮酒经何代，休粮ց*位此生。迹应常自浣，颠亦强为名。……伊余常服义，愿拜十年兄。"《送人弃官入道》曰："仙李浓阴润，皇枝密叶敷。俊才轻折桂，捷径取纡朱。……酒律应难忘，诗魔未肯徂。他年如拔宅，为我指清都。"《赠隐逸》曰："静景须教静者寻，清狂何必在山阴。……筑金总得非名士，况是无人解筑金。""仙李"一首，盖赠唐之宗室。三人名氏虽不可尽得，其愤时而去，非才不能用世，与甘心枯槁之流固又有加矣。（吴光耀《五代史记纂误续补》卷三）

南　浦①

月若半环云若土②，高楼帘卷当南浦③。应是石城艇子来④，两桨咿哑过花坞⑤。正值连宵酒未醒，不宜此际兼微雨。直教笔底有文星⑥，亦应难状分明苦⑦。

【题解】

徐复观以为此非韩偓诗，谓"《南浦》诗有'应是石城艇子来'之句，与韩偓情况不合，而诗的气体较粗，极似韩熙载。"此说未有确实凭证，难于证明诗非韩偓作，今不取。此诗玉山樵人本、韩集旧钞本、统签本、屈抄本、吴校本、石印本均收于《香奁集》中，吴校本诗后注："重见"，盖其前卷二已收此诗。而韩集旧钞本（此本重收）、汲古阁本、麟后山房刻本、《全唐诗》则收入正集中。此诗为何有的版本收在《香奁集》，有的则收于《香奁集》外韩偓集，有的又重收？今已难于辨明。从现存版本收此诗之情况以及其内容情趣看，颇疑此诗原属《香奁集》诗，然是否如此，亦不敢必，尚有待确考。至于此诗作年亦有歧见，《韩翰林诗谱略》、《韩偓年谱》、震钧《韩承旨年谱》均系于后梁开平四年，震钧谓《南浦》一首，亦作于此年（按：指开平四年庚午）"。而《韩偓诗注》以为"作于唐昭宗天复三年（903）。时诗人由河南转入湖北，沿汉江而至汉口。南浦，古水名，在今湖北武汉南"。按：上述编年以及根据互有歧异，未必可信，聊备一说。

　　此诗作年、地点各家所说不同，故所释诗意有别。如震钧谓"梁开平三年，淮南遣张知远修好于王审知。知远醉后倨傲，审知斩之，表上其书于全忠。云'石城艇子来'，正咏此事。云'直是连宵酒未醒'，言谓知远倨傲由于醉。致尧有舔糠及米之忧，故云'难状分明苦'，真心摇摇如悬旌矣。"此说聊可备一说，然未必可信。盖此诗恐属《香奁集》中诗，乃韩偓早年之作，故以开平三年事解之，究不免有强作解人之嫌。故似宜就其诗句所提供之信息而解释，至于是否真有寓托，还待高明确解之。鄙意以为，诗乃怀人而抒发思愁之作。首二句描写怀人之环境处所，营造眷念伊人之气氛。"月若半环"，言月未圆尚缺也，寓人未团圆而分离。"云若土"，云乌黑也，衬托心情之黯淡。"高楼帘卷"句，谓伫立高楼，卷帘面对分别之处。"应是"、"两桨"二句，想望之辞也，乃借古歌谣以抒发思念盼望伊人之情思。"应是"二字，最需注意。"正值"句，谓因思念者久盼未至而愁绪缠绵，故云"连宵酒未醒"。"不宜"句，谓正当此连宵忧愁之时，天又微雨蒙蒙，更增添丝丝愁绪。末二句则谓此种闲愁思绪之苦楚，纵使有如花妙笔，亦难于描述分明。陈伯海《韩偓生平及其诗作简论》评云："诗写候人不来的心情。先借半明半暗的月色、若吞若吐的云影，渲染出迷离不定的气氛；又通过桨声咿哑、艇子虚过的细节，点明候人的焦灼心理；再加上醉酒、微雨的烘托，把此时此刻相思之苦形容得曲尽其妙。与上引《已凉》相比，笔调婉约是一致的，而构思并不过于深曲，语言朴素，风姿天然，音节柔曼，情韵悠长，更接

176

近于《子夜》、《西洲》之类南朝乐府。吸取民歌的精华,这也是'香奁诗'不容一笔抹煞的理由。"所说可从。

【校注】

①此诗玉山樵人本、韩集旧钞本、统签本、屈抄本、吴校本、石印本《香奁集》均收于《香奁集》中,吴校本诗后注:"重见",盖其前卷二已收此诗。韩集旧钞本(此本重收)、汲古阁本、麟后山房刻本、《全唐诗》则收入正集中。南浦:南浦有数义,原有南面的水边之义,后常用称送别之地。此诗所赋,即为此义。

②"土",原作"吐",韩集旧钞本于"吐"字下校:"本作土"。今据改。月若半环:谓月亮如半个圆环。环:璧的一种。圆圈形的玉器。

③当南浦:正对着南浦。当:对着;向着。

④"城",《全唐诗》、吴校本均校:"一作矶"。石城艇子来:《旧唐书·音乐志》:"《莫愁乐》,出于《石城乐》。石城有女子名莫愁,善歌谣,《石城乐》和中复有'莫愁'声,故歌云:'莫愁在何处? 莫愁石城西。艇子打两桨,催送莫愁来。'"

⑤花坞:四周高起中间凹下的种植花木的地方。

⑥直教:此处意为即使让。教,使;令;让。文星:星名。即文昌星,又名文曲星。相传文曲星主文才,后亦指有文才的人。

⑦难状:难于描绘形容。状,形容;描绘。分明:明确;清楚。

【汇评】

韩偓《香奁集》,皆裙裾脂粉之诗。高秀实云:元氏艳诗丽而有骨,韩偓《香奁集》丽而无骨。愚按,诗名《香奁》,奚必求骨? 但韩诗浅俗者多,而艳丽者少,较之温、李,相去甚远。即予所录者,十之二三而亦不能佳也。五言古如"侍女动妆奁,故故惊人睡。那知本未眠,背面偷垂泪"。七言古如"娇娆意绪不胜羞,愿倚郎肩永相著","直教笔底有文星,亦应难状分明苦"。七言律如"小迭红笺书恨字,与奴方便送卿卿"。七言绝如"想得那人垂手立,娇羞不肯上秋千"等句,则诗徐变为曲调矣。上源于李商隐、温庭筠七言古,诗馀之变止此。至七言律如"仙树有花难问种,御香闻气不知名","静中楼阁深春雨,远处帘栊半夜灯",亦颇有致。又"分明窗下闻裁

剪,敲遍阑干唤不应",则曲尽艳情。(许学夷《诗源辩体》卷三十二)

断崖树犹倒倚,莫愁艇子曾系,空遗旧迹。郁苍苍雾沉半垒,夜深月过女墙来,赏心东畔淮水。(刘禹锡《金陵诗》:"山围故国周遭在,潮打孤城寂寞回。淮水东边旧时月,夜深还过女墙来。"又乐府诗:"莫愁在何处,住在石城西。艇子折两桨,催送莫愁来。"韩偓诗:"应是石城艇子来,两桨咿哑过花坞。")(陈元龙《详注片玉集》卷八《西河大石·金陵》)

梁开平三年,淮南遣张知远修好于王审知。知远醉后倨傲,审知斩之,表上其书于全忠。云"石城艇子来",正咏此事。云"直是连宵酒未醒",言谓知远倨傲由于醉。致尧有舔糠及米之忧,故云"难状分明苦",真心摇摇如悬旌矣。(震钧《香奁集发微》)

桃林场客舍之前有池半亩木槿栉比阏水遮山因命仆夫运斤梳沐豁然清朗复睹太虚因作五言八韵以记之①

插槿作藩篱②,<u>丛生覆小池</u>。为能妨远目③,因遣去闲枝④。邻叟偷来赏,栖禽欲下疑。虚空无障处,蒙闭有开时⑤。苇鹭怜潇洒⑥,泥鳅畏日曦⑦。稍宽春水面,尽见晚山眉⑧。岸稳人偷钓⑨,阶明日上基⑩。世间多弊事⑪,事事要良医。

【题解】

《韩偓简谱》列于后梁乾化元年(911),而《韩翰林诗谱略》《唐韩学士偓年谱》《韩偓年谱》《韩偓诗注》均系于后梁开平四年。按:此诗统签本题下有"庚午"小注,即谓作于开平四年,故谓作于乾化元年不可信。今从开平四年(910)之说。诗有"稍宽春水面"句,则诗作于是年春。

从诗题知此诗为客居桃林场初,整治修葺客舍前水池环境后之作。前四句叙修葺水池,去除<u>丛生</u>闲枝之缘故,乃因"<u>丛生覆小池</u>"而"妨远目"也。"邻叟偷来赏"句至"阶明日上基"一段,乃记叙修葺后环境之豁然清朗,爽

178

心悦目之情景。末二句"世间多弊事,事事要良医",则因修葺之事而兴感发,最是此诗之要旨。据此两句,其时诗人对弊病丛生之世道多怀不满,盼望"良医"有以革除之之意隐然可见。

【校注】

①"以记之",原无此三字,据玉山樵人本、统签本补。《全唐诗》、吴校本均校:"一本题下有以记之三字"。又统签本题下小注云:"庚午"。"睹",韩集旧钞本、汲古阁本、麟后山房刻本、吴校本均作"视",吴校本下校:"一作睹"。桃林场:地名,在今福建永春县。唐长庆二年(822)置,即今福建永春县。《闽书》卷十二《方域志》永春县:"东抵南安,西抵龙岩,南抵南安,北抵德化。本隋南安县之桃林场。五代唐长兴三年,王延钧升为县;晋天福三年,王昶改县曰永春。"木槿:亦作"木堇"。落叶灌木或小乔木。叶卵形,互生;夏秋开花,花钟形,单生,有白、红、紫等色,朝开暮落。栽培供观赏兼作绿篱。树皮和花可入药,茎的纤维可造纸。栉比:像梳箆齿那样密密地排列。语出《诗·周颂·良耜》:"其崇如墉,其比如栉"。阒水:堵塞住流水。阒,遮壅、堵塞。运斤:挥斧。斤,斧头。梳沐:原指梳洗。此处意为清理周围的丛杂草木。太虚:天空。唐张说《出湖寄赵冬曦》:"东瞻岳阳郡,汗漫太虚间。"

②藩篱:指用竹木编成的篱笆或栅栏。

③妨远目:妨碍远望。远目,远望。

④闲枝:指多馀的枝条。

⑤"蒙闭"句:谓经过治理后,水池上原来被木槿蒙蔽遮掩的地方也有披开疏朗之处。

⑥怜:喜欢。潇洒:幽雅、整洁。

⑦"日",玉山樵人本、统签本均作"赫",《全唐诗》、吴校本均校:"一作赫"。日曦:日光。

⑧晚山眉:如眉之晚山。谓傍晚时分,远处烟霭中的山峰犹如弯眉似的。

⑨"偷",《全唐诗》、吴校本均校:"一作垂"。

⑩"基",统签本作"棋"。《全唐诗》、吴校本均校:"一作棋"。按:应作

"基"为是。基:台基。

⑪"弊",《全唐诗》、吴校本均校:"一作少"。

中秋寄杨学士①

　　鳞差甲子渐衰迟②,依旧年年困乱离。八月夜长乡思切③,鬓边添得几茎丝。

【题解】

　　此诗诸家系年不同,《韩偓简谱》系于开平二年(908),谓"吴注此唐未亡时诗,学士凝式也"。《韩翰林诗谱略》、《韩偓年谱》系于开平四年(岑仲勉《唐人行第录·唐集质疑》于天祐七年[即后梁开平四年]亦记此诗);《韩偓诗注》谓"作于唐昭宗天复二年。杨学士指杨凝式。……韩公与杨凝式交谊甚厚,其手简谓:'杨学士兄弟来此消梨子,两日前已寻得花时。'"按:诸家所系不同,多与杨学士为谁看法有异所致。吴汝纶以为杨学士为杨凝式(《韩偓诗注》从之),然谓此杨学士为杨凝式,误。据《旧五代史》卷一二八《杨凝式传》注引《凝式年谱》云:"唐咸通十四年癸巳,凝式是年生,故题识多自称癸巳人。"按:咸通十四年癸巳为公元873年。又《旧五代史》本传记载,"唐昭宗朝,登进士第,……梁开平中,为殿中侍御史、礼部员外郎,三川守、齐王张宗奭见而嘉之,请以本官充留守巡官。梁相赵光裔素重其才(陈尚君《旧五代史新辑会证·杨凝式传》谓'梁时赵光裔未尝拜相,疑系赵光逢之误'。所说是),奏为集贤殿直学士,改为考功员外郎。唐同光初,授比部郎中、知制诰。"据此所载凝式历官,其为集贤殿直学士盖在后唐同光初(923)前数年,亦即约在后梁末帝贞明(915-921)中,约公元919年左右,总之乃在后梁时。是时,韩偓已经78岁左右,而杨凝式年47左右。韩偓素恶后梁政权,是时恐未必以身为后梁朝官,且年龄小自己30岁左右之杨凝式在闽中有来往。且以此诗"鳞差甲子渐衰迟"、"鬓边添得几茎丝"考之,谓"渐衰迟"等,亦与韩偓年已近八十之"衰迟"状态不符。再,以此诗在

180

《全唐诗》之位置，大致乃在开平四年(910)其在桃林场时之作。"则以杨学士为杨凝式恐不可信。至于《韩偓诗注》系此诗于天复二年，除了以为杨学士为杨凝式外，主要以为诗首句"鳞差甲子"之"甲子"乃谓韩偓年岁约"一甲子"，"天复二年，诗人六十有一岁。此举其整数而已"。按：此处"甲子"乃代指岁月年光而言，非指韩偓年纪为"一甲子"。又杨学士兄弟，《增订注释全唐诗·韩偓集》以为"指杨赞禹、杨赞图"。岑仲勉《唐人行第录·唐集质疑》于天祐七年(即后梁开平四年庚午)下谓韩偓"其《中秋寄杨学士》诗，一作《中秋永夕奉寄杨学士兄弟》，余谓杨学士赞图也。新表，承休、杨堪之子，虞卿之孙，与赞图为从昆，故曰学士兄弟也；《全文》八二九《手简帖》，'杨学士兄弟来此'，亦同。"陶敏《全唐诗人名汇考》亦谓"杨学士兄弟，谓杨赞图、杨承休兄弟。《全唐文》卷八二五黄滔《丈六金身碑》：'我公粤天祐三年丙寅秋七月乙卯，铸金铜像一丈有六尺之高。……其明年正月十有八日乙未，设二十万人斋。……座客有右常侍陇西李公洵、翰林承旨制诰兵部侍郎昌黎韩公偓……刑部员外郎弘农杨公承休、弘文馆直学士弘农杨公赞图……谓安莫安于闽越，诚莫诚于我公，依刘表，起襄汉，其地也，交辙及馆。'杨赞图乃杨知退子，承休乃杨堪子，均杨虞卿孙，见《新唐书·宰相世系表一下》杨氏越公房。"据上所考，谓杨学士兄弟为杨赞图兄弟可信。至于杨学士兄弟指杨赞禹、杨赞图，或杨赞图、杨承休，则以杨赞图、杨承休为较可信。据韩偓《手简帖》"杨学士兄弟来此"，知此杨氏兄弟乃皆来闽者，而杨赞图、杨承休兄弟于唐将亡时即来闽，并与韩偓一起出席天祐四年(907)春佛斋会。而杨赞禹是否来寓闽，未见文献记载，故难于确定其是否来闽与韩偓往还。至于此诗作年，《韩偓简谱》据"吴注此唐未亡时诗，学士凝式也"而记在开平二年，不可信。盖杨学士非杨凝式，且开平二年唐已亡，不可谓"唐未亡时诗"。当据《韩翰林诗谱略》等系于后梁开平四年(910)中秋为妥。

此乃中秋时节伤身世，叹乱离，怀乡念远，寄人抒发情怀之作。首句感年光之匆匆，衰暮之年渐渐逼进也。第二句感叹年年困于乱离之中，寓居他乡为客也。后二句则以细笔具体描述自身状况，既是上二句之具体化，亦起前后呼应之效。"乡思切"，呼应"困乱离"也；"添得几茎丝"，谓"渐衰迟"也。

【校注】

①诗题嘉靖洪迈本作"中秋永夕奉寄杨学士",玉山樵人本、统签本均作"中秋永夕奉寄杨学士兄弟",《全唐诗》、吴校本均校:"一作中秋永夕奉寄杨学士兄弟"。

②鳞差:犹鳞次,指像鱼鳞那样依次排列。甲子:甲,天干的首位;子,地支的首位。天干和地支递次相配,如甲子、乙丑、丙寅之类,统称甲子。从甲子起至癸亥止,共六十,故又称为六十甲子。此处泛指岁月,光阴。衰迟:衰年迟暮。谓年老。

③"长",麟后山房刻本作"来"。按:作"长"是。

【汇评】

吴汝纶于诗题后评注云:"杨学士当是杨凝式。此唐未亡时作。"(吴汝纶《吴评韩翰林集》)

寄 禅 师①

他心明与此心同②,妙用忘言理暗通③。气运阴阳成世界④,水浮天地寄虚空⑤。劫灰聚散铢锱黑⑥,日御奔驰茧栗红⑦。万物尽遭风鼓动,唯应禅室静无风⑧。

【题解】

《韩翰林诗谱略》、《唐韩学士偓年谱》、《韩偓年谱》、《韩偓诗注》均系于梁开平四年(910),时韩偓在桃林场。

此乃与禅师说道谈理,并赞颂禅师修行高妙之什。首二句称扬禅师擅长道家得意忘言之说,沟通禅道之理。中四句则为说道谈理之辞,可见诗人之哲学思想。如"劫灰聚散铢锱黑,日御奔驰茧栗红"两句,乃以为世间万事万物自有其形成变化之规律,乃受风气鼓动之结果。如劫灰之聚集或分散,铢锱之物之变黑;太阳不停之运行,植物幼芽、蓓蕾之转变为红色,均是风气鼓动之自然结果,自有其变化之规律。末二句则以"万物尽遭风鼓动",而唯禅师未受风波动,平静寂然,以称颂禅师精深之修行。

【校注】

①禅师:和尚之尊称。

②"他心"句:他心,指道家忘言之学说。此心,盖谓佛家之禅理。

③忘言:谓心中领会其意,不须用言语来说明。语本《庄子·外物》:"言者所以在意,得意而忘言。"

④"气运"句:谓气运转阴阳二气即形成世界。运,运转;转动。阴阳,天地间化生万物的二气。《易·系辞上》:"阴阳不测之谓神。"世界,佛教语,犹言宇宙。世指时间,界指空间。

⑤"水浮天地"句:意谓整个天地均由海水浮载,而天地海水又寄托在虚空之中。

⑥劫灰:本谓劫火的馀灰。劫灰聚散,意为劫灰或聚或散。铢锱:锱和铢。比喻微小的数量。锱,重量单位。其说不一,或谓六铢,或谓八铢,或谓六两,或谓八两。一般从《说文》,谓六铢,即一两的四分之一。铢锱黑,意为微小的铢锱变黑。

⑦"茧",汲古阁本作"蠒"。按:"蠒"同"茧"。日御:神话中为太阳驾车的神,名羲和。《楚辞·离骚》"吾令羲和弭节兮",汉王逸注:"羲和,日御也。"此处代指太阳。茧栗:原形容牛角初生之状。言其形小如茧似栗。

⑧"唯应"句:禅室,犹禅房。佛徒习静之所。此句连同上句意谓世间万物皆被风所鼓动,唯有您的禅房平静无风。

【汇评】

《续高僧传》十九《菩提达磨传四行第二》:随缘行云者,逆顺风静,冥顺于法也。敦煌本《楞伽师资记》作:喜风不动,冥顺于道。馀参考《治禅病秘要经》。(陈寅恪《读书札记二集·韩翰林集之部》)

清 兴①

阴沉天气连翩醉②，摘索花枝料峭寒③。拥鼻绕廊吟看雨④，不知遗却竹皮冠⑤。

【题解】

《韩偓年谱》、《韩偓诗注》均系于梁开平四年，而《韩翰林诗谱略》、《唐韩学士偓年谱》则均系于梁乾化元年。按：统签本诗题下小注云："辛未年，南安县。"又《全唐诗》编次此诗在《中秋寄杨学士》诗和《火蛾》、《信笔》之间。据前考，《中秋寄杨学士》诗乃梁开平四年之作，而《火蛾》诗统签本题下有"辛未南安县作。此诗盖有所指"小注，《信笔》诗则有"春风狂似虎，春浪白于鹅"句。据此知《信笔》诗作于《中秋寄杨学士》诗之明年春，而据《清兴》诗之"料峭寒"、"拥鼻绕廊吟看雨"句，知盖亦春日诗。则《中秋寄杨学士》诗后之《清兴》诗，当作于梁乾化元年辛未(911)春，统签本诗题下"辛未年，南安县"小注可信，今即从之。

诗写春阴时之清兴。首二句谓春阴连绵，料峭春寒中花枝瑟瑟，故诗人亦连续醉酒以度此春寒之日也。"拥鼻"、"不知"二句，即具写其清兴之状，乃扣诗题最重要之句。"拥鼻绕廊"，一层清兴也；"看雨"，二层清兴也。"遗却竹皮冠"而"不知"，亦专心入神之至，所谓清兴正浓，不知其馀也，亦是三层之清兴也。

【校注】

①统签本诗题下小注云："辛未年，南安县。"

②连翩：连续不断。曹植《名都篇》："连翩击鞠壤，巧捷惟万端。"

③"料"，玉山樵人本、统签本均作"撩"，统签本并于"撩"字下注"去声"。按："料峭"又作"撩峭"。摘索：犹言瑟缩。料峭寒：形容微寒；亦形容风力寒冷、尖利。

④拥鼻：即拥鼻吟。《晋书·谢安传》："安本能为洛下书生咏，有鼻疾，

故其音浊,名流爱其咏而弗能及,或手掩鼻以效之。"后以"拥鼻吟"指用雅音曼声吟咏。

⑤竹皮冠:秦末刘邦以竹皮所作之冠。《史记·高祖本纪》:"高祖为亭长,乃以竹皮为冠,令求盗之薛治之,时时冠之,及贵常冠,所谓'刘氏冠'乃是也。"

深　院①

　　鹅儿唼唼栀黄觜②,凤子轻盈腻粉腰③。深院下帘人昼寝,红蔷薇架碧芭蕉④。

【题解】

　　作年有歧说,《韩偓年谱》系于梁乾化元年,谓"作《深院》诗,题下自注:'辛未年在南安县作'(汲古阁本《香奁集》)",《韩翰林诗谱略》同。《唐韩学士偓年谱》、《韩偓诗注》则皆系于后梁太祖开平四年(910)。岑仲勉《韩偓南依记》谓"天祐八年辛未在南安县,有《深院》诗。(见汲古《香奁集》)"天祐八年辛未,亦即梁乾化元年(911)。石印本《香奁集》此诗题下小注:"辛未年在南安县作。"按:此诗玉山樵人本、韩集旧钞本、统签本、屈抄本、石印本、吴校本均收入《香奁集》,而除汲古阁本《香奁集》、石印本《香奁集》(按:此本底本即汲古阁本《香奁集》)外,诸本皆无题下小注,则此小注颇为可疑。且结合此诗所写情景韵致,颇疑乃韩偓早年所作《香奁集》诗,故石印本《香奁集》题下小注"辛未年在南安县作"未可遽信,其作年应存疑俟考。

　　诗写深院情景,突出深院之幽谧,与下帘昼寝人之华贵。首二句不仅描出"黄腻红碧,春色纷呈"之"妍丽之风景",而且"鹅儿唼喋"、"凤子轻盈"二句亦以轻微之动景,衬出深院中之幽静恬美氛围。末句又同首二句,以"红蔷薇"、"碧芭蕉"之"妍丽风景",一并衬托出深院昼寝之人的华贵气象。

【校注】

　　①此诗又收于玉山樵人本、韩集旧钞本、统签本、屈抄本、汲古阁本、吴

校本之《香奁集》，石印本《香奁集》诗题下小注："辛未年在南安县作"，吴校本于其诗末注："重见"。

②唼喋：同"唼喋"。禽鸟吃食。《史记·司马相如传·上林赋》："唼喋菁藻，咀嚼菱藕。"栀黄觜：此谓小鹅长着栀黄色的嘴巴。栀，即栀子，木名。常绿灌木或小乔木。叶子对生，长椭圆形，有光泽。春夏开白花，香气浓烈，可供观赏。夏秋结果实，生青熟黄，可做黄色染料。也可入药，性寒味苦，为解热消炎剂。杜甫《栀子》："栀子比众木，人间诚未多。"

③凤子：大蛱蝶。晋崔豹《古今注·鱼虫》："（蛱蝶）大如蝙蝠者，或黑色，或青斑，名为凤子。"统签本此诗下注："《文昌杂录》云：《古今注》：蛱蝶大者名凤子，偓诗用此。"腻粉腰：谓大蛱蝶白粉色的腰。腻粉，犹脂粉。白居易《戏题木兰花》："紫房日照燕脂坼，素艳风吹腻粉开。"

④"架"，统签本、石印本《香奁集》均作"映"，《全唐诗》、吴校本《香奁集》均校："一作映"。

【汇评】

李义山《偶题》云："小亭闲眠微酒消，山榴海柏枝相交。"韩致尧云："深院下帘人昼寝，红蔷薇映碧芭蕉。"皆微词也。（吴聿《观林诗话》）

韩偓诗："鹅儿唼喋栀黄觜，凤子轻盈腻粉腰。"不记凤子定是何物。或问余，姑以蝶应之问者，依违而已。退念藏书数万，不能贮心，亦病也。徐悟乃崔豹《古今注》耳，谓"蛱蝶大者为凤子"。此非幽经僻说，尚尔不记。故知学者要当博读古今，又能强记，始可言诗耳。（蔡绦《西清诗话》卷下）

《西清诗话》云："韩偓诗：'鹅儿唼喋栀黄嘴，凤子轻盈腻粉腰'，事见崔豹《古今注》，云：'蛱蝶大者为凤子'。"（胡仔《苕溪渔隐丛话前集》卷二十三《韩致元》）

礼部王员外言崔豹《古今注》："蛱蝶大者名凤子"，然辞人罕用。余读唐韩偓诗有"鹅儿唼喋雌黄觜，凤子轻盈腻粉腰"，正为蝶也。（庞元英《文昌杂录》卷一）

《文昌杂录》云：《古今注》：蛱蝶大者名"凤子"，偓诗用此。（胡震亨《唐音戊签》）

韩偓诗："鹅儿唼喋栀黄觜，凤子轻盈腻粉腰。"不识"凤子"定是何物。

有问余,姑以蝶应之问者,依违而已。退念藏书万卷,不能贮心,亦病也。徐悟乃崔豹《古今注》,谓"蛱蝶大者为凤子"。(《金玉诗话》)

《凤子》:大蝶,一名凤子,见韩偓诗。《异物志》:"昔有人渡海,见一物如蒲帆。将到舟,竞以篙击之,破碎堕地。视之,乃蝴蝶也。海人去其翅足,秤肉得八十斤。啖之,极肥美。"(张岱《夜航船》卷十七《四灵部》)

写深闺昼寝,而以妍丽之风景映之,静境中有华贵气。唐树义诗:"行近小窗知睡稳,湘帘如水不闻声。"虽极写静境,而含情在言外,与韩诗略同。(俞陛云《诗境浅说续编》二)

凄　凄①

深将宠辱齐②,往往亦凄凄。白日知丹抱③,青云有旧蹊④。嗜咸凌鲁济⑤,恶洁助泾泥⑥。风雨今如晦⑦,堪怜报晓鸡⑧。

【题解】

作年有歧说,《韩偓年谱》《韩偓诗注》系于后梁开平四年(910),《韩翰林诗谱略》《唐韩学士偓年谱》则皆系于后梁乾化元年辛未(911)。《唐韩学士偓年谱》且于此诗题下谓"吾乡故老传抄本此后辛未年南安县作"。统签本题下小注云:"辛未南安县。"按:此诗《全唐诗》编在作于辛未年之《清兴》与《火蛾》诗之间(统签本两诗之下均有"辛未南安县"作小注),再参《唐韩学士偓年谱》等之编年,此诗当作于后梁乾化元年辛未(911)。

诗乃抒发诗人凄凄之情,故以"凄凄"为题。首二句谓尽管已看破红尘,等同荣宠与困辱,然而心中总不免凄凄之情。三、四两句,乃谓此种凄凄之情,并非缘于一己之私心,盖自己丹诚之心青天白日可知,自己也早经历过青云得意之时日矣。五、六两句,则表明自己之所以心情凄凄之故,即在于如今尚有"嗜咸凌鲁济,恶洁助泾泥"之人也,此种人犹如苍蝇逐臭,助纣为虐,令此世道越加恶浊昏暗,令人不堪也。以此故有"风雨如晦"两句,再表诗人之既厌恶又哀怜之凄凄情感。

【校注】

①统签本题下小注云："辛未南安县"。

②宠辱齐：将宠辱等量齐观。齐，相同；一样。

③白日：太阳。丹抱：赤诚之心。

④"蹊"，汲古阁本、麟后山房刻本均作"溪"。按："溪"同"蹊"。青云：此处喻高官显爵。旧蹊：旧路。蹊，小路。亦泛指道路。

⑤"嗜咸"句：意谓贪好咸味者，将渡过鲁国的济水而东至大海边寻求咸味。嗜咸，爱好、贪好咸味。凌，渡过；逾越。鲁济，鲁国境内的济水。济，古水名。古四渎之一。

⑥"恶洁"句：意谓厌恶洁净者，则为泾水之泥推波助澜，使其更为浑浊。恶洁，厌恶洁净。泾泥，泾水之泥。

⑦"风雨"句：喻指世道之恶浊昏暗。《诗·郑风·风雨》："风雨凄凄，鸡鸣喈喈。……风雨如晦，鸡鸣不已。"晦，昏暗；不明亮。

⑧怜：哀怜；怜悯。报晓鸡：此处喻指盼望结束乱世，迎来光明世界的志士。

【汇评】

刘后村曰："'唐史谓致光挈族入闽依王氏。'按：致光乃居南安，曷尝遂依之乎？"后村之言是也，而尚未尽。致光以丙寅至福唐主黄滔家，丁卯唐亡。戊辰尚寓福唐，己巳寓汀州之沙县。庚午寓尤溪之桃林，辛未而后始至南安。则其在福唐亦三年，又二年而居南安耳。然致光之居南安，固不依王氏。即居福唐，亦非依王氏。何以知之？王氏固附梁者也，致光避梁而出，岂肯依附梁之人。故其叹郎官之使闽者曰："不羞荜卓黄金印，却笑羲皇白接䍦。"《鹊》诗曰："莫怪天涯栖不稳，托身须是万年枝。"《驿步》诗曰："物近刘舆招垢腻，风经庾亮污尘埃。"《喜凉》诗曰："东南亦是中华分，蒸郁相凌太不平。"《凄凄》诗曰："嗜咸凌鲁济，恶洁助泾泥。"《闲兴》诗云："他山冰雪解，此水波澜生。"岂但于王氏无一毫之益，且危疑百端矣。读诗论世，可以得其情状也。（全祖望《鲒埼亭集外编》卷三十三《题跋·跋韩致光闽中诗》）

火　蛾①

阳光不照临，积阴生此类②。非无惜死心，奈有灭明意③。
须穿红焰焦④，翅扑兰膏沸⑤。为尔一伤嗟，自弃非天弃。

【题解】

作年有歧说，《韩偓年谱》、《韩偓诗注》系于后梁开平四年，《韩翰林诗
谱略》、《唐韩学士偓年谱》、《韩偓简谱》则皆系于后梁乾化元年辛未(911)。
按：统签本题下小注云："辛未南安县作。此诗盖有所指。"又此诗《全唐诗》
编在作于辛未年之《清兴》、《深院》、《凄凄》诗之后，今再参《唐韩学士偓年
谱》等之编年，则此诗当作于开平四年后之梁乾化元年辛未(911)。

此诗借咏飞蛾扑火而寓讽意。诚如统签本题下小注所云："此诗盖有
所指。"至于所讥讽对象，指其时投靠朱全忠后梁政权之原李唐王朝臣子。
前六句就飞蛾之生成、习性及扑火之下场咏写，大半属咏物。而"非无惜死
心，奈有灭明意"两句，兼有斥责其本性之意。末两句，则一表诗人鲜明态
度：既为其感伤嗟叹，又指出其灭亡乃自投罗网，自取其咎，怨天地不得。

【校注】

①统签本题下小注云："辛未南安县作。此诗盖有所指。"火蛾：蛾有趋
光的习性，喜明扑火，故称火蛾。亦称飞蛾。此处用以喻指卖身投靠后梁
政权者。

②积阴：谓阴气聚集。

③"灭明"，玉山樵人本、统签本均作"贼明"，《全唐诗》、吴校本均校：
"一作趋炎"。灭明：指火蛾扑向灯火，似欲扑灭火光。

④"须"，原作"妆"，玉山樵人本、统签本均作"粉"，《全唐诗》、吴校本均
校："一作须"。今据《全唐诗》等校改为"须"。"红焰焦"，原作"粉焰焦"，玉
山樵人本、统签本均作"红焰焦"，今据改。须：指火蛾头部之触须。

⑤兰膏：用泽兰子炼制的油脂，可以点灯。《楚辞·招魂》："兰膏明烛，

华容备些。"王逸注:"兰膏,以兰香炼膏也。"

信　笔①

春风狂似虎,春浪白于鹅。柳密藏烟易,松长见日多。石崖采芝叟②,乡俗摘茶歌。道在无伊郁③,天将奈尔何④。

【题解】

作年有歧说,《韩偓年谱》、《韩偓诗注》系于后梁开平四年,《韩翰林诗谱略》、《唐韩学士偓年谱》、《韩偓简谱》则皆系于后梁乾化元年辛未(911)。按:此诗《全唐诗》编在作于辛未年之《清兴》、《深院》、《凄凄》诗之后,其前一首《火蛾》诗题下统签本有"辛未南安县作"小注。再参《韩翰林诗谱略》、《唐韩学士偓年谱》等,则此诗当作于开平四年后之梁乾化元年辛未(911)。诗有"春风狂似虎,春浪白于鹅"等句,则是年春日作。

诗题为《信笔》,所写乃随所见所闻天地间自然景象而成。如春风狂猛如虎,春浪白过白鹅;柳叶茂密就易于含藏烟气,松树高耸,为日光所照就更多等等。前六句即均是信笔所及,以切题意。然虽谓信笔,亦非漫无边际之无意而为,亦有其欲以表明"道在无伊郁,天将奈尔何"之选择在。故前六句之天地间自然景象,皆乃此末二句之体现也。

【校注】

①信笔:谓随手书写,不甚经意。

②"石崖",玉山樵人本、统签本均作"生涯",《全唐诗》、吴校本均校:"一作生涯"。按:《全五代诗》卷七十五、《全唐诗录》卷九十三、《闽诗录》甲集卷五等作"生涯"。石崖:犹石壁。

③"道在"句:意谓只要坚守天地间自然之道,即使受到猜忌诽谤等不平事,也没有什么可忧愤郁结的。伊郁,忧愤郁结。

④"天将"句:意谓老天爷也奈何你不得。

雷　公①

　　闲人倚柱笑雷公②，又向深山霹怪松。必若有苏天下意③，何如惊起武侯龙④。

【题解】

　　作年有歧说，《韩偓年谱》、《韩偓诗注》均系于后梁开平四年，《韩翰林诗谱略》、《唐韩学士偓年谱》则皆系于后梁乾化元年辛未(911)。按：此诗《全唐诗》编在作于辛未年之《清兴》、《深院》、《凄凄》诗之后，其前二首《火蛾》诗题下统签本有"辛未南安县作"小注。今再参《韩翰林诗谱略》、《唐韩学士偓年谱》等之编年，则此诗当作于开平四年之后梁乾化元年辛未(911)。

　　诗借咏雷公以议论抒慨，有用世救民意。"闲人"句，用《世说》所记"夏侯泰初倚柱作书，时霹雳破柱，衣服然，神色无变，书亦如故，宾客左右皆跌荡不能住"之故实。然"闲人"亦韩偓之自谓。第二句"又向深山霹怪松"，"又"字寓厌恶意，乃暗指雷公已有"霹雳破柱"事。故前两句讥笑斥责雷公之胡作非为，所作非人所愿。后二句乃作者对"雷公"之企盼，谓如你必有拯救天下之意，还不如惊醒起诸葛亮那样的济世救民之英才。

【校注】

　　①雷公：亦作"靁公"。神话中管打雷之神。《楚辞·远游》："左雨师使径侍兮，右雷公以为卫。"

　　②闲人：此闲人盖诗人自指。

　　③苏：复苏，拯救。

　　④武侯龙：指诸葛亮。诸葛亮曾躬耕于南阳，时人称为"卧龙"。后辅佐刘备建蜀称帝，封为武乡侯，谥忠武侯。此以"武侯龙"借指能济世救民之英才。

【汇评】

《世说》云:"夏侯泰初倚柱作书,时霹雳破柱,衣服焦然,神色无变,书亦如故,宾客左右皆跌荡不能住。"韩偓诗用"倚柱"二字,有来处。附朱乔年《冬乾》:"陌上冬乾泣老农,天留甘雨付春工。阿香急试雷霆手,莫放人间有卧龙。"愚谓朱先生此诗,大意亦与韩致尧诗意同。文公先生亦有《闻雷》诗,气象宏大,今附于左。附朱文公《闻雷有感》:"谁将神斧破顽阴,地裂山开鬼失林。我愿君王法天造,早施雄断答群心。"(蔡正孙《诗林广记》前集卷九)

韩偓,字致光,尝作《雷公》诗云:"闲人倚柱笑雷公,又向深山霹怪松。必若有苏天下意,何如惊起武侯龙。"《世说》云:"夏侯太初倚柱作书,时霹雳破柱,衣服焦然,神色不变,书亦如故,宾客左右,皆跌荡不能住。"故韩偓用"倚柱"二字有来处。朱乔年《冬乾》诗云:"陌上冬乾泣老农,天留甘雨付春工。阿香急试雷霆手,莫放人间有卧龙。"此诗亦与前诗意同。朱文公亦有《闻雷有感》诗云:"谁将神斧破顽阴,地裂山开鬼失林。我愿君王法天造,早施雄断答群心。"慈溪黄震曰:"读此诗令人感动",岂为龙大渊辈发耶?(单字《菊坡丛话》卷一引《诗林广记》)

韩偓《雷公》诗,朱乔年《冬乾》诗,晦庵《壬子三月廿七日闻迅雷有感》诗,皆名世。大抵前二诗,有用世救民意;后一诗,有愤世疾邪之心焉。尝记景泰中一日,诸公高会,友人汤公让酒间扬言曰:"胤绩夜来烧烛,阅《事文类聚》,见《闻雷》三诗,意颇不惬。欲取韩致光前二句,晦翁后二句意,作一诗以泄。吾思又有二公在前,孰若合是四句,略援一字师故事趁韵,借乃翁一工字,易去心字,如何?"语已,即朗然成诵,作瞋目嚼齿态。一座动色。噫!公让已矣,一时语虽类狂,意则可念也。因并志之。(叶盛《水东日记》卷三十六)

船　头

两岸绿芜齐似剪^①,掩映云山相向晚^②。船头独立望长空,日艳波光逼人眼③。

【题解】

作年有歧说,《韩偓年谱》、《韩偓诗注》均系于后梁开平四年,《韩翰林诗谱略》、《唐韩学士偓年谱》则皆系于后梁乾化元年辛未(911)。按:此诗《全唐诗》编在作于辛未年之《清兴》、《深院》、《凄凄》诗之后,其前三首《火蛾》诗题下统笺本有"辛未南安县作"小注,其后一首《喜凉》统笺本题下小注云:"辛未南安县"。今再参《韩翰林诗谱略》、《唐韩学士偓年谱》等之编年,则此诗当作于开平四年后之梁乾化元年辛未(911),时诗人仍在南安。

诗人独立船头,眺望山水景色。前两句为望中两岸景色,一句写眼平处两岸绿芜绵延景色,一句则抬眼望暮霭间云山掩映相对之暮色。一上一下,举目所望,天地辽阔而清丽幽美,诚令人心胸为之一开也。后二句则点出人伫立船头,瞭望长空与江水间之日光闪烁、波光粼粼之耀眼夺目景象。

【校注】

①绿芜:丛生的绿色杂草。

②"云山",嘉靖洪迈本作"灵山"。按:"灵山"恐为"云山"之讹误。相向:相对;面对面。

③"日艳",嘉靖洪迈本、汲古阁本作"日滟"。按:应作"日艳"。日艳:太阳闪耀。艳,照耀;闪耀。

喜 凉①

炉炭烧人百疾生②,风狂龙躁减心情③。四山毒瘴乾坤浊④,一簟凉风世界清⑤。楚调忽惊凄玉柱⑥,汉宫应已湿金茎⑦。豪强顿息蛙唇吻⑧,爽利重新鹘眼睛⑨。稳想海槎朝犯斗⑩,健思胡马夜翻营⑪。东南亦是中华分⑫,蒸郁相凌太不平⑬。

【题解】

此诗系年诸家不同。《韩偓年谱》系于开平四年,时在尤溪桃林场,谓"秋凉后,作《喜凉》"。《韩偓诗注》亦系于开平四年,然谓"是年夏天,诗人在福建南安县治,即之之丰州镇,寄居于九日山僧舍,山在镇西里许,去泉州郡城不过十里。泉州地处南方,颇多瘴疬之气。诗人以'喜凉'为题,藉此抒发对时世的感想。"《韩翰林诗谱略》、《唐韩学士偓年谱》、《韩偓简谱》则系于乾化元年,前二者谓时在南安县。《唐韩学士偓年谱》于后梁太祖乾化元年辛未谱下列有此诗,又谓"韩公在桃林场,似仍未能安心住下去,乃于今年夏间离桃林,取水路南下至南安县治,即今丰州镇,寄居九日山僧舍,山在镇西里许,去泉州郡城不上十里"。按:《全唐诗》列此诗于《火蛾》后第四首,《江岸闲步》诗前二首。统签本于《火蛾》诗题下有"辛未南安县"小注,《全唐诗》于《江岸闲步》诗下小注云:"此后壬申年作,在南安县。"据此,则《喜凉》诗当作南安县,时为辛未年,即后梁乾化元年(911)。诗曰"喜凉",又有"一簟凉风世界清。楚调忽惊凄玉柱,汉宫应已湿金茎"等句,应是作于是年初秋时。

此诗题为"喜凉",诗乃扣题而作,大多诗句着意刻画秋凉景象。首二句之所以写酷暑炎热之危害情景,乃意在衬托秋凉之令人喜爱。"四山毒瘴"句,与"一簟凉风"句上下相形,写出酷暑与秋凉两种截然不同之天地;一"浊"一"清",则一厌恶,一欣喜,情自在其中。"楚调忽惊"至"健思胡马"六句,均以秋凉之具体景象点明题意。诗末"东南亦是"两句,借题抒发感愤。其所感所愤者为何,值得玩味。清全祖望谓"然致光之居南安,固不依王氏。即居福唐,亦非依王氏。何以知之?王氏固附梁者也,致光避梁而出,岂肯依附梁之人。故其叹郎官之使闽者曰:'不羞莽卓黄金印,却笑羲皇白接䍦。'……《喜凉》诗曰:'东南亦是中华分,蒸郁相凌太不平。'……岂但于王氏无一毫之益,且危疑百端矣。读诗论世,可以得其情状也。"寻绎全氏所说,则此诗之后两句乃针对闽王氏之"相凌"而言。《韩偓简谱》所言与全氏不同,谓"此诗感旧自慰之意"。比较两说,全氏所言更近事实。

【校注】

①统签本题下小注云："辛未南安县"。

②"炉"，吴校本作"烬"。按：作"炉"是，"烬"为"炉"之形讹。"炉炭烧人"句：意谓南方盛夏炎热，如火炉烘人，使人易于百病丛生。

③风狂龙躁：意谓天气炎热，即使龙凤也因之而狂躁。减心情：谓心情低沉不振。元稹《酬乐天叹穷愁》："老去心情随日减，远来书信隔年闻。"

④四山：指作者于南安县所居处四周之群山。毒瘴：指瘴气。古人认为是瘴疠的病源，故称。乾坤：谓天地。

⑤一簟：一领席子。簟，供坐卧铺垫用之苇席或竹席。《诗·小雅·斯干》："下莞上簟，乃安斯寝。"郑玄笺："竹苇曰簟。"

⑥楚调：楚地的曲调。据《乐府诗集·相和歌辞一·解题》，本为汉房中之乐，"高帝乐楚声，故房中乐皆楚声也"。常与吴弦、燕歌对举。后为乐府相和调之一。白居易《醉别程秀才》："吴弦楚调潇湘弄，为我殷勤送一杯。"玉柱：玉制的弦柱。此处指代琴、瑟、筝等弦乐器。《文选·江淹〈别赋〉》："掩金觞而谁御，横玉柱而沾轼。"李善注："琴有柱，以玉为之。"凄玉柱，意谓秋天时因空气凉爽干燥，琴弦因之而发出清脆凄清的声音。

⑦"汉宫"句：《史记·孝武本纪》："承露仙人掌"，司马贞《索隐》："《三辅故事》曰：'建章宫承露盘高三十丈，大七围，以铜为之。上有仙人掌承露，和玉屑饮之。'故张衡赋曰'立修茎之仙掌，承云表之清露'是也。"金茎，用以擎承露盘的铜柱。已湿金茎，秋天降露，故湿金茎。意谓秋天已经来临。

⑧豪强：此处指豪爽的天气。顿息蛙唇吻：青蛙遇闷热天气则鸣声大，天凉则蛙声顿息。

⑨爽利：指天气爽快。重新鹘眼睛，使鹘鸟的眼睛更加明亮有神。鹘：鸟类的一科。翅膀窄而尖，嘴短而宽，上嘴弯曲并有齿状突起。飞得很快，善于袭击其他鸟类。也叫隼。

⑩"稳想"句：意谓说起安稳，就想起海槎犯斗牛之事。稳想，说起安稳，就想到。海槎朝犯斗，张华《博物志》卷十："旧说云天河与海通。近世有人居海渚者，年年八月有浮槎去来，不失期，人有奇志，立飞阁于槎上，多

195

赍粮,乘槎而去。十馀日中,犹观星月日辰,自后茫茫忽忽,亦不觉昼夜。去十馀日,奄至一处,有城郭状,屋舍甚严。遥望宫中多织妇,见一丈夫牵牛渚次饮之。牵牛人乃惊问曰:'何由至此?'此人具说来意,并问此是何处,答曰:'君还至蜀郡访严君平则知之。'竟不上岸,因还如期。后至蜀,问君平,曰:'某年月日有客星犯牵牛宿。'计年月,正是此人到天河时也。"海槎犯斗牛之事在八月,亦即凉爽秋日。此处以此点明秋天,以咏"喜凉"题意。《韩偓诗注》释此"谓昔时蒙皇帝召见,犹如乘槎从海上到达天河。唐昭宗召见诗人不止一次,但在诗人记忆中,数旧历八月的一次印像最深,旧历八月已属仲秋,天气转凉,故被诗人写入该诗中以扣题"。

⑪"健思"句:意谓说起雄健,就想起胡马夜里翻越营盘的情形。秋天胡地草肥马壮,充满活力,故云。此处以此点明秋天,以扣"喜凉"题意。健思,提起雄健,就想起。胡马,泛指产在西北民族地区的马。翻营,翻越过营盘。翻,翻过;越过。

⑫"华",《全唐诗》、吴校本均校:"一作原"。按:《佩文韵府》卷九十四之二引作"原"。东南:指中国的东南方,即代指闽。

⑬"蒸郁相凌"句:蒸郁,谓热气郁勃上升。相凌,相侵犯;相欺压。凌,侵犯;欺压。

【汇评】

刘后村曰:"'唐史谓致光挈族入闽依王氏。'按:王氏据福唐,致光乃居南安,曷尝遂依之乎?"后村之言是也,而尚未尽。致光以丙寅至福唐主黄滔家,丁卯唐亡。戊辰尚寓福唐,己巳寓汀州之沙县。庚午寓尤溪之桃林,辛未而后始至南安。则其在福唐亦三年,又二年而居南安耳。然致光之居南安,固不依王氏。即居福唐,亦非依王氏。何以知之? 王氏固附梁者也,致光避梁而出,岂肯依附梁之人。故其叹郎官之使闽者曰:"不羞莽卓黄金印,却笑羲皇白接䍦。"《鹊》诗曰:"莫怪天涯栖不稳,托身须是万年枝。"《驿步》诗曰:"物近刘舆招垢腻,风经庾亮污尘埃。"《喜凉》诗曰:"东南亦是中华分,蒸郁相凌太不平。"《凄凄》诗曰:"嗜咸凌鲁济,恶洁助泾泥。"《闲兴》诗云:"他山冰雪解,此水波澜生。"岂但于王氏无一毫之益,且危疑百端矣。读诗论世,可以得其情状也。(全祖望《鲒埼亭集外编》卷三十三《题跋·跋

196

天　鉴①

　　何劳诏笑学趋时②，务实清修胜用机③。猛虎十年摇尾立④，苍鹰一旦醒心飞⑤。神依正道终潜卫⑥，天鉴衷肠竟不违⑦。事历艰难人始重，九层成后喜从微⑧。

【题解】

　　《唐韩学士偓年谱》《韩偓年谱》《韩偓诗注》系于开平四年，《韩翰林诗谱略》《韩偓简谱》系于乾化元年，前者诗题下尚注"辛未在南安县"。按：此诗《全唐诗》编于《江岸闲步》诗前一首，《喜凉》诗后一首。《喜凉》诗下统签本题下有"辛未南安县"小注，《江岸闲步》诗下《全唐诗》小注云："此后壬申年作，在南安县。"又据前考，《喜凉》诗前如《船头》《雷公》《信笔》、《火蛾》诸诗均为辛未南安县作，则《天鉴》当亦乾化元年辛未（911）作于南安县。

　　此乃诗人经历世事沧桑，自身遭受磨难后之省察体悟，有如《韩偓年谱》所言"'神依正道终潜卫，天鉴衷肠竟不违'，与乙丑年作《息兵》'自有苍苍鉴赤诚'，本年作《此翁》'唯应鬼眼兼天眼，窥见行藏信此翁'，写出信仰。偓入闽以来诗，《腾腾》'八年流落醉腾腾，检点行藏喜不胜'，《再思》'但保行藏天是证，莫矜纤巧鬼难欺。近来更得穷经力，好事临行亦再思'，《息虑》'道向危时见，官应乱世休'，《闲居》'厌闻趋竞喜闲居'、'拙谋却为多循理，所短深惭尽信书'，写出涵养省察工夫。"

【校注】

　　①天鉴：有鉴于天。取"天鉴衷肠竟不违"诗句为题。

　　②诏笑：谓强笑以求媚。趋时：迎合潮流；迎合时尚。

　　③清修：谓操行洁美。

　　④"猛虎十年"句："猛虎"或喻指朱全忠。全忠于天复二、三年间获得

昭宗宽赦,任李唐王朝太尉、中书令、充诸道兵马副元帅等显要职务。从此把持朝政,贬杀朝廷重臣,天复三年二月贬韩偓为濮州司马,天祐元年逼昭宗迁都洛阳,八月弑昭宗帝。自天复二、三年至乾化元年约十年。"猛虎十年摇尾立"盖即指此。

⑤"苍鹰一旦"句:苍鹰,此处比喻自己及当时脱离朱全忠把持的朝廷有志之士。醒心,神志清醒。

⑥正道:正确的道理、准则。潜卫:暗中护卫。

⑦衷肠:犹衷情。内心的感情。不违:依从。

⑧"九层"句:《道德经·守微》:"合抱之木,生于毫末。九层之台,起于累土。千里之行,始于足下。为者败之,执者失之。"微,小;细;少。

江岸闲步 此后壬申年作,在南安县①

一手携书一杖筇②,出门何处觅情通③。立谈禅客传心印④,坐睡渔师着背蓬⑤。青布旗夸千日酒⑥,白头浪吼半江风。淮阴市里人相见⑦,尽道途穷未必穷。

【题解】

《韩翰林诗谱略》、《唐韩学士偓年谱》、《韩偓简谱》、《韩偓年谱》、《韩偓诗注》系于后梁乾化二年(912),盖均据《全唐诗》此诗题下"此后壬申年作,在南安县"小注而系。今从之。《唐韩学士偓年谱》此诗下云:"此诗所谓江岸闲步,必指九日山下金溪江岸,编者儿时犹见渡头三五酒肆,临江飘着青布酒旗江村景色,古意盎然如昨也。"

诗写南安县江边闲步情景,并抒发情怀。首二句写自身携书挂杖,散步江岸,其目的在于寻觅感情得以沟通之人物,寓托情志之景物。"立谈禅客"以下四句,即写可通情愫者,亦即其闲步所交往之禅客、渔师,与酒肆饮酒、观赏江上之风浪景色。"淮阴市里"二句,乃抒发虽处穷困,然不妄自菲薄之情志。

【校注】

①壬申：指后梁乾化二年(912)。

②筇：亦作"笻"。竹名。宜于制杖，故亦用以泛称手杖。

③情通：指感情相通的人。

④禅客：佛教语。禅家寺院，预择辩才，应白衣请说法时，使与说法者相为问答，谓之禅客。亦用以泛称参禅之僧。此处即指参禅之僧。心印：佛教禅宗语。谓不用语言文字，而直接以心相印证，以期顿悟。

⑤渔师：此处谓渔人。背篷：亦作"背篷"。捕鱼人用来遮雨的斗篷。

⑥青布旗：此为青色布的酒旗。千日酒：《搜神记》卷十九："狄希，中山人也。能造千日酒，饮之千日醉。时有州人姓刘，名玄石，好饮酒，往求之。希曰：'我酒发来未定，不敢饮君。'石曰：'纵未熟，且与一杯，得否？'希闻此语，不免饮之。复索曰：'美哉！可更与之。'希曰：'且归，别日当来。只此一杯，可眠千日也。'石别，似有怍色。至家，醉死。家人不之疑，哭而葬之。经三年，希曰：'玄石必应酒醒，宜往问之。'既往石家。语曰：'石在家否？'家人皆怪之，曰：'玄石亡来，服已阕矣。'希惊曰：'酒之美矣，而致醉眠千日，今合醒矣。'乃命其家人，凿冢破棺看之，冢上汗气彻天，遂命发冢。方见开目张口，引声而言曰：'快哉，醉我也。'因问希曰：'尔作何物也，令我一杯大醉，今日方醒？日高几许？'墓上人皆笑之，被石酒气冲入鼻中，亦各醉卧三月。"又，《博物志》卷十："昔刘玄石于中山酒家酤酒，酒家与千日酒，忘言其节度。归至家当醉，而家人不知，以为死也，权葬之。酒家计千日满，乃忆玄石前来酤酒，醉向醒耳。往视之，云玄石亡来三年，已葬。于是开棺，醉始醒，俗云：'玄石饮酒，一醉千日。'"

⑦"淮阴市里"二句：《史记·淮阴侯列传》："淮阴侯韩信者，淮阴人也。始为布衣时，贫无行，不得推择为吏，又不能治生商贾，常从人寄食饮，人多厌之者。常数从其下乡南昌亭长寄食，数月，亭长妻患之，乃晨炊蓐食。食时信往，不为具食。信亦知其意，怒，竟绝去。信钓于城下，诸母漂，有一母见信饥，饭信，竟漂数十日。信喜，谓漂母曰：'吾必有以重报母。'母怒曰：'大丈夫不能自食，吾哀王孙而进食，岂望报乎！'淮阴屠中少年有侮信者，曰：'若虽长大，好带刀剑，中情怯耳。'众辱之曰：'信能死，刺我；不能死，出

我袴下。'于是信孰视之,俛出袴下,蒲伏。一市人皆笑信,以为怯。"后来,韩信为刘邦所器重,拜为上将军、楚王,"汉五年正月,徙齐王信为楚王,都下邳。信至国,召所从食漂母,赐千金。及下乡南昌亭长,赐百钱,曰:'公,小人也,为德不卒。'召辱己之少年令出胯下者以为楚中尉。告诸将相曰:'此壮士也。方辱我时,我宁不能杀之邪?杀之无名,故忍而就于此。'"

野 塘

　　侵晓乘凉偶独来,不因鱼跃见萍开。卷荷忽被微风触,泻下清香露一杯。

【题解】

　　统签本诗题下有"壬申,南安"小注,《全唐诗》亦编于题下有"此后壬申年作,在南安县"之《江岸闲步》之后一首。《韩翰林诗谱略》《唐韩学士偓年谱》《韩偓简谱》《韩偓年谱》《韩偓诗注》均系于后梁乾化二年。诗有"侵晓乘凉偶独来"句,知时在夏日。故此诗当作于后梁乾化二年(912)夏,时在南安县。

　　诗写拂晓时偶来野塘乘凉之所见。其妙处乃在于观察细致,从细微之处体现自然界之动态呼吸,别具幽美风味。"不因鱼跃见萍开",则一写游鱼乃静藏水里;二暗写浮萍之开,乃因微风之吹拂也。第二句亦暗起第三句之"微风",故有卷荷为微风所翻触。第三、四句实乃妙手偶得之句,其"触"字、"泻"字,尤见诗人下字之用心工妙。前人谓此诗"比兴之意居多",惜未细说,今则难体味其比兴之意矣。

【汇评】

　　谦曰:比兴之意居多。(魁天纪《碛砂唐诗》)

余卧疾深村闻一二郎官今称继使闽越笑余迂古潜于异乡闻之因成此篇①

枕流方采北山薇②，驿骑交迎市道儿③。雾豹只忧无石室④，泥鳅唯要有洿池⑤。不羞莽卓黄金印⑥，却笑羲皇白接䍦⑦。莫负美名书信史⑧，清风扫地更无遗⑨。

【题解】

《全唐诗》编于题下有"此后壬申年作，在南安县"之《江岸闲步》之后第二首。《韩翰林诗谱略》、《唐韩学士偓年谱》、《韩偓简谱》、《韩偓年谱》、《韩偓诗注》均系于后梁乾化二年。今即系此诗于后梁乾化二年(912)，时在南安县。

《韩偓简谱》谓"案《全唐诗》翁承赞诗小传'梁开平四年复为闽王册礼副使'，所指殆其人也。翁天祐元年为拾遗，故曰郎官。"《韩偓年谱》亦案云："偓此诗题云'深村'，诗云'枕流方采北山薇'，显非寓居招贤院。'采薇'、'雾豹'、'泥鳅'、'羲皇'，皆自道。'莽、卓'，指朱全忠。'黄金印'、'书信使'者，即题云'一二郎官继使闽越'者也，是今已仕梁之原唐朝郎官。彼等既笑偓'迂古，潜于异乡'，可见与偓为旧相识。偓抗节不仕，彼等反以为迂。诗中，自视之高、自信之坚，及痛斥当时士风之扫地，皆见得偓对于自己保全气节之历史文化意义，反思甚深。士风扫地，实五代之特征。偓之所见，与后来宋儒略同。"所云皆可参考。唯谓"'书信使'者，即题云'一二郎官继使闽越'者也，是今已仕梁之原唐朝郎官"，则似可再斟酌。"书信使"，原诗作"书信史"。

【校注】

①"称"，吴校本作"相"，下校："一作称"。深村：指南安县杏田乡。郎官：谓侍郎、郎中等职。唐时六部郎官，郎中之外，更置员外郎。闽越：原为古族名。越人的一支。秦汉时分布在今福建北部、浙江南部的部分地区。

秦以其地为闽中郡。其首领无诸相传是越王勾践的后裔，汉初受封为闽越王。治东冶(今福州)。后分为繇和东越两部。因以"闽越"指福建北部和浙江南部一带。此处指当时之闽国。迂古：指迂腐古板，不通世故人情。

②枕流：即枕石漱流，喻指隐居山林的生活。采北山薇：指归隐或隐遁生活。

③驿骑：驿马。此处指驿站之驿者。市道儿：即市井小人。此处指诗题中为朱全忠所派遣的"一二郎官"。

④"雾豹"句：《列女传·陶答子妻》："今夫子不然，贪富务大，不顾后害。妾闻南山有玄豹，雾雨七日而不下食，何也？欲以泽其毛而成文章也，故藏而远害。犬彘不择食以肥其身，坐而须死耳。"此处喻指隐居伏处，退藏避害的人。白居易《与元九书》："时之不来也，为雾豹，为冥鸿，寂兮寥兮，奉身而退，进退出处，何往而不自得哉。"石室：岩洞。此处指隐居之处。

⑤泥鳅：鱼名。此处为自喻。洿池：水塘。

⑥"不羞莽卓"句：意谓此郎官不以投靠朱全忠政权，任其伪官为羞耻。莽卓，指王莽和董卓。王莽篡西汉而自立为帝，改国号曰新。东汉末，董卓废少帝，立汉献帝，专国政以乱天下。此处以两人喻指篡唐之朱全忠。王莽，传见《汉书》卷九十九。董卓，传见《后汉书》卷七十二、《三国志》卷六。

⑦"却笑"句：羲皇，原指伏羲。传说中的三皇之一。风姓。相传其始画八卦，又教民渔猎，取牺牲以供庖厨，因称庖牺。亦作"伏戏"、"伏牺"。《庄子·缮性》："逮德下衰，及燧人、伏羲始为天下，是故顺而不一。"此处意为羲皇上人。羲皇，指伏羲氏。古人想象羲皇之世其民皆恬静闲适，故隐逸之士自称羲皇上人。陶潜《与子俨等疏》："常言：五六月中，北窗下卧，遇凉风暂至，自谓是羲皇上人。"此处诗人以羲皇上人自喻。白接䍦，又作白接篱，一种白头巾。以白鹭羽为饰的帽子。《世说新语·任诞》："山季伦为荆州，时出酣畅，人为之歌曰：'山公时一醉，径造高阳池。日莫倒载归，茗艼无所知。复能乘骏马，倒著白接篱。'"李白《襄阳曲》之二："头上白接篱，倒著还骑马。"

⑧书：记载，书写。信史：纪事真实可信、无所讳饰的史籍。

⑨清风：高洁的品格。《文心雕龙·诔碑》："标序盛德，必见清风

之华。"

刘后村曰:"'唐史谓致光挈族入闽依王氏。'按:王氏据福唐,致光乃居南安,曷尝遂依之乎?"后村之言是也,而尚未尽。致光以丙寅至福唐主黄滔家,丁卯唐亡。戊辰尚寓福唐,己巳寓汀州之沙县。庚午寓尤溪之桃林,辛未而后始至南安。则其在福唐亦三年,又二年而居南安耳。然致光之居南安,固不依王氏。即居福唐,亦非依王氏。何以知之?王氏固附梁者也,致光避梁而出,岂肯依附梁之人。故其叹郎官之使闽者曰:"不羞莽卓黄金印,却笑羲皇白接篱。"《鹊》诗曰:"莫怪天涯栖不稳,托身须是万年枝。"《驿步》诗曰:"物近刘舆招垢腻,风经庾亮污尘埃。"《喜凉》诗曰:"东南亦是中华分,蒸郁相凌太不平。"《凄凄》诗曰:"嗜咸凌鲁济,恶洁助泾泥。"《闲兴》诗云:"他山冰雪解,此水波澜生。"岂但于王氏无一毫之益,且危疑百端矣。读诗论世,可以得其情状也。(全祖望《鲒埼亭集外编》卷三十三《题跋·跋韩致光闽中诗》)

安　贫

手风慵展八行书①,眼暗休寻九局图②。窗里日光飞野马③,案头筠管长蒲卢④。谋身拙为安蛇足⑤,报国危曾捋虎须⑥。举世可能无默识⑦,未知谁拟试齐竽⑧。

《韩翰林诗谱略》系于乾化三年癸酉;《唐韩学士偓年谱》、《韩偓简谱》、《韩偓年谱》、《韩偓诗注》等均系于梁乾化二年。按:《全唐诗》编此诗于《江岸闲步》诗后第三首,《江岸闲步》诗下小注云:"此后壬申年作,在南安县。"则此诗当作于后梁乾化二年壬申(912)。

此诗为韩偓晚年寓居南安时总结平生之杰构,故黄山谷拟之于杜甫晚年诗,推崇备至。前半写贫居病废生活的困顿寂寞,意境不免颓唐。五、六句转入致贫的缘由,回首在朝时因忠心报国,敢捋朱全忠等人之"虎须",以致遭贬流落,困顿至今。表面自责,实际上以敢于"捋虎须"而自负,显示出舍身报国的壮怀。这一联是对其一生行事的总结,苍凉悲壮,忠愤之气,溢于句外。结联则又用发问语气表达世无识者、有志难骋的苦闷与愤懑,情切而辞婉。题作"安贫",实质是不甘安贫,希望有所作为;但由于无可作为,又不能不归结为自甘安贫。这就是贯串韩偓晚年生活中的基本思想矛盾,也是他后期诗歌的一个重要内容。

【校注】

①"慵",《全唐诗》、吴校本均校:"一作难"。按:《瀛奎律髓》卷三十二作"难"。"八行",原作"一行",《唐摭言》卷六、《唐百家诗选》本、《瀛奎律髓》卷三十二、《唐诗鼓吹》卷二、《全唐诗录》卷九十三、吴校本均作"八行",今据改。手风:手风痹、麻木。风,中医学谓人体的病因之一。外感风邪常致风寒、风热、风湿等症。《素问·风论》:"风之伤人也,或为寒热,或为热中,或为寒中,或为疠风,或为偏枯,或为风也,其病各异,其名不同。"八行书:又称"八行"。信笺多每页八行,因以称书信。

②"寻",《唐摭言》卷六、《诗话总龟》卷四十二、《诗人玉屑》卷十六均作"看"。眼暗:眼昏花。九局图:有九局棋的棋谱。

③"里",《全唐诗》、吴校本均校:"一作外"。按:《唐诗纪事》卷六十五作"外"。野马:指野外蒸腾的水汽。《庄子·逍遥游》:"野马也,尘埃也。生物之以息相吹也。"郭象注:"野马者,游气也。"成玄英疏:"此言青春之时,阳气发动,遥望薮泽之中,犹如奔马,故谓之野马也。"

④"头",《全唐诗》、吴校本均校:"一作前"。按:《唐摭言》卷六、《唐诗纪事》卷六十五作"前"。筦管:原谓竹管。亦用以指笔管、毛笔。此处指毛笔。蒲卢:即细腰蜂。《尔雅·释虫》:"果蠃,蒲卢。"郭璞注曰:"即细腰蜂也。"

⑤谋身:为自身打算。安蛇足:典出李商隐《有感》:"劝君莫强安蛇足,一盏芳醪不得尝。"但李诗消沉,韩诗豪迈。据《战国策·齐策二》载,数人相约,画地为蛇,先成者饮酒,一人蛇先成,因添画足而失其酒。后因以"蛇足"比喻多余无用的事物。

⑥"报国"句：指诗人忤犯朱全忠，兼及崔胤、李茂贞、李彦弼等权臣事，详见《新唐书·韩偓传》。捋虎须，喻撩拨强有力者，谓冒风险。

⑦"举"，《唐摭言》卷六、《唐百家诗选》本、韩集旧钞本、《唐诗纪事》卷六十五、汲古阁本、麟后山房刻本、吴校本均作"满"，吴校本校："一作举"。可能：也许。韩偓《偶题》："萧艾转肥兰蕙瘦，可能天亦妒馨香！"默识：暗中记住。语出《论语·述而》"默而识之"。

⑧试齐竽："齐竽"本滥竽充数之意，典出《韩非子·内储说上》。然此处用为自谦之词。唐权德舆《奉送韦起居老舅百日假满归嵩阳旧居》："齐竽终自退，心寄嵩峰巅。"

【汇评】

韩偓，天复初入翰林。其年冬，车驾出幸凤翔，偓有扈从之功。返正初，上面许偓为相。奏云："陛下运契中兴，当复用重德镇风俗。臣座主右仆射赵崇可以副陛下是选，乞回臣之命，授崇，天下幸甚。"上嘉叹。翌日，制用崇暨兵部侍郎王赞为相。时梁太祖在京，素闻崇之轻佻，赞复有嫌疐，驰入请见，于上前具言二公长短。上曰："赵崇是偓荐。"时偓在侧，梁主叱之。偓奏曰："臣不敢与大臣争。"上曰："韩偓出。"寻谪官入闽。故偓有诗曰："手风慵展八行书，眼暗休看九局图。窗里日光飞野马，案前筠管长蒲卢。谋身拙为安蛇足，报国危曾捋虎须。满世可能无默识，未知谁拟试秦竽！"（王定保《唐摭言》卷六）

《潘子真诗话》云："山谷尝谓余言：老杜虽在流落颠沛，未尝一日不在本朝，故善陈时事，句律精深，超古作者，忠义之气，感发而然。韩偓贬逐，末后依王审知，其集中所载：'手风慵展八行书，眼暗休寻九局图。窗里日光飞野马，案头筠管长蒲卢。谋身拙为安蛇足，报国危曾捋虎须。满世可能无默识，未知谁拟试齐竽？'其词凄楚，切而不迫，不忘其君也。"（胡仔《苕溪渔隐丛话后集》卷十五）

城中灯火照青春，远引吾方避纠纷。游衍水边追野马，啸歌林下应山君。愁寻径草无求仲，喜对檐花有广文。邂逅一樽聊酩酊，声名身后岂须闻。（注：韩偓诗："窗里日光飞野马，案头筠管长蒲卢。"不如介甫所对精切。）（李壁《王荆公诗注》卷三十二）

韩偓与吴融同时为词臣，偓忠于唐，为朱三面斥，贬责不悔，如"捋虎须"之句未尝传诵，似为《香奁》所掩。及朱三篡弑，偓羁旅于闽，时王氏割据，诗文只称唐朝官职，与渊明称晋甲子异世同符。予读其集而壮其志，录其警联于编内三数篇，自述其玉堂遭遇。唐季非复承平旧观，而待词臣之礼犹然存之，以补《金銮记》之阙。（刘克庄《后村诗话·新集》卷四）

　　庄子言："野马也，尘埃也，"乃是两物，后人即谓野马为尘埃。如韩偓诗云："窗里日光飞野马"，是以尘为野马，恐不然也。野马乃田间浮气耳，远望如群羊，又如水波，佛书所谓热时焰也。（陈应行《吟窗杂录》卷三十九《讹误》）

　　韩偓诗《安贫》云："窗里日光飞野马，案头筠管长蒲卢。"又刘师道诗《叹世》云："野马飞窗日，酣鸡舞瓮天。"所用野马字皆不当。按《庄子》："鹏之徙于南溟也，水击三千里，抟扶摇而上者九万里。去以六月，息者也，野马也，尘埃也，生物之以息相吹也。"野马乃泽中之气耳，今二诗皆以野马为游尘，误矣。（李冶《敬斋古今黈》卷八）

　　韩偓，字致光，工诗。高秀实云："韩偓《香奁集》丽而无骨，李端叔酷喜之，诵其序云：'咀五色之灵芝，香生九窍；咽三危之瑞露，美动七情。'"唐昭宗时以翰林承旨谪岭表，有诗云："谋身拙为安蛇足，报国危曾捋虎须。满世可能无默识，未知谁拟试齐竽。"其词凄楚，不忘君也。宰相韦贻范母丧还位，偓当草制。偓曰："腕可断，麻不可草！"（佚名《氏族大全》卷五《香奁集》）

　　方回：韩偓，字致尧。当崔胤、朱全忠表里乱国，独守臣节不变，宁不为相，而在翰苑无俸，竟忤全忠贬濮州司马。事见本传。所谓"报国危曾捋虎须"，非虚语也。王荆公选唐诗多取之，诗律精确。

　　何义门："飞野马"，言天子蒙尘也。《诗·小雅·小宛》笺："蒲卢取桑虫之子，负持而去，以成其子。"喻有万民不能治，则能治者将得之。言社稷当输他族也。

　　纪昀：此为致尧最沉著之作。然终觉浅弱，风会为之也。

　　无名氏（甲）：诗有神远，迥非宋人可及，并端己才有馀而含蓄未逮也。（以上《瀛奎律髓汇评》卷三十二忠愤类）

天复中车驾幸凤翔，偓以扈从功。反正初，昭宗面许偓为相。偓奏云："运契中兴，宜复用重德镇风俗"，因荐右仆射赵崇。梁祖在京，驰入请见，具言崇长短。昭宗曰："赵崇是韩偓所荐。"时偓在侧，梁祖三叱之，奏曰："臣不敢与大臣争。"偓寻出闽中依王审知，故有此作。山谷云："其辞凄切而不迫，可谓不忘其君也。"（郝天挺注《唐诗鼓吹》卷二《安贫》诗下注）

《西河诗话》：韩偓《安贫》："窗里日光飞野马，案头筠管长蒲卢"，言日影中见飞尘，笔管中栖蜾蠃也。唐人作诗尚读书，犹识蒲卢，今人不识矣。（毛奇龄《四书改错》二）

《西河诗话》：韩偓诗："窗里日光飞野马，案头筠管长蒲卢。"上句谓窗隙日影中多见飞尘，人犹易解。至次句则案头竹管岂长芦苇耶，便相顾错愕。按《中庸》："夫政也者，蒲卢也。"旧注："蒲卢是蜾蠃名，《尔雅》云：即细腰蜂也。"蜾蠃取螟蛉纳书案笔管间，以泥封之，阅数日而化为蜾蠃。其以之证政举者，正以言民化之易也。是以《家语》曰："天道敏生，人道敏政，地道敏树。"夫政也者，蒲卢也，待化而成。其著"待化而成"四字，明明解敏政之譬，此夫子自言之且自注之者。自宋人作章句，改"卢"为"芦"，以蒲苇当之，则不惟《中庸》、《家语》、《尔雅》、《毛诗》俱不能解，即韩冬郎一七字诗亦无解处矣。嗟夫，读经读诗皆不可无学如此。（《全闽诗话》卷一引）

史称偓直内禁，屡参密谋，为全忠所忌。又侍宴时，全忠临陛宣事，众皆去席，偓守礼，不为动。全忠以为薄己。其云"危捋虎须"，非独荐赵崇一事也。（胡震亨《唐音戊签》）

秋谷曰：激昂。（复旦大学图书馆藏《唐音统签》本眉批）

朱东岩曰：题曰"安贫"，是托意也。一二自写疏懒之状，言交游一概谢绝，胜负可以相忘。三四自写淹留之苦，言游气不过借光，螟蛉总属依人。五六感前事，"安蛇足"是自悔其拙，"捋虎须"是自蹈其危。当此为国忘身之际，世无有知而试之者，是终不免于安贫矣。（朱三锡《东岩草堂评订唐诗鼓吹》）

韩偓《暴雨》："雷尾烧黑云，雨脚飞银线"，奇句也。余所最爱者"四时最好是三月，一去不回惟少年"，寻常意人却未道。至"岸头柳色春将尽，船背雨声天欲明"、"窗里日光飞野马，案头筠管长蒲芦"，皆有寄托，不得以常

语目之。(彭端淑《雪夜诗谈》卷中)

野马、尘气,从窗隙日影中见得;蒲卢是螟蠃,生长案头笔管间,拈此亦刻酷矣。(王锡等辑《唐七律选》)

好作绮语,自是不可,然人品则不关系乎此。韩偓为人,有《唐音》可按,可以作香奁语短之耶?其《安贫》句云:"谋身拙为安蛇足,报国危曾捋虎须。"至今读之,犹有生气。(延君寿《老生常谈》)

此诗与白乐天之"曾犯龙鳞容不死,欲骑鹤背觅长生"句,用意及对句之工均极相似。皆以汲黯之敢言,学留侯之遁世,合则留,不合则去,得用行舍藏之义也。明季有赠遗老诗云:"立朝抗疏批鳞手,易世衣冠削发僧。"则以遗直而兼故国之悲矣。(俞陛云《诗境浅说》"谋身拙为"联下评)

江阴李忠毅公死阉祸,时年甫三十,有四子尚幼,而太公方在堂,为抚孤寡,颇费经营。乃大书一联于厅事云:"谋生我为添蛇足,报国儿曾捋虎须。"盖纪实也。后忠毅受恤典,而太公亦诰封如其官,年至八十馀而终。"谋身拙为安蛇足,报国危曾捋虎须",本韩偓诗。(王应奎《柳南随笔》卷一)

《野马》:《说略》云:"庄子言野马、尘埃乃是两物。"古人即谓野马为尘埃,如吴融云"动梁间之野马",韩偓云"窗里日光飞野马",皆以尘为野马,恐不然也。野马乃田间气耳,远望如群羊,又如水波。佛典谓如热时野马,阳焰即此物也。(杭世骏《订讹类编》卷六)

《野马》:此(《安贫》诗)致尧……荐赵崇为相,谪官入闽所作,皇甫百泉以为是杜牧之诗,误矣!(吴景旭《历代诗话》卷五十三)

《太平广记》云:"昭宗尝面许偓为相,奏云:'陛下运契中兴,当复用重德镇风俗。臣座主右仆射赵崇可充是选,乞回臣之命授崇,天下幸甚。'上喜叹。翌日,制用崇暨兵部侍郎王赞为相。全忠闻之,驰入请见于上前,且言二公长短。上曰:'赵崇是偓荐。'时偓在侧,全忠叱之。偓奏曰:'臣不敢与大臣争。'上曰:'韩偓出。'寻谪官。诗'谋身'云云,此也。"按:史称偓直内禁,屡参密谋,为全忠所忌。又侍宴时,全忠临陛宣事,众皆去席,偓守礼不为动,全忠以为薄己。其云"危捋虎须",非独荐赵崇一事也。《广记》似觉未尽。(徐𤊹《全唐诗录》卷九十三)

208

《有感》诗下冯浩注云：以商隐、温岐、罗隐三才子之怨望即知绚之遗贤也。……余尝谓韩致光《香奁》诗，当以贾生忧国、阮籍途穷之意读之。其他诗云："谋身拙为安蛇足，报国危曾捋虎须"，乃一腔血也。既以所丁不辰，转喉触忌，壮志文心皆难发露，于是托为艳体，以消无聊之况。其《思录旧诗凄然有感》云："缉缀小诗钞卷里，寻思闲事到心头。自吟自泣无人会，肠断蓬山第一流"，固已道破苦心。后人信口薄之，或且以为和凝之作，可怪矣！义山所遭之时，大胜于致光，而人品则大不如致光。至于托事言哀，缠绵凄楚，一而已矣！义山诗法，冬郎幼必师承。《香奁》寄恨，仿佛《无题》，皆楚骚之苗裔也。余编义山诗，而后之读者果取史书文集，事会其通，语抉其隐，当知确不可易耳！（清冯浩《玉溪生诗详注》卷二）

黄山谷云："其辞凄切而不迫，可谓不忘其君也。"初昭宗欲相韩公，公荐右仆射赵崇，朱全忠驰入，具言崇短。上曰："崇是韩偓所荐。"公时在侧，全忠叱公，公曰："臣不敢与大臣争"。是诗所云"捋虎须"也。（吴汝纶《吴评韩翰林集》）

（据《唐摭言》）则是诗为入闽后作，"捋虎须"指以荐赵崇、王赞撄朱全忠之怒也。（高步瀛《唐宋诗举要》）

残春旅舍①

旅舍残春宿雨晴②，恍然心地忆咸京③。树头蜂抱花须落④，池面鱼吹柳絮行。禅伏诗魔归净域⑤，酒冲愁阵出奇兵⑥。两梁免被尘埃污⑦，拂拭朝簪待眼明⑧。

【题解】

《韩翰林诗谱略》系于乾化三年癸酉（913）；《唐韩学士偓年谱》、《韩偓简谱》、《韩偓年谱》、《韩偓诗注》等均系于梁乾化二年。按：《全唐诗》编此诗于《江岸闲步》诗后第四首，《江岸闲步》诗下小注云："此后壬申年作，在南安县。"又此诗后第六首为《驿步》，其诗题下小注云："癸酉年在南安县"。

则此诗当作于后梁乾化二年壬申（912），时诗人在南安。诗有"旅舍残春"句，知作于是年春末。

诗写残春景色，顿然忆念旧都情事，而有所感慨。诗中多句似有比喻寓托，故清朱东岩曰："残春新霁，忆想京华，此旅社之情怀也。三四人止谓写'残春'耳，不知'蜂抱花须落'喻不忘君意，'鱼吹柳絮行'喻伤世乱……此二句正写忆咸京也。五'禅伏诗魔'，六'酒冲愁阵'，皆比体，言今日必藉将士用命，改邪归正，庶几'两梁'免污，可以'拂拭朝簪'而起耳。"所言聊可备一说。

【校注】

①残春：指春天将尽的时节。

②宿雨：夜雨；经夜的雨水。

③心地：佛教语。指心。即思想、意念等。佛教认为三界唯心，心如滋生万物的大地，能随缘生一切诸法，故称。语本《心地观经》卷八："众生之心，犹如大地，五谷五果从大地生……以是因缘，三界唯心，心名为地。"咸京：原指秦代都城咸阳。此处借指长安。

④花须：花蕊。李商隐《二月二日》："花须柳眼各无赖，紫蝶黄蜂俱有情。"

⑤"净"，《唐百家诗选》本、汲古阁本、胡仔《苕溪渔隐丛话后集》卷二均作"静"。"禅伏"句：谓禅心降伏了诗魔，使我又回归清静境界中。诗魔，犹如入魔一般的强烈诗兴。白居易《醉吟》之二："酒狂又引诗魔发，日午悲吟到日西。"净域，清静境界。净，佛教语。清静。

⑥"酒冲愁阵"句：意谓醇酒有如奇兵一样，喝下它，就冲散了层层的忧愁。

⑦"被"，黄永年、陈枫校点《王荆公唐百家诗选》校："'被'，分类本'彼'。"两梁冠：古代博士和某些高级文官所戴的一种帽子，用缁布做，有两道横脊。两梁，即两梁冠之省称。

⑧朝簪：绾住朝冠的簪子。簪子，绾住发髻的条状物。用金属、骨头、玉石等制成。待眼明：意谓等待重光山河，复兴唐王朝。

【汇评】

诗人有俱指一物而下句不同者，以类观之，方见优劣。王右丞云："遍插茱萸少一人"，朱放云："学他年少插茱萸"，子美云："好把茱萸子细看"，此三句皆言茱萸而杜当为优。又如子美云："鱼吹细浪摇歌扇"，李洞云："鱼弄晴波影上帘"，韩偓云："池面鱼吹柳絮行"，此三句皆言鱼戏而韩当为优。又白公云："梨花一枝春带雨"，李贺云："桃花乱落如红雨"，王勃云："珠帘暮卷西山雨"，此三句皆言雨而王当为优。学诗者以此求之，思过半矣。（陈善《扪虱诗话》上集卷一《论诗人下句优劣》）

《南史》：江咨议有言，酒犹兵也。兵可千日而不用，不可一日而不备。酒可千日而不饮，不可一饮而不醉。唐韩偓诗："酒冲愁阵出奇兵"，日饮竟病。（《施注苏诗》卷十三）

苕溪渔隐曰："古今诗人，以诗名世者，或只一句，或只一联，或只一篇，虽其余别有好诗，不专在此，然播传于后世，脍炙于人口者，终不出此矣，岂在多哉？……'禅伏诗魔归静域，酒冲愁阵出奇兵'，乃韩偓也……"（胡仔《苕溪渔隐丛话后集》卷二）

丙戌之冬，余初病起，深居简出，终日曝背晴檐，万事不到，自以荆公所选《唐百家诗》反复熟味之，见其格力辞句，例皆相似，虽无豪放之气，而有修整之功，高为不及，卑复有余，适中而已。荆公谓："欲观唐人诗，观此足矣。"讵不然乎！集中佳句，世所称道者不复录出；唯余别所喜者，命儿辈笔之以备遗忘。……七言六联：韩偓《残春》云："树头蜂抱花须落，池面鱼吹柳絮行。"又云："细水浮花归别涧，断云含雨入孤村。"又《访王同年村居》云："门庭野水襹𪅂鹭，邻里断墙哑喔鸡。"（胡仔《苕溪渔隐丛话后集》卷十六）

镇康王西岩《题宋参政瞻远楼》："江流悬树杪，山色到窗中。"精拔有骨，上句尤奇。王右丞《登辨觉寺》："窗中三楚尽，林上九江平。"旷阔有气，但上字声律未妥。又西岩《陪国主谒茔途中有感》："杖划浮烟破，旗冲过鸟翻。"句法森严，何异沈宋应制。崔湜《题唐都尉山池》："雁翻蒲叶起，鱼拨荇花游。"联虽全美，但晚唐纤巧之渐，若与陪驾之作并论，譬诸艳姬从命妇升阶，气象自别。韩偓《晚春旅舍》："树头蜂抱花须落，池面鱼吹柳絮行。"

祖于渑而敷演七言,斯又下矣。(谢榛《四溟诗话》卷四)

韩偓,字致尧,别集一卷,实本集也。以其有《香奁集》,故反名别集。然其语多浅俗,入录者甚少。七言律如"无奈离肠"、"长日居闲"、"惜春连日"三篇,气韵亦胜。"星斗疏明"一篇,声亦宣朗。他如"瓶添涧水盛将月,衲挂松枝惹得云"、"树头蜂抱花须落,池面鱼吹柳絮行。禅伏诗魔归静域,酒冲愁阵出奇兵"等句,乃晚唐巧句也。至若"炉为窗明僧偶坐"、"雨连莺晓落残梅",则奇僻不可为法矣。(许学夷《诗源辩体》卷三十二)

方回:致尧诗无句不工,唐季之冠也。

纪昀:无句不工,谈何容易!李、杜不能,况致尧乎?

纪昀:"恍然心地"四字不佳。五、六已逗宋格。唐季究以江东为冠。

无名氏(甲):"两梁",朝冠也。(《瀛奎律髓汇评》卷十春日类)

晚唐人最善作新句,此"蜂抱"、"鱼吹"句,极雕琢而又自然,非刻意尖新者所能及。(陆次云辑《五朝诗善鸣集》)

朱东岩曰:残春新霁,忆想京华,此旅社之情怀也。三四人止谓写"残春"耳,不知"蜂抱花须落"喻不忘君意,"鱼吹柳絮行"喻伤世乱意……此二句正写忆咸京也。五"禅伏诗魔",六"酒冲愁阵",皆比体,言今日必藉将士用命,改邪归正,庶几"两梁"免污,可以"拂拭朝簪"而起耳。(朱三锡《东岩草堂评订唐诗鼓吹》)

巧不伤雅("树头蜂抱"联下)。抽思亦奇("酒冲愁阵"句下)。(宋宗元《网师园唐诗笺》)

《诗同意不同》:诗中有同指一物,而句意虽不同,然皆佳妙。一则如王维云:"遍插茱萸少一人",朱放云:"学他年少插茱萸",老杜云:"好把茱萸仔细看"。又杜云:"鱼吹细浪摇歌扇",李洞云:"鱼摇清影上帘栊",韩偓云:"池面鱼吹柳絮行"。又白乐天云:"梨花一枝春带雨",李贺云:"桃花乱落如红雨",王勃云:"朱帘暮卷西山雨"。此三句皆言雨,犹上之鱼戏、茱萸,亦各有佳妙处。如宋人之必欲分其优劣,真蛇足矣!(许起《珊瑚舌雕谈初笔》卷七)

鹊①

　　偏承雨露润毛衣②,黑白分明众所知③。高处营巢亲凤阙④,静时闲语上龙墀⑤。化为金印新祥瑞⑥,飞向银河旧路岐⑦。莫怪天涯栖不稳⑧,托身须是万年枝⑨。

【题解】

　　《韩翰林诗谱略》系于乾化三年癸酉;《唐韩学士偓年谱》、《韩偓年谱》、《韩偓诗注》等均系于梁乾化二年。按:《全唐诗》编此诗于《江岸闲步》诗后第五首;《江岸闲步》诗下小注云:"此后壬申年作,在南安县。"又此诗后第五首为《驿步》,其诗题下小注云:"癸酉年在南安县"。则此诗当作于后梁乾化二年壬申(912),时诗人在南安。

　　诗虽为咏鹊,但显然有借咏鹊寓托抒怀之意。故秋谷谓"句句有身分,字字有体裁"。《唐韩学士偓年谱》亦谓"托鹊以抒去国怀乡之痛,编者此时此际读之,及其章末两语,曷胜同悲为之掷笔而起。"《韩偓年谱》亦云:"《鹊》诗,起云:'偏承雨露润毛衣,黑白分明众所知。'借咏鹊,自述不忘君恩,是非分明。结云:'莫怪天涯栖不稳,托身须是万年枝。'自述寓闽处境之艰难。参证庚午年作《此翁》'高阁群公莫忌侬,侬心不在宦名中',及以后诸诗,可知此诗仍是为福州群公猜忌偓将仕闽而作。"诸家所说均可参考。

【校注】

　　①鹊:鸟名。头背黑褐色,背有青紫色光泽,肩、颈、腹等白色。尾巴长,鸣声喳喳,通称喜鹊。性最恶湿,又称干鹊。

　　②"偏承"句:意谓自己受到唐昭宗的格外器重恩典。"雨露"喻唐昭宗之恩泽。

　　③黑白分明:谓喜鹊羽毛有明显的黑白两种颜色。此处乃有所喻托,谓诗人具有爱憎分明之品行。

④"阙",《全唐诗》、吴校本均校:"一作阁"。按:《唐诗鼓吹》卷二、《佩文韵府》卷四、《骈字类编》卷二三八《补遗》均作"阁"。"高处"句:意谓诗人曾在朝廷为官,有亲近皇宫皇帝之机遇。凤阙,汉代宫阙名。此处用指皇宫、朝廷。

⑤龙墀:犹丹墀,指宫殿的赤色台阶或赤色地面。

⑥"化为"句:以鹊化为金印,张颢拜太尉典,比喻自己在朝中曾荣任兵部侍郎。《搜神记》卷九:"常山张颢,为梁州牧。天新雨后,有鸟如山鹊,飞翔入市,忽然坠地,人争取之,化为圆石。颢椎破之,得一金印,文曰:'忠孝侯印。'颢以上闻,藏之秘府。后议郎汝南樊衡夷上言:'尧舜时旧有此官,今天降印,宜可复置。'颢后官至太尉。"

⑦飞向银河:旧有喜鹊为牛郎织女在银河上架桥的传说,故有此句。银河,此处借喻为天庭,即唐王朝朝廷。旧路岐:此处亦有寓托,意谓如今想回到唐朝廷,可惜朝廷已容貌全非,回朝的旧路已经找不到了。

⑧"莫怪"句:亦有寓托。意谓莫怪我在天涯海角也居无定所,迁徙不定。此处实际上是说诗人不肯为闽王氏所用。

⑨"托身"句:意谓我所能托身的地方,只有唐王朝。万年枝,一为树名,即冬青。一说即檍木。此处指年代悠久的大树,用以比喻唐王朝。

【汇评】

刘后村曰:"'唐史谓致光挈族入闽依王氏。'按:王氏据福唐,致光乃居南安,曷尝遂依之乎?"后村之言是也,而尚未尽。致光以丙寅至福唐主黄滔家,丁卯唐亡。戊辰尚寓福唐,己巳寓汀州之沙县。庚午寓尤溪之桃林,辛未而后始至南安。则其福唐亦三年,又二年而居南安耳。然致光之居南安,固不依王氏。即居福唐,亦非依王氏。何以知之?王氏固附梁者也,致光避梁而出,岂肯依附梁之人。故其叹郎官之使闽者曰:"不羞莽卓黄金印,却笑羲皇白接䍦。"《鹊》诗曰:"莫怪天涯栖不稳,托身须是万年枝。"《驿步》诗曰:"物近刘舆招垢腻,风经庚亮污尘埃。"《喜凉》诗曰:"东南亦是中华分,蒸郁相凌太不平。"《凄凄》诗曰:"嗜咸凌鲁济,恶洁助泾泥。"《闲兴》诗云:"他山冰雪解,此水波澜生。"岂但于王氏无一毫之益,且危疑百端矣。读诗论世,可以得其情状也。(全祖望《鲒埼亭集外编》卷三十三《题跋·跋

214

韩致光闽中诗》)

"飞向银河旧路岐",庭珠按,句用七夕填河事。(杜诏《唐诗叩弹集》卷十二)

秋谷曰:句句有身分,字字有体裁。(复旦大学图书馆藏《唐音统签》本眉批)

露①

鹤飞千岁饮犹难②,莺舌偷含岂自安。光湿最宜丛菊亚③,荡摇无奈绿荷干④。名因霈泽随天眷⑤,分与浓霜保岁寒⑥。五色呈祥须得处⑦,戛云仙掌有金盘⑧。

【题解】

《韩翰林诗谱略》系于乾化三年癸酉;《唐韩学士偓年谱》、《韩偓简谱》、《韩偓诗注》等均系于梁乾化二年。按:《全唐诗》编此诗于《江岸闲步》诗后第六首,《江岸闲步》诗下小注云:"此后壬申年作,在南安县。"又此诗后第四首为《驿步》,其诗题下小注云:"癸酉年在南安县"。则此诗当作于后梁乾化二年壬申,时诗人在南安。诗题为"露",又有"光湿最宜丛菊亚,荡摇无奈绿荷干"、"分与浓霜保岁寒"等句,乃秋日景象,故诗为乾化二年(912)秋作。

名为咏露,实有寓托。盖以露喻唐昭宗之甘露恩泽。"鹤飞千岁"句,以仙鹤尚难饮得甘露,比喻自己能获皇恩实在不易。"莺舌偷含"句,谓自己如接受朱氏政权或王氏闽国之召,则有如"莺舌偷含"露水,岂能自安!"光湿"句,谓皇上隆恩曾普及自己与群臣。"荡摇"句,谓因国家动乱、昭宗被弑,而使群臣无法得到皇上之雨露恩泽而蒙难。"丛菊"、"绿荷",皆比喻李唐群臣。"名因"、"分与"两句,谓雨露恩泽皆是皇上所恩赐,故吾等处于局势严酷之时,应保有忠贞不屈之节操,此乃人臣本分。"五色呈祥"二句,谓欲得五色甘露,必须在有如东方朔所说之"吉云之地",而非"九景之山"。

此亦寓托之句,意谓我欲蒙受甘露之恩泽,也需在"吉云之地",而非"九景之山"。言下之意,乃需在"夏云仙掌有金盘"之吉祥之地,亦即李唐王朝,而非朱氏梁朝或王氏闽国。诗人忠于唐昭宗,拒朱氏政权与王氏闽国之召,其决绝之意于此诗可见。

【校注】

①露:甘露。

②"飞",原作"非",《全唐诗》、汲古阁本、吴校本均校:"一作飞",今据改。鹤飞千岁:三国吴陆玑《陆氏诗疏广要》卷下之上:"《尔雅翼》云:'鹤一起千里,古谓之仙禽,以其于物为寿。'《淮南》曰:'鹤寿千岁,以极其游。'"兼用《搜神后记》丁令威之典。

③光湿:谓露水光泽湿润。丛菊:丛生的菊花。杜甫《秋兴八首》一:"丛菊两开他日泪,孤舟一系故园心。"亚:垂;低垂。唐杜审言《都尉山亭》:"叶疏荷已晚,枝亚果新肥。"

④"荡摇"句:意谓无奈因狂风吹袭而使绿荷摇荡,以致荷叶上的露珠滑落,荷叶也因失去甘露的滋润而干枯了。此句亦有寓托,实谓唐昭宗因乱臣贼子之篡乱,身丧国亡,群臣也因此失去皇恩之润泽而蒙难。绿荷,喻诗人自己和李唐群臣。须,要;需要。

⑤名:名分。需泽:雨水。杜甫《大雨》:"风雷飒万里,需泽施蓬蒿。"此处又暗喻恩泽意。天眷:上天的眷顾。此处指唐昭宗的恩泽。

⑥"分与"句:露乃天气转寒后由露水转化而成,故有"白露为霜"之说。分与浓霜,谓寒露与浓霜实共属一体。分,职分、本分。保岁寒,此处喻忠贞不屈的节操(或品行)。《资治通鉴·陈宣帝太建十二年》:"梁主奕叶委诚朝廷,当相与共保岁寒。"《论语·子罕》:"岁寒,然后知松柏之后凋也。"

⑦"五色"句:五色,即五色露。汉郭宪《汉武帝别国洞冥记》卷二:"东方朔曰:'臣有吉云草十顷,种于九景山东。二千岁一花,明年应生,臣走请刈之。得以秣马,马终不饥也。'朔曰:'臣至东极,过吉云之泽,多生此草,移于九景之山,全不如吉云之地。'帝曰:'何谓吉云?'朔曰:'其国俗以云气占吉凶,若乐事,则满室云起,五色照人,著于草树,皆成五色露珠,甚甘。'帝曰:'吉云露可得乎?'朔乃东走,至夕而返,得玄露、青露,盛青琉璃,各受

五合,跪以献帝。遍赐群臣,群臣得尝者,老者皆少,疾者皆愈。凡五官尝露:董谒、李充、孟岐、郭琼、黄安也。""五色呈祥"亦比喻太平祥瑞之世。葛洪《西京杂记》卷五:"太平之世……云则五色而为庆。"呈祥,呈现祥瑞。须,须要;需要。得处,意谓得有适当的处所。

⑧戛云:谓高摩云霄。戛:敲击;触及。白居易《草堂记》:"有古松老杉……修柯戛云。"仙掌有金盘:《史记·孝武本纪》:"其后则又作柏梁、铜柱、承露仙人掌之属矣。"索隐:"《三辅故事》曰:'建章宫承露盘高三十丈,大七围,以铜为之。上有仙人掌承露,和玉屑饮之'。故张衡赋曰:'立修茎之仙掌,承云表之清露'是也。"金盘,即谓承露仙人掌。

赠　僧①

尽说归山避战尘②,几人终肯别嚣氛③。瓶添涧水盛将月④,衲挂松枝惹得云⑤。三接旧承前席遇⑥,一灵今用戒香熏⑦。相逢莫话金銮事⑧,触拨伤心不愿闻。

【题解】

《韩翰林诗谱略》系于乾化三年癸酉;《唐韩学士偓年谱》、《韩偓简谱》、《韩偓诗注》等均系于梁乾化二年。按:《全唐诗》编此诗于《江岸闲步》诗后第七首,《江岸闲步》诗下小注云:"此后壬申年作,在南安县。"又此诗后第三首为《驿步》,其诗题下小注云:"癸酉年在南安县"。则此诗当作于后梁乾化二年壬申(912),时诗人在南安。又《唐韩学士偓年谱》谓"此诗,吾乡故老手抄本,作《赠九日山僧》。"

诗为赠僧人之作,故中间四句乃俱述僧人今昔之事。"三接"句乃言僧人曾在朝蒙唐皇之恩遇也,"一灵"句则谓今日此僧受僧律之熏陶生活也。末二句则请此僧切莫提起往昔金銮旧事,恐触发诗人想起在朝廷翰林院那些往事,而引起伤痛也。亦如吴汝纶所言"此因僧为唐帝旧人,自触其故君故国之思耳。"清朱三锡谓"细玩语意,俱含讽含刺;想此僧终非避世别嚣氛之人也"。此说非是。首二句"尽说归山避战尘,几人终肯别嚣氛",实褒僧人也。乃以众人之未能践言,而衬托此僧之事佛也。《评注唐诗鼓吹》所言:"此诗未尝非褒,而诗以赠僧,首引俗情以为断,盖必其久锢尘嚣,今肯归山,便足鸣高者耳。"所说乃得其实。陈伯海《韩偓生平及其诗作简论》谓"至于'瓶添涧水盛将月,衲挂松枝惹得云'(《赠僧》)一联,意新语奇,直接开启宋诗的法门。后来苏轼的名句'大瓢贮月归春瓮,小杓分江如夜瓶'(《汲江煎茶》),似即从此上联化出。"可知此诗对宋诗之影响。

【校注】

①赠僧:赠诗给僧人。

②"战",统签本校:"一作世"。按:《唐诗鼓吹》卷二、《全唐诗录》卷九十三均作"世"。归山:指入山隐居避世。

③嚣氛:喧闹的尘俗气氛。

④盛将:即盛。将为动词后语助词。

⑤衲:僧衣。因其常用许多碎布拼缀而成,故称。白居易《赠僧五首·自远禅师》:"自出家来长自在,缘身一衲一绳床。"

⑥"遇",汲古阁本作"过"。按:应作"遇"。"三接旧承"句:三接,《周易·晋卦》:"康侯用锡马蕃庶,昼日三接。"孔颖达疏:"昼日三接者,言非惟蒙赐蕃多,又被亲宠频数,一昼之间,三度接见也。"前席遇:《史记·商君列传》:"卫鞅复见孝公,公与语,不自知膝之前于席也。"《史记·屈原贾生列传》:"后岁馀,贾生征见,孝文帝方受厘坐宣室。上因感鬼神事,而问鬼神之本。贾生因具道所以然之状,至夜半,文帝前席。既罢,曰:'吾久不见贾生,自以为过之,今不及也。'居顷之,拜贾生为梁怀王太傅。"此句诗人借典故谓往昔曾屡获昭宗恩宠,召见顾问。

⑦一灵:谓人的心灵,灵魂。戒香:佛教说戒时熏点之香。

⑧"相逢"句:金銮事,指诗人在唐宫廷中以及翰林院为学士时所发生之事。金銮,即唐金銮殿之省称。此殿与翰林院相接,故召学士常在此殿。韩偓即有《感事三十四韵》诗,中云:"紫殿承恩久,金銮入直年。"韩偓曾任翰林学士,并蒙受昭宗恩宠。如今昭宗已被弑,李唐王朝已为朱全忠所篡,诗人流落他乡,不堪回首往事,故有此句。

⑨触拨:触动撩拨。

【汇评】

《易·晋卦》彖曰:康侯用锡马繁庶,昼日三接也。汉文帝征贾谊,至,上方授厘宣室,因问鬼神之事。谊具道其所以然之故,至夜半,文帝前席听之。(郝天挺注《唐诗鼓吹》卷二)

韩偓,字致尧,别集一卷,实本集也。以其有《香奁集》,故反名别集。然其语多浅俗,入录者甚少。七言律如"无奈离肠"、"长日居闲"、"惜春连日"三篇,气韵亦胜。"星斗疏明"一篇,声亦宣朗。他如"瓶添涧水盛将月,衲挂松枝惹得云"、"树头蜂抱花须落,池面鱼吹柳絮行。禅伏诗魔归静域,酒冲愁阵出奇兵"等句,乃晚唐巧句也。至若"炉为窗明僧偶坐"、"雨连莺晓落残梅",则奇僻不可为法矣。(许学夷《诗源辩体》卷三十二)

朱东岩曰:此赠僧诗也。细玩诗意,俱含讽含刺;想此僧终非避世别嚣氛之人也。(朱三锡《东岩草堂评订唐诗鼓吹》)

诗固不厌其为讽刺也。故滥褒则伤鄙,谩骂则伤直,贵勿失其温柔敦厚之道而已。如此诗未尝非褒,而诗以赠僧,首引俗情以为断,盖必其久锢尘嚣,今肯归山,便足鸣高者耳。(钱牧斋、何义门《评注唐诗鼓吹》卷二)

《唐诗鼓吹》解此诗未得本旨。此因僧为唐帝旧人,自触其故君故国之思耳。此乃乱后相遇之作也。(吴汝纶《吴评韩翰林集》)

感　旧①

省趋弘阁侍貂珰②,指座深恩刻寸肠③。秦苑已荒空逝水④,楚天无恨更斜阳⑤。时昏却笑朱弦直⑥,事过方闻锁骨香⑦。入室故寮流落尽⑧,路人惆怅见灵光⑨。

【题解】

《韩翰林诗谱略》系于乾化三年癸酉;《唐韩学士偓年谱》、《韩偓简谱》、《韩偓诗注》等均系于梁乾化二年。按:《全唐诗》编此诗于《江岸闲步》诗后第八首,《江岸闲步》诗下小注云:"此后壬申年作,在南安县。"又此诗后第二首为《驿步》,其诗题下小注云:"癸酉年在南安县"。则此诗当作于后梁乾化二年壬申(912),时诗人在南安。

诗是深情怀念昭宗朝与自己有亲密关系的恩人同僚赵崇、王溥等人而作。首二句即扣"感旧"诗题,回首当年于朝中奉侍王溥、赵崇诸人,对于他们提拔自己之深恩,至今仍铭刻心中。"秦苑"、"楚天"两句,自回忆中回到惨痛现实:唐王朝已如逝水般地消逝,眼前唯对着南方天空一派让人哀伤的无尽斜晖。《韩偓诗注》谓"楚天无限,谓朱全忠已有长江中下游地区",恐未是。盖前句借写唐故都长安之荒废,以叹唐室之亡。"楚天"句则写诗人眼前所见,即即景抒情之句。此诗作于乾化二年,则韩偓其时隐居于闽南南安县,所面对者乃闽地天空(亦可称"楚天")景象。如细味此诗所深怀念者以及下文"入室故僚流落尽,路人惆怅见灵光"两句,则"楚天"句实弥漫着诗人对遭贬杀之王溥、赵崇诸人之哀伤感念之情。王溥、赵崇诸人均曾是"秦苑"之大臣,如今被杀,朝廷为之一空,则"秦苑已荒空逝水"句,实际上亦暗喻这一惨况。故"楚天"句不仅写眼前景色,亦是以景抒发其哀悼悲凉之情,与"入室故僚流落尽"之情感实相类焉。"时昏"、"事过"两句,乃谓当时时局混乱,朝政黑暗,正直之士坚守正道,却为宵小佞臣所嘲笑排斥,直至他们遭害之后,方省悟他们乃是为人所敬重的盛德之人。末二句再回"感旧"题意,感叹"入室故寮"如今已流落殆尽,唯有其崇尚之德泽灵光尚光照人间耳。其感旧之深情哀伤,可谓三致意焉。

【校注】

①感旧:怀念故旧。

②省:记得;记忆。趋:以碎步疾行表示敬意。趋弘阁:意即趋王溥之官府。弘阁,此处用汉公孙弘故事。《汉书》卷五十八《公孙弘传》:"时上方兴功业,举贤良。弘自见为举首,起徒步,数年至宰相封侯,于是起客馆,开东阁以延贤人,与参谋议。弘身食一肉,脱粟饭,故人宾客仰衣食,俸禄皆以给之,家无所馀。"按:此句用"弘阁"借指王溥之官府。侍貂珰:指侍奉王溥,王溥曾任宰相、太常卿、工部尚书等。韩偓早年曾为"王溥荐为翰林学士",故有此句。貂珰,貂尾和金、银珰,侍中、常侍的冠饰。

③"深恩",韩集旧钞本作"恩深"。指座深恩:昭宗龙纪元年(889),礼部侍郎赵崇知贡举,擢韩偓登进士第,诗人故有此称。

④秦苑已荒:秦苑,原为古秦国宫苑,此处指唐宫苑,借指唐王朝。秦苑已荒,谓唐代宫苑已经荒废,用以谓唐王朝已经灭亡。唐许浑《咸阳城东楼》:"鸟下绿芜秦苑夕,蝉鸣黄叶汉宫秋。"

⑤楚天:原指南方楚地的天空,亦泛指南方的天空。此处指闽地天空,因其时诗人在福建南安县。

⑥时昏:指世道混浊黑暗。朱弦直:朱弦,用熟丝制的琴弦。此处以朱弦直比喻士人之正直不阿,指王溥、赵崇等大臣。

⑦锁骨香:李复言《续玄怪录·延州妇人》:"昔延州有妇人,白晰颇有姿貌,年可二十四五,孤行城市,年少之子,悉与之游,狎昵荐枕,一无所却。数年而殁,州人莫不悲惜,共醵丧具为之葬焉。以其无家,瘗于道左。大历中,忽有胡僧自西域来,见墓,遂趺坐具,敬礼焚香,围绕赞叹数日。人见谓曰:'此一淫纵女子,人尽夫也,以其无属,故瘗于此,和尚何敬耶?'僧曰:'非檀越所知,斯乃大圣,慈悲喜舍,世俗之欲,无不徇焉。此即镍骨菩萨,顺缘已尽,圣者云耳。不信即启以验之。众人即开墓,视遍身之骨,钩结皆如锁状,果如僧言。州人异之,为设大斋,起塔焉。"

⑧入室:语出《论语·先进》:"由也升堂矣,未入于室也。"比喻学问或技艺得到师传,造诣高深。故寮:即故僚。旧时称同朝或同官署做官的人。入室故寮,此处谓当时与赵崇、王溥等关系密切的同在昭宗朝为官的旧日同僚。

⑨灵光:比喻帝王或圣贤的德泽。此处指赵崇、王溥等人之德泽。

【汇评】

缪谱:昭宗龙纪元年礼部侍郎赵崇知贡举,擢偓登第。状元李瀚,同年可考者温宪、吴融、唐备、崔远、李冉(登科考失名)。寅恪案:徐松已据荆南重围中寄诸朝士诗定为李冉,缪氏若无别据,何可掠美耶?(陈寅恪《读书札记二集·韩翰林集之部》)

八月六日作四首①

一

日离黄道十年昏②，敏手重开造化门③。火帝动炉销剑戟④，风师吹雨洗乾坤⑤。左牵犬马诚难测⑥，右袒簪缨最负恩⑦。丹笔不知谁定罪⑧，莫留遗迹怨神孙⑨。

【题解】

此四首诗之作年、语词解释、各句以及全诗意旨，诸家所说或有同异。统签本此诗题下小注云："集云壬申年作。然此诗自纪朱温弑昭宗事，甲子年所作也。意温于壬申年被弑，此诗方敢出，故附之壬申耳。"《唐诗叩弹集》卷十二此诗下按云："壬申，梁乾化二年也。是时晋岐吴尚称唐天祐九年，致光忧忧故朝，不忘兴复之望。是年六月，全忠为子友珪所弑，致光闻之，感今追昔，推原祸始而以自叙终焉。《统签》谓非壬申年作，并识俟考。"《吴评韩翰林集》卷二评注云："壬申六月，梁主被弑。八月六日闽中始知之耳。于是昭宗死十年矣。"陈寅恪《读书札记二集·韩翰林集之部》谓"据缪谱，'八月六日作'下有注云：'壬申年作。'此吴说所由来也。然依诗语，绝不可通，疑此注误入耶？俟得佳本校之。但《全唐诗》本无此注。又缪谱：昭宣帝天祐二年，病中初闻复官。（注：此编入甲子为天祐之元年，详诗意尚是迁洛未弑时语云。甲子非谬也，乃史称召命在天祐二年乙丑，岂复官在甲子而征召则在乙丑欤？）唐昭宗被弑于天祐元年八月壬寅；是年八月壬辰朔，壬寅为八月十一日。'六'字殆由'十一'两字联一之讹，盖形近致误。又所谓'八月十一日作'者，非真此日所作，不过以此为题耳。又作于天祐元年八月十一日昭宗被弑之后，哀帝犹未禅之前，其详悉年月，不能详矣。"又云："冬郎作'黄旗紫气'，当是用庾赋。是时吴之杨行密、闽之王审知皆不可以'黄旗紫盖'天子所在目之，故此句必指哀帝而言。然则此四首诗为昭宗被弑,哀帝嗣立时所作,斯其确证矣。"邓小军《韩偓〈八月六日作四首〉诗笺证》(见其《诗史释证》,中华书局 2004 年版)考辨云:"此组诗在本集中编次于《感旧》(前有《江岸闲步》,自注:'此后壬申年作。在南安县。')之后,《驿步》(自注:'癸酉年在南安县。')之前,故应系于本年壬申。本集此处编年次序井然,诸诗内容与编年相合,错简的可能性甚小。吴汝纶以为作于壬申六月朱全忠被弑以后,是根据本集系年。此点不能忽视。胡震亨认为此诗作于甲子唐昭宗天祐元年(904)。按此诗第三首'簪裾皆是汉公卿,尽作锋芒剑血腥',显然是指乙丑唐昭宣帝天祐二年(905)六月朱全忠杀朝士三十馀人于滑州(今河南滑县)白马驿一事,可知此诗并非作于天祐元年。陈寅恪据此诗第二首第七句'黄旗紫气今仍旧'之句,认为此诗作于天祐元年昭宗被弑以后,丁卯天祐四年(907)哀帝未禅之前。按'黄旗紫气今仍旧'之'今'字,当是随文用当时语气,似未可据此否定本集系年。进言之,此诗第四首'袁安坠睫寻忧汉,贾谊濡毫但识秦',汉秦皆朝代之名,汉喻指唐,秦喻指梁,可见此诗作于丁卯天祐四年(907)梁篡唐而立之后。第三首'井上婴儿岂自宁',当是实指戊辰后梁开平二年(908)唐哀帝被朱全忠杀害。曰'岂自宁'者,诗人不忍直言之也。要之,此诗仍应从本集系年,以作于壬申年为是。"按:邓小军之说是,今从之。《韩翰林诗谱略》、《唐韩学士偓年谱》、《韩偓简谱》、《韩偓诗注》等亦均系于后梁乾化二年壬申(912),时在南安县。

此诗意旨,陈寅恪谓"韩公意在推崇昭宗,谓自僖宗幸蜀后,王室昏乱,至昭宗继立,重开造化,涤荡乾坤。虽不免有过美之词,然是冬郎故君之思也。此诗上四句颂美昭宗堪为中兴之君,无奈其臣皆亡国叛逆之臣也。"又谓后二句"韩公意谓朱友恭、氏叔琮等之被朱全忠所诛,诚难测,但其右祖朱梁则真负恩矣。'丹笔定罪',莫怨哀帝,'神孙'目哀帝,盖天祐元年十月甲午诛李彦威、氏叔琮也。"邓小军所释较为详细,亦有所同异,谓"诗言自广明元年至光启四年,近十年间,天子蒙尘,王室昏乱,至昭宗继位,始重开天地(一二句)。如火帝、风师,能以武止乱,洗涤乾坤,昭宗能拨乱反正(三四句)。如秦相李斯被赵高所杀,临刑回顾昔日牵犬逐兔之乐,岂知今日杀身之祸,唐相崔胤援引朱全忠,岂知后来身死朱全忠之手,是诚难测也;唐朝诸大臣,在朱全忠弑君之后、篡唐之际,依附朱梁,是最负旧恩(五六句)。昭宗被弑,昭仪李渐荣、河东夫人裴贞一为捍卫昭宗而死,不知是谁矫昭宗遗诏诬陷定罪李渐荣、裴贞一弑昭宗?此等矫诏歪曲事实真相,莫要留与天下后世,使昭宗英魂为之怨恨(七八句)"。上两说于所释"丹笔"二句有所不同,今均录以备考。

【校注】

①八月六日:指后梁乾化二年壬申(912)八月六日。

②"日离"句:借喻天子之位。唐僖宗广明元年(880),黄巢陷长安,僖宗奔蜀。光启元年(885),僖宗还长安,沙陀逼长安,僖宗奔凤翔。光启四年即文德元年(888)二月,僖宗还长安,三月,僖宗卒,昭宗即位。诗言自广明元年至光启四年近十年间,天子蒙尘,王室昏乱。黄道,《汉书·天文志》:"日有中道,月有九行。中道者,黄道,一曰光道。"

③"敏手"句:敏手,犹快手。谓动作快速敏捷。亦指能手。此处指昭宗。造化,自然界的创造者。亦指自然。喻治理天下。《旧唐书·昭宗纪》:"昭宗圣穆景文孝皇帝讳晔,懿宗第七子,母曰惠安太后王氏。……帝攻书好文,尤重儒术,神气雄俊,有会昌之遗风。以先朝威武不振,国命浸危,而尊礼大臣,详延道术,意在恢张旧业,号令天下。即位之始,中外称之。"《资治通鉴》卷二百五十七唐僖宗文德元年三月:"昭宗即位,体貌明粹,有英气,喜文学。以僖宗威令不振,朝廷日卑,有恢复前烈之志,尊礼大臣,梦想贤豪。践祚之始,中外忻忻焉。"

④火帝:所谓五方天帝之一的赤帝,掌南方,司火,司夏。销剑戟:销毁兵器,意即消弭战乱。

⑤风师:亦称风伯。传说中的风神,能洗涤乾坤。喻昭宗能拨乱反正。

⑥"左牵"句:左牵犬马,《史记·李斯列传》:"二世二年七月,具斯五刑,论腰斩咸阳市。斯出狱,与其中子俱执,顾谓其中子曰:'吾欲与若复牵黄犬俱出上蔡东门逐狡兔,岂可得乎!'遂父子相哭,而夷三族。"以秦相李斯被赵高所杀,喻唐相崔胤被朱全忠所杀;以李斯临刑回顾昔日牵犬逐兔之乐,岂知今日杀身之祸,喻崔胤昔日援引朱全忠,岂知后来身死朱全忠之手,是诚难测也。

⑦"右袒"句：右袒，《史记·吕太后本纪》："太尉（按：指周勃）将之入军门，行令军中曰：'为吕氏右袒，为刘氏左袒。'军中皆左袒为刘氏。"后以"右袒"表示倒向不义者一方。簪缨，簪为古人用来绾定发髻或冠的长针。缨，系冠的带子。以二组系于冠，结在颔下。簪缨，此处借指官员。唐朝诸大臣，在朱全忠弑君之后，篡唐之际，依附朱梁，最负旧恩。

⑧"定"，吴校本校："一作是"。按：《瀛奎律髓》卷三十二作"是"。"丹笔"句：指天祐元年（904）昭宗遇弑，言不知是谁矫昭宗遗诏，定罪昭仪李渐荣、河东夫人裴贞一弑昭宗。此以反问语气，将锋芒指向朱全忠。《旧唐书·昭宗纪》天祐元年八月壬寅："夜，朱全忠令左龙武统军朱友恭、右龙武统军氏叔琮、枢密使蒋玄晖弑昭宗于椒殿。自帝迁洛，李克用、李茂贞、西川王建、襄阳赵匡凝知全忠篡夺之谋，连盟举义，以兴复为辞。而帝英杰不群，全忠方事西讨，虑变起于中，故害帝以绝人望。帝自离长安、日忧不测，与皇后、内人唯沉饮自宽。是月壬寅，全忠令判官李振自河中至洛阳，与友恭等图之。是夜二鼓，蒋玄晖选龙武衙官史太等百人叩内门，言军前有急奏面见上。内门开，玄晖每门留卒十人，至椒殿院，贞一夫人启关，谓玄晖曰：'急奏不应以卒来。'史太执贞一杀之，急趋殿下。玄晖曰：'至尊何在？'昭仪李渐荣临轩谓玄晖曰：'院使莫伤官家，宁杀我辈。'帝方醉，闻之遽起。史太持剑入椒殿，帝单衣旋柱而走，太追而弑之。渐荣以身护帝，亦为太所杀。复执何皇后，将害之。后求哀于玄晖，玄晖以全忠止令害帝，释后而去。帝殂，年三十八。"又卷二十下《哀帝本纪》天祐元年："八月二十二日，昭宗遇弑。翌日，蒋玄晖矫宣遗诏，曰：'……岂意宫闱之间，祸乱忽作，昭仪李渐荣、河东夫人裴贞一潜怀逆节，辄肆狂谋，伤痕既深，已及危革。'"又："丙午，大行皇帝大殓，皇太子柩前即皇帝位。己酉，矫制曰：'昭仪李渐荣、河东夫人裴贞一，今月十一日夜持刃谋逆，惧罪投井而死，宜追削为悖逆庶人。'蒋玄晖夜既弑逆，诘旦宣言于外曰：'夜来帝与昭仪博戏，帝醉，为昭仪所害。'归罪宫人，以掩弑逆之迹。然龙武军官健备传二夫人之言于市人。"李昭仪、裴贞一为捍卫昭宗而死，朱全忠反而矫昭宗遗诏诬陷李、裴弑君。"丹笔不知谁定罪"，与本诗第二首"饰非唯欲害仁人"，皆指此事而言。丹笔，朱笔。

⑨"莫留"句：神孙，指天子及其子孙后嗣的美称。多称君主。据《旧唐书·哀帝纪》，朱全忠先矫宣遗诏定罪李渐荣、裴贞一弑君，然后矫制追削李、裴为悖逆庶人，即首先矫昭宗遗诏，然后才矫哀帝诏，可见神孙指昭宗。"丹笔"二句，谓不知是谁矫昭宗遗诏定罪李、裴持刀谋逆，此等矫诏歪曲，莫要留与天下后世，使昭宗英魂为之怨恨。

【汇评】

前四语纪昭宗天复反正事，后四语纪甲子事。"神孙"，殆指哀宗。（胡震亨《唐音戊签》此诗下小注）

诏按，壬申，梁乾化二年也。是时晋岐吴尚称唐天祐九年，致光忧忧故朝，不忘兴复之望。是年六月，全忠为子友珪所弑，致光闻之，感今追昔，推原祸始而以自叙终焉。《统签》谓非壬申年作，并识俟考。（杜诏《唐诗叩弹集》卷十二）

"日离黄道十年昏"，庭珠按，天文志：日有中道，月有九行。中道者，黄道日之所行，月五星随之，君象也。"敏手重开造化门。火帝动炉销剑戟，风师吹雨洗乾坤。左牵犬马诚难测，右袒簪缨最负恩。"庭珠按，《曲礼》教：犬者左牵之，注防其啮噬。又按，《汉书》：为吕氏者右袒。（杜诏《中晚唐诗叩弹集》卷十二）

"丹笔不知谁定罪，莫留遗迹怨神孙"。（杜）诏按，昭宗天复二年壬戌十月，全忠表迎车驾。癸亥正月，幸其营；至壬申，凡十年。此十年内，君弑国亡，天日昏惨。"敏手"以下三句，谓乘贼内变，兴复可为，乃悬望之词，非实事也。"犬马"指全忠，"簪缨"指附逆者，二语乃昭宗一朝定案。结言唐亡于诸臣之手，未可委罪昭宗。史臣谓：昭宗有志兴复，而外乱已成，内无贤佐，正与此诗同恉。（杜诏《中晚唐诗叩弹集》卷十二）

何义门：连用"犬马"字，古人多有。纪昀：次句不佳。"风师"句好，"火帝"句即鄙矣，此故可思。五六露骨。无名氏（甲）：此言昭宗出凤翔之围，大杀宦官。夫宦官犬马，诚难测矣；而附和朝坤，岂得无罪乎？（《瀛奎律髓汇评》卷三十二忠愤类）

颔、颈两联，如二句一意，无异车前骈仗，有何生气？唐贤之法可法者，如……韩偓"谋身拙为安蛇足，报国危曾捋虎须"、"左牵犬马诚难测，右袒

簪缨最负恩",谭用之"鹦鹉语中分百里,凤凰声里住三年",皆神韵天成,变化不测。(管世铭《读雪山房唐诗序例》)

是时梁主屡为晋王李存勖所败。梁主谓近臣曰:太原徐孽昌炽,如此其志不小,吾无葬地矣。未几,梁主为其子朱友珪所弒。此诗所谓"敏手",谓晋王也。"左牵犬马",谓唐六臣送玉册、传国宝与梁者。"右袒簪缨",则诸臣死心归梁者也。"神孙"谓昭宗。(吴汝纶《吴评韩翰林集》)

据缪谱,"八月六日作"下有注云:"壬申年作。"此吴说所由来也。然依诗语,绝不可通,疑此注误入耶?俟得佳本校之。但《全唐诗》本无此注。又缪谱:昭宣帝天祐二年,病中初闻复官。(注:此编入甲子为天祐之元年,详诗意尚是迁洛未弒时语云。甲子非谬也,乃史称召命在天祐二年乙丑,岂复官在甲子而征召则在乙丑欤?)

唐昭宗被弒于天祐元年八月壬寅,是年八月壬辰朔,壬寅为八月十一日。"六"字殆由"十一"两字联一之讹,盖形近致误。又所谓"八月十一日作"者,非真此日所作,不过以此为题耳。又作于天祐元年八月十一日昭宗被弒之后,哀帝犹未禅之前,其详悉年月,不能详考矣。"日离黄道"者,盖指僖宗于广明元年丁未又幸凤翔,至昭宗龙纪元年己酉即位,适为十年,故"敏手"乃指昭宗言。韩公意在推崇昭宗,谓自僖宗幸蜀后,王室昏乱,至昭宗继立,重开造化,涤荡乾坤。虽不免有过美之词,然是冬郎故君之思也。此诗上四句颂美昭宗堪为中兴之君,无奈其臣皆亡国叛逆之臣也。和孙舍人肇荆南重围中寄诸朝士诗亦有"敏手何妨误汰金"之句。右袒:《史记》卷九《吕太后本纪》云:吕禄以郦兄(况)不欺己,遂解印属典客,而以兵授太尉。太尉将之入军门,行令军中曰:"为吕氏右袒,为刘氏左袒。"军中皆左袒为刘氏。丹笔定罪:《史记》八七《李斯传》云:二世二年七月,具斯五刑,论腰斩咸阳市。斯出狱,与其中子具执,顾谓其中子曰:"吾欲与若复牵黄犬,俱出上蔡东门逐狡兔,岂可得乎?"遂父子相哭,而夷三族。寅恪案:韩公意谓朱友恭、氏叔琮等之被朱全忠所诛,诚难测,但其右袒朱梁则真负恩矣。"丹笔定罪",莫怨哀帝,"神孙"目哀帝,盖天祐元年十月甲午诛李彦威、氏叔琮也。(以上均见陈寅恪《读书札记二集·韩翰林集之部》)

二

金虎挺灾不复论①，构成狂猘犯车尘②。御衣空惜侍中血③，国玺几危皇后身④。图霸未能知盗道⑤，饰非唯欲害仁人⑥。黄旗紫气今仍旧⑦，免使老臣攀画轮⑧。

【题解】

此诗乃斥崔胤引狼入室，致使朱全忠弑帝害后，诛杀仁人而篡唐。邓小军谓"当昭宗遇弑，李渐荣、裴贞一如嵇绍以鲜血和生命捍卫天子，然而弱女子终不能抗御强敌，何皇后亦终不能保全性命（三四句）。朱全忠降唐复又篡唐，如其兄全昱所骂，'朱三，汝本砀山一民也，从黄巢为盗，天子用汝为四镇节度使，富贵极矣，奈何一旦灭唐家三百年社稷，自称帝王！'语云盗亦有道，朱全忠则毫无盗亦有道可言。朱全忠弑君，裴贞一、李渐荣殉身护君，朱全忠反诬陷李渐荣、裴贞一弑君，其嫁祸于人，诬陷仁人，以掩弑逆之迹之丑行，人伦所同疾也（五六句）。如今唐已亡，自己则如诀别昭宗时所言，贬谪流离天涯，免见篡弑之辱。未能殉国之悲，意在言外（七八句）"。清何焯谓"纪朱温弑昭宗事。又云：晋帝播迁，汉家失国，未有如今日之酷也。不忍斥言，以古事相近者见忆，极得《春秋》书'子般卒'之旨"。纪昀亦云："三四自是实语，然少蕴藉。五六选韵对，老杜'卑枝低结子，接叶暗巢莺'亦是此格，然佳不在此。"所说可参。

【校注】

①"金虎"句：金虎，《文选》张衡《东京赋》："周姬之末，不能厥政，政用多僻。始于宫邻，卒于金虎。"唐李善注："应劭《汉官仪》曰：'不制之臣，相与比周，……宫邻金虎，言小人在位，比周相邻，与君为邻，贪求之德坚若金，谗谤之言恶若虎也。'"挺灾，招引祸殃。"金虎挺灾"，谓不制之小人在位，导致灾难发生。此指崔胤。据《资治通鉴》及两《唐书》，朱全忠拟劫昭宗至洛阳，而韩全海、李茂贞以此颇惧全忠，崔胤则私结朱全忠，矫诏令全忠以兵迎车驾。"韩全海闻朱全忠将至，丁酉，令李继筠、李彦弼等勒兵劫上，请幸凤翔。"（《资治通鉴》天复元年十月）故昭宗之被劫往凤翔以及由此

228

引起之诸灾难均主要由崔胤导发。按：金虎究指谁，诸说有异，略引备考。《韩偓诗集笺注》谓"当谓黄巢起义军。巢进占长安后，国号大齐，年称金统，故称之。朱全忠尝为黄巢大将，故云'金虎挺灾不复论'也。"无名氏（甲）谓"此言凤翔李茂贞在西，灾由'金虎'而构成。朱温狂犬，以致被围。"（《瀛奎律髓汇评》卷三十二忠愤类）邓小军云："金虎，指西方之星，如毕昴诸星，主兵乱。《文选》卷二十四晋陆机《赠尚书郎顾彦先二首》：'望舒离金虎'，唐李善注：'《汉书》曰："西方，金也。"……孔安国《尚书传》曰："……西方七星毕昴之属，俱白虎也。"'同卷陆机《答贾长渊》：'在汉之季，皇纲幅裂。大辰匿耀，金虎习质。'李善注：'《石氏星经》曰："金虎相薄，主有兵乱。"'唐吕延济注：'谓汉乱也。'金虎喻凤翔藩镇李茂贞，凤翔位于长安之西方。……陈寅恪批语：'《旧唐书》二百下《黄巢传》：贼巢僭位，国号大齐，年称金统，且陈符命曰："土德生金，予以金王，宜改年为金统。"寅恪案："虎"为唐太祖讳，太祖之庙不祧，不可援已祧不讳之例。疑"虎"与"统"形近致误。韩公意谓朱温出身黄巢之党姑不论，而竟构成弑逆则极可痛恨也。'寅恪先生此说，改字释诗，似可不必。"

②"构成"句：狂猘，疯狗。犯车尘，谓侵凌唐昭宗。此句指朱全忠、李克用、李茂贞等诸强藩为争夺挟制昭宗而恶斗，以及昭宗因此蒙尘受侵逼弑杀之事。

③"御衣"句："御衣"句，用《晋书·嵇绍传》所记嵇绍以身捍卫晋帝，血溅御服之典。《晋书·嵇绍传》："北征之役，……王师败绩于荡阴，百官及侍卫莫不散溃，唯绍俨然端冕，以身捍卫，兵交御辇，飞箭雨集，绍遂被害于帝侧，血溅御服，天子深哀叹之。及事定，左右欲浣衣，帝曰：'此嵇侍中血，勿去。'"韩偓用此典亦有所指。《旧唐书·昭宗纪》载昭宗被弑情景："是夜二鼓，蒋玄晖选龙武衙官史太等百人叩内门，……玄晖每门留卒十人，至椒殿院，贞一夫人启关，谓玄晖曰：'急奏不应以卒来。'史太执一杀之，急趋殿下。玄晖曰：'至尊何在？'昭仪李渐荣临轩谓玄晖曰：'院使莫伤官家，宁杀我辈。'帝方醉，闻之遽起。史太持剑入椒殿，帝单衣旋柱而走，太追而弑之。渐荣以身护帝，亦为太所杀。"故邓小军云："陈寅恪批语：'"侍中"，诗以嵇绍比李渐荣。'其说是。……诗言昭宗遇弑，李渐荣、裴贞一如嵇绍以

鲜血和生命捍卫天子；然而弱女子终不能抗御强敌，故诗言'空'也。"

④"国玺"句：用西汉亡国时元后及东汉亡国时献帝曹皇后之典。《汉书·元后传》："及（王）莽即位，请玺，太后不肯授莽。莽使安阳侯舜谕指。舜素谨敕，太后雅爱信之。舜既见，太后知其为莽求玺，怒骂之，……太后因涕泣而言，旁侧长御以下皆垂涕。舜亦悲不能自止，良久乃仰谓太后：'臣等已无可言者。莽必欲得传国玺，太后宁能终不与邪！'太后闻舜语切，恐莽欲胁之，乃出汉传国玺，投之地以授舜。"又《后汉书·献穆曹皇后纪》："魏受禅，遣使求玺绶，后怒不与。如此数辈，后乃呼使者入，亲数让之，以玺抵轩下，因涕泣横流曰：'天不祚尔！'左右皆莫能仰视。"按：此句实指朱全忠等人为篡夺政权，在弑杀昭宗的过程中逼害何皇后之事。《资治通鉴》天祐元年八月载昭宗遭弑后："又欲杀何后，后求哀于玄晖，乃释之。……（蒋玄晖）又矫皇后令，太子于枢前即位。"又同上书天祐二年十二月载："何太后泣遣宫人阿虔、阿秋达意玄晖，语以他日传禅之后，求子母生全。王殷、赵殷衡谮玄晖，云'与柳璨、张廷范于积善堂夜宴，对太后焚香为誓，期兴复唐祚。'全忠信之，……斩蒋玄晖，……玄晖既死，王殷、赵殷衡又诬玄晖私侍何太后，令阿秋、阿虔通导往来。己酉，全忠密令殷、殷衡害太后于积善宫，敕追废太后为庶人，阿秋、阿虔皆于殿前扑杀。"故吴汝纶评注云："皇后尝使宫人达意于柳璨、蒋玄晖等，求禅代之后，子母生全也。何后为朱全忠所弑。云几危者，讳之也。"

⑤"图霸"句：盗道，即"盗亦有道"，谓盗者亦有其为盗之道义。此句斥朱全忠欲图霸而曾强盗之不若："全忠杀宦官数百人，名起晋阳之甲，以清君侧，似乎图霸，曾盗之不如，寻逐陆扆、王溥，又欲害偓，贬濮州。"亦可指崔胤之所为。

⑥"饰非"句：指朱全忠使蒋玄晖弑昭宗而嫁罪昭仪李渐荣、河东夫人裴贞一，以掩弑逆之迹。李渐荣、裴贞一以生命捍卫昭宗，朱全忠弑君反诬陷李渐荣、裴贞一弑君。此句连上句，亦可指崔胤之作为，写崔胤之霸权误国，谗害朝臣诸事。崔胤掌宰相大权后勾结强藩朱全忠（即诗中之盗），导致昭宗播迁被弑等灾难。《旧唐书·崔胤传》对其恶行多有记载，谓其"长于阴计，巧于附丽，外示凝重而心险躁"；一度被罢相后，"胤密致书全忠求

230

援。全忠上疏理胤之功，……复召拜平章事。胤既获汴州之援，颇弄威权。……自是朝廷权政，皆归于己"；"及全忠攻凤翔，胤寓居华州，为全忠画图王之策。"《新唐书·崔胤传》亦载："帝之在凤翔，以卢光启、苏检为相，胤皆逐杀之，分斥从幸近臣陆扆等三十馀人，惟裴贽孤立可制，留与偕秉政。帝动静一决于胤，无敢言者。"崔胤陷害诸臣，是以诬陷诸人勾结藩镇，与宦官结党为罪名，故《旧唐书·昭宗纪》记其"怒（陆）扆代己，诬奏扆党庇（李）茂贞"，又诬王抟与枢密使宋道弼、景务修"三人中外相结"。实则崔胤勾结朱全忠陷害诸大臣之缘由，《新唐书·崔胤传》云："崔胤，……喜阴计，附离权强，其外自处若简重，而中险谲可畏。……陆扆当国，时王室不竞，南、北司各树党结藩镇，内相凌胁。胤素厚朱全忠，委心结之。全忠为言胤有功，不宜处外，故还相而逐扆。……帝丑其行，罢为吏部尚书，复倚扆以相。会清海无帅，因拜胤清海节度使。始，（崔）昭纬死，皆王抟等白发其奸，胤坐是赐罢，内衔憾。既与抟同宰相，胤议悉去中官，抟不助，请徐图之。及是不欲外除，即漏其语于全忠，令露劾抟交敕使共危国，罪当诛。胤次湖南，召还守司空、门下侍郎、平章事，……而赐抟死，并诛中尉宋道弼、景务修，由是权震天下，虽宦官亦累息。"故《资治通鉴》卷二六四云："胤恃全忠之势，专权自恣，天子动静皆禀之。朝臣从上幸凤翔者，凡贬逐三十馀人。刑赏系其爱憎，中外畏之。"崔胤既勾结朱全忠以自固霸权，又为朱全忠这一强盗"画图王之策"，却又如诗中所言"未能知盗道"，最终利用价值已尽，反遭朱全忠所疑怒被贬遭杀。要之此金虎小人即如昭宗于诏书中所斥"岂有权重位崇，恩深奖厚，曾无惕厉，转恣睢盱，显构外兵，将图不轨"、"负我何多，构乱至此！"史臣于《旧唐书·崔胤传》中亦不禁怒斥："自古与盗合从，覆亡宗社，无如胤之甚也！"

⑦"黄旗"句：意谓昭宗遇弑、哀帝仍立，朱全忠篡唐在即，唐已名存实亡。黄旗紫盖，指天子之车，此指哀帝。

⑧"免使"句：指天祐四年（907）朱全忠篡唐之事，曰"免使"者，不忍直言之也。《资治通鉴》天复三年（903）二月载："上返自凤翔，欲用偓为相，偓荐崇及兵部侍郎王赞自代，上欲从之，崔胤恶其分己权，使朱全忠入争之，全忠见上曰：'赵崇轻薄之魁，王赞无才用，韩偓何得妄荐为相！'上见全忠

怒甚，不得已，癸未，贬偓濮州司马。上密与偓泣别，偓曰：'是人非复前来之比，臣得远贬及死，乃幸耳，不忍见篡弑之辱！'"攀画轮，用南朝宋王琨不忍亲见篡弑故事。《南史·宋本纪下》顺帝升明三年四月："帝禅位于齐。壬辰，逊于东邸，……乘画轮车，出东掖门。封帝为汝阴王，居丹徒宫，齐兵卫之。建元元年五月己未……监人杀王。"又，《南史·王琨传》："琨忠实，……顺帝即位，进右光禄大夫。顺帝逊位，百僚陪列，琨攀画轮獭尾恸泣曰：'人以寿为欢，老臣以寿为戚。既不能先驱蝼蚁，频见此事。'呜噎不自胜，百官人人雨泪。"

【汇评】

统签本此诗后小注云："黄旗紫气句，似犹有望于哀宗。"

诗后评注："侍中血，谓王溥、赵崇等死于白马驿。皇后尝使宫人达意于柳璨、蒋元晖等，求禅代之后子母生全也。何后为朱全忠所弑，云几危者，讳之也。又昭宗被弑时，行逆者欲并杀何后，后求哀于元晖乃止。此咏昭帝被弑时事也。"（吴汝纶《吴评韩翰林集》）

何义门：纪朱温弑昭宗事。又云：晋帝播迁，汉家失国，未有如今日之酷也。不忍斥言，以古事相近者见忆，极得《春秋》书"子般卒"之旨。纪昀：三四自是实语，然少蕴藉。五六选韵对，老杜"卑枝低结子，接叶暗巢莺"亦是此格，然佳不在此。无名氏（甲）：此言凤翔李茂贞在西，灾由"金虎"而构成。朱温狂犬，以致被围。"图霸"二句纯说朱温，此时尚未迁洛，故云"仍旧"耳。（《瀛奎律髓汇评》卷三十二忠愤类）

"金虎挺灾不复论，构成狂猘犯车尘"，庭珠按，张衡《东京赋》："始乎宫邻，卒乎金虎"。注谓小人在位，与君为邻。坚若金，猛若虎也。又按，猘，《说文》作狾，见《春秋传》。"御衣空惜侍中血，国玺几危皇后身"，庭珠按，上句用晋秘绾事，下句用王莽篡汉时事。"图霸未能知盗道"，庭珠按，《庄子·在宥》篇："盗亦有道"。"饰非惟欲害仁人。黄旗紫气今仍旧，免使老臣攀画轮。"庭珠按，司马德操与刘恭嗣书曰：黄旗紫气，恒见东南。又按，齐萧道成受宋禅，百官陪列。光禄大夫王琨独攀画轮徽尾恸哭，恨不先驱蝼蚁。诏按，此因全忠弑逆而并及刘季述之乱也。季述幽昭宗于少阳院，凡宫人左右为上所宠信者皆榜杀之。又胁帝内禅，何后恐贼加害，即取玺授之。"御衣"、"国玺"二语皆切指当时事迹。夫昭宗、何后前后为全忠所弑,曰"空惜",曰"几危",若为未弑者,然此正深恶全忠而借季述以甚其罪也。全忠杀宦官数百人,名起晋阳之甲,以清君侧,似乎图霸,曾盗之不如,寻逐陆扆、王溥,又欲害偓,贬濮州。二语显罪全忠也。末又申首章之意,言王气如存,庶几中兴可待,后死之辱吾知免夫。(杜诏《中晚唐诗叩弹集》卷十二)

《旧唐书》二百下《黄巢传》:贼巢僭位,国号大齐,年称金统。且陈符命曰:"土德生金,予以金王,宜改年为金统。"寅恪案:"虎"为唐太祖讳,太祖之庙不祧,不可援已祧不讳之例。疑"虎"与"统"形近致误。韩公意谓朱温出身黄巢之党姑不论,而竟构成弑逆则极可痛恨也。《旧唐书》二十上《昭宗纪》:天祐元年八月壬辰朔。壬寅夜,朱全忠令左龙武统军朱友恭、右龙武统军氏叔琮、枢密使蒋玄晖弑昭宗于椒殿……是夜二鼓,蒋玄晖选龙武衙官史太等百人叩内门,言军前有急奏面见上。内门开,玄晖每门留卒十人,至椒殿院,贞一夫人启关,谓玄晖曰:"急奏不应以卒来。"史太执贞一,杀之,急趋殿下。玄晖曰:"至尊何在?"昭仪李渐荣临轩谓玄晖曰:"院使莫伤官家,宁杀我辈。"帝方醉,闻之遽起。史太持剑入椒殿,帝单衣旋柱而走,太追而弑之。渐荣以身护帝,亦为太所杀。复执何皇后,将害之,后求哀于玄晖,玄晖以全忠止令害帝,释后而去。《通鉴》亦同。据此,则"国玺几危皇后身"当正是实录,何云讳之耶?"侍中"诗以嵇绍比李渐荣。又《旧唐书》二十下《哀帝纪》:天祐元年八月己酉,矫制曰:"昭仪李渐荣、河东夫人裴贞一,今月十一日夜持刃谋逆,惧罪投井而死,宜追削为悖逆庶人。"蒋玄晖夜既弑逆,诘旦宣言于外曰:"夜来帝与昭仪博戏,帝醉,为昭仪所害。"归罪宫人,以掩弑逆之迹。然龙武军官健备传二夫人之冤于市人。寻用史太为棣州刺史,以酬弑逆之功。寅恪案:此所谓"饰非唯欲害仁人"。国玺几危皇后身:《汉书》九八《元后》传:及(王)莽即位,请玺,太后不肯授莽,莽使安阳侯舜谕旨。舜既见,太后知其为莽求玺,怒骂之。太后因涕泣而言。舜亦悲不能自止。良久,乃仰谓太后:"臣等已无可言者,莽必欲得传国玺,太后宁能终不与邪?"太后闻舜语切,恐莽欲胁之,乃出汉传国玺,投之地,以授舜曰:"我老已死,知而兄弟今族灭也。"舜既得传国玺,奏之,莽大悦。

《后汉书》十下《献穆曹皇后纪》：魏受禅，遣使求玺绶，后怒，不与，如此数辈。后乃呼使者入，亲数让之，以玺绶抵轩下，因涕泣横流，曰："天不祚尔！"左右皆莫能仰视。"黄旗紫气今仍旧"者，谓昭宗被弑，其子哀帝犹得嗣位，不同禅代，故有免使老臣如王琨之攀画轮也。《宋书》二十七《符瑞志》上：汉世术士言："黄旗紫盖，见于斗、牛之间，江东有天子气。"《文选》三十《谢玄晖始出尚书省》诗注及五六《陆佐公石阙铭》注引司马德操《与刘恭嗣书》："黄旗紫盖恒见东南，终成天下者，扬州之君子。"庾子山《哀江南赋》：昔之虎踞龙盘，加以黄旗紫气，莫不随狐兔而窟穴，与风尘而殄瘁。寅恪案：冬郎作"黄旗紫气"，当是用庾赋。是时吴之杨行密、闽之王审知皆不可以"黄旗紫盖"天子所在目之，故此句必指哀帝而言。然则此四首诗为昭宗被弑，哀帝嗣立时所作，斯其确证矣。《吴志三》孙皓建衡三年注引《江表传》曰：初，丹杨刁玄使蜀，得司马徽与刘廙论运命历数事，玄诈增其文以诳国人曰："黄旗紫盖见于东南，终有天下者，荆、扬之君乎！"《吴志二》孙权黄武四年注引《吴书》曰：陈化为郎中令，使魏，魏文帝因酒酣嘲问曰："吴魏峙立，谁将平一海内者乎？"对曰："易称'帝出乎震'，加闻先哲知命，旧说'紫盖黄旗，运在东南'。"庾信《哀江南赋》倪注引司马德操《与刘恭嗣书》，改"紫盖"作"紫气"以迁就庾赋，非原文作"气"，不过子山以叶韵故改作"气"，未必真有本作"气"，倪注引其径作"气"，恐非。《南史》二三《王华附琨传》：顺帝逊位，百僚陪列，琨攀画轮獭尾，恸泣曰："人以寿为欢，老臣以寿为戚。既不能先驱蝼蚁，频见此事。"呜噎不自胜，百官人人雨泪。（陈寅恪《读书札记二集·韩翰林集之部》）

三

簪裾皆是汉公卿，尽作锋铓剑血腥①。显负旧恩归乱主②，难教新国用轻刑③。穴中狡兔终须尽④，井上婴儿岂自宁⑤。底事亦疑惩未了，更应书罪在泉扃⑥。

【题解】

诗首二句谓唐朝之公卿，尽被朱全忠所屠杀。三四句谓那些忘恩负义背唐投梁之公卿最终亦难逃朱梁之屠杀。下半首邓小军云"当昭宗被弑之后，朱全忠篡唐之际，诸公卿仍贪恋禄位，如狡兔穴于废殿，自以为得计，终不免被除尽。幼主在朱全忠手中，如孺子将入于井，危在旦夕，人见之皆不忍心。且诸公卿死于朱全忠之手，似未受到正义之惩罚，其附从叛逆之罪，更应盖棺论定"。

【校注】

①"簪裾"二句：借汉喻唐，指天祐二年(905)六月朱全忠杀朝士三十余人于滑州(今河南滑县)白马驿，投入黄河一事，史称白马清流之祸。《资治通鉴》卷二百六十五天祐二年六月戊子朔载："敕裴枢、独孤损、崔远、陆扆、王溥、赵崇、王赞等并所在赐自尽。时全忠聚枢等及朝士贬官者三十余人于白马驿，一夕尽杀之，投尸于河。初，李振屡举进士，竟不中第，故深疾搢绅之士，言于全忠曰：'此辈常自谓清流，宜投之黄河，使为浊流！'全忠笑而从之。"王溥，荐韩偓入翰林者。赵崇、王赞，韩偓所荐为宰相。赵崇，又为韩偓座主。陆扆，昭宗尝欲罪之而为韩偓所谏止者。簪裾，本是高官服饰，此代谓高官。"腥"，原作"醒"，玉山樵人本、统签本、汲古阁本、麟后山房刻本、吴校本等均作"腥"。按："醒"乃"腥"之音误，今据玉山樵人本、统签本等诸本校改。

②显负旧恩：指辜负李唐皇室之恩。乱主：指朱全忠。"显负旧恩归乱主"者，柳璨盖其中一人。《新唐书·柳璨传》：柳璨"迁左拾遗。昭宗好文，待李磎最厚，磎死，内常求似磎者。或荐璨才高，试文，帝称善，擢翰林学士。崔胤死，昭宗密许璨宰相，外无知者。……遂以谏议大夫同中书门下平章事。起布衣，至是不四岁，其暴贵近世所未有。……朱全忠图篡杀，宿卫士皆汴人，璨一厚结之，与蒋玄晖、张廷范尤相得。既挟全忠，故朝权皆归之。……天祐二年，长星出太微、文昌间，占者曰：'君臣皆不利，宜多杀以塞天变。'玄晖、廷范乃与璨谋杀大臣宿有望者，璨手疏所仇媢若独孤损等三十余人，皆诛死，天下以为冤。全忠闻之，不善也。其后急于九锡，宣徽北院使王殷者构璨等，言其有贰，故礼不至。玄晖惧，自往辨解。全忠怒骂曰：'尔与柳璨辈沮我，不由九锡，作天子不得邪？'璨惧，即胁哀帝曰：'人望归元帅矣，陛下宜摄让以授终。'璨自请行，进拜司空，为册礼使，即日

235

进道。"

③"难教"句:《周礼·秋官·大司寇》:"刑新国,用轻典;刑乱国,用重典。"郑玄注:"新国者,新辟地立君之国。"杜甫《题郑十八著作文(一作丈)故居》:"可念此翁怀直道,也沾新国用轻刑。"新国,此指朱全忠所控制之哀帝朝。按:此句所指,柳璨盖其中一人。柳璨既背唐恩归朱全忠,然因其作恶太甚,终亦被朱全忠所杀。《新唐书·柳璨传》载:"及玄晖死,而全忠恚璨背已,贬登州刺史,俄除名为民,流崖州,寻斩之。临刑悔咤曰:'负国贼柳璨,死宜矣!'弟瑀、瑊皆榜死。"

④穴中狡兔:即狡兔三窟。此处指附逆诸臣。白马驿被杀之众公卿,当朱全忠弑君篡唐之际,贪恋禄位而不肯去,犹如狡兔窟于废殿,自以为得计,终不免被除尽。

⑤"自",玉山樵人本作"是"。"井上"句:井上婴儿,用《孟子·公孙丑上》:"今人乍见孺子将入于井,皆有怵惕恻隐之心。"言后梁太祖开平二年(908),年仅十七岁的唐哀帝被朱全忠杀害,哀帝在全忠虎口,犹如孺子之将入于井,危在旦夕,虽年幼亦不能免于恐怖,人见之亦痛心也。

⑥泉扃:墓门。亦指阴曹地府。

【汇评】

"用轻刑",指蒋玄晖、朱友恭、氏叔琮辈。"穴中狡兔",指附逆诸臣。"井上婴儿",为哀宗危也。(统签本此诗后小注)

庭珠按,《周礼》:"刑新国,用轻典;刑乱国,用重典。"郑玄曰:"乱国,篡弑、叛逆之国。"上句"归乱主",盖互文见义("显负旧恩"二句下)。诏按,天祐二年,全忠与柳璨、李振谋杀宰相以下三十馀人于白马驿,投尸黄河,"簪裾"、"剑血"谓此也。负恩、从逆诸臣,宜从乱国之典。然全忠同穴相噬,危机已萌,自取陨灭。既又言:虽赤族之诛,未足蔽滔天之恶,更当正名定罪,戮及幽冥:皆极其愤懑之辞。庭珠按,昭宣迁洛未久,故曰"新国";"婴儿"指昭宣,即位时年十三。(杜诏《中晚唐诗叩弹集》卷十二)

《旧唐书》二十下《哀帝纪》:天祐元年十月壬辰,(朱)全忠自河中来朝,赴西内临祭讫,对于崇勋殿。甲午勅:"检校太保、左龙武统军朱友恭可复本姓名李彦威,贬崖州司户同正。检校司徒、右龙武统军氏叔琮可贬贝州司户同正。"又勅:"彦威等主典禁兵,妄为扇动,既有彰于物论,兼亦系于军情。谪掾遐方,安能塞责?宜配充本州长流百姓,仍令所在自尽。"河南尹张廷范收彦威等杀之。临刑大呼曰:"卖我性命,欲塞天下之谤,其如神理何?操心如此,欲望子孙长世,可乎?"呼廷范,谓曰:"公行当及此,勉自图之。"寅恪案:朱友恭检校太保,氏叔琮司徒,故云"簪裾皆是汉公卿"也。"穴中狡兔"疑指朱全忠,"井上婴儿"则目哀帝也。(陈寅恪《读书札记二集·韩翰林集之部》)

四

坐看苞藏负国恩①,无才不得预经纶②。袁安坠睫寻忧汉③,贾谊濡毫但过秦④。威凤鬼应遮矢射⑤,灵犀天与隔埃尘⑥。堤防瓜李能终始⑦,免愧于心负此身。

【题解】

此诗意旨,清杜诏所释颇能切合诗意,其谓"首句言不能弭乱于先,自责也。次句言不能匡复于后,自伤也。"又云"后半言身虽幸免锋镝,而此心终不受尘污,惟有引嫌远去,此则自痛而自己之词也。"邓小军谓此诗"自述唐亡前后遭际及心情",所释亦符合诗意,其云:"诗言自己面对朱全忠包藏祸心,却无力能够救国(一二句),唯有忧国之泪,以及贬斥朱全忠之笔也(三四句)。自己如威凤有神鬼掩护,所以幸免于暗箭伤害。而忠爱君国之心,乃是天赋人性,如灵犀而内在,故不受黑暗时世之污染(五六句)。从在朝到贬谪,始终保全自己之唐朝忠臣、唐朝遗民之品节,决不与朱全忠合作,庶几可以无愧于心也(七八句)。"

【校注】

①"苞",原作"包",玉山樵人本、韩集旧钞本、统签本、汲古阁本、麟后山房刻本、吴校本均作"苞",今据改。按:"苞"通"包"。苞藏:同"包藏"。裹藏;隐藏。

②经纶:原指整理丝缕、理出丝绪和编丝成绳,统称经纶。此处引申为

筹画治理国家大事。《易·屯》:"云雷屯,君子以经纶。"孔颖达疏:"经谓经纬,纶谓纲纶,言君子法此屯象有为之时,以经纶天下,约束于物。"

③"袁安",玉山樵人本、统签本均作"袁女"。按:"袁女"乃"袁安"之误。"袁安"句:坠睫,流泪。《后汉书·袁安传》:"安以天子幼弱,外戚擅权,每朝会进见,及与公卿言国家事,未尝不噫呜流涕。自天子及大臣皆恃赖之。"此处袁安为自比。忧汉,借喻为李唐王朝将亡而担忧。

④"贾谊"句:诗人自比贾谊过秦,作诗文以贬斥朱全忠。濡毫,濡笔。谓蘸笔书写或绘画。

⑤"威凤"句:近典出自唐太宗《威凤赋》。《旧唐书·长孙无忌传》:"太宗追思王业艰难,佐命之力,又作《威凤赋》以赐无忌。其辞曰:'有一威凤,憩翮朝阳。……珍乱世而方降,应明时而自彰。……鸱枭啸乎侧叶,燕雀喧乎下枝。惭己陋之至鄙,害他贤之独奇。或聚味而交击,乍分罗而见羁。戢凌云之逸羽,韬伟世之清仪。遂乃蓄情宵影,结志晨晖,霜残绮翼,露点红衣。嗟忧患之易结,叹矰缴之难违。期毕命于一死,本无情于再飞。幸赖君子,以依以恃,引此风云,濯斯尘滓。'"太宗以威凤自喻,韩偓用此唐朝近典,以威凤自喻。今典则为大中六年(852)偓之姨父李商隐《韩冬郎即席为诗相送》:"桐花万里丹山路,雏凤清于老凤声。"义山诗以雏凤喻冬郎,故此亦兼用义山诗今典自喻。诗言威凤如有神物护持,所以幸免于暗箭伤害。威凤,典出《关尹子·九药篇》:"威凤以难见为神,是以圣人以深为根。"又《汉书·宣帝纪》神爵元年春正月:"九真献奇兽,南郡获白虎、威凤为宝。"唐颜师古注引晋灼曰:"凤之有威仪者也,与《尚书》'凤皇来仪'同意。"遮矢射,统签本此诗后小注云:"此篇自谓也。遮矢射,言免祸。"

⑥"灵犀"句:灵犀,犀牛角。相传犀角有种种灵异作用,如镇妖、解毒、分水等,故称。梁任昉《述异记》卷上:"却尘犀,海兽也。然其角辟尘,致之于座,尘埃不入。"统签本此诗后小注云:"此篇自谓也。隔埃尘,言免污。"灵犀,李商隐《无题》(昨夜星辰昨夜风):"身无彩凤双飞翼,心有灵犀一点通。"以灵犀喻爱情,韩偓则以灵犀喻忠爱君国之心性。天与,犹言天赋。诗言忠爱君国之心,乃是天赋人性,如灵犀而内在,故不可剥夺,故不受黑暗时世之污染。隔埃尘,用上引《述异记》之说。

⑦"堤防"句：今典指唐昭宣帝天祐二年乙丑（905）朱全忠假唐朝之命复召偓为翰林学士、复兵部侍郎故官，天祐三年丙寅（906）假唐朝之命复召偓还故官，后梁开平三年己巳（909）梁朝复召偓，偓皆不赴召，始终保全自己之唐朝忠臣、唐朝遗民之品节，决不与朱全忠合作。瓜李，《文选·古乐府·君子行》："君子防未然，不处嫌疑间。瓜田不纳履，李下不正冠。"

【汇评】

《集》云：壬申年作。然此诗自纪朱温弑昭宗事，甲子年所作也。意温于壬申年被弑，此诗方敢出，故附之"壬申"耳。（胡震亨《唐音戊签》）

"坐看包藏负国恩，无才不得预经纶。袁安坠睫寻忧汉。"庭珠按，庾信赋：袁安之每念王室，自然流涕。……诏按，首句言不能弭乱于先，自责也。次句言不能匡复于后，自伤也。……后半言身虽幸免锋镝，而此心终不受尘污，惟有引嫌远去，此则自痛而自已之词也。庭珠按，唐末进退不污者，司空表圣而外，唯致光一人。司空之死，全晚节也；韩之不死，望中兴也。谁谓两贤有异致哉！

诏按，壬申，梁乾化二年也。是时，晋、岐、吴尚称唐天祐九年。致光惓惓故朝，不忘兴复之望。是年六月，全忠为子友珪所弑。致光闻之，感今追昔，推原祸始而以自叙终焉。《统签》谓非壬申年作，并识俟考。（以上见清杜诏《中晚唐诗叩弹集》卷十二）

驿步 癸酉年在南安县①

暂息征车病眼开②，况穿松竹入楼台。江流灯影向东去，树递雨声从北来③。物近刘舆招垢腻④，风经庾亮污尘埃⑤。高情自古多惆怅，赖有南华养不材⑥。

【题解】

此诗题下已有"癸酉年在南安县"小注，统签本题下小注亦谓"癸酉年南安县"。故诗乃作于后梁乾化三年癸酉，亦即凤历元年（913），时在南安县。《韩翰林诗谱略》、《唐韩学士偓年谱》、《韩翰林诗谱略》、《韩偓年谱》、《韩偓诗注》等诸家系年同。

此诗乃韩偓在闽南安再迁居途中经驿步而作,诗写途中景致,并抒发其于唐亡后洁身自好之高情远志。邓小军谓"诗题'驿步',可见此时尚居旅舍。偓虽是前年至南安,但多年颠沛流离,不常厥居,如在昨日,至此始能安顿下来,首句言"暂息征车",殆以此故。五六句,用《晋书·刘舆传》'舆犹腻也,近则污人',及《世说新语·轻诋》'庾公权重'故事,言远离权势,洁身自好。此时距己巳梁开平三年梁最后一次征召,已经五年,则诗是指福州而言。"邓解释"指福州而言"谓"当丁卯三月朱全忠篡唐、四月王审知附梁后,至迟次年戊辰,偓去福州寓沙县僧寺(居福州实不过一年左右);当次年己巳正月梁使入闽至沙县征召,偓又去闽,且已行至邵武,将出闽中矣。此二事,是偓不依王审知之铁证也。偓虽为审知急切挽留,未再去闽,终亦未再入福州,必由审知保证尊重其唐朝遗民之身份即不仕梁亦不仕闽也。考偓闽中诗文之言及此者举不胜举,如庚午年作《寄隐者》"已约病身抛印绶",《此翁》"依心不在宦名中",及其手简云:"偓虽承建州八座(指审知)眷私,自是旅客",至晚年犹自书"唐翰林学士",皆可为证。偓终其身未仕于闽,尤为政治上不依王审知之铁案。职此之故,即或偓曾入王审邦之招贤院(详下庚午年谱),但亦始终保持其唐朝遗民之身份,独立自由之人格,断无疑矣。较同时入闽之朝士,或转而仕梁者如郑璘辈,或仕于闽者杨沂丰、徐寅辈(见《十国春秋》卷九十五《闽六·列传》),相去岂止天壤。故若谓偓借审知之地避难则可,至径谓其晚节(政治品格)乃依(依附投靠)审知而终,则不免为诬枉不实之词。"所说可信。吴汝纶评云:"江流句言微光已去,树递句言北方乱信也。"所言聊备一说,可参研。

【校注】

①统签本题下小注为"癸西年南安县"。驿步:水驿的停船处。

②征车:远行人所乘之车。

③递:传送;传递。

④"刘舆",玉山樵人本、韩集旧钞本、统签本、汲古阁本、麟后山房刻本均作"刘玙"。按:据《晋书》卷六十二《刘琨传》附《刘舆传》,刘舆之"舆"不

作"玙",作"刘玙"误。"物近"句:《晋书·刘琨传》:"舆字庆孙。俊朗有才局,与琨并尚书郭奕之甥,名著当时。京都为之语曰:'洛中奕奕,庆孙、越石。'辟宰府尚书郎。……东海王越、范阳王虓之举兵也,以舆为颍川太守。及河间王颙檄刘乔讨虓于许昌,矫诏曰:'颍川太守刘舆迫胁范阳王虓,距逆诏命,多树私党,擅劫郡县,合聚兵众。……'虓之败,舆与之俱奔河北。虓既镇邺,以舆为征虏将军、魏郡太守。虓薨,东海王越将召之,或曰:'舆犹腻也,近则污人。'及至,越疑而御之。"

⑤"风经"句:《世说新语·轻诋》:"庾公权重,足倾王公。庾在石头,王(导)在冶城坐。大风扬尘,王以扇拂尘曰:'元规尘污人。'"按:元规即庾亮字。

⑥南华:庄子《南华真经》的省称。不材:《庄子·山木》:"庄子行于山中,见大木枝叶盛茂,伐木者止其旁而不取也。问其故,曰:'无所可用。'庄子曰:'此木以不材得终其天年。'夫子出于山舍,于故人之家,故人喜命竖子杀雁而烹之。竖子请曰:'其一能鸣,其一不能鸣,请奚杀?'主人曰:'杀不能鸣者。'明日弟子问于庄子曰:'昨日山中之木,以不材得终其天年。今主人之雁,以不材死。先生将何处?'庄子笑曰:'周将处夫材与不材之间。材与不材之间,似之而非也,故未免乎累。'成玄英疏:"不材无用,故终其天年。"白居易《蟠木谣》:"尔既不材,吾亦不材,胡为乎人间徘徊?"

【汇评】

刘后村曰:"'唐史谓致光挈族入闽依王氏。'按:王氏据福唐,致光乃居南安,曷尝遂依之乎?"后村之言是也,而尚未尽。致光以丙寅至福唐主黄滔家,丁卯唐亡。戊辰尚寓福唐,己巳寓汀州之沙县。庚午寓尤溪之桃林,辛未而始至南安。则其在福唐亦三年,又二年而居南安耳。然致光之居南安,固不依王氏。即居福唐,亦非依王氏。何以知之?王氏固附梁者也,致光避梁而出,岂肯依附梁之人。故其叹郎官之使闽者曰:"不羞莽卓黄金印,却笑羲皇白接䍦。"《鹊》诗曰:"莫怪天涯栖不稳,托身须是万年枝。"《驿步》诗曰:"物近刘舆招垢腻,风经庾亮污尘埃。"《喜凉》诗曰:"东南亦是中华分,蒸郁相凌太不平。"《凄凄》诗曰:"嗜咸凌鲁济,恶洁助泾泥。"《闲兴》诗云:"他山冰雪解,此水波澜生。"岂但于王氏无一毫之益,且危疑百端矣。

读诗论世，可以得其情状也。（全祖望《鲒埼亭集外编》卷三十三《题跋·跋韩致光闽中诗》）

江流句言微光已去，树递句言北方乱信也。（吴汝纶《吴评韩翰林集》）

访隐者遇沈醉书其门而归

晓入江村觅钓翁，钓翁沈醉酒缸空。夜来风起闲花落①，狼藉柴门鸟径中②。

【题解】

《韩翰林诗谱略》、《唐韩学士偓年谱》、《韩偓简谱》、《韩偓年谱》、《韩偓诗注》等均系于后梁乾化三年（913）。

此乃拜访隐者不遇之作。观诗中提及之"晓入江村"、"夜来"云云可知，诗人拜访隐者乃自晓至晚，时间之长可知。又拜访亦有前后两次，地点亦不同。首次乃在清晨，地点在江村，虽然见到钓翁（即隐者），然而其时钓翁却酩酊大醉，实是不遇而归。第二次拜访盖在当日晚间，地点则在钓翁山间隐居之处，然而亦是不遇，盖隐者此时亦酣醉不醒，闭门沉睡，故诗人只得于其柴门题诗而归矣。诗人此时期多有关涉隐者之作，可见其避世隐逸之情志。

【校注】

①闲花：指野花。唐李嘉祐《赠别严士元》："细雨湿衣看不见，闲花满地落无声。"

②鸟径：指险绝的山间小径。

疏　雨

疏雨从东送疾雷，小庭凉气净莓苔。卷帘燕子穿人去，洗砚鱼儿触手来^①。但欲进贤求上赏^②，唯将拯溺作良媒^③。戎衣一挂清天下^④，傅野非无济世才^⑤。

【题解】

《韩翰林诗谱略》、《唐韩学士偓年谱》、《韩偓简谱》、《韩偓年谱》、《韩偓诗注》等均系于后梁乾化三年(913)，所系是。时韩偓在南安县。诗有"疏雨从东送疾雷，小庭凉气净莓苔"句，盖夏日景象，则诗乃是年夏日作。

诗写疏雨，而最扣紧之句为首联。三、四两句则叙诗人之卷帘以及洗砚之情景，虽看似与疏雨无关，然细思则亦不无关系。盖疏雨过后，池水益盈满，故想起洗砚之事。欲于池边洗砚，则诗人方卷帘外出，如此则有"燕子穿人"，"鱼儿触手"之生动灵活，妙趣盎然景象。然下半首则非直写疏雨，乃由疏雨"东送疾雷"联想生发而至。故有"进贤"、"拯溺"、"清天下"等抒发情志感慨之语。尤可注意者乃诗人入南安县所作诗中，多有借机忽然抒发情志感慨之作，如《驿步》、《露》、《鹊》、《残春旅舍》、《江岸闲步》诸诗均是如此。以此可见诗人微妙之思想心态，乃研究诗人之心理路程之诗什。

【校注】

①"砚"，吴校本作"研"。按："砚"通"研"。

②进贤：谓进荐贤能之士。上赏：最高之赏赐；重赏。

③拯溺：救援溺水者。引申指解救危难。良媒：好媒人。此处意为最好的媒介。《诗·卫风·氓》："匪我愆期，子无良媒。"

④"戎衣"句：《尚书·武成》："一戎衣，天下大定。"孔安国传："衣，服也。著戎服而灭纣。"挂，披挂。清天下，即天下大定之意。清，廓清。

⑤"才"，吴校本作"材"。按："才"通"材"。"傅野"句：傅野，《尚书·说命上》："高宗梦得说，使百工营求诸野，得诸傅岩，作说命三篇。"济世，救世；济助世人。

南安寓止①

　　此地三年偶寄家，枳篱茅厂共桑麻②。蝶矜翅暖徐窥草③，鳌倚身轻凝看花④。天近函关屯瑞气⑤，水侵吴甸浸晴霞⑥。岂知卜肆严夫子⑦，潜指星机认海槎。

【题解】

　　诗有"此地三年偶寄家"句，则作此诗时韩偓已在南安县三年。统签本《火蛾》诗题下小注云："辛未南安县作。此诗盖有所指。"自辛未至癸酉，即后梁乾化元年至乾化三年为三年。则此诗乃作于后梁乾化三年（913），时在南安县。又诗有"蝶矜翅暖徐窥草，鳌倚身轻凝看花"句，当作于是年春间。

　　据诗中"此地三年偶寄家，枳篱茅厂共桑麻"，及作于同年稍前之《驿步》诗"暂息征车病眼开"等句，可见《南安寓止》诗乃来南安寓居后又一次徙居后所作。陈敦贞《唐韩学士偓年谱》后梁太祖乾化元年辛未年谱："韩公在桃林场，似仍未能安心住下去，乃于今年夏间离桃林，取水路南下至南安县治，即今丰州镇，寄寓九日山僧舍。山在镇西里许，去泉州郡城不上十里，时王审邦殁已多年，泉之刺史乃其子王延彬，此际泉城有海舶通商，市况已极繁，韩公既不到这郡城去，也不住到距丰州镇五里的潘山之招贤馆。"后梁太祖乾化二年壬申谱："韩公自去年至南安县治，今年仍在南安县，而自九日山移居于县治东门外二里许偏处西北方之三都董埔乡龙兴寺。故老相传，韩公在董埔乡寺间，亦自居处。盖公南来，除了家人，还有族人，有些族人留居闽中，其馀到南安县来，就在韩公领导下，择地龙兴寺后的葵山，以垦荒耕种，名其地曰杏田，并以安置族人，随成一小村落，至今犹称杏田村。"后梁太祖乾化三年癸酉年谱："惟据吾乡故老相传，韩公未尝居住招贤院。今读此诗（《南安寓止》），可证所传不误。"并评云："韩公于辛未公元911年到南安县至今癸酉，虽已三载，亦年逾古稀，读其诗，似尚拟

244

由海上脱身去闽,盖恐闽王亦效西蜀、幽燕、岭南纷纷称帝也。王审邦传有云:时中原多故,学士故老多避乱南来,审邦遣子延彬作招贤院礼之,如李洵、韩偓、王涤、崔道融、王标、夏侯淑、王拯、杨承休、杨赞图、王偁、归传懿、郑璘、郑戬等皆赖以全。惟据吾乡故老相传,韩公未尝居住招贤院,今读此诗,可证所传不误。韩公到南安为天祐八年辛未,王审邦早于天祐元年四月逝世。其子延彬继续为泉州刺史。"

邓小军《韩偓年谱》按云:"第一,偓明年壬申所作《残春旅舍》,诗云'旅舍残春宿雨晴',后年癸酉春夏间作《驿步》诗自注:'癸酉年在南安县',诗云'暂息征车病眼开',表明直至后年癸酉春夏间以前犹居旅舍;癸酉春夏间所作《南安寓止》诗,题称'南安寓止'而不再称'旅舍',诗言'枳篱茅屋共桑麻',则表明癸酉年春夏间已建成并入住自己'枳篱茅屋'之家园。第二,偓南安茅屋寓止之地点,在县东(元代地名三都)葵山下之龙兴院(寺)。偓在此建立家园,盖当时龙兴院已为废寺;或偓在寺院附近建立家园。第三,参读偓庚午年在桃林场所作《闲居》诗'自种芜菁亦自锄',《卜隐》'藜藿充肠苎作衣',《腾腾》'乌帽素餐兼施药,前生多恐是医僧',尤其癸酉年《南安寓止》'此地三年偶寄家,枳篱茅屋共桑麻',可知偓在桃林场、南安,皆从事耕种,躬耕自养。种植作物,包括桑麻、蔬菜、药材等。"此诗末两句,邓谓亦用《旧唐书·天文志》著录唐僧一行所说"南斗、牵牛,星纪之次也。……古吴、越及东南百越之国,皆星纪分也。……岛夷蛮貊之人,声教之所不泊,皆系于狗国"之典,自比严君平能识得此东南百越之地,属牵牛分野,是声教文明所不及之地。

【校注】

①南安:即今福建南安。《旧唐书·地理志三》江南东道泉州:"南安,隋县。武德五年,置丰州,领南安、莆田二县。贞观元年,废丰州,县属泉州。圣历二年,属武荣州。州废来属。"

②"厂",玉山樵人本、统签本均作"屋",《全唐诗》、吴校本均校:"一作屋"。枳篱:枳木篱笆。白居易《渭村退居寄礼部崔侍郎翰林钱舍人诗一百韵》:"枳篱编刺夹,薙垄擘科秧。"枳,木名。也称枸橘、臭橘。落叶灌木或小乔木。木似橘而小,茎上有刺,春生白花,至秋成实,果小,味酸苦不能

245

食,可入药。成条种植可作篱笆。茅厂:茅舍,草屋。厂,犹棚舍。

③矜:自夸;自恃。

④凝:原注:"去声"。凝,凝神。谓精力专注或注意力集中。凝看花,即专注看花。

⑤函关:即函谷关。在今河南灵宝市南,是秦的东关。东自崤山,西至潼津,深险如函,通名函谷。瑞气:瑞应之气。泛指吉祥之气。

⑥吴甸:指东南一带地区,此处亦指闽地。甸,京城郊外。

⑦"岂知"二句:张华《博物志》卷十《杂说下》:"旧说云天河与海通。近世有人居海渚者,年年八月有浮槎去来,不失期,人有……乘槎而去,……遥望宫中多织妇,见一丈夫牵牛渚次饮之,……此人具说来意,并问此是何处。答曰:'君还至蜀郡访严君平则知之。'竟不上岸,因还如期。后至蜀,问君平,曰:'某年月日有客星犯牵牛宿。'计年月,正是此人到天河时也。"

【汇评】

唐韩偓,本京兆人,为翰林学士承旨。昭宗时,朱全忠怒其薄己,斥偓罪,欲杀之,以郑元规解乃止,累贬邓州司马。天祐初复召为学士,偓不敢入朝,挈家南依王审知。居南安有诗云:"此地三年偶寓家,枳篱茅屋共桑麻。"(祝诚《莲堂诗话》卷上《韩偓南迁》)

南安县……韩偓宅。(在县。偓自京兆徙此,其诗有"此地三年偶寓家,枳篱茅屋共桑麻"。)(陈道《(弘治)八闽通志》卷七十三宫室)

韩偓墓在南安县,偓唐翰林学士。韩偓故居在南安县,偓自京兆徙此。其诗有"此地三年偶寓家,枳篱茅屋共桑麻"之句。(李贤《明一统志》卷七十五)

龙兴院在三都。唐太和中建。……光启间,学士韩偓寓殁于此。偓自京兆徙此,其诗有"此地三年偶寓家,枳篱茅屋共桑麻"之句。院今废。(民国四年《南安县志》卷五《营建志二》)

十月七日早起作时气疾初愈①

疾愈身轻觉数通②，山无岚瘴海无风③。阳精欲出阴精落④，天地苞含紫气中⑤。

【题解】

《韩偓简谱》系于后梁乾化四年，误。《韩翰林诗谱略》、《唐韩学士偓年谱》、《韩偓年谱》、《韩偓诗注》等均系于后梁乾化三年，是。盖据《全唐诗》所编，此诗前一首为《南安寓止》，是诗作于又徙居新居初之乾化三年春夏间，故此诗当作于乾化三年(913)十月七日。

诗写诗人气疾初愈，清晨早起之感受。首句"觉数通"，谓觉节候清爽气畅也。"山无岚瘴"以下三句，均是诗人所见所感之天地自然之气象，亦即首句"数通"之表征也。全诗可见其"疾愈身轻"时之愉悦轻松之心情。

【校注】

①早起作：此诗乃清早起床后作。作，创作。气疾：指呼吸系统疾病。

②数：此指气数、节气。犹节候，季节，气候。

③岚瘴：山林间的瘴气。

④"出"，玉山樵人本、韩集旧钞本、统签本、汲古阁本、麟后山房刻本、吴校本均作"去"，《全唐诗》校："一作去"，吴校本校："一作出"。按：应作"出"，"去"于此处不通，恐为"出"之形误。阳精、阴精：指太阳、月亮。

⑤"苞"，原作"包"，玉山樵人本、韩集旧钞本、统签本、汲古阁本、麟后山房刻本均作"苞"，今据改。苞：通"包"，裹也。

有　感^①

　　坚辞羽葆与吹铙^②,翻向天涯困系匏^③。故老未曾忘炙背^④,何人终拟问苞茅^⑤。融风渐暖将回雁^⑥,潞水犹腥近斩蛟^⑦。万里关山如咫尺,女床唯待凤归巢^⑧。

【题解】

　　作年诸家意见不一。统签本《欲明》诗题下小注云:"以下在醴陵作"。所谓"以下"诗为《小隐》、《即日》(又题《即目》)、《避地》、《息兵》、《有感》等五首。故此诗统签本以为作于醴陵时,亦即天祐元年五月至二年春夏间。而《唐韩学士偓年谱》、《韩偓诗注》、《韩偓年谱》则系于后梁乾化三年。《韩偓简谱》所系不同,乃后梁乾化四年。按:此诗《全唐诗》列于《南安寓止》后二首,其前一首为《十月七日早起作时气疾初愈》。据前考,《南安寓止》诗作于乾化三年春夏间。《十月七日早起作时气疾初愈》诗则作于乾化三年十月七日。而《有感》诗在《十月七日早起作时气疾初愈》诗后,且有"融风渐暖将回雁"句,乃春日大雁北归景象,故此诗系于乾化三年十月七日后之春日为宜,即约乾化四年(914)春。如《全唐诗》此处不严格以创作时间前后排序,则亦有可能作于乾化三年暖春时。

　　诗乃避居闽南僻野时,感慨流寓处困身世,抒发忠悃,盼望天下太平,得以北归朝廷之作。首二句谓由于坚辞复官回朝,故流寓天涯,处境艰难也。三、四句则言尽管自己已是僻壤乡老,然而犹感念皇恩,思有以报之;且始终盼望着有人起而问罪那篡乱之朱氏罪魁。五、六句写近日局势:"风暖"句谓局势趋于好转,北归似乎有望也;"潞水犹腥"句谓朱全忠被杀,然而朱氏政权尚是污秽腥臭也。末二句为心系皇朝,盼望北归宫阙之辞。"万里关山"而视如"咫尺"者,乃心系朝廷之谓也。

【校注】

　　①有感:有感触;有感受。

②"坚辞"句:意谓坚决回绝朝廷欲他复官回朝之诰命。《新唐书·韩偓传》载:"天祐二年,复召为学士,还故官。偓不敢入朝,挈其族南依王审知而卒。"韩偓《乙丑岁九月在萧滩镇驻泊两月忽得商马杨迢员外书贺余复除戎曹依旧承旨还缄后因书四十字》《病中初闻复官二首》言其复官事,然诗人却有"宦途巇崄终难测,稳泊渔舟隐姓名"之咏而坚辞之。羽葆,帝王仪仗中以鸟羽连缀为饰的华盖。亦泛指卤簿或作为天子的代称。有大勋功者亦加羽葆。吹铙,即铙吹,铙歌。军中乐歌,为鼓吹乐的一部。所用乐器有笛、觱篥、箫、笳、铙、鼓等。传说黄帝、岐伯所作。汉乐府中属鼓吹曲,马上奏之,用以激励士气。也用于大驾出行和宴享功臣以及奏凯班师。此处羽葆、吹铙借指大臣所受之礼仪,亦即谓大臣。

③"翻向"句:意谓诗人坚辞复官,反而避居闽中,自我困于弃置闲散之生活。天涯,此指闽中,即今福建。系匏,语出《论语·阳货》:"吾岂匏瓜也哉,焉能系而不食?"按:匏瓜味苦,故系置不用。后用"系匏"比喻隐居未仕或弃置闲散。

④"故老"句:意谓我这位唐室之旧臣未曾忘却对皇上献上区区之意。故老,元老;旧臣。此处乃诗人自指。炙背,晒背。《列子·杨朱》:"昔者宋国有田夫,常衣缊黂,仅以过冬。暨春东作,自曝于日,不知天下之有广厦隩室,绵纩狐狢。顾谓其妻曰:'负日之暄,人莫知者。以献吾君,将有重赏。'里之富室告之曰:'昔人有美戎菽,甘枲茎芹萍子者,对乡豪称之。乡豪取而尝之,蜇于口,惨于腹,众哂而怨之,其人大惭。'子此类也。"

⑤"苞",玉山樵人本、统签本均作"包"。按:"苞茅"通"包茅"。"何人"句:谓有什么人终想兴师问罪那个乱臣朱全忠。苞茅,祭祀时用以滤酒的菁茅。因以裹束菁茅置匣中,故称。《尚书·禹贡》:"包匦菁茅。"苞,通"包"。问苞茅,问罪不臣的诸侯。《左传·僖公四年》:"尔贡苞茅不入,王祭不共,无以缩酒,寡人是征。"杜预注:"包,裹束也;茅,菁茅也;束茅而灌之酒,为缩酒。"

⑥融风:指东北风。《左传·昭公十八年》:"丙子,风。梓慎曰'是谓融风,火之始也。'"杜预注:"东北曰融风。融风,木也。木,火母,故曰火之始。"孔颖达疏:"东北曰融风。《易纬》作调风,俱是东北风。一风有二名。

东北，木之始，故融风为木也。木是火之母，火得风而盛，故融为火之始。"
回雁：大雁为候鸟，于秋季自北南飞，而春日则自南返北。

⑦"潴"，玉山樵人本、统签本均作"涤"，《全唐诗》、吴校本均校："一作涤"。按：应作"潴"，"涤"误。潴水：酸臭的陈淘米水。亦泛指污臭之水。腥：腥气、臭气。斩蛟：用《晋书·周处传》之典。此处"潴水犹腥"指朱氏后梁政权；"近斩蛟"，指朱全忠被其子友珪所杀。《资治通鉴》卷二六九乾化二年六月载："(韩)勍以牙兵五百人从友珪杂控鹤士入，伏于禁中。中夜斩关入，至寝殿，侍疾者皆散走。帝惊起，问：'反者为谁？'友珪曰：'非他人也。'帝曰：'我固疑此贼，恨不早杀之。汝悖逆如此，天地岂容汝乎！'友珪曰：'老贼万段！'友珪仆夫冯廷谔刺帝腹，刃出于背。友珪自以败毡裹之，瘗于寝殿。"

⑧"女床"句：女床，《山海经·西山经》："西南三百里，曰女床之山。其阳多赤铜，其阴多涅石，其兽多虎豹犀兕。有鸟焉，其状如翟而五彩文，名曰鸾鸟，见则天下安宁。"凤，即女床之山的鸾鸟。此处诗人用以自喻。巢，此处借以喻唐王朝宫廷及其翰林院。

【汇评】

初昭宗欲相韩公，公固辞。后在湖南召复旧官，又不赴。（吴汝纶《吴评韩翰林集》）

观斗鸡偶作①

何曾解报稻粱恩，金距花冠气遏云②。白日枭鸣无意间③，唯将芥羽害同群④。

【题解】

《唐韩学士偓年谱》系于天祐二年，谓"此讥当时藩镇。昭宗东迁之日，虽曾一再密遣间使绢诏勤王，无有应者，皆怯公义，勇于私斗也"。《韩偓诗注》同，谓"此篇为咏物讽喻之作，诗中的'斗鸡'喻指得势于一时的藩镇，昭宗东迁,虽曾一再遣使绢诏勤王,但惮于朱全忠的权势,无有一应者"。两说系年盖据吴汝纶释此诗为"此讥当时藩镇"而来。所释寓托意或有之,然未必即如此,且亦未必即指天祐二年藩镇事,难于作系年之确证。《韩偓年谱》则系于后梁乾化三年,未言根据。据其所列作于乾化三年诸诗之顺序,如《南安寓止》、《十月七日早起作时气疾初愈》、《有感》、《观斗鸡偶作》、《蜻蜓》、《即目》、《寄邻庄道侣》,排序即同《全唐诗》,知据《全唐诗》排序考虑系年。如前所考,《有感》作于乾化四年,《韩偓简谱》即系于是年,并谓"以上诸诗未敢尽定为癸酉年作,致尧卒于南安,凡寓此邦十四五年,不知其为何年作者,姑统归此年。"所说诚是,故上列《观斗鸡偶作》以下四诗系于乾化四年(914)后。时诗人仍在南安。

此因观斗鸡有感而咏也。虽咏斗鸡,然有所托喻。所托喻者盖忘恩负义,不思报答人主养育之恩,以驱除凶残丑类之祸患为己任,而反而一味残害同类之徒。至于究指何人,实难确认。吴汝纶云:"此讥当时藩镇",刘永济谓"此讥同类相残也",较吴说更圆妥贴切。

【校注】

①"斗鸡",玉山樵人本、韩集旧钞本、统签本、麟后山房刻本、吴校本均作"鸡斗",《全唐诗》校:"一作鸡斗",吴校本校:"一作斗鸡"。

②金距:装在斗鸡距上的金属假距。距,雄鸡爪子后面突出像脚趾的部分。花冠:谓斗鸡花彩之鸡冠。气遏云:形容斗鸡之气势昂扬貌。

③"枭鸣",嘉靖洪迈本作"枭鸥",《全唐诗》、吴校本均校:"一作鸥枭"。"白日枭鸣"句:枭,猫头鹰一类的鸟。亦为鸟纲鸥鸮科各种鸟的泛称。旧传枭食母,故常以喻恶人。白居易《凶宅》:"枭鸣松桂枝,狐藏兰菊丛。"枭一般白日隐栖,夜晚活动,故白日枭鸣乃不正常现象。此处意喻类似枭之凶恶者气势极为嚣张,毫无顾忌。

④芥羽:指用以角斗的鸡。《左传·昭公二十五年》:"季郈之鸡斗,季氏介其鸡,郈氏为之金距。"孔颖达疏引郑司农曰:"介,甲也,为鸡着甲。"《史记·鲁周公世家》作"季氏芥鸡羽"。裴骃集解引服虔曰:"捣芥子播其鸡羽,可以坌郈氏鸡目。"

此讥当时藩镇。（吴汝纶《吴评韩翰林集》）

蜻 蜓

碧玉眼睛云母翅，轻于粉蝶瘦于蜂。坐来迎拂波光久^①，岂是殷勤为蓼丛^②。

【题解】

《韩偓年谱》《韩偓诗注》系于后梁乾化三年，《韩偓简谱》则系于乾化四年，并谓"以上诸诗未敢尽定为癸酉年作，致尧卒于南安，凡寓此邦十四五年，不知其为何年作者，姑统归此年。"按：《全唐诗》排在《有感》《观斗鸡偶作》诗后，前两诗均作于乾化四年，此诗亦系于乾化四年(914)为宜。

诗为咏蜻蜓之作。首二句乃咏蜻蜓之体态模样，谓其长着碧玉般眼睛，如云母轻薄之翅膀；较粉蝶更为轻盈，而比蜜蜂更为清瘦。第三、四句特写蜻蜓一时停歇在蓼丛上迎拂波光之景象，从而试为究诘蜻蜓此时之心理，颇具理趣之情味。《韩偓诗注》谓"细玩诗意，似是托物言志之作"。是否如此不敢必，聊备一说。

【校注】

①"迎"，嘉靖洪迈本作"并"，统签本、《全唐诗》、吴校本均校："一作并"。"久"，《唐百家诗选》本、嘉靖洪迈本均作"舞"，统签本校："一作舞"。坐来：移时。韩愈《春雪间早梅》："玲珑开已徧，点缀坐来频。"

②"岂"，《唐百家诗选》本、嘉靖洪迈本均作"可"，统签本、《全唐诗》、吴校本均校："一作可"。"为"，嘉靖洪迈本作"恋"，统签本、《全唐诗》、吴校本均校："一作恋"。蓼：植物名。为一年生或多年生草本。有水蓼、红蓼、刺蓼等。味辛，又名辛菜，可作调味用。《诗·周颂·良耜》："以薅茶蓼。"毛传："蓼，水草也。"

即　目①

书墙暗记移花日,洗瓮先知酝酒期。须信闲人有忙事②,早来冲雨觅渔师③。

【题解】

据统签本诗题下小注:"癸酉,南安。"癸酉指后梁乾化三年。然此诗《全唐诗》排在《十月十七日早起作时气疾初愈》、《有感》、《观斗鸡偶作》、《蜻蜓》诸诗后,下一首为《寄邻庄道侣》。而统签本乃按诗体排列,且上列数诗除《有感》为律诗不排于此处外,其馀五首七绝前后排序不同于《全唐诗》。其诗下小注亦不见于包括《全唐诗》在内的其他版本,故其小注恐非原注,或为后人所添。此诗作年应与《有感》、《观斗鸡偶作》、《蜻蜓》等相同,亦在后梁乾化四年。诗有"书墙暗记移花日"句,则乾化四年(914)春日作。

诗写闲中找忙之情趣。移花之期尚未到,而先在墙上记下移花木的时日于墙上;酝酒之期亦未到,而先忙着清洗酒瓮以便酿酒;渔人尚未捕鱼,而为了预备煮鱼下酒赏花,即忙着一大早冒雨寻觅渔人索鱼,此皆是闲中自找忙之无关紧要事。而之所以如此,正是人太空闲无聊,故庸人自扰,"闲人有忙事"之证明也。诗虽写人之瞎忙,然颇富生活情趣,诗趣亦在其中矣。

【校注】

①统签本诗题下小注云:"癸酉,南安。"

②闲人:此为诗人自谓。

③"早",嘉靖洪迈本作"且"。冲雨:冒雨。白居易《风雨中寻李十一因题船上》:"可怜冲雨客,来访阻风人。"渔师:渔人。

【汇评】

唐人绝句,有意相袭者,有句相袭者。……刘长卿《送朱放》云:"莫道野人无外事，开田凿井白云中。"韩偓《即目》云："须信闲中有忙事，晓来冲雨觅渔师。"此皆意相袭者。(范晞文《对床夜语》卷四)

闲人有忙事，俗人语也。然唐人已有韩偓诗云："书墙暗记移花日，洗瓮先知酝酒期。须信闲人有忙事，且来冲雨觅渔师。"(吴曾《能改斋漫录》卷二《闲人有忙事》)

闲之为义，或曰"月到门庭方是闲也"。古皆从日，与闲同，其音稍异耳。闲亦人之所难得者。杜牧之有云："不是闲人闲不得，愿为闲客此闲行。"吴兴因建得闲亭。余性极爱闲，而闲中不能静处，寻诗问酒灌卉调禽，实无闲时。因忆韩致尧有诗云："书墙暗记移花日，洗瓮先知酝酒期。须信闲人有忙事，早来冲雨觅渔师。"玉山樵人可谓同调矣。(清嘉庆十五年王遐春麟后山房刻本韩偓《翰林集》附录引《留青日札》)

寄邻庄道侣

闻说经旬不启关①，药窗谁伴醉开颜。夜来雪压村前竹②，剩见溪南几尺山③。

【题解】

《韩偓年谱》、《韩偓诗注》系于后梁乾化三年，《韩偓简谱》则系于乾化四年，并谓"以上诸诗未敢尽定为癸酉年作，致尧卒于南安，凡寓此邦十四五年，不知其为何年作者，姑统归此年。"按：《全唐诗》排在《有感》、《观斗鸡偶作》、《即目》诗后，据前所考，此诗亦以系于乾化四年(914)为宜。诗有"夜来雪压村前竹"句，应作于是年冬。

诗乃冬日大雪压竹时寄道侣之作，于短短诗句间含蕴思念关爱之情。首"经旬不启关"二句，谓道侣门未开之时日亦久矣，故担心道侣一心炼丹药，而无人做伴饮酒相乐，是否会太枯燥寂寞？三、四两句之"雪压竹"、只见"几尺山"，则雪之大可知，而诗人担心道侣之关爱之情，亦隐隐含蓄其中矣。此诗之山村雪夜风貌，道侣生活情趣活脱脱展现而出，且诗情画意含蕴深长,别具宋诗风韵,可谓"模写精矣"。

【校注】

①启关:谓开门。关,门;门扇。

②"雪",玉山樵人本、统签本均作"霜"。按:作"霜"误,盖雪方能"压村前竹",而霜则不能。"村前",《才调集》卷八作"前村"。

③"几尺",《才调集》卷八作"数尺"。剩见:只见。刘禹锡《和仆射牛相公见示长句》:"唯应加筑露台上,剩见终南云外峰。"

【汇评】

农圃家风,渔樵乐事,唐人绝句模写精矣。余摘十首题壁间,每菜羹豆饭后,啜苦茗一杯,偃卧松窗竹榻间,令儿童吟诵数过,自谓胜如吹竹弹丝,今记于此。韩偓云:"闻说经旬不启关,药肖谁伴醉开颜。夜来雪压前村竹,剩看溪南几尺山。"又云:"万里清江万里天,一村桑柘一村烟。渔翁醉著无人唤,过午醒来雪满船。"(罗大经《鹤林玉露》卷五《农圃渔樵》)

峭削是冬郎别调。(周咏棠《唐贤小三昧集续集》)

初赴期集①

轻寒著背雨凄凄,九陌无尘未有泥②。还是平时旧滋味,慢垂鞭袖过街西③。

【题解】

《韩偓简谱》系于乾化四年,谓"以上诸诗未敢尽定为癸酉年作,致尧卒于南安,凡寓此邦十四五年,不知其为何年作者,姑统归此年。"按:此诗乃诗人及第时所作。据《登科记考》卷二十四所考,韩偓于昭宗龙纪元年登进士第,此诗即作于是年春登第后赴期集时所作。《唐韩学士偓年谱》、《韩偓年谱》、《韩偓诗注》等亦均系于龙纪元年(889)。

此乃及第之初赴期集之作,原非《香奁集》中诗,故统签本诗题下小注云:"重入《香奁集》者误。"诗云"轻寒著背雨凄凄",乃写初春之节候天气,并诗人"凄凄"之感触。末两句谓尽管已及第，但还如平时之感受，并未因及第而心情格外激奋，故缓慢地垂着鞭袖走过街西大道。诗人之所以未因及第而兴奋，乃在于久困举场，历二纪方及第，已辛酸备尝，故未免有冷雨凄凄著背之感。

【校注】

①按：吴校本、石印本《香奁集》均收入此诗。统签本诗题下小注云："重入《香奁集》者误。"石印本《香奁集》此诗下震钧《香奁集发微》云："此正集中诗，此集复入。""期"，《唐百家诗选》本作"朝"。按：作"朝"误。期集：唐代进士登第后，到主司宅谢恩后，又到期集院的活动。《唐摭言》卷三《期集》载："谢恩后，方诣期集院。大凡敕下已前，每日期集，两度诣主司之门；然三日后，主司坚请已，即止。同年初到集所，团司、所由辈，参状元后，便参众郎君。拜讫，俄有一吏当中庭唱曰：'诸郎君就坐，只东双西。'其日醵罚不少。又出抽名纸钱，每人十千文。其敛名纸，见状元。俄于众中蓦抽三五个，便出此钱铺底，一自状元已下，每人三十千文。"

②九陌：汉长安城中的九条大道。《三辅黄图·长安八街九陌》："《三辅旧事》云：'长安城中八街，九陌。'"此指唐长安城大街。

③慢：缓行；缓慢。鞭袖：马鞭与衣袖。唐赵嘏《忆山阳》："芰荷香绕垂鞭袖，杨柳风横弄笛船。"街西：指唐长安皇城之西街，有五十四坊，属长安县。《旧唐书·地理志》："京师西有大明、兴庆三宫，谓之三内。有东西两市。都内南北十四街，东西十一街，街分一百八坊，坊之广长皆三百余步。皇城之南大街曰朱雀之街，东五十四坊，万年县领之。街西五十四坊，长安县领之，京兆尹总其事。"

【汇评】

九陌无尘夜际天。《三辅旧事》：长安城中，八街九陌。韩退之诗："虽有九陌无尘埃"，韩偓诗："轻寒著背雨凄凄，九陌无尘未有泥。"……（史季温《山谷别集诗注》别集卷上《次韵公秉子由十六夜忆清虚》）

此正集中诗，此集复入。（震钧《香奁集发微》）

惜　花

皱白离情高处切^①，腻红愁态静中深^②。眼随片片沿流去，恨满枝枝被雨淋^③。总得苔遮犹慰意^④，若教泥污更伤心^⑤。临轩一盏悲春酒，明日池塘是绿阴^⑥。

【题解】

《韩偓年谱》、《韩偓诗注》、《韩偓简谱》均系于乾化四年。《韩偓简谱》云："以上诸诗未敢尽定为癸酉年作，致尧卒于南安，凡寓此邦十四五年，不知其为何年作者，姑统归此年。"《韩偓年谱》于后梁均王乾化四年甲戌（914）七十三岁谱云："本年，偓在南安县。按：本集《驿步》题下自注：'癸酉年在南安。'以下编次诸诗，至《寄邻庄道侣》有'夜来雪压前村竹'之句，当为癸酉冬作。其后诸诗，次第写及春、秋，当为本年甲戌所作，最后一首为《幽独》（再下即《江行》、《汉江行次》及湖南诗矣。本集中编次大抵为似乱非乱之状）。春，作《惜花》、《半醉》、《春尽》、《睡起》、《寄友人》（有"旷野风吹寒食月"语）。"按：所云《驿步》诗至之后《十月七日早起作时气疾初愈》诗确为乾化三年癸酉作，然再后《有感》诗起至《寄邻庄道侣》诗则恐非乾化三年之作。《有感》诗有"融风渐暖将回雁"句，乃写初春景象，则至此诗已非乾化三年诗。故《有感》诗后之《观斗鸡偶作》、《蜻蜓》、《即目》（有"书墙暗记移花日"句）、《寄邻庄道侣》（有"夜来雪压村前竹"句，盖已冬时）数诗皆为乾化四年诗。而再后之《惜花》诗有"临轩一盏悲春酒，明日池塘是绿阴"句，分明已是后一年即乾化五年晚春之事矣。故再后之《半醉》（有"雨连莺晓落残梅""西楼怅望芳菲节"句）、《春尽》、《睡起》、《寄友人》（有"旷野风吹寒食月"句）诸诗亦应是乾化五年（915）之作。此诗有"临轩一盏悲春酒，明日池塘是绿阴"句，则是年春末之作。

这是一曲送春别花的挽歌。开首从枝头残花着笔：那高枝上的白花已经枯萎，飘零在即；底下的红花尚有余润，也在默默担忧未来的命运。颔联转向雨打风吹、水流花去的情景，满目狼藉，怎不令人黯然销魂？颈联进而设想花落后的遭遇，好春将尽，落花在不可挽回的时序中飘摇，苔遮者幸得一方净土，犹可慰意，泥污与坠溷者则不免有所玷污，不免伤心。一收一纵，愁思更深一层。此联最为后人称道，句意或有鉴于梁范缜驳佛家因果之说："人之生譬如一树花，同发一枝，俱开一蒂，随风而堕，自有拂帘幌坠于茵席之上，自有关篱墙落于粪溷之侧。"(《梁书》卷四十八，中华书局1973年版，第665页)韩偓在这里以落花寓托个人身世之不能自主，亦隐含唐亡以后孤臣孽子的黍离麦秀之悲，其中的无可奈何传达出一种言外的悲慨。尾联则归结为来日花尽，空余绿阴，临轩对酒，不胜其悲。通篇逐层转折，逐层递进，幽咽迷离，沉痛至极。这种合身境、意境、物境为一的笔法，正代表了韩偓写景诗的主要特色。吴乔谓此诗乃"朱温将篡而作"，并句句比附笺释，恐太拘泥。盖此诗乃作于唐亡后多年，非唐将亡时诗，以唐将亡时情事比附解释诗句，恐未必符合。

【校注】

①"皴"，《全唐诗》、吴校本均校："一作毵"。皴白：指残花。离情：指花将萎落之情。切：凄切、悲切。

②"红"原作"香"，《唐百家诗选》本、韩集旧钞本、麟后山房刻本、吴校本、《三体唐诗》卷四、《唐诗鼓吹》卷二均作"红"，《全唐诗》校："一作红"，吴校本校："一作香"。今据《唐百家诗选》等诸本改。腻红：此处谓花。

③"淋"，统签本、《全唐诗》、吴校本均校："一作侵"。按：《唐诗鼓吹》卷二作"侵"。

④"总"，范晞文《对床夜语》卷三、吴校本作"纵"。"总得苔遮"句：意谓花落在地，若有苔藓遮护，尚得一丝宽慰。

⑤"若"，《唐百家诗选》本、范晞文《对床夜语》卷三、《唐诗鼓吹》卷二均作"便"。"若教"句：意谓落花如果被污泥所沾污，则更令人伤心。苏轼《寒食雨二首》其一"卧闻海棠花，泥污胭脂雪"，陈宝琛《次韵逊敏斋主人落花》"楼台风日似年时，茵溷相怜等此悲"，"燕衔鱼唼能相厚，泥污苔遮各有由"，均由此联化出。

⑥"轩"，《全唐诗》、吴校本均校："一作阶"。按：《三体唐诗》卷四、《唐

诗鼓吹》卷二均作"阶"。"明日"句：意谓明日将是春尽夏来，池塘上则满是浓浓之绿阴矣。

【汇评】

韩偓《落花》："总得苔遮犹慰意，便教泥污更伤心"，弱甚。老杜有"纵教醉里风吹尽，可待醒时雨打稀"，去偓辈远矣。王建亦有"且愿风留著，唯愁日炙销"，正堪与偓诗上下。（范晞文《对床夜语》卷三）

周弼列为结句体。周珽曰：致尧诗清奥孤迥，此诗意调足玩。珽按，韩偓在唐末，志存王室，朱温恶之，贬濮州司马。天祐中，复召，不敢入，因挈家依王审知，悯时伤乱，往往寄之吟咏；此借惜花以寓意也。首喻君子恋国忧君之念常殷。次喻士类见逐殆尽，不免茂贞之凶。三喻己暂得所依，犹恐贻累所及。末喻朝廷今虽空有名号终为奸雄不日当变易其宗社矣。（周珽《唐诗选脉会通评林·晚七律》）

此借惜花以寓意也。首言皱白之离情辞高树而自切，腻红之愁态依静地而尤深。况片片沿流，枝枝被雨，安得不令人伤悲哉！若幸而得苍芜以遮红艳，犹慰吾意；否则沾泥土以污容色，更伤我心矣。故临阶之酒为春去而送之，至明日则绿阴满树，无复红紫之可见矣，不亦重可惜乎！（钱牧斋、何义门《评注唐诗鼓吹》卷二）

此篇句句是写惜花，句句是写自惜意，读之可为泪下。（朱三锡《东岩草堂评订唐诗鼓吹》卷二）

明人以集中无体不备，汗牛充栋者为大家。愚则不然，观于其志，不惟子美为大家，韩偓《惜花》诗，即大家也。……余读韩致尧《惜花》诗结联，知其为朱温将篡而作，乃以时事考之，无一不合。起语云"皱白离情高处切，腻红愁态静中深"，是题面。又曰"眼随片片沿流去"，言君民之东迁也。"恨满枝枝被雨淋"，言诸王之见杀也。"总得苔遮犹慰意"，言李克用、王师范之勤王也。"若教泥污更伤心"，言韩建之为贼臣弱帝室也。"临轩一盏悲春酒，明日池塘是绿阴"，意显然矣。此诗使子美见之，亦当心服。诗可以初盛中晚为定界乎？（吴乔《围炉诗话》卷一）

此诗（指杜甫《秋兴八首》）及义山之《无题》、飞卿之《过陈琳墓》、韩偓之《惜花》诸篇，皆是一生身心苦事在其中，作者不好明说，读者不能即解。

259

（吴乔《围炉诗话》卷四）

（吴乔）又云：太白《襄阳歌》无意苟作，摩诘"明月松间照，清泉石上流"，学之成儿童语。……又以"黄河远上白云间"为误，改为"黄沙直上白云间"……，以摩诘"太乙近天都"为刺时宰云。看唐诗当须作此想，方有入处。极推韩偓《落花》诗，以为指朱温将篡而作，句句笺释，以为子美见偓诗，亦当心服。（偓诗"皱白离情高处切，腻红愁态静中深。眼寻片片随流水，恨满枝枝被雨淋。倘得苔遮犹慰意，若教泥污更伤心。临阶一盏悲春酒，明日池塘是绿阴。"）（姚范《援鹑堂笔记》卷四十四集部）

此伤朱温将篡唐而作。次联言君民之东迁，诸王之见害也。三联望李克用之勤王，痛韩建之逆主也。结末沉痛，意更显然。（陈沆《诗比兴笺》卷四）

吴汝纶曰："亡国之恨也。"（高步瀛《唐宋诗举要》卷四本诗下注评引）

阎生案：此伤唐亡之恉，韩公诗多有此意。（吴汝纶《吴评韩翰林集》）

秋谷曰：落句凄然，亡国之音。（复旦大学图书馆藏《唐音统签》本眉批）

《援鹑堂笔记》四二《谈艺》引吴修龄诗话，极推韩偓落（惜）花诗，以为指朱温将篡而作，句句笺释，以为子美见偓诗，当亦心服。（陈寅恪《读书札记二集·韩翰林集之部》）

半　醉

　　水向东流竟不回①，红颜白发递相催②。壮心暗逐高歌尽③，往事空因半醉来④。云护雁霜笼澹月⑤，雨连莺晓落残梅⑥。西楼怅望芳菲节，处处斜阳草似苔。

【题解】

　　《韩偓年谱》、《韩偓诗注》、《韩偓简谱》均系于乾化四年。《韩偓简谱》云："以上诸诗未敢尽定为癸酉年作，致尧卒于南安，凡寓此邦十四五年，不知其为何年作者,姑统归此年。"《韩偓年谱》于后梁均王乾化四年甲戌(914)七十三岁谱云:"本年,偓在南安县。按:本集《驿步》题下自注:'癸酉年在南安。'以下编次诸诗,至《寄邻庄道侣》有'夜来雪压前村竹'之句,当为癸酉冬作。其后诸诗,次第写及春、秋,当为本年甲戌所作,最后一首为《幽独》(再下即《江行》《汉江行次》及湖南诗矣。本集中编次大抵为似乱非乱之状)。春,作《惜花》、《半醉》、《春尽》、《睡起》、《寄友人》(有"旷野风吹寒食月"语)。"按:所云《驿步》诗至之后《十月七日早起作时气疾初愈》诗确为乾化三年癸酉作,然再后《有感》诗起至《寄邻庄道侣》诗则恐非乾化三年之作。《有感》诗有"融风渐暖将回雁"句,乃写初春景象,则至此诗已非乾化三年诗。故《有感》诗后之《观斗鸡偶作》、《蜻蜓》、《即目》(有"书墙暗记移花日"句)、《寄邻庄道侣》(有"夜来雪压村前竹"句,盖已冬时)数诗皆为乾化四年诗。而再后之《惜花》诗有"临轩一盏悲春酒,明日池塘是绿阴"句,分明已是后一年即乾化五年晚春之作矣。故再后之《半醉》(有"雨连莺晓落残梅""西楼怅望芳菲节"句)、《春尽》、《睡起》、《寄友人》(有"旷野风吹寒食月"句)诸诗亦应是乾化五年之作。此诗有"雨连莺晓落残梅,西楼怅望芳菲节"句,乃春日诗,则诗乃乾化五年(915)春之作。

　　此诗写水流梅落,意在借景抒情,感慨年光流逝,壮志消磨,往事如梦。《评注唐诗鼓吹》所云,颇能体味诗意,其言甚旨。《韩偓诗注》云:"诗中慨叹'白发已生'、'壮心殆尽'、'往事如烟',则为晚年避祸闽地之作矣。"

【校注】

①"流竟",《唐百家诗选》本作"南更"。

②递:顺次;依次。

③壮心:壮志,豪壮的志愿。暗逐:暗随。逐,随;跟随。

④"澹",《唐百家诗选》本、玉山樵人本、韩集旧钞本、统签本、汲古阁本、麟后山房刻本均作"淡"。按:此处"澹"同"淡"。

⑤"晓",玉山樵人本作"小"。按:"小"盖与"晓"音同而误。

⑥芳菲节:春天花开之节候。芳菲,指花草盛美。白居易《大林寺桃花》:"人间四月芳菲尽,山寺桃花始盛开。"

春 尽

惜春连日醉昏昏,醒后衣裳见酒痕。细水浮花归别涧①,断云含雨入孤村②。人闲易有芳时恨③,地迥难招自古魂④。惭愧流莺相厚意⑤,清晨犹为到西园。

【题解】

《韩偓年谱》、《韩偓诗注》、《韩偓简谱》均系于乾化四年。《韩偓简谱》云:"以上诸诗未敢尽定为癸酉年作,致尧卒于南安,凡寓此邦十四五年,不知其为何年作者,姑统归此年。"《韩偓年谱》于后梁均王乾化四年甲戌(914)七十三岁谱云:"本年,偓在南安县。按:本集《驿步》题下自注:'癸酉年在南安。'以下编次诸诗,至《寄邻庄道侣》有'夜来雪压前村竹'之句,当为癸酉冬作。其后诸诗,次第写及春、秋,当为本年甲戌所作,最后一首为《幽独》(再下即《江行》、《汉江行次》及湖南诗矣。本集中编次大抵为似乱非乱之状)。春,作《惜花》、《半醉》、《春尽》、《睡起》、《寄友人》(有"旷野风吹寒食月"语)。"按:所云《驿步》诗至之后《十月七日早起作时气疾初愈》诗确为乾化三年癸酉作,然再后《有感》诗起至《寄邻庄道侣》诗则恐非乾化三

262

年之作。《有感》诗有"融风渐暖将回雁"句,乃写初春景象,则至此诗已非乾化三年诗。故《有感》诗后之《观斗鸡偶作》《蜻蜓》《即目》(有"书墙暗记移花日"句)、《寄邻庄道侣》(有"夜来雪压村前竹"句,盖已冬时)数诗皆为乾化四年诗。而再后之《惜花》诗有"临轩一盏悲春酒,明日池塘是绿阴"句,分明已是后一年即乾化五年晚春之作矣。故再后之《半醉》(有"雨连莺晓落残梅""西楼怅望芳菲节"句)、《春尽》《睡起》《寄友人》(有"旷野风吹寒食月"句)诸诗亦应是乾化五年(915)之作。此诗题为《春尽》,则为是年春末之作。

晚年寓居南安之作,与《安贫》同一索寞。然《安贫》直抒胸臆,感慨万端,本篇则融情入景,兴寄深微。诗首抓住醉酒,突出"惜春"。不光是醉,且连日沉醉,醉得昏昏然,甚且醉后还要继续喝酒,以致衣服溅满斑斑酒痕。颔联转入写景。涓细流水载着落花漂浮而去,彩云片片随风吹洒下一阵雨点。正是南方暮春时节之典型,"细"、"浮"、"别"、"断"、"孤"等字眼,更添凄清。颈联上哀唐亡,下言远在天涯,不能为故国招魂,兼言此地亦无中华之魂。陈寅恪《壬辰春日作》"芳时已被冬郎误,何地能招自古魂",即用诗意。结尾宕开一笔,借流莺殷勤相顾,略解春愁,表面冲淡,实则世无知音之落寞更为深沉。通篇扣住"春尽"抒述情怀,由惜春引出身世之感、家国之悲,一层深一层加以抒发,自始至终不离春尽时景物,即景即情,浑然无迹,无怪此诗沉挚动人。

【校注】

①"浮",玉山樵人本、统签本均作"漾",《全唐诗》、吴校本均校:"一作漾"。"涓",玉山樵人本、统签本均作"浦",《全唐诗》、吴校本均校:"一作浦"。

②断云:片云。杜甫《别房太尉墓》:"近泪无干土,低空有断云。"

③"有",吴校本作"得",下校:"一作有",《全唐诗》校:"一作得"。按:《瀛奎律髓》卷十、《唐诗鼓吹》卷二、《唐诗品汇》卷九十均作"得"。地迥:指僻远的地方。李商隐《行次西郊作一百韵》:"常恐值荒迥,此辈还射人。"陈寅恪《壬辰春日作》"芳时已被冬郎误,何地能招自古魂",取义于此联。

④"地迥",原作"地胜",《唐百家诗选》亦然。玉山樵人本作"胜地"。

"胜",《全唐诗》校:"一作迥",吴校本作"迥",下校:"一作胜"。按:《瀛奎律髓》卷十、《唐诗鼓吹》卷二、《唐诗品汇》卷九十均作"迥",今即据改。

⑤流莺:即莺,因莺啼清亮圆转而引起"流"之感。流,谓其啼鸣声清亮圆转。张说《奉和春日幸望春宫》:"绕殿流莺凡几树,当蹊乱蝶许多丛。"

【汇评】

韩偓在唐末粗有可取者,如"沙头有庙青林合,驿步无人白鸟飞"、"细水浮花归别浦,断云含雨入孤村"、"白髭兄弟中年后,瘴海程途万里长。"五言如"鸟啼深不见,人语静先闻"。虽神气短缓,亦微有深致。(范晞文《对床夜语》卷四)

丙戌之冬,余初病起,深居简出,终日曝背晴檐,万事不到,自以荆公所选《唐百家诗》反复熟味之,见其格力辞句,例皆相似,虽无豪放之气,而有修整之功,高为不及,卑复有馀,适中而已。荆公谓:"欲观唐人诗,观此足矣。"讵不然乎! 集中佳句,世所称道者不复录出;唯余别所喜者,命儿辈笔之以备遗忘。……七言六联:韩偓《残春》云:"树头蜂抱花须落,池面鱼吹柳絮行。"又云:"细水浮花归别涧,断云含雨入孤村。"又《访王同年村居》云:"门庭野水篱裦鹭,邻里断墙哑喔鸡。"(《苕溪渔隐丛话后集》卷十六)

武元衡曰:"残云带雨过春城。"韩致光曰:"断云含雨入孤村。"二句巧思,不及子美"澹云疏雨过高城"句法自然。(谢榛《四溟诗话》卷二)

韩偓,字致尧,别集一卷,实本集也。以其有《香奁集》,故反名别集。然其语多浅俗,入录者甚少。七言律如"无奈离肠"、"长日居闲"、"惜春连日"三篇,气韵亦胜。"星斗疏明"一篇,声亦宣朗。他如"瓶添涧水盛将月,衲挂松枝惹得云"、"树头蜂抱花须落,池面鱼吹柳絮行。禅伏诗魔归静域,酒冲愁阵出奇兵"等句,乃晚唐巧句也。至若"炉为窗明僧偶坐"、"雨连莺晓落残梅",则奇僻不可为法矣。(许学夷《诗源辩体》卷三十二)

淮右城池几处存,宋州新事不堪论。辅车谩欲通吴会,突骑谁当捣蓟门。细水浮花归别涧,断云含雨入孤村。空馀韩偓伤时语,留与累臣一断魂。(小注:顾氏云:五、六全用韩致光语。即以结联标出,自成一体。遗山诗用前人成语极多,陶、杜句尤甚,又未可以此例概之也。(施国祁《元遗山诗集笺注》卷八《淮右》)

264

狼藉麻衣见酒痕,忆君醉别柳边村。离愁扰扰理还乱,来事悠悠谁与论。瘴海渐添春浪阔,冰崖惟觉暮烟屯。人间底似三峰好,箭筈通天有一门。(小注:"酒痕",韩偓诗:"惜春连日醉昏昏,醒后衣裳见酒痕。")(施国祁《元遗山诗集笺注》卷九《送周帅梦卿之关中二首》之一)

　　"细水浮花归别浦"二句,乃韩偓《春尽》句,遗山易漾夕涧三字。顾氏云:右诗五、六全用韩致光语,即以"空馀韩偓伤时语,留与累臣一断魂"标出,自成一体。(平步青《霞外攈屑》卷八上眠云舸酿说上《元遗山句》)

　　首言春之将去,连日醉酒以遣意,醒后犹见衣裳之酒痕。春尽时水浮花而归涧,云含雨而入村,此时在闲中者,萧条寂寞,每易起芳时之恨……古人流落他乡,失意憔悴,亲故设词以慰其流落,亦得曰招魂。意此避地闽中依王审知时所作,故有是语。(钱牧斋、何义门《评注唐诗鼓吹》卷二)

　　朱东岩曰:"连日醉昏昏",极是人生乐境,及看上加"惜春"二字,下接"醒后"二字,乃知一片皆是苦境也。"水归别涧"、"雨入孤村",自是"春尽"神理,但庸手为之,必定将雨写花前;此独于"水归别涧"下,以"雨入孤村"作对,手法特妙。(朱三锡《东岩草堂评订唐诗鼓吹》)

　　"惜春"是春未尽前,"醒后"是春已尽后,"见酒痕",不复见花事矣,可为浩叹也。"水归别涧"下,再加"雨下孤村",写春尽真如扫涂灭迹。庸手亦解用雨,却用在花句前,妙手偏用在花句后,此其相去无算,不可不知也(首四句下)。春尽又何足惜?两行泪实为"人闲"、"地迥"堕耳。"流莺"上用"相厚"字、"惭愧"字,"独为"字,"清晨"字,妙! 怨甚而又不怒,其斯为诗人之言也。金雍补注:相厚在清晨,惭愧在独为。(金圣叹《贯华堂选批唐才子诗》)

　　此亦应是避地之作。一二借酒生情,醉非真醉,乃忧世如醉云。三四非呆写春尽之景,国事身事都包孕在内。五六暗顶"归别涧"、"入孤村",申写自己现在境地:一申闲度芳时之恨,一申远地销魂之悲。"迥"字应作远字解。……七八又以流莺托写同志无人,恰好收合"春尽"意结。(杨逢春《唐诗绎》卷二三)

　　(三四句)精腻圆润。五六亦佳,易得人情理。(胡以梅《唐诗贯珠笺》卷四九)

　　"惜春"二字,虽为主脑,然其中实有不止于惜者……怨而不怒,其斯

为风人之遗乎？（赵臣瑷辑《山满楼笺注唐诗七言律》）

以春尽比亡国，王室鼎迁，天涯逃死，毕生所望，于此日已矣。（何焯《唐律偶评》）

何义门：以春尽比国亡，王室鼎迁，天涯逃死，毕生所望，于此日已矣。元遗山尝借次联而续以"惟馀韩偓伤心句，留与累臣一断魂"，盖以第三比叛臣事敌，第四比弱主之迁国也。

纪昀：后半极沉著，不类致尧他作之佻。四句胜出句。六句言非惟今人无可语，并古人亦不可招，甚言其寥落耳。（以上《瀛奎律髓汇评》卷十春日类）

"含"字、"入"字是诗眼。（周咏棠《唐贤小三昧集续集》）

此诗因唐祚已尽，借春尽以发之。"细水"一联，曰"归别浦"、"入孤村"，意在言外。三联言芳时之恨每于闲中易有，吊古之情偏于胜地增悲。际此春尽之时，流莺来伴，似有同此恋惜之意。诗意婉曲，非寻常春尽之言。（黄叔灿《唐诗笺注》卷六）

致光少年，喜为香奁诗，其后节操岳然，诗格亦归雅正。此诗首二句言惜春情绪，借酒浇愁，迨醒后见襟上馀湿，始知沾醉之深。三句言落花无主，飘荡随波，花随春去远矣。四句言微阴不散，时有断云将雨，渐入孤村。此二句不过言春尽之景，而自有黯黯春愁之思。以三四句既写景，故后半首言情。五句谓世途扰扰，谁惜芳时，惟闲人坐惜流光，易生怅惘。六句言胜地欢场，经多少名士佳人之吟赏，乃良辰美景，不异当年，而楚醑招魂，安能更起。结句言多谢流莺念旧，犹到西园，伴馀寂寞，则尘凝芳树，足音不到可知矣。近人诗云"地经前路成惆怅，人对芳晨转寂寥"，有同慨也。（俞陛云《诗境浅说》丙编）

"惭愧流莺相厚意，清晨犹为到西园"，悲悯之怀，溢于楮墨；乃知"细水浮花"、"断云含雨"之多情善感，为千古伤心人语。（苏渊雷《晚唐四家诗合论》，陈增杰《唐人律诗笺注集评》浙江古籍出版社 2003 年版，第 1131 页）

睡　起①

　　睡起墙阴下药阑②，瓦松花白闭柴关③。断年不出僧嫌癖④，逐日无机鹤伴闲⑤。尘土莫寻行止处⑥，烟波长在梦魂间⑦。终撑舴艋称渔叟⑧，赊买湖心一崦山⑨。

【题解】

　　《韩偓年谱》、《韩偓诗注》、《韩偓简谱》均系于乾化四年。《韩偓简谱》云："以上诸诗未敢尽定为癸酉年作，致尧卒于南安，凡寓此邦十四五年，不知其为何年作者，姑统归此年。"《韩偓年谱》于后梁均王乾化四年甲戌（914）七十三岁谱云："本年，偓在南安县。按：本集《驿步》题下自注：'癸酉年在南安。'以下编次诸诗，至《寄邻庄道侣》有'夜来雪压前村竹'之句，当为癸酉冬作。其后诸诗，次第写及春、秋，当为本年甲戌所作，最后一首为《幽独》（再下即《江行》、《汉江行次》及湖南诗矣。本集中编次大抵为似乱非乱之状）。春，作《惜花》、《半醉》、《春尽》、《睡起》、《寄友人》（有"旷野风吹寒食月"语）。按：所云《驿步》诗至之后《十月七日早起作时气疾初愈》诗确为乾化三年癸酉作，然再后《有感》诗起至《寄邻庄道侣》诗则恐非乾化三年之作。《有感》诗有"融风渐暖将回雁"句，乃写初春景象，则至此诗已非乾化三年诗。故《有感》诗后之《观斗鸡偶作》、《蜻蜓》、《即目》（有"书墙暗记移花日"句）、《寄邻庄道侣》（有"夜来雪压村前竹"句，盖已冬时）数诗皆为乾化四年诗。而再后之《惜花》诗有"临轩一盏悲春酒，明日池塘是绿阴"句，分明已是后一年即乾化五年晚春之作矣。故再后之《半醉》（有"雨连莺晓落残梅""西楼怅望芳菲节"句）、《春尽》、《睡起》、《寄友人》（有"旷野风吹寒食月"句）诸诗亦应是乾化五年（915）之作。

　　此写晚年隐居南安之闲散生活，抒发追求隐逸之情思。首二句言睡起尚未开门，即到墙阴下的药栏去，此时瓦松正开着白花。"闭柴关"，引起三、四两句。"断年"、"逐日"二句，正显其常年隐居不出、闲散无机心之生活。"僧嫌癖"、"鹤伴闲",尤见其闭门不出之闲散。"尘土"句,表离俗避世之意,而之所以如此绝尘避世,乃因前尘往事之令人痛心伤感。"莫寻"下得妙,无限伤痛正含蓄其间。"烟波"句,言其隐逸之思深入心髓。末两句,写其所希冀之隐逸生活,乃泛一舴艋之舟,如渔翁出没于烟波之中。

【校注】

①睡起:睡醒起来。

②下:去;到。药阑:即药栏。亦指花栏。

③瓦松:草名。生长屋瓦上或深山石罅里。叶厚,细长而尖,多数重叠,望之如松,故名。可入药。又称昨叶荷草。柴关:柴门。

④断年:犹整年。白居易《听田顺儿歌》:"安得黄金满衫袖,一时抛于断年听。"癖:怪癖。

⑤逐日:一天接一天;每天。白居易《首夏》:"料钱随月用,生计逐日营。"无机:任其自然;没有心计。张说《龙池圣德颂》:"非常而灵液涓流,无机而神池浸广。"

⑥尘土:指尘世;尘事。唐沈亚之《送文颖上人游天台》:"莫说人间事,崎岖尘土中。"行止:行踪。

⑦"烟波"句:意谓睡中常梦起江湖间之隐居生涯。烟波,此指烟波迷茫之江湖间。

⑧舴艋:即舴艋舟。一种小船。

⑨崦山:一片山。崦,片,块。

寄 友 人

伤时惜别心交加,揸颐一向千咨嗟①。旷野风吹寒食月②,广庭烟著黄昏花③。长拟醺酣遗世事④,若为局促问生涯⑤。夫君亦是多情者,几处将愁殢酒家⑥。

【题解】

《韩偓年谱》《韩偓诗注》均系于乾化四年。《韩偓年谱》于后梁均王乾化四年甲戌（914）七十三岁谱云："本年，偓在南安县。按：本集《驿步》题下自注：'癸酉年在南安。'以下编次诸诗，至《寄邻庄道侣》有'夜来雪压前村竹'之句，当为癸酉冬作。其后诸诗，次第写及春、秋，当为本年甲戌所作，最后一首为《幽独》（再下即《江行》《汉江行次》及湖南诗矣。本集中编次大抵为似乱非乱之状）。春，作《惜花》《半醉》《春尽》《睡起》《寄友人》（有"旷野风吹寒食月"语）。按：所云《驿步》诗至之后《十月七日早起作时气疾初愈》诗确为乾化三年癸酉作，然再后《有感》诗起至《寄邻庄道侣》诗则恐非乾化三年之作。《有感》诗有"融风渐暖将回雁"句，乃写初春景象，则至此诗已非乾化三年诗。故《有感》诗后之《观斗鸡偶作》《蜻蜓》《即目》（有"书墙暗记移花日"句）、《寄邻庄道侣》（有"夜来雪压村前竹"句，盖已冬时）数诗皆为乾化四年诗。而再后之《惜花》诗有"临轩一盏悲春酒，明日池塘是绿阴"句，分明已是后一年即乾化五年晚春之作矣。故再后之《半醉》（有"雨连莺晓落残梅""西楼怅望芳菲节"句）、《春尽》《睡起》《寄友人》（有"旷野风吹寒食月"句）诸诗亦应是乾化五年（915）之作。此诗有"旷野风吹寒食月"之句，则诗乃是年三月之作。

诗首二句谓因伤时惜别而嗟叹。"惜别"，即扣紧寄友人题面，"伤时惜别"，又总括下文之意。三、四两句，以景寓伤时之意也。"寒食月""黄昏花"，均令人起伤离叹时之情耳。五句谓己之将遗落世事也，六句则劝友人不必局促生涯也。之所以如此，乃因处于乱世而无可如何耳！末两句又写友人，"将愁殢酒家"，谓友人之穷愁不得意也，返与首句"千咨嗟"相呼应。

【校注】

①揸颐：以手托腮。一向：霎时；片刻。唐刘允济《九日登玄武山旅眺》："寒雁一向南去远，游人几度菊花丛。"

②寒食：节日名。在清明前一日或二日。相传春秋时晋文公负其功臣介之推。介愤而隐于绵山。文公悔悟，烧山逼令出仕，之推抱树焚死。人民同情介之推之遭遇，相约于其忌日禁火冷食，以为悼念。以后相沿成俗，谓之寒食。

③著：依附；附着，此处意为笼罩。

④"遗"，《唐百家诗选》本作"遣"，何焯校："集本近刻作'遗'。"按："遣"为"遗"之形误。长拟：一直打算。醺酣：酣醉貌。遗世事：即遗落世事。

⑤若为：怎能，岂能。局促：形容受束缚而不得舒展。

⑥"几处"，《唐百家诗选》本作"几度"。"殢"，《唐百家诗选》本作"泥"。将：共；与。殢：滞留。

见别离者因赠之

征人草草尽戎装①，征马萧萧立路傍②。尊酒阑珊将远别③，秋山迤逦更斜阳④。白髭兄弟中年后⑤，瘴海程途万里长⑥。曾向天涯怀此恨⑦，见君呜咽更凄凉⑧。

【题解】

《韩偓年谱》《韩偓诗注》系于乾化四年秋。误。据前考，此诗之前《寄友人》《睡起》诸诗作于乾化五年。《寄友人》诗有"旷野风吹寒食月"句，乃春三月诗，此诗《全唐诗》紧接其后，并有"秋山迤逦更斜阳"句，盖后梁乾化五年(915)秋之作。

诗写闽南见中年兄弟离别场面，心有所同感，遂赋诗以赠之。《新唐书·韩偓传》："兄仪，字羽光，亦以翰林学士为御史中丞。偓贬之明年，帝宴文思球场，全忠入，百官坐庑下，全忠怒，贬仪棣州司马。"陈寅恪云："此即'白髭兄弟'、'瘴海征途'、'天涯怀恨'者也。"（《读书札记二集·韩翰林集之部》）韩偓因见眼前"白髭兄弟"之别离，而触动自己昔年曾经"白髭兄弟"别离之旧恨。

【校注】

①草草：匆忙仓促的样子。杜甫《送长孙九侍御赴武威判官》："问君适万里，取别何草草。"

②萧萧：象声词。常形容马叫声、风雨声、流水声、草木摇落声、乐器声

270

等。此处为形容马叫声。《诗·小雅·车攻》："萧萧马鸣,悠悠旆旌。"

③阑珊:残,将尽。白居易《咏怀》："白发满头归得也,诗情酒兴渐阑珊。"

④"迤逦",《唐百家诗选》本、韩集旧钞本、汲古阁本、麟后山房刻本均作"逦迤"。"逦",《全唐诗》、吴校本均校:"一作迤"。迤逦:曲折连绵貌。

⑤白髭兄弟:此指所见别离之兄弟。

⑥瘴海:指南方有瘴气之地。

⑦"曾向"句:指天复三年(903)韩偓远贬濮州司马时,与其兄韩仪亦有此"向天涯"之离恨。向,去;前往。

⑧"更",《全唐诗》、吴校本均校:"一作倍"。

【汇评】

韩偓在唐末粗有可取者,如"沙头有庙青林合,驿步无人白鸟飞"、"细水浮花归别浦,断云含雨入孤村"、"白髭兄弟中年后,瘴海程途万里长。"五言如"鸟啼深不见,人语静先闻。"虽神气短缓,亦微有深致。(范晞文《对床夜语》卷四)

伤 乱

岸上花根总倒垂,水中花影几千枝。一枝一影寒山里,野水野花清露时。故国几年犹战斗①,异乡终日见旌旗。交亲流落身羸病②,谁在谁亡两不知。

【题解】

《韩偓年谱》《韩偓诗注》系于乾化四年秋。误。据前考,此诗之前《见别离者因赠之》、《寄友人》、《睡起》诸诗作于乾化五年。《寄友人》诗有"旷野风吹寒食月"句,乃春三月诗;《见别离者因赠之》诗有"秋山迤逦更斜阳"句,乃作于秋日,此诗《全唐诗》紧接其后,并有"一枝一影寒山里,野水野花清露时"句,盖亦在同年秋寒时。则此诗乃后梁乾化五年(915)深秋之作。

此诗八句均写"伤乱"景象,前四句为兴,后四句为赋。金圣叹《贯华堂选批唐才子诗》所解此诗颇为确当,其说可参。

【校注】

①故国:此处谓故乡。唐张祜《宫词》:"故国三千里,深宫二十年。"

②交亲:亲戚朋友。羸病:衰弱生病。

【汇评】

此因唐之乱臣倡乱而作。首二句喻民生涂炭;三四句喻君子投闲,小人冒宠;后四句言因离乱而伤心也。(廖文炳补注《唐诗鼓吹注解大全》)

兴、赋不乱。李献吉有"江花朵朵照成双"之句,杨用修叹为绝唱,不知此已先得之。(王夫之《唐诗评选》)

写乱后园林一空,陂塘尽坏,花倒岸上,影照水中。凡用三"花"字、两"枝"字、两"影"字、两"野"字,两"一"字,撰成萧疏历乱之作,诵之使人悄然。追想当年车如流水,马若游龙,悲管切云,繁弦荡日,真欲遍身洒洒作寒也(首四句下)。"几年犹",问之辞,言实在不知还要战斗几年。何故作此言?则以终日见旌旗之故也。"交亲流落",是我不知其为在为亡。"身羸病",是彼不知我为在为亡,谓之"两不知"也。金雍补注:交亲零落,在故国。身羸病,在异乡。(金圣叹《贯华堂选批唐才子诗》)

花根、花影、花枝,连用无数重迭字眼,写成萧疏历乱之作,看去自是一派乱离景象。(元好问编,郝天挺注《唐诗鼓吹笺注》)

上截兴,下截赋,率然而起,戛然而终。似无关键,而神味融洽之至。(毛张健辑《唐体肤诠》)

秋谷曰:作意摹杜,气格小靡,然自是高作。(复旦大学图书馆藏《唐音统签》本眉批)

南　亭①

每日在南亭,南亭似僧院。人语静先闻,鸟啼深不见。松瘦石棱棱②,山光溪淀淀③。堑蔓坠长茸④,岛花垂小蒨⑤。

行簪隐士冠⑥,卧读先贤传⑦。更有兴来时,取琴弹一徧。

【题解】

《韩偓诗注》编于后梁乾化四年,谓"诗中俨然隐士,则是晚年之作无疑矣。"按:系年应再往后一年,即乾化五年。盖此诗《全唐诗》排于乾化五年所作《寄友人》、《见别离者因赠之》、《伤乱》诸诗后,则此诗盖乾化五年(915)所作,时诗人在南安。此诗描述南亭之幽僻静谧,山光水色,花草鸟语之物色景象,并状诗人之隐逸生活情景。末四句乃诗人隐居生活之写照,可藉以了解其此时之生活与思想情感。

【校注】

①南亭:亭名,在福建南安。

②棱棱:形容高耸突起。

③溪淀淀:此谓溪水青碧色。淀,蓝靛。蓝色染料。后作"靛"。常用以形容青碧色。

④"茸",黄永年、陈枫校点《王荆公唐百家诗选》校:"'茸',分类本'草'。"堇蔓:沟壑里之蔓草。茸:初生细软之草。

⑤小蒨:疑为小红花。蒨,指绛色。李贺《经沙苑》:"野水泛长澜,宫芽开小蒨。"

⑥隐士冠:隐士所戴的帽子。

⑦先贤传:前代贤人的传记。李商隐《崔处士》:"读遍先贤传,如君事者稀。"

太平谷中玩水上花①

山头水从云外落,水面花自山中来。一溪红点我独惜②,几树密房谁见开③。应有妖魂随暮雨④,岂无香迹在苍苔。凝眸不觉斜阳尽,忘逐樵人蹑石回⑤。

【题解】

《韩偓诗注》谓此诗"写作年代不详,从诗意看,当为晚年弃官归隐之作。太平谷,谷名,地望究在何处不详。"所云"当为晚年弃官归隐之作",恐未是。韩偓游太平谷,疑在天复中贬官之前,且以龙纪元年未仕前为最可能。

诗写于太平谷中游览,欣赏水中花之情景。"山头水从云外落"之水,即指太平谷水,源头即鸡头山中之凤池。"水面花自山中来",谓花乃自鸡头山中凋落随水远道而来。"一溪"句,可见诗人惜花之情。末两句之"不觉斜阳尽"、"忘逐樵人",写诗人沉醉于"玩水上花",乐而忘返之情。陈伯海《韩偓生平及其诗作简论》谓"如《太平谷中玩水上花》一首,从眼前的流水落花,联想到花开时幽谷中有谁得见,再设想花落后应有花的精魂和香迹存留于暮雨苍苔之间,浮思联翩,笔意宛转,把那种惜花之情一波三折地传达出来。"所析甚是。

【校注】

①太平谷:陈寅恪《读书札记二集·韩翰林集之部》谓"《嘉庆一统志》四百三十福建延平府山川门:太平里溪。(原注:在南平县西七十里,源出沙县界黄泥隔,流三十馀里,至筼筜峡入西溪。)按诗中为"太平谷",而非"太平里溪",两者恐无关。据毕沅《关中胜迹图志》卷二:"太平谷,在鄠县东南。《一统志》:谷内有万花山,长啸洞,重云阁诸胜。"同上书卷三:"太平谷水,在鄠县东南三十里,北流入长安县界,合丰水。《太平寰宇记》:太平谷水,一名林谷水,源出终南,即清水渠之上流。《县志》:太平谷中有凤池,即水之源也。东为高冠谷,水源出高冠谷。谷有石穴、石潭。潭最灵,旱祷辄应。"又《大清一统志》卷一七八:"太平谷水,在鄠县东南。相近又有高冠谷水。《寰宇记》:太平谷水,一名林谷水,即清渠水之上流,源出终南山。《长安志》:太平谷水,高冠谷水,皆在县东南三十里,其底并碎砂石。北流入长安县界,合丰水。《县志》:太平谷在鸡头山东,中有凤池,即水源也。高冠谷水源出高冠谷,谷有石穴、石潭。潭最灵,旱祷辄应。"据上述地理志之记载,诗中之太平谷疑即在鄠县。韩偓为京兆万年人,鄠县亦属京兆府,韩偓所游太平谷或即此。

②红点:此指水中的落花。

③"密房",原作"蜜房",据玉山樵人本、《唐百家诗选》本、统签本改。密房:密室。南朝梁简文帝《和徐录事见内人作卧具》:"密房寒日晚,落照度窗边。"

④妖魂:此谓摧残花朵之妖魂。

⑤逐:随;跟随。蹑:踩;踏。

雨

坐来簌簌山风急①,山雨随风暗原隰②。树带繁声出竹闻③,溪将大点穿篱入④。饷妇寥翘布领寒⑤,牧童拥肿蓑衣湿⑥。此时高味共谁论⑦,拥鼻吟诗空伫立⑧。

【题解】

《韩偓诗注》谓此诗"写作年代不详,从诗的内容看,应为晚年赋闲之作。"考此诗在《全唐诗》中排于《见别离者因赠之》、《伤乱》、《南亭》、《太平谷中玩水上花》诸诗后,《全唐诗》此处排序除个别诗外,基本按创作时间先后。上言诸诗除《太平谷中玩水上花》外,其馀均作于乾化五年(915)。此诗之前第二首《伤乱》诗有"寒山"、"清露"句,乃乾化五年秋之作。此诗所写"山雨随风暗原隰"、"饷妇寥翘布领寒,牧童拥肿蓑衣湿"等景象,似在乾化五年秋后之早春时节,故此诗可能作于后梁贞明二年(916)。

诗写山雨来时原野山村景象,抒发无人共咏之孤独情怀。前二句写山风山雨从远处急剧而来,三、四两句则描述风雨穿过树木竹林,吹袭进篱笆。五、六句乃以"饷妇"、"牧童"之"布领寒"、"蓑衣湿",写雨中村民。故前六句均从不同角度与画面咏雨,将雨景写足。后两句则抒发因雨而起之情感,"共谁论"、"空伫立",皆抒发其孤独无伴之慨叹。可见此时诗人心境之寂寞,其感叹山村隐居生活中难有意趣相同者之落寞情怀,尤见于此二句中。

【校注】

①坐来：移时。簌簌：象声词,此写山风之声。

②暗原隰：使原野阴暗下来。原隰,泛指原野。

③繁声：此指风雨吹袭树木的嘈杂声音。

④大点：此指豆大的雨点。

⑤饷妇：给田间劳作者送饭的村妇。寥翹：料峭。形容寒冷。布领：谓粗布衣服。

⑥"肿",《唐百家诗选》本作"茸"。拥肿：此指所穿襄衣臃肿、宽大貌。

⑦"味",《全唐诗》、吴校本均校："一作咏"。"共",汲古阁本作"在"。汲古阁本校"味在"云："一作咏共"。

⑧"拥",《唐百家诗选》本作"掩",《全唐诗》、吴校本均校："一作掩"。拥鼻吟诗：即拥鼻吟。

【汇评】

此仄韵律诗。（吴汝纶《吴评韩翰林集》）

幽　独①

幽独起侵晨,山莺啼更早。门巷掩萧条,落花满芳草。烟和魂共远②,春与人同老。默默又依依③,凄然此怀抱。

【题解】

《韩偓诗注》谓此诗"写作年代不详,估计为晚年落寞之作。"考此诗《全唐诗》排于《见别离者因赠之》、《伤乱》、《南亭》、《太平谷中玩水上花》、《雨》诸诗后,《全唐诗》此处排序除个别诗外,基本按创作时间先后。上言诸诗除《太平谷中玩水上花》、《雨》外,其余均作于乾化五年。此诗之前第三首《伤乱》诗有"寒山"、"清露"句,乃乾化五年秋之作。《雨》诗所写"山雨随风暗原隰"、"饷妇寥翹布领寒,牧童拥肿襄衣湿"等景象,似在乾化五年秋后翌年之早春时节,即可能作于后梁贞明二年(916)早春。而《幽独》诗在

《雨》诗后一首,有"落花满芳草"、"春与人同老"句,乃晚春时诗,故此诗盖后梁贞明二年(916)晚春之作。

此诗先以前四写景句衬托诗人幽独之情,后四句则直抒其伤春与幽独之情。其中"门巷掩萧条,落花满芳草",乃以景显其"幽独"之情;"烟和魂共远,春与人同老",乃其感"幽独"之关键,亦即其"默默又依依,凄然此怀抱"之原因也。

【校注】

①幽独:静寂孤独。亦指静寂孤独的人。

②"和",《唐百家诗选》本、韩集旧钞本、汲古阁本、麟后山房刻本均作"愁"。按:从诗句上下句对仗论,此处作"愁"则失偶对,恐误。"魂",麟后山房刻本作"云"。按:诸本均作"魂","魂"与下句"人"对仗,属同类。"云"恐涉"魂"音同而误。"烟和"句:谓诗人之心魂随着晚春之烟光景色而远去他乡。烟,谓春天之烟光景色。魂,指诗人之心魂。

③默默:无语貌。依依:依恋不舍貌。《玉台新咏·古诗为焦仲卿妻作》:"举手长劳劳,二情同依依。"

江 行

浪蹙青山江北岸①,云含黑雨日西边。舟人偶语忧风色②,行客无聊罢昼眠③。争似槐花九衢里④,马蹄安稳慢垂鞭⑤。

【题解】

《唐韩学士偓年谱》、《韩偓诗注》均系于天复三年。吴汝纶注:此为三韵律诗,《唐韩学士偓年谱》谓"余以此为韩公越邓州径入湖北,沿汉水舟行作"。又谓"考诸时事,当韩公自河南入湖北境,沿汉水舟行时,适淮南杨行密来攻,鄂州节度使杜洪求救于朱全忠,出兵来援,故公即一直沿汉江而至汉口。汉口为湖北省三重镇之一,地当汉水入长江之口,又曰沔口,别称汉皋。公以杜既联朱以御杨，自无活动馀地，故即过汉口，下趋湖南。而入洞庭湖，已是清秋时节矣"。据此系《江行》、《汉江行次》、《过汉口》、《洞庭玩月》诸诗于天复三年。《韩偓诗注》谓"是年，诗人被贬出都，此诗是越邓州径入湖北，沿汉水舟行时所作"。

然《韩翰林诗谱略》、《韩偓年谱》所系不同，均系于天复四年（是年闰四月改元天祐元年）。《韩偓年谱》天复四年谓："正月或去年十二月，偓自濮州南下，溯江西上，赴荣懿尉贬职。途中徙邓州司马，遂取道沔州（今武汉市汉阳）、汉口（今武汉市汉口），沿汉水北上改赴邓州。途中闻朱全忠杀胤、迁都，乃决策弃官南下，经洞庭湖入湖南。二月，偓已在湖南。"又谓此行"有诗纪行：《江行》。按：韩集中《江行》、《过汉口》、《汉江行次》诸诗编次，《韩翰林集》卷二编次为《江行》、《汉江行次》（《过汉口》在卷三，应属部分窜乱者），《玉山樵人集·七言律》编次为《过汉口》、《汉江行次》（《江行》失收，可以不论）。前一组诗编次表明，其行踪是由长江沿汉江北行；后一组诗编次表明，其行踪是经汉口沿汉江北行；两种韩集的诗题编次所表明之行踪，同为由长江经汉口而沿汉江北行。换言之，两组诗所写是同一次行程。职此之故，诸诗编次可以衔接起来，依次为：《江行》、《过汉口》、《汉江行次》。而诸诗内容，亦与此行程及此时历史背景相合。"又谓"《江行》诗'浪蹙青山江北岸，云含黑雨日西边'，言江行途中注目北方和西方，揆诸乘船人通常注目前方之惯例，此行方向是自东向西，即溯江西上。此诗当作于此行溯江赴荣懿途中。《过汉口》诗'浊世清名一概休'之句，言历经政治患难之感慨，'古今翻覆剩堪愁'之句，则与本年唐亡之际天地翻覆的历史背景相应。去年《出官经硖石县》诗'野老悲陵谷'，与此意同，足资参证。《汉江行次》诗'痛忆家乡旧钓矶'，'痛'字，贴切此时乱离时代刻骨铭心之痛。以上二诗当作于此行改贬邓州经汉口沿汉水北上邓州途中。"所言甚是。今从其说，系《江行》、《汉江行次》、《过汉口》等诗于昭宗天复四年（904）初春。

此写江行担忧风雨将至之情景，联想及不若在长安城中垂鞭走马之安稳从容不迫也。"浪蹙青山江北岸，云含黑雨日西边"，此二句所写江天景色，已寓风雨将至之征候，故有舟人"忧风色"以及行客"罢昼眠"之举。"罢昼眠"，亦是"忧风色"之所致。谓"行客无聊罢昼眠"，则行客因阻风而无可奈何之心情可见也。

【校注】

①蹙：接近；迫近。唐罗隐《广陵开元寺阁上作》："江蹙海门帆散去，地吞淮口树相依。"

②偶语：相聚议论或窃窃私语。《史记·高祖本纪》："父老苦秦苛法久矣，诽谤者族，偶语者弃市。"风色：风势，风向。李白《长干行》："嫁与长干人，沙头候风色。"

③无聊：犹无可奈何。《史记·吴王濞列传》："王实不病，汉系治使者数辈，以故遂称病……今王始诈病，及觉，见责急，愈益闭，恐上诛之，计乃无聊。"

④争似：怎似，哪里像。槐花九衢里：唐时长安街上多植槐树，每到秋日即开黄花。白居易《秘省后厅》："槐华雨润新秋地，桐叶风翻欲夜天。"九衢，谓京城长安大道。《三辅黄图》卷二："长安城中八街九陌。"唐沈佺期《长安道》："楼阁九衢春，车马千门旦。"

⑤"垂"，《唐百家诗选》本作"扬"。

汉江行次①

村寺虽深已暗知，幡竿残日迥依依②。沙头有庙青林合，驿步无人白鸟飞③。牧笛自由随草远，渔歌得意扣舷归④。竹园相接春波暖，痛忆家乡旧钓矶⑤。

【题解】

《唐韩学士偓年谱》、《韩偓诗注》系于天复三年，而《韩翰林诗谱略》、《韩偓年谱》则系于天复四年，今从《韩偓年谱》等天复四年(904)之说。

诗写汉江舟行所见江边村野人家春日美好景象，不禁兴起对家园的深情怀想。首"村寺"、"幡竿"二句，写黄昏残阳下岸边较远处村舍中之寺庙。

"虽深"、"迥依依"均示村寺在远处也;谓"暗知",寓其时实未见村寺也。所以知有村寺者,乃由高耸之"幡竿"而推知也。"沙头"、"驿步"两句,则写江岸近处景色。"有庙青林合",谓庙在林木掩映之中;因"驿步无人",故白鸟可安详无虑地自由飞翔也。"牧笛"、"渔歌"两句,真乃"自由"、"得意"之渔牧生活美好境界也。目睹此美好境,又见"竹园相接"之村舍景色,反衬此时诗人之流寓身世,故难怪有"痛忆家乡"之句。家乡而谓"痛忆",则其思家之切,流离生涯之痛楚,均表露无遗矣。

【校注】

①行次:谓旅途暂居的处所。

②幡竿:系幡的竿。此指佛寺所立之旗旛。迥:遥远;僻远。依依:依稀貌;隐约貌。陶潜《归园田居》诗之一:"暧暧远人村,依依墟里烟。"

③驿步:水驿的停靠处。白居易《初到忠州赠李大夫》:"一只叶舟当驿步,百层石蹬上州门。"白鸟:白羽之鸟。鹤、鹭之类。《诗·大雅·灵台》:"麀鹿濯濯,白鸟翯翯。"唐刘长卿《题魏万成江亭》:"苍山隐暮雪,白鸟没寒流。"

④扣舷:手击船边。多用为歌吟的节拍。

⑤钓矶:钓鱼时坐的岩石。

【汇评】

韩偓在唐末粗有可取者,如"沙头有庙青林合,驿步无人白鸟飞"、"细水浮花归别浦,断云含雨入孤村"、"白髭兄弟中年后,瘴海程途万里长。"五言如"鸟啼深不见,人语静先闻。"虽神气短缓,亦微有深致。(范晞文《对床夜语》卷四)

偶　题①

俟时轻进固相妨②,实行丹心仗彼苍③。萧艾转肥兰蕙瘦④,可能天亦妒馨香⑤。

《唐韩学士偓年谱》《韩偓诗注》系于天祐元年(904)。天祐元年春,即天复四年春,是年闰四月改元天祐,诗人时在湖南。诗为贬谪后有感而作。题谓"偶题",不愿明言所感发者为何,实亦无题之意。然前二句,乃表明诗人不愿轻进求荣,而唯丹心报国是所求。第三句"萧艾"、"兰蕙"分喻小人与君子;"肥"、"瘦",则谓小人长而君子道销也,乃叹世道之浊污颠倒,故有末句之慨叹吁嗟。

【校注】

①偶题:偶有所感而题。

②俟时:谓等待时机。轻进:谓轻率冒进。

③彼苍:指苍天。《诗·秦风·黄鸟》:"彼苍者天。"

④萧艾:艾蒿,臭草。常用来比喻品质不好的人。《楚辞·离骚》:"何昔日之芳草兮,今直为此萧艾也!"兰蕙:兰和蕙。皆香草。多连用以喻贤者。唐褚遂良《安德山池宴集》:"良朋比兰蕙,雕藻迈琼琚。"

⑤馨香:散播很远的香气。《古诗十九首·庭中有奇树》:"馨香盈怀袖,路远莫致之。"

【汇评】

韩偓在唐末粗有可取者,……若"挟弹少年多害物,劝君莫近五陵飞。"又"萧艾转肥兰蕙瘦,可能天亦妒馨香",是直讪耳,诗人比兴扫地矣。(范晞文《对床夜语》卷四)

湖南绝少含桃偶有人以新摘者
见惠感事伤怀因成四韵①

时节虽同气候殊,不知堪荐寝园无②。合充凤食留三岛③,谁许莺偷过五湖④。苦笋恐难同象匕,秦中为樱笋之会,乃三月也⑤。酪浆无复莹玭珠湖南无牛酪之味⑥。金銮岁岁长宣赐⑦，忍泪看天忆帝都。每岁初进之后，先宣赐学士⑧。

【题解】

《韩翰林诗谱略》系于天祐二年，而《唐韩学士偓年谱》、《韩偓年谱》、《韩偓诗注》皆系于天祐元年。今从《唐韩学士偓年谱》等系于天祐元年。此诗有"时节虽同气候殊，不知堪荐寝园无"句，又在"苦笋恐难同象匕"句下有"秦中为樱笋之会，乃三月也"小注，则天复四年(904)三月所作。

此诗人贬谪在湖南，因人以新摘含桃赠之，故感事伤怀所作。诗末"金銮岁岁长宣赐，忍泪看天忆帝都"句尤为感人，可见其忠爱感恩昭宗之深情，诚如盛如梓所云："韩致光以文章际遇昭宗，君臣相得，欲大用之。值朱温将篡，非独力能支，去位而已，不然徒死无益。观致光过湖湘食樱桃诗，令人怆然。……意与少陵同，尤凄惋。"观其"时节虽同气候殊，不知堪荐寝园无"句，实颇具老杜"每饭不忘君"之概。而"合充凤食留三岛，谁许莺偷过五湖"二句，又含蓄蕴藉，诚为佳句。至其"苦笋恐难同象匕，酪浆无复莹蚍珠"之句，《韩偓诗集笺注》谓"象匕，即象箸，象牙所制。……韩偓在此以象匕喻樱笋之会。"《韩偓诗注》则云："同象匕，同于食用。"又谓"莹，晶莹。蚍珠，即蚌珠。……此以蚍珠比喻樱桃果实的晶莹剔透，即使奶酪也无法与之相比。"按：前引所释可参，然亦有未安之处。余以为此二句之意乃谓，秦中有樱笋之会，而我在湖南，今虽得含桃，但此地之笋乃苦笋，不堪食，难于似秦中樱笋之会与含桃并食矣。后句谓秦中樱笋之会，有酪浆涂含桃而食，而"湖南无牛酪之味"，故不得以酪浆涂饰含桃而食矣。则此两句均表明，在湖南尽管得樱桃苦笋，然不复有秦中樱笋之会之情致韵味矣。诗人以此思念故都往事之情，油然深蕴其中。

【校注】

①《唐百家诗选》本题中少一"有"字。按：应有"有"字，《唐百家诗选》题有误。含桃：樱桃的别称。《礼记·月令》："是月(仲夏之月)也，天子乃以雏尝黍，羞以含桃先荐寝庙。"郑玄注："含桃，樱桃也。"

②"不知"，《唐百家诗选》本作"未知"。荐：进献；送上。寝园：陵园。

③三岛：指传说中的蓬莱、方丈、瀛洲三座海上仙山。亦泛指仙境。

④莺偷:含桃前人有谓乃莺所含食,故言含桃。以此诗人有"莺偷"之妙说。五湖:江南五大湖总称。《史记·三王世家》:"大江之南,五湖之间,其人轻心。"司马贞索隐:"五湖者,具区、洮滆、彭蠡、青草、洞庭是也。"明杨慎《丹铅总录·地理》:"王勃文'襟三江而带五湖',则总言南方之湖。洞庭一也,青草二也,鄱阳三也,彭蠡四也,太湖五也。"亦有谓专指洞庭湖者。杜甫《归雁》:"年年霜露隔,不过五湖秋。"朱鹤龄注:"雁至衡阳则回。此五湖当指洞庭湖言。"此处之五湖,至少含洞庭湖,盖其时诗人在湖南赋此诗言及含桃也。

⑤"秦中为樱笋之会,乃三月也",《唐百家诗选》本作"秦中谓三月为樱笋时"。苦笋:苦竹之笋。品种不一,其味微苦者可食,俗称甜苦笋。象匕,象牙制成的如羹匙般之食具。匕,取食的用具,曲柄浅斗,有饭匕、牲匕、疏匕、挑匕之分。状类后代之羹匙。秦中,古地区名。指今陕西中部平原地区,因春秋、战国时地属秦国而得名。也称关中。樱笋:即樱桃、春笋。据韩偓诗注,秦中三月当多有此二物。郑谷《自贻》:"恨抛水国钓蓑雨,贫过长安樱笋时。"下小注云:"唐制四月十五日,自堂厨至百司厨,谓之樱笋时。"

⑥酪浆:牛羊等动物的乳汁。白居易《斋毕开素当食吟》:"稻饭红似花,调沃新酪浆。"莹:装饰;涂饰。《世说新语·汰侈》:"王君夫有牛,名八百里驳,常莹其蹄角。"杜甫《奉赠太常张卿垍二十韵》:"健笔凌鹦鹉,铦锋莹鹈鹕。"玭珠,即蚌珠,珍珠。

⑦"金銮"句:意谓含桃每年刚进奉入宫时,唐昭宗即先赏赐给翰林学士。金銮,即金銮殿,乃帝皇所处宫殿。此处代指唐昭宗。宣赐,宣诏赏赐。

⑧帝都:即首都。此处指唐首都长安。

【汇评】

韩致光湖南食含桃诗云:"苦笋恐难同象匕,酪浆无复莹玭珠。"自注云:秦中谓三月为樱笋时。乃知李绰《秦中岁时记》所谓"四月十五日,自堂厨至百司厨通谓之樱笋厨"非妄也。陈无己《春怀》诗云:"老形已具臂膝痛,春事无多樱笋来。"(吴曾《能改斋漫录》卷十五《樱笋厨》)

樱桃,《尔雅》云:"楔,一名荆桃,一名含桃,俗呼莺桃,有斗蜡二色。"韩偓诗云:"合充凤实留三岛,谁许莺偷过五湖。"(史能之《(咸淳)重修毗陵志》卷十三风土《果之属》)

　　韩致光,昭宗时以翰林承旨谪岭表,道湖南,《谢人惠含桃》诗末章云:"金銮岁岁长宣赐,忍泪看天忆帝都。"自注云:"每岁初进之后,先宣赐学士。"韩子苍《谢人惠茶》云:"白发前朝旧史官,风炉煮茗暮江寒。苍龙不复从天下,拭泪看君小凤团。"自注云:"史官月赐龙团。"意虽本致光而语工。(吴开《优古堂诗话》)

　　《复斋漫录》云:"致尧,昭宗时以翰林承旨谪岭表,道湖南,《谢人惠含桃诗》云:'金銮岁岁长宣赐,忍泪看天忆帝都。'自注云:'每岁初进之后,先宣赐学士。'韩子苍《谢人惠茶》云:'白发前朝旧史官,风炉煮茗暮江寒。苍龙不复从天下,拭泪看君小凤团。'自注云:'史官月赐龙团。'意虽本致尧,而语益工。"(胡仔《苕溪渔隐丛话后集》卷十五)

　　韩致光以文章际遇昭宗,君臣相得,欲大用之。值朱温将篡,非独力能支,去位而已,不然徒死无益。观致光过湖湘食樱桃诗,令人怆然:"时节虽同气候殊,未知曾荐寝园无?合充凤食留三岛,谁许莺偷过五湖。苦笋恐难同象匕,酪浆无复莹玭珠。金銮岁岁长宣赐,忍泪看天忆帝都。"意与少陵同,尤凄惋。黄竹外有《读韩偓传诗》:"堂陛中间飞战尘,君臣相顾泪沾巾。百年富贵输前辈,一旦艰危属老臣。自古舟中为敌国,从今君侧已无人。酬恩报主他生事,偷向蛮夷老此身。"(盛如梓《庶斋老学丛谈》卷中之下)

　　韩致光咏樱桃诗云:"苦笋恐难同象匕,酪浆无复莹玭珠",感时事也。近人李滨泗咏樱桃云:"瞒人只说吞红豆,一点相思暖到心",亦感时事而言。或以"暖"字易"冷"字为佳,余曰:"佳则佳耳,惜樱桃性非冷也。"唐人应制有赐朱樱诗曰:"饱食不须愁内热,大官还有蔗浆寒",此其证也。(谢坤《春草堂诗话》卷二)

284

隰州新驿①

　　盛德已图形，胡为忽构兵②。燎原虽自及③，诛乱不无名。掷鼠须防误④，连鸡莫惮惊⑤。本期将系虏⑥，末策但婴城。肘腋人情变⑦，朝廷物论生⑧。果闻荒谷缢⑨，旋睹藁街烹⑩。帝怒今方息⑪，时危喜暂清。始终俱以此⑫，天意甚分明。

【题解】

　　此诗系年多有歧见。《韩偓简谱》系于大顺二年（891），认为"《隰州新驿》五排诗'盛德已图形，胡为忽构兵'句，殆指克用之叛也。"《增订注释全唐诗·韩偓集》从之，谓"此诗约作于大顺二年。"霍松林、邓小军《韩偓年谱》（《陕西师范大学学报》1988 年第 3 期）虽未为此诗系年，但于龙纪元年谱云："本年春及第后不久即由长安至河中幕府"。周祖譔《韩偓年谱补证》（见其《百求一是斋丛稿》，厦门大学出版社 2005 年版）指出"大顺二年，韩偓当在左拾遗任，绝无曾去隰州迹象"。邓小军《韩偓年谱》因采纳韩偓"北上并州的推测"意见，遂在中和元年谱末谓"偓北上隰州（今山西隰县）、并州（今山西太原市西南），或在此时。《翰林集》中有《隰州新驿》、《隰州新驿赠剌史》、《并州》等诗，当为此时所作。其详未能确考。"而《韩偓诗注》则谓"作于唐昭宗天复二年。是年，诗人随驾在凤翔时，可能乘隙北渡黄河，短时间到过隰州。"而同人后出之《韩偓事迹考略》又改天复二年说，认为"细玩该诗所咏时事，似应作于天复三年冯翔解围之后。……同一时期的《隰州新驿赠剌史》，似乎进一步透露了两诗的具体写作时间。'高义尽招秦逐客，旷怀偏接儒诸生'两句，诗人以'秦逐客'自况，显然此诗作于天复三年因遭朱全忠嫉恨、被贬出京之后。"曹丽芳《韩偓北上隰州、并州考》（《江海学刊》2006 年第 6 期）则认为天复三年作说不可靠，韩偓在贬谪途中不可能北上隰州，其北上隰州应在龙纪元年春末出佐河中幕时，"并于此期间，就近北游了并州"。按：曹说尽管限于所论题旨，未结合具体诗句再进一步证实为何天复三年说之不可靠，以及以诗史互证，证明诗中所说乃均龙纪元年四月前事，以见系于天复三年确不可靠，然其判断较可信，今即系此诗于唐昭宗龙纪元年(889)。

　　理解此诗意旨，关键在于确定其创作时间。据诗题以及诗中所咏，乃作于龙纪元年韩偓进士及第后出佐河中时。隰州新驿必在隰州，而隰州乃河中府所辖地。此时，河中节度使乃王重盈，而稍前节度使则为重盈弟王重荣。王重荣在击败黄巢、收复长安中功勋卓著；此后因田令孜之逼，又与田令孜等人攻战，殃及僖宗；最后又掳获诛杀襄王以献朝廷，可谓此一时期之风云英杰。故诗人行经河中隰州，自然抚昔思今，感而赋此诗。而有学者将此诗系于天复间，并以此时期之时事以解读诗中某些诗句，则所举之事与诗题风马牛不相及，且有窒碍难通之处。如首二句"盛德已图形，胡为忽构兵"，其意为构兵者乃已盛德图形之人，而《韩偓诗注》则谓"盛德，帝王盛大的恩德。图形，图绘形像。此指彰明昭著。……天复元年，唐昭宗为宦官韩全诲所劫，去陕西凤翔依李茂贞，由此引发藩镇之间的混战。朱全忠借勤王之名，率兵围困凤翔，奉表迎驾。诸藩镇如李茂勋、王师范又引兵讨伐朱全忠，彼此之间争权夺利，厮杀不休。"所释则不合诗意。且其所释诗中多句之所指，皆与诗题了不相关。故知此诗非作于天复二、三年，乃龙纪元年出佐河中时所作。

【校注】

　　①隰州：隋开皇五年(585)改西汾州置，治所在隰川县(今山西隰县)。《元和郡县图志》卷十二隰州："《尔雅》曰：'下湿曰隰'，以州带泉泊下湿，故以隰为名。"大业初改龙泉郡。唐武德元年(618)复置隰州，辖境相当于今山西石楼、交口、永和、隰县、蒲县、大宁等县地。隰州唐时属河中节度观察处置等使所辖四州之一。

　　②"盛德"二句：图形，画像，图绘形象。构兵，交兵，交战。按：此二句指王重荣、田令孜、李克用等于平定黄巢、收复长安中立下卓著功勋者，忽而又交战互斗之事。事见《旧唐书·田令孜传》等。

　　③"燎原"二句：燎原，火延烧原野。比喻势态不可阻挡。诛乱，讨伐叛

乱。按:此二句指田令孜为王重荣击败后,又挟劫唐僖宗出幸,王重荣、李克用遂出兵入援、征讨田令孜。

④"掷鼠"句:意谓观军容使田令孜挟持唐僖宗出幸,王重荣、李克用进军入京,征讨之。但因其时唐僖宗为田令孜所劫持,故应"掷鼠须防误",以免误伤僖宗。

⑤"连鸡"句:意谓为了对付王重荣、李克用,"(田)令孜结邠宁节度使朱玫、凤翔节度使李昌符以抗之"。然而此诸藩镇之联结,在诗人看来有如"连鸡"般,不必畏惧惊怕。据史传,田令孜所联合之朱玫、李昌符等后皆反攻田令孜。连鸡,缚在一起的鸡。喻群雄相互牵掣,不能一致行动。

⑥"本期"二句:指王重荣于黄巢分兵略蒲州时,劝说节度使李都婴城自守事。系房,掳获;俘获。婴城,谓环城而守。

⑦"肘腋"句:指朱玫、李昌符迫襄王李煴僭皇帝位事。见《旧唐书·僖宗纪》等。肘腋,原指胳膊肘与胳肢窝。用以比喻切近之地,或亲信、助手等。

⑧"朝廷"句:指朱玫立嗣襄王煴为帝,王重荣与李克用谋定王室,斩煴而长安复平,然此事引发朝廷臣子之物论。见《新唐书·王重荣传》等。物论,众人的议论、舆论。

⑨"闻",原作"然",据玉山樵人本、统签本改。"果闻"句:指黄巢于中和四年自缢于狼虎谷事。见《新唐书·黄巢传》。

⑩"旋睹"句:指斩嗣襄王李煴称帝后所任命之伪宰相裴彻、郑昌图。见《旧唐书·僖宗纪》等。藁街烹,指将叛逆者斩首示众。

⑪"帝怒"二句:指唐昭宗即位后龙纪元年初之情势。其时僖宗以来多年反乱恶斗稍平息,李煴、秦宗权僭帝位亦以失败告终。

⑫"始终"二句:意谓凡是如黄巢、李煴、朱玫、李昌符等乱臣贼子之叛乱负国者,均会以失败灭亡告终。此乃天意注定,甚为明显。

乱后春日途经野塘

世乱他乡见落梅,野塘晴暖独徘回。船冲水鸟飞还住①,袖拂杨花去却来②。季重旧游多丧逝③,子山新赋极悲哀④。眼看朝市成陵谷⑤,始信昆明是劫灰⑥。

【题解】

作年难以确考,然诗题谓"乱后",诗中又有"世乱他乡见落梅",以及"季重旧游多丧逝,子山新赋极悲哀。眼看朝市成陵谷,始信昆明是劫灰"等句,寻绎其诗意,颇疑乃天复四年春朱全忠逼唐昭宗由长安迁都洛阳后所作。今即姑系于是年。诗有"袖拂杨花去却来"句,乃春末景色,故诗约作于天复四年(904,亦即天祐元年,是年闰四月改元天祐)。《韩偓诗注》谓"写作年代不详,诗题既标明是乱后,则应该是唐亡后所作。是时,诗人流寓福建。"可备一说。

诗乃抒发悲时伤乱之沉痛心情。前四句以景寓情,首联"见落梅",言又开春;"独徘徊",言一无所依,一无所事。"世乱"之下又接"他乡",下对"野塘晴日",使读者心头眼头,一片荒荒凉凉。颔联"飞还止"、"去又来",虽写"水鸟"、"杨花",然皆自比徘徊野塘无聊无赖。后四句则直抒伤乱情怀。颈联用典,典出魏文帝曹丕《与吴质书》感慨昔年疾疫,亲故罹灾,故交好友,一时俱逝;庾信序《哀江南赋》,不无危苦之辞,惟以悲哀为主。此二篇之论,今日恰与我有同悲之感。尾联"眼看",用字奇妙,因为不是眼看,亦不始信,此极言伤痛之深。正如缪钺、叶嘉莹《灵谿词说·论韩偓词》所云:"这些诗虽然是寻常写景言情之作,但都隐含着故国沧桑之悲,身世流离之感,所以特别显得凄怨沉挚。"

【校注】

①"住",《全唐诗》、吴校本均校:"一作止"。按:《唐诗鼓吹》卷二作"止"。

②“却”,《唐百家诗选》本、《唐诗鼓吹》卷二均作“又”,《全唐诗》、吴校本均校:“一作又”。

③“季重”句:《三国志·魏书·王粲传》裴松之注引《魏略》曰:“(吴)质字季重,以才学通博,为五官将及诸侯所礼爱,……二十三年,太子又与质书曰:‘岁月易得,别来行复四年。三年不见,《东山》犹叹其远,况乃过之,思何可支?虽书疏往反,未足解其劳结。昔年疾疫,亲故多罹其灾,徐(幹)、陈(琳)、应(玚)、刘(桢),一时俱逝,痛何可言邪!昔日游处,行则同舆,止则接席,何尝须臾相失!每至觞酌流行,丝竹并奏,酒酣耳热,仰而赋诗。当此之时,忽然不自知乐也。谓百年已分,长共相保,何图数年之间,零落略尽,言之伤心。顷撰其遗文,都为一集。观其姓名,已为鬼录,追思昔游,犹在心目,而此诸子化为粪壤,可复道哉!’”

④“子山”句:庾子山,北周庾信,字子山。先仕梁,出使西魏被扣留长安。西魏亡后又仕周,官至骠骑大将军,开府仪同三司、司宪中大夫,晋爵义城县侯等。传见《周书》卷四十一、《北史》卷八十三。其虽位望通显,常有乡关之思,有《哀江南赋》,其《序》云:“信年始二毛,即逢丧乱,藐是流离,至于暮齿。《燕歌》远别,悲不自胜;楚老相逢,泣将何及。……追为此赋,聊以记言,不无危苦之辞,唯以悲哀为主。”按:以上两句均以旧典状己乱后处境与心情。

⑤“眼看”句:成陵谷,《诗·小雅·十月之交》:“高岸为谷,深谷为陵。”庾信《竹杖赋》:“世变市朝,年移陵谷。”此句或指天祐元年,朱全忠逼唐昭宗迁都洛阳而毁长安事。

⑥“是”,《全唐诗》、吴校本均校:“一作有”。按:《唐诗鼓吹》卷二作“有”。“始信”句:《搜神记》卷十三《劫灰》:“汉武帝凿昆明池,极深,悉是灰墨,无复土。举朝不解,以问东方朔。朔曰:‘臣愚,不足以知之。可试问西域人。’帝以朔不知,难以移问。至后汉明帝时,西域道人入来洛阳。时有忆方朔言者,乃试以武帝时灰墨问之。道人云:‘经云:“天地大劫将尽,则劫烧。”此劫烧之余也。’乃知朔言有旨。”

【汇评】

方回:吴质季重,为曹操所杀。致尧之交,有为朱全忠所杀者。引庾信

289

子山赋事,可谓极悲哀矣。

冯舒:查。

纪昀:此事何出? 可谓空疏杜撰。

无名氏(甲):曹丕《与吴质书》谓建安七子多丧逝耳,非谓季重丧逝也,读《文选》不精,遂有此误。

何义门:三、四反接"徘徊",透出"经"字,斯须不可止泊矣。后四句极言其乱。

纪昀:致尧难得此沉实之作。(以上《瀛奎律髓汇评》卷三十二忠愤类)

"见落梅",言又开春也。"独徘徊",言一无所依,一无所事也。"飞还止"、"去又来",虽写"水鸟"、"杨花",然皆自比徘徊野塘无聊无赖也。看他一二"乱世"下又接"他乡"字,"他乡"上又加"乱世"字,"乱世他乡"下又对"野塘晴日"字,使读者心头眼头,一片荒荒凉凉,直是试想不得(首四句下)。魏文帝《与吴季重书》:"昔年疾疫,亲故罹灾。徐、陈、应、刘,一时俱逝。"庾子山序《哀江南赋》,不无危苦之辞,惟以悲哀为主。言此二篇之论,今日恰与我意怅然有当也。"眼看"妙,不是眼看,亦不始信,此极伤痛之声也(末四句下)。(金圣叹《贯华堂选批唐才子诗》)

方回选《瀛奎律髓》,虽推尊少陵,其实未曾梦见,佳者多遗,闲泛者悉录。至注解唐人诗,尤多舛谬。(黄白山评:"此语通蔽,宋人学杜之病,不止方回一人。")如韩偓《乱后春日途经野塘》曰:"季重旧游多丧逝,子山新赋极悲哀。"正指魏文帝与质书"元瑜长逝,化为异物",及"徐、陈、应、刘,一时俱逝,痛何可言耶"诸语耳。且丕受禅,质会洛阳,拜北中郎将,封列侯,使持节督幽、并诸军事。太和四年,入为侍中,其夏始没。《魏志》所载甚明。(《瀛奎律髓》)乃注云:"吴质季重为曹操所杀,致尧之交有为朱全忠所杀,引庾信子山赋事,可谓'极悲哀'矣。"余意此不徒胸无古今,并不明作者之意,试以偓语徐思之,亦何尝谓季重死耶!(贺裳《载酒园诗话》卷一《瀛奎律髓》)

秋谷曰:沉以风雅之变。(复旦大学图书馆藏《唐音统签》本眉批)

吴汝纶曰:"沉痛。"(高步瀛《唐宋诗举要》本诗下注评引)

赠易卜崔江处士 袁州①

白首穷经通秘义②，青山养老度危时。门传组绶身能退③，家学渔樵迹更奇④。四海尽闻龟策妙⑤，九霄堪叹鹤书迟⑥。壶中日月将何用⑦，借与闲人试一窥。

【题解】

据诗题下小注，知为诗人在袁州所作。《韩偓年谱》考，诗人天祐二年（905）春在湖南醴陵，七月又至萧滩镇，则其离开湖南至袁州在天祐二年春夏间。此诗即天祐二年春夏间之作。《韩翰林诗谱略》、《唐韩学士偓年谱》、《增订注释全唐诗·韩偓集》等亦均系于天祐二年。

此诗叹崔江处士之精通龟策，名闻天下，而不为朝廷所用。虽是为他人叹息，然寻味诗意，盖亦借他人之酒杯而浇心中之块垒也。品味"壶中日月将何用，借与闲人试一窥"句，其自称"闲人"，则自慨之意隐然可见。

【校注】

①易卜：以《周易》占卜，以知吉凶祸福。处士：本指有才德而隐居不仕的人，后亦泛指未做过官的士人。

②秘义：深奥的意义。

③"门传"句：谓崔江处士尽管因其家门荫而任官，但却能辞官归隐。组绶，古人佩玉，用以系玉的丝带。此处借指官爵。

④"渔樵"，《才调集》卷八、玉山樵人本、统签本、汲古阁本、麟后山房刻本均作"樵渔"。

⑤四海：古人以为中国四境有海环绕，各按方位为"东海"、"南海"、"西海"和"北海"，但亦因时而异，说法不一。此处犹言天下，全国各处。龟策妙：即谓精通占卜之术。龟策，龟甲和蓍草。占卜之具。

⑥"九霄"句：九霄，天之极高处；高空。此处借指帝王。鹤书，也叫鹤头书。古时用于招贤纳士的诏书。亦借指征聘的诏书。上二句意谓令人

叹息的是,尽管精通占卜之术,名传四海,但朝廷却久久未下征召入朝之书。

⑦"何",《全唐诗》、吴校本均校:"一作安"。按:《全五代诗》卷七十七作"安"。壶中日月:《后汉书·费长房传》:"费长房者,汝南人也。曾为市掾。市中有老翁卖药,悬一壶于肆头,及市罢,辄跳入壶中。市人莫之见,唯长房于楼上睹之,异焉,因往再拜奉酒脯。翁知长房之意其神也,谓之曰:'子明日可更来。'长房旦日复诣翁,翁乃与俱入壶中。唯见玉堂严丽,旨酒甘肴盈衍其中,共饮毕而出。翁约不听与人言之。后乃就楼上候长房曰:'我神仙之人,以过见责,今事毕当去,子宁能相随乎?楼下有少酒,与卿为别。'长房使人取之,不能胜,又令十人扛之,犹不举。翁闻,笑而下楼,以一指提之而上。视器如一升许,而二人饮之终日不尽。"

过临淮故里①

交游昔岁已凋零,第宅今来亦变更。旧庙荒凉时飨绝②,
诸孙饥冻一官成③。五湖竟负他年志④,百战空垂异代名⑤。
荣盛几何流落久⑥,遣人襟抱薄浮生⑦。

【题解】

诗人过李光弼临淮旧居,见其宅第变更,旧庙荒凉,诸孙流落,感慨系之而作此诗。其意蕴,金圣叹《贯华堂选批唐才子诗》所析,颇为得当,深得诗意。徐复观《中国文学论集·韩偓诗与香奁集论考》认为此非韩偓诗,云:"《江南送别》、《过临淮故里》、《吴郡怀古》、《游江南水陆院》这一类的诗,可断言其非出于韩偓。"他认为"韩偓的'故里',不可能在'临淮';'诸孙饥冻一官成'的情景,尤与韩偓不合;则此诗之不出于韩偓,实甚为明显。临淮为由金陵赴中原(洛阳)必经之路,这首诗及江南诸诗,或出于韩熙载。然韩之故里亦非临淮,所以只好存疑了。"按:此说误在将"临淮"当作诗人故里。此处"临淮"实为临淮郡王李光弼。以其封临淮郡王,故称。李光弼,传见《旧唐书》卷一一〇、《新唐书》卷一三六。《旧传》云:"李光弼,营州柳城人。其先,契丹之酋……宝应元年,进封临淮王,赐铁券,图形凌烟阁。《新传》云:"宝应元年,进封临淮郡王。……广德元年,遂禽晁,浙东平。诏赠实封户二千,与一子三品阶,赐铁券,名藏太庙,图形凌烟阁。"《韩偓诗注》谓此诗"估计为中年之作",可参。按:据本集《夏课成感怀》、《游江南水陆院》等诗注所考,韩偓约咸通十二年(871)秋离家往游江南,此诗疑即此行于秋冬间过临淮之作。

【校注】

①临淮郡:唐天宝元年(742)改泗州置,治所在临淮县(今江苏盱眙西北)。

②旧庙:指供奉李光弼之庙宇。时禴:亦作"时享"。太庙四时的祭祀。帝王臣民都行时享之礼。

③诸孙:指李光弼之诸孙。一官成,据《新唐书·李光弼传》,"广德元年,……诏增实封户二千,与一子三品阶。"又记"子汇,有志操,廉介自将。从贾耽为裨将,奏兼御史大夫。元和初,分徐州苻离为宿州,光弼有遗爱,擢汇为刺史。后迁泾原节度使,罢军中杂徭,出奉钱赎将士质卖子,还其家。卒,赠工部尚书。"

④"五湖"句:《国语·越语》:"勾践灭吴,反至五湖,范蠡辞于王曰:'君王勉之,臣不复入越国矣。'……遂乘轻舟以游于五湖,莫知所终极。"此句意谓李光弼战功显赫,然而未能效法范蠡功成身退,隐于五湖,反而遭受宦官猜忌,忧郁成疾以卒。《旧唐书·李光弼传》:"光弼御军严肃,天下服其威名,每申号令,诸将不敢仰视。及惧朝恩之害,不敢入朝,田神功等皆不禀命,因愧耻成疾,遣裨将孙珍奉遗表自陈。广德二年七月,薨于徐州,时年五十七。"《新唐书·李光弼传》亦记"相州、北邙之败,朝恩羞其策缪,故深忌光弼切骨,而程元振尤疾之。二人用事,日谋有以中伤者。及来瑱为元振谮死,光弼愈恐。吐蕃寇京师,代宗诏入援,光弼畏祸,迁延不敢行。……帝还长安,因拜东都留守,察其去就。光弼以久须诏书不至,归徐州收租赋为解。帝令郭子仪自河中辇其母还京。二年,光弼疾笃,奉表上前后所赐实封,诏不许。……薨,年五十七。"

⑤"百战"句:《新唐书·李光弼传》记李光弼因战功赫赫,于广德元年即"诏增实封户二千,与一子三品阶,赐铁券,名藏太庙,图形凌烟阁。"又谓"光弼用兵,谋定而后战,能以少覆众。治师训整,天下服其威名,军中指顾,诸将不敢仰视。初,与郭子仪齐名,世称'李郭',而战功推为中兴第一。其代子仪朔方也,营垒、士卒、麾帜无所更,而光弼一号令之,气色乃益精明云。"

⑥荣盛:显达兴盛。几何:犹若干,多少。流落:衰落,困顿失意。

⑦"襟",《全唐诗》、吴校本均校:"一作怀"。按:《唐诗鼓吹》卷二、杜诏《唐诗叩弹集》卷十二均作"怀"。遣人:使人、让人。襟抱:襟怀抱负。薄浮生:看轻人生。浮生,语本《庄子·刻意》:"其生若浮,其死若休。"以人生在世,虚浮不定,因称人生为"浮生"。

【汇评】

一二句写昔岁还是凋零,今来乃并无凋零。此即暗用香岩立锥诵成妙诗也。三句,苦在庙在;四句,苦在官成。时享都绝,用庙何为?冻馁不救,用官何为?写来便如落日风吹,暗壁鬼啸。后解感愤沉厚,辞旨激昂,纯是切讽朝廷,非止恸哭临淮也。言其宁负五湖,是何等愚忠!名动异代,是何等血战!今墓草未荒,略无余恤;前贤不报,后贤谁奋?末句比优孟辞更加一倍悲愤,读之使人变色。(金圣叹《贯华堂选批唐才子诗》)

《过临淮故里》,庭珠按,李光弼封临淮郡王。(杜诏《唐诗叩弹集》卷十二)

赠湖南李思齐处士①

两板船头浊酒壶②,七丝琴畔白髭须③。三春日日黄梅雨④,孤客年年青草湖⑤。燕侠冰霜难狎近⑥,楚狂锋刃触凡愚⑦。知余绝粒窥仙事⑧,许到名山看药炉⑨。

【题解】

韩偓《访同年虞部李郎中》诗题下有"天复四年二月，在湖南"小注。又有《甲子岁夏五月自长沙抵醴陵贵就深僻以便疏慵》诗，甲子岁即天复四年，是年闰四月改元天祐元年。故韩偓天复四年春在湖南，是年五月在醴陵。本诗在湖南作，时为"三春日日黄梅雨"之三月，故作于天复四年（904）三月。《韩翰林诗谱略》、《唐韩学士偓年谱》、《韩偓年谱》、《韩偓诗注》等皆系于此年。

此诗乃贬官翌年，在湖南赠人之作。前六句乃咏李思齐处士，故"燕侠冰霜难狎近，楚狂锋刃触凡愚"二句，乃借燕侠、楚狂以称誉处士。"知余绝粒窥仙事，许到名山看药炉"二句，既写己，亦道出诗人与处士之两心相许关系，并可见诗人此时已萌生修道避世之念头矣。

【校注】

①处士：本指有才德而隐居不仕的人，后亦泛指未做过官的士人。

②浊酒：用糯米、黄米等所酿的酒，较混浊。

③七丝琴：即七弦琴。

④三春：此指春季的第三个月，暮春。黄梅雨：即梅雨。指初夏产生在江淮流域持续较长的阴雨天气。因时值梅子黄熟，故亦称黄梅天。此季节空气长期潮湿，器物易霉，故又称霉雨。

⑤孤客：单身旅居外地的人。青草湖：古五湖之一。亦名巴丘湖，在今湖南岳阳西南，和洞庭湖相连。因青草山而得名。一说湖中多青草，冬春水涸，青草弥望，故名。

⑥燕侠：燕地之侠客。燕国民风豪侠，故韩愈谓"燕赵多慷慨之士。"亦指战国之荆轲。荆轲为报燕太子丹之恩，入秦刺杀秦王，未果而身死，有"风萧萧兮易水寒，壮士一去兮不复返"之悲歌传世。冰霜：谓神情冷峻，凛然如冰霜。狎近：亲近。

⑦楚狂：《论语·微子》："楚狂接舆歌而过孔子，曰：'凤兮凤兮，何德之衰！往者不可谏，来者犹可追。已而已而，今之从政者殆而！'孔子下，欲与之言，趋而辟之，不得与之言。"邢昺疏："接舆，楚人，姓陆名通，字接舆也。昭王时，政令无常，乃披发佯狂不仕，时人谓之楚狂也。"后常用为典，亦用

为狂士的通称。

⑧绝粒：犹辟谷。道家以摒除火食、不进五谷求得延年益寿之修养术。辟谷时，仍食药物，并须兼做导引等工夫。窥仙事：谓探寻养身修道以成仙之事。

⑨药炉：指道家烧炼丹药之炉。

韩偓诗全集 |

卷三

乱后却至近甸有感乙卯年作①

狂童容易犯金门②，比屋齐人作旅魂③。夜户不扃生茂草④，春渠自溢浸荒园⑤。关中忽见屯边卒⑥，塞外翻闻有汉村⑦。堪恨无情清渭水⑧，渺茫依旧绕秦原⑨。

【题解】

此诗作于乾宁二年（895）八月。汲古阁本诗后注云："乙卯年为昭宗乾宁二年，是年李茂真、王行瑜称兵犯阙。"然吴校本于题下小注后注云："乙卯字误。韩公贬谪后亦无却至近甸之事。此疑昭帝发凤翔至长安，公未贬濮州时随驾还京之作，事在天复三年癸亥也。"《韩偓诗注》认同吴汝纶之说，认为"乱后，指昭宗被宦官韩全诲劫持至凤翔后被平息。"按：原小注不误。《韩翰林诗谱略》、《韩偓简谱》、陈伯海《韩偓生平及其诗作简论》、《韩偓诗集笺注》、《韩偓年谱》、《增订注释全唐诗·韩偓集》均认为乾宁二年所作。《韩偓简谱》云："吴注以为乙卯年误，以为贬谪后，亦无却至近甸之事。予谓此乙卯为乾宁二年，时三镇举兵犯阙，昭宗避兵出幸山南，崔胤复相，致尧殆亦避乱，而复至近甸，其时克用兵驻渭桥，帝始返京，故有'关中始见屯边卒'之句。"《增订注释全唐诗·韩偓集》据两《唐书·昭宗纪》、《资治通鉴》卷二六〇亦云：昭宗乾宁二年，"是年五月，凤翔节度使李茂贞及静难军节度使王行玚、镇国军节度使韩建等各引精兵数千至长安，同谋废昭宗立吉王。河东节度使李克用以讨李茂贞等为名，于七月举军渡过黄河，屯兵渭北。神策军中尉骆全瓘、指挥使李继鹏等反叛，欲劫持昭宗，京师混战，城中大乱。昭宗仓皇出奔终南山，百姓弃家亡窜者数十万，中暑死者达三分一。八月，乱平，昭宗还京。"今从小注"乙卯年作"之说，系此诗于乾宁二年（895）八月。

《韩偓年谱》谓："此诗写王行瑜、李茂贞称兵诣阙以来之乱，长安百姓多死于战乱，及乱后凄败景象，笔致沉郁萧瑟，非复香奁之旧。"此诗之沉著，通首皆是，而尤以末二句"堪恨无情清渭水，渺茫依旧绕秦原"为最，堪与韦庄"无情最是台城柳，依旧烟笼十里堤"比美。

【校注】

①统签本题下无"乙卯年作"四字小注。近甸：京城近郊。甸，京城郊外。

②"狂童"句：狂童，原谓轻狂顽劣的少年。此指狂悖作乱的人。犯金门，进犯朝廷。金门，即金马门，汉代宫门名。学士待诏之处。后用作朝廷官署之代称。按：此句谓乾宁二年五月，李茂贞、王行瑜、韩建等三藩帅率精兵入京师事。《旧唐书·昭宗纪》：乾宁二年五月，"李茂贞、王行瑜、韩建等各率精甲数千人入觐，京师大恐，人皆亡窜，吏不能止。昭宗御安福门以俟之，三帅既至，拜舞楼下，昭宗临轩自谕之曰：'卿等藩侯，宜存臣节，称兵入朝，不由奏请，意在何也？'茂贞、行瑜汗流浃背，不能对，唯韩建陈叙入觐之由。上并召升楼，赐之卮酒，宴之于同文殿。茂贞、行瑜极言南北司相倾，深蠹时政，请诛其太甚者。乃贬宰相韦昭度、李磎，寻杀之于都亭驿，杀内官数人而去。王行瑜留弟行约，茂贞留假子阎圭，各以兵二千人宿卫。时三帅同谋废昭宗立吉王，闻太原起军乃止，留兵宿卫而还。"

③"比屋"句：比屋，家家户户。常用以形容众多、普遍。齐人，即齐民，平民。作旅魂，此谓外出避难而死。此句指李克用举兵讨王行瑜、李茂贞、韩建，昭宗出幸，京师士庶数十万随从，喝死者众多。《旧唐书·昭宗纪》：乾宁二年"七月丙辰朔，李克用举军渡河，以讨王行瑜、李茂贞、韩建等称兵诣阙之罪。庚申，同州节度使王行实弃郡入京师，谓两军中尉骆全瓘、刘景宣曰：'沙陀十万至矣！请奉车驾幸邠州，且有城守。'时景宣附凤翔，癸亥夜，阎圭与刘景宣子继晟、同州王行实纵火剽东市，请上出幸。上闻乱，登承天门，遣诸王率禁兵御之。捧日都头李筠率本军侍卫楼上。阎圭以凤翔之卒攻李筠，矢及御座之楼扉。上惧，下楼与亲王、公主、内人数百幸永兴坊李筠营。扈跸都头李君实以兵继至，乃与筠两都兵士侍卫出自夏门，憩于华严寺，以候内人继至。其日晚，幸莎城镇。京师士庶从幸者数十万，比至南山谷口，喝死者三之一。至暮，为盗寇掠，恸哭之声，殷动山谷。"

④不扃：不关门。扃，从外关闭门户的门闩。

⑤"荒",玉山樵人本、统签本均作"花"。按:应作"荒"。

⑥"忽",《唐百家诗选》本、玉山樵人本、韩集旧钞本、统签本、麟后山房刻本均作"却",《全唐诗》、吴校本均校:"一作却"。按:"却"同"却"。"关中"句:指李克用军进入关中。据《旧唐书·昭宗纪》,乾宁二年七月,昭宗幸南山久之,李克用仍在河中,昭宗宣谕李克用"'卿宜便董貔貅,径临邠凤,荡平妖穴,以拯阽危,是所望也。'八月乙酉朔,延王至河中,克用已发前锋至渭北,又令史俨率五百骑赴行在侍卫。己丑,克用自至渭桥寨。癸巳,于梨园杀邠军数千,获其大将王令陶以献。"关中,指陕西渭河流域一带。此处指长安附近地区。屯边卒,守边之士兵,这里指镇守太原的河东节度使李克用之军队。

⑦塞外:边塞之外。泛指北边地区。翻闻:反而听说。有汉村:指为避战乱而逃出关中至边塞的汉族百姓。

⑧清渭水:即渭水。渭,水名。黄河最大支流,源出甘肃鸟鼠山,横贯陕西中部,至潼关入黄河。古人有谓泾浊渭清者,实际上乃泾清渭浊。

⑨"渺茫",《全唐诗》、吴校本均校:"一作东流"。渺茫:辽阔貌。秦原:犹秦中。秦中,古地区名,指今陕西中部平原地区,因春秋、战国时地属秦国而得名,也称关中。

【汇评】

唐僖、昭以来,其乱如此。(方回《瀛奎律髓》卷三十二)

纪昀:语亦沉著。中二联皆对句胜出句。(《瀛奎律髓汇评》卷三十二)

同年前虞部李郎中自长沙赴行在
余以紫石砚赠之赋诗代书①

斧柯新样胜珠玑②,堪赞星郎染翰时③。不向东垣修直疏④,即须西掖草妍词⑤。紫光称近丹青笔⑥,声韵宜裁锦绣诗⑦。蓬岛侍臣今放逐⑧,羡君回去逼龙墀⑨。

【题解】

由诗题知韩偓时在湖南长沙,故吴汝纶于诗题后评注云:"此在长沙时作"。韩偓有《访同年虞部李郎中》诗,题下自注:"天复四年二月,在湖南。"又有《春阴独酌寄同年虞部李郎中》,题下自注:"在湖南。"又有《甲子岁夏五月自长沙抵醴陵贵就深僻以便疏慵由道林之南步步胜绝去绿口分东入南小江山水益秀村篱之次忽见紫薇花因思玉堂及西掖厅前皆植是花遂赋诗四韵聊寄知心》诗。甲子岁即天复四年,则是年五月诗人已经自长沙抵醴陵。据此,韩偓天复四年二月至五月在湖南长沙,此诗即作于天复四年(904)春夏间。《韩翰林诗谱略》、《唐韩学士偓年谱》、《韩偓简谱》、《韩偓年谱》、《韩偓诗注》等所系同。

此诗乃贬官后流寓于湖南长沙时,送同年李冉赴行在之作。诗人送李冉以紫石砚,故诗中前六句均赞誉紫石砚之名贵与功用,并藉以想象与盼望李郎中在朝中能有所作为。"不向东垣修直疏,即须西掖草妍词"二句,尤是诗人期望殷殷之句。"修直疏",意即在朝为忠直敢谏之臣,可见诗人为官一贯之忠恳标格。末二句则叹自身之被贬谪,无从侍奉唐昭宗。"羡君回去",隐含自叹放逐意。此时昭宗尚在位,未被朱全忠所弑,故诗人有此羡慕与感慨,于此亦可见诗人之眷念唐昭宗。及至昭宗被弑后,诗人即使被召复官,亦不往矣。其忠耿于唐昭宗如此!

【校注】

①虞部李郎中:即虞部郎中李冉。陶敏《全唐诗人名汇考》云《新唐书·宰相世系二上》李氏姑臧房"'冉,右司郎中。'李揆曾孙,李元赞子。《全唐文》卷六二二李冉《举前池州刺史张严自代表》:'伏惟建中元年正月五日制,诸州刺史授讫,于四方馆上表,举一人自代者……'盖曾为某州刺史。"行在:即行在所。此指皇帝巡幸所在之地。据《资治通鉴》卷二六四天祐二年二月"乙亥,车驾至陕,以东都宫室未成,驻留于陕。"则诗中所谓行在当指陕州。紫石砚:以紫色石所制之砚台。

②斧柯:山名,即广东高要县之斧柯山。《太平寰宇记》卷一五九《端州高要县》:"高要县烂柯山,在县东三十六里,一名斧柯山,在硖石南。《郡国志》云:'昔有道士王质,负斧入山采桐为琴,遇赤松与安期先生棋,而斧柯

烂。'"又谓"端溪山,《吴录》云:'端州有端溪石'"。端溪石乃制砚名石。此处"斧柯新样",指用端溪石制成之紫石砚。珠玑:珠宝,珠玉。

③赞:辅佐;说明。《尚书·大禹谟》:"益赞于禹曰:'惟德动天,无远弗届。'"孔传:"赞,佐。"星郎,指郎官。《后汉书·明帝纪》:"馆陶公主为子求郎,不许,而赐钱千万。谓群臣曰:'郎官上应列宿,出宰百里,苟非其人,则民受殃,是以难之。'"后因称郎官为"星郎"。染翰:以笔蘸墨。翰,笔。此处指作诗文。

④东垣:谓东省,中央官署之一。唐指门下省,与中书省同掌机要,共议国政。修直疏:谓起草谏书。唐制,门下省之给事中、散骑常侍、谏议大夫有驳正、规讽之责。

⑤西掖:唐时中书或中书省的别称。汉应劭《汉官仪》卷上:"左右曹受尚书事,前世文士,以中书在右,因谓中书为右曹。又称西掖。"草妍词:谓起草美妙的文章。

⑥紫光:指紫石砚之紫色光。丹青笔:画笔。丹青,绘画,作画。杜甫《丹青引赠曹将军霸》:"丹青不知老将至,富贵于我如浮云。"

⑦声韵:此处或指叩击紫石砚而发出的声响。石材好,叩击之而发出之声韵亦动听。意谓紫石砚乃优质之名砚。锦绣诗:谓华彩美好之诗作。

⑧"蓬岛"句:蓬岛,蓬莱仙岛。唐人常用以称皇宫或学士院。韩偓曾在朝任兵部侍郎、翰林学士承旨等官职,故此诗中自称"蓬岛侍臣"。李商隐《郑州献从叔舍人褎》:"蓬岛烟霞阆苑钟,三官笺奏附金龙。"

⑨龙墀:犹丹墀。此处代指皇帝。

甲子岁夏五月自长沙抵醴陵贵就深僻以便疏慵由道林之南步步胜绝去绿口分东入南小江山水益秀村篱之次忽见紫薇花因思玉堂及西掖厅前皆植是花遂赋诗四韵聊寄知心①

职在内庭宫阙下②,厅前皆种紫薇花。眼明忽傍渔家见,魂断方惊魏阙赊③。浅色晕成宫里锦④，浓香染著洞中霞。此行若遇支机石⑤，又被君平验海槎⑥。

【题解】

据此诗"甲子岁夏五月自长沙抵醴陵"云云，可知为天祐元年（甲子，904）五月所作。诗写自长沙赴醴陵经渌江一带所见山水秀丽景色，忽见紫薇花而逗起魏阙之思。首二句乃第三句"忽傍渔家见"之所思，亦即先见渔家旁之紫薇花而忆往昔任职朝廷之情景。第四句则接首二句而来，故有"魏阙赊"之惊魂。诗句顺序之腾挪，乃为突出往昔宫中之情事，正可见其贬官后魏阙情思之浓厚。"魂断方惊"四字，真有柔肠寸断，无限辛酸之凄楚。下半首方细细描摹紫薇花，如"宫里锦"、"洞中霞"之艳丽芳香，以及如入天上美妙仙境之感受。

【校注】

①玉山樵人本、统签本诗题均无"甲子岁"三字。醴陵：唐县名。东汉置，属长沙郡。治所即今湖南醴陵。《太平寰宇记·醴陵县》："县北有陵，陵上有井，涌泉如醴，因以名县。"隋省入长沙县。唐武德四年（621）复置，属潭州。渌口：即渌口，在湖南醴陵西境，为渌水入湘江之口，即今株洲市渌口。紫薇花：花木名。又称满堂红、百日红。落叶小乔木，树皮滑泽，夏、秋之间开花，淡红紫色或白色，美丽可供观赏。西掖：中书或中书省之别称。

②"阙"，《全唐诗》、吴校本均校："一作禁"。内庭：亦称内廷。宫禁以内。

③"魏阙"，玉山樵人本、韩集旧钞本、统签本、麟后山房刻本、吴校本均作"凤阙"。魏阙赊：谓离开朝廷非常遥远。魏阙，宫门外两边高耸的楼观。楼观下常为悬布法令之所。亦借指朝廷。赊，距离远。

④晕：谓涂抹（颜色）。

⑤支机石：传说为天上织女用以支撑织布机的石头。《太平御览》卷八引刘义庆《集林》："昔有一人寻河源，见妇人浣纱，以问之，曰：'此天河也。'乃与一石而归。问严君平，云：'此支机石也。'"一说，其人为汉代张骞，谓

骞奉命寻找河源,乘槎经月亮至天河,在月亮见一女织,又见一丈夫牵牛饮河,织女取支机石与骞。事见宋周密《癸辛杂识前集》引南朝梁宗懔《荆楚岁时记》)。

⑥"又被"句:张华《博物志》卷十《杂说》下:"旧说云,天河与海通。近世有人居海渚者,年年八月有浮槎,去来不失期。人有奇志,立飞阁于查上,多赍粮,乘槎而去。十馀日中,犹观星月日辰,自后茫茫忽忽,亦不觉昼夜。去十馀日,奄至一处,有城郭状,屋舍甚严。遥望宫中多织妇,见一丈夫牵牛渚次饮之。牵牛人乃惊问曰:'何由至此?'此人具说来意,并问此是何处。答曰:'君还至蜀郡,访严君平则知之。'竟不上岸,因还如期。后至蜀问君平,曰:'某年月日,有客星犯牵牛宿。'计年月,正是此人到天河时也。"末二句用此典表明此行程所经,恍如入天上之美妙仙境。

【汇评】

《(嘉庆)清一统志》三五四湖南省长沙府山川门渌江条引醴陵县旧志:渌江发源有二:一借萍乡县麻山水,西北至醴陵县东五十里,名萍水。一出浏阳县界白沙溪,西南至双江口,会流经醴陵县南前渌水池,名渌口,又西流,合姜岭水,由渌江入湘。寅恪案:前书三五六寺观门:道林寺(原注:在善化县西岳麓山下,有唐欧阳询书道林寺碑)。然则此诗为韩由长沙岳麓山至醴陵渌口途中作也。(陈寅恪《读书札记二集·韩翰林集之部》)

和王舍人抚州饮席赠韦司空①

楼台掩映入春寒,丝竹铮䥈向夜阑②。席上弟兄皆杞梓③,花前宾客尽鸳鸯④。孙弘莫惜频开合⑤,韩信终期别筑坛⑥。削玉风姿官水土⑦,黑头公自古来难⑧。

【题解】

《唐韩学士偓年谱》系于天祐二年,误。韩偓有《丙寅二月二十二日抚州如归馆雨中有怀诸朝客》诗,丙寅即指唐昭宣帝天祐三年。又有《三月二十七日自抚州往南城县舟行见拂水蔷薇因有是作》诗,统签本于题后有小注:"丙寅三月二十七日"。据此知韩偓天祐三年三月下旬已离抚州往南城县,则其在"抚州饮席"作诗,且诗有"春寒"句,诗当作于天祐三年(906)春。《韩翰林诗谱略》《韩偓简谱》《韩偓年谱》《韩偓诗注》《增订注释全唐诗·韩偓集》均系于天祐三年。

关于此诗,《韩偓事迹考略》认为王舍人为王涤,韦司空为韦庄,云:"看来,这是一次丧乱中难得的聚会,东道主自然是那位王舍人,……出席这次宴会的,都是当年朝廷中站在同一行列的僚友,彼此情谊厚笃,可以称兄道弟,且多为一时之选。……抚州宴席的东道主是王涤,那么,韦司空韦庄是否与会呢?鄙意以为,韦庄没有与会。如果韦庄与会的话,应亦有和诗,故韩公没有必要再将自己的和诗赠与韦庄。可能诗人在这次宴席上,打听到了韦庄的消息,故拿这首和诗,托同席可以接近韦庄的友好转赠给他。"《考略》如此解读有值得斟酌者。首先,东道主实非王舍人王涤。据《唐诗纪事》卷六十七:"(王)涤,字用霖,及景福进士第。"《全唐诗》卷七二六王涤小传:"王涤,字用霖。……景福中擢第。累官中书舍人。后终于闽。"韩偓另有《丙寅二月二十日抚州如归馆雨中有怀诸朝客》诗,乃作于丙寅年,即天祐三年在抚州时。而此诗亦作于抚州,且同年秋韩偓已离开抚州前往南城,故此诗当是天祐三年之作,时王涤以中书舍人与会。王涤既为中书舍人,非抚州地方官吏,则其与会即诗中所云之"花前宾客",而非主人。其实,王涤也如韩偓,乃是为避朱全忠之害而远离朝廷之朝中官员,故此后之天祐四年春,他即与韩偓等中朝官员多避难于闽中矣。以下载籍可证。《十国春秋》卷九十五《黄滔传》:"梁时强藩多僭位称帝,太祖据有全闽而终其身为节将者,滔规正有力焉。中州名士避地来闽,若韩偓、李洵数辈,悉主于滔。"《莆阳黄御史集·别录》引《莆阳志》:"王审知据有全闽而终身为节将者,滔规正有力焉。中州若李绚、韩偓、王涤、崔道融、王摽、夏侯淑、王拯、杨承休、杨赞图、王倜……避地于闽,悉主于滔。"明天启元年(1621)黄滔二十世孙黄崇翰《吴源莆阳名公事述》:"御史乃从容进退,为闽藩上幕,又能专长史之任,规正闽王审知,……为时推重。中朝士大夫若常侍李洵、翰林承旨韩偓、中舍王涤、补阙崔道融、大司空王标、吏部夏侯淑、司勋员外杨承休、御史王拯、宏文馆直学士杨赞图……，莫不浮荆襄吴楚，交集于闽，恃御史为宗主。"据此可见，王涤亦乃与韩偓等人从中朝避难南来之官员。既然如此，则其在抚州，只是一位流寓南来之中朝宾客，如何能以东道主之身份于抚州郡楼招待朝中南来之诸官员？其实，应该是当地之官员设宴招待南来之中朝之士。因此此次宴会之东道主非王涤，乃是诗中之"韦（危）司空"。据此以读诗题，应是王涤与韩偓等人出席韦（危）司空为东道主之宴会，王涤先有诗赠韦司空，韩偓即赋诗唱和。以此而解读此诗，则与诗中人物之身份及各诗句之意思更为贴切顺畅。

【校注】

①"韦"，应是"危"之误。王舍人：王舍人即为王涤。据《唐诗纪事》卷六十七：王"涤，字用霖，及景福进士第。"《全唐诗》卷七二六王涤小传："王涤，字用霖。……景福中擢第。累官中书舍人。后终于闽。"又《莆阳黄御史集·别录》引《莆阳志》："王审知据有全闽而终身为节将者，滔规正有力焉。中州若李绚、韩偓、王涤、崔道融……避地于闽，悉主于滔。"明天启元年黄滔二十世孙黄崇翰之《吴源莆阳名公事述》："御史从容进退，为闽藩上幕，又能专长史之任，规正闽王审知，……为时推重。中朝士大夫若常侍李洵、翰林承旨韩偓、中舍王涤、补阙崔道融、大司空王标、吏部夏侯淑、司勋员外杨承休、御史王拯、宏文馆直学士杨赞图……，莫不浮荆襄吴楚，交集于闽，恃御史为宗主。"又，黄滔《丈六金身碑》记天祐四年正月十八日，王审知在闽设二十万人无遮佛会，时参加者有来闽依王审知之座客"右省常侍陇西李公洵、翰林承旨制诰兵部侍郎昌黎韩公偓、中书舍人琅琊王公涤、右补阙博陵崔征君道融……"等人。则王涤时为中书舍人，当亦来与抚州会中。韦司空："韦"应是"危"之误。此处韦司空实即指危全讽。《全唐诗人名汇考》谓"'韦'当'危'之音讹。危司空，危全讽。韩偓天祐三年春在抚州，时危全讽为抚州刺史。《九国志·危全讽传》：'中和五年，黄巢徐党柳彦璋攻破抚州，逐郡守，大掠而去，全讽遂入之。诏即以全讽为抚州刺史。'《金石萃编》卷一一七《抚州宝应寺钟款》：'金紫光禄大夫、检校工部尚书、使持节抚州诸军事抚州刺史、兼御史大夫、上柱国危全讽。'大顺元年十月造。《通鉴》：开平三年六月，'抚州刺史危全讽自称镇南节度使。'危全讽亦

地方割据者,唐末官爵极滥,大顺元年全讽已加尚书,十馀年后加司空亦在情理之中。"

②"向",《全唐诗》、吴校本均校:"一作入"。丝竹:弦乐器与竹管乐器之总称。亦泛指音乐。铮㧈:同"铮㧈",象声词。常形容金属撞击声、乐器演奏声、流水声等。此处指乐器演奏声。白居易《江楼宴别》:"缥缈楚风罗绮薄,铮㧈越调管弦高。"夜阑:夜残;夜将尽时。杜甫《羌村》诗之一:"夜阑更秉烛,相对如梦寐。"

③席上兄弟:指宴席上包括危全讽在内的抚州当地人士。杞梓:原指杞和梓,两木皆良材。此处用以比喻优秀人才。

④花前宾客:宾客,指来抚州之朝中官员。鸳鸾:原谓鹓与鸾,皆凤属。亦比喻朝官、同僚。此处鸳鸾既用以比喻贤人,亦兼喻宾客皆是来抚州之朝中同僚。

⑤"孙弘"句:以公孙弘喻指司空危全讽。孙弘,即公孙弘。《汉书·公孙弘传》:"公孙弘,菑川薛人也。少时为狱吏,有罪,免。家贫,牧豕海上,年四十余,乃学春秋杂说。武帝初即位,招贤良文学士,是时弘年六十,以贤良征为博士。……弘自见为举首,起徒步,数年至宰相封侯。于是起客馆,开东阁以延贤人,与参谋议。弘身食一肉,脱粟饭,故人宾客仰衣食。奉禄皆以给之,家无所余。"

⑥"韩信"句:《史记·淮阴侯列传》:"王(指刘邦)曰:'吾为公以为将。'何(指萧何)曰:'虽为将,信必不留。'王曰:'以为大将。'何曰:'幸甚!'于是王欲召信拜之。何曰:'王素慢无礼,今拜大将如呼小儿耳,此乃信所以去也。王必欲拜之,择良日斋戒,设坛场,具礼乃可耳。'王许之。诸将皆喜,人人各自以为得大将。至拜大将,乃信也,一军皆惊。"按:《韩偓诗注》谓"这里诗人是反其义而用。诗人曾任兵部侍郎,后因得罪朱全忠而被贬官,故说'终期别筑坛'。期,希冀也"。此说恐误。盖此理解不合原意。韩偓虽然曾任兵部侍郎,然于遭受朱全忠迫害南贬流寓,唐昭宗被弑后,他对朱全忠控制之朝廷已丧失信心,又深惧遭朱全忠迫害,故宁肯流寓隐居而不肯回朝做官。如作于此前之《病中初闻复官二首》之二云:"宦途嶮巇终难测,稳泊渔舟隐姓名。"又,《乙丑岁九月在萧滩镇驻泊两月忽得商马杨沼

308

员外书贺余复除戎曹依旧承旨还缄后因书四十韵》云："旅寓在江郊,秋风正寂寥。紫泥虚宠奖,白发已渔樵。事往凄凉在,时危志气销。若为将朽质,犹拟杖于朝。"其《即目二首》之一云："宦途弃掷须甘分,回避红尘是所长。"此诗句均表明韩偓此时毫无回朝任官之趣,即使朝廷招其复官,亦不为所动,避而不往。既然如此,又如何会于天祐三年在抚州地方官员前,表示自己希冀能被筑坛拜将? 其实,此句乃对危全讽而言。危乃武人出身,属地方豪强而任节将者,故韩偓以刘邦筑坛拜韩信为大将事期盼之。故此句乃应酬期盼之辞,而非自我期冀之言也。

⑦削玉风姿:《晋书·卫玠传》:"玠字叔宝,年五岁,风神秀异。祖父瓘曰:'此儿有异于众,顾吾年老,不见其长成耳。'总角乘羊车入市,见者皆以为玉人,观之者倾都。骠骑将军王济,玠之舅也,俊爽有风姿,每见玠辄叹曰:'珠玉在侧,觉我形秽。'又尝语人曰:'与玠同游,囧若明珠之在侧,朗然照人。"水土:此处犹本乡;当地。

⑧"自",《全唐诗》、吴校本均校:"一作相"。黑头公:《世说新语·识鉴》:"诸葛道明初过江左,自名道明,名亚王(导)、庾(亮)之下。先为临沂令,丞相谓曰:'明府当为黑头公。'"《晋书·诸葛恢传》:"诸葛恢,字道明,琅邪阳都人也。……恢弱冠知名,试守即丘长,转临沂令,为政和平。值天下大乱,避地江左,名亚王导、庾亮。导尝谓曰:'明府当为黑头公。'及导拜司空,恢在坐,导指冠谓曰:'君当复著此。'"按:以上二句均称危全讽司空。据《九国志·危全讽传》载:"全讽,临川南越人,世为农夫。初生赤而毛,丑状骇人。父母欲勿举,其姐保护之,仅而得全。及长,人质明秀,豪勇任气。"此传特记危全讽幼丑,而长"人质明秀",可知其成人后体貌之明秀必颇为人所称,故史传特地记载此事。危全讽既然"人质明秀",这就与韩偓此诗所云"削玉风姿"颇为相符。危全讽为抚州人,他此时任官抚州,故诗中说他"官水土",即在本乡本土为官。据此也可证此诗之"韦司空"为"危司空"(即危全讽)之讹。

避地寒食①

避地淹留已自悲②，况逢寒食欲沾衣③。浓春孤馆人愁坐④，斜日空园花乱飞。路远渐忧知己少⑤，时危又与赏心违⑥。一名所系无穷事⑦，争敢当年便息机⑧。

【题解】

此诗乃于避地遇寒食佳节，抒发困厄愁闷之慨，难以考其确切作年。钱牧斋、何义门《评注唐诗鼓吹》谓"此疑偓出依王审知时所作。"《韩偓简谱》系于天祐二年。《韩偓诗注》谓"作于唐昭宣帝天祐三年(906)，是年，诗人在江西，拟入闽省。避地，为躲避战乱或灾祸而移居他乡。"系年未有确证。此诗有"一名所系无穷事，争敢当年便息机"，味此两句，盖未及第时避乱他乡之作。疑乃广明元年(880)末黄巢攻入长安，僖宗出幸，诗人亦避乱外地后所作。诗乃寒食日所咏，当作于广明二年(881)三月寒食时。

【校注】

①寒食：节日名。在清明前一日或二日。相传春秋时晋文公负其功臣介之推。介愤而隐于绵山。文公悔悟，烧山逼令出仕，之推抱树焚死。人民同情介之推的遭遇，相约于其忌日禁火冷食，以为悼念。以后相沿成俗，谓之寒食。

②避地：亦作"避墬"。谓迁地以避灾祸。淹留：羁留；逗留。

③沾衣：谓流泪。韦应物《话旧》："不惜沾衣泪，并话一宵中。"

④"浓"，玉山樵人本、统签本均作"残"，《全唐诗》、吴校本均校："一作残"。

⑤"远"，韩集旧钞本、汲古阁本、麟后山房刻本、吴校本均作"辱"，吴校本下校："一作远"，《全唐诗》校："一作辱"。"少"，韩集旧钞本、汲古阁本、麟后山房刻本、吴校本均作"薄"，吴校本下校："一作少"，《全唐诗》校："一作薄"。按：作"辱"，作"薄"均非是。

⑥赏心违:意谓违离赏心乐事。赏心,心意欢乐。违,离开;离别。

⑦一名:谓科第功名。名,功业;功名。所系:谓关系到。

⑧息机:息灭机心。杜甫《将赴成都草堂途中有作先寄严郑公》诗之五:"侧身天地更怀古,回首风尘甘息机。"

【汇评】

黯然销魂。(陆次云辑《五朝诗善鸣集》)

此疑偓然依王审知时所作。首句避地淹留他乡已自悲矣,况逢寒食令节,安得不沾衣乎?斯时也,人愁坐于孤馆,花乱飞于空园,而身遭困辱,知己亦应凉薄;时际艰危,赏心复与相违。今为虚名所系而有无穷之事,岂敢向当年而便息于事机乎?盖食人之禄当忧人之忧,自有所不能忘情也。(钱牧斋、何义门《评注唐诗鼓吹》)

此避地竟不知何事,总是窜伏既久,急不得出,因触佳节,滴泪为诗也。一、二"已自"、"况逢",曲折写出。三、四"人愁坐",悲在一"坐"字;"花乱飞",悲在一"乱"字。言天步方艰,那容闲坐!寸阴是宝,奈何急驰!写一日、二日关系无数失得,人却走入更不得出头之处,真欲血泪迸流也(首四句下)。五、六,转笔。然则我今日之哭,自为避地,初不为寒食也。不然,而世有息机之人,静对众芳,闲观零落,尽委大化,我岂不能!无奈一时大事,尽属此身;况在青年,胡不戮力?固不能与早眠晏起、饱馀徐行老翁,较量"赏心"二字也(末四句下)。(金圣叹《贯华堂选批唐才子诗》)

闲放不拘束,然非草草。(徐元梦等编《历代诗发》)

此谓己之进退,系唐室安危也。(吴汝纶于《韩翰林集》)

末句谓一己的进退,关系唐室安危之局。"斜日空园花乱飞"句,不减李商隐"高阁客竟去,小园花乱飞"一诗。(苏仲翔《晚唐四家诗合论》)

山　驿①

参差西北数行雁②,寥落东方几片云③。迭石小松张水部④,暗山寒雨李将军⑤。秋花粉黛宜无味⑥,独鸟笙簧称静闻⑦。潇洒襟怀遗世虑⑧,驿楼红叶自纷纷。

【题解】

作年难于确考。《韩偓诗注》亦云"写作年代不详",然推测谓"细玩诗意,特别是诗中提到'遗世虑',应是晚年赋闲之作。"此推测恐未必。盖细味全诗,尤其是"潇洒襟怀遗世虑"之句,诗乃颇为欣赏其所见山驿周围景致。诗中之"迭石小松"句至"独鸟笙簧"句即描述此令人欣赏之景致;而"潇洒襟怀"末两句,正抒发其观赏沉醉于如世外仙境般山水景致后之洒脱情怀。此种情怀,并非老年看破红尘后欲遁世隐逸之念,而是沉醉于美好景致后之超脱与愉悦感。故此种情感,似非晚年遭贬官流寓中之诗人所怀有,相反,乃是其未仕前离家外游时之情怀。如参之下一首《早发蓝关》诗,其节候、环境颇有相关处,则两首诗或其未及第前之作。

【校注】

①山驿:山中驿站。

②参差:不齐貌。

③"方",吴校本作"南",下校:"一作方"。按:作"南"较佳,东南对前句之"西北"。寥落:稀疏;稀少。

④"迭石"句:谓眼见所见到的景色,有如张藻所绘之"迭石小松"画之场景。张水部,指唐代山水画家张藻。事迹见《历代名画记》卷十、《唐朝名画录·神品下》、《图画见闻志》卷五。现存载籍记其任祠部员外郎,而未见其任水部。或谓张水部指唐水部员外郎张籍,然张籍唯有《盘石碨》诗"垒石盘空远"、《忆故州》诗"垒石为山伴野夫"句,未见专咏"迭石小松"之诗或画。

⑤"暗山"句:谓眼前之"暗山寒雨"景色,有如李思训将军所绘之山水画般。李将军,指唐代画家李思训。事迹见《唐朝名画录·神品下》、《新唐书·宗室传》。

⑥"秋花"句:意谓秋天的花朵如涂脂抹粉似的艳丽,然而此时该没有香味。粉黛,傅面的白粉和画眉的黛墨,均为化妆用品。

⑦"独鸟"句:意谓独鸟鸣声如笙簧般动听,其鸣声正宜在静谧中听取。

笙簧，本指笙。簧，笙中之簧片。此处用以比喻鸟声。称，相当；符合。此处亦即"宜"之意。静闻，在寂静中听取。

⑧"襟怀"，玉山樵人本、韩集旧钞本、统签本、麟后山房刻本均作"衿灵"，汲古阁本、吴校本均作"襟灵"，吴校本于"灵"字下校："一作怀"。按："衿灵"、"襟灵"均义同"襟怀"。潇洒：洒脱不拘、超逸绝俗貌。白居易《兰若寓居》："行止辄自由，甚觉身潇洒。"襟怀：胸怀；怀抱。世虑：俗念。遗世虑，遗忘世俗之念。

早发蓝关①

关门愁立候鸡鸣②，搜景驰魂入杳冥③。云外日随千里雁，山根霜共一潭星④。路盘暂见樵人火⑤，栈转时闻驿使铃⑥。自问辛勤缘底事⑦，半生驱马傍长亭⑧。

【题解】

吴汝纶于题下注："此亦癸亥年作"，认为作于天复三年（903）。《唐韩学士偓年谱》亦谓"《唐书》韩公本传称：'贬濮州司马，再贬荣懿尉，徙邓州。'鄙意公今年（按：指天复三年）二月被贬，虽曾即日就道，有《早发蓝关》一诗可证"。《韩偓诗注》亦从之，谓"作于唐昭宗天复三年。诗中写到蓝关，是被贬出京赴任时所作。"按：谓此诗天复三年被贬时经蓝关作恐非是。此诗末"自问辛勤缘底事，半生（年）驱马傍长亭"两句，恐非被贬出关时所作语。一者，所谓"自问辛勤缘底事"，当非被贬时之语，乃为寻觅功名时所发之感慨语；二者，其被贬乃自京城长安外贬，自长安抵蓝关，当不必"驱马傍长亭""半生（一作年）"之久。蓝关亦即蓝田关，在京兆府蓝田县南。据《元和郡县图志》卷一京兆府，蓝田县"东北至府八十里"，而"蓝田关，在县南九十里，即峣关也"。则自京城至蓝关凡一百七十里，最多乃三四天路程即可达，绝不必"半生（年）"之久矣。可见，此诗非天复三年被贬时所作。细味此诗，尤其后两句所云，盖未及第时外出觅功名时之作。咸通十二年

(871)八月或稍前,韩偓曾离家首途游江南久之,其时年三十,正是壮年。此诗疑即约咸通十二年秋离家往江南出蓝关之作。

此诗描述清晨等候蓝关开启,将继续行程之情景与感慨。首二句写焦急等候关门开启之情态;中四句写此程途中所经历之具体艰辛情景;末二句则抒发为何要如此辛苦行程之感慨。谓"愁立"而"候鸡鸣";"驰魂入杳冥"而"搜景",皆是焦急等待期盼之情态。清纪昀谓"三、四费解",今试为解之。"云外日随千里雁",谓每日均伴随着高飞于云外之"千里雁"而奔波也;"山根霜共一潭星",谓行程中,每赶在山潭中尚倒映着晨星之清晨,披着晨霜,沿着山脚下之小路而急急赶路也。两句皆是描述行程中之景色情景,亦皆表现行程之"辛勤",故有诗末"自问辛勤"两句为结。

【校注】

①蓝关:即蓝田关,关名。即秦之峣关,在今陕西蓝田东南。《太平寰宇记》卷二十六:"蓝田关,即秦之峣关也,在县东南九十八里。"

②"关",韩集旧钞本、《全唐诗》、麟后山房刻本、吴校本均校:"一作闭"。《瀛奎律髓》卷十四作"闭"。按:应作"关","闭"当是"关"之形误。"候",《瀛奎律髓》卷十四作"待"。候鸡鸣:意为等候鸡鸣后关门开。《史记·孟尝君列传》:"夜半至函谷关……关法鸡鸣而出客。孟尝君恐追至,客之居下坐者有能为鸡鸣,而鸡齐鸣,遂发传出。"

③搜景:搜找亮光、日光。景,亮光;日光。驰魂:心魂飞驰。杳冥:指天空,高远之处。

④山根:山脚。一潭星:谓满潭水倒映着天上的颗颗晨星。

⑤"暂",《全唐诗》、吴校本均校:"一作偶"。按:《瀛奎律髓》卷十四作"偶"。路盘:谓山路盘绕。岑参《题铁门关楼》:"太乙连太白,两山知几重。路盘石门窄,匹马行才通。"

⑥栈转:谓栈道盘旋曲折。唐姚合《和门下李相饯西蜀相公》:"栈转旌摇水,崖高马蹄松。"驿使:传递公文、书信的人。杜甫《黄草》:"秦中驿使无消息,蜀道兵戈有是非。"

⑦缘底事:为了什么事。底事,什么事。赵翼《陔馀丛考·底》:"江南俗语,问何物曰底物,何事曰底事。唐以来已入诗词中。"杜牧《题桃花夫人

314

庙》:"至竟息亡缘底事,可怜金谷坠楼人。"

⑧"生",原作"年",《全唐诗》、吴校本均校:"一作生"。《瀛奎律髓》卷十四作"生"。韩偓家在京兆府,从离家到蓝关仅两三天即可达,何须"半年"之久?考韩偓生平,其"壮岁"曾有离家"局促为浮名"之游,故此诗即咏其时出蓝关之事,故"半年"应为"半生",今即据改。"傍",《瀛奎律髓》卷十四作"望"。

【汇评】

纪昀:三、四费解。(《瀛奎律髓汇评》卷十四晨朝类)

深　村①

　　甘向深村固不材②,犹胜摧折傍尘埃③。清宵玩月唯红叶,永日关门但绿苔④。幽院菊荒同寂寞,野桥僧去独裴回。隔篱农叟遥相贺,且喜今春膏雨来⑤。

【题解】

　　《韩偓诗注》谓"作于唐昭宗天祐元年",不知何据?细味此诗,似乃晚年寓居南安县之作。考韩偓有《余卧疾深村闻一二郎官今称继使闽越笑余迂古潜于异乡闻之因成此篇》诗,据前考乃作于后梁太祖乾化二年(912)。诗题中亦有"深村"一词,此"深村"即指南安县杏田乡。又诗中有"雾豹只忧无石室,泥鳅唯要有洿池。不羞莽卓黄金印,却笑羲皇白接䍦"四句,与本诗首二句之寓意合,则本诗约为乾化二年(912)所作。中四句描述其深村孤寂索寞之生活情景,谓"唯红叶"、"但绿苔"、"同寂寞"、"独裴回",即可见此情景矣。尤可注意者乃首二句,从中可见诗人甘愿过着如此孤独寂寞之乡村生活,而不愿屈服于朱梁一朝之政治态度,其忠于李唐王朝,可谓矢志不移矣。

【校注】

　　①《全唐诗》题下校云:"末句缺四字"。

②"向",韩集旧钞本、统签本、汲古阁本、《全唐诗》、麟后山房刻本、吴校本均校:"一作老"。不材:不成材;无用。

③摧折:毁坏;折断。傍尘埃:借以比喻依傍如朱梁政权似的邪恶势力。傍,依附;依托。尘埃,喻指污秽之物。

④永日:长日,漫长的白天。

⑤"且喜今春",此四字诸本原缺。陈继龙《韩偓诗注》据清初抄本(佚名校,朱学勤跋)补此诗空缺四字为"且喜今春",今据补。又文渊阁《四库全书·韩内翰别集》此四字作"伫看芳田",陈尚君《全唐诗补编·全唐诗续拾遗》卷四十七亦重录末句此四字为"伫看芳田",可参。膏雨:滋润作物的雨水。

重游曲江①

追寻前事立江汀②,渔者应闻太息声③。避客野鸥如有感,损花微雪似无情。疏林自觉长堤在,春水空连古岸平。惆怅引人还到夜,鞭鞘风冷柳烟轻④。

【题解】

作年不详。《韩偓诗注》以为"似作于唐昭宗天复三年(903),是年初春,诗人随驾自凤翔返回长安,重游曲江,有抚今追昔之慨。"后其《韩偓事迹考略》改云:"从这一首《重游曲江》诗伤悼身世的情调与意趣来看,当写于科场连遭蹭蹬之际。"按:后说可参,然谓因"科场连遭蹭蹬"事而有此诗之"情调与意趣"则恐未必。盖寻味全诗,诗人重游曲江乃兴"太息"、"惆怅"之情,而之所以有此情绪,大致原因有二:一者乃曲江风光如旧而人事已非,如"疏林自觉长堤在,春水空连古岸平",故不禁起抚今追昔之慨;尤其是其二,即"追寻前事"而引起之感慨。然此"前事"为何,则难于确定。《韩偓诗注》所说诗人天复三年初春之重游曲江,其事或有之,然此前多年诗人即在长安,其时亦可重游曲江,固不必直至天复三年而重游赋此诗矣。

寻味此诗意趣,疑作于龙纪元年及第之前某一年。曲江,即曲江池。在今陕西西安东南。秦为宜春苑,汉为乐游原,有河水水流曲折,故称。隋文帝以曲名不正,更名芙蓉园。唐复名曲江。开元中更加疏凿,为都人中和、上巳等盛节游赏胜地。

陈沆《诗比兴笺》卷四谓"韩偓《落花》诗曰……此伤朱温将篡唐而作。……其他如《重游曲江》之'避客野鸥如有感,损花微雪似无情'……皆与《落花》《宫柳》诗同旨。晚唐诗惟偓足以嗣响义山。"《韩偓诗注》释"追寻前事立江汀"谓"前事,应该包括昭宗反正、被劫凤翔又重回长安等重大事件。"按:两者均以为此诗作于唐昭宗朝经乱之后时,故有上述之说。然所说恐未必,盖细味诗意,引起诗人太息、惆怅之"前事",乃其上次游曲江所发生者。曲江为著名风景游览区,而非如长安宫廷之政治舞台,则此涉及其自身以致引发重游兴慨之"前事",属于个人所经之情事,而非朝政动乱之事。细察此诗写景抒情诸诗句、诗语,如"损花微雪"、"自觉长堤在"、"空连古岸",若"惆怅"、"还到夜"、"鞭鞘风冷柳烟轻"等,皆不类为政治动乱之惨痛而发者,颇疑此"前事",乃涉及诗人年轻时儿女情事。

【校注】

①"游",《全唐诗》、吴校本均校:"一作过"。

②江汀:江边平地。

③太息:大声长叹,深深地叹息。

④鞭鞘:鞭子末端的软性细长物,常以皮条或丝为之。亦借指鞭子。《太平御览》卷三五九引刘义庆《幽明录》:"(韩咎)还营下马,觉鞭重,见有绿锦囊,中有短卷书,著鞭鞘,皆不知所从来。"柳烟:柳树枝叶茂密似笼烟雾,因以为称。杜牧《汴人舟行答张祜》:"春风野岸名花发,一道帆墙画柳烟。"

【汇评】

三四即所"追寻"之前事也。客何足避,而鸥必避;花何堪损,而雪必损。然则客之不能损鸥,此其理可悟。而花之不能避雪,此其事真可哀也。"应闻太息",妙,妙! 愧亦有,悔亦有,感亦有,悟亦有。盖"渔者"二字,便作珠玉在前用矣。此写"立江汀"三字也。"自觉"妙,如云心凝有路然。

"空连"妙，如云实无动步处。如此，便应掉臂从渔者去耳，乃风冷烟轻，还又相引，人于熟处，真是难割，写来胡可胜叹也。（金圣叹《贯华堂选批唐才子诗》）

韩偓《落花》诗曰……此伤朱温将篡唐而作。次联言君民之东迁，诸王之见害也。三联望李克用之勤王，痛韩建之逆主也。结末沉痛，意更显然。偓集又有《宫柳》诗云：……此诗以宫柳自比，而忧全忠之见妒，末则言草野尚有贤者，恨不能荐之于朝，以为己助也。其他如《重游曲江》之"避客野鸥如有感，损花微雪似无情"；《夏日召对》云："坐久忽疑槎犯斗，归来兼恐海生桑"；《中秋禁直》云："长卿只为长门赋，未识君臣际会难"，皆与《落花》《宫柳》诗同旨。晚唐诗惟偓足以嗣响义山。（陈沆《诗比兴笺》卷四）

三　月

辛夷才谢小桃发①，蹋青过后寒食前②。四时最好是三月，一去不回唯少年。吴国地遥江接海③，汉陵魂断草连天④。新愁旧恨真无奈⑤，须就邻家瓮底眠⑥。

【题解】

此诗乃晚年流寓闽地，逢春三月，有所触怀而兴咏，作年难于确考。首二句乃具体写春三月之美好节候风物与人事活动，实即"四时最好是三月"之具体写照。"一去"句乃陡转，引出如春三月之少年时代已一去不回，令人无限感伤怅惘。五、六句乃如金圣叹所云"即新愁旧恨也。地遥海接、碑断草连，并不明言愁恨是何事，然其为愁、为恨，亦已约略可知也。"末二句则新仇旧恨满怀之意。此"真无奈"之"新仇旧恨"到底为何，颇令人寻味而不易得确解，然恐与"四时最好是三月，一去不回唯少年"有关。黄世中《韩偓其人及"香奁诗"本事考索》谓"考《集》中'三月诗'亦皆寓恋情，共有十首。如《江楼》云：'杨柳酒旗三月春'、'争奈多情是病身'，《春尽日》云：'年年三月病恹恹'，《六言》云：'一灯前雨落夜，三月尽草青时。半寒半暖正好,花开花谢相思',《惜春》云:'一夜雨声三月尽,万般人事五更头',《伤春》云:'三月光景不忍看',《流年》云:'三月伤心仍晦日'。更有以《三月》为题者,诗云:'辛夷才谢小桃发,蹋青过后寒食前。四时最好是三月,一去不回唯少年'。作者把'三月''寒食'与自己的青春年华联系在一起,而极叹流年一去不复返! 不难看出,若'寒食'、'三月'与作者心中的感情了无关缘,又何必每为之感慨呢?"此说不无道理。

【校注】

①辛夷:植物名。指辛夷树或它的花。此处指辛夷花。辛夷树属木兰科,落叶乔木,高数丈,木有香气。花初出枝头,苞长半寸,而尖锐俨如笔头,因而俗称木笔。及开则似莲花而小如盏,紫苞红焰,作莲及兰花香,亦有白色者,人又呼为玉兰。今多以"辛夷"为木兰的别称。《楚辞·九歌·湘夫人》:"桂栋兮兰橑,辛夷楣兮药房。"洪兴祖补注:"《本草》云:辛夷,树大连合抱,高数仞。此花初发如笔,北人呼为木笔。其花最早,南人呼为迎春。"

②蹋青:即蹋青节。唐时一般在农历二月二日。此日,人们多到郊外踏青游览。《岁华纪丽谱》:"二月二日蹋青节,初郡人游赏,散在四郊。"寒食:春天节日名。在清明前一日或二日。

③吴国:这里借指闽地。

④汉陵:汉代帝王的陵园。此处代指关中长安地区。

⑤"真",《全唐诗》、吴校本均校:"一作知"。《唐诗鼓吹》卷二、《石仓历代诗选》卷九十六均作"知"。

⑥"须就"句:《晋书·毕卓传》:"毕卓字茂世,新蔡鲖阳人也。……卓少希放达,为胡母辅之所知。太兴末为吏部郎,常饮酒废职。比舍郎酿熟,卓因醉,夜至其瓮间盗饮之,为掌酒者所缚。明旦视之,乃毕吏部也,遽释其缚。卓遂引主人宴于瓮侧,致醉而去。"又《世说新语·容止》:"阮公(籍)邻家妇有美色,当垆酤酒。阮与王安丰常从妇饮酒,阮醉便眠其妇侧。夫始殊疑之,伺察终无他意。"

【汇评】

斯时吴国春涛,江流接海;汉陵残魄,草色连天。富贵勋名渺不可及,而况少年耶！因推今古之事，新仇旧恨，莫可捐除，须就邻家瓮底以遣怀抱耳！此言自得达人之致。(钱牧斋、何义门《评注唐诗鼓吹》)

某花谢，某花发，某日后，某日前，便如射覆著语相似，早令"三月"跳脱而出。遽读"四时最好"四字，只道通篇作快活语，不图其四之斗地直落下去，使读者声泪俱尽也(首四句下)。五、六，即新愁旧恨。地遥海接、碑断草连，并不明言愁恨是何事，然其为愁、为恨，亦已约略可知也。万无可奈，而欲学步兵醉眠，呜呼，悫矣！(金圣叹《贯华堂选批唐才子诗》)

二句(按指"四时最好"一联)十四字，觉他人连篇累牍，书之不尽，经营惨淡，对之不工者，此却轻轻一跌一落，自成绝好议论、绝好文章，诚为快意之笔。(元好问编，郝天挺注《唐诗鼓吹笺注》)

韩偓《暴雨》："雷尾烧黑云，雨脚飞银线"，奇句也。余所最爱者"四时最好是三月，一去不回惟少年"，寻常意人却未道。至"岸头柳色春将尽，船背雨声天欲明"、"窗里日光飞野马，案头筠管长蒲芦"，皆有寄托，不得以常语目之。(彭端淑《雪夜诗谈》卷中)

"四时最好是三月，一去不回唯少年"、"一夜雨声三月尽，万般人事五更头"、"故人每忆心先见，新酒偷尝手自开"、"人泊孤舟青草岸，鸟鸣高树夕阳村"，为致尧集中佳句。(余成教《石园诗话》)

秋谷曰：风味引人入胜。(复旦大学图书馆藏《唐音统签》本眉批)

秋　村

稻垄蓼红沟水清[①]，荻园叶白秋日明[②]。空坡路细见骑过，远田人静闻水行。柴门狼藉牛羊气[③]，竹坞幽深鸡犬声[④]。绝粒看经香一炷[⑤]，心知无事即长生。

【题解】

《韩偓诗注》谓"作于晚年隐居闽地时。"所说可参。此诗描画秋日村野景象，诚如《五朝诗善鸣集》所评"纯是柴桑集内一片菁华"；亦如谭元春所云:"绪孤途险,晚唐人不如此不能妙。又云:'行'字跟'闻'字妙。"它如"柴门狼藉牛羊气,竹坞幽深鸡犬声"两句,山村景象历历如画,诚是致尧诗中写景佳句。

【校注】

①稻垄:稻田边的田埂。垄,田埂,田间稍稍高起的小路。蓼红:蓼花成一片红色。蓼,植物名。为一年生或多年生草本。有水蓼、红蓼、刺蓼等。味辛,又名辛菜,可作调味用。

②荻园:长着荻草的园子。荻,多年生草本植物,与芦同类。生长在水边。根茎都有节似竹,叶抱茎生,秋天生紫色或白色、草黄色花穗,茎可以编席箔。

③狼藉:纵横散乱貌。

④竹坞:竹林茂盛的山坞。

⑤绝粒:犹辟谷。道家以摒除火食,不进五谷求得延年益寿的修养术。经:指道家之经书,如《南华经》之属。香一炷:一根香。一炷,一根。唐司空图《青龙师安上人》:"清香一炷知师意,应为昭陵惜老臣。"

【汇评】

锺惺云:清奥孤迥,结响最高。又云:真闻道之言(末句下)。谭元春云:绪孤途险,晚唐人不如此不能妙。又云:"行"字跟"闻"字妙("远田人静"句下)。(锺惺、谭元春辑《唐诗归》卷三十六晚唐四)

周珽曰:《秋村》一首,结响最高,固晚唐佳品。(周珽《唐诗选脉会通评林·晚七律》)

纯是柴桑集内一片菁华。(陆次云辑《五朝诗善鸣集》)

残　花

　　馀霞残雪几多在①,蔫香冶态犹无穷②。黄昏月下惆怅白,清明雨后寥猇红③。树底草齐千片净④,墙头风急数枝空。西园此日伤心处⑤,一曲高歌水向东。

作年不详。《韩偓诗注》注释诗中"西园"谓"在湖北省武昌县西"。又谓末句之"水向东"之水"是指长江",且引《资治通鉴·梁简文帝大宝元年》:'辛酉,纶集其麾下于西园。'"据此谓此诗"作于唐昭宗天复三年（903），是年诗人在湖北"。按:此说不可信。韩偓有《出官经硖石县》诗,题下小注云:"天复三年二月二十二日",是诗乃其贬官濮州司马经硖石县而作。今本诗有"清明雨后"句,知其时在三月初清明稍后。则此时上距经硖石县之二月二十二日仅仅约十余日。如《韩偓诗注》所说此"西园"指天复三年诗人所经武昌县西之西园,则诗人从硖石县至武昌,其时间必在十余日,半个月内,然两地距离辽远,半月内恐不能到达,此其一。再则,诗人经硖石县此行,乃在贬濮州司马途中。唐制对贬降官员有严格规定,如《唐会要》卷四十一《左降官及流人》载:"天宝五载七月六日敕,应流贬之人,皆负谴罪。如闻在路多作逗遛,郡县阿容,许其停滞。自今以后,左降官量情状稍重者,日驰十驿以上赴任。流人押领,纲典画时,递相分付。如更因循,所由官当别有处分。"又"元和十二年四月敕,应左降官流人,不得补职,及流连宴会,如擅离州县,具名闻奏。"据此,其时韩偓亦断无不继续赶赴濮州贬所,而忽然私下转道南下武昌之可能。故谓此诗乃天复三年所作,未谛。且此西园,也未必即武昌之西园。诗词中之西园多见,亦多有不指武昌之西园者,不必强指为武昌之西园。

此诗描写晚春残花凋落情形,寓伤其萎落之无奈情感。前六句皆状残花及其陨落之情态,末二句则抒发诗人伤悼之情。首二句既伤花又惜花也,故有"几多在"、"犹无穷"之叹惋。"惆怅白"、"寥梢红",亦既写花,又含蓄伤花之意。故至第七句,则直接写出其"伤心"也。

【校注】

①馀霞残雪:比喻残花有的红如馀霞,有的白若残雪。

②蔫香:即蔫花,指已不鲜艳之花朵。蔫,花草枯萎;颜色不鲜艳。韩偓《春尽日》:"树头初日照西檐,树底蔫花夜雨沾。"冶态:艳丽之姿态。冶,艳丽;妖媚。

③"猜",玉山樵人本、统签本均作"稍",《全唐诗》、吴校本均校:"一作稍"。寥猜:亦作寥稍、寥梢,意为稀少。温庭筠《寒食日作》:"彩索平时墙婉娩,轻球落处晚(一作花)寥梢。"

④"净",汲古阁本作"静"。按:诸本均作"净","静"恐与"净"同音而误。

⑤西园:西园作为园林名,在韩偓之前有数处,如其一,乃汉上林苑之别名。其二,在河南临漳邺县旧治北,传为曹操所建。其三,在湖北武昌西。《资治通鉴·梁简文帝大宝元年》:"辛酉,纶集其麾下于西园。"本诗之西园,亦有可能非如上述之专有园林名。西园又多见挽歌、哀悼词中,用以指陵园者。本诗"西园此日伤心处"当亦指此。

夜　船

野云低迷烟苍苍①,平波挥目如凝霜②。月明船上帘幕卷,露重岸头花木香。村远夜深无火烛,江寒坐久换衣裳。诚知不觉天将曙,几簇青山雁一行③。

【题解】

作年不详。《韩偓诗注》谓"作于唐昭宗天复三年(903)",然未言何据。其《韩偓事迹考略·韩偓生平简表》于天复三年谓"再贬荣懿尉,自濮州赴荣懿县。到达汉口,接朝廷改徙邓州司马的旨令,遂沿汉水赴邓州,作《过汉口》、《汉江行次》二诗。至岳州,仲秋,有《洞庭玩月》诗。"据此,其编《夜船》诗于天复三年,盖认为此诗作于此行中。按:此说恐不可信。《汉江行次》诗有"竹园相接春波暖",《过汉口》诗亦有"年年春浪来巫峡"句,节候在春季。则如何至岳州,反而在同年之"仲秋"?而《夜船》诗有"露重岸头花木香"句,又有"江寒"、"雁一行",显然为秋中节候,与所说天复三年之《汉江行次》之行当不在同一行程中。且韩偓亦不仅是年方有江行事,故难于定此诗必为本年所作也。

诗写夜里行船,一夜所见江中两岸景象。前六句一句写岸上,一句写江中景色,移位换景,视野远近交错,故江边、江中风光景色均收眼底,历历可见。时间则不断推移,由"野云低迷烟苍苍"之傍晚而"月明",再而"夜深",移至"不觉天将曙"之即将拂晓,因而见"几簇青山雁一行",故云乃写一夜行船之所见也。则诗人一夜未眠可见,故有"江寒坐久换衣裳"之句。

【校注】

①低迷:迷离,迷蒙。

②平波:平静无波之江水。挥目:犹纵目。

③簇:丛聚貌。

伤 春①

三月光景不忍看②,五陵春色何摧残③。穷途得志反惆怅④,饮席话旧多阑珊⑤。中酒向阳成美睡⑥,惜花冲雨觉伤寒⑦。野棠飞尽蒲根暖,寂寞南溪倚钓竿⑧。

【题解】

作年不详。《韩偓诗注》以为"作于唐昭宣帝天祐三年(906)",所说未知何所据,恐不可信。据诗中"五陵春色何摧残"、"穷途得志反惆怅"、"寂寞南溪倚钓竿"等句,乃非作于贬后天祐三年在南方时,而似作于尚未仕在京兆时,至其确年则未能考详也。

诗题为《伤春》,细味诗意,不仅为伤春,恐亦另有感伤者。其第三句"穷途得志反惆怅",不知"得志"谓何事?黄世中《韩偓其人及"香奁诗"本事考索》以为"考《集》中'三月诗'亦皆寓恋情,共有十首。如……《惜春》云:'一夜雨声三月尽,万般人事五更头',《伤春》云:'三月光景不忍看'……作者把'三月''寒食'与自己的青春年华联系在一起,而极叹流年一去不复返!不难看出,若'寒食'、'三月'与作者心中的感情了无关缘,又何必每为之感慨呢?"可备一说,聊供参考。

【校注】

①伤春：因春天到来而引起感伤。

②"光景"，统签本、《全唐诗》、吴校本均校："一作春光"。光景：风光；景象。

③五陵：原为长陵、安陵、阳陵、茂陵、平陵五陵的合称。均在渭水北岸今陕西咸阳附近，为西汉五个皇帝陵墓所在地。因地近长安，故多以五陵代指长安地区，此处即为此意。

④穷途：绝路。比喻处于极为困苦的境地。

⑤"饮席"句：阑珊，衰减；消沉。白居易《咏怀》："白发满头归得也，诗情酒兴渐阑珊。"

⑥中酒：醉酒。张华《博物志》卷九："人中酒不解，治之以汤，自渍即愈。"

⑦"伤"，《全唐诗》、吴校本均校："一作轻"。冲雨：冒雨。韩偓《即目》："须信闲人有忙事，早来冲雨觅渔师。"

⑧南溪：韩偓《归紫阁下》诗有"钓矶自别经秋雨，长得莓苔更几重"句，《汉江行次》诗亦谓"竹园相接春波暖，痛忆家乡旧钓矶"，则诗人在长安故居有钓矶。此诗"寂寞南溪倚钓竿"之"南溪"，指其长安故居钓矶处之南溪。

【汇评】

吴体。（《唐音统签》本此诗题下评）

归紫阁下①

一笈携归紫阁峰②，马蹄闲慢水溶溶③。黄昏后见山田火，胧朣时闻县郭钟④。瘦竹迸生僧坐石⑤，野藤缠杀鹤翘松⑥。钓矶自别经秋雨⑦，长得莓苔更几重。

【题解】

《韩偓简谱》系于唐昭宗景福元年(892),谓"此诗疑在都服官不称意而归终南山。其诗极闲适,其时都城稍安,郎官得以从容也"。《韩偓诗注》则以为"作于唐僖宗光启年间(885－887)。细玩诗味,当作于诗人考取功名之前。"据诗意,似作于及第前某年出游经年后归紫阁居处时,至其确年则未能考知。

此诗乃负笈出游经年,归紫阁居处之作,故诗句多描述归途近紫阁时所历所见。"一笈携归",乃知外出时乃负笈而出,盖为觅功名也。"瘦竹迸生",知归时乃春日也,故竹逢春而迸生。"钓矶自别经秋雨",则知离家时在去年秋前,而归时在春日也。诗题谓"归紫阁",则诗人故居在鄠县之紫阁峰下也。

【校注】

①紫阁,即紫阁峰,在陕西鄠县东南。

②笈:盛器。多竹、藤编织,常用以放置书籍、衣巾、药物等。此处指书箱。

③"慢",汲古阁本作"漫"。按:诸本均作"慢","漫"盖与"慢"同音而误。闲慢:此处意为清闲而无足轻重者。水溶溶:水流盛大貌。

④朦朣:若明若暗貌。县郭钟:县城外之钟声。

⑤迸生:谓猛然间长出来。

⑥缠杀:即死缠,谓缠绕得很紧。杀,副词。用在谓语后面,表示程度之深。《古诗十九首·去者日以疏》:"白杨多悲风,萧萧愁杀人。"鹤翘松:谓鹤于松枝上翘足而立。

⑦钓矶:钓鱼时坐的岩石。

夜　坐

天似空江星似波①,时时珠露滴圆荷。平生踪迹慕真隐②,此夕襟怀深自多③。格是厌厌饶酒病④,终须的的学渔歌⑤。无名无位堪休去⑥，犹拟朝衣换钓蓑⑦。

【题解】

《韩偓诗注》谓"作于后梁太祖开平四年(910)"，然未言何据，故难于凭信。考此诗有"无名无位堪休去，犹拟朝衣换钓蓑"句。天祐二年九月，韩偓初闻复官，时有《乙丑岁九月在萧滩镇驻泊两月忽得商马杨迢员外书贺余复除戎曹依旧承旨还缄后因书四十字》诗，则此时韩偓乃本可谓"无名无位"，然朝廷此时有复官之诏，亦可谓恢复旧职，然诗人又不拟赴任，故既可称"无名无位"，又能称"犹拟朝衣换钓蓑"。其《乙丑岁九月……》诗谓"旅寓在江郊，秋风正寂寥。紫泥虚宠奖，白发已渔樵。……若为将朽质，犹拟杖于朝"；第二首又云："又挂朝衣一自惊，始知天意重推诚。……宦途巉崄终难测，稳泊渔舟隐姓名。"与本诗诗意节候同，故疑此诗亦约作于天祐二年(905)九月得知朝廷下诏复官时。

此为初得复官消息，夜坐而思考去就之诗。首二句写秋夜时节："星似波"，夜也；"珠露滴圆荷"，秋候也。三、四一写平生之慕隐逸，一谓此夜情怀感触尤多。之所以如此情怀百感交集，乃身在去就之关口也。后四句乃写去意已决，抒发去官休隐之决心。

【校注】

①"天似"句：谓天空明净开阔，有若辽阔的江面；星星似点点的细波。

②踪迹：交往；来往。韩愈《顺宗实录》卷五："交游踪迹诡秘，莫有知其端者。"

③襟怀：胸怀、怀抱。此处指胸中之感触、情感。深自多：即甚多。

④格是：已是。白居易《听夜筝有感》："如今格是头成雪，弹到天明亦任君。"厌厌：精神不振貌，形容病态。韩偓《春尽日》："把酒送春惆怅在，年年三月病厌厌。"饶：众多，多。

⑤的的：真实；确实。唐赵氏《夫下第》："良人的的有奇才，何事年年被放回？"

⑥无名无位：谓没有名分也没有职位。韩偓被贬官后，此时又已自弃官，故称。堪休去：谓可以隐逸而去。

⑦"犹拟"句:意谓还打算去掉官职而换上渔翁的蓑衣。可能此时朝廷召韩偓复官,而诗人辞而不往,故云。

午梦曲江兄弟①

　　长夏居闲门不开②,绕门青草绝尘埃③。空庭日午独眠觉,旅梦天涯相见回④。鬓向此时应有雪⑤,心从别处即成灰⑥。如何水陆三千里,几月书邮始一来⑦。

【题解】

　　此诗原题作"午寝梦江外兄弟"。"寝",玉山樵人本、统签本、《唐诗鼓吹》卷二均作"睡"。《韩偓诗注》谓"作于唐昭宗天复三年(903)。江外,长江外。诗人时在汉口,诗人兄弟韩仪在长安,长安在长江以北,故说江外。"按:所释"江外"云云恐未谛,谓作于天复三年亦难有确证。此诗写夏日闲居思念兄弟,以致午睡成梦也。钱牧斋、何义门《评注唐诗鼓吹》颇可参读。

【校注】

　　①此诗诗题《全唐诗》、吴校本均校:"一作午梦曲江兄弟"。按:"江外"指长江以南地区,诗为韩偓诗,据诗中所言,知其时韩偓在"三千里"外怀念其兄韩仪,而韩仪当在长安,非在"江外",故诗题应据《全唐诗》所校作"午梦曲江兄弟"为是。今即据改。

　　②长夏:指阴历六月。亦指夏日。因其白昼较长,故称。

　　③"草",《全唐诗》、吴校本均校:"一作莄"。按:《唐诗鼓吹》卷二作"莄"。绝尘埃:谓无人到访也。

　　④旅梦:旅人思乡之梦。

　　⑤向:介词。表示动作的起点。犹从:由。向此时:从此时。

　　⑥"别",《全唐诗》、吴校本均校:"一作到"。按:《唐诗鼓吹》卷二作"到"。

　　⑦书邮:指信札。

【汇评】

作此等题者,必先写思念,后入午梦矣。此独从闲居写入午梦,反从梦觉转到想念,又从想念落到书邮,其笔法之妙,相去无算,须细读之。(元好问编,郝天挺注《唐诗鼓吹笺注》)

韩偓,字致尧,别集一卷,实本集也。以其有《香奁集》,故反名别集。然其语多浅俗,入录者甚少。七言律如"无奈离肠"、"长日居闲"、"惜春连日"三篇,气韵亦胜"星斗疏明"一篇,声亦宣朗。(许学夷《诗源辩体》卷三十二)

首言长夏时闭门闲居,绕门青槿,绝少尘埃。时午睡梦中若或相见而嘉会未卜,良可叹也。乃吾思君之至发已生雪,心亦成灰,庶几音书时至有以慰我,何以水陆三千,几月之久始得一书哉!(钱牧斋、何义门《评注唐诗鼓吹》)

既言门不开矣,又言青草绕门,此便是写梦痴笔也。亦想亦因,自颠自倒,千里跬步,十年一刻,旁人见是独眠始觉,我自省是相见乍回,视门不开,视草无迹,真成一笑,却又欲哭矣(首四句下)。向此时,是顺写梦后。从别后,是逆写梦前。从梦后斗地逆转到梦前,言此梦实有因缘,不是无端之事也。(金圣叹《贯华堂选批唐才子诗》)

结语似与上不相应,然仍从上意出。盖因得书而有梦耳,偏作低回怅怏之词,与五六犹为意味亲切。(毛张健辑《唐体肤诠》)

(朱东岩)又曰:唐人三四多用侧卸而下,最是好手。如许浑《灞上逢元九》"何人更结王生袜,此客空弹贡禹冠"是也。他如杨巨源《古意赠王常侍》"组细常在佳人手,刀尺空劳寒女心"。又《赠张将军》"知爱鲁连归海上,肯令王剪在频阳"。如李商隐《筹笔驿》"徒令上将挥神笔,终见降王走传车"。如杜牧《登高》"尘世难逢开口笑,菊花须插满头归"。如赵嘏《东望》"两见梅花归不得,每逢寒食一潸然"。如崔涂《鹦鹉洲》"曹公尚不能容物,黄祖何因反爱才"。如韩偓《午睡梦江外兄弟》"空庭日午独眠觉,旅梦天涯相见回"。曹松《南海旅次》"为客正当无雁处,故园谁道有书来",皆唐人名句,此法不可不知。(蔡钧《诗法指南》卷二)

曲江夜思

鼓声将绝月斜痕①,园外闲坊半掩门②。池里红莲凝白露③,苑中青草伴黄昏。林塘阒寂偏宜夜④,烟火稀疏便似村。大抵世间幽独景⑤,最关诗思与离魂⑥。

【题解】

《韩偓简谱》于景福二年(893)系此诗,谓"《曲江夜思》七律(此诗不知年份,始定于此年,过此即无此闲暇矣)。"《韩偓诗注》谓"作于唐昭宗天复三年(903)初。"按:此诗作年难以确考,前两说均无确实根据,不可信。此处谓作于天复三年初虽未言何据,然考其前亦定《重游曲江》于此年,谓"似作于唐昭宗天复三年,是年初春,诗人随驾自凤翔返回长安,重游曲江,有抚今追昔之慨。"其说亦不可信(详此前此诗下注释)。又,本诗有"池里红莲凝白露"句,乃为夏秋时节,与所说的初春节候亦不符。

此咏曲江夜景,抒写情思之作。首句即写"夜"与"思",谓"鼓声将绝"而"月斜痕",则时已初入夜,见月痕,不但是夜,亦引人离思耳。以下诸句则描写曲江"阒寂""幽独"而不无冷落之景,逼出后两句触景生情之感怀。

【校注】

①鼓声:此指黄昏时报时之鼓声,即晨钟暮鼓之鼓。鼓,鼓楼晚间报时的鼓声。

②"坊",汲古阁本作"芳"。按:诸本均作"坊","芳"乃"坊"之讹。坊:城市居民聚居地的名称,与街市里巷相类似。唐时长安居民以坊为居住群落,盛唐时长安凡一百零九坊。

③"凝",玉山樵人本、韩集旧钞本、统签本、麟后山房刻本均作"迎",《全唐诗》、吴校本均校:"一作迎"。

④林塘:树林池塘。阒寂:亦作"闃寂"。静寂;宁静。

⑤"抵",汲古阁本作"底"。按:"大底"即"大抵"。幽独景:指静寂幽僻

的景色。

⑥诗思:作诗的思路、情致。离魂:指游子的思绪。

过 汉 口①

浊世清名一概休②,古今翻覆剩堪愁③。年年春浪来巫
峡④,日日残阳过沔州⑤。居杂商徒偏富庶⑥,地多词客自风
流。联翩半世腾腾过⑦,不在渔船即酒楼⑧。

【题解】

作于天复四年(即天祐元年)早春,详见《江行》诗提要。此诗乃贬官后
过汉口所作,故诗中多有遭逢世乱,清名遭污,岁月不居,老来无成之感慨
语,首末两联乃点题之句。陈伯海《韩偓生平及其诗作简论》谓韩偓善于写
景,"能够从景物画面中融入自己的身世之感,即景即情,浑然无迹迹",如
"'细水浮花归别浦,断云含雨入孤村'(《春尽》)、'年年春浪来巫峡,日日残
阳过沔州'(《过汉口》)、'人泊孤舟青草岸,鸟鸣高树夕阳村'(《避地》)、'三
春日日黄梅雨,孤客年年青草湖'(《赠湖南李思齐处士》),都在写景中渗入
寥落的身世和凄苦的情怀,读来情味隽永,扣人心弦。"所评甚是。

【校注】

①汉口:地名,在今武汉。因地当汉水入长江之口,故名。古名汉皋,
一称夏口,也称沔口。

②浊世:混乱的时世。清名:清美的声誉。

③剩:真;唯。

④巫峡:长江三峡之一。一称大峡。西起四川巫山大溪,东至湖北巴
东官渡口。因巫山得名。两岸绝壁,船行极险。

⑤沔州:唐武德四年(621)置,治所在汉阳县,即今湖北武汉汉阳城区。
天宝初改为汉阳郡。乾元初复为沔州。辖境约当今湖北武汉汉阳区、蔡甸
区以及汉川等地。宝应二年(763)以安州孝昌县(今孝感)来属,辖境扩大。

建中二年(781)废,四年(783)复置。宝历二年(826)废。

⑥商徒:商人。

⑦联翩:形容连续不断。腾腾:不停地翻腾滚动。韩偓《倚醉》:"抱柱立时风细细,绕廊行处思腾腾。"

⑧"渔船",韩集旧钞本、麟后山房刻本均作"鱼船"。按:"渔船"亦有作"鱼船"者,两者可通。

惜　春

愿言未偶非高卧^①,多病无憀选胜游^②。一夜雨声三月尽,万般人事五更头。年逾弱冠即为老^③,节过清明却似秋。应是西园花已落,满溪红片向东流。

【题解】

作年难于确系。《韩偓诗注》谓"作于唐昭宗天复三年,诗人在汉口"。其所以系此诗于是年,乃以为诗中"西园"在汉口,并以为是年韩偓行至汉口,故所系如此。然此说未当,今不取。据此诗"年逾弱冠即为老"句,此诗应作于诗人年过"弱冠"后不久。诗人生于唐武宗会昌二年(842),弱冠乃咸通二年(861),疑诗最早作于是年后。

此诗抒发诗人惜春之情,诗中似有无限感慨。后六句于写景议论中,情思尤其含蓄无限。其中"一夜雨声三月尽,万般人事五更头",诚写景抒情之佳句。黄世中《韩偓其人及"香奁诗"本事考索》以为有关早年恋爱情事,所说可参。

【校注】

①未偶:犹未遇。高卧:谓隐居不仕。《世说新语·排调》:"卿(指谢安)屡违朝旨,高卧东山,诸人每相与言:'安石不肯出,将如苍生何!'"

②"憀",玉山樵人本、统签本均作"心",《全唐诗》、吴校本均校:"一作心"。无憀:空闲而烦闷的心情,闲而郁闷。胜游:指胜游之地。

③弱冠：古时以男子二十岁为成人，初加冠，因体犹未壮，故称弱冠。

【汇评】

"四时最好是三月，一去不回唯少年"、"一夜雨声三月尽，万般人事五更头"、"故人每忆心先见，新酒偷尝手自开"、"人泊孤舟青草岸，鸟鸣高树夕阳村"，为致尧集中佳句。（余成教《石园诗话》）

何义门：三、四一气，落句应"未偶"，蕴藉。

纪昀：致尧诗限于时代，格律不高，而较唐末诸人为遒著。罗昭谏之次，可置一席。（以上《瀛奎律髓汇评》卷三十九消遣类）

及第过堂日作①

早随真侣集蓬瀛②，闾阖门开尚见星③。龙尾楼台迎晓日④，鳌头宫殿入青冥⑤。暗惊凡骨升仙籍⑥，忽讶麻衣谒相庭⑦。百辟敛容开路看⑧，片时辉赫胜图形⑨。

【题解】

作于唐昭宗龙纪元年（889）春进士及第过堂日。据徐松《登科记考》卷二十四所考，韩偓与李瀚、温宪、吴融等二十五人于是年进士科及第。《新唐书·吴融传》："吴融字子华，越州山阴人。……融学自力，富辞调，龙纪初，进士及第。"

此诗描述此行入宫拜见宰相所经所见所感之情景。《韩偓诗注》对于此诗某些词句、句子之理解有所未安，如谓"'真侣，道士。'岑参《下外江舟怀终南旧居》：'敝庐终南下，久与真侣别。'"其《韩偓事迹考略》亦云："首联两句谓，为拜谒宰相，早早随道士集合于朝廷，待到皇宫正门打开，还可望见天上的星星。'真侣'指道士，……颈联两句谓，暗暗惊诧自己由布衣而升入官吏的行列（所谓'释褐'），忽又惊讶昔日之举子（实今日之进士）能够拜谒宰相。"按：谓韩偓诗中之"真侣"为道士，谓"惊诧自己由布衣而升入官吏的行列"均不合诗意。此诗中之"真侣"，即仙侣，即指已登科及第之进士们，而非道士。"真"于唐人有作"仙"之用法，陈寅恪《元白诗笺证稿·读莺莺传》中云："兹所欲言者，仅为'会真'之名究是何义一端而已。庄子称关尹老冉为博大真人（《天下篇》语），后来因有真诰真经诸名。故真字即与仙字同义，而'会真'即遇仙或游仙之谓也。"又唐人每喜称登科为登仙，谓登科为登蓬瀛。此诚如《韩偓诗注》所说："升仙籍，跻身及第者的行列。仙籍，科举及第为登仙，故称及第者的资格与名姓籍贯为仙籍。"又如《唐摭言》卷三所载会昌三年登科者崔轩、孟球诗："国器旧知收片玉，朝宗转觉集登瀛"、"仙籍共知推丽则，禁垣同得荐嘉名。"进士们称自己登科为登仙，则将自己视若仙人，因此进士们称同年进士为"仙侣"。以此，此诗首句应理解为自己一早即随同同年进士们聚集于朝廷中，而与道士无关。又，"暗惊凡骨升仙籍，忽讶麻衣谒相庭"两句亦无"惊诧自己由布衣升入官吏的行列"意。考唐制，进士及第后有谢恩、期集、点检文书、过堂、关试等等活动与考试。其中过堂后之"关试"，《唐摭言》卷三《关试》谓："吏部员外，其日于南省试判两节。诸生谢恩。其日称门生，谓之'一日门生'。自此方属吏部矣。"此即谓进士登第过堂后，仍属礼部，唯过吏部关试后，方属吏部所管，取得做官资格。然此时尚未任官，晚唐一般还需守选，待以后铨选任官后方进入官员行列。因此韩偓进士及第过堂时，仍未解褐入官员行列，以此不会有《考略》所说之"惊诧"。故此两句诗仅表明：暗惊自己如此普通之人，亦能登科及第；惊讶自己穿着麻衣之百姓，亦能有幸来到相庭拜谒宰相。

【校注】

①及第：此指进士科及第。过堂：唐代进士及第后，须由主司带领至都堂谒见宰相，叫过堂。《唐摭言》卷三："唐制，新及第进士随座主至都堂，初见宰相通姓名，谓之过堂。"

②真侣：此真侣即仙侣，唐代诗人用以称同年进士。蓬瀛：原指仙岛蓬莱、瀛洲，此处喻指朝廷。

③闾阖：指宫殿。

④龙尾楼台：谓宫殿屋脊建筑成龙尾状的楼台。

⑤鳌头宫殿：谓筑有鳌头状建筑物的宫殿。青冥：指青天。

⑥凡骨:此指平凡的人。升仙籍:指跻身于登科者之名册中。仙籍,唐代称登第为登仙,故称登第者为入仙籍。《唐摭言》卷三载会昌三年登科者孟球诗:"仙籍共知推丽则,禁垣同得荐嘉名。"

⑦麻衣:旧时举子所穿的麻织物衣服。《唐摭言·与恩地旧交》记举子刘虚白"试杂文日,帘前献一绝句曰:'二十年前此夜中,一般灯烛一般风。不知岁月能多少? 犹著麻衣待至公。'"此处代指举子。谒相庭:此谓拜谒宰相。相庭,宰相办公之处。

⑧百辟:百官。白居易《醉后走笔酬刘五主簿长句之赠》:"闾阖晨开朝百辟,冕旒不动香烟碧。"敛容:收敛面容,显出肃穆恭敬之面色。

⑨辉赫:犹显赫,煊赫。图形:画像,图绘形象。此处指朝廷为有显要功绩者画像,以表示荣宠。

夏课成感怀①

别离终日心忉忉②,五湖烟波归梦劳③。凄凉身事夏课毕,濩落生涯秋风高④。居世无媒多困踬⑤,昔贤因此亦号咷⑥。谁怜愁苦多衰改⑦,未到潘年有二毛⑧。

【题解】

此诗徐复观以为非韩偓之作,认为"《夏课成感怀》中有'未到潘年有二毛'之句,潘安仁《秋兴赋》'余春秋三十有二,始见二毛',则此诗是 32 岁以前所作的。但起首两句'别离终日思忉忉,五湖烟波归梦劳',这绝非籍居万年(长安)人的口气,则这首诗也不是韩偓的。"按:所说未谛。韩偓虽为长安人,然其为科举考试而做"夏课",未必于长安不可,或因各种原因而于长安外为此"夏课"矣。《韩偓年谱》于大中十二年系此诗,谓"偓青年时期曾游江南。父瞻任睦州刺史,偓盖从父至游江南。《翰林集》中《夏课成感怀》(首联云'别离终日心忉忉,五湖烟波归梦劳')、《游江南水陆院》、《江南送别》等诗,为游江南时所作。姑系此。"所说可参,然系于大中十二年

(858)，时韩偓十七岁，似过早。盖此诗有"谁怜愁苦多衰改，未到潘年有二毛"句，且有"凄凉身事"、"居世无媒多困踬"等历经觅举苦难之语，当非年二十左右年轻举子之语。《韩偓诗注》谓"作于唐懿宗咸通十四年（873）"。其《韩偓事迹考略·韩偓生平简表》于咸通十四年亦谓"三十二岁。作《夏课成感怀》，中有'未到潘年有二毛'之句。潘岳三十二岁，始见二毛。"按：所系稍晚。其诗谓"未到潘年"，则时年未到三十二。韩偓生于唐武宗会昌二年（842），则其年三十二为咸通十四年（873），"未到潘年"，则最多为三十一岁，时乃咸通十三年（872），今姑系于是年。其集中游江南诸作，亦多作于咸通十三年或稍前。

此诗抒发无人引荐，久困举场之愁苦。韩偓《与吴子华侍郎同年玉堂同直怀恩叙恳因成长句四韵兼呈诸同年》诗云"二纪计偕劳笔研"句下自注云"余与子华俱久困名场"，可见此诗所言"凄凉身事夏课毕，漠落生涯秋风高。居世无媒多困踬，昔贤因此亦号咷"等抒发牢愁语，并非文士无病呻吟，乃"漠落生涯"之真实写照。

【校注】

①夏课：举子退而肄业，谓之夏；执业而出，谓之夏课。

②忉忉：忧思貌。《诗·齐风·甫田》："无思远人，劳心忉忉。"毛传："忉忉，忧劳也。"白居易《寄献北都留守裴令公》："动人名赫赫，忧国意忉忉。"

③五湖：江南五大湖总称。劳：忧愁；愁苦。《诗·邶风·燕燕》："瞻望弗及，实劳我心。"

④漠落：原谓廓落。引申谓沦落失意。

⑤无媒：没有引荐的人。比喻进身无路。困踬：受挫，颠沛窘迫。

⑥号咷：啼哭呼喊；放声大哭。

⑦衰改：谓鬓毛衰落变白。

⑧"潘年"句：晋朝潘岳年三十二而有二毛。其《秋兴赋·序》："晋十有四年，余春秋三十有二，始见二毛。"二毛，斑白的头发。此处谓已长出白发。

离家第二日却寄诸兄弟

睡起褰帘日出时，今辰初恨间容辉①。千行泪激傍人感，一点心随健步归②。却望山川空黯黯③，回看僮仆亦依依。定知兄弟高楼上，遥指征途羡鸟飞④。

【题解】

作年难于确考。《唐韩学士偓年谱》《韩冬郎年谱》均系此诗于韩偓天复三年贬官时，而《韩偓诗注》谓"作于唐懿宗咸通十三年(872)"，同人此后之《韩偓事迹考略·韩偓生平简表》则于咸通十二年谓"三十岁。游历江南，作《离家第二日却寄诸兄弟》《游江南水陆院》《江南送别》等诗。"上述系年均无确证，且此次诗人离家亦难断定具体时间与事由，故聊备一说，未可遽定。诗乃离家翌日晨思念兄弟之作，抒发此恨别思亲情怀。诗言"山川空黯黯"，实乃离愁之映射耳，所谓山川皆着我之颜色也。"僮仆亦依依"，乃更深一层之写法，僮仆尚且依依，则我念亲之情更何以堪！末两句与王维之"遥知兄弟登高处，遍插茱萸少一人"，乃同一意趣。

【校注】

①今辰：即今晨。辰，通"晨"。间：阻隔；间隔。容辉：仪容丰采。

②健步：善于走路的人，常被派去送信或办理急事。此处指送信者。

③"川"，玉山樵人本、统签本均作"南"。却望：回头远看。黯黯：昏暗貌。

④"羡鸟"句：谓其兄弟羡慕鸟能高飞，而能于征途中伴随诗人。

游江南水陆院①

早于喧杂是深雠,犹恐行藏坠俗流②。高寺懒为携酒去,名山长恨送人游。关河见月空垂泪③,风雨看花欲白头。除却祖师心法外④,浮生何处不堪愁⑤。

【题解】

《韩偓简谱·后记》云:"考致尧集中有《游江南水陆院》,及江南风物之诗,似系广明乱前所作,岂(韩)瞻亦曾官江南?"《韩偓年谱》于大中十二年谓"偓青年时期曾游江南。父瞻任睦州刺史,偓盖从父至游江南。《翰林集》中《夏课成感怀》(首联云'别离终日心忉忉,五湖烟波归梦劳')、《游江南水陆院》、《江南送别》等诗,为游江南时所作。姑系于此。"《韩偓诗注》谓"作于唐懿宗咸通十三年(872)。诗人《夏课成感怀》诗有'五湖烟波归梦劳'之句,可见诗人早年曾游历过江南,这首诗应是诗人游历江南时所作。"然同人《韩偓事迹考略·韩偓生平简表》则记于咸通十二年。按:上述诸家系年,以咸通十三年较为合理,盖前考韩偓《夏课成感怀》诗亦在江南作,时在咸通十三年。然此亦约略言之而已,非确年也。诗有"风雨看花欲白头"句,则作于咸通十三年春。此诗摅写游水陆院感受,其中"关河见月空垂泪,风雨看花欲白头"两句,乃"浮生何处不堪愁"之具体写照。而谓"除却祖师心法外","浮生何处不堪愁",其于"祖师心法"则亦服膺矣。

【校注】

①水陆院:佛教法会设置水陆道场之处所。僧尼设坛诵经,礼佛拜忏,遍施饮食,以超度水陆一切亡灵,普济六道四生,故称。

②行藏:指出处或行止。

③关河:关山河川。

④祖师:原谓佛教、道教中创立宗派的人。此处指佛教创立禅宗的达摩祖师。心法:佛教语。指经典以外传受之法。以心相印证,故名。

⑤浮生:语本《庄子·刻意》:"其生若浮,其死若休。"以人生在世,虚浮不定,因称人生为"浮生"。

江南送别

　　江南行止忽相逢,江馆棠梨叶正红①。一笑共嗟成往事,半酣相顾似衰翁。关山月皎清风起,送别人归野渡空。大抵多情应易老②,不堪岐路数西东。

【题解】

　　《韩偓诗注》谓此诗"作于唐懿宗咸通十三年(872)。诗人畅游江南,适逢故人,匆匆相聚,匆匆离别。"然同人《韩偓事迹考略·韩偓生平简表》则系于咸通十二年。按:据前考韩偓《夏课成感怀》诗亦在江南作,时间应在咸通十三年,亦在江南作,然亦仅约略言之而已,非确年也。诗有"江馆棠梨叶正红"句,乃秋日景色,故此诗约作于咸通十三年(872)秋。

　　诗写游江南时送别友人之离情。首句谓在江南游历忽逢故人,二句点明时节,棠梨叶红,可见时在秋季,棠梨叶红而落。宋王禹偁《村行》诗亦有"棠梨叶落胭脂色"、"马穿山径菊初黄"句。他乡遇故知,是人生一大快事,于是两人把酒执盏,倾诉别后情愫。三、四句谓一笑之下,共叹往事倏忽;半醉之后,相看似是衰翁。言语中有几多感慨,几多无奈。五、六句谓山河升起皎洁的明月,清风四起,待到送别故人,已是"野渡无人舟自横"。匆匆相逢,匆匆相聚,匆匆相别,带给诗人的自然是莫名的惆怅与淡淡的哀愁。最后两句谓,大抵世间多情之人最易衰老,我们实在不忍又要歧路分手,各奔前程了。

【校注】

　　①棠梨:俗称野梨。落叶乔木,叶长圆形或菱形,花白色,果实小,略呈球形,有褐色斑点。可用做嫁接各种梨树的砧木。三国吴陆玑《毛诗草木鸟兽虫鱼疏·蔽芾甘棠》:"甘棠,今棠梨,一名杜梨。"元稹《村花晚》:"三春

已暮桃李伤,棠梨花白蔓菁黄。"

②"易",汲古阁本作"已",《全唐诗》、吴校本均校:"一作已"。按:作"易"是。

格 卑

格卑尝恨足牵仍①,欲学忘情似不能②。入意云山输画匠③,动人风月羡琴僧。南朝峻洁推弘景④,东晋清狂数季鹰⑤。惆怅后尘流落尽⑥,自抛怀抱醉懵腾⑦。

【题解】

作年难以确考。《韩偓诗注》谓"细玩诗意,应是作于唐昭宗天复三年(903)或唐昭宗天祐元年(904)"。推测之言,缺乏确证。诗人自憾未能忘情世俗,自觉"格卑",故企慕陶弘景之"峻洁",张翰之"清狂"。末句"自抛怀抱"云云,乃因有感于"后尘流落尽",自己又"足仍牵",未能"忘情",故只能如此以"醉懵腾"而自我开解。其无奈而自"恨"之意,于此再次逗露,以呼应首二句。再从此诗之"入意云山输画匠,动人风月羡琴僧"之句,可知诗人之所企慕追求,亦可知其贬官后坚辞复官,一意隐逸,其来有自。

【校注】

①"尝",玉山樵人本、韩集旧钞本、统签本、麟后山房刻本、吴校本均作"常"。按:"尝"通"常"。足牵仍:即足仍牵,意谓仍然不能付诸行动。

②"忘",统签本作"亡",《全唐诗》、吴校本均校:"一作无"。"似",韩集旧钞本、统签本、汲古阁本、麟后山房刻本、吴校本均作"尽",吴校本下校:"一作似",《全唐诗》校:"一作尽"。忘情:无喜怒哀乐之情。

③入意:中意;满意。唐姚岩杰《报颜标》:"眼前俗物关情少,醉后青山入意多。"云山:云和山。王维《登裴秀才迪小台》:"端居不出户,满目望云山。"

④峻洁:指品行高洁。弘景:指南朝齐梁间陶弘景。

340

⑤清狂：放逸不羁。季鹰，即西晋张翰。《世说新语·任诞》："张季鹰纵任不拘，时人号为江东步兵。或谓之曰：'卿乃可纵适一时，独不为身后名耶?'答曰：'使我有身后名，不如即时一杯酒。'"

⑥后尘：原比喻在他人之后。此处指追随效法陶弘景、张翰者。

⑦抛：丢弃；撇开。懵腾：蒙眬；迷糊。韩偓《马上见》："去带懵腾醉，归因困顿眠。"

冬　日

萧条古木衔斜日，戚沥晴寒滞早梅①。愁处雪烟连野起，静时风竹过墙来。故人每忆心先见，新酒偷尝手自开。景状入诗兼入画②，言情不尽恨无才③。

【题解】

此诗难于考其作年。《韩偓诗注》谓"作于唐昭宗天复三年(903)冬"，未言何据，难于凭信。此诗描摹冬日凝寒景状，上四句即写寒冬景色也。余成教称赏"故人每忆心先见，新酒偷尝手自开"为佳句，其实此四句亦写冬景之佳句也。"愁处雪烟连野起，静时风竹过墙来。故人每忆心先见，新酒偷尝手自开"四句，若与唐李益《竹窗闻风寄苗发司空曙》诗之"微风惊暮坐，临牖思悠哉。开门复动竹，疑是故人来"并读，其间诗人取资并融入李诗之妙，宛然可见。

【校注】

①"戚"，《全唐诗》、吴校本均校："一作浙"。戚沥：凄寒貌。滞：积聚；凝结；积压。此句盖谓晴寒凝滞于早梅上。

②景状：景象；情状。

③"恨"，玉山樵人本作"愧"。

【汇评】

"四时最好是三月，一去不回唯少年"、"一夜雨声三月尽，万般人事五

更头"、"故人每忆心先见,新酒偷尝手自开"、"人泊孤舟青草岸,鸟鸣高树夕阳村",为致尧集中佳句。(余成教《石园诗话》)

再止庙居

去值秋风来值春,前时今日共销魂。颓垣古柏疑山观①,高柳鸣鸦似水村。菜甲未齐初出叶②,树阴方合掩重门。幽深冻馁皆推分③,静者还应为讨论④。

【题解】

考诗题为《再止庙居》,又有"去值秋风来值春,前时今日共销魂"、"颓垣古柏疑山观"、"幽深冻馁皆推分"等句,与韩偓前《过临淮故里》诗中之"交游昔岁已凋零,第宅今来亦变更,旧庙荒凉时飨绝,诸孙饥冻一官成"等句,似有关联,故疑两诗中之庙为临淮王郭子仪在临淮之庙。此两诗乃其中年游江南一带,往返前后两年之秋、春,路过之作。《过临淮故里》为咸通十二年秋之作,而此诗乃次年春再经过所咏,则应作于咸通十三年(872)春。《韩偓诗注》以为"作于唐昭宣帝天祐三年(906)。再止,第二次栖居。庙居,犹庙宇,此庙居究在何处,不得而知。"未言何据,恐不可信。

此诗乃再止旧庙,因其荒凉破败而起伤感之情,引发人生穷达贫富命运之思索。中四句乃写荒颓旧庙。"颓垣"、"鸣鸦",均为荒败冷寂之景;"疑山观"、"似水村",一"疑"、一"似",皆谓旧庙及周遭景物之破败,竟已不像庙宇矣。"菜甲未齐初出叶,树阴方合掩重门",正是"幽深冻馁"之写照。

【校注】

①山观:山中道观。李商隐《赠郑谠处士》:"寒归山观随棋局,暖入汀洲逐钓轮。"

②菜甲:菜初生的叶芽。白居易《二月二日》:"二月二日新雨晴,草芽菜甲一时生。"

③推分:谓守分自安。钱起《山园栖隐》:"守静信推分,灌园乐在兹。"

④静者:深得清静之道、超然恬静的人。多指隐士、僧侣和道徒。《吕氏春秋·审分》:"得道者必静,静者无知。"

老　将

　　折枪黄马倦尘埃①,掩耳凶徒怕疾雷②。雪密酒醋偷号去③,月明衣冷研营回④。行驱貔虎披金甲⑤,立听笙歌掷玉杯。坐久不须轻矍铄⑥,至今双擘硬弓开⑦。

【题解】

　　《韩偓诗注》谓此诗"作于唐昭宗乾宁四年(897)",然未言所据。检其《韩偓事迹考略·韩偓生平简表》乾宁四年未记此诗,然谓是年"随昭宗为韩建羁縻于华州。六月,形势稍缓,授凤翔节度掌书记,作《余自刑部员外郎为时权所挤,值盘石出镇藩屏,朝选宾佐,以余充职掌记,郁郁不乐,因成长句寄所知》。甫随覃王赴奉天上任,即遭藩兵围困"。未知是否据所云乾宁四年局势与韩偓行止而系此诗?然从此诗所云,却难于定此诗必作于是年,故所系仅聊备一说。考《新唐书·韩偓传》载韩偓"擢进士第,佐河中幕府"。韩偓龙纪元年(889)登进士第,当年赴河中幕府。在幕府尚作有《边上看猎赠元戎》等诗。此诗写沙场老将,或即作于此年佐河中幕府时。诗有"密雪"句,则冬日作。据此,系于龙纪元年冬。

　　此诗赞颂久经沙场之老将犹勇武善战。全诗八句,从不同角度展现老将之威武勇猛风采。首二句"折枪黄马倦尘埃,掩耳凶徒怕疾雷",总括全篇之意,写久经沙场之老将,其声威已令敌人闻风丧胆矣。此后六句,则具体分写老将之矍铄勇武,其威武神采,可谓虎虎生威,立体展现。

【校注】

①"黄",吴校本校:"一作老"。

②"掩耳"句:谓凶徒惧怕老将之雄威,犹如惊怕迅雷而掩耳。

③偷号:谓偷取敌营之口令。号,号令。

343

④斫营：劫营；偷袭敌营。白居易《奉送三兄》："少年曾管二千兵，昼听笙歌夜斫营。"

⑤貔虎：原指貔和虎。亦泛指猛兽。此处比喻勇猛的将士。

⑥矍铄：形容老人目光炯炯、精神健旺。

⑦擘：大拇指。硬弓：强弓；须用大力才能拉开的弓。

边上看猎赠元戎①

绣帘临晓觉新霜②，便遣移厨校猎场③。燕卒铁衣围汉相④，鲁儒戎服从梁王⑤。搜山闪闪旗头远，出树斑斑豹尾长⑥。赞获一声连朔漠⑦，贺杯环骑舞优倡⑧。军回野静秋天白⑨，角怨城遥晚照黄⑩。红袖拥门持烛炬⑪，解劳今夜宴华堂⑫。

【题解】

《韩偓诗注》谓"作于唐昭宗乾宁四年(897)。边上，边塞上，这里指京兆屏障奉天、华州一带。元戎，主帅；主将。此或指凤翔节度使覃王李嗣周。"然其后出之《韩偓事迹考略》谓"韩偓在王重盈这样的幕主手下充任幕僚，其况味可想而知。检览现在传世的全部韩偓诗文，河中幕府一段生活，似乎只有《边上看猎赠元戎》一诗留下了一些蛛丝马迹。诗中'燕卒铁衣围汉相，鲁儒戎服从梁王'两句显然是指切王重盈的身份的。"按：此诗之边上非指"京兆屏障奉天、华州一带"，而指河中府之边上。元戎，亦非"凤翔节度使覃王李嗣周"，而是河中节度使王重盈。据《新唐书·韩偓传》："擢进士第，佐河中幕府。"其时亦有《隰州新驿》、《隰州新驿赠刺史》、《并州》等诗作。本诗作于唐昭宗龙纪元年(889)秋，时在河中府。

此诗工于描绘狩猎场面气氛，"燕卒铁衣"以下六句将此场面写得生龙活虎，绘声绘色，热烈欢动，令人仿佛置身其中。"搜山闪闪旗头远，出树斑斑斑豹尾长。赞获一声连朔漠,贺杯环骑舞优倡"四句,尤见其刻画之工致生动。此诗与中唐张祜《观徐州李司空猎》"晓出郡城东,分围浅草中。红旗开向日,白马骤迎风。背手抽金镞,翻身控角弓。万人齐指处,一雁落寒空"并读,并为狩猎诗之佳什。

【校注】

①元戎:主将,统帅。这里指河中节度使王重盈。

②新霜:指秋日初下之霜。霜,在气温降到摄氏零度以下时,靠近地面空气中所含的水汽凝结成的白色冰晶。下霜一般在秋天。《诗·秦风·蒹葭》:"蒹葭苍苍,白露为霜。"

③"校猎",原作"较猎",今据玉山樵人本、统签本改。按:"较猎"亦可通,然其意为比赛谁打猎收获多。较,通"角"。唐窦巩《赠阿史那都尉》:"较猎燕山经几春,雕弓白羽不离身。"然据本诗诗情,以"校猎"为胜。校猎场:打猎场。校猎,遮拦禽兽以猎取之。亦泛指打猎。司马相如《上林赋》:"于是乎背秋涉冬,天子校猎。"杜甫《冬狩行》:"君不见东川节度兵马雄,校猎亦似观成功。"

④燕卒:东北方燕地之士兵。此处用以代指河中府之士兵。燕本国名,在今河北北部和辽宁西端,建都蓟(今北京城西南隅)。铁衣:战士用铁片制成的战衣,即盔甲。汉相:原谓汉代的宰相,此借指元戎,即当时河中节度使王重盈。王重盈光启元年(885)以陕虢节度使同平章事,后又加护国节度使。

⑤鲁儒:原谓鲁国儒生,亦泛指儒家学说的信奉者、儒派学者。此处借指韩偓等文士。戎服:军服。亦指着军服。梁王:原指汉梁孝王刘武。此处借指元戎,即王重盈。

⑥"斑斑",韩集旧钞本、麟后山房刻本均作"班班"。按:"班"通"斑","班班"即"斑斑"。白居易《山中五绝句·石上苔》:"漠漠班班石上苔,幽芳静绿绝纤埃。"一本作"斑斑"。

⑦"声",韩集旧钞本作"方"。《全唐诗》、吴校本均校:"一作方"。赞获一声:指称赞捕获猎物的欢呼声。朔漠:北方沙漠地带。杜甫《咏怀古迹》之三:"一去紫台连朔漠,独留青冢向黄昏。"

⑧优倡:表演歌舞杂戏的艺人。

⑨秋天白:指秋天下霜,原野上一片白茫茫。

⑩角怨:此谓角声悲怨。角,古乐器名。出西北游牧民族,鸣角以示晨昏。军中多用作军号。怨,怨恨。

⑪红袖:原指女子的红色衣袖,后用以代指艳丽的女子。此处指军中的歌妓。

⑫解劳:解除疲劳。华堂:华丽的厅堂。

【汇评】

韩致光诗,工丽圆警,实唐人后劲。(吴修坞《唐诗续评》卷三)

余自刑部员外郎为时权所挤值盘石出镇藩屏朝选宾佐以余充职掌记郁郁不乐因成长句寄所知①

正叨清级忽从戎②,况与燕台事不同③。开口谩劳矜道在④,抚膺唯合哭途穷⑤。操心未省趋浮俗⑥,点额尤惭自至公⑦。他日陶甄寻坠履⑧,沧洲何处觅渔翁⑨。

【题解】

作于乾宁四年(897)。《韩偓年谱》于乾宁三年考云:"本年,偓授刑部员外郎。偓明年有诗题云:《余自刑部员外郎为时权所挤值盘石出镇藩屏朝选宾佐以余充职掌记郁郁不乐因成长句以寄所知》。《全唐文》卷八百三十二钱珝《授窦回凤翔节度副使崔澄观察判官韩偓节度掌书记等制》:'汉诏子弟理郡国,必择诸儒有材行者以左右之,……今朕以汧岐奥壤而辅京师,推择统临,重在藩邸,用乃命丞相选宾介于朝,……偓以致用于文,甚强力。……尔等亮直勤敬,如在谏省郎署时,则安国王尊之贤,与古相望。'案:《通鉴》卷二百六十一乾宁四年六月己卯:'以覃王嗣周为凤翔节度使',即此《制》所谓'诏子弟理郡国'。偓诗《余自刑部员外郎为时权所挤值盘石出镇出镇藩屏朝选宾佐以余充职掌记郁郁不乐因成长句以寄所知》，'朝选宾佐'即《制》所谓'选宾介于朝'。偓诗题云'余自刑部员外郎''充职掌记'，即《制》授韩偓凤翔节度使掌书记。偓自刑部员外郎充凤翔节度使掌书记，事在明年乾宁四年六月，则偓授刑部员外郎，当在本年。"据此则韩偓此诗乃乾宁四年六月作。《增订注释全唐诗·韩偓集》、《韩偓诗注》所系同。《韩翰林诗谱略》、《韩偓诗集笺注》均系于乾宁二年，《唐韩学士偓年谱》系于龙纪元年，《韩偓简谱》系于大顺元年，均非是，今不取。

此诗乃被挤出佐，抒发牢骚之作。首二句言正在朝中任刑部员外郎清职，忽然被挤出佐戎幕，此事断与燕台优礼招聘不同。三、四两句谓自己徒劳坚守道义，而今反合该自哭途穷。五、六两句谓自己从未懂得费心于趋炎附势，而今权势者却以冠冕堂皇的至公名义让自己受困，思及此尤感惭恨莫名。末二句则言他日皇上若想起了我，又到哪个隐居之处寻找我呀。全诗愤慨不平之气充溢其中，读之令人为之怜悯。韩偓自认为出佐戎幕乃为时权所挤，此时权究为何人？《唐韩学士偓年谱》谓"当为大学士张浚、给事中牛徽，徽牛丛子，僧孺孙也。是牛李(宗闵)阴魂不散，至此犹游离于衰残朝市，为害后进。"《韩偓事迹考略》则认为"此说有值得商榷之处，因为韩偓至乾宁四年才被陷外放藩镇掌书记，而据《新唐书·张浚传》，张浚乾宁中已致仕，说遭张浚排挤，似无此种可能性。当然，张浚致仕后，'居洛长水墅，虽自屏处，然朝廷得失，时时言之。'但张浚于韩偓并无宿怨，为何言朝廷得失，偏偏要排挤韩偓呢？而牛徽倒是有这种可能性，牛徽官给事中，给事中'掌侍左右，分判省事'，虽是正五品的官位，事权极重，况且又为牛僧孺之孙，牛僧孺、李宗闵与李德裕长期党争，……至此仍阴魂不散，贻害后进。著名诗人李商隐曾构怨于牛党的令狐绹，韩偓乃李商隐的外甥，可能不免于受累。"按：《韩偓事迹考略》亦有未安者，如谓牛徽受牛李党争"阴魂不散"之影响，而韩偓"可能不免于受累"之推测，恐难于令人信服。据严耕望《唐仆尚丞郎表》卷二十所考，牛徽"乾宁中，由中书舍人迁刑侍，徙左散骑常侍"。牛徽为刑部侍郎，而韩偓其时为刑部员外郎，故从人事调动上牛徽当有推荐权，其荐韩偓或有可能。然韩偓谓挤者乃"时权"，任刑部侍郎之牛徽恐难于称为"时权"，此称呼应如其出佐之制文所谓"乃命丞相选宾介于朝"之宰相,则韩偓之被选,或乃宰相所为。其时宰相,据《新唐书·宰相表下》为崔胤、崔远、王抟、徐彦若等人,未知韩偓之出佐系何人所选?要之,此事疑未能明,尚俟考。

【校注】

①刑部员外郎:《旧唐书·职官志二》:"(刑部)郎中二员,员外郎二员(从六品上)。……郎中、员外郎之职,掌贰尚书、侍郎,举其典宪,而辩其轻重。"时权:谓当时朝中之权势者,如宰相。盘石:旧喻分封的宗室。此指覃王李嗣周。其时覃王嗣周出为凤翔节度使。藩屏:比喻边防重镇。宾佐:指幕宾佐吏。掌记:指节度使之掌书记。《新唐书·百官志》:"掌书记,掌朝觐、聘问、慰荐、祭祀、祈祝之文与号令升绌之事。"韩愈《徐泗濠三州节度掌书记厅石记》:"其朝觐、聘问、慰荐、祭祀、祈祝之文与所部之政,下三军之号令,升黜,凡文辞之事,皆出书记。"

②叨:犹忝。表示承受之意。常用作谦词。清级:显贵的官位。此处指任刑部员外郎。唐时重郎官,郎官为清选,故云。从戎:谓从军。时出佐藩镇,故称。

③"燕台"句:意谓此次出佐乃属被挤,与燕台优礼纳贤不同。燕台,指战国时燕昭王所筑之黄金台。故址在今河北易县东南。相传燕昭王筑台以招纳天下贤士,故也称贤士台、招贤台。《太平御览·台》引《史记》:"燕昭王置千金于台上,以延天下士,谓之黄金台。"后作为君主或长官礼贤之典。

④谩劳:徒劳。谩,通"漫"。矜道在:谓自矜能刚正守道。矜,自矜,自夸;自恃。

⑤哭途穷:《三国志》裴松之注引《魏氏春秋》:"(阮籍)时率意独驾,不由径路,车迹所穷,辄恸哭而反。"途穷,喻走投无路或处境困窘。

⑥"省",汲古阁本、《全唐诗》、吴校本均校:"一作必"。趋浮俗:趋附浮薄的习俗。杜甫《赠虞十五司马》:"交态知浮俗,儒流不异门。"

⑦"点额"句:点额,谓跳龙门的鲤鱼头额触撞石壁。《水经注·河水四》:"鳣,鲔也。出巩穴,三月则上渡龙门,得渡为龙矣。否则,点额而还。"后因以"点额"指仕途失意或应试落第。白居易《醉别程秀才》:"五度龙门

点额回,却缘多艺复多才。"至公,最公正;极公正。又,科举时代对主考官的敬称。谓其大公无私。此处兼用上述两义。韩偓自刑部员外郎出佐藩镇,他自认为受排挤,但时权却以"至公"的名义(即制文所谓"汉诏子弟理郡国,必择诸儒有材行者以左右之")选他为宾佐,故有此句。

⑧"寻",麟后山房刻本作"成"。按:诸本均作"寻","成坠履"不辞,作"成"误。陶甄:比喻君王。寻坠履,贾谊《新书·谕诚》:"昔楚昭王与吴人战,楚军败。昭王走屦决,背而行,失之,行三十步,复旋取屦。及至于随,左右问曰:'王何曾惜一踦屦乎?'昭王曰:'楚国虽贫,岂爱一踦屦哉!思与偕反也。'自是之后,楚国之俗,无相弃者。"

⑨沧洲:滨水的地方。古时常用以称隐士之居处。杜甫《曲江对酒》:"吏情更觉沧洲远,老大悲伤未拂衣。"渔翁:此处喻隐居者,乃诗人自称。

北齐二首①

一

任道骄奢必败亡②,且将繁盛悦嫔嫱③。几千奁镜成楼柱④,六十间云号殿廊⑤。后主猎回初按乐⑥,胡姬酒醒更新妆⑦。绮罗堆里春风畔⑧,年少多情一帝王⑨。

【题解】

《韩偓简谱》系于昭宗景福元年(892),谓"《北齐二首》似讽时主之淫侈。昭宗颇近酒色,疑在未被幽前,有色荒之事,故以北齐事讥之,殆在此时,致尧尤未侍禁近也。"《韩偓诗注》则以为"作于梁太祖开平元年(907)。此首咏史诗,借古讽今,对唐王朝的败亡作了总结。"按:此诗难于系年,上述二说皆无确证,难于取信。

此两首皆为咏史诗,乃咏北齐后主高纬之作。故所咏皆为北齐高纬一朝荒淫无道,以致为北周灭亡史事。诗歌主旨即以北齐后主为例,说明"骄奢必败亡"道理。犹可注意者,乃韩偓此诗恐受李商隐咏史诗之影响。李商隐亦有《北齐二首》诗,云:"一笑相倾国便亡,何劳荆棘始堪伤。小怜玉体横陈夜,已报周师入晋阳。"又"巧笑知堪敌万几,倾城最在著戎衣。晋阳已陷休回顾,更请君王猎一围。"所咏与韩偓此两首诗多有相似之处。又李商隐《咏史》云"历览前贤国与家,成由勤俭败由奢",恐亦对韩偓"任道骄奢必败亡"句深有影响。于此可见,诗人之亲炙姨父李商隐,诚有是哉。

【校注】

①北齐:朝代名。北朝之一。公元550年高欢子高洋取代东魏,自立为帝,国号齐,都邺(今河北临漳西)。为与南朝齐相别,史称北齐。据有今河北、山东、山西、河南及辽宁西部。公元577年为北周所灭。历经六帝,凡二十八年。

②任道:任凭说。骄奢:骄横奢侈。李商隐《咏史》:"历览前贤国与家,成由勤俭败由奢。"

③嫔嫱:宫中女官,天子诸侯姬妾。白居易《策林》一:"虑人之有愁苦也,则念损嫔嫱之数。"此处指北齐后主高纬之嫔嫱。《北齐书》卷八《后主幼主纪》:"宫女宝衣玉食者五百余人,一裙直万匹,镜台直千金,竞为变巧,朝衣夕弊。承武成之奢丽,以为帝王当然。"

④"几千"句:《北齐书·后主幼主纪》:"乃更增益宫苑,造偃武修文台。其嫔嫱诸宫中起镜殿、宝殿、玳瑁殿,丹青雕刻,妙极当时。又于晋阳起十二院,壮丽逾于邺下。所爱不恒,数毁而又复。夜则以火照作,寒则以汤为泥,百工困穷,无时休息。"奁镜成楼柱,意谓奁镜之多,堆积起来可成为楼柱一般。

⑤"六十"句:意为所起十二院,每院五殿,共六十殿廊。间云,干云,入云。此处谓殿廊高耸入云。

⑥后主:指北齐后主高纬。《北齐书·后主幼主纪》:"后主讳纬,字仁纲,武成皇帝之长子也。……帝少美容仪,武成特所爱宠,拜王世子……大宁二年正月丙戌,立为皇太子。河清四年,武成禅位于帝。"初按乐:《北齐书·后主纪》:后主"遂自以策无遗算,乃益骄纵,盛为无愁之曲,帝自弹胡琵琶而唱之,侍和之者以百数。人间谓之无愁天子。"

⑦胡姬：或指胡昭仪。《北齐书·后主纪》："又为胡昭仪起大慈寺，未成，改为穆皇后大宝林寺，穷极工巧，运石填泉，劳费亿计，人牛死者不可胜纪。"

⑧绮罗堆里：谓美女堆里。绮罗，指穿着绮罗的人。多为贵妇、美女之代称。韦庄《江亭酒醒却寄维扬钱客》："满坐绮罗皆不见，觉来红树背银屏。"此指后主成长于美女堆中。《北齐书·后主纪》："辅之以中宫奶媪，属之以丽色淫声，纵鞲绁之娱，恣朋淫之好。"春风畔：谓其生活于皇父之宠爱中。据《北齐书·后主纪》："帝少美容仪，武成特所爱宠，拜世子。"春风，此喻君王之恩惠。

⑨"年少"句：此谓后主。后主于河清四年（565）即位，年方十岁，在位十二年。

二

神器传时异至公①，败亡安可怨匆匆②。犯寒猎士朝频戮③，告急军书夜不通④。并部义旗遮日暗⑤，邺城飞焰照天红⑥。周朝将相还无体⑦，宁死何须入铁笼⑧。

【校注】

①"神器"句：神器，代表国家政权的实物，如玉玺、宝鼎之类。借指帝位、政权。至公，最公正；极公正。异至公，意为非出于最公正。据《北齐书·后主纪》："帝少美容仪，武成特所爱宠，拜王世子。及武成入纂大业，大宁二年正月丙戌，立为皇太子。河清四年，武成禅位于帝。"据此，则此句意谓北齐之政权乃篡位而得，而后主之为帝，乃因其父武成之宠爱。

②"败亡"句：北齐自开国至灭亡仅二十七年，故谓"匆匆"。《北齐书·后主纪》论曰："重以名将贻祸，忠臣显戮。始见浸弱之萌，俄观土崩之势，周武因机，遂混区夏。悲夫！盖桀、纣罪人，其亡也忽焉，自然之理矣。"

③"犯寒"句：据《北齐书·后主纪》载，后主"以人从欲，损物益己，雕墙峻宇，甘酒嗜音。鄽肆遍于宫园，禽色荒于外内，俾昼作夜，罔水行舟，所欲

必成,所求必得。……又暗于听受,忠信不闻,姜斐必入,视人如草芥,从恶如顺流。……卖官鬻狱,乱政淫刑,剥削被于忠良,禄位加于犬马。"

④"告急"句:据《北齐书·高阿那肱传》,后主荒于政事,北周攻晋阳,后主正游猎,"周师逼平阳,后主于天池校猎,晋州频遣驰奏,从旦至午,驿马三至,肱云:'大家正作乐,何急奏闻!'至暮,使更至,云:'平阳城已陷,贼方至。'乃奏知。明早旦,即欲引军,淑妃又请更合一围。及军赴晋州,令肱率前军先进,仍总节度诸军。"

⑤"并部"句:指北齐诸臣于晋阳起义投奔北周。《北齐书·后主纪》载,武平七年十二月,北周军攻晋州,"开府仪同三司贺拔伏恩、封辅相、慕容钟葵等宿卫近臣三十馀人西奔周师。"并部,指并州部众。

⑥"邺城"句:谓后主从邺出逃,周师攻邺,火烧城西门。《北齐书·后主纪》:"周师渐逼,癸未,幼主又自邺东走。己丑,周师至紫陌桥。癸巳,烧城西门。太上皇将百馀骑东走。"邺城,古都邑名,故城在今河北临漳县北,北齐建都于此。

⑦"体",玉山樵人本、统签本作"礼",《全唐诗》、吴校本均校:"一作礼"。周朝:此处指北周。无体:谓行礼中没有一定的动作仪式。《礼记·孔子闲居》:"孔子曰:'无声之乐,无体之礼,无服之丧,此之谓三无。'"孔颖达疏:"非有升降揖让之礼,故为无体之礼也。"

⑧"宁死"句:谓如果后主等人宁死不屈,则何须受囚于铁笼之辱。铁笼,此处指囚禁犯人的铁牢笼。据《北齐书·后主纪》,后主、幼主皆被北周所获,"并太后、幼主、诸王俱送长安",后"至建德七年,诬与宜州刺史穆提婆谋反,及延宗等数十人无少长咸赐死,神武子孙所存者一二而已"。

寄京城亲友二首

一

苦吟看坠叶①,寥落共天涯。壮岁空为客②,初寒更忆家。
雨墙经月藓③,山菊向阳花。因味碧云句④,伤哉后会赊⑤。

【题解】

《韩偓诗注》谓"作于唐懿宗咸通十三年。应是诗人离开京城,游历江南时所作。"按:所说大致可通,然此诗谓"壮岁空为客,初寒更忆家",则应是咸通十二年八月离家后初寒时作,故系于咸通十二年(871)。据此诗"苦吟看坠叶"、"初寒更忆家"句,知诗乃秋末之作。

此两首诗,均是诗人壮岁外游时,抒发思念亲友的离愁之作。诗中值得注意者,乃诗人多有取资古诗乐府之句意。如"因味碧云句,伤哉后会赊"、"解衣悲缓带,搔首问遗簪"等句皆是。

【校注】

①"看",麟后山房刻本作"堪"。按:"堪"乃"看"之音误。

②壮岁:壮年。白居易《晚岁》:"壮岁忽已去,浮荣何足论。"

③"雨墙"句:意谓墙壁经过一个月的阴雨侵袭而长出苔藓。

④"碧云"句:指江淹《拟休上人怨别》之"日暮碧云合,佳人殊未来"诗句。碧云,原指青云,此处喻远方或天边,用以表达离情别绪。

⑤"伤哉"句:杜甫《送路六侍御入朝》:"更为后会知何地,忽漫相逢是别筵。"赊,远。吕岩《七言》:"常忧白日光阴促,每恨青天道路赊。"

二

相思凡几日,日欲咏离衿①。直得吟成病②,终难状此心。解衣悲缓带③,搔首问遗簪④。西岭斜阳外,潜疑是故林⑤。

【校注】

①离衿:谓离别思念之情。萧彧《赋月》:"光彻离衿冷,声符别管清。"

②直得:直待;直到。唐王建《送裴相公上太原》:"遥知塞雁从今好,直得渔阳已北愁。"

③缓带:衣带松缓。意谓因思念愁思而身体消瘦。《古诗十九首》之一:"相去日已远,衣带日已缓。浮云蔽白日,游子不顾返。"

④"问",原作"闷",《全唐诗》、吴校本均校:"一作问"。按:作"问"是。《韩诗外传》卷九:"孔子出游少源之野,有妇人中泽而哭,其音甚哀。孔子怪之,使弟子问焉,曰:'夫人何哭之哀?'妇人曰:'乡者刈蓍薪而亡吾蓍簪,吾是以哀也。'弟子曰:'刈蓍薪而亡蓍簪,有何悲焉?'妇人曰:'非伤亡簪也,吾所以悲者,盖不忘故也。'"今据《全唐诗》、吴校本以及《韩诗外传》所记改。搔首:以手搔头。焦急或有所思貌。《诗·邶风·静女》:"爱而不见,搔首踟蹰。"遗簪:原指失落的簪子。此处意同遗簪坠屦(亦作"遗簪坠履")之遗簪,用以比喻旧物或故情。

⑤潜疑:暗自怀疑。故林:故乡之林,此处意为故乡。李白《白头吟》:"东流不作西流水,落花辞条羞故林。"

野　寺

野寺看红叶,县城闻捣衣①。自怜痴病苦②,犹共赏心违。高阁正临夜,前山应落晖。离情在烟鸟③,遥入故关飞。

【题解】

作年难于确考。《韩偓诗注》谓"作于唐懿宗咸通十三年(872)",未言何据。或以为是年诗人出游江南,故系于是年。然此诗是否即是此行之作,难于确定,系于咸通十三年,仅聊备一说。此诗写秋日游子,在野寺而思念家乡。首二句写正面对野寺秋天艳丽的红叶,然而却听到了城里传来的阵阵捣衣声,不禁逗起乡关之思。第四句"共赏心违",乃因第三句之"痴病苦"耳。而"赏心",乃因"红叶"而起。五、六句点黄昏,遥扣"闻捣衣"。末两句则经层层渲染而直道出游子"日暮乡关何处是,烟波江上使人愁"之意绪。

【校注】

①捣衣:古时衣服常由纨素一类织物制作,质地较为硬挺,须先置石上以杵反复舂捣,使之柔软,称为"捣衣"。后亦泛指捶洗。李白《子夜吴歌》

之三:"长安一片月,万户捣衣声。"

②自怜:自伤;自我怜惜。痴病:多情善感达到痴心的程度。

③"鸟",汲古阁本作"岛",下校:"一作鸟",韩集旧钞本、《全唐诗》、麟后山房刻本、吴校本均校:"一作岛"。按:作"鸟"是,"岛"误。"离情"二句:烟鸟,烟雾中的鸟。故关,关隘。此处代指进入故乡的关城。此两句谓离别之思,随着烟雾中的鸟儿,飞入遥远的故关。

吴郡怀古①

主暗臣忠枉就刑②,遂教强国醉中倾。人亡建业空城在③,花落西江春水平④。万古壮夫犹抱恨⑤,至今词客尽伤情⑥。徒劳铁锁长千尺,不觉楼船下晋兵⑦。

【题解】

徐复观《韩偓诗与香奁集论考》谓韩偓《江南送别》、《过临淮故里》、《吴郡怀古》、《游江南水陆院》这一类的诗,可断言其非出于韩偓"。按此说误,前已甄别,今不再辨。《韩偓诗注》谓"作于唐懿宗咸通十三年(872)。"所说大抵是,然未必确在是年,应作于是年或稍前,说详前《夏课成感怀》。此诗有"花落西江春水平"句,则作于咸通十三年晚春三月。

此诗如题,为怀古之作,但所怀之史事为何,今人看法不一。《韩偓诗注》以为"主暗臣忠"两句乃咏春秋吴王夫差事;而"人亡建业"句则以为"指南朝陈国国君陈叔宝"事;"徒劳"句则属吴末帝孙皓事。《增订注释全唐诗·韩偓集》亦将"主暗"归夫差,"徒劳"事属孙皓。《韩偓诗集笺注》乃以为均咏三国吴孙皓亡国之事。按:此诗前两句当为咏夫差事,谓咏孙皓事虽亦可通,然疑非作者本意。"人亡建业"句所咏史事指孙皓或陈叔宝事,亦均可通,或作者本即兼指二者。诗末二句,诸家皆以孙皓事释之,是也。此二句显然有取于刘禹锡《西塞山怀古》"王濬楼船下益州,金陵王气黯然收。千寻铁锁沉江底,一片降幡出石头",此亦韩偓诗中"至今词客尽伤情"

所暗指者。

【校注】

①吴郡:东汉永建四年(129)分会稽郡置,治所在吴县(今江苏苏州)。辖境相当今江苏、上海长江以南,大茅山以东,浙江长兴、吴兴、天目山以东,与建德市以下的钱塘江两岸。唐武德四年(621)改为苏州,天宝元年(742)改为吴郡。乾元元年(758)复改为苏州。

②"主暗"二句:主暗,指春秋吴国国君夫差。夫差原先励精图治,伐灭越国,后不听伍子胥的劝谏,沉湎酒色,使越国得以强盛,越王勾践伐吴,吴王遂自刭死。详见《史记·吴太伯世家》。臣忠,指吴国大臣伍子胥。枉就刑,白白地被杀死,这里指伍子胥被夫差赐死。强国,指吴国。吴国为春秋五霸之一,国力曾冠于春秋诸国之首。醉中倾,吴王夫差曾在苏州灵岩山建造馆娃宫,以养越国进贡的美女西施,饮酒作乐,遂使吴亡。

③"人亡"句:指三国时吴国末帝孙皓事。建业,三国时吴国都城,在今南京。据《三国志·吴书·三嗣主传》,孙皓投降,吴国为西晋所灭,孙皓"举家西迁","(太康)五年,皓死于洛阳。"一说指南朝陈国国君陈叔宝。《南史·陈后主本纪》:"后主愈骄,不虞外难,荒于酒色,不恤政事……君臣酣饮,从夕达旦,以此为常。"隋兵临建邺城下,乃逃于井,卒为隋军所获,死于洛阳。建业,即今南京城,当时为陈国国都。建业之为国都,似始于三国时的吴国。吴国末帝孙皓拟迁都武昌,民间曾流传"宁饮建业水,不食武昌鱼"的童谣。

④西江:指长江。唐人多称长江中下游为西江。李白《夜泊牛渚怀古》:"牛渚西江夜,青天无片云。"此指南京北的长江。

⑤"犹":玉山樵人本、韩集旧钞本、统签本、麟后山房刻本、吴校本均作"应",吴校本下校:"一作犹",《全唐诗》校:"一作应"。壮夫:豪壮之士,豪杰。

⑥词客:擅长文辞的人。王维《偶然作》诗之六:"宿世谬词客,前身应画师。"唐诗人李白、刘禹锡、许浑、刘商、司空曙、殷尧藩、唐彦谦等多有以《姑苏怀古》或《金陵怀古》为题之诗作。与韩偓当时之文士亦应如是,故称。

⑦"铁锁"，韩集旧钞本作"铁链"。"徒劳"二句：指晋武帝时，益州刺史王濬造楼船顺江流而下以伐吴。尽管吴人于长江险隘处设铁锁横截，然亦未能阻挡王濬大军南下秣陵，吴国遂亡。

守　愚①

深院寥寥竹荫廊②，披衣敧枕过年芳③。守愚不觉世途险，无事始知春日长。一亩落花围隙地，半竿浓日界空墙④。今来自责趋时懒，翻恨松轩书满床。

【题解】

《韩偓诗注》谓"作于唐昭宗龙纪元年(889)，是年，诗人'为时权所挤'，出为藩镇幕府，故有守愚之想。守愚，即藏愚守拙的意思。"按：诗人"'为时权所挤'，出为藩镇幕府"应在乾宁四年(《韩偓事迹考略·韩偓生平简表》亦记于乾宁四年)，而非龙纪元年。且由此诗之诗意韵味，也难于断定为"'为时权所挤'，出为藩镇幕府"时作。疑此诗约大顺二年(891)作。诗有"守愚不觉世途险，无事始知春日长。一亩落花围隙地，半竿浓日界空墙"句，则作于本年春末。

细味此诗情意及所居处，似为解职归家休养时所作。检《新唐书·韩偓传》，韩偓"擢进士第，佐河中幕府。召拜左拾遗，以疾解。后迁累左谏议大夫。"又钱珝《授司勋郎中兼侍御史知杂事赐绯鱼韩偓本官充翰林学士制》敕："具官韩偓，动人之行，率性自强，慎独不渝，考祥甚远。资以讲学，见于文章。惟是求己之多，播于群誉矣。朕初嗣丕业，擢升谏曹，继陈言辞，罔不摩切，虽公赏曾光于赤纸，而直诚尚记于皂囊。愈闻励修，宜列左右。"(《文苑英华》卷三八四)据此知韩偓任左拾遗时"继陈言辞，罔不摩切"，颇为"直诚"。故疑此诗乃任左拾遗"以疾解"在家时所作，故有"守愚"之题，及"今来自责趋时懒，翻恨松轩书满床"之句。据《韩偓年谱》大顺二年，韩偓"以疾解左拾遗职以及复职，或在本年"，则此诗或大顺二年

(891)作。

【校注】

①守愚:保持愚拙,不事巧伪。王充《论衡·别通》:"无温故知新之明,而有守愚不览之暗。"

②寥寥:寂寞;孤单。宋之问《温泉庄卧疾寄杨七炯》:"移疾卧兹岭,寥寥倦幽独。"

③年芳:指美好的春色。李商隐《判春》:"一桃复一李,井上占年芳。"

④"浓",《全唐诗》、吴校本均校:"一作斜"。按:《全五代诗》卷七十七作"斜"。界:犹临,对着。

【汇评】

"浓日半竿",眼前妙句。(陆次云辑《唐诗善鸣集》卷下)

村　居

　　二月三月雨晴初,舍南舍北唯平芜①。前欢入望盈千恨,胜景牵心非一途。日照神堂闻啄木②,风含社树叫提壶③。行看旦夕梨霜发④,犹有山寒伤酒垆。

【题解】

作年不详。《韩偓诗注》谓"作于唐昭宗天祐元年(904)",未言何据,难于凭信。诗写村居之情之景,前六句皆为写景句,中含情语。后二句则兼景与情,唯是预料中之情景耳。三、四句"前欢入望盈千恨,胜景牵心非一途",亦情景合一。"前欢"与"胜景"相对,皆是景语,《韩偓诗注》谓此"前欢"为"旧日的恋人",恐未谛。

【校注】

①平芜:草木丛生的平旷原野。

②神堂:供神的处所。白居易《草茫茫》:"一朝盗掘坟陵破,龙椁神堂

三月火。"啄木：谓啄木鸟。

③社树：封土为社，各随其地所宜种植树木，称社树。唐苏鹗《苏氏演义》卷上："《周礼》文：二十五家为社，各树其土所宜木。今村墅间，多以大树为社树，盖此始也。"提壶：鸟名。即鹈鹕。又名提壶芦。刘禹锡《和苏郎中寻丰安里旧居寄主客张郎中》："池看科斗成文字，鸟听提壶忆献酬。"

④梨霜：谓梨花。梨花白如霜，故谓。

离　家

八月初长夜，千山第一程。款颜唯有梦①，怨泣却无声。祖席诸宾散②，空郊匹马行。自怜非达识③，局促为浮名④。

【题解】

《韩偓诗注》谓"作于唐懿宗咸通十三年（872）"。据其于《江南送别》、《游江南水陆院》等诗自注，以为咸通十三年韩偓有江南之游，将此诗看作离家游江南时作。所说可参。然韩偓此次离家首途游江南在咸通十二年八月或稍前，则此诗乃咸通十二年（871）八月或稍前时作。

此诗乃离家觅功名时作。离家亦"怨泣却无声"，然虽受离别之苦而不得不如此者，乃"局促为浮名"耳。浮名者，功名也。诗人虽在晚年亦能弃浮名而隐居，然早年未得功名时，亦汲汲于此，以致长达二纪方进士及第。之所以如此，盖其时难于有"达识"，此关其时之社会风气与士子之前途命运使然，难于免俗超脱耳。

【校注】

①"款"，《全唐诗》、吴校本均校："一作欢"。款颜：见面畅谈。白居易《截树诗》："又如所念人，久别一款颜。"

②祖席：饯行的宴席。

③"达"，《全唐诗》、吴校本均校："一作远"。达识：通达的见识。

④局促：形容见识、心胸狭隘。浮名：虚名。李白《留别刘少府》："东山

春酒绿,归隐谢浮名。"

秋雨内宴_{乙卯年作①}

一带清风入画堂,撼真珠箔碎玎珰②。更看槛外霏霏雨,似劝须教醉玉觞③。

【题解】

诗题下有"乙卯年作"小注,乙卯年即唐昭宗乾宁二年(895),则此诗乃是年秋内宴宫中所作。其时藩镇犯阙,内忧外患交困,而诗人有"更看槛外霏霏雨,似劝须教醉玉觞"之句,何也?岂无力回天,故沉醉以忘忧欤?

【校注】

①韩集旧钞本、统签本、汲古阁本、麟后山房刻本题下均无"乙卯年作"小注,吴校本题下小注同。

②珠箔:即珠帘。

③"教",嘉靖洪迈本作"交"。按:"交"通"教",义为使、令、让。玉觞:玉杯。亦泛指酒杯。

寒食日沙县雨中看蔷薇_{己巳①}

何处遇蔷薇②,殊乡冷节时③。雨声笼锦帐④,风势偃罗帏⑤。通体全无力,酡颜不自持⑥。绿疏微露刺,红密欲藏枝。惬意凭阑久⑦,贪吟放盏迟。旁人应见讶,自醉自题诗。

【题解】

诗题及题下"己巳"小注,知作于后梁开平三年(909)寒食,其时韩偓在闽沙县。此诗乃寒食节于雨中欣赏蔷薇花而吟咏也。前四句乃就"寒食日沙县雨中"题意而咏。"通体全无力"以下四句，则咏雨中蔷薇之形态色泽。此乃全诗最佳之句，将风雨中蔷薇写得妖娇艳丽，情态活灵活现，仿佛一位弱不胜衣之千娇百媚，惹人怜爱之女子。"全无力"、"不自持"、"微露刺"、"欲藏枝"，可谓穷形尽态，生龙活现。末四句则写诗人欣赏入神之状，乃衬托蔷薇之笔。

【校注】

①韩集旧钞本、汲古阁本、麟后山房刻本题下均无"己巳"小注，吴校本题下小注同。

②蔷薇：植物名。落叶灌木，茎细长，蔓生，枝上密生小刺，羽状复叶，小叶倒卵形或长圆形，花白色或淡红色，有芳香。花可供观赏，果实可以入药。亦指这种植物的花。

③殊乡：异乡；他乡。冷节：寒食节。在清明前一日。白居易《酬郑二司录与李六郎中寒食日相过同宴见赠》："偶因冷节会嘉宾，况是平生心所亲。"

④笼：笼罩；遮掩。《齐民要术·脯腊》："脯成，置虚静库中，著烟气则味苦。纸袋笼而悬之。"

⑤偃：倒伏。《论语·颜渊》："君子之德风，小人之德草。草上之风，必偃。"

⑥酡颜：本指饮酒脸红貌。亦泛指脸红。此处指蔷薇花红。白居易《与诸客空腹饮》："促膝才飞白，酡颜已渥丹。"

⑦凭阑：身倚栏杆。

【汇评】

韩偓在沙县进退维谷，不能离闽，又无心居闽。病后体弱，每饮必醉，"自醉自题诗"，其苦况全在此五字。（陈香《晚唐诗人韩偓》引沈迟迟评语）

地　炉

两星残火地炉畔，梦断背灯重拥衾①。侧听空堂闻静响，似敲疏磬袅清音②。风灯有影随笼转③,腊雪无声逐夜深。禅客钓翁徒自好,那知此际湛然心④。

【题解】

《韩偓诗注》以为此诗"作于唐昭宗天祐元年(904)",未言何据,恐未必是。此诗写寒冬雪夜,梦醒拥衾时之感触。诗题虽为"地炉",然仅首句点明。第二句则点明其感触乃在夜深梦醒时分,虽仅一句,然此句颇是关键,盖人于夜深虚静之时,颇能清醒自省矣。况夜半身处"侧听空堂"至"腊雪无声"四句之清寂空虚、"风灯有影"、"腊雪无声"之境界,则身世际遇之思,穷达进退之想,当颇为深邃矣,故有末二句"湛然心"之咏。

【校注】

①"背",玉山樵人本作"青"。梦断:犹梦醒。李白《忆秦娥》词:"箫声咽,秦娥梦断秦楼月。"

②磬:打击乐器。状如曲尺。用玉、石或金属制成。悬挂于架上,击之而鸣。《诗·商颂·那之什》:"既和且平,依我磬声。"

③风灯:有罩能防风的灯。杜甫《漫成一绝》:"江月去人只数尺,风灯照夜欲三更。"

④湛然:淡泊。谢灵运《佛影铭》序:"容仪端庄,相好具足,莫知始终,常自湛然。"亦指清静。隋王通《中说·周公》:"其上湛然,其下恬然。"

隰州新驿赠刺史①

贤侯新换古长亭②,先定心机指顾成③。高义尽招秦逐客④,旷怀偏接鲁诸生⑤。萍蓬到此销离恨⑥,燕雀飞来带喜声。却笑昔贤交易极⑦,一开东合便垂名⑧。

【题解】

此诗系年,邓小军《韩偓年谱》因采纳韩偓"北上并州的推测"意见,遂在中和元年谱末谓"偓北上隰州(今山西隰县)、并州(今山西太原市西南),或在此时。《翰林集》中有《隰州新驿》、《隰州新驿赠刺史》、《并州》等诗,当为此时所作。其详未能确考。"而《韩偓诗注》则谓"作于唐昭宗天复二年"。其系年根据应如其注释《隰州新驿》诗所言是年"诗人随驾在凤翔时,可能乘隙北渡黄河,短时间到过隰州。"而同人后出之《韩偓事迹考略》又改天复二年说,认为"细玩该诗所咏时事,似应作于天复三年凤翔解围之后。……同一时期的《隰州新驿赠刺史》,似乎进一步透露了两诗的具体写作时间。'高义尽招秦逐客,旷怀偏接鲁诸生'两句,诗人以'秦逐客'自况,显然此诗作于天复三年因朱全忠嫉恨、被贬出京之后。"《韩偓诗集笺注》亦以为作于天复三年,韩偓"因忤朱全忠而贬往荣懿"时。曹丽芳《韩偓北上隰州、并州考》(《江海学刊》2006年第6期)则认为天复三年作说不可靠,韩偓在贬谪途中不可能北上隰州,其北上隰州应在龙纪元年春末出佐河中幕时,"并于此期间,就近北游了并州"。按:曹说尽管限于所论题旨,未结合具体诗句再进一步证实为何天复三年说之不可靠,以及以诗史互证,证明诗中所说乃均龙纪元年四月前事,以见系于天复三年确不可靠,然其判断可信,今即系此诗于唐昭宗龙纪元年(889),详参《隰州新驿》诗。

此乃诗人出佐河中时经隰州,适逢新驿站建成而赠隰州刺史之作。故以赞颂刺史之建驿站功德为主旨,甚至以汉代公孙弘为比。有学者以为诗中之"秦逐客"乃韩偓"自况","鲁诸生"亦韩偓"自命",所说未谛。盖此时韩偓未贬官,不得以"秦逐客"自况。此处乃泛指。"高义"、"旷怀"固然赞颂刺史,但并非就接纳诗人自己而言,乃谓建此新驿可便以接纳外来之客,以显刺史广纳人才之襟怀,中心仍是围绕新驿站之作用而言。故"萍蓬"、"燕雀"二句,亦围绕"新驿",其"到此"、"飞来",均谓"新驿"也。

【校注】

①隰州:隋开皇五年(585)改西汾州置,治所在隰川县(今山西隰县)。《元和郡县图志》卷十二隰州:"《尔雅》曰:'下湿曰隰',以州带泉泊下湿,故以隰为名。"大业初改龙泉郡。唐武德元年(618)复置隰州,辖境相当今山西石楼、交口、永和、隰县、蒲县、大宁等县地。隰州唐时属河中节度观察处置等使所辖四州之一。刺史:原为朝廷所派督察地方之官,后沿为地方官

职名称。

②贤侯：对有德位者的敬称。此指诗中之刺史。长亭：古时于道路每隔十里设长亭，故亦称"十里长亭"。供行旅停息。近城者常为送别之处。

③心机：心思，计谋。此处指建造长亭的规划。指顾成：比喻很快即完成。指顾，一指一瞥之间。形容时间的短暂、迅速。

④秦逐客：据《史记·李斯列传》，秦始皇十年（前237），始皇听从宗室大臣"一切逐客"之建议，下令逐客，李斯亦在驱逐之列，故上《谏逐客书》，后秦始皇方取消逐客令。此处秦逐客，借指不为唐王朝所用之人。

⑤旷怀：豁达的襟怀。白居易《酬杨八》："君以旷怀宜静境，我因蹇步称闲官。"鲁诸生：《史记·叔孙通列传》：汉高祖时，"群臣饮酒争功，醉或妄呼，拔剑击柱，高帝患之。叔孙通知上益厌之也，说上曰：'夫儒者难与进取，可与守成。臣愿征鲁诸生，与臣弟子共起朝仪。'"此处鲁诸生指读书人。

⑥萍蓬：萍浮蓬飘。喻行踪转徙无定。杜甫《将别巫峡赠南卿兄瀼西果园四十亩》："苔竹素所好，萍蓬无定居。"此处比喻漂泊之游客。

⑦交易：犹往来。《公羊传·宣公十二年》："君之不令臣交易为言。"何休注："言君之不善臣数往来为恶言。"

⑧东合：东向的小门。《汉书·公孙弘传》："弘自见为举首，起徒步，数年至宰相封侯，于是起客馆，开东合以延贤人。"后因以称宰相招致款待宾客之所。

草书屏风

何处一屏风，分明怀素踪①。虽多尘色染②，犹见墨痕浓。怪石奔秋涧③，寒藤挂古松④。若教临水畔，字字恐成龙⑤。

【题解】

作年不详。《韩偓诗注》谓"作于唐昭宗龙纪元年（889）"，然未言所据，恐不可信。此诗乃咏屏风上怀素之草书诗。后四句乃是此诗着力处，用以比喻怀素草书之字迹笔力。尽管为纪昀批评为"语意并浅"，然"怪石"、"寒藤"两句，以山水景色之意境以喻书迹笔力，虽非出新之喻，然亦可见诗人于书法之用心体味，并非常人所能到。

【校注】

①怀素踪：指怀素的笔迹。怀素，字藏真，俗姓钱，长沙人，徙家京兆。玄奘三藏之门人。得草书三昧。当时名流如李白、戴叔伦、窦臮、钱起，举皆有诗美之，状其势以谓若惊蛇走虺，骤雨狂风。

②尘色染：谓怀素的笔迹因年久而蒙上灰尘。

③"怪石"句：意谓怀素草书遒劲有力，犹如秋涧奔泻于怪石之间。

④"寒藤"句：意谓怀素草书古朴苍劲，犹如寒藤缠挂于古松上。

⑤"若教"两句：意谓怀素草书笔走龙蛇，十分灵动。如果临近水边，恐怕会化成活龙而潜入水中。

【汇评】

韩偓……所著歌诗颇多……《题怀素草书》诗云："怪石奔秋涧，寒藤挂古松。若教临水畔，字字恐成龙。"非潜心字学，其作语不能迫此。（《宣和书谱》）

纪昀：语意并浅。起句俚而野。（《瀛奎律髓汇评》卷三十七技艺类）

永明禅师房

景色方妍媚①，寻真出近郊②。宝香炉上爇③，金磬佛前敲④。蔓草棱山径⑤，晴云拂树梢。支公禅寂处⑥，时有鹤来巢⑦。

【题解】

此诗之永明禅师，《韩偓年谱》、徐复观《韩偓诗与香奁集论考》均以为可能即韩偓《明公大德》诗之"明公"，《韩偓诗注》亦谓"永明禅师，疑即天王院住持蕴明"，故《韩偓年谱》系于后梁开平二年，而《韩偓诗注》则谓"作于后梁太祖开平二年（908）"。按：宋李纲《梁溪集》卷十一《读韩偓诗并记有感》云："韩偓唐昭宗时为翰林学士承旨，颇与国论，为崔胤、朱全忠所不容，谪濮州司马。其后复官，不敢入朝，挈其族依闽中王审知。尝道沙阳，寓居天王院者岁馀，与老僧蕴明相善，以诗赠之。至后唐时，邑令章僚为之记，叙偓始末甚详，且述唐末乱离之事，颇与唐史合。予来沙阳闻之，窃愿一观，而其碑因寺中废，为有力者取去，秘不示人。久之始得见其副本，感而赋之，且录偓诗卷中，传诸好事者云。"其所录韩偓《偶访明公大德赠长句四韵》（前翰林学士承旨户部侍郎知制诰韩偓）诗云："寸发如霜袒右肩，倚肩箭竹貌怡然。悬灯深屋夜深坐，移榻向阳斋后眠。刮膜且扬三毒谕，摄心徐指二宗禅。清凉药分能知味，各自胸中有醴泉。"据此，则韩偓"尝道沙阳，寓居天王院者岁馀"。韩偓至沙县，《韩偓年谱》于后梁开平二年谱谓"偓去福州居沙县（今属福建），当在本年"。其考云："案：本集明年己巳年有诗题《余寓汀州沙县病中闻前郑左丞璘随外镇举荐赴洛兼云继有急征旋见脂辖因作七言四韵戏以赠之或冀其感悟也》、《己巳年正月十二日自沙县抵邵武军将谋抚信之行到才一夕为闽相急脚相召却其请赴沙县郊外泊船偶成一篇》，夫明年己巳年正月初已寓居沙县，正月十二日又离沙县抵邵武（今属福建），则偓早在本年戊辰年已离福州迁居沙县。宋李纲《梁溪集》卷十一《读韩偓诗并记有感》序云偓'尝道沙阳，寓居天王院者岁馀'，复按偓以明年己巳年岁末离沙县赴尤溪（详己巳年谱），则自本年至明年岁末，偓居沙县适为岁馀也。"又于开平三年谱云："年底，偓取水道自水溪（今沙溪，顺东北流向）入建阳溪（即建溪，今闽江，顺东南流向），经黯淡滩诸险，在今尤溪口向西转入尤溪水，溯尤溪水至尤溪（今福建尤溪）。有《建溪滩波心目惊眩余平生溺奇境今则畏怯不暇因书二十八字》诗纪行。"接云："案：此诗编次，集中在《己巳年正月十二日自沙县抵邵武……偶成一篇》之后，《自沙县抵尤溪县值泉州军过后村落皆空因有一绝》（题下自注："此后庚午年"）之前。故定此行在本年底，并系此诗于此。"所考可信。据此，则韩偓于己巳年底即后梁开平三年离沙县，其时亦在沙县"岁馀"。如此推其初至沙县,盖在开平二年冬。则其能于沙县访永明禅师且作《永明禅师房》最早应在开平二年冬。此诗有"景色方妍媚,寻真出近郊"句,谓"景色方妍媚",则景色当是春日,最迟为夏日之景(详参下文"妍媚"注释)。如此,此诗当作于开平三年(909)春夏间,而非开平二年。

此诗咏永明禅师房之周遭景色与禅房中之"宝香炉上蓺,金磬佛前敲"情景。其中"禅寂"与"鹤来巢"两句有作如下解释者:"禅寂,即亡化。释称僧人归于道山为'圆寂'。李幼卿《游烂柯山》之四:'石室过云外,二僧俨禅寂。'"又"鹤来巢,指吊丧之事。《世说新语·贤媛》刘孝标注引《陶侃别传》:'侃丁母忧,在墓下。忽有二客来吊,不哭而退,仪服鲜异,知非常人。遣随视之,但见双鹤冲天而去。'"(均见《韩偓诗注》本诗注释)按:此解释均误。所谓"禅寂"乃僧人坐禅习定,非如圆寂、亡化也。此诚如《汉语大词典》所释云:一、"佛教语。释家以寂灭为宗旨,故谓思虑寂静为禅寂。《维摩诘经·方便品》:'一心禅寂,摄诸乱意。'唐李邕《郑州大云寺碑》:'发趣如因,弥入禅寂。'元辛文房《唐才子传·殷遥》:'与王维结交,同慕禅寂,志趣高疏,多云岫之想。'明唐顺之《丹阳别王道思》:'平生学禅寂,犹自别离难。'"二、"谓坐禅习定。《景德传灯录·迦毗摩罗》:'师可禅寂于此否?'苏曼殊《幽光录》:'(僧祖心)年二十六,忽弃家为僧,禅寂于罗浮、匡庐者久之。'"可见"禅寂"不作"亡化"解。又,"鹤来巢"引陶侃丁母忧,二客来吊事解作"指吊丧之事"亦不妥。盖此句乃"鹤来巢",而非"鹤来吊",原不关吊丧之事。且此句乃因"支公好鹤"而来,谓永明禅房如支公禅房一般,有鹤时来栖息。"支公好鹤",乃典出《世说新语·言语》:"支公好鹤,……有人遗其双鹤。少时翅长欲飞,支意惜之,乃铩其翮,鹤轩翥不复能飞,乃反顾翅垂头,视之如有懊丧意。林曰:'既有凌霄之姿,何肯为人作耳目近玩!养令翮成,置使飞去。'"

【校注】

①妍媚:谓美丽可爱。本诗谓景色妍媚,此妍媚之景多指春景。唐贯休《观怀素草书歌》:"或细微,仙衣半拆金线垂。或妍媚,桃花半红公子醉。"

②真:旧时所谓仙人。《说文·七部》:"真,仙人变形登天也。"

③爇:烧,焚烧。

④磬:寺院中召集众僧用的云板形鸣器或诵经用的钵形打击乐器。常建《题破山寺后禅院》:"万籁此俱寂,但余钟磬音。"

⑤棱:原指物体之棱角。此处意为突出,挺露。

⑥支公:即晋高僧支遁。字道林,时人也称为"林公"。河内林虑人,一说陈留人。精研《庄子》与《维摩经》,擅清谈。当时名流谢安、王羲之等均与为友。此处借指永明禅师。禅寂:谓坐禅习定。

⑦"鹤",玉山樵人本、统签本、麟后山房刻本均作"鹊",《全唐诗》、吴校本均校:"一作鹊"。按:作"鹤"是,据《世说新语·言语》:"支公好鹤"。

登楼有题

暑气檐前过,蝉声树杪交①。待潮生浦口②,看雨过山坳③。才见兰舟动④,仍闻桂楫敲⑤。窣云朱槛好⑥,终睹凤来巢⑦。

【题解】

作年不详,《韩偓诗注》谓"作于唐昭宗乾宁二年(895)",然未言何据,恐不可信。此诗乃登楼所题之作,写登楼之所见周遭夏日景色。故首两句"暑气"、"蝉声"即写夏日景色。中四句乃写登楼所见之广远山水景物,以衬托楼之高而四野之开阔也。末二句则以"窣云"显楼之高耸,"朱槛好"以预示"凤来巢"之祥瑞。

【校注】

①树杪:树梢。王维《送梓州李使君》:"山中一夜雨,树杪百重泉。"交,会合、交融、交汇。

②浦口:小河入江之处。

③山坳:山间的平地;两山间的低下处。

④兰舟:木兰舟。此处用为小舟的美称。

⑤桂楫:亦作"桂檝"。桂木船桨,亦泛指桨。

⑥窣云:浮云。朱槛:红色栏杆。白居易《百花亭》:"朱槛在空虚,凉风八月初。"此处代指所登之楼。

⑦凤来巢:谓祥瑞之征兆。《广西通志》卷十三《永福县》:"凤巢山,在县城后,即邑之主山,亭亭如华盖,旧名华盖山。崛起独秀,上圆下广,而县治建其下。隋大业间,双凤来巢,百鸟环集。宋建隆间,复来巢于其巅,因改名凤巢山。事闻于朝,遣使凿石得玉窟,巨成池,池水四季不涸,澄清如鉴,名曰玉液池。"

朝退书怀①

鹤帔星冠羽客装②,寝楼西畔坐书堂。山禽养久知人唤,窗竹芟多漏月光③。粉壁不题新拙恶④,小屏唯录古篇章。孜孜莫患劳心力,富国安民理道长⑤。

【题解】

作于韩偓为官朝中时,作年难以确考。《韩偓简谱》谓"翰林集诗有'富国安民理道长'句,殆佐户部时情事",故系于景福二年(893)。《唐韩学士偓年谱》则系于乾宁二年(895)。《韩偓诗注》谓"作于唐昭宗光化三年(900)",然未言何据。《韩偓年谱》于光化三年考韩偓初入翰林为学士,谓"本集有《朝退书怀》诗,结云:'孜孜莫愁劳心力,富国安民理道长。'当亦此时期作"。按:《韩偓简谱》谓"殆佐户部时情事",故系于景福二年。然是年韩偓虽在朝为官,其所任何职则不详,未能确定偓时乃"佐户部",故所系年不可信。考《新唐书·韩偓传》云:"后累迁左谏议大夫。宰相崔胤判度支,表以自副。王溥荐为翰林学士,迁中书舍人。"又,《新唐书·崔胤传》载:"还守司空、门下侍郎、平章事,兼领度支、盐铁、户部使,而赐抟死。"《新唐书·宰相表下》光化三年六月载"丁卯,崔胤为尚书左仆射兼门下侍郎、同中书门下平章事、诸道盐铁转运等使"。则崔胤判度支表韩偓以自副之时

369

间,乃在光化三年六月丁卯或稍后数日。韩偓任此职涉及掌"度支、盐铁、户部使"事,实乃有关"国富民安"事。如户部侍郎之职,"掌天下田户、均输、钱谷之政令,其属有四:一曰户部,二曰度支,三曰金部,四曰仓部。总其职务,而行其制命。凡中外百司之事,由于所属,皆质正焉。"(《旧唐书·职官志二》)故疑韩偓赋此诗乃在光化三年(900)六月,诗即赋于此时。此诗乃朝退休憩时所咏,描绘其居处之清幽可人及潇洒超脱之情怀。唯末二句乃自勉之辞,虽为人恶评为"结语亦何庸腐",然亦可见诗人之"富国安民"之政治情怀,未可全部抹杀。

【校注】

①汲古阁本诗题作"退朝书怀"。

②鹤帔:修道者的衣装。星冠:道士的帽子。羽客:指神仙或道士。

③芟:割除,除去。

④粉壁:指白色墙壁。新拙恶:对自己新作品之谦称。

⑤"富国",麟后山房刻本作"富贵"。按:诸本均作"富国",作"富贵"误。理道:理政之道。唐高适《淇上酬薛三据兼寄郭主簿》:"理道资任贤,安人在求瘼。"

【汇评】

楼作卧房,能杜湿气。或谓梯级不便老年,华佗《导引论》曰:"老年筋缩足疲,缓步阶级,以展舒之。"则登楼,正可借以展舒。谚又有寒暑不登楼之说。天寒所畏者风耳,如风无漏隙,何不宜之有? 即盛夏,但令窗外遮蔽深密,便无热气内侵。惟三面板隔者,木能生火也。按《吴兴掌故》有销暑楼,颜真卿题额,则楼亦可销暑也。又韩偓诗云:"寝楼西畔坐书堂",则楼宜寝,并可称寝楼。然少觉不适,暂迁楼下,讵曰非宜。(曹庭栋《老老恒言》卷四)

结语亦何庸腐!(陆次云辑《五朝诗善鸣集》)

元夜即席^①

　　元宵清景亚元正^②，丝雨霏霏向晚倾。桂兔韬光云叶重^③，烛龙衔耀月轮明^④。烟空但仰如膏润^⑤，绮席都忘滴砌声^⑥。更待今宵开霁后，九衢车马未妨行^⑦。

【题解】

　　作年不详。《韩偓诗注》谓"作于唐昭宗光化三年（900）正月"，然未言何据，难以凭信。诗写元宵夜遇雨景象。"丝雨霏霏向晚倾"，谓黄昏时细雨转为大雨倾泻也。第三句谓浓云遮月，月无光也。第四句谓月轮偶尔露出，月光复照也。五、六两句，言天空烟气如润，然为望月而忘却雨滴也。末两句则盼望雨霁天清，月光皎洁，不妨车如流水马如龙以闹元宵也。

【校注】

　　①元夜：即元宵。农历正月十五日为上元节，又称元夜、元夕。

　　②元正：正月元日。元旦。语出《书·舜典》："月正元日，舜格于文祖。"

　　③桂兔：指月亮。传说月中有桂树、玉兔，故称。传说月中有玉兔、金蟾，又有白兔捣药之说。韬光，敛藏光采。云叶：犹云片，云朵。

　　④烛龙：神话中的神名。传说张目（亦有谓其驾日、衔烛或珠）能照耀天下。

　　⑤烟空：高空；缥缈的云天。李白《上之回》："阁道步行月，美人愁烟空。"膏润：指使草木滋润生长的雨露。

　　⑥绮席：华丽的席具。古人称坐卧之铺垫用具为席。

　　⑦九衢：纵横交叉的大道；繁华的街市。此处指京城大道。

余作探使以缭绫手帛子寄贺因而有诗①

解寄缭绫小字封②，探花筵上映春丛③。黛眉印在微微绿④，檀口消来薄薄红⑤。缠处直应心共紧⑥，研时兼恐汗先融⑦。帝台春尽还东去⑧，却系裙腰伴雪胸⑨。

【题解】

从诗题"余作探使"，知作于刚进士及第时，即唐昭宗龙纪元年（889）春。诗写进士及第。出席探花宴，时有女子寄来缭绫手帛子祝贺，故赋此诗以答。"黛眉"以下四句。均写女子所寄之缭绫手帛，及其用情之深也。唯不知此女子是下首诗之"锦儿"否？据此可见诗人与此女子之浪漫关系。

【校注】

①探使：即探花使，亦称探花郎。唐时称进士及第后杏园初宴时采折名花的人，常以同榜中最年少的进士二人为之。唐李淖《秦中岁时记》："进士杏园初宴，谓之探花宴。差少俊二人为探花使，遍游名园，若它人先折花，二使皆被罚。"宋魏泰《东轩笔录》卷六："进士及第后，例期集一月，共醵罚钱奏宴局，什物皆请同年分掌。又选最年少者二人为探花使，赋诗，世谓之探花郎。"缭绫：一种精致的丝织品。质地细致，纹彩华丽，产于越地，唐代作为贡品。白居易《缭绫》："缭绫缭绫何所似？不似罗绡与纨绮。"手帛子：即手帕子。

②小字：以小字题写。封：此谓封套，如今之信封。

③探花筵：即探花宴，科举时代称进士及第后的杏园初宴。唐李淖《秦中岁时记》："进士杏园初宴，谓之探花宴。"宋赵彦卫《云麓漫钞》卷七："次即杏园初宴，谓之探花宴。便差定先辈二人少俊者为两街探花使，若他人折得花卉先开牡丹、芍药来者，即各有罚。"春丛：春日丛生的花木。此指诗人做探花郎所采之花丛。

④黛眉：黛画之眉。特指女子之眉。

⑤檀口:红艳的嘴唇。多形容女性嘴唇之美。唐张祜《观杨瑗柘枝》:"微动翠蛾抛旧态,缓遮檀口唱新词。"

⑥缠:用针缝。《汉书·贾谊传》"緁以偏诸",唐颜师古注:"谓以偏诸缠著之也。"唐王建《宫词》之四十七:"缠得红罗手帕子,中心细画一双蝉。"

⑦砑:压印。唐张祜《少年乐》:"带盘红鼲鼠,袍砑紫犀牛。"

⑧帝台:犹帝阙。骆宾王《和孙长史秋日卧病》:"霍第疏天府,潘园近帝台。"

⑨裙腰:裙的上端紧束于腰部之处。白居易《和梦游春诗一百韵》:"裙腰银线压,梳掌金筐蹙。"雪胸:雪白之胸脯。此处代指赠手帕之女子。

【汇评】

题似有脱误。(吴汝纶《吴评韩翰林集》)

别锦儿及第后出京别锦儿与蜀妓①

一尺红绡一首诗②,赠君相别两相思。画眉今日空留语③,解佩他年更可期④。临去莫论交颈意⑤,清歌休著断肠词⑥。出门何事休惆怅⑦,曾梦良人折桂枝⑧。

【题解】

据此诗题下"及第后出京别锦儿与蜀妓"语,知为龙纪元年(889)春进士及第后所作。此诗乃及第后出京时别锦儿所赠诗。从诗中"两相思"、"画眉"、"解佩"、"交颈意"、"良人"诸语,可见与锦儿情感之绸缪缱绻。论者有谓"锦儿,侍儿也",未知是否。诗题为"别锦儿",则锦儿乃诗所赠之主要对象,故全诗大多诗句均为锦儿而发。"蜀妓"乃从属者,故诗中仅有"清歌休著断肠词"一句及之。又,《韩偓诗注》释诗题下小注"及第后出京"云:"唐时凡进士新及第,在一番酬酢后,照例要出京荣归故里,拜谒父母。诗人此番出京,当是归觐万年,惜乎父母乃不在矣。"按:此说恐未必,盖唐人及第后亦多有未即出京回故里拜谒父母者。且从此诗题下小注,亦难于确定诗人此番出京乃即回故里，更何况此时其"父母已不在矣"。据《新唐书·韩偓传》："擢进士第，佐河中幕府"，诗人及第后即出佐河中，河中大致位于长安东方。再参其前一首《余作探使以缭绫手帛子寄贺因而有诗》诗谓"帝台春尽还东去"，则此番"出京"，或即出佐河东欤？

【校注】

①玉山樵人本、统签本诗题均为"及第后出京别锦儿"。出京：即离开京城长安。

②红绡：红色薄绸。白居易《琵琶行》："五陵年少争缠头，一曲红绡不知数。"

③"今"，《全唐诗》、吴校本均校："一作此"。按：清黄之隽撰《香屑集》卷十四引作"此"。画眉：以黛描饰眉毛。《汉书·张敞传》："敞无威仪……又为妇画眉，长安中传张京兆眉怃。有司以奏敞。上问之，对曰：'臣闻闺房之内，夫妇之私，有过于画眉者。'"唐朱庆余《近试上张水部》："妆罢低声问夫婿，画眉深浅入时无？"后以"画眉"喻夫妻感情融洽。

④解佩：解下佩带的饰物。

⑤交颈意：比喻夫妻恩爱；男女亲昵。唐李郢《为妻作生日寄意》："鸳鸯交颈期千岁，琴瑟谐和愿百年。"

⑥清歌：清亮的歌声。王勃《三月上巳祓禊序》："清歌绕梁，白云将红尘并落。"断肠词：指极为伤心的歌词。断肠，形容极度思念或悲痛。李白《清平调》词之二："一枝红艳露凝香，云雨巫山枉断肠。"

⑦"休"，《全唐诗》、吴校本均校："一作仍"。

⑧良人：古时女子对丈夫的称呼。《孟子·离娄下》："齐人有一妻一妾而处室者，其良人出，必餍酒肉而后反。"赵岐注："良人，夫也。"白居易《对酒示行简》："昨日嫁娶毕，良人皆可依。"折桂枝：此处谓进士及第。《晋书·郤诜传》："武帝于东堂会送，问诜曰：'卿自以为何如？'诜对曰：'臣举贤良对策，为天下第一，犹桂林之一枝，昆山之片玉。'"后因以"折桂"谓科举及第。

【汇评】

韩偓有《别锦儿》诗，锦儿，侍儿也。（王初桐《奁史》卷二十妾婢门二《钗小志》）

374

闲　步

庄南纵步游荒野①，独鸟寒烟轻惹惹②。傍山疏雨湿秋花，僻路浅泉浮败果。樵人相见指惊麝③，牧童四散收嘶马。一壶倾尽未能归，黄昏更望诸峰火。

【题解】

作年不详。《韩偓诗注》谓"作于后梁开平四年(910)"，然未言何据。据《韩偓年谱》所考，韩偓开平四年春即移居南安县桃林场。谓开平四年作，可备一说。诗写庄外闲步所见荒野景色。所写秋日景色虽不免荒寒萧疏，然亦颇有诗人所欣赏者，故有"一壶倾尽未能归，黄昏更望诸峰火"之句。

【校注】

①纵步：漫步。

②惹惹：轻盈貌。

③"见"，玉山樵人本、韩集旧钞本、统签本、麟后山房刻本均作"聚"，《全唐诗》、吴校本均校："一作聚"。麝：同"麛"，亦同"麚"，即獐子。《诗·召南·野有死麛》："野有死麕，白茅包之。"

【汇评】

此律诗。(吴汝纶《吴评韩翰林集》)

乾宁三年丙辰在奉天重围作

仗剑夜巡城，衣襟满霜霰。贼火遍郊坰①，飞焰侵星汉②。积雪似空江，长林如断岸。独凭女墙头③，思家起长叹。

【题解】

如据诗题,作于"乾宁三年丙辰",即唐昭宗乾宁三年(896),《韩翰林诗谱略》《唐韩学士偓年谱》即系于此年。然此诗作年及其创作背景亦有歧说。《韩偓简谱》于乾宁三年系此诗,然谓"集中此诗系在此年,依《通鉴》所记,覃王赴镇,李茂贞不受代,围覃王于奉天。则致尧殆随覃王赴镇,故有重围,然时差一年,但似以集为主。"则亦疑诗之背景乃乾宁四年六七月间事。《韩偓年谱》亦系此诗于乾宁三年,其考其时背景云:"七月,茂贞进逼京师,壬辰,昭宗出至渭北,韩建请幸华州,丙申,昭宗至华州。茂贞入长安,自中和以来所葺宫室、市肆燔烧俱尽。《通鉴》卷二百六十乾宁三年:'秋,七月,茂贞进逼京师。延王戒丕曰:"今关中藩镇无可依者,不若自鄜州济河,幸太原,臣请先往告之。"辛卯,诏幸鄜州;壬辰,上出至渭北;韩建遣其子从允奉表请幸华州,上不许。……而建奉表相继,上及从官亦惮远去,癸巳,至富平,遣宣徽使元公讯召建,面议去留。甲午,建诣富平见上,顿首涕泣言:"方今藩臣跋扈者,非止茂贞。陛下若去宗庙园陵,远巡边鄙,臣恐车驾济河,无复还期。今华州兵力虽微,控带关辅,亦足自固。臣积聚训厉,十五年矣,西距长安不远,愿陛下临之,以图兴复。"上乃从之。乙未,宿下邽;丙申,至华州,以府署为行宫;建视事于龙兴寺。茂贞遂入长安,自中和以来所葺宫室、市肆,燔烧俱尽。'偓扈从昭宗至华州。"又谓"此诗背景殊难考定。按唐李吉甫《元和郡县图志》卷一《关内道一·京兆府》:'奉天县,东南至府一百六十里。'诗中有'霜霰'、'积雪'语,若谓此诗所记之事在七月茂贞攻长安之际,则时节不符。若谓事在本年冬,又事理难合。当七月昭宗东幸华州,茂贞东入长安之后,奉天独能支撑至冬耶?疑诗中所记之事,或在本年正月间。识此俟考。"《韩偓诗注》亦系于乾宁三年,亦引上述《资治通鉴》所记史事为证,云:"据此,唐昭宗仓皇离京时,时在该年七月,而且到的是华州,华州在长安以东,辖境约当今陕西华县、华阴、潼关及渭北的下邽镇附近地带。而诗中则写到奉天,奉天乃乾州的治所,乾州在长安以西,辖境相当今陕西乾县、武功、周至、醴泉等地。故华州与奉天一东一西,风马牛不相及。按:唐昭宗到达华州后,因受韩建挟制,于是年八月曾经自华州至奉天。韩诗所记可补史籍之不足。"《韩偓诗集笺注》以为"奉天,即岐州,治陕西凤翔。据《旧唐书·昭宗纪》,河东节度使李克用与宣武节度使朱全忠相争,天复元年,昭宗被劫往凤翔,次年六月,朱全忠围困凤翔,至三年初方解围,迎回昭宗。诗题'乾宁三年丙辰',当为'天复三年癸亥'之误。"按:诗题既明谓"乾宁三年丙辰",当不至于乃"天复三年癸亥"之误,故此说不可信。又,以为"唐昭宗到达华州后,因受韩建挟制,于是年八月曾经自华州至奉天",所说尚缺史籍依据,疑未必是。余以为诗题当无误,且诗人明言"奉天围中",则此时亦非必伴昭宗于华州行在,亦可能因时局危殆之故,而奉命出往奉天久之,至乾宁三年秋冬间尚未回华州。其时奉天在围中,故赋是诗。奉天,即奉天县,唐文明元年(684)分醴泉、始平、好畤、武功、永寿五县地置,属雍州。治所即今陕西乾县。乾宁元年(894)为乾州治。此诗有"衣襟满霜霰"句,则诗作于乾宁三年(896)深秋。

此诗在围城中仗剑夜巡城所作。中写敌军之众多及气焰之嚣张,故有"贼火遍郊坰,飞焰侵星汉"两句;又写天气之严寒恶劣,故有"衣襟满霜霰","积雪似空江,长林如断岸"之句。此皆衬托局势之险恶严峻也。此句乃比喻,谓积雪茫茫一片,犹如空阔之江水,并非实有"积雪布满江中"。故此句有"似"字,下句"长林如断岸"有"如"字。

【校注】

①郊坰:泛指郊外。

②星汉:天河;银河。曹操《步出夏门行》:"日月之行,若出其中;星汉粲烂,若出其里。"

③女墙:城墙上呈凹凸形的小墙。

雨　中

青桐承雨声①,声声何重迭②。疏滴下高枝,次打敧低叶③。鸟湿更梳翎,人愁方拄颊。独自上西楼,风襟寒帖帖④。

【题解】

作年不详。《韩偓诗注》谓作于唐昭宗天复三年(903),未言何据,恐不可信。此诗写雨中登楼所见景象与感受。首两句以雨声写雨;三、四句写雨滴从高下落,穿枝打叶,极具动态。五、六两句,分写雨中鸟与人之反应与影响。末二句则转写雨中自己之感受,所谓"风襟寒帖帖",乃因雨之故,仍是扣紧诗题"雨中"。

【校注】

①青桐:树木名。即梧桐。因其皮青,故称。

②前一"声"字,汲古阁本、《全唐诗》、吴校本均校:"一作雨"。

③次:依次接替。敧低叶:谓较低而斜倚之枝叶。敧,倾斜,歪斜不正。白居易《新昌新居书事四十韵》:"檐漏移倾瓦,梁敧换蠹椽。"

④风襟:外衣的下襟。此处指外衣。杜甫《月》:"爽合风襟静,当空泪脸悬。"帖帖:逼近、贴近貌。

与　僧

江海扁舟客①,云山一衲僧②。相逢两无语,若个是南能③。

【题解】

作年不详。《韩偓诗注》谓"作于唐昭宗天祐元年(904)",然未言何据,恐不可信。此乃赠僧诗。首句自指,第二句谓僧人,第三句之"两无语"即并谓两人而言。后两句语出幽默,亦颇具不立文字,直指人心,顿悟成佛之禅味。自许为南能,可见诗人亦曾瓣香禅宗也。

【校注】

①"江海"句:意谓自己乃放浪江湖之人。扁舟客乃作者自称。

②云山:远离尘世的地方。隐者或出家人的居处。元稹《修龟山鱼池示众僧》:"云山莫厌看经坐,便是浮生得道时。"一衲僧,即一个僧人。衲,

僧衣。因其常用许多碎布拼缀而成,故称。白居易《赠僧·自远禅师》:"自出家来长自在,缘身一衲一绳床。"

③若个:哪个。可指人,亦可指物。此处指人。唐东方虬《春雪》:"不知园里树,若个是真梅?"南能,指唐代佛教禅宗南宗创始人慧能。道原《传灯录》:"五祖下曹溪慧能为南宗,神秀为北宗,故时号'南能北秀'。"

晚　岸

揭起青艓上岸头①,野花和雨冷修修②。春江一夜无波浪,校得行人分外愁③。

【题解】
作年不详。《韩偓诗注》谓"作于唐昭宗天祐三年(906)",未言何据,恐难于凭信。此诗乃夜里船行,遇寒雨上岸而作也。首句揭题,扣"晚岸";第三句之"一夜",亦扣题之词。然第三句乃铺垫之句,意在说明"校得行人分外愁"者,不在于"春江一夜无波浪",乃缘"野花和雨"之"冷修修"耳。

【校注】
①"艓",嘉靖《万首唐人绝句》等诸本作"蓬",翰林集作"篷",玉山樵人本、统签本均作"䑸",汲古阁本作"䑽",下校:"一作艓。"青艓:青竹所编成之船篷。

②修修:象声词。多形容风雨之声。唐姚合《渚上行》:"微风屡此来,决决复修修。"

③校得:即捞得、搅得。校,通"挍"。清钱大昕《十驾斋养新录·陆氏〈释文〉多俗字》:"《说文·手部》无挍字,汉碑木旁字多作手旁,此隶体之变,非别有挍字。"挍,即谓搅扰。

仙 山

一炷心香洞府开①，偃松皱涩半莓苔②。水清无底山如削，始有仙人骑鹤来③。

【题解】

作年不详。《韩偓诗注》谓"作于唐昭宗天祐三年（906）"，又谓"仙山，即仙居山。在今江西黎川县西北三里。此山峡水环绕，洲林森郁，别有洞天也。此诗当是诗人由南城趋邵武途经黎川时所作。"按：由南城往邵武固可经过黎川仙居山，然诗题为"仙山"，非"仙居山"。"仙山"，亦恐非专名，且华夏多有谓仙山者。今改名以训，恐未必是。故谓此诗作于天祐三年韩偓由南城往邵武途中，尚难于凭信也。

此诗乃咏仙山之作。所谓"仙山"，一般多是偃松翠柏，山峰峻峭，洞府幽深静谧，山水清幽之处。故此诗所咏仙山境界，与前人所写仙山之情景大致相类，未有独创之处。然据此诗，可见诗人慕好仙道之情结。其晚年多抒发仙情隐逸志趣，非偶然也，其来有自矣。

【校注】

①一炷：即一根。炷，灯炷；灯心。心香：佛教语。谓中心虔诚，如供佛之焚香。洞府：道教称神仙居住的地方。沈约《善馆碑》："或藏形洞府，或栖志灵岳。"

②偃松：枝叶蟠曲之松树。皱涩：谓松树皮凹凸粗糙，不光滑。

③"骑"，《全唐诗》、吴校本均校："一作跨"。按：《佩文斋咏物诗选》卷二百三十八录作"跨"。仙人骑鹤来：用《搜神后记》丁令威之典。

过 茂 陵①

不悲霜露但伤春②,孝理何因感兆民③。景帝龙髯消息断④,异香空见李夫人⑤。

【题解】

作年不详。《韩偓诗注》谓"作于唐昭宗乾宁三年秋(896)。乃诗人护驾由华州至奉天途经茂陵时所作。"按:所说未必可信,盖乾宁三年秋诗人未必经过茂陵(详《乾宁三年丙辰在奉天重围作》诗),况谓此诗作于秋日,推原其说,当以为首句之"霜露,指秋季",然此解未谛,此诗不能据此而定秋季作矣。且诗人为京兆人,茂陵离长安不远,诗人之经茂陵,恐未必迟至乾宁三年年五十五岁时方可能,其前亦不无经茂陵之机会也。

此诗乃过茂陵而咏汉武帝。究其诗旨,乃批评汉武帝。其意谓汉武帝虽倡孝道,然而未能亲躬孝道也;唯重女色,故画李夫人之图形,又信方士之言,以求见李夫人之神魂也,然此乃徒然而已耳。首句"不悲霜露但伤春",乃总评汉武,概括以下三、四两句之意也。"不悲霜露",乃"景帝龙髯消息断"之谓,批评武帝之不思先帝也;"但伤春",乃刺武帝"异香空见李夫人",讥其重色也。"伤春",喻伤李夫人之早逝也。第二句"孝理何因感兆民",乃批评汉武帝虽倡孝道,然未能躬行孝道,唯重女色,则其所倡孝道,又如何能感动百姓,令人信服!"何因",乃就首句而反诘,讽意由此亦可见。"消息断",与下句"异香空见李夫人"成反衬,讥刺之意自在其中。此诗亦有承李义山衣钵之处。义山亦有《茂陵》、《汉宫》诗,中亦讽汉武之耽于神仙方士与女宠,《茂陵》谓"玉桃偷得怜方朔,金屋修成贮阿娇";《汉宫》谓"通灵夜醮达清晨,承露盘晞甲帐春。王母不来方朔去,更须重见李夫人。"于此可知致尧之亲炙义山,实有其事也。

【校注】

①茂陵:陵墓名,此指汉武帝刘彻陵墓,在今陕西兴平东北。

②悲霜露:即霜露之悲。意为对父母先祖之悲思。《颜氏家训》卷下《终制篇》:"死者人之常分,不可免也。……四时祭祀,周孔所教,欲人勿死其亲,不忘孝道也。……若报罔极之德,霜露之悲,有时斋供,及尽忠信,不辱其亲,所望于汝也。"

③孝理:犹孝道。谓汉武帝以孝治国教民。《汉书·武帝纪》:建元元年:'夏四月己巳,诏曰:'古之立教,乡里以齿,朝廷以爵,扶世导民,莫善于德。然则于乡里先耆艾,奉高年,古之道也。今天下孝子顺孙愿自竭尽以承其亲,外迫公事,内乏资财,是以孝心阙焉。朕甚哀之。民年九十以上,已有受鬻法,为复子若孙,令得身帅妻妾遂其供养之事。''兆民:古称天子之民,后泛指众民,百姓。《书·吕刑》:"一人有庆,兆民赖之。"

④"景帝"句:景帝,即汉孝景皇帝,武帝之父。景帝与其父汉文帝均为明主,史称"文景之治"。龙髯,龙之须。后用为皇帝去世之典。唐李峤《汾阴行》:"自从天子向秦关,玉辇金车不复还。珠帘羽扇长寂寞,鼎湖龙髯安可攀?"

⑤"异香"句:李夫人,即汉孝武李夫人。《汉书·外戚传上·孝武李夫人传》:"上叹息曰:'善!世岂有此人乎?'平阳主因言延年有女弟,上乃召见之,实妙丽善舞。由是得幸,……李夫人少而蚤卒,上怜悯焉,图画其形于甘泉宫。……初李夫人病笃,上自临候之,……上思念李夫人不已,方士齐人少翁言能致其神。乃夜张灯烛,设帐帷,陈酒肉,而令上居他帐,遥望见好女如李夫人之貌,还幄坐而步。又不得就视,上愈益相思悲感,为作诗曰:'是邪,非邪?立而望之,偏何姗姗其来迟!'令乐府诸音家弦歌之。上又自为作赋,以伤悼夫人。"

曲江秋日①

斜烟缕缕鹭鸶栖②,藕叶枯香折野泥③。有个高僧入图画④,把经吟立水塘西⑤。

作年不详。《韩偓诗注》谓"作于唐昭宗天复元年(901)初秋",然未言何据,恐难于凭信。诗写秋日曲江景色也。此景色既有自然之秋景,更有僧人读经而入秋景,故更别具诗情画意与特色。首二句描写曲江秋景,拈出斜烟中之"鹭鸶栖",乃点曲江池,有池水,故有鹭鸶也;谓"藕叶枯香"而"折野泥",亦写曲江秋日实景,又扣"曲江秋日"之题。后二句拈出高僧水边读经,既是曲江特出一景,又暗点曲江旁之慈恩寺与慈恩塔。盖慈恩寺在曲江北,寺旁有慈恩塔藏经像。此寺在全盛时有十余院,僧三百人。故诗人其时可见高僧于曲江池旁读经也。

【校注】

①曲江:水名。即曲江池,在今陕西西安东南。秦为宜春苑,汉为乐游原,有河水水流曲折,故称。隋文帝以曲名不正,更名芙蓉园。唐复名曲江。开元中更加疏凿,为都人中和、上巳等节游赏胜地。

②鹭鸶:即鹭。因其头顶、胸、肩、背部皆生长毛如丝,故称。

③枯香:此处指枯萎之藕花。

④"人",玉山樵人本、嘉靖洪迈本、统签本均作"似",韩集旧钞本、汲古阁本、《全唐诗》、麟后山房刻本、吴校本均校:"一作似"。

⑤水塘:此处指曲江池。

流　年①

三月伤心仍晦日②,一春多病更阴天③。雄豪亦有流年恨④,况是离魂易黯然⑤。

【题解】

作年不详。《韩偓诗注》谓"作于唐昭宗天复三年(903)三月,诗人贬官出京后不久。"按:编年之根据不足,恐难于凭信。此诗乃游子逢春末,痛伤春之将逝,且叹岁月之流逝也。三月晦日,乃春尽将夏也,故引发伤春之情。更何况"一春多病更阴天",乃令人双重伤心也。然诗题为"流年",则诗人所更伤心者,实在春尽节换,流光之消逝耳。故下句有雄豪亦叹流年以陪衬,则何况自己一庸碌之离人,其伤别叹流年之情,逢此春尽之辰,岂不黯然伤心也!

【校注】

①流年:如水般流逝的光阴、年华。

②"仍",《全唐诗》、吴校本均校:"一作逢"。晦日:农历每月最后的一天。《公羊传·僖公十六年》:"何以不日?晦日也。"

③"更",《全唐诗》、吴校本均校:"一作是"。

④雄豪:英雄豪杰。

⑤离魂:指远游他乡的旅人。黯然:感伤沮丧貌。南朝江淹《别赋》:"黯然销魂,唯别而已矣。"

商山道中①

云横峭壁水平铺,渡口人家日欲晡②。却忆往年看粉本③,始知名画有工夫。

【题解】

作年不详。《韩偓诗注》谓"作于唐昭宗乾宁三年(895)",然未言何据。按:乾宁三年,韩偓随唐昭宗出幸华州,亦至奉天,时有《乾宁三年丙辰在奉天重围中作》诗,是年并未经商山,故此诗非是年所作。

此诗写商山道中所见商山一带景色,且叹赏前人所绘商山名画之逼真也。故前两句乃写云绕商山峭壁,黄昏时渡口人家景色;一写高处之山峰,一状低平处渡口人家景色,颇有天地空间之山水布局之巧,似呈现一幅绝美之图画。以此故有后二句之联想,且此联想又反衬眼前商山景色之美也。

【校注】

①商山：山名。在今陕西商县东。亦名商岭、商阪、地肺山、楚山。地形险阻，景色幽胜。秦末汉初四皓曾在此隐居。陶潜《桃花源诗》："黄绮之商山，伊人亦云逝。"

②晡：申时，即十五时至十七时。此指太阳西移至晡时的视觉位置。

③粉本：画稿。古人作画，先施粉上样，然后依样落笔，故称画稿为粉本。

招　隐①

立意忘机机已生②，可能朝市污高情③。时人未会严陵志④，不钓鲈鱼只钓名⑤。

【题解】

《韩偓诗注》谓"作于后梁太祖开平四年（910）"，未言何据。按：此诗作年难于确考，系于开平四年未有确证，难于凭信。此诗乃讥讽时人借隐居之名而沽名钓誉也。诗谓时人于立意隐居之初，即已存机巧之心，此乃受世俗名利心之污染所致耳。此等伪隐之徒，绝不懂严子陵隐居不仕之志向，乃一心借隐钓而沽名钓誉耳！末句"不钓鲈鱼只钓名"，亦乃化用张翰故事以讽。《晋书·张翰传》："张翰字季鹰，吴郡吴人也。……翰有清才，善属文，而纵任不拘，时人号为'江东步兵'。……齐王冏辟为大司马东曹掾。冏时执权，翰谓同郡顾荣曰：'天下纷纷，祸难未已。夫有四海之名者，求退良难。吾本山林间人，无望于时。子善以明防前，以智虑后。'荣执其手，怆然曰：'吾亦与子采南山蕨，饮三江水耳。'翰因见秋风起，乃思吴中菰菜、莼羹、鲈鱼脍，曰：'人生贵得适志，何能羁宦数千里以要名爵乎？'遂命驾而归。"

【校注】

①招隐：招人归隐。骆宾王《酬思玄上人林泉》："闻君招隐地，仿佛武

陵春。"

②立意:打定主意,决心。忘机:消除机巧之心。常用以指甘于淡泊,与世无争。

③朝市:泛指名利之场。陶潜《感士不遇赋》:"拥孤襟以毕岁,谢良价于朝市。"高情:高尚之情操。此谓超脱名利之情操。

④严陵志:指隐居不仕之志。《后汉书·严光传》:"严光,字子陵,一名遵,会稽余姚人也。少有高名,与光武同游学。及光武即位,光乃变名姓,隐身不见。帝思其贤,乃令以物色访之。后齐国上言,有一男子披羊裘钓泽中。帝疑其光,乃备安车玄纁,遣使聘之。……除为谏议大夫,不屈,乃耕于富春山,后人名其钓处为严陵濑焉。"

⑤"不钓"句:意谓时人并非真心隐居,而是借隐居之名以沽名钓誉。钓名,作伪以求虚名。

雨　村

雁行斜拂雨村楼①,帘下三重幕一钩②。倚柱不知身半湿,黄昏独自未回头。

【题解】

作年不详。《韩偓诗注》谓"作于后梁太祖开平四年(910)",未言何据,恐难于凭信。诗题"雨村",故首句即以"雨村楼"点题,然其意并非仅写"雁行斜拂雨村楼"之雨村景象也。"雁行斜拂"乃是紧关诗旨之景,故有以下诗句以为响应。"幕一钩",为看"雁行"更分明也;后二句"不知身半湿","黄昏"而"未回头",之所以如此长时间专注垂情于雁行者,乃在于睹雁行而深陷离思之中耳。寥寥数笔而诗情画意宛然,意味隽永深挚,致尧诚写景抒情之作手也。

【校注】

①雁行:飞雁的行列。卢纶《春夜对月见寄》:"露如轻雨月如霜,不见

星河见雁行。"

②"重"，嘉靖洪迈本、汲古阁本均作"更"，《全唐诗》、吴校本均校："一作更"。按：诸本多作"三重"，且诗有"黄昏"句，则作"三更"误。

使　风^①

茶烟睡觉心无事^②，一卷黄庭在手中^③。欹枕卷帘江万里^④，舟人不语满帆风。

【题解】

作年难以确考。《韩偓诗注》谓"作于唐昭宗天复三年(903)"，然未言何据。揣其所以系于是年者，乃因其时韩偓出贬濮州司马后，翌年转入湖南前曾有江行，而此诗有"江万里"句，故系此诗于是年。然韩偓之江行亦非仅是年，而又未能提供此诗必是年作之确证。故系于天复三年未必可信，聊备一说可矣。

首二句谓船中睡醒无事，泡茶品茗，于茶烟轻扬中，手把《黄庭经》品读。此景此情，诗人之闲适惬意从可体味矣。后二句点出身在江中船上，并写出"使风"题意。"欹枕"承首句"睡觉"，"卷帘"开下"江万里"、"满帆风"诗句。"满帆风"回扣"使风"诗题。

【校注】

①使风：谓利用风力，张帆行船。

②"烟"，玉山樵人本、韩集旧钞本、嘉靖洪迈本、统签本、麟后山房刻本均作"香"，《全唐诗》、汲古阁本、吴校本均校："一作香"。

③黄庭：指《黄庭经》，道教的经典著作。李白《送贺宾客归越》："山阴道士如相见，应写《黄庭》换白鹅。"

④"卷帘"，《全唐诗》、吴校本均校："一作已过"。

阻　风①

平生情趣羡渔师②，此日烟江惬所思。肥鳜香秔小艛艓③，断肠滋味阻风时。

【题解】

作年难以确考。《韩偓诗注》谓"作于唐昭宗天复三年(903)"，然未言何据。揣其所以系于是年者，乃因其时韩偓出贬濮州司马后，翌年转入湖南前曾有江行，而此诗诗题"阻风"，又有"烟江"句，故系此诗于是年。然韩偓之江行亦非仅是年，而又未能提供此诗必是年作之确证。且此诗之"烟江"亦非必指长江，故系于天复三年未必可信，聊备一说可矣。

诗写江上阻风之感受。诗言平生羡慕渔人之生活与情趣，盖渔人身处"肥鳜香秔小艛艓"之江上风光，颇为惬意也。然而此时身处阻风之境，方体味到江上阻风时之令人断肠之苦楚矣。真可谓身处其中，方能真正体会其中之酸甜苦辣矣。

【校注】

①阻风：被风所阻。白居易《白口阻风十日》："世上方为失途客，江头又作阻风人。"

②"趣"，《全唐诗》、吴校本均校："一作性"。渔师：渔人。

③"艛艓"，吴校本作"楼艓"。按："艛艓"同"楼艓"。鳜：又名桂花鱼、鳜花鱼。鱼纲鮨科。体侧扁，背隆起，青黄色，腹部灰白色，全身有不规则黑色斑点。大口、细鳞。生活在淡水中，是中国的特产，肉味鲜美。张志和《渔歌子》之一："西塞山前白鹭飞，桃花流水鳜鱼肥。"香秔：一种有香味的粳米，产江浙一带。李颀《赠张旭》："荷叶裹江鱼，白瓯贮香秔。"艛艓：一种小船。白居易《入峡次巴东》："两片红旌数声鼓，使君艛艓上巴东。"

并　州①

戍旗青草接榆关②，雨里并州四月寒。谁会凭阑潜忍泪，不胜天际似江干③。

【题解】

此诗作于唐昭宗龙纪元年（889）四月。诗写至并州而伤其边鄙之荒寒。首句实写并州景象，乃边鄙之空旷边野景色。次句突出并州之寒冷，虽已入夏，然而雨中仍是寒凛，真是"春风不度玉门关"矣。"潜忍泪"，则诗人之伤心可知。而之所以伤心者，乃"天际似江干"，眼前乃一望无际之荒芜，有若在江岸面对茫茫无际之渺渺江水也。

【校注】

①并州：州名，汉置。其地当今内蒙古、山西大部及河北之一部。东汉时并入冀州。三国时复置。地约当今山西汾水中游地区。唐开元改为太原府，州治即今太原。

②戍旗：边防军的旗帜。榆关：本谓古海关。古称渝关、临榆关、临渝关，明改为今名。其地古有渝水，县与关都以水得名。在今河北秦皇岛。此处乃泛指北方边塞。

③江干：江边；江岸。王勃《羁游饯别》："客心悬陇路，游子倦江干。"

夏　夜

猛风飘电黑云生①，霎霎高林簇雨声②。夜久雨休风又定③，断云流月却斜明。

作年不详。《韩偓诗注》谓"作于唐昭宗天复二年(902)夏",未言何据,难于凭信。诗写夏夜暴雨时与雨霁后月明景色。首二句描绘暴风惊电、乌云聚生,猛雨飘洒高林,霎霎作响,真是一派夏日狂风暴雨景象。后二句则是夜深雨霁月明时之风景。"断云流月",写出雨初霁月明时之天空景象,真绝,妙绝!

【校注】

① 飘电:指闪电。

② 霎霎:象声词。此形容雨声。簇:丛集;聚集。唐黄滔《江州夜宴献陈员外》:"多少欢娱簇眼前,浔阳江上夜开筵。"

③ 雨休:雨止、雨歇。唐温宪《杏花》:"店香风起夜,村白雨休朝。"

阑　干①

扫花虽恨夜来雨②,把酒却怜晴后寒。吴质谩言愁得病③,当时犹不凭阑干。

【题解】

作年难以确考。《韩偓诗注》谓"作于唐昭宣帝天祐二年(905),是时,唐昭宗已为朱全忠所弑"。按:揣测将此诗系于天祐二年之故,乃以为此诗用吴质伤曹丕诗典,则韩偓此诗之作乃在唐昭宗被弑后。且此诗有"扫花"句,当作于春末。昭宗于天祐元年八月被弑,遂系此诗于天祐二年。所系年虽不无道理,然诗人作此诗之意旨,是否果如所以为"吴质"句乃伤曹丕,故藉以比诗人之伤昭宗之被弑?且此诗是否即作于唐昭宗被弑之次年,凡此均无确证,故难于凭信。

此诗凭栏伤花。首二句言虽恨夜来花为风雨吹落,怜花而将落花扫起;然此时把酒倚栏,所幸雨晴天寒,天气还是令人怜爱。然诗人缘何喜欢此雨后之晴寒?揣度其由,莫非乃因雨霁风止,花朵可免却再度摧残耶?

如是,则诗人惜花之情从可知矣!"把酒",消愁也,诗人因落花而愁可见,故有后二句"吴质谩言愁得病",以衬托不如自己为花落之愁而"凭阑干"之情重。有学者以为此诗乃唐昭宗被弑后,诗人藉以抒发伤情,是否果如此,今尚未敢苟同,还有以俟高明斟酌之。

【校注】

①此诗诸本韩偓集收于正集中,而《香奁集》刻本未收,惟屈抄本《香奁集》以拾遗诗收入。

②"扫花",吴校本作"扫地"。按:诸本均作"扫花",作"扫地"误。

③吴质:三国魏济阴人,字季重。以文才为曹丕所善。汉献帝建安中为朝歌长,迁元成令。入魏,拜振威将军,假节都督河北诸军事,封列侯。魏明帝太和四年(230),入为侍中。卒谥丑,后改谥威。传见《三国志·魏书·吴质传》、元郝经《续后汉书》卷六十六中下。谩言,说假话。据《文选注》卷四十吴质《答魏太子笺》中就昔日游处之陈琳、徐幹、应玚、刘桢、王粲等皆亡于瘟疫流行中,答云:"然年岁若坠,今质已四十二矣!白发生鬓,所虑日深,实不复若平日之时也。但欲保身敕行,不蹈有过之地,以为知己之累耳!游宴之欢,难可再遇;盛年一过,实不可追。臣幸得下愚之才,值风云之会,时迈齿载,犹欲触胸奋首,展其割裂之用也。"

以庭前海棠梨花一枝寄李十九员外①

二月春风淡荡时②,旅人虚对海棠梨③。不如寄与星郎去④,想得朝回正画眉⑤。

【题解】

作年不详。《韩偓诗注》谓"作于唐昭宗天祐元年(904)。李十九,即诗人的同年虞部李郎中,唐时常以行第称呼其人,……李郎中在兄弟辈中排行十九,故以称之。员外,即员外郎,……李某在任虞部郎中前可能曾当过员外郎,故而称之。"按:谓"李十九,即诗人的同年虞部李郎中",且系此诗在天祐元年,时诗人在长沙(其注"虚对"云:"诗人贬官离京,时在湖南长沙,故曰'虚对'")云云,恐未必。盖此李员外果是诗人同年虞部郎中李冉(据徐松《登科记考》卷二十四所考,虞部李郎中,疑为与韩偓同于龙纪元年登进士第之李冉),则据诗人《访同年虞部李郎中》诗(此诗题下原注"天复四年二月在湖南")、《春阴独酌寄同年虞部李郎中》(此诗题下原注"在湖南")、《同年前虞部李郎中自长沙赴行在余以紫石砚赠之赋诗代书》诗,则天复四年(即天祐元年)李冉与诗人均同在湖南长沙,其时李冉为郎中,非员外郎。且诗中之李员外此时正在朝中,故有"朝回"之句。又《访同年虞部李郎中》诗,《唐百家诗选》本作"访同年虞部二十五郎中",且小注云"四年二月",统签本题下小注作"甲子湖南作",则虞部李郎中之行第为"二十五",非此李员外之"十九"。据此,则此"李十九员外"非韩偓同年虞部郎中李冉,诗亦非天祐元年所作。

　　诗写自己于旅舍中寄海棠梨花与京中友人,赋诗以调侃。所谓"虚对",乃空对、徒然面对也。之所以言"虚对",乃因诗人旅居在外也,且似诗人因海棠梨花而思及家中妻子,故有此说。后二句则谓不如将此海棠梨花寄与李员外,而之所以如此,乃因李员外朝回可与其妻卿卿我我,恩爱绸缪也。此诗之妙,亦全在此末二句之戏谑调侃也。于此亦可知两人之亲睦无间矣。

【校注】

①"寄李十九员外",玉山樵人本作"奉寄十九员外"。

②淡荡:犹骀荡。谓使人和畅。形容春天的景物。鲍照《代白纻曲》之二:"春风淡荡侠思多,天色净渌气妍和。"

③旅人:诗人自谓。虚对:空面对。海棠梨:即海棠果。又名"海红"、"秋子"、"柰子"。

④星郎:《后汉书·明帝纪》:"馆陶公主为子求郎,不许,而赐钱千万。谓群臣曰:'郎官上应列宿,出宰百里,苟非其人,则民受殃,是以难之。'"后因称郎官为"星郎"。

⑤画眉:以黛描饰眉毛。喻夫妻感情融洽。

驿　楼

　　流云溶溶水悠悠①,故乡千里空回头。三更犹凭阑干月②,泪满关山孤驿楼③。

【题解】

　　作年不详。《韩偓诗注》谓"作于唐昭宗天祐元年(904)",未言何据,恐难于凭信。游子思念家园之深情,古今同然。此种情思,流溢宣泄于全诗四句中。"流云溶溶水悠悠",是写景,更是游子离愁乡思之象喻,所谓"浮云游子意"、"思悠悠,恨悠悠,恨到归时方始休。月明人倚楼"也。三、四句"三更犹凭"、"泪满关山",亦是此意。"犹凭"、"泪满",将游子思乡念亲之愁苦渲染得极为浓郁。

【校注】

　　①溶溶:此处形容浮云如水流盛多貌。

　　②"犹",玉山樵人本、韩集旧钞本、嘉靖洪迈本、统签本、麟后山房刻本均作"独",汲古阁本、《全唐诗》、吴校本均校:"一作独"。

　　③关山:关隘山岭。《乐府诗集·横吹曲辞五·木兰诗一》:"万里赴戎机,关山度若飞。"

频访卢秀才 卢时在选末①

　　药诀棋经思致论②,柳腰莲脸本忘情③。频频强入风流坐④,酒肆应疑阮步兵⑤。

【题解】

　　作年不详。《韩偓诗注》谓"作于唐昭宗天祐二年(905)",未言何据,恐不可信。此惜卢秀才科举不得意，入风流场以醉忘忧。首二句言卢秀才本是潜心问学之士，故忘情于烟花女色也。三、四句谓此时秀才一反常态，频频出入风月场中，以酒自醉，有若阮步兵之醉卧酒肆当垆美女旁。"本忘情"、"强入风流坐"，乃此诗之着意处，谓卢秀才一反常态之情有可原，乃"卢时在选末"之故也。诗人怜惜之意、同情之心亦借二语流露而出。

【校注】

①卢秀才：其人未详。秀才，此处乃应举读书人之通称。选末：唐代科举，举子由州县考试后，按照名次选送礼部赴试，排列于最后者谓选末。

②致论：指正确真实的深奥学问道理。

③柳腰莲脸：指窈窕婀娜之美女。柳腰，比喻女子纤柔之身腰。后蜀花蕊夫人徐氏《宫词》："自教宫娥学打球，玉鞍初跨柳腰柔。"莲脸，美如荷花的脸。形容貌美。隋薛道衡《昭君辞》："自知莲脸歇，羞看菱镜明。"

④"坐"，韩集旧钞本、麟后山房刻本作"座"。按："坐"通"座"。风流坐：即风流座，指风月场。南朝梁江洪《为傅建康咏红笺》："不值情牵人，岂识风流座。"

⑤"酒肆"句：酒肆，酒店。阮步兵，即三国名士阮籍，曾官步兵校尉，故称。传见《三国志》卷二十一、《晋书》卷四十九。《世说新语·任诞》："阮公邻家妇有美色，当垆酤酒。阮与王安丰常从妇饮酒。阮醉，便眠其妇侧。夫始殊疑之，伺察终无他意。"又，《晋书·阮籍传》："邻家少妇有美色，当垆沽酒。籍尝诣饮，醉，便卧其侧。籍既不自嫌，其夫察之，亦不疑也。"

答友人见寄酒

虽可忘忧矣①，其如作病何②。淋漓满襟袖③，更发楚狂歌④。

【题解】

作年不详。《韩偓诗注》谓"作于唐昭宗天祐元年（904），友人，或指虞

394

部李郎中。"按:此说无确证,恐不可信。此诗借酒以抒发内心忧时畏祸之情。首两句借晋人顾荣"惟酒可以忘忧,但无如作病何耳"之言,以抒发酒虽可忘忧,但终难于解除心病。而其心病,乃是如顾荣似忧时畏祸之病。据《晋书·顾荣传》,"齐王冏召为大司马主簿,冏擅权骄恣,荣惧及祸,终日昏酣,不综府事。……冏以为中书侍郎,在职不复饮酒。人或问之曰:'何前醉而后醒邪?'荣惧罪,乃复更饮。与州里杨彦明书曰:'吾为齐王主簿,恒虑祸及,见刀与绳,每欲自杀,但人不知耳。'"后二句则谓酒虽未能解除心病,然而亦只能借醉酒以作楚狂之歌,宣泄心中之积郁耳!

【校注】

①忘忧:忘却忧愁。《论语·述而》:"其为人也,发愤忘食,乐以忘忧。"按:此处用《晋书·顾荣传》传意,亦暗用曹操《短歌行》:"对酒当歌,人生几何。譬如朝露,去日苦多。慨当以慷,忧思难忘。何以解忧,唯有杜康"之意。

②其……何:对于……怎么办?作病,发生疾病,致病。《晋书·顾荣传》:"(顾荣)恒纵酒酣畅,谓友人张翰曰:'惟酒可以忘忧,但无如作病何耳。'"

③淋漓:沾湿或流滴貌。南朝梁范缜《拟〈招隐士〉》:"岌峨兮倾欹,飞泉兮激沫,散漫兮淋漓。"此处指酒沾湿貌。唐韩愈《醉后》:"淋漓身上衣,颠倒笔下字。"

④"狂",玉山樵人本、韩集旧钞本、统签本、汲古阁本、麟后山房刻本均作"长"。按:作"狂"是。楚狂歌:楚狂,《论语·微子》:"楚狂接舆歌而过孔子曰:'凤兮凤兮,何德之衰! 往者不可谏,来者犹可追。已而已而,今之从政者殆而!'"邢昺疏:"接舆,楚人,姓陆名通,字接舆也。昭王时,政令无常,乃披发佯狂不仕,时人谓之楚狂也。"后用为狂士的通称。

野　钓

细雨桃花水,轻鸥逆浪飞。风头阻归棹①,坐睡倚蓑衣。

作年不详。《韩偓诗注》谓"作于唐昭宣帝天祐二年（905）"，未言何据，恐难于凭信。诗咏船中垂钓，遇风阻归，遂倚蓑衣而坐睡。此诗颇有张志和《渔歌子》"西塞山前白鹭飞，桃花流水鳜鱼肥。青箬笠，绿蓑衣，斜风细雨不须归"之风调，岂致尧效学志和之作欤？

【校注】

①风头：风的势头。亦泛指风。岑参《走马川行奉送武判官出师西征》："风头如刀面如割，马毛带雪汗气蒸。"归棹：指归舟。唐王勃《临江》诗之二："去骖嘶别路，归棹隐寒洲。"

曲江晚思

云物阴寂历①，竹木寒青苍②。水冷鹭鸶立，烟月愁昏黄。

【题解】

作年不详。《韩偓诗注》谓"作于唐昭宗天复三年（903）"，然未言何据，恐不可信。诗题为"曲江晚思"，然全诗四句均写曲江晚来景色，于思字不着一字，似与"晚思"了不相干。实则全诗四句，句句均以景色写其情思之寂寞、冷寂、孤独与愁绪。只不过不显言其情思耳。此正可谓寓情于景，景皆着我之色彩，"不着一字，尽得风流"也。

【校注】

①云物：景物，景色。李白《下途归石门旧居》："云物共倾三月酒，岁时同饯五侯门。"寂历：犹寂静；冷清。孟郊《过彭泽》："不见种柳人，霜风空寂历。"

②青苍：深青色。常用以形容树色、山色、天色、水色等。唐刘眘虚《暮秋扬子江寄孟浩然》："林山相晚暮，天海空青苍。"

赠 友 人

莫嫌谈笑与经过①，却恐闲多病亦多。若遣心中无一事②，不知争奈日长何③。

【题解】

作年不详。《韩偓诗注》谓"作于唐昭宗天祐元年（904）。友人，或指虞部李郎中"，然未言何据,恐不可信。此诗赠友人而劝之也。然所言道理乃平常不过,并无高论,不知诗人何以如此特意言而赠之？或其友人正有所劝之失耶？

【校注】

①经过：交往。李白《少年行》："经过燕太子,结托并州儿。"

②遣：使、让。《齐民要术·杂说》："禾秋收了,先耕荞麦地,次耕馀地,务遣深细,不得趁多。"

③争奈：怎奈。唐顾况《从军行》之一："风寒欲砭肌,争奈裘袄轻？"

半　睡①

眉山暗淡向残灯②，一半云鬟坠枕棱③。四体著人娇欲泣④，自家揉损砑缭绫⑤。

【题解】

作年难以确考。《韩偓诗注》谓"作于唐昭宗龙纪元年（889）"，未言何据,恐不可信。按：清王士禛《池北偶谈》谓此诗乃"杨廉夫《香奁诗》也,见集中；今讹作韩偓,非是"。此说非是,清恒仁《月山诗话》已驳之。且今影宋本韩偓集，如玉山樵人本、韩集旧钞本、汲古阁本等均录此诗。杨维桢乃元代人，此诗岂是其所作欤！再者，此诗见于杨维桢《复古诗集》卷六《续奁集》二十首之第十五首，题为《成配》，可疑者乃此诗题与是诗内容似不相符，与其此集另十九首诗之诗题与内容皆相扣不同，此可疑也。又其《续奁集》第九首为《出浴》："初讶洗花难抑按；终疑沃雪不胜任。岂知侍女帘帷外，剩取君王数饼金。"此诗乃截取韩偓《咏浴》诗"再整鱼犀拢翠簪，解衣先觉冷森森。教移兰烛频羞影，自试香汤更怕深。初似洗花难抑按，终忧沃雪不胜任。岂知侍女帘帷外，剩取君王几饼金"而成。清永瑢《四库全书总目》卷一百八十九集部四十二已谓"杨维桢《出浴》绝句，实唐韩偓七言律诗后四句，亦间有疏舛，然去取颇有鉴裁。"可见，此诗实非杨维桢诗，乃韩偓诗也。

　　此诗描述女子夜中娇媚撒娇情态。首二句写女子半夜之睡态体貌也。"眉山暗淡"，写娟媚之女也。谓"残灯"，点此时乃夜间也。"一半云鬟坠枕棱"，言女子睡态，点诗题之"睡"字。三、四两句，描述女子之泥人撒娇情态，暗扣"半睡"诗题。

【校注】

①此诗吴校本收于其《香奁集》卷三，玉山樵人本、韩集旧钞本、统签本、屈抄本、石印本《香奁集》亦均收。韩集旧钞本、汲古阁本、麟后山房刻本、吴校本亦均收于正集中。按：据此诗之情韵，盖原乃《香奁集》中诗。

②"淡"同"澹"，韩集旧钞本、统签本、屈抄本、汲古阁本、麟后山房刻本、吴校本、石印本《香奁集》均作"淡"，吴校本《韩翰林集》卷三则作"淡"。眉山：比喻女子之秀眉。《西京杂记》卷二："文君（卓文君）姣好，眉色如望远山。"后因以"眉山"形容女子秀丽的双眉。韩偓《生查子》词："绣被拥轻寒，眉山正愁绝。"

③云鬟：高耸的环形发髻。亦泛指乌黑秀美的头发。杜甫《月夜》："香雾云鬟湿，清辉玉臂寒。"枕棱：旧式枕头两端的棱角，谓枕边。韩偓《三忆》："展转不能起，玉钗垂枕棱。"

④四体：指整个身体，身躯。唐顾况《谢王郎中赠琴鹤》："因想羡门辈，眇然四体轻。"著人：依附着人。此处意为依偎着人。著，依附；附着。韩愈

《秋怀》诗之九："霜风侵梧桐，众叶著树干。"

⑤"损"，《全唐诗》校："一作碎"。石印本《香奁集》作"碎"。按：元杨廉夫《复古诗集》卷六、明宋公传编《元诗体要》卷八、清王士禛《池北偶谈》卷十七等作"碎"。揉损：即揉煞，搓煞。揉，摩擦；搓挪。王建《照镜》："暖手揉双目，看图引四肢。"损，副词，犹煞、极。用于动词后表程度之深。李商隐《杂纂》："闷损人：请贵客不来；恶客不请自来；被醉人缠住不放。"韩偓《六言三首》之二："红袖不干谁会，揉损联娟淡眉。"研：光滑貌。

【汇评】

"眉山暗淡向残灯，一半云鬟坠枕棱。四体著人娇欲泣，自家揉碎研缭绫。"杨廉夫《香奁诗》也，见集中；今讹作韩偓，非是。（王士禛《池北偶谈》卷十七《谈艺》七《香奁诗》，又见王士禛《带经堂诗话》卷十八《校勘类》引）

《池北偶谈》云："'眉山暗淡向残灯，一半云鬟坠枕棱。四体著人娇欲泣，自家揉碎研缭绫。'杨廉夫《香奁诗》也，见集中，今讹作韩偓，非是。"余按，顾侠君《元诗选》载揭曼硕一绝句云："步出城南门，怅望江南路。前日风雪中，故人从此去。"此本古诗，曼硕尝书以寄太虚，后人因误刻入《秋宜集》中。杨廉夫集中此首亦其类也。（"南"字，古诗作"东"。曼硕改之，取其切合顺承门耳。曼硕集中，此诗题作《晓出顺承门有怀太虚》，此题亦后人所为。）今《唐音统签》、《全唐诗》等书并作韩偓，阮亭以为非是，岂别有据耶？（恒仁《月山诗话》）

形容少年时得意光景，亦太自喜矣。（震钧《香奁集发微》）

已　凉①

愁多却讶天凉早②，思倦翻嫌夜漏迟③。何处山川孤馆里④，向灯弯尽一双眉⑤。

【题解】

作年难以确考。《韩偓诗注》谓"作于唐昭宗天祐元年(904)"，然未言何据,恐不可信。诗写秋夜之愁思也。诗之主旨乃"愁",故首句即以"愁多"以揭出。"天凉早",点"已凉"诗题;且"天凉早"亦易引起凄凄之愁思。以下三句,均是描写愁思,尤其"弯尽一双眉",更是愁情之具体写照。而为何愁思不可耐,以致辗转反侧,"翻嫌夜漏迟"者,其"何处山川",又加之以"孤馆"二字,已窥见其因。盖远游人之孤独无偶,思亲念友之愁情也!

【校注】

①此诗亦见于玉山樵人本、统签本、屈抄本、吴校本之《香奁集》中。此首玉山樵人本、韩集旧钞本正集、统签本均作"已凉",屈抄本题作"天凉二首",此为第一首。嘉靖洪迈本作《已凉二首》之二。《全唐诗·香奁集》、吴校本《香奁集》亦收,题作"天凉"。

②"愁",嘉靖洪迈本作"秋"。"多",《全唐诗·香奁集》作"来",玉山樵人本、屈抄本均作"多",《全唐诗·香奁集》、吴校本均校:"一作多"。

③翻:反而。夜漏:夜间的漏刻。漏,滴水计时的器具。

④"川",《全唐诗·香奁集》、吴校本《香奁集》均校:"一作村"。

⑤"尽",汲古阁本、《全唐诗》、吴校本均校:"一作画"。按:作"尽"是,"画"非是。"弯尽"云云,谓极为愁闷以致眉头紧锁,写透愁思绵绵无尽之情态。

寄 禅 师①

从无入有云峰聚,已有还无电火销。销聚本来皆是幻,世间闲口漫嚣嚣②。

【题解】

作年不详。《韩偓诗注》谓"作于后梁太祖开平四年(910)",未言何据,恐不可凭信。诗乃与禅师言禅理也。首句以云彩聚集成山峰,比喻"从无入有"之理;次句以电光消失,说明"已有还无"之禅理。第三句则概括上两句之意,谓无论是消失或是聚集,原本皆是空幻之象,并非实有之物。结言世人不晓得这个禅理，只是徒然嚣嚣乱说一通而已。

【校注】

①此诗汲古阁本收入《韩内翰别集补遗》。吴校本题下注："已下四首本集不载"。按：所谓"已下四首"指此诗与此下《访明公大德》、《大酺乐》、《思归乐》诸诗。

②闲口：闲话。嚣嚣：喧哗貌。《诗·小雅·车攻》："之子于苗，选徒嚣嚣。建旐设旄，搏兽于敖。"毛传："嚣嚣，声也。"

访明公大德①

寸发如霜袒右肩，倚肩筇竹貌怡然②。悬灯深屋夜分坐③，移榻向阳斋后眠。刮膜且扬三毒论④，摄心徐指二宗禅⑤。清凉药分能知味⑥，各自胸中有醴泉⑦。

【题解】

此诗之明公大德，盖即韩偓另一首《永明禅师房》诗之永明禅师。据前《永明禅师房》所考，韩偓乃在沙县访永明禅师，时为开平二年（908）秋后至开平三年底。前又考《永明禅师房》非作于开平二年，乃作于开平三年春夏间。此诗或与《永明禅师房》诗同时作，或稍前后所作，今姑系于开平三年（909）。《韩偓年谱》、《韩偓诗注》均系于开平二年，可供参研。

此诗乃诗人贬后入闽，"尝道沙阳，寓居天王院者岁馀，与老僧蕴明相善"，故以此诗赠之。明公乃高僧，故诗中于其相貌、修行及其道行均多有描述揄扬，以此高僧之外貌神态活脱脱显现而出矣。由此可见诗人崇敬高僧之心，且于禅理亦颇有会心。

【校注】

①本诗吴校本注："本集不载"。统签本题下小注云："《闽南唐雅》补"。此诗诗题李纲《梁溪集》卷十一《读韩偓诗并记有感》文中为《偶访明公大德

赠长句四韵》，下题"前翰林学士承旨户部侍郎知制诰韩偓"。此诗又见于清乾隆三十年（1765）重修《延平府志》卷四十二《艺文志》（《中国方志丛书》，台湾成文出版社1967年版），诗题作《天王寺》。又据是书卷十三《寺观》，沙县有"天王寺，在和仁坊，唐中和四年建。陈瓘有记。"

②"竹"，玉山樵人本作"杖"。筇竹：竹名。因高节实中，常用以为手杖，为杖中珍品。此处指筇竹杖。怡然：安适自在貌；喜悦貌。

③夜分：夜半。李纲《梁溪集》卷十一作"夜深"。

④"论"，玉山樵人本、统签本、李纲《梁溪集》卷十一均作"谕"。刮膜：中医医术，指治疗肓膜之病。肓膜在腹脏之间，药力难及，治愈不易。此处喻指刷除蒙在表面的一层薄膜。皮日休《鲁望读〈襄阳耆旧传〉见赠五百言〈耆旧传〉所未载者予次而赞之因而寄答次韵》："日似新刮膜，天如重熨绉。"三毒：佛教称贪、嗔、痴为三毒。晋法显《佛国记》："我今但欲杀三毒贼。"

⑤摄心：收敛心神。《洛阳伽蓝记·崇真寺》："沙门之体，必须摄心守道，志在禅诵。"二宗禅：指禅宗北宗神秀之渐悟与南宗慧能之顿悟说。

⑥清凉药：佛教认为假如误以为有"我"（生命主体）则成为"烦恼障"，"根本烦恼"是贪、嗔、痴"三毒"；烦恼又称"热恼"。欲治烦恼则须树立菩提心，即求正觉作佛之心，比喻做"清凉药"。典出佛陀跋陀罗翻译之六十卷本《华严经》，其最后一品《入法界品》谓善财童子到五十三个菩萨处求菩提道，于弥勒菩萨处，弥勒说法中云"菩提心者，则为雪山，长养智慧，清凉药故"。分：分别，分辨。

⑦醴泉：甜美的泉水。此处隐喻每个人的"清净自性"。

【汇评】

李纲《读韩偓诗并记有感》：韩偓唐昭宗时为翰林学士承旨，颇与国论，为崔胤、朱全忠所不容，谪濮州司马。其后复官，不敢入朝，挈其族依闽中王审知。尝道沙阳，寓居天王院者岁余，与老僧蕴明相善，以诗赠之。至后唐时，邑令章僚为之记，叙偓始末甚详，且述唐末乱离之事，颇与唐史合。予来沙阳闻之，窃愿一观，而其碑因寺中废，为有力者取去，秘不示人。久之始得见其副本，感而赋之，且录偓诗卷中，传诸好事者云。

《偶访明公大德赠长句四韵》（前翰林学士承旨户部侍郎知制诰韩偓）：寸发如霜袒右肩，倚肩筇竹貌怡然。悬灯深屋夜深坐，移榻向阳斋后眠。刮膜且扬三毒谕，摄心徐指二宗禅。清凉药分能知味，各自胸中有醴泉。

李纲诗：唐室昔不竞，天网遂陵迟。阉竖擅朝政，奸雄肆觊窥。天子遭迫胁，翠盖蒙尘飞。矢石集黄屋，四郊皆鼓鼙。群凶虽殄灭，国命亦已移。韩子司翰苑，实被昭宗知。忠言虽屡贡，颠厦诚难支。谪官旅南土，召复不敢归。当时白马驿，纵横卿相尸。投之浊流中，至今耆旧悲。夫子乃幸免，祸福良难期。假道寓沙阳，空门知所依。虽逾二百载，犹传赠僧诗。邑令真好事，作记刊丰碑。文辞虽浅陋，事实颇可追。读之三叹息，吊古情凄洏。寄声藏去者，擅有将奚为。

又：词臣谪去堕天南，诗墨从来榜寺檐。好事不须收拾去，世间遗集有《香奁》。（以上均见李纲《梁溪集》卷十一）

卷四

幽　窗①

刺绣非无暇，幽窗自靸欢②。手香江橘嫩③，齿软越梅酸④。密约临行怯，私书欲报难⑤。无凭谙鹊语⑥，犹得暂心宽。

【题解】

《全唐诗》卷六八三韩偓四所收第一首即此《幽窗》诗，其题下小注云"以下《香奁集》"。故此集中诗除卷末之《秋千》、《长信宫二首》以及断句外，《全唐诗》编者以为皆是《香奁集》诗。据《香奁集序》，《香奁集》诗乃作者咸通初至广明间（860－881）所作。故本集除个别作品（如《无题》、《寄远》、《思录旧诗于卷上凄然有感因成一章》、《代小玉家为蕃骑所虏后寄故集贤裴公相国》、《裊娜》、《多情》等后来所作增入者）外，皆是此期间之作，未能一一编年。

诗写淑女幽独少欢，含情密约，欲赴而复矜持不往之情态。震钧谓此诗"起四句极形容其窈窕修洁，而后四句又极形容其贞静自持"，所说颇得诗意。然其谓"《香奁》之所以同于《离骚》，以其同是爱君也；所以异于《离骚》，《离骚》以美人比君，《香奁》以美人自比。如第一首《幽窗》，纯描怨女之态，而实以写羁臣也。大抵致尧素性修洁，不肯同流合污，故以静女自方"，如此比附，则全非此诗之本意。屈复分析此诗："写美人从虚处比拟，不落熟径。临行转怯，欲报又难，写尽低回一寸心也。"何义门谓"五、六为'幽'字写神。三、四承'靸欢'意。结句反激，暗寓'喜'字。止闻'鹊语'，仍见其'幽'"，所说颇为中肯。纪昀斥"此真正淫词"，则无乃太过矣！

【校注】

①《全唐诗》于诗题下注："以下《香奁集》"，故此后本卷诗即《全唐诗》所收之《香奁集》诗。然此卷末所收《秋千》诗题下小注云："以下三首，本集不载。"则此《秋千》诗以及此下之《长信宫二首》非《全唐诗》所据底本《香奁

集》中诗，乃《全唐诗》从他书所辑录者。此《幽窗》诗亦见于玉山樵人本、韩集旧钞本、统签本、屈抄本、吴校本、石印本之《香奁集》中。

②"自"，韩集旧钞本下校："本作日"，吴校本作"日"，《全唐诗》校："一作日"。尟欢：少欢乐。尟，同鲜，少。《说文·是部》："尟，是少也。"段玉裁注："《易·系辞》：'故君子之道鲜矣。'郑本作'尟'，云：少也。又'尟不及矣'，本亦作'鲜'。又，《释诂》：鲜，善也。本或作'尠'。尠者，尟之俗。"

③江橘：产于江南之橘子。张九龄《感遇》之七："江南有丹橘，经冬犹绿林。"

④"软"，吴校本、《全唐诗》均校："一作冷"。越梅：即越地所产之梅子。

⑤私书：私人书信。此处指约会之情书。

⑥无凭：没有凭据。谙：熟悉；知道。鹊语：鹊噪，俗谓喜兆。唐窦巩《早春松江野望》："耕地人来早，营巢鹊语频。"

【汇评】

方回：致尧笔端甚高。唐之将亡，与吴融诗律皆不全似晚唐。善用事，极忠愤，惟《香奁》之作词工格卑，岂非世事已不可救，故留连荒亡以纾其忧乎？

纪昀：致尧诗格不高，惟不忘忠愤，是其高于晚唐处。"纾忧"云云，论似是，然考致尧本叙，《香奁集》实作于未遇之前。

冯舒：能作"香奁体"者定是情至人，正用之决为忠臣义士。

何义门：五、六为"幽"字写神。三、四承"尟欢"意。结句反激，暗寓"喜"字。止闻"鹊语"，仍见其"幽"。

纪昀：此真正淫词，非义山有所寄托者比，就彼法论之，亦自细微。

无名氏（甲）：此首犹可，后作应汰。（以上《瀛奎律髓汇评》卷七风怀类）

《幽窗》：钟云：细而慧，所以艳。钟云：无聊妙想。（钟惺、谭元春辑《唐诗归》卷三十六晚唐四）

此曲子相公之言耶？抑冬郎之句耶？嫁名与不嫁名姑不论，存此以法不删郑、卫之意。（陆次云辑《五朝诗善鸣集》）

写美人从虚处比拟，不落熟径。临行转怯，欲报又难，写尽低回一寸心

也。（屈复《唐诗成法》）

"无凭谙鹊语，犹觉暂心宽"，韩偓语也。冯延巳去偓不多时，用其语曰："终日望君君不至，举头闻鹊喜。"虽窃其意，而语加蕴藉。（贺裳《皱水轩词筌》）

《香奁》之所以同于《离骚》，以其同是爱君也；所以异于《离骚》，《离骚》以美人比君，《香奁》以美人自比。如第一首《幽窗》，纯描怨女之态，而实以写羁臣也。大抵致尧素性修洁，不肯同流合污，故以静女自方。然杜陵之"绝代有佳人"，自是处子未嫁；致尧之"刺绣非无暇"，则乐昌之生离矣。故起四句极形容其窈窕修洁，而后四句又极形容其贞静自持。致尧既贬，天子有失股肱之痛，则当年之倚赖可知。致尧集中《感事三十四韵》有云"去梯言必尽，仄席意弥坚"，则当朱温犯驾之时，天子所与深计者，惟致尧一人，观去梯之语可知。故有"密约"、"私书"之句。至"无凭谙鹊"语二句，则无聊极矣。（震钧《香奁集发微》）

江楼二首

一

梦啼呜咽觉无语，杳杳微微望烟浦①。楼空客散燕交飞，江静帆飞日亭午②。

【题解】

此诗二首亦见于玉山樵人本、韩集旧钞本、统签本、屈抄本、吴校本、石印本之《香奁集》中。诗为江楼怀人之作。起句梦中相思成泣，醒后怅然若失，黯然无语。谓"起句忠愤已极"，显非此诗之意。末二句虽是写"其时其地"，扣"江楼"诗题，然并非"所谓风景不殊，举目有山河之异"。"楼空客散燕交飞"者，正是写欢聚后之离散，突显主人之孤独索寞也。"燕交飞"，即劳燕分飞耳。"江静帆飞"，亦是客散离去之意。

【校注】

①杳杳:幽远貌。《楚辞·九章·哀郢》:"尧舜之抗行兮,瞭杳杳而薄天。"洪兴祖补注:"杳杳,远貌。"烟浦:云雾迷漫的水滨。李贺《钓鱼》:"为看烟浦上,楚女泪沾裙。"

②"飞",玉山樵人本、统签本、嘉靖洪迈本、屈抄本均作"稀",《全唐诗》、吴校本均校:"一作稀"。亭午:正午。杜甫《寄赞上人》:"亭午颇和暖,石田又足收。"

【汇评】

起句忠愤已极,次句望美人兮天一方也。末二句写其时其地,所谓风景不殊,举目有山河之异。(震钧《香奁集发微》)

二

鳀鱼苦笋香味新①,杨柳酒旗三月春②。风光百计牵人老③,争奈多情是病身④。

【题解】

诗写对三月春光而伤流年之匆遽。首二句乃后二句之铺垫。首句乃以春日美食之"香味新",言春日之美好也;二句之"杨柳酒旗",正是"三月春"之快人景色。末二句则感光阴之易逝,叹多情病身之无奈风光匆遽何也!此感伤正因前两句之美好而起,所谓乐极生悲也。震钧所谓"此首指王审知而言",实为牵强附会。《韩偓诗注》谓诗中"多情,这里指诗人对唐王朝的深挚感情",亦是阐释过度。

【校注】

①鳀鱼:有两种。其一即大鲶。其二为鱼纲鳀科。又名黑背鳀。苦笋:苦竹之笋。品种不一,其味微苦者可食,俗称甜苦笋。

②"柳",玉山樵人本、韩集旧钞本、嘉靖洪迈本、屈抄本均作"花",《全唐诗》校:"一作花"。争奈:怎奈;无奈。唐顾况《从军行》之一:"风寒欲砭肌,争奈裘袄轻?"

③"光"，韩集旧钞本作"花"，石印本《香奁集》作"华"。按："花"同"华"。

④"争奈"，玉山樵人本、统签本、嘉靖洪迈本、屈抄本均作"争那"。"是"，嘉靖洪迈本、韩集旧钞本、屈抄本作"足"，《全唐诗》校："一作足"。

【汇评】

情涌而成。（陆时雍《唐诗镜》卷五十四）

此首指王审知而言。主人留客，未尝不极尽殷勤，争奈愁病相牵，无心恋此。昔君黄居蜀，勤训子孙；幼安度辽，惟谈经典，致尧类之矣。（震钧《香奁集发微》）

春 尽 日

树头初日照窗檐①，树底蔫花夜雨沾②。外院池亭闻动锁，后堂阑槛见垂帘③。柳腰入户风斜倚④，榆荚堆墙水半淹⑤。把酒送春惆怅在⑥，年年三月病厌厌⑦。

【题解】

此诗亦见于玉山樵人本、韩集旧钞本、统签本、屈抄本、吴校本、石印本之《香奁集》中。此春末送春伤春诗作。首句写春杪最后一日初临，后句"蔫花"点"春尽"，"夜雨沾"暗指昨夜风雨摧花也，其伤春之意亦寓焉。"外院"句谓夜尽天晓，故"闻动锁"，春末最后一日开始也。第二、五、六句皆是春末景象，后两句则直抒送春伤春之情。震钧谓"致尧之贬，在天复三年二月十一日，到濮州，当在三月也。故集中屡致憾于三月。"所说非是，盖此诗乃其未及第时作，与其贬后之情感实无关涉。

【校注】

①"初"，韩集旧钞本作"春"，下校："本作初"。石印本《香奁集》作"春"，吴校本校："一作春"。"窗"，原作"西"，石印本《香奁集》作"窗"，吴校

本校:"一作窗",今据石印本《香奁集》、吴校本校改。盖"初日"非晚照,不应照"西檐"。

②蔫花:枯萎之花。蔫,花草枯萎;颜色不鲜艳。

③阑槛:栏杆。《说文·木部》:"楯,阑槛也。"段玉裁注:"阑槛者,谓凡遮阑之槛,今之阑干是也。"

④柳腰:形容杨柳的柔条。北周庾信《和春日晚景宴昆明池》:"上林柳腰细,新丰酒径多。"

⑤榆荚:亦作"榆筴"。榆树的果实。初春时先于叶而生,连缀成串,形似铜钱,俗呼榆钱。

⑥"春",玉山樵人本、统签本均作"君"。

⑦"厌厌",屈抄本作"恹恹",《全唐诗》校:"一作恹恹"。按:此处"厌厌"同"恹恹"。厌厌:精神萎靡貌。亦用以形容病态。唐刘兼《春昼醉眠》:"处处落花春寂寂,时时中酒病恹恹。"

【汇评】

方回:此诗只尾句佳,宋人用以为小词者。

冯舒:尾句正未佳。

查慎行:尾句亦嫌俗韵。

无名氏(甲):义山《无题》,妙在别有托讽,自觉意味深长。若"香奁",只是靡词,不作可也。(以上《瀛奎律髓汇评》卷七风怀类)

致尧之贬,在天复三年二月十一日,到濮州,当在三月也。故集中屡致憾于三月。(震钧《香奁集发微》)

咏 灯①

高在酒楼明锦幕②,远随渔艇泊烟江。古来幽怨皆销骨③,休向长门背雨窗④。

412

【题解】

此诗乃咏灯之作，未必即如震钧所云"自比阿娇也"。前两句以及末句皆咏不同境地之灯，以此寓诗人向往与诚勉之意，亦即震钧所谓"长门永巷，怨雨凄风，反不如酒楼渔艇可以自适己意"矣。李商隐亦有咏《灯》诗，今录如下，或可见韩偓诗学义山之迹也。《灯》："皎洁终无倦，煎熬亦自求。花时随酒远，雨夜背窗休。冷暗黄茅驿，暄明紫桂楼。锦囊名画掩，玉局败棋收。何处无佳梦，谁人不隐忧。影随帘押转，光信簟文流。客自胜潘岳，侬今定莫愁。固应留半焰，回照下帏羞。"

【校注】

①此诗亦见于韩集旧钞本、统签本、屈抄本、吴校本、石印本之《香奁集》。韩集旧钞本《香奁集》于题下注："重"。吴校本于诗末校："重见"，盖在其《韩翰林集》卷三已录此诗，又于其《香奁集》卷一重录，然《全唐诗》韩偓正集未收此诗，而收于其《香奁集》中。《玉山樵人集》及其所附《香奁集》未收此诗。韩集旧钞本、汲古阁本、麟后山房刻本均收于正集中。

②明锦幕：谓灯光照亮锦幕。

③幽怨：郁结于心的愁恨。唐李颀《古从军行》："行人刁斗风沙暗，公主琵琶幽怨多。"销骨：犹销魂。形容极其哀伤。元稹《别李十一》诗之五："闻君欲去潜销骨，一夜暗添新白头。"

④"休向"句：用司马相如《长门赋》典。长门，汉宫名。《长门赋·序》："孝武皇帝陈皇后时得幸，颇妒，别在长门宫，愁闷悲思。闻蜀郡成都司马相如天下工为文，奉黄金百斤，为相如、文君取酒，因于解悲愁之辞。而相如为文以悟主上，陈皇后复得亲幸。"

【汇评】

此自比阿娇也。长门永巷，怨雨凄风，反不如酒楼渔艇可以自适己意。张翰莼鲈，正此之谓。（震钧《香奁集发微》）

别　绪

别绪静悄悄^①，牵愁暗入心。已回花渚棹^②，悔听酒垆琴^③。菊露凄罗幕^④，梨霜恻锦衾^⑤。此生终独宿，到死誓相寻。月好知何计，歌阑叹不禁^⑥。山巅更高处^⑦，意上上头吟^⑧。

【题解】

此诗亦见于玉山樵人本、韩集旧钞本、统签本、屈抄本、吴校本、石印本之《香奁集》中。诗写痴情怀念离人之深情。其中"菊露凄罗幕，梨霜恻锦衾。此生终独宿，到死誓相寻"四句，可见其缠绵反侧，誓死非君之深挚情感。诚如黄世中所评"感人至深！令我们不禁会想起李商隐《无题》诗那千古不朽的名句：'春蚕到死丝方尽，蜡炬成灰泪始干。'"亦如陈伯海《韩偓生平及其诗作简论》所称《别绪》的"挚着自誓，都称得上情至之语"。黄世中以为韩偓"寒食诗"、"三月诗"、"秋千诗"、"偶见诗"、"绕廊诗"、"五更诗"、"上头诗"等数十首诗作，均为咏与李商隐之女早年的恋爱情事，其说可供参考。

【校注】

①"静"，吴校本、《全唐诗》均校："一作情"。悄悄：幽深貌；悄寂貌。汉蔡琰《胡笳十八拍》："雁飞高兮邈难寻，空肠断兮思悄悄。"

②花渚：开着花的水中小洲。棹：原为船桨。《楚辞·九歌·湘君》："桂棹兮兰枻，斫冰兮积雪。"此处代指船。唐徐彦伯《采莲曲》："春歌弄明月，归棹落花前。"

③"酒垆"句：此用卓文君听司马相如弹琴而夜奔之典故。《史记·司马相如列传》："是时卓王孙有女文君新寡，好音，故相如缪与令相重，而以琴心挑之。相如之临邛，从车骑，雍容闲雅甚都；及饮卓氏，弄琴，文君窃从

户窥之,心悦而好之,恐不得当也。既罢,相如乃使人重赐文君侍者通殷勤。文君夜亡奔相如,相如乃与驰归成都。家居徒四壁立。卓王孙大怒曰:'女至不材,我不忍杀,不分一钱也。'人或谓王孙,王孙终不听。文君久之不乐,曰:'长卿第俱如临邛,从昆弟假贷犹足为生,何至自苦如此!'相如与俱之临邛,尽卖其车骑,买一酒舍酤酒,而令文君当垆。相如身自著犊鼻裈,与保庸杂作,涤器于市中。"

④菊露:即露水。因露白如菊,故称。凄罗幕:使罗幕显得凄冷。

⑤梨霜:即霜。因霜白如梨花,故称。恻锦衾:使锦衾显得凄恻。

⑥"叹",韩集旧钞本下校:"本作欲"。屈抄本作"欲"。《全唐诗》校:"一作欲,一作思。"吴校本作"欲",下校:"一作叹,一作思。"歌阑:歌将尽。阑,将尽;将完。

⑦"高",《全唐诗》、《吴校本》均校:"一作何"。"山巅"句:意谓登上更高之山峰以远望怀人。犹如望夫石之喻女子怀念丈夫之坚贞。

⑧"意",原作"忆",石印本《香奁集》作"意",更合诗意,今据改。上头:指山峰之最高处。

【汇评】

命意与楚辞《涉江》同。已至高处,仍思向上,所谓绝世独立者也。"悔听"句,与老杜"不嫁昔婷婷"同意。然既已听矣,则势惟从一而终,故有"此生"一联。夫曰:"到死誓相寻",则真百折不回矣!(震钧《香奁集发微》)

韩偓《香奁集》颇有轻薄作品,不必学之。其诗盖受义山影响,义山有诗亦轻薄。或曰:韩氏诗有含蓄,含而不露。"伴伴脉脉是深机",其轻薄不必提,即含蓄亦不必取韩,然其"菊露凄罗幕,梨霜恻锦衾。此生终独宿,到死誓相寻"(《别绪》)四句,真好。(顾随《驼庵诗话·续编》卷四)

见　花

塞裳拥鼻正吟诗①,日午墙头独见时。血染蜀罗山踯躅②,肉红宫锦海棠梨③。因狂得病真闲事④,欲咏无才是所悲。看却东风归去也⑤，争教判得最繁枝⑥。

【题解】

　　此诗亦见于玉山樵人本、韩集旧钞本、统签本、屈抄本、吴校本、石印本之《香奁集》中。诗乃赏花惜花之作。三、四句描写春花之艳丽，以"血染蜀罗"、"肉红宫锦"比喻之；首句以及五、六两句乃是赏花、咏花，以见其怜香惜玉之情。末两句则抒发惜花之心，仍是其怜爱春花之深情。至于此诗有无寓托，寓托为何？各家所说有异，录以备考：震钧以为此诗"不能忘情于君国，惓惓三致意焉"；徐复观《韩偓诗与香奁集论考》认为韩偓此诗乃伤宫人宋柔之作，云："为什么我又推测到宫人宋柔身上呢？因为从韩偓这类诗的情调气氛体玩，他所畸恋的恋人，是悲惨的结局。《通鉴》卷二百六十四，天复三年二月甲戌'宫人宋柔等十一人，皆韩全诲（宦官）所献，……并送京兆杖杀'。韩偓下面《见花》的诗，我认为是为此事而作。……再过几天癸未，韩偓便被贬外出。从有关的诗中所透出的身份看，他的恋人，以赵国夫人的可能性最大；而此位夫人，也可能以惨死终局。但宫人宋柔们的惨死，必给韩偓以很大的刺激，而她也会是执烛送韩偓归院的宫人之一。在韩偓晚年凄凉的回忆中，必会把她和赵国夫人，融织在一起，以咏叹出哀感顽艳的音调，这是决无可疑的。"然《韩偓简谱》则以为"《香奁集》诗如《咏灯》、《见花》、《屐子》、《闻雨》、《懒起》、《已凉》、《横塘》、《踏青》、《夜深》、《中庭》、《玉合》、《懒卸头》、《咏手》、《荷花》、《松髻》、《昼寝》、《意绪》、《忍笑》、《寒食夜有寄》、《效崔国辅体》等，皆似候选时效初唐及温李诗所作，未必真有寄托也"。私意此说近是。

【校注】

　　①褰裳：撩起下裳。《诗·郑风·褰裳》："子惠思我，褰裳涉溱。"拥鼻：即拥鼻吟。《晋书·谢安传》："安本能为洛下书生咏，有鼻疾，故其音浊，名流爱其咏而弗能及，或手掩鼻以效之。"后以"拥鼻吟"指用雅音曼声吟咏。韩偓《拥鼻》："拥鼻悲吟一向愁，寒更转尽未回头。"又，《雨》："此时高咏共谁论，拥鼻吟诗空伫立。"又，《清兴》："拥鼻绕廊吟看雨，不知遗却竹皮冠。"

　　②"山踯躅"句：山踯躅，杜鹃花的别称。白居易《题元十八溪居》："晚

416

叶尚开红踯躅,秋房初结白芙蓉。"此句谓山踯躅如血染之蜀罗。

　　③"海棠梨"句:海棠梨,即海棠果,又名"海红"、"秋子"、"奈子"。落叶小乔木。叶卵圆至椭圆形,果圆形或卵圆形。树性强健、适应性强,耐涝、耐盐,抗寒力强。果实除生食外,大多供加工用。此句谓海棠梨如肉红色的宫锦。

　　④"真",屈抄本作"浑"。

　　⑤"东",韩集旧钞本下校:"本作春"。《全唐诗》、吴校本均校:"一作春"。《唐诗镜》卷五十四作"春"。

　　⑥"判",《全唐诗》、吴校本均校:"一作剩"。争教:怎教。白居易《遣怀》:"遂使四时都似电,争教两鬓不成霜!"判得:舍得。判,通"拼",舍弃。元稹《遣春》诗之一:"学问慵都废,声名老更判。"

【汇评】

　　此三诗(指《倚醉》、《见花》、《有忆》)是开词曲法门。(陆时雍《唐诗镜》卷五十四)不能忘情于君国,惓惓三致意焉。东坡《海棠》诗"天涯流落俱可念,为饮一尊歌此曲",诗境相似。(震钧《香奁集发微》)

马 上 见

　　骄马锦连钱①,乘骑是谪仙②。和裙穿玉镫③,隔袖把金鞭。去带懵腾醉④,归成困顿眠⑤。自怜输厩吏⑥,馀暖在香鞯⑦。

【题解】

　　此诗亦见于玉山樵人本、韩集旧钞本、统签本、屈抄本、吴校本、石印本之《香奁集》中。诗题"马上见",而诗中除末两句外,所写均是旁观者所见他人骑在马上之情景,故锺惺称赏此诗谓"妙题"。前人称赏、贬斥此诗者不一,冯班谓"五、六好,落句太亵,'香奁体'如此。"纪昀谓"三、四猥极,然此种体裁不必绳之过刻"。陈启源则谓"'之子于归,言秣其马',笺疏解此本谓：'于之子出嫁之时，我愿秣其马，乘之以致礼饩，示欲其适己。'文似乎迂，意则正也。永叔解之曰：'之子出游而归，我愿秣其马，犹古人言虽执鞭，犹欣慕焉者是也。'朱传敬之深意亦同欧，文较顺而意稍媟焉。唐人《香奁诗》曰：'自怜输厩吏，馀暖在香鞯'，此即欧、朱意也。孰谓《周南》正风，乃艳情之滥觞哉！"所评均就香奁体之艳情而言，本无所政治寓意。故震钧"全集中独此似以美人况君。自以不得扈跸，不如厩吏之尚得承恩，日近清光"云云，实乃强为比附之言，不可信也。

【校注】

①"钱"，玉山樵人本、韩集旧钞本、统签本、屈抄本均作"乾"，《全唐诗》、吴校本均校："一作乾"，统签本下校："一作钱"。按："连钱"同"连乾"。骄马：壮健的马。白居易《武丘寺路》："自开山寺路，水陆往来频。银勒牵骄马，花船载丽人。"连钱：代称连钱障泥。障泥上饰花纹如连钱。《世说新语·术解》："王武子善解马性，尝乘一马，著连钱障泥。"亦作"连乾"。

②谪仙：谪居世间的仙人。常用以称誉才学优异的人。《南齐书·高逸传·杜京产》："永明中会稽钟山有人姓蔡，不知名。山中养鼠数十头，呼来即来，遣去便去。言语狂易。时谓之'谪仙'。"李白《玉壶吟》："世人不识东方朔，大隐金门是谪仙。"

③"裙"，《瀛奎律髓》卷七作"裾"。按：应作"裙"。和裙：连带著裙。和，连带。元稹《贬江陵途中寄乐天》："紫芽嫩茗和枝采，朱橘香苞数瓣分。"裙，古谓下裳，男女同用。今专指妇女的裙子。玉镫：马镫之美称。杜牧《少年行》："猎敲白玉镫，怒袖紫金锤。"

④懵腾：蒙眬；迷糊。南唐冯延巳《金错刀》词："只销几觉懵腾睡，身外功名任有无。"

⑤"成"，玉山樵人本、统签本、屈抄本均作"因"，韩集旧钞本下校："本作成"，统签本校："一作成"，《全唐诗》、吴校本均校："一作应"。按：《瀛奎律髓》卷七作"应"。困顿：指疲惫。

⑥输：逊、差。此处意为不如、比不上。厩吏：管理马厩之小吏。

⑦鞯：马鞍下的垫子。李贺《马诗》之十一："内马赐宫人，银鞯刺麒麟。"

【汇评】

《香奁》之作，为韩偓无疑也。或以为和凝之作，嫁名于韩，刘潜夫误信之。考诸同时《吴融集》，有依韵倡和者，何可掩哉！诲淫之言不以为耻，非唐之衰而然乎！（方回《瀛奎律髓》卷七《风怀类》评此诗）

冯班：五、六好，落句太亵，"香奁体"如此。（《瀛奎律髓汇评》卷七风怀类）

纪昀：三、四猥极，然此种体裁不必绳之过刻。（《瀛奎律髓汇评》卷七风怀类）

《马上见》：锺云：妙题。骄马锦连钱，乘骑是谪仙。和裙穿玉镫，隔袖把金鞭。谭云：此句妙于上句。去带慵腾醉，归成困顿眠。自怜输厩吏，馀暖在香鞯。锺云：细极。（锺惺、谭元春辑《唐诗归》卷三十六晚唐四）

"之子于归，言秣其马"，笺疏解此，本谓："于之子出嫁之时，我愿秣其马，乘之以致礼饩，示欲其适己。"文似乎迂，意则正也。永叔解之曰："之子出游而归，我愿秣其马，犹古人言虽执鞭，犹欣慕焉是也。"朱传敬之深意亦同欧，文较顺而意稍蝶焉。唐人《香奁诗》曰："自怜输厩吏，馀暖在香鞯"，此即欧、朱意也。孰谓《周南》正风，乃艳情之滥觞哉！严坦叔粲释此云："此女出嫁人，将有秣马以礼亲迎之者，岂可以非礼犯之！"意本于笺，然青出于蓝矣。（陈启源《毛诗稽古编》卷一）

"之子于归，言秣其马"，（……按疏云："以粟秣养其马，乘之以致礼饩。……"何楷曰："士昏礼，婿御妇车，授绥御轮以行。今日秣马，谓亲迎也。言人欲娶此女，必待秣马以行亲迎之礼，宁可以非礼干之哉。"陈启源曰："笺疏解此，本谓于是子出嫁之时，我愿秣其马，乘之以致礼饩，示欲其适己。意似迂，文则正也。永叔云：'之子出游而归，我愿秣其马。犹言虽为执鞭，所欣慕焉。'文较顺而意稍亵。唐人《香奁诗》'自怜输厩吏，馀暖在香鞯'，即此意。"）（朱鹤龄《诗经通义》卷一《国风》）

全集中独此似以美人况君。自以不得扈跸，不如厩吏之尚得承恩，日近清光。回忆玉堂，如在天上焉。（震钧《香奁集发微》）

宋人说诗不知言外之恉，故所作诗亦无汉魏以来比兴讽谕之法。即如《汉广》之诗云："之子于归，言秣其马。"《郑笺》："谦不敢斥其适己，于是子之嫁，我愿秣其马，致礼饩，示有意焉。"其义明白曲罃。盖上云"不可求思"之"求"，即《关雎》"寤寐求之"之"求"，其求游女与求淑女无异也。至不敢求而慕之无已，犹之"寤寐思服"也，乃不敢斥其归己，而云其归也，我愿秣其马，以致礼饩。此发乎情，止乎礼义，忠厚悱恻之至矣。而欧阳文忠更之云："出游而归，愿秣其马，犹古人言虽为执鞭，犹欣慕焉。"此则韩冬郎诗之"自怜输厩吏，馀暖在香鞯"，为香奁媒辞矣。朱子、吕成公皆从之，不可解也。（严华谷谓秣马指将来亲迎之人，尤无谓。）（李慈铭《越缦堂读书记》）

绕　廊

　　浓烟隔帘香漏泄①，斜灯映竹光参差②。绕廊倚柱堪惆怅③，细雨轻寒花落时④。

【题解】

　　此诗亦见于玉山樵人本、韩集旧钞本、统签本、屈抄本、吴校本、石印本之《香奁集》中。应是恋情之作。首二句乃以衬托手法写所恋之房中女子。所谓"漏泄"之香，"参差"之光，均是房中女主人公所熏之香、所点之灯所漏泄映照出者，以此映衬房中之女子。后二句则写"绕廊"之人。绕廊倚柱而惆怅，细雨轻寒而见花落，均是表现恋中人一时未能亲近所恋者之情态。陈伯海《韩偓生平及其诗作简论》以为此诗"写一帘阻隔、两地相思之情，纯从室外人的感受、动作和周围的环境景物来烘托那种'咫尺有如天涯'的惆怅心理，分外见得婉约而情深"。所说诚是。黄世中以为"绕廊诗"、"五更诗""上头诗"等数十首诗作，均为咏诗人与李商隐之女早年恋爱情事，可备一说。

【校注】

　　①"香漏"，嘉靖洪迈本作"玉漏"。按：作"玉漏"误。盖"香漏泄"与下句"光参差"相对，"香"与"光"单字对，如作"玉漏"，则不对矣。且"玉漏泄"，于此句中亦不谐。浓烟：此指房中熏香浓郁之烟气。香漏泄：谓熏香

420

之烟气漏泄出来。

②"映竹"，嘉靖洪迈本作"照烛"。按：作"照烛"误，应为"映竹"。光参差：谓灯光映竹而参差不齐。

③"柱"，玉山樵人本、统签本、嘉靖洪迈本、屈抄本均作"槛"，《全唐诗》、吴校本均校："一作槛"。"堪"，玉山樵人本、统签本、嘉靖洪迈本、屈抄本均作"更"，《全唐诗》、吴校本均校："一作更，一作正"。

④"细"，玉山樵人本、统签本、嘉靖洪迈本均作"微"，《全唐诗》、吴校本均校："一作微"。

【汇评】

依然"年年三月病恹恹"意。（震钧《香奁集发微》）

屐　子①

六寸肤圆光致致②，白罗绣屧红托里③。南朝天子事风流，却重金莲轻绿齿④。

【题解】

此乃咏屐子诗，虽不免"反映士大夫的狭邪生活，感情浮薄，作风轻靡"、"趣味恶浊"（《韩偓生平及其诗作简论》）之讥，然其主旨则在后二句之批评南齐东昏侯之重"金莲"而轻"绿齿"，故不无可取之处。震钧以为"此什似含怨意。怨昭宗之轻弃己也"，其说实为误解。此诗乃未仕时所作《香奁集》中诗，无缘涉及唐昭宗；且诗人对昭宗毕生怀忠耿感恩之情，断无怨昭宗"轻弃己"之意。

【校注】

①此诗亦见于玉山樵人本、韩集旧钞本、统签本、屈抄本、吴校本、石印本之《香奁集》中。屐子：指木底鞋。

②"六"，原作"方"，玉山樵人本、统签本、嘉靖洪迈本、石印本《香奁集》均作"六"，《全唐诗》、吴校本均校："一作六"，今据改。"肤圆"，石印本《香

を集》作"圆肤"。肤圆:既美且圆。肤,美。《诗·豳风·狼跋》:"公孙硕肤,赤舄几几。"毛传:"肤,美也。"光致致:细润光滑貌。

③"托",韩集旧钞本校:"本作花",《全唐诗》、吴校本均校:"一作花"。绣屧:谓锦绣的木屧。屧,本指鞋中的衬垫,后即用指木屧。红托里:谓木屧鞋的内衬为红色。

④"事",原作"欠",嘉靖洪迈本作"事",《全唐诗》、吴校本均校:"一作事",今据改。"南朝"二句:南朝天子,指南朝齐东昏侯。《南史·齐本纪下·废帝东昏侯纪》:"又凿金为莲华以帖地,令潘妃行其上,曰:'此步步生莲华也。'涂壁皆以麝香,锦幔珠帘,穷极绮丽。"又载"每游走,潘氏乘小舆,宫人皆露裈,著绿丝屏,帝自戎服骑马从后。"金莲,金制的莲花。后因以称美人步态之美。李商隐《南朝》:"谁言琼树朝朝见,不及金莲步步来。"绿齿,此指绿丝屏。

【汇评】

妇人之缠足起于近世,前世书传皆无所自。《南史》:齐东昏侯为潘贵妃凿金为莲花以帖地,令行其上,曰:"此步步生莲花",然亦不言其弓小也。如古乐府、《玉台新咏》,皆六朝词人纤艳之言,类多体状美人容色之姝丽。又言妆饰之华,眉目唇口腰支手指之类,无一言称缠足者,如唐之杜牧、李白、李商隐之徒,作诗多言闺帏之事,亦无及之者。惟韩偓《香奁集》有咏屧子诗云:"六寸肤圆光致致"。唐尺短,以今校之,亦自小也。而不言其弓。(张邦基《墨庄漫录》卷八)

妇人缠足,不知始自何时。或云始于齐东昏,则以"步步生莲"一语也。然余向年观唐文皇长孙后绣履图,则与男子无异。友人陈眉公、姚叔祥俱有说以证明。又见则天画像,其芳趺亦不下长孙。可见唐初大抵俱然。惟大历中,夏侯审《咏被中睡鞋》云:"云裹蟾钩落凤窝,玉郎沉醉也摩挲。"盖弓足始见此。至杜牧诗云:"钿尺裁量减四分,纤纤玉笋裹轻云。"又韩偓诗云:"六寸肤圆光致致"。唐尺只抵今制七寸,则六寸当为今四寸二分,亦弓足之寻常者矣。因思此法当始于唐之中叶。今又传南唐后主为宫嫔窅娘作新月样,以为始于此时,似亦未然也。(沈德符《万历野获编》卷二十三《妇人弓足》)

屦履，中荐也。曰步屦，曰舞屦。吴王宫中有响屦廊，以楩梓板藉地。西子行则有声，故名响屦，是妇人通服之。韩偓《屐子》："六寸肤圆光致致，白罗绣屦红托里。南朝天子事风流，却重金莲轻绿齿。"唐尺虽短，谓之"六寸肤圆"，想亦不缠足也。梁诗"画屦重高墙"，画之者当是绘以五彩，高墙者想是阔颊也。今之高底鞋类履，底曰舄，以皮为之。舄以木置履下，干湿不畏。古者祭服用之。屐以木为之，即今之木屐。古妇女亦著之，李白《浣纱石上女》："一双金齿屐，两足白如霜。"（顾起元《说略》卷二十一）

尝与更生论妇人裹足缘起，更生引古乐府……以为六朝已然。然亦未为确。惟《酉阳杂俎》载叶限女金履事云："陁汗国主得之，命其左右履之，足小者履减一寸。乃令一国妇人履之，竟无一称者。"《诺皋》固属寓言，可见当时妇人以足小为贵，其不始于五代可知。韩偓诗："六寸圆肤光致致"。唐尺六寸，尚不足今四寸耳。（沈涛《瑟榭丛谈》卷下）

此什似含怨意。怨昭宗之轻弃己也。（震钧《香奁集发微》）

青　春

眼意心期卒未休①，暗中终拟约秦楼②。光阴负我难相偶③，情绪牵人不自由。遥夜定嫌香蔽膝④，闷时应弄玉搔头⑤。樱桃花谢梨花发，肠断青春两处愁⑥。

【题解】

此诗亦见于玉山樵人本、韩集旧钞本、统签本、屈抄本、吴校本、石印本之《香奁集》中。诗写青春男女相恋相许，然相隔未偶时之相思愁绪。本应是恋情诗，故黄世中《韩偓其人及"香奁诗"本事考索》认为如《青春》、《春恨》、《中春忆赠》、《旧馆》、《有忆》、《两处》……等皆是情诗，"所咏实同一情事，其所怀皆为李氏女一人"。所言可参。至于震钧以为"此则虽遭轻弃，而仍忠怀耿耿，且明君弃己之非得已，故云'两处愁'"云云，实不符此诗本旨，不可信也。"樱桃花谢梨花发，肠断青春两处愁"，李清照《一剪梅》词

"花自飘零水自流，一种相思，两处闲愁。此情无计可消除，才下眉头，却上心头"，盖自韩偓诗句脱化而来。

【校注】

①"卒"，石印本《香奁集》作"拼"。眼意心期：眼中之情意，心中之期盼。心期，期望。

②约秦楼：谓相约结为夫妻。秦楼，秦穆公为其女弄玉所建之楼。亦名凤楼。《列仙传》卷上《萧史》："萧史者，秦穆公时人也，善吹箫，能致孔雀、白鹤于庭。穆公有女字弄玉，好之，公遂以女妻焉。日教弄玉作凤鸣，居数年，吹似凤声，凤凰来止其屋。公为作凤台，夫妇止其上，不下数年，一旦皆随凤凰飞去。"

③"偓"，原作"遇"，玉山樵人本、韩集旧钞本、统签本、屈抄本均作"偓"，《全唐诗》、吴校本均校："一作偓"。今即据玉山樵人本、韩集旧钞本等改。

④遥夜：长夜。蔽膝：围于衣服前面的大巾，用以蔽护膝盖。《汉书·王莽传上》："母病，公卿列侯遣夫人问疾，莽妻迎之，衣不曳地，布蔽膝。"

⑤"时"，韩集旧钞本作"心"，下校："本作时"。石印本《香奁集》作"心"。《全唐诗》、吴校本均校："一作怀，一作心"。玉搔头：即玉簪。女子的一种首饰。白居易《长恨歌》："花钿委地无人收，翠翘金雀玉搔头。"

⑥两处愁：谓男女双方两处皆发愁。

【汇评】

结语风趣。(陆时雍《唐诗镜》卷五十四)

此则虽遭轻弃，而仍忠怀耿耿，且明君弃己之非得已，故云"两处愁"。负我而归，怨于光阴，牵人而别有情绪。此难相遇，不自由之隐衷耳。"樱桃花谢梨花发"，正三月时节。集中于三月三致意焉。(震钧《香奁集发微》)

闻　雨

香侵蔽膝夜寒轻①，闻雨伤春梦不成。罗帐四垂红烛背^②，玉钗敲著枕函声^③。

【题解】

此诗亦见于玉山樵人本、韩集旧钞本、统签本、屈抄本、吴校本、石印本之《香奁集》中。诗写春夜闻雨而伤春怀人，然其伤春怀人之意颇是蕴藉含蓄，诚如俞陛云所评"闻雨由闺思着笔，帐垂烛背，幽寂无声，惟闻玉钗敲枕。但写景物，而深宵听雨，伤春怀人之意，自在其中。句殊妍婉"。陆次云所说"写意而不及情"，乃就一、三、四句而言，其第二句则明谓"伤春"，乃"及情"矣。陈伯海《韩偓生平及其诗作简论》评此诗谓"写女子夜深不寐的情怀，用玉钗触枕，玎玑有声这一细节，反映辗转反侧的神态意绪，真切而有馀味。《香奁集》里像这类题咏男女欢爱相思、写得情浓意挚的篇章，亦不在少数。"

【校注】

①蔽膝：围于衣服前面的大巾，用以蔽护膝盖。

②"红"，韩集旧钞本作"花"，下校："本作红"，《全唐诗》、吴校本均校"一作花"。石印本《香奁集》作"华"。按："华"同"花"。红烛背：即背对着红烛。

③"玉钗"句：谓女子睡时辗转反侧，故玉钗不时碰着枕函，发出声响。玉钗，玉制之钗。由两股合成，燕形。枕函，中间可以藏物的枕头。

【汇评】

写意而不及情，艳诗佳手。（陆次云辑《五朝诗善鸣集》）

极艳，极冷。（《王闿运手批唐诗选》）

顾影自怜，确是第一流人物，仿佛虞仲翔居诃林时。（震钧《香奁集发微》）

闻雨由闺思着笔，帐垂烛背，幽寂无声，惟闻玉钗敲枕。但写景物，而深宵听雨，伤春怀人之意，自在其中。句殊妍婉。（俞陛云《诗境浅说续编》二）

懒　起①

百舌唤朝眠②，春心动几般③。枕痕霞黯澹④，泪粉玉阑珊⑤。笼绣香烟歇⑥，屏山烛焰残⑦。暖嫌罗袜窄⑧，瘦觉锦衣宽。昨夜三更雨，临明一阵寒⑨。海棠花在否，侧卧卷帘看⑩。

【题解】

此诗乃春闺之女伤春自怜之作，非吴乔所云"亦必伤时之作"。其描摹少女伤春自怜之情态，诚如震钧所评"形容闺房静女，宛约极矣。"故杨诚斋尤称全诗"四句皆好"。从内容情韵上看，此诗将怀春少女之伤春自怜情态形容尽致，且婉约含蓄，自是春闺静女之情思体段，绝非"非常俗恶"（徐复观《韩偓诗与香奁集论考》）。孟浩然《春晓》："春眠不觉晓，处处闻啼鸟。夜来风雨声，花落知多少。"韩作由此衍化，但给这一惜春的传统主题增添了艳丽的风趣，具现出春闺静女的娇气和慵懒之美。另外，此诗含蓄蕴藉，用词婉约，颇有词体韵味，后来李清照《如梦令》云："昨夜雨疏风骤。浓睡不消残酒。试问卷帘人，却道海棠依旧。知否，知否？应是绿肥红瘦。"明张綖《草堂诗馀别录·前集》即谓"此词盖用其语点缀，结句尤为委曲精工，含蓄无穷之意焉，可谓女流之藻思者矣。"可见诗词相互影响之迹。

【校注】

①此诗亦见于玉山樵人本、韩集旧钞本、统签本、屈抄本、吴校本、石印本之《香奁集》中。"懒起"，《全唐诗》、吴校本均校："一作闺意"。

②"唤"，玉山樵人本、统签本、屈抄本均作"恼"，《全唐诗》、吴校本均校："一作恼"，统签本校："一作唤"。百舌：鸟名。善鸣，其声多变化。

③春心：春景所引发的意兴或情怀。《楚辞·招魂》："目极千里兮伤春心，魂兮归来哀江南。"亦指男女之间相思爱慕的情怀。南朝梁元帝《春别应令》诗之一："花朝月夜动春心，谁忍相思不相见？"李商隐《无题》"春心莫共花争发，一寸相思一寸灰。"此处两者皆有之。

④"痕霞黯",玉山樵人本、统签本均作"霞红黯",韩集旧钞本、石印本《香奁集》作"霞红暗",《全唐诗》、吴校本均校:"一作霞红暗"。按:"黯"通"暗"。"澹",统签本作"淡"。按:"澹"此处通"淡"。霞:此处指女子睡时留在枕上之红色脂粉。黯澹:此处意同模糊。

⑤"珊",《全唐诗》、吴校本均校:"一作干"。泪粉:和着泪水之脂粉。玉:指泪珠。阑珊:零乱;歪斜。白居易《偶作》:"阑珊花落后,寂寞酒醒时。"

⑥"绣",石印本《香奁集》作"袖"。按:应作"绣","袖"乃"绣"之音讹。笼:指熏香炉外之笼子。香烟:指熏香。

⑦屏山:指屏风。温庭筠《南歌子》词:"扑蕊添黄子,呵花满翠鬟,鸳枕映屏山。"烛焰:谓灯烛的光焰。

⑧"嫌",玉山樵人本、统签本、屈抄本均作"怜",《全唐诗》、吴校本均校:"一作怜"。

⑨"临明",本作"今朝",玉山樵人本、统签本、屈抄本均作"临明",韩集旧钞本作"临朝",下校:"本作临明,又今朝。"《全唐诗》、吴校本均校:"一作临明"。今据玉山樵人本等改。

⑩"侧卧",屈钞本作"倾卧"。按:应作"侧卧"。

【汇评】

五七字绝句最少而最难工,虽作者亦难得四句全好者。晚唐人与王介甫最工于此。如韩偓云:"昨夜三更雨,临明一阵寒。蔷薇花在否,侧卧卷帘看。"四句皆好。(杨万里《诚斋诗话》)

……南都石黛扫晴山(小注:《玉台新咏》:"南都石黛,最发双蛾。"又《赵后外传》云:"赵合德为薄眉,号远山黛",乃晴明远山入邑也,今人有远山眉。)衣薄耐朝寒。(小注:韩偓诗:"六铢衣薄惹轻寒")一夕东风,海棠花谢,楼上卷帘看。(小注:韩偓:"海棠花在否,侧卧卷帘看。")(陈元龙《详注片玉集》卷三《少年游》)

深院卷帘看,应怜江上寒。(小注:韩偓诗:"侧卧卷帘看")(陈元龙《详注片玉集》卷八《菩萨蛮·梅雪》)

致尧又有诗云:"昨夜三更雨,今朝一阵寒。海棠花在否?侧卧卷帘

看。"亦必伤时之作。(吴乔《围炉诗话》卷一)

《懒起》："百舌恼朝眠,春心动几般。枕霞红黯淡,泪粉玉阑珊。笼绣香烟歇,屏山烛焰残。暖怜罗袜窄,瘦觉锦衣宽。昨夜三更雨,临明一阵寒。海棠花在否,侧卧卷帘看。"(案,杨诚斋以末四句为一首,其《诗话》云:"五七字绝句绝少,而最难工,虽作者亦难得四句全好。晚唐惟韩偓'昨夜三更雨'四句皆好。")(郑杰《闽诗录》甲集卷五寓《韩偓》)

形容闺房静女,宛约极矣。正《序》所云"金闺绣户,始与风流"者也。大抵唐士大夫尤重流品门第,致尧以翰林位三省高华之选,故有此怀。(震钧《香奁集发微》)

已　凉①

碧阑干外绣帘垂②,猩色屏风画折枝③。八尺龙须方锦褥④,已凉天气未寒时。

【题解】

此诗以具体景致写已凉天气,其可圈点处正如俞陛云所说"此则由阑干绣帘,而至锦褥,迤逦写来,纯是景物;而景中有人,隐有小怜玉体,在凉凉罗帐掩映之中。丽不伤雅,《香奁集》中隽咏也。亦如刘拜山、富寿荪所云"设色浓丽,大似宋人院画,妙在此中无人,而其人又未尝不在。《深院》诗从帘外写,此诗从帘内写,用笔不同,而凄艳入骨则一也。"陈伯海《韩偓生平及其诗作简论》评析此诗亦谓"展现在我们眼前的,是一间华丽的卧室。镜头由室外逐渐移向室内,经过帘幕、栏杆、屏风一道道曲障,投影在那张陈设精致的八尺大床上,显示出是一位贵家少妇的深闺。主人公并没有出现在镜头里,她在做什么、想什么也不得而知。但猩红屏风上画着的折枝图,却不免使人生发起'花开堪折直须折,莫待无花空折枝'(无名氏《金缕衣》)的意念。配上床席、锦褥以及季节转换的展示,主人公在深闺寂寞中渴望爱情生活的情思也就隐约可见了。全诗没有一个字涉及'情',可仍然是在言情。像这样命意曲折、用笔委婉的情诗,唐代诗人中李商隐以外还是不多见的。"震钧谓"此追忆在翰林时恩遇而作。写景如画,寄托遥深",所说"追忆在翰林时恩遇而作",未谛。

【校注】

①此诗亦见于玉山樵人本、韩集旧钞本、统签本、屈抄本、吴校本、石印本之《香奁集》中。"已凉",嘉靖洪迈本作"已凉二首",此为第一首,所录第二首为"秋多却讶天凉早,思倦翻嫌夜漏迟。何处山川孤馆里,向灯弯尽一双眉。"玉山樵人本、统签本、屈抄本《香奁集》均亦有两首前后相连同题"已凉"诗,此为其第二首。

②"绣",《全唐诗》、吴校本均校"一作翠"。

③"色",原作"血",玉山樵人本、统签本、嘉靖洪迈本、屈抄本、吴校本均作"色",吴校本又校"一作血",《全唐诗》校:"一作色",今据玉山樵人本等改。"折",韩集旧钞本校:"本作栌"。《全唐诗》、吴校本均校:"一作栌"。猩色:鲜红色。色如猩猩之血,故称。折枝,花卉画法之一。不画全株、只画连枝折下来的部分,故名。宋仲仁《华光梅谱·取象》:"(六枝)其法有偃仰枝、覆枝、从枝、分枝、折枝。"

④龙须:此指用龙须草编成的席子,即龙须席。《初学记》卷二十五引《晋东宫旧事》:"太子有独坐龙须席、赤皮席、花席、经席。"亦省称"龙须"。孟浩然《襄阳公宅饮》:"绮席卷龙须,香杯浮码磖。"

【汇评】

末句香嫩,更想见意态盈盈,语却近词。(陆时雍《唐诗镜》卷五十四)

《论词绝句一百首·韩偓》:猩色屏风画折枝,已凉天气未寒时。《香奁》语艳无人俪,奈仅《生查子》一词。(谭莹《乐志堂诗集》卷六)

中具多少情事,妙在不明说,令人思而得之。(周咏棠《唐贤小三昧集续集》)

人问:"诗要耐想。如何而耐人想?"余应之曰:"'八尺匡床方锦褥,已凉天气未寒时','狎客沦亡丽华死,他年江令独来时',……皆耐想也。"(袁枚《随园诗话》补遗·卷六)

庭珠按,唐末诗人如罗、韦、吴、韩,可以追配温、李。唯昭谏于激昂兀

裘中,时带粗率。兹录其雅驯者若已上三家,细腻风光,含思凄惋,盖亦变风之馀波尔。(杜诏《唐诗叩弹集》卷十二)

句法整齐。(邹弢《精选评注五朝诗学津梁》)

韩致尧遭唐末造,力不能挥戈挽日,一腔忠愤,无所于泄,不得已托之闺房儿女。世徒以香奁目之,盖未深究厥旨耳。余最爱其"碧阑干外绣帘垂。猩色屏风画折枝。八尺龙须方锦褥,已凉天气未寒时"一绝,与"静中楼阁深春雨,远处帘栊半夜灯"句,言外别具深情。……其蒿目时艰,自甘贬死,深鄙杨涉辈之意,更昭然若揭矣。(丁绍仪《听秋声馆词话》卷一《韩致尧词》)

通首布景,并不露情思,而情愈深远。(孙洙《唐诗三百首》)

龙须席上加方锦褥,是"已凉"也;然不必咏。(《王闿运手批唐诗选》)

此追忆在翰林时恩遇而作。写景如画,寄托遥深。(震钧《香奁集发微》)

韩冬郎"已凉天气未寒时"十字最耐人寻绎。福山鹿木公先生林松《立秋夜同星船先生》云:"露坐入深夜,不知秋已生。感人先以气,到树尚无声",感人十字,奥妙处正与冬郎同,非真得秋气者见不到说不出耳!若立秋夜闻秋声,便是众人笔下所有。(林昌彝《射鹰楼诗话》卷四)

上首《闻雨》,尚有"伤春"二字著眼。此则由阑干绣帘,而至锦褥,迤逦写来,纯是景物;而景中有人,隐有小怜玉体,在凉凉罗帐掩映之中。丽不伤雅,《香奁集》中隽咏也。(俞陛云《诗境浅说续编》二)

写空疏之境,韩偓为一能手。人或谓其艳而弱,吾却谓其朴而健。《已凉》一诗可举为例。……字面虽艳,意境极朴。先写室内,次写床中,不露情思,而情思自在言外;不夹人迹,而人迹宛在境中。(《晚唐诗人韩偓》引《味诗录》)

欲　去

纷纭隔窗语^①,重约蹋青期^②。纵得相逢处^③,无非欲去

时④。恨深书不尽⑤，宠极意多疑。惆怅桃源路⑥，惟教梦寐知。

【题解】

　　此诗亦见于玉山樵人本、韩集旧钞本、统签本、屈抄本、吴校本、石印本之《香奁集》中。诗写男女青年相恋时复杂微妙心理感受之作，而非震钧所谓"此则追忆初贬官时情事。其时尚有再起之望也，至终则无复它想，惟托之梦寐而已"。盖此为小儿女之恋情之作，而非诗人晚年之政治寓托诗也。诗中"纵得相逢处，非无欲去时。恨深书不尽，宠极意多疑"之句，将内心矛盾与复杂微妙心理描绘得入木三分、惟妙惟肖，真为情至之语，颇为精彩。末"惆怅桃源路，惟教梦寐知"二句，亦是"欲去"之意，再次扣题，表明此诗主旨。

【校注】

　　①"纷纭"句：意谓隔窗说了许许多多话。纷纭，亦作"纷云"。多盛貌。

　　②蹋青：亦作"踏青"。清明节前后郊野游览的习俗。旧时多以清明节为踏青节。孟浩然《大堤行》："岁岁春草生，踏青二三月。"

　　③"纵"，原作"总"，玉山樵人本、统签本、屈抄本均作"纵"，韩集旧钞本校："本作纵"。《全唐诗》、吴校本均校："一作纵"，今据玉山樵人本等改。

　　④"无非欲"，韩集旧钞本校："本作非无独"，《全唐诗》、吴校本均校："一作非无独"。

　　⑤恨：失悔；遗憾。书：表达、诉说。

　　⑥桃源路：此用刘晨、阮肇入天台山遇见天台二女事。

【汇评】

　　此则追忆初贬官时情事。其时尚有再起之望也，至终则无复它想，惟托之梦寐而已。与正集中《梦中作》诗参看便知。（震钧《香奁集发微》）

横　塘①

秋寒洒背入帘霜②，凤胫灯青照洞房③。蜀纸麝煤添笔媚④，越瓯犀液发茶香⑤。风飘乱点更筹转⑥，拍送繁弦曲破长⑦。散客出门斜月在，两眉愁思向横塘⑧。

【题解】

此诗之"横塘"并非谓作者所经之地，乃用崔颢《长干曲》之一："君家住何处？妾住在横塘"之意，代指女子所居之地。故诗末有"散客出门斜月在，两眉愁思向横塘"之句。徐复观《韩偓诗与香奁集论考》谓"《金陵》、《横塘》、非韩偓所曾经历之地，当然不是韩偓的"，"连上面《横塘》的诗，不妨推测这是韩熙载的大作"。所说不可信。此诗写秋寒之夜在女子居处赋诗品茗，弹曲拍板，而后曲尽人散之情景。震钧以为"此与老杜《佳人》一首同意。'两眉愁思向横塘'，即'天寒翠袖薄，日暮倚修竹'意也。"此诗恐无震钧所言寄托之意，其说恐不可信，聊备一说。

【校注】

①此诗亦见于玉山樵人本、韩集旧钞本、统签本、屈抄本、吴校本、石印本之《香奁集》中。横塘：古堤名。三国吴大帝时于建业（今南京）南淮水（今秦淮河）南岸修筑。亦为百姓聚居之地。崔颢《长干曲》之一："君家住何处？妾住在横塘。"此处乃取崔诗之意，代指女子所居之地。

②"寒"，韩集旧钞本、屈抄本均作"深"，《全唐诗》、吴校本均校："一作风"。

③"胫"，《全唐诗》、吴校本均校："一作颈"。按：应作"胫"。"青"，原作"清"，玉山樵人本、韩集旧钞本、统签本、屈抄本均作"青"，《全唐诗》、吴校本均校："一作青"，今据玉山樵人本等改。凤胫：指灯。以灯足如同鸟腿，故称。

④"添"，原作"沾"，玉山樵人本、韩集旧钞本、统签本、屈抄本均作

432

"添"，《全唐诗》、吴校本均校："一作添"，今据玉山樵人本等改。"媚"，原作"兴"，韩集旧钞本下校："本作媚"。玉山樵人本、屈抄本均作"媚"，《全唐诗》、吴校本均校："一作媚"，今据玉山樵人本等改。蜀纸：犹蜀笺，自唐以来蜀地所产精句华美之纸的统称。李贺《湖中曲》："蜀纸封巾报云鬟，晚漏壶中水淋尽。"叶葱奇注引《国史补》："纸则有蜀之麻面、屑末、滑石、金花、长麻、鱼子十色笺。"麝煤：即麝墨，含有麝香的墨。后泛指名贵的香墨。王勃《秋日饯别序》："研精麝墨，运思龙章。"

⑤越瓯：指越窑所产的茶瓯。犀液：指犀胪茶水。犀，犀胪，古时块茶名。清吴骞《尖阳丛笔》卷五谓"俗以桂花初放者，连枝断寸许，咸卤浸之，用以点茶，清芬可爱。又有用橄榄子者。此法并见于前人题韩偓诗云：'蜀纸麝煤添笔媚，越瓯犀液发茶香。'犀液即腌桂也。贡师泰诗：'海风舡候桄椥信，溪雨茶煎橄榄香。'即以橄榄子入茶也。"

⑥点：乐器名。一种悬空敲击的乐器。形如小铜鼓，中间隆起，两边有孔系绳。用于报时，或用于合乐，击之以显节拍。温庭筠《菩萨蛮》词："春恨正关情，画楼残点声。"更筹转：谓时间推移。更筹，夜间报更用的计时竹签。南朝梁庾肩吾《奉和春夜应令》："烧香知夜漏，刻烛验更筹。"此处借指时间。唐李福业《岭外守岁》："冬去更筹尽，春随斗柄回。"

⑦拍：指古乐器的拍板，打击乐器的一种。也称檀板、绰板。用坚木数片，以绳串联，用以击节。唐宋时拍板为六或九片，以两手合击发音，今拍板常由三片木板组成。繁弦：繁杂的弦乐声。曲破：唐宋乐舞名。大曲的第三段称"破"，单演唱此段称"曲破"。节奏紧促，有歌有舞。元稹《琵琶歌》："月寒一声深殿磬，骤弹曲破音繁并。"

⑧"向"，原作"问"，玉山樵人本、韩集旧钞本、统签本、屈抄本均作"向"，韩集旧钞本下校："本作问"，《全唐诗》、吴校本均校："一作向"，今据玉山樵人本等改。

【汇评】

缛绣语。（陆时雍《唐诗镜》卷五十四于诗末评）

此与老杜《佳人》一首同意。"两眉愁思问横塘"，即"天寒翠袖薄，日暮倚修竹"意也。（震钧《香奁集发微》）

五　更

往年曾约郁金床^①，半夜潜身入洞房^②。怀里不知金钿落^③，暗中唯觉绣鞋香^④。此时欲别魂俱断，自后相逢眼更狂^⑤。光景旋消惆怅在^⑥，一生赢得是凄凉。

【题解】

此诗亦见于玉山樵人本、统签本、屈抄本、吴校本、石印本之《香奁集》中。此首韩集旧钞本《香奁集》未见，然另有一首同题诗见其《香奁集》中（石印本《香奁集》亦收入），首二句为"秋雨五更头，桐竹鸣骚屑"。

诗写回首往年与相恋女子热恋幽会情景，如今韶光已逝，唯留惆怅与凄凉，故结尾有"光景旋消惆怅在，一生赢得是凄凉"之遗憾终生语。震钧以香草美人之寓托解此诗，谓"天复二年，帝行武德殿，因至尚食局，使宫人招偓。偓至再拜，曰：'崔胤无恙，全忠军必捷。'帝喜。偓曰：'愿陛下还宫，勿为人所知。'帝赐以面豆而去。诗咏此事也。"所说实强为比附。黄世中《韩偓其人及"香奁诗"本事考索》则以为诗人早年曾与一李氏女相恋，"最后他（她）们终于冲破阻力，欢会在一起。这有《自负》、《意绪》、《闺情》、《惜春》、《春恨》、《春尽》、《春尽日》、《欲明》以及两首《五更》（五、七言各一首）共十首可以为证。那是诗人学韩寿偷香而'半夜潜身入洞房'（《五更》）的。《闺情》云：'韩寿香焦亦任偷'。《自负》诗就更明白说出他（她）们的欢会共有三次：'偷桃三度到瑶台'。但是，或许这第三次的私遇为阻绝者（如长辈）发觉，立即采取措施，隔断了他（她）们的来往。所以《五更》诗末云：'光景旋消惆怅在，一生赢得是凄凉'。关于这一点另一首《五更》可证：'秋雨五更头，桐竹鸣骚屑。却似残春间，断送花时节。空楼雁一声，远屏灯半灭。绵被拥娇寒，眉山正愁绝。'这是一个秋雨的五更，雨点打在桐枝、竹叶上，沙沙作响。诗人由此兴悲，回忆残春那个五更的情景。'断送花时节'，以比'那人'的被遣。末联不说自己相思哀愁，而设想那女子拥着锦被而双眉紧蹙哀怨,这是进一层法。大约此女不住这园亭搬往外面以后,他(她)们还曾不止一次地相见过。荐福寺那次相遇就盘桓了半天,相互倾诉了别后的辛酸。末云:'夜静长廊下,谁寻屐齿看。'可证那女子确已外迁,诗人感叹地问自己,即使夜里再在那廊下绕行,又有谁来寻找他的足迹呢? 正因为'五更'对诗人一生是一个可纪念的时刻,所以除了有两首以《五更》为题外,《惜春》又云:'一夜雨声三月尽,万般人事五更头'。"所说别开新径,可备参研。

【校注】

①"年",玉山樵人本、统签本均作"来",《全唐诗》、吴校本均校:"一作来"。郁金床:谓发散出郁金香味的床。郁金,多年生草本植物,百合科。叶片长圆形,夏季开花,穗状花序圆柱形,白色。有块茎及纺锤状肉质块根,黄色,有香气。中医以块根入药,古人亦用作香料,泡作郁鬯,或浸水作染料。《艺文类聚》卷八十一引晋左芬《郁金颂》:"伊此奇草,名曰郁金。越自殊域,厥珍来寻。芬香酷烈,悦目欣心。"唐沈佺期《独不见》:"卢家小妇郁金堂,海燕双栖玳瑁梁。"

②洞房:幽深的内室。多指卧室、闺房。《楚辞·招魂》:"姱容修态,絚洞房些。"

③"金钿",屈抄本作"金钏"。金钿:指嵌有金花的妇人首饰。

④"唯",《全唐诗》、吴校本均校:"一作空"。"鞋",《全唐诗》、吴校本均校:"一作衣"。

⑤眼更狂:谓眼波更为放纵。狂:纵情;恣意。白居易《玩半开花赠皇甫郎中》:"醉玩无胜此,狂嘲更让谁。"

⑥"旋消",屈抄本作"易消",《全唐诗》、吴校本均校:"一作暗添"。光景:光阴;时光。李白《相逢行》:"光景不待人,须臾成发丝。"旋消:不久即消逝。旋,不久。

【汇评】

方回:前四句太猥太亵,后四句始是诗。

冯舒:此公都不解。不如此终未尽兴,岂病在猥亵耶?"猥"字直至杨铁崖方可加,唐人决下不得此评语。

435

纪昀：亦不以诗论。(以上《瀛奎律髓汇评》卷七风怀类)

(《瀛奎律髓》)又曰：风怀之题，须意有馀而不及于亵。如韩偓咏《偶见》，三四云："仙树有花难问种，御香闻气不知名"，此两句佳。至咏《五更》，三四云："怀里不知金钿落，暗中惟觉绣鞋香"，则太猥太亵矣！如《席上有赠》诗，五六云："鬟垂香颈云遮藕，粉著兰胸雪压梅"，语虽亵，然止形容其貌。如巧笑美目之诗，不及乎淫也。(蔡钧《诗法指南》卷四)

天复二年，帝行武德殿，因至尚食局，使宫人招偓。偓至再拜，曰："崔胤无恙，全忠军必捷。"帝喜。偓曰："愿陛下还宫，勿为人所知。"帝赐以面豆而去。诗咏此事也。此事极难著笔，故以私情写之耳。(震钧《香奁集发微》)

联 缀 体

院宇秋明日日长①，社前一雁别辽阳②。陇头针线年年事③，不喜寒砧捣断肠④。

【题解】

此诗亦见于玉山樵人本、韩集旧钞本、统签本、屈抄本、吴校本、石印本之《香奁集》中。此诗写女子秋日怀远人之作。后二句乃是伤离盼聚之辞，故言"不喜寒砧捣断肠"。所谓"寒砧捣断肠"，乃因听捣衣声而痛断离肠也。震钧所说"此伤不如征妇尚得捣衣寄远也"，恐未谛。

【校注】

①"秋明"，玉山樵人本、韩集旧钞本、统签本、嘉靖洪迈本均作"明秋"，《全唐诗》、吴校本均校："一作明秋"。院宇：有院墙的屋宇；院落。秋明：秋天明洁的天空。李贺《送韦仁实兄弟入关》："野色浩无主，秋明空旷间。"

②"别"，原作"到"，玉山樵人本、统签本、屈抄本均作"别"，嘉靖洪迈本作"辞"，韩集旧钞本下校："本作别"，《全唐诗》、吴校本均校："一作别"，今据玉山樵人本等改。盖辽阳地在北方，大雁为候鸟，秋来由北往南飞，故应

为"别(或"辞")辽阳"。社:此指秋社。秋社为秋季祭祀土神的日子。辽阳,曾为县名、府名、路名、行省名。今为市名,泛指今辽阳一带地方。

③陇头针线:陇头,陇山,即六盘山南段的别称。古时又称陇阪、陇坻。《水经注·斤江水》:"陇山、终南山、惇物山在扶风武功县西南也。"此处借指边塞。南朝宋陆凯《赠范晔诗》:"折花逢驿使,寄与陇头人。"陇头针线,谓缝制寒衣寄给边塞离人之事。

④寒砧:亦作"寒碪"。指寒秋的捣衣声。砧,捣衣石。沈佺期《古意呈补阙乔知之》:"九月寒砧催木叶,十年征戍忆辽阳。"

【汇评】

绝不做作,故佳。(陆时雍《唐诗镜》卷五十四)

此伤不如征妇尚得捣衣寄远也。(震钧《香奁集发微》)

半　睡

抬镜仍嫌重①,更衣又怕寒。宵分未归帐②,半睡待郎看。

【题解】

此诗亦见于玉山樵人本、韩集旧钞本、统签本、屈抄本、吴校本、石印本之《香奁集》。玉山樵人本、韩集旧钞本、统签本、屈抄本、吴校本、石印本《香奁集》另有一首题同内容不同诗,其首句为"眉山暗淡向残灯"。

此诗描摹闺中少妇夜深未睡,等待其夫归来时之情态。徐复观《韩偓诗与香奁集论考》疑非韩偓作,认为韩偓《香奁集》中可分三类诗,"第二类,则可以干脆称之为色情诗,也是后人无形中以此为《香奁集》中的代表作,但数量并不太多。如《幽窗》、《屐子》、《懒起》、《五更》、《半睡》、《咏浴》、《席上有赠》、《咏手》、《昼寝》、《意绪》、《偶见背面是夕兼梦》、《想得》及前面提到的《五更》等是,其中多是非常俗恶的,如《半睡》:'抬镜仍嫌重,更衣又怕寒。宵分未归帐,半睡待郎看'。这类的诗,才是《香奁集序》所说的'咀五色之灵芝,香生九窍;咽三危之瑞露,春动七情'的作品。"陈伯海《韩偓生平

437

及其诗作简论》则认为诗乃韩偓作,以为其"如《半睡》写少妇深夜等待丈夫不归而无心安睡,《松髻》写女子卸妆时触动愁思背人坠泪,《忍笑》写妇女晓起梳妆时的爱美情态,也都细致传神。"陈说平允入理。

【校注】

①"抬",屈抄本作"揽"。"镜",玉山樵人本、统签本、屈抄本作"照",吴校本、《全唐诗》均校:"一作照"。"重",玉山樵人本、统签本、屈抄本均作"瘦",《全唐诗》、吴校本均校:"一作瘦"。抬镜:举镜子,即谓照镜。

②宵分:夜半。未归帐:未进罗帐,谓未上床睡觉。

【汇评】

此亦自写身分之诗,须会之于语句之外。(震钧《香奁集发微》)

寒　食　夜

清江碧草两悠悠,各自风流一种愁。正是落花寒食雨①,夜深无伴倚南楼②。

【题解】

此诗亦见于玉山樵人本、韩集旧钞本、统签本、屈抄本、吴校本、石印本之《香奁集》中。"寒食夜",《才调集》卷八、玉山樵人本、韩集旧钞本、统签本、嘉靖洪迈本、屈抄本均作"夜深",《全唐诗》、吴校本均校:"一作深夜,一作夜深。"按:宋祝穆《古今事文类聚·前集》卷八亦作"夜深"。

此诗抒发浓郁深挚相思之情。陈伯海《韩偓生平及其诗作简论》谓"《香奁集》里像这类题咏男女欢爱相思、写得情浓意挚的篇章,亦不在少数。如'正是落花寒食雨,夜深无伴倚南楼'(《寒食夜》)的期待,'古来幽怨皆销骨,休向长门背雨窗'(《咏灯》)的怅恨,'何处山村孤馆里,向灯弯尽一双眉'的展想,'光景旋消惆怅在,一生赢得是凄凉'(《五更》)的追思,以及'纵得相逢处,非无欲去时。恨深书不尽,宠极意多疑'(《欲去》)的内心矛盾和'此生终独宿,到死誓相寻'(《别绪》)的执着自誓,都称得上情至之语,应给予一定的估价。"关于此诗之本事,黄世中《韩偓其人及"香奁诗"本事考索》以为韩偓年轻时曾与一李姓女子相恋,其中考索云:"首先,关于爱情发生的时间。三月寒食日当是他(她)们相遇定情、互诉衷曲的日子。上篇七律之题目(按:指《寒食日重游李氏园亭有怀》)首揭'寒食日',即可为据。此外《集》中直接点出'寒食'并有恋情寄托或忆念者尚有八首:《寒食夜》、《夜深》(一作《寒食夜》)、《寒食夜有寄》、《想得》、《夕阳》、《避地寒食》、《三月》、《寒食日沙县雨中看蔷薇》(后三首在《翰林集》)。连前篇共有九首。看来诗人每逢寒食日即忆及其人,并摅其相思哀怨之作。如《寒食夜》云:'正是落花寒食夜,夜深无伴倚南楼'。《寒食夜有寄》云:'风流大抵是怅怅,此际相思必断肠'。《夕阳》云:'花前洒泪临寒食,醉里回头问夕阳。不管相思人老尽,朝朝容易下西墙。'《想得》云:'两重门里画堂前,寒食花枝月午天。'这当然是一次未成眷属的爱情,所以叹夜深无伴,此际相思,感花前洒泪,缠绵哀怨。"所论可备一说。

【校注】

①"雨",原作"夜",据《才调集》卷八、玉山樵人本、嘉靖洪迈本、屈抄本以及《全唐诗》、吴校本所校"一作雨"改。

②"伴",《全唐诗》、吴校本均校:"一作 "。"南",韩集旧钞本下校:"本作空",玉山樵人本、统签本、屈抄本、嘉靖洪迈本均作"空",《全唐诗》、吴校本均校:"一作空"。

【汇评】

自伤孤客天涯,旧侣散失,独郁郁而谁语。故曰无伴也。(震钧《香奁集发微》)

哭　花①

曾愁香结破颜迟②,今见妖红委地时③。若是有情争不哭④,夜来风雨葬西施⑤。

【题解】

震钧《韩承旨年谱》系于天祐二年,并谓"《香奁集·哭花》诗,伤何太后也,故以西施比之。"按:所说不可信。此为伤花诗,哀伤之情感深挚,前人颇推许之,诚为佳作。黄叔灿谓"第三句'若是有情争不哭',致尧悲感身世,牢落结塞之怀,俱于此句中一恸矣。'夜来'句是比',《韩偓诗注》谓"此处以'西施'比作红花,暗寓朝代兴亡的怀旧之感"。按:味其情韵,有所感慨当有之,然具体所感者为何,则尚难坐实。至于震钧所谓"此为朱全忠弑何后而作,故云'葬西施'。大抵何后被弑,正在盛年,故比之于花。"此说恐未必是,聊备一说。

【校注】

①此诗亦见于玉山樵人本、韩集旧钞本、统签本、屈抄本、吴校本、石印本之《香奁集》中。

②"愁",《全唐诗》、吴校本均校:"一作悲"。香结:谓花蕾,花朵未开放。破颜:露出笑容;笑。此处谓花开。

③"见",《全唐诗》、吴校本均校:"一作日"。妖红:艳红。此处谓艳红色的花朵。妖,艳丽。曹植《美女篇》:"美女妖且闲,采桑歧路间。"委地:落地。散落或委弃于地。白居易《长恨歌》:"花钿委地无人收,翠翘金雀玉搔头。"

④争不哭:怎不哭。争,犹怎。白居易《题峡中石上》:"诚知老去风情少,见此争无一句诗?"

⑤西施:本为春秋时越国美女。此处以西施比喻艳丽之红花。

【汇评】

韩偓《火蛾》云:"阳光不照临,积阴生此类。非无惜死心,奈有贼明意。"……《翠鸟》云:"天长水远网罗稀,保得重重翠碧衣。挟弹少年多害物,劝君莫近五陵飞。"《哭花》云:"曾愁香结破颜迟,今见妖红委地时。人若有情争不哭,夜来风雨葬西施。"美成词云"葬楚宫倾国",本此。(刘克庄《后村诗话·新集》卷四)

落花诗始于二宋。莒公赋云:"一夜东风拂苑墙,归来何处剩凄凉。汉皋佩冷临江失,金谷楼危到地香。泪脸补痕劳獭髓,舞台收影费鸾筋。南朝乐府多赓曲,桃叶桃根尽可伤。"景文赋云:"坠素翻红各自伤,青楼烟雨忍相忘。欲飞更作回风舞,已落犹成半面粧。沧海客归珠迸泪,章台人去骨遗香。可怜无意传芳蝶,尽委花心与蜜房。"诚绝唱也。沈启南以七言咏落花至三十律,虞长孺儒遂至百律。近时作者亦多佳句,……兹不备载。然总不如韩偓《哭花》一绝:"曾愁香结破颜迟,今见妖红委地时。若是有情争不哭,夜来风雨葬西施。"(徐应秋《玉芝堂谈荟》卷八《落花诗》)

开成以后,诗非一种,不当概以晚唐视之。如落花之"高阁客竟去,小园花乱飞"、"夜来风雨葬西施",皆是初唐人未想到者,故能发学者之心光,岂可轻视!(吴乔《围炉诗话》卷三)

诗有同出一意而工拙自分者。……韩偓《哭花》:"若是有情争不哭,夜来风雨葬西施。"韦庄《残花》:"十日笙歌一宵梦,苎萝烟雨失西施。"两君同时,当非相袭,然韩语自胜。(黄白山评:"予谓韦语胜。")(贺裳《载酒园诗话》卷一《三偷》)

首句谓其开迟,次句言其即落。第三句"若是有情争不哭",致尧悲感身世,牢落结塞之怀,俱于此句中一恸矣。"夜来"句是比。(黄叔灿《唐诗笺注》)

《香奁集·哭花》诗,伤何太后也,故以西施比之。(震钧《韩承旨年谱》天祐二年谱)

此为朱全忠弑何后而作,故云"葬西施"。大抵何后被弑,正在盛年,故比之于花。(震钧《香奁集发微》)

重游曲江

鞭梢乱拂暗伤情[①],踪迹难寻露草青。犹是玉轮曾辗处[②],一泓秋水涨浮萍[③]。

【题解】

此诗亦见于玉山樵人本、韩集旧钞本、统签本、屈抄本、吴校本、石印本

之《香奁集》中。屈抄本题作《重游曲江二首》，此为第一首。第二首为"秋千打困解罗裙"首，然统签本、《全唐诗》、吴校本"秋千打困解罗裙"首均题作《偶见》，《全唐诗》、吴校本题下均校："一作秋千"。

此诗写重游曲江，回首昔日游曲江之事而伤情，故诗即以"暗伤情"唱起。次句又回应首句之意，揭示之所以"暗伤情"者，乃因往日之"踪迹难寻"之故。然而引发今日"暗伤情"之往日情事究为何事，则未有明确说明，仅用后两句逗露，留下想象空间，故可谓有幽思袅袅，含蓄不尽之致。当时究是何事令诗人如此"暗伤情"？千年之下虽难于明晓，然"犹是玉轮曾辗处"之"玉轮"，则透露其中些微隐秘，莫非与早年之艳情有关欤？

【校注】

①"鞭梢"，嘉靖洪迈本作"鞭鞘"。按："鞭梢"亦写作"鞭鞘"。《晋书·苻坚传》："长鞘马鞭击左股，太岁南行当复房。"何超音义："长鞘，马鞭头也。"韩偓《重游曲江》："鞭鞘风冷柳烟轻"。鞭梢：鞭子的末端。亦指鞭子。

②"是"，嘉靖洪迈本作"有"。玉轮：犹如香轮，指车子，乃车的美称。辗：滚压。《乐府诗集·杂曲歌辞十二·暗别离》："翠轩辗云轻遥遥，燕脂泪迸红线条。"

③"泓"，韩集旧钞本下校："本作溪"；《全唐诗》、吴校本均校："一作溪"。"秋水"，韩集旧钞本下校："本作春雨"；《全唐诗》、吴校本均校："一作春雨"。一泓：清水一片或一道。李贺《梦天》："遥望齐州九点烟，一泓海水杯中泻。"

【汇评】

正集中有《重游曲江》七律，起句即云"追寻往事立烟汀，渔者应闻太息声"，与此诗意正同。（震钧《香奁集发微》）

遥　见

悲歌泪湿澹胭脂①，闲立风吹金缕衣②。白玉堂东遥见后③，令人评泊画杨妃④。

　　此诗亦见于玉山樵人本、韩集旧钞本、统签本、屈抄本、吴校本、石印本之《香奁集》中。此诗乃咏所遥见女子之美艳，故以第三句之"遥见"为题，实亦如无题。前两句乃具写女子之美艳动人，故有"澹胭脂"、"风吹金缕衣"之描摹。后则以美艳之杨贵妃比拟之，可见此女之美，真摇动诗人之心旌矣。清代震钧以"杨妃遇元宗而承宠，已遇昭宗而飘零，亦有幸不幸耳"云云解读此诗，实乃强为比附，当不可信。

【校注】

　　①"澹"，玉山樵人本、韩集旧钞本、统签本、嘉靖洪迈本均作"淡"。按：此处"澹"同"淡"。

　　②金缕衣：以金丝编织的衣服。

　　③"后"，韩集旧钞本下校："本作处"，《全唐诗》、吴校本均校："一作处"。白玉堂：原指神仙所居。此处喻指富贵人家的邸宅。李商隐《代应》："本来银汉是红墙，隔得卢家白玉堂。"

　　④"令人"，嘉靖洪迈本作"今人"。按："今人"乃"令人"之形误。"评泊"，原作"斗薄"，韩集旧钞本作"陡薄"，下校："本作评泊"；嘉靖洪迈本、屈抄本均作"评泊"；玉山樵人本、统签本均作"评说"，统签本下校："一作陡薄"，《全唐诗》、吴校本均校："一作评说"。"斗"，石印本《香奁集》作"陡"，《全唐诗》、吴校本均校："一作陡"。王士禛《池北偶谈》云："韩致尧诗：'白玉堂东遥见后，令人评泊画杨妃。'李子田云：'评泊者，论贬人、是非人也，今作评驳者，非。近诸本或作"斗薄"，殊无意义。《万首绝句》本作"评泊"，当犹近古。'"今即据改。评泊：评说；评论。杨妃：指唐杨贵妃，即杨玉环。

【汇评】

　　韩致尧诗："白玉堂东遥见后，令人评泊画杨妃。"李子田云："评泊者，论贬人、是非人也，今作'评驳'者，非。近诸本或作'斗薄'，殊无意义。《万首绝句》本作'评泊'，当犹近古。"（王士禛《池北偶谈》卷十三）

　　杨妃遇元宗而承宠，已遇昭宗而飘零，亦有幸不幸耳。而一死于陈元

礼,一贬于朱全忠,则一也。(震钧《香奁集发微》)

新　秋

一夜清风动扇愁①,背时容色入新秋②。桃花眼里汪汪泪③,忍到更深枕上流。

【题解】

此诗亦见于玉山樵人本、韩集旧钞本、统签本、屈抄本、吴校本、石印本之《香奁集》中。此诗乃咏失宠女子,故以新秋而团扇被弃为比喻,恐无自比之深层含意。震钧"志在必复雒也"之说,恐未必是。

【校注】

①清风:清凉之风。此指秋风。动扇愁:指秋天一到,扇子即被遗弃之愁。此处用班婕妤故事以比喻女子失宠之愁。

②背时:过时;不时兴。此处意为失宠。容色:容貌神色。

③"眼",原作"脸",《全唐诗》、吴校本均校:"一作眼",今据改。按:谓"桃花脸里",不辞,应作"桃花眼里"。桃花:形容女子容貌,此喻美女。温庭筠《照影曲》:"桃花百媚如欲语,曾为无双今两身。"

【汇评】

此又以班婕妤自比。结暗用光武哭伯升事,志在必复雒也。(震钧《香奁集发微》)

宫　词

绣裙斜立正销魂①,侍女移灯掩殿门。燕子不来花著雨②,春风应自怨黄昏③。

此诗亦见于玉山樵人本、韩集旧钞本、统签本、屈抄本、吴校本、石印本之《香奁集》中。

既以《宫词》为题，则所描摹者乃春日黄昏时，宫女有所祈盼而不得之幽怨。后两句尤含蓄蕴藉，于短短两句之中含无限韵致。宋人赵令畤尤为赏爱此诗。既为宫怨之作，故首句之"正销魂"，末句之"怨黄昏"，皆言怨也。怨者何人？乃"绣裙斜立"者，"春风应自怨黄昏"者，实皆为宫女也。而何为有怨？乃"燕子不来花著雨"也。此句既为景语，实亦含比意。燕子亦比所盼之人，花亦自喻也。燕子春时应来而今不来，则爽约失信；宫女"斜立"等候，直至黄昏而"移灯掩殿门"，则难免失望而怨泣，所谓"花著雨"也。诗虽为《宫词》，然自不必以为宫女即诗人之化身也，故震钧以为此诗乃以"阿娇长门自比"云云，恐失于比附。

【校注】

①"裙"，玉山樵人本、统签本、嘉靖洪迈本作"屏"，《全唐诗》、吴校本均校："一作屏"。绣裙：此指穿着绣裙之宫女。销魂：谓灵魂离开肉体。形容极其哀愁。江淹《别赋》："黯然销魂者，唯别而已矣。"

②"来"，统签本、嘉靖洪迈本、屈抄本均作"归"，韩集旧钞本校："本作归"，《全唐诗》、吴校本均校："一作归"。

③"自"，韩集旧钞本校："本作是"，《全唐诗》、吴校本均校："一作是"。按：宋赵令畤《侯鲭录》卷二引作"是"。

【汇评】

余尝爱韩致光《宫词》云："绣裙斜立正销魂，宫女移灯掩殿门。燕子不归花著雨，春风应是怨黄昏。"（赵令畤《侯鲭录》卷二）

此又以阿娇长门自比。静女城隅，如是如是。（震钧《香奁集发微》）

445

蹋 青

蹋青会散欲归时①,金车久立频催上②。收裙整髻故迟迟③,两点深心各惆怅④。

【题解】

此诗亦见于玉山樵人本、韩集旧钞本、统签本、屈抄本、吴校本、石印本之《香奁集》中。"踏青",《全唐诗》、吴校本题下均校:"一本有词字"。诗写踏青会散时,女子有所眷恋而迟迟不忍遽归也。诗题虽为《踏青》,然而着重点并不在于踏青,而是描摹女子有所眷恋,不愿遽归之情态,故此诗实可看作"无题"。中二句描摹女子有所属意,眷恋不愿遽归之情态颇为栩栩如生。谓"久立",谓"频催";既"收裙",又"整髻",后复明揭出"故迟迟",在在显示女子之有所属意依恋也。末句"两点深心各惆怅",则直揭女子如此情态之原委也。震钧谓此诗"被迫去国,情景如见",乃以为此诗是韩偓晚年被贬时作,并加以政治比附,皆为不实之词。

【校注】

①"散",《全唐诗》校:"一作上"。

②金车:用铜做装饰的车子。《易·困》:"来徐徐,困于金车。"

③第二个"迟"字,玉山樵人本、韩集旧钞本、统签本、嘉靖洪迈本、屈抄本、石印本《香奁集》均作"留",《全唐诗》、吴校本均校:"一作留"。整髻:整理发髻。髻,在头顶或脑后盘成各种形状的发髻。《后汉书·马廖传》:"长安语曰:'城中好高髻,四方高一尺。'"故迟迟:故意迟缓。迟迟,缓慢、慢慢地。唐陈子昂《感遇》诗之一:"迟迟白日晚,袅袅秋风生。"

④两点深心:指双方两颗心。

【汇评】

被迫去国,情景如见。(震钧《香奁集发微》)

夜　深

　　恻恻轻寒剪剪风①,杏花飘雪小桃红②。夜深斜搭秋千索③,楼阁朦胧烟雨中④。

【题解】

　　此诗亦见于玉山樵人本、韩集旧钞本、统签本、屈抄本、吴校本、石印本之《香奁集》中。"夜深",韩集旧钞本下校:"本题寒食夜"。玉山樵人本、嘉靖洪迈本、统签本、屈抄本均作"寒食夜",《全唐诗》校:"一作寒食夜"。

　　此诗写春寒之夜,女子荡罢秋千时景象。即如俞陛云所谓"写庭院之景。楼阁宵寒,秋千罢戏,其中有剪灯听雨人在也。"亦如刘拜山、富寿荪所云"纯写景色,而其中自有'爱而不见,搔首蜘蹰'之意"。震钧谓诗"追忆在翰林时事",恐未谛。黄世中于《韩偓其人及"香奁诗"本事考索》则以为韩偓之寒食诗,秋千诗均与早年与李姓女子之恋爱有关,中谓"韩偓'寒食诗'写到所恋女子因与诗人相遇,立在秋千畔而害羞的情景是十分逼真的。'想得那人垂手立,娇羞不肯上秋千'。而当他数年后在一个寒食夜里想起往事时,无限怅惘地踱到秋千架畔,缅怀少年时之所恋。这时夜深了,轻寒恻恻,春风剪剪;白梅如雪,红杏如火。诗人望着斜搭的秋千索,望着烟中的楼阁,朦胧恍惚,一种景物依旧、人事全非的思绪袭上心头而不能胜情,因此写下那首有名的《寒食夜》(按:即此《夜深》诗)"。此释可备一说。

【校注】

　　①"恻恻",韩集旧钞本作"侧侧",统签本作"测测"。按:"恻恻"同"侧侧"、"测测"。说详下注释。恻恻:寒冷貌。韩愈《秋怀诗十一首》之四:"秋气日恻恻,秋空日凌凌。"又作"测测"、"侧侧"。剪剪:风拂或寒气侵袭貌。

　　②"杏花",原作"小梅",韩集旧钞本、统签本、嘉靖洪迈本、石印本《香奁集》均作"杏花",韩集旧钞本下校:"本作小梅",《全唐诗》校:"一作杏花",今据韩集旧钞本等改。"小桃",原作"杏花",韩集旧钞本、统签本、嘉

靖洪迈本、石印本《香奁集》均作"小桃",韩集旧钞本下校:"本作杏花",《全唐诗》校:"一作小桃",今据韩集旧钞本等改。杏花飘雪:谓杏花白,有如飘雪。

③斜搭:斜挂。搭,挂;披;戴。白居易《石楠树》:"伞盖低垂金翡翠,熏笼乱搭绣衣裳。"秋千:在木架或铁架上悬挂两绳,下拴横板。人在板上或站或坐,两手握绳,利用蹬板的力量身躯随而前后向空中摆动。相传为春秋时期齐桓公从北方山戎引入。一说本作千秋,为汉武帝宫中祝寿之词,取千秋万岁之义。后倒读为秋千,又转为"秋千"。

④"烟",统签本、嘉靖洪迈本作"细",《全唐诗》校:"一作细"。

【汇评】

《遁斋闲览》云:韩致尧诗,词致婉丽,如此绝者是也。(蔡正孙《诗林广记》前集卷九)

李贺"桃花乱落如红雨",韩偓"杏花飘雪小桃红",桃花红而长吉以雨比之,杏花红而致光以雪比之,皆可为善用不拘拘于故常者,所以为奇。不然,柳雪、李月、梨雪、桃霞,谁不能道?(田艺衡《留青日札》卷六)

吕圣求《望海潮》词云:"侧寒斜雨,微灯薄雾,匆匆过了元宵。帘影护风,盆池见日,青青柳叶,柔条碧草,皱裙腰。正昼长烟暖,蜂困莺娇。望处凄迷,半篙绿水浸斜桥。孙郎病酒无聊,记乌丝醉语,碧玉风标。新燕又双,兰心渐吐,佳期趁取花朝。心事转迢迢,但梦随人远,心与山遥。误了芳音,小窗斜日到芭蕉。"其用侧寒字甚新。唐诗:"春寒侧侧掩重门"。韩偓诗"侧侧轻寒剪剪风"。又无名氏词"玉楼十二春寒侧",与此侧寒斜雨相袭用之,不知所出。大意侧不正也,犹云峭寒尔。(杨慎《词品》卷一《侧寒》)

以下四绝,皆追忆在翰林时事。(震钧《香奁集发微》)

春日多雨。唐人诗如"春在蒙蒙细雨中"、"多少楼台烟雨中",昔人诗中屡见之。此则写庭院之景。楼阁宵寒,秋千罢戏,其中有剪灯听雨人在也。(俞陛云《诗境浅说续编》二)

韩冬郎集中,数提秋千,而境界无一相类。《闺怨》云:"初拆秋千人寂寞。"《夜深》云:"夜深斜搭秋千索。"《偶见》云:"秋千打困解罗裙。"《效崔国辅体》云："风动秋千索。"《补李波小妹歌》云："海棠花下秋千畔。"《想得》云："娇羞不肯上秋千。"其善使景物,殊为晚唐诸家之冠。(陈香《晚唐诗人韩偓》引《蕉窗夜话》)

夏　日

　　庭树新阴叶未成,玉阶人静一蝉声①。相风不动乌龙睡②,时有娇莺自唤名③。

【题解】
　　此诗亦见于玉山樵人本、韩集旧钞本、统签本、屈抄本、吴校本、石印本之《香奁集》中。诗写初夏日庭院幽静恬美景象。首句树叶未长成而有新阴,正是初夏时节景色。"玉阶人静"而"一蝉声",以及"相风不动乌龙睡,时有娇莺自唤名",写庭院之幽静也,或有效学南朝梁王籍"蝉噪林逾静,鸟鸣山更幽"之处。震钧谓此诗乃"追忆在翰林时事",是写"玉堂独值之景",恐未必是。盖此诗在《香奁集》中,非作于诗人入值翰林院后。

【校注】
　　①"一蝉",嘉靖洪迈本、统签本均作"下帘",韩集旧钞本下校:"本作下帘",《全唐诗》校:"一作下帘"。
　　②相风:亦称相风鸟,观测风向的仪器。乌龙:原为犬名。《搜神后记》卷九:"会稽句章民张然,滞役在都……养一狗,甚快,名曰乌龙。"此处泛指犬。白居易《和梦游春诗一百韵》:"乌龙卧不惊,青鸟飞相逐。"李商隐《题二首后重有戏赠任秀才》:"遥知小阁还斜照,羡杀乌龙卧锦茵。"
　　③"时有",《全唐诗》校:"一作待得"。"娇莺",韩集旧钞本下校:"本作幽禽",嘉靖洪迈本、统签本均作"幽禽",《全唐诗》校:"一作幽禽"。

【汇评】
　　宋章深《橘简赘笔》:韩偓诗云:"洞门深闭不曾开,横卧乌龙作妒媒。"又云:"相风不动乌龙睡,时有幽禽自唤名。"又云:"遥知小阁还斜照,羡杀乌龙卧锦茵。"祝镒子权贤良,穷探古诗,无不贯通,一日问余曰:"韩致光诗用'乌龙',为何事?"余答:"乐天《和元微之梦游春》诗云:'乌龙卧不惊,青鸟飞相逐',当是犬尔。"子权曰:"何所据?"余戏之曰:"岂不闻俚语云:拜狗作乌龙。"后阅沈汾《续仙传》云:韦善俊携一犬,号"乌龙",化为龙,乘之飞升而去。乐天、致光诗未必不用此事。(一百二十卷本《说郛》卷二十四上)

《续仙传》:"韦善俊携一犬,号乌龙,化为龙,乘之飞升而去。"古谚云:拜狗作乌龙,或本诸此。白少傅《梦游春》诗:"乌龙卧不惊,青鸟飞相逐。"韩偓诗:"洞房深闭不曾开,横卧乌龙作妒媒。"又:"相风不动乌龙睡,时有幽禽自唤名。"又:"遥知小院还斜照,羡杀乌龙卧锦茵。"(明焦周《焦氏说楛》卷五)

新 上 头①

　　学梳蝉鬓试新裙②,消息佳期在此春。为要好多心转惑③,遍将宜称问傍人④。

【题解】

　　此诗描摹新上头之女子妆扮时之复杂心态,诚如锺惺所云,"全是一片徘徊自赏之意"。震钧所说"此初入翰林也",虽不中,然所云"与'画眉深浅入时无'同意"则颇是。沈祖棻《唐人七绝诗浅释》分析道:"诗写这位姑娘新近才上了头,而因为古代通行早婚,所以就在这个春天,又要做新娘子了。既然已有消息,佳期在即,所以更有必要习惯于这种成人的装束,于是学着梳那种薄如蝉翼的鬓发,试着穿新制的衣裙。……正因初试新妆,爱好心切,自己看来看去,反而疑虑起来,这种妆扮,究竟对自己是否合宜、相称呢? 实在把握不定,就只好去遍问傍人了。起句之蝉鬓新裙,本是当时女子一般的妆扮,而蝉鬓之上加以'学梳',新裙之上加以'试',就极其准确地写出了刚刚成年少女的特定情况,画出了她感到新鲜而又生疏的心理状态,从而缴足了题面。次句忽然从远处着笔,写起姑娘的佳期来,表面上似乎与上句毫不相干,而实质上却是对上句所写试妆心情的加倍渲染。正因为这位少女刚成了年,不久又将出嫁,学梳头,试穿裙,就有了双重意义,这句诗也就更能从另外一个角度烘托出她试妆时兴奋激动的心情。这样,它就一直贯穿到下面两句。因为如果只是成年而不出嫁,那么爱好也许不至如此之'多',以至于心里都反而'惑'了。所以,从结构上探讨,次句虽似宕开,实则承上启下。第三、四句十四个字,实有六层意思。爱好,一也。爱好多,二也。因爱好多而心转惑,三也。所惑乃是否宜称,四也。由于不能定其是否宜称而问傍人,五也。一问不足,因而遍问,六也。由于层次之多,更见出诗人用笔之曲折,针线之细密,但另外一方面,语言却极其晓畅明白,使人感到真实、生动而且自然,毫无做作。"所析甚是。

【校注】

①此诗亦见于玉山樵人本、韩集旧钞本、统签本、屈抄本、吴校本、石印本之《香奁集》中。上头:指女子束发插笄,为成年的象征。南朝梁萧纲《和人渡水》:"婉娩新上头,湔裙出乐游。"前蜀花蕊夫人《宫词》之七十五:"年初十五最风流,新赐云鬟便上头。"

②"蝉",原作"松",统签本、嘉靖洪迈本均作"蝉",统签本下校:"一作松",韩集旧钞本下校:"本作蝉",《全唐诗》校:"一作蝉",今据统签本、嘉靖洪迈本等改。"新裙",《全唐诗》校:"一作裙新"。蝉鬟:妇女的一种发式。两鬓薄如蝉翼,故称。

③"要",韩集旧钞本下校:"本作爱",嘉靖洪迈本作"爱",统签本、《全唐诗》校:"一作爱"。"心转",《全唐诗》校:"一作心多"。宜称:适当(的状态);合适;相宜。

④"傍",石印本《香奁集》作"旁"。按:"傍"通"旁"。

【汇评】

"学梳蝉鬟试新裙,消息佳期在此春。为要好多心转惑,遍将宜称问傍人。"锺云:全是一片徘徊自赏之意。(锺惺、谭元春辑《唐诗归》卷三十六晚唐四)

此初入翰林也。与"画眉深浅入时无"同意。(震钧《香奁集发微》)

迫吉有期,新妆乍试,明知梳裹入时,而犹问旁人者,一生爱好,不厌详

求。作者善状闺人情性也。至嫁后，则画眉深浅，问夫婿而不问旁人。同一爱好，更饶风趣矣。（俞陛云《诗境浅说续编》二）

中　庭

夜短睡迟慵早起，日高方始出纱窗。中庭自摘青梅子^①，先向钗头戴一双^②。

【题解】

此诗亦见于玉山樵人本、韩集旧钞本、统签本、屈抄本、吴校本、石印本之《香奁集》中。诗写女子娇慵爱美之情态。首二句写其娇慵，后二句则描摹其风流爱美之情致。此诚如震钧所评"丰致翩翩，有荷衣蕙带之致"。然其谓此诗乃"追忆在翰林时事"，则未必也。

【校注】

①中庭：庭院；庭院之中。青梅：即梅子。

②"先"，《全唐诗》校："一作闲"。"戴"，统签本、嘉靖洪迈本、石印本《香奁集》均作"带"。按：当以"戴"为是。钗头：钗的首端。多指钗。王建《留别田尚书》："不看匣里钗头古，犹恋机中锦样新。"

【汇评】

丰致翩翩，有荷衣蕙带之致。（震钧《香奁集发微》）

咏　浴

再整鱼犀拢翠簪^①，解衣先觉冷森森^②。教移兰烛频羞影^③，自试香汤更怕深^④。初似洗花难抑按^⑤，终忧沃雪不胜任^⑥。岂知侍女帘帷外^⑦，剩取君王几饼金^⑧。

452

此诗亦见于玉山樵人本、韩集旧钞本、统签本、屈抄本、吴校本、石印本之《香奁集》中。如题,此诗为咏浴之作,并非如方回、吴乔、震钧等人所说别有寄托。黄世中《韩偓其人及"香奁诗"本事考索》驳此诗有寄托说谓"其时偓尚未登第,焉能假美人香草、男女媟亵事以寓寄参政后在政治上的兴亡之感?下面只举一例,便可知此说之谬。如吴乔认为《咏浴》诗'终忧沃雪不胜任',由于用汉成帝事,便是影射'崔胤擅权,昭宗宠信过甚,而朱温骎骎之势,君相命在旦夕,故以汉事比之',实是痴人说梦!如上云《香奁集》乃少年时所作,其时尚在宣、懿、僖三朝,黄巢起义未发,何来'崔胤擅权'、'朱温骎骎之势'呢?其二、作者自谓为'绮丽得意之作','诚知非士大夫所为,不能忘情'而为之;且往往为'乐官配入声律',为人书之于'粉墙椒壁'。这说明'香奁诗'纯为'不能忘情'的绮丽之作、爱情之什,并无任何寄托,所以才说'非士大夫所为'。而若果然政治诗,乐官恐不会配乐入律,士女们也不至于抄写粘贴于'粉墙椒壁'间。证以《香奁集序》末云'若有责其不经,亦望以功掩过',则韩偓生前固知'香奁'当为后世士大夫所诋,非情诗而何?足见'寄托说'之站不住脚。"徐复观《韩偓诗与香奁集论考》认为"《香奁集》中像《幽窗》、《屐子》、《五更》、《咏浴》这类的色情诗,作者即使是韩偓,也是一无足取,而不值得提倡的"。所云甚是。

①鱼犀:此处指鱼犀带,水犀皮所制成之腰带。拢:梳理;整理。韩偓《信笔》:"睡髻休频拢,春眉忍更长。"翠簪:翠玉之簪。簪,古人用来绾定发髻或冠的长针。后来专指妇女绾髻的首饰。

②冷森森:形容寒气逼人。

③"烛",韩集旧钞本下校:"本作烬",统签本、《全唐诗》、吴校本均校:"一作烬"。按:作"烬"误。兰烛:用兰膏制成的烛。兰膏,用泽兰子炼制的油脂。可以点灯。

④"试",统签本、《全唐诗》、吴校本均校:"一作拭"。香汤:调有香料的热水。元稹《台中鞫狱忆开元观旧事》:"香汤洗骢马,翠簟笼白鹇。"

⑤"似"，元杨维桢《复古诗集》卷六、明宋绪《元诗体要》卷八引作"讶"。"洗"，统签本、《全唐诗》、吴校本均校："一作染"。按：应作"洗"。洗花：此处花用以比喻如花之美女。抑按：按压。

⑥"忧"，韩集旧钞本下校："本作愁"，《全唐诗》、吴校本均校："一作愁"。按：元杨维桢《复古诗集》卷六、明宋绪《元诗体要》卷八引作"疑"。沃雪：以热水浇雪。此处比喻用热水沐浴女子嫩白之肌体。不胜任：不足以承受或担任。胜任，此处形容女子弱不胜衣之娇慵态。

⑦"岂知"二句：宋刘斧《青琐高议》前集卷七引秦醇《赵飞燕别传》："昭仪方浴，帝私觇，侍者报昭仪。昭仪急趋烛后避，帝瞥见之，心愈眩惑。他日，昭仪浴，帝默赐侍者金钱，特令不言。帝自屏罅觇，兰汤滟滟，昭仪坐其中，若三尺寒泉浸明玉，帝意思飞荡，若无所主。帝常语近侍曰：'自古人主无二后，若有，则吾立昭仪为后矣。'"此事亦见元陶宗仪《说郛》卷一百十下录秦醇《赵后遗事》。剩取，唯取。剩，唯。几饼金，几块金子。饼，饼状物。

⑧"几"，《全唐诗》、吴校本均校："一作数"。按：元杨维桢《复古诗集》卷六、明宋绪《元诗体要》卷八引作"数"。

【汇评】

方回：《赵后外传》："昭仪浴，帝窃观之，令侍儿勿言，投赠以金，一浴赐百饼。"此诗当有所讽，谓世之为君者，亦惑乎此也。

冯舒：如此痴见识，何事取鸭遗半细也！

冯班：胡说。

纪昀：曲解。

冯班：落句妙，人都不解。第三联意已尽，若说浴罢著衣而起，便索然矣；却说帘外潜窥，较有馀味，此落句所以佳也。方公全不解此辈语。

何义门：若无落句，便是呆咏也。通篇尔许情态，皆从帘外眼中传出，定翁语得其一半。第二句含恐人窥见，第四并将侍女亦遣出。"洗花"、"沃雪"，百态俱露矣。呼应紧密，在死法之外。

纪昀：此亦太猥亵。（以上《瀛奎律髓汇评》卷七风怀类）

又有《咏浴》诗云："再整鱼犀拢翠簪，解衣先觉冷森森。教移兰烛频羞影，自试香汤更怕深。初似洗花难抑按，终忧沃雪不胜任。岂知侍女帘帷外,剩取君王几饼金。"诗言成帝、合德事。"沃雪"谓死期将至,当是崔胤擅权,昭宗宠信过甚,而朱温骎骎之势,君相命在旦夕,故以汉事比之也。此时内有宦者韩全诲辈,外有藩镇李茂贞、王行瑜、韩建、朱温辈,致尧忠耿之士,深怀不平,而言出祸随,故寓意如此。结语当是指三使相赏赐倾府库也。(吴乔《围炉诗话》卷一)

《元诗体要》十四卷,浙江巡抚采进本。又第八卷杨维桢《出浴》绝句,实唐韩偓七言律诗后四句,亦间有疏舛,然去取颇有鉴裁。邓林序称"绪深于诗,故选诗如此之精",非溢词也。(永瑢《四库全书总目》卷一百八十九集部四十二)

冷森森:韩偓《咏浴》:"解衣先觉冷森森"。按:森森,冷而寒毛动也。谚谓"寒月解衣曰冷森森"。(胡文英《吴下方言考》卷四)

夫咏浴而结以饼金事,此岂寻常闺帏所有。致尧自待身分极高,于尔时直有举朝无人之叹。故以合德自比,而昭宗之所以待致尧者,亦可知矣。(震钧《香奁集发微》)

一卷《香奁》,须知其纯是自况。《落花》则比西子,《咏浴》则自比合德,《遥见》则自比杨妃,至于明妃、弄玉、玉儿,处处陪衬,以自形其身分之高,其命意于诗中别是一格,然实《三百篇》之遗法。小儒以绮语呵之,固致尧所不受。即《全唐诗录》于《李波小妹歌》,疑其别有所感,亦未道出致尧心事也。《香奁集》命意,去词近,去诗却远。然《三百篇》之西方美人,静女其姝,何一非比物此志也。(震钧《香奁集发微》卷首论《香奁集》语)

席上有赠

矜严标格绝嫌猜①,嗔怒难逢笑靥开②。小雁斜侵眉柳去③,媚霞横接眼波来④。鬓垂香颈云遮藕⑤,粉著兰胸雪压梅⑥。莫道风流无宋玉⑦,好将心力事妆台⑧。

【题解】

此诗亦见于玉山樵人本、韩集旧钞本、统签本、屈抄本、吴校本、石印本之《香奁集》中。诗乃宴席间赠所心仪之女子，并无寄托。除末两句外，均着力描摹此女之"矜严标格"与蕙心兰质，艳丽巧笑之美。末两句则以"风流宋玉"自拟，寄情于所赠之女。此类唐人风流场中有赠之作，其体格风韵固多如此，诚如方回所云"五、六虽亵，然止形容其貌，如'巧笑'、'美目'之诗，不及乎淫也"。故徐复观评此诗为"非常俗恶"，恐未免责之过甚。至于震钧谓此诗"与前首（按：指《咏浴》诗）同意。结有陶长沙运甓意，所以深望中兴有人也。集中《有感》诗云'万里关山如咫尺，女床惟待凤栖鸾'，是致尧始尚有起复之想也。"所说"陶长沙运甓意"，据《晋书·陶侃传》，"王敦深忌侃功。……敦果留侃不遣，左转广州刺史……侃在州无事，辄朝运百甓于斋外，暮运于斋内。人问其故，答曰：'吾方致力中原，过尔优逸，恐不堪事。'其励志勤力，皆此类也。"则震钧乃谓韩偓作是诗乃在贬官之后，故是诗乃表明"致尧始尚有起复之想也。"此说未谛，诗非贬官后作，所说未免强加比附也。

【校注】

①矜严：仪态矜持庄重。标格：风范，风度。

②"难"，原作"虽"，《全唐诗》、吴校本均校："一作难"，今据玉山樵人本、韩集旧钞本、统签本、屈抄本改。"靥"，玉山樵人本、统签本均作"眼"，《全唐诗》、吴校本均校："一作眼"。嗔怒：恼怒。笑靥：笑容，笑颜。

③小雁：比喻笑时两唇形如小雁状。眉柳：即柳眉。形容女子细长秀美之眉。李商隐《和人题真娘墓》："柳眉空吐效颦叶，榆荚还飞买笑钱。"

④媚霞：明媚之霞彩。此处比喻女子明丽灿烂之笑容。眼波：形容流动如水波之目光。韩偓《偶见背面是夕兼梦》："眼波向我无端艳，心火因君特地燃。"

⑤"鬓垂"句：谓鬓发垂遮香颈，有如云遮雪白之莲藕。

⑥"粉著"句：谓女子兰胸粉白，犹如白雪覆压着梅花。

⑦宋玉：战国时楚国著名辞赋家，著有《九辩》、《高唐赋》、《登徒子好色

赋》等。《登徒子好色赋》云："玉曰：'天下之佳人，莫若楚国；楚国之丽者，莫若臣里；臣里之美者，莫若臣东家之子。东家之子，增之一分则太长，减之一分则太短；著粉则太白，施朱则太赤；眉如翠羽，肌如白雪，腰如束素，齿如含贝；嫣然一笑，惑阳城，迷下蔡。然此女登墙窥臣三年，至今未许也。"此处诗人以风流宋玉自拟。

⑧心力：心思和能力。事妆台：谓精心妆扮。妆台，即梳妆台。唐卢照邻《梅花落》："因风入舞袖，杂粉向妆台。"

【汇评】

方回：五、六虽亵，然止形容其貌，如"巧笑"、"美目"之诗，不及乎淫也。

冯舒：谬。"香奁"自是一体，不必与他回护。

纪昀：五、六俗甚，评亦曲说。

冯舒：五、六不如三、四。

查慎行："云遮藕"、"雪压梅"语气欠雅。

何义门：第二句"难"或改作"虽"，改了"虽"字，句便活妙。（以上《瀛奎律髓汇评》卷七风怀类）

（《瀛奎律髓》）又曰：风怀之题，须意有余而不及于亵。如韩偓咏《偶见》，三四云："仙树有花难问种，御香闻气不知名"，此两句佳。至咏《五更》，三四云："怀里不知金钿落，暗中惟觉绣鞋香"，则太猥太亵矣！如《席上有赠》诗，五六云："鬟垂香颈云遮藕，粉著兰胸雪压梅"，语虽亵，然止形容其貌。如巧笑美目之诗，不及乎淫也。（蔡钧《诗法指南》卷四）

与前首同意。结有陶长沙运甓意，所以深望中兴有人也。集中《有感》诗云"万里关山如咫尺，女床惟待凤栖鸾"，是致尧始尚有起复之想也。（震钧《香奁集发微》）

早 归

去是黄昏后，归当胧朣时。衩衣吟宿醉①，风露动相思②。

此诗亦见于玉山樵人本、韩集旧钞本、统签本、屈抄本、吴校本、石印本之《香奁集》中。诗写拂晓归时，宿醉未醒，于清晨风露吹拂下，顿想起昨夜燕饮欢聚情形，遂动起相思怀人之情愫。震钧"咏夜值也"之说，未谛。盖诗非入仕时作，且"夜值"何能饮至"宿醉"耶？

【校注】

①"衩"，原作"扠"，《全唐诗》、吴校本均校："一作衩"，今据玉山樵人本、统签本、屈抄本改。盖"衩衣"与"风露"均名词对。衩衣：两侧开衩的长衣。古人用以称男子便服，始于唐。宿醉，谓经宿尚未全醒的馀醉。白居易《洛桥寒食日作十韵》："宿醉头仍重，晨游眼乍明。"

②"风露"句：谓于清晨之风露中顿起相思之情。

【汇评】

咏夜值也。（震钧《香奁集发微》）

玉　合 杂言①

罗囊绣两凤凰②，玉合雕双鸂鶒③。中有兰膏渍红豆④，每回拈著长思忆⑤。长思忆⑥，经几春⑦。人怅望，香氤氲⑧。开缄不见新书迹⑨，带粉犹残旧泪痕⑩。

【题解】

此诗乃咏打开玉合，重睹昔时情人所赠红豆，情不自禁涌起相思怅惘之情耳。震钧据《南唐近事》所载，谓此诗似乃诗人晚年"检点赐物而作"，则将此诗归于香草美人之寓托之作，所说恐非实情。

【校注】

①此诗亦见于玉山樵人本、韩集旧钞本、统签本、屈抄本、吴校本、石印本之《香奁集》中。按：又见张璋、黄畲编《全唐五代词》（下简称张、黄编《全

唐五代词》)第516页。亦见曾昭岷、曹济平等编《全唐五代词》(下简称曾、曹等编《全唐五代词》)第1060～1061页。《全唐诗》题下注:"杂言"。曾、曹等编《全唐五代词》考辨云:"此首及下首《金陵》本杂言诗,钞本《香奁集》、《唐音统签》列入《长短句》类。按此'长短句'似非指长短句之词,乃指长短句(即杂言)诗,故吴本《香奁集》题下皆注'杂言'。王国维辑本《香奁词》以此二首乃'致光创调',未可据信。若以此二首合乎词体而视为'创调',则原列于《长短句》类之《厌花落》(见钞本《香奁集》、《唐音统签》)亦当视作词,而王国维辑本《香奁集》又摒而不录,是其去取本属随意而无定则,难以信从。"玉合:玉制的盒子或精美的盒子。合,通"盒"。杂言,即杂言体诗。最初出于乐府。每句字数不等,长短句间杂,无一定标准,用韵也较自由。后人多有仿作。

②"凤皇",《全唐诗》、吴校本均校:"一作鸳鸯"。罗囊:指作佩饰的丝质香袋。杜甫《又示宗武》:"试吟青玉案,莫羡紫罗囊。"

③鸂鶒:亦作"鸂鷘"。水鸟名。形大于鸳鸯,而多紫色,好并游。俗称紫鸳鸯。孟浩然《鹦鹉洲送王九之江左》:"昔登江上黄鹤楼,遥爱江中鹦鹉洲。洲势逶迤绕碧流,鸳鸯鸂鶒满滩头。"

④"渍",《全唐诗》、吴校本均校:"一作积"。按:应作"渍","积"乃"渍"之形误。渍:腌渍;浸泡。红豆:红豆树、海红豆及相思子等植物种子的统称。其色鲜红,常用以象征爱情或相思。王维《相思》:"红豆生南国,春来发几枝。愿君多采撷,此物最相思。"

⑤"思",原作"相",玉山樵人本、统签本、屈抄本《香奁集》均作"思",《全唐诗》、吴校本均校:"一作思"。曾、曹等编《全唐五代词》本校:"钞本《香奁集》、《唐音统签》作'思'。"今即据玉山樵人本等改。

⑥"长",韩集旧钞本下校:"一本无"。"思",原作"相",玉山樵人本、统签本、屈抄本均作"思",《全唐诗》、吴校本均校:"一作思"。曾、曹等编《全唐五代词》本校:"钞本《香奁集》、《唐音统签》作'思'。"今即据玉山樵人本等改。

⑦"几",韩集旧钞本下校:"一本无"。

⑧"氤氲",统签本作"氛氲"。曾、曹等编《全唐五代词》本校:"钞本《香

夼集》、《唐音统签》作氛氲。"氲氲：浓烈的气味。多指香气。王维《送别》：
"春江愁送君，蕙草生氲氲。"

⑨开缄：开拆（函件等）。李白《久别离》："况有锦字书，开缄使人嗟。"

⑩"泪"，玉山樵人本、统签本、屈抄本均作"指"，韩集旧钞本下校："本
作指"，《全唐诗》、吴校本均校："一作指"。曾、曹等编《全唐五代词》本校：
"钞本《香夼集》、《唐音统签》作'指'。"

【汇评】

此似检点赐物而作。《南唐近事》记致尧捐馆后，尚缄藏烧残龙凤烛，
金缕红巾百馀条，缄锸甚密，蜡泪尚新，巾香尚郁。此作咏之。（震钧《香夼
集发微》）

韩偓诗变体极多，不独《香夼》绾领晚唐，其馀破格变体，亦为宋诗宋词
开先河。如《杂言》、《三忆》、《效崔国辅》之类，已全脱唐人律纪之制。其
《效崔国辅》，实竟凌而上之，如"淡月照中庭，海棠花自落。独立俯闲阶，风
动秋千索。"崔国辅无此诰诣，张祜、许浑、吴融、韦庄，亦难望尘。（陈香《晚
唐诗人韩偓》引《钧馀读诗记得》）

金　陵杂言①

风雨萧萧②，石头城下木兰桡③。烟月迢迢，金陵渡口去
来潮④。自古风流皆暗销，才鬼妖魂谁与招⑤。彩笺丽句今已
矣⑥，罗袜金莲何寂寥⑦。

【题解】

作于唐懿宗咸通十二年或十三年（872）。徐复观《韩偓诗与香夼集论
考》以为韩偓未到过金陵，故非其诗。此说未必。韩偓早年——咸通十二、
十三年——到过江南，此行有《过临淮故里》、《游江南水陆院》、《江南送
别》、《吴郡怀古》等诗，或于游江南时路过金陵，遂有此咏。即使未路过金
陵，亦不能断言非韩偓诗。诗人咏史怀古，未必需要亲临其地。

诗乃未及第时之作,故震钧所谓"此似讥徐知诰之不能拥戴皇家,徒知僭窃者",实在不可信。诗前半首有刘禹锡《金陵五题·石头城》"山围故国周遭在,潮打空城寂寞回。淮水东边旧时月,夜深还过女墙来"之意绪;后半首亦囊括刘禹锡《乌衣巷》"朱雀桥边野草花,乌衣巷口夕阳斜。旧时王谢堂前燕,飞入寻常百姓家",《台城》"台城六代竞豪华,结绮临春事最奢。万户千门成野草,只缘一曲《后庭花》"二诗之诗旨意趣,可见此诗受刘禹锡《金陵五题》诗之影响。

【校注】

①此诗亦见于玉山樵人本、韩集旧钞本、统签本、屈抄本、吴校本、石印本之《香奁集》中。按:又见于张、黄编《全唐五代词》第517页。亦见曾、曹等编《全唐五代词》第1061—1062页。金陵:今南京的别称。

②"萧萧",屈抄本、石印本《香奁集》均作"潇潇",张、黄编《全唐五代词》、曾、曹等编《全唐五代词》本均作"潇潇"。后者校云:"毛本、钞本、吴本《香奁集》、《唐音统签》作'萧萧'。"按:玉山樵人本、韩集旧钞本亦均作"萧萧"。此处"萧萧"通"潇潇"。

③石头城:古城名。又名石首城。故址在今江苏南京清凉山。本楚金陵城,汉建安十七年(212)孙权重筑改名。城负山面江,南临秦淮河口,当交通要冲,六朝时为建康军事重镇。唐以后城废。木兰桡:小舟的美称。桡,原意为桨,此处代指舟。木兰桡,即言木兰舟。任昉《述异记》卷下:"七星洲中,有鲁班刻木兰为舟,舟至今在洲中。诗家云木兰舟,出于此。"

④"去来",韩集旧钞本下校:"本作来去"。

⑤"鬼",原作"魂",玉山樵人本、统签本、屈抄本均作"鬼",《全唐诗》校:"一作鬼"。曾、曹等编《全唐五代词》本校:"钞本《香奁集》、《唐音统签》作'鬼'。"韩集旧钞本作、石印本《香奁集》、吴校本均作"魄",前者下校:"本作鬼",后者下校:"一作鬼"。今据玉山樵人本等改。才鬼妖魂:此处指昔时历朝的才子佳人。

⑥"彩",韩集旧钞本作"锦",《全唐诗》、吴校本均校:"一作锦"。"今",玉山樵人本、统签本、屈抄本均作"徒",《全唐诗》、吴校本均校:"一作徒"。曾、曹等编《全唐五代词》本校:"钞本《香奁集》、《唐音统签》作'徒'。"彩笺

丽句:此处指歌咏金陵的诗文佳什。

⑦罗袜金莲:此处指代昔时与金陵有关的风流女子。罗袜,丝袜。曹植《洛神赋》:"凌波微步,罗袜生尘。"金莲,此指女子的纤足。此处亦暗用《南史·齐纪下·废帝东昏侯》"凿金为莲华以帖地,令潘妃行其上,曰'此步步生莲华也'"之故典。李商隐《南朝》:"谁言琼树朝朝见,不及金莲步步来。"

【汇评】

宋人视唐词,犹唐人之视古诗,骨格风标相去自远。(陆时雍《唐诗镜》卷五十四)

此似讥徐知诰之不能拥戴皇家,徒知僭窃者。(震钧《香奁集发微》)

懒卸头①

侍女动妆奁②,故故惊人睡③。那知本未眠④,背面偷垂泪⑤。懒卸凤凰钗⑥,羞入鸳鸯被⑦。时复见残灯,和烟坠金穗⑧。

【题解】

施蛰存《读韩偓词札记》谓"《生查子》第一首,笺云:'一腔热血,寂寞无聊,惟以眼泪洗面而已。'按震氏此笺,犹嫌空泛。此作原题为《懒卸头》,其可注意。盖作者已指出全篇要语在'懒卸凤凰钗,羞入鸳鸯被'二句。何以'懒卸'?何以'羞入'?则由于时见残灯落穗耳。味其情绪,殆作于初入闽倚王审知时。偓有《闺情》七言律诗一首,起句云:'清风滴砾动帘钩,宿酒初醒懒卸头。'此诗题下自注云:'癸酉年在南安作。'二诗同用'懒卸头',可知其实一时所作。癸酉为梁乾化三年(913)。乾化二年(912)六月,朱友珪杀朱全忠而自立。三年二月,朱友贞杀朱友珪而自立。时韩偓在闽之南安也。"按:所云此诗作于乾化三年,缺乏确证,聊备一说。

此诗描写女子因相思愁苦,而终夜未眠情景。"懒卸凤凰钗,羞入鸳鸯被”扣“懒卸头”题面。首二句侍女之所以“动妆奁”,乃因女子之未卸头钗,而欲以此“故故惊人睡”,促使女子卸头钗。“那知本未眠,背面偷垂泪”,谓侍女不晓女子尚“偷垂泪”而未眠。四句中两人之举动心态展现得细腻婉曲,场面活现。再与“时复见残灯,和烟坠金穗”等句并读,可见女子彻夜苦思之“柔情密意”。丁绍仪《听秋声馆词话》谓诗人“蒿目时艰,自甘贬死,深鄙杨涉辈之意,更昭然若揭矣。”所云杨涉事,据《新五代史·唐六臣传》:天祐四年“三月,唐哀帝逊位于梁,遣中书侍郎同中书门下平章事张文蔚为册礼使,礼部尚书苏循为副,中书侍郎同中书门下平章事杨涉为押传国宝使,翰林学士、中书舍人张策为副,御史大夫薛贻矩为押金宝使,尚书左丞赵光逢为副。四月甲子,文蔚等自上源驿奉册宝,乘辂车,……朝梁于金祥殿。梁王衮冕南面,臣文蔚、臣循奉册升殿,进读已,臣涉、臣策奉传国玺,臣贻矩、臣光逢奉金宝以次升,进读已,降,率文武百官北面舞蹈再拜贺。”则杨涉等大臣,乃于天祐四年主动称臣于朱全忠之后梁。韩偓此诗乃未仕时所作艳情诗,当无“自甘贬死,深鄙杨涉辈”之政治寓意。

【校注】

①此诗《全唐诗》、屈抄本、韩集旧钞本、吴校本、石印本均收于《香奁集》,题作《懒卸头》,然玉山樵人本、统签本之正集与《香奁集》均未收入。《全唐诗》卷八九一又收入词部分,为第一首。“懒卸头”,《全唐诗》、吴校本均校:“一作生查子”。曾、曹等编《全唐五代词》考辨云:“此首毛本、吴本《香奁集》题作《懒卸头》诗(钞本《香奁集》、《唐音统签》未收),并无调名。《花草粹编》卷一始以《生查子》调收作词,其后《唐词纪》卷一〇、《古今词统》卷三、《词的》卷一、《词综》卷一、《全唐诗》卷八九一、《历代诗馀》卷四、《词谱》卷三俱因之。按此词乃明清人所认定,未足据信,兹入副编。”又施蛰存《读韩偓词札记》谓“王、林二家辑本,均有《生查子》二首。此二首均见于汲古阁本《香奁集》,第一首题作《懒卸头》,第二首题作《五更》,《全唐诗》韩偓诗卷四同。惟涵芬楼本只有《五更》一首,编入五言古诗。第一首则无有。然《全唐诗》于《懒卸头》题下注云:‘一作生查子’,而《全唐词》中所收《生查子》一首,亦即此篇,盖两存之。林大椿校记谓《生查子》二首‘均见《全唐词》’,误也,其第二首实未尝入词。考《懒卸头》之题作《生查子》,今

所见实始于《花草粹编》，《全唐诗》注所谓'一作'，亦即指《花草粹编》而言。至《五更》一首之题为《生查子》，则不见于故籍，此殆作俑于王国维，而林大椿从之。《生查子》本为五言八句仄韵诗，然其声调却与五言古诗不类，苏东坡有'三度别君来'一首，原题作《送苏伯固效韦苏州》，编在诗集中，然《东坡乐府》中亦收此作，题为《生查子送苏伯固》。后人以韩偓二诗为《生查子》词，即用此例。韦苏州者，中唐诗人韦应物也。东坡所效，当事其诗格，非效其类似《生查子》之声调也。然《生查子》曲名，已早见于《教坊记》，实为开元、天宝旧曲。《花间集》有张泌《生查子》一首，上片句法为三三五五五，下片句法为五言四句，用仄韵。又有牛希济《生查子》一首，其句法为上片五言四句，下片三三五五五。仄韵。又有孙光宪《生查子》三首，其第一、第三首句法与牛希济所作同，第二首则上片作五言四句，下片作七五五五。此式实即牛作形式，盖其七言一句乃三言二句加一衬字耳。至魏承班作《生查子》二首，其句法始为上下片皆五言四句，亦仄韵。可见唐五代时，《生查子》句格未定，以韩偓此二诗移作《生查子》词，必宋人作意。《花草粹编》亦必有旧本据。清定《词谱》谓《生查子》是韩偓创调，甚谬。"卸头：妇女卸去头上的装饰。唐司空图《灯花》："姊姊教人且抱儿，逐他女伴卸头迟。"

②妆奁：女子梳妆用的镜匣。

③"故故"，曾、曹等编《全唐五代词》本校："《词的》卷一作'故欲'。""故故"句：以为人睡着了，久待不耐，有意惊醒她。故故，故意；特意。

④"那"，张、黄编《全唐五代词》本校："《听秋声馆词话》作'谁'。"

⑤"面"，张、黄编《全唐五代词》本校："《香奁集》作'地'。""偷"，《全唐诗》校："一作由"。张、黄编《全唐五代词》本校："《香奁集》注：'一作"由"。'"按：应作"偷"。

⑥"凤"，曾、曹等编《全唐五代词》本校："《花草粹编》卷一、《词的》作'头'。"按：应作"凤"。

⑦鸳鸯被：绣有鸳鸯图案的被子。《古诗十九首》："文彩双鸳鸯，裁为合欢被。"

⑧金穗：指灯花。因灯花形如麦、稻子之金穗，故称。

【汇评】

韩偓《香奁集》，皆裙裾脂粉之诗。高秀实云：元氏艳诗丽而有骨，韩偓

《香奁集》丽而无骨。愚按,诗名《香奁》,奚必求骨?但韩诗浅俗者多,而艳丽者少,较之温、李,相去甚远。即予所录者,十之二三而亦不能佳也。五言古如"侍女动妆奁,故故惊人睡。那知本未眠,背面偷垂泪。"七言古如"娇娆意绪不胜羞,愿倚郎肩永相著","直教笔底有文星,亦应难状分明苦"。七言律如"小迭红笺书恨字,与奴方便送卿卿。"七言绝如"想得那人垂手立,娇羞不肯上秋千"等句,则诗馀变为曲调矣。上源于李商隐、温庭筠七言古,诗馀之变止此。至七言律如"仙树有花难问种,御香闻气不知名","静中楼阁深春雨,远处帘栊半夜灯",亦颇有致。又"分明窗下闻裁剪,敲遍栏干故不应",则曲尽艳情。(许学夷《诗源辩体》卷三十二)

《唐诗纪事》曰:韩字致尧,小字冬郎。父瞻,李义山同门也。偓常即席为诗相送,义山喜赠之,有"十岁裁诗走马成",及"雏凤清于老凤声"句。《生查子》二首,风致过人。(沈雄《古今词话》词评卷上《韩偓香奁集》)

"时复见残灯,和烟坠金穗",如此结构方为含情无限。(沈雄《柳塘词话》卷三)

韩致尧遭唐末造,力不能挥戈挽日,一腔忠愤,无所于泄,不得已托之闺房儿女。世徒以香奁目之,盖未深究厥旨耳。……至《生查子》云:"侍女动妆奁,故故惊人睡。谁知本未眠,背面偷垂泪。懒卸凤凰钗,羞入鸳鸯被。时复见残灯,和烟坠金穗。"其蒿目时艰,自甘贬死,深鄙杨涉辈之意,更昭然若揭矣。(丁绍仪《听秋声馆词话》卷一《韩致尧词》)

柔情密意。(陈廷焯《闲情集》卷一)

魏承班《生查子》(四十字):"烟雨晚晴天,零落花无语。难话此时情,梁燕双来去。琴韵对熏风,有限和情抚。肠断断弦频,泪滴黄金缕。"五言八句四韵作者,平仄多有参差。此词八句,第二字俱用仄者。按:韩偓词前第三句"那知本未眠",后第四句"和烟坠金穗",此乃初创之体,故只如五言古诗。至五代而宋,渐加纪律,故或亦依此魏体,而前后首句第二字用平者为多。虽间有一二拗句者,然名流则如出一轨也。(万树《词律》卷三)

一腔热血,寂寞无聊,惟以眼泪洗面而已。(震钧《香奁集发微》)

倚　醉①

倚醉无端寻旧约，却令惆怅转难胜②。静中楼阁深春雨③，远处帘栊半夜灯④。抱柱立时风细细⑤，绕廊行处思腾腾⑥。分明窗下闻裁剪，敲徧阑干唤不膺⑦。

【题解】

《韩偓简谱》系于天复二年，谓"味诗句'横卧乌龙作妒媒'，'多为过时成后悔'句，正与本传所记，在岐日昭宗窃与语事合。《倚醉》诗五六两句'抱柱'，'绕廊'亦与在歧下事合。"按：此乃祖清吴乔之说，并不可信。盖此乃《香奁集》中诗人早年之艳情诗，与昭宗朝事无涉。此诗中之情事究为如何，所说有异。吴乔谓"昭宗在凤翔，制于李茂贞，使赵国夫人诇学士院二使不在，亟召韩偓、姚洎，窃见之于土门外，执手相泣。观此情事，必是又曾召偓而为事所阻，故有'寻旧约'之语。下文则叙立伺机会之情景也。"则将此事作韩偓天复间与唐昭宗约会而不得解。《韩偓简谱》同此意。徐复观《韩偓诗与香奁集论考》则以为韩偓晚年曾有一次畸恋，不少晚年诗作均可证明此事。其引《南唐近事》有关韩偓卒后，"温帅闻其家藏箱笥颇多"，"使亲信发椟，惟得烧残龙凤烛，金缕红巾百馀条。銮泪尚新，巾香犹郁。有老仆泫然而言曰，公为学士日，常视草金銮殿，深夜方还。翰苑当时，皆宫妓秉烛以送，公悉藏之"之记载，据此考证说："上面这段记载，没有理由可以不相信它是真实的。韩偓是让宰相而不为的人，他不会以残烛来作唐昭宗对他恩眷的纪念。而他因职务上的关系，可以取得宫人送他归翰林苑时所剩下的残烛；所以这一点就不足为奇。但百馀条金缕红巾，若不是宫妃们对他有两心胶结之情，即不会不断地送给他的。此一故事，实透出了韩偓平生最深刻的，到死难忘的畸恋。本来皇帝的后宫，是最被压抑的成千成万的女性所在之地。到了唐代，便特别成为诗人同情与想象的对象，而作出了许多感人的'宫词'这类的诗。……到了唐代末叶，王纲解纽，……平日受到压抑的后宫春色，也得到了比较可以流露出来的机会；而有机缘接近的人臣，也容易得到这种感情的沾润。……到天复三年正月，因宦官全被诛戮，于是宣传诏命，皆令宫人出入（见《通鉴》二百六十三）；更是宫禁大开了。韩偓……与昭宗共机密，共患难，他与后宫佳丽相接触的机会特多，因而与现在不能完全断定的某一位宫妃，发生了爱情的关系，这应当是在常情上所能允许的推测。否则对上引的《南唐近事》中的故事，无法加以解释。"又以为《锡宴日作》、《侍宴》、《感事三十四韵》、《遥见》、《偶见》、《个侬》、《梦仙》、《袅娜》、《倚醉》等诗均可见此一情事。如《倚醉》之"'抱柱'、'绕廊'及三四两句，只能于宫中想象得之"；《侍宴》诗之"密旨不教江令醉，丽华微笑认皇慈"，"由此处及《遥见》之以丽华及杨妃作喻，可知韩偓所恋者非寻常宫女"；《袅娜》诗"著词暂见（一作近）樱桃破，飞盏微闻豆蔻香（按此联只有宫中才有此情景）"。因此徐复观又谓"若许我作进一步的推测，韩偓畸恋的对象，可能是我未及详考的赵国夫人；也可能是宫人宋柔。《通鉴》卷二百六十三，天复二年十一月'甲辰，上使赵国夫人诇学士院，二使皆不在（胡注："二使，二中使之直学士院……以防上密召对学士"。），亟召韩偓、姚洎，窃见之于土门外……'又三年春正月，'己酉，遣韩偓及赵国夫人诣全忠营……'。又'丙辰……上遣赵国夫人、冯翊夫人诣全忠营，诘其故（擒凤翔将李继钦之故）……'从上面简单地材料看，可以看出那位赵国夫人，不仅是唐昭宗左右的重要亲信人物；而且和韩偓又有共机密之雅；他们过往的机会必多，因而很可能发生畸恋的关系。为什么我又推测到宫人宋柔身上呢？因为从韩偓这类诗的情调气氛体玩，他所畸恋的恋人，是悲惨的结局。《通鉴》卷二百六十四，天复三年二月甲戌'宫人宋柔等十一人，皆韩全诲（宦官）所献，……并送京兆杖杀'。韩偓下面《见花》的诗，我认为是为此事而作。'褰裳拥鼻正吟诗，日午墙头独见时。血染蜀罗山踯躅，肉红宫锦海棠梨。因狂得病真闲事，欲咏无才是所悲。却看东风归去也，争教判得最繁枝。'再过几天癸未，韩偓便被贬外出。从有关的诗中所透出的身份看，他的恋人，以赵国夫人的可能性最大；而此位夫人，也可能以惨死终局。但宫人宋柔们的惨死，必给韩偓以很大的刺激，而她也会是执烛送韩偓归院的宫人之一。在韩偓晚年凄凉的回忆中，必会把她和赵国夫人，融织在一起,以咏叹出哀感顽艳的音调,这是决无可疑的。"然而黄世中《韩偓其人及"香奁诗"本事考索》认为韩偓此诗以及三月诗、寒食诗等,乃写其早年与一女子相恋而终未果之事。今思前所述情事,吴、徐二位之说失于附会,黄论则可备一说。

【校注】

①此诗亦见于玉山樵人本、韩集旧钞本、统签本、屈抄本、吴校本、石印本之《香奁集》中。倚醉:仗着醉意。李贺《少年乐》:"陆郎倚醉牵罗袂,夺得宝钗金翡翠。"

②"令",原作"怜",玉山樵人本、统签本、屈抄本作"令",韩集旧钞本下校:"本作令"。"却怜",韩集旧钞本下校:"本作那令",《全唐诗》、吴校本均校:"一作那令"。今据玉山樵人本等改。转难胜:反而难于承受。转,反而;反倒。

③"深春",韩集旧钞本下校:"本作春深",《全唐诗》、吴校本均校:"一作春深"。

④"半夜",韩集旧钞本下校:"本作夜半",《全唐诗》、吴校本均校:"一作夜半"。

⑤抱柱:抱着廊柱。此处抱柱亦暗用尾生抱柱典。《庄子·盗跖》:"尾生与女子期于梁下,女子不来,水至不去,抱梁柱而死。"《玉台新咏·古诗八首》之"穆穆如春风"首:"安得抱柱信,皎日以为期。"

⑥思腾腾:思绪翻涌。腾腾,不停地翻腾滚动。

⑦噟:亦作"膺"。意为应,答话。《玉篇》:"噟,于甑切,噟对也。"

【汇评】

欧公词曰:"池外轻雷池上雨,雨声滴碎荷声"云云,末曰:"水晶双枕,旁有堕钗横。"此词甚脍炙人口。旧说谓欧公为郡幕日,因郡宴与一官妓荏苒。郡守得知,令妓求欧词以逸过,公遂赋此词。仆观此词,正祖李商隐《偶题》诗云:"小亭闲眠微醉消,石榴海柏枝相交。水纹簟上琥珀枕,旁堕钗双翠翘。"又"池外轻雷"亦用商隐"芙蓉塘外有轻雷"之语,"好风微动帘旌"用唐《花间集》中语。欧词又曰:"栏干敲遍不应人,分明窗下闻裁剪",此语见韩偓《香奁集》。(王楙《野客丛书》卷二十四《欧阳公词意》)

韩偓《香奁集》，皆裙裾脂粉之诗。高秀实云：元氏艳诗丽而有骨，韩偓《香奁集》丽而无骨。愚按，诗名《香奁》，奚必求骨？但韩诗浅俗者多，而艳丽者少，较之温、李，相去甚远。即予所录者，十之二三而亦不能佳也。五言古如"侍女动妆奁，故故惊人睡。那知本未眠，背面偷垂泪。"七言古如"娇娆意绪不胜羞，愿倚郎肩永相著"，"直教笔底有文星，亦应难状分明苦"。七言律如"小迭红笺书恨字，与奴方便送卿卿。"七言绝如"想得那人垂手立，娇羞不肯上秋千"等句，则诗馀变为曲调矣。上源于李商隐、温庭筠七言古，诗馀之变止此。至七言律如"仙树有花难问种，御香闻气不知名"，"静中楼阁深春雨，远处帘栊半夜灯"，亦颇有致。又"分明窗下闻裁剪，敲遍栏干故不应"，则曲尽艳情。（许学夷《诗源辩体》卷三十二）

此三诗（指《倚醉》、《见花》、《有忆》）是开词曲法门。（陆时雍《唐诗镜》卷五十四）

此诗方有味而不及乎猥。（方回《瀛奎律髓》卷七《风怀类》）

冯舒：如此诗设景言情，几入神矣，正不病其猥亵。若忌猥亵，则亦更无可加。冯班：第三联亦未雅。纪昀：三四空中淡写，何尝不有馀于情？虚谷讥致尧《五更》诗太猥亵，未为不是。冯氏乃曰不猥亵不尽兴，何哉？赵熙：淡写有味。（《瀛奎律髓汇评》）

又有《倚醉》诗曰："倚醉无端寻旧约，却因惆怅转难胜。静中楼阁春深雨，远处帘栊夜半灯。抱柱立时风细细，绕廊行处思腾腾。分明窗下闻裁剪，敲徧阑干唤不膺。"昭宗在凤翔，制于李茂贞，使赵国夫人诇学士院二使不在，亟召韩偓、姚洎，窃见之于土门外，执手相泣。观此情事，必是又曾召偓而为事所阻，故有"寻旧约"之语。下文则叙立伺机会之情景也。（吴乔《围炉诗话》卷一）

有景，有情，有味（"静中楼阁"联下）。（查慎行《初白庵诗评》）

恍惚迷离之景，仿佛《九章》。结语秋水伊人之意也。（震钧《香奁集发微》）

七言中亦有此法，王、杜、高、岑尚矣。外此则如……韩翃"落日澄江乌傍外，秋风疏柳白门前"，温庭筠"三秋梅雨愁枫叶，一棹蓬舟宿苇花"，许浑"溪云初散日沉阁，山雨欲来风满楼"，韩偓"静中楼阁深春雨，远处帘栊半夜灯",不独上下融化,风致嫣然,尤妙在不斤斤作二五句法。举一脔以该全鼎,无亦含英咀华之一助乎?(宋长白《柳亭诗话》卷十五)

　　韩致尧遭唐末造,力不能挥戈挽日,一腔忠愤,无所于泄,不得已托之闺房儿女。世徒以香奁目之,盖未深究厥旨耳。余最爱其"碧阑干外绣帘垂。猩色屏风画折枝。八尺龙须方锦褥,已凉天气未寒时"一绝,与"静中楼阁深春雨,远处帘栊半夜灯"句,言外别具深情。……其蒿目时艰,自甘贬死,深鄙杨涉辈之意,更昭然若揭矣。(清丁绍仪《听秋声馆词话》卷一《韩致尧词》)

咏　手

　　腕白肤红玉笋芽①,调琴抽线露尖斜②。背人细捻垂烟鬓③,向镜轻匀衬脸霞④。怅望昔逢襄绣幰⑤,依稀曾见托金车⑥。后园笑向同行道⑦,摘得蘼芜又折花⑧。

【题解】

　　此诗亦见于玉山樵人本、韩集旧钞本、统签本、屈抄本、吴校本、石印本之《香奁集》中。诗乃咏手之作,无甚寄托。震钧所谓"此则蘼芜故夫之恨,有未能已于怨者",所说诗有古诗"上山采蘼芜,下山逢故夫"之意,非是。《韩偓简谱》僖宗乾符六年谓"《香奁集》诗如《咏灯》、《见花》、《屐子》、《闻雨》、《懒起》、《已凉》、《横塘》、《踏青》、《夜深》、《中庭》、《玉合》、《懒卸头》、《咏手》、《荷花》、《松鬓》、《昼寝》、《意绪》、《忍笑》、《寒食夜有寄》、《效崔国辅体》等,皆似候选时效初唐及温李诗所作,未必真有寄托也。"所说以上诸诗"皆似候选时效初唐及温李诗所作"虽不可信,然谓此类诗无政治寓托,可从。

【校注】

　　①"腕",玉山樵人本、统签本均作"暖",《全唐诗》、吴校本均校:"一作暖"。按:应作"腕"为是。"暖白"不词。玉笋芽:此处用以比喻纤细柔嫩的

手指。

②尖斜:此处用以形容手指。

③"烟",原作"臁",玉山樵人本、统签本均作"烟",《全唐诗》、吴校本均校:"一作烟",今据玉山樵人本、统签本等改。"胭鬓",不辞。"胭鬓",韩集旧钞本作"眉发",屈抄本作"肩发",《全唐诗》、吴校本均校:"一作眉发"。捻:揉搓;搓捻。烟鬓:犹云鬓。

④"脸",《全唐诗》、吴校本均校:"一作眼"。按:宋赵与峕《宾退录》卷九作"眼"。霞:此喻指胭脂。

⑤"幔",韩集旧钞本下校:"本作帐",《全唐诗》、吴校本均校:"一作帐"。

⑥"曾",《全唐诗》、吴校本均校:"一作重"。"金",韩集旧钞本下校:"本作香",统签本、《全唐诗》、吴校本均校:"一作香"。金车:用铜做装饰的车子。

⑦"道",《全唐诗》、吴校本均校:"一作者"。

⑧"蘼芜",《全唐诗》、吴校本均校:"一作荼蘼"。"折花",玉山樵人本、统签本均作"一扠",韩集旧钞本、石印本《香奁集》均作"摘花",韩集旧钞本下校:"本作一扠",《全唐诗》、吴校本均校:"一作一扠"。按:宋赵与峕《宾退录》卷九引作"一权"。蘼芜:草名。芎䓖的苗,叶有香气。《山海经·西山经》:"(浮山)有草焉,名曰熏草,麻叶而方茎,赤华而黑实,臭如蘼芜,佩之可以已疠。"

【汇评】

《夷坚·支乙》载紫姑《咏手》:"笑折樱桃力不禁,时攀杨柳弄春阴。管弦曲里传声慢,星月楼前敛拜深。绣幕偷回双舞袖,绿窗闲整小眉心。秋来几度挑罗袜,为忆相思放却针。"唐韩致光《香奁集》亦有《咏手》一诗:"暖白肤红玉笋芽,调琴抽线露尖斜。背人细捻垂胭鬓,向镜轻匀衬眼霞。怅望昔逢襄绣幔,依稀曾见托金车。后园笑向同行道,摘得蘼芜又一权。"其体正同,盖皆言手之用尔,韩诗独首句不然。(赵与峕《宾退录》卷九)

此则蘼芜故夫之恨,有未能已于怨者。(震钧《香奁集发微》)

471

荷　花

钿扇相歓绿^①，香囊独立红^②。浸淫因重露^③，狂暴是秋风。逸调无人唱^④，秋塘每夜空。何繇见周昉^⑤，移入画屏中。

【题解】

此诗亦见于玉山樵人本、韩集旧钞本、统签本、屈抄本、吴校本、石印本之《香奁集》中。此乃咏荷花之作，慨叹荷花具有"逸调"而无人品赏歌咏之。此诗当别无寓托，震钧乃谓"'浸淫'句指昭宗，'狂暴'指全忠也。一结自见身分"，所说当为附会，不可信也。

【校注】

①"钿"，原作"纵"，玉山樵人本、统签本、屈抄本、吴校本均作"钿"，韩集旧钞本下校："本作钿"，吴校本校："一作纵"，《全唐诗》校："一作钿"。今据玉山樵人本等改。钿扇：本有指镶嵌金、银、玉、贝等物的团扇。此处比喻荷叶。白居易《六年秋重题白莲》："素房含露玉冠鲜，绀叶摇风钿扇圆。"

②香囊：原指盛香料的小囊，佩于身或悬于帐以为饰物。此处喻指荷花。

③浸淫：浸润；濡湿。

④"逸调"句：感叹无人歌咏荷花超俗的品格气韵。逸调，超脱世俗的格调。卢纶《畅博士当感怀前踪有五十韵见寄辄有所酬以申悲旧》："拾遗兴难侔，逸调旷无程。"

⑤周昉：字景玄，官至宣州长史。初效张萱画，后则小异。颇极风姿，全法衣冠，不近闾里。衣裳劲简，彩色柔丽，菩萨端严，妙创水月之体。事迹见《历代名画记》卷十、《唐朝名画录·神品中一人》等。

【汇评】

"浸淫"句指昭宗，"狂暴"指全忠也。一结自见身分。（震钧《香奁集发微》）

松 髻

髻根松慢玉钗垂①，指点花枝又过时②。坐久暗生惆怅事③，背人匀却泪胭脂④。

【题解】

此诗亦见于玉山樵人本、韩集旧钞本、统签本、屈抄本、吴校本、石印本之《香奁集》中。诗写女子思念情人，无心妆扮，久对庭花，愁思暗起，以致背人匀泪之情态。描写女子情态，颇为细致传神。首句既为点题，又暗示女子相思时情绪之低落惆怅。"指点花枝"四字，巧开新境，转移愁绪，然而"又过时"三字，又将无奈之愁思转回，明白逼出下句之"惆怅事"，最终禁不住"背人匀却泪胭脂"矣。背人匀泪，女子之情态颇为生动传神。

【校注】

①髻根松慢：谓发髻松散。髻根，发髻的基部。皮日休《赤门堰白莲花》："荷露倾衣袖，松风入髻根。"髻，在头顶或脑后盘成各种形状的发髻。松慢，疏松；松散。王建《宫词》之四十二："蜂须蝉翅薄松松，浮动搔头似有风。"

②"花枝"，玉山樵人本、统签本、嘉靖洪迈本均作"庭花"，韩集旧钞本下校："本作庭花"，《全唐诗》、吴校本均校："一作庭花"。

③"坐久暗"，韩集旧钞本下校："本作暗坐久"，《全唐诗》、吴校本均校："一作暗坐久"。

④"背"，玉山樵人本、统签本、嘉靖洪迈本均作"映"，《全唐诗》、吴校本均校："一作映"。按：当作"背"。泪胭脂：谓脸上泪湿的胭脂。

【汇评】

韩偓《火蛾》云："阳光不照临，积阴生此类。非无惜死心，奈有贼明意。"《幽窗》云："手香江橘嫩，齿软越梅酸。"又云："和裙穿玉镫，隔袖把金鞭。"……《哭花》云："曾愁香结破颜迟，今见妖红委地时。人若有情争不哭，夜来风雨葬西施。"美成词云"葬楚宫倾国"本此。《松髻》云："髻根松慢玉钗垂，指点花枝又过时。坐久暗生惆怅事，背人匀却泪胭脂。"韩偓与吴融同时为词臣，偓忠于唐，为朱三面斥，贬谪不悔。如"捋虎须"之句，未尝传诵，似为《香奁》所掩。及朱三篡弑，偓羁旅于闽。时王氏割据，诗文只称唐朝官职，与渊明称晋甲子异世而同符。余读其集而壮其志，录其警联于编内三数篇，自述其玉堂遭遇。唐季非复承平之旧观，而待词臣之礼犹然存之，以补《金銮记》之阙云。（刘克庄《后村诗话·新集》卷四）

所谓"知我者谓我心忧，不知我者谓我何求"，故不得不背人矣。（震钧《香奁集发微》）

寄　远 在岐日作①

眉如半月云如鬟②，梧桐叶落敲井阑③。孤灯亭亭公署寒④，微霜凄凄客衣单。想美人兮云一端⑤，梦魂悠悠关山难⑥。空床展转怀悲酸⑦，铜壶漏尽闻金鸾⑧。

【题解】

作于天复二年（902）深秋，时随昭宗在岐下。史载唐昭宗天复元年（901）十一月，因朱全忠犯京师，唐昭宗为宦官韩全诲所劫持幸凤翔，至天复三年（903）正月方返京。韩偓当时随驾在凤翔。据"梧桐叶落"、"微霜凄凄"等句，当作于秋末天寒时。诗因思念远方之恋人而作，非早年所作之香奁诗，而是晚年整理《香奁集》所增入者。此诗意境情韵，可见模仿因袭前人之迹，故震钧谓"《九歌》之遗"，实有以也。尤其"眉如半月云如鬟，梧桐叶落敲井阑，……微霜凄凄客衣单。想美人兮云一端，梦魂悠悠关山难"等句，不仅有《楚辞》遗韵，亦可见李白《长相思》——"长相思，在长安，络纬秋啼金井阑，微霜凄凄簟色寒。孤灯不明思欲绝，卷帏望月空长叹。美人如花隔云端，上有青冥之长天，下有绿水之波澜。天长路远云飞苦，梦魂不到关山难"——之意境情韵与词汇。震钧《韩承旨年谱》谓"《香奁集》中《寄远》七古，作于是年。所云'望美人兮隔云端'，岂指崔允乎?"非也!

【校注】

①此诗亦见于玉山樵人本、韩集旧钞本、统签本、屈抄本、吴校本、石印本之《香奁集》中。"在岐日作"，吴校本小注为"在岐下日作"。岐下：即唐岐州凤翔府。

②"月"，玉山樵人本、统签本均作"照"，《全唐诗》校："一作照"，吴校本校："一作镜"。按：应作"月"。

③"阑"，统签本作"干"，《全唐诗》、吴校本均校："一作干"。按：应作"阑"，"干"误。井阑：同"井栏"。水井的围栏。白居易《渭村退居诗》："井阑排菡萏，檐瓦斗鸳鸯。"

④"灯"，玉山樵人本、统签本均作"竹"。按：此写公署内情景，应以"孤灯"为是，"孤竹"误。公署：官员办公的处所。

⑤"美"，玉山樵人本、统签本、屈抄本均作"佳"，《全唐诗》、吴校本均校："一作佳"。

⑥关山难：谓关山辽远，梦魂难于飞越。

⑦"床"，原作"房"，玉山樵人本、统签本、屈抄本均作"床"，《全唐诗》、吴校本均校："一作床"，今据玉山樵人本等改。"空房"不合诗中情景，盖此时诗人乃在"梦魂悠悠关山难"醒来，仍在床上"展转"时。展转：翻身貌。多形容忧思不寐、卧不安席貌。亦作"辗转"。

⑧"闻"，玉山樵人本、统签本、屈抄本均作"开"，韩集旧钞本下校："本作开"，《全唐诗》、吴校本均校："一作开"。按：作"闻"是，"开"乃"闻"之形讹。铜壶漏尽：意为更深夜尽将晓时。铜壶，铜制壶形的计时器。金鸾：即金銮，帝王车马的装饰物。金属铸成鸾鸟形，口中含铃，因指代帝王车驾。

【汇评】

《九歌》之遗。(震钧《香奁集发微》)

踪　迹

东乌西兔似车轮①，劫火桑田不复论②。唯有风光与踪迹③，思量长是暗销魂④。

【题解】

此诗亦见于玉山樵人本、韩集旧钞本、统签本、屈抄本、吴校本、石印本之《香奁集》中。此诗感时光飞逝，踪迹难觅，往事如烟，故而怅惘伤情，无限哀伤袭上心头。震钧谓"劫火桑田，是明指其时其事而言"，亦即指天祐间李唐沦落，政权为朱温所篡事，并将此诗作为解读"《香奁集》之线索"，亦即谓《香奁集》诗乃寓寄韩偓所经唐末沧海桑田之情事。此说不可信据。

【校注】

①"东乌"句：谓日月如车轮飞滚，时光飞快流逝。东乌西兔，指日月。东乌，即三足乌，传说日中之三足乌。后因以指日。西兔，指传说月亮中之兔子，亦称玉兔。此处代指月亮。

②"劫火"，玉山樵人本、统签本、嘉靖洪迈本作"却笑"，《全唐诗》、吴校本均校："一作却笑"。按："却"即"却"，作"却笑"误，盖"却笑桑田不复论"语意不通。劫火：佛教语。谓坏劫之末所起的大火。桑田：即沧海桑田之意。谓大海变成农田，农田变成大海。后以"沧海桑田"比喻世事变化巨大。

③风光：风景；景色。踪迹：行踪。

④"长是"，韩集旧钞本下校："本作是梦"，"是"，玉山樵人本、统签本、嘉靖洪迈本均作"似"，《全唐诗》、吴校本均校："一作似，一作自"。销魂：谓灵魂离开肉体。此处形容极其哀愁。

【汇评】

劫火桑田，是明指其时其事而言。《香奁集》之线索，此又一证。（震钧《香奁集发微》）

病　忆①

　　信知尤物必牵情②，一顾难酬觉命轻③。曾把禅机销此病④，破除才尽又重生⑤。

【题解】

　　诗谓深知尤物之动人深情而难于不以性命相报，也曾以禅机破除此一顾而难忘之情。无奈此病方除，却旋即重生矣，真无可如何！诗人咏此，或早年真有一段铭心刻骨终生难忘之恋情欤？

【校注】

　　①此诗亦见于玉山樵人本、韩集旧钞本、统签本、屈抄本、吴校本、石印本之《香奁集》中。"病"，《全唐诗》、吴校本均校："一作痛"。《万首唐人绝句》卷五十作"痛"。按：应作"病"。病忆：即患了不忘之病。忆，记住；不忘。

　　②信知：深知，确知。杜甫《兵车行》："信知生男恶，反是生女好。"尤物：指绝色美女。有时含有贬义。唐陈鸿《长恨歌传》："意者不但感其事，亦欲惩尤物，窒乱阶，垂于将来者也。"牵情：触动感情；动情。

　　③"酬"，《全唐诗》、吴校本均校："一作忘"。一顾：原意为一看。此处指尤物一看。乃用《汉书·孝武夫人传》典："孝武李夫人本以倡进。初，夫人兄延年性知音，善歌舞，武帝爱之。每为新声变曲，闻者莫不感动。延年侍上起舞歌曰：'北方有佳人，绝世而独立。一顾倾人城，再顾倾人国。宁不知倾城与倾国，佳人难再得。'上叹息曰：'善！世岂有此人乎？'"难酬，难于报答。此谓被尤物一顾后，难于回报其一顾之情。

　　④禅机：禅法机要。佛教禅宗和尚谈禅说法时，用含有机要秘诀的言辞、动作或事物来暗示教义，使人得以触机领悟，故名。

　　⑤"才"，《全唐诗》、吴校本均校："一作方"。

诗有销魂者三,《香奁集》其一也。夫销魂者,即坏心田之谓也。其曰:"打迭红笺书恨字,与奴方便寄卿卿",诗媒词逗也。其曰:"但得暂从人缱绻,何妨长任月朦胧",逾墙钻穴也。其曰:"最是断肠禁不得,残灯影里梦初回",旦气梏亡也。其曰:"欲把禅心销此病,破除才尽又重生",淫恶不悛也。阅之必增益淫邪之念,故当以绮语为戒。(褚人获《坚瓠集·补集》卷六"绮语销魂")

《楚词》云"忍而不能舍也"。《出师表》所云"三顾臣于草庐之中,遂感激而许先帝以死",次句所本也。(震钧《香奁集发微》)

妬　媒①

洞房深闭不曾开,横卧乌龙作妬媒②。好鸟岂劳兼比翼③,异华何必更重台④。难留旋逐惊飙去⑤,暂见如随急电来⑥。多为过防成后悔⑦,偶因翻语得深猜⑧。已嫌刻蜡春宵短⑨,最恨鸣珂晓鼓催⑩。应笑楚襄仙分薄⑪,日中长是独徘徊⑫。

【题解】

《韩偓简谱》系于天复二年,谓"昧诗句'横卧乌龙作妬媒','多为过时成后悔'句,正与本传所记,在岐日昭宗窃与语事合"。聊备一说。此诗疑咏诗人早年所经历之艳情事,诗中充满恋情受阻,未能如愿之慨叹,故有"应笑楚襄仙分薄,日中长是独徘徊"之句。然具体为何事,未能明知。震钧又作别解谓"自伤为权奸所阻,不能久于其位也。好鸟比翼,异花重台,似指荐赵崇、王赞而触全忠之怒,正所谓'谋身拙为安蛇足'。结语指昭宗见制于全忠,欲用己而不得,致叹举朝无人,故曰'独徘徊'"。恐未必是,聊备一说。

【校注】

①此诗亦见于玉山樵人本、韩集旧钞本、统签本、屈抄本、吴校本、石印本之《香奁集》中。妒媒：嫉妒的媒介。

②"作"，《全唐诗》、吴校本均校："一作似"。乌龙：原为犬名。《搜神后记》卷九《乌龙》："会稽句章民张然，滞役在都，经年不得归。家有少妇，无子，惟与一奴守舍，妇遂与奴私通。然在都养一狗，甚快，名曰'乌龙'，常以自随。后假归，妇与奴谋，欲得杀然。然及妇作饭食，共坐下食。妇语然：'与君当大别离，君可强啖。'然未得啖，奴已张弓拔矢当户，须然食毕。然涕泣不食，乃以盘中肉及饭掷狗，祝曰：'养汝数年，吾当将死，汝能救我否？'狗得食不啖，惟注睛舐唇视奴。然亦觉之。奴催食转急，然决计，拍膝大呼曰：'乌龙与手！'狗应声伤奴。奴失刀杖倒地，狗咋其阴，然因取刀杀奴。以妇付县，杀之。"此处泛指犬，亦用此典故。元稹《梦游春七十韵》："乌龙不作声，碧玉曾相慕。"

③"劳"，玉山樵人本、统签本均作"须"。劳：烦劳；麻烦。比翼：指比翼鸟。常以比喻恩爱夫妻。白居易《长恨歌》："在天愿作比翼鸟，在地愿为连理枝。"

④异华：即异花。奇异的花朵。重台：复瓣的花。亦指同一枝上开出的两朵花。

⑤惊飙：突发的暴风；狂风。曹植《吁嗟篇》："卒遇回风起，吹我入云间……惊飙接我出，故归彼中田。"

⑥"见"，统签本、《全唐诗》、吴校本均校："一作返"。

⑦过防：谓防范严密。杜甫《入衡州》："旌麾非其任，府库实过防。"

⑧"翻"，《全唐诗》、吴校本均校："一作飞"。翻语：犹飞语，流言。《汉书·灌夫传》："乃有飞语为恶言闻上，故以十二月晦论弃市渭城。"颜师古注引臣瓒曰："无根而至也。"

⑨"蜡"，屈抄本、吴校本均作"烛"，《全唐诗》校："一作烛"。刻蜡：即刻烛。相传古人在蜡烛上刻度计时。后因以喻诗才敏捷，如唐潘述《水堂送诸文士戏赠潘丞联句》："诗教刻烛赋，酒任连盘酌。"又转为古人刻度数于烛，烧以计时之意。南朝梁庾肩吾《奉和春夜应令》："烧香知夜漏，刻烛验

更筹。"

⑩鸣珂：显贵者所乘的马以玉为饰，行则作响，因名。南朝梁何逊《车中见新林分别甚盛》："隔林望行幰，下阪听鸣珂。"珂，白色似玉的美石。一说为螺属，贝类。《玉篇·玉部》："珂，石次玉，亦码磷白如雪者。一云螺属。"《尔雅翼·释鱼》："贝，大者为珂，黄黑色，其骨白，可以饰马。"晓鼓：报晓的鼓声。唐褚载《晓感》："晓鼓冬冬星汉微，佩金鸣玉斗光辉。"

⑪"楚襄"句：宋玉《高唐赋序》："昔者楚襄王与宋玉游于云梦之台，望高唐之观，其上独有云气……王问玉曰：'此何气也？'玉对曰：'所谓朝云者也。'王曰：'何谓朝云？'玉曰：'昔者先王尝游高唐，怠而昼寝，梦见一妇人，曰："妾，巫山之女也，为高唐之客。闻君游高唐，愿荐枕席。"王因幸之，去而辞曰："妾在巫山之阳，高丘之阻，旦为朝云，暮为行雨，朝朝暮暮，阳台之下。"'"又宋玉《神女赋序》："楚襄王与宋玉游于云梦之浦，使玉赋高唐之事。其夜王寝，果梦与神女遇，其状甚丽。王异之，明日以白玉。玉曰：'其梦若何？'王曰：'晡夕之后，精神恍惚，若有所喜。纷纷扰扰，未知何意。目色仿佛，乍若有记。见一妇人，状甚奇异。寐而梦之，寤不自识。罔兮不乐，怅然失志。'"仙分薄，指楚襄王与神女绸缪缱绻的时间短暂。

⑫"日"，《全唐诗》、吴校本均校："一作月"。

【汇评】

《古诗》："客从远方来，遗我双鲤鱼。呼儿烹鲤鱼，中有尺素书"二句，谓虚相联络，终无实意。"遥知小阁还斜照，羡杀乌龙卧锦茵"。《戊签》：谑之也。《搜神后记》：会稽张然滞役在都，有少妇与一奴守舍。奴与妇通，然素养一犬名乌龙，常以自随。后归，妇与奴欲杀然，奴已张弓拔矢，然拍膝大呼曰："乌龙与手！"狗应声伤奴，奴失刀杖倒地，狗咋其阴。然因杀奴，以妇付县杀之。乌龙，喻他人谑任之不得如也。韩偓诗亦云："横卧乌龙作妒媒"。（冯浩《李义山诗解·题二首后重有戏赠任秀才》）

自伤为权奸所阻，不能久于其位也。好鸟比翼，异花重台，似指荐赵崇、王赞而触全忠之怒，正所谓"谋身拙为安蛇足"。结语指昭宗见制于全忠，欲用己而不得，致叹举朝无人，故曰"独徘徊"。（震钧《香奁集发微》）

不　见

　　动静防闲又怕疑①，伴伴脉脉是深机②。此身愿作君家燕，秋社归时也不归③。

【题解】

　　此诗亦见于玉山樵人本、韩集旧钞本、统签本、屈抄本、吴校本、石印本之《香奁集》中。此诗疑乃诗人咏其恋爱情事。据此诗可知诗人之恋爱虽炽烈，然而颇受阻隔，故有首二句之咏。后二句则借秋燕之不归，表明永不离弃之心迹。似化用唐章孝标《归燕词辞工部侍郎》"旧垒危巢泥已落，今年故向社前归。连云大厦无栖处，更望谁家门户飞"之意。

【校注】

　　①"防闲"，玉山樵人本作"妨嫌"。按：应作"防闲"。"妨嫌"不辞，涉与"防闲"音同而误。防闲：防，堤也，用于制水；闲，圈栏也，用于制兽。引申为防备和禁阻。

　　②"深"，玉山樵人本、统签本、屈抄本均作"沈"，《全唐诗》、吴校本均校："一作沈"。按："沈"通"深"。伴伴：做作之态。韩偓《厌花落》："也曾同在华堂宴，伴伴拢鬟偷回面。"脉脉：相视貌，含情不语貌。《古诗十九首》之十："盈盈一水间，脉脉不得语。"深机：深藏的机心。

　　③秋社：社，祀社神的节日，即社日。后亦沿用为时令名。一年有两社日，即春社、秋社。此指秋社。燕子乃候鸟，于秋社时节迁徙。

【汇评】

　　动静防闲，仍怕疑忌，至于伴伴脉脉，此何等境界！而犹愿作君家燕，屈灵均未遭之苦，致尧遭之矣。（震钧《香奁集发微》）

昼　寝

　　碧桐阴静隔帘栊①，扇拂金鹅玉簟烘②。扑粉更添香体滑③，解衣唯见下裳红④。烦襟乍触冰壶冷⑤，倦枕徐敧宝髻松⑥。何必苦劳魂与梦⑦，王昌只在此墙东⑧。

【题解】

　　此诗亦见于玉山樵人本、韩集旧钞本、统签本、屈抄本、吴校本、石印本之《香奁集》中。此诗或仿效南朝宫体诗而咏美人昼寝之作，故多有描摹美人起居环境、衣着体态，乃至仪态心情之句，并有诗末"王昌"两句挑达之语。震钧谓"王昌指王审知"，所说实在比附过甚，阻塞难通也。一者，如王昌指王审知，则诗乃作于天祐三年秋韩偓入闽之后，然此诗乃《香奁集》诗，非作于是年之后。再者，王审知为闽国主，因其与朱全忠政权仍有关系，韩偓实在不肯投靠在其幕下。此诗王昌如比喻王审知，则诗中之美女乃自喻，将此寓意融入诗中，身份诗情显然有乖，不合此诗意趣。

【校注】

　　①"桐"，韩集旧钞本作"梧"，《全唐诗》、吴校本均校："一作梧"。"静"，原作"尽"，今据玉山樵人本、韩集旧钞本、统签本、屈抄本改。帘栊：亦作"帘笼"。窗帘和窗牖。也泛指门窗的帘子。江淹《杂体诗·效张华〈离情〉》："秋月映帘笼，悬光入丹墀。"

　　②"鹅"，玉山樵人本、统签本均作"蛾"，《全唐诗》、吴校本均校："一作蛾"。扇拂金鹅：摇动绣有金鹅图案的扇子。金鹅，金色鹅形饰品。玉簟：竹席之美称。烘：衬托，渲染。

　　③"添"，《全唐诗》、吴校本均校："一作嫌"，石印本《香奁集》作"沾"。按：作"添"是，"嫌"、"沾"皆误。

　　④"唯"，韩集旧钞本作"微"，《全唐诗》、吴校本均校："一作微"。按：上句用"更"字，则此处应作"唯"为是。下裳：下身穿的衣服。古多指裙。《方

言》第四"绕衿谓之裙",晋郭璞注："俗人呼接下,江东通言下裳。"

⑤烦襟:烦闷的心怀。王勃《游梵宇三觉寺》:"遽忻陪妙躅,延赏涤烦襟"。冰壶:盛冰的玉壶。唐姚崇《冰壶诫序》:"冰壶者,清洁之至也。君子对之,示不忘清也……内怀冰清,外涵玉润,此君子冰壶之德也。"

⑥"徐",《全唐诗》、吴校本均校:"一作斜"。

⑦"魂与",《全唐诗》、吴校本均校:"一作云雨"。苦劳:劳苦;苦心劳形。

⑧王昌:《太平御览》卷六八九:"《襄阳耆旧记》曰:王昌字公伯,为东平相,散骑常侍,早卒。妇是任城王曹子文女。"萧衍《河中之水歌》:"人生富贵何所望,恨不早嫁东家王。"王维《杂诗》:"双燕初命子,五桃初作花。王昌是东舍,宋玉次西家。小小能织绮,时时出浣纱。亲劳使君问,南陌驻香车。"唐崔颢《王家少妇》:"十五嫁王昌,盈盈入画堂。自矜年最少,复倚婿为郎。"李商隐《代应》:"本来银汉是红墙,隔得卢家白玉堂。谁与王昌报消息,尽知三十六鸳鸯。"清阎若璩《潜丘札记》卷六《与戴唐器书》云:"乐府:'人生富贵何所望,恨不早嫁东家王。'唐人诗:'十五嫁王昌'、'王昌且在墙东住',当另一王昌,风流艳美人也,必非《襄阳耆旧传》之王昌。传云:王昌字公伯,为东平相,散骑常侍,早卒。妇任城王曹子文女。"赵殿成《王右丞集笺注》卷八注"王昌"云:"唐人诗中多用王昌事:上官仪诗'南国自然胜掌上,东家复是忆王昌',李义山诗'王昌只在墙东住,未必金堂得免嫌',韩偓诗'何必苦劳魂与梦,王昌只在此墙东'。《襄阳耆旧传》:'王昌字公伯,为东平相,散骑常侍,早卒。妇任城王曹子文女。昌弟式为渡辽将军长史,妇尚书令桓楷女。昌母聪明有教典,二妇入门,皆令变服下车,不得逾侈。后楷子嘉尚魏主,欲金缕衣见式妇,嘉止之曰:'其姁严固,不得倍尔,不须持往犯人家法。'其畏如此,似非挑达之流也。盖别是一人,然他书无考。"

【汇评】

王昌正在墙东,而偏劳梦于天涯,此非时人所解也。然而宁劳魂梦,不嫁王昌,《楚辞》所谓"历九州而相君兮,何必怀乎此都也",与此同意。王昌指王审知。(震钧《香奁集发微》)

意　绪①

　　绝代佳人何寂寞,梨花未发梅花落。东风吹雨入西园,银线千条度虚阁②。脸粉难匀蜀酒浓③,口脂易印吴绫薄④。娇饶意态不胜羞⑤,愿倚郎肩永相著。

【题解】

　　曾、赵编著《全唐五代词》考辨云:"此首本七言古诗,诸本《香奁集》俱题作《意绪》。王国维辑本《香奁词》始收作《木兰花》词,《唐五代词》因之录入,不足据。"施蛰存《读韩偓词札记》亦谓"王国维辑本又收木兰花一首。此篇原为七言古诗,题作《意绪》,汲古阁本、全唐诗本、涵芬楼本并同。王国维跋语云:'木兰花本系七古,然飞卿诗中之《春晓曲》,《草堂诗馀》已改为木兰花,固非自我作古也。'此援温飞卿词为例,亦无可非难。然《草堂诗馀》收温飞卿《春晓曲》,题作《玉楼春》,而非木兰花。唐五代时,木兰花与玉楼春体调均不同,观《花间集》所录诸作可知。至宋人始以玉楼春、木兰花混而为一。韩偓此诗,即欲移植于词苑,亦宜题作玉楼春。"又,施蛰存《读韩偓词札记》谓:"此首当是入翰林前所作。意者乾宁二年为权要所排挤,自刑部员外郎出佐河中幕府时乎?"所说尚乏确证,聊备一说。

　　施蛰存《读韩偓词札记》谓:"玉楼春一首,原题《意绪》。震氏笺云:'诗语艳绝,而题以意绪二字,不类也。而诗眼全在一愿字,则不类而类矣。'按此笺颇有妙悟,启予不浅。全篇主旨,实在首句及末句。试合而读之:'绝代佳人何寂寞,愿倚郎肩永相著。'意止于此矣。梨花二句,谓有阻逆也。脸粉二句,则'岂无膏沐,谁适为容'之意也。"按:此诗写娇娆佳人春日之寂寞,与对爱情之想望,故首句即以"何寂寞"笼盖全篇,末句"愿倚郎肩永相著"则发抒其情怀,并点题旨"意绪"。黄世中《韩偓其人及〈香奁诗〉本事考索》以为韩偓早年曾与一女相恋,"最后他(她)们终于冲破阻力,欢会在一起。这有《自负》、《意绪》、《闺情》、《惜春》、《春恨》、《春尽》、《春尽日》、《欲明》以及两首《五更》(五、七言各一首)共十首可以为证。那是诗人学韩寿偷香而'半夜潜身入洞房'(《五更》)的。《闺情》云:'韩寿香焦亦任偷'。《自负》诗就更明白说出他(她)们的欢会共有三次:'偷桃三度到瑶台'",可备一说。

【校注】

①此诗亦见于玉山樵人本、韩集旧钞本统签本、屈抄本、吴校本、石印本之《香奁集》中。张、黄编《全唐五代词》第 517 页、曾、曹等编《全唐五代词》第 1062 页亦收此诗。

②银线:谓雨丝。虚阁:空阁。

③"浓",韩集旧钞本下校:"本作红",《全唐诗》、吴校本均校:"一作红"。

④口脂:化妆用的唇膏;口红。

⑤"娇饶",统签本、石印本《香奁集》作"妖娆"。按:"妖娆"同"娇饶"。"态",玉山樵人本、统签本、屈抄本、吴校本均作"绪"。"胜",屈抄本作"能",韩集旧钞本下校:"本作能",《全唐诗》、吴校本均校:"一作能"。此句张、黄编曾、赵等编著《全唐五代词》本均作"意态不胜春",后者校云:"钞本、吴本《香奁集》、《唐音统签》作'意绪不胜羞'。胜,吴本注:'一作"能"。'"娇饶:柔美妖媚。意态:神情姿态。不胜:非常;十分。

【汇评】

韩偓《香奁集》,皆裙裾脂粉之诗。高秀实云:元氏艳诗丽而有骨,韩偓《香奁集》丽而无骨。愚按,诗名《香奁》,吴必求骨?但韩诗浅俗者多,而艳丽者少,较之温、李,相去甚远。即予所录者,十之二三而亦不能佳也。五言古如"侍女动妆奁,故故惊人睡。那知本未眠,背面偷垂泪。"七言古如"娇娆意绪不胜羞,愿倚郎肩永相著","直教笔底有文星,亦应难状分明苦"。七言律如"小迭红笺书恨字,与奴方便送卿卿。"七言绝如"想得那人垂手立,娇羞不肯上秋千"等句,则诗馀变为曲调矣。上源于李商隐、温庭筠七言古,诗馀之变止此。至七言律如"仙树有花难问种,御香闻气不知名","静中楼阁深春雨,远处帘栊半夜灯",亦颇有致。又"分明窗下闻裁剪,敲遍栏干故不应",则曲尽艳情。(许学夷《诗源辩体》卷三十二)

诗语艳绝,而题以"意绪"二字,不类也。而诗眼全在一"愿"字,则不类而类矣。(震钧《香奁集发微》)

惆　怅①

身情长在暗相随②,生魄随君君岂知③。被头不暖空沾泪,钗股欲分犹半疑④。朗月清风难惬意,词人绝色多伤离⑤。何如饮酒连千醉⑥,席地幕天无所知⑦。

【题解】

此诗抒发被阻隔两地而情深难忘之惆怅心曲。首二句写"身情长在"之深情。"被头不暖"二句,描述被阻隔而难于分离之愁苦。"朗月清风"二句,谓才子佳人为分离而伤怀。末二句则谓惆怅痛楚难于释怀,唯有"席地幕天"之大醉而已。此乃惆怅难解所致,意脉又回归"惆怅"题意。震钧谓此诗"当是闻昭宗被弑而作,故有'生魄随君'语"。然此意与诗中"被头不暖空沾泪,钗股欲分犹半疑"、"词人绝色多伤离"等句意不合,所说恐亦是附会之言。

【校注】

①此诗亦见于玉山樵人本、韩集旧钞本、统签本、屈抄本、吴校本、石印本之《香奁集》中。

②"长",玉山樵人本、统签本、屈抄本均作"常"。"在",屈抄本作"是"。

③"魄",韩集旧钞本作"魂",下校:"一作魄"。

④钗股欲分:意为分钗断带。钗,妇女之首饰。由两股簪子交叉组合成的一种首饰,用来绾住头发。钗分,比喻夫妻或恋人分离。分钗断带,喻夫妻离异。

⑤"多",韩集旧钞本下校:"本作敢"。词人绝色:谓词人与美女。绝色,即指绝色佳人。

⑥"千",韩集旧钞本下校:"本作年",统签本、《全唐诗》、吴校本均校:

"一作年"。

　　⑦席地幕天：即幕天席地。以天为幕，以地为席。形容行为放旷。白居易《小庭亦有月》："幕天而席地，谁奈刘伶何。"

【汇评】

　　当是闻昭宗被弑而作，故有"生魄随君"语。似醉后愤激走笔，故重押"知"字。其语意之悲，直继《天问》。（震钧《香奁集发微》）

忍　笑①

　　宫样衣裳浅画眉②，晚来梳洗更相宜③。水精鹦鹉钗头颤④，举袂佯羞忍笑时⑤。

【题解】

　　此诗描写女子模仿宫中流行的装束打扮，学着宫女"举袂佯羞忍笑"的姿态。诗中之女子，当非真宫女，否则何必特地谓"宫样衣裳"云云。故此女子乃宫外之淑女也，诗亦非诗人入宫廷后所作。震钧"所谓'阿婆三五少年时，亦曾东涂西抹来'"之说，乃出于王定保《唐摭言》卷三："薛监晚年厄于宦途，尝策羸赴朝，值新进士榜下缀行而出。时进士团所由辈数十人见逢行李萧条，前导曰：'回避新郎君！'逢辗然，即遣一介语之曰：'报道莫贫相，阿婆三五少年时，也曾东涂西抹来。'"按：此诗似无《唐摭言》所记之意。

【校注】

　　①此诗亦见于玉山樵人本、韩集旧钞本、统签本、屈抄本、吴校本、石印本之《香奁集》中。

　　②"衣裳"，玉山樵人本、统签本均作"梳头"，《全唐诗》、吴校本均校："一作梳头"。宫样：宫廷里流行的样式。

　　③"晚"，《全唐诗》、吴校本均校："一作晓"。按：《佩文韵府》卷八十二之五引作"晓"。"梳洗"，玉山樵人本、统签本均作"妆饰"，《全唐诗》、吴校本均校："一作装饰"。按：《万首唐人绝句》卷五十引作"装饰"。

487

④水精：水晶。无色透明的结晶石英，是一种贵重矿石。杜甫《丽人行》："紫驼之峰出翠釜，水精之盘行素鳞。"水精鹦鹉，谓水精雕成鹦鹉形状之饰品。

⑤"举"，玉山樵人本、统签本、屈抄本均作"敛"，韩集旧钞本下校："本作敛"，《全唐诗》、吴校本均校："一作敛"。

【汇评】

所谓"阿婆三五少年时，亦曾东涂西抹来"。（震钧《香奁集发微》）

咏　柳

袅雨拖风不自持①，全身无力向人垂②。玉纤折得遥相赠③，便似观音手里时④。

【题解】

此诗亦见于玉山樵人本、韩集旧钞本、统签本、屈抄本、吴校本、石印本之《香奁集》中。诗乃咏柳，当别无寓意。诗描绘柳树有如在风雨中披拂荡漾之柔媚情态，特为形象柔美。尤其后两句，将柳条与手持杨柳枝的观世音菩萨联系在一起，更具美妙之意蕴。震钧所谓"一朝得柄，何难泽被苍生，今则低首向人而已。"未免过于比附。

【校注】

①袅雨拖风：描状柳枝被风雨吹袭时摇动披拂貌。沈约《十咏·领边绣》："不声如动吹，无风自袅枝。"不自持：此谓柳枝如被风雨吹拂而随风雨披拂摇荡，不能自制。

②"全"，玉山樵人本、统签本均作"遍"，《全唐诗》、吴校本均校："一作遍"。玉纤：女子纤细嫩白的手指。此处代指美丽的女子。

③"观音"句：观音，即观世音。唐时避太宗李世民讳，省称观音。唐张说《观音菩萨像颂》："我闻上古有圣人，心入群有，身包大空，普观一切音声，其名曰观音菩萨。"佛教有三十三观音，中有杨柳观音，即手持杨柳枝之

观音菩萨。

④"似",屈抄本作"是",《全唐诗》、吴校本均校："一作是"。"时",玉山樵人本作"持"。

【汇评】

一朝得柄，何难泽被苍生，今则低首向人而已。（震钧《香奁集发微》）

密　意①

呵花贴鬓粘寒发②，凝酥光透猩猩血③。经过洛水几多人④，唯有陈王见罗袜⑤。

【题解】

诗写自己属意的一位淑女，咏其美貌，喻之以洛水女神，并自欣喜得以亲近。震钧以为此诗有所寓意，言"非其君不仕，绝非荀或辈所知"，不合诗旨，不可信也。

【校注】

①此诗亦见于玉山樵人本、韩集旧钞本、统签本、屈抄本、吴校本、石印本之《香奁集》中。密意：亲密的情意。

②呵花：呵花使花暖和。呵，嘘气；哈气。《关尹子·二柱》："呵之即温，吹之即凉。"唐秦韬玉《咏手》："因把剪刀嫌道冷，泥人呵了弄人髻。"

③凝酥：凝冻的酥油。亦同凝脂。此处形容美人细嫩润泽的皮肤。《诗·卫风·硕人》："手如柔荑，肤如凝脂。"白居易《长恨歌》："春寒赐浴华清池，温泉水滑洗凝脂。"猩猩血，猩猩的血，借指鲜红色。此处用以比喻美女红润的肤色。

④洛水：古水名。即今河南洛河。

⑤陈王见罗袜：陈王，指三国魏国陈王曹植。其《洛神赋》谓经过洛水而遇见洛水女神，咏云："其形也翩若惊鸿，婉若游龙。仿佛兮若轻云之蔽月，飘飖兮若流风之回雪。……体迅飞凫，飘忽若神，凌波微步，罗袜

489

生尘。"

【汇评】

非其君不仕,绝非荀或辈所知。(震钧《香奁集发微》)

偶　见^①

秋千打困解罗裙,指点醍醐索一尊^②。见客入来和笑走^③,手搓梅子映中门^④。

【题解】

此诗固为艳体,却丝毫不俗。诗中活画出一位打罢秋千、见客避走的少女形象,活泼传神,历历在见。李清照《点绛唇》词:"蹴罢秋千,起来慵整纤纤手。露浓花瘦,薄汗轻衣透。见客入来,袜刬金钗溜。和羞走,倚门回首,却把青梅嗅。"人物形象显然是从韩诗意境中脱化而来,而愈加幽婉精微、细腻含蓄。震钧谓"此讥崔胤之恃功而骄,指挥如意。及引全忠入朝,又不能制,但旁观而生妒也。"此寓托解说,恐不可信。沈祖棻《唐人七绝诗浅释》云:"韩偓像一个高明的摄影师,他善于捕捉少女们生活中一些稍纵即逝的镜头,即时地将形神兼备地拍摄下来,如其《偶见》一首,也是可以和《新上头》比美的。(引诗略)诗人在这里,给我们精心地拍下了一位半大不小的姑娘日常生活中一个侧面镜头。秋千是古代少女喜爱的娱乐运动。她们荡起秋千来,体态轻盈,姿势健美,好像仙女在空中飞舞,因此秋千被称为半仙之戏。这种运动相当激烈,何况这时又已在农历四五月间,梅结子的时候。所以这位姑娘荡完秋千,又热又渴。一面脱掉裙子,一面要喝醍醐(精制乳酪)。事情也真凑巧,正在这时,却来了客人,这位又热又渴的姑娘不免有些狼狈了,她只好赶忙朝屋里走。可是,好奇心又吸引着她,于是就又躲在中门之后,向外窥探客人。她脱了裙子以后,随手在树上摘了一个梅子,这时,她就一面下意识地搓着手中的梅子,一面有意识地从门旁向外瞭望,其形象也就掩映于中门之间了。这正是一个半大不小的、还不太害羞却已经知道应该害羞的十三四岁的古代少女的行动和神情。如果是个更大些的姑娘，她就要更稳重一些，决不肯在中门之外就脱掉裙子，匆忙地指着乳酪要人给她。即使碰上客人，她也早走进中门去了。如果是个更小些的姑娘，她就要更天真一些，客人来了，她才不在乎，也许还会跑上去打招呼哩。注意到这些细致的区别，我们才能够体会到诗句所具有的惊人的准确性和真实性。"

【校注】

①此诗亦见于玉山樵人本、韩集旧钞本、统签本、屈抄本、吴校本、石印本之《香奁集》中。此诗题下《全唐诗》、吴校本均校："一作秋千"。屈抄本《香奁集》为《重游曲江二首》之二，其第一首乃"鞭梢乱拂暗伤情"。

②"索"，韩集旧钞本作"酒"，《全唐诗》、吴校本均校："一作酒"。醍醐：从酥酪中提炼出的油，即精制乳酪。这里指酒。

③和笑走：带着笑容而走。

④搓：揉擦。中门：内、外室之间的门。

【汇评】

此讥崔胤之恃功而骄，指挥如意。及引全忠入朝，又不能制，但旁观而生炉也。秋千喻战功，笑指醍醐，恃功而妄事要求也。梅子酸物，喻妒意。（震钧《香奁集发微》）

韩冬郎集中，数提秋千，而境界无一相类。《闺怨》云："初拆秋千人寂寞。"《夜深》云："夜深斜搭秋千索。"《偶见》云："秋千打困解罗裙。"《效崔国辅体》云："风动秋千索。"《补李波小妹歌》云："海棠花下秋千畔。"《想得》云："娇羞不肯上秋千。"其善使景物，殊为晚唐诸家之冠。（陈香《晚唐诗人韩偓》引《蕉窗夜话》）

寒食夜有寄①

风流大抵是倀倀②，此际相思必断肠③。云薄月昏寒食夜④，隔帘微雨杏花香。

此诗乃寄人之作。言每逢寒食夜，必回忆起往昔寒食夜之情事，抒发每逢此夕而相思之痛。黄世中《韩偓其人及"香奁诗"本事考索》以为诗人早年曾与一女子相恋，诗中之"寒食"、"三月"诗乃咏此段爱情际遇，中云："三月寒食日当是他(她)们相遇定情、互诉衷曲的日子。上篇七律之题目首揭'寒食日'，即可为据。此外《集》中直接点出'寒食'而有恋情寄托或忆念者尚有八首：《寒食夜》、《夜深》(一作《寒食夜》)、《寒食夜有寄》、《想得》、《夕阳》、《避地寒食》、《三月》、《寒食日沙县雨中看蔷薇》(后三首在《翰林集》)。连前篇共有九首。看来诗人每逢寒食日即忆及其人，并摅其相思哀怨之作。如《寒食夜》云：'正是落花寒食夜，夜深无伴倚南楼。'《寒食夜有寄》云：'风流大抵是怅怅，此际相思必断肠。'《夕阳》云：'花前洒泪临寒食，醉里回头问夕阳。不管相思人老尽，朝朝容易下西墙。'《想得》云：'两重门里画堂前，寒食花枝月午天。'这当然是一次未成眷属的爱情，所以叹夜深无伴，此际相思，感花前洒泪，缠绵哀怨。"

【校注】

①此诗亦见于玉山樵人本、韩集旧钞本、统签本、屈抄本、吴校本、石印本之《香奁集》中。"有"，韩集旧钞本下校："本作见"。

②"伥伥"，《全唐诗》、吴校本均校："一作张张"。按：应作"伥伥"，"张张"于此处不词，盖字形或字音相近而讹。伥伥：无所适从貌。

③"此际"，玉山樵人本、统签本均作"一度"，《全唐诗》、吴校本均校："一作一度"。"必"，玉山樵人本、统签本均作"一"，《全唐诗》、吴校本均校："一作一"。

④"云薄月昏"，《全唐诗》、吴校本均校："一作月落云阶"。

【汇评】

此追忆太平之作。(震钧《香奁集发微》)

效崔国辅体四首①

一

澹月照中庭②,海棠花自落③。独立俯闲阶④,风动秋
千索。

【题解】

诗写清淡月光下,庭院中海棠寂寞自落,晚风吹动千秋索之寂寥景况。
徐增解析此诗颇为精彩,云:"无人作伴,月也淡了。'照中庭',是月下寂然
也。海棠花无人去赏他,只合自落而已。室中月映,户外花落,银钲屡剔,
睡又不能,乃独身悄然立于帘前。低头看阶,只见冷风飕飕,秋千架影两条
摇动而已,未免有情,何以堪此。"

【校注】

①此四首诗亦见于玉山樵人本、韩集旧钞本、统签本、屈抄本、吴校本、
石印本之《香奁集》中。"崔国辅",韩集旧钞本作"崔辅国",《全唐诗》、吴校
本均校:"一作辅国"。按:作"崔国辅"是,作"崔辅国"误。崔国辅:唐诗人。
《河岳英灵集》卷中《崔国辅》:"国辅诗婉娈清楚,深宜讽味。乐府数章,古
人不及也。"

②"澹",玉山樵人本、韩集旧钞本、统签本、屈抄本均作"淡"。按:此处
"澹"同"淡"。"庭",韩集旧钞本作"夜"。按:应作"庭"。

③海棠:落叶乔木。叶子卵形或椭圆形,春季开花,白色或淡红色。品
种颇多,供观赏。

④俯闲阶:谓低头看少有人迹之台阶。

【汇评】

无人作伴,月也淡了。"照中庭",是月下寂然也。海棠花无人去赏他,
只合自落而已。室中月映,户外花落,银钲屡剔,睡又不能,乃独身悄然立

于帘前。低头看阶,只见冷风飕飕,秋千架影两条摇动而已,未免有情,何以堪此。(徐增《而庵说唐诗》)

一片凄寂光景,凝情独立,不言而神自伤。崔国辅绝句总妙在含蓄,故当时人争效其体。(黄叔灿《唐诗笺注》)

月明花落,独立闲阶,而秋千索动,倍生寂寞矣。(刘文蔚注释《唐诗合选详解》)

寂寥庭院,花落无人,偶过闲阶,月色淡淡中,忽睹秋千之影。"俯"字、"动"字,最足耐人寻味。(王文濡《唐诗评注读本》)

韩冬郎集中,数提秋千,而境界无一相类。《闺怨》云:"初拆秋千人寂寞。"《夜深》云:"夜深斜搭秋千索。"《偶见》云:"秋千打困解罗裙。"《效崔国辅体》云:"风动秋千索。"《补李波小妹歌》云:"海棠花下秋千畔。"《想得》云:"娇羞不肯上秋千。"其善使景物,殊为晚唐诸家之冠。(陈香《晚唐诗人韩偓》引《蕉窗夜话》)

韩偓诗变体极多,不独《香奁》绾领晚唐,其馀破格变体,亦为宋诗宋词开先河。如《杂言》、《三忆》、《效崔国辅》之类,已全脱唐人律纪之制。其《效崔国辅》,实竟凌而上之,如"淡月照中庭,海棠花自落。独立俯闲阶,风动秋千索"。崔国辅无此造诣,张祜、许浑、吴融、韦庄,亦难望尘。(陈香《晚唐诗人韩偓》引《钓馀读诗记得》)

二

雨后碧苔院,霜来红叶楼。闲阶上斜日,鹦鹉伴人愁。

【题解】

此首玉山樵人本、统签本、屈抄本均排为第三首。此诗亦写寂寞之情景,前二句"雨后碧苔院,霜来红叶楼",值得一提。"碧苔院"和"红叶楼"之"碧"与"红",作为形容词,修饰"苔"、"叶",这是正常而平实的叙写表现,但它们还可以转化词性,转为动词,即"雨""碧"了"苔院","霜""红"了"叶楼"。这既保持了形容词的特性,而又兼作动词用,就使这两行诗超越了叙写式的平实静态表现,有了灵动的动态美,给人以新鲜感。

【汇评】

雨后霜来之际,无人作伴最是悄然。又见院中之苔碧得好,楼前之树又红得好。苔上并无形迹,叶上止有秋光,又当天色向晚,一片日光斜射到闲阶上来。此时无人在旁,架上挂一鹦鹉。此鸟虽能言,岂谙人心事者?于是人无暖气,鸟又寂然,大家愁去便了。试问鹦鹉,你那里晓得愁,曰以人愁见得如此然。鹦鹉岂无家乡,岂无匹配,今虽在锦闺之中,珠帘之下,伴则是美人,食则是红豆,何若雌雄相呼,陇天纵飞之为快乎。(徐增《而庵说唐诗》)

只是不堪秋思耳。上三句景中含情,末句更情中佳语。(顾乐《唐人万首绝句选评》)

院无人居,只有碧苔;楼无人住,但见红叶,而闲阶斜日又作一种冷淡之色,惟有架上鹦鹉相对歋歈,伴人惆怅而已,盖极写无聊之致。(王文濡《唐诗评注读本》)

前二句言碧苔深院,因雨洗而碧愈润;红叶高楼,因霜饱而红更酣。如此幽丽之地,而伊人独处。后二句言黄昏渐近,斜阳在砌,寸寸而移,此时院静无人,惟有闷寻鹦鹉,同说无聊。诗系效崔国辅体,其窈窕怀人之意,颇似崔之《怨词》及《王孙游》诸作也。(俞陛云《诗境浅说续编》卷一)

三

酒力滋睡眸①,卤莽闻街鼓②。欲明天更寒③,东风打窗雨。

【题解】

此首玉山樵人本、统签本、屈抄本均排为第二首。此诗写通夜饮酒,睡意朦胧,此时依稀听到晓鼓冬冬、春风吹雨打窗之声,顿然觉得天气更为寒冷了。末两句颇类其《懒起》诗"昨夜三更雨,临明一阵寒"之意境。宋周邦彦《法曲献仙音》词"时间打窗雨",即由"东风打窗雨"化出。

【校注】

①"滋",《万首唐人绝句》卷十九作"惹"。滋睡眸:意为增加睡意。滋,

增长;增加。睡眸:睡眼。眸,眼珠。亦泛指眼睛。

②卤莽:大略;隐约。白居易《浔阳秋怀赠许明府》:"卤莽还乡梦,依稀望阙歌。"街鼓:设置在京城街道的警夜鼓。宵禁开始和终止时击鼓通报。始于唐,宋以后亦泛指"更鼓"。此处指将晓时解除宵禁的鼓声。

③"天",韩集旧钞本下校:"本作花",《全唐诗》、吴校本均校:"一作花"。《万首唐人绝句》卷十九作"花"。

【汇评】

向抱影凝情处,时闻打窗雨。(小注:《文选》云:"落落穷巷士,抱影守空庐。"韩偓诗:"欲明花更寒,东风打窗雨。")(陈元龙《详注片玉集》卷四《法曲献仙音》)

四

罗幕生春寒,绣窗愁未眠①。南湖一夜雨②,应湿采莲船。

【题解】

此诗写女子于春寒之夜滋生闲愁而未眠,儿女情怀展现得含蓄微妙,诚如王文濡所释"罗幕春寒,绣窗愁重,斯何如情状也。忽插入南湖二句,见得独处无聊,顿生遐想,儿女情怀,正复如此"。清陈森《品花宝鉴》第十五回写徐子云与宝珠谈诗词,宝珠问子云道:"我记得有'绣窗愁未眠'这一句,是诗还是词?"子云道:"是韩偓的诗。"宝珠道:"这个略好些儿。"

【校注】

①绣窗:雕绘绮丽之窗。愁未眠,因愁而未入睡。

②"南湖一夜",玉山樵人本、统签本均作"南湖夜来",屈抄本作"夜半南湖",《全唐诗》、吴校本均校:"一作夜半南湖"。

【汇评】

此见独处无聊,把一不要紧事来牵扯。南湖与罗幕何干?莲又与春何干?采莲船尚用不着,雨湿采莲船益觉得无干涉矣。"罗幕生春寒,绣窗愁未眠",尚坐在绣窗之前,何故预知罗幕中生出寒来?此总是愁在那里打搅,忽一念及到南湖夜来之雨,云夜来则雨落过矣。采莲船不曾被雨落坏,你放着香熏锦绣被中不去睡，却痛惜采莲船起来，可见身虽在闺中，而意不知却在何处。趁此未睡之时，呼侍儿秉烛上采莲船，荡到南湖里去散愁何如？亦省罗幕中冰冷睡不去耳。（清徐增《而庵说唐诗》）

"绣窗愁未眠"，有所思也。"应湿采莲船"，意故不在采莲。南湖夜雨，搅触情肠，含而不露。（清黄叔灿《唐诗笺注》）

罗幕春寒，绣窗愁重，斯何如情状也。忽插入南湖二句，见得独处无聊，顿生退想，儿女情怀，正复如此。（清王文濡《唐诗评注读本》）

四诗并无寄托，然其笔竟似崔也。（震钧《香奁集发微》）

后魏时相州人作李波小妹歌
疑其未备因补之①

李波小妹字雍容②，窄衣短袖蛮锦红③。未解有情梦梁苑④，何曾自媚妒吴宫⑤。谁教牵引知酒味⑥，因令怅望成春慵⑦。海棠花下秋千畔，背人撩鬓道匆匆⑧。

【题解】

此诗乃诗人因疑相州人所作《李波小妹歌》所言未完备而补作者。前人对此诗有所批评，如姚宽谓"韩偓所补似言闺房之意，大非其实"；而胡震亨等人则针对姚宽之说谓"安知当时不别有所感，托之此女子乎"？按：胡震亨等人之说较有理。或诗人乃有憾于《李波小妹歌》所言未完备而补作，亦即补上李波小妹作为红妆女子之另一面禀赋。震钧所说"似讥当世门第流品甚高，而轻仕非族者"云云，亦是附会，未必是。黄世中《韩偓其人及"香奁诗"本事考索》解读此诗有如下之说："这是一首歌颂李波的小妹勇武善战的杂歌谣辞，与诗人所恋女子了无关系，只不过其姓李氏，便有意拈来，托言'疑其未备，因补之'为诗。实际上那时无所谓'未备'，而韩偓此首亦非'补'，而是'改'。诗云：'李波小妹字雍容，窄衣短袖蛮锦红。未解有情梦梁苑，何曾自媚妒吴宫。难教牵引知酒味，因令怅望成春慵。海棠花下秋千畔，背人撩鬓道匆匆。'作者留第一句，分明只为了取'李'其姓，'小妹'其称，'雍容'其态；改第二句，去三、四、五句，以'李氏小妹'窄衣红锦、苗条纤弱的装束仪态去取代'李波小妹'褰裙逐马、雄武善射的英姿，可谓'不爱武装爱红装'矣！三句言其年尚幼，'未解有情'。四句称其貌美。五、六云难以牵动其心，令己怅望。七句点出私遇地点'海棠花下秋千畔'。结以描写'李氏小妹'背向诗人，用手撩拨着鬓发的含羞及初恋的紧张之态。这首'小妹'二字最须重看：称其'小妹'即暗寓其为表妹。末云'海棠花下秋千畔，背人撩鬓道匆匆'，是即'寒食'、'秋千'诗所怀之同一女子。"可资参考。

【校注】

①此诗亦见于玉山樵人本、韩集旧钞本、统签本、屈抄本、吴校本、石印本之《香奁集》中。"小妹"，《全唐诗》校："一作少妹"，吴校本校："一作少妹"。后魏：北朝之一。鲜卑族拓跋珪自立为代王，国号魏，亦称北魏、拓跋魏、元魏。为区别于以前之三国魏，故史称后魏(386－534)。相州：北魏天兴四年(401)分冀州置，治所在邺县(今河北临漳县西南邺镇)。取河亶甲居相之义。东魏天平元年(534)移都于此，改为司州。北周建德六年(577)，复改为相州。辖境相当于今河北磁县、成安县以南、河南内黄县以西，汤阴县以北，林州市以东地。李波小妹歌：《魏书》卷五十三《李安世传》："初，广平人李波宗族强盛，残掠生民。前刺史薛道㻛亲往讨之，波率其宗族拒战，大破㻛军，遂为逋逃之薮，公私成患。百姓为之语曰：'李波小妹字雍容，褰裙逐马如卷蓬，左射右射必叠双。妇女尚如此，男子那可逢！'安世设方略诱波及诸子侄三十馀人，斩于邺市，境内肃然。"又见《北史》卷三十三《李安世传》。未备，未完备，未全面。统签本此诗题下注："《北史》：广平人李波宗族强盛，残掠不已，……公私咸患。百姓语曰：'李波小妹字雍容，褰裙逐马如卷蓬，左射右射必叠双，妇女尚如此，男子那可逢。'安世设方略，诱波等，杀之。宋姚宽以为本辞无关闺情，所补不合。然安知当时不别有所感，托之此女子乎？"

②"小"，韩集旧钞本下校："本作少"。"小妹"，《全唐诗》校："一作少

妹",吴校本校:"一作少妹"。字:取表字。

③蛮锦:西南和南方少数民族所织的锦。唐张碧《游春引》之二:"五陵年少轻薄客,蛮锦花多春袖窄。"

④"苑",原作"殿",韩集旧钞本下校:"本作苑",《全唐诗》、吴校本均校:"一作苑"。按:宋姚宽《西溪丛语》卷下作"苑",今即据改。梁苑:西汉梁孝王所建东苑,故址在今河南开封东南。园林规模宏大,方三百余里,宫室相连属,供游赏驰猎。梁孝王在其中广纳宾客,当时名士司马相如、枚乘、邹阳等均为座上客。也称兔园、梁园。事见《史记·梁孝王世家》。

⑤自媚:主动去谄媚、巴结他人。吴宫:春秋时吴国的宫殿。此指吴国宫女。

⑥"谁",原作"难",玉山樵人本、统签本、屈抄本、吴校本、石印本《香奁集》均作"谁",韩集旧钞本下校:"本作谁",《全唐诗》校:"一作谁",吴校本校:"一作难"。按:宋姚宽《西溪丛语》卷下亦作"谁",今据玉山樵人本等改。牵引:引诱;吸引。

⑦春慵:春天的懒散情绪。

⑧"鬓",韩集旧钞本作"髩"。按:"髩"同"鬓"。撩鬓:整理鬓发。撩,整理;料理。

【汇评】

《香奁集》云:"后魏时,相州人作《李波小妹歌》,疑其未备,因补之。'李波小妹字雍容,窄衣短袖蛮锦红。未解有情梦梁苑,何曾自媚妒吴宫。谁教牵引知酒味,因令怅望成春慵。海棠花前秋千畔,背人撩鬓道忽忽。'"韩偓所补似言闺房之意,大非其实。《北史》:"李安世出为相州刺史,广平人李波,宗族强盛,残掠不已。刺史薛道𪟝讨之,大为所破,公私咸患。百姓语云:'李波小妹字雍容,褰裙逐马如卷蓬,左射右射必叠双。妇女尚如此,男子安可逢。'安世设方略诱波等杀之,州内肃然。"(姚宽《西溪丛语》卷下)

《北魏史》:广平人李波,宗族强盛,残掠不已,公私咸患,为之谣曰:"李波小妹字雍容,褰裙逐马如转蓬,左射右射必叠双,妇女尚如此,男儿安可逢。"韩致尧曰:"相州人作李波小妹歌,疑其未备,因补之。"起句即用其语,而继以"窄衣短袖蛮锦红",结曰:"海棠花下秋千畔,背人撩鬓道匆匆。"姚宽谓所补不合,纯是闺情。蒋大鸿曰:"安知当时不别有所感,托之于此女子耶?"(宋长白《柳亭诗话》卷十二)

似讥当世门第流品甚高,而轻仕非族者。语甚蕴藉,不觉为刺,岂因柳璨而发乎?(震钧《香奁集发微》)

韩冬郎集中,数提秋千,而境界无一相类。《闺怨》云:"初拆秋千人寂寞。"《夜深》云:"夜深斜搭秋千索。"《偶见》云:"秋千打困解罗裙。"《效崔国辅体》云:"风动秋千索。"《补李波小妹歌》云:"海棠花下秋千畔。"《想得》云:"娇羞不肯上秋千。"其善使景物,殊为晚唐诸家之冠。(陈香《晚唐诗人韩偓》引《蕉窗夜话》)

春　昼①

春融艳艳②,大醉陶陶③。漏添迟日④,箭减良宵⑤。藤垂戟户⑥,柳拂河桥⑦。帘幕燕子,池塘伯劳⑧。肤清臂瘦,衫薄香销。楚殿衣窄⑨,南朝髻高⑩。河阳县远⑪,清波地遥⑫,丝缠露泣⑬,各自无憀⑭。

【题解】

此诗写春日融融,风光旖旎;女子当此之际,感时光韶华之流逝,叹良人之在远方,故伤离怨别,无憀已极,愁绪难释之情景。其中"帘幕燕子",写所见帘幕间双双栖燕,以寄托夫妻双双团聚之意,因此引发离别之伤情也。故下文即有"池塘伯劳"句,以诉劳燕分飞之离苦。"河阳县远"两句,乃谓两人隔离遥远,故下文即有"丝缠露泣,各自无憀"以承之。

【校注】

①此诗亦见于韩集旧钞本、玉山樵人本、统签本、屈抄本、吴校本、石印本之《香奁集》。"春昼",《全唐诗》校:"一作春尽"。吴校本校"一作四言。

昼,一作尽。"石印本《香奁集》"春昼"下有"四言"二字。按:应作"春昼","春尽"不合诗意,非是。

②春融:春气融和。亦指春暖解冻。艳艳:明媚艳丽貌。

③陶陶:醉貌。唐李咸用《晓望》:"好驾舴艋船去,陶陶入醉乡。"

④"添",石印本《香奁集》作"沾"。按:应作"添"。漏:计时器。即漏壶。迟日:《诗·豳风·七月》:"春日迟迟。"后以"迟日"指春日。

⑤箭:置计时器漏壶下用以指示时刻之物。

⑥戟户:贵家门户,显贵之家。

⑦"河",玉山樵人本、统签本均作"浮",《全唐诗》、吴校本均校:"一作浮"。

⑧"伯",中华书局本《全唐诗》改原本"百"作"伯",韩ערar旧钞本、吴校本、石印本《香奁集》均作"百",玉山樵人本、统签本、屈抄本均作"伯"。按:伯、百均可通。伯劳:鸟名。又名鵙或䴗。额部和头部的两旁黑色,颈部蓝灰色,背部棕红色,有黑色波状横纹。吃昆虫和小鸟。善鸣。《诗·豳风·七月》"七月鸣鵙",毛传:"鵙,伯劳也。"《玉台新咏·古词〈东飞伯劳歌〉》:"东飞伯劳西飞燕,黄姑织女时相见。"后借指离别的亲人或朋友。

⑨楚殿衣窄:此句以楚灵王好细腰,宫中女子为此而着狭窄衣裳为比。《墨子·兼爱》:"昔者楚灵王好士细腰,故灵王之臣皆以一饭为节,胁息然后带,扶墙然后起。"

⑩南朝髻高:此谓南朝女子喜好高髻。《宋书·五行志一》:"宋文帝元嘉六年,民间妇人结发者,三分发,抽其髻直向上,谓之'飞天绁'。始自东府,流被民庶。"《后汉书·马廖传》:"楚王好细腰,宫中多饿死。长安语曰:'城中好高髻,四方高一尺。城中好广眉,四方且半额。城中好大袖,四方全匹帛。"则此风尚自汉代以来即有。

⑪"阳",玉山樵人本、统签本、屈抄本均作"南"。按:应作"阳"。河阳县:汉代置,唐时治所在今河南孟州南。江淹《别赋》:"怨复怨兮远山曲,去复去兮长河湄。又若君居淄右,妾家河阳。同琼佩之晨照,共金炉之夕香。君结绶兮千里,惜瑶草之徒芳。惭幽闺之琴瑟,晦高台之流黄。……春草碧色,春水绿波。送君南浦,伤如之何。"

⑫"地",韩集旧钞本、石印本《香奁集》均作"池",前者下校:"本作地",《全唐诗》、吴校本均校:"一作池"。

⑬"缠",屈抄本作"牵"。丝缠:此为兔丝缠附之意,指女子。兔丝,植物名。即菟丝子。《淮南子·说山训》:"千年之松,下有茯苓,上有兔丝。"高诱注:"一名女萝也。"《文选·江淹〈古离别〉诗》:"兔丝及水萍,所寄终不移。"李善注引《尔雅》:"女萝,兔丝也。"杜甫《新婚别》:"兔丝附蓬麻,引蔓故不长。"露泣:即泣露。此喻男子流泪。

⑭无憀:空闲而烦闷的心情,闲而郁闷。李商隐《杂曲歌辞·杨柳枝》:"暂凭樽酒送无憀,莫损愁眉与细腰。"

【汇评】

于结处见意。(震钧《香奁集发微》)

三 忆①

忆眠时,春梦困腾腾②。展转不能起③,玉钗垂枕棱④。
忆行时,背手接金雀⑤。敛笑慢回头⑥,步转阑干角⑦。
忆去时,向月迟迟行。强语戏同伴⑧,图郎闻笑声⑨。

【题解】

此三首诗分别回忆所爱恋之女子睡眠、行走与离去时之情态,故诗题曰"三忆"。

【校注】

①此诗亦见于玉山樵人本、韩集旧钞本、统签本、屈抄本、吴校本、石印本之《香奁集》中。又按:此《三忆》诗又见张、黄编《全唐五代词》第511页,亦见曾、曹等编《全唐五代词》第1057—1058页。又施蛰存《读韩偓词札记》谓"《三忆》三首,涵芬楼本《香奁集》编入长短句类中,王国维辑本收入之。王跋云:'忆眠时,本沈隐侯创调,隋炀帝继之,升庵视为词祖,唯致光

词少二句耳。'林大椿辑本不收此作,而附见于校记中。按涵芬楼本虽不知所从出,然其中有长短句一类,此必宋初旧本,或是致光原编,亦有可能。盖长短句即词之前身,北宋初词名未立,即以长短句称曲子词,至南宋,则径以长短句为词之别名矣。此书如为南宋人所编,必不用长短句为歌诗类目。《香奁集》中长短句一类所收凡六篇,其中《厌花落》一首,显然为七言歌行,绝非词体。其馀《三忆》《玉合》《金陵》共五首,皆似曲子词,固王国维悉予辑录,且谓'《玉合》《金陵》皆致光创调,而《金陵》尤纯乎词格。'林大椿虽以王氏之说为可,然而终不入录;亦附见于校记中,盖林氏辑录标准,务求其用曲调命为题目者耳。然王氏不以《三忆》为题,而题其第一首曰《忆眠时》,题其第二首曰《其二》,题其第三首曰《其三》,此则甚不适当。盖第二首乃'忆行时',第三首乃'忆去时',岂可谓为《忆眠时》之第二、三首乎?且唐词中并无'忆眠时'一调,王氏乃欲以此为调名,使此三首得列于词集,谬矣。《玉合》《金陵》仍是歌诗题目,王氏谓为致光创调,亦有语病。余以为此三首皆无曲调可配,又皆非创调,即使风格近似曲子词,犹不得目之为词也。"

张、黄编《全唐五代词》本题为《忆眠时》,并云:"调名,《记红集》作'鸳鸯绮'。《香奁集》(按:指王国维所辑《香奁词》,下同)有题作'三忆'。"曾、曹等编《全唐五代词》考辨云:以下"三首本长短句诗,钞本《香奁集》《唐音统签》卷七一三列于《长短句》类(凡四题六首),题作《三忆》。毛本、吴本《香奁集》亦题作《三忆》。《记红集》卷一始以词收入,调作《鸳鸯绮》,注:'即《闲中好》,一名《三忆》。'王国维辑本《香奁集》改以《忆眠时》调收入。按:唐宋乐籍、词集俱无此调,王国维辑本所改不足据。"

②腾腾:蒙眬、迷糊貌。

③"不",《全唐诗》、吴校本均校:"一作未"。

④枕棱:旧式枕头两端的棱角。谓枕边。

⑤"授",玉山樵人本、统签本、屈抄本《香奁集》均作"移",《全唐诗》、吴校本均校:"一作移"。曾、曹等编《全唐五代词》本校:"钞本《香奁集》《唐音统签》卷七一三作'移'。"授:揉搓;摩挲。金雀:钗名。妇女首饰。

⑥"敛笑",《全唐诗》、吴校本均校:"一作欲去"。

⑦"步转",张、黄编《全唐五代词》本校:"《香奁集》作'转步'。"

⑧"强语戏",张、黄编《全唐五代词》本校:"《香奁集》注:'一本作强戏语。'"强语:故意找话说。此处有无话找话说之意。

⑨图:图谋;希冀。

【汇评】

与前一篇同意。(震钧《香奁集发微》)

韩偓诗变体极多,不独《香奁》绾领晚唐,其馀破格变体,亦为宋诗宋词开先河。如《杂言》、《三忆》、《效崔国辅》之类,已全脱唐人律纪之制。其《效崔国辅》,实竟凌而上之,如"淡月照中庭,海棠花自落。独立俯闲阶,风动秋千索。"崔国辅无此造诣,张祜、许浑、吴融、韦庄,亦难望尘。(陈香《晚唐诗人韩偓》引《钓馀读诗记得》)

六言三首①

一

春楼处子倾城②,金陵狎客多情③。朝云暮雨会合④,罗袜绣被逢迎。华山梧桐相覆⑤,蛮江豆蔻连生⑥。幽欢不尽告别⑦,秋河怅望平明⑧。

【题解】

此三首施蛰存《读韩偓词札记》认为作于天祐元年诗人在湖南时,然无确证,可备一说。诗写男女欢爱,首两句从"春楼处子"、"金陵狎客"写起,后又有"朝云暮雨"、"幽欢不尽"等句咏男女之幽会。震钧所谓"此初去国也。追忆旧恩而言,有沅芷澧兰之慨",所说失于附会。徐复观以为韩偓"另有六言三首。这些杂言诗有一共同的特点,即是粗率而不温婉,有似韩熙载。连上面《横塘》的诗,不妨推测这是韩熙载的大作。"所疑诗非韩偓作,证据不足,不可据信。

【校注】

①此诗三首亦见于玉山樵人本、韩集旧钞本、统签本、屈抄本、吴校本、石印本之《香奁集》中。按：此三首张、黄编《全唐五代词》第 515 页题为《谪仙怨》，亦见曾、曹等编《全唐五代词》第 1059～1060 页考辨云：以下"三首本六言诗，诸本《香奁集》俱题作《六言》。王辑本援刘长卿、窦弘余词例，收作《谪仙怨》词，《唐五代词》因之收入，《唐声诗》下编第 329～330 页已辨其非。"

②处子：犹处女。待字闺中之女子。《庄子·逍遥游》："藐姑射之山，有神人居焉，肌肤若冰雪，绰约若处子。"倾城：即倾国倾城，谓极为美丽之女子。

③狎客：旧称嫖客。皮日休《以紫石砚寄鲁望兼酬见赠》："骚人白芷伤心暗，狎客红筵夺眼明。"

④朝云暮雨：宋玉《高唐赋序》："昔者楚襄王与宋玉游于云梦之台，望高唐之观，其上独有云气……王问玉曰：'此何气也？'玉对曰：'所谓朝云者也。'王曰：'何谓朝云？'玉曰：'昔者先王尝游高唐，怠而昼寝，梦见一妇人，曰：'妾，巫山之女也，为高唐之客。闻君游高唐，愿荐枕席。'王因幸之，去而辞曰：'妾在巫山之阳，高丘之阻，旦为朝云，暮为行雨，朝朝暮暮，阳台之下。'"会合：此处谓男女欢会。

⑤"华山"句：暗喻男女交媾。

⑥蛮江：指四川青衣江。因自塞外流入乐山境与岷江会合，故称。亦泛指南方少数民族聚居地带的江水。荳蔻：亦名豆蔻。植物名，多年生常绿草本，有肉豆蔻、红豆蔻、白豆蔻等种，均可入药。红豆蔻生于南海诸谷中，南人取其花尚未大开者，名含胎花，言如怀妊之身。诗人或以喻未嫁少女，言其少而美。杜牧《赠别》："娉娉袅袅十三余，豆蔻梢头二月初。"豆蔻连生，喻男女亲密接触。

⑦"告别"，张、黄编《全唐五代词》本校："《香奁集》作失别。"幽欢：男女幽会的欢乐。

⑧秋河：即银河。平明：犹黎明。天刚亮的时候。

此初去国也。追忆旧恩而言,有沅芷澧兰之慨。(震钧《香奁集发微》)

二

一灯前雨落夜,三月尽草青时。半寒半暖正好,花开花谢相思。惆怅空教梦见,懊恼多成酒悲。红袖不干谁会①,揉损联娟淡眉②。

【题解】

诗写女子于春三月为相思而愁泣。所谓"半寒半暖正好",言此时节乃欢会之佳时;"花开花谢相思",言女子目睹花开花谢,而感青春大好时光之流逝,盼相会以度华年。"惆怅"、"懊恼"二句,谓相思成梦,空相见于梦中,反而更为懊恼,以致得以酒解愁,然饮酒不仅未能消愁,反而更为悲哀矣。震钧谓"此居贬所也",断为韩偓被贬后所作,借此诗以写被贬心情。所说附会,难于据信。

【校注】

①红袖不干:意为女子伤心,不断落泪,泪湿衣袖,久久未干。红袖,女子的红色衣袖。南朝齐王俭《白纻辞》之二:"情发金石媚笙簧,罗袿徐转红袖扬。"谁会:谁能领悟、理解?会,领悟、理解。

②玉山樵人本、韩集旧钞本、统签本、屈抄本、石印本《香奁集》均作"淡"。按:"淡"此处同"澹"。联娟:微曲貌。《文选·宋玉〈神女赋〉》:"眉联娟以蛾扬兮,朱唇的其若丹。"

【汇评】

此居贬所也。"红袖不干谁会",即"自吟自泪无人会"也。"揉损联娟淡眉",即"谁适为容"意。(震钧《香奁集发微》)

三

此间青草更远①,不唯空绕汀洲②。那里朝日才出③,还应先照西楼④。忆泪因成恨泪,梦游常续心游⑤。桃源洞口来否⑥,绛节霓旌久留⑦。

【题解】

《六言三首》为一组诗,均咏男女之情爱相思。首篇总写,合咏男女双方之欢爱。第二首分写相思中之女子,以女子为主角;第三首写男子之思念女子,以男子为主角。故"此间"指男方,"那里"指女方。"忆泪"、"梦游"两句,均写男子之思念盼望女子。末两句亦紧承上两句意脉,喻女子为神仙,盼望其来临。震钧所谓"此忆京师也"云云,失于附会,难以据信。

【校注】

①"草",《全唐诗》、吴校本均校:"一作山"。

②汀洲:水中小洲。李商隐《安定城楼》:"迢递高城百尺楼,绿杨枝外尽汀洲。"

③"才",《全唐诗》、吴校本均校:"一作方"。

④"先",《全唐诗》校:"一作光"。

⑤"常",韩集旧钞本作"尝",曾、曹等编《全唐五代词》本校:"钞本《香奁集》作'长'。"心游:谓因想念而神游。

⑥桃源洞:此处指刘晨、阮肇共入天台山事。见南朝宋刘义庆《幽明录》。

⑦绛节:传说中上帝或仙君的一种仪仗。霓旌:相传仙人以云霞为旗帜。

【汇评】

此忆京师也。"此间",自谓也。"那里",指长安也。"西楼",唐翰林在禁中西偏。"朝日",比君恩。"桃源洞口",指昔日赐宴之处,如曲江等处玉辇常经之所也。(震钧《香奁集发微》)

谪仙怨三首,其一首笺云(按:指震钧《香奁集发微》所笺):"此初去国也。追忆旧恩而言,有沅芷澧兰之慨。"第二首笺云:"此居贬所也,'红袖不干谁会',即'自吟自泪无人会'也。'揉损联娟淡眉',即'谁适为容'意。"第三首笺云:"此忆京师也。'此间',自谓也;'那里',指长安也;'西楼',唐翰林在禁中西偏。'朝日',比君恩;'桃源洞口',指昔日赐宴之处,如曲江等处,玉辇常经之所也。"按此诸解亦大致可从,惟桃源洞口二句,恐所拟不伦。考致光于天复三年二月被贬出关,转徙不常,然踪迹多在湘沅。至次年八月,朱全忠弑帝于椒殿。此词必作于此一时期。桃源正在湘中,自是当时故实,盖深悯帝之为朱全忠劫持,避秦无地,故有此语。夫曰"来否",可知其必非"那里"之事也。余以为此三章必致光有意拟《谪仙怨》而作,非偶合也。然又不欲名著其意绪,但以《六言三首》为题,遂以艳词瞒过天下后世读者。王国维浮槎寻源,揭著其本题,发覆抉隐,可谓快事。惜震氏未尝经意及此,然由此亦可为震笺之佐证,《发微》之作,故未必纯以意逆也。
(施蛰存《读韩偓词札记》)

寒食日重游李氏园亭有怀①

往年同在鸾桥上②,见倚朱阑咏柳绵③。今日独来香径里④,更无人迹有苔钱⑤。伤心阔别三千里,屈指思量四五年⑥。料得他乡遇佳节⑦,亦应怀抱暗凄然⑧。

【题解】

诗人于寒食日再游李氏园,回想往昔与所恋女子同在李氏园之情景;而今则踪迹杳然,所恋者已在三千里外之远方,不由得思量伊人他乡遇此寒食节,当亦暗自凄然。震钧谓此诗"所云'三千里'、'四五年',此被谪后情事也。至于李氏园亭,李乃国姓,意可见也"云云,乃失于比附之说,未可信从。黄世中于韩偓之"寒食"诗有如下解说:"韩偓《香奁集》爱情诗的抒情主人公,就是一个对爱情执着追求,贞情操守的形象。诗人把纯真专一的爱情奉献给自己所倾心依恋的女子,其热切爱恋,虽经数十年而不衰,甚而更显其深沉挚至。《香奁集》中的'寒食诗'透露了这一消息。先看《寒食日重游李氏园亭有怀》……这是一首真挚的忆旧怀人诗。有时间,寒食日;有地点,李氏园亭;有对象,某一女子(或李姓)。更重要的是它告诉我们:

508

四五年前的寒食日,同所恋在李家园亭的鸾桥上倚着朱栏倾诉吟咏,五年后的今天,她已经到了'三千里'外的'他乡'了。作者'独来香径',旧地重游,感物是人非而'伤心',想到她在异乡遇此节日,亦当会凄然想起往事吧。题目'有怀',分明即是怀念其人。"所说可参。

【校注】

①此诗亦见于玉山樵人本、韩集旧钞本、统签本、屈抄本、石印本之《香奁集》中。"日",韩集旧钞本、石印本《香奁集》均无"日"字。"园",屈抄本作"林",《全唐诗》、吴校本均校:"一作林"。李氏园:李姓家的园林。按:《韩偓诗注》谓"李氏,即韩公的同年、虞部郎中李冉。唐昭宗天祐元年(904),韩公曾有诗寄赠李氏。"此说恐未谛。盖此乃韩偓早年所作恋情诗,诗中所思量对象乃女性,他们往昔所同游之李氏园,不必即与韩偓同年李冉之园林相联系。且李氏有园林者当不少,何必即谓李氏为李冉,证据显然不足。黄世中《韩偓其人及"香奁诗"本事考索》疑此李氏园,乃李执方之园林,谓"李商隐逝于大中十二年(858),时女儿十三岁,尚未上头及笄,儿子仅十一岁(而韩偓应是17岁)。由于父母双亡,姐弟当仍依倚李执方家,或时而往来于韩家与王家"。又谓"或即寄养于商隐妻子的舅舅李执方家。据《寒食日重游李氏园亭有怀》,似以李执方家之可能性为大。李执方文宗时为金吾卫将军,家住长安招国坊,第宅广大,并有园馆之胜。商隐婚于王氏即是李执方作合,并借其第宅南园内为洞房。韩瞻妻与商隐妻为亲姐妹,执方是其亲舅,则韩偓少时亦可常住李家。因此商隐女与韩冬郎当是青梅竹马,日日相处而耳鬓斯磨矣。"

②"同",玉山樵人本、统签本、屈抄本、石印本《香奁集》均作"曾",《全唐诗》、吴校本均校:"一作曾"。"鸾",玉山樵人本、统签本、屈抄本均作"弯",韩集旧钞本下校:"本作弯",《全唐诗》、吴校本均校:"一作弯"。

③见倚句:柳绵,即柳絮。李商隐《临发崇让宅紫薇》:"桃绶含情依露井,柳绵相忆隔章台。"此句亦暗用谢道韫咏絮典。《世说新语·言语》:"谢太傅寒雪日内集,与儿女讲论文义。俄而雪骤,公欣然曰:'白雪纷纷何所似?'兄子胡儿曰:'撒盐空中差可拟。'兄女(谢道韫)曰:'未若柳絮因风起。'"

④香径:花间小路,或指落花满地的小径。戴叔伦《游少林寺》:"石龛苔藓积,香径白云深。"

⑤苔钱:苔点形圆如钱,故曰"苔钱"。郑谷《苔钱》:"春红秋紫绕池台,个个圆如济世财。雨后无端满穷巷,买花不得买愁来。"

⑥"屈",《全唐诗》、吴校本均校:"一作曲"。按:"屈指"之"屈",应作"屈"为宜。

⑦"遇",玉山樵人本、统签本均作"过",《全唐诗》、吴校本均校:"一作过"。

⑧"应",石印本《香奁集》作"因"。按:应作"应"。

【汇评】

韩致尧《寒食日重游李氏园亭》一篇,以七律作扇对格,此前人所少也。(翁方纲《石洲诗话》卷二)

诏按,致光《香奁集自序》云:"余溺章句信有年矣,诚知非丈夫所为,不能忘情,天所赋也。"又云:"柳巷青楼,未尝糠秕;金闺绣户,始预风流。咀五色之灵芝,香生九窍;咽三危之瑞露,美动六情。如有责其不经,亦望以功掩过。"石林叶氏曰:"世传《香奁集》,江南韩熙载所为者。沈存中《笔谈》又谓汉相和凝所为,后贵嫁名于偓,亦非也。"(杜诏《唐诗叩弹集》卷十二此诗后按语)

所云"三千里"、"四五年",此被谪后情事也。至于李氏园亭,李乃国姓,意可见也。(震钧《香奁集发微》)

思录旧诗于卷上凄然有感因成一章①

缉缀小诗钞卷里②,寻思闲事到心头③。自吟自泣无人会④,肠断蓬山第一流⑤。

【题解】

据诗中"思录旧诗于卷上"及"缉缀小诗钞卷里"句,知是韩偓晚年入闽后编录《香奁集》时有感之作。其《香奁集》中《多情》作于开平四年,则此时《香奁集》尚未编定,此诗或作于是年或稍后。

诗中所谓"寻思闲事到心头"之"闲事",指其年轻时所曾经历之与一女子刻骨铭心相恋之事。所谓"肠断蓬山第一流",乃谓所恋之女子宛如仙山中第一等之绝色仙姝,此段未果之恋情,最是令人伤心欲绝。所谓"自吟自泣",即是"凄然有感"之意;"无人会",则谓此情事令自己"自吟自泣",万般凄楚,他人则不能深切知晓领会矣。冯浩所谓"《香奁》寄恨,仿佛《无题》,皆楚骚之苗裔也";震钧所言"'自吟自泪无人会',盖早知后人必以《香奁集》为郑卫之音矣"云云,均未得其肯綮。

【校注】

①此诗亦见于玉山樵人本、韩集旧钞本、统签本、屈抄本、吴校本、石印本之《香奁集》中。嘉靖洪楩本题作"录旧诗有感"。

②缉缀:编辑缀合。

③"到",《全唐诗》、吴校本均校:"一作动"。闲事:无关紧要的事,此指男女之情事。唐昭宗《巫山一段云》词之二:"青鸟不来愁绝,忍看鸳鸯双结。春风一等少年心,闲情恨不禁。"

④"泣",韩集旧钞本、石印本《香奁集》均作"泪",《全唐诗》、吴校本均校:"一作泪"。

⑤"肠断"句:蓬山,即蓬莱山,相传为仙人所居。肠断蓬山,盖谓与某女子相恋之痛楚之事。第一流,指所恋女子犹如蓬莱山中第一等绝色之仙女。

【汇评】

以商隐、温岐、罗隐三才子之怨望即知绚之遗贤也。……余尝谓韩致光《香奁》诗当以贾生忧国、阮籍途穷之意读之。其他诗云:"谋身拙为安蛇足,报国危曾拄虎须",乃一腔血也。既以所丁不辰,转喉触忌,壮志文心皆难发露,于是托为艳体,以消无聊之况。其《思录旧诗凄然有感》云:"缉缀小诗钞卷里,寻思闲事到心头。自吟自泣无人会,肠断蓬山第一流",固已道破苦心。后人信口薄之,或且以为和凝之作,可怪矣!义山所遭之时,大胜于致光,而人品则大不如致光。至于托事言哀,缠绵凄楚,一而已矣!义

511

山诗法,冬郎幼必师承。《香奁》寄恨,仿佛《无题》,皆楚骚之苗裔也。余编义山诗,而后之读者果取史书文集,事会其通,语抉其隐,当知确不可易耳!(冯浩《玉溪生诗详注》卷二《有感》诗下注)

此见《香奁》多寓言。(吴汝纶《吴评韩翰林集·香奁集》卷二)

此则忍俊不禁处,一生心事和盘托出,盖《香奁集》画龙点睛处也。其云:"自吟自泪无人会",盖早知后人必以《香奁集》为郑卫之音矣。(震钧《香奁集发微》)

春闺二首①

一

愿结交加梦②,因倾潋滟尊③。醒来情绪恶,帘外正黄昏。

【题解】

此二首诗描写春闺女子空闺独处之无聊愁闷,故震钧"空中著笔,写尽无憀"之评,可谓得其精神。第一首首二句乃空闺无聊之想望耳,故以"愿结"起笔。所谓"交加梦",乃指男女偎依,亲密无间之梦,而非"心绪郁闷烦乱"之梦,故有"因倾潋滟尊"之梦中欢快之境。后二句所谓醒来而"帘外正黄昏",正表现其无聊而白日入梦也。谓"情绪恶",正是空闺独处之女愁闷之极也。第二首则写晚间孤独之春闺女子无聊愁闷,心怯独眠之情态。"长吁"、"怯见"二句,写尽其时此女子复杂而无奈之愁闷情态。

【校注】

①此二首诗亦见于玉山樵人本、韩集旧钞本、统签本、屈抄本、吴校本、石印本之《香奁集》中。春闺:女子的闺房。亦指闺中的女子。陈陶《陇西行》之二:"可怜无定河边骨,犹是春闺梦里人。"

②交加梦:指男女偎依,亲密无间之梦。韦庄《春愁》:"睡怯交加梦,闲倾潋滟觞。"

③潋滟:原指水满貌,此处指酒盈杯貌。尊,杯子,酒杯。

512

二

氤氲帐里香①,薄薄睡时妆。长吁解罗带,怯见上空床。

【校注】

①"氤",韩集旧钞本、统签本、石印本《香奁集》均作"氲",《全唐诗》、吴校本均校:"一作氲"。氤氲:浓烈的气味。多指香气。沈约《芳树》:"氤氲非一香,参差多异色。"

【汇评】

空中著笔,写尽无憀。(震钧《香奁集发微》)

代小玉家为蕃骑所虏后寄故集贤裴公相国①

动天金鼓逼神州②,惜别无心学坠楼③。不得回眸辞傅粉④,便须含泪对残秋⑤。折钗伴妾埋青冢⑥,半镜随郎葬杜邮⑦。唯有此宵魂梦里⑧,殷勤相觅凤池头⑨。

【题解】

此诗有难解之处。按诗题"故集贤裴公相国",此人乃裴贽。裴贽,传见《新唐书》卷一八二。据传,"贽字敬臣,及进士第,擢累右补阙、御史中丞、刑部尚书。昭宗引拜中书侍郎兼本官、同中书门下平章事,寻兼户部尚书。……帝幸凤翔,为大明宫留守,罢。俄进尚书右仆射,以司空致仕。朱全忠将篡,贬青州司户参军,杀之。"又据《旧唐书·昭宗纪》,裴贽光化三年(900)九月"为中书侍郎、同平章事,充集贤殿大学士"。又据《旧唐书·哀帝纪》,天祐二年六月,"特进、守司空致仕、上柱国、河东县开国公(裴贽)……责授青州司户"。据此,裴贽被杀约在天祐二年(902)六月稍后。诗题谓"故集贤裴公相国",则诗约作于裴贽被杀的天祐二年六月后,此时韩偓已贬官流寓江西。据诗中所云,小玉家乃在"动天金鼓逼(发)神州"时"为番骑所掳"。也即是说,在此事变时,小玉因"相国"不在而被掳获,故"不得回眸辞傅粉"。然据裴贽生平,未见其任集贤大学士、相国至天祐二年被杀时有"动天金鼓逼(发)神州"而番骑入京,以致小玉等人被掳之事。则诗题与诗中所言事,与裴贽无涉。诗题所谓的"集贤裴公相国"颇为可疑。故吴乔《围炉诗话》谓"观其起句及'杜邮'、'凤池',当是李义贞兵逼京城,昭宗赐杜让能死,代其姬人之作。'残秋'对'傅粉',似乎趁韵,然其事在景福二年九十月间,正是残秋也。而题绝不相类,将讳之,抑传写误也。让能之死可悯,致尧于此,宜有诗以哀惜之也。"所言即认为此诗之集贤相国非裴贽,而是杜让能。杜让能,传见《旧唐书》卷一七七、《新唐书》卷九十六。据本传及《旧唐书·僖宗纪》,光启元年十二月,李克用率"沙陀逼京师,田令孜奉僖宗出幸凤翔"。"是夜,让能宿直禁中,闻难作,步出从驾。出城十余里,得遗马一匹,无羁勒,以绅束首而乘之。驾在凤翔,朱玫兵遽至,僖宗急幸宝鸡,近臣唯让能独从。……至襄中,加金紫光禄大夫,改兵部侍郎,同平章事。……京师平,拜特进、中书侍郎,兼兵部尚书、集贤殿大学士,进封襄阳郡开国公,食邑二千户。……(景福二年)九月,(李)茂贞出军逆战,王师败于盩厔。岐兵乘胜至三桥,让能奏曰:'臣固预言之矣。请归罪于臣,可以纾难。'上涕下不能已,曰:'与卿诀矣。'即日贬为雷州司户。茂贞在临皋驿,请诛让能,寻赐死,时年五十三。驾自石门还京,念让能之冤,追赠太师。"据此,则杜让能之经历与本诗中所言集贤相国以及诗中所赋符合;且番骑入长安时,杜让能随僖宗出幸,小玉被虏获时,正是"不得回眸辞傅粉"。又杜让能被贬于景福二年九月,被杀于是年十月,与诗中"含泪对残秋"所暗指之集贤相国被贬杀之时节合,而裴贽被杀于六月,与"残秋"时不符。且杜让能乃京兆人,当归葬京兆,与诗中所言"半镜随郎葬杜邮"之地望亦合(杜邮在京兆府咸阳)。而裴贽非京兆人,与此"杜邮"地望不合。故颇疑此诗诗题之"故集贤裴公相国","裴公"乃"杜公"之误。倘如是,则此诗乃作于杜让能死后,约景福二年(893)冬。

【校注】

①此诗亦见于玉山樵人本、韩集旧钞本、统签本、屈抄本、吴校本、石印

本之《香奁集》中。吴校本题无"相国"二字。小玉:其人不详,恐是集贤相国之宠姬。蕃骑,指西北外族之骑兵。此处指李克用所率沙陀军队。

②"逼",《全唐诗》、吴校本均校:"一作发"。屈抄本作"偪"。按:"偪"同"逼"。"动天"句:此指蕃军进攻唐首都长安。据当时局势,指李克用所率沙陀军入长安事。据《旧唐书·僖宗纪》,光启元年(885)十二月"神策军溃败,遂入京师肆掠。乙亥,沙陀逼京师,田令孜奉僖宗出幸凤翔。初黄巢据京师……贼平之后,令京兆尹王徽经年补葺,仅复安堵。至是,乱兵复焚,宫阙萧条,鞠为茂草矣。"金鼓,四金和六鼓。四金指镈、镯、铙、铎。六鼓指雷鼓、灵鼓、路鼓、蕡鼓、馨鼓、晋鼓。金鼓用以节声乐,和军旅,正田役。军队击金则退,击鼓则进。

③学坠楼:此用绿珠坠楼故事。见《晋书·石崇传》。

④"傅粉",韩集旧钞本下校:"本作谢傅",《全唐诗》、吴校本均校:"一作谢傅",屈抄本亦作"谢傅"。按:应作"傅粉"。傅粉:原为搽粉。辞傅粉,用何晏典。《世说新语·容止》:"何平叔美姿仪,面至白,魏明帝疑其傅粉。"此处谓辞别意中郎君,用以比喻集贤相国。

⑤"对",韩集旧钞本下校:"本作到",《全唐诗》、吴校本均校:"一作到"。

⑥折钗伴妾:谓将金钗分为两半,一半伴随自己,一半赠送郎君。按:此处用白居易《长恨歌》"唯将旧物表深情,钿合金钗寄将去。钗留一股合一扇,钗擘黄金合分钿。但教心似金钿坚,天上人间会相见"诗意。埋青冢:即埋在墓中。青冢,长满青草的坟墓。亦指汉王昭君墓,在今内蒙古自治区呼和浩特南。传说当地多白草而此冢独青,故名。杜甫《咏怀古迹》之三:"一去紫台连朔漠,独留青冢向黄昏。"此处因小玉乃为番骑所掳,故自谓有如王昭君死后乃葬于北方之"青冢"。

⑦"半镜"句:唐孟启《本事诗》卷一《情感》:"陈太子舍人徐德言之妻,后主叔宝之妹,封乐昌公主,才色冠绝。时陈政方乱,德言知不相保,谓其妻曰:'以君之才容,国亡必入权豪之家,斯永绝矣。傥情缘未断,犹冀相见,宜有以信。'乃破一镜,人执其半。约曰:'他日必以正月望日,卖于都市。我当在,即以是日访之。'及陈亡,其妻果入越公杨素之家,宠嬖殊厚。

德言流离辛苦,仅能至京。遂以正月望日,访于都市。有苍头卖半镜者,大高其价,人皆笑之。德言直引至其居,设食,具言其故,出半镜以合之。仍题诗曰:'镜与人俱去,镜归人不归。无复嫦娥影,空留明月辉。'陈氏得诗,涕泣不食。素知之,怆然改容。即召德言,还其妻,仍厚遗之。闻者无不感叹。"杜邮,又名杜邮亭,古地名。在今陕西咸阳东。战国属秦。秦昭王赐白起剑,令其自杀于此。葬杜邮,此处除以白起被逼自杀喻指集贤相国被杀外,尚有指其归葬之地意。

⑧"此",韩集旧钞本下校:"本作他",《全唐诗》、吴校本均校:"一作他"。"魂梦",《全唐诗》、吴校本均校:"一作梦魂"。

⑨"相",原作"见",玉山樵人本、韩集旧钞本、统签本、屈抄本均作"相",《全唐诗》、吴校本均校:"一作相",今据改。"池",韩集旧钞本作"城",《全唐诗》、吴校本校:"一作城"。按:此句应作"凤池"为是,"凤城"非。"殷勤"句:意谓梦中相觅,见于朝中中书省宰相衙第。凤池,即凤凰池,禁苑中池沼。魏晋南北朝时设中书省于禁苑,掌管机要,接近皇帝,故称中书省为"凤凰池"。唐代宰相称同中书门下平章事,故多以"凤凰池"指宰相职位。

【汇评】

动天金鼓逼神州,惜别无心学坠楼。不得回眸辞傅粉,便须含泪对残秋。折钗伴妾埋青冢,半镜随郎葬杜邮(庭珠按:折钗,用汉宫人婢玉钗化燕事。半镜,用陈乐昌公主分镜事。青冢,昭君所葬。杜邮,白起死处也。二句总言死生契阔之意。)唯有此宵魂梦里,殷勤相觅凤池头。(杜诏《唐诗叩弹集》卷十二)

又其《香奁》诗有云:"动天金鼓逼神州,惜别无心学堕楼。不得回眸辞傅粉,更须含泪对残秋。折钗伴妾眠青冢,半镜随郎葬杜邮。惟有此宵魂梦里,殷勤相觅凤池头。"观其起句及"杜邮"、"凤池",当是李茂贞兵逼京城,昭宗赐杜让能死,代其姬人之作。"残秋"对"傅粉",似乎趁韵,然其事在景福二年九十月间,正是残秋也。而题绝不相类,将讳之,抑传写误也。让能之死可悯,致尧于此,宜有诗以哀惜之也。(吴乔《围炉诗话》卷一)

以青冢杜邮作衬,代小玉实自代也。(震钧《香奁集发微》)

荐福寺讲筵偶见又别①

　　见时浓日午②，别处暮钟残③。景色疑春尽，襟怀似酒阑④。两情含眷恋⑤，一饷致辛酸⑥。夜静长廊下，难寻屐齿看⑦。

【题解】

　　此诗乃回忆与所恋女子偶然相见于荐福寺，其时"两情含眷恋"，而别后又思念辛酸之情景。震钧所谓"此首在朝日作。唐代重行香，此是因行香暗及宰相，碍于全忠，不得尽言也"，所说乃附会之言。黄世中谓诗人年轻时曾与一李姓女子相恋，后虽未果而诗人终生遗憾铭记。此诗即与此情事有关，谓他们"除了相约于园中秋千架下相会外，有时也能'偶见'之。看来诗人与此女子似曾同住一处坊院或一处园亭。《集》中有'偶见诗'六首。《荐福寺讲筵偶见又别》写与此女日午时相见，傍晚分手，有'两情含眷恋，一饷致辛酸'句。……大约此女不住这园亭搬往外面以后，他（她）们还曾不止一次地相见过。荐福寺那次相遇就盘桓了半天，相互倾诉了别后的辛酸。末云：'夜静长廊下，谁寻屐齿看。'可证那女子确已外迁，诗人感叹地问自己，即使夜里再在那廊下绕行，又有谁来寻找他的足迹呢？"所说可参。

【校注】

　　①此诗亦见于玉山樵人本、韩集旧钞本、统签本、屈抄本、吴校本、石印本之《香奁集》中。此诗诗题《全唐诗》、吴校本均校："一作别后"。荐福寺：寺庙名，在今陕西西安。陈寅恪《读书札记二集·韩翰林集之部》谓"嘉庆《清一统志》二三〇陕西省西安府寺观门：荐福寺（原注：在咸宁县南三里。）《长安志》：开化坊大荐福寺，隋炀帝在藩旧宅，唐武德中，赐萧瑀为园，后为英王宅。文明元年，立为大献福寺。自神龙后翻译佛经，并于此寺。安仁坊西北隅，为寺之浮屠院，院门北开，正与寺门隔街相对。景龙中，宫中率钱所立。县志：寺有塔十四级，俗呼为'小雁塔'。"讲筵，讲经、讲学的

处所。

②浓日午:艳阳高照的中午。

③"处",玉山樵人本作"去"。

④酒阑:谓酒筵将尽。

⑤"含",《全唐诗》、吴校本均校:"一作贪"。

⑥"致",屈抄本作"到",《全唐诗》、吴校本均校:"一作到"。按:应作"致","到"恐乃"致"之形误。一饷:片刻。白居易《对酒》:"无如饮此销愁物,一饷愁消直万金。"

⑦"难",玉山樵人本、统签本均作"谁",《全唐诗》、吴校本均校:"一作谁",统签本下校:"一作难"。屐齿:原谓屐底之齿。此处指鞋印,足迹,游踪。唐独孤及《山中春思》:"花落没屐齿,风动群不香。"

【汇评】

此首在朝日作。唐代重行香,此是因行香暗及宰相,碍于全忠,不得尽言也。(震钧《香奁集发微》)

复偶见三绝

一

雾为襟袖玉为冠①,半似羞人半忍寒②。别易会难长自叹③,转身应把泪珠弹④。

【题解】

此三首亦见于玉山樵人本、韩集旧钞本、统签本、屈抄本、吴校本、石印本之《香奁集》中。此三诗次第描述相恋男女再偶然相见、临别情形。三首均侧重描写见面时女子之情态,惟第三首末两句双写两人之会心情意。其描摹女子之情态惟妙惟肖,若"半似羞人半忍寒"、"几回抬眼又低头"、"半身映竹轻闻语,一手揭帘微转头"等句皆是。又"别易会难长自叹"句,固受曹植等诗家影响,然亦可见师学姨丈李商隐"相见时难别亦难,东风无力百花残"之迹。第二首"桃花脸薄难藏泪,柳叶眉长易觉愁",后赵令畤《失调名》"脸薄难藏泪,眉长易觉愁",康与之《曲游春》"脸薄难藏泪,恨柳风,不与吹断行色",并用此意。震钧谓"三首似咏朝臣之献媚于全忠者,故题云《复偶见》,旁观之词也",所说全是附会之辞,不足信也。诗所写情事,当是年轻时所经历者,可参上一首《荐福寺讲筵偶见又别》诗按语所引黄世中之说。

【校注】

①"雾",石印本《香奁集》作"露"。按:"露"乃"雾"之形误。雾为襟袖:犹言襟袖如雾縠,谓襟袖轻薄,有如轻纱。《文选·宋玉〈神女赋〉》:"动雾縠以徐步兮,拂墀声之珊珊。"李善注:"縠,今之轻纱,薄如雾也。"玉为冠,谓玉饰之冠。

②"似",玉山樵人本作"是"。

③别易会难:曹丕《燕歌行》:"别日何易会日难,山川悠远路漫漫。"曹植《当来日大难》:"今日同堂,出门异乡。别易会难,各尽杯觞。"唐戎昱《送李参军》:"别易会难今古事,非是余今独与君。"李商隐《无题》:"相见时难别亦难,东风无力百花残。"

④"把",《全唐诗》、吴校本均校:"一作取"。《万首唐人绝句》卷五十作"取"。按:应作"把","取"字误。

二

桃花脸薄难藏泪①,柳叶眉长易觉愁②。密迹未成当面笑③,几回抬眼又低头。

【校注】

①桃花脸:似桃花一般美艳之脸。薄:谓皮肤细腻,有似吹弹得破般。

②"柳",统签本、《全唐诗》、吴校本均校:"一作桂"。按:《万首唐人绝句》卷五十作"桂"。"长",《全唐诗》、吴校本均校:"一作浓"。

③"密",《全唐诗》、吴校本均校:"一作形"。按:《万首唐人绝句》卷五十作"形"。密迹:此谓男女之间隐秘亲密之形迹。

三

半身映竹轻闻语，一手揭帘微转头①。此意别人应未觉②，不胜情绪两风流③。

【校注】

①揭帘：掀起门帘。

②此意：指上句"一手揭帘微转头"所含之情意。

③"两"，屈抄本作"却"。不胜：不尽、无穷。情绪：缠绵的情意。江淹《泣赋》："直视百里，处处秋烟，阒寂以思，情绪留连。"韩偓《青春》："眼意心期卒未休，暗中终拟约秦楼。光阴负我难相偶，情绪牵人不自由。"风流，此处指男女间相恋之情怀风韵。

【汇评】

三首似咏朝臣之献媚于全忠者，故题云《复偶见》，旁观之词也。（震钧《香奁集发微》）

厌 花 落

厌花落，人寂寞①。果树阴成燕翅齐②，西园永日闲高阁③。后堂夹帘愁不卷，低头闷把衣襟捻。忽然事到心中来，四肢娇入茸茸眼④。也曾同在华堂宴，伴伴拢鬓偷回面⑤。半醉狂心忍不禁，分明一任傍人见⑥。书中说却平生事⑦，犹疑未满情郎意。锦囊封了又重开⑧，夜深窗下烧红纸⑨。红纸千张言不尽，至诚无语传心印⑩。但得鸳鸯枕臂眠⑪，也任时光都一瞬⑫。

【题解】

此诗亦见于玉山樵人本、韩集旧钞本、统签本、屈抄本、吴校本、石印本

之《香奁集》中。徐复观《韩偓诗与香奁集论考》谓此诗是不合词律的长短句，粗率而不温婉，有似韩熙载。证据不足，难于凭信。汇评引录震钧所云，过于附会，亦不足信。此诗实为咏女子恋爱中之心理情态，乃诗人代女方之咏，纯从女子一方着笔。

【校注】

①"人"，《全唐诗》、吴校本均校："一作日"。

②"阴成"，韩集旧钞本、石印本《香奁集》均作"成阴"，《全唐诗》、吴校本均校："一作成阴"。

③永日：从早到晚；整天。

④茸茸眼：犹蒙眬之眼。茸茸，指眼睛蒙眬貌。

⑤佯佯：做作的样子，犹言装模作样。韩偓《不见》："动静防闲又怕疑，佯佯脉脉是深机。"

⑥"傍"，屈抄本作"旁"。按："旁"通"傍"。一任：听凭；任凭。

⑦说却：说罢。

⑧锦囊：用锦制成的袋子。古人多用以藏诗稿或机密文件。此处指装着书信的锦囊。

⑨红纸：犹"红笺"，亦作"红牋"，红色笺纸。多用以题写诗词或作书信、名片等。白居易《江楼夜吟元九律诗成三十韵》："斜行题粉壁，短卷写红牋。"

⑩心印：佛教禅宗语。谓不用语言文字，而直接以心相印证，以期顿悟。《坛经·顿渐品》："师曰：'吾传佛心印，安敢违于佛经。'"韩偓《江岸闲步》："立谈禅客传心印，坐睡渔师著背蓬。"此处指内心的情意。

⑪"莺"，玉山樵人本、韩集旧钞本、统签本均作"衾"，《全唐诗》、吴校本均校："一作衾"。

⑫"时"，屈抄本作"风"。

【汇评】

此追忆在朝时作也。锦囊数句，指上封事而言。烧红纸，焚谏草也。（震钧《香奁集发微》）

春闷偶成十二韵①

阡陌悬云壤②,阑畦隔艾芝③。路遥行雨懒④,河阔过桥迟⑤。雁足应难达⑥,狐踪浪得疑⑦。谢鲲吟未废⑧,张硕梦堪思⑨。有意通情处,无言拢鬓时。格高归敛笑,歌怨在颦眉。醉后金蝉重⑩,欢馀玉燕欹⑪。素姿凌白柰⑫,圆颊诮红梨⑬。粉字题花笔⑭,香笺咏柳诗⑮。绣窗携手约,芳草蹋青期。别泪开泉脉⑯,春愁胃藕丝⑰。相思不相信,幽恨更谁知⑱。

【题解】

此诗咏男女爱情,非关政治遭际之寓托。诗中咏美丽而才高、格高且情深之女子对爱情之向往与忧虑;伊因与爱恋中之男子相距辽远阻隔,故不免心有疑猜。"谢鲲吟未废,张硕梦堪思"二句,即疑猜担忧之意。故春愁萦绕心中,幽恨滋生,即"别泪开泉脉,春愁胃藕丝"之谓也。其主旨于诗末"相思不相信,幽恨更谁知"二句再予揭示,亦即诗题之"春闷"二字所系。

【校注】

①此诗亦见于玉山樵人本、韩集旧钞本、统签本、屈抄本、吴校本、石印本之《香奁集》中。"闷",《全唐诗》、吴校本均校:"一作闺"。

②阡陌:此处泛指田间小路。悬云壤:此谓阡陌相距遥远。悬,指相距遥远。云壤,天地。喻相距遥远。

③"畦",《全唐诗》、吴校本均校:"一作干"。阑畦:指用栏架围起的田园。阑,栏架;栏圈。畦,泛指田园。艾芝:指艾草和芝草。艾草贱,芝草名贵。

④行雨:此喻指美女。《文选·宋玉〈高唐赋序〉》:"玉曰:昔者先王尝游高唐,怠而昼寝,梦见一妇人,曰:'妾巫山之女也,为高唐之客。闻君游高唐,愿荐枕席。'王因幸之。去而辞曰:'妾在巫山之阳,高山之阻。且为

朝云,暮为行雨;朝朝暮暮,阳台之下。'"李善注:"朝云行雨,神女之美也。"因以"行雨"比喻美女。

⑤河阔过桥:暗用牛郎织女事典。《文选·曹植〈洛神〉》:"叹匏瓜之无匹兮,咏牵牛之独处。"李善注引曹植《九咏》注:"牵牛为夫,织女为妇,织女牵牛之星,各处河鼓之旁,七月七日,乃得一会。"曹丕《燕歌行》:"牵牛织女遥相望,尔独何辜限河梁。"

⑥"雁足"句:意谓路途遥远,连大雁也应飞不到,难于托它带书信。据说雁足可系书信,代人传书。

⑦"狐踪"句:意谓因相隔辽远,未能互通情愫,故徒然起狐疑之心。狐踪,狐狸之踪迹。据说狐狸性多疑。颜师古《汉书》注:"狐之为兽,其性多疑,每渡冰河,且听且渡,故言疑者称狐疑。"浪,徒然,白白地。

⑧"谢鲲"句:《世说新语·赏誉》"谢公道豫章"条注引刘孝标《江左名士传》:"(谢)鲲通简有识,不修威仪。好迹逸而心整,行浊而言清。居身若秽,动不累高。邻家有女,尝往挑之。女方织,以梭投,折其两齿。既归,傲然长啸曰:'犹不废我啸歌。'其不事形骸如此。"又,《晋书·谢鲲传》:"谢鲲,字幼舆,陈国阳夏人也。……鲲少知名,通简有高识,不修威仪。好老易,能歌,善鼓琴……邻家高氏女有美色,鲲尝挑之,女投梭,折其两齿。时人为之语曰:'任达不已,幼舆折齿。'鲲闻之,傲然长啸,曰:'犹不废我啸歌。'"

⑨"张硕"句:《搜神记》卷一《杜兰香》:"汉时有杜兰香者,自称南康人氏。以建业四年春,数诣张传。传年十七。望见其车在门外,婢通言:'阿母所生,遣授配君,可不敬从!'传先改名硕。硕呼女前视,可十六七,说事邈然久远。有婢子二人,大者萱支,小者松支。钿车青牛,上饮食皆备。作诗曰:'阿母处灵岳,时游云霄际。众女侍羽仪,不出墉宫外。飘轮送我来,岂复耻尘秽。从我与福俱,嫌我与祸会。'至其年八月旦,复来,作诗曰:'逍遥云汉间,呼吸发九嶷。流汝不稽路,弱水何不之?'出薯蓣子三枚,大如鸡子,云:'食此,令君不畏风波,辟寒温。'硕食二枚,欲留一。不肯,令硕食尽。言:'本为君作妻,情无旷远。以年命未合,其小乖。太岁东方卯,当还求君。'兰香降时,硕问:'祷祀何如?'香曰:'消魔自可愈疾,淫祀无益。'香

523

以药为消魔。"又《艺文类聚》卷七十一引曹毗《杜兰香别传》曰："香降张硕，硕既成婚，香便去，绝不来。年馀，硕船行，忽见香乘车于山际。硕不胜惊喜，遥往造香，见香悲喜，香亦有悦色。言语顷时，硕欲登其车，其婢举手扞之，嶷然山立。硕复欲车前上，车奴攘臂排之，于是遂退。"

⑩金蝉：妇女所用金色蝉形的贴面饰物。李贺《屏风曲》："团回六曲抱膏兰，将鬟镜上掷金蝉。"

⑪玉燕：即玉燕钗。《洞冥记》卷二："神女留玉钗以赠帝，帝以赐赵婕妤。至昭帝元凤中，宫人犹见此钗。黄湅欲之。明日示之，既发匣，有白燕飞升天。后宫人学作此钗，因名玉燕钗，言吉祥也。"李白《白头吟》："头上玉燕钗，是妾嫁时物。"

⑫素姿：此指女子雪白的身姿。其肤色凝白，故谓。凌：胜过、超过。白奈：果木名，林檎的一种，俗名沙果、花红。

⑬消：嘲笑、讥刺。此处有胜过之意。红梨：果实名。

⑭题花：即咏花。唐邵谒《览孟东野集》："题花花已无，玩月月犹在。"

⑮香笺：指女子题诗所用之精美纸张。咏柳诗：此亦暗喻女子具有谢道蕴咏絮之才。

⑯开泉脉：谓泪水如泉水不断涌出。泉脉，地下伏流的泉水。类似人体脉络，故称。谢朓《赋贫民田》："察壤见泉脉，觇星视农正。"

⑰"春愁"句：意谓春愁如藕丝一般缠绕心间。胃：缠绕。

⑱幽恨：深藏于心中的遗恨怨恨。此处指女子因爱情中的困惑，而深藏心中的遗恨。元稹《楚歌》之十："各自埋幽恨，江流终宛然。"

【汇评】

致尧以逐臣而兼遗臣，故迷谬其词，令人猝不易解。且自待身分又极高，言之恐涉自誉，故托之于香奁焉耳。明末姜莱阳似之。（震钧《香奁集发微》）

想　得①

　　两重门里玉堂前②，寒食花枝月午天③。想得那人垂手立，娇羞不肯上秋千。

【题解】

　　此诗诚如刘拜山等所云，"那人"即《偶见》诗中之少女，则非漫写所见也。此诗之本事，黄世中《韩偓其人及"香奁诗"本事考索》以为乃诗人早年与一李氏女相恋情事，其中谓"三月寒食日当是他（她）们相遇定情、互诉衷曲的日子。上篇七律之题目首揭'寒食日'，即可为据。此外《集》中直接点出'寒食'并有恋情寄托或忆念者尚有八首：《寒食夜》、《夜深》（一作《寒食夜》）、《寒食夜有寄》、《想得》、《夕阳》、《避地寒食》、《三月》、《寒食日沙县雨中看蔷薇》（后三首在《翰林集》）。连前篇共有九首。看来诗人每逢寒食日即忆及其人，并摅其相思哀怨之作。如《寒食夜》云：'正是落花寒食夜，夜深无伴倚南楼'。《寒食夜有寄》云：'风流大抵是怅怅，此际相思必断肠'。《夕阳》云：'花前洒泪临寒食，醉里回头问夕阳。不管相思人老尽，朝朝容易下西墙'。《想得》云：'两重门里画堂前，寒食花枝月午天'，这当然是一次未成眷属的爱情，所以叹夜深无伴，此际相思，感花前洒泪，缠绵哀怨"。所说可参。震钧"诗明曰'玉堂前'，则在翰林时事也。疑亦讥时相之被命而不肯行者。秋千亦谓军事也"之说，实不可信。

【校注】

　　①此诗亦见于玉山樵人本、韩集旧钞本、统签本、屈抄本、吴校本、石印本之《香奁集》中。"想得"，韩集旧钞本下校："本题再青春"，《全唐诗》、吴校本均校："一作再青春"。

　　②玉堂：此指豪贵家精美之厅堂。鲍照《喜雨》："惊雷鸣桂渚，回洰流玉堂。"

　　③寒食花枝：寒食节时的花枝。寒食，节日名。在清明前一日或二日。

此日禁火冷食,谓之寒食。

【汇评】

韩偓《香奁集》,皆裙裾脂粉之诗。高秀实云:元氏艳诗丽而有骨,韩偓《香奁集》丽而无骨。愚按,诗名《香奁》,奚必求骨?但韩诗浅俗者多,而艳丽者少,较之温、李,相去甚远。即予所录者,十之二三而亦不能佳也。五言古如"侍女动妆奁,故故惊人睡。那知本未眠,背面偷垂泪"。七言古如"娇娆意绪不胜羞,愿倚郎肩永相著","直教笔底有文星,亦应难状分明苦"。七言律如"小迭红笺书恨字,与奴方便送卿卿"。七言绝如"想得那人垂手立,娇羞不肯上秋千"等句,则诗馀变为曲调矣。上源于李商隐、温庭筠七言古,诗馀之变止此。至七言律如"仙树有花难问种,御香闻气不知名","静中楼阁深春雨,远处帘栊半夜灯",亦颇有致。又"分明窗下闻裁剪,敲遍栏干故不应",则曲尽艳情。(许学夷《诗源辩体》卷三十二)

诗明曰"玉堂前",则在翰林时事也。疑亦讥时相之被命而不肯行者。秋千亦谓军事也。(震钧《香奁集发微》)

韩冬郎集中,数提秋千,而境界无一相类。《闺怨》云:"初拆秋千人寂寞。"《夜深》云:"夜深斜搭秋千索。"《偶见》云:"秋千打困解罗裙。"《效崔国辅体》云:"风动秋千索。"《补李波小妹歌》云:"海棠花下秋千畔。"《想得》云:"娇羞不肯上秋千。"其善使景物,殊为晚唐诸家之冠。(陈香《晚唐诗人韩偓》引《蕉窗夜话》)

偶见背面是夕兼梦

酥凝背胛玉搓肩①,轻薄红绡覆白莲②。此夜分明来入梦,当时惆怅不成眠③。眼波向我无端艳④,心火因君特地然⑤。莫道人生难际⑥会,秦楼鸾凤有神仙⑦。

【题解】

此诗亦见于玉山樵人本、韩集旧钞本、统签本、屈抄本、吴校本、石印本

之《香奁集》。诗咏见到所爱恋女子之背影,而后遂入梦之情景与期盼。其本事黄世中《韩偓其人与"香奁诗"本事考索》有如下之说:谓诗人早年曾与一女相恋,"除了相约于园中秋千架下相会外,有时也能'偶见'之。看来诗人与此女子似曾同住一处坊院或一处园亭。《集》中有'偶见诗'六首。《荐福寺讲筵偶见又别》写与此女日午时相见,傍晚分手,有'两情含眷恋,一饷致辛酸'句。《复偶见三绝》云:'别易会难长自叹,转身应把泪珠弹'。又一次《偶见背面是夕兼梦》,诗云:'酥凝背甲玉搓肩,轻薄红绡覆白莲。此夜分明来入梦,当时惆怅不成眠。眼波向我无端艳,心火因君特地然。莫道人生难际会,秦楼鸾凤有神仙。'原来诗人看到'那人'的背影,夜来便作了梦,梦见她多情的眼波向自己瞟来,引起了心中爱火的燃烧。最后叹人生际会之难而幻想能像仙人萧史弄玉那样结为夫妻。"震钧所谓此诗"言自古风云际会者多矣,何至于我而生不逢时。自伤之辞与瞻洛裳华同意。结用秦楼鸾凤,尤见衷曲"云云,乃附会之辞,与诗意不符。

【校注】

①"胛",玉山樵人本作"甲",《全唐诗》、吴校本均校"一作甲"。按:"甲"通"胛","胛"为后起字。酥凝背胛:此形容美女背胛洁白光滑柔嫩,有如酥酪凝成。玉搓肩:比喻肩膀有如明玉揉成。搓,揉擦。

②轻薄红绡:此谓以轻薄红绡制成的衣裳。红绡,红色薄绸。白居易《琵琶行》:"五陵年少争缠头,一曲红绡不知数。"白莲,白莲花。此处比喻诗中之女子。

③"成",玉山樵人本、统签本均作"曾"。眼波艳:谓眼波闪烁。艳,照耀;闪耀。

④心火:谓心中炽烈的爱情之火。然:即燃,燃烧。

⑤际会:遇合、时机。

⑥"秦楼"句:刘向《列仙传》卷上《萧史》:"萧史者,秦穆公时人也,善吹箫,能致孔雀、白鹤于庭。穆公有女字弄玉,好之,公遂以女妻焉。日教弄玉作凤鸣,居数年,吹似凤声,凤凰来止其屋。公为作凤台,夫妇止其上,不下数年,一旦皆随凤凰飞去。故秦人为作凤女祠于雍,宫中时有箫声而已。"

【汇评】

言自古风云际会者多矣,何至于我而生不逢时。自伤之辞与瞻洛裳华同意。结用秦楼鸾凤,尤见衷曲。(震钧《香奁集发微》)

五　更①

秋雨五更头,桐竹鸣骚屑②。却似残春间,断送花时节。空楼雁一声,远屏灯半灭③。绣被拥娇寒④,眉山正愁绝⑤。

【题解】

曾、曹等编《全唐五代词》第 1059 页考辨云:"此首本五言古诗,原题《五更》,见毛本、钞本、吴本《香奁集》、《唐音统签》卷七一三、《全唐诗》卷六八三。王国维辑本《香奁词》始收作《生查子》词,林大椿《唐五代词》因之,不足据。"又,施蛰存《读韩偓词札记》谓"《生查子》第二首,震笺云:'谪居后追思初被谪时也。'按:此笺亦未透澈。此作原题《五更》,正当空楼雁唤,远屏灯灭之时,又比之为断送花时之残春,故不禁其拥被愁绝也。词旨分明,哀唐室之将亡也。史载天复三年二月癸未,帝以朱全忠意,不得已贬偓,出为濮州司马。帝密与偓泣别。偓曰:'是人非复前来之比,臣得远贬及死,乃幸耳,不忍见篡弑之辱。'此作意境甚合,岂即是年辞陛出关以后所作乎?"按:所说作年未有确证,聊备一说。

此诗震钧谓乃"谪居后追思初贬谪时也";又于《韩承旨年谱》谓"《五更》七律一首,应是在贬所追忆尚食局一召而赋也。"所说恐均不足信。黄世中《韩偓其人及"香奁诗"本事考索》则以为诗人早年曾与一女相恋,"最后他(她)们终于冲破阻力,欢会在一起。这有《自负》、《意绪》、《闺情》、《惜春》、《春恨》、《春尽》、《春尽日》、《欲明》以及两首《五更》(五、七言各一首)共十首可以为证。那是诗人学韩寿偷香而'半夜潜身入洞房'(《五更》)的。……但是,或许这第三次的私遇为阻绝者(如长辈)发觉,立即采取措施,隔断了他(她)们的来往。所以《五更》诗末云:'光景旋消惆怅在,一生赢得是凄凉'。关于这一点另一首《五更》可证:'秋雨五更头,桐竹鸣骚屑。却似残春间,断送花时节。空楼雁一声,远屏灯半灭。锦被拥娇寒,眉山正愁绝。'这是一个秋雨的五更,雨点打在桐枝、竹叶上,沙沙作响。诗人由此兴悲,回忆残春那个五更的情景。'断送花时节',以比'那人'的被遣。末联不说自己相思哀愁,而设想那女子拥着锦被而双眉紧蹙哀怨,这是进一层法。大约此女不住这园亭搬往外面以后,他(她)们还曾不止一次地相见过。……正因为'五更'对诗人一生是一个可纪念的时刻,所以除了有两首以《五更》为题外,《惜春》又云:'一夜雨声三月尽,万般人事五更头。'"所说可参。

【校注】

①此诗亦见于玉山樵人本、韩集旧钞本、统签本、屈抄本、吴校本、石印本之《香奁集》及张、黄编《全唐五代词》第 513 页。

②骚屑:风声。汉刘向《九叹·思古》:"风骚屑以摇木兮,云吸吸以湫戾。"王逸注:"风声貌。"

③远屏:远处的屏风。

④娇寒:指诗中所咏身感寒冷之女子。此处之"寒",亦含有因独处影单而凄寒之意。

⑤眉山:《西京杂记》卷二:"文君(卓文君)姣好,眉色如望远山。"后因以"眉山"形容女子秀丽之双眉。此处代指女子。愁绝:极端忧愁。杜甫《自京赴奉先县咏怀五百字》:"沉饮聊自遣,放歌颇愁绝。"

【汇评】

凡写迷离之况者,止须述景,如:"小窗斜日到芭蕉"、"半床斜月疏钟后",不言愁而愁自见。因思韩致尧"空楼雁一声,远屏灯半灭",已足色悲凉,何必又赘"眉山正愁绝"耶?(贺裳《皱水轩词筌》)

《词筌》:凡写迷离之况者,只须述景,如:"小窗斜日到芭蕉"、"半床斜月疏钟后",不言愁而愁自见。因思韩致光"空楼雁一声,远屏镫半灭",已足色悲凉,何必又赘"眉山正愁绝"耶?觉首篇"时复见残镫,和烟坠金穗",如此结句,更自含情无限。(冯金伯《词苑萃编》卷二)

《柳塘词话》曰：《尊前集》中刘侍读《生查子》一阕云："深秋更漏长，滴尽银台烛。独步出幽闺，月晃波澄绿。芰荷风乍触，一对鸳鸯宿。虚掉玉钗惊，惊起还相续。"《尧山堂外纪》中欧阳彬《生查子》一阕云："竟日画堂欢，入夜重开宴。剪烛蜡烟香，促坐花光颤。待得月华来，满院如铺练。门外簇骅骝，直待闻鸡散。"因思韩偓《生查子》词"空楼雁一声，远屏山半灭。"足色悲凉，不言愁而愁自见。何必又赘"眉山正愁绝耶"？觉首篇"时复见残灯，和烟坠金穗"，如此结构，方为含情无限。（沈雄《古今词话》词辨卷上）

谪居后追思初贬谪时也。（震钧《香奁集发微》）

有　忆

　　昼漏迢迢夜漏迟①，倾城消息杳无期②。愁肠泥酒人千里③，泪眼倚楼天四垂。自笑计狂多独语，谁怜梦好转相思。何时斗帐浓香里④，分付东风与玉儿⑤。

【题解】

此诗亦见于玉山樵人本、韩集旧钞本、统签本、屈抄本、吴校本、石印本之《香奁集》中。忆念所深恋之女子，故诗题即以"有忆"揭明。前四句谓昼夜苦苦思念杳无消息之所恋女子；末二句则期盼何时可与此女子斗帐浓香中春风一度耳。

【校注】

①"迟"，韩集旧钞本下校："本作移"，屈抄本作"移"，《全唐诗》、吴校本均校："一作移"。漏：计时器。即漏壶。迢迢：时间久长貌。夜漏迟：谓夜里的时间过得很缓慢。迟，缓慢。

②倾城：即倾城倾国，指佳人。

③"泥"，《全唐诗》、吴校本均校："一作殢"，石印本《香奁集》作"殢"。泥酒：沉湎于酒。泥，迷恋；留连。

④斗帐:小帐。形如覆斗,故称。

⑤"东",玉山樵人本、统签本、屈抄本均作"春",韩集旧钞本下校:"本作春",《全唐诗》、吴校本均校:"一作春"。分付:付托;寄意。玉儿:本为人名,指后魏元树之爱姬朱玉儿,后泛指美女。此处代指所爱恋之女子。

【汇评】

此三诗(指《倚醉》、《见花》、《有忆》)是开词曲法门。(陆时雍《唐诗镜》卷五十四)

楼上晴天碧四垂(小注:韩偓云:"泪眼倚楼天四垂"),楼前芳草接天涯,劝君莫上最高梯。(陈元龙《详注片玉集》卷三《浣溪沙》第三)

正所谓"心忆君兮君不知"也。(震钧《香奁集发微》)

半　夜

板合数尊后①,至今犹酒悲。一宵相见事,半夜独眠时。明朝窗下照,应有鬓如丝②。

【题解】

此诗亦见于玉山樵人本、韩集旧钞本、统签本、屈抄本、吴校本、石印本之《香奁集》中。吴校本在诗题下有"三韵"二字小注。

咏诗人早年之恋情事。诗谓曾与所恋女子在某日夜间于板阁相会饮酒,然此后每在半夜独宿想起此事,至今犹不免悲伤,以致为相思之苦而长出丝丝白发。震钧所说乃指此诗为记诗人任翰林学士时事,其说不可信。

【校注】

①板合:亦作板阁,木板楼阁。五代花蕊夫人《宫词》:"薄罗衫子透肌肤,夏日初长板合虚。独自凭阑无一事,水风凉处读文书。"尊:即樽,酒杯。

②"鬓",玉山樵人本、统签本、屈抄本均作"发",韩集旧钞本下校:"本作发",《全唐诗》、吴校本均校:"一作发"。鬓如丝:谓双鬓因相思之苦而有丝丝白发。

531

唐宰相省中视事处有阁子,而中书舍人、翰林承旨皆有阁子,谓之板阁。见《摭言》。(震钧《香奁集发微》)

信　笔

睡髻休频拢,春眉忍更长①。整钗栀子重②,泛酒菊花香③。绣迭昏金色④,罗揉损研光⑤。有时闲弄笔,亦画两鸳鸯。

【题解】

此诗亦见于玉山樵人本、韩集旧钞本、统签本、屈抄本、吴校本、石印本之《香奁集》中。此诗咏女子生活起居之情景,逗露女子对爱情之向往。其"有时闲弄笔,亦画两鸳鸯"二句,即将女子内心祈盼爱情之情愫点染而出。震钧之"几乎每饭不忘"之说,乃将此诗政治化,殊不可信。

【校注】

①春眉:谓年轻女子含情之秀眉。忍:愿意。

②"整钗"句:谓女子头发上插戴着栀子花,因花重而整理鬓发。钗,金钗。栀子,指栀子花。栀子为常绿灌木或小乔木。叶子对生,长椭圆形,有光泽。春夏开白花,香气浓烈,可供观赏。

③泛酒:倒酒。泛,翻、倾倒。菊花:指菊花酒,一种用菊花杂黍米酿造的酒。

④绣迭:谓迭起绣被。昏金色:谓使绣被闪亮的金色昏花起来。

⑤"罗揉"句:谓女子用手揉搓罗裳,以致减损了罗裳的光泽。损,减损。研光,用光石碾磨纸张、皮革、布帛等物,使紧密光亮。韩偓《无题》:"锦囊霞彩烂,罗袜研光匀。"

【汇评】

几乎每饭不忘。(震钧《香奁集发微》)

寄　恨

秦钗枉断长条玉①，蜀纸虚留小字红②。死恨物情难会处③，莲花不肯嫁春风④。

【题解】

此诗亦见于玉山樵人本、韩集旧钞本、统签本、屈抄本、吴校本、石印本之《香奁集》中。诗咏男女情事，非震钧所谓"喻君宠不终，赐环无日也"云云。韩偓深得唐昭宗恩宠，其被贬官乃因朱全忠之逼，昭宗其时受制于朱全忠，虽爱诗人而莫能助。天祐元年八月，昭宗竟为朱温所弑杀。己身尚且不保，安能召回韩偓欤？况诗人一生始终忠于昭宗，感戴不尽，绝不愿复官以仕受控于朱温之哀帝朝，故有"紫泥虚宠奖，白发已渔樵……若为将朽质，犹拟杖于朝"、"宦途巉崄终难测，稳泊渔舟隐姓名"之作，以抒绝不仕伪朝之情致。其实观此诗意，乃咏男子尽管倾情于所恋之女，然最终留下"莲花不肯嫁春风"之遗恨。诗中"秦钗枉断"、"蜀纸虚留"、"死恨"、"莲花不肯"云云，均在在扣紧诗题"寄恨"二字。其"莲花不肯嫁春风"句意，或从唐彦谦《离鸾》诗"闻道离鸾思故乡，也知情愿嫁王昌"句脱化而来，而后多影响及后世诗词作者，如贺铸《踏莎行》之"断无蜂蝶慕幽香，红衣脱尽芳心苦。……当年不肯嫁东风，无端却被西风误"；范成大《菩萨蛮》之"冰明玉润天然色，凄凉拚作西风客。不肯嫁东风，殷勤霜露中"；宋邓肃《古意》之"妾如傍篱菊，不肯嫁春风。郎如出谷莺，飞鸣醉乱红"；清乾隆皇帝《芍药》之"度牖麝兰昹，猗阶锦绣丛。……洁映冰盘白，艳争榴朵红。花王常欲傲，不肯嫁东风"等。清黄之隽《香屑集》卷十七《采莲棹歌》"采莲湖上红更红，莲花不肯嫁春风。轻舟短棹唱歌去，惊散游鱼莲叶东"，则径采韩偓诗句入集句诗中，此皆可见后人效仿之迹。

【校注】

①秦钗：此指宝钗。用秦嘉赠其妻徐淑宝钗事。《艺文类聚》卷三十二

引秦嘉《重报妻书》："间得此镜，既明且好，形观文彩，世所希有。意甚爱之，故以相与。并宝钗一双，好香四种。素琴一张，常所自弹也。明镜可以鉴形，宝钗可以耀首，芳香可以馥身，素琴可以娱耳。"徐淑答云："未奉光仪，则宝钗不列也。"长条玉：此指宝钗。

　　②"虚"，玉山樵人本、统签本、屈抄本均作"空"，《全唐诗》、吴校本均校："一作空"。蜀纸：指蜀笺，自唐以来蜀地所制精致华美的纸。

　　③"难"，屈抄本作"无"，韩集旧钞本下校："本作无"，《全唐诗》、吴校本均校："一作无"。死恨：长恨、痛恨。物情：物理人情。会：领会、懂得。

　　④"春"，韩集旧钞本、屈抄本均作"东"，《全唐诗》、吴校本均校："一作东"。"莲花"句：以莲花开在夏季，而不肯迎着春风开放，比喻女子不肯出嫁。莲花，喻指女子。春风，喻指男子。

【汇评】

"玉钗枉断"，"红纸虚留"，喻君宠不终，赐环无日也，于是思及唐代之盛时。夫以致尧之才，使遇贞观、开元，何难与房、杜、姚、宋比肩。乃生末季，不幸极矣。故以莲花不嫁春风自比。（震钧《香奁集发微》）

两　处

楼上澹山横①，楼前沟水清②。怜山又怜水，两处总牵情。

【题解】

　　此诗亦见于玉山樵人本、韩集旧钞本、统签本、屈抄本、吴校本、石印本之《香奁集》中。震钧谓此诗"'两处'二字著眼，与《青春》章同"。其所说《青春》章，即韩偓《青春》："眼意心期卒未休，暗中终拟约秦楼。光阴负我难相遇，情绪牵人不自由。遥夜定嫌香蔽膝，闷时应弄玉搔头。樱桃花谢梨花发，肠断青春两处愁。"震钧解读《青春》诗云："此则虽遭轻弃，而仍忠怀耿耿，且明君弃己之非得已，故云'两处愁'。负我而归，怨于光阴，牵人而别有情绪。此难相遇，不自由之隐衷耳。"所说仍是从香草美人之政治寓托诗着眼,实在与韩偓此两诗风马牛不相及也。其实,韩偓此诗为男女恋情诗,乃从男方之角度着笔。首句乃谓登楼远望,见远山淡淡,不禁浮想起所思念之女子。次句则言俯首下看,则见楼前沟水清清,不禁又念及分别在远方之伊人。诗中之"两处",即指"淡山"、"沟水",而此"两处",均引起思念所眷念之女子之深情,故以"怜山又怜水,两处总牵情"揭示诗题之意。黄世中《韩偓其人及〈香奁诗〉本事考索》认为"如《青春》、《春恨》、《中春忆赠》、《旧馆》、《有忆》、《两处》……等皆是"情诗,"所咏实同一情事,其所怀皆为李氏女一人"。所言可参。

【校注】

①"澹",玉山樵人本、韩集旧钞本、统签本、屈抄本均作"淡"。按:此处"澹"同"淡"。澹山:淡淡之远山。此处实即远山眉之意,比喻女子之蛾眉,并用以指喻女子。

②沟水:卓文君《白头吟》:"今日斗酒会,明旦沟水头。躞蹀御沟上,沟水东西流。"此处以东西流之"沟水清",比喻所思念的远方女子。

【汇评】

"两处"二字著眼,与《青春》章同。(震钧《香奁集发微》)

拥　鼻

拥鼻悲吟一向愁①,寒更转尽未回头②。绿屏无睡秋分簟③,红叶伤心月午楼④。却要因循添逸兴⑤,若为趋竞怆离忧⑥。殷勤凭仗官渠水⑦,为到西溪动钓舟⑧。

【题解】

此诗亦见于玉山樵人本、韩集旧钞本、统签本、屈抄本、吴校本、石印本之《香奁集》中。据吴乔《围炉诗话》"天复二年,昭宗在凤翔,宰相韦贻范遭丧图起复,偓不肯草制,忤李茂贞意。'趋竞',谓贻范也。'离忧',谓有去志而思西溪钓舟也"之说，乃视为唐昭宗天复二年拒草韦贻范起复制时之作；若据震钧之说，则为后梁开平三年在闽沙县之作。《韩偓诗注》主震钧之说，故其注释诗中"西溪"云："指闽江之西源。闽江上游有二源：一曰富屯溪，源出福建光泽县；一曰将溪，源出福建归化县，至顺昌县合流为西溪。"今细味此诗，上述之说恐缘附会，盖无确证也。且如谓"'趋竞'，谓贻范也"，"趋竞怆离忧"与劝"郑左丞璘随外镇举荐赴洛"同一用意，则此讥、劝又与"拥鼻"前四句所言何干？无乃诗意突转不畅矣。且如谓致尧时在闽中沙县，"西溪"乃富屯溪、将溪流至顺昌合流之称，则与所言"为到西溪动钓舟"又有何关涉？又如何能"凭仗官渠水"至"西溪"？此皆难于读通也。品味诗意，此诗未必与吴乔等人所言政治官场之事有关，疑乃一般抒发情志之咏。味此诗前四句，乃抒发秋日之悲愁，故以"绿屏无睡秋分簟，红叶伤心月午楼"明之。而其所悲愁者乃"离忧"，所向往者为"逸兴"，故径逼出"却要因循添逸兴，若为趋竞怆离忧"二句，以发明一己情志。"殷勤凭仗官渠水，为到西溪动钓舟"二句，则明谓打定主意欲过"动钓舟"之"逸兴"生涯矣。韩偓《汉江行次》诗有"痛忆家乡旧钓矶"、《归紫阁下》诗有"钓矶自别经秋雨，长得莓苔更几重"句，则诗人故居本有"钓矶"。以此，此诗末"动钓舟"之西溪，疑指诗人故居钓矶之处。据上分析，颇疑此诗乃诗人在京初仕时所作。

【校注】

①拥鼻：即拥鼻吟。《晋书·谢安传》："安本能为洛下书生咏，有鼻疾，故其音浊，名流爱其咏而弗能及，或手掩鼻以效之。"后以"拥鼻吟"指用雅音曼声吟咏。韩偓《清兴》："拥鼻绕廊吟看雨，不知遗却竹皮冠。"又，《雨》："此时高咏共谁论，拥鼻吟诗空伫立。"又，《见花》："褰裳拥鼻正吟诗，日午墙头独见时。"

②寒更转尽：谓夜更尽，即至第五更末，天将晓时。寒更，寒夜的更点。骆宾王《别李峤得胜字》："寒更承夜永，凉景向秋澄。"

③秋分：二十四节气之一，每年在阳历九月二十三日或二十四日左右。这天南北半球昼夜等长。簟：苇席或竹席。

④"心"，玉山樵人本、韩集旧钞本、屈抄本、石印本《香奁集》均作"时"。

月午楼：谓夜半的月光笼罩下的楼头。

⑤"添"，石印本《香奁集》作"沾"。因循：道家谓顺应自然。《文子·自然》："王道者处无为之事，……因循任下，责成而不劳。"《史记·太史公自序》："道家无为，又曰无不为，……其术以虚无为本，以因循为用。"张守节正义："任自然也。"逸兴：超逸豪放的意兴。

⑥若为：如何，怎能。趋竞：奔走钻营；争名夺利。怆：悲伤。离忧：离别的忧思；离人的忧伤。

⑦殷勤：恳切叮咛。凭仗：依赖，依靠。官渠：官家之渠。

⑧动钓舟：意谓划动钓鱼船，过着无拘束的生活。

【汇评】

致尧又有诗云："拥鼻悲吟一向愁，寒更转尽未回头。绿屏无睡秋分簟，红叶伤时月满楼。却要因循添逸兴，若为趋竞怆离忧。殷勤凭仗官渠水，为到西溪动钓舟。"天复二年，昭宗在凤翔，宰相韦贻范遭丧图起复，偓不肯草制，忤李茂贞意。"趋竞"，谓贻范也。"离忧"，谓有去志而思西溪钓舟也。问曰："君于致尧诗何太拳拳？"答曰："弘、嘉人惟求词，不求意，故敢轻忽大历。余故举唐末诗之有意者，以破天下之障。人能于唐诗一二字中见透其意，即脱宋、明之病。仙人灵丹，岂须升斗？"致尧又有诗云："昨夜三更雨，今朝一阵寒。海棠花在否？侧卧卷帘看。"亦必伤时之作。（吴乔《围炉诗话》卷一）

致尧集中有《寓汀州沙县闻前郑左丞璘随外镇举荐赴洛作七言四韵赠之或冀其感悟也》，诗中有云"公干寂寥甘坐废，子牟欢忭促行期。移都已改侯王第，惆怅沙堤别筑基"之句，正可证此诗之"却要因循沾逸兴，若为趋竞怆离忧"二句。夫因循者得逸兴，趋竞者反离忧，此意可会也。结句凭仗官渠水而动钓舟者，是虽五湖之兴，亦必藉君恩而动，否则西山薇蕨，亦非殷之土地所生，则置身无所矣。（震钧《香奁集发微》）

闺　怨①

时光潜去暗凄凉，懒对菱花晕晓妆②。初坼秋千人寂寞③，后园青草任他长。

【题解】

韩集旧钞本、汲古阁本、石印本之《香奁集》题下均有小注："壬申年在南安县作"。吴校本题下亦云："元注：壬申年在南安县作"。缪荃孙《韩翰林诗谱略》据此系于后梁乾化二年壬申（912）。震钧亦称此诗为后梁乾化二年，韩偓在南安县作。然其他诸本无此小注；且据小注所言，此诗乃韩偓后梁乾化二年壬申在南安县所作。然此时此地，诚如徐复观疑此诗非韩偓作所言"《早起探春》及《闺怨》，杂在韩偓的居闽各诗中，与偓心境不合，故《闺怨》诗虽好，亦有问题。大抵将偓诗分为三卷，其第三卷中除极少数外，我认为多属可疑"。徐复观谓此诗"杂在韩偓的居闽各诗中，与偓心境不合"，可信；然疑非韩偓诗则尚无确证，不足信。要之，此诗之小注恐未可遽信，作年亦不可确考。

震钧所云"'初坼秋千人寂寞，后园青草任它长'，似指全忠被弑，而梁室兄弟相争之乱，听其滋长如青草而已"云云，亦有可疑。诗题既为"闺怨"，且所咏皆与诗题相符，则为闺情诗无疑，非以闺情寓寄政治时局之事矣。黄世中以为包括本诗"初坼秋千人寂寞"句在内的"秋千"、"寒食"、"三月"等诗，乃咏诗人早年儿女情事，中云："他（她）们于寒食海棠花下秋千畔初遇后，便经常在园中秋千架下相会，或打秋千，或倾谈吟咏。这些当然给诗人留下不可磨灭的印象，以致日后每逢'寒食'、'三月'，或见秋千，或旧地重游都会有深情的回忆、亲切的怀恋和发出无望的哀吟。此所以物动于外，情发于中而深长绵邈也。"其说可参。此诗之"闺怨"，全在于"初坼秋千人寂寞"，既然未能如往昔荡秋千游玩，则亦"懒对菱花晕晓妆"，如此也就"后园青草任它长"矣。究其内情，或秋千为女子之长辈所拆，以阻止其借荡秋千与所欢相会。情势既然如此,则难免"时光潜去暗凄凉"。

【校注】

①此诗亦见于玉山樵人本、韩集旧钞本、统签本、屈抄本、汲古阁本、吴校本、石印本之《香奁集》中。"怨",韩集旧钞本、汲古阁本、石印本《香奁集》均作"恨",且题下均有小注云:"壬申年在南安县作"。《全唐诗》校:"一作恨"。吴校本、汲古阁本、石印本《香奁集》均作"恨",下均校:"恨一作怨",并有小注云:"元注壬申年在南安县作"。按:此诗汲古阁本、麟后山房刻本亦均收在正集,韩集旧钞本、吴校本正集及其《香奁集》两收,《全唐诗》韩偓正集未收。

②"晓",玉山樵人本、韩集旧钞本、统签本、汲古阁本、麟后山房刻本、吴校本均作"晚",《全唐诗》、吴校本均校:"一作晚"。菱花:指菱花镜。亦泛指镜。晕:谓涂抹(颜色)。

③"坏",玉山樵人本、韩集旧钞本、统签本、屈抄本、麟后山房刻本、石印本《香奁集》均作"拆"。按:"坏"通"拆"。坏:拆毁。

【汇评】

以其时考之,梁乾化二年,朱全忠被子友珪所杀,即是年事。全忠既死,大恨稍舒,友珪辈草芥耳,任之而已。(震钧《香奁集发微》)

《闺怨》诗"初拆秋千人寂寞,后园青草任它长",似指全忠被弑,而梁室兄弟相争之乱,听其滋长如青草而已。(震钧《韩承旨年谱》乾化二年壬申年谱)

韩冬郎集中,数提秋千,而境界无一相类。《闺怨》云:"初拆秋千人寂寞。"《夜深》云:"夜深斜搭秋千索。"《偶见》云:"秋千打困解罗裙。"《效崔国辅体》云:"风动秋千索。"《补李波小妹歌》云:"海棠花下秋千畔。"《想得》云:"娇羞不肯上秋千。"其善使景物,殊为晚唐诸家之冠。(陈香《晚唐诗人韩偓》引《蕉窗夜话》)

袅　娜 丁卯年作①

袅娜腰肢澹薄妆②，六朝宫样窄衣裳③。著词暂见樱桃破④，飞酸遥闻豆蔻香⑤。春恼情怀身觉瘦⑥，酒添颜色粉生光⑦。此时不敢分明道⑧，风月应知暗断肠⑨。

【题解】

此诗于韩集旧钞本、《全唐诗》、石印本《香奁集》题下均有小注云："丁卯年作"。吴校本题下小注云："元注丁卯年作"，又于诗末注云："重见"。因有此小注，故诸家年谱如《韩翰林诗谱略》、《唐韩学士偓年谱》、震钧《韩承旨年谱》、《韩偓年谱》等均系于后梁开平元年丁卯(907)，即李唐王朝为后梁所亡之年，故以为"乃感唐亡赋也"。此说恐未必。盖当唐亡之际，诗人感伤国事唐亡之作，多直陈痛哭，虽有以典实比喻言之，亦分明可见所咏之意，而未见整首或大多诗句以儿女风月情事寓托之者。如唐亡前一年之《故都》诗之"天涯烈士空垂泪，地下强魂必噬脐。掩鼻计成终不觉，冯驩无路歘鸣鸡"；丁卯唐亡时作之《感事三十四韵》等。故以为《香奁集·袅娜》一首乃感唐亡赋也，故自注为'丁卯年作'。诗中所谓'此时不敢分明道'，是其意矣"云云实不足为据。徐复观《韩偓诗与香奁集论考》以为韩偓晚年有所谓"畸恋"事，将包括此诗在内之数首诗均视为咏此"畸恋"事，中云："若许我作进一步的推测，韩偓畸恋的对象，可能是我未及详考的赵国夫人；也可能是宫人宋柔。"所说属臆想，亦不足信据。考诗题明题"袅娜"，且诗中所言皆为儿女情事，虽"不敢分明道"透，然末句"风月应知暗断肠"，则十分明确道出此乃"风月"情事。据此诗题下小注，乃知作于丁卯唐亡之年。然诗中所咏儿女情事，并非指是年所发生之事，而是追咏其年轻时之恋情事。其理由为，韩偓今存《香奁集》中诗，并非均是其早年之作，亦有仕后作者，读其《香奁集序》即可知。此诗小注既明谓丁卯年之作，又两见于《香奁集》与《香奁集》外之正集者，可见，前人虽均认为此诗内涵属香奁体之作,但也有认为并非诗人早年所作的香奁诗,以其作于晚年,故另又收于《香奁集》外之正集中以为区别。诗人于其早年恋情事始终难于忘却,铭记于心,如《病忆》云"信知尤物必牵情,一顾难酬觉命轻。曾把禅机销此病,破除才尽又重生";《五更》云"往年曾约郁金床……光景旋消惆怅在,一生赢得是凄凉"。直至其晚年之《思录旧诗于卷上凄然有感因成一章》亦云"缉缀小诗钞卷里,寻思闲事到心头。自吟自泣无人会,肠断蓬山第一流"。可见其晚年编录《香奁集》时,对于早年那些引发他创作某些香奁诗之背景情事,依然刻骨铭心,故"自吟自泣"不已,丁卯年有此追忆追思其早年情事之《袅娜》之作,亦在情理中。

【校注】

①此诗玉山樵人本、韩集旧钞本、统签本、屈抄本、《全唐诗》、吴校本、石印本之《香奁集》均收;其他本如汲古阁本、麟后山房刻本则收入正集,韩集旧钞本、吴校本正集中亦收。韩集旧钞本、《全唐诗》、石印本之《香奁集》题下均有小注云:"丁卯年作"。吴校本题下小注云:"元注:丁卯年作"。袅娜:此处为女子体态轻盈柔美貌。

②"澹",玉山樵人本、韩集旧钞本、统签本、屈抄本、汲古阁本、麟后山房刻本、石印本《香奁集》、吴校本均作"淡"。按:"澹"同"淡"。澹薄妆:指妆饰雅淡朴素。

③"六朝"句:谓穿着六朝宫中流行样式的窄衣裳。

④"暂",玉山樵人本、统签本、屈抄本均作"但",《全唐诗》校:"一作但",统签本校:"一作暂"。"见",韩集旧钞本下校:"本作近",《全唐诗》、吴校本均校:"一作近"。按:作"近"恐未是。著词:谓说话。樱桃破:指嘴唇张开。樱桃,本为果实名,此处喻指女子小而红润的嘴。

⑤"遥",统签本校:"一作盈"。按:作"盈"误。飞醆:即飞盏,谓传杯痛饮。豆蔻:此处用豆蔻比喻年轻女子。豆蔻,亦名荳蔻。植物名,多年生常绿草本,有肉豆蔻、红豆蔻、白豆蔻等种,均可入药。红豆蔻生于南海诸谷中,南人取其花尚未大开者,名含胎花,言如怀妊之身。诗人或以喻未嫁少女,如杜牧《赠别》:"娉娉袅袅十三余,豆蔻梢头二月初。"

⑥"情",《全唐诗》、吴校本均校:"一作襟"。春恼情怀:谓女子怀春之

烦恼情绪。

⑦"酒添"句：谓女子因饮酒而粉脸晕红泛光。

⑧"时"，汲古阁本、麟后山房刻本均作"心"，韩集旧钞本下校："本作心"，《全唐诗》、吴校本均校："一作心"。分明道：明白说出。分明，明明；显然。

⑨风月：此处风月既有清风明月，泛指美好景色之义，亦指男女间情爱之事。韦庄《多情》："一生风月供惆怅，到处烟花恨别离。"

【汇评】

《香奁集·袅娜》一首乃感唐亡赋也，故自注为"丁卯年作"。诗中所谓"此时不敢分明道"，是其意矣。（震钧《韩承旨年谱》）

《袅娜》(诗今略)此诗亦见于公著《香奁集》，因元注丁卯年，故列于本年。袅娜，袅袅也，细读之，当知寄托深也。（陈敦贞《唐韩学士偓年谱》）

此诗作于丁卯时，正朱全忠受禅，唐社已墟时也。故云"不敢分明道"也。（震钧《香奁集发微》）

多　情 庚午年在桃林场作①

天遣多情不自持②，多情兼与病相宜。蜂偷野蜜初尝处③，莺啄含桃欲咽时④。酒荡襟怀微骇骇⑤，春牵情绪更融怡⑥。水香剩置金盆里⑦，琼树长须浸一枝⑧。

【题解】

据诗题下"庚午在桃林场作"小注，知作于后梁开平四年(910)庚午，时初移居南安县桃林场。诸家年谱如《韩翰林诗谱略》、《唐韩学士偓年谱》、《韩承旨年谱》、《韩偓年谱》所系同。诗有"春牵情绪更融怡"句，则开平四年春之作。闽南春色融怡，敏感多情之诗人颇为沉醉愉悦，故有"春牵情绪更融怡"之句。诗题以"多情"命之，亦见诗情诗心之敏感。震钧所云"'剩置金盆里'，'剩'字著眼。国破家亡，一身仅在，如琼树之剩一枝而已"云云,失于比附,阐释过度。

【校注】

①此诗韩集旧钞本、汲古阁本、麟后山房刻本、吴校本等收入正集,玉山樵人本、韩集旧钞本、统签本、屈抄本、吴校本、石印本《香奁集》又收入《香奁集》。《全唐诗》正集未收,而收于《香奁集》。《全唐诗》、韩集旧钞本、石印本之《香奁集》此诗题下均有"庚午年在桃林场作"小注,吴校本题下有"元注庚午年在桃林场作"小注,并于诗末注:"重见"。韩集旧钞本正集、统签本此诗题下无小注。桃林场:即今福建永春县,唐长庆二年(822)置。《闽书》卷十二《方域志》永春县:"东抵南安,西抵龙岩,南抵南安,北抵德化。本隋南安县之桃林场。五代唐长兴三年(932),王延钧升为县;晋天福三年(938),王昶改县曰永春。"

②遣:使,让。不自持:不能自我控制。自持,自我克制。

③"野",玉山樵人本、统签本、屈抄本均作"崖",汲古阁本、《全唐诗》、吴校本、石印本《香奁集》均校:"一作崖"。

④"啄",韩集旧钞本、汲古阁本、麟后山房刻本、吴校本均作"惜"。含桃:樱桃的别称。

⑤"驳骎",韩集旧钞本、汲古阁本、麟后山房刻本、吴校本均作"叵我",《全唐诗》、吴校本均校:"一作叵我",汲古阁本校:"一作驳骎"。按:"驳骎"与"叵我"音义同。宋杨侃辑《两汉博闻》卷一于"《甘泉赋》云:'崇丘陵之驳骎兮'"句下注:"苏林曰:'驳骎,音叵我。师古曰:"驳骎,高大状也。"'"驳骎:原形容马起伏奔腾、纵恣奔突。《楚辞·远游》"服偃蹇以低昂兮,骖连蜷以骄骜",汉王逸注:"驷马驳骎而鸣骧也。"

⑥"更",韩集旧钞本下校:"本作正",《全唐诗》、吴校本均校:"一作正"。融怡:融洽、和乐。

⑦"置",玉山樵人本、统签本、屈抄本均作"注",韩集旧钞本、汲古阁本、麟后山房刻本、吴校本均作"贮",《全唐诗》、吴校本均校:"一作贮,一作注"。"盆",麟后山房刻本、吴校本均作"杯",《全唐诗》、吴校本均校:"一作杯"。水香:泽兰的别名。剩:尚;犹。

⑧"长须",《全唐诗》、吴校本均校:"一作须长"。按:作"长须"是。

韩致光《香奁》:"蜂偷崖蜜初尝处,莺啄含桃欲咽时。"窃谓上句盖即古乐府"宁断娇儿乳,不断郎殷勤"意,故下联云"酒荡襟怀微骇骇,春牵情绪更融怡",亦各承一句。"骇骇",马摇头貌。而"初尝"、"欲咽","骇骇"、"融怡",安双声迭韵于四句中,弥见晚唐人诗律之工细。(清吴骞《拜经楼诗话》卷一)

《多情》一首自注云:"庚午在桃林场作"。所云"水香剩置金盘里,琼树长须浸一枝"。国破家亡,一身仅在,亦如琼树之剩此一枝而已。"(震钧《韩承旨年谱》)

此作于梁开平四年。所云"剩置金盆里","剩"字著眼。国破家亡,一身仅在,如琼树之剩一枝而已。(震钧《香奁集发微》)

偶　见

千金莫惜旱莲生①,一笑从教下蔡倾②。仙树有花难问种,御香闻气不知名③。愁来自觉歌喉咽,瘦去谁怜舞掌轻④。小迭红笺书恨字⑤,与奴方便寄卿卿⑥。

【题解】

此诗亦见于玉山樵人本、韩集旧钞本、统签本、屈抄本、吴校本、石印本之《香奁集》中。此诗乃咏女子之作,故方回《瀛奎律髓》选录此诗于风怀类,又曰:"风怀之题,须意有馀而不及于亵。如韩偓咏《偶见》,三四云:'仙树有花难问种,御香闻气不知名',此两句佳。"震钧所言"仙树御香,均见身分,而故君之思,自在言外",乃以香草美人寓托之说解之,当未得其实。前人评"仙树有花难问种,御香闻气不知名"为"艳不伤雅"、"此两句佳",诚是。评"尾句太猥",则未必,嫌其俗或可也。"小迭红笺书恨字,与奴方便寄卿卿",褚人获称此两句谓"诗媒词逗也",亦颇有见于韩偓诗句之小词滋味。

①"旱莲生",统签本、《全唐诗》、吴校本均校:"一作买娉婷"。按:明曹学佺《石仓历代诗选》卷九十六作"买娉婷"。旱莲:即旱莲花,荷花的一种。唐苏鹗《苏氏演义》卷下:"芙蓉,一名荷花……花大者至百叶,又有金莲花、青莲花、碧莲花、千叶莲花、石莲花、旱莲花。"此处用以比喻清丽之美女。

②从教:从此使得;从而使。下蔡倾:即"迷下蔡"之意。战国楚宋玉《登徒子好色赋》:"东家之子,增之一分则太长,减之一分则太短;著粉则太白,施朱则太赤;眉如翠羽,肌如白雪,腰如束素,齿如含贝;嫣然一笑,惑阳城,迷下蔡。"后因以"迷下蔡"形容女子艳丽迷人。下蔡,古邑名。即春秋楚邑州来。鲁昭公二十三年(前579)为吴所有。鲁哀公二年(前493),吴迁蔡昭侯于此,改称下蔡。故城在今安徽凤台县。

③御香:宫中御炉之香。

④舞掌轻:谓体态轻盈,能舞于掌上。

⑤红笺:即红色笺纸,多用以题写诗词或作名片等。

⑥"寄",韩集旧钞本、《石仓历代诗选》卷九十六均作"送",《全唐诗》、吴校本均校:"一作送"。奴:妇女自称的谦词。卿卿:《世说新语·惑溺》:"王安丰妇常卿安丰,安丰曰:'妇人卿婿,于礼为不敬,后勿复尔。'妇曰:'亲卿爱卿,是以卿卿;我不卿卿,谁当卿卿?'遂恒听之。"上"卿"字为动词,谓以卿称之;下"卿"字为代词,犹言你。后两"卿"字连用,作为相互亲昵之称。

【汇评】

方回:意有馀而不及于亵,则风怀之作犹之可也。书妇人之言于雅什,不已卑乎? 故《香奁》之作惟取七言律六首。此诗似三、四佳,尾句太猥。

查慎行:三、四艳不伤雅。末句近俗。

何义门:三、四可望而不可亲,故曰"莫惜旱莲生",寄语移步相近也。

(以上《瀛奎律髓汇评》卷七风怀类)

锺惺云:仔细可想。(锺惺、谭元春辑《唐诗归》卷三十六晚唐四)

周珽曰:杨孟载读李义山《无题》诗,谓托于臣不忘君之意,深惜其才之不遇。珽观致尧《偶见》诗,寓感良不浅,秾丽清婉,极其描写,莫以寻常艳

诗目之。(周珽《唐诗选脉会通评林·晚七律》)

　　韩偓《香奁集》,皆裙裾脂粉之诗。高秀实云:元氏艳诗丽而有骨,韩偓《香奁集》丽而无骨。愚按,诗名《香奁》,奚必求骨?但韩诗浅俗者多,而艳丽者少,较之温、李,相去甚远。……至七言律如"仙树有花难问种,御香闻气不知名","静中楼阁深春雨,远处帘栊半夜灯",亦颇有致。又"分明窗下闻裁剪,敲遍栏干故不应",则曲尽艳情。(许学夷《诗源辩体》卷三十二)

　　(《瀛奎律髓》)又曰:风怀之题,须意有馀而不及于亵。如韩偓咏《偶见》,三四云:"仙树有花难问种,御香闻气不知名",此两句佳。至咏《五更》,三四云:"怀里不知金钿落,暗中惟觉绣鞋香",则太猥太亵矣!如《席上有赠》诗,五六云:"鬓垂香颈云遮藕,粉著兰胸雪压梅",语虽亵,然止形容其貌。如巧笑美目之诗,不及乎淫也。(蔡钧《诗法指南》卷四)

　　艳不伤雅("仙树有花"联下)。末句近俗。(查慎行《初白庵诗评》)

　　诗有销魂者三,《香奁集》其一也。夫销魂者,即坏心田之谓也。其曰:"打迭红笺书恨字,与奴方便寄卿卿",诗媒词逗也。其曰:"但得暂从人缱绻,何妨长任月朦胧",逾墙钻穴也。其曰:"最是断肠禁不得,残灯影里梦初回",旦气梏亡也。其曰:"欲把禅心销此病,破除才尽又重生",淫恶不悛也。阅之必增益淫邪之念,故当以绮语为戒。(褚人获《坚瓠集·补集》卷六"绮语销魂")

　　《闻周明府幕友金雨三买妾赋此戏赠》:闻得千金买绿珠,红莲光霭映流苏。新闻觅句吟偏媚,远客看花意倍娱。疑是老奴饶兴致,怜同小玉共枝梧。画眉犀笔应无暇,犹有闲情属和无。(小注:千金,韩偓诗:"千金莫惜旱莲生,一笑从教下蔡倾。")(高述明《积翠轩诗集》卷上)

　　仙树御香,均见身分,而故君之思,自在言外。(震钧《香奁集发微》)

个　侬①

　　甚感殷勤意,其如阻碍何。隔帘窥绿齿②,映柱送横波③。
老大逢知少④,襟怀暗喜多。因倾一尊酒,聊以慰蹉跎⑤。

【题解】

此诗当亦是咏男女情事,故有"隔帘窥绿齿,映柱送横波"之男女互悦之句。震钧云:"此诗全为王审知赋。首联所谓爱居避风,本无情于钟鼓也。然因其殷勤,未尝非老去一知己也,故云'聊以慰蹉跎'耳",恐不可信。

【校注】

①此诗亦见于玉山樵人本、韩集旧钞本、统签本、屈抄本、吴校本、石印本之《香奁集》中。个侬:犹渠侬。那个人或这个人。

②绿齿:原指绿丝屏,此处代指年轻女子。韩偓《屐子》:"南朝天子欠风流,却重金莲轻绿齿。"

③送横波:即如送秋波。横波,比喻女子眼神流动,如水横流。

④老大:年纪大。白居易《琵琶行》:"门前冷落鞍马稀,老大嫁作商人妇。"

⑤蹉跎:失意;虚度光阴。

【汇评】

此诗全为王审知赋。首联所谓爱居避风,本无情于钟鼓也。然因其殷勤,未尝非老去一知己也,故云"聊以慰蹉跎"耳。(震钧《香奁集发微》)

无　题并序①

余辛酉年戏作《无题》十四韵②,故奉常王公相国首于继和③,故内翰吴侍郎融④、令狐舍人涣⑤、阁下刘舍人崇誉⑥、吏部王员外涣相次属和⑦。余因作第二首却寄诸公,二内翰及小天亦再和⑧。余复作第三首,二内翰亦三和。王公一首,刘紫微一首⑨,王小天二首,二学士各三首。余又倒押前韵成第四首⑩,二学士笑谓余曰:"谨竖降旗,何朱研如是也。"⑪遂绝笔。是岁十月末,余在内直⑫,一旦兵起⑬,随驾西狩⑭,文稿咸弃,更无孑遗⑮。丙寅年九月⑯,在福建寓止⑰,有前东都度支院苏昉端公⑱,挈余沦落诗稿见授,中得《无题》一首。因追味旧作⑲,缺忘甚多⑳,唯第二、第四首仿佛可记，其第三首才得数句而已。今亦依次编之^㉑，以俟他时偶获全本^㉒。余五人所和，不复忆省矣。

【题解】

据诗序，知《无题》诗为辛酉年——唐昭宗天复元年（901），韩偓在朝中与吴融等数人唱和之作，而诗序作于丙寅年——唐哀帝天祐三年（906）九月后。

天复元年，韩偓为翰林学士时，戏咏《无题》诗，吴融等诸朝士与之酬和再三，韩偓又倒押前韵，一唱再唱，遂有四首之多。可见其时朝廷生活优渥宽暇，悠游平和。诸诗所咏，不外脂粉美人、红情绿意之情事，情辞香艳，蕴藉绵邈，与南朝艳体，中唐元白，晚唐温庭筠、李商隐、段成式、周繇、李群玉等艳情诗一脉相承。韩偓作此《无题》诗，虽已花甲，而风情之兴不减。由此反思此前《香奁》之作，亦自有脉络可寻。《无题》之作，亦非突然而起，其来有自矣。震均所言"《无题》四首作于早年，本无寄托，而致尧之诗格，却伏此此，固是《香奁集》之模范也"，不免颠倒前后时序。韩偓、吴融等人《无题》诗唱和，与皮日休、陆龟蒙次韵唱和之作相仿，但"倒押前韵"、"倒次元韵"，则别开新径，实属罕见，是唱和诗发展重要一环。陈寅恪《读书札记二集·韩翰林集之部》谓"吴融《唐英歌诗》卷上（汲古阁《唐四名家集》本）和韩致光侍郎无题三首，卷中倒次元韵，据此，则融亦倒次元韵，'谨竖降旗'之语，特抒谦之戏言耳。"今《全唐诗》卷六八五尚录存当时吴融所酬和四诗，并读可有助于理解韩偓原作，了解当时之风气，故附录于后，以资比较。

【校注】

①此诗亦见于玉山樵人本、韩集旧钞本、统签本、屈抄本、吴校本、石印本之《香奁集》中。韩集旧钞本、吴校本《香奁集》均题为"无题第一"，题下无"并序"二字。其序韩集旧钞本置于题前，吴校本置于题后。玉山樵人本、统签本、屈抄本《香奁集》均题为"无题三首"，然统签本题下有"并序"二字，玉山樵人本无序，屈抄本题下有序。石印本《香奁集》题为《无题》，下即序，其下各首分别标以：第一、第二、第三、第四倒押前韵。

②"余辛酉年"，统签本作"余自辛酉岁"。

③"奉",韩集旧钞本、石印本《香奁集》均作"太"。按:"奉常"又作"太常",均指太常卿。"于",屈抄本作"相",吴校本作"予"。故奉常王公相国:指王溥。奉常,原为秦九卿之一。《汉书·百官公卿表》:"奉常,秦官,掌宗庙礼仪,有丞。景帝中六年更名太常。"颜师古注:"太常,王者旌旗也。画日月焉,王有大事则建以行,礼官主持之,故曰奉常也。后改曰太常,尊大之义也。"唐龙朔二年改为奉常,神龙复为太常卿。王溥,字德润,"第进士,擢累礼部员外郎、史馆修撰。……昭宗蒙难东内,溥与(崔)胤说卫军执刘季述等杀之。帝反正,骤拜翰林学士、户部侍郎,以中书侍郎同中书门下平章事,判户部。不能有所裨益,罢为太子宾客,分司东都。未几,召拜太常卿、工部尚书。会朱温侵逼,贬淄州司户参军,赐自尽,与裴枢等投尸于河。"(《新唐书》卷一八二本传)

④故内翰吴侍郎融:指翰林学士、户部侍郎吴融。内翰,即谓翰林学士。吴融,传见《新唐书》卷二〇三。

⑤令狐舍人涣:即中书舍人令狐涣。令狐涣,传附见《旧唐书》卷一七二、《新唐书》卷一六六《令狐楚传》。据两《唐书》,涣为令狐绹之子,"登进士第。涣位至中书舍人。"又据《资治通鉴》卷二六二天复元年六月所记"上之返正也,中书舍人令狐涣、给事中韩偓皆预其谋,故擢为翰林学士,数召对,访以机密。涣,绹之子也。"及其天复元年十一月载"是夕,宿鄠县"下注引《考异》曰:"《续宝运录》:'其年十月,朱全忠发士马;十一月,入长安。圣上幸凤翔,宰臣裴诞、翰林学士令狐涣等扈从。"据此,令狐涣天复元年六月时已经以中书舍人充翰林学士。

⑥阁下刘舍人崇誉:谓中书舍人刘崇誉。阁下,多用于对尊显者的敬称。后泛用作对人的敬称。唐赵璘《因话录·征》:"古者三公开阁,郡守比古之侯伯,亦有阁,所以世之书题有阁下之称……今又布衣相呼,尽曰阁下。"唐欧阳詹《送张尚书书》:"前乡贡进士欧阳詹于洛阳旅舍再拜授仆人书,献尚书阁下:某同众君子伏在尚书下风久矣。"刘崇誉,两《唐书》无传,生平未能详考,其历官仅见于此。舍人,指中书舍人。

⑦吏部王员外涣:谓吏部员外郎王涣。生平事迹见卢光济《唐故清海军节度掌书记太原王府君墓志铭》(收于岑仲勉《金石论丛》)、《唐摭言》卷

三、《唐诗纪事》卷六十六、《唐才子传》卷十等。《唐才子传·王涣》:"涣,大顺二年礼部侍郎裴贽下进士及第。俄自左史拜考功员外郎。同年皆得美除,涣首唱感恩长句,上谢座主裴公,当时荣之。……涣工诗,情极婉丽。"属和,指和别人的诗。《旧唐书·德宗纪下》:"上赋诗一章,群臣属和。"宋秦观《观宝林塔张灯》:"继听《钧天》奏,尤知属和难。"

⑧二内翰:指吴融和令狐涣,两人时均以中书舍人充翰林学士,故称。小天,唐时吏部员外郎之别称。此处谓王涣。唐孙棨《北里志·王团儿》:"有女数人,长曰小润,字子美,少时颇籍籍者。小天崔垂休变化年溺惑之,所费甚广。"《唐摭言·海叙不遇》:"罗衮以小天倅大秋。"

⑨刘紫微:指刘崇誉。紫微,亦作"紫薇"。唐开元元年(713)改中书省为紫微省,中书舍人为紫微舍人。唐李嘉祐《和张舍人中书宿直》:"汉主留才子,春城直紫微。"

⑩"前",统签本作"旧"。

⑪"朱研如",统签本作"妍如",屈抄本作"妍捷若"。石印本《香奁集》"研"字下校:"疑妍之误"。按:应作"朱研如"。朱研,"朱研益丹"之缩语。意如青出于蓝而青于蓝,即越来越出色意。唐吕温《青出蓝诗》:"物有无穷好,蓝青又出青。朱研方比德,白受始成形。"

⑫内直:在宫内值勤。此处指诗人为翰林学士,在翰林院值班。白居易《和答诗十首·序》:"五年春微之从东台来,不数日又左转为江陵士曹掾。诏下日,会予下内直归,而微之已即路。"

⑬一旦兵起:指天复元年十月末,朱全忠进逼京城,韩全海等人勒兵劫唐昭宗幸凤翔事。《资治通鉴》卷二六二天复元年十一月载:"壬子,韩全海等陈兵殿前,言于上曰:'全忠以大兵逼京师,欲劫天子幸洛阳,求传禅;臣等请奉陛下幸凤翔,收兵拒之。'上不许,杖剑登乞巧楼。全海等逼上下楼,上行才及寿春殿,李彦弼已于御院纵火。是日冬至,上独坐思政殿,翘一足,一足蹴阑干,庭无群臣,旁无侍者。顷之,不得已,与皇后、妃嫔、诸王百馀人皆上马,恸哭声不绝,出门,回顾禁中,火已赫然。是夕,宿鄠县。"

⑭随驾西狩:谓随唐昭宗西幸凤翔。《新唐书·韩偓传》载:"(偓)又劝表暴内臣罪,因诛全海等;若茂贞不如诏,即许全忠入朝。未及用,而全海

550

等已劫帝西幸。偃夜追及鄠，见帝恸哭。至凤翔，迁兵部侍郎，进承旨。"西狩，相传鲁哀公十四年（前481）在大野狩猎获麒麟。孔子作《春秋》，至此而绝笔。此处指唐昭宗为韩全海所劫，西幸凤翔之讳称。

⑮孑遗：遗留；残存。

⑯丙寅年九月：指唐哀帝天祐三年（906）九月。

⑰寓止：寄宿；留住。

⑱东都：指唐代东都洛阳。度支院：即度支司。度支，官署名。魏晋始置。掌管全国的财政收支。长官为度支尚书。南北朝以度支尚书领度支、金部、仓部、起部四曹。隋开皇初改度支尚书为民部尚书。唐因避太宗李世民讳，改民部为户部，旋复旧称。苏晤：生平事迹不详。端公：唐代对侍御史的别称。唐李肇《国史补》卷下："外郎御史遗补相呼为院长，上可兼下，下不可兼上，唯侍御史相呼为端公。"

⑲"味"，屈抄本作"咏"。

⑳"忘"，石印本《香奁集》作"亡"。

㉑"今"，屈抄本无"今"字。

㉒"以"，屈抄本无"以"字。

【汇评】

吴融《唐英歌诗》卷上（汲古阁《唐四名家集》本）和韩致光侍郎无题三首，卷中倒次元韵，据此，则融亦倒次元韵，"谨竖降旗"之语，特拗谦之戏言耳。（陈寅恪《读书札记二集·韩翰林集之部》）

一

小槛移灯炧①，空房锁隙尘②。额披风尽日③，帘押月侵晨④。香瓣更衣后⑤，钗梁拢鬓新⑥。吉音闻诡计⑦，醉语近天真。妆好方长叹，欢馀却浅颦⑧。绣屏金作屋，丝幰玉为轮⑨。致意通绵竹⑩，精诚托锦鳞⑪。歌凝眉际恨，酒发脸边春⑫。溪纻殊倾越⑬，楼箫岂羡秦⑭。柳虚襄渗气⑮，梅实引芳津⑯。乐府降清唱⑰，宫厨减食珍⑱。防闲襟并敛⑲，忍妒粉休匀⑳。宿饮愁萦梦㉑,春寒瘦著人。手持双豆蔻㉒,的的为东邻㉓。

【校注】

①小槛:指有栏杆的小屋。灯炧:灯烛。

②隙尘:指在透过隙缝的光柱中游动的尘埃。卢纶《栖岩寺隋文帝马脑盏歌》:"一留寒殿殿将坏,唯有幽光通隙尘。"

③"披",原作"波",《全唐诗》、吴校本均校:"一作披",今即据改。额披:指披在门屏牌匾上的饰巾。额,悬于门屏上的牌匾。披,披巾。

④"押",原作"影",玉山樵人本作"匝",韩集旧钞本、屈抄本均作"押",《全唐诗》、吴校本均校:"一作匝,又作押。"统签本作"匣"。今据韩集旧钞本、屈抄本改。又"帘押",又作"帘柙";"匣"同"柙"。帘押:亦作"帘柙"。装在帘上作镇押之用的物件。李商隐《灯》:"影随帘押转,光信簟文流。"

⑤"瓣",原作"辣",玉山樵人本、统签本、屈抄本、石印本《香奁集》均作"瓣",《全唐诗》、吴校本均校:"一作瓣",统签本校:"一作辣"。今据玉山樵人本、统签本、屈抄本等改。"香瓣"句:谓晨起更衣后,点香默祷。香瓣,瓣香之倒称。《古今注》:"香之形似瓜瓣者,称之瓣香。"

⑥"鬟",屈抄本作"髻"。钗梁:钗的主干部分。

⑦吉音:佳音。诡计:奇计。

⑧浅颦:眉微蹙貌。

⑨丝幰:丝织的车帷。幰,车帷。

⑩"绵",韩集旧钞本下校:"本作丝",屈抄本作"丝"。致意:原为致意,问候。此处为表达情意。绵竹:指《绵竹颂》。《文选》卷七扬雄《甘泉赋》,李周翰注:"扬雄家贫好学,每制作,作《绵竹颂》。成帝时,直宿郎杨庄诵此文,帝曰:'此似相如之文。'庄曰:'非也,此臣邑人扬子云。'帝即召见,拜为黄门侍郎。"

⑪精诚:真诚。《庄子·渔父》:"真者,精诚之至也,不精不诚,不能动人。"锦鳞:即锦鳞书,书信。语本《乐府诗集·饮马长城窟行》:"客从远方来,遗我双鲤鱼。呼儿烹鲤鱼,中有尺素书。"因指远方之书信。

⑫"酒发"句:谓饮酒后两边脸颊发红。

552

⑬"倾",玉山樵人本、统签本、屈抄本均作"轻",《全唐诗》、吴校本均校:"一作轻"。溪纻:谓在溪边浣纱。纻,纻麻。此用西施浣纱典故。倾越:胜过越国美女西施。相传西施在若耶溪浣纱,以其美艳,后被越王勾践献给吴王夫差。

⑭"岂",《全唐诗》、吴校本均校:"一作却"。楼箫:在楼头吹箫。羡秦:羡慕秦穆公之女秦弄玉。《列仙传》卷上《萧史》:"萧史者,秦穆公时人也。善吹箫,能致孔雀、白鹤于庭。穆公有女字弄玉,好之。公遂以女妻焉。日教弄玉作凤鸣,居数年,吹似凤声,凤凰来止其屋。公为作凤台,夫妇止其上,不下数年,一旦皆随凤凰飞去。故秦人为作凤女祠于雍宫中,时有箫声而已。"

⑮禳沴气:禳除灾害不祥之气。禳,指除去邪恶或灾异。沴气,灾害不祥之气。

⑯芳津:此指女子之唾液。

⑰乐府:主管音乐的官署。起于汉代。汉惠帝时已有乐府令。武帝时定郊祀礼,始立乐府,掌管宫廷、巡行、祭祀所用的音乐,兼采民歌配以乐曲,以李延年为协律都尉。乐府之名始此。此处指唐宫廷音乐机构。清唱,优美嘹亮的歌唱。

⑱宫厨:宫中厨房。食珍:珍肴。

⑲防闲:防备和禁阻。《诗·齐风·敝笱》序:"齐人恶鲁桓公微弱,不能防闲文姜,使至淫乱,为二国患焉。"

⑳"粉",原作"泪",今据屈抄本改。"忍妒"句:意谓为了容忍其他女子的嫉妒而不施粉黛。忍,忍耐;容忍。匀,谓均匀地涂搽、揩拭。

㉑"宿饮"句:意谓虽然昨日喝了酒想解愁,然而梦中依旧为愁所萦绕。宿饮,昨日喝的酒。

㉒豆蔻:亦名荳蔻。植物名,多年生常绿草本,有肉豆蔻、红豆蔻、白豆蔻等种,均可入药。红豆蔻生于南海诸谷中,南人取其花尚未大开者,名含胎花,言如怀妊之身。诗人或以喻未嫁少女,言其少而美。

㉓的的:真实;确实。唐赵氏《夫下第》:"良人的的有奇才,何事年年被放回?"东邻,即东邻之女。宋玉《登徒子好色赋》云:"玉曰:'天下之佳人,

553

莫若楚国；楚国之丽者，莫若臣里；臣里之美者，莫若臣东家之子。东家之子，增之一分则太长，减之一分则太短；著粉则太白，施朱则太赤；眉如翠羽，肌如白雪，腰如束素，齿如含贝；嫣然一笑，惑阳城，迷下蔡。然此女登墙窥臣三年，至今未许也。"

二

碧瓦偏光日，红帘不受尘[①]。柳昏连绿野[②]，花烂烁清晨[③]。书密偷看数[④]，情通破体新[⑤]。明言终未实，暗祝始应真[⑥]。枉道嫌偷药，推诚鄙效颦[⑦]。合成云五色[⑧]，宜作日中轮[⑨]。炉兽金涂爪[⑩]，钗鱼玉镂鳞[⑪]。渺弥三岛浪[⑫]，平远一楼春。堕髻还名寿[⑬]，修蛾本姓秦[⑭]。棹寻闻犬洞[⑮]，槎入饮牛津[⑯]。麟脯随重酿[⑰]，霜鳞间八珍[⑱]。锦囊霞彩烂，罗袜研光匀[⑲]。羞涩佯牵伴，娇饶欲泥人[⑳]。偷儿难捉搦，慎莫共比邻[㉑]。

【校注】

①"不"，《全唐诗》、吴校本均校："一作小"。碧瓦：青绿色的琉璃瓦。

②柳昏：谓溟蒙轻烟中的柳树。

③花烂：花朵灿烂开放。烁：闪耀，照耀。

④数：屡次。

⑤"情通"句：谓私情密约，出以隐语暗示，迥异寻常言说之具首尾。破体，即"破文体"，指文体、文之体性、风貌之变化。苑咸《酬王维》"为文已变当时体"，亦指文词而不指书法字体。"新"者，别创之意。

⑥"祝"，《全唐诗》、吴校本均校："一作嘱"。

⑦"嫌"，《全唐诗》、吴校本均校："一作兼"。按：应作"嫌"以与下句"鄙"对偶，作"兼"误。枉道：违背正道。偷药：《淮南鸿烈解·览冥训》："譬若羿请不死之药于西王母，恒娥窃以奔月。"高诱注："恒娥，羿妻。羿请不死之药于西王母，未及服之，恒娥盗食之，得仙，奔入月中，为月精。"推诚：

以诚心相待。《淮南子·主术训》:"块然保真,抱德推诚,天下从之,如响之应声,景之象形。"效颦:《庄子·天运》:"西施病心而矉其里,其里之丑人见而美之,归亦捧心而矉其里。其里之富人见之,坚闭门而不出;贫人见之,挈妻子而去之走。彼知美矉,而不知矉之所以美。"

⑧"色",韩集旧钞本下校:"本作彩"。云五色:即五色云,五色云彩,古人以为祥瑞。

⑨"作",玉山樵人本、统签本、屈抄本均作"在",韩集旧钞本下校:"本作在"。"日",玉山樵人本、统签本、屈抄本均作"月",《全唐诗》、吴校本均校:"一作月"。日中轮:即日轮,指太阳。日形如车轮而运行不息,故名。

⑩"炉",原作"照",韩集旧钞本、石印本《香奁集》均作"香",前者下校:"本作炉",《全唐诗》、吴校本均校:"一作炉"。今即据韩集旧钞本原本等改。"炉兽",与下句"钗鱼"对仗。炉兽:指兽形之熏香炉。

⑪"镂",韩集旧钞本作"缕"。"镂"是,"缕"非。钗鱼:钗上之鱼形镶饰物。传说佩之吉祥。

⑫渺弥:水流旷远貌。三岛,指传说中的蓬莱、方丈、瀛洲三座海上仙山。亦泛指仙境。

⑬堕髻:《后汉书·梁冀传》:"诏遂封冀妻孙寿为襄城君,兼食阳翟租。……寿色美而善为妖态,作愁眉,啼妆,堕马髻,折腰步,龋齿笑,以为媚惑。"李贤注引《风俗通》曰:"愁眉者,细而曲折。啼妆者,薄拭目下若啼处。堕马髻者,侧在一边。……始自冀家所为,京师翕然皆仿效之。"

⑭"蛾",韩集旧钞本作"娥"。按:应作"蛾","娥"为"蛾"之音误。"修蛾"与上句"堕髻"相对。"修蛾"句:修蛾,修长的眉毛。此指美女。白居易《忆旧遊》:"皋桥夕闹船舫回,修蛾慢脸灯下醉。"

⑮"棹寻"句:用陶渊明《桃花源记》典。棹,船桨,此处代指船。

⑯"槎人"句:乘槎穷河源,至天上得牛女支机石以还。见《博物志》、《癸辛杂识·前集·乘槎》等。

⑰麟脯:干麒麟肉。此指极为珍贵之佳肴。重酿:指味道醇厚的酒。

⑱"鳞",原作"华",误。玉山樵人本、韩集旧钞本、石印本《香奁集》均作"鳞",韩集旧钞本下校:"本作华"。今即据玉山樵人本、韩集旧钞本诸本

改。霜鳞：指鱼。鱼鳞色白，故称。间：间杂，夹杂。八珍：原指八种烹饪法。后以指八种珍贵食品。此处泛指珍馐美味。杜甫《丽人行》："黄门飞鞚不动尘，御厨络绎送八珍。"

⑲"裹"，玉山樵人本、统签本、屈抄本均作"衾"，《全唐诗》、吴校本均校："一作衾"。研光：此指罗袜碾亮光滑。

⑳"饶"，玉山樵人本、统签本、石印本《香奁集》均作"娆"。按："娇饶"通"娇娆"。娇娆：柔美妩媚。泥人：指使人留连、迷恋。泥，迷恋，留连。

㉑"共"，《全唐诗》、吴校本均校："一作近"。偷儿：此用韩寿偷香事。捉搦：捉拿，捕捉。

【汇评】

锺云：纤极害诗，即情艳亦自有妙理，不专以纤取艳也。必如此而后可以纤，纤亦不易言矣。取此一首，见诗不废纤。"碧瓦偏光日，红帘不受尘。柳昏连绿野，花烂烁清晨。书密偷看数"，谭云：情在数字。"情通破体新。明言终未实，暗祝始应真。枉道嫌偷药，推诚鄙效颦"，锺云："推诚"二字理语，人艳诗口妙。"合成云五色，宜在日中轮。照兽金涂爪，钗鱼玉缕鳞。渺弥三岛浪，平远一楼春。堕髻还名寿，修娥本性秦。棹寻闻犬洞，槎入饮牛津。鳞脯随重酿，霜华间八珍。锦衾霞彩烂，罗袜研光匀。羞涩佯牵伴"，谭云：不是一"佯"字，便是一味痴口，不解事女郎矣。（锺惺、谭元春辑《唐诗归》卷三十六晚唐四）

三

紫蜡融花蒂，红绵拭镜尘。①梦狂翻惜夜，妆懒厌凌晨②。茜袖啼痕数③，香笺墨色新④。从此不记。

【校注】

①"拭"，韩集旧钞本作"试"，下校："本作拭"，《全唐诗》、吴校本均校："一作试"。按：作"试"误。紫蜡：指蜡烛。花蒂：指烛花。

②"懒"，屈抄本作"好"，《全唐诗》、吴校本均校："一作好"。

③"啼"，韩集旧钞本下校："本作香"。茜袖：绛红色的衣袖。茜，绛红

色。啼痕数：谓泪痕稠密。数，细密；稠密。

④香笺：指精美的信笺。墨色新：谓书信刚写成。

倒押前韵

白下同归路①，乌衣枉作邻②。佩声犹隔箔③，香气已迎人。酒劝杯须满④，书羞字不匀。歌怜黄竹怨⑤，味实碧桃珍⑥。剪烛非良策⑦，当关是要津⑧。东阿初度洛⑨，杨恽旧家秦⑩。粉化横波溢⑪，衫轻晓雾春⑫。鸦黄双凤翅⑬，麝月半鱼鳞⑭。别袂翻如浪⑮，回肠转似轮⑯。后期才注脚⑰，前事又含颦⑱。纵有才难咏，宁无画逼真。天香闻更有⑲，琼树见长新⑳。斗草常更仆㉑，迷阄误达晨㉒。鬓花判不得㉓，檀注惹风尘㉔。

【题解】

此诗亦见于玉山樵人本、韩集旧钞本、统签本、屈抄本、吴校本、石印本之《香奁集》中。玉山樵人本、韩集旧钞本、统签本、屈抄本、石印本《香奁集》均作"第四倒押前韵"。

【校注】

①"白"，韩集旧钞本作"查"，统签本、《全唐诗》、吴校本均校"一作查"。"同归"，玉山樵人本、统签本、屈抄本均作"归同"，韩集旧钞本下校："本作归同"，《全唐诗》、吴校本均校："一作归同"。白下：在今江苏南京西北。唐移金陵县于此，改名白下县。后用为南京的别称。

②"枉"，屈抄本作"住"，《全唐诗》、吴校本均校："一作住"。乌衣：即乌衣巷。地名。在今南京秦淮河南。三国吴时在此置乌衣营，以士兵着乌衣而得名。东晋时王、谢等望族居此，因著闻。刘禹锡《乌衣巷》："朱雀桥边野草花，乌衣巷口夕阳斜。旧时王谢堂前燕，飞入寻常百姓家。"

③佩声：玉佩之声。佩，玉佩，古人佩带的饰物。箔：帘子。多以苇子或秫秸织成。

④"须"，《全唐诗》、吴校本均校："一作频"。

⑤黄竹怨：《穆天子传》卷五载，周穆王往苹泽打猎，"日中大寒，北风雨雪，有冻人，天子作诗三章以哀民"，首句为"我徂黄竹"。本为传说中的地名。后即用指周穆王所作诗名。其诗亦为后人伪托。李商隐《瑶池》："瑶池阿母绮窗开，《黄竹》歌声动地哀。"

⑥碧桃：指传说中西王母给汉武帝的仙桃。韩偓《荔枝》诗之一："汉武碧桃争比得，枉令方朔号偷儿。"

⑦剪烛：谓剔烛芯。语出李商隐《夜雨寄北》："何当共剪西窗烛，却话巴山夜雨时。"后以"剪烛"为促膝夜谈之典。

⑧当关：守关。李白《蜀道难》："剑阁峥嵘而崔嵬，一夫当关，万夫莫开。"要津：重要的津渡。亦比喻要害之地。

⑨"东阿"句：谓所咏女子如曹植所遇见之洛神宓妃。东阿，指三国魏曹植。植曾封为东阿王，故称。初度洛，《三国志·魏书·曹植传》载曹植被贬后，于黄初"四年，徙封雍丘王，其年朝京师"。时曹植作《洛神赋》，其《序》云："黄初四年余朝京师，还济洛川。古人有言，斯水之神名曰宓妃。感宋玉对楚王神女之事，遂作斯赋。"

⑩"杨恽"句：杨恽，《汉书》卷六十六云："恽，宰相子，少显朝廷。一朝以暗昧语言见废，内怀不服。《报会宗书》曰：'恽材朽行秽，文质无所底。幸赖先人馀业，得备宿卫。遭遇时变，以获爵位。终非其任，卒与祸会。'"其《报孙会宗书》又谓"臣之得罪已三年矣！田家作苦，岁时伏腊，烹羊炰羔，斗酒自劳。家本秦也，能为秦声。妇赵女也，雅善鼓瑟。奴婢歌者数人，酒后耳热，仰天拊缶而呼乌乌。"按：此句实如上首"修蛾本姓秦"之意，意谓女子如秦罗敷。

⑪"粉化"句：谓眼泪涌溢，以致脸上妆粉为泪水所融化。横波，比喻女子眼神流动，如水横流。

⑫"衫轻"句：谓衣衫轻盈，有如春晓之薄雾。

⑬鸦黄：古时妇女涂额的化妆黄粉。凤翅：妇女额上所画凤翅形的

妆饰。

⑭麝月：指月。南朝陈徐陵《玉台新咏》序："金星将婺女争华，麝月与嫦娥竞爽。"此谓鬓角所画半月形妆饰。半鱼鳞：谓半圆形，即半月形。

⑮"别袂"句：谓离别之衣袖扬起，有如翻涌之波浪。别袂，犹分袂。举手道别。

⑯回肠：比喻愁苦、悲痛之情郁结于内，辗转不解。

⑰后期：指约定后会之期。注脚：原指解释字句的文字。此处指解释、说明。

⑱含颦：谓皱眉。形容哀愁。

⑲天香：本乃芳香之美称。此处意为国色天香，喻指美女。唐李濬《松窗杂录》："上（唐文宗）颇好诗，因问修己曰：'今京邑传唱牡丹花诗，谁为首出？'修己对曰：'臣尝闻公卿间多吟赏中书舍人李正封诗曰：天香夜染衣，国色朝酣酒。'"

⑳琼树：原为仙树名，此处喻指美女。

㉑"常"，《全唐诗》、吴校本均校："一作当"，统签本作"长"。斗草：即斗百草。一种游戏。竞采花草，比赛多寡优劣，常于端午行之。白居易《观儿戏》："弄尘复斗草，尽日乐嬉嬉。"更仆，更番相代。杜甫《行官张望补稻畦水归》："更仆往方塘，决渠当断岸。"仇兆鳌注："以番次更代使之也。"

㉒"阄"，《全唐诗》、吴校本均校："一作途"。按：作"途"误。迷阄：拈阄。任取事先做好记号的纸片或纸团，以决定得什么或做什么。唐唐彦谦《游南明山》："阄令促传觞，投壶更联句。"

㉓"得"，《全唐诗》、吴校本均校："一作到"。齅花：嗅花。齅，用鼻子闻。《汉书·叙传上》："不絓圣人之罔，不齅骄君之饵。"颜师古注："齅，古嗅字也。"判：舍弃。元稹《遣春》诗之一："学问慵都废，声名老更判。"

㉔"注"，韩集旧钞本作"泣"，下校："本作注"。屈抄本作"炷"，《全唐诗》、吴校本均校"一作泪，一作桂，又作柱"。按：应作"注"，作"泣"、"炷"、"桂"、"泪"均误。"风"，玉山樵人本、统签本、石印本《香奁集》均作"芳"，韩集旧钞本下校："本作芳"，《全唐诗》、吴校本均校："一作芳"。檀注：指胭脂、唇膏一类的化妆用品。惹：沾染；染上。

　　叠韵始于韦庄《和薛先辈初秋寓怀二十韵》，凡三见。韩偓《无题》亦三首，其一首系倒押。自宋以后，势若履豨矣。（宋长白《柳亭诗话》卷三十《叠韵》）

　　《无题》四首作于早年，本无寄托，而致尧之诗格，却伏于此，固是《香奁集》之模范也。（震钧《香奁集发微》）

和韩致光侍郎无题三首十四韵

吴　融

一

　　珠佩元消暑，犀簪自辟尘。撚灯容燕宿，开镜待鸡晨。去懒都忘旧，来多未厌新。每逢忧是梦，长忆故延真。杏小双圆压（一作厣），山浓雨点皴。瘦难胜宝带，轻欲驭飙轮。馑凤金雕翼，钗鱼玉镂鳞。月明无睡夜，花落断肠春。解舞何须楚，能筝可在秦。怯探同海底，稀遇极天津。绿柰攀宫艳，青梅弄岭珍。管纤银字咽，梭密锦书匀。厌胜还随俗，无疑不避人。可怜三五夕，妩媚善为邻。

二

　　舞转轻轻雪，歌霏漠漠尘。漫游多卜夜，慵起不知晨。玉箸和妆裛，金莲逐步新。凤笙追北里，鹤驭访南真。有恨都无语，非愁亦有皴。戏应过蚌浦，飞合入蟾轮。杯样成言鸟，梳文解卧鳞。逢迎大堤晚，离别洞庭春。似玉曾夸赵，如云不让秦。锦收花上露，珠引月中津。木为连枝贵，禽因比翼珍。万峰酥点薄，五色绣妆匀。獭髓求鱼客，鲛绡托海人。

寸肠谁与达，洞府四无邻。

三

绮阁临初日，铜台拂暗尘。鹡鸰偏报晓，乌鸦惯惊晨。鱼网裁书数，鹍弦上曲新。病多疑厄重，语切见心真。子母钱征笑，西南月借颦。捣衣嫌独杵，分袂怨双轮。贝叶教丹觜，金刀寄赤鳞。卷帘吟塞雪，飞楫渡江春。解织宜名蕙，能歌合姓秦。眼穿回雁岭，魂断饮牛津。药自偷来绝，香从窃去珍。茗煎云沫聚，药种玉苗匀。草密应迷客，花繁好避人。长干足风雨，遥夜与谁邻。

四
倒次元韵

南陌来寻伴，东城去卜邻。生憎无赖客，死忆有情人。似束腰支细，如描发彩匀。黄鹂裁帽贵，紫燕刻钗珍。身近从淄右，家元接观津。雨台谁属楚，花洞不知（一作如）秦。泪滴空床冷，妆浓满镜春。枕凉敧琥珀，簟洁展麒麟。茂苑廊千步，昭阳扇九轮。阳城迷处笑，京兆画时颦。鱼子封笺短，蝇头学字真。易判期已远，难讳事还新。艇子愁冲夜，骊驹怕拂晨。如何断岐路，免得见行尘。

闺　情①

轻风滴砾动帘钩②，宿酒犹酣懒卸头③。但觉夜深花有露，不知人静月当楼。何郎灯暗谁能咏④，韩寿香焦亦任偷⑤。

敲折玉钗歌转咽，一声声作两眉愁⑥。

【题解】

《韩偓年谱》据汲古阁本《香奁集》此诗题下"癸酉年在南安县作"小注而系于后梁乾化三年癸酉。按此诗题下诸本均未有此小注，汲古阁本此小注之来历可疑。且此诗之情调亦不合乾化三年诗人之处境心态，故此小注聊备一说，未可遽信。

此诗震均《韩承旨年谱》、《韩偓年谱》均据汲古阁刻本《香奁集》此诗下小注"癸酉年在南安县作"而系于乾化三年(913)，然汲古阁刻本《韩内翰别集》亦收此诗，题为《夜闺》，但无此小注。又据此诗诗情及大多数韩偓集版本收于《香奁集》，且无此小注，则此小注恐不可信。故震钧《韩承旨年谱》系于后梁乾化三年，且谓"《闺情》一首，与集中《感旧》一首相应，皆为座主赵崇也。《感旧》有'指座恩深刻寸肠'句，又有'入室故僚零落尽'句。《闺情》'何郎烛暗'，用何逊与亲故别事。'韩寿香焦'，用贾充婿韩寿事。皆《感旧》意也"。所说当不可信。此诗乃代女子抒发闺情之作，盖诗人早年所作。黄世中《韩偓其人及"香奁诗"考索》以为乃写诗人早年与李氏女恋爱情事，中云："最后他(她)们终于冲破阻力，欢会在一起。这有《自负》、《意绪》、《闺情》、《惜春》、《春恨》、《春尽》、《春尽日》、《欲明》以及两首《五更》(五、七言各一首)共十首可以为证。那是诗人学韩寿偷香而'半夜潜身入洞房'(《五更》)的。《闺情》云：'韩寿香焦亦任偷'。《自负》诗就更明白说出他(她)们的欢会共有三次：'偷桃三度到瑶台'。但是，或许这第三次的私遇为阻绝者(如长辈)发觉，立即采取措施，隔断了他(她)们的来往。所以《五更》诗末云：'光景旋消惆怅在，一生赢得是凄凉'。"所说可参。

【校注】

①此诗韩集旧钞本、汲古阁本、麟后山房刻本收于正集，吴校本正集与《香奁集》两收，玉山樵人本、统签本、屈抄本、石印本之《香奁集》均收入此诗，韩集旧钞本《香奁集》亦收入，题为《闺情》。韩集旧钞本、汲古阁本、麟后山房刻本、吴校本诗题均作《夜闺》，统签本、《全唐诗》、吴校本题下均校："一作夜闺"。石印本《香奁集》诗题下小注："癸酉年在南安县作"。

②“滴”，《全唐诗》、吴校本均校：“一作的”。按：作“的”误。“砾”，《全唐诗》、吴校本均校：“一作烁”。按：作“烁”误。滴砾：象声词。

③“犹”，《全唐诗》、吴校本均校：“一作从”。按：作“从”误。“宿酒犹酹懒”，韩集旧钞本、汲古阁本、麟后山房刻本、吴校本均作“犹自酽酹未”，《全唐诗》、吴校本均校：“一作犹自酽酹未”，石印本《香奁集》作“宿酒初醒懒”。此句统签本校：“一作犹自慵酹未卸头”。宿酒：犹宿醉。白居易《早春即事》：“眼重朝眠足，头轻宿酒醒。”卸头：妇女卸去头上的装饰。

④“灯”，原作“烛”，石印本《香奁集》亦作“烛”。韩集旧钞本、汲古阁本、麟后山房刻本、吴校本均作“灯”，统签本、《全唐诗》、吴校本均校：“一作灯”。又何逊原诗为“晓灯暗离室”，故今据韩集旧钞本、汲古阁本等改。“何郎灯暗”句：何郎，即南朝梁何逊，传见《梁书》卷四十九、《南史》卷三十三。其《临行与故游夜别》诗云：“历稔共追随，一旦辞群匹。复如东注水，未有西归日。夜雨滴空阶，晓灯暗离室。相悲各罢酒，何时同促膝。”

⑤“寿”，《全唐诗》、吴校本均校：“一作掾”，石印本《香奁集》作“掾”。“焦”，玉山樵人本、统签本、屈抄本均作“销”，韩集旧钞本、汲古阁本均作“燋”，统签本校：“一作燋”，《全唐诗》、吴校本均校：“一作销”。“韩寿”句：此用韩寿偷香事。

⑥“作”，玉山樵人本、韩集旧钞本、统签本、屈抄本、汲古阁本、麟后山房刻本、吴校本、石印本《香奁集》均作“人”，韩集旧钞本《香奁集》作“作”，下校：“本作人”，《全唐诗》、吴校本均校：“一作人”。

【汇评】

何郎烛，用何逊与亲故别事。韩寿香，用贾充事。似是追忆座主赵崇而作，与正集《感旧》一首意同。（震钧《香奁集发微》）

自　负

人许风流自负才，偷桃三度到瑶台①。至今衣领胭脂在，曾被谪仙痛斮来②。

【题解】

此诗亦收于吴校本之《香奁集》中。徐复观《韩偓诗与香奁集论考》谓"《自负》诗很粗率,不似偓诗;这都可以推断定其由后所增补,其出于韩偓的可能性甚少"。所说理由证据不足,难于凭信。此诗乃回忆自身为所爱女子深爱之事,颇有自矜之意,故首二句即谓"人许风流自负才,偷桃三度到瑶台",且以后二句直记为女子所亲爱事。黄世中亦据此诗,谓诗人曾有与李氏女子相恋之情事。

【校注】

①"偷桃"句:佚名《汉武故事》:"东郡送一短人,长七寸,衣冠具足。上疑其山精,常令在案上行,召东方朔问。朔至,呼短人曰:'巨灵,汝何忽叛来,阿母还未?'短人不对,因指朔谓上曰:'王母种桃,三千年一作子,此儿不良,已三过偷之矣,遂失王母意,故被谪来此。'上大惊,始知朔非世中人。"瑶台,指传说中的神仙居处,据说西王母居此。晋王嘉《拾遗记》卷十《昆仑山》:"昆仑山有昆陵之地,其高出日月之上。山有九层,每层相去万里。有云色,从下望之,如城阙之象。四面有风,群仙常驾龙乘鹤,游戏其间。……第九层山形渐小狭,下有芝田蕙圃,皆数百顷,群仙种耨焉。傍有瑶台十二,各广千步,皆五色玉为台基。"李商隐《无题》:"如何雪月交光夜,更在瑶台十二层。"

②谪仙:此处喻指所恋之女子。痛龁来,此谓衣领被所恋女子狠狠咬过,此乃表示爱极之意。龁,用牙齿咬啮或用上下齿把东西紧紧夹住。《汉书·食货志上》:"罢夫羸老,易子而龁其骨。"颜师古注:"龁,啮也。"韩愈《答孟郊》:"见倒谁肯扶?从嗔我须龁。"

日　高

朦胧犹记管弦声①,嚛疼馀寒酒半醒②。春暮日高帘半卷,落花和雨满中庭。

【题解】

此诗汲古阁本收于《补遗》中、麟后山房刻本亦收,诗题作"已凉"。此诗亦见于玉山樵人本、统签本、屈抄本、吴校本之《香奁集》中,韩集旧钞本《香奁集》则未收。诗咏因宿醉晚起,时虽晚春,然因酒未全醒而尚觉寒颤。而于醉意蒙眬间,仿佛昨夜宴饮间之管弦乐声,犹萦绕于耳。此时窗帘半卷,满眼正是春日高照,而落花沾着昨夜的雨滴,撒满庭院中,不禁令人顿起伤春叹逝之情。情寓景中,诗情蕴藉深婉,乃此诗之魅力所在。尤其是末两句,于景色渲染描绘中,寄寓情思,诚抒情写景之佳句。

【校注】

①"犹记",玉山樵人本、统签本、嘉靖洪迈本、屈抄本、汲古阁本均作"犹认"。

②"痄",统签本、麟后山房刻本、吴校本均作"疖",中华书局《全唐诗》编校者改为"疖"。按:原作"噤痄"可不改,其意同"噤疖"。噤痄:闭口寒战。痄,《说文》:"寒病也"。噤疖,亦闭口寒战貌。

夕　阳

花前洒泪临寒食,醉里回头问夕阳。不管相思人老尽,朝朝容易下西墙①。

【题解】

此诗汲古阁本收于《韩内翰别集补遗》中,亦见于玉山樵人本、统签本、屈抄本、吴校本《香奁集》中,韩集旧钞本则未见。诗写临近寒食节,对花而回首往年情事,不禁伤情。诗中感时伤逝,情思绵缈,大有令人不堪之意。细味其中情事,当与诗人早年情事有关。黄世中《韩偓其人及"香奁诗"本事考索》以为韩偓年轻时曾与一李姓女子相恋,其中考索云:"首先,关于爱情发生的时间。三月寒食日当是他(她)们相遇定情、互诉衷曲的日子。上篇七律之题目(按:指《寒食日重游李氏园亭有怀》)首揭'寒食日',即可为据。此外《集》中直接点出'寒食'并有恋情寄托或忆念者尚有八首:《寒食夜》《夜深》(一作《寒食夜》)、《寒食夜有寄》、《想得》、《夕阳》、《避地寒食》、《三月》、《寒食日沙县雨中看蔷薇》(后三首在《翰林集》)。连前篇共有九首。看来诗人每逢寒食日即忆及其人,并摅其相思哀怨之作。如《寒食夜》云:'正是落花寒食夜,夜深无伴倚南楼'。《寒食夜有寄》云:'风流大抵是怅怅,此际相思必断肠'。《夕阳》云:'花前洒泪临寒食,醉里回头问夕阳。不管相思人老尽,朝朝容易下西墙'。《想得》云:'两重门里画堂前,寒食花枝月午天',这当然是一次未成眷属的爱情,所以叹夜深无伴,此际相思,感花前洒泪,缠绵哀怨。"所说可参研。

【校注】

①下西墙:此谓夕阳西下。

旧　馆

　　前欢往恨分明在,酒兴诗情大半亡。还似墙西紫荆树①,残花摘索映高塘②。

【题解】

　　此诗未见于玉山樵人本、统签本、韩集旧钞本《香奁集》,而屈抄本、吴校本《香奁集》均收入。汲古阁本则收于《韩内翰别集补遗》中。诗题为"旧馆",又云"前欢往恨分明在",寻味其诗旨,盖回首往年在此旧馆所经历之事而生发之慨叹。谓"酒兴诗情大半亡",则此旧馆往昔之事,乃曾激发其浓郁之"酒兴"与"诗情"者。且此种情感既有欢乐亦有遗憾,其中之往事至今犹历历在目耳。可叹今重来此旧地,往日之"酒兴诗情"已大半消逝,犹如那凋零将尽之紫荆花朵,尚瑟瑟缩缩于墙西头之枝头上。此往日发生于旧馆之刻骨铭心之事究是何事?黄世中《韩偓其人及"香奁诗"本诗考索》以为乃诗人早年与李氏女子恋爱而遭阻绝之事,此事在韩偓诗中多有涉及，其中谓"此外如《青春》、《春恨》、《中春忆赠》、《旧馆》、《有忆》、《两处》……等皆是……所咏实同一情事，其所怀皆为李氏女一人。"

【校注】

①"似"，玉山樵人本、统签本、屈抄本《香奁集》均作"是"。紫荆树：树名。落叶乔木或灌木。叶圆心形，春开红紫色花。供观赏。树皮、木材、根均可入药。

②"摘"，屈抄本作"萧"，《全唐诗》、吴校本均校："一作萧"。摘索：犹言瑟缩。韩偓《清兴》："阴沈天气连翩醉，摘索花枝料峭寒。"

中春忆赠①

年年长是阻佳期②，万种恩情只自知。春色转添惆怅事③，似君花发两三枝。

【题解】

此诗乃春中忆念所恋女子之作。从诗中可知，两人间确有"万种恩情"萦绕于诗人心头，然而可恨的是两人间之佳期常为所阻，而成心头难于释怀之惆怅。此真无可奈何之事也！此难于明言之惆怅事，或如黄世中《韩偓其人及"香奁诗"本事考索》所谓诗人早年与李氏女相恋而被阻拦未果之事。

【校注】

①此诗屈抄本、《全唐诗》、吴校本均收入《香奁集》，而玉山樵人本、韩集旧钞本、统签本、石印本《香奁集》均未收入《香奁集》。汲古阁本则收于《韩内翰别集补遗》中。中春：中春有二义，一指农历二月十五日。这天是春季的正中，故称。二指春季的第二个月。

②佳期：此指相恋中男女幽会之日子。

③"事"，玉山樵人本、统签本、屈抄本、汲古阁本均作"望"，《全唐诗》、吴校本均校："一作望"。

春　恨

残梦依依酒力馀①，城头画角伴啼乌②。平明未卷西楼幕③，院静时闻响辘轳④。

【题解】

此诗韩集旧钞本、汲古阁本、麟后山房刻本、吴校本均收于正集，而玉山樵人本、统签本、屈抄本、吴校本收入《香奁集》。诗以酒后晨兴所闻之声响光景，抒发梦后之"春恨"。"城头"句，谓清晓来临，打破依依残梦，有好梦惊醒之恨，恰似金昌绪《春怨》"打起黄莺儿，莫教枝上啼。啼时惊妾梦，不得到辽西"之意绪。末句"院静时闻响辘轳"，写听闻院中汲水声，已是清晨，亦有比喻情思如辘轳般反复上下之意。盖辘轳本有车轮义，清周龙藻《陇头水》云："人言此水声声别，尽是征夫眼中血，万古千秋共鸣咽。鸣咽声，流未已；辘轳声，行不止。"由此引申喻反复翻滚之心情，清俞蛟《潮嘉风月记·丽品》云："然以学使尊严，何敢邃为毛遂，辘轳中，莫可排解者累日矣。"

【校注】

①"馀"，汲古阁本作"赊"，下校："一作馀"。依依：此处为依稀隐约貌。陶潜《归园田居》诗之一："暧暧远人村，依依墟里烟。"宋张先《菩萨蛮·七夕》词："斜汉晓依依，暗蛩还促机。"酒力馀：谓酒力衰减。

②"画角"，韩集旧钞本、统签本、汲古阁本、麟后山房刻本、吴校本均作"鹎鴂"，韩集旧钞本、汲古阁本、麟后山房刻本、吴校本下均校："一作画角"。《全唐诗》校："一作鹎鴂"。《唐诗纪事》卷六十五作"批颊"。画角：古管乐器，传自西羌。形如竹筒，本细末大，以竹木或皮革等制成，因表面有彩绘，故称。发声哀厉高亢，古时军中多用以警昏晓，振士气，肃军容。李白《出自蓟北门行》："风紧旌旗飐，凋伤画角悲。"

③"未"，韩集旧钞本、统签本、汲古阁本、麟后山房刻本、吴校本作

"乍",《全唐诗》校:"一作乍"。平明:犹黎明。天刚亮的时候。

④"时",韩集旧钞本、《唐诗纪事》卷六十五、统签本、屈抄本、汲古阁本、麟后山房刻本、吴校本均作"初"。"响",韩集旧钞本、《唐诗纪事》卷六十五、统签本、屈抄本、汲古阁本、麟后山房刻本、吴校本均作"放"。辘轳:利用轮轴原理制成的井上汲水的起重装置。

【汇评】

子规,人但知其为催春归去之鸟,盖因其声曰"归去了",故又名"思归鸟",而不知亦为先春而鸣之鸟。《史记·历书》:"百草奋兴,子规先噪。"索隐曰:"子规春气发动,则先出野泽而鸣是也。"韩致光《春恨》:"残梦依依酒力馀,城头批颊伴啼乌。"批颊鸟即鹎鵊也,催明之鸟。隋炀帝诗:"笑劝上林中,除却司晨鸟。"司晨鸟即唤起也。(田艺衡《留青日札》卷三十一)

《丁丑送春唱和诗序》:……亦知某某寄情婉转,措语低徊。或似病而还愁,且因伤而致惜(按六朝三唐诗人,有春病、伤春、春愁曲、惜春曲等题)。韩偓之"依依残梦",恨可能消(韩偓《春恨》:残梦依依酒力微);襄阳之"处处闻啼",眠偏易觉。(章藻功《思绮堂文集》卷四)

秋 千

池塘夜歇清明雨,绕院无尘近花坞①。五丝绳系出墙迟②,力尽才瞵见邻圃③。下来娇喘未能调④,斜倚朱阑久无语。无语兼动所思愁,转眼看天一长吐⑤。

【题解】

此诗亦收入吴校本《香奁集》。《全唐诗》、吴校本题下均校:"以下三首本集不载"。所谓以下三首即本诗与《长信宫二首》。诗咏女子清明时节打秋千之场面与情思,颇为生动传神。黄世中《韩偓其人及"香奁诗"本事考索》以为韩偓诗中之"寒食"、"秋千"等诗多与其早年与李氏女相恋事有关,其中谓"《集》中虽未直接点出'寒食'而写到'秋千',实际上与'寒食诗'所咏同一情事的诗尚有八首。如《效崔国辅体》云：'独立俯闲阶，风动秋千索'。《后魏时相州人作李波小妹歌》云：'海棠花下秋千畔，背人撩鬓道匆匆'。又《闺怨》云：'初圻秋千人寂寞，后园青草任他长'。《偶见》云：'秋千打困解罗裙，指点醒酺索一尊'。更有一首以《秋千》为题的古体，直接描写'那人'打了秋千后'下来娇喘未能调，斜倚朱栏久无语'的情景。看来，诗人与所恋自始即未能谐，其原因当不在爱恋双方本身，恐在于外力的干预。所以才又写到'那人'下了秋千斜倚朱栏不说一句话，心中十分哀愁而不便言明，只好对天长叹的情景：'无语兼动所思愁，转眼看天一长吐'。观察入微，表现细贴。末一句'转眼看天一长吐'，以景结情，宕出远神，极其含蓄。"所说可参。

【校注】

①花坞：四周高起中间凹下的种植花木的地方。南朝梁武帝《子夜四时歌·春歌之四》："花坞蝶双飞，柳堤鸟百舌。"

②五丝绳：五色丝拧成的绳索。此处指系秋千的彩色绳索。五丝，南朝梁简文帝《七励》："五丝擅美，独茧称华。"

③"瞵"，吴校本《香奁集》作"怜"。按：作"怜"误。瞵：视貌。瞪眼看。《说文解字》："瞵，目精也。"《文选·潘岳〈射雉赋〉》："奋劲骹以角槎，瞵悍目以旁睐。"徐爰注："瞵，视貌。"邻圃：指旁临的园地。圃，园地。《左传·哀公十五年》："舍于孔氏之外圃。"杜预注："圃，园。"

④调：调理，调息。汉陆贾《新语·道基》："调气养性，仁者寿长。"

⑤吴校本此句作"转眼看天"，下注："缺三字"。一长吐：长长吐出一口气。此处指因愁闷而长叹。

松　洋　洞①

微茫烟水碧云间，挂杖南来渡远山。冠履莫教亲紫阁②，
袖衣且上傍禅关③。青邱有地蓁苓茂④，故国无阶麦黍繁⑤。
午夜钟声闻北阙⑥，六龙绕殿几时攀⑦。

【题解】

《韩偓年谱》系于后梁末帝乾化三年癸酉(913)。此诗乃韩偓贬官后南寓泉州南安县,某日游松洋山松洋洞所咏。诗中"冠履莫教亲紫阁,袖衣且上傍禅关"两句,乃表不愿复官,不与后梁政权同流合污之意。诗人此时,依然伤悼故国之衰亡,故有"故国无阶麦黍繁"之叹。末两句则依恋故君故国之思,可谓始终忠心于李唐,至死不改初衷也。

【校注】

①此诗见于陈澍辑,张大川补刊之《螺阳文献》附录《十八峰传墨》卷二《七言律》中。此书乃光绪癸未年开雕,宣统己酉补刊,乃泉州城内上峰二铭馆藏板。又见高文显《韩偓》一书所附"韩诗(弘一大师真迹)"影页。弘一大师所写诗题"松洋洞",下有小注:"在松洋山";在"唐韩偓"下小注云:"载《螺阳文献》"。此诗后弘一大师署云:"戊寅春残与胜进居士游惠水获此诗,为书之。"高文显《韩偓·跋》中记此事云:"是年暮春,我又伴他(按:指弘一法师)往游惠安,我于无意中在图书馆里披阅《螺阳文献》,获得韩偓《题松洋洞》(惠安县城南)的逸诗一首,抄给老人看时,他马上戴起眼镜来,重新写成一中堂给我,作为游惠水的纪念。"又邓小军《韩偓年谱》于后梁末帝乾化三年癸酉(913)下谓:韩偓"游晋江松洋山松洋洞(宋以后地属惠安县),亦有题诗。《八闽通志》卷一《地理·建置沿革》泉州府惠安县:'本唐晋江县地,宋太平兴国六年析置惠安县,属泉州。元仍旧,国朝因之。'《闽书》卷十《方域志·泉州府·惠安县》:'在郡东北。东抵海,西抵晋江,南抵海,北抵仙游。'清嘉庆《惠安县志》卷六《山川》:'松洋山,北接九峰,乃邑山之最高者。有洞,仅容一人侧入,其中廓然,容二三百人。洞口石罅有老藤,直垂三丈馀,入者縋以下。不枯,亦不萌。宋元末,居民避乱于此。'又卷三十《寓贤·唐韩偓》:'韩偓,字致光,一云致尧,小名冬郎,京兆万年人。擢进士第,佐河中幕府,左拾遗、谏议大夫、翰林学士、中书舍人,迁兵部侍郎。忤朱全忠,贬濮州司马。避地入闽,居松洋洞。有诗云(录如下)。'题松洋洞诗:'微茫烟水碧云间,拄杖南来渡远山。冠冕莫教视紫阁,衲衣且上傍禅关。青丘有地榛苓茂,故园无阶麦黍繁。午夜钟声闻北阙,六龙绕

殿几时攀。'按：此是偓诗风格，当为偓作。"据此，应为韩偓诗。

②冠履：帽与鞋。此处以冠履代指自身。紫阁：金碧辉煌的殿阁。此处用指首都宫阙。

③禅关：禅门。李白《化城寺大钟铭》："方入于禅关，睹天宫峥嵘，闻钟声琐屑。"

④青邱：即青丘。一谓传说中的海外国名。《吕氏春秋·求人》："禹东至榑木之地，日出、九津、青羌之野……鸟谷、青丘之乡，黑齿之国。"《山海经·海外东经》："朝阳之谷……青丘国在其北，其狐四足九尾。"郝懿行疏引服虔曰："青丘国，在海东三百里。"陶潜《读〈山海经〉》诗之十二："青丘有奇鸟，自言独见尔。"此处用指边远蛮荒之国。榛苓：榛木与苓草。《诗·邶风·简兮》："山有榛，隰有苓，云谁之思？西方美人。"孔颖达疏："山之有榛木，隰之有苓草，各得其所。"朱熹集传："贤者不得志于衰世之下国，而思盛际之显王，故其言如此。"后因以"榛苓"喻指贤者各得其所的盛世。

⑤麦黍繁：即禾黍繁之意。麦黍，《诗·王风·黍离》序："《黍离》，闵宗周也。周大夫行役至于宗周，过故宗庙宫室，尽为禾黍。闵宗周之颠覆，彷徨不忍去而作是诗也。"后以"禾黍"为悲悯故国破败或胜地废圮之典。许浑《金陵怀古》："楸梧远近千官冢，禾黍高低六代宫。"

⑥北阙：宫殿北面的门楼，是臣子等候朝见或上书奏事之处。

⑦六龙：天子的车驾为六马，马八尺称龙，因以为天子车驾的代称。

闻再除戎曹依前充职①

岂独鸱夷解归去②，五湖渔艇且馎糟③。

【题解】

《韩偓年谱》唐昭宗天祐三年丙寅："本年，复召还故官（此是朱全忠之第二次复召），偓仍不赴。有诗云：'岂独鸱夷解归去，五湖渔艇且馎糟。'自注：'闻再除戎曹，依前充职。'"又引明何乔远《闽书》卷八《方域志·泉州府·南安县·山·葵山》唐翰林承旨韩偓条云:"昭宗既弑,哀宗复召为学士,偓不敢入朝。挈族依王审知寄居南安。三年,复有前命,偓复辞,为诗曰:'岂独鸱夷解归去,五湖渔艇且铺糟。'是年,朱全忠篡唐为梁。"又引《十国春秋》卷九十五《韩偓传》:"天祐三年,复有前命,偓又辞,为诗曰:'岂独鸱夷解归去,五湖渔艇且铺糟。'"《韩偓年谱》按云:"天祐三年复召月份不详,参证下列偓《两贤》、《再思》二诗,当在本年至福州之后。《闽书》谓'是年朱全忠篡唐为梁'则误,朱全忠篡唐是在明年。'岂独鸱夷'二句为逸句,此诗全章已佚。"按:此二句诗元马端临《文献通考》卷二百四十三"韩偓诗二卷、香奁集一卷"下引叶石林云:"其后又有丁卯年正月闻再除戎曹依前充职诗,末句云'岂独鸱夷解归去,五湖鱼艇且铺糟',天祐四年也。是尝两召皆辞,《唐史》止书其一。是岁四月,全忠篡,其召自哀帝之世,自后复召。"叶石林此处已言此二句诗乃《闻再除戎曹依前充职》诗中末两句,且年代为"丁卯年正月"作,亦即唐哀帝天祐四年丁卯(907)正月,是时朱全忠尚未篡唐为梁。则《十国春秋》、《闽书》所载"天祐三年"误。可知此诗乃天祐四年丁卯(907)正月作。

据《文献通考》引宋叶石林之说,知为天祐四年正月闻再召复官而作。诗人前此已被召复官,其时已赋诗抒志云"宦途崄巇终难测,稳泊渔舟隐姓名"、"若为将朽质,犹拟杖于朝"。而今又有此诗之作,可见始终不与篡唐之朱温同流合污,其效学范蠡归遁之意已决,可谓"忠义之气,发乎情而见乎词,遂能风骨内生,声光外溢"(纪昀《书韩致尧翰林集后》)。

【校注】

①按两句诗乃残句。原收于《全唐诗》卷六八三《韩偓集》四,以残句收于《韩偓集》末,并在此两句下小注"闻再除戎曹依前充职"。统签本卷七一一于《李太舍池水玩红薇醉题》诗后即录此两句诗,题为"闻再除戎曹依前充职",下注"阙"。此二残句今最早见于元马端临《文献通考》卷二百四十三"韩偓诗二卷、香奁集一卷"下引宋人叶石林语云:"其后又有丁卯年正月闻再除戎曹依前充职诗,末句云'岂独鸱夷解归去,五湖鱼艇且铺糟',天祐四年也。"戎曹:指兵部。韩偓被贬前曾任兵部侍郎、翰林学士承旨。

②鸱夷解归去:鸱夷,即鸱夷子皮(范蠡)。《史记·越王勾践世家》:

"范蠡事越王勾践，既苦身戮力，与勾践深谋二十馀年，竟灭吴，报会稽之耻，北渡兵于淮以临齐、晋，号令中国，以尊周室，勾践以霸，而范蠡称上将军。还反国，范蠡以为大名之下，难以久居，且勾践为人可与同患，难与处安，为书辞勾践曰：'臣闻主忧臣劳，主辱臣死。昔者君王辱于会稽，所以不死，为此事也。今既以雪耻，臣请从会稽之诛。'勾践曰：'孤将与子分国而有之。不然，将加诛于子。'范蠡曰：'君行令，臣行意。'乃装其轻宝珠玉，自与其私徒属乘舟浮海以行，终不反。……范蠡浮海出齐，变姓名，自谓鸱夷子皮，耕于海畔，苦身戮力，父子治产。"索隐注释"鸱夷子皮"谓"范蠡自谓也。盖以吴王杀子胥而盛以鸱夷，今蠡自以有罪，故为号也。韦昭曰'鸱夷，革囊也'。或曰生牛皮也。"杜牧《杜秋娘诗》："西子下姑苏，一舸逐鸱夷。"

③五湖：此指太湖。铺糟：饮酒；吃酒糟。此处比喻屈志从俗，随波逐流。语出《楚辞·渔父》。元稹《送东川马逢侍御使回十韵》："饯筵君置醴，随俗我铺糟。"

【汇评】

《韩偓传》自贬濮州司马后，载其事即不甚详。其再召为学士，在天祐二年。吾家所藏偓诗虽不多，然自贬后，皆以甲子历历自记其所在，有乙丑年在袁州得人贺复除戎曹依旧承旨诗，即天祐二年也。昭宗前一年已弑，盖哀帝之命也。末句云"若为将朽质，犹拟杖于朝"。固不往矣！其后又有丁卯年正月闻再除戎曹依前充职诗，末句云"岂独鸱夷解归去，五湖鱼艇且铺糟"，天祐四年也。是尝两召皆辞，《唐史》止书其一。是岁四月，全忠篡，其召自哀帝之世，自后复召。则癸酉年南安县之作，即梁之乾化二年，时全忠亦已被弑，明年梁亡。其两召不行，非特避祸，盖终身不食梁禄，其大节与司空表圣略相等。惜乎，《唐史》不能少发明之也！（马端临《文献通考》卷二百四十三"韩偓诗二卷、香奁集一卷"提要引宋叶石林语）

昭宗既弑，哀宗复召为学士，偓不敢入朝。挈族依王审知寄居南安。三年，复有前命，偓复辞，为诗曰："岂独鸱夷解归去，五湖渔艇且铺糟。"是年，朱全忠篡唐为梁。（何乔远《闽书》卷八《方域志·泉州府·南安县·山·葵山·唐翰林承旨韩偓》）

天祐三年,复有前命,偓又辞,为诗曰:"岂独鸥夷解归去,五湖渔艇且铺糟。"已而梁篡唐,乾化三年,复召,亦辞不往。(吴任臣《十国春秋》卷九十五《韩偓传》)

余次南安时,偶忆韩偓诗曰:"岂独鸥夷解归去,五湖渔艇且铺糟",吟未毕而涕泗交集,自亦不知其何所为也。(谢坤《春草堂诗话》卷二)

句　联

千寻瀑布如飞练,一簇人烟似画图[①]。

【题解】

明何乔远《闽书》卷十二《方域志》永春县:"马跳风山。高崖壁立,瀑布下垂,前仅小石桥可渡,桥名马跳。旧传未桥时,民避贼者,骑马至此,马跃而遇,因以名桥,亦以名山。宋绍兴中,邑人陈知柔改建,易名曰高骞。旧有留题:'千寻瀑布如飞练,一簇人烟似画图。'"(福建人民出版社1994年6月版,第一册,第281页)清郑一崧《永春州志》卷二山川志:"马跳风山有巨石,中空,似另嵌入一石,撼之可动,石壁上镌'一夫关'三字。《闽书》:'高崖壁立,瀑布下垂,……旧有留题:千寻瀑布如飞练,一簇人烟似画图。'(或云二语乃朱子题陈岩者。以陈岩有石柱,东映白水漈,南望万家烟也。未知孰是。)"(乾隆五十二年刊本,第五页;台北成文出版社《中国方志丛书·华南地方》第222号,福建第42种,第137页)郑翘松《永春县志》卷十七艺文志(附金石):"陈岩山有石柱,刻一联云:'千寻瀑布如飞练,一簇人烟似画图'。宋朱子所书也。"(民国十九年铅印本;台北成文出版社《中国方志丛书·华南地方》第231号,福建第51种,第584页)1939年,弘一法师致函高文显云:

永春陈山岩之"一簇人烟入画图"之楹联石刻。《永春县志》误作朱晦翁题,前李芳远童子亲至陈山岩寻觅,见石刻署款之处,原有"玉山樵人"之名,竟为他人涂去,复改刻晦翁之名。童子归而检阅《人名

大辞典》,乃知"玉山樵人"即偓之别字也。(林子青《弘一法师书信》,
生活·读者·新知三联书店,1990 年 6 月,第 278 页)

发现此联为韩偓之诗者,李芳远(1924－1981),福建永春人,家居厦门鼓浪
屿。时弘一法师卓锡鼓浪屿日光岩,偶与其邂逅,奇其幼慧,常相往来,故
称为李芳远童子。弘一法师寂后,集其遗文,编成《弘一大师文钞》一册。
1943 年入私立福建学院,获法学学士学位。1947 年任厦门鼓浪屿中山图
书馆馆长。后去香港从事文化工作。1949 年回内地。五十年代中期到北
京为人民文学出版社编校笺注古籍。"文革"中归闽。著述有诗集《大方广
室诗存》、《人民》;专著《香奁集研究》及《韩偓全集浅注》、《香奁集疏注》、
《香奁集索引》、《六朝诗词选注》、《离骚经异义录》、《离离斋诗话》、《空照庵
诗话》、《南山本行记》、《展谷幽先录》、《晴翠山庄随笔》、《弘一大师本行
记》。事见陈全忠《我所知道的李芳远先生》(收入中国人民政治协商会议
厦门市鼓浪屿区委员会编《鼓浪屿文史资料》第六辑,2001 年 1 月)。

【校注】

①据高文显《韩偓》一书录入。高文显《韩偓·跋》记:"不久我背着他
(按:指弘一法师)往南洋(他是不许我去的),他对韩偓的遗事,仍旧很注
意,屡次来信,催促我重新抄录。同时还送给我他到永春后所听到的关于
韩偓的遗迹,他说在陈山岩有韩偓所写的对子,写的是"千寻瀑布如飞练,
一簇人烟似画图",他很希望能将石刻拓起来,"以此拓本张诸座右,不啻与
偓晤谈也。"

即席送李义山丈

连宵侍坐徘徊久①。

【题解】

诗题据《李义山诗集》卷中《韩冬郎即席为诗相送,一座尽惊。他日余
方追吟"连宵侍坐徘徊久"之句,有老成之风,因成二绝寄酬,兼呈畏之员

外》诗而拟。诗句乃韩偓十岁——唐宣宗大中五年(851),与其父韩瞻饯送李商隐时所赋。全诗已佚,仅存此句。周祖譔《关于韩偓集的几个问题》云:"可称是货真价实的佚句"。

【校注】

①李商隐《韩冬郎即席为诗相送,一座尽惊。他日余方追吟"连宵侍坐徘徊久"之句,有老成之风,因成二绝寄酬,兼呈畏之员外》:"十岁裁诗走马成,冷灰残烛动离情。桐花万里丹山路,雏凤清于老凤声";"剑栈风樯各苦辛,别时冰雪到时春。为凭何逊休联句,瘦尽东阳姓沈人。"

附编一

以下所收十首诗,均见于《全唐诗·韩偓集》。除《大酺乐》一诗又作张祜、薛奇童诗,尚难确定作者外,其馀九首均非韩偓诗。为存《全唐诗·韩偓集》原貌,附编于此。

大庆堂赐宴元玚而有诗呈吴越王①

非为亲贤展绮筵,恒常宁敢恣游盘②。绿搓杨柳绵初软,红晕樱桃粉未干。谷鸟乍啼声似涩③,甘霖方霁景犹寒④。笙歌风紧人酣醉⑤,却绕珍丛烂熳看⑥。

【题解】

此题四首诗原收于《全唐诗》卷六八二《韩偓集·三·元夜即席》诗后。其真伪学者多有论及。《韩偓简谱》于开平二年列此诗,谓“有《大庆堂赐宴元玚而有诗呈吴越王》,此诗风调柔靡,疑非致尧所作,原编入《翰林集》卷三中,不在福州诗次,疑后人掺入。”然又于《备考》云:“按《五代史·吴越世家》,梁开平元年封钱镠为吴越王,岂致尧曾衔王审知使命使吴越耶?”《韩偓诗注》谓此诗“作于唐昭宗光化三年(900)”,然又谓“吴越王,指钱镠。钱镠为五代吴越国的创立者。查《资治通鉴》,后梁开平元年(907),钱镠始封为吴越王,是时,诗人已流寓福建,无缘与吴越王谋面,所以,此诗可能为他人伪托。”《增订注释全唐诗·韩偓集》谓“以下四首,清编《全唐诗》卷七四八又录作‘吴越失姓名人’诗。考韩偓生平,与钱镠无涉,疑非偓作。”岑仲勉《读全唐诗札记》谓韩偓“《大庆堂赐宴元玚而有诗呈吴越王》,暨又和、再和、重和凡四首,皆收十一函八册吴越失姓名人下,彼题元玚下无“而”字,又和之铜鸟作铜壶,乍(一作半)坼作折,重和之八米作八采;按偓未尝入吴越,此殆误收。(内翰、香奁两集均未收。)”徐复观《韩偓诗与香奁集论考》认为:“而凡‘补遗’的诗,最易杂入他人之作。即如《影印旧钞本》,较《全唐诗》、吴校本及《甲旧钞本》少《大庆堂赐宴元玚而有诗呈吴越王》共七律四首。又少《御制春游长句排律》一首。按吴越王是指钱镠,韩偓不可能与钱镠发生过交往;而钱镠之封吴越王,乃天祐四年丁卯(907)五月之事,是年唐亡;此为韩偓到福州之次年,旋往汀州沙县。则《呈吴越王》四首七律,必然是假。至《御制春游长句》的所谓'御制',对韩偓而言,当然只有唐室的僖昭二帝。但此诗的收联是'全吴霸越千年后,独此升平显万方',这依然是'吴越王'下面臣工的口气,也是必假无疑。由此可以推知《全唐诗》所依据的底本,乃在《影印旧钞本》(注)的底本之后,所以便不知由何人以'补遗'的心理添进了这样很明显的几首假诗。"陶敏《全唐诗人名汇考》考此诗之元玚谓"钱元玚。吴越王,钱元瓘。《旧五代史·钱镠传》:'元瓘,镠第五子也。……天福……三年,封吴越国王。'《十国春秋·吴越·文穆王世家》:'文穆王名元瓘,字明宝,初名传瓘,及袭位,更今名。'又《钱元镠传》:'初名传瓘。……文穆王立,更初名,诸兄弟尽易"传"为"元"。'又云:'武肃王亲子三十八人……失其封爵者则有……元玚。'知元玚乃元瓘弟,诗作于后唐长兴三年(932)元瓘继位更名后。但韩偓未至吴越,《十国春秋》本传谓偓龙德三年卒于南安龙兴寺,在元瓘兄弟更名前十馀年,诗非偓作。此后《又和》、《再和》、《重和》亦非韩偓诗。"按:据上述诸人所考,此诗四首以及《御制春游长句排律》一首均非韩偓诗。

【校注】

①元玚:钱镠之子钱元玚。

②游盘:犹游乐。

③谷鸟:谓出于幽谷之鸟。

④"犹",麟后山房刻本作"初"。按:"初"恐误。甘霖:甘雨。

⑤"紧",汲古阁本、《全唐诗》、吴校本均校:"一作急"。

⑥珍丛:谓艳丽的花丛。烂熳:醉貌;痛饮貌。杜甫《寄高适》:"定知相见日,烂熳倒芳樽。"仇兆鳌注:"烂熳,醉貌。"

又　和

樱桃花下会亲贤,风远铜乌转露盘①。蝶下粉墙梅乍坼②,蚁浮金罍酒难干③。云和缓奏泉声咽④,珠箔低垂水影寒。狂简斐然吟咏足⑤,却邀群彦重吟看⑥。

【校注】

①铜乌:铜制的乌形测风仪器。亦称相风乌。露盘:即承露盘。汉武帝时建于建章宫。

②"乍",《全唐诗》、吴校本均校:"一作半"。"乍坼",韩集旧钞本、汲古阁本均作"乍拆",汲古阁本校:"一作半拆"。按:"拆"同"坼",义为裂开;绽开。

③蚁浮:指酒面上浮起的泡沫,此种酒又称蚁酒,乃浊酒。因酒面浮有泡沫,故称。金罍:罍的美称。罍,一种酒器,似爵而大。

④云和:琴瑟琵琶等弦乐器的统称。泉声咽:此处用以比喻乐声如泉水之幽咽。咽,谓声音滞涩。多用于形容悲切。

⑤狂简:志向高远而处事疏阔。斐然:文采貌;显著貌。

⑥群彦:众英才。

再　和①

我有嘉宾宴乍欢,画帘纹细凤双盘。影笼沼沚修篁密②,声透笙歌羯鼓干③。散后便依书箧寐,渴来潜想玉壶寒④。樱桃零落红桃媚,更俟旬馀共醉看。

【校注】

①此非韩偓诗,详见《大庆堂赐宴元玚而有诗呈吴越王》。

②沼沚:池塘。修篁:修竹,长竹。

③羯鼓:打击乐器的一种。起源于印度,从西域传入,盛行于唐开元、天宝年间。干:形容声音清脆响亮。

④玉壶：酒壶的美称。

重　和①

　　冷宴殷勤展小园，舞鞇柔软彩虹盘②。篸花尽日疑头重③，病酒经宵觉口干。嘉树倚楼青琐暗④，晚云藏雨碧山寒。文章天子文章别⑤，八米卢郎未可看⑥。

【校注】

①此非韩偓诗，详见《大庆堂赐宴元玙而有诗呈吴越王》。

②"鞇"，《全唐诗》、吴校本均校："一作裀"。按：此处"舞鞇"义同"舞裀"。舞鞇：铺在地上供跳舞用的垫褥。鞇，泛指垫褥。彩虹，彩色的虹龙。此指垫褥上的虹龙图案。王逸《离骚》注："有角曰龙，无角曰虹。"

③篸花：戴花。篸，同"簪"。插戴。白居易《同诸客嘲雪中马上妓》："银篦稳篸乌罗帽，花襦宜乘叱泼驹。"

④青琐：装饰门窗的青色连环花纹。

⑤文章天子：指吴越王钱镠。文章别：谓文章别出一格，与众不同。

⑥八米卢郎：原指隋卢思道。《北史·卢思道传》："文宣帝崩，当朝文士各作挽歌十首，择其善者而用之……唯思道独得八篇。故时人称为'八米卢郎'。"亦省称"八米"。

大　酺　乐①

　　晚日催弦管，春风入绮罗。杏花如有意，偏落舞衫多。

【题解】

此诗原收于《全唐诗》卷六八二《韩偓集·三·访明公大德》之后。而

《全唐诗》卷二十一、卷五一一又作张祜诗，题为《思归乐》。《佩文斋咏物诗选》卷二九九、《全唐诗录》卷九十三《思归乐》则均作韩偓诗。佟培基《全唐诗重出误收考》于张祜《思归乐》二首之一下谓"又作韩偓诗，题为《大酺乐》。宋蜀刻本张集不收，《乐府(诗集)》八〇载张祜诗后，题下无名。赵宦光本《(万首唐人)绝句》二又作薛奇童诗。"则未作按断。《韩偓诗注》谓此诗作于唐昭宗天复元年(901)。徐复观《韩偓诗与香奁集论考》则以为非韩偓诗，云"《翰林集》中有《锡宴日作》七古一首，据元注，这是天复元年'岁大稔，出金币赐百官充观稼，宴学士院……'，这有点大酺的意味。是年十一月昭宗奔岐，以后再无大酺的机会，所以《大酺乐》一首，不当出于韩偓。"

【校注】

①本诗吴校本注："本集不载"。诗题玉山樵人本、统签本均作《思归乐》。统签本于此诗上一首《大酺乐》诗诗题下小注云："以下二首《闽南唐雅》补"。所谓以下二首即包括统签本《大酺乐》诗下之《思归乐》此诗(《全唐诗》本则题作《大酺乐》，即此"晚日催弦管"首)。大酺乐：唐曲调名。任半塘《唐声诗》："大酺乐：唐教坊曲，高宗时张文收作。大酺，谓大众宴乐……《史记·秦始皇本纪》：'天下大酺。'集解苏林曰：'陈留俗，三月上巳，水上饮食为酺。'可见此曲兴于民俗。唐酺自设伎乐，曰'酺设'，曰'观酺'……大酺乐，音调属太簇商，中吕商。"配以诗，为"五言，四句，二十字，二平韵。"

思 归 乐①

泪滴珠难尽，容残玉易销②。倪随明月去，莫道梦魂遥。

【题解】

此诗原收于《全唐诗》卷六八二《韩偓集·三·访明公大德》诗后第二首。此诗乃张文收诗，非韩偓之作，诸家均有论及。《全唐诗重出误收考》张文收诗下云："大酺乐，又见韩偓作思归乐。《乐府(诗集)》八〇大酺乐下云：'《乐苑》曰，大酺乐，商调曲，唐张文收造。'后即此诗。《全诗》二七载入杂曲歌辞，不署名。《五（代诗）话》八闽后陈金凤条引此诗云韩偓赋，注出《金凤外传》。按：任半塘先生有辨证，云：'《全唐诗》三八以此辞属张文收，而六二八又收入韩偓集，名思归乐，残作殊。据《乐苑》，则属韩说显误。《全唐诗》六八二另列韩偓大酺乐一首，格调与此同，而他本所传调名亦作思归乐。此辞乃闺中思远，韩偓另首内容歌舞有感，均非大酺本意，亦非大酺乐欢情。'见《唐声诗》下编。赵（宦光）本《绝句》一作张。"《韩偓诗注》亦以为"此诗，《万首唐人绝句》卷二收在张文收名下，且作大酺乐。任半塘认为：'据《乐苑》，则属韩说显误。'果如此，此诗非韩公所作，乃《全唐诗》编者所误收。"徐复观亦认为"《思归乐》的五绝是'泪滴珠难尽，容殊玉易销。倘随明月去，莫道梦魂遥。'乃张文收诗，见《全唐诗》第一函第八册。"

【校注】

①本诗吴校本注："本集不载"。诗题玉山樵人本、统签本均作《大酺乐》，统签本诗题下小注云："以下二首《闽南唐雅》补"。所谓以下二首即包括统签本《大酺乐》诗下之《思归乐》（《全唐诗》本则题作《大酺乐》，即前"晚日催弦管"首）。此诗收于《乐府诗集》卷八十《大酺乐》下，注云"《乐苑》曰：'《大酺乐》，商调曲'，唐张文收造。"思归乐：唐曲调名。任半塘《唐声诗》"思归乐：玄宗开元间人作，天宝间入法曲。音调属黄钟商，黄钟羽，又犯角调"，配以诗，为"五言，四句，二十字，二平韵……《唐会要》载太常梨园别教院教法曲乐章十二首，内有思归乐。"

②"容残"，原作"容殊"，《乐府诗集》卷八十、《全唐诗》卷三十八、《万首唐人绝句》卷二十一、《古诗纪》卷一五二等均作"容残"，今据改。

【汇评】

明年元夕，御大酺殿。召前翰林学士承旨韩偓、弘文馆学士王倜、右补阙崔道融、吏部郎中夏侯淑等观灯赐宴，命各赋《大酺乐》。偓感长春宫失宠，赋诗曰："泪滴珠难尽，容残玉易消。倘随明月去，莫道梦魂遥。"延钧为之动，因返驾长春宫……（徐燉《榕阴新检》卷十五《幽期》）

镠妻早卒，继室金氏贤而不见容。审知婢金凤，姓陈氏，镠嬖之，遂立以为后。初镠有嬖吏归守明者，以色见幸，号归郎。镠后得风疾，陈氏与归

586

郎奸。又有百工院使李可殷，因归郎以通陈氏。镠命锦工作九龙帐，国人歌曰："谁谓九龙帐，惟贮一归郎。"镠婢春燕有色，其子继鹏烝之。镠已病，继鹏因陈氏以求春燕，镠怏怏与之。《陈金凤外传》：小吏归守明，弱冠白晰如玉，延钧嬖之，日侍禁中，夤缘与金凤通。百工院使李可殷因归郎以通于金凤，造缕金九龙帐于长春宫，极其靡丽。延钧欢甚，益昵归郎，日宿于内不出。国人歌之曰："谁谓九龙帐，惟贮一归郎。"后李仿盛饰其妹春燕以进，册为贤妃，不复御九龙帐矣。元九御大酺殿观灯赐宴，各赋大酺乐。前翰林学士承旨韩偓感长春宫失宠，赋诗曰："泪滴珠难尽，容残玉易消。倘随明月去，莫道梦魂遥。"其次子继韬怒，谋杀继鹏。继鹏惧，与皇城使李仿图之。是岁十月，镠飨军于大酺殿，坐中昏然，言见延禀来。仿以为镠病已甚，乃令壮士先杀李可殷于家。（欧阳修著、清彭元瑞注《五代史记注》卷六十八）

王永启既得《陈后传》于农家，予借录一本，反复考核其姓名事迹岁月地里，与史乘符合者勿论，中有少异者。史谓审知节俭，府舍卑陋，何至筑离宫自娱？然西湖水晶宫之名，古志有之，岂立国拜王之后，游观所不废乎？《五代史》、《南唐书》俱谓延钧妻早卒，继娶金氏。《通鉴纪事本末》谓延钧两娶。《刘氏传》称初娶汉主刘岩女，继选刘氏、金氏，岂欧、马二公未备载乎？史谓继鹏因陈后请春燕于延钧，延钧与之。传称延钧怒，欲杀继鹏。岂陈后曾请之，延钧未之许乎？史谓林兴教继鹏造三清台，传称出于谭紫霄，岂妖巫之党史不一一书乎？抑紫霄实主其谋乎？史谓延翰为审知养子，延禀所杀，传称出于周彦琛，而《资治通鉴》谓延钧诛延禀，随复其姓名，岂史始从其旧乎？李仿怒金凤而进春燕，匡胜怒继鹏而白其奸，虽无可证，然可殷谮李仿于闽主，匡胜无礼于福王，史之所载明甚，岂尽影响乎？金凤为陈岩之女，春燕为李仿之妹，纵无可考，然陈岩夺人之位，而妻子为人所淫，或亦天道。而李仿不难弑君，何难献其妹以要宠，岂史氏以其暧昧淫秽而略之乎？他若韩偓《大酺乐》诗，向疑与乐府题不切，乃今知其有指，传之言似不诬也。偓与李洵、崔道融等官爵姓氏，虽史氏不载，乃于偓本传及唐黄滔集中见之。岂当时诸公来依审知，至延钧时犹在乎？莲花山闽王时陵寝甚多，惠陵、康陵，想亦在其左右。而梧桐岭、桑溪，宋《三山志》俱有载。胭脂山之名，《闽都记》谓审知女洗妆水所染，传称金凤、春燕鲜血所渍，此皆好事者为之也。徐㶿题。（徐㶿《红雨楼题跋》卷上《陈后金凤外传跋》）

李仿怨陈金凤负己，谋所以夺之宠，乃盛饰其妹春燕进于延钧。春燕婉媚绝代，初入宫年才十五，顾盼举止，动移人意，遂大见幸，册为贤妃，以仿为皇城使。擅爱专席，延钧自是不复御九龙帐矣。因为春燕造东华宫，以珊瑚为梲栭，琉璃为棂瓦，檀楠为栋梁，真珠为帘幕，范金为柱础，穷正极丽。明年元夕，延钧在大酺殿，召前翰林承旨韩偓、宏文馆直学士王倜、右补阙崔道融、吏部郎中夏侯淑等观灯宴乐，命各赋《大酺乐》。偓感长春宫失宠，赋诗曰："泪滴珠难尽，容残玉易销。倘随明月去，莫道梦魂遥。"延钧为动念，因返驾长春宫（鲁曾煜《（乾隆）福州府志》卷七十五《外传》）

《毗陵潘中丞重浚西湖，余暇日出游，感今追昔，成诗二十首。殊愧鄙俚，聊当棹歌渔唱云尔》其四：

复道张灯夜未收，冬郎垂老到闽州。玉消珠尽长春冷，谁伴荒游上彩舟（韩偓《长春宫》诗云："泪滴珠难尽，容残玉易销。"为金凤作也。）（黄任《秋江集》卷五）

小吏归守明，弱冠白晰如玉，延钧嬖之，日侍禁中。夤缘与金凤通，百工院使李可殷因归郎以通于金凤，造缕金九龙帐于长春宫，极其靡丽。延钧欢甚，益昵归郎，日留宿于内不出。国人歌之曰："谁谓九龙帐，惟贮一归郎。"后李仿盛饰其妹春燕以进，册为贤妃，不复御九龙帐矣。元夕御大酺殿观灯赐宴，各赋《大酺乐》。前翰林学士承旨韩偓感长春宫失宠，赋诗曰："泪滴珠难尽，容残玉易消。倘随明月去，莫道梦魂遥。"（原《金凤外传》）（郑方坤《五代诗话》卷八）

会永和元年（按：即后唐长兴三年、民国前980年、公元932年）元夕，鏻（按：指王延钧，审知次子，是年称帝）御大酺殿，召翰林学士韩偓、弘文馆学士王倜、右补阙崔道融、吏部郎中夏侯淑等，各赋大酺乐。偓感长春宫（按：指皇后陈金凤）失宠，赋诗曰："泪滴珠难尽，容残玉易销。倘随明月去，莫道梦魂遥。"鏻为之感动，因返驾长春宫。（陈仰青《闽国史话》）

韩偓遁闽，王审知诚加赒给，惟居止无定，故诗反而少作；或谓不录传，

588

盖是时中原动乱，王闽亦少有宁日。审知死后，王钧、王鏻虽皆知所礼遇，无奈荒侈多变，弑杀频仍，客寓者那得静趣？相传韩偓有数十首，而士林得见者，则不外十数首而已，王偁尝录其《大醋乐》两首于题襟录中。其一云："紫气回金殿，柔杨舞暖风。酒酣歌入破，索寞长春宫。"其二云："泪滴珠难尽，容残玉易消。傥随明月去，莫道梦魂遥。"读者莫不谓：格已大降，仅留《香奁》躯壳，不复见著风流气运矣。英雄老而宝刀亦钝。（陈香《晚唐诗人韩偓》引《闽事钩沉》）

御制春游长句

天意分明道已光，春游嘉景胜仙乡①。玉炉烟直风初静②，银汉云消日正长。柳带似眉全展绿，杏苞如脸半开香。黄莺历历啼红树③，紫燕关关语画梁④。低槛晚晴笼翡翠，小池波暖浴鸳鸯。马嘶广陌贪新草，人醉花堤怕夕阳。比屋管弦呈妙曲⑤，连营罗绮斗时妆⑥。全吴霸越千年后，独此升平显万方⑦。

【题解】

此诗原收于《全唐诗》卷六八二《韩偓集·三·访明公大德》诗后第三首。徐复观认为非韩偓诗，谓"至《御制春游长句》的所谓'御制'，对韩偓而言，当然只有唐室的僖昭两帝。但此诗的收联是'全吴霸越千年后，独此升平显万方'，这依然是'吴越王'下面臣工的口气，也是必假无疑。"《全唐诗重出误收考》于韩偓《大庆堂宴元玙而有诗呈吴越王》、《又和》、《再和》、《重和》下考云："又作吴越失姓名人。岑仲勉《读全唐诗札记》云：'按（韩）偓未尝入吴越，此殆误收。'刘师培亦云。《统签》八六三作吴越宴中原所遣中使诗，非出一手，其第二律似国主所作，春游长律亦似出国主，第僭称御制为不可晓耳。今入吴越杂诗之后，俟再考。"据上所考，参《大庆堂赐宴元玙而有诗呈吴越王》,此诗非韩偓所作。《韩偓诗注》谓此诗"作于唐昭宗天复元年。御制,……这里指诗人代昭宗拟制的诗歌。"误。

【校注】

①嘉景:美景。

②玉炉:熏炉的美称。

③历历:象声词。此处指黄莺之鸣声。

④紫燕:燕名,也称越燕。体形小而多声,颔下紫色,营巢于门楣之上,分布于江南。关关:鸟类雌雄相和的鸣声。后亦泛指鸟鸣声。《诗·周南·关雎》:"关关雎鸠,在河之洲。"毛传:"关关,和声也。"

⑤比屋:家家户户,常用以形容众多、普遍。

⑥罗绮:此指衣着华贵的女子。斗时妆:比赛时兴的装扮。

⑦万方:万邦;各方诸侯。

长信宫二首①

一

天上梦魂何杳杳②,宫中消息太沈沈③。君恩不似黄金井,一处团圆万丈深。

【题解】

此诗二首原收于《全唐诗》卷六八三《韩偓集》四《秋千》诗后,其他《韩偓集》不载,仅吴校本补入《香奁集》,故其于前一首《秋千》诗下校云:"以下三首本集不载"。又,宋郭茂倩《乐府诗集》卷四十二高蟾下亦收此诗第二首,题作《长门怨》。明嘉靖刻本宋洪迈《万首唐人绝句》卷第十九录此诗二首,第一首"宫中消息"作"日宫消息"。《全唐诗》卷六六八《高蟾集》亦录此《长信宫二首》,第一首第二句作"日宫消息太沈沈",第二首末句下小注云:"此首题一作长门怨"。据此,此诗当是高蟾诗,《全唐诗》、吴校本《香奁集》误作韩偓诗。

【校注】

①长信宫:汉宫名,在陕西长安县西北故城中。

②杳杳:犹隐约,依稀。

③沈沈:形容音信杳然。

二

天上凤皇休寄梦①,人间鹦鹉旧堪悲②。平生心绪无人识,一只金梭万丈丝。

【校注】

①凤皇:亦作凤凰。传说中的百鸟之王。雄的叫凤,雌的叫凰。通称为凤或凤凰。羽毛五色,声如箫乐。常用来象征瑞应。

②人间鹦鹉:宫女自喻。鹦鹉,鸟名。头圆,上嘴大,呈钩状,下嘴短小,舌大而软,羽毛色彩美丽,有白、赤、黄、绿等色。能效人语,主食果实。

附编二

浣 溪 沙①

　　拢鬓新收玉步摇②，背灯初解绣裙腰③，枕寒衾冷异香焦④。　　深院不关春寂寂⑤，落花和雨夜迢迢⑥。恨情残醉却无聊⑦。

【题解】

　　曾、曹等编《全唐五代词》考辨："此首诸本《断肠词》收作宋朱淑真词，且首句作'玉体金钗一样娇'，其他文字亦稍有异。按《尊前集》成书于宋初，生活于南北宋之交的朱淑真词绝无可能入《尊前集》，故应为韩偓词。《全宋词》第1048页据韩偓《香奁集》已断作韩词，是。"此词咏女子春夜无聊之春愁春怨。震钧谓"怨者，《离骚》所谓'心忆君兮君不知'"。按：此词固有怨恨意，然非怨恨"君"王也，乃作一般男女之怨情解可矣。

【校注】

　　①原收于《全唐诗》卷八九一"词三"。韩集旧钞本、吴校本、石印本《香奁集》均收此首。韩集旧钞本《香奁集》题作《曲子浣溪沙二首》，此为第一首。石印本《香奁集》题下注："曲子"。张璋、黄畬编《全唐五代词》，曾、曹等编《全唐五代词》亦收作韩偓作品。施蛰存《读韩偓词札记》谓"《浣溪沙》二首，见于《尊前集》，又《花庵绝妙词选》。汲古阁刻本《香奁集》亦有，调名下注云：'曲子'，而涵芬楼影印旧钞本则无。此二首当为韩偓所做，无可疑。然不当在《香奁集》中，盖毛晋所辑入者，非旧本原有也。王国维辑本，依《花庵词选》及《全唐词》录入，林大椿辑本依《尊前集》，其第一首'深院下关春寂寂'不作'不关'二字，殆是误字。第二首'骨香腰细见沈檀'，诸本均作'更沈檀'不知林氏何所据而作'见'"。

　　②玉步摇：女子头上饰品。以银丝宛转屈曲作花枝，饰以玉，妇人插于髻后，随步辄摇，故名。唐孙棨《题妓王福娘墙》："无端斗草输邻女，更被拈将玉步摇。"

③解绣裙腰：解下系在腰部的绣裙。

④"冷"，韩集旧钞本、吴校本、石印本《香奁集》均作"暖"，韩集旧钞本下校："本作冷"，曾、曹等编《全唐五代词》校："毛本、吴本《香奁集》作'暖'，吴本注：'一作"冷"。'"异香焦：谓兽炭中之异香正燃烧。异香，气味异常浓烈的香料。《后汉书·贾琮传》："旧交址土多珍产，明玑、翠羽、犀、象、瑇瑁、异香、美木之属，莫不自出。"

⑤"不"，曾、曹等编《全唐五代词》据朱孝臧《尊前集》本引作"下"，其校勘记云："下：毛本《尊前集》、毛本、吴本《香奁集》、《唐宋诸贤绝妙词选》卷一作'不'。"按：应作"不"。

⑥和雨：带着雨滴。迢迢：时间久长貌。戴叔伦《雨》："历历愁心乱，迢迢独夜长。"

⑦"聊"，石印本《香奁集》作"憀"。按："憀"同"聊"。残醉：酒后残存的醉意。白居易《湖亭晚归》："起因残醉醒，坐待晚凉归。"

【汇评】

《全芳备祖》曰：韩冬郎《浣溪沙》，绝非和鲁公之嫁名者，亦以香奁名词。（沈雄《古今词话·词评》卷上《韩偓香奁集》）

陈廷焯云："上下阕结句微嫌并头，然五代人多犯此弊。"（华彦博《闲情集》卷一引）

词至北宋为极盛，南宋为极工，亦风会积渐使然也。闽词始见于韩冬郎之《浣溪沙》，而柳耆卿实开乐章之祖。（冯登府《闽词钞序》，见叶申芗辑《闽词钞》卷首）

怨者，《离骚》所谓"心忆君兮君不知。"（震钧《香奁集发微》）

浣 溪 沙

　　宿醉离愁慢髻鬟①，六铢衣薄惹轻寒②。慵红闷翠掩青鸾③。　　罗袜况兼金菡萏④，雪肌仍是玉琅玕⑤。骨香腰细更沈檀⑥。

【题解】

原收于《全唐诗》卷八九一"词三",亦见于韩集旧钞本、吴校本、石印本之《香奁集》,乃其《曲子浣溪沙二首》之第二首。张璋、黄畲编《全唐五代词》本校:"《草堂诗馀别集》调下有题'离情'"。

此词咏闺中女子之妆饰体态与自矜之况。丁绍仪《听秋声馆词话》云:"韩致尧遭唐末造,力不能挥戈挽日,一腔忠愤无所泄,不得已托之闺房儿女。世徒以香奁目之,盖未深究厥旨耳。"震钧亦以为"矜者,《离骚》所谓'既含睇兮又宜笑,子慕余兮善窈窕'也",均以香草美人以寓托政治情事解说此词,未免曲解,不足凭信。施蛰存《读韩偓词札记》谓:"《浣溪沙》二首,震氏笺云:'二词前一阕是怨,后一阕是矜。怨者,《离骚》所谓"心忆君兮君不知",矜者,《离骚》所谓"既含睇兮又宜笑,子慕余兮善窈窕"也。词较诗意尤明显,以词之体,本应如是耳。'按此首第一首是晚妆,第二首是晓起。曰残醉,曰宿醉,层次分明。明其意旨,确是一时所作。怨矜之解,大致不远。然谓词较诗意尤明显,又谓词体本应如是,此则不然。窃谓以风雅比兴之义索之于词,往往较诗更为隐约。盖词体本不应如是,《花间集》诸词,韦庄以外,皆无比兴,而韦庄之词,托讽尤晦于诗,从可知矣。至于韩偓所作,本是长短句之诗,当时拈毫吟咏之际,并不自以为与诗别流之词也。"所说可参。

【校注】

①宿醉:谓经宿尚未全醒之馀醉。慢髻鬟:慢慢将髻鬟盘束于头顶。髻鬟,古时妇女发式。将头发环曲束于顶。

②六铢衣:《长阿含经·世纪经·忉利天品》:"忉利天衣重六铢",谓其轻而薄。后称佛、仙之衣为"六铢衣"。此处借指妇女所着轻薄的纱衣。

③慵红闷翠:谓触目之红色、翠色令人慵散愁闷。掩青鸾:掩遮上镜子。青鸾,见《艺文类聚》卷九十引南朝宋范泰《鸾鸟诗序》。相传罽宾王于峻祁之山,获一鸾鸟,饰以金樊,食以珍馐,但三年不鸣。其夫人曰:尝闻鸟见其类而后鸣,何不悬镜以映之。王从其意,鸾睹形悲鸣,哀响中宵,一奋而绝。后因以"青鸾"借指镜。

④"罗袜"句：谓罗袜上还绣着金色之荷花。菡萏，即荷花。

⑤"琅玕"，吴校本《香奁集》作"栏杆"。按：应为"琅玕"。雪肌：雪白的肌肤。白居易《同微之赠别郭虚舟炼师五十韵》："不闻姑射上，千岁冰雪肌。"玉琅玕：此处比喻女子之雪肌。琅玕，似珠玉之美石。

⑥"更"，王国维辑本《香奁词》作"见"。按：应作"更"。沈檀：亦作"沉檀"，指妆饰用的颜料。色深而带润泽者叫"沈"；浅绛色者叫"檀"。妇女闺妆或用于眉端，或用在口唇上。

【汇评】

《少年游》：……南都石黛扫晴山（小注：《玉台新咏》："南都石黛，最发双蛾。"又《赵后外传》云："赵合德为薄眉，号远山黛"，乃晴明远山入邑也，今人有远山眉。）衣薄耐朝寒。（小注：韩偓诗："六铢衣薄惹轻寒。"）一夕东风，海棠花谢，楼上卷帘看。（小注：韩偓："海棠花在否，侧卧卷帘看。"）（周邦彦著、陈元龙注《详注片玉集》卷三）

沈际飞云：慵红闷翠，易安之祖。（顾从敬类选、沈际飞评正《草堂诗馀别集》卷一）

周珽云：藻丽。（周珽辑《删补唐诗选脉笺释会通评林》卷六十）

韩致尧遭唐末造，力不能挥戈挽日，一腔忠愤，无所于泄，不得已托之闺房儿女。世徒以香奁目之，盖未深究厥旨耳。余最爱其"碧阑干外绣帘垂，猩色屏风画折枝。八尺龙须方锦褥，已凉天气未寒时"一绝，与"静中楼阁深春雨，远处帘栊半夜灯"句，言外别具深情。又《浣溪沙》云："宿醉离愁慢鬓鬟。六铢衣薄惹轻寒。慵红闷翠掩青鸾。罗袜况兼金菡萏，雪肌仍是玉琅玕。骨香腰细更沈檀。"与前诗韵自《离骚》中"制芰荷以为衣"数语融化而出。……其蒿目时艰，自甘贬死，深鄙杨涉辈之意，更昭然若揭矣。（丁绍仪《听秋声馆词话》卷一《韩致尧词》）

《柳腰轻》：茜绡缓束春衫翠，柔娥近酥娘，比倚阑横，截织梭低并。一捻沉檀，通体乍相抱。金凤屏边宛，携来露桃宫里。尺六量成可似掌，擎看柳条真细。作行云样，怕风吹去，五色千丝须系。舞茵上，戏学旋波惯收裙，锁莲垂地。（"柔娥幸有腰肢稳"，薛能句。"酥娘一捻腰肢细"，柳永句。"骨香腰细更沉檀"，韩偓句。"露桃宫里小腰肢"，韦庄句也。南齐羊侃舞

人张静婉腰一尺六寸,能掌上舞。锁莲,带名。)(龚翔麟《浙西六家词·茮边词》卷二)

二词前一阕是怨,后一阕是矜。怨者,《离骚》所谓"心忆君兮君不知";矜者,《离骚》所谓"既含睇兮又宜笑,子慕余兮善窈窕"也。词较诗意尤明显,以词之体本应如是耳。(震钧《香奁集发微》)

附录

一、生平传记

《新书·传》:韩偓,字致光,京兆万年人。擢进士第,昭宗时为翰林学士,迁兵部侍郎,进承旨,为朱全忠贬濮州司马。天祐二年,复召为学士,偓不敢入朝,挈其族南依王审知而卒。《纪事》曰:偓小字冬郎,字致尧,今曰致光误矣!自号玉山樵人。按:《吴融集》亦作韩致光。(唐李商隐撰、清陆昆曾解《李义山诗解·韩冬郎即席为诗相送,一座尽惊。他日余[一作徐]方追吟"连宵侍坐徘徊久"之句,有老成之风,因成二绝寄酬兼呈畏之员外》)

我公粤天祐三年丙寅秋七月乙丑,铸金铜像一,丈有六尺之高。后二十有三日丁亥,继之铸菩萨二,丈有三尺高,……明年正月十有八日乙未,设二十万人斋号无遮以落之。是日也,彩云缬天,甘露粒松。香花之气扑地,经梵之声入空。座客有右省常侍陇西李公洵;翰林承旨制诰、兵部侍郎昌黎韩公偓;中书舍人,琅琊王公涤;右补阙,博陵崔征君道融;大司农,琅琊王公标;吏部郎中,谯国夏侯公淑;司勋员外郎王公拯;刑部员外郎,宏农杨公承修;宏文馆直学士,宏农杨公赞图;宏文馆直学士,琅琊王公倜;集贤殿校理,吴郡归公傅懿,皆以文学之奥比偓商,侍从之声齐褒向,甲乙升第,岩廊韫望。东浮荆襄,南游吴楚,谓安莫安于闽越,诚莫诚于我公。……交辙及馆,值斯佛之成,斯会之设,俱得放心猿于菩提树上,歇意马于清凉山中。(唐黄滔《黄御史集》卷五《丈六金身碑》)

韩偓,天复初入翰林。其年冬,车驾出幸凤翔,偓有扈从之功。返正初,上面许偓为相。奏云:"陛下运契中兴,当复用重德,镇风俗。臣座主右仆射赵崇可以副陛下是选,乞回臣之命,授崇,天下幸甚。"上嘉叹。翌日,制用崇暨兵部侍郎王赞为相。时梁太祖在京,素闻崇之轻佻,赞复有嫌疊,驰入请见,于上前具言二公长短。上曰:"赵崇是偓荐。"时偓在侧,梁主叱之。偓奏曰："臣不敢与大臣争。"上曰："韩偓出。"寻谪官入闽。故偓有诗曰："手风慵展八行书，眼暗休看九局图。窗里日光飞野马，案前筠管长蒲卢。谋身拙为安蛇足，报国危曾捋虎须。满世可能无默识，未知谁拟试秦笠！"（五代王定保《唐摭言》卷六）

　　（天复）三年春正月癸卯朔，车驾在凤翔。甲辰，天子遣中使到全忠军，茂贞亦令军将郭启奇来达上欲还京之旨。丙午，青州牙将刘郚陷全忠之兖州，又令牙将张厚入奏，是日，亦窃发于华州，杀州将娄敬思。上又令户部侍郎韩偓、赵国夫人宠颜宣谕于全忠军。辛亥，全忠令判官李振入奏，上令翰林学士姚洎传宣，令全忠唤崔胤令率文武百僚来迎驾。癸丑，上令礼部尚书苏循传诏，赐全忠玉带，仍令全忠处分蒋玄晖侍帝左右。丁巳，蒋玄晖与中使同押送中尉韩全诲、张弘彦已下二十人首级，告谕四镇兵士回銮之期。戊午，遣中使走马华州，追崔胤，胤托疾不至。甲子巳时，车驾出凤翔，幸全忠军。全忠素服待罪，泣下不自胜，上亲解玉带赐之。乙丑，次扶风，令朱友伦总兵侍卫。丙寅，次武功。丁卯，次兴平，宰臣崔胤率百官迎谒。即日降制，以崔胤守司空、门下侍郎、平章事，复太清宫使、弘文馆大学士、延资库使、诸道盐铁转运使、判度支，魏国公封邑如故。戊辰，次咸阳。己巳，入京师。天子素服哭于太庙，改服冕旒，谒九庙。礼毕，御长乐楼，大赦，百僚称贺。全忠处左军。辛未，宴全忠于内殿，内弟子奏乐。是日，制内官第五可范已下七百人并赐死于内侍省，其诸道监军及小使，仰本道节度使处斩讫奏，从全忠、崔胤所奏也。帝悲惜之，自为奠文祭之。（五代刘昫等《旧唐书》卷二十上《昭宗纪》）

　　昭宗初幸凤翔，命卢光启、韦贻范、苏检等作相，及还京，胤皆贬斥之。又贬陆扆为沂王傅、王溥太子宾客、学士薛贻矩夔州司户、韩偓濮州司户。（五代刘昫等《旧唐书》卷一七七《崔慎由传》附《崔胤传》）

　　韩偓，字致光，京兆万年人。擢进士第，佐河中幕府。召拜左拾遗，以疾解。后迁累左谏议大夫。宰相崔胤判度支，表以自副。王溥荐为翰林学士，迁中书舍人。偓尝与胤定策诛刘季述，昭宗反正，为功臣。帝疾宦人骄

604

横，欲尽去之。偓曰："陛下诛季述时，馀皆赦不问，今又诛之，谁不惧死？含垢隐忍，须后可也。天子威柄，今散在方面，若上下同心，摄领权纲，犹冀天下可治。宦人忠厚可任者，假以恩幸，使自翦其党，蔑有不济。今食度支者乃八千人，公私牵属不减二万，虽诛六七巨魁，未见有益，适固其逆心耳。"帝前膝曰："此一事终始属卿。"

中书舍人令狐涣任机巧，帝尝欲以当国，俄又悔曰："涣作宰相或误国，朕当先用卿。"辞曰："涣再世宰相，练故事，陛下业已许之。若许涣可改，许臣独不可移乎？"帝曰："我未尝面命，亦何惮？"偓因荐御史大夫赵崇劲正雅重，可以准绳中外。帝知偓，崇门生也，叹其能让。

初，李继昭等以功皆进同中书门下平章事，时谓"三使相"，后稍稍更附韩全诲、周敬容，皆忌胤。胤闻，召凤翔李茂贞入朝，使留族子继筠宿卫。偓闻，以为不可，胤不纳。偓又语令狐涣，涣曰："吾属不惜宰相邪？无卫军则为阉竖所图矣。"偓曰："不然。无兵则家与国安，有兵则家与国不可保。"胤闻，忧，未知所出。李彦弼见帝倨甚，帝不平，偓请逐之，赦其党许自新，则狂谋自破，帝不用。彦弼谮偓及涣漏禁省语，不可与图政，帝怒曰："卿有官属，日夕议事，奈何不欲我见学士邪？"继昭等饮殿中自如，帝怒，偓曰："三使相有功，不如厚与金帛官爵，毋使豫政事。今宰相不得颛决事，继昭辈所奏必听。它日遽改，则人人生怨。初以卫兵检中人，今敕使、卫兵为一，臣窃寒心，愿诏茂贞还其卫军。不然，两镇兵斗阙下，朝廷危矣。"及胤召朱全忠讨全诲，汴兵将至，偓劝胤督茂贞还卫卒。又劝表暴内臣罪，因诛全诲等；若茂贞不如诏，即许全忠入朝。未及用，而全诲等已劫帝西幸。偓夜追及鄠，见帝恸哭。至凤翔，迁兵部侍郎，进承旨。

宰相韦贻范母丧，诏还位，偓当草制，上言："贻范处丧未数月，遽使视事，伤孝子心。今中书事，一相可办。陛下诚惜贻范才，俟变缞而召可也。何必使出峨冠庙堂，入泣血枢侧，毁瘠则废务，勤恪则忘哀，此非人情可处也。"学士使马从皓逼偓求草，偓曰："腕可断，麻不可草！"从皓曰："君求死邪？"偓曰："吾职内署，可默默乎？"明日，百官至，而麻不出，宦侍合噪。茂贞入见帝曰："命宰相而学士不草麻，非反邪？"艴然出。姚洎闻曰："使我当直，亦继以死。"既而帝畏茂贞，卒诏贻范还相，洎代草麻。自是宦党怒偓甚。从皓让偓曰："南司轻北司甚，君乃崔胤、王溥所荐，今日北司虽杀之可也。两军枢密，以君周岁无奉入，吾等议救接，君知之乎？"偓不敢对。

茂贞疑帝间出依全忠，以兵卫行在。帝行武德殿前，因至尚食局，会学士独在，宫人招偓，偓至，再拜哭曰："崔胤甚健，全忠军必济。"帝喜，偓曰："愿陛下还宫，无为人知。"帝赐以面豆而去。全海诛，宫人多坐死。帝欲尽去馀党，偓曰："礼，人臣无将，将必诛。宫婢负恩不可赦，然不三十年不能成人，尽诛则伤仁。愿去尤者，自内安外，以静群心。"帝曰："善。"崔胤请以辉王为元帅，帝问偓："它日累吾儿否？"偓曰："陛下在东内时，天阴雾，王闻乌声曰：'上与后幽困，乌雀声亦悲。'陛下闻之恻然，有是否？"帝曰："然。是儿天生忠孝，与人异。"意遂决。偓议附胤类如此。

帝反正，励精政事，偓处可机密，率与帝意合，欲相者三四，让不敢当。苏检复引同辅政，遂固辞。初，偓侍宴，与京兆郑元规、威远使陈班并席，辞曰："学士不与外班接。"主席者固请，乃坐。既元规、班至，终绝席。全忠、胤临陛宣事，坐者皆去席，偓不动，曰："侍宴无辄立，二公将以我为知礼。"全忠怒偓薄己，悻然出。有潜偓喜侵侮有位，胤亦与偓贰。会逐王溥、陆扆，帝以王赞、赵崇为相，胤执赞、崇非宰相器，帝不得已而罢。赞、崇皆偓所荐为宰相者。全忠见帝，斥偓罪，帝数顾胤，胤不为解。全忠至中书，欲召偓杀之。郑元规曰："偓位侍郎、学士承旨，公无遽。"全忠乃止，贬濮州司马。帝执其手流涕曰："我左右无人矣。"再贬荣懿尉，徙邓州司马。天祐二年，复召为学士，还故官。偓不敢入朝，挈其族南依王审知而卒。

兄仪，字羽光，亦以翰林学士为御史中丞。偓贬之明年，帝宴文思球场，全忠入，百官坐庑下，全忠怒，贬仪棣州司马，侍御史归蔼登州司户参军。

赞曰：懿、僖以来，王道日失厥序，腐尹塞朝，贤人遁逃，四方豪英，各附所合而奋。天子块然，所与者惟佞愎庸奴，乃欲鄣横流、支已颠，宁不殆哉！观蟋、朴辈不次而用，捭豚臑拒驱牙，趣亡而已。一韩偓不能容，况贤者乎？
（宋欧阳修、宋祁等《新唐书》卷一八三《韩偓传》）

偓父瞻，开成六年李义山同年也。义山有《饯韩同年西迎家室戏赠》

云："籍籍征西万户侯，新缘贵婿起珠楼。一名我漫居先甲，千骑君翻在上头。云路招邀回彩凤，天河迢递笑牵牛。南朝禁脔无人近，瘦尽琼枝为四愁。"偓小字冬郎。义山云："尝即席为诗相送，一座尽惊，句有老成之风。"因有诗云："十岁裁诗走马成，冷灰残烛动离情。桐花万里丹山路，雏凤清于老凤声。"偓，字致尧，今曰致光，误矣。自号玉山樵人。……偓天复初入翰林，其年冬，驾幸凤翔，偓有扈从之功。返正初，上面许偓为相。奏云："陛下运契中兴，当复用重德，镇风俗。臣座主右仆射赵崇，可充是选，乞回臣之命授崇，天下幸甚。"上嘉叹。翌日，制用崇暨兵部侍郎王赞为相。时梁太祖在京，素闻崇之轻佻，赞复有嫌衅，权驰入请见，于上前具言二公长短。上曰："赵崇是偓荐。"时偓在侧，梁主叱之。偓奏曰："臣不敢与大臣争。"上曰："韩偓出。"寻谪官入闽。故有诗曰："手风慵展八行书，眼暗休看九局图。窗外日光飞野马，案前筠管长蒲卢。谋身拙为安蛇足，报国危曾捋虎须。满世可能无默识，未知谁拟试齐竽？"沈存中云："《香奁集》，和鲁公之词也。惟其艳丽，故展后嫁其名于偓。凝平生著述，分为《演论》、《游艺》、《孝悌》、《疑狱》、《香奁》、《籯金》六集。自为《游艺集》序云：'予有《香奁》、《籯金》二集，不行于世。'凝在政府，避议论，讳其名，又欲后人知，故《游艺集》序实之。此凝之意也。"（宋计有功《唐诗纪事》卷六十五）

钱珝《授司勋郎中兼侍御史知杂事赐绯鱼韩偓本官充翰林学士制》敕：执事近臣，上无不可敬，时文墨而分禁职者又加等焉。盖咨访之勤，密期弘益。训词之暇，必进语言。思引君当道之心，乃多士以宁之本则。授禁职之选，被加等之私，安可徒任笔端，然后为得。具官韩偓，动人之行，率性自强，慎独不渝，考祥甚远。资以讲学，见于文章。惟是求己之多，播于群誉矣。朕初嗣丕业，擢升谏曹，继陈言辞，罔不（一作惧）摩切，虽公赏曾光于赤纸，而直诚尚记于皂囊。愈闻励修，宜列左右。故命尔之诰，以诗人孟子之说为端者，兹不有赖于侍从乎。可依前件。（宋李昉等《文苑英华》卷三八四）

赞，字敬臣，及进士第，擢累右补阙、御史中丞、刑部尚书。昭宗引拜中书侍郎兼本官、同中书门下平章事,寻兼户部尚书。帝疑其外风检而昵帷薄,逮问翰林学士韩偓,偓曰:"赞,咸通大臣坦从子,内雍友,合疏属以居,故臧获猥众,出入无度,殆此致谤言者。"帝每闻咸通事,必肃然敛衽,故偓称之为赞地。(宋欧阳修、宋祁等《新唐书》卷一八二《裴坦传》附《裴赞传》)

天复初,帝密语韩偓曰:"陆扆、裴赞孰忠于我?"偓曰:"扆等皆宰相,安有它肠?"帝曰:"外言扆不喜我复位,元日易服奔启夏门,信不?"偓曰:"孰为陛下言此?"曰:"崔胤、令狐涣。"偓曰:"设扆如是,亦不足责。且陛下反正,扆素不知谋,忽闻兵起,欲出奔耳。陛下责其不死难则可,以为不喜,乃谗言也。"帝遂悟。累兼户部尚书。(宋欧阳修、宋祁等《新唐书》卷一八三《陆扆传》)

审邽字次都。为泉州刺史,检校司徒。喜儒术,通《书》《春秋》。善吏治,流民还者假牛犁,兴完庐舍。中原乱,公卿多来依之,振赋以财,如杨承休、郑璘、韩偓、归传懿、杨赞图、郑戬等赖以免祸,审邽遣子延彬作招贤院以礼之。(宋欧阳修、宋祁等《新唐书》卷一九〇《王潮传》附《王审邽传》)

韩全海、张彦弘者,皆不知所来,并监凤翔军。全海入为内枢密使。刘季述之诛,崔胤、陆扆见武德殿右庑,胤曰:"自中人典兵,王室愈乱,臣请主神策左军,以扆主右,则四方藩臣不敢谋。"昭宗意不决。李茂贞语人曰:"崔胤夺军权未及手,志灭藩镇矣。"帝闻,召李继昭等问以胤所请奈何,对曰:"臣世世在军,不闻书生主卫兵。且罪人已得,持军还北司便。"帝谓胤曰:"议者不同,勿庸主军。"乃以全海为左神策中尉,彦弘为右,皆拜骠骑大将军,袁易简、周敬容为枢密使。胤怒,约京兆郑元规遣人狙杀之,不克。全海等知胤必除己乃已,因讽茂贞留士四千宿卫,以李继筠、继徽总之。胤亦讽朱全忠内兵三千居南司,以娄敬思领之。韩偓闻岐、汴交戍,数谏止胤,胤曰:"兵不肯去耳。"偓曰:"初何为召邪?"胤不对。议者知京师不复安矣。……全海等惧帝诛己,与继海、彦弼、继筠交通谋乱。帝问令狐涣,涣请召胤及全海等宴内殿和解之。韩偓谓:"不如显斥一二柄臣,许馀人自新,奸谋必息。不然皆自疑,祸且速,虽和解之,凶焰益肆。"帝乃止。……(天复)三年正月,茂贞请遣使谕全忠军,诏崔构挟中人郭遵诲往,既行,又命宫人宠颜驰见全忠,谕密旨,乃以蒋玄晖入卫。二日,茂贞独见,至日旰,

608

全海、彦弘恨甚，逮食，不能挹匕，自见势去，计无所用，垂头丧气。帝召韩偓见东横门，执手涕泗。帝曰："今先去四大恶，馀以次诛矣。"于是内养八辈候廷中授命，每二辈以卫士十人取一首，俄而全海、彦弘、易简、敬容皆死。即诏第五可范为左军都尉，王知古、扬虔朗为枢密使，知古领上院，虔朗领下院。继筠、继海、彦弼皆伏诛，茂贞取其辎重。是夜，诛内诸司使韦处廷等二十二人，悉以首内布囊，诏蒋玄晖、学士薛贻矩送全忠，曰："是皆不肯使乘舆东者，既斩之矣。"全忠大喜，遍告军中，以姚洎为岐、汴通和使。全忠论茂贞书曰："宦者乘陴罟不已，曰'禀王旨'，是乎？"茂贞惧，复诛小使李继彝等十人，于是开垒门。全忠犹攻北垒，帝遣宠颜赐御巾箱宝器，使罢兵，又捕杀中官七十人，全忠亦使京兆诛党与百馀人。天子入全忠军，全忠泥首素服，待罪客省，传呼彻三仗，有诏释全忠罪，使朝服见。全忠伏地泣曰："老臣位将相，勤王无状，使陛下及此，臣之罪也。"帝亦呜咽，命韩偓起之，解玉带以赐，召之食。帝顾卫兵，或有愤发者，因履系解，目全忠："为吾系之。"全忠跪结履，汗浃于背，而左右莫敢动。是夜，帝三召，皆辞，朱友伦以兵卫帝。（宋欧阳修、宋祁等《新唐书》卷二〇八《韩全海传》）

昭宗幸凤翔，灵州节度使韩逊表回鹘请率兵赴难，翰林学士韩偓曰："虏为国仇旧矣。自会昌时伺边，羽翼未成，不得逞。今乘我危以冀幸，不可开也。"遂格不报。然其国卒不振，时时以玉、马与边州相市云。（宋欧阳修、宋祁等《新唐书》卷二一七下《回鹘下》）

帝之在凤翔，以卢光启、苏检为相，胤皆逐杀之，分斥从幸近臣陆扆等三十馀人，惟裴贽孤立可制，留与偕秉政。帝动静一决于胤，无敢言者。胤议以皇子为元帅，全忠副之，示褒崇其功。全忠内利辉王冲幼，故胤藉以请。帝曰："濮王长，若何？"还禁中，召翰林学士韩偓以谋。偓阴佐胤，卒不能却。全忠还东，到长乐，群臣班辞，胤独至霸桥置酒，乙夜乃还。帝即召问："全忠安否？"与饮，命宫人为舞剑曲，戊夜乃出，赐二宫人，固让乃许。是时天子孤危，威令尽去，胤之劫持类如此。进侍中、魏国公。（宋欧阳修、宋祁等《新唐书》卷二二三下《崔胤传》）

韩寅亮，偓之子也，尝为予言：偓捐馆之日，温陵帅闻其家藏箱笥颇多，而缄镭甚密，人罕见者。意其必有珍玩，使亲信发观，惟得烧残龙凤烛、金缕红巾百馀条。蜡烛尚新，巾香犹郁。有老仆泫然而言曰："公为学士日，常视草金銮内殿，深夜方还翰苑。当时皆宫妓秉烛炬以送，公悉藏之。自西京之乱，得罪南迁，十不存一二矣。"余丱岁，延平家有老尼，尝说斯事，与寅亮之言颇同。尼即偓之姜云耳。（宋郑文宝《南唐近事》）

（昭宗天复元年正月）李茂贞辞还镇。崔胤以宦官典兵，终为肘腋之患，欲以外兵制之，讽茂贞留兵三千于京师，充宿卫，以茂贞假子继筠将之。左谏议大夫万年韩偓以为不可，胤曰："兵自不肯去，非留之也。"偓曰："始者何为召之邪？"胤无以应。偓曰："留此兵则家国两危，不留则家国两安。"胤不从。（宋司马光《资治通鉴》卷二六二）

（昭宗天复元年）六月，癸亥，朱全忠如河中。

上之返正也，中书舍人令狐涣、给事中韩偓皆预其谋，故擢为翰林学士，数召对，访以机密。涣，绚之子也。时上悉以军国事委崔胤，每奏事，上与之从容，或至然烛。宦官畏之侧目，事无大小，皆咨胤而后行。胤志欲尽除之，韩偓屡谏曰："事禁太甚。此辈亦不可全无，恐其党迫切，更生他变。"胤不从。丁卯，上独召偓，问曰："敕使中为恶者如林，何以处之？"对曰："东内之变，敕使谁非同恶！处之当在正旦，今已失其时矣。"上曰："当是时，卿何不为崔胤言之？"对曰："臣见陛下诏书云，'自刘季述等四家之外，其馀一无所问。'夫人主所重，莫大于信，既下此诏，则守之宜坚；若复戮一人，则人人惧死矣。然后来所去者已为不少，此其所以悒悒不安也。陛下不若择其尤无良者数人，明示其罪，置之于法，然后抚谕其馀曰：'吾恐尔曹谓吾心有所贮，自今可无疑矣。'乃择其忠厚者使为之长。其徒有善则奖之，有罪则惩之，咸自安矣。今此曹在公私者以万数，岂可尽诛邪！夫帝王之道，当以重厚镇之，公正御之，至于琐细机巧，此机生则彼机应矣，终不能成大功，所谓理丝而棼之者也。况今朝廷之权，散在四方；苟能先收此权，则事无不可为者矣。"上深以为然，曰："此事终以属卿。"（宋司马光《资治通鉴》卷二六二）

（天复元年）八月，甲申，上问韩偓曰："闻陆扆不乐吾返正，正旦易服，乘小马出启夏门，有诸？"对曰："返正之谋，独臣与崔胤辈数人知之，扆不知也。一旦忽闻宫中有变,人情能不惊骇! 易服逃避,何妨有之! 陛下责其为宰相无死难之志则可也,至于不乐返正,恐出谗人之口,愿陛下察之!"上乃止。

韩全诲等惧诛,谋以兵制上,乃与李继昭、李继诲、李彦弼、李继筠深相结;继昭独不肯从。他日,上问韩偓:"外间何所闻?"对曰:"惟闻敕使忧惧,与功臣及继筠交结,将致不安,亦未知其果然不耳。"上曰:"是不虚矣。比日继诲、彦弼辈语渐偓强,令人难耐。令狐涣欲令朕召崔胤及全诲等于内殿,置酒和解之,何如?"对曰:"如此则彼凶悖益甚。"上曰:"为之奈何?"对曰:"独有显罪数人,速加窜逐,馀者许其自新,庶几可息。若一无所问,彼必知陛下心有所贮,益不自安,事终未了耳。"上曰:"善!"既而宦官自恃党援已成,稍不遵敕旨;上或出之使监军,或黜守诸陵,皆不行,上无如之何。(宋司马光《资治通鉴》卷二六二)

(天复元年)九月,癸丑,上急召韩偓,谓曰:"闻全忠欲来除君侧之恶,大是尽忠,然须令与茂贞共其功。若两帅交争,则事危矣。卿为我语崔胤,速飞书两镇,使相与合谋,则善矣。"壬戌,上又谓偓曰:"继诲、彦弼辈骄横益甚,累日前与继筠同入,辄于殿东令小儿歌以侑酒,令人惊骇。"对曰:"臣必知其然,兹事失之于初。当正旦立功之时,但应以官爵、田宅、金帛酬之,不应听其出入禁中。此辈素无知识,数求入对,或妄论朝政,或儳易荐人,稍有不从,则生怨望。况惟知嗜利,为敕使以厚利雇之,令其如此耳。崔胤本留卫兵,欲以制敕使也,今敕使、卫兵相与为一,将若之何! 汴兵若来,必与岐兵斗于阙下,臣窃寒心。"上但愀然忧沮而已。(宋司马光《资治通鉴》卷二六二)

(天复元年)冬,十月,戊戌,朱全忠大举兵发大梁。……韩全诲闻朱全忠将至,丁酉,令李继筠、李彦弼等勒兵劫上,请幸凤翔,宫禁诸门皆增兵防守,人及文书出入搜阅甚严。上遣人密赐崔胤御札,言皆凄怆,末云:"我为宗社大计,势须西行,卿等但东行也。惆怅! 惆怅!"

戊戌,上遣赵国夫人出语韩偓:"朝来彦弼辈无礼极甚,欲召卿对,其势未可。"且言:"上与皇后但涕泣相向。"自是,学士不复得对矣。(宋司马光《资治通鉴》卷二六二)

（天复二年）三月，庚戌，上与李茂贞及宰相、学士、中尉、枢密宴，酒酣，茂贞及韩全诲亡去。上问韦贻范："朕何以巡幸至此？"对曰："臣在外不知。"固问，不对。上曰："卿何得于朕前妄语云不知？"又曰："卿既以非道取宰相，当于公事如法，若有不可，必准故事。"怒目视之，微言："此贼兼须杖之二十。"顾谓韩偓曰："此辈亦称宰相！"贻范屡以大杯献上，上不即持，贻范举杯直及上颐。（宋司马光《资治通鉴》卷二六三）

（天复二年夏四月）辛丑，回鹘遣使入贡，请发兵赴难，上命翰林学士承旨韩偓答书许之。乙巳，偓上言："戎狄兽心，不可倚信。彼见国家人物华靡，而城邑荒残，甲兵雕弊，必有轻中国之心，启其贪婪。且自会昌以来，回鹘为中国所破，恐其乘危复怨。所赐可汗书，宜谕以小小寇窃，不须赴难，虚愧其意，实沮其谋。"从之。（宋司马光《资治通鉴》卷二六三）

（天复二年五月）庚午，工部侍郎、同平章事韦贻范遭母丧，宦官荐翰林学士姚洎为相。洎谋于韩偓，偓曰："若图永久之利，则莫若未就为善；傥出上意，固无不可。且汴军旦夕合围，孤城难保，家族在东，可不虑乎！"洎乃移疾，上亦自不许。（宋司马光《资治通鉴》卷二六三）

（天复二年七月）韦贻范之为相也，多受人赂，许以官；既而以母丧罢去，日为债家所噪。亲吏刘延美，所负尤多，故汲汲于起复，日遣人诣两中尉、枢密及李茂贞求之。甲戌，命韩偓草贻范起复制，偓曰："吾腕可断，此制不可草！"即上疏论贻范遭忧未数月，遽令起复，实骇物听，伤国体。学士院二中使怒曰："学士勿以死为戏！"偓以疏授之，解衣而寝，二使不得已奏之。上即命罢草，仍赐敕褒赏之。八月，乙亥朔，班定，无白麻可宣。宦官喧言韩侍郎不肯草麻，闻者大骇。茂贞入见上曰："陛下命相而学士不肯草麻，与反何异！"上曰："卿辈荐贻范，朕不之违；学士不草麻，朕亦不之违。况彼所陈，事理明白，若之何不从！"茂贞不悦而出，至中书，见苏检曰："奸邪朋党，宛然如旧。"扼腕者久之。贻范犹经营不已，茂贞语人曰："我实不知书生礼数，为贻范所误，会当于邠州安置。"贻范乃止。（宋司马光《资治通鉴》卷二六三）

（天复二年）十一月，癸卯朔，保大节度使李茂勋帅其众万馀人救凤翔，屯于城北版上，与城中举烽相应。

甲辰，上使赵国夫人诇学士院二使皆不在，亟召韩偓、姚洎，窃见之于土门外，执手相泣。洎请上速还，恐为他人所见，上遽去。（宋司马光《资治通鉴》卷二六三）

（天复二年十一月）丙子，户部侍郎、同平章事韦贻范薨。

癸亥，朱全忠遣人薙城外草以困城中。甲子，李茂贞增兵守宫门，诸宦者自度不免，互相尤怨。

苏检数为韩偓经营入相，言于茂贞及中尉、枢密，且遣亲吏告偓，偓怒曰："公与韦公自贬所召归，旬月致位宰相，讫不能有所为；今朝夕不济，乃欲以此相污邪！"（宋司马光《资治通鉴》卷二六三）

（天复三年正月）戊申，李茂贞独见上，中尉韩全诲、张彦弘、枢密使袁易简、周敬容皆不得对。茂贞请诛全诲等，与朱全忠和解，奉车驾还京。上喜，即遣内养帅凤翔卒四十人收全诲等，斩之。以御食使第五可范为左军中尉，宣徽南院使仇承坦为右军中尉，王知古为上院枢密使，杨（《新唐书》作"扬"）虔朗为下院枢密使。是夕，又斩李继筠、李继诲、李彦弼及内诸司使韦处廷等十六人。己酉，遣韩偓及赵国夫人诣全忠营，又遣使囊全诲等二十馀人首以示全忠，曰："向来胁留车驾，惧罪离间，不欲协和，皆此曹也。今朕与茂贞决意诛之，卿可晓谕诸军以豁众愤。"辛亥，全忠遣观察判官李振奉表入谢。（宋司马光《资治通鉴》卷二六三）

（天复三年正月）甲子，车驾出凤翔，幸全忠营，全忠素服待罪；命客省使宣旨释罪，去三仗，止报平安，以公服入谢。全忠见上，顿首流涕；上命韩偓扶起之。上亦泣，曰："宗庙社稷，赖卿再安；朕与宗族，赖卿再生。"亲解玉带以赐之。少休，即行。全忠单骑前导十馀里，上辞之；全忠乃令朱友伦将兵扈从，自留部分后队，焚撤诸寨。友伦，存之子也。

是夕，车驾宿岐山。丁卯，至兴平，崔胤始帅百官迎谒，复以胤为司空、门下侍郎、同平章事，领三司如故。己巳，入长安。（宋司马光《资治通鉴》卷二六三）

（天复三年二月）甲戌，门下侍郎、同平章事陆扆责授沂王傅、分司。车驾还京师，赐诸道诏书，独凤翔无之。扆曰："茂贞罪虽大，然朝廷未与之绝，今独无诏书，示人不广。"崔胤怒，奏贬之。宫人宋柔等十一人皆韩全诲所献，及僧、道士与宦官亲厚者二十馀人，并送京兆杖杀。

上谓韩偓曰："崔胤虽尽忠，然比卿颇用机数。"对曰："凡为天下者，万国皆属之耳目，安可以机数欺之！莫若推诚直致，虽日计之不足而岁计之有馀也。"（宋司马光《资治通鉴》卷二六四）

（天复三年二月）初，翰林学士承旨韩偓之登进士第也，御史大夫赵崇知贡举。上返自凤翔，欲用偓为相，偓荐崇及兵部侍郎王赞自代；上欲从之，崔胤恶其分己权，使朱全忠入争之。全忠见上曰："赵崇轻薄之魁，王赞无才用，韩偓何得妄荐为相！"上见全忠怒甚，不得已，癸未，贬偓濮州司马。上密与偓泣别，偓曰："是人非复前来之比，臣得远贬及死乃幸耳，不忍见篡弑之辱！"（宋司马光《资治通鉴》卷二六四）

天复元年……崔胤以宦官典兵，终为肘腋之患，欲以外兵制之，讽茂贞留兵三千于京师充宿卫，以茂贞假子继筠将之。左谏议大夫万年韩偓以为不可，曰："兵自不肯去，非留之也。"偓曰："始者何为召之邪？"无以应。偓曰："留此兵，则家国两危。不留，则家国两安。"胤不从……（宋袁枢《通鉴纪事本末》卷三十八）

上之返正也，中书舍人令狐涣、给事中韩偓皆预其谋，故擢为翰林学士，数召对，访以机密。涣，绹之子也。时上悉以军国事委崔胤，每奏事，上与之从容，或至然烛，宦官畏之侧目，事无大小皆咨胤而后行。胤志欲尽除之，韩偓屡谏曰："事禁太甚，此辈亦不可全无。恐其党迫切，更生他变。"胤不从。六月丁卯，上独召偓，问曰："敕使中为恶者如林，何以处之？"对曰："东内之难，敕使谁非同恶，处之当在正旦，今已失其时矣！"上曰："当是时卿何不为崔胤言之？"对曰："臣见陛下诏书云：'自刘季述等四家之外，其馀一无所问。'夫人主所重莫大于信，既下此诏，则守之宜坚，若复戮一人，则人人惧死矣！然后来所去者已为不少，此其所以恓恓不安也。陛下不若择其尤无良者数人，明示其罪，置之于法，然后抚谕其馀曰：'吾恐尔曹谓吾心有所贮，自今可无疑矣。'乃择其忠厚者使为之长，其徒有善则奖之，有罪则惩之，咸自安矣。今此曹公私者以万数，岂可尽诛邪？夫帝王之道，当以重厚镇之，公正御之。至于琐细机巧，此机生，则彼机应矣，终不能成大功，所谓理丝而棼之者也。况今朝廷之权散在四方,苟能先收此权,则事无不可为者矣!"上深以为然,曰:"此事终以属卿。"(宋袁枢《通鉴纪事本末》卷三十八)

(天复)三年正月,茂贞杀韩全诲等二十人,囊其首示梁军,约出天子以为解甲。天子出幸梁军,遣使者驰召崔胤,胤托疾不至。王使人戏胤曰:"吾未识天子,惧其非是。子来为我辨之。"天子还至兴平,胤率百官奉迎,王自为天子执辔,且泣且行。行十馀里止之,见者咸以为忠。《五代史》:三年正月甲寅,岐人启壁,唐昭宗降使宣问慰劳,兼传密旨。寻又命翰林学士韩偓、赵国夫人宠颜赍诏押赐帝紫金酒器、御衣玉带。(宋欧阳修著、清彭元瑞注《五代史记注》卷一)

《学士试五题》:偓于昭宗朝宣入院试学士,试文五篇:《万邦咸宁赋》、《禹拜昌言诗》、《武臣授东川节度使制》、《答佛詹国王进贡书》、《让图形表》。其缴状云:"臣才不迈群,器非拔俗。待价既殊于楛玉,穷经有愧于籯金。而乃遭遇清时,涵濡睿泽。峨冠振佩,已尘象阙之班;舐笔和铅,更辱金门之侣。击钵谢捷,纂组惭工;抚己循涯,以荣为惧。"(宋朱胜非《绀珠集》卷十韩偓《金銮密记》)

《金銮密记》:昭宗召偓入院,试文五篇:《万邦咸宁赋》、《禹拜昌言诗》、《武臣授东川节度制》、《答佛詹国进贡书》、《批三功臣让图形表》。缴状云:"臣才不迈群,器非拔俗。待价既殊于楛玉,穷经有愧于籯金。遭遇清时,涵濡睿泽。峨冠振佩,已尘象阙之班;舐笔和铅,更入金门之召。击钵谢捷,纂组非工;抚己循涯,以荣为惧。"(宋曾慥《类说》卷七)

(韩偓)字致光,一云字致尧,昭宗时翰林学士承旨、尚书兵部侍郎。(宋王安石《唐百家诗选》卷二十)

南州九里,临江。《旧记》:昔越王余善于此钓得白龙,以为瑞,遂于所

坐之处筑为坛台。黄蒤诗有"钓沈新月落,龙起暮江寒"之句。其序云:
"台高四丈,周回三十六步。"唐翰林承旨韩偓诗:"无奈离肠易九回,强
摅怀抱立高台。中华地向城边尽,外国云从岛上来。四序有花长见雨,
一冬无雪却闻雷。日宫紫气生冠冕,试望扶桑病眼开。"本朝蔡公襄、王
公达、元公绛、蒋公之奇皆有诗。(宋梁克家《淳熙三山志》卷三十三
《钓龙台山》)

韩偓,字致光,京兆人。佐河中府,拜左拾遗,迁中书舍人,官至翰林学
士。有诗集行于世,自号"玉山樵人"。所著歌诗颇多,其间绮丽得意者数
百篇,往往脍炙人口,或乐工配入声律,粉墙椒壁窃咏者,不可胜纪。自谓
"咀五色之灵芝,咽三清之瑞露"。不然,何清词丽句如此之秀颖耶!考其
字画,虽无誉于当世,然而行书亦复可喜。尝读其《题怀素草书诗》云:"怪
石奔秋涧,寒藤挂古松。若教临水畔,字字恐成龙"之句,非潜心字学,其作
语不能迨此。后人有得其石本诗以赠,谓字体遒丽,辞句清逸,则知其"茹
芝饮露"之语,不为过也。今御府所藏行书二:《仆射帖》、《芝兰帖》。(宋佚
名《宣和书谱》卷十)

韩偓,即瞻之子也,兄仪。瞻与李义山同年,集中谓之韩冬郎是也。故
题偓云:"七岁裁诗走马成"。冬郎,偓小名。偓,字致光。(宋钱易《南部新
书》乙)

唐韩偓与姚洎皆为翰林学士,从昭宗幸岐。偓每与两使敕会棋,两使
稍不胜,洎即以手坏之,偓呼为"白鹦鹉"。如此者不一。若洎不在坐,两使
将输,必大呼"白鹦鹉",洎应声而至,即为坏局。偓曰:"求知之道,一何卑
耶?"因拨局而起。(原注:白鹦鹉坏局事,见《明皇杂录·雪衣娘》)(宋马永
易《实宾录》卷八)

晚唐诗绮靡乏风骨,或者薄之,且因王维、储光羲辈,而并薄其人。然
气节之士,亦往往出于其间。昭宗末年,朱温篡形已成。韩偓在翰林,苏检

616

数为经营入相，偓怒曰："公不能有所为，今朝夕不济，乃欲以此相污耶！"昭宗欲相偓，偓辞，而荐赵崇。崔胤怒，使温滔而逐之。昭宗与之泣别，偓泣曰："臣得远贬，及死乃幸，不忍见篡弑之辱也。"司空图初为礼部员外郎，弃官隐居王官谷，累征不起。柳璨以诏书征之，图惧，诣洛阳入见，佯为衰野，坠笏失仪。乃下诏以为傲代钓名，放还山。罗隐乾符中举进士十上不第，黄巢乱，归依钱镠。及朱温篡，诏至，痛哭劝镠举义，镠不能从。温闻其名，以谏议大夫招之，不就。事镠终于著作佐郎。若三子者，又可以晚唐诗人薄之乎？（宋罗大经《鹤林玉露》乙编卷六《晚唐诗人》）

和鲁公凝有艳词一编，名《香奁集》。凝后贵，乃嫁其名为韩偓，今世传《香奁集》乃凝所为也。凝生平著述分为《演纶》、《游艺》、《孝悌》、《疑狱》、《香奁》、《籝金》六集。自为《游艺集序》云："予有《香奁》、《籝金》二集，不行于世。"凝在政府，避议论，讳其名；又欲后人知，故于《游艺集序》述之，此凝之意也。予在秀州，其曾孙和惇家藏诸书，皆鲁公旧物，末有印记甚完。（宋沈括《梦溪笔谈》卷十六）

唐韩偓为诗极清丽，有手写诗百馀篇，在其四世孙奕处。偓天复中避地泉州之南安县，子孙遂家焉。庆历中，予过南安，见奕出其手集，字极淳劲可爱。后数年，奕诣献之。以忠臣之后，得司士参军，终于殿中丞。又予在京师见偓《送晉光上人诗》，亦墨迹也，与此无异。（宋沈括《梦溪笔谈》卷十七）

韩偓，郑诚之哀词云：有唐翰林韩偓，因左迁遂家焉。（宋祝穆《方舆胜览》卷十二《泉州·人物》）

韩偓故居（小注：在南安）。
唐翰林韩偓墓。（宋王象之《舆地纪胜》卷一百三十《泉州·古迹》）
唐韩偓。（小注：郑诚之哀词云："有唐翰林韩偓，因左迁遂家焉。"有《南安寓居》诗云：迹为乱离飘岭海，文从歌颂变风骚。故都禾黍身难到，宝剑尘埃思谩劳。）（宋王象之《舆地纪胜》卷一百三十《泉州·人物》）

智按："迹为乱离飘岭海，文从歌颂变风骚。故都禾黍身难到，宝剑尘埃思漫劳"非韩偓《南安寓居》诗，实出自宋陈从易《题韩侍郎致光诗》(见明何炯纂辑《清源文献》卷三)。

遐方不许贡珍奇，密诏惟教进荔枝(韩偓《荔枝》)。闻得乡人说刺桐，叶先花后始年丰。我今到此忧民切，只爱青青不爱红(韩偓《刺桐》)。(宋王象之《舆地纪胜》卷一百三十《泉州·泉南花木诗》)

韩偓自书《裴郡君祭文》，首书"甲戌岁"，衔书"前翰林学士承旨、银青光禄大夫、行尚书户部侍郎、知制诰、昌黎县开国男、食邑三百户韩某"。是岁朱氏篡唐已八年，为乾化四年，犹书唐故官而不用梁年号。(庆历中，诏官其四世孙奕。若璩按：王氏晚岁自撰志铭，有曰："其仕其止，如偓如图"，闻者咸以为实录。偓即韩偓，图则卷二十之司空表圣，丘迟求云。庆历当作景祐，盖庞籍为漕时奏上偓诗，始得官其裔孙也。)(宋王应麟《困学纪闻》卷十四)

《续通典》：学士入院，除中书舍人不试。馀皆试麻制、答蕃书、批、答、诗赋，号曰试五题。(韩偓《金銮密记》曰："召入院试文五篇。")(宋王应麟《玉海》卷一百六十七)

唐王言有七，其二曰制书，大除授用之。学士初入院，试制书批答有三篇(又诗赋各一道，号曰五题。后唐停诗赋。白居易入翰林，以所试制《加段祐兵部尚书领泾州》，韩偓试《武臣授东川节度制》)，此试制之始也。(舍人不试，多自学士迁)……(宋王应麟《玉海》卷二百二《辞学指南》)

韩偓自号玉山樵人，有《香奁集》行于世。(宋叶廷珪《海录碎事》卷九下《私谥门·玉山樵人》)

韩偓、崔胤请以辉王为元帅。帝问偓："他日累吾儿否?"偓曰："陛下在东内时天阴，雱王闻乌声，曰：'上与后幽困，乌鹊亦悲'。陛下闻之恻然，有是否?"帝曰："然，是儿集天生忠孝，与人异意。"遂决。(宋谢维新《事类备韩偓,字致光,京兆人,擢进士第。偓尝与崔胤定策诛刘季述,昭宗反正为功臣,为中书舍人。其后韩全诲等劫帝西幸,偓夜追及鄠,见帝恸哭。至凤翔,迁兵侍。天祐二年,挈其族依王审知云。帝疾宫人骄横,欲尽去之,偓曰云云。帝前膝曰:"此事始终属卿。"偓荐御史大夫赵崇劲正雅重,可以准绳中外。帝知偓崇门生也,叹其能让。宰相韦贻范母丧,诏还位。偓当草制,上言贻范处丧未数月,使视事伤孝子心。学士使马从皓逼偓求草,偓曰:"腕可断,麻不可草。"帝欲相者三四,让不敢当。(宋章定《名贤氏族言行类稿》卷十五)

崔胤以宦官典兵,终为肘腋之患,欲以外兵制之,讽茂贞留兵三千于京师充宿卫,以茂贞假子继筠将之。左谏议大夫韩偓以为不可,胤不从。时上悉以军国事委崔胤,每奏事上与之从容,或至然烛,宦官畏之侧目,事无大小皆咨胤而后行。胤志欲尽除之,翰林学士韩偓屡谏曰:"事禁太甚,此辈亦不可全无,恐其党迫切,更生他变。"胤不从……(宋真德秀《大学衍义》卷四十)

韩致尧,名偓,京兆人。龙纪元年擢进士第,昭宗时为中书舍人。从幸凤翔进诗,朱全忠恶之。后召为翰林学士,不敢入朝,挈家南依王审知而卒,号"玉山樵者"。高秀实云:"韩偓《香奁集》丽而无骨,李端叔酷爱之,诵其序云:'咀五色之灵芝,香生九窍;咽三危之瑞露,美动七情。'"(元杨士弘《唐音》卷十四《唐诗遗响》七)

泉州路(县名):晋江、南安、同安、惠安、永春、安溪、德化。韩偓翰林左迁家于泉。(元佚名《群书通要》癸集《方舆胜览》下)

唐韩偓本京兆人,为翰林学士承旨。昭宗时,朱全忠怒其薄己,斥偓罪欲杀之,以郑元规解乃止,累贬邓州司马。天祐初复召为学士,偓不敢入

朝,挈家南依王审知。居南安有诗云:"此地三年偶寓家,枳篱茅屋共桑麻。"(元祝诚《莲堂诗话》卷上《韩偓南迁》)

偓,字致尧,京兆人。龙纪元年,礼部侍郎赵崇下擢第。天复中,王溥荐为翰林学士,迁中书舍人。从昭宗幸凤翔,进兵部侍郎、翰林承旨。尝与崔胤定策诛刘季述。昭宗反正,论为功臣。帝疾宦人骄横,欲去之。偓画策称旨,帝前膝曰:"此一事终始以属卿。"偓因荐座主御史大夫赵崇,时称能让。李彦弼偃甚,因谮偓漏禁省语,帝怒曰:"卿有官属,日夕议事,奈何不欲我见韩学士邪?"帝励精政事,偓处可机密,率与上意合。欲相者三四,让不敢当。偓喜侵侮有位,朱全忠亦恶之,乃构祸贬濮州司马。帝流涕曰:"我左右无人矣!"天祐二年,复召为学士,偓不敢入朝,挈其族南依王审知而卒。偓自号"玉山樵人"。工诗,有集一卷。又作《香奁集》一卷,词多侧艳新巧,又作《金銮密记》五卷,今并传。(元辛文房《唐才子传》卷九《韩偓传》)

韩偓,字致光,自号"玉山樵人",京兆人。官至翰林学士。所著歌诗往往脍炙人口。其字画虽无誉于当世,而行书亦复可喜。(元陶宗仪《书史会要》卷五)

韩偓,字致光,(《纪事》云:本字致尧,史云致光误。)京兆万年人。擢进士第,累翰林学士、中书舍人。刘季述之变,佐崔胤反正,为功臣。随幸岐下,迁兵部侍郎,进承旨。还京,昭宗益加信任,处可机密,欲相者三四,让不敢当。以荐赵崇,贰于胤,朱全忠欲罪之,胤不为解,贬濮州司马。昭宗执手涕别,叹左右自此无人。再贬荣懿尉,徙邓州司马。天祐中,复原官征,时唐祚将移,不赴召,挈族南依王审知,卒。偓十岁能诗,尝即席为诗送父友李商隐,一座尽惊。(商隐集《赠韩冬郎诗》有"十岁裁诗走马成",及"雏凤清于老凤声"之句。冬郎,偓小字。父瞻,开成中商隐同年也。)富才情,词靡丽。初喜为闺阁诗,后遭国祸远遁。出语依于节义,得诗人之正焉。自号"玉山樵人"。集六卷。(石林叶氏曰:《唐史》偓传,贬濮州后即不甚详。吾家所从偓诗皆以甲子历历自记,有《天祐二年乙丑在袁州得人贺复除戎曹依旧承旨诗》。又有《丁卯年闻再除戎曹依前充职》诗,盖两召皆辞不赴也。终身不食梁禄,大节与司空表圣略相等,惜乎《唐史》止书乙丑一召,不为少发明之。晁公武曰:"偓有君子之道四焉:唐之末南北分崩而忘其君,偓虽崔胤门生,独能弃家从上,一也。其时搢绅无不交通内外以躐取爵禄,偓独能力辞相位,二也。不肯草韦贻范起复麻,三也。不肯致拜于朱温,四也。诗曰:'风雨如晦,鸡鸣不已',偓之谓矣。而宋子京薄之,奈何?"《南唐近事》云:"偓捐馆日,有一篋缄镝甚密,家人意其中必有珍玩,发观之,惟得烧残龙凤烛百馀条,蜡泪尚新。盖在翰院日,昭宗召对金銮,深夜宫伎秉烛以送,偓悉藏之,识不忘也。"按偓集,《唐书·艺文志》一卷,《香奁集》一卷。《宋志》又有《入翰林集》一卷,别集三卷。偓在闽所为诗,皆手自写成帙。宋嘉祐间,庞颖公为漕,从裔孙奕取奏之,奕因得官,故较《唐志》为多。《入翰林集》不满二十篇,别集自出官迄寓闽诗具在,而及第前诸作亦附焉。若《香奁集》,大概未登第前诗也。兹汇《翰林集》、别集,编年为四卷;《香奁集》合别集中一二艳词为二卷附末,而略谱其年于左,俾读者晰其出处之概云。昭宗龙纪元年,偓登进士。前此懿宗咸通元年至僖宗中和元年二十二年中,偓有《香奁集》,自序云庚辰迄辛丑作,正两元年岁干也。天复元年五月入翰林,有《召对》及《寓直》等诗。十一月,昭宗劫迁凤翔随驾,有《随驾》诗。三年正月还京,未几忤全忠贬,有《二月二十二日赴贬所途中》诗。次年甲子,昭宗迁洛遇弑,有《八月六日》诗。自后诗纪岁干,不称年号,用陶靖节义例,示不臣梁也。甲子在湖南,有《夏五月自长沙抵醴陵》诗,寻入袁州,至抚州。乙丑寓抚州,有《闻复官不赴》诗。丙寅寓抚州,是秋至福州,主黄滔家,见滔集跋。丁卯寓福州,有《复官不赴召》诗。是岁唐亡,有《感事诗三十四韵》。戊辰寓福州。己巳寓汀州沙县,有《规郑左丞赴梁征命》及《寄京洛亲友令知病废》诗。庚午寓尤溪,寻寓桃林场。《闽志》:桃林溪去南安二十里,或即其地。辛未寓南安。壬申寓南安,有《讥梁奉使郎官笑余迁古》诗。癸酉寓南安,有"此地三年曾寄家"诗及《气疾初愈》诗。《方舆胜览》云:偓卒,郑诚之为哀词。今墓在南安。)(明胡震亨《唐音统签》卷七百九《戊签》七十五《韩偓集》之前言)

葵山。自郡双阳山西北来。山有迭石如箧，号"迭经石"。宋时，上有法华院，下有三华院。唐翰林承旨韩偓、宋邕州守苏缄、威武军节度招讨使傅实、左丞初寮先生王安中，皆葬是麓。偓，字致光，京兆人。龙纪元年进士，累迁谏议大夫、翰林学士。昭宗幸凤翔，进兵部侍郎承旨。昭宗反正，励精政事，偓处可机密，率与帝合，欲相，再三让不敢受。而朱全忠欲害之，贬濮州司马。昭宗执偓手，流涕曰："左右无人矣!"再贬荣懿尉，徙邓州司马。昭宗继弑，哀帝复召为学士，还故官，偓不敢入朝，挈族依王审知，寓居南安。三年，复有前命，偓复辞，为诗曰："岂独鸥夷解归去，五湖渔艇且铺糟。"是年，全忠篡唐为梁。乾化三年，复召，亦辞不往。明年，梁亡。均王十一年，卒于邑之龙兴寺。偓所著有《内庭集》《金銮别记》。自贬后，以甲子历历记所在。其诗皆手写成卷。宋嘉祐间，裔孙奕出以示人，庞颍公籍为漕，取奏之，因得官。世传偓别本有《香奁记》，率艳丽之辞。沈括《笔谈》以为和凝所作。凝既贵，恶其侧艳，诡称偓著。或谓江南韩熙载所为，误为偓也。叶石林谓：偓两召不行，非特避祸，盖终身不食梁禄，其大节与司空表圣略相等。（明何乔远《闽书》卷八《方域志·泉州府·南安县·山》）

韩偓，字致尧，京兆万年人。龙纪元年进士，官至翰林学士承旨。昭宗时，朱全忠忌其薄己，斥于上前欲杀之，以郑元规救解乃止。累贬邓州司马。天祐初，复召为学士，不敢入朝，挈其族南依王审知，号"玉山樵人"。（明黄仲昭修纂《八闽通志》卷六十三《人物·福州府·寓贤》）

韩偓，天祐初来依王审知，与王延彬游从甚欢。十一年，卒于南安龙兴寺，年七十二。有《入内廷集》、《金銮密记》、《香奁》诸集行于世。馀见《福州志·人物志》。（明黄仲昭修纂《八闽通志》卷六十八《人物·泉州府·寓贤》）

韩偓故居：在南安县，偓自京兆徙此。其诗有"此地三年偶寓家，枳篱茅屋共桑麻"之句。（明李贤《明一统志》卷七十五）

志云:夜郎里有废扶欢县址。按《寰宇记》:扶欢县,唐贞观十七年与荣懿县同置,以县东扶欢山为名也,属溱州。《唐书》贬韩偓为荣懿尉,即此地。(明曹学佺《蜀中广记》卷二十)

韩偓天祐初来依王审知,与王延彬游从甚欢。十一年卒于南安龙兴寺,年七十二。有《入内庭集》、《金銮密记》、《香奁》诸集行于世。馀见《福州府·人物志》。(明陈道《(弘治)八闽通志》卷六十八《人物》)

南安县……韩偓宅(在县。偓自京兆徙此,其诗有“此地三年偶寓家,枳篱茅屋共桑麻”。)(明陈道《(弘治)八闽通志》卷七十三《宫室》)

韩偓,字致尧,京兆万年人也。当昭宗时,偓为翰林院学士,朱全忠怒偓之薄己,将杀之,得郑元规居间乃解。累贬邓州司马。天祐初复召以为学士,偓恐,遂不敢入朝,挈其族南依王审知。梁乾化末,卒于南安。有《内庭集》、《金銮密记》、《香奁》诸集行于世。(蔚按《十国春秋》,偓卒于南安龙兴寺,葬葵山之麓。)(明陈鸣鹤《东越文苑》卷一)

昭宗召韩偓入院试文五篇:《万邦咸宁赋》、《拜昌言诗》、《武臣授东川节度制》、《答佛誓国王进贡书》、《批三功臣让图形表》。缴状云:“臣才不迈群,器非拔俗。待价既殊于楛玉,穷经有愧于籝金。遭遇清时,涵濡睿泽。峨冠振佩,已尘象阙之班;舐笔和铅,更入金门之诏。击钵谢捷,纂组非工。抚己循涯,以荣为惧。(《金銮密记》)长兴元年,翰林学士刘昫奏本院旧例:学士入院除中书舍人不试,馀皆试麻制、答蕃书、批答各一道、诗赋各一首,号曰试五题。(明陈耀文《天中记》卷三十引《续通典》)

韩偓、姚洎俱为翰林学士,从昭宗幸岐。偓每与两使敕令棋,两使不胜,洎即以手坏之,偓呼为“白鹦鹉”。若洎不在,两使将输,必大呼曰:“白鹦鹉!”洎应声至。(明陈耀文《天中记》卷四十一引《北梦琐言》)

晚唐诗绮靡乏风骨,或者薄之。且因王维、储光羲辈而并薄其人,然气节之士亦往往出于其间。昭宗末年朱温篡形已成，韩偓在翰林，苏检数为经营入相，偓怒曰："公不能有所为，今朝夕不济，乃欲以此相污耶！"昭宗欲相偓，偓辞而荐赵崇。崔胤怒，使温谮而逐之。昭宗与之泣别，偓泣曰："臣得远贬及死乃幸，不忍见篡弑之辱也。"司空图初为礼部员外郎，弃官隐居王官谷，累征不起。柳灿以诏书征之，图惧诣洛阳。入见佯为衰野，坠笏失仪。乃下诏以为傲代钓名，放还山。罗隐乾符中举进士，十上不第。黄巢乱，归依钱镠。及朱温篡诏至，痛哭劝镠举义，镠不能从。温闻其名，以谏议大夫招之，不就。事镠终于著作郎。若三子者，又可以晚唐诗人薄之乎？（明郭良翰《续问奇类林》卷十五）

韩偓，字致尧，刻多致光，非也，见《纪事》偓下，有辨甚明。而《纪事》别见又作致光，录者误也。（明胡应麟《诗薮》外编卷四）

苏检字圣用，举进士，历中书舍人。昭宗天复二年，拜工部侍郎、同中书门下平章事。朱全忠、崔胤反复为奸，朝廷急于累卵。检以韩偓有才辨，数言于李茂贞，欲以相偓。偓阴附胤，知事不可，不肯拜。初，茂贞与诸宦者，恐上自别用人，故协力荐检。明年二月丙子，胤与全忠竟害检。（明康海《（正德）武功县志》卷三）

韩偓墓在南安县，偓唐翰林学士。韩偓故居在南安县，偓自京兆徙此。其诗有"此地三年偶寓家，枳篱茅屋共桑麻"之句。（明李贤《明一统志》卷七十五）

韩偓，字致光，京兆人。宰相韦贻范母丧，诏还位。偓当草制，上言："贻范处丧未数月，使视事，伤孝子心。"学士使马从皓逼偓求草，偓曰："腕可断，相麻不可草！"（明凌迪知《万姓统谱》卷二十四）

审邦亦善吏治，为泉州刺史、检校司徒。喜儒术，通《书》、《春秋》。流民还者假牛犁，与完庐舍。遣子延彬作招贤院以礼贤士，中原士夫杨承休、

郑璘、韩偓……杨赞图、郑戬等赖以免祸。(明邵经邦《弘简录》卷七十四)

癸未,贬翰林学士承旨韩偓为濮州司马。以《通鉴》修,解题曰:"按偓诗集,自贬濮州后,其诗皆以甲子自记所在,岂亦欲效陶潜之于宋耶? 乙丑,天祐二年也。在袁州得人贺除承旨,有诗。丁卯,梁开平元年也,闻再除前职,又有诗言不往之意,是两召皆辞。癸酉,乾化二年也,载其在南安之作。终身不食梁禄,大节与司空图略相等。(明王祎《大事记续编》卷七十)

韩偓除宦官疏(唐昭宗天复元年)。崔胤欲尽除宦官,上召韩偓问之。对曰:"今不若择其尤无良者数人,明示其罪,置之于法,然后抚谕其馀,择其忠厚者使为之长。有善则奖,有恶则惩,则咸自安矣。岂可尽诛耶! 夫帝王之道,当以厚重镇之,公正御之。至于琐细机巧,此机生则彼机应矣,终不能成大功。况今朝廷之权散在四方,苟能先收此权,则事无不可为者。"上深以为然,曰:"此事终以属卿。"(明王锡爵《历代名臣奏疏》卷四)

王延彬,闽王审知弟审邦之子。官节度使时,中原人士杨承休、郑璘、韩偓、归传懿、杨赞图、郑戬等皆避乱入闽依审邦。审邦振赋以财,遣延彬作招贤馆礼焉。(清曹寅《全唐诗》卷七六三)

韩偓,字致尧,一字致光,京兆万年人,龙纪进士。后王溥荐为翰林学士,迁中书舍人。从幸凤翔,进兵部侍郎。朱全忠恶之,贬濮州司马。天祐中复召入,偓挈家南依王审知,卒。号"玉山樵人"。有诗集一卷,又《香奁集》一卷。(明陆时雍《唐诗镜》卷五十四)

韩偓,字致光,京兆人。唐龙纪元年进士,累迁谏议大夫、翰林学士。昭宗幸凤翔,进兵部侍郎、承旨。昭宗反正,励精政事,偓处分机密,率与意合,欲相之,屡让不受。朱全忠忌偓,贬濮州司马,昭宗执偓手,流涕曰:"左右无人矣!"再贬荣经(按:"经"应为"懿"之误)尉,徙邓州司马。

昭宗被弑,哀帝复召为学士,还故官,偓不敢入朝,挈族来依太祖,侨居

625

南安。天祐三年，复有前命，偓又辞，为诗曰："岂独鸱夷解归去，五湖渔艇且艒艎。"已而梁篡唐，乾化三年，复召，亦辞不往。

龙德三年，卒于南安龙兴寺，葬葵山之麓。所著有《内庭集》、《金銮别纪》。自贬后，以甲子历历自记所在，其诗皆手写成帙。殁之日，家无馀财，惟烧残龙凤烛一器而已。

子寅亮，终于闽。（《南唐近事》云：韩寅亮，偓子也。常言偓捐馆日，温陵帅闻其家藏箱笥颇多，而缄镝甚密，使亲信发观，惟得烧残龙凤烛、金缕红巾百馀条。有老仆泫然言："□公为学士日，常视草金銮殿，深夜方还。翰苑当时皆宫妓秉烛炬以送，公悉藏之。"后延平有老尼亦说斯事。尼即偓之妾也。）（清吴任臣《十国春秋》卷九十五《韩偓传》）

韩偓，字致光，一作尧，京兆万年人。龙纪元年擢进士第，佐河中幕府，召拜左拾遗。累迁谏议大夫，历翰林学士、中书舍人、兵部侍郎。以不附朱全忠，贬濮州司马，再贬荣懿尉，徙邓州司马。天祐二年复原官，偓不赴召，南依王审知而卒。《翰林集》一卷，《香奁集》三卷，今合编四卷。（清曹寅等《全唐诗》卷六八〇《韩偓》小传）

偓，字致光，京兆万年人。第进士，佐河中幕府。召拜左拾遗，累迁左谏议大夫。宰相崔胤判度支，表以自副。入翰林为学士，迁中书舍人。从昭宗幸凤翔，迁兵部侍郎，进承旨。朱全忠恶之，贬濮州司马，再贬荣懿尉，徙邓州司马。挈其族南依王审知，卒。（清董诰等《全唐文》卷八二九《韩偓》小传）

钱珝《授窦回凤翔节度副使崔澄观察判官韩偓节度掌书记等制》敕：具官窦回等。汉诏子弟理郡国，必择诸儒有材行者以左右之。故韩安国、王尊之徒，皆能守法相导，炯然可观，而显位高名，终亦自得。今朕以汧岐奥壤，而辅京师。推择统临，重在藩邸。用乃命丞相选宾介于朝，而回以术业克官，丞相先绪。澄以礼义端已，实禀天成。偓致用于文，甚多强力。举是三美，济于一方。苟务同心，必闻善政。吾欲保任亲戚，表率诸侯。往赞理声，日当倾听。尔等亮直勤敬，如在谏省郎署时。则安国、王尊之贤，与古

相望。迁秩命服，诚未足多。可依前件。（清董诰等《全唐文》卷八三二）

《唐史》偓传，贬濮州后，即不甚详。吾家所得偓诗，皆以甲子历历自记。有天祐二年乙丑在袁州，得人贺复除戎曹依旧承旨诗，又有丁卯年闻再除戎曹依前充职诗，盖两召皆辞不赴也。终身不食梁禄，大节与司空表圣略相等。惜乎《唐史》止书乙丑一召，不为少发明之。（清王士禛《五代诗话》卷六引宋叶梦得《石林集》）

韩偓，字致尧，京兆人。龙纪元年进士第，累迁谏议大夫、翰林学士。昭宗幸凤翔，进兵部侍郎、承旨。常与崔胤定策诛刘季述，昭宗反正，论为功臣。每疾宦人横暴，欲去之。偓画策称旨，昭宗前膝曰："此一事终始属卿！"偓因荐座主御史大夫赵崇，时称能让。李彦弼倨甚，因谮偓漏禁省语。昭宗怒曰："卿有官属日夕议事，奈何不欲我见韩学士邪！"昭宗励精政事，偓处分机密，率与意合。欲相之，屡让不受。朱全忠忌之，构衅贬濮州司马。昭宗执偓手流涕曰："左右无人矣！"再贬荣经尉，徙邓州司马。昭宗被弑，昭宣帝复召为学士还故官，偓不敢入朝，挈族南依王审知，居南安，自号"玉山樵人"。天祐三年，复有前命，偓又辞，为诗曰："岂独鸱夷解归去，五湖渔艇且铺糟。"已而全忠篡位，复召，亦坚辞不往。同光元年，卒于南安龙兴寺。所著有《金銮密记》五卷，《内庭集》一卷，《香奁集》一卷。自贬后，以甲子历历自记所在，其诗皆手写成帙。殁之日，家无馀财，惟烧残龙凤烛一器，金缕红巾百馀条而已，盖为学士时所得也。子寅亮，终于闽。（清陈鳣《续唐书》卷六十五《诸国臣传》第三十一）

韩偓，字致光。《纪事》云，本字致尧，冬郎其小字也，京兆万年人。昭宗龙纪元年擢进士第，召拜左拾遗，累翰林学士、中书舍人。刘季述之变，佐崔胤，反正为功臣。韩全海等劫上西幸，偓夜追及鄠，见上恸哭。至凤翔，迁兵部侍郎，进承旨。上欲用偓为相，偓荐赵崇、王赞自代，忤朱全忠，贬濮州司马。上与泣别，偓曰："是人非复向来之比，臣得贬死为幸，不忍见篡弑之辱！"及昭宗被弑，挈其族依王审知，终身不食梁禄。捐馆日，有一箧缄镝甚密，家人意其中必有珍玩。发观之，唯得烧残龙凤烛百馀条，蜡泪尚新。盖在翰院日，昭宗召对金銮，深夜宫伎秉烛以送，偓悉藏之，识不忘也。其大节与司空表圣略相等，而《唐书》本传但言偓不敢入朝，不少发明其心迹，惜哉！偓富才情，词致婉丽。初喜为闺合诗，后遭国祸，出语依于节义，得诗人之正焉。所著书一卷，又《香奁集》一卷，《金銮密记》五卷。（清杜诏《唐诗叩弹集》卷十二）

偓，字致光，《纪事》云："本字致尧，史云致光误。"京兆万年人。擢进士第，累翰林学士、中书舍人。刘季述之变，佐崔胤反正为功臣。随幸岐下，迁兵部侍郎，进承旨。还京，昭宗益加信任，欲相者三四，让不敢当。以荐赵崇贰于胤，朱全忠，欲罪之，胤不为解，贬濮州司马。昭宗执手涕别，叹左右自此无人。再贬荣懿尉，徙邓州司马。天祐中复原官，不赴召，挈族南依王审知。偓十岁能诗，尝即席为诗送父友李商隐，一坐尽惊。商隐集赠韩冬郎诗有"十岁裁诗走马成"及"雏凤清于老凤声"之句。冬郎，偓小字。父瞻，开成中商隐同年。也富才情，词靡丽。初喜为闺阁诗，后遭故远遁，出语依于节义，得诗人之正焉。自号"玉山樵人"。（清徐倬《全唐诗录》卷九十三《韩偓》）

韩偓，字致尧，一字致光，万年人。龙纪元年进士，佐河中幕府，召拜左拾遗，累迁左谏议大夫。王溥荐为翰林学士，迁中书舍人。从昭宗幸凤翔，迁兵部侍郎，进承旨，欲相者三四，皆固辞。后为朱全忠所恶，贬濮州司马。天祐二年，复召为学士。偓不敢入朝，挈家南依王审知。自号"玉山樵人"。所著有《金銮密记》五卷，诗一卷，又《香奁集》一卷。（清沈辰垣《历代诗馀》卷一○一）

韩偓，万年人。擢进士第，为翰林学士，迁中书舍人。尝与宰相定策诛刘季述，昭宗反正为功臣。帝西幸，偓夜追及鄠。至凤翔，迁兵部侍郎，进承旨。偓处可机密，率与帝意合，欲相者三四。朱全忠怒其薄己，贬濮州司马。帝执其手流涕曰："我左右无人矣！"偓挈其族，南依王审知而卒。（清

穆彰阿《(嘉庆)大清一统志》卷二三一《西安府》五《人物》)

姜公辅墓,在南安县西九日山麓。韩偓墓,在南安县北葵山麓。王潮墓,在惠安县西南盘龙山下。(清穆彰阿《(嘉庆)大清一统志》卷四二八《陵墓》)

韩偓,京兆人,官兵部侍郎。昭宗反正,励精政事,偓处分机密,欲以为相,朱全忠忌贬之,昭宗握手流涕。后挈家族来依王审知,侨居南安卒。(清穆彰阿《(嘉庆)大清一统志》卷四二八《流寓》)

天王院留题,在沙县壁间有唐韩偓题诗。(清倪涛《六艺之一录》卷一〇七)

九日山石刻,在南安县西。……自晋以来,缙绅方外多登憩焉。唐秦系隐居于此,姜公辅、韩偓后先寄迹。熙宁间守陈偁监郡日,子瓛来构山房。绍兴丙子朱文公尉同安,秩满与傅伯成载酒过此。后淳熙乙巳,复与陈知柔赋诗怀古。上有朱子书"九日山"三字。(清冯登府《闽中金石志》卷十一)

韩偓,字致光,京兆万年人。龙纪元年进士,历兵部侍郎,进学士承旨,忤朱全忠。天祐二年,复召为翰林学士,不敢入朝。转徙闽中,依王审知,卒于南安龙兴寺。宋庆历中,丞相庞籍进遗稿,官其孙奕。(清鲁曾煜《(乾隆)福州府志》卷六十四《流寓》引《闽大记》)

正月甲子,车驾出凤翔,幸全忠军。乙丑扶风令朱友伦总兵侍卫。丙寅次武功。丁卯次兴平,宰臣崔胤率百官迎谒(《旧唐书·昭宗纪》)。茂贞请遣使谕全忠军,诏崔构挟中人郭遵诲往。既行,又命宫人宠颜驰见全忠谕密旨,乃以蒋元晖入卫。二日,茂贞独见,至日旰。全海恨甚,自见势去,计无所用。帝召韩偓执手涕泗曰:"今先去四大恶,馀以次诛矣。"于是内养八辈候廷中授命,每二辈以卫士十人取一首。俄而全海等皆死。是夜诛韦处廷等二十二人,悉以首纳布囊,诏送全忠,曰:"是皆不肯使乘舆东者,既斩之矣。"全忠大喜,遍告军中。茂贞复诛小使李继彝等十人。于是开垒门,全忠犹攻北垒。帝遣宠颜赐御巾箱、宝器,使罢兵。又捕杀中官七十人。全忠亦使京兆诛党与百馀人。天子入全忠军,全忠泥首素服,待罪客省。传呼彻三仗,有诏释全忠罪,使朝服见。全忠伏地泣曰:"老臣位将相,勤王无状,使陛下及此,臣之罪也。"帝亦呜咽,命韩偓起之,解玉带以赐,召之食。帝顾卫兵或有愤发者,因履系解,目全忠"为吾系之"。全忠跪结履,汗浃于背,而左右莫敢动(《唐书·韩全诲传》)。天子出幸梁军,遣使驰诏崔胤,胤托疾不至。王使人戏胤曰:"吾未识天子,惧其非是,子来为我辨之!"天子还至兴平,胤率百官奉迎,王自为天子执辔,且泣且行。行十馀里止之。见者咸以为忠。(《五代史·梁太祖传》)(清沈青峰《(雍正)陕西通志》卷八十)

王审邦,字次都,固始人,潮弟。为泉州刺史、检校司徒。喜儒术,通《书》《春秋》。善吏治,流民还者,假牛犁与完庐舍。中原乱,公卿多来依之,赈赡以财。如杨承休、郑璘、韩偓、归傅懿、杨赞图、郑戬等赖以免祸。审邦遣子延彬,作招贤院以礼之。(清王士俊《(雍正)河南通志》卷六十)

《山堂肆考》:韦贻范之为相也,多受人赂,许以官。既而以丧罢,去日为债家所噪,汲汲于起复,日遣人诣两中尉枢密及李茂贞求之。上命韩偓草制,偓曰:"吾腕可断,此制不可草也!"即上疏论之。中使怒曰:"学士勿以死为戏!"偓以疏授之,解衣而寝。中使奏之,上命罢草。明日班定无白麻可宣,宦官喧言:"韩侍郎不肯草麻!"茂贞入见曰:"陛下命相,而学士不肯草麻,与反何异?"上曰:"学士所陈事理明白,若之何不从!"茂贞不说而出,语人曰:"我实不知书生礼数,为贻范所误!"后竟起复。(清王正功《中书典故汇纪》卷八)

天祐二年夏四月,王藏佛经于寿山,凡五百四十一函,总五千四十八卷。唐学士韩偓挈族来奔……(清吴任臣《十国春秋》卷九十)

审邦(《五国故事》作圭),字次都,太祖仲兄也。……天复二年,加司

630

空;三年,加司徒,进封开国公,食邑七百户。在政十二年。为人喜儒术,通《春秋》,善吏治。流民还者,假以牛犁,兴完庐舍。中原乱,公卿多来依闽。审邦遣子延彬作招贤院礼之,振赋以财。如唐右省常侍李洵、翰林承旨制诰兵部侍郎韩偓、中书舍人王涤、右补阙崔道融、大司农王标、吏部郎中夏侯淑、司勋员外郎王拯、刑部员外郎杨承休、弘文馆直学士杨赞图、王倜、集贤殿校理归传懿,及郑璘、郑戬等,皆赖以免祸。(清吴任臣《十国春秋》卷九十四)

《天中记》曰:"韩偓捐馆之日,温陵帅闻其家藏笥颇多,使亲信发观,惟得烧残红凤烛、金缕红巾百馀条,蜡泪尚新,巾香犹郁。有老仆泫然而泣曰:'公为学士日,常视草金銮内殿,深夜方还。当时皆宫妓秉烛以送,公悉藏之。自西京之乱,得罪南还,十不存二三矣!'"(清张英《渊鉴类函》卷七十二《设官部》十二《翰林学士》四《龙凤烛》)

《天中记》曰:"韩偓、姚洎俱为翰林学士,从昭宗幸岐。偓每与两使敕令棋,两使不胜,洎即以手坏之,偓呼为'白鹦鹉'。若洎不在,两使将输,必大呼曰:'白鹦鹉',洎应声至。"(清张英《渊鉴类函》卷三百二十九《巧艺部》六《白鹦鹉》)

韩瞻,字畏之,韩偓父也。开成二年与义山同登进士第,亦与义山为友女婿。《旧书·纪》开成二年六月,以左金吾卫将军李执方为河阳三城怀州节度使。按:执方为王茂元妻兄弟,故曰家人,自出也。此时执方欲辟之入幕,故启谢之。徐氏以为即表中怀州中丞,则其时不得兼称河阳。徐皆误矣。此约当开成二三年。(清冯浩《樊南文集详注》卷三《为韩同年瞻上河阳李大夫启》)

韩偓,字致尧,小字冬郎。京兆万年人。擢进士第,佐河中幕府,召拜左拾遗,累迁左谏议大夫。宰相崔胤判度支,表以自副;王溥荐为翰林学士,迁中书舍人。韩全海劫帝西幸,偓夜追及,见帝恸哭。至冯翊,迁兵部侍郎,进承旨。忤朱全忠,贬濮州司马。帝执手流涕曰:"我左右无人矣。"

631

诗一卷。其《香奁集》一卷,沈存中、尤延之并以为和凝作。凝少日作此诗,后贵盛,嫁名韩偓,不欲自没,故于他文中见之。今其词与韩不类,盖或然也。(清金圣叹《贯华堂选批唐才子诗》韩偓小传)

偓,字致尧,一字致光,京兆万年人。龙纪元年擢进士第,佐河中幕府。召拜左拾遗,累迁谏议大夫。历翰林学士、中书舍人、兵部侍郎。昭宗时,朱全忠忌之斥于上前,欲杀之,以郑元规救解,贬濮州司马,再贬荣懿尉,徙邓州司马。天祐二年,复召为学士。不入,挈其族依王审知。家于三山,自号"玉山樵人"。所著有《翰林集》、《香奁集》。卒,葬于闽。(清郑杰《闽诗录》甲集卷五《流寓·韩偓》)

韩偓,字致光,京兆人。龙纪元年进士,为翰林学士承旨。昭宗时朱全忠恶之,累贬邓州司马。两召不入,挈族南安依王审邦,作招贤院礼之。有《香奁集》。石林叶氏曰:偓在闽中所写诗,手自写成卷。嘉祐间裔孙奕出其诗数卷示人,庞颖公取而奏之,因得官。(清陈澍辑、张大川补刊《螺阳文献》附录《十八峰传墨》卷一《姓氏爵里》)

均王十一年,卒于南安龙兴寺。(清康熙《南安县志》卷十三《唐贤列传·韩偓》)

葵山。在县北六七里,属三都,自双阳山东北来。有双石如箧,号'迭经石',又如葵花状。宋时上有法华院,下有三华院。唐翰林承旨韩偓……葬是山之麓。(清康熙《南安县志》卷二《疆域志》)

韩偓,字致尧,小字冬郎,唐京兆人。昭宗时为翰林学士承旨,兼兵部侍郎。因忤朱全忠,贬濮州司马。后复原职,恶全忠逆节,不就,入闽依王审知,寓居县北乡间,号玉山樵人。后梁龙德三年,卒于龙兴寺。著有《韩内翰别集》。(清康熙《南安县志·流寓》)

俗称踏斗墓。在福建南安县丰州葵山之麓。韩偓(844—923),晚唐著名诗人,京兆万年人,官至兵部侍郎。唐末避祸挈族入闽,后隐居于南安九

632

日山、葵山等地,卒葬于此。墓范围约三百六十平方米。三面环山,面朝杏田村。坟堆呈圆瓴状,周围垒砌条石,墓前竖一花岗岩墓碑,阴刻楷书"唐学士韩偓之墓",为清末举人曾遒所书;还有五代时雕刻的石翁仲、石狮、石羊等。该墓系一九三三年弘一法师(李叔同)来谒后重修。(文化部文物局主编《中国名胜词典》福建省南安县"韩偓墓"条)

在丰州镇环山村杏田自然村葵山之麓,距村约 150 米,西向。韩偓,晚唐著名诗人,唐昭宗时官兵部侍郎、翰林学士承旨。后被排斥,携家入闽依王审知,住南安丰州招贤院。后梁乾化三年(913)后卒葬。墓范围约 400 平方米,墓丘成馒头形,封土高 2 米左右,周围块石垒砌,有花岗岩墓碑,高 1.70 米,宽 0.8 米,上阴刻楷书"唐学士韩偓之墓"。墓前有石翁仲、石羊各 2 对,石虎 1 对,具五代石雕风格。(福建省南安县志编纂委员会《南安县志》卷三十四《文物·历史名人墓·韩偓墓》)

二、历代著录

《金銮密记》一卷。(宋王尧臣等《崇文总目》卷三杂史类)

《韩偓诗》一卷。(宋王尧臣等《崇文总目》卷十二别集类;清钱东垣等《崇文总目辑释》卷五)

《金銮密记》一卷。韩偓撰。绎按:《唐志》五卷。(清钱东垣等《崇文总目辑释》卷二)

韩偓《金銮密记》五卷。(宋欧阳修、宋祁等《新唐书》卷五十八《艺文志》二杂史类)

《韩偓诗》一卷,《香奁集》一卷。(宋欧阳修、宋祁等《新唐书》卷六十《艺文志》四别集类)

《韩偓集》。

韩偓《香奁集》。(宋尤袤《遂初堂书目》)

《金銮密记》一卷。右唐韩偓撰。天复中为翰林学士,从昭宗西幸。梁祖以兵围凤翔,偓每与谋议,因密记之,及所闻见。事止复京师,偓贬去。(宋晁公武《郡斋读书志》卷六,孙猛《郡斋读书志校证》第 251 页)

《韩偓诗》二卷,《香奁集》一卷。右唐韩偓致光也,京兆人。龙纪元年进士,累迁谏议大夫、翰林学士。昭宗幸凤翔,进兵部侍郎、承旨。朱全忠怒,贬濮州司马、荣懿尉。天祐初,挈族依王审知而卒。《香奁集》,沈括《笔谈》以为和凝所作。凝既贵,恶其侧艳,故诡称偓著,或谓括之言妄也。(宋晁公武《郡斋读书志》卷十八,孙猛《郡斋读书志校证》第 931 页)

《金銮密记》三卷。唐翰林学士承旨京兆韩偓致尧撰。具述在翰苑时事,危疑艰险甚矣。昭宗屡欲相之,卒不果而贬,竟终于闽。非不幸也,不然与崔垂休辈骈肩就戮于朱温之手矣。(宋陈振孙《直斋书录解题》卷五)

《香奁集》二卷,《入内廷后诗集》一卷,《别集》三卷。唐翰林学士韩偓致光撰。(宋陈振孙《直斋书录解题》卷十九)

《韩偓诗》一卷,又《香奁集》一卷。(宋郑樵《通志略·艺文略》第八)

《金銮密记》一卷。唐韩偓撰。记昭宗幸华州,梁太祖以兵围华事。(宋郑樵《通志略·艺文略》第三)

《金銮密记》一卷。(元脱脱《宋史》卷二〇三《艺文志》)

《韩偓诗》一卷,又《入翰林后诗》一卷。

《香奁小集》一卷,又《别集》三卷。(元脱脱《宋史》卷二〇八《艺文志》)

《金銮密记》一卷(一作三卷)。晁氏曰:"唐韩偓撰。偓天复元年为翰林学士,从昭宗西幸。朱温围岐三年,偓因密记其谋议及所闻见事,止于贬濮州司马。予尝谓偓有君子之道四焉:唐之末,南北分朋而忘其君。偓,崔胤门生,独能弃家从上,一也;其时搢绅无不交通内外以躐取爵禄,偓独能力辞相位,二也;不肯草韦贻范起复麻,三也;不肯致拜于朱温,四也。诗曰:'风雨如晦,鸡鸣不已。'偓之谓矣。而宋子京薄之,奈何!一本厘天复二年、三年各为一卷,首尾详略颇不同。互相雠,一作三卷。校凡改正千有馀字云。"

陈氏曰:"具述在翰苑时事,危疑艰险甚矣。昭宗屡欲相之,卒不果而贬,竟终于闽。非不幸也,不然与崔垂休辈骈首就戮于朱温之手矣!"(元马端临《文献通考》卷一九六)

《韩偓诗》二卷，《香奁集》一卷。晁氏曰："唐韩偓致光，京兆人。龙纪元年进士，累迁谏议大夫、翰林学士。昭宗幸凤翔，进兵部侍郎、承旨。朱全忠怒，贬濮州司马、荣懿尉。天祐初，挈族依王审知而卒。"《香奁集》，沈括《笔谈》以为和凝所作，凝既贵，恶其侧艳，故诡称偓著。或谓括之言妄。《许彦周诗话》："高秀实言，元微之诗艳丽而有骨，韩偓《香奁集》丽而无骨。李端叔意喜韩偓诗，诵其序云：'咀五色之灵芝，香生九窍；咽三危之瑞露，美动七情。'秀实云：'劝不得也！'"石林叶氏曰："偓在闽所为诗，皆手自写成卷。嘉祐间，裔孙奕出其数卷示人。庞颍公为漕取奏之，因得官。诗文气格不甚高，吾家仅有其诗百馀篇。世传别本有名《香奁集》者，《唐书·艺文志》亦载其辞，皆闺房不雅驯。或谓江南韩熙载所为，误以为偓。若然，何为录于《唐志》乎！熙载固当有之，然吾所藏偓诗中，亦有一二篇绝相类，岂其流落亡聊中，姑以为戏。然不可以为训矣！"

又曰："韩偓传自贬濮州司马后，载其事即不甚详。其再召为学士，在天祐二年。吾家所藏偓诗虽不多，然自贬后，皆以甲子历历自记其所在，有乙丑年在袁州得人贺复除戎曹依旧承旨诗，即天祐二年也。昭宗前一年已弑，盖哀帝之命也。末句云'若为将朽质，犹拟杖于朝'。固不往矣！其后又有丁卯年正月闻再除戎曹依前充职诗，末句云'岂独鸱夷鲜归去，五湖鱼艇且铺糟'。天祐四年也。是尝两召皆辞。《唐史》止书其一。是岁四月，全忠篡，其召命自哀帝之世，自后复召，则癸酉年南安县之作，即梁之乾化二年(按："癸酉年"乃乾化三年，此谓乾化二年误)，时全忠亦已被弑，明年梁亡。其两召不行，非特避祸，盖终身不食梁禄，其大节与司空表圣略等。惜乎，《唐史》不能少发明之也！(元马端临《文献通考》卷二四三《经籍》七十)

《金銮密记》一卷。韩偓记昭宗幸华州事。(明焦竑《国史经籍志》卷三)

《韩偓诗》一卷。(明焦竑《国史经籍志》卷五)

《香奁集》三卷。韩偓。(明陈第《世善堂藏书目录》卷下)

《唐艺文志》一卷，《香奁集》一卷。《宋志》又有《入翰林集》一卷，别集三卷。偓在闽所为诗，皆手自写成帙。宋嘉祐间，庞颍公为漕，从裔孙奕取奏之，奕因得官，故较《唐志》为多。《入翰林集》不满二十篇，别集自出官迄寓闽诗具在，而及第前后诸作亦附焉。若《香奁集》大概未登第前诗也。兹汇《翰林集》、别集，编年为四卷；《香奁集》合别集中一二艳词为二卷附末，而略谱其年于左，俾读者晰其出处之概云。(明胡震亨《唐音统签》卷七百九《戊签》七十五所收《韩偓集》前言)

《香奁集》一卷，《翰林集》一卷。(明胡震亨《唐音癸签》卷三十)

《金銮密记》一卷。(明柯维骐《宋史新编》卷四十八)

《韩偓诗》一卷，又《入翰林后诗》一卷。《香奁小集》一卷，又《别集》三卷。(明柯维骐《宋史新编》卷五十三)

《韩内翰香奁集》一卷。(明朱睦㮮《万卷堂书目》卷四)

韩偓行书《仆射帖》、《芝兰帖》。韩偓《尺牍》一卷(山谷跋)。(清卞永誉《式古堂书画汇考》卷四)

《金銮密记》五卷。翰林学士韩偓撰。《内庭集》一卷，《香奁集》一卷。闽寓公前翰林学士韩偓撰。(清陈鳣《续唐书》卷十九)

《韩偓诗》一卷，《入翰林后诗》一卷，《香奁集》一卷(按：《香奁集》系和凝嫁名)，别集三卷。(清顾櫰三《补五代史艺文志》)

《金銮密记》一卷。韩偓撰。(清顾櫰三《补五代史艺文志》)

韩偓《内庭集》、《金銮密记》五卷、《香奁集》。(清鲁曾煜《(乾隆)福州府志》卷七十三)

《韩内翰别集》一卷。丛书堂抄本。唐翰林学士承旨、行尚书户部侍郎、知制诰、上柱国、万年韩偓撰。(清陆心源《皕宋楼藏书志》卷七十一)

《金銮密记》一卷。(一作三卷，学士承旨万年韩偓撰)

《翰林集》一卷。《香奁集》一卷。旧抄本。题："翰林承旨行户部侍郎知制诰万年韩偓致尧撰。"《香奁集》后有《无题诗》四首，《浣溪沙》词二首，《黄蜀葵赋》、《红芭蕉赋》二首。此后宋刻本影写，不名《内翰别集》，亦不注"入内廷后诗"五字。(清瞿镛《铁琴铜剑楼藏书目录》十九)

《韩翰林集》一卷，《香奁集》一卷。旧钞本。璜川吴氏振绮、汪氏藏书。唐翰林承旨、行户部侍郎、知制诰、上柱国韩偓致尧著。

偓，京兆人，自号玉山樵人。龙纪元年擢第，天复中为翰林学士，迁中

636

书舍人。从昭宗幸凤翔,进兵部侍郎、翰林承旨。以朱全忠构祸,贬濮州司马。天祐二年,复召为学士,不敢入朝,依王审知卒。席刻、宋本与此本不同。罟里瞿氏书目记云:"《香奁集》有《无题》诗四首,《浣溪沙》词二首,《黄蜀葵》、《红芭蕉》两赋。系宋刊本影写,不名《内翰别集》,亦不注"入内庭后诗"五字,与此正相符合。附沈存中《笔谈》一则,辨和凝伪词假托之非。有璜川吴氏收藏图书,汪鱼亭藏阅书两印。(清丁丙《善本书室藏书志》卷二十五)

《韩内翰别集》一卷。唐韩偓撰。抄本,席氏刊本。

《韩翰林集》四卷,《香奁集》三卷,附录二卷。唐韩偓撰,麟后山房本。(清丁仁《八千卷楼书目》卷十五)

韩偓《香奁集》。(清钱谦益《绛云楼书目》卷四)

韩偓《翰林诗集》一卷,韩偓《香奁集》三卷。(清钱曾《钱遵王述古堂藏书目录》卷七)

《韩内翰香奁集》三卷。《香奁集》三卷,予从元人钞本录出,末卷多《自负》一诗。洪迈《绝句》亦未收。行间字极佳,比流俗本迥异。予尝命手绘图二十六幅,装潢成帙,精妙绝伦,阅之意蕊舒放。嗟乎,致光遭唐末造,金銮前席,危捋虎须。及乎投老无门,托迹瓯闽,竟赍志殁。此岂浅夫浪子所能然耶!后人但知浪浪《香奁》,无有洗发其心事者。千载而下,可为陨涕也。沈括云和凝后贵,以此集嫁名于致光,则宋人已辨之详矣。(清钱曾《读书敏求记》卷四)

韩偓《金銮密记》五卷。(清沈炳震《唐书合钞》卷七十三)

《韩偓诗》一卷,又《香奁集》一卷。(清沈炳震《唐书合钞》卷七十五)

《金銮密记》一卷,一作三卷。学士承旨万年韩偓撰。(清沈青峰《(雍正)陕西通志》卷七十四)

《韩偓诗》二卷,《香奁集》一卷。(京兆人,官兵部侍郎)(清沈青峰《(雍正)陕西通志》卷七十五)

《韩翰林诗》一卷,《香奁集》三卷。唐韩偓。

韩偓《香奁集》、李公垂《追昔游集》三卷一本。(清徐乾学《传是楼书目》)

韩偓《金銮密记》五卷。见《崇文总目》。《说郛》止五条。（清佚名《新唐书艺文志注》卷二）

《韩偓诗》一卷。又《香奁集》一卷。《全唐诗·传》：偓，字致尧，京兆万年人。登龙纪中进士第，官至兵部侍郎。依王审知而卒。今存。（清佚名《新唐书艺文志注》卷四）

《韩内翰别集》一卷。江苏巡抚采进本。唐韩偓撰。《唐书》本传谓偓，字致光。计有功《唐纪事》作字致尧。胡仔《渔隐丛话》谓字致元。毛晋作是集跋，以为未知孰是。按：刘向《列仙传》称，偓佺，尧时仙人，尧从而问道。则偓，字致尧，于义为合。致光、致元，皆以字形相近误也。世为京兆万年人。父瞻，与李商隐同登开成四年进士第，又同为王茂元婿。商隐集中所谓"留赠畏之同年"者，即瞻之字。偓十岁即能诗，商隐集中所谓"韩冬郎即席得句，有老成之风"者，即偓也。偓亦登龙纪元年进士第，昭宗时官至兵部侍郎、翰林学士承旨。忤朱全忠，贬濮州司马，再贬荣懿尉，徙邓州司马。天祐二年，复故官。偓恶全忠逆节，不肯入朝，避地入闽，依王审知以卒。偓为学士时，内预秘谋，外争国是，屡触逆臣之锋。死生患难，百折不渝。晚节亦管宁之流亚，实为唐末完人。其诗虽局于风气，浑厚不及前人，而忠愤之气时时溢于语外。性情既挚，风骨自遒，慷慨激昂，迥异当时靡靡之响。其在晚唐，亦可谓文笔之鸣凤矣！变风变雅，圣人不废，又何必定以一格绳之乎？《唐书·艺文志》载偓集一卷，《香奁集》一卷。晁氏《读书志》云："韩偓诗二卷"，《香奁》不载卷数。陈振孙《书录解题》云："《香奁集》二卷，《入内廷后诗集》一卷，《别集》三卷。"各家著录互有不同。今钞本既曰《别集》，又注曰《入内廷后诗》。而集中所载，又不尽在内廷所作，疑为后人裒集成书，按年编次，实非偓之全集也。（清永瑢《四库全书总目》卷一百五十一）

《韩内翰别集》一卷。唐韩偓，汲古阁本。别有《香奁集》三卷，四库著录本删去。（清张之洞《书目答问》）

三、序跋提要

韩偓《香奁集》二卷,蜀本诗一百一篇;京师本、赋二篇,诗一百七篇,曲调二章;秘阁本同亡诗十篇。三家篇什相糅苴,差次不伦,以雠比,除复重,定著赋诗曲词一百十二。以朱墨辨,阁、京本皆已刊正可传。

偓,字致尧,唐翰林学士承旨。朱全忠颛命,以偓行礼为简傲,放外以死,事见唐传。曰字致光者,讹也。偓为诗有情致,形容能出人意表,有集二卷。其一此书。晋相和凝亦尝著《香奁集》,皆委巷艳词,猥亵不可示儿。时已有"曲子相公"之号。沈括《笔谈》著论,乃以是为凝书。陈正敏为辨之,设二事以验。谓吴融集有和致光《无题诗》二,与《香奁诗》韵正同,而此集序中正载其事,一也。向尝于偓裔坰所见偓亲书所作诗卷,其《袅娜》、《春尽》、《多情》等篇多出卷中,二也。偓富才情,词致婉丽,固非凝及。而《北梦琐言》载凝小词布于汴洛,作相之后收拾焚毁,则凝之集乃浮艳小词,安得遂以《香奁》为凝作。走谓正敏辩得矣。传称凝尝自刊己集为板本,而特谓《香奁集》不行于时。行不行在凝,则此集为可知也!况诗与词曲固有不言之辨。其诗有岐下作者,而凝未尝在岐。《江表志》:王延彬子继士与偓子寅亮,幼日通家。寅亮母尼,即《荐福院讲筵偶见又别》者也。今诗亦在此什,则斯集也为偓语可疑。夫人之著书,上世犹不免沿袭,《春秋》大典亦有十数家书,学者不究谓何,泛以名取,则晏、吕之传为孔氏之经矣!以凝艳曲归偓集者,不几于此乎!信《笔谈》者虽甚,或于此必自有辨。年月日叙。(宋薛季宣《浪语集》卷三十《香奁集叙》)

《香奁集》绮靡而乏风骨,视开元、大历之风远矣!昭宗末年,朱温篡形已就,此时韩偓在翰林,苏检苦欲推毂入相,……昭宗累欲相偓,偓辞而荐赵崇。崔胤怒,使温谮而逐之。昭宗与之别,偓泣曰:"臣得远贬及死乃幸,不忍见篡弒之辱也!"其志节如此。韩熙载不欲为江南相,而以声色自渝。偓之为辞,岂其方与?抑赋梅花者,与铁心石肠自不相碍与?世鲜此集,偓

得写本，命侍史录一通，而书此于首，令览者知其人焉。（明焦竑《焦氏澹园续集》卷九《书后题跋》）

按列传云："偓，字致光，京兆万年人。"计有功云："字致尧，今曰致光误矣。"胡仔云致元，未知孰是。自号"玉山樵人"，小字冬郎，开成六年进士韩瞻之子。李义山与瞻同年，偓童时即席为诗送之，一座尽惊，李因赠诗云："十岁裁诗走马成，冷灰残烛动离情。桐花万里丹山路，雏凤清于老凤声。"《艺文志》载诗一卷、《香奁集》一卷。余梓《香奁》已十馀年矣，兹吴匏庵丛书堂抄集，皆天复元年辛酉入内庭后诗也。自辛酉迄甲戌凡十有四年，往往借自述入直、扈从、贬斥、复除，互叙朝廷播迁，奸雄篡弑，始末历然如镜，可补史传之缺。第乙卯丙辰未入翰苑，不知何人混入？惜未得庆历间温陵所刻致光手书诗帖一订正耳。其乱后依王审知，本传与李、晁诸家言之甚详。唯刘克庄谓审知据福唐，韩致光乃居南安，曷尝依之乎！又见墨林方氏所藏《祭裴君文》，自书唐故官，不书梁年号，称其贤于杨风子辈，且以宋景文不与表圣同列为欠事。此皆克庄极赞致光不事二姓也。若王审知为闽王，始于丁卯，卒于乙酉，相去十九年。致光即匿影于三山九曲之间，何损其为李唐遗民耶！况全忠被刺，刀腹出于背，瘗以败毡，致光亦可以含笑见昭宗于地下矣。尝寓沙阳天王院岁馀，其诗奚止与蕴明一篇。若得章僚碑记，考其传外遗事，则群疑涣然冰泮矣。隐湖毛晋识。（明毛晋《韩内翰别集·跋》，见陆心源皕宋楼藏丛书堂抄本《韩内翰别集》）

沈梦溪云："和鲁公凝有艳词一编，名《香奁集》。凝后贵乃嫁其名为韩偓。今世传韩偓《香奁集》乃凝所为也。"此说惟刘潜夫信之。石林、遁斋、虚谷诸公俱以为误，引吴融和韩侍郎《无题》诗三首及致光亲书《袅娜》《多情》等诗为证；则斯编是致光作无疑矣。如凝之《香奁》，乃浮艳小词，集名偶同耳！况凝自谓"不行于世"，后人又何必借韩侍郎行本以实之耶？（明毛晋《香奁集·跋》，见商务影汲古阁《五唐人诗集》本《香奁集》末）

《唐书·艺文志》载《韩偓集》一卷，《香奁集》一卷。晁公武《读书志》：

《韩偓诗》二卷,《香奁》诗无卷数。辛丑岁游鸳湖,偕竹坨朱丈访南州草堂徐氏,得视宋椠本《香奁集》。计古今体诗一百一首,拾遗四首,无卷数,与晁志合。即席借钞,珍存行箧。是集闻有谓和凝嫁名者,试开卷披读,夫岂彼诟痴者之所能哉?番禺屈大均记。(清屈大均《书香奁集》,北京大学图书馆藏屈大均手抄本《香奁集》后记)

致尧诗格不能出五代诸人上,有所寄托,亦多浅露。然而当其合处,遂欲上躪玉溪、樊川,而下与江东相倚轧。则以忠义之气,发乎情而见乎词,遂能风骨内生,声光外溢,足以振其纤靡耳。然则,诗之原本不从可识哉。(清纪昀《纪文达公遗集》卷十一《书韩致尧翰林集后二则》)

《香奁》一集,词皆淫艳,可谓百劝而并无一讽矣,然而至今不废。比以五柳之《闲情》,则以人重也。著作之士惟知文之能传人,而不知人之能传文,于此亦可深长思矣。阅《翰林集》,竟因此集点阅之,并识其末。

身列士林而词效俳优,如律之以名教,则居然轻薄子矣。然而唐室板荡之时,视长乐老之醇谨,其究竟何如也? 九方皋之相马也,取之于牝牡骊黄外有以也哉!

《香奁》之词亦云亵矣,然但有悱恻眷恋之语,而无一决绝怨怼之言,是亦可以观心术焉。(清纪昀《纪文达公遗集》卷十一《书韩致尧翰林集后三则》)

往岁余用桐城吴先生群书点勘,读公诗至《香奁集》,尝题七字句近体诗于后,谓与李义山《无题》诸作,皆可当贾生之痛哭。盖公诗法初受之义山,最为深隐难读。及其后国亡家破,身世乱离所感,公乃别创一境。其忠孝大节,形于文墨者,非唯义山不能与抗颜行,而调适上遂,追及杜公轶尘,并殿全唐为后劲,则今所传《韩翰林诗集》是也。其初传者后惟《香奁》,鸠集复得百篇,而所谓歌诗千首,十盖不能一二,观公自叙其《香奁》可见也。

梁主被弑,后昭宗死才十年,此公所最快意而喜为摅写者也。其先昭宗又早出之于外,辟地远方,心有所感,皆可以昌言直斥。惟盗未入关之先,蕴蕴莽莽,大乱将作,诸在势要犹自蓇然,恣其威福,语多忌讳,此则公与义山所遇之时略同。默尔不可,语又不能,不得已而假物寓兴,主文谲谏,甚至下乃托于男女媟亵之事。贾生痛哭,盖犹不足以喻之。呜呼,士生不时,痛哭亦多途矣!醇酒美女,游仙佞佛,日卜星相,托一技以自混者勿论已。后汉气节,两晋风流,宋元至明之道学,清之考据,群焉争驱,视为博取富贵,弋获声名之具。而亦窜身其中,自谋老死,与痛哭夭生所异,唯迟早耳。五三去我日远矣,材识愈高,偶合愈难,不唯人事然也。

义山之诗至深隐,知之者尚多。公则生气凛凛,郁勃纸上,灼如观火,光与日月争明。自唐至今经千年,后生之与斯文者犹未绝于天下。人皆熟视若无睹,而时俗所好香奁体,公所自谓传在人口者,则嫁名他人,甚且被以不肖之名也。呜呼,此公缉缀旧诗所为悲无人会。而一吟一泣,而后人读之,亦可为痛哭。吴先生表章之不容以已也。冀州赵衡。(清赵衡《韩翰林集叙》,见吴汝纶《吴评韩翰林集》)

韩致尧为晚唐大家,其忠亮大节,亡国悲愤具在篇章。而含意悱恻,词旨幽眇,有香草美人之遗,非陆务观、元裕之所及。自来选诗者罕有论列。尝谓七言律诗,古今工者绝少,自杜公外,唐惟樊南、樊川及致尧三家,唐以后惟苏黄陆元四家耳。姚惜抱今体诗选一代正宗,于元遗山独未及之,及至曾文正公始表而出之。而韩翰林诗,则论者厪侪之晚唐诸家之列,未有察乎其微者也。论世之难如此!

士不得意于世,辄曰我待后之子,云其可必乎!世之称翰林者,徒以其《香奁》诗耳!或谓《香奁》为和凝之作嫁名于韩,方虚谷已辨其非。夫志节皦皦如韩致尧,即《香奁》何足以累,此不必为讳。然世之知致尧者,惟此则不幸。苟无《香奁》之作,不且湮没无闻矣乎!名之显晦有时,或显矣而其孤怀所寄,乃益以汩丧而莫彰,此尤秉笔者所不自料也。李长吉好言身后事,世辄目为鬼才;韩翰林作《香奁集》,世遂赏其艳体。此皆浅识炫于目前,与作者之意相去绝远。譬之相马者,徒颠倒于牝牡骊黄之间,而不复知有千里也,岂不哀哉!虽然,繇二子观之,殆亦如庄生所云彼直寄焉。以为不知己者询厉也,则其真之不出,岂必为二子之不幸也哉!士之怀奇抱质而惧不得当于后世者,可以爽然自失矣!先大夫读翰林诗,考论其出处本末甚详。贺君性存取而刊行，闿生既为雠校，爰敬识于后。壬戌秋七月闿生谨记。(清吴闿生《韩翰林集跋》，见吴汝纶《吴评韩翰林集》末附)

右《韩翰林集》三卷、《香奁集》三卷，附《补遗》，唐翰林学士承旨万年韩偓撰，其评注则清桐城吴氏汝纶所著也。偓之事迹具《新唐书》本传。考《四库提要》集部列有《韩内翰别集》一卷，即此书。惟《香奁集》不载，盖彼时馆臣奉诏删去。然盛称其诗有忠愤之气，慷慨激昂，迥异当时靡靡之响，在晚唐可谓文笔鸣凤。推许甚至。要之，偓仕唐昭宗时屡预秘谋，卓著风节。晚居闽峤，肥遯终身，实为唐代完人。其诗骨格极高。《香奁》亦多寄托之辞，不足为病。吴氏评注，于偓之出处本末考论甚详，评语亦多所激劝，今之善本也，故亟印行之云。民国二十五年一月校。长安宋联奎、蒲城王健、江宁吴廷锡。(清宋联奎、王健、吴廷锡《韩翰林集跋》，见吴汝纶《吴评韩翰林集》书后附)

韩致尧，有唐之屈均也；《香奁集》，有唐之《离骚》、《九歌》也。自后人不善读，而古人之命意晦。自后人不能尚论古人，而古人扶植纲常之词，且变为得罪名教之作矣！不亦重可惜哉！致尧官翰林承旨，见怒于朱温，被忌于柳灿，斥逐海峤，使天子有失股肱之痛，唐季名臣未有之先者。似此大节彪炳，即使其小作艳语如广平之赋梅花，亦何贬于致尧！乃夷考其辞，无一非忠君爱国之忧，缠绵于无穷者。然则灵均《九歌》所云"满堂兮美人，忽独与余兮目成"，信为名教罪人乎！《香奁》之作，亦犹是也。然自唐末至今近千岁矣，绝无一人表而出之。徒使耿耿孤忠，不白于天下，世之阅者，遂与《疑雨集》等量齐观，可异哉！即以其序所云"若有责其不经，亦望以功掩过"。夫果为艳诗，亦何足言功。作者深心，于兹可会。奈为后人粗心读过，沈薶久矣。作者又为之发明曰："缉缀小诗钞卷里，寻思闲事上心头。自吟自泪无人会，肠断蓬山第一流。"则致尧亦早见及。后人但以艳体诗待之矣，其奈后人依然不解也。至此《香奁集》真可付之劫火，沈之浊流矣。然而彼苍降鉴，竟使之流传至今，是天知之矣。天知之而人不察，依然以艳诗待之，不几疑于绮语之可无罪，而马腹之说为虚言也。是不可不为之发明，以彰忠荩之苦心。俾绮语谰言无所借口，仁人志士庶几瞑目。亦史迁表彰《离骚》之义也。爰以篝镫馀暇，加之评释。史公所谓争光于日月可也！掩过云乎哉！震钧序于白下之古东府城。（震钧《香奁集发微》序）

晚唐诗人以温李冬郎并称，《金荃》一集，明曾益注之，而清顾予咸、嗣立父子复为增补。义山诗集，清朱鹤龄、姚培谦迭为笺释，而冯浩集其大成，固已家弦户诵，人有其书。独韩氏则翰林一集，世鲜传本，即《香奁》一集，亦等诸《疑雨》《疑云》，不复臧弃，冬郎之诗几湮没弗彰。盖致尧仕唐昭宗为翰林承旨，为朱温所怒，贬斥海峤，依王审知而卒。见忌权奸，洊遭离乱，于是愤逆臣之窃命，慨唐室之不兴，乃本诗人忠厚之旨，为屈子幽忧之辞，托诸美人，著为篇什，以抒忠爱，此《香奁集》之所为作也。然无人为之诠释，则作者之意终焉晦塞。而辞深旨远，其难殆倍于温李。今得曼殊震钧氏为之发微，并作年谱附后。探赜索隐，能将作者心事曲曲道出，遂使承旨忠愤之气跃然纸上。而读者知人论世，亦当不仅以艳体目之，洵足媲美顾、冯二家而为韩氏功臣矣。惟是书镂板京师，南方传本绝稀。扫叶主人乃觅得初本，重付石印，以广流传，庶与顾、冯之书并垂不朽云。甲寅夏至，松江雷瑨跋。（雷瑨《香奁集发微·跋》，见震钧《香奁集发微》）

唐季变乱，中原士族徙闽者众。偓以孤忠奇节，抗忤权奸。既遭贬谪，因隐南闽。蔬食修禅，冥心至道。求诸季世，亦希有也。胜进居士为撰偓传，以示青年学子。俾闻其风者，励节操，祛卑污，堪为世间完人，渐次熏修佛法。则是书流布，循循善诱，非无益矣。夫岂世俗文学典籍，所可同日语耶。撰录既竟，为题其端，爰志赞喜云。岁集鹑尾秋暮。晚晴老人，居莆林。（弘一大师为高文显《韩偓》一书所作《序》）

癸酉小春，驱车晋水西郊，有碑矗路旁，题曰"唐学士韩偓墓道"。因忆儿时居南燕，尝诵偓诗，喜彼名字，乃五十年后，七千里外，遂获展其墙墓。因缘会遇，岂偶然耶？余于晚岁，遁居南闽。偓以避地，亦依闽王而终其身。俯仰古今，能无感怆。尔者高子胜进摭偓遗事，辑为一卷。余览而善

之,略述所见,弁其端云。岁次玄枵,蒼葡老人。(弘一法师为《韩偓》一书所撰第一《序》,见高文显《韩偓》一书所引)

四、赠酬题咏

李商隐《韩冬郎即席为诗相送,一座尽惊。他日余方追吟"连宵侍坐徘徊久"之句,有老成之风,因成二绝寄酬,兼呈畏之员外》:

十岁裁诗走马成,冷灰残烛动离情。桐花万里丹山路,雏凤清于老凤声。剑栈风樯各苦辛,别时冰雪到时春。为凭何逊休联句,瘦尽东阳姓沈人。(四部丛刊景明嘉靖本《李义山诗集》卷六;《全唐诗》卷五四○)

贯休《江陵寄翰林韩偓学士》:

久住荆溪北,禅关挂绿萝。风清闲客去,睡美落花多。万事皆妨道,孤峰谩忆他。新诗旧知己,始为味如何。(《全唐诗》卷八三一)

田锡《览韩偓郑谷诗因呈太素》:

风骚复古少知音,本色诗人百种心。顺熟合依元白体,清新堪拟郑韩吟。搜来健比孤生竹,得处精于百炼金。唯我与君相唱和,天机自见不劳寻。(宋田锡《咸平集》卷十五)

李觏《韩偓集有自抚州往南城县,舟行见拂水蔷薇之诗。南城吾乡也,因题八句》:

韩偓当年赴七闽,舟行过此倍凝神。江边石上知谁处,绿战红酣别是春。往事几多书不记,仙源依旧地无尘。花光柳色今何限,更有才人胜古人。(宋李觏《直讲李先生文集》卷三十七)

周紫芝《灯下读韩致光外集》:

吴宫花草弄纤柔,西子妆成特地羞。笑我老情难妩媚,爱渠好句尽风

流。《香奁》诗在人何处,断腕名高事已休。更欲与谁论此恨,遗编读罢一灯留。(宋周紫芝《太仓稊米集》卷十四)

陈从易《题韩侍郎致光诗》:
鳌头遗集自挥毫,三世传来纸有毛。迹为乱离飘岭海,文从歌颂变风骚。故都禾黍身难到,宝剑尘埃思漫劳。百二十篇皆读彻,可怜先笑后号啕。(见明何炯纂辑《清源文献》卷三,《四库全书存目丛书》影印明万历二十五年程朝京刻本,集部第332册,第273页)

刘将孙《参政徐忠肃公(宗仁)挽诗》:
从橐频忧治(原注:咸淳左史),锋车急济时。犹传相韩偓,竟莫返家羁。歌断龙蛇尽,天长猿鹤衰。并无一哀处,空复百年期。逃山或行遽,蹈海亦言然。灰冷身为腊,湖平月尚悬。……玉表千人见,丹心百奏长。翘材记觇觷,岁晏抚苍茫。(元刘将孙《养吾斋集》卷五)

钱惟善《送方叔高之泉州南安尉》:
枳篱茅屋共桑麻,韩偓诗中是县衙。政喜簿书辞帅府,久劳弓剑慰山家。海州风静来犀象,岩洞巢空窜虺蛇。有诏令民皆复业,绕城新植刺桐花。(元钱惟善《江月松风集》卷十)
傅定保《四贤祠次韵》:
四杰唐遗迹,千年此妥灵。草荒丞相冢,云锁隐君亭。助教衣犹绿,翰林山尚青。因怀水南令,愁思绕春汀。(《泉州府志》云:"四贤祠祀唐姜公辅、秦系、韩偓、席相。"按:诗中"助教衣犹绿"句,疑所祀乃欧阳詹,非席相也。)(清郑杰《闽诗录》戊集卷一)

徐孚远《韩学士偓入闽后无记者,王愧两司马云,近有斫山得其断碑,知终殁于此矣,挦虎为朱梁所忌,见本集》:
先生早去国,不见受终时。未遂冥鸿志,常怀挦虎危。史书湮旧迹,野老斫残碑。赖有《香奁》句,高吟续《楚辞》。(明徐孚远《钓璜堂存稿》卷九,

民国十五年金山姚氏怀旧楼刻本，《清代诗文集汇编》第 14 册，第 478 页）

王越《赠星士朱怡云》：
怡云卷里许多诗，中有斯文两故知。叶适退休韩偓死，春风秋雨一般思。（明王越《黎阳王太傅诗文集》卷上）

毕沅《和唐人本事诗三首》其三：
为辑妆台记事珠，晴窗破却绣工夫。未知韩偓香奁体，曾荷霜豪载入无？（清毕沅《灵岩山人诗集》卷十五《湖载酒集》）

毕沅《花朝词》：
玉关二月春无迹，好花不到黄沙碛。繁华转眼梦全非，落寞良时真可惜。少年选胜冶游狂，白夹衫轻泥众香。斗草嬉春传绣阁，湔裙被褉记银塘。说著花朝尤旖旎，金罍倾倒繁枝下。红雨帘栊玳瑁筵，绿杨庭院葳蕤琐。鸳蚕扑蝶旧闻传，何处芳菲不可怜。燕市酒杯关塞月，花期孤负又今年。年前客走洮阳道，陇头踏遍伤心草。玉树凋残春雨中，生香连理枝难保，人琴痛绝涕沾袍。小句冬郎恨寂寥，每到百花生日日，未曾凄断似今朝（按：此句下原有小注"韩偓句"，今检《韩偓集》未见）。去年此日巡春去，临风握手丁宁语。云笺半幅报平安，雪版长途慎居处。杏梁零落燕泥空，无那东风怨落红。花开花谢肠堪断，便是无花也恼公。（清毕沅《灵岩山人诗集》卷二十四《崆峒山房集》）

王慧《宿田家偶见粘窗破纸乃韩偓香奁诗惜而有赋》：
丽情佳句有谁知，瞥见窗前字半敧。为惜风流埋没甚，自携红烛拂蛛丝。（清蔡殿齐《国朝闺阁诗钞》第一册《凝翠楼诗集》卷七）

陈兆仑《仙霞岭四首和周栎园石刻诗即次其韵》：
千载吟魂有梦通，山栖晓枕射瞳昽。智囊事久留江上，承旨诗多出道中。（谓罗隐、韩偓）人到深秋情易感，景逢平世画难工。纵然此去君门远，

来往因风一塞鸿。(清陈兆仑《紫竹山房诗文集》卷一)

程颂万《约庵招同节庵印伯哲甫饮集限此五韵同赋梁鼎芬节庵同作诗》：

酒深得病此身闲，桐馆钞诗又自删。佳句有时疑隔世，清谈无碍似禅关。死生聚散那能说，摇落栖迟尚未还。韩偓笑人相待浅，疏才多负合藏山。(清程颂万《石巢诗集》卷九《闲山社诗》)

程颂万《无题四首次韵》之二：

风自凄凄雨自来，昨宵鸳枕不惊雷。空闻楚馆乌啼好，几见秦台凤引回。绣被鄂君愁褪色，香奁韩偓悔多才。檀床坐暖熏炉冷，自拔金钏自画灰。(清程颂万《楚望阁诗集》卷八)

储大文《晚唐书记十三首》之九：

濮州司马冠清流，宵骑天南海尽头。莫怪解裳词缱绻，《金銮密记》本离忧。(清储大文《存砚楼二集》卷二)

身世阽危事不堪，孤臣衔泪洒天南。沉湘有恨生无益，卖国何人死尚惭。造膝谁能容陆九，撩须终是怕朱三。美人香草皆离怨，莫道香奁语太憨。(清唐孙华《东江诗钞》卷十二《读韩致尧集》)

董元度《上雅雨卢丈》：

落落晨星父执稀，频年拂拭荷公知。已叨密戚同韩偓，更喜逢人说项斯。匹马暂容辞北阙，倦禽还倚向南枝。广陵斐尾开芳宴，金带围前佐一卮。(清董元度《旧雨草堂诗》卷二)

陆元鋐《读五代诗杂题其后十六首·韩偓》：

忠爱何曾一饭忘，金銮话旧亦凄凉。可怜身后搜尘箧，残烛犹遗泪万行。(清陆元鋐《青芙蓉阁诗钞》卷二)

罗惇衍《韩偓》：

字致光，京兆万年人。昭宗时历官侍郎、学士、承旨，欲以为相，固辞。后贬濮州司马，依王审知卒。

宫邻金虎郁猜嫌，丹陛长辞隐恨添。凤掖泪痕缄画烛，蛮笺忠悃托《香奁》。流离供奉人犹忌，仓卒平章秩不兼。天气已凉寒渐逼，碧栏干外镇垂帘。（清罗惇衍《集义轩咏史诗钞》卷四十）

冒襄《投赠王阮亭先生有引》：

……广陵垂柳碧纷纷，竹马蹁跹识使君。花落讼庭春已暮，吏归仙署夜初分。诗名清绮同韩偓，门第风华本右军。玉管牙籖谁不羡，一时江鲍尽相闻。（清冒襄《巢民诗文集》诗集卷四）

史梦兰《韩偓》：

铺糟拟逐五湖船，乌雀声悲意黯然。凤烛烧残归院日，龙衣挥泪去朝年。箧馀金缕心同系，集著《香奁》手自编。最是草麻甘断腕，饶他铁石寸心坚。（清史梦兰《尔尔书屋诗草》卷四）

舒位《题韩偓香奁集》：

其一：早传鹦鹉是郎君，三日吟来尚齿芬。似此伤春复伤别，人间不止杜司勋。

其二：红笺小迭寄天涯，腕力偏难草白麻。若使当年真作相，个诗何异宋梅花。（清舒位《瓶水斋诗集》卷四）

舒位《冰山曲》：

……樗成空凿三年石，扇举难遮十丈尘。半生千载忧，一死万事足。生当有癖敌王戎，死竟无诗嫁韩偓。铜山有时倾，玉山有时颓。尽偿发怨丝恩了，终见乾啼湿哭来。（清舒位《瓶水斋诗集》卷七）

郑孝胥《暮寒戊戌四月二十七日感事》：

宫中二圣自称欢,沧海归人感暮寒。旅力既愆时竟失,风波垂定事尤难。是非坐共微言绝,恢复终凭老眼看。料得泪痕潜渍笔,卅年密记在金銮。(韩偓有《金銮密记》五卷)(清孙雄《道咸同光四朝诗史》甲集卷五)

孙原湘《岁暮阳羡杂诗》:
铜官山色最相思,放棹重来岁晏时。阮籍未归韩偓去,瓣香独拜大苏祠(时阮师奉调赴省,韩旭亭都讲已归吴门。大苏祠在蜀山书院东偏)。(清孙原湘《天真阁集》卷十一)

孙原湘《韩冬郎》:
六宫恸哭出都门,学士衣裾帝泪痕。朱札三通空草制,缁郎四入竟忘恩。难凭气力支残局,剩把心肝奉至尊。零落《香奁》诗一卷,美人一一楚骚魂。(清孙原湘《天真阁集》卷二十九)

孙枝蔚《览古》:
韩偓秉雅操,终不拜平章。侧身为近臣,中情滋可伤。丈夫感知己,安忍弃危亡。荐贤竟得罪,从此阻恩光。生离与死别,君臣永相望。太阿□□□,无益徒沾裳。□□苦多泪,敢不诫后王。(王阮亭曰:"至性之言,得小雅之悱恻。")(清孙枝蔚《溉堂集》前集卷一)

彭元瑞《王审知德政碑》:
雷雨黄碕港,甘棠锡号新。王言翻媚贼,文士守和亲。韩偓伤心读,黄滔屈意陈。民庸终不朽,留此石嶙峋。(清彭元瑞《恩馀堂辑稿》卷四)

纳兰性德《填词》:
诗亡词乃盛,比兴此焉托。往往欢娱工,不如忧患作。冬郎一生极憔悴,判与三闾共醒醉。美人香草可怜春,凤蜡红巾无限泪。芒鞋心事杜陵知,只今惟赏杜陵诗。古人且失风人旨,何怪俗眼轻填词。词源远过诗律近,拟古乐府特加润。不见句读参差三百篇,已自换头兼转韵。(清纳兰性

德《通志堂集》卷三)

孙治《无题次韩偓韵四首》(有小引):

昔唐臣韩偓首制《无题》十四韵,一时士大夫和者有王相国、吴融、令狐涣、刘崇誉、王涣诸人。香奁之味于斯特甚。予友去矜和韩之作,前后二十四首,嗣后虎臣、驰黄、飞涛、鸿征间作。诸子云思逸藻,都复擅场。繁钦《定情》,方斯为下。曹植《薄命》,曾何足云。藉令偓生今日,亦当舌挢不合。比如毛、施掩面,南威避席。若仆平生,不善艳诗,又才致谫劣,效颦为此,恐亦伧父面目矣。

□□临紫陌,狭路起红尘。列骑归趋晚,鸣鸡晓唱晨。千金一笑直,百□两鬟新。不惜巫山妄,应怜洛浦真。莲铺倾弱态,菱镜引娇颦。沉水款缸室,都梁广翠轮。情随云里雀,书密锦中鳞。不夜昧沉□,流苏帐度春。名倡原出卫,荡子实家秦。几岁黄华戍,经年白马津。两裆时染泪,一字比加珍。黛远频难尽,慵来懒拂匀。歌残湖就同,恨结汉皋人。独处多愁怅,伤心未有邻。

倾国延年妹,窥臣宋玉邻。上官谁绝宠,下邑有佳人。生本聪明胜,翛然骨肉匀。驭横金雀贵,鲁挽木难珍。结佩遗测沽,乘车出孟津。才人方怨赵,公主旧悲秦。镜掩芙蓉暮,妆残杨柳春。桂□□□□,□□□游鳞。侬处如推橹,欢心似独轮。盈盈施小扇,的的敛愁颦。玳瑁还猜薄,明珠好似真。前溪舞尚旧,读曲怨弥新。片石支机夜,双桐冻井晨。留观桃叶渡,伫望李文尘。

泪尽昆明劫,魂消大海尘。几能怜子夜,徒尔惧刘晨。素女弦如昔,湘姬竹尚新。三年歌宛转,七夕会灵真。未遣韩童恨,先愁西子颦。榆星徒负历,桂月自重轮。无路迴青鸟,多情缄赤鳞。绣纬时剪烛,绸户更伤春。巫峡云行楚,华山畿属秦。鸳鸯惟有冢,风雨竞迷津。何处同心结,相从连理珍。四弦调独苦,百和粉难匀。恍惚思公子,彷徨憾妾人。相思何所寄,奇树在南邻。

从来愁远道,何处结芳邻。油壁西陵路,骊驹南陌人。裁金脸扇胜,编贝口脂匀。堕髻从梁制,纤腰实楚珍。相于上巳日,合沓小平津。金屋原娇汉,阿房好剧秦。千秋惟有乐,百戏共临春。珀碗浮清酒,银桦鲙紫鳞。璇台珠作砌,雕辖玉为轮。不惜冬将夏,惟怜笑与颦。魂消原不恶,情死总为真。荳蔻含中密,葡萄错彩新。香迷乌柏夜,花返汝南晨。一曲歌声绕,罗巾已拂尘。(清孙治《孙宇台集》卷三十八)

谭莹《论词绝句一百首·韩偓》:
猩色屏风画折枝,已凉天气未寒时。《香奁》语艳无人俪,奈仅《生查子》一词。(清谭莹《乐志堂诗集》卷六)

王廷绍《韩偓》:
谁继《离骚》赋美人,《香奁》诗里泪痕新。听他乌雀悲君后,看到缞麻有相臣。濮上莫谈东内事,少阳空写故宫春。当年草制心如铁,肯与徐陵步后尘?(清陶梁《国朝畿辅诗传》卷五十六)

田雯《丁巳八月同张晴峰移工部郎中戏成四绝即柬晴峰》之四:
《香奁》才思剧清狂,斗帐浓花每断肠。诗格怪君似韩偓,人呼小字是冬郎。(清田雯《古欢堂集》卷十三五言绝句七言绝句)

王昊《读李义山诗集伤之题以四绝句》之四:
白老无文那足疑(义山子名),晚唐人物尽能知。后生收拾残编内,须认冬郎兴桂儿(冬郎,韩偓小名;桂儿,郑畋小名,皆诗集中人也。)(清王昊《硕园诗稿》卷三十五)

吴铭道《韩偓集二首》:
烧残宫烛泪条条,死恋君恩恨未消。《感事》一篇风义在,史家合恕玉山樵。
堪笑高人王右丞,名污犹腼窃声称。诗家若不论心迹,臣贼翩翩果擅能。(清吴铭道《古雪山民诗后》卷三)

赵怀玉《顾明经(宗泰)招饮月满楼》：

韩偓新词客，王维老画师。近窗同听雨，剪烛互论诗。萍梗踪无定，云龙志可期。匆匆仍惜别，莫忘盍簪时。（清赵怀玉《亦有生斋集》卷一）

赵翼《自泉州至漳州道中作》：

曾读冬郎艳体诗，飘零遗迹最堪思。夕阳荒草南安路，何处空山访墓碑。（韩偓流寓南安，有墓。）（清赵翼《瓯北集》卷三十一）

赵翼《怀清桥》：

夫妇同坚殉国心，不曾闻讣已渊沉。挽诗难用香奁体，冤魄犹留血影砧。江上有魂应远慰，人间无路可哀吟。可怜一片秦淮水，呜咽寒流直至今。（清赵翼《瓯北集》卷四十八）

厉鹗《秋寒》：

前日骄阳尚满林，天机陡转冷光侵。萧森已识闲中味，凄紧初关别后心（时送栾城幼鲁北行）。四壁图书温破帽，千家帘幕促疏砧。多情那得如韩偓，洒背微霜拥鼻吟。（清厉鹗《樊榭山房集》卷五）

厉鹗《题莲坡双凤图》：

莲坡于丙寅春梦双凤飞集屋榜，各衔金篆字，一曰贞，一曰福。后纳二小姬，名适与之同，因作此图。

娉婷市里见双身，好梦分明证宿因。瑶水生来千百媚，彩云飞下一重春。蕙兰元是含贞性，风月何妨号福人。（杨廉夫晚号"江山风月福人"）记取辟寒金上字，香奁诗话最鲜新。（莲坡著有诗话）（清厉鹗《樊榭山房集》续集卷七）

郑世元《精严寺僧房感旧有作三十韵》：

忆昔初髫岁，来游著彩衣。每随春共到，恰好燕同归。水竹纤深径，香花隐半扉。文章州府辟，灯火父兄依。雅令三更集，清谈十日围。从人呼小友,要我赋明妃。考就沉壶漏,欢哗刻烛辉。……大胆驱今古,潜心辨是非。陈思自求试,韩偓众称稀。孔雀诙谐妙,高轩过从挥。揶揄凭俗辈,趋步效前徽。鸣镝期穿札,摩编必断韦。(清郑世元《耕馀居士诗集》卷二《敝簏剩稿》二)

许迎年《春闺词和韩偓〈香奁集〉韵》:

想从恨处欢还在,思到欢时恨已亡。春掩重门人寂寂,落花和雨下池塘。

望中新绿暗溪桥,香径行来草没腰。燕子不归春已老,柳丝牵恨一条条。(清阮元《淮海英灵集》乙集卷二)

郑炎《晒书》其二:

琉璃天子月,写尽洞庭秋。一语堪千古,青灯易白头。窦韬徒组织,韩偓苦雕搜。胸次无丘壑,聱牙只算偷。(清郑炎《雪杖山人诗集》卷三)

周长发《平定州阅京兆榜目知家园牧获隽喜成一首》:

谁言才大用违时,毕竟高文独见知。纵使百家工纂组,难追五十老须眉。凤雏早喜如韩偓,磨蝎何曾困退之。待我归来问衣钵,羲经能荐是何师。(清周长发《赐书堂诗钞》卷七)

祝德麟《同年王少林(嵩高)谒选来京以桃叶归舟图属题八首》其五:

评郎家帖把郎嘲,玉版临摹著意教。吟就温柔韩偓句,簪花宫体不辞钞。(清祝德麟《悦亲楼诗集》卷七)

王文治《黔东杂吟四首》之一:

廉纤韩偓诗中雨,朦胧元晖画里山。判取风餐三十日,归田容我占清闲。(清王文治《梦楼诗集》卷十《归人集》)

董文骥《昨夜》:

654

昨夜银虬觉未长,合欢离席玉交觞。三声碧树留人梦,一点朱砂染妾肠。……乌啼山月疏钟后,凤胫青青冷半床。(清邹祗谟《倚声初集》卷九)

胡苏云《家徽亭兄将之京师,舟次章门,以予客昌邑不得别寄语,索诗赋此,郄寄兼赠行》:

芙蕖要眇带飞鸿,夕照龙沙远望中。滕阁书回玉露白,天衢马踏彩云红。文归大雅皇猷著,世薄黄金士气通。笑我一生真潦倒,香奁诗又让群公。(家兄诗文工丽,试辄冠军。)(清胡苏云《芥浦诗删》卷九)

茹纶常《得韩冬郎集》(泰初):

凤蜡烧残未忍看,《香奁》诗格独登坛。后人莫便轻訾议,细腻风光正自难。(清茹纶常《容斋诗集》卷十七《秦树集》)

茹纶常《分题晚唐人诗集得飞卿金荃集》(友声七集十):

披卷闲吟播揢词,就中风骨几人知。《浣花》流丽《香奁》媚,谁与《金荃》斗色丝。(清茹纶常《容斋诗集》卷十七《秦树集》)

郭金台《晓发南安驿》:

高峰残月尚依依,旅客行程逐鸟飞。野店有霜关树晓,家山无梦雁书稀。江湖浪迹身将老,琴剑天涯事已非。偶向冬郎坟畔过,野花零露欲沾衣。(清郭金台《星卧楼集》卷九)

钱豫章《先外舅查梧冈先生诗集寄园新刻者感题》:

池阳官罢魏塘栖,网户封尘草没啼。破屋风摧梅影失,荒田露泣稗花低。谁同韩偓夸雏凤,空忆乔公感只鸡。华屋山丘悲自昔,遗篇赖尔手亲题。(民国徐世昌《晚晴簃诗汇》卷一百五)

张振凡《读史》:

东汉尚名节,矫枉或过之。吾观晋王祥,其行何足师。……守身义孰

655

大,出处偏多疵。扬雄莽大夫,著书拟《论语》。韩偓拒朱温,诗丽若好女。两人使不仕,美恶何由著。……孰为旋风蓬,孰作中流柱。圣哲固知人,弗由言貌取。奈何后世士,凭文以荐举。(民国徐世昌《晚晴簃诗汇》卷一百四十一)

陈曾寿《秋夜对瓶荷一枝,雨声淙淙,偶题冬郎小像二首》:

为爱冬郎绝妙词,平生不薄晚唐诗。一枝一影灯前看,正是秋花秋露时。

可怜陆九(贽)同文笔,却与朱三(温)共岁年。憔悴如斯终不死,书生留命亦符天。(陈曾寿《苍虬阁诗集》卷五,上海古籍出版社 2009 年版,第159 页)

智按:陈曾寿(1878－1949),字仁先,号耐寂、焦庵,别署苍虬,湖北蕲水人。陈沆曾孙。少肄业两湖书院,师事梁鼎芬。光绪二十九年(1903)进士。用主事分刑部。旋应经济特科,得高等,调学部。累迁员外郎、郎中。宣统三年(1911),授广东道监察御史。辛亥后,遁归湖北,旋挈家至沪。母病,移居杭州,构屋于南湖,与俞明震比邻,时以诗唱酬。民国六年,张勋复辟,授学部右侍郎。事败南还。十四年,北赴天津,随溥仪至长春,命管陵园事。晚岁仍南归。卒于上海。

陈曾寿《泪(拟义山)》:

万幻犹(一作唯)馀泪是真,轻弹能湿大千尘。不辞见骨酬天地,信有吞声到鬼神。文叔同仇唯素枕,冬郎知己剩红巾。桃花如血春如海,梦里西台(一作飞入宫墙)不见人。(陈曾寿《苍虬阁诗集》卷五,第 160 页)

陈曾寿《题翰林集》:

把卷微吟辄断肠,一生同病只冬郎。分明坐久槎犯斗,不待归来海已桑。

无限幽情随暮雨,几多清泪湿红芳。颠连莫为唐昭惜,正有随身孤凤凰。(陈曾寿《苍虬阁诗集》卷五,第 258 页)

陈曾寿《梅泉诗来引用唐昭宗谓韩偓朕左右无人之语偶有所感遂成一绝句》：

朱梁跋扈异阴柔，分手君臣泪暗流。强断股肱心未夺，濮州犹觉胜中州。（陈曾寿《苍虬阁诗集》续集卷上，第 302 页）

陈曾寿《尤物》：

诗中尤物成双绝，惟有冬郎及玉溪。癖爱神交相感应，故应往往亦凄凄。（陈曾寿《苍虬阁诗集》续集卷上，第 315 页）

林学洲《葵山吊韩冬郎墓》：

善读《香奁集》，方知血泪倾。孤臣亡国恨，芳草美人情。莽莽葵山路，萧萧学士茔。徘徊碑碣下，不觉暮云横。（苏镜潭纂修，左树夔修《民国南安县志》卷四十八《艺文志四·清诗》，《中国地方志集成·福建府县志辑》第 28 辑，上海书店出版社 2000 年 9 月版，第 481 页）

智按：林学洲，字橙圃。晋江人。咸丰五年（1855）亚元。

黄尔沤《葵山吊韩冬郎墓》七律二首：

茫茫天意苦相辜，只手难将唐室扶。绮岁能吟堪震李，丹心独抱肯从朱？栖身岂愿为蛇足，报国无如捋虎须。回首金銮长已矣，千秋蜡泪不模糊。

问君何事此栖迟，蔓草荒烟剩垄碑。幽涧泉寒生阒寂，古松鳞老作之而。霜深破院狐吹火，秋冷孤坟鬼唱诗。一集《香奁》抒幽愤，《离骚》千古有同悲。（苏镜潭纂修，左树夔修《民国南安县志》卷四十八《艺文志四·清诗》，《中国地方志集成·福建府县志辑》第 28 辑，上海书店出版社 2000 年 9 月版，第 482 页）

智按：黄尔沤，字鼎礼，号莲初。泉州南安人。光绪十八年（1892）进士，官刑部主事。

李钰《葵山吊韩冬郎》：

抔土荒凉夕照横，丰碑端合署文贞。投荒虎口馀生在，向日葵心抵死倾。不草白麻留劲节，空栽红杏寄闲情。九原莫唱思归引，旧殿金銮久已

更。(杨小川、李辉良编著《南安名胜》,作家出版社 2003 年 9 月版,第 40 页;高文显《韩偓·诗人的墓地》)

智按:李钰(1902—1958),字文若,福建邵武人,毕业于广东大学。曾任县长。1945 年 4 月,被选为第四届国民参政会参政员。抗战胜利后,任制宪国民大会代表。1949 年去中国台湾。

五、历代评述

东坡常谓余曰:"凡造语贵成就,成就则方能自名一家,如蚕作茧,不留罅隙矣。子华、韩致光所以独高于唐末也。"(宋李之仪《姑溪居士集》前集卷四十题跋《跋吴师道诗》)

韩偓《香奁集》百篇,皆艳词也。沈存中《笔谈》云:"乃和凝所作,凝后贵,悔其少作,故嫁名于韩偓尔。"今观《香奁集》有《无题诗序》云:"余辛酉年,戏作《无题》诗十四韵,故奉常王公、内翰吴融、舍人令狐涣相次属和。是岁十月末,一旦兵起,随驾西狩,文稿咸弃。丙寅岁,在福建,有苏暐以稿见授,得《无题》诗,因追味旧时,阙忘甚多。"予按《唐书·韩偓传》:偓尝与崔嗣定策诛刘季述,昭宗反正为功臣,与令狐涣同为中书舍人。其后韩全诲等劫帝西幸,偓夜追及鄂,见帝恸哭。至凤翔,迁兵部侍郎。天祐二年,挈其族依王审知而卒。以《纪运图》考之,辛酉乃昭宗天复元年,丙寅乃哀帝天祐二年(按:应是三年),其序所谓丙寅岁在福建,有苏暐授其稿,则正依王审知之时也。稽之于传与序,无一不合者。则此集韩偓所作无疑,而《笔谈》以为和凝嫁名于偓,特未考其详尔。《笔谈》云:"偓又有诗百篇,在其四世孙奕处见之。"岂非所谓旧诗之阙忘者乎?(宋葛立方《韵语阳秋》卷五)

诗中有俱指一物而下句不同者,以类观之,方见优劣。……又如子美云:"鱼吹细浪摇歌扇。"李洞云:"鱼摇清影上帘栊。"韩偓云:"池面鱼吹柳絮行。"此三句皆言鱼戏,而韩当为优。……(宋陈善《扪虱新话》卷八)

内相韩公偓居南安,尤有诗名。其家刻之碑,有吾伯祖龙学公简夫之

658

跋可信。(宋陈知柔《墨妙堂记》)

又《香奁集》，唐韩偓用此名所编诗。南唐冯延巳亦用此名，所制词又名《阳春》。偓之诗，淫靡类词家语，前辈或取其句，或剪其字，杂于词中。欧阳文忠尝转其语而用之，意尤新。(宋张侃《张氏拙轩集》卷五《跋棫词》)

韩偓在唐末粗有可取者，如"沙头有庙青林合，驿步无人白鸟飞"，"细水浮花归别浦，断云含雨入孤村"，"白髭兄弟中年后，瘴海程途万里长"。五言如"鸟啼深不见，人语静先闻"，虽神气短缓，亦微有深致。其《秋夜忆家》绝句云："垂老何时见弟兄？背灯悲泣到天明。不知短发能多少？一滴秋霖白一茎。"凄楚可悲，亦善于词者。若"挟弹少年多害物，劝君莫近五陵飞"，又"萧艾转肥兰蕙瘦，可能天亦妒馨香"，是直讪耳，诗人比兴扫地矣。
(宋范晞文《对床夜语》卷四)

香奁体，韩偓之诗，皆裾裙脂粉之语。有《香奁集》。(宋严羽《沧浪诗话·诗体》)

读玉山樵人诗，脂泽之气薾然满怀，使人想见风采。至《香奁》，则又殆有甚焉者也。然偓当唐末宗社颠隮之际，窜身于戈戟森罗之中，虽扈从重围，犹复有作。当是之时，独能峥嵘于奸雄群小之间，自立议论，不至诡随。唐史臣称之，以谓有一韩偓尚不能容，况于贤者乎？则知偓非苴莩于闺房衽席之上者，特游戏于此耳。顷时王荆公叙四家诗，不取太白，为其十诗九说妇人与酒，然则偓之不见取于公又可知矣。(宋周紫芝《太仓稊米集》卷六十七《书韩承旨别集后》)

十年前曾评君乐章，乇矣复睹新腔一卷。赋梨花云："一春花下，幽恨重重。又愁晴，又愁雨，又愁风。水仙花自侧，金卮临风，一笑酒客吹尽……"其清丽，叔原、方回不能加；其绵密，骎骎秦郎"和天也瘦"之作矣。昔和凝贵显，时称曲子相公；韩偓抗节唐李，犹以《香奁》为累。惟本朝庐陵、临淄二公，于高文大册之外，时出一二，存于集者可见也。君他文皆工，余恐其为乐章所掩，因以箴之。(宋刘克庄《后村集》卷一百八《再题黄孝迈短长句》)

韩致光、吴子华皆唐末词臣，位望通显，虽国蹙主辱，而赋咏唱和不辍。存于集者不过流连光景之语，如感时伤事之作，绝未之见。当时公卿大臣

往往皆如此。(宋刘克庄《后村诗话·续集》卷二)

吴融《和韩学士秋夕禁直偶雪》云:"大华积秋雪,禁闱生夜寒。砚冰忧诏急,灯烬惜更残。正遂攀棳愿,翻追访戴欢。更为三日约,高兴未将阑。"吴子华诗五言合作绝少,七言佳者不减致光。致光以忤朱三贬窜,子华诗有《南迁》七绝,未知所坐何罪,以诗意度之,岂其坐致光之党耶!(宋刘克庄《后村诗话·新集》卷四)

"仗下千官走似麕,仓皇谁扈属车尘。禁中陆九艰危共,殿上朱三苦死嗔。当日横身抗歧汴,暮年避地客瓯闽。小窗细读金銮记,始信香奁属别人。"自注曰:"《香奁集》和凝作,非致光也。"(宋刘克庄《后村集》卷九《读金銮密记》)

宋景文修唐史合列于司空表圣之后,不知何以不收,岂为《香奁集》所累耶?……乌乎,以致光岁晚大节如此,世徒以其少作疵之,故曰君子不可不早有誉于天下也。(宋刘克庄《后村先生大全集·刘原父陈迹古帖》)

遗文散失未暇荟萃,平日游戏为长短句甚多,深得唐人风韵,其得意处虽杂之《花间》、《香奁集》中,未易辨也。(宋楼钥《攻媿集》卷五十二《求定斋诗馀序》)

唐人诗偏工靡丽,虽李太白亦十句九句言妇人。其后王建、元稹、韩偓之徒皆然。如裴说者,盖未尝以诗名,至作《寄边衣》诗,则美丽可喜,盖当时词章习尚如此,故人人能道此等语也。(宋费衮《梁溪漫志》卷七《唐诗工靡丽》)

《通鉴》中所引援二百二十馀家,试以唐一代言之,叙王世充、李密事用《河洛记》,魏郑公谏争用《谏录》,李绛议奏用《李司空论事》,睢阳事用《张中丞传》,淮西事用《凉公平蔡录》,李泌事用《邺侯家传》,李德裕太原泽潞回鹘事用《两朝献替记》,大中吐蕃尚婢婢等事用林恩《后史补》,韩偓凤翔谋画用《金銮密记》……(宋高似孙《史略》卷五)

《金銮密记》一卷,唐韩偓记昭宗幸华州,太祖以兵围华事。(宋高似孙《史略》卷五)

正其身然后能格君,其君正然后能定国。治世者众,正之积也。……唐室之势至于懿、僖,乱则甚矣,而亡形未必成。及昭宗辨急轻佻,欲速见小利,始任张浚,终任崔胤,于是唐亡可决。向使王抟、杜让能、韩偓诸人获辅初政,久于其位,亦必维持国势,不至疾颠。一相之任,其重如此。(宋胡寅《致堂读史管见》卷二十六)

天子内臣无外交,朝于诸侯,《春秋》贬之。交私议论,汉法诛之。况结强藩以为援,劫胁朝廷,禁制君父乎!此义也,愚人容有不能知,奸人则固不肯守。所以然者,计利害也。王室微,方镇盛,政在奄寺,陵驾缙绅,不外有所倚,何以保其身,安其位。小人趋利避害,自以为得矣。使其永利而无害,其何善如之。惟逆理也,故所欲未遂,所恶已及。是故卢携之结高骈,崔昭纬之结王行瑜、李茂贞,张濬、崔胤之结朱全忠。虽烨烨,俄倾间如槿花石火,未充把玩而诛夷剿族,有不可胜受之酷。然则向之求全者,乃所以自灭也。或曰:"杜让能、王抟皆贤者而亦不免,何欤?"曰:"贤而事昏乱之朝,固有不免之理矣?傥如韩偓、司空图者,又岂有此患耶!(宋胡寅《致堂读史管见》卷二十六)

昭宗用韩偓言,不起复贻范,君臣才两义,而茂贞以朋党目之。他日朱全忠恶赵崇,斥为轻薄之魁。又怒裴枢,斥为轻浮之党。然则朋党云者,真小人憎君子之名也。与己同,则谓之忠信;不与己同,则谓之朋党。人君岂可轻听此言,而妄加诸士大夫乎!伊尹告太甲以逆心者,为道孙志者为非道,其取舍乃如此,此人君听言之要术也。(宋胡寅《致堂读史管见》卷二十七)

小人逐利,虽锱铢圭撮,有决性命而争之者,况一品之贵、万钟之富乎?故虽蹈危垂亡之时,其图之益急。大抵侥幸一得,谓后日之患未必相及,以此自宽焉耳!独韩偓以宰相为污己,不屑就焉。他日宁以罪去,在昭宗朝可谓贤者矣!(宋胡寅《致堂读史管见》卷二十七)

主暗国危,韩偓久于近密而不去,何也?昭宗多与之谋议,君臣之分有所不忍。宰相,人臣所愿欲,虽国濒于亡,未有无相之日,而偓终不肯拜,甘公斥逐其去,虽晚志操可尚矣!人谁不富贵,免富贵于无道之时,可也;人谁不死,免死于逆乱之手,可也。(宋胡寅《致堂读史管见》卷二十七)

唐末进退不污者,惟司空图一人,其犹在韩偓之右乎!柳璨征之,即至以鄙野自置,遂得洁身。前史乃谓图惧璨而来,则误矣。审有惧心,必黾勉就列,安能为坠笏失仪之状?迹近而意远,情疏而罪微,此蔡邕、伍琼、周毖之所难也。详味其事,想见其人,呜呼,可谓贤矣哉!图有诗行于世,诗未必工也,世之爱之,则以其贤也。若夫失节犯义,不齿于士君子之列,则虽吟咏比兴,上揖屈宋,下友甫白,何足称而扬之哉!(宋胡寅《致堂读史管见》卷二十七)

高秀实云:韩偓《香奁集》丽而无骨。李端叔意喜致光诗,诵其序云:咀五色之灵芝,香生九窍;咽三危之瑞露,美动七情。秀实云:劝不得也,劝不得也。(宋蔡正孙《诗林广记》前集卷九)

香奁体,韩偓之诗,有裾裙脂粉之语。(宋魏庆之《诗人玉屑》卷二)

陈克子高作赠别诗云:"泪眼生憎好天色,离肠偏触病心情",虽韩偓、温庭筠未尝措意至此。(宋魏庆之《诗人玉屑》卷六《措意》引《许彦周诗话》)

高秀实言:元微之诗艳丽而有骨,韩偓《香奁集》丽而无骨。李端叔意喜韩偓诗,诵其序云:"咀五色之灵芝,香生九窍。咽三危之瑞露,美动七情。"秀宝云:"劝不得也,劝不得也!"(宋魏庆之《诗人玉屑》卷十六《香奁集》引《许彦周诗话》)

《许彦周诗话》云:"高秀实言,元微之诗艳丽而有骨,韩偓《香奁集》丽而无骨。李端叔意喜韩偓诗,诵其序云:'咀五色之灵芝,香生九窍;咽三危之瑞露,美动七情。'秀实云:'劝不得也!'"(宋胡仔《苕溪渔隐丛话》卷十五)

《遁斋闲览》云:"《笔谈》谓《香奁集》乃和凝所为,后人嫁其名于韩偓,误矣。唐吴融诗集中有和韩致元侍郎《无题》二首,与《香奁集》中《无题》韵正同。偓叙中亦具载其事。又尝见偓亲书诗一卷,其《袅娜》、《多情》、《春尽》等诗多在卷中。偓词致婉丽,非凝言'余有《香奁集》不行于世'。凝好为小词,洎作相,专令人收拾焚毁。然凝之《香奁集》乃浮艳小词,所谓不行于世,欲自掩耳。安得便以今《香奁集》为凝作也?(宋胡仔《苕溪渔隐丛话前集》卷二十三)

《许彦周诗话》云:陈克子高作赠别诗云:"泪眼生憎好天色,离筋偏触病心情。"虽韩偓、温庭筠未尝措意至此。(宋胡仔《苕溪渔隐丛话后集》卷

三十五）

和鲁公有艳诗一编名《香奁集》，凝后贵，乃嫁其名为韩偓，今世传韩偓《香奁集》乃凝所为也。凝生平著述分为《演纶》、《游艺》、《孝悌》、《疑狱》、《香奁》、《籯金》六集，自为《游艺集序》云："予有《香奁》、《籯金》二集，不行于世。"凝在政府避议论，讳其名，又欲后人知，故于《游艺集序》实之，此凝之意也。予在秀州，其曾孙和惇家藏诸书，皆鲁公旧物，印记甚完。见《笔谈》。（宋江少虞《新雕皇朝类苑》卷三十九《香奁集》）

唐韩偓为诗极清丽，有手写诗百余篇在其四世孙奕处。偓天复中避地泉州之南安县，子孙遂家焉。庆历中予过南安，见奕出其手集，字极淳劲可爱。后数年，奕诣阙献之，以忠臣之后，得司士参军，终于殿中丞。又予在京师见偓《送晕光上人》诗，亦墨迹也，与此无异。（宋江少虞《新雕皇朝类苑》卷五十一《韩偓墨迹》）

章句之士溺于所长，以自窘束，不肯弃绳度，坏藩维，……自风雅之变，建安诸子，南朝鲍庾谢辈，至唐以诗鸣者，何止数百人！独杜子美上薄风骚，尽得古今体势。其它旁门异派，如沈、宋、韩、柳、贺、白、韦应物、刘禹锡、李商隐、杜牧、张籍、卢仝、韩偓、温庭筠之流，其精深雄健，闲淡放逸，绮丽软美变怪，各自为家……（宋李弥逊《筠溪集》卷二十二《舍人林公时甹集句后序》）

……此旧史之失也。又李义府、许敬宗奸邪，而与长孙无忌同传。以柳宗元、刘禹锡之不正，而与韩愈同传。高愍之果毅、李氏妻之忠勇，有烈士之慷慨，韩偓之正直，皆不为立传。而僧神秀、普寂、义福、一行反为立传。独孤及之才行兼全，皇甫湜之文章秀颖，韦丹之善政，何易于之爱民，皆不为立传。而道士王知远、潘师正、吴筠反为立传。《旧史》之失也！（宋林駉《源流至论》前集卷二《新旧唐史》）

俗说唐五代间事，每及功臣多云赐无畏，其言甚鄙浅。予儿时闻之，每以为笑。及观韩偓《金銮密记》云："面处分，自此赐无畏，兼赐金三十两。"又云："已曾赐无畏，卿宜凡事皆尽言。"直是鄙俚之言亦无畏！以此观之，无畏者，许之无所畏惮也！然君臣之间，乃许之无所畏惮，是何义理！必起于唐末耳。（宋陆游《老学庵笔记》卷六）

六月壬午,以监铁判官虞部郎中樊若水为荆湖转运使,封故燕国长公主次女高氏为延昌县主。乙酉,麟州防御使李克文来朝,以唐僖宗赐其祖夏州节度使拓跋思恭铁券朱书御札上献。上因观其词旨卑替,谓宰相曰:"朕尝览韩偓《金銮记》,见昭宗在凤翔,梁太祖引兵至城下,号为迎驾,其实胁君。韩偓为翰林学士,昭宗欲见之而为中官所隔,潜匿伺便,方遂一见,可为叹息也……(宋钱若水《太宗皇帝实录》卷三十)

梁祖尝言于昭皇,赵崇是轻薄团头,于鄂州座上佯不识骆乳,呼为山驴,王遂阻三事之拜,此亦挫韩偓也。(宋钱易《南部新书》卷一)

刘志学,字师孔,晋江人,咸淳进士。宋亡杜门不出,暮年种菊数十本,号秋圃,以陶潜、韩偓自方。(宋丘葵《钓矶诗集》卷三)

韩偓《香奁集》百篇皆艳词也。沈存中《笔谈》云乃和凝所作,凝后贵,悔其少作,故嫁名于韩偓尔。今《香奁集》有《无题》诗序云:"余辛酉年戏作《无题》诗十四韵,故奉常王公,内翰吴融,舍人令狐涣相次属和。是岁十月,一旦兵起,随驾西狩,文槁咸弃。丙寅岁在福建,有苏昈以槁见授,得《无题》诗,因追咏,旧时阙忘甚多。"予按《唐书·韩偓传》,偓尝与崔嗣(按:崔嗣即崔胤,"胤"乃宋讳,故避改为"嗣"。)定策诛刘季述,昭宗反正为功臣,与令狐涣同为中书舍人。其后韩全海等劫帝幸秦,偓夜追及鄂,见帝恸哭。至凤翔,迁兵部侍郎。天祐二年,挈其族依王审知而卒。以《纪运图》考之,辛酉乃昭宗天复元年,丙寅乃哀帝天祐二年。其序所谓丙寅岁在福建有苏昈授其槁,则正依王审知之时也。稽之于传与序,无一不合者,则此集韩偓所作无疑。而《笔谈》以为和凝嫁名于偓,特未考其详尔。《笔谈》云:偓又有诗百篇,在其四世孙奕处见之。岂非所谓旧诗之阙忘者乎!(宋阮阅《诗话总龟》后集卷十六)

伪蜀欧阳炯尝应命作宫词,淫靡甚于韩偓。江南李坦时为近臣,私以艳藻之词闻于主听。盖将亡之兆也,君臣之间,其礼先亡矣。(宋田况《儒林公议》卷下)

庆历七年丁亥三十九岁。是年作《礼论后语》……《海南编集》、《题韩偓诗后》、《答黄汉杰书》,……《题韩偓诗后》因游闽而作……(宋魏峙《直讲李先生年谱》)

按：《宋朝类苑》：和鲁公凝有艳词一编，名《香奁集》。凝后贵乃嫁其名为韩偓，今世传韩偓《香奁集》乃凝所为也。凝生平著述分为《演纶》、《游艺》、《孝弟》、《疑狱》、《香奁》、《籝金》六集，自为《游艺集序》："予有《香奁》、《籝金》二集不行于世。"凝在政府避议论，讳其名，又欲后人知，故于《游艺集序》实之，此凝之意也。（宋薛居正《旧五代史》卷一二七《和凝传》注引《旧五代史考异》）

《香奁集》和鲁公之词也，惟其艳丽，故贵后嫁其名于偓。凝平生著述分为《演论》、《游艺》、《孝悌》、《疑狱》、《香奁》、《籝金》六集，自为《游艺集序》云："予有《香奁》、《籝金集》不行于世。"凝在政府避议论，讳其名，又欲后人知，故《游艺集序》实之，此凝之意也。沈存中云。（宋尤袤《全唐诗话》卷五）

汉时宫禁与外间无大别异。樊哙排闼而入，吕后跪谢周昌，袁盎郤谨夫人之坐，皆以为常。至唐亦然。"户外昭容紫袖垂，双瞻御坐引朝仪"之句，见于杜甫之诗。韩偓《金銮密记》亦得见赵夫人之属，盖习见如此。国朝家法最为严备，群臣虽肺腑，无得进见宫禁者。（宋岳珂《愧郯录》卷十二《宫禁进见》）

《笔谈》谓《香奁集》乃和凝所为，后人嫁其名于韩偓，误矣！唐吴融诗集中有《和韩致尧侍郎无题二首》，与《香奁集》中《无题》韵同。偓序中亦具载其事。又尝见偓亲书诗一卷，其《袅娜》、《多情》、《春尽》等诗多在卷中。偓词致婉丽，非凝能及。凝言"予有《香奁集》不行于世。"凝好为小词，洎作相，专令人收拾焚毁。然则凝之《香奁集》乃浮艳小词，所谓不行于世，欲自掩耳！安得便以今《香奁集》为凝作也！（宋曾慥《类说》卷四十七《香奁集》）

"风暖鸟声碎，日高花影重"，此杜荀鹤《春宫怨》中一联也。欧阳文忠公诗话乃云周朴所作，误矣。荀鹤有诗三百篇，顾云目之曰《唐风集》。《春宫怨》一篇，集以冠之卷首，正以此一联也。顾云序其集云："壮语大言，则决起逸发，可以左揽工部袂，右拍翰林肩。"是以荀鹤可并李杜也。荀鹤之诗溺于晚唐之习，盖韩偓、吴融之流，以方李、杜则远矣。然解道寒苦羁穷之态，往往有孟郊、贾岛之风……（宋张淏《云谷杂记》卷二）

世言白少傅诗格卑,虽诚有之,然亦不可不察也。元、白、张籍诗,皆自陶、阮中出,专以道得人心中事为工,本不应格卑。但其词伤于太烦,其意伤于太尽,遂成冗长卑陋尔。比之吴融、韩偓俳优之词,号为格卑,则有间矣。若收敛其词,而少加含蓄,其意味岂复可及也。苏端明子瞻喜之,良有由然。皮日休曰:"天下皆汲汲,乐天独恬然。天下皆闷闷,乐天独舍旃。仕若不得志,可为龟鉴焉。"此语得之。(宋张戒《岁寒堂诗话》卷上)

伪蜀欧阳炯尝应命作宫词,淫靡甚于韩偓。江南李煜时,近臣私以艳薄之词闻于王听,盖将亡之兆也,君臣之间其礼先亡矣!(宋田况《儒林公议》)

韩致光以文章际遇昭宗,君臣相得,欲大用之。值朱温将篡,非独力能支,去位而已,不然徒死无益。观致光过湖湘食樱桃诗,令人怆然:"时节虽同气候殊,未知曾荐寝园无? 合充凤食留三岛,谁许莺偷过五湖。苦笋恐难同象匕,酪浆无复莹玭珠。金銮岁岁长宣赐,忍泪看天忆帝都。"意与少陵同,尤凄惋。黄竹外有《读韩偓传诗》:"堂陛中间飞战尘,君臣相顾泪沾巾。百年富贵输前辈,一旦艰危属老臣。自古舟中为敌国,从今君侧已无人。酬恩报主他生事,偷向蛮夷老此身。"(元盛如梓《庶斋老学丛谈》卷中之下)

致光笔端甚高,唐之将亡,与吴融诗律皆全不似晚唐。善用事,极忠愤,惟《香奁》之作,词工格卑,岂非世事已不可救,始流连荒亡以纾其忧乎?(元方回《瀛奎律髓》卷七)

《香奁》之作,为韩偓无疑也。或以为和凝之作,嫁名于韩,刘潜夫误信之。考诸同时《吴融集》,有依韵倡和者,何可掩哉! 海淫之言不以为耻,非唐之衰而然乎!(元方回《瀛奎律髓》卷七)

吴融《金楼感事》:"太行和雪迭晴空,二月郊原尚朔风。饮马早闻临渭北,射雕今欲过山东。百年徒有伊川叹,五利宁无魏绛功。日暮长亭正愁绝,哀筝一曲戍烟中。"吴融、韩偓同时,慨叹兵戈之间,诗律精切,皆善用事如此。中四句微而显也。(元方回《瀛奎律髓》卷三十二)

吴融《寄贯休》:"休公何处在,知我宦情无。已似冯唐老,方知武子愚。一身仍更病,双阙又须趋。若得重相见,冥心学半铢。"向承阮梅峰秀实惠书,言诗不可多用古人名,谓之点鬼簿。晚唐人皆不敢下,惟老杜最多。吴融、韩偓在晚唐之晚,乃颇参老杜,如此一联岂不佳。(元方回《瀛奎律髓》卷四十七)

夫次韵唱酬,其法不古,元和以前,未之见也。暨令狐楚、薛能、元稹、白乐天集中,稍稍开端。以意相和之法渐废间作。逮日休、龟蒙,则飙流顿盛,犹空谷有声,随响即答。韩偓、吴融以后,守之愈笃,汗漫而无禁也。于是天下翕然,顺下风而趋,至数十反而不已,莫知非焉。夫才情敛之不盈握,散之弥八纮,遣意于时间,寄兴于物表。或上下出入,纵横流散,游刃所及,孰非我有,本无拘缚溅浼之忌也。今则限以韵声,莫违次第,得佳韵则杳不相干,龃龉难入;有当事则韵不能强,进退双违,必至窘束长才,牵接非类。求无瑕片玉,千不遇焉,诗家之大弊也。更以言巧称工,夸多斗丽,足见其少雍容之度。然前修有恨其迷途既远,无法以救之矣。(元辛文房《唐才子传》卷八《皮日休》)

乐府词亦其所自作,前二首道退居之趣,恬淡闲雅,有稼轩、遗山风,后《无题》一首规模《香奁》、《花间》,艳丽而媟,非庄士所欲闻。然古今词人极意以为工者往往若是,岂惟伯机父哉?(元吴师道《礼部集》卷十七《鲜于伯机自书乐府遗墨》)

子华、致光著名晚唐,俱直翰苑,以文章领袖众作。方昭宗时,群邪内讧,凶顽外擅,致光间关其间,执义弥坚,如不草韦昭范诏,凛然有烈丈夫之风,非子华所能及也。然其诗过于纤巧,淫靡特甚,不类其所为。或言《香奁集》和凝所作,误归之致光,岂信然邪?(元吴师道《吴礼部诗话》引时天彝语)

韩致尧偓冶游情篇,艳夺温、李,自是少年时笔。翰林及南窜后,顿趋浅率矣。(明胡震亨《唐音癸签》卷八)

韩偓诗云:"外使进鹰初得按,中官过马不教嘶。"有自注云:上每乘马,必中官驭以进,谓之过马。既乘之,蹙踱嘶鸣也。今北都使宅尚有过马厅,盖唐时方镇亦僭效之,因而名厅事云。(明胡震亨《唐音癸签》卷八引《春明退朝录》)

表圣纶阁旧臣,诡隐瞻乌之日;致尧闽南逋客,完节改玉之秋。读其

诗，当知其意中别有一事在。此等吟人，未论工拙，要为无负诏陵。（明胡震亨《唐音癸签》卷八）

余每读韩偓临殁遗所藏召对烛跋，及颜荛、朱葆光诸人正旦岳祠号恸，望拜旧阙事，为泗落。至读罗昭谏请钱镠举兵讨梁，又不禁发上冲冠矣！当年误国者，不知几何人，亦又不知易面向何处去。独留此数老，为忠义硕果，亦王泽之犹存，而诗教之未尽坠地也。（明胡震亨《唐音癸签》卷二十六）

按唐人多自书其集传后，如韩偓生时，尝手写所为诗成卷。宋嘉祐间，裔孙奕出以示人，庞颖公为漕奏之，因得官，事见《叶石林集》。始知不独用晦然也。（明胡震亨《唐音癸签》卷三十三）

和凝少年时好为曲子词，布于汴洛。洎入相，专托人收拾焚毁不暇。契丹入夷门，号为"曲子相公"（《香奁集》，和鲁公词也，贵后嫁其名于韩偓。自为《游艺集序》云："予有《香奁》、《籯金集》不行于世。"凝在政府，避议论讳其名，又欲后人知，故《游艺集序》实之，此凝之意也。）（明蒋一葵《尧山堂外纪》卷三十八《五代》）

沈愚为人风流蕴藉，旧有《续香奁》四卷，盖仿韩致尧之作。《绣鞋》一首曰："几日深闺绣得成，著来便觉可人情。一醉暖玉凌波小，两瓣秋莲落地轻。南陌踏青春有迹，西厢立月夜无声。看花又湿苍苔露，晒向窗前趁晚晴。"（明蒋一葵《尧山堂外纪》卷八十二）

吾惧读诗者以绮知然明，而以《香奁》、《比红》之绮同类而并称之也。（明董其昌《容台文集》卷四《汪然明绮集引》）

或谓沈子诗则工矣，然何不遂追开元、大历而上之，乃似未能忘情于《金荃》、《香奁》之作者，岂性有所近耶？（明陈子龙《安雅堂稿》卷三《沈友夔诗稿序》）

联翩秀句，倾翠馆之梁尘；旖旎芳词，动青楼之扇影。不揣芜陋，欲窥室堂，乃效苎萝之颦，敢学邯郸之步。庶《金荃》之句使复见于当年，而《香奁》之篇不独称于前代。（明梁辰鱼《江东白苎》卷上《杂咏效沈青门唾窗绒体序》）

尝见韩书，乃为诗数十章，其优游不及此也。丙辰五月十四日，西阁观。长乐冲元题。右韩偓手书。绍兴九年四月七日,臣米友仁恭览审定。每爱欧阳询紧结无比伦,不意韩公手雍容,解写真。(明汪砢玉《珊瑚网》卷二《法书题跋》)

旧闻韩偓有《香奁集》,意其为人才情风调而已。今观此心画,与其简中所及,亦骨鲠之人,是可尚也。至元辛卯夏六月戊寅,因之江西拜别吾友清臣侍御于真阳获观。滏阳马昫题。(明汪砢玉《珊瑚网》卷二《法书题跋》)

唐韩致尧《手简十一帖》,计其岁月四百馀年矣!观古人率尔而作,八法俱备。今人虽尽思为书,不能到也。中有杨学士一帖,简斋慕其姓职相同,因以市之,为拾袭之藏。暇日出示,命识其后云延祐丙辰冬十月既望后三日,张仲寿题于有何不可之阁。崇祯辛巳,留观此卷于韵石斋。五日玉水记。(明汪砢玉《珊瑚网》卷二《法书题跋》)

庄子注《中兴书》,窃人之书以为己作者也。《周秦行纪》、《香奁集》、《龙城录》、《碧云骢》,以己之书嫁名于人者也。窃为己作者,不过穿窬之心;嫁名于人者,几成口舌之祸,罪业莫大焉。《周秦行纪》是李德裕门人韦瓘作,托牛僧孺。《香奁集》是和凝作,托名韩偓。《龙城录》是王铚作,托名柳宗元。《碧云骢》是襄阳魏泰作,托名梅圣俞。(明谢肇淛《文海披沙》卷七《托名》)

今夫士一操觚翰而业诗,即知有五七言近体。业五七言近体,即知有唐,而不知唐之盛而衰欎之,盖至于懿、昭之际而极矣。温、韦、韩、罗诸君子不能有所救改,而屡屡焉用其小给之才,偏悟之识,泛猎之学,苟就之思,以簧鼓聋虫之耳。粗者快于事,精者巧于情,其萎蘼飒沓之气不待词毕,而小夫为鼓掌,大雅之士有掩耳而叹息矣。以故黄齐白马之祸,浅者不见用,用者不见免,而唐遂瓜剖而为六七,历数世而弗能一,宁非其征也。(明王世贞《弇州山人四部续稿》卷五十《宋太史诗集序》)

陶潜不仕宋,所著诗文但书甲子。韩偓不仕梁,所著诗文亦书甲子。偓节行似潜,而诗绮靡,盖所养不及尔。薛西原曰:"立节行易,养性情难。"(明谢榛《四溟诗话》卷一)

或问予:"子尝言陆机、谢客,非有才不足以济变。今于许浑又云才力既小,何耶?"曰:"许浑才力较钱、刘、子厚为小,非较众人为小耳!以李郢、薛逢、郑谷、韩偓诸子相比,则知之矣!杜牧、李商隐,其才实胜于浑。"(明许学夷《诗源辩体》卷三十)

商隐七言古,声调婉媚,太半入诗馀矣。与温庭筠上源于李贺七言古,下流至韩偓诸体。如"柔肠早被秋眸割,海阔天翻迷处所,衣带无情有宽窄,香眠冷衬玎玎佩……"等句,皆诗馀之调也。(明许学夷《诗源辩体》卷三十)

庭筠七言古,声调婉媚尽入诗馀,与李商隐上源于李贺,下流至韩偓诸体。如"家临长信往来道"一篇,本集作《春晓曲》,而诗馀作《玉楼春》,盖其语本相近,而调又相合,编者遂采入诗馀耳。其他略摘以见,如"四方倾动烟尘起,犹在浓团梦魂里"……等句,皆诗馀之调也。(明许学夷《诗源辩体》卷三十)

韩偓《香奁集》皆裙裾脂粉之诗。高秀实云:"元氏艳诗丽而有骨;韩偓《香奁集》丽而无骨。"愚按:诗名《香奁》,奚必求骨?但韩诗浅俗者多,而艳丽者少,较之温、李,相去甚远。即予所录者,十之二三而亦不能佳也。五言古如"侍女动妆奁,故故惊人睡。那知本未眠,背面偷垂泪",七言古如"娇娆意绪不胜羞,愿倚郎肩永相著","直教笔底有文星,亦应难状分明苦",七言律如"小迭红笺书恨字,与奴方便送卿卿",七言绝如"想得那人垂手立,娇羞不肯上秋千"等句,则诗馀变为曲调矣!上源于李商隐、温庭筠七言古,诗馀之变止此。至七言律如"仙树有花难问种,御香闻气不知名"、"静中楼阁深春雨,远处帘栊半夜灯",亦颇有致。又"分明窗下闻裁剪,敲遍栏干故不应",则曲尽艳情。(明许学夷《诗源辩体》卷三十二)

韩偓《香奁集》,《唐诗纪事》以为五代间和凝之词,嫁其名于偓耳。《韵语阳秋》云:"《香奁集》有《无题诗序》云:'余辛酉年,戏作《无题诗十四韵》,故奉常王公、内翰吴融、舍人令狐涣相次属和。是岁十月末,一旦兵起,随驾西狩,文稿咸弃。丙寅岁在福建,有苏昕以稿见授,得《无题》诗'云云。偓传,天祐二年,挈其族依王审知而卒。序所谓丙寅在福建,苏昕授其稿,正依王审知时也。稽之于传与序,无一不合。则此集韩偓所作无疑。"愚按:《韵语》考证甚明,《纪事》之说,实不足信。又吴融集有《和韩致尧侍郎

670

无题三首》，与《香奁集》中《无题》韵正同，亦一验也。（明许学夷《诗源辩体》卷三十二）

问：邹志完为颍昌教授，值范纯仁为守，属撰乐语。志完辞之，曰："翰林学士则可，祭酒、司业则不可。"信斯言也。岂司教之官，方以道义自持，而学士仅可为词人耶？何祝钦明为祭酒，虽八风之舞亦为之。而韩偓为学士，则不肯为宰相草麻，重以君命强之而不从耶？是固系于人，不系于官矣！志完之言，无乃过欤！夫以纯仁之贤，欲乐语何为？且又不知志完之为人，而属之撰者何欤？此虽一事，而处己处人之道有在焉，亦不可以不讲也。（右考嘉兴平湖二县学）（明薛应旗《方山先生文录》卷二十《策问》）

唐昭宗天复元年六月癸亥，韩偓对曰："夫帝王之道，当以重厚镇之，公正御之。至于琐细机巧，此机生则彼机应矣，终不能成大功，所谓理丝而棼之者也。况今朝廷之权散在四方，苟能先收此权，则事无不可为者矣。"上深以为然。臣若水通曰："君臣上下，其感应之机，捷于影响。上以诚感之，则下以诚应之。上下一出于诚，然而不王者，未之有也。上以机巧驭之，则下亦以机巧应之。上下一于机巧，然而不亡者，未之有也。为人君者，乌可不诚其意，慎其所以感天下者，而顾以机巧为哉！（明湛若水《格物通》卷八）

韩偓之作，情思沦洽而气骨优柔，其《香奁集序》似非端人介士所为，岂值时多难，概将是自浣耶？（明朱奠培《松石轩诗评》）

似道留心书画，家藏名迹多至千卷。其宣和、绍兴秘府故物，往往乞请得之。今徐烜赫名迹载悦生古迹，记者不录，第录其稍隐者著于篇：……薛涛《萱草》诗，韩偓《芝兰帖》……（明张丑《清河书画舫》卷五上）

《元诗体要》载杨廉夫《香奁》绝句，有极鄙亵者，乃韩致光诗也！（明李东阳《麓堂诗话》卷九）

韩偓尺牍一卷（山谷跋）。……（明张丑《清河书画舫》卷六下引《困学斋杂录》）

于慎行曰："崔胤谋诛宦官，其画已泄。宦官惧诛，将谋不利于上。上召韩偓问之，偓择其尤无良者，明示其罪，置之于法，然后抚谕其馀，许其自新，庶几可息。若一无所问，彼必知陛下心有所贮，益不自安，事终未了。

上善其言而不能用也。大凡行军御下，事势危疑，人心反侧。不有所诛，众心益惧。故必有所不贷，然后信其有所不诛，而可以安人心耳。末世不能及，此往往以姑息含容，养成祸乱。此非其明鉴哉！（明张萱《西园闻见录》卷九十八）

（裴）坦后拜相，从子赞昭宗时亦继其位。帝疑其外风检，而昵帷薄，以问学士韩偓。偓曰："赞，咸通中大臣坦从子，内雍友，合疏属以居，故臧获猥众，出入无度，殆此致谤。"帝为释然。偓真长者，遇他人坦难乎免矣。偓又解陆扆之阨。（明朱国祯《涌幢小品》卷三《韩裴》）

郑綮有歇后之称，盖自度力不任宰相也。然初为庐州刺史，移檄黄巢无犯州境，巢笑为敛兵去。赢钱十万缗，藏州库，他盗至终不犯郑使君钱。……孙偓，字龙光，唐末宰相，性通简，尝曰："士有行，必不以己长形彼短，己清彰彼浊。"同时朱朴有经济才，亦入相。惜末造与韩偓皆不尽用，可惜。（明朱国祯《涌幢小品》卷九）

韩偓，岁寒之松柏，社稷臣也。（明祝允明《祝子罪知录》卷三）

唐诗七律……韩致光《香奁》秀丽，别自情深。（清施端教辑《唐诗韵汇》）

义山七律，逐首擅场，特须郑笺耳。盖义山诸体之工，唐人实无出其右者，不独七律也，又不独《香奁》也。温飞卿、韩致光辈，比事联词，波属云委，学之成一家言，胜于生硬干酸者远矣。（清田雯《古欢堂集》卷十七《论七言律诗》）

韩偓、韦庄，亦宗中唐，而砥柱晚唐。（清黄叔灿《唐诗笺注》）

晚唐有许用晦、曹尧宾、韩致尧、罗昭谏诸人，专为近体，古意寖衰。（清王鸣盛《蛾术编》）

唐末七言律，韩致尧为第一。去其《香奁》诸作，多出于爱君忧国，而气格顿近浑成。（清管世铭《读雪山房唐诗序例》）

梅村诗本从香奁体入手，故一涉儿女闺房之事，辄千娇百媚，妖艳动人。幸其节奏全仿唐人，不至流为词曲。然有意处，则情文兼至，姿态横生。（清赵翼《瓯北诗话》卷九）

韩致尧《中秋禁直》，望宫阙于九霄，听弦歌于五夜，欲使主上亲贤远佞

而不可得，展转不寐，隐约可念。《寄湖南从事》诗中情境，竟可与屈大夫把臂。（清薛雪《一瓢诗话》）

韩偓，字致尧，京兆万年人。龙纪元年进士，累官中书舍人。刘季述之变，佐崔胤，反正为功臣。随幸岐下，迁兵部侍郎，进承旨。上欲用为相，力辞，荐赵崇自代。忤朱全忠，贬濮州司马。上与泣别，偓曰："是人非向来之比，臣得贬死为幸，不忍见篡弑之辱。"及昭宗被弑，挈族依王审知以终。偓少岁喜为香奁诗，后一归节义，得风雅之正焉。（清沈德潜《唐诗别裁集》卷十六）

按：沈德潜《唐诗别裁集》选韩偓《春尽》、《中秋禁直》、《安贫》三诗，并于《安贫》诗"窗里日光飞野马，按头筼管长蒲芦"句"蒲芦"旁加注"即螟蛉虫"。

七律至唐末造，惟罗昭谏最感慨苍凉，沈郁顿挫，实可以远绍浣花，近俪玉溪。盖由其人品之高，见地之卓，迥非他人所及。次则韩致光之沈丽，司空表圣之超脱，真有念念不忘君国之思。孰云吟咏不以性情为主哉！若吴子华之悲壮，韦端己之凄艳，则又其次也。（清洪亮吉《北江诗话》卷六）

韩致尧《香奁》之体，溯自《玉台》。虽风骨不及玉溪生，然致尧笔力清澈，过于皮、陆矣。何逊联句，瘦尽东阳，固不应尽以脂粉语擅场也。（清翁方纲《石洲诗话》卷二）

韩致尧……富于才情，词旨靡丽。初喜为闺阁诗，后遭故远遁，出语依于节义，得诗人之正。（清余成教《石园诗话》卷二）

诗至晚唐，各体俱不振，独七律不乏名篇。韩致尧完节孤忠，苍凉激楚之音，洵属一时无两。（清曹毓德《唐七律诗抄》）

韩致光哀音怨乱，不害其为丹山雏凤。（清翁方纲《七言律诗钞》）

韩致尧身遭杌陧，激而去国，托之《香奁》，具有寄意。即论艳体，亦是高手。（清胡寿芝《东目馆诗集》卷一）

晚唐收《风》《雅》之尘，沿绮丽之体，词趋绵缛，芳泽粗存，高薄盛唐，卑沦初宋。温、李、韩偓，以温润名家；江东、皮、陆，以疏朗捄制；情词芳悱，则表圣为足多焉。自余数家，视兹为亚。综其得失，源始盛音，蕴藉所存，琅然尽致。然或刻镂以伤巧，或枯淡而鲜珍，或铺张以害体，或浮露以略格，

此其失也。（清宋育仁《三唐诗品》）

其源出于李益、卢纶，而专思律体，柔姿婉骨，最工言情。末遭乱离，故忧爱词多，虽于诗格少衰，要自情芳可选。（清宋育仁《三唐诗品》）

韩致尧遭唐末造，力不能挥戈挽日，一腔忠愤，无所于泄，不得已托之闺房儿女。世徒以香奁目之，盖未深究厥旨耳。余最爱其"碧阑干外绣帘垂。猩色屏风画折枝。八尺龙须方锦褥，已凉天气未寒时"一绝，与"静中楼阁深春雨，远处帘栊半夜灯"句，言外别具深情。又《浣溪沙》云："宿醉离愁慢髻鬟。六铢衣薄惹轻寒。慵红闷翠掩青鸾。罗袜况兼金菡萏，雪肌仍是玉琅玕。骨香腰细更沈檀。"与前诗韵自《离骚》中"制芰荷以为衣"数语融化而出。至《生查子》云："侍女动妆奁，故故惊人睡。谁知本未眠，背面偷垂泪。懒卸凤凰钗，羞入鸳鸯被。时复见残灯，和烟坠金穗。"其蒿目时艰，自甘贬死，深鄙杨涉辈之意，更昭然若揭矣。（清丁绍仪《听秋声馆词话》卷一《韩致尧词》）

晚唐末季，诗尚艳体，复涉秾纤，而典雅远逊前人。唯（韩）偓与李咸用、吴融新颖精切，有温、李风格。（清丁仪《诗学渊源》卷八）

风怀之作，段柯古《红楼集》不可得见矣，存者玉溪生最擅场，韩冬郎次之。由于缄情不露，用事艳逸，造语新柔，所以擅绝也。后之为此体者，言之惟恐不尽，诗焉得工？故必琴瑟钟鼓之乐少，而寤寐反侧之情多，然后可以追韩轶李。金沙王次回结撰深得唐人遗意，诵之感心娱目，荡气回肠。（清朱彝尊《静志居诗话》卷十九）

昭宗反正，密勿之谋，致光为多。观其不草韦贻范诏，正所谓"如今冷笑东方朔，只用诙谐侍汉皇"也。诗以言志，致光可称卓然不拔之君子矣。（清钱曾《读书敏求记》卷四）

彦泓，字次回，金坛人，恭简公樵之诸孙也。以岁贡为华亭训导，卒于官。博学好古，与其叔叔闻为同志。诗多艳体，格调似韩致光，他作无闻焉。（清钱谦益《列朝诗集》丁集）

王彦泓，字次回，岁贡生，博雅有俊才。诗工艳体，格调逼真韩致光。所著有《泥莲》、《疑雨》等稿。尝手录成帙，笔墨精妙，人称双绝。任松江训导，年甫艾而没。（清郭毓秀《金坛县志》）

唐宦竖自昭宗以后，已成积重难返之势，崔胤极力谋之，只自速亡。当时惟韩偓之策颇多可采，若能用之，亦可潜消祸根。崔胤欲倚外兵以制之，步步失策。既失之于密召全忠以启乱萌，又失之于讽李茂贞留兵宿卫，以制敕使。厥后敕使卫兵合而为一，汴兵一来，互相格斗，而天下事益不可为矣。（清蔡新《缉斋文集》附录上）

何应龙，字子翔，钱唐人。嘉泰间进士，曾知汉州。《橘潭诗藁》一卷，俱七言绝句。其诗本法晚唐，所存之作，兼多缠绵旖旎之思。如写情云："青箱再展笺云看，蠹却相思字不完。"《东风》云："新裁白纻春衫薄，犹怯东风一阵寒。"此种句调，全似韩偓香奁体，其佳处正不尽在此。（清曹庭栋《宋百家诗存》卷二十八）

《太原二子诗序》：固哉，今人之为诗也。狥其所好，必己之为是，而他人之为非。交相诟厉，而莫之胜也。古之论诗者不然，观其邪正，以知其志。观其哀乐，以知其情。观其曲直，以知其行。观其广狭，以知其量。观其壮老，以知其气，而诗之道尽于此矣。不然，不论其世，不知其人，而徒讠戋讠戋求之文字之工拙，音律之乖和，是岂真知诗者耶？是故读"双文"、"锦瑟"与"扬州一梦"之诗，则知其人必不矜细行。读"松月夜窗"之章，则知其人必不屑。韩朝宗之援引读《北征》、《诸将》，则知其人必情不忘君。此观其邪正，以知其志也。天下无事，赋诗相乐，则有汉之《柏梁》，贞观之《功成庆善》，贞元之《曲江亭宴》。及其不幸而丁衰乱之朝，则韩偓著《感旧》之篇，韦庄有《思归》之作。此观其哀乐，以知其情也。……（清陈瑚《确庵文稿》卷十二）

问：晚唐诸家，有可取者否？

唐彦谦，特立之士也。严沧浪谓马戴诗在诸人之上，若论唐宋完人，则惟韩偓、司空图耳！其次罗隐、黄滔，正不当徒以诗人目之。（清陈仅《竹林答问》）

《夔夔堂诗集叙》：……夫吾闽诗教，历唐五代而未大昌。而名宦流寓之入闽中者多诗人，若常衮、薛逢、李频、程师孟，以及秦系、周朴、韩偓、崔道融、江为之伦，视中原诸州而无不及。故其气力风采，遂与黄滔、陈陶、陈觊诸人相振荡，濡染于一时。（清陈衍《石遗室文集》卷九）

……又云诗之为刺,固有不加一词而意自见者,清人《猗嗟》之属是已。然尝试玩之,则其赋之之人犹在所赋之外,岂有将欲刺人之恶,乃反自为彼人之言,以陷身于所刺之中,而不自知也哉? 又云以是为刺,不惟无益,殆恐不免于鼓之舞之,而反以劝其恶也。余按《桑中》一篇,但有叹美之意,绝无规戒之言。若如是而可以为刺,则曹植之《洛神赋》,李商隐之《无题》诗,韩偓之《香奁集》,莫非刺淫者矣! 夫《子虚》、《上林》,劝百讽一,古人犹以为讥,况有劝而无讽,乃反可谓之刺诗乎! ……(清崔述《读风偶识》卷二)

周锡疆(字小山,布衣)。小山以布衣而名动公卿,……诗本性灵,出语隽妙,尤雅擅香奁。

小山次韵香奁词,可夺韩偓、罗虬之席。其尤佳者如:"锦瑟无端五十弦,雁桥秋水栉皋烟。弍双翡翠相怜影,祇在荷花落照边。到晚何人唤小怜,风吹长袖独飘然。卷帘斜指楼头月,笑问今宵圆不圆。"……(清丁宿章《湖北诗征传略》卷二十九)

白畦伯高祖元春,祖襄,柳州太守,父洪,蚤逝。幼奇慧过人,稍长入邑庠,诗名已遍江汉间。……至如《初见》云:"嬉情何处最勾留,小小柴门细路幽。日午风温春睡起,绿杨影里看梳头。"……《艳送》云:"渡口催人莫景忙,明珠翠袖待帆张。可堪回首疏林岸,潋潋秋波送小船。"《题周小山香奁词》云:"沙才董白貌姑姿,长板桥卤旧酒旗。题遍桃华扇头血,更无人比杜红儿。"白畦天才放逸,每秋风团扇寄兴扫眉。论者谓不以古今轩轾,虽韩偓《香奁》,罗虬《比红》,无以过矣。……(清丁宿章《湖北诗征传略》卷二十九)

国风亦好色,诗人无不采。《香奁》及《玉台》,珠玑杂珍卉。(清傅占衡《湘帆堂集》卷二十六)

清许宗彦《莲子居词话序》:"《香奁》本非词格,后生小子矜其一得,竞为秽亵之语,岂大雅所屑道者哉。"(清江顺诒辑《词学集成》卷五)

歇后、影略、尊题、建除、百一、宫体、香奁,皆因体而名也。鲍明远有《建除》诗,号建除体。应璩有《百一》诗,号百一体。宫体起于徐摛,和凝作《香奁》,托名韩偓,而弱侯犹为偓惜。(清方以智《通雅》卷三)

《郑卫非淫诗》:朱子《诗传》曰:"郑卫之乐,皆为淫声。"然以诗考之,卫

诗三十有九,而淫奔之诗四之一;郑诗二十有一,而淫奔之诗七之五。卫犹
为男悦女之辞,而郑皆为女惑男之语。故夫子谓为邪,独以郑声为戒,而不
及卫,盖举重而言也。诗序辨说曰:"《桑中》、《溱洧》诸篇,皆淫奔者所自
作。"序云刺奔,误矣!岂有将欲刺人之恶,乃反自为彼人之言,以陷其身于
所刺之中,而不自知者哉!……乃知郑、卫之诗,未尝不施于燕享。而此六
诗之旨意、训诂,当如序者之说,不当如文公之说也。履按:文公所以指郑
卫为淫诗者,因夫子谓郑声淫耳。夫子谓其声淫,文公遂谓其诗淫,不亦误
乎?且十五国风为诗百五十有七篇,其为妇人而作者,男女相悦之辞,几及
其半。若文公之传是,徐陵之《玉台新咏》、韩偓之《香奁集》而已,岂先王厚
人伦,美教化,移风俗之云乎?盖古人深心于君臣朋友之间,托言于夫妇男
女之际。所谓言之者无罪,闻之者足以戒。故《离骚》以美人比君子,子长
称其兼风雅。即不尽然,亦序所云刺奔刺乱,而夫子所不删者,决非淫泆之
人所自赋也。(清方中履《古今释疑》卷一)

自秦火,后汉开献书之路,置写书之官。又使陈农求遗书于天下,诸子
传说皆充秘府,而托者加者讹者应不能免。然汉以前之伪书尚可观,后此
之伪书不足齿矣。……王铚之作《龙城录》,托名于柳,犹《杜解》之托名于
苏也。魏泰之嫁名于梅圣俞以《碧云骃》,犹和凝之嫁名于韩偓以《香奁集》
也。《黄帝内传》、《飞燕外传》,并后人所为,淫邪荒诞,尤无足取。大抵百
家小说,无论真伪,可一览而置之。……(清方中履《古今释疑》卷三《伪
书》)

香奁体,晚唐韩偓之诗。费经虞曰:"《香奁》皆裙裾脂粉之辞,和凝亦
善此体。"(清费经虞《雅伦》卷二)

往年同在湾桥上,见倚朱阑咏柳绵。今日独来香径里,更无人迹有苔
钱。伤心阔别三千里,屈指思量四五年。料得他乡过佳节,亦应怀抱暗凄
然。(韩偓)(清费经虞《雅伦》卷十一《扇对格》)

沈存中《笔谈》论律诗偏正格甚详,但不知所本,盖相传如此。唐人绝
句不粘者为折腰体,《河岳英灵集》序中有粘缀字,韩偓《香奁》云联缀体,盖
唐人之法,疑始沈、宋也。(清冯班《钝吟杂录》卷七)

叶绍袁,字仲韶。父重,第进士,仕至贵州金事。绍袁少有藻思,工诗

赋。天启五年举进士，选南京武学教授，迁国子助教、虞衡主事。念母在家，又不耐吏职，遂乞终养，归居汾湖之滨，与妻沈宜修菽水尽欢。宜修字宛君，副使珫女，工诗。五子三女，并有文藻，一门之中更相倡和以自娱。无何，母及妻女相继殁，幽忧憔悴，杜门萧然如枯衲。乙酉后，弃家入余杭之径山，剃发为僧，号粟庵。辑一时死节诸臣为书，未就，感怆成疾卒。其诗词韶秀，忠君爱国间出《香奁》，有韩偓之遗风焉。幼子爕，别有传。（《乾隆志》参《县志》及《通志》）（清冯桂芬《（同治）苏州府志》卷一百零五）

伪蜀欧阳炯尝应命作宫词，淫靡甚于韩偓。江南李垣时为近臣，私以艳藻之词闻于主听。盖将亡之兆也，君臣间礼先亡矣！（清冯金伯《词苑萃编》卷十《十国春秋拾遗》）

陶渊明以宋元嘉四年卒，而颜延之身为宋臣，乃其作诔，直云"有晋征士"。……韩偓自书《裴郡君祭文》，书"甲戌岁"，书"前翰林学士承旨、银青光禄大夫、行尚书户部侍郎、知制诰、昌黎县开国男、食邑三百户韩偓"。是岁朱氏篡唐已八年，犹书唐官，而不用梁年号。（清顾炎武《日知录》卷十三《书前代官》）

碑高五尺六寸，广二尺四寸五分，二十六行，行六十五字，正书，今在忻州韩岩村。遗山先生为有金一代名宿，其遭乱离，形歌咏，与周庾信、唐韩偓际遇略同。而其为后人所沾溉者，亦与庾、韩相埒，故风雅者常为爱之至。今丘垄完好，碑文清整，无斑剥难辨之字，可称善本矣。（清胡聘之《山右石刻丛编》卷二十九《元好问墓铭》）

《论词绝句》之二：香山梦得与张王，流派无人较短长。名氏不传词更妙，莫将艳体认冬郎。（白居易、刘禹锡、张志和、王建、韩偓）（清华长卿《梅庄诗钞》卷五《嗜痂集》下）

上悉以军国事委崔胤，宦官畏之侧目，胤欲尽除之。韩偓曰："事禁太甚，恐迫切更生他变。"胤不从。上独召偓问之。偓曰："不若择其尤无良者，明示其罪，置之于法，然后抚谕其馀；择忠厚者为之长，咸自安矣。"

偓所论宦官不可尽诛，君道不尚机巧，皆通达治体之言。但所云择尤无良者置之于法，以释馀人之疑，而更为择长。恐此时行之，亦非易易。观后监军、守陵者皆不奉诏，则知偓策之未必行也。

偓又曰:"帝王之道,当以重厚镇之,公正御之,至于琐细机巧,此机生则彼机应矣!况今朝廷之权散在四方,苟能先收此权,则事无不可为者矣!"上曰:"此事终以属卿。"

偓言君道当御以公正,不尚机巧,实切中帝病。帝固志在有为,而好以机巧御下,虽迫于时势,亦气锐而量狭,有以致之,胡身之以为?世固有能知之言之而不能究于行者,韩偓是也!窃谓时势至此,所谓虽有善者,无如之何,非偓能言不能行也。(清黄恩彤《鉴评别录》卷五十)

工部侍郎平章事韦贻范遭母丧,宦官荐姚洎为相。洎谋于韩偓,偓曰:"若图永久,莫若未就为善。倘出上意,固无不可。且汴军旦夕合围,孤城难保,家族在东,可不虑乎?"洎乃移疾。

观偓之语洎者,则知偓之必不欲为相也。此时为相,无益于国,而适足杀身破家,智者不为也。……

命韩偓草贻范起复制,偓曰:"吾腕可断,此制不可草!"上即命罢草,仍赐敕褒赏之。

起复为金革变礼,是时不得谓无军旅之事也。偓不草制,特以贻范志在营私恋栈,并非墨绖从戎,故不为之屈耳。然亦欲藉此立异,俾茂贞等不肯引己入相也。(清黄恩彤《鉴评别录》卷五十)

苏检数为韩偓经营入相,言于李茂贞及中尉枢密,且遣亲吏告偓。偓怒曰:"公与韦公自贬所召归,旬月致位宰相,讫不能有所为。今朝夕不济,乃欲以此相污邪?"

士值板荡之时,若自度得君足以有为,即人相亦所不辞。成则主臣俱荣,不成则与国同尽耳!若明知不能有为而贪位忘祸,误国因以自误,则君子必不为也。(清黄恩彤《鉴评别录》卷五十)

韩偓以贬谪为幸,图以衰野自全,皆唐末诗人之不失名节,而能以明哲保身者也。(清黄恩彤《鉴评别录》卷五十)

刘绘《答乔学宪三石论诗书》:唐家三百馀年,诗人成集者,起贞观虞、褚,历元和迄开成李、许、温、杜,至崔涂、韩偓,止五百馀人耳。(清黄宗羲《明文海》卷一百六十)

孔氏颖达《诗正义》谓风雅颂有一二字为句,及至八九字为句者,所以和人声而无不均也。《三百篇》后《楚辞》,亦以长短为声。至汉《郊祀歌》、《铙吹曲》、《房中歌》,莫不皆然。……而唐时优伶所歌则七言绝句,其馀皆不入乐府。李太白、张志和以词续乐府,不知者谓诗之变,而其实诗之正也。由唐而宋,多取词入于乐府,不知者谓乐之变,而其实所以合乐也。且夫太白之"西风残照","黍离"、"行迈"之意也;志和之"流水桃花","考盘"、"衡门"之旨也。嗣是温岐、韩偓稍及闺檐,然乐而不淫,哀而不怨,亦犹是"蔓草"、"摽梅"之意。至柳耆卿、黄山谷辈,然后多出于亵狎,是岂长短句之正哉?……(清江顺诒《词学集成》卷一)

常州张文先生校录唐宋词凡四十四家,仅一百十六首,可谓严矣!其序论云:"唐之词人李白为首,其后韦应物、白居易、王建、刘禹锡、皇甫松、司空图、韩偓并有述造。而温庭筠最高,其言深美闳约。五代之际,孟氏、李氏君臣为谑,竞作新调,词之杂流由此起矣。至其工者,往往绝伦,亦如齐梁五言依托汉魏近古然也。……"(清江顺诒《词学集成》卷一)

《词绎》云:"词亦有初盛中晚,不以代也。牛峤、和凝、张泌、欧阳炯、韩偓、鹿虔扆辈不离唐绝句,如唐之初不脱隋调也,然皆小令耳。至宋则极盛,周、张、康、柳蔚然大家。至姜白石、史邦卿,则如唐之中。……(清江顺诒《词学集成》卷一)

尝读史至光化、天复之际,愀然兴举国无人之叹!其超然远引,不降不辱者,独一司空图复不可及,其次莫如翰林学士韩偓。当苏检为偓经营入相,岐王李茂贞既已许之矣,中尉枢密辈又皆许之。检乃遣亲信吏告偓,偓怒曰:"公不能佐天子有所为,乃欲以此相污耶!"未几,遂贬濮州司马。天祐二年,复召为学士还故官,卒挈其族逃之闽南。迹其出处,纵未若司空之超然,亦可谓进义退礼者矣!夫古之人,其处危乱也,或知其不可而为之,或知其不可而不为,或知己之不可而愈不为,知不可而为之,非孔孟莫与,其后仅得一诸葛武侯。然隆中数语,武侯内度之身,外度之国家,自有其所谓可,故卒能成鼎足之功。若夫治则进,乱则退,古之贤者律度莫不同。然虽以天民之才之望,尤必审其达可行而后行,有其可行而后行,必有其不可行而即止。是故,此两端之人,皆足以处危乱而不至有自失之嫌。其所谓不可者,类在时势而不在于己。苟其不可在于己,则虽值时势之可,不以易吾不可，而况两不可之合并，而互乘，而又岂烦于再决哉！吁，偓之时，崔胤、朱朴、裴枢、郑綮之徒，其所谓不可，不仅在时势也。而时势又复如是，贸贸然取人国以尝试之，吾见其殆焉而已。胤也，朴也，枢也，不自知不可。綮也，自知不可，而亦贸贸尝试，吾见其获免于殆者，幸焉而已。偓之告昭宗者曰："帝王之道，当以重厚镇之，公正御之。至于琐细机巧，此机生则彼机应矣，终不能成大功，所谓理乱丝而棼之也。"吾以其言观之，偓殆优于为天下者。然则偓之不可，非其己之有罪明矣。……岁月日时之感生，则君子之在下僚者，又不免叹老嗟卑之意。偓何遂独远于人情而勃然以怒，非其审时度势之精且密，其孰能之。吾以为偓之怒，殆庶几乎。（清陈弘绪《石庄先生文录》卷三《韩偓论》，见李祖陶《国朝文录》）

侯官李香苹家瑞，尝从宜黄陈少香师及余友王伟甫孝廉学诗。少香先生尝以其诗集见示香苹，诗多绮怀之作，迹遍青楼，诗题《碧玉》。其《十二金钗》诗，则韩偓替人也。又句如："漏尽声谁续，灯寒影可怜"，可以想其风趣。又句如："断云穿石罅，清磬出林梢"、"夜火隔江寺，疏钟何处楼"、"小院有秋意，疏林来雨声"……（清林昌彝《射鹰楼诗话》卷十六）

闽县家石甫茂才梦郊，著《此中轩诗稿》，谓此中之味，难为外人言也。诗瓣香陈元孝、屈翁山二家，音调宏亮，笔力廉悍。……《书韩偓传后》云："腕可断，诏不可草，一朝人物独先生。清流几辈能谋国，香草如君总寄情。时事直须长醉梦，苦心谁与共功名。干戈满地诗才老，曾向闽州万里行。"（清林昌彝《射鹰楼诗话》卷十七）

武进黄仲则《绮怀诗》："玉钩初放钗初坠，第一销魂是此声"，传神之笔，可为绮怀诗绝唱。前明王次回、近代袁香亭喜作香奁诗，皆不能有此神妙。然仲则天生情种，以此促其天年；杜樊川薄幸之名，亦才人之一病也。（清林昌彝《射鹰楼诗话》卷十八）

元遗山七言律诗气格高壮，结响沈雄，足合少陵西昆为一手。集中多拗体，余所不喜。今专录其尤纯者若干首以觇梗概……《淮右》云："淮右城池几处存，宋州新事不堪论。辅车漫欲通吴会，突骑谁当捣蓟门。细水浮花归别涧，断云含雨入孤村。空馀韩偓伤时语，留与累臣一断魂。"（清林昌彝《射鹰楼诗话》卷二十三）

《寄示涛儿》：独坐衙斋漏五更，纸窗残月动离情。天真自喜吾愚种，人事翻嫌尔小生。省学陈思为梵唱，须知韩偓有清声。深山原是读书处，键户埋头莫务名。（典重庄雅，想见家风。）（清林良铨《林睡庐诗选》卷上）

晚唐诗绮靡乏风骨，或者并其人而薄之。然气节之士，亦往往出于其间。昭宗末年，朱温篡形已成，韩偓在翰林，苏检数为经营入相。偓怒曰："公不能有所为，今朝夕不济，乃欲以此相污耶！"昭宗欲相偓，偓辞而荐赵崇。崔胤怒，使温谮而逐之。昭宗与之泣别，偓泣曰："臣得远贬及死乃幸，不忍见篡弑之辱也。"司空图初为礼部员外郎，弃官隐居王官谷，累征不起。柳璨以诏书征之，图惧诣洛阳。入见佯为衰野，坠笏失仪，乃下诏以为傲代钓名放还山。罗隐乾符中举进士，十上不第。黄巢乱，归依钱镠。及朱温篡诏至，痛哭，劝镠举义，镠不能从。温闻其名，以谏议大夫招之，不就。事镠终于著作佐郎。若三子者，又可以晚唐诗人薄之乎？（清凌扬藻《蠡勺编》卷十三《晚唐气节》）

臣谨按：小说之兴，远在西京，至唐代而始盛。如沈亚之、陆龟蒙，元稹，韩偓，冯贽，段成式辈，矜奇炫异，各著一篇，以鸣于时。然穷其弊，则怪力乱神，皆吾夫子所不语。况是编首登《隋唐嘉话》，于风俗人心，俱有关系。读者苟取长舍短，藉备参稽，亦未始非博闻强记之助也。（清刘锦藻《清续文献通考》卷二百七十一）

词亦有初盛中晚，不以代也。牛峤、和凝、张泌、欧阳炯、韩偓、鹿虔扆辈不离唐绝句，如唐之初未脱隋调也。然皆小令耳。至宋则极盛，周、张、柳、康，蔚然大家。至姜白石、史邦卿，则如唐之中。而明初比唐晚，盖非不欲胜前人，而中实枵然，取给而已，于神味处全未梦见。（清刘体仁《七颂堂词绎》）

此卷有董文敏跋，昔另录一纸，今已遗失。……唐人颜柳以后，若温飞卿、杜牧之皆名家。按《宣和书谱》，唐诗人善书者贺知章、李白、张籍、白居易、许浑、司空图、吴融、韩偓、杜牧，而不载飞卿。王阮亭云：曾见李商隐书，亦绝妙。知唐人无不工书，特为诗所掩耳。此卷藏宋太宰牧仲家。听松山人识于钩本。（清陆时化《吴越所见书画录》卷二《唐杜牧之书张好好诗并序卷》）

严沧浪、高廷礼辈分唐诗为初中盛晚，以为晚不如中，中不如初盛。此非笃论也。凡诗只是随其人为盛衰耳。有其人则有其诗，无其人则无其诗。如初唐推沈、宋、沈、宋之为人何如者？其诗亦殊无气骨。中唐如韩愈、白居易、韦应物诗皆有识，而蕴藉得《三百篇》意，岂反出沈宋下？盛唐之妙，全在李杜。晚唐自是无人物，称雄如李义山辈，皆风流浪子耳。赵畋、韩偓稍胜，然忧谗畏讥，气已先怯，何能为诗？贤者如聂夷中、张道古，又困于下位，即有诗，何由传？故不论人论世而论诗，论诗又不论志而论辞，总之不知诗者也。（清陆世仪《思辨录辑要》卷三十五）

《读五代诗杂题其后十六首》其四《和凝》：《香奁》枉自费清词，名嫁冬郎艳一时。偏忘诒痴符丑恶，编成曲子相公诗。（清陆元铉《青芙蓉阁诗钞》卷二）

韩偓借米，与鲁公乞米，何异哉！（清缪荃孙《云自在龛随笔》卷五《韩偓手迹跋》）

山谷《猩猩》、《毛笔》诗，不失唐人丰致，反自题为戏作，失正眼矣。唐人诗意不在题中，亦有不在诗中者，故高远有味。虽作咏物诗，亦必意有寄托，不作死句。老杜《黑白鹰》，曹唐《病马》，韩偓《落花》可证。今人论诗，唯恐一字走却题目，时文也，非诗也。（清纳兰性德《通志堂集》卷十八）

宋贾似道家有韩偓《芝兰帖》。（悦生《古迹记》）（清倪涛《六艺之一录》卷三百三十二）

《论风人多托意男女，不可以文害辞》：汉唐诸家近于比兴者，陈沆《诗比兴笺》已发明之。初唐四子托于男女者，何景明《明月篇序》已显白之。古诗如傅毅《孤竹》、张衡《同声》、繁钦《定情》、曹植《美女》，虽未知其于君臣朋友何所寄托，要之必非实言男女。唐诗如张籍"君知妾有夫"一篇，乃在幕中却李师道聘作，托于节妇而非节妇。朱庆余"洞房昨夜停红烛"一篇，乃登第后谢荐举作，托于新嫁娘而非新嫁娘，皆不待笺释而明者。即如李商隐之《无题》，韩偓之《香奁》，解者亦以为感身世，非言闺房。以及唐宋诗馀温飞卿之《菩萨蛮》，感士不遇。韦庄之《菩萨蛮》，留蜀思唐。冯延巳之《蝶恋花》，忠爱缠绵。欧阳修之《蝶恋花》，为韩、范作，张惠言《词选》已明释之。此皆词近闺房，实非男女。言在此而意在彼，可谓之接迹风人者。

不疑此而反疑风人,岂非不知类乎?孟子曰:"故说诗者,不以文害辞,不以辞害志。以意逆志,是为得之。"以托意男女,而据为实言,正以文害辞,以辞害志,而不知以意逆志者也。(清皮锡瑞《经学通论》卷二)

仆尝欲萃宋元明三朝儒者诗为一册,曰《道学诗钞》。又自汉迄明,凡良弼循吏贤士大夫之作为一册,曰《名臣诗钞》。又采古今节烈之士有篇什者,如汉之苏武、孔融,唐之李憕、苏源明、颜真卿、张巡、韩偓、司空图,宋之靖康……诸臣为一册,曰《忠义诗钞》。……俾游心艺苑者,知诗外尚有人在也。(清乔亿《剑溪说诗》又编)

十一月初六日奉谕旨:昨阅四库馆进呈书有朱存孝编辑《回文类聚补遗》一种,内载《美人八咏》诗,词意媟狎,有乖雅正。夫诗以温柔敦厚为教,孔子不删郑、卫,所以示刺示戒也。故《三百篇》之旨,一言蔽以无邪。即美人香草以喻君子,亦当原本风雅,归诸丽则,所谓托兴遥深,语在此而意在彼也。自《玉台新咏》以后,唐人韩偓辈务作绮丽之词,号为香奁体,渐入浮靡。尤而效之者,诗格更为卑下。今《美人八咏》内所列《丽华发》等诗,毫无寄托,辄取俗传鄙亵之语,曲为描写,无论诗固不工,即其编造题目,不知何所证据。朕辑四库全书,当采诗文之有关世道人心者。若此等诗句,岂可以体近香奁,概行采录。所有《美人八咏》诗,着即行撤出。至此外各种诗集内,有似此者,亦著该总裁督同总校分校等详细检查,一并撤出,以示朕厘正诗体,崇尚雅醇之至意。(清庆桂《国朝宫史续编》卷八十三)

诗莫备于有唐三百年。自初盛之浑雄,变而为中唐之清逸,至晚则光芒四射,不可端倪,如入鲛人之室,谒天孙之宫,文彩机抒,变化错陈。密丽若温、李,奥峭若皮、陆,爽秀条畅若韩、薛、韦、罗,大余细入,无不凿之方心,实殿三唐之逸向,著两宋之先鞭者也。(清查克宏《晚唐诗钞序》)

太和、会昌而下,诗教日衰,独李义山矫然特出,时传子美之遗;特用事过多,涉于浓滞,或掩其美。次则杜牧之律体,寓拗峭以矫时弊,犹有健气。……其余皮、陆、许浑、马戴、赵嘏、韦庄、罗隐、唐彦谦诸人,虽间有逸韵,靡靡无足观;降而韩偓之《香奁》,风益下矣。(清鲁九皋《诗学源流考》)

十国文物,首推南唐、西蜀。闽则韩、黄、翁、徐诸君子连茵接轸,美秀而文,所谓永嘉之末,犹闻正始之音者也。楚风不竞,而天策十八学士炳炳琅琅,亦拔戟自成一队。吴越似稍亚,然有罗江东一人,便大为浙水吴山生色;孙光宪之于荆南也亦然。谁谓贤者之无益于人国哉!韩致光为玉溪之别子,韦端己乃香山之替人,罗昭谏感事伤时,激昂排奡,以追配杜紫微,庶几无愧。三公竞爽,可称华岳三峰,佳话流传,并秀句之脍炙人口者,正难枚举。……三公不独以诗鸣也,其大节固自可观。当朱三飞扬跋扈时,致光以一词臣,触虎狼之怒而去,迨后流落闽南,紫气黄旗,日望乘舆返正,所作诗文止署唐朝官职,此与渊明之书甲子何异。昭谏说钱武肃举兵讨梁,事见《通鉴》。其咏松云:"陵迁谷变须高节,莫向人间作大夫。"行芳志洁,有慨乎其言之也。端己为蜀王作书,所云"墨诏之中,泪痕犹在,枕戈待旦,思为主上报仇者",大义凛然,自天复、天祐以还,未闻斯语。《闻再幸梁洋》之作,恋阙情深,与罗之《中元甲子》,韩之《六月四日》诸律,如响应声,同其忠爱。文人浮薄,赖三君子一雪此言。史不云乎,皓皓焉与琨玉秋霜比质也。(清郑方坤《五代诗话·例言》)

五季自开平逮显德,不五十年,五易国而八姓,电光泡影,田地闭,贤人隐,叶绍蕴谓之空国无人。然而板荡流离,琐尾兴悲,何尝不与二《雅》、三《颂》并归删辑。于稽其世,唐末诗人如罗隐、韦庄、韩偓辈,往往流落江南、吴越、荆楚诸国,触事怆怀,固不乏激昂清越之音,其雕琢禽鱼,流连花草,则亦时有赋物能工者焉。盖李唐之殿,赵宋先路,风流依依未泯也。(清丘仰文《五代诗话序》)

《遒追山二庙碑》:欧阳公以五代少全节之士深为叹恨,推原其故,谓自白马清流之祸,士气丧而人心坏。吾以为是时天下崩裂,文献脱落,盖亦或有其人,而世竟泯然未之知者。如唐自司空图、韩偓、梁震、罗隐而外,尚有如许儒之不屈于梁,王居岩之不屈于吴,朱葆光、颜荛、李涛之不屈于楚,孙合之不屈于吴越,黄岳之不屈于闽,张鸿、梁焘之不屈于汉,皆不愧为唐之贞士,而史臣失载。尝欲合为一卷,以补欧公之憾。(清全祖望《鲒埼亭集》卷二十三)

唐之学士初入院者,试以制书批答三篇。如白居易试《段祐加兵部尚书领泾州制》,韩偓试《武臣授东川节度制》是也。若舍人则不复试,多自学士迁授。宋制,知制诰必召试中书而后除,欲观其敏也。其不试者,号为异

礼,当时以为荣。凡试之日,制诰三篇,宰相视其纳卷方上马。次日进呈,除目方下,盖重之也。(清阮葵生《茶馀客话》卷一)

且旧史于咸通以后纪传疏略,新书则于韩偓之纳忠,高仁厚之平贼,与夫雷满、赵匡凝、杨行密、李罕之之僭割,具书于传。一代兴废之迹备焉,岂得谓其无补于旧史欤?(清邵晋涵《南江诗文钞》文钞卷十二《新唐书提要》)

有集百卷,自篆于版模,印数百帙,分惠于人焉。按:《宋朝类苑》,和鲁公凝有艳词一编,名《香奁集》,凝后贵,乃嫁其名为韩偓。今世传韩偓《香奁集》乃凝所为也。凝生平著述分为《演纶》、《游艺》、《孝弟》、《疑狱》、《香奁》、《籯金》六集,自为《游艺集序》云:"予有《香奁》、《籯金》二集,不行于世。"凝在政府避议论,讳其名,又欲后人知,故于《游艺集序》实之,此凝之意也。(清邵晋涵《旧五代史考异》卷四《和凝传》)

和成绩艳词每嫁名于韩偓,因在政府讳之也。又欲使人知之,乃作《游艺集序》曰:"予有《香奁》、《籯金》,不传于世。"(清沈辰垣《历代诗馀》卷一百十三《乐府纪闻》)

今何故无之。按:后世亦有之。唐韩偓《中朝故事》:长安有紮龙户,观水即知龙色目,有无悉知之。(清沈钦韩《春秋左氏传补注》卷十一)

《花间集》曰:"和凝少时好为曲子,布于汴洛。泊入相,契丹号为曲子相公。有集百卷,自镂板以行。世识者非之曰:'此颜之推所谓诒痴符也'。"《乐府纪闻》曰:"和成绩每嫁名于韩偓,因在政府讳之也。又欲使人知之,乃作《游艺集叙》曰:'予有《香奁》、《籯金》不传于世。'"(清沈雄《古今词话》词评卷上《和凝红叶稿》)

和鲁公有艳词一编,名《香奁集》。凝后贵,乃嫁其名为韩偓。凝平生著述分为《演纶》、《游艺》、《孝悌》、《疑狱》、《香奁》、《籯金》六集。自为《游艺集序》云:"予有《香奁》、《籯金》二集,不行于世。"凝在政府避议论,讳其名。又欲后人知,故《游艺集序》述之,此凝之意也。(沈存中《笔谈》,《五代诗话》)(清陈鸿墀《全唐文纪事》卷八十三)

司空表圣……真有唐一代伟人也,岂仅高士二字足以尽之哉!(梁震、韩偓、罗隐三人,庶可并迹虞乡。)(清宋长白《柳亭诗话》卷十四)

檀萃《舒城叶处士翁寿序》：

……学原闻鲤，谊近乘龙。为举震筋，先施锦障。乃以冬郎老凤，曾同先甲之名；春酒介眉，适当降寅之日。因推制序，难谢惭文。……（小注：《义山集·韩冬郎即席为诗相送，因成二绝寄酬，兼呈畏之员外》：“十岁裁诗走马成，冷灰残烛动离情。桐花万里丹山路，雏凤清于老凤声。”注：冬郎，韩偓小字也。又《韩同年新居戏赠》：“一名我漫居先甲，千骑君翻在上头。”注：韩瞻字畏之，韩偓父也。开成二年，义山同年。《唐书》：“韩偓，字致光，京兆万年人。”《楚辞》：“惟庚寅吾以降”。）（清檀萃《草堂外集》卷六）

《国朝词综自序》：汪氏晋贤叙竹垞太史《词综》谓：词长短句，本于《三百篇》并汉之乐府。其见卓矣而犹未尽也。盖词实继古诗而作，而诗本于乐，乐本乎音。音有清浊高下轻重抑扬之别，……而唐时优伶所歌惟用七言绝句，其馀皆不入乐。李太白、张志和始为词以续乐府。之后不知者谓诗之变，而其实诗之正也。由唐而宋，多取词入于乐府，不知者谓乐之变，而其实词正所以合乐也。且夫太白之“西风残照，汉家陵阙”，《黍离》《行迈》之意也；志和之“桃花流水”，《考盘》《衡门》之旨也。嗣是温岐、韩偓诸人，稍及闺襜，然乐而不淫，怨而不怒，亦犹是《摽梅》《蔓草》之意。至柳耆卿、黄山谷辈，然后多出于亵狎，是岂长短句之正哉！（清王昶《春融堂集》卷四十一）

王士禛《菩萨蛮·弹琴》：玲珑嵌石红蕉叶，蕉阴宝鸭香初爇。独整素琴弹，琴清玉手寒。声声珠作串，弹出湘君怨。今夜梦潇湘，琴心秋水长。（邹程村云：“青溪遗事诸首，摹画坊曲琐事可谓尽态极妍。阮亭拂笺吮毫时，便如杜牧、韩偓身经游历，寻欢窈窕，含睇缠绵。青楼紫陌得此点染，又何必周昉辈以写生论工拙耶？”）（清王昶《国朝词综》卷二）

韩偓、司空图处无可救药之时也，君即唯我之是听，而我固无如之何也。去之可也。（清王夫之《读通鉴论》卷二十七《懿宗》）

国家将亡必有妖孽，妖孽者非但草木禽虫之怪也，亡国之臣允当之矣。唐之乱以亡也，宰执大臣实为祸本。……僖昭之际，岂复得为朝廷哉！河东叛，朱邪攘臂而仍之，岐邠构难于肘腋。关以东朱温、时溥、孙儒、高骈、李罕之、朱瑾战垒相望，天子孤守一城，不能当一县令。即为宰相，如鄙夫

687

之志欲安富尊荣者何有！于是稍有知者，非誓以一死报宗庙，则必视为荆棘奸狉而不能一朝居，岂忍效浚、昭纬、胤、纬、溪之奔骛如狂哉！萧遘、杜让能且以端人自命夫，亦念何忠之可效，何功之可成，而营营汲汲于平章之虚号，何为者也！非愚也，狂也。是亦桃李之荣于冬，麋鰌之游于市也。妖风方熸，荡之、扇之，相逐而流，自好者不免焉，亦可悲矣。生斯时也，郑遨尚矣！陈抟托游仙以自逸，其亦可矣！司空图、韩偓，进不能自靖，而退以免于污辱，其尚瘥乎！又其下者梁震、罗隐、孙光宪之寓食于偏方，而不为乱首。更不能然，则周庠、严可求、韦庄，小效于割据之主，犹知延祸之非，而苟免于天人之怨怒。若张浚之流，窃卫主之名，贪晨霜之势，含毒起秒以速君之死亡，而血流于天下。呜呼，至此极矣！故曰妖也。（清王夫之《读通鉴论》卷二十七《昭宗》）

唐之将亡，无一以身殉国之士，其韩偓乎！偓之贬也，昭宗垂涕而遣之。偓对曰："臣得贬死为幸，不忍见篡弑之辱。"斯闻者酸心，见者裂肝之日也。而偓不仰药绝吭以死于君侧，则偓疑不得为捐生取义之志矣！然而未可以责偓也！君尚在，国尚未亡，无死之地。而时方贬窜，于此而死焉，则是以贬故死也，匹夫匹妇之婷婷者矣！偓去国而君弑，未几而国亡，偓之存亡无所考见，而不闻绝粒赴渊以与国俱逝，此则可以死矣，建文诸臣所争光日月也。而偓不逮，乃以义审之，偓抑可以无死也。伪命不及，非龚胜不食之时，而谢枋得卖卜之日也。湮没郁抑以终身，则较家铉翁之谈经河上为尤遂志耳。纣亡而箕子且存，是亦一道也。人臣当危亡之日，介生死之交，有死之道焉，有死之机焉。蹈死之道而死者正也，蹈死之道而或不死者，时之不偶也。蹈死之机而死者，下愚而已矣。昭宗反辟，刘季述伏诛之谋，偓与赞焉，蹈死之道一也。王抟请勿听崔胤之谋杀宦官以贾祸，胤怒而诬杀之。偓为昭宗谋，亦云："帝王之道，当以重厚镇之。此曹不可尽诛以起祸。"其忤胤也与抟同，蹈死之道二也。韦贻范求宦官与李茂贞起复入相，命偓草制。偓坚持不草，中使曰："学士勿以死为戏！"茂贞曰："学士不肯草制，与反何异！"蹈死之道三也。从昭宗于播迁幽辱之中，白刃之不加颈者一线耳，而守正不挠。季述不能杀，崔胤不能杀，茂贞不能杀，非偓可取必于凶人之见免也，偶然而得之也。乃偓之终不蹈死之机，则爱其生以爱其死，固有超然于祸福之表者也。姚洎之将入相也，谋于偓，而偓告以不就。为人谋者如是，则自为之坚贞可知矣。苏检欲引为相而怒曰："君奈何以此相污！"昭宗欲相之，则荐赵崇、王赞以自代。其时之宰相皆汴、晋、邠、岐之私人，树以为内主者也。权虽倒持于逆藩，而唐室一即一离之机，犹操于宰相。尸其位，则已入其彀中。而奸贪之小人，趋入于阱中，犹见荣焉。此所谓死之机也！偓惟坚持必不为相之节，抑知虽相而无救唐亡，祇以自危之理。且知虽不为相，而可以尽忠。唯不为相，而后可尽忠于主之势。故晋人不疑其党汴，汴人不疑其党岐。宦官不疑其附崔胤，胤不疑其附宦官。立于四虚无倚之地，以卫孤弱之天子，而尽其所可为。疑忌浅，怨毒不生，虽茂贞且愧曰："我实不知书生礼数。"而恶亦息矣。此其可生可死，可抗群凶，而终不蹈死之机者也。无死之机，是以不死，履死之道，是以不辱。若偓者，其以处危亡之世，诚可以自靖焉矣！其告昭宗曰："万国皆属耳目，不可以机数欺之。"推诚直致，日计不足，岁计有馀，其奉以立身也，亦此道也夫。(清王夫之《读通鉴论》卷二十七《昭宗》)

宰相数易，则人皆可相。人皆可相，则人皆可为天子之渐也。……自龙纪元年至唐亡天祐三年，凡十九岁。而张浚、孔纬、刘崇望、崔昭纬、徐彦若、郑延昌、杜让能、韦昭度、崔胤、郑綮、李溪、陆希声、王抟、孙偓、陆扆、朱朴、崔远、裴贽、王溥、裴枢、卢光启、韦贻范、苏检、独孤损、柳璨、张文蔚、杨涉，或起或废者二十七人。强臣胁之，奄人制之，而朝廷不能操黜陟之权固矣。抑昭宗轻率无恒，任情以为喜怒。闻一言之得，而肝胆旋倾；幸一事之成，而营魂不定。乃至登进可惊可愕之人，为天下所姗笑，犹自矜特达之知，谏覆无馀而犹不知悔，其识暗而自用，以一往之情为爱憎，自取灭亡，固千古必然之偾轨也。抑就诸人言之，人之乐居尊位者，上之以行其道，次之以成其名，其下则荣利之餍足耳。……自僖宗以来，天子屡披荆榛，两都鞠为茂草，国门之外号令不行，虽有三台之号，曾无一席之安。计其恫喝涂人而招纳贿赂者，曾不足当李林甫、令狐绹之僮从。不安而危，不富而贫。其尊也，藩镇视之如衙官；其荣也，奄宦得加以呵詈。一旦有变，则天子以其颈血而谢人，或杀或族或斥远方而毙于道路。此诸人者，稍有识焉，何乐以身试沸膏之鼎，而思沾其滴沥乎？故苏检欲经营韩偓入相，而偓怒曰："以

此相污!"诚哉,其污也!而一时风会所淫,如饮莨菪之酒,奔驰恐后而莫之
能止。前者殊死,后者弹冠,人之无良亦至是哉!呜呼,士贵有以自立耳,
无以自立而寄身于炎寒之世局!……呜呼,士若此而犹不以宰相为人生不
易得之境,鼎烹且俟之,崇朝鼎食且侥于此日,其能戒心戢志如韩偓者凡几
人也!世乱君昏,正其逞志之日,又何怪焉?(清王夫之《读通鉴论》卷二十
七《昭宗》)

嬴政坑儒未坑儒也,所坑者皆非儒也。朱温杀清流沈之河,未杀清流
也,所杀者非清流也。信为儒,则嬴政固不能坑之矣。信为清流,则朱温固
不能杀之矣。温诚诛锄善类不遗馀力,而士大夫无可逃之彀中邪?乃于韩
偓弗能杀也,司空图弗能杀也,于郑綮亦弗能杀也。又下而为梁震、罗隐之
流,且弗能杀也。凡此见杀者,岂以身殉国而与唐偕亡者乎,抑求生于暴人
之手而不得其术者耳?(清王夫之《读通鉴论》卷二十七《昭宣帝》)

自太祖勒不杀士大夫之誓以诏子孙,终宋之世,文臣无欧刀之辟。
……夷考自唐僖懿以后,迄于宋初人士之以名谊自靖者张道古、孟昭图而
止。其辞荣引去,自爱其身者韩偓、司空图而止。高蹈不出,终老岩穴者郑
遨、陈搏而止。(清王夫之《宋论》卷一)

尝戏论唐人诗,王维佛语,孟浩然菩萨语,刘眘虚、韦应物祖师语,柳宗
元声闻辟支语,李白、常建飞仙语,杜甫圣语,陈子昂真灵语,张九龄典午名
士语,岑参剑仙语,韩愈英雄语,李贺才鬼语,卢仝巫觋语,李商隐、韩偓儿
女语;苏轼有菩萨语,有剑仙语,有英雄语,独不能作佛语、圣语耳。(清王
士禛《带经堂诗话》卷一引《居易录》)

唐杜牧之《张好好诗并序》真迹卷,用硬黄纸,高一尺一寸五分,长六尺
四寸,末阙六字,与本集不同者二十许字。卷首楷书"唐杜牧《张好好诗》。"
宣和御笔也。……董其昌跋云:"樊川此书深得六朝人气韵,余所见颜、柳
以后,若温飞卿与牧之,亦名家也。"愚按《宣和书谱》,唐诗人善书者贺知
章、李白、张籍、白居易、许浑、司空图、吴融、韩偓、杜牧,而不载温飞卿。然
余从它处见李商隐书亦绝妙,知唐人无不工书者,特为诗所掩耳。此卷今
藏宋太宰牧仲家。(见《渔洋诗话》)(清王士禛《带经堂诗话》卷二十三)

王嗣槐《吴蘭次闺情三十咏小序》:

闺帏之什莫备风诗，女士"飞蓬"之咏，风人"搔首"之篇，莫不结想绸缪，抽思婉约。自是高岨歌云，长门赋月。风吹罗帐，花妒红妆。露湿金屏，虫依芳梦。何刺史绵眇之音，江詹事凄清之唱。缀彩笔而芬流，劈锦笺而艳绝。良以人间有忆，彤管偏深；天上多情，香奁独至。笑则徙倚栏花，啼则缠绵沟水。帐前卿婿，偏许夫人；阁里怜姬，仍闻公主。罢琴掩镜，触绪怆然；却扇分杯，欢情如昔。至若楼中小史，偶影成仙；塚上佳人，同心俱化。北山路隔，石可凭魂；南陇阡分，树能合魄。可为郁绵邈之幽思，觉日月之有穷。通婉娈之芳心，非山川之能间者已。余友菌次先生，白璧为人，青镂作管。檐垂弱柳，重见画眉；台起香尘，更闻刻玉。桓子野一往深情，阮步兵居然作达。衾花湿泪，善写柔肠；窗鸟笼烟，巧摹眤态。都为五律，共赋若干。可谓雕玉为文，吐兰成气。徐陵之新咏未妍，韩偓之芳辞失丽者也。……（清王嗣槐《桂山堂诗文选》卷八）

《燕在阁唐绝句选凡例》：

王弇州谓七言绝句盛唐主气，气完而意不尽工。中晚主意，意工而气不甚完。予谓不然。盛唐王、李意气俱工，中晚气不完而意工。若其造想翻新，如钱起、李益、顾况、武元衡、张仲素、张祐、唐彦谦、李群玉、杜牧、雍陶、李商隐、陆龟蒙、郑谷、韩偓、韦庄辈，皆为一时之选。虽稍让王、李一筹，若较盛唐诸公，恐皆并辔康庄耳。（清王棠《燕在阁知新录》卷二十二）

微婉顿挫，使人荡气回肠者李义山也。自刘随州而后，渐就平坦，无从睹此丰韵。七律，则远合杜陵。五律、七绝之妙，则更深探乐府。晚唐自小杜而外，惟有玉溪耳。温岐、韩偓，何足比哉！（清翁方纲《石洲诗话》卷二）

按：方朱温篡唐，司空图以礼部尚书召不起，闻哀帝弑，不食而卒。韩偓以侍郎、学士避地闽中，不赴梁召，并不附助王氏。孙合以左拾遗隐奉化山，著书但纪甲子，以示不臣。罗隐说钱镠举兵讨梁，冯涓以谏王建称帝，不从，杜门不出，尚矣！图著《段章》、《窦烈妇传》；合著《春秋无贤臣论》，皆扶植节义之文。《全唐文》悉已收入。（清吴光耀《五代史记纂误续补》三）

吴绮《记红集序》：

……窃谓词虽小道，义在大晟。究其源流体制，实由于乐府。相为表里，兴观允助于骚坛。是以三唐伟士，两宋名贤，无论秦、柳之专工，以及辛、苏之媲美。他若考亭理学，犹歌绿酒飞红；莱国清贞，亦念杏花芳草。忠如武穆，尚矢韵于凭阑；烈似文山，复和歌于缺镜。赵忠简之一枕，梦入江南；范文正之孤城，心伤塞北。皆有怀于白苎，曾何累于青编。至如供奉之名重开元，三调实为星海；太傅之集高长庆，诸编独擅春江。欧庐陵文冠八家，小令偏多旖旎；苏眉山书传千古，长讴更自雄奇。盖词章原非两途，而诗笔诚归一致。或以才难兼胜，遂言义有相妨。斯则浅见之拘挛，实少英流之卓荦矣。若夫和凝入相，辄羞曲子之名；韩偓登庸，便悔《香奁》之作。斯又唱渭城而不暇，宁关皱春水以为嫌耶？予与程子掇拾无遗，编摩最久。谱搜古逸，宁言葑菲之微；词尚淹通，用冀枣梨之寿。务令记歌娘子，数红豆以传声；勿使度曲才人，望青莲而阁笔。（清吴绮《林蕙堂全集》卷六）

《风》、《雅》、《颂》中时事不少，《诗》本经史之学，汉诗此意已微。子美不然，所以独胜，太白不及也。人读经史，须知是诗材，读诗须回顾经史。明人分作二截，惟于字面间求为大家而已。葛常之曰："韩偓《香奁集》百篇，皆艳体词也。"沈存中《笔谈》以为和凝所作，贵后讳之，嫁名于偓。而《香奁集》有《无题》诗序云："余辛酉岁戏作《无题》诗十四韵，故奉常王公、内翰吴融、舍人令狐涣相次属和。是岁十一月兵起，随驾西狩，文槁咸弃。丙寅岁在福建，有苏昈者以稿见授，得《无题》诗，因追味旧诗阙亡甚多"云云。《香奁集》之为韩偓所作无疑，存中未考其详，《遁斋闲览》已引吴融和诗为证矣。余考昭宗天复元年辛酉正月元日斩王仲先等，复位，进孙德昭等为三使相。十一月，韩全海劫帝幸凤翔，韩偓扈跸。三年十月，帝召韩偓、姚洎于土门外，执手涕泣。甲子闰四月，朱温迁帝于洛阳，八月被弑，立昭宣帝。丁卯四月，温篡位。则余所说此二诗意（按：二诗指《咏浴》和《倚醉》），非傅会也。（清吴乔《围炉诗话》卷一）

《和王赓堂（廷选）怀人八首（有序）》：原夫鹣青鲽紫，天生共命之俦；玉碧珊红，地有交柯之树。……时也草萋春浅，月淡宵深。一水愈横，群峦佹直。飞东南之孔雀，忆西北之高楼。启箧则手爪丝丝，入梦则心头草草。山似眉而方秀，雾侵鬓以馀香。无不怅触新愁，尽供雅咏。粉飞奁畔，岂韩偓之淫思；玉映台前，乃徐陵之艳体。君诚才子，皆言夫婿之殊；仆本恨人，

大有别离之意。(清吴荣光《石云山人集》诗集卷二《计偕吟草》)

十载江湖常载酒，等闲孤负春风。莫愁湖畔板桥东，垂杨千万树，何处系游骢。为爱绿窗人似玉，卿偏怜我情浓，翻教恨晚惜相逢。清歌听未已，离梦又匆匆。(《临江仙》)溪水碧于油，溪娃能荡舟。惯凌波，秀靥明眸，生长阑干船上住，浑不解别离愁。佳节快，临流兰桡枉驻留。忆台江竞渡，芳游鬟影衣香，帘尽卷，人都上水边楼。(《南楼令》)此小庚词也。艳情当家，虽未比芳彭十庾公南楼，亦兴复不浅矣！小庚辑《本事词》，自序云："凡兹丽制，问何事以干卿？偶辑艳闻，正钟情之在我。"又云："仆也颇比柘枝，痴同竹屋。癖既耽乎绮语，赋更慕乎闲情。"吴县石敦夫(同福)谓小庚学苏、辛多豪语，小庚示以"手炉"、"脚炉"，调《蓦溪山》二阕，谓"苏辛亦有艳体，非不能也。"然则小庚何尝不步韩偓之尘，而作广平之赋乎？其《自题词集》云："且喜拈来无绮语，差慰平生"，亦誓言已。(清谢章铤《赌棋山庄词话》卷四)

又"笑拈霜管题诗句，难道今生不再逢"。原注：郎士元、韩偓。捡之本集，皆无。盖竹垞出之腹笥，记忆不无偶疏。(清谢章铤《赌棋山庄词话》卷十二)

偓与吴融同时为词臣，偓忠于唐，为朱三面斥贬责不悔。如"捋虎须"之句，人未尝诵，似为《香奁》所掩。及朱三篡弑，偓羁旅于闽，时王氏割据，偓诗文止称唐朝官职，与渊明称晋甲子异世同符。余读其集，壮其志，录其警联于编内三数篇，自述其玉堂遭遇。唐季非复承平旧观，而待词臣之礼犹然存之，以备《金銮记》之阙。(补《后村诗话》)(清郑方坤《五代诗话》卷六)

熊文举《书司空图韩偓集》：晚唐诗人，二公所遇皆沧海横流之时。韩脱身虎口，司空大隐于条山，较然不欺其志，盖诗人之有骨气者。(清熊文举《雪堂先生文集》卷二十)

钱遵王云："沈括《笔谈》云：'和凝贵后，以《香奁集》嫁名于致光。'则宋人已辨之详矣！昭宗反正，密勿之谋，致光为多。观其不草韦贻范诏，正所谓'如今冷笑东方朔，只用诙谐侍汉皇'也。"按：致光召对诗，诗以言志，致光可称卓然不拔之君子矣！嗟乎，致光遭唐末造，金銮前席，危捋虎须。

按：致光诗集中语及乎投老无门，托迹瓯闽，竟赍志以殁，此岂浅夫浪子所能然耶！后人但知流浪《香奁》，无有洗发其心事者，千载而下，可为陨涕也。石林叶氏曰："世传《香奁集》，江南韩熙载所为，误。沈存中《笔谈》又谓汉相和凝所为，后贵，恶其侧艳，嫁名于偓，亦非也。余家有唐吴融诗一集，其中有和韩致尧《无题》三首，与《香奁集》中《无题》韵正同，而偓序中亦具载其事。又余曾在温陵于偓裔孙坰处，见偓亲书所作诗一卷，虽纸墨昏淡而字画宛然，其《袅娜》、《多情》、《春尽》等诗多在卷中，此可验矣。偓富于才情，词致婉丽，能道人意外事，固非凝所及。据《北梦琐言》云：'凝少年好为小词，令布于汴洛。洎作相，专令人收拾焚毁。契丹入寇，号为曲子相公。'然则，凝虽有集名《香奁》与偓同，仍浮艳小词耳，安得便以今世所行《香奁集》为凝作耶？"愚案，二说未知孰是？窃意《无题》及《袅娜》、《多情》、《春尽》等作实系偓诗，和凝欲嫁名于偓，特以偓诗错杂其闲，故令真赝莫辨，亦未可知。致光功业心术，卓然不群，"如今冷笑"云云，非泛然作鄙夷语也。宋王应麟入元不仕，晚岁自撰志铭，有曰："其仕其止，如偓如图。"图则司空表圣，偓则致光也。伯厚钦仰致光可谓至矣，后人何为轻议乎！致光自书《裴郡君祭文》，首书"故唐天祐十一年甲戌岁"，是岁朱氏篡唐已八年，为乾化四年，犹书故唐官衔而不用梁年号。宋景祐中，庞籍奏上偓诗，诏官其四世孙奕，亦忠臣食报之一证也。（清杭世骏《订讹类编》卷四《香奁集》）

按：《全唐诗》采晚唐之诗兼及五代，是以韩偓、韦庄、孙光宪等之小词，均归甄录。盖韩偓诸人，虽托身霸国，而俱系唐臣。是五代之于唐，犹馀分闰，位当比附以传，不能离异也。（清杨芳灿《芙蓉山馆全集》文钞卷二）

唐诗人温、李皆得罪时相，被摈终身，当时至以为戒，……然考其得罪之由，不过语言文字之小故耳。……若夫狭邪之游，纤靡之作，乃唐代习俗，巨公多不能免。人品邪正，固不存乎此也。唐文皇纤丽之诗，不如隋炀帝长城饮马之什；而李林甫、卢杞之不迩声色，岂贤于郭汾阳、白香山、韩偓哉？（清姚莹《康輶纪行》卷四）

《玉台新咏》十卷，徐陵撰。又《简明目录》曰："《玉台新咏》大抵皆缘情之作，而去古未远，犹有温柔敦厚之遗。或与韩偓《香奁集》并称，殊非其

比。或以为选录女子之诗，则尤未睹而臆说矣！（清姚振宗《隋书经籍志考证》卷四十）

叶昌炽《朱怡云广文遗集序》：……余惟先生之文，可以一言赅之，曰："淡思浓采"。汉魏云季，歌颂滋繁。扬玉轪而并驰，总金羁而齐骛。萧梁锦带，流为记室之词；韩偓《香奁》，等于《玉台》之选。缉事比类，直为偶说。饰羽尚画，吴锦虚艳。是知尚炯则章，散朴非美，文章之外，固有事在。一字染神，惟澹是已。（清叶昌炽《奇觚庼文集》卷上）

叶昌炽《题徐积余观察小檀栾室勘词图》：建安以后得伟长，绣衣江左开文房。宋椠雕本竞流布，学者津逮始谟觞。即我亦蒙精椠赠，金薤琳琅持作縢。喜从天水见留真，岂惟皖山能纪胜。乐府刊成绝妙词，妇人集可比然脂。宫中传诵犹花蕊，陌上催归是柳枝。溯自《花间》首著录，家自编珠入《漱玉》。辑本虽标林下风，雅音难语房中乐。巾箱惟是整签题，镫盏谁能谐柄曲。《玉台》自古在君家，又见《香奁》出韩偓。写韵宜题绿斐轩，著书最好青围屋。此君聊可伴丹铅，笑指亭前万竿竹。别裁伪体见真诠，《琴趣》何妨有外篇。海内论才推不栉，尊前索解到无弦。表微上援元风雅，梦内衣冠拜秀野。作者九京若有知，定有佩环来月下。劫后美人香草情，雨丝风片过清明。不堪海上逢佳节，独自楼头歌倚声。绝好迦陵图后事，一时佳话付虹亭。（清叶昌炽《奇觚庼文集》卷下）

叶方霭《与张秀才书》：

某白秀才足下。伏蒙示新诗一卷，讽绎数四，令吾舌挢而不得下，何词之工而才之多耶！敬羡！敬羡！其中《丽人篇》一首，语尤怪奇瑰丽，可喜可愕。然揆诸古作者之旨，似有未尽合者。请为吾子陈之：仆闻卜氏之序诗曰："在心为志，发言为诗。情动于中，而形于言。"然君臣父子之间，有直致之而不能者，则或托于闺房妇女，缠绵悱恻以寓其感愤无聊之意。十五国风百五十七篇，男女相悦之辞居其半。《关雎》、《桃夭》，王化之首，其所称述亦不过情欲燕私之事。而圣人录之为经，后世尊信之者，岂非以发乎情，止乎礼义。虽其言近于亵昵，而志之所在，贞淫之辨，如黑白之不容掩轶！屈、宋之为骚也，灵修美人以媲于君，宓妃佚女以譬于臣。苏、李之赠答也，兴别离，则引征夫思妇为喻；叙欢爱，则借连枝鸳鸯为比。流连往复，一唱三叹,令人感慕奋兴而不能已,岂特言之工哉!其和平忠厚,油然以生者,虽千岁之久,其志皆可考也。至于元稹之《会真》,韩偓之《香奁》,秦少游、晏叔源辈作为乐府,备狭邪妖冶之趣。其言非不工矣,而考其志无可取焉,故醇儒庄士严斥之以为戒。由是观之,言之本于志,不可不慎如此。仆诚未知吾子之志,然即吾子之言考之,则有可疑者矣!我子年甚少,身列为士。……士之相见,如女之从人,有愿见之心,而无自行之义,必有绍介为之先焉。所以以吾子之才,腾天潜地,何所不可。苟能知立言之有本,而反求志之所在,虽上溯国风之遗,而与屈、宋、苏、李诸人并驰争骋,未知孰先而孰后。奚元稹、韩偓、秦少游、晏叔源辈之足云哉!(清叶方蔼《叶文敏公集》)

闽王氏延彬,审邦之子,忠懿之侄也,为泉州刺史。工诗歌,颇通禅理。性豪华,巾栉冠履,凡日一易。词客谒见,多为所屈。一时徐寅、韩偓诸名士,自为不及之。有诗云:"两衙前后讼堂清,软锦披袍拥鼻行。雨后绿苔侵履迹,春深红杏锁莺声。因携久酝松醪酒,自煮新抽竹笋羹。也解为诗也为政,侬家何似谢宣城。"诗颇楚楚,于诸王中亦可谓铮铮矣。(清叶矫然《龙性堂诗话续集》)

欧阳公作《五代史》,悲其时人臣之无义,特为著《唐六臣传》。称受禅之日,朱温衮冕南面,坐金祥殿。臣张文蔚、苏循奉册,杨涉、张策奉传国玺,薛贻矩、赵光逢奉金宝,以次进。百官北面,舞蹈再拜贺,廉耻道丧,而唐亡矣!呜呼,王莽、朱温,不过一驵愚狡黠之庸流猾盗耳!使汉廷人人如王章,则无毒酒之进矣!使唐室人人如韩偓,则无椒殿之弑矣。惟永禹六臣等相与羽翼而谄戴之,不断送汉唐之天下不止,孰谓其罪尚可得而逭哉!(清叶良仪《馀年闲话》卷二)

《庾开府集笺注》十卷(少詹事陆费墀家藏本)。周庾信撰,国朝吴兆宜注。……兆宜字显令,吴江人,康熙中诸生。尝注徐、庾二集。又注《玉台新咏》、《才调集》、《韩偓诗集》。今惟徐、庾二集刊版行世,馀惟钞本仅存云。(清永瑢《四库全书总目》卷一百四十八)

《唐英歌诗》三卷(江苏巡抚采进本)。唐吴融撰。融字子华,越州山阴人。龙纪元年登进士第,昭宗时官翰林学士承旨、户部侍郎、知制诰。事迹具《新唐书·文艺传》。融与韩偓同为翰林学士，故偓有与融玉堂同直诗。然二人唱酬仅一两篇，未详其故。以立身本末论之，偓心在朝廷，力图匡辅。以孱弱文士，毅然折逆党之凶锋，其诗所谓"报国危曾捋虎须"者，实非虚语。纯忠亮节，万万非融所能及。以文章工拙论之，则融诗音节谐雅，犹有中唐之遗风，较偓为稍胜焉。在天祐诸诗人中，闲远不及司空图，沈挚不及罗隐，繁富不及皮日休，奇辟不及周朴。然其馀作者，实罕与雁行。（清永瑢《四库全书总目》卷一百五十四）

《曝书亭集八十卷附录一卷》（通行本）。国朝朱彝尊撰。……盖以诗而论，与王士禛分途各骛，未定孰先。以文而论，则渔洋文略，固不免瞠乎后耳。惟原本有《风怀》二百韵诗，及《静志居琴趣》长短句，皆流宕艳冶，不止陶潜之赋《闲情》。夫绮语难除，词人常态。然韩偓《香奁集》别有篇帙，不入《内翰集》中，良以文章各有体裁，编录亦各有义例。溷而一之，则自秽其书。今并刊除，庶不乖风雅之正焉。（清永瑢《四库全书总目》卷一百七十三）

《蕊云集》一卷，《晚唱》一卷（浙江汪汝瑮家藏本）。国朝毛先舒撰。《蕊云集》皆所作艳体，其曰"蕊云"者，取古《织锦词》"蕊乱云盘相闲深，此意欲传传不得"语也。《晚唱》皆摹李商隐、李贺、温庭筠、韩偓四家之体，以别于初唐、盛唐之格，故以晚名焉。（清永瑢《四库全书总目》卷一百八十一）

《唐诗叩弹集》十二卷，《续集》三卷（内府藏本）。国朝杜诏、杜庭珠同编。……是书以明高棅《唐诗品汇》所录皆贞元以前之诗，故选录元和迄唐末诸作凡一千八百七十馀篇，以补所遗。名曰"叩弹"，取陆机《文赋》语也。诸人系以小传，卷末间有品评。其训释考证，亦颇多可采。然如元稹《莺莺诗》，李群玉《杜丞相筵中作》，及韩偓《香奁集》诸诗，皆所谓靡靡之音，一概滥登，于精审犹有愧焉。（清永瑢《四库全书总目》卷一百九十四）

《后村诗话前集》二卷，《后集》二卷，《续集》四卷，《新集》六卷（编修汪如藻家藏本）。……又如谓（按：指刘克庄谓）杜牧兄弟分党牛李，以为高义而不知为门户之私。谓吴融、韩偓，国蹙主辱，绝无感时伤事之作，似但据《唐英歌诗》、《香奁集》，而于《韩内翰集》则殊未详阅，持论亦或偶疏。（清

永瑢《四库全书总目》卷一百九十五）

《五代诗话》十卷（福建巡抚采进本）。原本方干、郑谷、唐球诸人上连唐代。方坤既已刊削，而司空图之不受梁官，韩偓之未食闽禄，例以陶潜称晋，仍是唐人。列之五代，亦乖断限。（清永瑢《四库全书总目》卷一百九十六）

《围炉诗话》八卷（江苏巡抚采进本）。……至于赋比兴三体并行，源于《三百》。缘情触景，各有所宜。未尝闻兴比则必优，赋则必劣。况唐人非无赋体，宋人亦非尽无比兴。遗诗具在，吾将谁欺。乃划界分疆，诬宋人以比兴都绝。而所谓唐人之比兴者，实皆穿凿附会，大半难通。即所最推之李商隐、韩偓二家，李则字字为令狐而吟，韩则句句为朱温而发。平心而论，果尽如是哉？阎若璩《潜丘札记》载乔自誉之言曰："贺黄公《载酒园诗话》，冯定远《钝吟杂录》，及某《围炉诗话》，可称谈诗之三绝。"是何言欤！
（清永瑢《四库全书总目》卷一百九十七）

昭宗用韩偓为学士，朱全忠恶而欲杀之，再贬荣懿尉。天祐中还故官，偓不敢入朝，挈其族南依王审知而卒。偓可谓见几而作，不然则裴枢、陆扆之续耳。然审知据福唐，偓乃居南安，未尝依之也。偓癸亥去国，至甲戌悼亡，十有二年。其自书《裴郡君祭文》，衔称前翰林学士、承旨云云。是岁朱氏篡唐已八年，犹书唐故官，此可比于陶潜义熙，岂止梁震前进士乎？宋祁修《唐史》，不列于司空图之后，仅与毕、崔、刘、陆同传，岂为《香奁》累耶？不知《香奁集》乃和凝作，既贵而嫁名于偓。后人遂以冬郎为艳情之祖，岂不掩其忠节乎？（清尤侗《看鉴偶评》卷五）

后世造作伪书颇众。……《岁华纪丽》，明胡震亨造。《于陵子》，明姚士粦造。《陈后金凤传》，明徐熥造。他如郭象之《庄子注》、何法盛之《中兴书》、宋齐丘之《化书》、韩偓之《香奁集》，皆不在此数也。（清袁栋《书隐丛说》卷十四《伪书》）

唐学士入直，许借飞龙廊马。白香山《赠钱翰林》诗曰："分班皆命妇，对苑即储皇"，盖最亲宫禁也。是以韦绶，学士也，而覆以蜀襮之袍；韩偓，学士也，而暗藏金莲之烛。后蜀王建待翰林过优，人尤之。建曰："我昔直禁军，见唐天子待翰林之厚，虽朋友不如也。我不过万分之一耳。"（清袁枚

698

《随园随笔》卷七官职类《唐翰林学士最荣》,清嘉庆十三年刻本)

　　某太史掌教金陵,戒其门人曰:"诗须学韩、苏大家,一读温、李,便终身入下流矣!"余笑曰:"如温、李方是真才,力量还在韩、苏之上。"太史愕然。余曰:"韩、苏宜皆尚书、侍郎,力足以传其身后之名。温、李皆末僚贱职,无门生故吏为之推挽,公然名传至今,非其力量尚在韩、苏之上乎?且学温、李者,唐有韩偓,宋有刘筠、杨亿,皆忠清鲠亮人也。一代名臣如寇莱公、文潞公、赵清献公,皆西昆诗体,专学温、李者也。得谓之下流乎?"(清袁枚《随园诗话》卷五)

　　谭献《梦辞叙》:噫嘻,萧吟凤去,待比竹之声;筝冷雁飞,匪独弦之韵。情以双而难歇,物以耦而相怜。是以乐府齐梁,寓言身世;楚辞骚辨,托兴闺中。……至于幽忧善病,涕泪为滂,一笑一颦,几已成追忆。在天在地,相逢未卜。……离愁浩浩长澜,难平古恨。抑情学道,星月荡而未休;短歌微吟,华鸟愁而如诉。鲛还有泪,盘留百琲之珠;麝已成尘,烟结六窗之篆。韩偓忧危之日,传写《香奁》;子瞻忠爱之言,沈吟"玉宇"。尤贵略其迹象,所当通以兴观。(清张鸣珂《国朝骈体正宗续编》卷八)

　　崔国辅体,韩偓效之。(清张潜《诗法醒言》卷十《盛唐诗体》)

　　香奁体,韩偓之诗。或谓和凝托偓之名而作也。(清张潜《诗法醒言》卷十《晚唐诗体》)

　　唐昭宗执韩偓手流涕曰:"我左右无人矣",可为千古发指。(清张尚瑗《三传折诸·左传折诸》卷二十四《昭公》)

　　国朝诗人善言情者不少,以黄仲则、乐莲裳、郭频伽三家为最。频伽含情若柳,吹气如兰,于憔悴婉笃之中有悱恻芬芳之致。偶录数句于左(《听松庐诗话》):"诗思逢秋容易瘦,美人如月本来孤",……"此生若再来人世,又是垂髫欲上时","韩偓《香奁》义山格,一般凄绝与谁论"。(清张维屏《国朝诗人征略二编》卷五十六《郭麐》)

　　韩偓之诗,皆裾裙脂粉之语。有《香奁集》。(清张英《渊鉴类函》卷一百九十八文学部七"香奁体")

　　昭宗自是始知崔胤任用机数,固无足论,独惜韩偓立朝屡进忠言,亦曰:"是人非复向来之比。"则前此固不知其为奸党矣!就令作相,亦不过以身殉国，谅亦别无补救。然虽不致仕而力辞相位，荐人自代，固非贪荣者比矣。（清章邦元《读通鉴纲目札记》卷十四《贬韩偓为濮州司马》）

叶绍袁，字仲韶，吴江人。天启乙丑进士，除武学教授，迁工部主事。明亡，剃发为僧，感怆成疾卒。诗词韶秀，忠君爱国，间出《香奁》，有韩偓之遗风焉。（清赵宏恩《（乾隆）江南通志》卷一百六十五《人物志》）

香奁体，韩偓之诗，皆裙裾脂粉之语，有《香奁集》。（清赵吉士《寄园寄所寄》卷四）

唐自司空图、韩偓、梁震、罗隐而外，尚有许儒之不屈于梁王，居岩不屈于吴，朱葆光、顾蒉、李涛不屈于楚，孙合不屈于吴越，……张鸿、梁昺不屈于汉，皆不愧为唐贞士。（清周寿昌《思益堂集》日札卷二《唐末守节诸贤》）

《临啸阁诗馀自序》：……嗟乎！一池皱水，何事干卿。千迭乱云，伤心惟此。即空即色，遥参兜率之天；非艳非哀，小署惜华之字。从此落花片片，休绕徐陵；何妨虚箔垂垂，更题韩偓。……乙酉竹醉日，惜花词客书于临啸阁。（清朱骏声《传经室文集》卷五）

唐昭宗天复二年三月，回鹘遣使入贡，请发兵赴难。上命韩偓答诏许之，偓曰："夷狄不可倚信，彼见国家人物华靡，而甲兵雕弊，必有轻中国之心。且自武宗会昌以来，为国家所破，恐其乘危复怨。宜喻以小小寇窃，不须赴难。虚愧其意，实阻其谋。"从之。

瞑庵曰："韩偓处置颇当。国之安危在我，我不能自强而以戎狄为援，终无善策。此时国势垂危，心膂肘腋且不可保，况远人乎？"（清朱克敬《边事汇钞》卷五）

《附录杜律双声叠韵表引》：……韩偓云："静中楼阁春深雨，远处帘栊夜半灯。"楼阁帘栊固正应矣，静春与静深，远夜与远半，非各间应乎？中灯与处雨，非互应乎？……韩偓云："窗里日光飞野马，案头筠管长蒲卢。"窗日、案筠，固间应也。飞马乃轻唇与重唇，长卢乃舌上与半舌，亦间应也。里头与光管各合应，而野马蒲卢则以叠韵正应也。……（清朱休度《小木子诗三刻·壶山自吟稿》卷下）

至元稹、杜牧、李商隐、韩偓，而上宫之迎，堄垣之望，不惟极意形容，兼亦直认无讳，真桑、濮耳孙也。（清贺裳《载酒园诗话》卷一《艳诗》）

《纪事》《品汇》具无刘兼姓名。诗虽不高，颇有逸致，如"莲塘小饮香随艇，月榭高吟水压天"，"白鹭独飘山面雪，红蕖全谢镜心香"，语俱可观。《春怨》尤佳："绣林红岸落花钿，故去新来感自然。绝塞杪春悲汉月，长林深夜泣湘弦。锦书雁断应难寄，菱镜鸾孤貌可怜。独倚画屏人不会，梦魂才别戍楼边。"风调翩翩，可为韩致尧之骖乘。（清贺裳《载酒园诗话又编·刘兼》）

选宋诗，不复可绳以古法，真须略玄黄，取神骏耳。但当汰其已甚，违拜从纯，不可无此度也。吾于汴宋，最爱子由，杭宋则深喜至能，真有骅骝骥耳历都过块之能，虽时亦霜蹄一蹶，要不碍千里之步。《代圣集赠别》曰："一曲悲歌水倒流，樽前何计缓千忧。事如梦断无寻处，人似春归挽不留。草色黏天鹀鹀恨，雨声连晓鹧鸪愁。迢迢绿浦帆飞远，今夜新晴独倚楼。"《南徐道中》曰："半生行路与心违，又逐孤帆擘浪飞。吴岫拥云遮望眼，楚江浮月冷征衣。长歌悲似垂垂泪，短梦纷如草草归。若使一廛供闭户，肯将青雀易柴扉。"《入秭归界》曰："山根系马得浆家，深入穷乡事可嗟。蚯蚓祟人能作瘴，茱萸随俗强煎茶。幽禽不见但闻语，野草无名都著花。窈窕崎岖殊未艾，去程方始问三巴。"《鄂州南楼》曰："谁将玉笛弄中秋？黄鹤飞来识旧游。汉树有情横北渚，蜀江无语抱南楼。烛天灯火三更市，摇月旌旗万里舟。却笑鲈乡垂钓手，武昌鱼好便淹留。"此石湖帅蜀归过鄂州作也，古云"宁饮建业水，莫食武昌鱼"，却如此点化，何减回道人半黍。《再渡胥口》曰："古来此地快蓬心，天绕明湖日照临。一雁云平时隐见，两山波动对浮沉。衰髯都共荻花老，醉面不如枫叶深。罾户钓徒来问讯，去年盟在肯重寻？"诸上诸诗，有似元、白者，有似许浑、韩偓者。（清贺裳《载酒园诗话又编范成大》）

咏物至词更难于诗，即"昭君不惯风沙远，但时忆江南江北"亦费解。放翁一个飘零身世，十分冷淡心肠，全首比兴，乃更遒逸。酒壁释褐，韩偓之特遇也；太液波翻，浩然之数奇也。（清邹祗谟《倚声初集》卷一《词话》）

《咏青溪遗事画册同其年程村作》诗后小注："八首摹画坊曲琐事，可谓尽态极妍。妙处更在淡写轻描，语含蕴藉。昔赵吴兴画马作马相，李龙眠画观音作观音相。阮亭拂笺呤毫时，便如杜牧、韩偓身经游历，寻欢窈窕，

含睇缠绵。青楼紫陌得此点染，又何必周昉辈以写生论工拙耶。（清邹祗谟《倚声初集》卷四《小令》）

《汤胤绩》：汤胤绩，字公让，吴人。能诗，……胤绩尝作六体香奁诗六百首，有《素腕守宫》之一，诗曰："惟解秦宫一粒丹，记时容易守时难。鸳鸯梦断肠堪冷，蜥蜴魂消血未干。榴子色分金钏晓，茜花光映玉韝寒。何时试卷番罗袖，笑语东君仔细看。"后以武籍历将守边，日哦不已。一夕登楼望见黄沙白草，喟然兴叹："吾胤绩一腔热血，委此地矣！"轻出赴小敌，阵死。（清查继佐《罪惟录·列传》卷十八）

或问诗词曲分界，予曰："'无可奈何花落去，似曾相识燕归来'，定非香奁诗。'良辰美景奈何天，赏心乐事谁家院'，定非草堂词也。"（清冯金伯《词苑萃编》卷二）

《书吴修龄〈围炉诗话〉六卷后》：阅《诗话总龟》、《渔隐诗话》，如讲僧稗贩语录，都不识祖师西来意。此编极力掀翻，一扫缠缚，可谓舌吐万里唾一世，眼高四海空无人矣！……其读《香奁》诗，谓冬郎感在身世，前人所未道及者。（清郭尚先《郭大理遗稿》卷八）

汪苕文《说铃》云："二王好香奁诗，每唱和至数十首。刘比部寓书辄问讯博士曰：'王六西樵不致堕韩冬郎云雾否？此虽慧业，并此不作可也。'"余戏谓阮亭云：公载曾为此论，何以又作《词绎》一书？然苕文又云："弹棋赋诗，俱是恶业，但日诵《楞严经》一卷，便足了事，信如此言，尽当扫却文字禅耳。"（清邹祗谟《倚声初集》卷三）

《西溪渔隐诗序》：……观集中题湘花女史诗卷，及戏效香奁体诸作，则又宛然西昆，信乎才力之大。凡有所作，期于言各肖事，事各肖题，而规仿前人之习，所不屑也。（清洪亮吉《卷施阁集》文甲集卷十）

至义山，专求有娥皇英之喻而推广之，倡为妖淫靡曼之词，动以美人香草为护身符帖，末学无知，又因之而变为香奁体。世道人心欲以复古，难矣！夫诗者心之乐也。濂溪云："乐声淡，则听心平；乐词善，则歌者慕。"西昆之音不唯不能平其心，适足以助欲而长怨耳。噫，如义山者，谓之为《三百篇》之罪人可也！（清黄子云《野鸿诗的》）

二王好香奁诗，唱和至数十首。刘比部寓书于余，问讯博士曰："王六不致隳韩冬郎云雾否？此虽慧业，然并此不作可也。"案：博士《香奁诗自序》云："情至之语，风雅扫地，然不过使我于宣尼庑下俎豆无分耳。"盖其托兴如此。（清汪琬《说铃》，《啸园丛书》一卷本，第十九页；上海书店版《丛书集成续编》第 96 册，第 107 页）

《无题诗》：无题诗与香奁诗界若鸿沟，李义山之诗，无题诗也；韩冬郎之诗，香奁诗也。盖无题之什，不必尽写情怀，而香奁之篇，则竟专作腻语。至闲情、风怀，则指实事矣。客有以《无题》诗示余者，余曰："此香奁体也！"因作《无题》十六首和之……（清梁绍壬《两般秋雨盦随笔》卷五）

刘熙载《填词二首》：……好词好在须眉气，怕杀香奁体，便能绮怨似闺人，可奈先抛抗脏自家身。　　刚肠似铁经千炼，肯作游丝冒。仰天不惜效歌乌，正要歌姝几辈献揶揄。（清刘熙载《昨非集》卷四）

《王士禛》：王士禛，字贻上，号阮亭，新城人。……士禛详于吏干，不废风雅，而公事亦无濡滞。吴梅村拟以刘穆之，谓其"日了公事，夜接词人"也。少与兄士禄好为香奁体，其年作词怀二王有云："名士终朝能妄语"。士禛读至此笑曰："家兄与下官不敢多让。"初入都，与海盐彭孙遹常以香奁诗酬答，有《彭王倡和集》。以诗贽钱尚书，年二十八，其诗皆少作也。钱一见欣然序之，赠古诗一首。（清钱林《文献征存录》卷二）

汪钝翁琬《说铃》云："二王好作香奁诗，倡和每至数十首。"刘公戢体仁曰："此虽慧业，然并此不作可也。"盖余少时与兄西樵，及海盐彭少宰羡门孙遹倡和香奁体诗，世多传之。彭有句云："仙路无缘逢巨胜，珠胎有泪滴方诸。"西樵有句云："下杜城边分驿路，上阑门外足长亭。"余亦有句云："洛浦神人工拾翠，魏家公子妙弹棋。梅根冶里春逢信，兰叶舟中晚趁潮。"详载《彭王倡和集》《古夫于亭杂录》）。（清王士禛《带经堂诗话》卷二十六）

周履靖，字逸之，号梅墟，嘉兴人。……所居编茅引流，杂植梅竹，读书其中，自号梅癫。时时标勒古今虫书鸟篆，汉隶章草，行楷金石，所录百千种及山经水品草谱禽言。又为《诗林赋海》百千帙，至老无倦色。平生负气任侠，能赈人之急。邑有重役，破产任之。中岁丧妻，娶同郡桑氏女，名贞白，能诗相倡和，有《香奁诗草》及《二姬倡和诗》一卷。（清盛枫《嘉禾征献录》卷四十七《周履靖》）

评曰:汤胤绩与苏州刘参政昌善尝作六体香奁诗,昌序之。其中之警策者有《素腕守宫》一诗曰:"谁解秦宫一粒丹,记时容易守时难。鸳鸯梦断肠堪冷,蜥蜴魂消血未乾。榴子色分金钏晓,茜花光映玉镮寒。何时试卷香罗袖,笑语东君子细看。"此亦何减李义山耶?然当时妒之者众,生则呼之曰"汤一面",死则笑之曰"汤一箭"。"世人皆欲杀,吾意独怜才",从古叹之矣。(清谭吉璁《(康熙)延绥镇志》卷三《官师志》)

《补元遗山王渔洋论诗绝句》:断简零编几许传,香奁诗在致尧先。谈兵凤负幽燕气,翻令倾心沈下贤。(义山、樊川皆有沈下贤诗,其语大抵香奁之类。)(清谭宗浚《荔村草堂诗钞》卷三《过庭集》上)

《记客语》:客有自皋兰归闽过吴访予者,客闽之莆田人也,能诗。予见其集中香奁诗,因问之曰:"喜作香奁乎?"客曰:"非喜为是也。吾里中结诗社,有僧与焉,以此体穷之。僧下笔如飞,工美冠一社。予亦同作,存之集中耳。"予异是僧,因询其生平。客曰:"是僧拳勇异甚,故宦家子,少年出家,……"(清汪缙《汪子文录》卷八)

《蠡塘杂咏五十二首》之四十九:

才似苏溪信崛奇,超然难近白云姿。镐京春酒陪周宴,绝倒香奁两句诗。(《水东日记》:海昌诗人苏秉衡尝言:宋一代近体仿佛唐人者,仅王禹玉《元夕》一诗耳。犹嫌其三四一联"沾"字音调未谐,易作"陪"可耳。骞按:雪溪持论之严如此,然少日乃以《绣鞋》诗得名。此诗音调既卑,又脱胎于瞿宗吉香奁诗也。(清吴骞《拜经楼诗集》卷三)

《香屑集》十八卷,江苏巡抚采进本,国朝黄之隽撰。之隽字石牧,号唐堂,华亭人。康熙辛丑进士,官至右春坊右中允。是编皆集唐人之句为香奁诗,凡古今体九百三十馀首。前有自序,亦集唐人文句为之。凡二千六百馀言。(清永瑢《四库全书总目》卷一百七十三)

《陈次山和香奁诗序》:

铜官山下,罨画溪边,鹅笼每出。书生石洞,时来玉女。鸿儒惊坐,向说髯苏。骥子空群,今称小阮。才度骑羊之岁,便腾吐凤之才。枚叔游梁,古诗继作;陆生入洛,《文赋》先成。方研练于京都,尚羁栖于馆舍。曹植西园之暇,爱咏情诗;江淹南浦而还,闲摹杂体。偶检香奁之什,因题彤管之

704

编。演似连珠,叠成合组。瑶笙宝瑟,字里闻歌;绣户珠帘,行间见画。洵《玉台》之后劲,亦《兰畹》之前驱。在昔正则廉贞,犹怀香草;广平铁石,却写梅花。语虽涉于缠绵,意实深于寄托。不缘神女,谁传宋玉之微词;未睹杨妃,岂播青莲之绝调。长卿《美人》之赋,原类《子虚》;中郎幼妇之辞,只名齑臼。是知三千佳丽,未免有情;十五轻盈,非云无礼矣。子诚奇士,独秀锦心;仆本恨人,重留绮语。玉山樵客,故当喜为倡予;曲子相公,并无悔其罪我。(清尤侗《西堂杂俎》三集卷四)

曾燠《剑峰集中颇多香奁诗,戏效坡公赠张子野之作以调之》:

我笑东吴顾文学,才痴两绝是家传。银钩柘弹游春曲,雅步纤腰赠妇篇。芳草楼前愁启户,采莲溪畔惜回船。玉山他日开文燕,定有琼花醉老仙。(清曾燠《赏雨茅屋诗集》卷九)

江宁扬州才士被掳者最多,逆党肆虐,目击心伤,不敢明言,往往托诸吟咏,甚至以香奁诗为寓意者。惜逃出之人不能全记,兹就其记忆者载之:"朝晖隐约逗檐端,绛帻鸡人促晓餐。惊起睡魔呼去去,归来仙步惜珊珊。虾蟆坐上闻新法,蟋蟀灯前忆旧欢。来日鸿沟还有约,暂谋将息到更阑。"此指清晨役使妇女挑砖瓦,听讲道理,及来日挑濠沟也。其断句云:"恼煞一湾衣带水,青藤隔断小虹腰。"此指禁女人过桥,以藤条拍打也……(程奉璜说)(清张德坚《贼情汇纂》卷十二《杂载》)

香奁诗向推王次回为作手,尚嫌其能细腻而不能超脱。近人堆砌满纸,矜腹笥而汩心灵,剪彩花耳。读黄仲则《绮怀》诗,始知天地间自有一种笔墨,可谓前无古人。诗云:"楚楚腰肢掌上轻,得人怜处最分明。千回步障难藏艳,百结葳蕤不锁情。朱鸟窗前眉欲语,紫姑乩畔目将成。玉钩初放钗初堕,第一销魂是此声。妙谐谐谑擅心灵,不用千呼到画屏。敛画捵成弦拉杂,隔窗掺碎鼓丁宁。湔裙斗草春多事,六博弹棋夜未停。记得酒阑人散后,共赛珠箔数春星。……"(清张培仁《静娱亭笔记》卷九《绮怀》)

《斑竹塘车中》:翕翕红梅一树春,斑斑林竹万枝新。车中妇美材婆看,笔底花浓醉墨匀。理学传应无我辈,香奁诗好继风人。但教弄玉随萧史,未厌年年踏软尘。(清张问陶《船山诗草》卷九)

钓龙台上有盘石,越王余善钓白龙处也。又名越王台。韩偓流寓闽

中,题诗云:"无奈离肠日九回,强舒怀抱立高台……"(清郑方坤《全闽诗话》卷一引《竹窗杂录》)

细腻纤丽,诗中不可少之境。唐人香奁诗不能出其蹊径,况后人乎!沈休文才华富健,人所艳称,然其佳处,不尽在此。(清震钧《天咫偶闻》卷四)

《香奁诗》二卷,桑贞白撰。(明祁承㸁《澹生堂藏书目》)

《香奁诗草》二卷。(《梅墟别录》周履靖继妇桑贞白月姝著,归安茅鹿门为之序。)(清嵇曾筠《(雍正)浙江通志》卷二百五十一)

桑贞白:号月窗,嘉兴人,处士周履靖继室,有《香奁诗草》。周逸之处士作诗,不暇持择,宜其闺人亦然。(清朱彝尊《静志居诗话》卷二十三)

桑贞白二首:

贞白号月窗,嘉兴人,处士周履靖继室,有《香奁诗草》。

《诗话》:周逸之处士作诗不暇持择,宜其闺人亦然。……

《寄远》:日暮登楼强自歌,陌头杨柳望中多。思君书剑天涯客,三月春光有几何。

《春日即事》:雨晴春暖百花香,戏蝶游蜂各自忙。也拟东郊踏青去,门前流水又斜阳。(清朱彝尊《明诗综》卷八十四)

胡星阿,字紫峰,满洲人,诸生,官户部。笔帖式诗清而腴,幽而艳,香奁体能摆脱一切脂粉,诣最超矣。陋巷蓬门,琴书遣日,胸次间直无纤尘点垢扰之。下笔修洁,有由然也。(清法式善《八旗诗话》)

《塞上吟序》:集古句为诗,始晋傅咸。今见于《艺文类聚》者寥寥数语耳。刘勰《明诗》,不列此体,以继之者无人也。唐人诗无格不备,集句独阙。如宋石延年、王安石,间以相角而未入于集。孔武仲始以入集,然别录成卷,未单行也。南宋李龏之《梅花衲》、《剪绡集》、文信公之集杜诗,始别著录,然卷帙亦无多也。国朝华亭黄中允之隽著《香屑集》,为古今体九百三十有奇,可谓富矣。然全集并作香奁体,虽变化浑成,不脱绮罗脂粉气,于风骚正轨固未协,而于山川风土、古今治乱得失之数,更无所关也。(清李元度《天岳山馆文钞》卷二十七)

《石泉书屋诗钞自序》:……或以稿中间有香奁体,疑其伤雅。然圣人

706

删诗，不废采兰、赠芍之章。况唐之元、白、温、李、杜牧之诸公，亦多饶风趣。后世且有专工艳体者。诚以言志永言，苟能得性情之真，即无愧雅音。若必以正言庄论苛绳诗人，恐无异高叟之言诗也。是为序。（清李佐贤《石泉书屋类稿》卷二）

诗家最低恶品如唐伯虎《花月吟》，及回文五平五仄之类。次则香奁体、李长吉体，皆不入格者也。今之学诗者，往往喜效诸家。夫诗以导性情，花月回文，性情何在？喜效香奁、长吉，则其性情不入于淫，必入于鬼矣。学之何益？如溺而不改，则其人亦不足重。（清陆世仪《思辨录辑要》卷五）

《高廉雷三郡旅中寄怀道香楼内子》：课妾香奁体，娱姑绿绮声。燠寒勤诊问，甘毳苦经营。庑下书能著，墙东隐已成。因人又于役，贫使别离轻。（清屈大均《翁山诗外》卷七）

《雪鸿山人管榗》：字无棘，诸生。在万历、天启间有盛名。管氏由西皋迁南湖说诗，……及予求其诗，则寥寥矣。后得《闺丽咏》于屠氏，盖屠运使汉陂谱《闺丽》三种，曰《雅丽》、《韵丽》、《幽丽》。山人按目赓和，而以己意广之。同时沈太常泰藩辈亦和之成什，然以山人为最。予性不喜香奁体，同学张君宁永强予破戒，以备诗格，且存其人，固录次之。既乃得其《悲辽东》诗，则又恍然韩学士之志节，固不当以绮语贬价也。（清全祖望《续耆旧》卷十八《汉陂唱和诸子》之二《丽闺咏》）

楼子骏，字跨千，东阳人，梯霞弟，著《乐知小稿》。《金华诗录》："子骏少喜作香奁体，后乃规抚古风。"（清阮元《两浙輶轩录》卷九）

叶丰，字少曾，号仁圃，临海人。乾隆甲子举人，著《瑞鹿堂今又园集》、《镜水集》。戚学标曰："黄河清《台故随笔》称：仁圃好读书不知生产，累世仕宦。至君贫无立锥，往往卖文自给，得钱则沽酒与妇烧烛共饮，勿问家有隔宿储也。……诗工香奁体，咏物之作尤多。所著《镜水集》一帙，其甥陈南岳手编。"（清阮元《两浙輶轩录》卷三十）

新城二王好为香奁体，或以绮语为言，西樵云："不过使我于宣尼庑下俎豆无分耳。"（清王晫《今世说》卷八《惑溺》）

沈愚，通理，昆山人。通理风流蕴藉，喜作香奁体。其《题阊门竹枝词》

云："小蛮能唱白家词，笑把纤腰斗柳枝。愁绝尊前春未老，风流太守鬓成丝。"和者甚众。（清徐钪《本事诗》卷三）

薄宰相而不为，而不忍去其君，卒被斥逐。论者谓：致光之去虽晚，其志操可尚，固已然。当与崔胤定策诛刘季述之时，欲尽除宦官，独力持不可。而谓帝王之道，当以厚重镇之，公正御之。先收方镇之权，犹冀天下可治。帝前膝曰："此一事终始属卿！"令狐涣机巧，又悔曰："涣作宰相或误国，朕当先用卿。"因辞而荐赵崇。夫既知可属，胡一辞而即弗用？第嘉其能让于师。昭宗愦愦若是，尚可日侍左右。因讨宦官，不得不借三使相之力。而北司复横，遂留李继筠宿卫。以为不可，胤不纳。语涣，涣亦不听，曰："无兵则家与国不安，有兵则家与国不可保。"既不能止之，可以勿言已。乃复请逐彦弼，赦其党。帝不用，而彦弼潜之，帝则怒。继昭等饮殿中自如，帝则怒。于是请勿令三使相与政事，诏茂贞还其卫军。而胤又召朱全忠讨韩全诲，所议未及用，而全诲等已劫帝西幸，夜追及鄂。致光之忠诚不可及，而惜乎所事者非圣君，所共事者非良相也。贻范夺情，谓"腕可断，麻不可草！"帝畏茂贞，卒诏还相，益结宦党之怒。马从皓让之，而不敢对。时事若此，顾不忍去其君。观招至尚食局，哭谓帝曰："崔胤甚健，全忠军必济。"而戒以还宫，无为人知。呜呼，剪除社鼠城狐，而不顾引虎入室，致光亦难辞其咎也！斯时帝既反正，励精政事，欲相则相之，已即三四让，亦何妨。固予之致光，知相不可为，则宜去。如全忠与胤者，侍宴乃不去席，以倨傲贾祸。全忠不足责，而平日相附者亦贰之。已既辞相，何必再荐赞、崇。若无元规一言，不几死于全忠之手耶！君臣泣别，君则曰："我左右无人！"臣则曰："是人非复向来之比！"主暗国危，莫此为甚。而致光忠有馀而智不足，夫岂若王官谷之司空表圣，超然远引，进退不污也哉！（清方浚颐《二知轩文存》卷四《书韩偓传后》）

汪韫玉，字兰雪，安徽休宁人，归安诸生。……《汪瀹原传略》：兰雪性耽吟咏，雅不喜香奁体。吮墨含毫，字字俱从灵府中流出，然不轻出片纸以夸耀于人。尝赋《春昼》诗云："多愁怕见东风面，一任花飞不卷帘。"其风致可见。（清潘衍桐《两浙輶轩续录》卷五十四）

《本事诗》，查此诗系国朝康熙中编修徐钪所辑，雍正初李本宣重为订刊。其书乃裒集明初以来香奁体各诗，盖仿《玉台新咏》而作。所录皆绮罗脂粉之词，查无违碍，应请毋庸销毁。惟内载有钱谦益、屈大均各诗，及钱谦益《诗话》，仍请抽毁。（清姚觐元《清代禁毁书目四种》）

十八日，读彭芝亭先生集，施拥百自盛湖来，携示书画数册，皆徐山民家旧物，从黎川购得者。款识附录于左。凝香主人自绘小影，简首题"渌水汎香莲"五字。后附绝句百首，皆香奁体。主人姓吴，字幼倪，据爱无咎跋为明季才女。又有陈竹士题绝句一首。（清叶昌炽《缘督庐日记抄》卷一）

《璧月词序》：或者谓诗馀一道，刻画闺襜，恐伤绮语。不知贻彤管、赠芍药，《三百篇》已开香奁体矣！《离骚》满堂美人，又何艳也！少陵野老犹有翠袖、修竹之思，岂独呵十五王昌近于无礼乎？故评词者尊铁板而绌红牙，非定论也。（清尤侗《西堂杂俎》三集卷三）

《香奁体广喻言》：盖闻七九嬉春，送客则何嫌交鸟；十千沽酒，窥臣则无事登墙。是以哆口瑶英，每耻金夫之丑；醉心佳丽，难为静女之媒。盖闻双银约指，繁主簿之定情；四角流苏，焦仲卿之同梦。是以意感于微，则报道金钗，指纤微露；情喻于独，则覆来翠被，眉语初成。……（清张培仁《静娱亭笔记》卷九）

《瞿泖滨》：张文昌作《节妇吟》却李师道之聘，陈后山赋《妾薄命》以明不负曾丰。即至近时吕李辈，皆以香奁体答友，此即《三百篇》之比体也。瞿泖滨灏《谢同社赠诗》云："缠头频掷感难辞，可惜王嫱鬓已丝。月下那堪歌旧曲，花前无复记相思。腰支何幸还承宠，眉样而今不入时。谁使多情来买笑，教伊顾影为郎痴。"（清邹弢《三借庐赘谭》卷二）

特舟太守以蜀中名孝廉出宰吾闽，循声翕然且四十年，乃累官至郡将。与先兄木庵先生，为文章道义交者二十年。……夫吾闽诗教，历唐五代而未大昌，而名宦流寓之入闽者多诗人，若常衮、薛逢、李频、程师孟，以及秦系、周朴、韩偓、崔道融、江为之伦，视中原诸州而无不及。故其气力风采，遂与黄滔、陈陶、陈贶诸人相振荡，濡染于一时。（清陈衍《石遗室文集》卷九《夔夔堂诗集叙》）

黄之隽。《诗话》：唐堂幼解四声，有举古语天子圣哲者，因历指经书中康子馈药，何以报德；妻子好合，于女信宿；钟鼓既设，充耳琇实等句。释珂月称为神童。少壮屡困场屋,戏集唐句为香奁体千首,曰《香屑集》。圣祖南巡,又集唐七律九十首欲献,未果。诗为海宁陈文简、静海励文恭所赏。(民国徐世昌《晚晴簃诗汇》卷六十一)

刻板盛于五代。……今和凝仅传宫词。(《宋朝类苑》殿本《薛史》本传注引:和鲁公凝有艳词一编,名《香奁集》。凝后贵乃嫁其名为韩偓。今世传韩偓《香奁集》,乃凝所为也。凝生平著述分为《演纶》、《游艺》、《孝悌》、《疑狱》、《香奁》、《籝金》六集,自为《游艺集序》云:"予有《香奁》、《籝金》二集,不行于世。"凝在政府避议论,讳其名,又欲后人知,故于《游艺集序》实之,此凝之意也。(民国叶德辉《书林清话》卷一)

古之遭乱世而工于言者,无过于少陵,然少陵犹处于局外,惟韩冬郎、陈简斋身在局中,故其形于诗者,尤为痛深而志隐。兄所处,视韩、陈际遇尤过之,而其所经之艰厄,亦非古人所有者。苟以是读兄之诗,则其所系于世,亦已重矣。(陈曾矩《苍虬阁诗集跋》,陈曾寿《苍虬阁诗集》卷末,第497页)

兆骞,字汉槎,亦十四年举人,以科场蜚语逮系,遣戍宁古塔。兆骞与弟兆宜皆善属文,居塞上二十年,侘傺不自聊,一发之于诗。已而友人顾贞观言于纳兰成德、徐乾学,为纳锾,遂于康熙二十年赦还。著《秋笳集》。兆宜尝注徐、庾二集,《韩偓诗集》。又注《玉台新咏》、《才调集》,并行于世。(民国赵尔巽《清史稿》列传二百七十一)

唐末如李建勋、杜荀鹤、吴融、韩偓、罗隐诸诗,皆与梁、后唐相及者,今皆列唐诗中。他如王仁裕、孙光宪、皮光业、韩熙载、和凝诗,多散见于小说中。惟徐铉《骑省集》独传,皆晚唐一派也。(民国钟秀《观我生斋诗话》)

王慧,字兰韵,太仓人,同年长源督学(发祥)之女。有隽才,所著《凝翠轩诗》一卷,极多佳句。……"杨柳溪桥初过雨,杏花楼阁半藏烟","泪淹红袖伤离日,愁在黄昏细雨中","朱添小印思题扇,钏擘轻罗忆点筹","墙角红残桃结子,石盆青浅菊分芽","柳絮飞残青满径,豆花零乱绿围村","棠梨谢后犹花信,樱笋过时已麦秋","几处溪山留薜荔,一秋风雨在芭蕉",皆佳句也。又,《宿田家,偶见粘窗破纸,乃韩偓香奁诗,惜而赋绝句》云:"丽情佳句有谁知,瞥见窗前字半欹。为惜风流埋没甚,自携红烛拂蛛丝。"此

等怀抱,亦非寻常闺阁所解。(《池北偶谈》)(清王士禛《带经堂诗话》卷二十《闺阁类》)

王慧,字兰韵,太仓人,督学发祥女。有隽才,所著《凝翠轩诗》一卷,渔洋山人剧赏之。……"杨柳溪桥初过雨,杏花楼阁半藏烟","泪淹红袖伤离日,愁在黄昏细雨中","朱添小影思题扇,钏擘轻罗忆点筹","墙角红残桃结子,石盆青浅菊分芽","柳絮飞残青满径,豆花零乱绿围村","棠梨谢后犹花信,樱笋过时已麦秋","几处溪山留薜荔,一秋风雨在芭蕉",皆佳句也。又《宿田家》,偶见粘窗破纸,乃韩偓香奁诗,惜而赋绝句》云:"丽情佳句有谁知,瞥见窗前字半欹。为惜风流埋没甚,自携红烛拂蛛丝。"此等怀抱,亦非寻常闺阁所解。(清王蕴章《然脂馀韵》卷六)

丽泽社中所得诗人如谢静希、萧雅堂、黄树勋、叶季允、陈伯明、李汝衍、卢桂舫,皆流寓也,而尤以黄树勋为冠。丁酉冬月,课词章,题《咏史十律》,作者几及百人。求一廉悍慓锐,能突过黄者,正未易言也。今将原稿具录左方。……韩偓云:"悱恻芬芳绝妙词,谁知风骨竟如斯。都将家国无穷泪,写入香奁艳体诗。断腕能争贻范相,痛心谁召汴梁师。刘杨亦是西昆派,亮节忠规炳一时。"(清丘炜萲《五百石洞天挥麈》卷三)

南清河吴古音明经……就潘四农问诗法,告以作诗之道,不当求之于诗,工夫自在诗外也。其诗激宕沈雄,晚年为《淮阴鹳鹤楼题壁》二十章,比之张船山《宝鸡题壁》诸诗尤为蕴藉。司空图云:"堕笏归来国亦亡,敕书无复旧君王。饿夫自为求仁死,始信中条近首阳。"韩偓云:"一出宫车便不归,侍臣无复泪沾衣。濮州迁谪寻常事,忍见山头冻雀飞。"陶潜云:"采采东篱不满筐,胆瓶清供自平章。伤心彭蠡湖中水,一夜西风下建康。"(民国杨钟羲《雪桥诗话三集》卷十一)

六、引用及参考文献

《(淳熙)三山志》,宋梁克家撰,《文渊阁四库全书》本

《(弘治)八闽通志》,明陈道修纂,明弘治刻本

《(嘉靖)山东通志》,明陆钺撰,明嘉靖刻本

《(康熙)延绥镇志》,清谭吉璁撰,清康熙刻乾隆增补本

《(乾隆)福州府志》,清鲁曾煜撰,清乾隆十九年刊本

《(乾隆)江南通志》,清赵宏恩修,《文渊阁四库全书》本

《(同治)苏州府志》,清冯桂芬撰,清光绪九年刊本

《(咸淳)重修毗陵志》,宋史能之撰,明初刻本

《(雍正)河南通志》,清王士俊修,《文渊阁四库全书》本

《(雍正)陕西通志》,清沈青峰撰,《文渊阁四库全书》本

《(雍正)浙江通志》,清嵇曾筠撰,《文渊阁四库全书》本

《(正德)武功县志》,明康海撰,《文渊阁四库全书》本

《安雅堂稿》,明陈子龙撰,伟文图书出版社有限公司 1977 年版

《八闽通志》,明黄仲昭修纂,福建人民出版社 1991 年版

《八旗诗话》,清法式善撰,稿本

《八千卷楼书目》,清丁仁撰,民国本

《白孔六帖》,唐白居易原本,宋孔传续撰,《文渊阁四库全书》本

《白雨斋词话》,清陈廷焯著,人民文学出版社 1983 年版

《百菊集谱》,宋史铸撰,《文渊阁四库全书》本

《拜经楼诗话》,清吴骞撰,清嘉庆刻愚毂丛书本

《拜经楼诗集》,清吴骞著,清嘉庆八年刻增修本

《抱朴子》,晋葛洪撰,《文渊阁四库全书》本

《北梦琐言》,宋孙光宪著,上海古籍出版社 1981 年版

《北齐书》,唐李百药撰,中华书局 1972 年版

《本事诗 续本事诗 本事词》,唐孟启 清徐钪 叶申芗撰,李学颖标点,上海古籍出版社 1991 年版

《笔精》,明徐𤊻撰,《文渊阁四库全书》本

《边事汇钞》,清朱克敬编,清光绪六年刻本

《宾退录》,宋赵与旹著,上海古籍出版社 1983 年版

《博物志校证》,晋张华撰,范宁校证,中华书局 1980 年版

《补五代史艺文志》,清顾櫰三撰,清光绪刻广雅书局丛书本

《补注东坡编年诗》，宋苏轼撰，清查慎行补注，《文渊阁四库全书》本

《才调集》，后蜀韦縠编，傅璇琮等《唐人选唐诗新编》，陕西人民教育出版社1996年版

《苍虬阁诗集》，陈曾寿撰，上海古籍出版社2009年版

《苍梧词》，清董元恺撰，清康熙刻本

《沧浪诗话》，宋严羽撰，清何文焕《历代诗话》本，中华书局1981年版

《草堂外集》，清檀萃撰，清嘉庆元年刻本

《陈书》，唐姚思廉著，中华书局1972年版

《陈寅恪诗集》，陈寅恪著，清华大学出版社1989年版

《池北偶谈》，清王士禛撰，中华书局1982年版

《崇文总目》，宋晁臣撰，《文渊阁四库全书》本

《崇文总目辑释》，宋王尧臣撰，清钱东垣等辑释，清汗筠斋丛书本

《初学记》，唐徐坚等著，中华书局1962年版

《楚望阁诗集》，清程颂万撰，清光绪二十七年刻本

《传经室文集》，清朱骏声撰，民国刘氏刻求恕斋丛书本

《传是楼书目》，清徐乾学藏，清道光八年味经书屋钞本

《船山诗草》，清张问陶著，清嘉庆二十年刻道光二十九年增修本

《春草堂诗话》，清谢坤撰，清刻本

《春明退朝录》，宋宋敏求撰，明《历代小史》本

《春秋左氏传补注》，清沈钦韩注，清功顺堂丛书本

《春融堂集》，清王昶撰，清嘉庆十二年塾南书舍刻本

《词律》，清万树著，上海古籍出版社1984年版

《词品》，明杨慎撰，明刻本

《词学集成》，清江顺诒辑，清光绪刻本

《词苑萃编》，清冯金伯编，清嘉庆刻本

《赐书堂诗钞》，清周长发撰，《四库全书存目丛书》影印清乾隆刻本

《存砚楼二集》，清储大文撰，《四库未收书辑刊》影印清乾隆京江张氏刻十九年储孙球等刻本

《大事记续编》，明王祎撰，《文渊阁四库全书》本

《大唐新语》，唐刘肃撰，中华书局 1984 年版

《大学衍义》，宋真德秀撰，《文渊阁四库全书》本

《带经堂诗话》，清王士禛撰，张宗柟辑，人民文学出版社 1982 年版

《澹生堂藏书目》，明祁承㸁撰，《续修四库全书》影印北图藏清宋氏漫堂钞本

《道咸同光四朝诗史》，清孙雄撰，《续修四库全书》影印清宣统二年刻本

《登科记考》，清徐松撰，中华书局 1984 年版

《登科记考补正》，清徐松撰，孟二冬补正，北京燕山出版社 2003 年版

《钓矶诗集》，宋丘葵撰，清道光汲古书室刻本

《订讹类编》，清杭世骏撰，陈抗点校，中华书局 1997 年版

《东观奏记》，唐裴庭裕撰，中华书局 1994 年版

《东江诗钞》，清唐孙华撰，上海古籍出版社 1979 年版

《东目馆诗集》，清胡寿芝撰，清嘉庆刻本

《东越文苑》，明陈鸣鹤撰，清同治十二年刻本

《读韩偓词札记》，施蛰存撰，《中华文史论丛》1979 年第 2 期

《读书敏求记》，清钱曾撰，清雍正四年松雪斋刻本

《读书札记二集》，陈寅恪著，三联书店 2001 年版

《读通鉴纲目札记》，清章邦元撰，清光绪十六年铜陵章氏刻本

《读通鉴论》，清王夫之撰，中华书局 1975 年版

《赌棋山庄词话》，清谢章铤撰，清光绪十年刻赌棋山庄全集本

《对床夜语》，宋范晞文撰，丁福保辑《历代诗话续编》本，中华书局 1983 年版

《钝吟杂录》，清冯班撰，清借月山房汇钞本

《尔尔书屋诗草》，清史梦兰撰，清光绪元年止园刻本

《二知轩文存》，清方浚颐撰，《续修四库全书》影印清光绪四年刻本

《樊南文集详注》，清冯浩注，清乾隆德聚堂刻本

《樊榭山房集》，清厉鹗撰，陈九思标校，上海古籍出版社 1992 年版

《方山先生文录》，明薛应旗撰，明嘉靖东吴书林刻本

714

《方舆胜览》,宋祝穆撰,宋祝洙增订,中华书局 2003 年版

《芙蓉山馆全集》,清杨芳灿撰,清光绪十七年活字印本

《复古诗集》,元杨维桢撰,明成化刊本

《溉堂集》,清孙枝蔚撰,清康熙刻本

《绀珠集》,宋朱胜非撰,《文渊阁四库全书》本

《高士传》,晋皇甫谧撰,《文渊阁四库全书》本

《高士奇集》,清高士奇撰,清康熙刻本

《高太史大全集》,明高启撰,四部丛刊景明景泰刊本

《格物通》,明湛若水撰,《文渊阁四库全书》本

《耕馀居士诗集》,清郑世元撰,清康熙江相书带草堂刻本

《攻媿集》,宋楼钥撰,商务印书馆《丛书集成初编》本

《姑溪居士集》,宋李之仪撰,《文渊阁四库全书》本

《古代诗人情感心态研究》,黄世中著,浙江大学出版社 1990 年版

《古今词话》,清沈雄撰,唐圭璋编《词话丛编》本,中华书局 1986 年版

《古今释疑》,清方中履撰,清康熙十八年杨霖刻本

《古雪山民诗后》,清吴铭道撰,清乾隆刻本

《观林诗话》,宋吴聿撰,丁福保辑《历代诗话续编》本,中华书局 1983 年版

《关于韩偓集的几个问题》,周祖譔撰,《唐代文学研究》第八辑,广西师范大学出版社 2000 年版

《广舆记》,明陆应阳辑,清康熙刻本

《桂留山房诗集》,清沈学渊撰,清道光二十四年郁松年刻本

《桂山堂诗文选》,清王嗣槐撰,清康熙青筠阁刻本

《郭大理遗稿》,清郭尚先撰,清道光二十五年刻本

《国朝词综》,清王昶辑,清嘉庆七年王氏三泖渔庄刻增修本

《国朝闺阁诗钞》,清蔡殿齐撰,清道光娜嬛别馆刻本

《国朝畿辅诗传》,清陶梁撰,清道光十九年红豆树馆刻本

《国朝骈体正宗续编》,清张鸣珂辑,清光绪十四年寒松阁刻本

《国朝诗人征略二编》,清张维屏辑,清道光二十二年刻本

《国朝文录》,清李祖陶辑,清道光十九年瑞州府凤仪书院刻本

《国史经籍志》,明焦竑辑,明徐象橒刻本

《海录碎事》,宋叶廷珪撰,中华书局 2002 年版

《韩翰林集》,唐韩偓撰,清吴汝纶评注,武强贺氏 1922 年跋刊本,中国社会科学院文学研究所图书馆藏

《韩翰林集》,唐韩偓撰,清吴汝纶评注,民国宋联奎辑《关中丛书》第五集,民国二十五年(1936)陕西通志馆排印本,上海书店《丛书集成续编》第 100 册据以影印

《韩翰林诗集附香奁集》,唐韩偓撰,旧钞本,台湾"中央"图书馆藏

《韩翰林诗集》,唐韩偓撰,清席启寓辑《唐诗百名家全集》第四函,康熙四十一年(1702)洞庭席氏琴川书屋刊本

《韩翰林诗谱略》,缪荃孙编,北京图书馆出版社 2001 年据民国间南陵徐氏刻《烟画东堂四谱》本印行

《韩内翰别集》,唐韩偓撰,明毛晋辑,崇祯中海虞毛氏汲古阁刊本《唐六名家集》,上海商务印书馆涵芬楼 1926 年据汲古阁宋本影印

《韩内翰别集》附《新唐书本传》,唐韩偓撰,《文渊阁四库全书》集部第 1083 册

《韩内翰香奁集》,唐韩偓撰,清席启寓辑《唐诗百名家全集》第四函,康熙四十一年(1702)洞庭席氏琴川书屋刊本

《韩偓》,高文显著,台湾新文丰出版公司 1984 年版

《韩偓北上隰州、并州考》,曹丽芳撰,《江海学刊》2006 年第 6 期

《韩偓集系年校注》,唐韩偓撰,吴在庆校注,中华书局 2015 年版

《韩偓简谱》,孙克宽撰,《东海大学图书馆学报》第 5 期,1963 年 8 月;台北广文书局 1970 年版

《韩偓年谱》,霍松林、邓小军撰,《陕西师大学报》1988 年第 3 期、第 4 期、1989 年第 1 期;修订后收入邓小军《诗史释证》(中华书局 2004 年版)

《韩偓年谱补正》,周祖撰、叶之桦撰,《唐代文学研究》第六辑,广西师范大学出版社,1995 年 9 月

《韩偓评传》,陈祖美撰,《中国历代著名文学家评传续编》,山东教育出

版社 1989 年版

《韩偓若干诗歌解读系年辨释》,吴在庆撰,《中国韵文学刊》2005 年第 2 期

《韩偓生平及其诗作简论》,陈伯海撰,《中华文史论丛》1981 年第 4 期

《韩偓诗》,唐韩偓撰,明胡震亨《唐音统签》,清康熙二十三年(1684)刻本,上海古籍出版社 2003 年据以影印

《韩偓诗的编辑流传与版本》,周祖譔撰,《文学遗产》2000 年第 1 期

《韩偓诗集笺注》,唐韩偓撰,齐涛笺注,山东教育出版社 2000 年版

《〈韩偓诗集笺注〉校注疏误举例》,白爱平撰,《唐都学刊》2005 年第 1 期

《韩偓诗与香奁集论考》,徐复观撰,见《中国文学论集》,台湾学生书局 1976 年版

《韩偓诗旨表微》,邵祖平撰,《东方杂志》1945 年第 4 期

《韩偓诗注》,陈继龙注,学林出版社 2001 年版

《韩偓事迹考略》,陈继龙撰,上海古籍出版社 2004 年版

《汉书》,东汉班固撰,中华书局 1962 年版

《汉武故事》,佚名撰,《汉魏六朝笔记小说大观》本,上海古籍出版社 1999 年版

《翰林集》,唐韩偓撰,清王遐春辑,清嘉庆十五年(1810)福鼎王氏麟后山房《王氏汇刻唐人集》刻本

《鹤林玉露》,宋罗大经撰,中华书局 1983 年版

《弘简录》,明邵经邦撰,清康熙刻本

《红雨楼题跋》,明徐𤊿撰,清嘉庆三年刻本

《侯鲭录》,宋赵令畤撰,中华书局 2002 年版

《后村诗话》,宋刘克庄撰,中华书局 1983 年版

《后村先生大全集》,宋刘克庄撰,《四部丛刊》景旧钞本

《后汉书》,南朝宋范晔撰,中华书局 1965 年版

《湖北诗征传略》,清丁宿章辑,清光绪七年孝感丁氏泾北草堂刻本

《淮海英灵集》,清阮元辑,清嘉庆三年小琅嬛仙馆刻本

《黄御史集》,唐黄滔撰,四部丛刊景明本

《积翠轩诗集》,清高述明撰,清乾隆三年高晋刻本

《缉斋文集》,清蔡新撰,清乾隆刻本

《纪文达公遗集》,清纪昀撰,清嘉庆刻本

《寄园寄所寄》,清赵吉士辑,清康熙三十五年刻本

《嘉禾征献录》,清盛枫撰,清钞本

《尖阳丛笔》,清吴骞撰,清钞本

《鉴评别录》,清黄恩彤撰,清光绪三十一年家塾刻本

《江东白苎》,明梁辰鱼撰,《续修四库全书》影印上海辞书藏明末刻本,第 1739 册 集部

《江月松风集》,元钱惟善撰,清武林往哲遗著本

《焦氏澹园续集》,明焦竑撰,明万历三十九年朱汝螯刻本

《鲒埼亭集》,清全祖望撰,清嘉庆九年史梦蛟刻本

《鲒埼亭集外编》,清全祖望撰,清嘉庆十六年刻本

《芥浦诗删》,清胡苏云撰,清乾隆刻本

《今世说》,清王晫撰,古典文学出版社 1957 年版

《晋书》,唐房玄龄撰,中华书局 1974 年版

《敬斋古今黈》,元李冶撰,清海山仙馆丛书本

《静娱亭笔记》,清张培仁撰,《续修四库全书》影印复旦图书馆藏清刻本

《静志居诗话》,清朱彝尊撰,人民文学出版社 1990 年版

《旧唐书》,五代刘昫撰,中华书局 1975 年版

《旧五代史》,宋薛居正等撰,中华书局 1976 年版

《旧五代史新辑会证》,陈尚君辑纂,复旦大学出版社 2005 年版

《旧雨草堂诗》,清董元度撰,清乾隆四十三年刻本

《菊坡丛话》,明单宇辑,明成化刻本

《卷施阁集》,清洪亮吉撰,清光绪三年洪氏授经堂刻洪北江全集增修本页

《筠溪集》,宋李弥逊撰,《文渊阁四库全书》本

718

《郡斋读书志校证》，宋晁公武撰，孙猛校证，上海古籍出版社 1990 年版

《看鉴偶评》，清尤侗撰，清康熙刻本

《康輶纪行》，清姚莹撰，清同治刻本

《愧郯录》，宋岳珂撰，四部丛刊续编景宋本

《困学纪闻》，宋王应麟撰，四部丛刊三编景元本

《浪语集》，宋薛季宣撰，清文渊阁四库全书补配清文津阁四库全书本

《老老恒言》，清曹庭栋撰，清文瑞楼石印本

《老学庵笔记》，宋陆游撰，李剑雄、刘德权点校，中华书局 1979 年版

《乐府诗集》，宋郭茂倩辑，中华书局 1979 年版

《乐志堂诗集》，清谭莹撰，清咸丰九年吏隐园刻本

《类说》，宋曾慥编，北京图书馆古籍珍本丛刊，书目文献出版社 1988 年版

《黎阳王太傅诗文集》，明王越撰，明嘉靖九年刻本

《蠡勺编》，清凌扬藻撰，清岭南遗书本

《礼部集》，元吴师道撰，《文渊阁四库全书》本

《李义山诗解》，唐李商隐撰、清陆昆曾解，清雍正四年刻本

《历代名臣奏疏》，明王锡爵辑，明万历刻本

《历代名画记》，唐张彦远撰，人民美术出版社 1984 年版

《历代诗话》，清吴景旭撰，陈卫平、徐杰点校，京华出版社 1998 年版

《荔村草堂诗钞》，清谭宗浚撰，清光绪十八年廖廷相羊城刻本

《奁史》，清王初桐撰，清嘉庆刻本

《莲堂诗话》，元祝诚辑，清光绪琳琅秘室丛书本

《梁书》，唐姚思廉撰，中华书局 1973 年版

《梁溪集》，宋李纲撰，《文渊阁四库全书》本

《梁溪漫志》，宋费衮撰，上海古籍出版社 1985 年版

《两般秋雨盦随笔》，清梁绍壬撰，庄葳点校，上海古籍出版社 1982 年版

《两浙輶轩录》，清阮元辑，清嘉庆刻本

《两浙輶轩续录》,清潘衍桐撰,清光绪刻本

《列朝诗集》,清钱谦益辑,清顺治九年毛氏汲古阁刻本

《列子》,战国列御寇撰,四部丛刊景北宋本

《林蕙堂全集》,清吴绮撰,《文渊阁四库全书》本

《林睡庐诗选》,清林良铨撰,清乾隆二十年咏春堂刻本

《灵谿词说》,缪钺、叶嘉莹撰,上海古籍出版社1987年版

《灵岩山人诗集》,清毕沅撰,清嘉庆四年经训堂刻本

《留青日札》,明田艺蘅撰,朱碧莲点校,上海古籍出版社1992年版

《柳南随笔》,清王应奎撰,王彬、严英俊点校,中华书局1983年版

《柳亭诗话》,清宋长白撰,《四库全书存目丛书》影印清康熙天茁园刻本

《龙性堂诗话续集》,清叶矫然撰,清稿本

《麓堂诗话》,明李东阳撰,丁福保辑《历代诗话续编》本,中华书局1983版

《螺阳文献》,清陈澍辑,张大川补刊,光绪癸未年开雕,宣统己酉补刊,泉州城内上峰二铭馆藏板

《毛诗稽古编》,清陈启源撰,《文渊阁四库全书》本

《茅鹿门文集》,明茅坤撰,明万历刻本

《梅庄诗钞》,清华长卿撰,清同治九年刻本

《扪虱新话》,宋陈善撰,民国校刻《儒学警悟》本

《梦楼诗集》,清王文治撰,清乾隆刻道光补修本

《梦溪笔谈》,宋沈括撰,岳麓书社1997年版

《闽词钞》,清叶申芗辑,三山叶氏清道光十四年刻版

《闽诗录》,清郑杰辑,清宣统三年刻本

《闽书》,明何乔远编撰,福建人民出版社1995年版

《闽小纪》,清周亮工撰,清康熙周氏赖古堂刻本

《闽中金石志》,清冯登府撰,民国希古楼刻本

《名贤氏族言行类稿》,宋章定撰,《文渊阁四库全书》本

《明诗综》,清朱彝尊编,《文渊阁四库全书》本

《明文海》，清黄宗羲编，中华书局1987年影印本

《明一统志》，明李贤撰，《文渊阁四库全书》本

《墨庄漫录》，宋张邦基撰，中华书局2002年版

《穆天子传》，晋佚名撰，《汉魏六朝笔记大观》本，上海古籍出版社1999年版

《南安县志》，福建省南安县志编纂委员会纂，江西人民出版社1993年版

《南部新书》，宋钱易撰，《宋元笔记小说大观》本，上海古籍出版社2001年版

《南齐书》，梁萧子显撰，中华书局1972年版

《南史》，唐李延寿撰，中华书局1975年版

《南唐近事》，宋郑文宝撰，民国景明《宝颜堂秘笈》本

《能改斋漫录》，宋吴曾撰，上海古籍出版社1979年版

《瓯北集》，清赵翼撰，上海古籍出版社1997年版

《瓯北诗话》，清赵翼撰，人民文学出版社1981年版

《佩文韵府》，清张玉书撰，《文渊阁四库全书》本

《品花宝鉴》，清陈森撰，清刊本

《瓶水斋诗集》，清舒位撰，清光绪十二年边保枢刻十七年增修本

《莆阳黄御史集》，唐黄滔撰，商务印书馆《丛书集成初编》本

《七颂堂词绎》，清刘体仁撰，清别下斋丛书本

《奇觚庼文集》，清叶昌炽撰，民国十年刻本

《青芙蓉阁诗钞》，清陆元鋐撰，清刻本

《青琐高议》，宋刘斧撰，上海古籍出版社1983年版

《清代禁毁书目四种》，清姚觐元编，清光绪刻咫进斋丛书本

《清河书画舫》，明张丑撰，《文渊阁四库全书》本

《清史稿》，民国赵尔巽撰，中华书局1977年版

《清续文献通考》，清刘锦藻撰，民国景十通本

《清源文献》，明何炯纂辑，明万历二十五年刻本

《秋江集》，清黄任撰，《四库全书存目丛书》影印清乾隆间刻本

《全芳备祖》，宋陈景沂撰，明毛氏汲古阁钞本

《全闽诗话》，清郑方坤撰，福建人民出版社 2006 年版

《全史宫词》，清史梦兰撰，清咸丰六年刻本

《全唐诗》，清彭定求等编，王全（王仲闻、傅璇琮）校点，中华书局 1960 年版

《全唐诗补编》，陈尚君辑校，中华书局 1992 年版

《全唐诗典故辞典》，范之麟、吴庚舜主编，湖北辞书出版社 1989 年版

《全唐诗稿本》，清钱谦益、季振宜递辑，台湾"中央图书馆"藏，屈万里、刘兆祐主编"明清未刊稿汇编第二辑"，台北联经出版事业公司，1979 年 9 月初版；1986 年 12 月第 2 次印行

《全唐诗话》，宋尤袤撰，清何文焕辑《历代诗话》本，中华书局 1981 年版

《全唐诗录》，清徐倬编，《文渊阁四库全书》本

《全唐诗人名汇考》，陶敏撰，辽海出版社 2006 年版

《全唐诗重出误收考》，佟培基撰，陕西人民教育出版社 1996 年版

《全唐文》，清董诰等辑，上海古籍出版社 1990 年缩印版

《全唐文纪事》，清陈鸿墀纂，上海古籍出版社 1987 年版

《全唐五代词》，曾昭岷、曹济平等编著，中华书局 1999 年版

《全唐五代词》，张璋、黄畲编，上海古籍出版社 1986 年版

《全五代诗》，清李调元撰，清函海本

《泉南杂志》，明陈懋仁撰，明宝颜堂秘笈本

《确庵文稿》，清陈瑚撰，清康熙毛氏汲古阁刻本

《然脂馀韵》，清王蕴章撰，《民国诗话丛编》本，上海书店出版社 2002 年版

《日知录集释》，清顾炎武撰，黄汝成集释，岳麓书社 1994 年版

《容台文集》，董其昌撰，《四库全书存目丛书》影印明崇祯三年董庭刻本

《容斋诗集》，清茹纶常撰，《续修四库全书》影印清乾隆三十五年刻乾隆五十二年嘉庆四年十三年增修本

《榕阴新检》，明徐𤊻辑，明万历三十四年刻本

《儒林公议》，宋田况撰，明刻本

《三传折诸》，清张尚瑗撰，《文渊阁四库全书》本

《三辅黄图》，东汉佚名撰，何清谷校注本，三秦出版社1995年版

《三国志》，晋陈寿撰，中华书局1959年版

《三借庐赘谭》，清邹弢撰，清光绪申报馆丛书馀集本

《三唐诗品》，清宋育仁撰，民国间铅印本

《三体唐诗》，宋周弼编，宋释圆至注，《文渊阁四库全书》本

《瑟榭丛谈》，清沈涛撰，清道光刻本

《山谷别集诗注》，宋黄庭坚撰，宋史季温注，《文渊阁四库全书》本

《山堂肆考》，明彭大翼撰，《文渊阁四库全书》本

《山右石刻丛编》，清胡聘之撰，清光绪二十七年刻本

《删补唐诗选脉笺释会通评林》，明周珽辑，明崇祯八年刻本

《珊瑚舌雕谈初笔》，清许起撰，清光绪十一年木活字印本

《珊瑚网》，明汪砢玉撰，《文渊阁四库全书》本

《善本书室藏书志》，清丁丙辑，清光绪刻本

《赏雨茅屋诗集》，清曾燠撰，清嘉庆刻增修本

《射鹰楼诗话》，清林昌彝撰，上海古籍出版社1988年版

《升庵集》，明杨慎撰，清文渊阁四库全书补配清文津阁四库全书本

《诗比兴笺》，清陈沆撰，上海古籍出版社1981年版

《诗法醒言》，清张潜辑，清乾隆刻本

《诗法指南》，清蔡钧辑，清乾隆刻本

《诗话总龟》，宋阮阅编，人民文学出版社1987年版

《诗家直说笺注》，明谢榛撰，李庆立、孙慎之笺注，齐鲁书社1987年版

《诗经通义》，清朱鹤龄撰，《文渊阁四库全书》本

《诗林广记》，宋蔡正孙撰，中华书局1982年版

《诗人玉屑》，宋魏庆之编，上海古籍出版社1978年版

《诗史释证》，邓小军撰，中华书局2004年版

《诗薮》，明胡应麟撰，王国安校补，上海古籍出版社1979年版

《诗学渊源》，清丁仪撰，民国十九年铅印本

《诗源辩体》，明许学夷撰，人民文学出版社1987年版

《施注苏诗》，宋苏轼撰，宋施元之注，《文渊阁四库全书》本

《十国春秋》，清吴任臣撰，中华书局1983年版

《石仓历代诗选》，明曹学佺编，清文渊阁四库全书补配清文津阁四库全书本

《石泉书屋类稿》，清李佐贤撰，清同治十年刻本

《石遗室文集》，清陈衍撰，清刻本

《石园诗话》，清余成教撰，郭绍虞编选《清诗话续编》，上海古籍出版社1983年版

《石云山人集》，清吴荣光撰，清道光二十一年吴氏筠清馆刻本

《石洲诗话》，清翁方纲撰，郭绍虞编选《清诗话续编》，上海古籍出版社1983年版

《实宾录》，宋马永易撰，明钞本

《拾遗记》，前秦王嘉撰、梁萧绮录，《汉魏六朝笔记小说大观》本，上海古籍出版社1999年版

《史略》，宋高似孙编，古逸丛书景宋本

《氏族大全》，元佚名撰，《文渊阁四库全书》本

《世善堂藏书目录》，明陈第撰，清知不足斋丛书本

《世说新语》，南朝宋刘义庆撰，南朝梁刘孝标注，上海古籍出版社1982年版

《式古堂书画汇考》，清卞永誉撰，《文渊阁四库全书》本

《事类赋要》，宋谢维新编，《文渊阁四库全书》本

《事实类苑》，宋江少虞撰，《文渊阁四库全书》本

《书林清话》，民国叶德辉撰，中华书局1957年版

《书目答问》，清张之洞撰，清光绪刻本

《书目答问补正》，清张之洞撰，范希曾编，瞿凤起校点，上海古籍出版社1983年版

《书史会要》，元陶宗仪撰，上海书店1984年版

《书隐丛说》，清袁栋撰，清乾隆刻本

《蜀中广记》，明曹学佺撰，《文渊阁四库全书》本

《述异记》，梁任昉撰，《文渊阁四库全书》本

《庶斋老学丛谈》，元盛如梓撰，清知不足斋丛书本

《水东日记》，明叶盛撰，魏中平点校，中华书局 1980 年版

《水经注》，北魏郦道元注，杨守敬、熊会贞疏，段熙仲点校、陈桥驿复校《水经注疏》本，江苏古籍出版社 1989 年版

《说郛三种》，元陶宗仪辑，上海古籍出版社 1988 年版

《说略》，明顾起元撰，《文渊阁四库全书》本

《说文解字》，汉许慎撰，社会科学文献出版社 2006 年版

《说苑》，汉刘向撰，向宗鲁《说苑校证》本，中华书局 1987 年版

《硕园诗稿》，清王昊撰，清五石斋钞本

《思辨录辑要》，清陆世仪撰，《文渊阁四库全书》本

《思绮堂文集》，清章藻功撰，清康熙六十一年刻本

《思益堂集》，清周寿昌辑，清光绪十四年王先谦等刻本

《四库全书考证》，清王太岳撰，清武英殿聚珍版丛书本

《四库全书总目》，清永瑢撰，清乾隆武英殿刻本

《四库全书总目提要》（整理本），清永瑢撰，四库全书研究所整理，中华书局 1997 年版

《四溟诗话》，明谢榛撰，丁福保辑《历代诗话续编》本，中华书局 1983 年版

《四书改错》，清毛奇龄撰，清嘉庆十六年金孝柏学圃刻本

《松石轩诗评》，明朱奠培撰，齐鲁书社 2005 年版

《宋百家诗存》，清曹庭栋编，《文渊阁四库全书》本

《宋论》，清王夫之撰，清道光二十七年听雨轩刻本

《宋史》，元脱脱撰，中华书局 1977 年版

《宋史新编》，明柯维骐撰，明嘉靖四十三年杜晴江刻本

《宋书》，梁沈约撰，中华书局 1974 年版

《搜神后记》，晋陶潜撰，《汉魏六朝笔记小说大观》本，上海古籍出版社

1999 年版

《搜神记》,晋干宝撰,中华书局 1979 年版

《隋书经籍志考证》,清姚振宗撰,民国师石山房丛书本

《随园诗话》,清袁枚撰,未坎点校,人民文学出版社 1960 年版

《随园随笔》,清袁枚撰,清嘉庆十三年刻本

《岁寒堂诗话》,宋张戒撰,丁福保辑《历代诗话续编》本,中华书局 1983 年版

《遂初堂书目》,宋尤袤撰,清海山仙馆丛书本

《孙宇台集》,清孙治撰,清康熙二十三年孙孝桢刻本

《太仓稊米集》,宋周紫芝撰,清文渊阁四库全书补配清文津阁四库全书本

《太平广记》,宋李昉编,中华书局 1961 年版

《太平寰宇记》,宋乐史撰,中华书局 2007 年版

《太平御览》,宋李昉等撰,中华书局 1960 年版

《太宗皇帝实录》,宋钱若水撰,四部丛刊三编景宋钞本旧钞本

《唐百家诗选》,宋王安石编,清文渊阁四库全书补配清文津阁四库全书本

《唐才子传校笺》,元辛文房撰,傅璇琮主编校笺,中华书局 1990 年版

《唐才子传校注》,元辛文房撰,孙映逵校注,中国社会科学出版社 1991 年版

《唐朝名画录》,唐朱景玄撰,四川美术出版社 1985 年版

《唐大诏令集》,宋宋敏求编,学林出版社 1992 年版

《唐代政治史述论稿》,陈寅恪撰,上海古籍出版社 1997 年版

《唐方镇年表》,吴廷燮撰,中华书局 1980 年版

《唐国史补》,唐李肇撰,上海古籍出版社 1979 年版

《唐韩学士偓年谱(附香奁集辨真)》,陈敦贞撰,台湾商务印书馆 1987 年版

《唐翰林学士传论・晚唐卷》,傅璇琮撰,辽海出版社 2005 年版

《唐集叙录》,万曼撰,中华书局 1980 年版

《唐六典》，唐李林甫等撰，中华书局1992年版

《唐仆尚丞郎表》，严耕望撰，中华书局1986年版

《唐人行第录》(外三种)，岑仲勉撰，中华书局2004年版

《唐诗丛考》，王达津撰，上海古籍出版社1986年版

《唐诗汇评》，陈伯海主编，浙江教育出版社1995年版

《唐诗鼓吹》，金元好问编，元郝天挺注，《文渊阁四库全书》本

《唐诗鼓吹笺注》，金元好问编，元郝天挺注，明廖文炳解，清钱朝鼐、王俊臣校注，《四库全书存目丛书》影印清乾隆十一年刻本

《唐诗归》，明锺惺、谭元春辑，《续修四库全书》影印辽宁省图书馆藏明刻本

《唐诗纪事》，宋计有功撰，上海古籍出版社1978年版

《唐诗纪事校笺》，宋计有功撰，王仲镛校笺，巴蜀书社1989年版

《唐诗镜》，明陆时雍撰，《文渊阁四库全书》本

《唐诗叩弹集》，清杜诏、杜庭珠集，中国书店1984年据清康熙四十三年采山亭藏版影印

《唐书艺文志注》，清佚名撰，清藕香簃钞本

《唐宋诗举要》，高步瀛选注，上海古籍出版社1978年版

《唐音》，元杨士宏编，清文渊阁四库全书补配清文津阁四库全书本

《唐音癸签》，明胡震亨撰，上海古籍出版社1981年版

《唐音统签》，明胡震亨编，上海古籍出版社2003年影印复旦大学图书馆藏清康熙二十三年刻本

《唐语林》，宋王谠撰，上海古籍出版社1978年版

《唐摭言》，五代王定保撰，上海古籍出版社1978年版

《天岳山馆文钞》，清李元度撰，清光绪六年刻本

《天真阁集》，清孙原湘撰，清嘉庆五年刻增修本

《天咫偶闻》，清震钧撰，清光绪甘棠精舍刻本

《天中记》，明陈耀文撰，《文渊阁四库全书》本

《苕溪渔隐丛话》，宋胡仔纂集，人民文学出版社1993年版

《铁琴铜剑楼藏书目录》，清瞿镛编纂，瞿果行标点，瞿凤起覆校，上海

古籍出版社 2000 年版

《铁崖乐府注》,元杨维桢撰,清楼卜瀍注,清乾隆联桂堂刻本

《听秋声馆词话》,清丁绍仪撰,唐圭璋编《词话丛编》本,中华书局 1986 年版

《艇斋诗话》,宋曾季狸撰,丁福保辑《历代诗话续编》本,中华书局 1983 年版

《通鉴纲目》,宋朱熹撰,《文渊阁四库全书》本

《通鉴纪事本末》,宋袁枢撰,中华书局 1964 年版

《通雅》,清方以智撰,中国书店 1990 年影印清康熙姚文燮浮山此藏轩刻本

《通志》,宋郑樵撰,《文渊阁四库全书》本

《通志堂集》,清纳兰性德撰,清康熙三十年徐乾学刻本

《图画见闻志》,宋郭若虚撰,人民美术出版社 1963 年版

《晚晴簃诗汇》,民国徐世昌辑,民国退耕堂刻本

《晚唐韩偓诗》,清刘云份辑《中晚唐二十一家诗》本,清康熙四十二年(1703)金阊宝翰楼刊本

《晚唐诗人韩偓》,陈香编著,台湾"国家"出版社 1993 年版

《晚唐四家诗合论》,苏仲翔撰,见《唐代文学论丛》第三辑,陕西人民出版社 1983 年版,又收入其《钵水斋文史丛稿》,团结出版社 1989 年版

《万卷堂书目》,明朱睦㮮撰,清光绪至民国间观古堂书目丛刊本

《万历野获编》,明沈德符撰,中华书局 1959 年版

《万首唐人绝句》,宋洪迈辑,明赵宧光、黄习远编定,刘卓英标点,书目文献出版社 1983 年版

《万首唐人绝句》,宋洪迈辑,文学古籍刊行社影印明嘉靖刻本 1955 年版

《万首唐人绝句校注集评》,宋洪迈辑,霍松林主编,山西人民出版社 1991 年版

《万姓统谱》,明凌迪知撰,《文渊阁四库全书》本

《汪子文录》,清汪缙撰,清道光三年张杓刻本

《王荆公诗注》，宋王安石撰，宋李壁注，《文渊阁四库全书》本

《王荆公唐百家诗选》，宋王安石编，黄永年、陈枫校点，辽宁教育出版社 2000 年版

《王维集校注》，唐王维撰，陈铁民校注，中华书局，1997 年版

《王右丞集笺注》，唐王维撰，清赵殿成注，上海古籍出版社 2007 年版

《围炉诗话》，清吴乔撰，郭绍虞编选《清诗话续编》本，上海古籍出版社 1983 年版

《纬略》，宋高似孙撰，清守山阁丛书本

《温州经籍志》，清孙诒让撰，民国十年刻本

《文昌杂录》，宋庞元英撰，清学津讨原本

《文海披沙》，明谢肇淛撰，明万历三十七年沈儆炌刻本

《文献通考》，元马端临撰，中华书局本 1986 年版

《文献征存录》，清钱林撰，清咸丰八年有嘉树轩刻本

《文选》，梁萧统编，唐李善注，上海古籍出版社 1986 年版

《文苑英华》，宋李昉编，中华书局 1966 年影印本

《翁山诗外》，清屈大均撰，清康熙刻凌凤翔补修本

《吴礼部诗话》，元吴师道撰，丁福保辑《历代诗话续编》本，中华书局 1983 版

《吴下方言考》，清胡文英撰，清乾隆刻本

《五代诗话》，清王士禛原编，清郑方坤删补，书目文献出版社 1989 年版

《五代史记注》，宋欧阳修撰、清彭元瑞注，清道光八年刻本

《五代史记纂误续补》，清吴光耀撰，清光绪十四年刻本

《西河诗话》，清毛奇龄撰，清宣统三年版

《西清诗话》，明蔡绦撰，明钞本

《西堂杂俎》，清尤侗撰，清康熙刻本

《西溪丛语》，宋姚宽撰，中华书局 1993 版

《西园闻见录》，明张萱撰，民国哈佛燕京学社印本

《咸平集》，宋田锡撰，罗国威校注，巴蜀书社 2008 年版

《香奁集》，唐韩偓撰，明胡震亨《唐音统签》，清康熙二十三年(1684)刻本，上海古籍出版社 2003 年据以影印

《香奁集》，唐韩偓撰，明毛晋辑《五唐人集》，崇祯中海虞毛氏汲古阁刊本

《香奁集》，唐韩偓撰，清屈大均手抄本，北京大学图书馆藏

《香奁集》，唐韩偓撰，清刘云份辑《中晚唐二十一家诗》本，清康熙四十二年(1703)金阊宝翰楼刊本

《香奁集》，唐韩偓撰，民国宋联奎辑《关中丛书》第五集，民国二十五年(1936)陕西通志馆排印本，上海书店《丛书集成续编》第 100 册据以影印

《香奁集发微》，清震钧撰，扫叶山房民国三年石印本

《香奁集跟韩偓》，阎简弼撰，《燕京学报》第 38 期，1950 年 6 月

《香屑集》，清黄之隽撰，《文渊阁四库全书》本

《湘帆堂集》，清傅占衡撰，清康熙六十一年活字本

《详注片玉集》，宋周邦彦撰，清陈元龙注，宋刻本

《小木子诗三刻》，清朱休度撰，清嘉庆刻汇印本

《新雕皇朝类苑》，宋江少虞撰，日本元和七年活字印本

《新唐书》，宋欧阳修、宋祁撰，中华书局 1975 年版

《新五代史》，宋欧阳修撰，中华书局 1974 年版

《续耆旧》，清全祖望辑，清槎湖草堂钞本

《续唐书》，清陈鱣撰，清道光四年士乡堂刻本

《续问奇类林》，明郭良翰辑，《四库未收书辑刊》影印明万历三十七年黄吉士刻本

《续玄怪录》，唐李复言撰，中华书局 1982 年版

《宣和书谱》，宋佚名撰，上海书画出版社 1984 年版

《雪桥诗话全编》，民国杨钟羲撰，雷恩海、姜朝晖校点，人民文学出版社 2011 年版

《雪堂先生文集》，清熊文举撰，清初刻本

《雪杖山人诗集》，清郑炎撰，清嘉庆五年郑师尚刻本

《雅伦》，清费经虞撰，《续修四库全书》影印清康熙四十九年誉处堂

刻本

《弇州山人四部续稿》，明王世贞撰，《文渊阁四库全书》本

《燕在阁知新录》，清王棠撰，《续修四库全书》影印山东省图书馆藏清康熙刻本

《养吾斋集》，元刘将孙撰，《文渊阁四库全书》本

《尧山堂外纪》，明蒋一葵撰，《四库全书存目丛书》影印明万历间刻本

《野鸿诗的》，清黄子云撰，《清诗话》本，上海古籍出版社1978年版

《野客丛书》，宋王楙撰，王文锦点校，中华书局，1987年版

《叶文敏公集》，清叶方蔼撰，《清代诗文集汇编》影印钞本

《夜航船》，清张岱撰，四川文艺出版社1996年版

《一瓢诗话》，清薛雪撰，《清诗话》本，上海古籍出版社1978年版

《倚声初集》，清邹祇谟、王士禛辑，清顺治十七年刻本

《艺林汇考》，清沈自南撰，《文渊阁四库全书》本

《亦有生斋集》，清赵怀玉撰，《续修四库全书》影印清道光元年刻本

《因话录》，唐赵璘撰，上海古籍出版社1979年版

《吟窗杂录》，宋陈应行编，明嘉靖二十七年崇文书堂刻本

《瀛奎律髓》，元方回撰，清文渊阁四库全书补配清文津阁四库全书本

《瀛奎律髓汇评》，元方回撰，李庆甲集评校点，上海古籍出版社1986年版

《涌幢小品》，明朱国祯撰，中华书局上海编辑所1959年版

《优古堂诗话》，宋吴开撰，清丁福保辑《历代诗话续编》本，中华书局1983年版

《幽明录》，南朝宋刘义庆撰，《汉魏六朝笔记小说大观》本，上海古籍出版社1999年版

《游城南记》，宋张礼撰，西安地图出版社1989年版

《友声集》，清王相辑，清咸丰八年信芳阁刻本

《馀年闲话》，清叶良仪撰，清康熙四十五年叶士行三当轩刻本

《渔洋山人自撰年谱注补》，清惠栋撰，清红豆斋刻本

《舆地纪胜》，宋王象之撰，中华书局1992年版

《玉海》,宋王应麟撰,《文渊阁四库全书》本

《玉山樵人集附香奁集》,唐韩偓撰,1930 年上海涵芬楼据旧抄本影印,《四部丛刊》据上海涵芬楼藏旧钞本影印

《玉台新咏笺注》,南朝陈徐陵编,清吴兆宜注,程琰删补,穆克宏点校,中华书局 1985 年版

《玉溪生诗详注》,唐李商隐撰,清冯浩注,清乾隆德聚堂刻本

《玉芝堂谈荟》,明徐应秋撰,《文渊阁四库全书》本

《渊鉴类函》,清张英撰,《文渊阁四库全书》本

《元白诗笺证稿》,陈寅恪撰,上海古籍出版社 1987 年版

《元和郡县图志》,唐李吉甫撰,中华书局 1983 年版

《元诗体要》,明宋绪编,清文渊阁四库全书补配清文津阁四库全书本

《元诗选》,清顾嗣立编,清康熙三十三年长洲顾氏秀野草堂刻本

《元遗山诗集笺注》,金元好问撰,清施国祁笺注,清道光二年南浔瑞松堂蒋氏刻本

《援鹑堂笔记》,清姚范撰,《续修四库全书》影印清道光姚莹刻本

《缘督庐日记抄》,清叶昌炽撰,民国上海蟫隐庐石印本

《源流至论》,宋林駉撰,《文渊阁四库全书》本

《月山诗话》,清恒仁撰,清《艺海珠尘》本

《悦亲楼诗集》,清祝德麟撰,《续修四库全书》影印清嘉庆二年姑苏刻本

《云谷杂记》,宋张淏撰,清武英殿聚珍版丛书本

《云仙杂记》,后唐冯贽撰,张力伟点校,中华书局 1998 年版

《云自在龛随笔》,清缪荃孙撰,商务印书馆 1958 年版

《韵语阳秋》,宋葛立方撰,清何文焕《历代诗话》本,中华书局 1981 年版

《贼情汇纂》,清张德坚撰,清钞本

《增订注释全唐诗》,陈贻焮主编,文化艺术出版社 2001 年版

《战国策》,汉刘向集录,上海古籍出版社 1985 年版

《张氏拙轩集》,宋张侃撰,《文渊阁四库全书》本

《赵飞燕外传》，汉伶玄撰，明顾氏文房小说本

《直讲李先生年谱》，宋魏峙撰，明成化刊本

《直讲李先生文集》，宋李觏撰，四部丛刊景明成化本

《直斋书录解题》，宋陈振孙撰，徐小蛮、顾美华校点，上海古籍出版社
1987年版

《职官分纪》，宋孙逢吉撰，中华书局1988年版

《致堂读史管见》，宋胡寅撰，《续修四库全书》影印宛委别藏宋宝祐二
年宛陵郡斋刻本

《中国文学家大辞典·唐五代卷》，周祖譔主编，中华书局1992年版

《中国文学论集》，徐复观撰，台湾学生书局1976年版

《中华大典·文学典》，程千帆主编，江苏古籍出版社2000年版

《中书典故汇纪》，清王正功辑，民国嘉业堂丛书本

《忠雅堂集校笺》，清蒋士铨撰，邵海清校，李梦生笺，上海古籍出版社
1993年版

《忠雅堂文集》，清蒋士铨撰，清嘉庆刻本

《周书》，唐令狐德棻等撰，中华书局1971年版

《竹林答问》，清陈仅撰，郭绍虞编选《清诗话续编》，上海古籍出版社
1983年版

《竹庄诗话》，宋何汶撰，中华书局1984年版

《祝子罪知录》，明祝允明撰，明刻本

《庄子集解》，战国庄周撰，清王先谦集解，沈啸寰点校，中华书局1987
年版

《资治通鉴》，宋司马光撰，中华书局1956年版

《资治通鉴考异》，宋司马光撰，四部丛刊景宋刻本

《紫竹山房诗文集》，清陈兆仑撰，《四库未收书辑刊》影印清嘉庆间
刻本

《罪惟录》，清查继佐撰，四部丛刊三编景手稿本

《昨非集》，清刘熙载撰，清刻古桐书屋六种本

《左传》，春秋左丘明撰，清阮元《十三经注疏》刻本

733

图书在版编目（CIP）数据

韩偓诗全集：汇校汇注汇评 / 陈才智编著．
—武汉：崇文书局，2017.1（2017.4 重印）
（中国古典诗词校注评丛书）
ISBN 978-7-5403-4220-3

Ⅰ．①韩…

Ⅱ．①陈…

Ⅲ．①唐诗－诗集

Ⅳ．① I222.742

中国版本图书馆 CIP 数据核字 (2016) 第 270301 号

韩偓诗全集

出 品 人　潘启胜

责任编辑　王重阳
责任印刷　李佳超
出版发行　长江出版传媒｜崇文书局
地　　址　武汉市雄楚大街 268 号 C 座 11 层
电　　话　(027)87293001　邮政编码　430070
印　　刷　中印南方印刷有限公司
开　　本　880mm×1230mm　　1/32
印　　张　23.75
字　　数　550 千字
版　　次　2017 年 1 月第 1 版
印　　次　2017 年 4 月第 2 次印刷
定　　价　68.00 元
（如发现印装质量问题，影响阅读，请与承印厂调换）